中国詩跡事典

漢詩の歌枕

植木久行編

研文出版

扉写真　**蘇州の滄浪亭**

趵突泉（ほうとつせん）（→ 74）

高　楼

とうおうかく
滕王閣（→ 390）

こうかくろう
黄鶴楼（→ 399）

かんじやくろう
鸛 雀 楼（→ 55）

がくようろう
岳陽楼（→ 431）

山水

太湖（→ 266）

桃花潭（→ 358）

杭州西湖（→ 301）

終南山（→ 148）

黄　河（→ 110）

琵琶亭（→ 377）

洛陽橋（→ 504）

名　勝

九曲渓と玉女峰（→ 501）

唐 都

華清宮（かせいきゅう）（→ 172）

大雁塔（だいがんとう）（→ 139）

香積寺塔（こうしゃくじとう）（→ 151）

仙遊寺法王塔（せんゆうじほうおうとう）（→ 160）

古　跡

剣門関（けんもんかん）（→ 491）

石頭城（せきとうじょう）（→ 238）

白帝城（はくていじょう）（→ 468）

蘇小小墓（そしょうしょうぼ）（→ 305）

中国詩跡事典——漢詩の歌枕

目次

凡　例 …… 1
詩跡概説 …… 植木久行 3

○詩跡項目解説

1 北京市
北京 14／北海・瓊華島・景山 15／陶然亭・西湖（昆明湖） 16／香山・香山寺 17／碧雲寺・臥仏寺・潭柘寺 18／西山 19／盧溝橋 20／長城 21／居庸関・八達嶺 24／古北口 26／幽州台・薊丘（薊門） 27

2 天津市
盤山・独楽寺 29

3 遼寧省
医巫閭山・千山・鴨緑江 30

4 吉林省
長白山・混同江（松花江） 31

5 河北省
邯鄲・叢台（武霊叢台）・呂翁祠 32／易水 33／鄴・銅雀台 35／碣石山・山海関 37／石邑山・隆興寺 38／恒山・北岳廟 39

6 山西省
雁門・雁門関 40／五台山 42／大同（雲州）・雲崗石窟・華厳寺 44／太原（并州）・晋祠 45／娘子関・綿山（介山）・野史亭 47／霍山・広勝寺・霍泉 48／汾河（汾水）・秋風楼 49／絳守居園池 51／太行山 52／懸空寺・応県木塔 53／龍門（禹門） 54／鸛雀楼 55／中条山・王官谷 57／首陽山・棲巌寺 58

7 内モンゴル自治区
王昭君墓（青塚） 59／陰山・破訥沙 61／居延（城） 62

8 山東省
泰山（日観峰・五大夫松） 63／曲阜（孔廟・杏壇・孔林） 66／孟廟 68／済南（斉州）・歴下亭 69／千仏山・華不注山・鵲山湖 71／大明湖 72／趵突泉・黒虎泉 74／兗州（魯郡） 75／済寧太白楼 76／蓬莱閣 77／嶗山（労山） 78／徂徠山・嶧山 79／微山湖・留侯墓 80／梁山・梁山泊 81／単父台（琴台）・霊巌寺 82

9 河南省
唐洛陽城・天津橋 83／洛水・魏王池・伊水 86／上陽宮 87／安楽窩・独楽園 89／履道里白居易故宅 91／

緑野堂・平泉荘 92／龍門（伊闕） 94／香山寺・白居易墓 96／白馬寺 98／漢魏洛陽故城 100／金谷園 101／邙山（北邙山） 103／上清宮・銅駝街 106／汴京（開封）・州橋 107／相国寺 109／黄河・孟津・砥柱（山） 110／王屋山・盤谷 111／汴河・汴堤（隋堤） 112／梁園 115／澠池・吹台（繁台） 117／広武山・鴻溝 118／嵩山（太室山・少室山）・中岳廟・嵩陽書院 119／少林寺 122／石淙・九龍潭 124／法王寺・啓母石 125／緱山・緱山廟 126／蘇墳（二蘇墳）・許由廟 127／函谷関 128

10 陝西省

唐長安城 131／漢長安城 134／薦福寺・小雁塔 135／曲江池 137／大慈恩寺・大雁塔 139／楽遊原 142／青龍寺 145／大興善寺・玄都観 147／終南山 148／香積寺 151／杜公祠 152／樊川（杜曲・韋曲） 153／昆明池 155／皇子陂・渼陂 157／九成宮・鳳翔東湖 158／仙遊寺 159／太白山・楼観 161／灞橋 162／輞川荘 165／藍田関（藍関） 168／商山・四皓廟 170／華清宮（驪山） 172／秦始皇墓 175／鴻門（鴻門坂） 177／潼関 178／華山（西岳・太華山） 181／咸陽橋・渭水 184／咸陽（渭城）・阿房宮 185／五陵（茂陵・長陵） 187／昭陵・乾陵 190／楊貴妃墓（馬嵬坡） 192／五丈原 195／定軍山・武侯墓祠 197／三良墓・橋山（黄帝陵） 198／無定河・太史公墓 199

11 甘粛省

隴山・隴水 200／涼州（武威） 202／秦州・臨洮 204／麦積山・同谷 205／崆峒山 206／金城（蘭州） 207／焉支山（燕支山）・祁連山 208／酒泉（粛州）・嘉峪関 209／玉門関 210／陽関 213／敦煌・莫高窟 215

12 寧夏回族自治区

蕭関 216／賀蘭山・黒宝塔（海宝塔） 218

13 青海省

青海・河源 219

14 新疆ウイグル自治区

天山 220／火焔山（火山） 223／交河故城・高昌故城・亀茲故城 224／北庭故城・輪台 225／白龍堆・莫賀延磧 226／楼蘭・哈密 227／烏魯木斉・伊犂 228／崑崙山・鉄門関・熱海 229

15 チベット自治区

邏逤（邏些） 230

16 上海市

華亭（華亭谷・陸機宅・顧亭林） 231／澱山湖 232

17 江蘇省

金陵 233／台城 234／玄武湖・覆舟山 235／鶏鳴寺（同泰

寺)・景陽井(胭脂井) 236/鳳凰台 237/石頭城 238/朱雀橋・烏衣巷 239/秦淮河 241/半山園・謝安墩(謝公墩) 243/鍾山 244/白鷺洲・莫愁湖 245/桃葉渡・長干 246/雨花台・労労亭 247/瓦官寺・賞心亭 248/棲霞寺・燕子磯 249/茅山 250/館娃宮(霊巌寺・霊巌山・響屧廊) 251/蘇州・姑蘇台 254/楓橋・寒山寺 256/虎丘(虎丘寺・剣池・真娘墓) 259/滄浪亭 262/拙政園・獅子林 263/石湖・横塘 264/垂虹橋・宝帯橋 265/太湖(五湖) 266/長洲苑・芙蓉湖・五里湖 267/恵山(恵山寺・恵山泉) 268/泰伯廟・破山寺(興福寺) 271/天平山・白雲泉 272/鎮江(京口・潤州)・芙蓉楼・万歳楼 273/金山・金山寺 275/北固山・北固亭・甘露寺・多景楼 278/焦山・焦山寺 281/鶴林寺・招隠寺 282/揚州(広陵) 283/二十四橋 284/大明寺(棲霊寺塔)・平山堂 286/痩西湖 289/煬帝陵・隋宮(煬帝行宮)・迷楼 290/揚子津・瓜洲 291/揚子江・金陵渡(西津渡) 292/張公洞・善巻洞 293/淮陰廟(韓信廟) 294/淮河 295/黄楼・燕子楼 296/戯馬台・露筋祠 297/圯橋・歌風台 298

浙江省

杭州 299/西湖 301/西湖十景 304/蘇小小墓・西冷橋 305/孤山・林和靖墓 307/岳飛墓・于忠粛墓 308/霊隠

寺・冷泉亭 309/飛来峰・天竺寺 310/保叔塔・龍井・九渓十八澗 311/浙江潮(銭塘潮) 312/呉山伍員廟(伍相廟・伍公廟)・六和塔 314/厳子陵釣台 315/新安江・富春江・七里瀬 316/紹興(越州・会稽)・王羲之故居(戒珠寺) 317/雲門寺・青藤書屋 318/蘭亭 319/沈園 321/鏡湖(鑑湖)・三山 322/曹娥廟・東山 324/若耶渓 325/剡渓 327/天台山・赤城山 329/国清寺・寒巌(寒山) 330/天姥山・桐柏観 331/爛柯山 332/江郎山・仙霞嶺 333/禹廟・禹陵 334/西施石(浣紗石)・西施廟 335/天童山(天童寺)・雪竇山 336/普陀(補陀)山・阿育王寺 337/雁蕩山・大龍湫 338/孤嶼・縉雲山 339/八詠楼(玄暢楼) 340/衆楽亭・東銭湖・二霊山 341

安徽省

虞姫墓 342/烏江亭・西楚覇王廟 343/采石磯 344/采石太白楼(謫仙楼)・横江 347/望夫山・望夫石・響山 348/李白墓 349/宣城・秋浦・清渓 350/弄水亭・蕭相楼 351/斉山 352/敬亭山 353/宛渓・句渓 354/謝朓楼・謝公亭 355/杏花村 356/水西寺・開元寺 357/桃花潭 358/九華山 360/滁州西澗・広教寺(双塔寺) 362/酔翁亭・豊楽亭 363/琅琊山・琅琊山寺 364/天門山 365/黄山 366/天柱山(皖公山) 368/章華台・青弋江 369/

巣湖（焦湖）・四頂山 370／蕪湖・赭山 371／小孤山 372／教弩台・包公祠 374／玩鞭亭・凌歊台・五松山 375

20 江西省

江州（尋陽・九江）・庾楼（庾公楼）・琵琶亭 376／廬山（瀑布）378／東林寺・西林寺・大林寺 381／五老峰・双剣峰・香炉峰 383／白居易草堂・簡寂観・白鹿洞 384／陶淵明故宅・陶靖節祠・酔石 385／鄱陽湖（彭蠡湖）387／石鐘山・大孤山 389／滕王閣 390／南昌（洪州・鍾陵）・南浦（南浦亭）393／徐孺子墓（徐孺子祠・徐孺亭）・干越亭 394／贛江・惶恐灘 395／鬱孤台・快閣 396／麻姑山・玉笥山 397

21 湖北省

武昌（鄂州）・樊山・南楼 398／黄鶴楼 399／鸚鵡洲・晴川閣 402／漢陽・郎官湖 404／赤壁（三国赤壁・東坡赤壁）405／黄州（斉安）408／三遊洞 409／楚塞楼・蝦蟇碚 410／漢江（漢水）411／襄陽・大堤・習家池 413／峴山・堕涙碑 414／鹿門山・龐徳公・孟浩然故居 415／隆中 416／恵泉・蒙泉・白兆山桃花巌 417／江陵（荊州）418／龍山落帽台 419／宋玉故宅 420／荊門（荊門山）421／武当山（太和山・天柱峰）422／九宮山・破額山 423／松滋・西塞山 424／西陵峡・黄牛峡・空舲峡 425／秭帰（帰州）・屈原祠・昭君村 426／雲夢沢・樊姫墓 428／穆陵関 429／仲宣楼 430

22 湖南省

岳陽楼 431／洞庭湖 434／青草湖・澧湖 437／君山 438／汨羅江・屈原廟 440／湘江（瀟湘）443／沅江（五渓）446／長沙（潭州）・賈誼宅 447／岳麓山・麓山寺・道林寺 449／岳麓書院 450／定王台・橘洲（橘子洲）451／衡山（南岳・祝融峰）452／回雁峰 455／黄陵廟（湘妃廟）456／杜甫墓・杜工部祠 457／永州・柳宗元廟 458／浯渓・朝陽巌 460／九疑山・橘井（蘇仙公故宅）461／桃花源（桃源）462

23 重慶市

三峡 464／瞿塘峡・灔澦堆 465／巫山・巫峡 466／巫山神女廟・陽雲台 467／白帝城・夔州 468／蜀先主廟・武侯廟・八陣磧 470

24 四川省

成都・錦官城 471／杜甫草堂 473／錦江・浣花渓・相如琴台 475／嘉州（楽山）・凌雲山・凌雲寺（大仏）476／平羌江・嘉陵江（閬水）477／武侯祠 478／万里橋・石鏡 480／摩訶池・青羊宮 482／大慈寺・昭覚寺 483／薛濤井 484／青城山（丈人山）485／丈人観・儲福宮・上清宮 486／

老人村・牡丹平・致爽軒 487／峨眉山 488／剣門蜀道 490／漢州西湖・上亭駅 493／李白故里・三蘇祠 494／玉塁山・離堆 495／利州・籌筆駅 496／岷山・岷江・瀘水・金沙江 497／賈島墓・金泉山 498

25 貴州省

甲秀楼・黔霊山 499

26 福建省

武夷山 500／九曲渓・武夷精舎 501／福州・鼓山 502／泉州・東湖・開元寺双塔 503／洛陽橋・清源山 504／九日山・南安巌 505

27 広東省

広州 506／菖蒲澗・蒲澗寺 507／越王台・鎮海楼 508／南海王廟・浴日亭 509／潮州 510／羅浮山 512／恵州西湖・西樵山 514／大庾嶺 515／韶石・南華寺 518／張相国祠 519／端州・七星巌 520／清遠峡・峡山（飛来峡・飛来寺） 521／珠江・零丁洋・崖門 522

28 広西チワン族自治区

桂林（静江）・独秀山 523／伏波山・畳彩山・象鼻山・七星山 525／灕江（桂江）・画山 526／陽朔・碧蓮峰 527／霊渠・鬼門関 528／柳州・羅池廟（柳侯祠） 530

29 雲南省

昆明・滇池 532／玉案山・太華寺 533／洱海・点蒼山 534

30 海南省

海南島 535

付　録

○詩人小伝（時代順）……丸井　憲 編　538
曹操・陶淵明・謝霊運・謝朓・王勃・孟浩然・王昌齢・王維・李白・杜甫・岑参・韓愈・白居易・柳宗元・杜牧・欧陽脩・王安石・蘇軾・黄庭堅・陸游・元好問・高啓・李夢陽・王士禛
○詩跡参考地図（西安付近古跡図／中国東部（北）図／中国東部（南）図／中国西部図）……552
○年　表……556
あとがき……植木　久行　561
○作者別詩題索引……17
○詩跡関連総合索引……2

凡例

一　本書は、詩に詠まれた中国の代表的な詩跡三六五項目（小見出しの小詩跡二六三を含めると、詩跡数は全六二八項目）に対して、①場所の確定、②詩跡の形成過程、③独特の詩的情趣・景物・主題、④詩跡の継承性、⑤詩跡の現況、の諸方面に留意して執筆・解説したものである。項目の排列は、その所在する行政区画「省」（自治区）ごとに分類した。

二　本書の構成は、「詩跡概説」「詩跡項目解説」と付録「詩人小伝」「詩跡参考地図」（西安付近古跡・中国東部〔北〕・中国東部〔南〕・中国西部図）「年表」「索引」（作者別詩題索引・詩跡関連総合索引）などからなり、中国の詩跡が立体的・系統的に理解できるようにした。

三　漢字は、原詩・原文を含めて、すべて新漢字を用いた。ただし、「余・餘」「豫・予」など、誤読の恐れのある場合は、適宜、旧漢字を用いた。

四　かなづかいは、訓読文を含め、原則としてすべて新かなづかいとした。ただし、「出ず（出〔いで〕ず・出〔い〕づ）」「攀（よ）づ」など、誤読の恐れがある場合は、適宜、旧かなづかいを併用している。

五　書き下し文のみで原詩・原文が附されていない場合、詩文の復元を考慮して、通常では平仮名を用いる「自（よ）り」「従（よ）り」「如（ごと）し」「若（ごと）し」「可（べ）し」「為（た）り」等も、多く漢字を用いて表記している。

六　現在の地名は、二〇一三年のそれを標準とする。州や県の現在地は、その治所が置かれた場所である。ちなみに、現・中国の行政区分「市」には、地級市（都市部と周辺の農村部を含む、比較的大きな地区レベルの市）と県級市（日本の市に近い、県レベルの市）の二つが存在する。かくして地名表記の際、たとえば、「華山は、陝西省渭南市華陰市にある」のように、両者が同時に出現する時もある。ただし本書では、地名表記のなかに市が二つ現れるときには、上級の地級市の名称を省いて表示している。

七　詩人等の年齢は数え年（虚歳）、年月は基本的に旧暦（太陰太陽暦）を用いた。新暦（太陽暦）の場合は、一月から一月半遅れとなる。

八　本書では、『大清一統志』は統一して、その第三次、最終増訂版『嘉慶重修一統志』を用いた。『大明一統志』は『明一統志』とも呼ばれるが、『大明一統志』の名で統一した。また『元和郡県図志』は、清末の光緒六年刊の金陵書局本を底本にした、賀次君点校本（中国古代地理総志叢刊、中華書局）を用いた。

詩跡概説

植木　久行

一、序に代えて—詩跡研究の誕生—

詩跡の研究は、一九八〇年代の末、日本で始まった。中国古典詩に見られる地名のなかには、日本文学の「歌枕」（和歌の中で繰り返し詠みつがれて純化し、特定の連想や情趣を喚起する歌語となった地名〔名所〕。歴代の歌人たちが実際に訪れることなく、先行の歌群が地名に刻みつけてきた連想や情緒を反芻しながら、新しい変奏を詠み重ねてきた空想上の地誌—吉野山・須磨の浦・白河の関など）や、「俳枕」（現実の見聞のうえに立って、俳諧・俳句の眼で新たに発見したり、旧来の歌枕を捉え直したりして詠みつがれ、独特のイメージを喚起する名所—高館・立石寺・近江など）と類似した働きをもつ言葉が存在する。しかし中国では、古来、そうした視点からの考察や研究は見られず、歌枕・俳枕的現象そのものを指す専用の術語もなく、ただ漠然と「名勝古跡」の範疇にとどめ置かれてきた。「文学勝跡」「勝跡吟詠」の語もあるが、一般的ではない。

中国古典詩に見られる、歌枕・俳枕と同様の役割を果たす詩語、いいかえれば、詩歌に詠まれて著名になり、独特のイメージを喚起する、表現の核となる具体的な地名（場所）を、日本の研究者が、「詩跡」と名づけて研究を開始した。その中心になったのが、当時、早稲田大学の松浦友久教授とその門下生、寺尾剛・松尾幸忠、および筆者（植木）である。

歌枕・俳枕・詩跡は、それぞれ類似する文芸機能をもつが、詩跡は、掛詞・縁語等の修辞による表現性に重点を置いて、「居ながらにして詠む」幻想の文学地誌—歌枕よりも、実地体験に基づいて、歴史的風土の最も本質的な詩的情感を捉えようとする俳枕に近い。しかし詩跡中にも空想的地名（崑崙山・河源など）が若干存在する。実際の体験によってというよりも、むしろ詩歌そのもののイメージや想像力によって詠出・愛唱されている点で、辺塞詩中の詩跡は、日本の歌枕に近い性質をもっている。

　詩跡の概念や機能の研究が少しずつ進む。詩跡は、歴代の詩人たちに詠みつがれ、作者の詩情に点火して作品へと結晶させる力を内包する、古典詩語として確立した地名（固有名詞）であり、都市・高楼・橋・関城・旧宅・墳墓・寺院など、多様な場所が含まれる。それは、単なる名勝・古跡とは異なって、詩歌を主体とした新しい概念である。

　作詩作文用に供される一種の百科事典「類書」や、宋代以降の地理書の一部は、詩跡的観点を内在させており、詩跡が形成される要因、詩跡を生みやすい詩人のタイプ、詩跡の発生場所などの考察も行われた。李白・杜牧・蘇軾などは、詩跡を多く生み出したが、杜甫・李商隠などには乏しい。これは当然、詩人の詩風とも緊密に関わっている。

　そして政治や文化を担った作詩者層の活動範囲と関連して、さまざまな詩跡が誕生した(1)。

二、詩跡―風土からの発想―

古来、優れた詩歌の中に頻繁に詠みつがれ、広く享受されてきた著名な地名は、詩人たちの感性が詠み重ねた、ふくよかな美的イメージと詩的情感をたたえた詩語と化している。

　詩跡とは、長い文学の伝統をもつ中国のなかで、最高の文芸様式―詩歌によって生み出された、重要な文学空間を表す術語である。それは、単なる地名ではなく、長い間詠みつがれ、愛唱・流布される詩歌を通して著名になって、ある特定の詩情やイメージを豊かにたたえる、各地の具体的な名所（名どころ）をいう。

　詩跡は、単なる「名勝」（山水自然の美で有名な土地）や「古跡」（歴史上有名な場所、歴史的な人物や事件に関わる土地）とは本質的に異なる、詩歌を主体とした概念である。歴代の詩人たちに詠みつがれて、次々と新しい変奏を積み重ね、詩歌の創造に点火して、表現の核となる力をたたえた地名（明確な古典詩語）が、「詩跡」なのである。

　唐の独孤及「馬退山茅亭記」に、「夫れ美は自から美ならず、人に因りて彰わる。蘭亭をして右軍（王羲之）に遭わしめざれば、則ち清き湍・修き竹も、空山に蕪没せしならん」という。この文中の「人」を「詩」の字に置き換えると、詩跡の持つ特性がよく理解されよう。たとえ山水の風景がどんなに美しくとも、また歴史上有名な人物や大きな歴史事件に関わる場所であろうとも、当地を詠む詩歌を欠く限り、詩跡とは見なしがたいのである。

中国古典詩の世界は、その長く豊かな歴史、地域の広さ、作品数と作者数の多さ、発想における伝統継承性の強さ（典故の重視）、といった一連の性格を備えており、歌枕や俳枕のごとく、詩中に頻繁に詠まれて著名になった場所―詩跡が各地に多く誕生していった。

詩跡は、主に詩歌を媒介として生み出され、詩中に詠まれた独自の景物・情趣・語彙・発想など、さらには作詩時のエピソードまでも加わって、古典詩語としての「詩跡」が形成される。そして大半は、以後も長く詠みつがれ、邙山（ぼうざん）と墳墓、灞橋（はきょう）と送別・折楊柳、楓橋・寒山寺と夜半の鐘、二十四橋と歌舞繁華、若耶渓（じゃくやけい）と美女西施、大庾嶺（だいゆれい）と梅花のごとく、当該地の重要なイメージ・景物を帯びて定着する。たとえ詩的継承性に乏しくとも、具体的な地名が、それを詠んだ詩と一体化して理解されるときには、充分、詩跡として成立する。

詩跡は、当地独特の地理的空間や自然景観だけでなく、代々当該地（対象）に刻みつけられ、託されてきた豊かな詩情と長い風雅の伝統を、読み手の感性に訴えて強く喚起する連想機能を持っている。同時にまた、詩人たちの詩情に点火して、新たな作品を生み出す起爆剤としての効力を帯びた、独特の聖なる空間でもあった。

そうした具体的な詩跡のなかには、山河・湖水・渓流などの自然物以外に、都市・宮殿・楼閣・橋梁・園亭・関隘（かんあい）・祠廟・旧宅・墳墓・寺観・運河などの人工物も含まれる。本書に収める中国の代表的な詩跡項目から、それぞれ二例ずつあげれば、泰山・嵩山（すうざん）、湘江・易水（えきすい）、洞庭湖・曲江池、若耶渓・剡渓（せんけい）の自然物以外に、金陵・曲阜（きょくふ）、華清宮・館娃宮（かんあきゅう）、黄鶴楼・岳陽楼、灞橋・天津橋、蘭亭・輞川荘（もうせんそう）、玉門関・函谷関、武侯祠・羅池廟（らちびょう）、杜甫草堂・陶淵明故宅、李白墓・虞姫（ぐき）墓、大慈恩寺・少林寺、汴河（べんが）・霊渠（れいきょ）などとなり、詩跡は豊かで多様性に富んでいる。

松浦友久「詩跡（歌枕）の旅―名詩のふるさと―」（『漢詩―美の在りか―』）にいう、「かりに、もし、中国の広大な風土において、こうしたさまざまな詩跡が形成されていなかったとしたら、中国詩歌を愛する古今・内外の読者にとって、その風土的魅力はほとんど半減されてしまうであろう。歴史や風土を抒情化する名詩の存在によってこそ、その地名は強い詩的喚起力をもって永遠に輝くのである」と。

三、詩跡に対する関心―詩歌による地誌―

詩跡は、当地を詠みこんだ詩歌の創造的なイメージに美しく彩られた、詩歌の地誌であるともいえよう。

こうした詩跡に対する関心は、じつは中国でも古くから存在した。南宋の陸游『入蜀記』や范成大『呉船録』の中には、詩跡を訪ねて当地で詠まれた詩を思い浮かべて論評することが、旅の重要な楽しみとなっている。北宋の陳舜兪『廬山記』などは、すでに作詩された場所に注意を払い、南宋期になると、詩文の創作・鑑賞のための地理知識に重点を置いた、新傾向の詳細な事典とも評せる地理総志（全国性地域志）―王象之『輿地紀勝』[2]と祝穆『方輿勝覧』[3]が刊行された。この両書には、新たに「詩」（『方輿勝覧』では「題詠」）の部門も設けられ、「輿地の学」（経世致用を重視する地理書）とは異なる、「詞章の学」に偏った地理総志であることを物語る。現存する南宋期の地方志、『乾道四明図経』（張津等）、『呉郡志』（范成大）、『琴川志』（孫応時、鮑廉）、『嘉泰会稽志』（施宿等）、『剡録』（高似孫）、『開慶四明続志』（梅応発等）、『景定建康志』（周応合）、『咸淳臨安志』（潜説友）、『咸淳毘陵志』（史能之）なども、独立した部門を設けて詩文を集録しており、同じ風気の中にある。

特に王象之撰『輿地紀勝』二〇〇巻（残巻）は、現存する地理総志の中では最大の規模で、各地を詠みこんだ詩を意欲的に集録し、それと緊密な一体感のもとに想起される場所、いわゆる詩跡を多く著録する。たとえば、池州（巻二二）の「総池州詩」「秋浦詩」「蕭相楼詩」「斉山詩」「九華山詩」、江州（巻三〇）の「総江州詩」「庾楼詩」「琵琶亭詩」「総廬山詩」「廬山瀑布詩」「東西林蓮社詩」（白公所居草堂附）「陶靖節祠堂詩」のごとく、「詩跡」ごとに分類して多数の詩を集録するのも、歴代の地理総志の中では『輿地紀勝』のみである。王象之の自序によれば、天下の各地にある山川の精華（風物名勝）と、それを詠みかつ記した詩文を広く集めて、それを見る文学者がすぐさま当地の風趣を会得して、作詩作文の際の、無尽蔵の資料宝庫とすることにあった。祝穆撰『方輿勝覧』が中国のみならず、日本の室町時代に盛んに愛用されたのも、いわば詩文を作り鑑賞する際の簡便な地誌として有用だったからである。

明清期に編纂された地方志は、一般に当地を詠む作品を集めた芸文志の部門を持っており、「詞章の学」に偏った最後の地理総志―『大明一統志』[4]九〇巻も明代に編纂されている。清初の有名な王士禛は、公用で陝西・四川・広東省などを旅したとき、万難を排して多くの詩跡を訪ねて詩を作っている。これは、実用の旅を、詩跡での作詩を通して、文学の旅に転化していったともいえよう。詩跡という言葉は存在しなくとも、事実上、詩跡に対する関心は持続したと評してよい。

四、詩跡の分布と形成

文芸風土・文芸地理の視点から見わたすと、詩跡は、中国の各地に均等に存在するわけではない。集中する地域もあれば、ほとんどない空白地域もある。それは結局のところ、政治や文化を担った作詩者層である士大夫（読書人）の行動範囲や文化の広がりと緊密に関連する。都城とその周辺、赴任・左遷・行旅の際に通る水陸交通路上の要所、あるいは宗教上の聖地（寺観）などに、詩跡が多く存在する。

豊かな文学が生み出された重要な文学空間の一つ、江南（江蘇省・浙江省・江西省・安徽省など）には、個性的なイメージに彩られた種々の詩跡―秦淮河・館娃宮・寒山寺・虎丘・蘭亭・西湖・滕王閣・廬山・敬亭山・采石磯・大明寺・恵山などが多く集中するが、ほとんどない空白地域（吉林・遼寧・貴州・青海省など）も存在する。

詩跡の形成は、一般に、ある具体的な地名が詩中（詩題を含む）に詠みこまれることに始まる。この詩材化現象が、いわば詩跡化の第一歩（予備段階）である。引き続いて、対象の特色を集約的に捉えた詩が詠みつがれ蓄積されて、徐々にある特定の景物や普遍的なイメージ―たとえば、銅雀台と曹操・妓女（銅雀妓）、易水と荊軻、湘江（瀟湘）と離怨・風景美、姑蘇台と呉国の興亡、峨眉山と月など―を帯びて、忘れがたい共有の名称となるとき、詩跡としての地位を獲得する。しかし「詩跡化」の予備段階を欠いたまま、初めてある場所を詠みこんだ詩が、対象のイメージを決定的にする名作であったために、当地を一気に著名な詩跡にするケースもある。

では、詩人の心を捉えて歌詠対象に選ばれる「具体的な地名」の条件とは、いったい何であろうか。それは大きく、①風光明媚な景勝地、特徴的な景観を持つ名勝、②歴史上有名な史跡、歴史的な人物や事件に関わる古跡、著名人ゆかりの地、有名な伝説・伝承のある地、の二つに分類でき、時には①と②を重複して持つケースもある。これらの前提条件を基に詩材化されて、その特色を集約的に捉えた作品が蓄積して、次第に、時には名作の誕生によって一気に、詩跡（著名な固有名詞）として定着・確立する。

中国における地名の詩跡化現象は、『詩経』系の終南山や『楚辞』系の洞庭湖・湘江などに端を発し、六朝期には、早くも個々の詩跡―金谷園・蘭亭・若耶渓などが出現しはじめた。

唐代は、岳陽楼・黄鶴楼・滕王閣・鸛雀楼・楓橋・二十四

橋・杜甫草堂・輞川荘・楊貴妃墓（馬嵬坡）・桃花潭・西湖（杭州）を始めとして、詩跡が大量かつ系統的に形成された時代である。ここには、唐詩の多彩な題材（懐古・詠史・遊覧・辺塞・山水・羇旅・送別・寄贈・遊宴）と、詩題に地名を付した歌行体詩（「灞陵の行」「九華山の歌」など）の流行が関連する。

続く宋代には、新たに安楽窩・独楽園・酔翁亭・滄浪亭・沈園・恵州西湖などの詩跡が生まれる一方、ある土地（場所）がある特定の詩歌との関連で想起されるという、詩跡の認識化が急速に進展していった。

元明清期にも、政治の中心である都城の変遷、訪問地の広域化・多様化などにつれて、新たな詩跡が誕生した。なかには成熟度が不足して、詩跡化の段階に止まるものもあるが、古典詩という言語芸術は依然として尊重され、熱心な作詩行為が存続したため、新たな詩跡が発見されて、詩歌の地誌上に登録されたのである。医巫閭山（遼寧省）・点蒼山（雲南省）・盤山（天津市）、滇池（雲南省）、薛濤井（四川省）、盧溝橋（北京市）、采石太白楼（安徽省）・済寧太白楼（山東省）・晴川閣（湖北省）、泉州開元寺・双塔（福建省）、于忠粛墓（浙江省）、烏魯木斉・伊犂（新疆ウイグル自治区）、嘉峪関（甘粛省）・山海関（河北省）などは、この具体例である。

詩歌の地誌上に登録された詩跡は、時代が下るにつれて確実に広がっていった。もちろん、すでに消失・変化した古い詩跡も多い。しかし、旅に出かけない人も、風土の本質的情感を捉えた詩歌を通して旅情を味わえるという文芸世界が、確かに成立しているのである。

五、詩跡事典の編纂

詩跡研究は、個々の地名の持つ詩的イメージの生成・継承・発展に関する、文芸風土・詩的言語の研究であり、近年、着実に成果が出ている。[5] こうした状況下で、総合的な詩跡事典を編纂する機運も整いつつある。

従来、一種の詩跡事典と評せるものとして、中国では楊剛編著『中国名勝詩詞大辞典』（浙江大学出版社、二〇〇一年）の労作がある。しかし、当然ながら詩跡的観点から編纂されたものではなく、きわめて遺憾なことに、明清地方志中の芸文志などに収める詩の題目や作者名に、そのまま従った誤りが散見され、厳密な文献批判の態度が欠如している。

日本では、松浦友久編著『漢詩の事典』（大修館書店、一九九九年）に収める「Ⅲ 名詩のふるさと（詩跡）」（植木久行執筆）が唯一のものであるが、書物中の一章に過ぎず、詩跡の数も一七八項目（小見出しの小詩跡二二を含めると全二〇〇項）にとどまる。

今回、筆者（植木）を編著者、故・松浦友久門下の若い研究者たち十一名を詩跡項目分担執筆者として、中国の代表的な詩跡三六五項目（小見出しの小詩跡二六三を含めると、詩跡数は全六二八項）を収めた、本格的な『中国詩跡事典』を編纂することにした。その際、省別に分けた詩跡一つ一つを、重要度に応じて三分類して分量を定め、①場所の確定、②詩跡の形成過程（歴史・伝説や景勝の有無―歴史・伝説系／景勝系／虚構・空想系や、詩人の訪問形態―直接・間接型など）、③独特の詩的情趣・景物・主題、④詩跡の継承性（一詩代表系／歴代詠唱系）、⑤詩跡の現況、の諸方面に留意して、執筆・解説することにした。

この日本発信の研究領域は、現在の中国学界では依然として未開拓の分野であり、日本の研究者が主導できる斬新な研究領域である。『中国詩跡事典』の完成によって、古来、詩人たちが詠み重ねて、ふくよかな美的イメージと詩的情感をたたえた「詩跡」の全体像が明瞭になるだろう。それは、単に中国文学史の再構築を迫るだけでなく、現代中国における文化的・歴史的景観の復元や再建、さらには観光産業・環境保全方面の振興にも大きな意義をもっている。

【注】

（1）詩跡の定義・形成過程等に関しては、寺尾剛「李白における武漢の意義―『詩的古跡』の生成をめぐって―」（『中国詩文論叢』第一一集、一九九二年）、「李白と『詩跡』―中国詩の〝歌枕〟」（『月刊　しにか』一九九五年六月号）、「『詩跡』研究の意義について」（『中唐文学会報』二〇〇〇、二〇〇〇年）、松尾幸忠「皮日休『館娃宮懐古』の『香径』について―『詩跡』解釈の視点から―」（『中国詩文論叢』第一五集、一九九六年）「中国における『詩跡』形成についての試論―日本の『歌枕』との比較考察から―」（『日本中国学会報』第五一集、一九九九年）、植木久行「中国における『詩跡』の存在とその概念―近年の研究史を踏まえて―」（『村山吉廣教授古稀記念　中国古典学論集』汲古書院、二〇〇〇年）、「中国歴代の地理総志に見る詩跡の著録とその展開―安徽省宣城市区・池州市、および山東省済南市区を通して―」（『中国詩文論叢』第二六集、二〇〇七年）、松浦友久「『詩跡』と『歌枕』―イメージの喚起力―」（『万葉集』という名の双関語―日中詩学ノート―』大修館書店、一九九五年）、「詩跡（歌枕）の旅―名詩のふるさと―」（『漢詩―美の在りか―』岩波書店、岩波新書、二〇〇二年）など参照。

（2）婺州金華県（浙江省金華市）の王象之撰『輿地紀勝』は、宝慶三年（一二二七）の翌年以降に刊行された、南宋期の最も完備した大型の地理総志である。しかし現在、全二〇〇巻のうち、三一巻が全欠、部分的な残欠は一七巻に及ぶ。

（3）建寧府崇安県（福建省武夷山市）の祝穆撰『方輿勝覧』は、初め『新編四六必用方輿勝覧』（前集四三巻、後集七巻、続集二〇巻、拾遺一巻）として、『輿地紀勝』よりも少し遅い嘉熙三年（一二三九）ごろ、『輿地紀勝』を簡略した形態で刊行され始めた。三〇年後の咸淳三年（一二六七）には、子の祝洙増訂『新編方輿勝覧』七〇巻が刊行されて、これが宋末・元明期に広く流布した。『四庫全書総目提要』巻六八、地理類一、『方輿勝覧』の条にいう、「惟だ名勝古跡に於いてのみ、臚列する所多し。而して詩賦序記は、載する所独り備わる。蓋し登臨題詠の為にして設け、考証の為にして設けず。名は地記為るも、実は則ち類書なり。…　文章に益有り。摛藻掞華（華麗な表現）は、恒に引用する所。故に宋元より以来、操觚家（文学者）は、其の書を廃せず」と。ちなみに、四庫館臣は、王象之撰『輿地紀勝』を見ていない。登臨題詠のために設けたのは、むしろ『輿地紀勝』の方であり、『方輿勝覧』ももちろん有用であるが、編纂目的は主に四六表啓文を作成する用途に応えるためであった。

（4）復位した明・英宗の勅命で、呂原等が編纂した『大明一統志』九〇巻は、天順五年（一四六一）に成る。景泰七年（一四五六）に成る、明代最初の地理総志『寰宇通志』一一九巻（景泰帝の勅命、陳循等編）を抹殺すべく、その完成後、わずか二年あまりで編纂を開始した。纂修者にも重複が多く、実質的には『寰宇通志』の改編である。

（5）個々の詩跡研究に関する主な論文には、松尾幸忠「杜牧と黄州赤壁—その詩跡化に関する一考察—」（『中国詩文論叢』第八集、一九八九年）、「瀟湘考」（『中国詩文論叢』第一四集、一九九五年）、「厳子陵釣台の詩跡化に関する一考察—謝霊運・李白・劉長卿—」（『中国詩文論叢』第一六集、一九九七年）、「池州における二つの詩跡—斉山と杏花村—」（『中国詩文論叢』第二七集、二〇〇六年）、「北宋時期の書物に見られる詩跡的観点について」（『松浦友久博士追悼記念　中国古典文学論集』研文出版、二〇〇六年）、寺尾剛「李白における宣城の意義—『詩的古跡』の定着をめぐって—」（『中国詩文論叢』第一三集、一九九四年）、「李白と九華山の『詩跡化』について」（『愛知淑徳大学国語国文』第二〇号、一九九七年）、「李白における安陸・南陽・襄陽の意義—土地讃歌の手法をめぐって—」（愛知淑徳大学『現代社会学部論集』第四号、一九九九年）、「李白流夜郎伝承考—「詩跡」拡散の要因をめぐって—」（『中国詩文論叢』第二一集、二〇〇二年）、植木久行「元明清期に誕生した詩跡初探」（『中国詩文論叢』第三〇集、二〇一一年）、「蘇州真娘墓詩跡考」（『中国詩文論叢』第三一集、二〇一二年）、「恵山寺と恵山泉—江蘇・無錫の詩跡考（南朝・唐代を中心に）—」（『中国詩文論叢』第三二集、二〇一三年）、住谷孝之「江州『庾楼』の出現するまで—ある虚構の詩跡の形成条件—」（『中国詩文論叢』第三〇集、二〇一一年）、矢田博士「詩跡としての仲宣楼」（『林田愼之助博

士傘寿記念　三国志論集』汲古書院、二〇一二年）、許山秀樹「『杏花村志』と「清明」詩の詩跡化—詩型に見る詩跡化の相違—」（『中国詩文論叢』第三二集、二〇一三年）などがある。

中国詩跡事典——漢詩の歌枕

（紺野）

【北京】

北京は、現在の中華人民共和国の首都（北京市）であり、その中心地域は、金・元・明・清の都城が造られた古都でもある。

金は貞元元年（一一五三）、遼の副都であった燕京に遷都し、中都と名づけた（皇城は今の西城区の広安門周辺一帯）。この中都は、宇文虚中「燕山道中三首」其三など、金詩中に言及される。金の滅亡後に成る元好問「都を出づ二首」其一には、「漢宮　曾て動く伯鸞（後漢の都を訪れて、宮殿の豪奢を詠み、人民の苦労を嘆いた「五噫の歌」の作者梁鴻の字）の歌、事去り（機会が失われ）　英雄も奈何ともせず」と、壮麗な中都がモンゴルに奪われたことを歌う。

モンゴルのフビライ・ハン（元の世祖）は、この中都の東北に新たな都城の建設を始め、国号を元と定めた翌年の至元九年（一二七二）、新都を大都（汗八里・カムバルック）と命名した。明清期の北京城よりもやや北に位置した大都は、周囲二八・六キロメートル、十一の城門を持ち、世界各地から商人等が集う大都市であった。

大都は、趙孟頫「初めて都下に至る、即事」二首や、宋本「大都雑詩四首」など、元の詩人によって歌われる。宋本の弟、宋褧の「都城雑詠四首」其一の冒頭には、次のようにいう。

万戸千門気鬱葱　　万戸　千門　気鬱葱たり
漢家城闕画図中　　漢家の城闕　画図の中

—多くの家々が立ち並び、佳気が盛んに立ちこめている。この漢朝の都（ここでは大都）は、まるで美しい絵の中にあるかのよう。—

廼賢「京城雑言六首」其一も、大都の壮大さと車馬の多さを、「神京　高峻を極め、風露　恒に冷然たり（冷たい）。憧憧たり（往来が絶えない）　十一門、車馬　雲煙の如し」と歌う。

元代、金の中都の故地は南城と呼ばれ、妓楼が多かった。王沂「陸友仁の尺五城南の詩に和す九首」其七に、「尺五の城南（唐の長安南郊の韋曲・杜曲が「天を去ること尺五」といわれたことに基づく）第（妓楼）幾家、燕姫　客を留め　琵琶に酔わしむ」という。

しかし、至正二八年（一三六八）、明は大都を陥落し、宮殿等を全て破壊した。元末明初の宋訥は、「壬子の秋　故宮に過る十九首」其四で、当時の皇城の荒廃を、「万国朝宗して（拝謁に訪れ）　紫宸に拝す、今に于いて誰か望まん　属車（供の車）の塵」と歌う。

靖難の役に勝利して即位した明の第三代・永楽帝（朱棣）は、住み慣れた北平を、永楽元年（一四〇三）、北京に改称し、永楽一八年（一四二〇）には、紫禁城（現在の故宮）や天壇の完成した北京城（内城）に遷都した。その後、嘉靖三二年（一五五三）には、南に外城が建設され、明清期における北京城の形態が完成した。

明・王廷相の七律「帝京篇」は、雄々しく歌い起こす。

帝京南面俯中原　　帝京の南面　中原を俯（俯瞰）し
王気千秋湧薊門　　王気　千秋　薊門（北京）に湧く

一方、明の遺民として生きた顧炎武の詩「京師の作」は、明の北京の繁栄を、「百貨　広き馗に集まり、九金（九州［天下］の金）　府の蔵に帰す。通州（今の通州区、大運河の終点）には船万艘、便門（外城の東便門・西便門）には車千両（＝輌）」と賛歌する。

清の沈季友「燕京の春詠三十八首」其一は、「帝京　高く擁す　九重（皇帝）の尊、直北の山河　紫翠の痕。馬を下り　棋盤　街上を過ぎ、金書　遥かに識る　大清門（天安門の南にあった門）」と詠む。

北京は、金・元・明・清の繁栄と滅亡を歌う詩跡なのである。

（紺野）

【北海・瓊華島・景山】

北海は北京故宮の西北に隣接する湖の名。この北海とその南の中海は、もと西北からの水流が集まってできた湖で、金の大定一九年（一一七九）以来、金の都城・中都の東北に置かれた離宮の一部に組み込まれた。元以降、太液池と呼ばれ、皇城の禁苑（明清期には紫禁城の西に位置したため西苑という）の主要な景物となる。

太液池は、明代に開削された南海とともに海子（西海子）とも呼ばれた。清・乾隆帝の詩「液池（太液池）の東岸より、遂に悦心殿に至りて漫題す三首」其一にも、「液池は祇だ是れ一湖水、明季（明末）相い沿いて三海に分かる」という。『大明一統志』一、西苑の条に、「周囲は深広、波光は澄澈にして、緑荷・芳藻、香を含み秀を吐き、游魚・浮鳥、競い戯れ、群がり集まる」という。「太液晴波」（太液秋波・太液秋風）は、「燕京八景」の一つで、明の胡広・金幼孜らの詩が伝わる。明・楊栄の七律「太液の晴波」の頷聯にいう。

蘋藻揺風仍蕩漾　　蘋藻　風に揺れて　仍りに蕩漾し
亀魚向日共徘徊　　亀魚　日に向かいて　共に徘徊す

—浮き草や藻が風に揺れてしきりに漂い、亀や魚が日ざしをあびてともに泳ぎまわる。—

北海の東南部に浮かぶ島が、瓊華島（瓊島）である。遼代の瑶嶼がこの島であるともいい、金代には瑶華島とも呼ばれた。元の至元八年（一二七一）、万歳山の名を下賜され、万寿山ともいう。

奇石が重なる瓊華島は、一説に「宋の艮岳（北宋の徽宗が都の開封に造った太湖石の人造の山）なり。…金は戒めとせずして茲に徙し」（明の宣徳帝［朱瞻基］「広寒殿記」）たものという。頂上には広寒殿が金代から存在したが、清の順治八年（一六五一）、永安寺が建立された。その仏塔が現在の北海白塔である。

島の名は、金の元好問「都を出づ二首」其二などにも見えるが、詩人たちが遊んで詩跡化するのは、元代以降である。元初の王惲が中統元年（一二六〇）に作った詩「瓊華島に游ぶ八首」其四には、金の離宮内にあって、亡国のために荒廃したさまを歌う。

五雲仙島戴霊鰲　　五雲の仙島　霊鰲戴く
老尽瓊華到野蒿　　老い尽くして　瓊華　野蒿到る

—瑞雲の浮かぶこの仙界の島は、霊妙な大亀が背負っていたが、その亀はすっかり老いて、瓊華（美石）の島にも雑草が生える。—

瓊華島は、「燕京八景」の一つ、「瓊島春雲」（瓊島春陰）で知られる。明の謝鐸「瓊島の春雲」詩には、「蓬海（東海の蓬莱山）分明にして眼中に在り、暖雲高く捧ぐ　玉芙蓉（玉の蓮の花）」とある。

景山は故宮の北門「神武門」の北に位置し、高さ約四三メートルの人造の山。明の永楽年間（一四〇三―一四二四）、紫禁城の護城河を掘った残土を積み重ねた土の山で、万歳山（しばしば瓊華島と混同される）と呼ばれ、山下に不測の事態に備えて石炭を積み重ねていたという俗説から煤山ともいう。清初の順治一二年（一六五五）、景山に改名された。明朝最後の崇禎帝が、李自成の叛乱軍の攻撃を受けて東麓の槐樹に首を吊って自殺した事件でも知られる。

御苑内の景山上からは紫禁城や北京の街を一望できたため、明清の皇帝や近臣が登覧詩を作る。清の張英「十月初二日、景山にて宴に侍す」詩に、「御苑　秋深く　葉正に飛び、金鋪（宮殿の門扉の金具）　碧瓦　晴暉を散ず」とあり、日ざしに輝く紫禁城を詠む。

北海は一九二五年、景山は一九二八年、公園として開放された。

【陶然亭・西湖（昆明湖）】

（紺野）

陶然亭は清・北京城の外城の南端、今の北京市西城区南部に位置する。実際はあずまやではなく、南北二面に壁のある建物である。

当地の北には明代、瓦を造る黒窯廠（南廠）が置かれた。地勢が高く、東南に水を湛えた黒龍潭が控える黒窯廠では、清代、登高の詩が多く作られた。王士禛は順治一六年（一六五九）の重陽節のとき、「九日、黒窯廠に登高し、曹顧菴・彭駿孫に同ず、四首」詩其一のなかで、「宮闕は蒼茫として返照を生じ、山川は突兀として銜杯に入る」（宮殿は果てしなく広がって夕陽の照り返しにつつまれ、山河の景色がふいに口に含む酒杯の中に映る）と詠む。

康熙三四年（一六九五）の冬、黒窯廠を監督するために訪れた江藻は、元代創建の慈悲庵（観音庵）の西に陶然亭を建てた（江藻「陶然吟並びに引」）。そして唐の白居易「夢得（劉禹錫）と酒を沽いて閑飲し、且つ後期を約す」詩の、「更に菊黄に家醞熟するを待ちて、君と共に一たび酔い一たび陶然たらん」（さらに菊の花が黄色に咲き、我が家の酒が飲みごろになるのを待って、君と酔いしれよう）の句によって「陶然亭」と命名した。水草の多い池があって、塵埃の気が全くない清幽な眺望が、心を酔わせる意をこめたのである。

江氏の姓から「江亭」ともいった陶然亭は、「城南觴詠の地」（清・戴璐『藤陰雑記』一二）として、清の杭世駿・陶澍・龔時珍らが詩を残す。そのなかの一人、査慎行の「初めて城南の陶然亭に遊ぶ」詩は、北京城南の秋の夕暮れ時の景色を、次のように詠む。

風偃万梢鋪井底　風偃みて　万梢　井底に鋪き
日斜双鷺起城頭　日斜めにして　双鷺　城頭に起つ

—風がやんで、多くの樹々の梢が井戸の中に敷きひろがり、夕陽が西に傾いて、二羽の白鷺が北京の街の端から飛びたった。—

一九五二年、陶然亭公園が開かれて、北京市民に親しまれている。

西湖（昆明湖）は、北京市西北の海淀区、玉泉山東麓の頤和園（当初は清漪園という。光緒一四年［一八八八］、西太后が再建して頤和園に改名）にある湖の名。その水域は園の約四分の三を占める。

西湖は、明代から清初、西湖景・大泊湖などとも呼ばれ、現在よりも小さく、西に偏在した。東岸は「城西の堤」（明の劉侗・于奕正『帝京景物略』七）として「西堤」と呼ばれ、湖とその周囲は江南のような風景が広がる景勝地であった。明の王直「西湖」詩に「堤下雲に連なりて　杭稲熟す、江南の風物　未だ宜しく誇るべからず」（西堤付近には雲に連なって、稲が一面に実る。江南の風物など、誇るにたりぬ）とあり、文徴明や王士禛らの詩によって詩跡として確立した。杭州の名勝・西湖を想起して、「北人、直だ西湖十景を以て之を呼ぶ」（明・蔣一葵『長安客話』三）ほどであった。沈徳潜の詩「西湖の隄に散歩し、雷翠庭の大銀台の作に同ず」にもいう。

閒遊宛似蘇堤畔　閒遊すれば　宛かも蘇堤の畔に似たり
欲向橋辺問酒罏　橋辺に向いて　酒罏を問わんと欲す

—のんびり歩を進めると、ここはまるで杭州西湖の蘇堤のようだ。橋のあたりで酒屋のありかを尋ねることとしよう。—

清の乾隆帝は、湖水を現在の規模に拡張し、乾隆一五年（一七五〇）、漢の武帝が都長安に造った湖にならって昆明湖と命名した。湖を南北に貫く西堤（前述の西堤は「東堤」とされた）が蘇堤を模倣するなど、杭州の西湖を意識し、乾隆帝はしばしば訪れて、「昆明湖に舟を泛ぶ」「昆明湖に舟を泛べて荷を観る」など、多くの詩を作る。

（紺野）

【香山・香山寺】

香山は、北京市中心部から北西に約二〇キロメートル、現在の海淀区の香山公園（一九五六年開園）にある山の名。北京市の西に連なる西山に属し、主峰の香炉峰（鬼見愁）は海抜五五七メートル。現在、紅葉の名所として知られる。

香山は、「流泉茂樹、一たび屐（はきもの）を著くれば、即ち軒軒たる（高くあがる）白雲の気有り。…西山中に於いて当に上座に拠るべし」（明・黄汝亨「西山に游ぶの紀」）と記された、西山第一の景勝地である。山名の由来について、明・蔣一葵『長安客話』三には金の李晏「香山記」を節略して、「相い伝うるに山に二大石有り、状は香炉の如し。原と香炉山と名づけ、後人省きて香と称すと云う」とする。あるいはまた、晩春に咲くアンズの花（杏花）の香りによるともいう（明の劉侗・于奕正『帝京景物略』六）。

香山寺は香山の東に位置し、金の世宗が大定二六年（一一八六）に創建した寺院の名。正式には永安寺といい、甘露寺とも称した。『欽定日下旧聞考』八七に引く明・徐善『冷然志』には、香山寺はもと遼の阿勒弥が喜捨した邸宅とも、金の章宗（世宗の孫）の会景楼であったともいう。寺の創建とほぼ同時期に、金の「香山行宮」も造営された。以後、香山寺は修築・拡張されていく（清末、焼失）。

香山と香山寺は元代以降、大都・北京の西郊の詩跡として確立する。元の王惲「香山寺の画巻に題す」詩は、「山色空濛として（ぼんやりかすみ）金界（寺院）湿い、松声清泛して（澄んで響き）海波寒し」と詠む。元の張養浩「遊香山」（香山に遊ぶ）詩にいう。

遊人聯蟻度林杪　　遊人　聯蟻　林杪を度り
細路一線雲間垂　　細路　一線　雲間に垂る

―遊覧する人々が連なる蟻のように林の梢（の上方）を通り、細い山道が一すじ、雲の間から下へ延びている。―

明・王鏊の七律「香山」詩は、山容を「百二の河山（堅固な地勢の山河）勢い西自りし、芙蓉朶朶（蓮の花［のような峰］が一輪一輪）天を挿して斉し」と歌う。李夢陽「香山寺」詩は、山中の境内のさまを「翠を鑿ちて　殿榭（仏殿・高楼）を置き、石を級べて　穹昊（天空）に上る」という。その後も、李攀龍「香山寺」、王世貞「香山寺に宿る」、袁宏道「香山」などの詩が作られた。郭正域「香山寺」詩は、山と寺の春景色をこう歌う。

廻廊小院流春水　　廻廊　小院　春水流れ
万壑千崖種杏花　　万壑　千崖　杏花種う

―香山寺の回廊と小さな庭園には、春の風情をたたえる小川が流れ、香山の多くの谷や崖にはアンズの花が植えてある。―

香山寺の仏殿の東にあった来青軒は、眺望にすぐれ、香山の「最勝（第一の景勝）」（清・孫承沢『天府広記』三五）と評され、しばしば詩中に詠まれた。明の徐渭「来青亭」詩にいう、「亭は翠を邀え入るるに非ず、山自から青を送り来る」と。

清の乾隆一〇年（一七四五）、康熙一六年（一六七七）設置の香山行宮を増築した乾隆帝は、翌年、静宜園と命名して、香山寺・来青軒などを含む「静宜園二十八景詩」を作っている。

王士禛「香山寺の月夜」詩など、香山・香山寺は清代の文人にも詠みつがれた。宋琬の五律「九日、…同に西山に遊び、幽（香？）山寺に宿す…」二首其二には、「僧は帰る　紅樹の外、鳥は語る　白雲の中」という。紅葉と白雲が映える、重陽節の香山の描写である。

【碧雲寺・臥仏寺・潭柘寺】

（紺野）

碧雲寺は、北京市中心部から北西に約二〇キロメートル、現在の海淀区に位置し、香山の東麓にある寺院の名。元の耶律阿勒弥（耶律阿利吉）の碧雲庵をもとに、明の正徳一一年（一五一六）、宦官の于経が碧雲寺に改名し、明末、宦官の魏忠賢が拡張した。清の乾隆帝は、寺院を行宮「静宜園」中に組み込み、その二十八景の一つとした。

碧雲寺は、西山の寺院のなかで、「其の最も閎麗なる（広く美しい）者」（清・朱彝尊「西山碧雲寺の記」）と評され、明代中期以降、詩跡化した。明・文徴明の七律「碧雲寺」は、寺院の壮麗さを歌う。

翠殿朱扉翔紫清　　翠殿　朱扉　紫清に翔び
璇題金榜日晶晶　　璇題　金榜　日び晶晶

―赤い扉の、緑色の伽藍が（高くそびえて）大空に浮かび上がり、美玉で飾られたたる木の端、金色の扁額が日々輝いている。―

馬汝驥の「碧雲寺の行」にも「西山の台殿は　数百十、侈麗（艶麗）碧雲寺に過ぐる無し」とたたえる。その後も、明の李攀龍や銭謙益、清の施閏章などが、いずれも「碧雲寺」詩を詠む。

碧雲寺は「泉を以て勝る者なり」（明・袁中道「西山十記」其五）とあり、卓錫泉などが有名であった。明の孫承恩は「碧雲寺の泉亭二首」を作り、王世貞「碧雲寺の泉」詩も「爾を助くるは　松風の声、之に借りて　竹色緑なり」と、泉の周囲の美しさを歌う。

清・王士禛の詩「碧雲寺の魏閹（閹は宦官）の衣冠を葬るの墓」は、明末に権勢を振るった魏忠賢の衣冠塚を歌う。魏忠賢については、宋犖「碧雲寺二首」や査慎行「碧雲寺の後、…」詩も言及する。

臥仏寺は、前述の碧雲寺の東北、寿安山の南麓にある寺院「十方普覚寺」の俗称。唐初創建の兜率寺に由来し、昭孝寺・寿安寺などを経て、清の雍正一二年（一七三四）、現在の名称が下賜された。臥仏寺の俗称は、唐代に香木製の、元の至治元年（一三二一）に銅製の釈迦涅槃像（臥仏）が造られたことに基づく（後者は現存）。

臥仏寺も、王樵「臥仏寺」詩などによって、明代に詩跡化した。胡応麟「山麓に臥仏寺に遊ぶ、…」詩は、臥仏の様子を「金身　丈六（一丈六尺）強、証果（悟りを得て）涅槃を示す」という。

清代でも、乾隆帝、王士禛、査慎行などが「臥仏寺」詩を作る。朱彝尊の五律「臥仏寺」は、春の夜の静謐な情景を美しく描く。

夜続林中磬　　夜は続く　林中の磬（僧の叩く打楽器）
春流枕外泉　　春は流る　枕外の泉

潭柘寺は、北京市中心部の西約三二キロメートル、門頭溝区潭柘寺鎮の山中にある寺院の俗称。西晋（四世紀）の嘉福寺に始まる北京随一の古刹であり、龍泉寺などとも呼ばれた。清代、康熙帝が現在の「岫雲寺」の名を賜った。寺院はかつて龍の住む「青龍潭」であり、そばに柘の樹があった（明・公鼐「潭柘寺に宿る」詩の自序）という伝承から、俗に潭柘寺と呼ぶ。現在、寺の北に龍潭がある。

金の釈重玉に「顕宗皇帝の龍泉寺に幸するに従う、応制詩」があるが、詩跡化は明代に始まる。徐有貞の「秋七月望日、友人と潭柘山の龍泉寺に遊び、…」詩には、寺の古い伝承を交えて歌う。

幽林鳥乱知風起　　幽林（深林）　鳥乱れて　風の起こるを知り
深洞龍帰帯雨来　　深洞　龍帰りて　雨の来るを帯ぶ（伴う）

王崇簡「重ねて潭柘寺に遊ぶ」二首其二には、「残碣（碑）模糊たり　蒼蘚の上、遺磚（しき瓦）寂寞たり　乱紅（落花）の間」と見え、清代にも、呉雯「嶺に陟りて潭柘寺に赴くの作」詩などがある。

（紺野）

【西山】

西山は、北京市の西北から西部にかけて連なる、太行山脈の支脈の総称。現在の昌平区南口鎮付近から、海淀・石景山・門頭溝の各区を経て房山区に跨り、主な山峰に玉泉山・香山・石景山がある。西山には数多くの寺院が造営され、「諸ろの蘭若（仏寺）の内に、尖塔　筆の如きは、無慮そ数十。塔の色は正白、山隈の青靄と相い間り、旭光　之に薄れば、晶明愛す可し」（明・蔣一葵『長安客話』三）という、山と寺とが調和した北京西郊の景勝地であった。

金元以降、中都や大都、北京といった都城の西に、冬の晴れわたる空のなか、雪の降り積もった西山が聳える姿は、「西山積雪」（西山霽雪・西山晴雪）として、「燕京八景」（燕山八景・京師八景・京畿八景ともいう）の一つに数えられた。『大明一統志』一には「旧記」を引用して、「大雪初めて霽るる毎に、千峰万壑、素（白絹）を積み華を凝らして（積雪の比喩）、図画の若く然り」という。

「西山の雪」は、南宋の范成大の七絶「燕賓館」に言及され、元代以降、多くの詩に詠まれた。元の陳孚「西山晴雪」詩（「神京八景を詠む」の一）に、「平明起ちて視る　巌壑の間、天を挿す瓊瑶一千丈」とあり、雪を戴く西山を高大な白玉に喩える。明・王紱の七律「西山霽雪」（「北京八詠」の一）の前半にいう。

雪満西山繞帝城　　雪は西山に満ちて　帝城を繞る
憑闌清暁看新晴　　闌に憑りて　清暁に　新晴を看る
千章玉樹臨風倚　　千章の玉樹　風に臨みて倚り
九畳銀屏向日明　　九畳の銀屏　日に向かいて明らかなり

—雪の降り積もる西山が、北京の街を取り囲む。手すりによりかかり、清々しい早朝、晴れたばかりの空を眺めやる。無数の白玉の大樹は風に吹かれながらそそり立ち、幾重にも折り重なった白銀の屏風（のごとき山並み）は日ざしを受けて明るく輝く。—

明の楊栄や戴洵にも「西山霽雪」詩があり、李東陽「西山霽雪」詩は「雪後の西山　爽気増し、凍雲消え尽きて　崚嶒（高く聳える峰）出づ」と歌い出す。清の乾隆帝も「西山晴雪」などの詩を詠み、西山の一峰・香山の山頂付近には、乾隆一六年（一七五一）に建てられた乾隆帝御筆の「西山晴雪」碑がある。

西山は、冬以外でも美しい姿を見せ、しばしば詩に詠まれた。元の許衡「西山に別る」二首其一は、初唐の王勃「滕王閣」詩を踏まえて、「杖を策きて朝雲を望み、簾を捲きて暮雨を看る」と歌う。李東陽「西山十首」其一は、視覚と聴覚から山の神秘と清浄を描く。

雲裏盪胸看縹緲　　雲裏　胸を盪かして　縹緲たるを看
渓辺洗耳聴潺湲　　渓辺　耳を洗い　潺湲たるを聴く

—雲のなかで胸をはずませて、はるかに広がる様子を眺め、谷川のほとりで汚れた耳を洗い、さらさらと流れる水音に聴き入る。—

清・劉大櫆の七絶「西山」は、雨後の美しい早朝の景色を、「啼鳥数声　深樹の裏、屏風十幅　江南を写す」と歌う。

西山の仏寺のなかでも、石景山区の翠微山・平坡山・盧師山に抱かれた、長安寺・霊光寺など、隋唐から明清にかけて建立された八箇所の寺院、いわゆる西山八大処は、特に有名である（現在は八大処公園として開放）。元・范梈の七絶「春日　平坡寺（今の「六処」香界寺）に上る」などがあり、明の李夢陽「平坡寺」詩はこう詠む。

西山万仏宇　　西山の　万の仏宇（仏寺）
爛若舒錦繡　　爛として（光り輝いて）錦繡を舒ぶるがごとし

（紺野）

【盧溝橋】

北京市の西南約一五キロメートル、豊台区を流れる永定河（旧称・盧溝河）に架かるアーチ形の石橋の名。蘆溝橋とも書く。その名は盧溝河（蘆溝河、渾河。桑乾河の下流部にあたり、康熙三七年［一六九七］、現在の永定河の名を下賜された）に架けられたことに由来する。現在は日中戦争の発端となった一九三七年の盧溝橋事件で有名であるが、古来、北京の西南郊外を代表する詩跡である。

当初、盧溝河に架けられていた橋は、木橋や浮橋であった（南宋・鍾邦直？『宣和乙巳奉使金国行程録』）。現存の石橋は、全長二六六・五メートル、幅七・五メートル、金の大定二九年（一一八九）、建設に着手して、明昌三年（一一九二）に完成した。その際に与えられた名「広利橋」は、当地が「車駕の経行する所にして、使客・商旅の要路」（『金史』二七、河渠志）だったためであろう。マルコ・ポーロが、「世界中どこを捜しても匹敵するものはないほどのみごとさ」（愛宕松男訳注『東方見聞録』一、平凡社、一九七〇年）と称賛したのも、金代に建設されたこの盧溝橋である。元以降、しばしば修築されてきたが、北京市内に残る数少ない金代の遺跡である。

金の趙秉文は、最も早い時期、石橋の盧溝橋を詠んだ詩人の一人である。その「盧溝」詩にいう。

落日盧溝溝上柳　落日　盧溝　溝上の柳
送人幾度出京華　人を送りて　幾度か　京華を出づる

京華とは金の都・中都を指す。交通の要衝であった盧溝橋は、長安の灞橋などと同様、離別の場所でもあったのである。

明け方の月は、「盧溝暁月」と呼ばれ、「燕京八景」（燕山八景・京師八景・京畿八景ともいう）の一つ。『大明一統志』一には、「早ごとに、波光・暁月、上下に蕩漾し、曙景（夜明けの景色）は蒼然として一奇なり」という。元初の尹廷高「盧溝の暁月」詩には、

滔滔流水去無声　滔滔たる流水　去りて声無く
月輪正挂天西角　月輪正に挂かる　天の西角

とあり、その後、盧溝の暁月は明の王紱・楊栄・李東陽らによって、詩跡「盧溝橋」の代表的景物となった。橋辺に御筆の石碑が現存する、清・乾隆帝の七律「盧溝の暁月」の前半にいう（四一歳の作）。

茆店寒鶏咿喔鳴　茆店の寒鶏　咿喔として鳴き
曙光斜漢欲参横　曙光　斜漢　参横たわらんと欲す
半鉤留照三秋澹　半鉤　照を留めて　三秋澹く
一蝀分波夾鏡明　一蝀　波を分かち　鏡を夾んで明らかなり

―茅ぶきの旅籠の鶏が暗いうちから時を告げて鳴き、白みそめた東の空に天の川が西に傾き、参宿が低く沈みかけている。鉤形の半月は光を留めて、淡い秋の気がただよい、ひとすじの虹のような橋が川波を分けて、澄んだ鏡のごとき水面を明るくさしはさむ。―

橋の両側の欄干（中の望柱［石柱］）などには、石の獅子像が多く彫られていた。現存のものは明の正統九年（一四四四）の改修の際に造られ、五百体前後という。明の徐渭「燕京（北京）より馬水に至る、竹枝詞、二首」其二は、盧溝橋のシンボルである獅子を詠む。

流出蘆溝成大鏡　流れ出づる蘆溝は　大鏡と成り
石橋獅影浸拳毛　石橋の獅影は　拳毛（巻き毛）を浸す

橋辺には西晋・張華の故宅があった（『長安客話』四）。明の呉国倫「蘆溝橋」詩は歌う、「見ず　郭生の台（郭隗の幽州台）、嘆息す張華の里」と。清の田雯「盧溝の張華の旧居」詩などもある。

（紺野）

【長城】

歴代、中国の北辺に、軍事施設として築かれた長い城壁の名。「中原」を中心に中国本土に住む漢人は、古来、匈奴やモンゴル族・女真族などの騎馬民族を主とする外敵の攻撃に、幾度も苦しめられた。その侵入を防ぎ、政権と国土・民衆を守ることを目的として、莫大な労力と時間を費やして建造された軍事構築物こそ、「長城」である。長城の北が「塞北」「塞外」と呼ばれるのも、要塞としての機能に着目するためである。そして、この要塞の内側こそ、一体としての「中国」であり、天下そのものであった。

戦国時代、燕・斉・趙・魏・秦・楚などの諸国が、隣国や異民族の侵攻に備えて、それぞれ「長城」を築いた。秦の始皇帝は天下を統一すると、将軍の蒙恬に命じて、秦・趙・燕の長城を補修・連結させ、さらに西は臨洮県（現・甘粛省定西市岷県）から、オルドス・陰山山脈などを経て、東端は鴨緑江の東にまで延長した。主に版築（土を突き固めて築く工法）によって延々と築かれた長城は、「万余里」（『史記』八八）に及び、以後、「万里の長城」と呼ばれる。

前漢の武帝はシルクロード、特に「河西回廊」を守るために、長城を玉門関（【玉門関】参照）にまで再延長した。南北朝期、北斉は秦漢の長城よりもかなり南に新たな長城を築き、隋がそれを継承・修築した。その後、漢人王朝の明は、モンゴル族の再来襲に備えて、北斉・隋の長城をもとに大修築を行ない、東の山海関（河北省秦皇島市、【碣石山・山海関】参照。一説に遼寧省の虎山長城が明長城の東端という）から、西は嘉峪関（甘粛省、【酒泉（粛州）・嘉峪関】参照）に至る長城を建設した。さらに、明は北京近郊の長城をより堅固に作り、堅い煉瓦で覆った。その一つ、北京市の北西約六〇キロメートルの八達嶺は、雄大な景観と良好な保存状態で知られる（【居庸関・八達嶺】参照）。これら歴代の長城の総延長は、約二一一九六キロメートルに及ぶ（二〇一二年、中国国家文物局の発表）。

長城の詩跡化に最初に貢献した作品は、楽府「飲馬長城窟行」である。この楽府題は、長城のほとりの泉窟（泉眼）で馬に水を飲ませる意であるが、古楽府の段階では、ほとんど長城に言及しない。しかし、魏（後漢末）の陳琳の詩は、夫から妻への書簡という形で、「長城　何ぞ連連たる（長く連なる）、連連として三千里。辺城（辺境の城塞）に健少（若者）多く、内舎（故郷の家）に寡婦多し」と、多くの男性が長城の建設に徴発されたことを歌う。さらに、

生男慎莫挙　　男を生むも　慎みて挙ぐる莫かれ
生女哺用脯　　女を生まば　哺うに脯を用てせよ
君独不見長城下　　君　独り見ずや　長城の下
死人骸骨相撐拄　　死人の骸骨　相い撐拄するを

―男児を産んでも、決して取り上げてはいけない。娘を生んだらご馳走を与えて養え。君よ、見たまえ。長城の下には、死者の骸骨が互いに支え合っているのを。―

と詠む。秦代の長城建設時に生まれた民歌（『水経注』三所引の西晋・楊泉『物理論』に見える）をほぼそのまま踏襲したこの表現は、跡継ぎの男子をとりわけ重視する中国の伝統的観念を、あえて反転する。かくして、秦の始皇帝を始めとした歴代の権力者によって、長城建設のために徴発され、あるいは刑徒（流刑者）として送られ、また国境警備のために兵士として動員されて、無念の死を遂げた民衆の思いが一層、強く伝わってくる。

盛唐の王翰「飲馬長城窟行」（「古長城吟」とも題する）にも、「黄昏の塞北　人煙無く、鬼哭啾啾として（亡霊が悲しくむせび泣いて）声　天に沸く」と、長城の下で白骨となり、祭祀の供養を得られない秦の兵卒の霊魂を歌う。また、中唐・王建の「飲馬長城窟（行）」は、「征人　馬に飲いて　回らざるを愁い、長城　変わりて作る　望郷の堆」と、本来、外敵を防ぐために高く作られた長城が、秦の兵卒の望郷台になっただろうと想像する。

ところで、王翰の詩は「秦王　城を築くこと　何ぞ太だ愚なる、天　実に秦を亡ぼす　北胡に非ず。一朝（ある日突然）　禍は蕭墻の内（門内の目隠し用の塀の中。ここでは内部―宮中と国内の双方を指す）より起こる、渭水の咸陽（秦都）　復た都たらず」と結ぶ。これは、「秦を亡ぼす者は胡なり」と記された予言書を、始皇帝が「胡人」（異民族）と勘違いして（実際は息子で後の二世皇帝「胡亥」）、長城を建設させたこと（『史記』六、秦始皇本紀）、そして結局、政権内部の抗争、および長城の南―国内の蜂起によって、秦が滅亡した史実を踏まえている。

特に唐代以降、始皇帝の絶対的権力と暴政、国を滅ぼした愚かさの象徴として、長城を歌う作品は、楽府「飲馬長城窟行」に止まらない。初唐の王無競「北のかた長城に使いす」詩は、「兵を暴す（動かす）こと四十万、工を興すこと九千里。死人　乱麻の如く、白骨相い撐委す（支えあって重なる）」と歌い、晩唐・胡曾の七絶「長城」の後半にも「知らず　禍の蕭墻の内より起こるを。虚しく築く　防胡　万里の城」と詠む。また晩唐・羅鄴の七律「長城」にもいう。

当時無徳御乾坤　　当時　徳の　乾坤を御する無く
広築徒労万古存　　広築は　徒らに労して　万古存す
謾役生民防極塞　　謾りに生民を役して　極塞を防がしめ
不知血刃起中原　　血刃の　中原に起こるを知らず
珠璣旋見陪陵寝　　珠璣　旋ち陵寝に陪えらるるも
社稷何曾保子孫　　社稷　何ぞ曾て子孫を保たん
降虜至今猶自説　　降虜　今に至りて　猶お自ら説く
冤声夜夜傍城根　　冤声　夜夜　城根に傍うと

―始皇帝は、当時、天下を治める徳がなく、遠方にまで築いた長城は役立つことのないまま、永遠に残っている。彼はみだりに民衆を苦役して遠い辺境を守らせたが、反乱が（逆に）中原から起こることに気づかなかった。彼の死後、宝玉はすぐさま陵墓に陪葬されたが、国家を守る社稷の神は、その子孫を長く保ち得なかったのだ。帰順した異民族は、今になってもまだ語る。（長城建設で死んだ）亡霊の悶え怨む声が毎晩、長城の下あたりで聞こえると。―

詩は、尾聯で、あえて異民族に語らせることによって、長城を建設した始皇帝の愚かさを一層、印象づけている。

元の周権「長城」詩は、「力は城杵（長城の建造）に窮まりて　怨声沈く、禍は蕭墻より起こりて　険も恃み難し」と、従来の長城のイメージを継承する。他方、元・柳貫の七律「長城を過ぐ」は、首聯で「道徳の藩墉（障壁。ここでは徳による統治）　億万年、長城　漫りに（空しく）朔雲と連なる」と歌い起こし、尾聯は、

神京近在玄溟北　　神京　近く玄溟の北に在り
九域開荒際幅員　　九域　荒を開いて　幅員に際る

―今、元の上都は北方の地（玄溟＝玄冥）のさらに北辺近くにあり、世界の未開地は切り開かれて、広大な領域の果てにまで広がる。―

と、長城の内外に広大な版図を有した元の詩らしく、壮大に歌う。

長城（金山嶺）

長城にまつわる民衆の悲惨さは、名高い孟姜女の説話に結晶する。

彼女は本来、『春秋左氏伝』襄公二三年（前五五〇）に、斉侯が戦死した斉の大夫・杞梁への弔辞を郊外で述べようとしたのを辞退した、礼節を知る妻として見える。前漢末になると、杞梁の妻が号泣すると城壁が崩れる、という内容が加わり、唐代までには、彼女に孟姜女の名が付与されて、始皇帝の長城建設と結びついた。

それは次のようなものである。―秦の始皇帝の時代、杞梁は長城の建設に徴発される。妻の孟姜女は夫の身を案じ、冬着を作って、長城に赴く。しかし、夫はすでに没し、遺体は城壁の内部に埋められていた。孟姜女が長城の前で慟哭すると、長城は崩れて無数の人骨が出てくる。彼女が自らの指の血を骨に滴らすと、夫の遺骨にのみ血がしみこむ。そこで、遺骨を集めて埋葬した。―

こうした物語の類話は、初盛唐期の類書『琱玉集』一二、感応篇に引く『同賢記』や敦煌変文などに現れる。晩唐になると、詩にも歌われるようになり、汪遵の七絶「杞梁の墓」には、「一たび長城に叫けば　万仞摧け、杞梁の遺骨　妻に逐いて回る」と歌う。唐末五代の詩僧・貫休の詩「杞梁の妻」は、夫の死を嘆く妻の言葉（『古今注』中）を利用して、孤独の身になった悲痛な姿を歌う。

上無父兮中無夫　　上には父無く　中には夫無し
下無子兮孤復孤　　下には子無く　孤にして復た孤なり
一号城崩塞色苦　　一たび号けば　城崩れて　塞色苦しく
再号杞梁骨出土　　再び号けば　杞梁の骨　土より出づ

―上に父はなく、中間（の世代）の夫も没した。下には子もおらず、永遠に孤りっきり。一度号泣すると、城壁が崩れて辺境の景色は悲しみに染まり、再度号泣すると、杞梁の骨が土から現れ出た。―

この孟姜女の物語は、戯曲や小説・民間伝承のほか、詩歌でも元・楊維楨の「崩城操」などを通して広く伝えられていった。

ところで、隋・煬帝（楊広）の「飲馬長城窟行、従征の群臣に示す」詩は、長城建設の意義を、「豈に台が小子の智ならんや、先聖（昔の皇帝）の営む所なり。茲の万世の策（永続させる方策）を樹て、此の億兆の生（多くの民衆）を安んず」と歌う。しかし、始皇帝と並ぶ中国の暴君とされる煬帝が、こうした長城建設の功績を認めた例外的な作品を作ったのは、皮肉なことといえよう。

そもそも、史実から言えば、長城を創建したのは始皇帝ではなく、その死後にも長城は何度も建設された。しかし、詩跡として長城が歌われ、残忍、あるいは暗愚な権力者とそれに苦しむ民衆のイメージが想起されるとき、もっぱら始皇帝がその象徴として現れる。そして、長城にまつわる「暴君」始皇帝のイメージは、詩歌を通して、人々の脳裡に深く刻み込まれていったのである。

（紺野）

【居庸関・八達嶺】

居庸関は、「関は南北四十里に跨る」（『大明一統志』一）とあるように、現・北京市の北西、昌平区南口鎮から八達嶺（延慶県に属す）までの関道の総称。また、特にその間に設置された関城（城壁で囲んだ関所）をいう。北京市中心部より約五〇キロメートルに位置する現在の関城は、明代、土木の変の後の景泰五年（一四五四）頃に移設されたものである。

この地は、軍都山（居庸山）中の険しい峡谷にあり、戦国末の『呂氏春秋』有始覧には「九塞」の一つとして「居庸」の名が見え、漢代には関所が築かれた。居庸関には太行山脈を横断する「太行八陘」（陘は谷間の坂道）の一つ、最北の軍都陘が通り、北魏・北斉以降、長城が建設された。そのためか、関の名称も秦の始皇帝が長城の設置にあたり、庸（庸徒［人夫］）を当地に徙して居まわせたことに由来すると伝える（元・王惲「中堂事記」上。ただし秦の長城はさらに北に位置するため、牽強附会の説である）。

唐代、薊門関・軍都関とも呼ばれた居庸関は、盛唐の高適によって歌われ、詩跡化が始まる。天宝九載（七五〇）の冬、兵を清夷軍（現・河北省張家口市懐来県の東の旧県城内にあった軍鎮）に届ける途上、「青夷軍（清夷軍）に使いして居庸に入る三首」を作り、冬の居庸関を歌う。其二の前半には次のように表現する。

古鎮青山口　　古鎮は　青山の口
寒風落日時　　寒風　落日の時
巌巒鳥不過　　巌巒　鳥も過ぎず
氷雪馬堪遅　　氷雪　馬も遅かるべし

―古い関所（居庸関）は青黒い山の入口にあり、寒風が吹き、日が沈む頃、その中に入っていく。険しい岩山は鳥さえも飛び越えられず、氷雪が山路を覆って、乗る馬も歩みが遅くなろう。―

其三にも「絶坂（険しい坂道）　氷連りに下ち、群峰　雪共に高し」とあり、北国の厳冬期の険阻な関塞を描写する。

居庸関は、金代、「中都（燕京。現・北京）の居庸有るは、猶お秦（関中）の崤（山）・函（谷関）、蜀の剣門のごときなり」（『金史』一〇一、李英伝）と評され、宇文虚中「居庸関を過ぐ」詩などに歌われた。

元・明以降も、たとえば元の上都（内モンゴル）など、塞外のモンゴル高原への要路上に位置し、都の大都・北京の北の関門であった居庸関は、最重要の防衛拠点とされた。また、この頃から、多くの詩人が訪れて詩に詠み、詩跡として確立した。

元・薩都剌の雑言古詩「居庸関を過ぐ」は、「関門の鋳鉄（堅牢な鉄の門）　半空に倚り（聳え）、古来　幾多　壮士（屈強の兵士）死す」と、歴代の激しい攻防を回顧して詠む。明・謝榛の五律「居庸関二首」其二は、居庸関とそれを守る将軍を歌う。

嶺断雲飛迥　　嶺断ちて　雲飛ぶこと迥かにして
関長鳥度遅　　関長くして　鳥度ること遅し
当朝有魏尚　　当朝　魏尚有り
復此駐旌旗　　復た此に旌旗を駐む

―居庸関の峰は高く切り立って雲は遥か上を飛び、関所の道は長く続いて、鳥でさえすぐには越えられない。今、あの匈奴を防いだ前漢の魏尚のような名将が、再びここに部隊を駐めて守っている。―

一方、重なる峰々に緑の木々が茂る居庸関一帯は、金代以降、「居庸畳翠」として北京郊外の景勝地となり、「燕京（北京）八景」の一つとして、元の陳孚などの「居庸畳翠」詩が伝わる。明・楊栄の七律「居庸畳翠」（「京師八景」の一）の前半には、「群山聳え列びて勢い崢嶸たり（高く険しい）、日は峰巒を照らして　積翠（山に積み重なる木々の緑）明らかなり。高く烟霞を出でて絶塞（山上の城塞）に通じ、低く城闕（居庸関）を回りて神京（帝都北京）を擁く」とあり、連綿と伸びる山嶺の深い緑の重なりを壮大に描く。

清代にも朱彝尊「居庸関を出づ」や宋犖「居庸関を望む」詩などがある。なお、居庸関の歴史は日比野丈夫「居庸関の歴史地理」（同『中国歴史地理研究』同朋舎出版部、一九七七年所収）に詳しい。

居庸関の関城には、元の順帝の勅命で造られた過街塔（雲台。至正五年［一三四五］完成）がある。その名は台基（現存）の下に道が通り、上に三つの仏塔を設けたことに由来する。元の廼賢の連作「上京紀行」十二首の「居庸関」詩の自注にも「三塔通衢に跨り、車騎皆な其の下を過ぐ」とあり、「浮図（仏塔）　広路を圧し、台殿　層麓に出づ」と歌う。門洞内には、国家の安寧や通過者の安全を祈念するため、四天王像や六種の文字による「陀羅尼経咒」などが刻まれている。

居庸関雲台

八達嶺は、現在の居庸関関城の北西約一〇キロメートルの延慶県八達嶺鎮にある、最高海抜一〇一五メートルの山なみの名。明・蔣一葵『長安客話』八には、「北のかた延慶州（延慶県）に往き、西のかた宣鎮（河北省張家口市宣化区一帯）に往き、路は此より分かる。故に八達嶺と名づく」という。また居庸関の天険は関城ではなく、この八達嶺にあると評された。

居庸関の北の入口を押さえる八達嶺の名が、詩中に見えるのは金詩に始まる。劉迎の「晩に八達嶺下に到り、旦に達して乃ち上る」詩は、湾曲して長く続く八達嶺の稜線を、「鯨形（のごとく）　腰膂（腰と背骨）曲がり、蛇勢（のごとく）　首尾長し」と比喩する。

明の弘治一七年（一五〇四）、現在も保存状態の良さで知られる八達嶺長城（内長城）の建設が始まった。長城の壁の高さは平均約七・八メートル、上部の幅は約五・八メートルで、馬五頭、兵士十人が並行して走ることができた。関城も建設され、東門には「居庸外鎮」、西門には「北門鎖鑰」という扁額が掛けられている。

八達嶺の風景は、しばしば居庸関を詠む詩に見えるほか、明・徐渭の七絶「上谷（付近は、かつての上谷郡にあたる）の歌九首」其五には、「八達の高坡（高い斜面）は　百尺強、逕は大漠（沙漠）に連なり　去りて荒荒たり」と歌う。清末の光緒一四年（一八八八）、八達嶺を訪れた康有為の「万里の長城に登る」二首其一は、東西方向に延びゆく長城の雄大な景観を描写する。

東窮碧海群山立　東のかた碧海を窮めて　群山立ち
西帯黄河落日明　西のかた黄河を帯らせて　落日明らかなり

（紺野）

【古北口】

北京市密雲県の東北約四五キロメートル、河北省承徳市灤平県との境界にある要害の名。虎北口・留斡峰（女真語の音訳）などともいう。燕山山脈中の潮河の峡谷に位置し、「両旁は峻崖、中に路有り、僅かに車軌（一車）を容るるのみ」（南宋・李燾『続資治通鑑長編』七九所引北宋・王曾「行程録」）と評された。この付近には、北斉の天保年間（五五〇―五五九）、長城が作られ、唐代には「北口」として、長城の関塞とされた（『新唐書』三九、地理志）。「古北口」の名は、五代の時には現れたらしい（『旧五代史』二八など）。

古北口は、遼（契丹）へ赴いた北宋の使節の詩によって詩跡化した。宝元元年（一〇三八）の韓琦の七絶「虎北口を過ぐ」にいう。

東西層巘鬱嵯峨　東西の層巘　鬱として嵯峨たり
関口纔容数騎過　関口　纔かに容る　数騎の過ぐるを

―東西に延びた、重なる峰々は、高くそびえて険しい。この古北口の入り口は、わずかに数騎が通過できるだけだ。―

元祐四年（一〇八九）、遼に赴いた蘇轍の「古北口道中、同事に呈す二首」其二は、「明朝　対飲して　郷嶺を思う、夷漢の封疆　此より分かる」と結ぶ。当時、遼は南の燕雲十六州を手中にしていたが、蘇轍にとって、古北口こそ宋・遼の本来の国境であった。

古北口は、契丹と戦い、後世「楊家将」の物語で知られる北宋の名将・楊業が捉えられて没した地と伝えられ、遼代には彼を祀った楊無敵廟（楊令公祠などともいう。一九九三年に再建）が造られた。北宋・蘇頌の七絶「仲巽（張宗益）の古北口の楊無敵廟に過るに和す」詩に、「仇方（敵方の契丹）に威信ありて　名は滅びず、今に至るまで　辺塞　遺祠を奉ず」とあり、遼の人が楊業を恐れて祀ることを詠む。彭汝礪の七律「古北口の楊太尉廟」詩の後半にいう。

遺霊半夜雨如雹　遺霊　半夜　雨　雹のごとく
余恨長時日為陰　余恨　長時　日　陰と為る
駅舎愴懐心欲砕　駅舎に愴懐して　心砕けんと欲す
不須更聴鼓鼙音　須いず　更に聴く　鼓鼙の音を

―今も残る楊業の霊は、夜中、雨を雹のように降らせ、なお尽きぬ彼の無念の思いは、いつまでも続いて日を曇らせる。古北口の駅亭で彼のことを思って胸を痛め、心は砕けてしまいそう。この上、馬上の戦鼓の音など聞かせないでほしいのだ。―

洪武一一年（一三七八）、古北口城が築かれ、北京遷都後は都城の東北防衛の要衝となった明代以降、古北口は、唐順之など多くの詩人に再び詠まれた。明の遺民・顧炎武の七絶「古北口」四首其一は、古北口以南の地が清に奪われたことを踏まえて、こう歌う。

漢家亭障接山南　漢家の亭障　山南に接し
光禄台空倚夕嵐　光禄の台空しくして　夕嵐に倚る

―漢朝（明を指す）の辺境の城塞は燕山山脈の南に連なり、光禄勲（前漢の徐自為。塞外に城塞を築いたが、匈奴に破壊された）が築造した物見台は人もおらず、夕もやの中にひっそり立つ。―

清代になると、古北口は北京と熱河離宮（避暑山荘。現在の河北省承徳市にある）を結ぶ要路上に位置し、康熙帝・乾隆帝の他、熱河に往復した清朝の文人の詩に歌われた。査慎行の七言古詩「六月初四日、駕に扈いて古北口を出づ」にいう、「関を出でて弥望（遠望）す　神州の壌（中国の大地）、六飛（皇帝の車駕）　清暑（避暑）して頻りに来往す」と。

（紺野）

【幽州台・薊丘（薊門）】

幽州台は、唐代、幽州城（＝幽州薊県城）の西北郊外の丘陵「薊丘」（後述）にあった高楼の名。薊北楼・薊丘楼・薊城西北楼・燕台ともいう。唐代の幽州城は、戦国七雄の一つ、燕国の上都・薊城のあった場所とほぼ同じで、今の北京市西城区の広安門付近にあたる。

幽州台を一流の詩跡としたのは、初唐の陳子昂である。彼は万歳通天元年（六九六）の秋、武攸宜の参謀として契丹族の征伐に従軍した。翌年の神功元年、契丹に大敗すると、陳子昂は二度にわたって諫言を行い、軍曹に降格させられた。降格後の春から夏に作られた詩が、雑言古詩「登幽州台歌」（幽州の台に登る歌）である。

前不見古人　前に古人を見ず
後不見来者　後に来者を見ず
念天地之悠悠　天地の悠悠たるを念い
独愴然而涕下　独り愴然として涕下る

—私より前に生まれ、死んでいった古の人々に会うことはかなわない。私より後に生まれてくる未来の人々にも会えない。永遠に続く時間の一瞬、広大な天地の一点に生きる自らの存在を思うとき、ひとり深い悲しみに沈んで、涙がこぼれ落ちる。—

詩は、献策が拒絶され、地位も下げられたことによる失望と屈辱感のなか、戦国燕の明主昭王やその名将楽毅らのことを追憶して作ったものとされる（唐・盧蔵用「陳氏別伝」など）。

昭王の故事とは、次のようなものである。—南の斉国に敗北した後に即位した燕の昭王姫平（前三一一〜二七九年在位）は、斉に報復するため、郭隗に有能の士の招致を諮った。すると、郭隗は「王必ず士を招かんと欲せば、先ず隗より始めよ。況んや隗より賢れし者、豈に千里を遠しとせんや」と答えたので、昭王は彼のために宮殿を改築して師事した。かくして楽毅は魏から、鄒衍は斉から、劇辛は趙から訪れた。前二八四年、昭王は楽毅を用いて斉を大破した（『史記』三四、燕召公世家）。—後世、不遇感を懐く知識人にとって、昭王は賢者を登用・優遇した明君とされ、詩歌に詠まれた。

陳子昂の本詩も、自らの不遇と昭王の故事との対比の中から生まれつつ、それに留まることなく、無限の時間と空間における有限の存在としての人間、人生の意義を思索させる絶唱となる。そこには、「幽なる（深い、暗い、遠い、かすかな）州」とされた「幽州」という地名の陰鬱な語感が深く作用していよう。

陳子昂には、さらに「薊城の西北楼に登り、崔著作融の都に入るを送る」、「薊丘楼に登り、賈兵曹の都に入るを送る」などの詩があり、前者では「薊楼　燕国を望み、剣を負いて　茲に登るを喜ぶ」と歌う。また中唐の張謂「孫構の免官せられし後、薊楼に登るに同ず（唱和する）」詩も、「薊楼」（幽州台）に言及する。

薊丘は、薊城の西北の丘の名。南北朝後期には薊城内の西北隅にあった（北魏・酈道元『水経注』一三）が、唐代には幽州薊県の城門に近い西北城外に位置した。陳子昂「薊丘覧古、盧居士蔵用に贈る七首」の序に、「薊門より出で、燕の旧都を歴観するに、…因りて薊丘に登り、…」とある。また、この地を実際に訪れた盛唐の高適「薊門にて王之渙・郭密之に遇わず、…」詩にも、「遠きに適きて薊丘に登る、茲の晨　独り搔屑たり（心が乱れ憂える）」という。

陳子昂の「薊丘覧古、…」詩は、詩人が薊丘に登り、主に燕の昭王当時の人物を歌う懐古の連作である。其二「燕の昭王」にいう。

南登碣石館
遥望黄金台
丘陵尽喬木
昭王安在哉

　南のかた登る　碣石館
　遥かに望む　黄金台
　丘陵　尽く喬木
　昭王　安くに在りや

―南に向かって碣石館（思想家鄒衍のために昭王が建てた宮殿）に登り、はるかに黄金台（昭王が天下の賢者を招くために千金を置いた［南朝宋・鮑照「放歌行」〈『文選』二八〉の李善注に引く隋代の『上谷郡図経』。陳子昂の詩は郭隗のために作ったとする］と伝えられる「招賢台」）を眺めやる。しかし、丘陵は、すべて高い木々に覆われ、あの明君昭王は、今やその影さえとどめない。―

　碣石館と黄金台は、いずれも燕国の下都（副都）・武陽城（今の河北省保定市易県の東南）の周辺にあったとされる（『水経注』一一、『太平寰宇記』六七）。陳子昂がそれを上都・薊城のこととして歌うのは、昭王に関する故事の、六朝以降の受容・展開とも関わっていよう（中島敏夫「陳子昂「薊丘覧古」黄金台等地理攷」［『愛知大学文学論叢』第六九輯、一九八二年］も参照）。

　薊城の城門を指す「薊門」の語は、「薊北の門より出で、遥かに望む　胡地の桑」と歌う魏の曹植「艶歌行」（佚詩）以降、朔北の風土や当地への遠征を詠む詩に見える。鮑照「代出自薊北門行」に、「疾風　塞を衝きて起こり、沙礫　自から飄揚す」とあり、高適「薊門五首」其五にも、「古樹　空塞に満ち、黄雲　人を愁殺す」という。

　朔北の風土や燕の昭王への懐古の中で歌われた薊丘・薊門は、この地が都城となった元代以降、詩跡として新たな展開を見せる。

　元代、薊丘は、「旧城の西北隅の旧との薊門に在り」（趙万里校輯『元一統志』一）とされ、今の広安門付近を含む金の中都、元の南城にあったらしい。しかし、明の万暦年間には、北京の西北にある徳勝門外の「土城関」が薊門の遺址と伝承され、薊丘ともいうようになった（『長安客話』一）。現在、海淀区内にある元・大都の城壁「西土城」に、清の乾隆帝御筆の「薊門烟樹」の碑が現存する。

　金代に始まる「燕山八景」（燕京八景・京師八景）の中には、黄金台を歌う「金台夕照」（明清期、北京城東の朝陽門の東南約二キロメートル［今の朝陽区］の土阜が複数ある金台の中で特に知られ、二〇〇二年、乾隆帝御筆の碑も発掘された）とともに、「薊門飛雨」が含まれている。元の陳孚「薊門飛雨」詩は、「鳳城（大都）　数うる無し（無数）　笙歌の楼、珠簾　半ば捲く　西山の秋」と歌う。

　薊門は「猶お二土阜を存し、樹木蓊然（茂り）、蒼蒼蔚蔚として、晴烟　空を払い、四時改まらず」（『欽定日下旧聞考』八所引「燕山八景図詩序」）と描写され、明の楊栄らが「薊門飛雨」から「薊門烟樹」に改めた。その楊栄の七律「薊門烟樹」詩は春の薊門を歌う。

　薊門春雨散浮埃
　烟樹溟濛霽欲開

　　薊門の春雨　浮埃を散じ
　　烟樹溟濛として　霽れて開かんと欲す

―薊門に降る春雨は、漂う土ぼこりを洗い流し、もやに包まれた木々は薄暗く霞んで見えたが、雨が晴れて姿を現そうとしている。―

　この後、「薊門烟樹」は、明の李東陽、清の乾隆帝などに詠まれた。

　一方、「金台夕照」は、「往往にして目を斜陽・古木の中に極めて」（前引「燕山八景図詩序」）、燕国や昭王を懐古するための命名であり、陳孚や楊栄らに歌われた。明・王紱の七律「金台夕照」詩に、「黄金もて　此の地　曾て士を延き、目を平川（平原）に極めて　夕照斜めなり」とあり、李東陽の七律「金台夕照」詩も、「往事　虚しく伝う　郭隗の宮、荒台　半ば倚る　夕陽の中」と歌う。

（矢田）

【盤山・独楽寺】

盤山は、天津市薊県城の西北約一二キロメートル、北京市の東約八〇キロメートルのところにあり、中国東北部を代表する山である。古くは龍盤山・四正山・徐無山ともいう。明の謝榛が「盤山の絶頂に登りて黄龍祖師の祠に謁す」詩の中で、「薊北に来遊す　第一の山、上には連なる　七十二の禅関（寺院）」と歌うように、「京東第一山」（北京の東の第一の名山）と称される。主峰の挂月峰（海抜八五六メートル）をはじめ五つの峰からなり、山上には七二の寺院があったという。また、山上の松、中腹の石、山麓の水の「三盤の勝」に富み、なかでも懸空石・揺動石などと呼ばれる八つの奇岩は有名である。

盤山は、都城が北京に置かれた明代以降、多くの詩人が訪れて、その絶景を詩に歌った。例えば明の袁宏道は、「入盤山」（盤山に入る）詩の中で、老松の林と奇岩怪石を詠んでいう。

虬松百万株　　虬松　百万株
粘石無根蔕　　粘石　根蔕無し
峰峰有活石　　峰峰　活石有り
石石挟仙気　　石石　仙気を挟む

—虬がとぐろを巻くかのように枝を伸ばす、百万本もの松の樹々。根や蔕のような支えもなく、空中にへばりつく不思議な岩。どの峰にも生き生きとした表情豊かな奇岩があり、どの岩も俗世間を超脱した仙界の風格を帯びている。—

清代、盤山は満洲族の祖廟のある盛京（遼寧省瀋陽市）への途上にあったため、例えば康熙帝が「清晨　盤山に入る二首」其二の中で、「当年　輦に乗りて到る、今日　復た来遊す」と歌うように、清朝の皇族たちは、しばしばこの山に立ち寄った。とりわけ乾隆帝は、南麓に行宮「静寄山荘」を建て、さらには蔣溥らに命じて『盤山志』二一巻を編纂させるなど、盤山との関わりが深い。

なお、清初の文人たちの盤山での交流を扱った専論に、竹村則行「盤山に集った清初文人（宋犖・王士禛・朱彝尊・洪昇）と智朴『盤山志』について」（『文学研究』九九、二〇〇二年）がある。

独楽寺は、天津市薊県城内にあり、唐代の創建とされる。現存する建物のうち、山門と観音閣は遼の統和二年（九八四）に再建されたものといい、特に観音閣は中国最古の木造楼閣（大きな観音菩薩の塑像が立つ）として知られる。

独楽寺の詩跡化もまた、盤山と同様に明代以降である。明の唐之淳の五律「独楽寺の観音閣に登る、聞の字を得たり」は、最も早い時期の作であり、その中央二聯には当時の様子をこう描く、「野の花は仏の供（供物）と為り、庭の柏（樹）は炉燻（香炉の煙）に当つ。雨は壊す　簷前の鐸、蝸は添う　石上の文」と。また清初の宋犖は「独楽寺二首」其一の中で、「署書は太白（李白の字）と伝え、遺碣に蒙哥有り」と歌う。題下の自注に「寺に李太白の書『観音之閣』の四字、及び元の蒙哥帝（憲宗、モンケ）賽典赤（元の宰相、サイイド・アジャッル）の為に立つる所の賢牧碑有り」という。

独楽寺もまた、清朝の祖廟へ赴く途中に位置し、乾隆帝のときに行宮が建てられた。乾隆帝の「独楽寺に過りて戯れに題す」詩にいう、「我は是れ先んじて人を憂うるに、独楽の寺と称するを羞づ。独り楽しめば　楽しみは著くる（落着）無く、先んじて憂うれば　憂いは未だ墜まず」と。「独り楽しむ」という名の寺で、人の上に立つ者の、「先憂後楽」の心得に改めて思いを致すのである。

（矢田）

【医巫閭山・千山・鴨緑江】

医巫閭山は、北鎮市の西約五キロメートルの地にあり、主峰の望海山は海抜八六七メートル。『周礼』夏官司馬・職方氏の条に、「東北を幽州と曰い、其の山鎮を医無（巫）閭と曰う」とあるように、中国東北部の鎮守の山として、古来、祭祀の対象とされ、山下に北鎮廟がある。略称は閭山。ただ、医巫閭山の詩跡化は遅れ、最も早期の作である金の蔡珪「医巫閭山」詩の冒頭には、山の雄壮な姿を、「幽州の北鎮は高く且つ雄なり、天に倚ること万仞　天の東に蟠る」と歌う。

医巫閭山は、南北方向に四五キロメートルに亘って連なる。清の康熙帝「広寧（北鎮市）に過りて医巫閭山を望む」詩に、次のように歌う。

名山挿霄漢　名山　霄漢を挿し
朶朶青芙蓉　朶朶たる　青き芙蓉
連亘数十里　連亘すること数十里
隠現千百重　隠現すること千百重

—幽州の名山は、聳えて天空に突き刺さり、まるで一輪一輪、青い蓮の花が群がり咲くようだ。峰々は数十里にわたって連なり、見え隠れしながら幾重にも重なりあっている。—

千山は、鞍山市の南東約二〇キロメートルの地にあり、最高峰の仙人台は海抜七〇八メートル。九九九ある峰の数が千に近いため、千山と命名されたという。清の乾隆帝「千山を望む」詩に、

長白巫閭衆所瞻　長白　巫閭は　衆の瞻る所なり
千山亦復高千仞　千山も亦た復た　高きこと千仞なり

とあるように、千山は長白山（【長白山・混同江】の項参照）や医巫閭山とともに、中国東北部の三大名山とされる。また、山中には龍泉・大安・香岩・中会・祖越の五大寺院があり、仏教の聖地ともなる。明・呉希孟の詩「大安（寺）に宿りて懐い有り」には、下界とは異なる千山の風趣を、「奇石　蒼松　世界分かれ、千山　虎豹　群狼を散ぜしむ」と歌い、明の程啓元「祖越（寺）由り龍泉（寺）に過る」詩には、二寺を結ぶ小道を、「一逕　何ぞ盤曲たる、東西に亦た委蛇（うねり曲がる）たり」と歌う。

鴨緑江は、長白山（【長白山・混同江】の項参照）を水源とし、吉林省と遼寧省の南端を流れて黄海にそそぐ、全長七九五キロメートルの川。古くは馬訾水、唐代始めて、水の色が鴨の頭の羽毛のように碧緑色であることから、鴨緑江（鴨緑水）と呼ぶ。

南宋の陸游「出塞曲」に、「却回（帰還）して雁を鴨緑江に射れば、箭飛び雁起ちて　雲に連なりて黒し」と見える。これが詩に詠まれた早い時期の用例であるが、詩跡として確立するのは、朝鮮との国境を流れる川として意識される明代以降のことと言ってよい。朝鮮国への使者も鴨緑江を渡って、彼の地へ赴いた。その様子を明の楊慎は、「唐守之（名は皐）の朝鮮に使いするを送る」詩の中で、「鳳凰（城）の楼上　星辰動き、鴨緑の江辺　霧雨開く」と歌う。また、明の王之誥は、七律「鴨緑江を瞯う」詩の前半で、こう歌う。

九連城畔草芊綿　九連城畔　草芊綿たり
鴨緑津頭生暮煙　鴨緑津頭　暮煙を生ず
対岸鳥鳴分異域　岸に対いて　鳥鳴いて　異域を分かち
隔江人語戴同天　江を隔てて　人語りて　同天を戴く

九連城は鴨緑江の河口に近く（丹東市の東北）、鳳凰城の東南にあった。芊綿は草の茂るさま。同じ天空の下にありながら、ひとたび鴨緑江を超えてしまえば、そこはもはや異国の地なのである。

【長白山・混同江（松花江）】

（矢田）

長白山は、吉林省の東南端、北朝鮮両江道との国境にあり、古くは徒太山・太白山などといい、金代始めて長白山と呼ばれた。海抜二七四四メートル、朝鮮半島では白頭山の名で知られる。頂上には天池と呼ばれるカルデラ湖があり、鴨緑江（【医巫閭山・千山・鴨緑江】の項参照）や後述する混同江（松花江）の水源となる。金朝は女真族の聖地としてこの山を祭り、清朝も愛新覚羅氏誕生の地として、この山を祖先祭祀の対象として、一般人の立ち入りを禁止した。

長白山（長く連なる白き山）を詠んだ詩としては、明の倪謙の詩「金人五馬撃毬図」（金人の五馬　毬を撃つの図）が早期の例であろう。その冒頭には、長白山と混同江とを対にして歌う。

長白山高連海東　長白山は高くして　海東に連なり
混同江深盤黒龍　混同江は深くして　黒龍盤る

―長白山は高く聳えて東の海にまで連なり、混同江は深々と黒い龍がうねるように流れゆく。―

清代では、康熙帝の五律「長白山を望み祀る」詩の首聯に、

名山鍾霊秀　名山は霊秀（優れて美しいもの）を鍾め
二水発真源　二水（鴨緑江と混同江）は　真源を発す

とあり、乾隆帝の五律「駐蹕吉林境、望叩長白山」（蹕を吉林の境に駐め、望みて長白山に叩［拝］す）詩の首聯にも、こう詠まれる。

吉林真吉林　吉林は　真に吉なる林なり
長白鬱嵚岑　長白（山）は　鬱として嵚岑（高峻）たり

混同江（松花江）は、長白山山頂の天池に源を発し、吉林省を西北方向に流れ、松原市を過ぎた後、流れを北東に変える。その後、黒龍江省哈爾濱市の北を通り、同江市付近で黒龍江（アムール川、旧名は黒水）に流入する。黒龍江最大の支流である。古くは速末水・粟末水などといい、遼代・金代には混同江・宋瓦江、そして明代始めて松花江と呼ばれたという。

混同江を詠んだ詩については、金の蔡松年「渡混同江」（混同江を渡る）詩が早期の例となろう。冒頭の二句には、役人生活に倦み疲れた自らの心境を歌っていう。

十年八喚清江渡　十年　八たび喚ばれ　清江を渡る
江水江花笑我労　江水　江花　我が労を笑う

―十年間に八度も召喚を受けて、清らかな混同江を渡った。川の水も川べりの花も、労苦する私を笑っているかのようだ。―

また南宋末・文天祥の七絶の連作「紀事」（事を紀す）六首其六にも、「英雄は未だ死前に休むを肯んぜず、風起こり雲飛びて　自由ならず」と歌った後、混同江の名を詠みこんでいう。

殺我混同江外去　我を混同江外に殺し去るとも
豈無曹翰守幽州　豈に曹翰の幽州を守ること無からんや

―たとい私を混同江外で殺したとしても、北宋の太宗を助けて幽州を征討・守備した曹翰のような人が、必ず現れるであろう。―

金を滅ぼした元は、南宋を征服すべく矛先をさらに南に向けた。詩は、文天祥が元の将軍バヤンと初めて会見した折りの作である。和議を試みたが、交渉は決裂して、文天祥は拘留されてしまう。この二句は、敵に屈しない彼の決死の覚悟を表明したものである。

清の康熙帝「松花江にて船を放つ歌」は、三句ごとに展開する松花江の賛歌であり、「松花江　江水清し、夜来　雨過ぎて　春濤生じ、浪花　錦を畳ねて　繡縠のごとく明らかなり」で始まる。

【邯鄲・叢台（武霊叢台）・呂翁祠】

（許山）

邯鄲は河北省西南端の都市の名。西の山西省、南の河南省に接する交通の要衝であり、前三八六年から約一五〇年間、戦国七雄の一つ、趙の都であった。漢代でも邯鄲は、都長安を除く五大都市の一つとなる。『塩鉄論』一、通有篇の「趙の邯鄲……富は海内に冠たりて、皆な天下の名都為り」は、その繁栄を示す。戦国時代、藺相如・廉頗・平原君が現われ、盛唐の李白「広平より酔いに乗じて馬を走らすこと六十里、邯鄲に至りて城楼に登り…」詩に、邯鄲の歴史が活写される。邯鄲は遊侠と歌舞の地として知られ、「邯鄲少年行」は当地の若者を描く楽府題であり、盛唐・高適の詩が名高い。

邯鄲城南遊侠子　　邯鄲の城南　遊侠の子
自矜生長邯鄲裏　　自ら矜る　邯鄲の裏に生長せしを
千場縦博家仍富　　千場　博を縦ままにして　家仍お富み
幾処報讐身不死　　幾処か　讐を報じて　身死せず

―邯鄲の城の南に住む無頼の若者は、邯鄲育ちが自慢。多くの賭博場で博打をしても家は金持ち、何度か仇を討っても我が身は不死身。―

叢台は、邯鄲城（現・邯鄲市）内の東北部にあった、戦国・趙の君主武霊王が築いたと伝える高台の名。武霊叢台ともいう。武霊王は胡服・騎射を取り入れて国威を高め、ここで軍事訓練を観閲し、歌舞を鑑賞したという。「叢台」の名は、多くの建物（台榭）が叢がり並ぶためとされる（『漢書』三、高后紀の顔師古注）。叢台は後世、興廃を繰り返し、現存のものは清・同治年間の重修で、叢台公園内にある。

叢台は、六朝の後期から詩に詠まれ始めた。盛唐の杜甫は、若き日々を振り返って、「壮遊」詩の中で「放蕩す　斉趙（山東・河北一帯）の間、裘馬（豪勢な皮衣と馬）頗る清狂。春には叢台の上に歌い、冬には青丘（山東の地名。斉の景公の狩猟場）の旁に猟す」と歌う。

晩唐の李遠「叢台を話るを聴く」詩の尾聯「金輿玉輦（君主の豪華な乗り物）　行跡無く、風雨は惟だ知る　緑苔を長ぜしむるを」や、北宋の張舜民「叢台」詩の「荊棘芃芃たり（イバラが生い茂る）　百尺の堆（うずたかき山）、路人は云う　此は是れ叢台なりと」などは、荒廃を詠む懐古詩である。北宋の賀鋳、南宋の范成大、明の何景明・王世貞、清の乾隆帝・湯右曾など、叢台は長く詠み継がれた。

呂翁祠は、中唐・沈既済の伝奇小説「枕中記」に基づいて建築された道観の名。邯鄲市の北一〇キロメートルの黄粱夢鎮にあり、呂仙祠・黄粱祠・黄粱夢などともいう。「枕中記」では、生きる意味を見失った盧生が、邯鄲の旅籠に休息する道士呂翁から、枕を借りてうたた寝し、栄華を極めて一生を終える夢を見る。黄粱を蒸す短い時間の中で、全生涯を経験した盧生は、迷いから醒めて人生の意味を考え直す。「邯鄲の夢」「黄粱一炊の夢」の語でも知られる。

呂翁祠は、金代にはすでに創建されたらしく、明の嘉靖年間に拡張、清の康熙・乾隆年間、重修された。明代、李夢陽・何景明・皇甫汸・唐順之・王世貞・凌義渠らが詠んで詩跡化した。詩は富貴を求める現世を嘆く。盧象昇の「黄粱祠に過る」詩にいう、「曽て聞く　世に盧生の夢有りと、我　盧生を夢みれば　即ち此の身。今古　誰か醒め　復た誰か夢みる、呂翁も同に夢中の人と作れり」と。

また、何景明の「呂公祠」詩は、栄華のはかなさを実感しつつ、「趙王の台榭（叢台）　草花尽き、呂公の祠堂　松桂新たなり。馬上　十年　元より是れ夢、世間　何れの処にか　真に還る可けん」と歌う。

清初の査慎行にも、「邯鄲の呂仙祠の壁に題す」詩などが伝わる。

（許山）

【易《えき》　水《すい》】

易水は、保定市易《えき》県の西部に発し、東流して定興《ていこう》県で南拒馬河《なんきょばが》に注ぐ河川の名。易県城（易州鎮）の南一〇キロメートルを流れる、現在の中《ちゅう》易水河《えきすいが》がそれに当たる。『史記』八六、刺客列伝・荊軻《けいか》の条によれば、戦国時代の末、燕の太子丹《たん》は、人質として秦に滞在した際、秦王の政《せい》（のちの始皇帝）からひどい扱いを受けた。丹は秦から逃げ帰ってのち、報復の刺客を捜したところ、荊軻が推薦された。刺客の荊軻が支度を調えて出立しようとしたとき、丹や門客らは白い喪服を着て、燕の南境にあたる易水のほとりまで、彼を見送りにきた。喪服の着用は、荊軻が生きて帰れない任務であることを表わしていた。

この易水のほとりは、具体的には、「河陽渡《かようと》（今の［定興鎮］大溝村南渡口［南拒馬河のほとり］）」（定興県地方志編纂委員会『定興県志』五頁、一九九七年）とも、「古秋風台（今の安新県安州鎮、南易水のほとり）付近」（安新県地方志編纂委員会『安新県志』九〇五頁、二〇〇〇年）ともされるが、定かではない。

荊軻は、太子丹らに見送られるとき、友人高漸離《こうぜんり》の奏でる筑《ちく》（琴に似た楽器）に合わせて、こう歌った。

風蕭蕭兮易水寒　　風蕭蕭《かぜしょうしょう》として　易水寒《えきすいさむ》し
壮士一去兮不復還　　壮士《そうし》一《ひと》たび去《さ》って　復《ま》た還《かえ》らず

これを聞いた男たちは、みな目を怒らせ、髪は逆立って冠を突き上げた。荊軻は車に乗って出立し、一度も振り返らなかった。秦に到着すると、荊軻は秦王が探していた（もと秦の将軍）樊於期《はんおき》の首級と燕の督亢《とくこう》（肥沃な地の名）の地図を献上して恭順の態度をみせ、油断させて匕首《あいくち》で秦王を殺そうとしたが失敗し、惨殺された（前二二七年）。

荊軻の壮絶な最期は、多くの詩人たちによって詠まれてきた。東晋の陶淵明《とうえんめい》は、五言古詩「荊軻《けいか》を詠《えい》ず」の末尾で「惜しい哉　剣術疎《うと》く、奇功　遂《つい》に成らず。其の人は已《すで》に没すと雖《いえど》も、千載《せんざい》　余情有り（永遠に人の心を感動させる）」という。

易水送別の場面を詠んだ詩は、後漢末の「建安七子」に数えられる王粲《おうさん》と阮瑀《げんう》が唱和した「詠史詩《えいしし》」に始まる。王粲の詩には、「荊軻　燕の使いと為り、送る者　水浜（浜は湄の誤り？）に盈《み》つ」と歌った後、

縞素易水上　　縞素《こうそ》す　易水《えきすい》の上《ほとり》
涕泣不可揮　　涕泣《ていきゅう》　揮《ふる》う（手でぬぐい去る）べからず

とあり、阮瑀の詩には「素車《そしゃ》（葬送用の車）　白馬に駕《が》し、相い送る易水の津《しん》。漸離　筑を撃って歌い、悲声　路人を感ぜしむ」という。

初唐・駱賓王《らくひんのう》の五絶「易水送別《えきすいそうべつ》」は、友人を見送る自らの情況を、過去の史話と重ねて歌い、易水を詩跡化した絶唱である。

此地別燕丹　　此《こ》の地《ち》　燕丹《えんたん》に別《わか》る
壮士髪衝冠　　壮士《そうし》　髪《かみ》　冠《かん》を衝《つ》く
昔時人已没　　昔時《せきじ》　人《ひと》　已《すで》に没《ぼっ》し
今日水猶寒　　今日《こんにち》　水《みず》　猶《な》お寒《さむ》し

―君を見送るこの易水のほとりは、かつて刺客の荊軻が燕の太子丹と別れた場所だ。その時、壮士（荊軻）は悲憤慷慨して、髪の毛が逆立ち、冠を衝き上げんばかりであったという。当時の人はすでにこの世を去ったが、易水だけは今もなお、寒々と流れている。―

中唐・賈島《かとう》にも「易水懐古《えきすいかいこ》」詩があり、燕国の存続のために自分の命を捧げようとした荊軻の行為に共感する。

至今易水橋　　今《いま》に至《いた》るまで　易水《えきすい》の橋《はし》
寒風兮蕭蕭　　寒風《かんぷう》　蕭蕭《しょうしょう》たり

易水流得尽　易水　流れは尽くる（とだえる）を得るも
荊卿名不消　荊卿（荊軻）名（名声）は消えず

また、詠史詩で名高い晩唐の胡曾も、七絶「易水」詩の後半で、「行人（失敗して殺された荊軻の）無窮の恨みを識らんと欲せば、聴取せよ　東流する易水の声を」と歌う。

南宋の汪元量は、宋の滅亡に際会しているため、燕の滅亡と荊軻の行為を、自分の境遇と重ねて意識したのであろう。七律「易水」の後半では、共感をこめてこう詠む。

砧杵遠聞添客涙　砧杵　遠く聞いて　客の涙を添え
鼓鼙纔動起人愁　鼓鼙　纔かに動いて　人の愁いを起こす
当年撃筑悲歌処　当年　筑を撃って　悲歌せし処
一片寒光凝不流　一片の寒光　凝りて流れず

―砧杵の音が遠くから聞こえて、旅人の私の涙をさそい、軍鼓の音が響きはじめて、私の悲しみをかき立てる。あの時、筑の伴奏に合わせて、悲壮な「易水寒し」の歌が歌われた場所には、寒々とした月の光が一面に広がり、じっととどまって流れない。―

荊軻の思いに感じて易水を訪ねる人も少なくなかった。清の王任相「易水の秋風」詩（清・光緒『定興県志』二六）に、「是れに縁りて当年　慷慨せし処、今に至るまで　遊客　徘徊するに任す」という。

「易水」は、使者として敵国に赴く壮士の心境を示唆するものとして使われることがある。北宋・司馬光の五律「李学士（李及之）の北（契丹）に使いするを送る」詩の後半にいう。

酒薄陰山雪　酒は薄し　陰山（山脈）の雪
裘寒易水風　裘は寒し　易水の風
辺声不可聴　辺声（辺地の音）　聴くべからず
帰思浩無窮　帰思（故郷を思う心）　浩として窮り無し

荊軻の時代とは距離を置いて、易水付近が昔の姿を失ったことを詠む詩も少なくない。晩唐・馬戴の七絶「易水懐古」に、「荊卿西去して　復た返らず、易水東流して　尽くる期無し。落日蕭条たり　薊城（燕の旧都、現・北京市）の北、黄沙　白草　風の吹くに任す」という。明・岳正の「燕台懐古」詩も、「督亢　陂（高台）荒れて蔓草生じ、広陽（ここでは燕国）　宮廃れて　故城平らかなり。秋風　易水　人何にか在る、午夜　盧溝　月自から明らかなり」と懐古する。

荊軻の行動を批判的に述べる詩も存在する。中唐の柳宗元は、流謫地の永州（湖南省）で、「荊軻を詠ず」詩を作っていう。

朔風動易水　朔風　易水を動かし
揮爵前長駆　爵を揮って　前みて長駆す
函首致宿怨　首を函にして　宿怨を致し
献田開版図　田を献ぜんとして　版図を開く

―北風が易水を波だたせる中、荊軻は別れの酒杯を傾け進み出て歌い、遠く秦へと旅立った。秦王が探す樊於期の首級を箱に入れて宿怨を晴らそうとし、燕の領地を差しだそうとして地図を広げた。―

本詩の末尾で、柳宗元が荊軻の行為を「実に謂えり　勇にして且つ愚なりと」と批判するのは、永貞の改革時に積極的な行動を取ったあげく失脚した、自分の痛恨の体験に重ねあわせたためであろう。明・何景明「易水行」の、「噫嗟嗟、燕丹　謀　寡く　当に身を滅ぼすべし。光（荊軻の推薦者・田光）も也た自刎するも　何ぞ云うに足らん、惜しい哉　枉しく樊将軍を殺せしこと」や、明の文洪「易水に過る」詩の、「千年　呂政（秦王［始皇帝］）　辜は逭れ難きも、当日　燕丹　計も亦た疎なり」など、さまざまに詠み継がれてきた。

（許山）

【鄴・銅雀台】

鄴は、現在の河北省の最南端—邯鄲市臨漳県の西南約一八キロメートルの、現・漳河北岸の三台村・鄴鎮村付近にあった古都の名。後漢末の建安九年（二〇四）、曹操は袁紹を攻めて、冀州魏郡（現・河北省南端から河南省北端付近）の鄴を攻略し、翌年、冀州を平定した。建安一八年（二一三）、曹操は華北を広く支配する魏公に封ぜられ、魏国の都を鄴に置く。黄初元年（二二〇）、曹丕（文帝）が魏朝を建てて洛陽に遷都したが、鄴は北都として存続し、五胡十六国の後趙・前燕、北朝の東魏・北斉もここに都を置き、鄴は繁華な都市として栄えた。ちなみに、鄴都は北城と南城に分かれ、曹操が大規模に造営したのは北城（曹魏城）であり、南城は東魏の時に南接して造られた。

後漢・三国魏の時代、建安の七子をはじめとして文人が厚遇された。魏の滅亡後もこの気風は維持され、北斉の都・鄴にも文才を持つ多くの人が集った。『北斉書』四五、文苑伝には、「広く髦儁（優れた人材）を延き、四門を開いて以て之を納れ、八紘を挙げて（世界の果てまで）以て之を掩い、鄴京の下、（文士たちが）煙霏霧集す」という。しかし北周の大象二年（五八〇）、鄴は破壊されて廃墟と化し、のち河道が南移した漳河の氾濫によって埋没した。現在では、三台村西北の銅爵（雀）台の南側部分とその南の金虎台の遺址などが伝存する。

鄴城遺跡

後漢末以降、鄴は繁栄し、しばしば公宴（主君が主催する公的宴会）が開かれた。その盛大な賑わいは、魏の曹植「公讌」詩に「清夜　西園（後述の「銅爵（雀）園」）に遊び、蓋（車のおおい。ここでは車）を飛ばして相い追随す」と見え、劉楨「公讌」詩に「輦車は素蓋（車の白いおおい）を飛ばし、従者　路傍に盈つ」という。王粲の「公讌」詩には、豪華な酒宴を「嘉肴　円方（さまざまな形の器）に充ち、旨酒　金罍（輝くかめ）に盈つ。管弦は徽しき音を発し、曲度（曲調）は清く且つ悲し」と歌う。また、西晋の左思「魏都（鄴）の賦」には、華やかな都城内を、「街衝輻湊し（大通りが車軸のように中心に向かい）、朱闕　隅を結ぶ（朱塗りの城門が四隅に建つ）」と描写する。

詩に詠まれた鄴城は、かつての繁栄が失われて荒廃したことを嘆く懐古詩が中心となる。隋・段君彦の「故鄴に過る」詩にいう。

深潭直有菊　　深潭（漳河の淵）　直だ菊有るのみ
涸井半生桐　　涸井　半ば桐を生ず
粉落粧楼毀　　粉落ちて　粧楼（婦女の化粧の楼閣）毀れ
塵飛歌殿空　　塵飛びて　歌殿（歌舞を演じる楼台）空し

また、晩唐・劉滄の七律「鄴都懐古」の前半には、こう詠まれる。

昔時覇業何蕭索　　昔時の覇業　何ぞ蕭索たる
古木唯多鳥雀声　　古木　唯だ多し　鳥雀の声
芳草自生宮殿処　　芳草　自から生ず　宮殿の処
牧童誰識帝王城　　牧童　誰か識らん　帝王の城と

—かつての覇業の地は、今は何とわびしいことか。老木には雀の声がやかましく響きわたる。芳しい春の草がおのずと宮殿の跡地に生え、ここが帝王の都城であったと見知る牧童など、いないのだ。―

鄴城を懐古する詩は続く。明・袁宏道の五律「鄴城の道」十首其一の後半には、「苑古りて梧桐禿げ、牆崩れて枸杞（の実）紅なり。空台と流水と、旧簾櫳（昔の侍妾・歌妓の居室）を想像す」と。

曹操が造営した鄴都（北城）北部の西側に、御苑「銅爵（雀）園」が造られ、鄴城の西北隅に近い城壁の上に、三つの楼台―氷井台・銅雀台・金虎台が造られた。銅雀台は、この三台の中央に位置し、「高さは十丈（約二四メートル）、屋（房屋）百一間有り」という（『水経注』一〇、濁漳水）。曹操は建安一七年（二一二）の春、この銅雀台に、子の曹丕・曹植や文士を集め、詩賦を詠ませた。この地は、建安文学の幕開けを告げる舞台といえよう。その際に作られた曹丕の「登台の賦」には、「高台に登りて以て望めを騁せ、霊雀（台上の銅雀）の麗嫺（優美）なるを好す。飛閣は崛として（突き出て）其れ特り起こり、層楼は儼かに以て天を承く」と、銅雀台の景観を詠いあげる。

銅雀台は後趙の時、豪奢に改築されたが、詩跡としては魏の曹操とその覇業をしのぶものが多い。そして、曹操に寵愛され、その没後、「遺令」によって銅雀台に置かれて、台上の霊前で歌舞を演じ続けた妓女たちの悲哀は、南朝以降、特に唐代、楽府詩「銅雀台」「銅雀妓」などを通して盛んに詠まれた。台上からは曹操の墓地「西陵」も望まれた。南朝斉の謝朓「銅爵悲（銅爵〔台〕の悲しみ）」にいう（繐帷は霊帳）。

落日高城上　　落日　高城（銅雀台）の上
余光入繐帷　　余光（落日の光）繐帷（粗い麻の帳）に入る
寂寂深松晩　　寂寂たり（曹操の墓陵の）深松の晩
寧知琴瑟悲　　寧ぞ知らん　琴瑟（を奏でる歌妓）の悲しみを

南朝の何遜・江淹、初唐の王勃・沈佺期らが継いで詠み、盛唐の劉庭（廷）琦「銅雀台」詩には「銅台の宮観（銅雀台上の楼閣）灰塵に委ね、魏主の園陵（陵墓）漳水の浜。即今西望すれば猶お思うに堪えたり（悲しみがこみ上げる）、況んや復た当時の歌舞の人をや」という。張説「鄴都の引」は「試みに銅台歌舞の処に上れば、唯だ秋風の人を愁殺する有るのみ」と詠み、中唐の劉長卿「銅雀台」は、「春風は君王を逐って去らず、草色　年年　旧宮の路」に続けて、こう歌う。

宮中歌舞已浮雲　　宮中の歌舞　已に浮雲
空指行人往来処　　空しく指さす　行人　往来の処

盛唐の岑参「古鄴城に登る」詩の「城隅　南のかた望陵台（銅雀台）に対い、漳水東流して復た回らず。武帝（曹操）の宮中　人去り尽くし、年年　春色　誰が為にか来る」、南宋の劉子翬「鄴中に過る」詩の「鹿を逐いて営営（ひたすら覇権を争いて）一夢驚き、事は流水に随って去って声無し。黄沙　日は荒台に傍いて落ち、緑樹　人は廃苑を穿ちて行く」などは、曹操の繁栄と鄴の荒廃を印象的に詠む。

また、元の杜瑛「古鄴城に登る」詩は「往事は端無くも（思いとはうらはらに）世に随って変じ、野花は旧に依って人に向かって開く」と歌う。明・李夢陽の「漳津（漳河の渡し）夕眺」詩にもこう詠む。

徘徊望覇気　　徘徊して　（曹操の）覇気（の跡）を望む
鄴城在何処　　鄴城　何れの処にか在る

と。続く清の鄭燮「鄴城」詩にも、「銅雀（台）は荒涼として遺瓦在り、西陵（曹操の陵墓）の風雨　石人愁う」という。

【碣石山・山海関】

碣石山は、河北省の東端、秦皇島市昌黎県の北に位置する名山。東は渤海から一五キロメートルの地点にあり、燕山の支脈である。主峰の海抜は六九五メートル、長城・渤海・北戴河・秦皇島などを眺望できる。古く先秦の『山海経』・『尚書』禹貢篇に北方交通の要衝として記録され、秦の始皇帝や漢の武帝によって神仙を求める祭祀儀礼が行われるなど、古来、五岳に比肩する神山として崇拝されてきた。

碣石山は、魏の曹操の楽府詩「歩出夏門行」の第一章、「観滄海」（滄海を観る）によって詩跡化する。「東のかた碣石（山）に臨み、以て滄海（青々とした大海原）を観る。水は何ぞ澹澹たる（ゆるやかに波打ち）、山島竦峙す（島山がそばだつ）。樹木叢がり生じ、百草豊かに茂る。秋風蕭瑟として（吹き起こると）、洪波（大波）湧き起こる。日月の行、其の中より出づるが若し。星漢燦爛として（天の川がきらめいて）、其の裏より出づるが若し」云々と。

建安一二年（二〇七）八月、北方の異族・烏桓の北伐を終えた後の凱旋途上、山を通った折の作。雄壮な大海原の景色に、天下統一への道を固めた曹操の、意気軒昂たる心情が仮託される。

曹操に続いて碣石山に登った帝王は少なくない。例えば北魏の文成帝、北斉の文宣帝、唐の太宗などがこの山に登頂した。かくてこの北辺の碣石山には、人海の頂点に立つ為政者の崇高のイメージが託される。

他方、この山に俗世を厭う孤高の生き様を託した人も少なくない。唐代の不羈の詩人・劉叉の「愛碣石山」（碣石山を愛す）にいう。

碣石何青青　　碣石は　何ぞ青青たる
挽我双眼睛　　我が双眼睛を挽く（私の視線を惹きつける）
愛爾多古峭　　爾の　古峭（古老・険阻）多きを愛し
不到人間行　　人間（繁華な巷）に到り行かしめず

爾は碣石山を指す。唐詩における碣石山は、曹操詩を踏まえつつ、蒼い海に屹立する古き山、人界を離れた孤峭という、隔世の聖山・仙山のイメージを持つ詩跡として定着したと言えよう。

山海関は、秦皇島市山海関区にあり、明代に築城された万里の長城の、東端の関所である。隋唐期、臨楡関と称され、明初の建設時、北は覆舟・兎耳の両山に依り、東は渤海に面するため、山海関と命名された。長城の東の起点にあるため、「天下第一の関」ともいう。

都城を外敵から守る要地・山海関は、北方の異族との抗争が激化した明代以降、とりわけその軍事的要衝として詠まれ続けた。明の黄洪憲の七律「過山海関」（山海関に過る）詩は、その典型的な例であろう。詩の前半は、秦漢の伝説をもまじえて歌う。

長城古堞瞰滄瀛　　長城の古堞　滄瀛を瞰
百二河山擁上京　　百二の河山　上京を擁す
銀海仙槎来漢使　　銀海の仙槎　漢使来り
玉関秋草戍秦兵　　玉関の秋草　秦兵戍る

—長城東端の古い城壁は青海原を俯瞰し、敵軍の百分の二の兵力で守れる堅牢な地勢の山海関は、帝都（現・北京）を護衛する。その昔、漢の使者・張騫は海上から筏に乗って天の川に赴き、秦の武将・蒙恬の精兵が西の果て、秋草の茂る玉門関を守った。—

頷聯は、長城が東の海浜から西の辺境の関所（嘉峪関）まで伸びゆく描写。古来、北狄との攻防が繰り返された要塞・万里の長城の東の起点ゆえに、山海関は遥かな西域を想起させる詩跡ともなった。

（松浦）

【石邑山・隆興寺】

（許山）

石邑山は、中唐・韓翃の七絶「宿石邑山中」（石邑山中に宿す）一詩によって知られる。「石邑」は唐代の県名で、のちの獲鹿県、現在の石家荘市西南端と鹿泉市付近である。

浮雲不共此山斉
山靄蒼蒼望転迷
暁月暫飛千樹裏
秋河隔在数峰西

浮雲も　此の山と斉しからず
山靄蒼蒼として　望み転た迷う
暁月　暫ち飛ぶ　千樹の裏
秋河　隔てて在り　数峰の西

—空に浮かぶ雲もこの山ほどの高さにはなく、山にかかる靄は深い青みを帯びて、眺めはますます見定めがたい。明け方の月は見る間に木々の間を飛び移り、秋の天の川は峰々を隔てた西の空にかかる。—

『唐詩選』『三体詩』の双方に収められ、日本でも名高い（『全唐詩』は、李益の詩としても載せる）。詩題の「石邑山」は、説が定まらない。三種の『獲鹿県志』（明・嘉靖、清・光緒、鹿泉市史志編纂委員会）には、「石邑山」を見出せない。具体的に「西屏山」（鹿泉市南西一五キロメートル）と見なす説がある。明・唐汝詢選釈、清・呉昌祺評定『刪訂唐詩解』一四は、『大明一統志』三「西屏山」の「獲鹿県の西三十里に在り。高さ数百丈、（中略）一郡中の奇景なり」を受けて、「今、詩は極めて其の高きを状す。疑うらくは此の山を指すならん」というが、根拠に乏しい。現段階では、「石邑県の山」と解釈すべきだろう。（陳王和『韓翃詩集校注』[文史哲出版社、一九七三年]・范之麟『李益詩注』[上海古籍出版社、一九八四年]も特定の山とは見なさない）

作者名や制作地は揺れ動きながらも、高峻な山の雄大・冷涼な奇景を描写した名詩である。清・王士禛の七絶「七夕　獲鹿県に宿り、別れを語り感じて成る」の前半「無数の青山　県門を繞り、秋河斜めなる処　已に黄昏」は、韓翃の詩を意識しよう。

隆興寺は、石家荘市正定県城にある古刹の名。隋代に建立され、中国十大名刹の一つとなる。原名は龍蔵寺、のち龍興寺に改名し、清の康熙年間、隆興寺になった。北宋初期に建てられた大悲閣（仏香閣・天寧観音閣）は、高さ三三メートル、五檐三層の構造で、中に銅鋳の大仏を安置する。明・李攀龍の七律「真定の大悲閣」の前半にいう。

高閣崚嶒倚素秋
西山寒影掛城頭
坐来大陸当窓尽
不断滹沱入檻流

高閣　崚嶒として　素秋に倚り
西山の寒影　城頭に掛かる
坐来　大陸　窓に当たりて尽くし
不断に　滹沱　檻に入りて流る

—高閣はそびえて秋の風景の中に立ち、西山の寒々とした姿が真定府城にさしかかる。居ながらに、窓を通して大陸沢（沼沢の名）を見尽くし、絶え間なく、滹沱河が欄干をめざして滔々と流れくる。—

李攀龍の盟友、王世貞の「真定の陳使君、大悲閣に邀え飲む」詩には、「万里の悲風　大陸を吹き、千山の落木　滹沱に下つ」と詠まれる。

清・沈荃の七律「正定天寧寺の大悲閣に登る二首」其一（清・光緒『正定県志』一五所収）は、李攀龍の詩を踏まえて歌う（前半）。

傑閣崚嶒倚碧宵
無辺花雨昼飄飄
千年龍象凌空矗
大陸雲山入望遥

傑閣　崚嶒として　碧宵に倚り
無辺の花雨　昼に飄飄たり
千年　龍象　空を凌ぎて矗え
大陸　雲山　望に入りて遥かなり

—すばらしき仏閣はそびえて青空の中に立ち、果てしなく降る花が日中ひらひらと漂う。千年もの間、観音菩薩を収める仏閣は天空高くそそり立ち、大陸沢、雲のかかる山なみが、遥か遠く視界に入る。—

（松浦）

【恒山・北岳廟】

恒山は、国家の鎮めとして尊崇された五岳の中で、最も北に位置するため北岳とも称され、常山・大茂山ともいう。唐代の『元和郡県図志』一八、定州恒陽県（後の曲陽県）の条に「県の〔西〕北一百四十里（約七〇キロメートル）に在り。常水（現・通天河）の出づる所」とあり、現在の保定市阜平県の東北端・唐県の西北端に位置する神仙山（海抜一八六九メートル）を指すらしい（両県は現・曲陽県に隣接する）。

北岳・恒山の国家的祭祀は漢代に始まり、北魏の時（六世紀初）には現・保定市曲陽県城の西に恒山を遥祀する北岳廟が建ち、ここを中心に明末まで祭祀が行われた（現存の北岳廟には元の建築も伝わる）。

恒山は、古くは西晋・傅咸の詩（失題）に、「奕奕（高大）たる恒山、冀方（冀州）に鎮めを作す」と見え、唐詩では塞外の山として言及されるほか、岳神祭祀の作も伝わる。初盛唐期、定州の司馬に在任した李夐は、岳神を祀る命を受けて「晩秋　恒岳に登り、晨に望んで懐い有り」詩（『金石萃編』七三）を作り、鎮護の壮大な山容を、「恒山は北のかた代（州）に臨み、秀崿（秀麗な恒山の峰）は東のかた幽（州）を跨ぐ。澒洞（連綿）として河朔を鎮め、嵯峨（高峻）として嵩丘（高山）に冠す」とたたえる。

中唐の賈島「北岳廟」詩は、「天地に五岳有り、恒岳　其の北に居る。巌巒（高峻な峰）　万重を畳ね、詭怪（奇異）　浩として測り難し」と歌い起こした後、幽暗な北岳廟と岳神の霊験とを、

人来不敢入　　人来れども　敢えて入らず
祠宇白日黒　　祠宇（北岳廟）　白日（日中）も黒し
有時起霖雨　　時有りて　霖雨（慈雨）起こり
一灑天地徳　　一たび天地の徳（天の恩恵）を灑ぐ

と詠む。そして「神よ　安くに在りや、永えに我が王の国（唐王朝）を康らかにせよ」と、岳神に向かって国家の護持を祈願して結ぶ。

以後も恒山の詩跡化は続く。金の元好問「北岳」詩は、「乾坤（天地）自から霊境の在る有り、地位は豈に他山の尊さに合せんや」と、その独尊性を称賛し、「誰か能く我に両黄鵠を借せば、長袖　一たび玄都（北方玄武神の都―北岳）の門を払わん」と尊崇の念を表白する。明・王世貞「北岳廟に謁す」二首も伝わる。

明代、現・山西省大同市渾源県城の東南郊外約五キロメートルにある玄岳を北岳・恒山と称して、北岳廟（朝殿）も造られたが、北岳の祭祀場所が正式に曲陽から渾源に移ったのは、清の順治一七年（一六六〇）のことである。これは、元代の北京遷都以降、従来の恒山では国都の南に位置して、北岳の呼称に合致しなくなったことも関連する。

新・恒山の主峰・天峰嶺は、海抜二〇一七メートル。古・恒山のイメージを継承しながら、神聖的要素が深められた。明の劉澄甫「北岳に登る」詩には、「北岳　一たび登り遊べば、玄天（北方の天空）　応に咫尺（至近）なるべし」とあり、李夢陽「北岳」詩は、「北岳は元来北極に当たり、五台（山）は常自に　五雲生ず」と歌って、北岳の位置上の特質を歌う。

この新・恒山は明代、早くも詩跡化した。明の汪承爵「恒山に登る」詩は、独特の風光を「仙台（天峰嶺の北岳廟）は　日に臨みて迥く、風窟（激風の通路―虎風口）は雲を護りて屯す」と歌う。また、明・邢雲路の「夕陽巌」詩は、残照下のあえかな美しさをこう詠む。

余暉返照千山色　　余暉（夕陽）　返照す　千山の色
満峪参差入画中　　満峪（山谷中）　参差として画中に入る

（矢田）

【雁門・雁門関】

雁門は、秦漢以来、現在の山西省の北部に置かれた郡の名。雁門郡の領域と治所は次第に南遷し、隋唐期には一時期、代州（忻州市代県）の別称となる。代州の句注山は、雁門山とも呼ばれる。これは、二つの峰が門のように対峙し、その間を雁が通り抜けることからの命名という。雁門付近は、先秦以来、歴代の王朝を悩まし続けた北方の騎馬民族（匈奴・突厥・契丹・蒙古）の、頻繁な侵略を防ぐ重要な拠点の一つであり、近くには莫大な労力をかけて築いた人工の障壁「長城」が東西に走っていた。当地はまた、戦国・趙の名将李牧が、匈奴を大破した地としても知られる。

雁門の詩跡化は、「雁門太守行」（雁門太守の行）という楽府詩によるところが大きい。本来、地方の役人の善政を讃える歌であったが、雁門の地が備え持つ地理的な特徴と歴史的な背景から、後世の詩人たちは、専ら辺境を守る出征兵士たちの思いを歌うようになる。例えば、南朝梁・簡文帝蕭綱は、「寒苦　春は覚え難く、辺城　秋は知り易し。風急にして　旍旗（軍旗）断たれ、塗長くして　鎧馬疲る」（二首其二）と歌い、南朝梁・褚翔は、「便ち聞く　雁門の戍（辺境守備の城塞）、結束（出陣の準備）して　戎車（兵車）を事とすと」と歌う。また、中唐の李賀は、国境への出陣が迫りくる直前の不気味な緊張感を、

黒雲圧城城欲摧　　黒雲　城を圧して　城は摧けんと欲す
甲光向月金鱗開　　甲光　月に向かいて　金鱗開く

—黒々とした雲が、重く城塞の上にのしかかり、城塞は今にも砕けんばかり。兵士たちの着る鎧が、雲間からもれくる月の光をあびて、金色の鱗のように、きらきらと眼前に広がる。—

と歌い、さらに中晩唐の張祜は、戦死しても葬られず、骨が塵と化する兵士たちの過酷な運命を、こう詠む。

魚金虎竹天上来　　魚金　虎竹　天上より来れば
雁門山辺骨成灰　　雁門の山辺　骨は灰と成る

—金魚袋を帯びた高官が、軍の出動と徴兵を命じる銅虎符と竹使符を携えて、天子のもとからくると、雁門山の辺りでは、戦死者たちが野ざらしのまま、骨が朽ちて塵灰に成りはてる。—

雁門はその後も、明・李夢陽が「従軍」四首其二の中で、

駆車太行道　　車を太行の道に駆り
北度雁門関　　北のかた雁門の関を度る
天寒雨雪凍　　天寒くして　雨雪凍り
指堕曾氷間　　指は堕つ　曾氷の間に

—車を走らせて太行山を越え、北に進んで雁門の関所を渡る。気候は寒く雨や雪は凍り、指がちぎれて厚い氷の間に落ちる。—

と歌うように、主として異民族との激戦が繰り返された「辺境防備の戦略要地」のイメージのもと、辺塞・従軍をテーマにした詩を中心に歌い継がれた。

雁門関は、忻州市代県の西北約二〇キロメートルの句注山（別名は西陘山・雁門山）—雁門関郷の白草口村と太和嶺口村との間の分水嶺（俗称「鉄裹門」、海抜一六二五メートル）—に築かれた関所の名。この関所は、戦国期の「句注塞」に始まり、以後、雁門阻険・雁門塞・西陘などと呼ばれ、北魏の泰常四年（四一九）、雁門関の名が正式に記載された（『魏書』礼志）。両側には、戦国・趙の長城跡が続く。清・顧祖禹『読史方輿紀要』三九に引く『唐志』に、「西陘は関の名なり。雁門山上

に在り。東西の山巌峭抜し、中に路の盤旋・崎嶇（峻険）たる有り。絶頂に関を置き、之を西陘関と謂い、亦た雁門関と曰う」と見える。

雁門関は元代に廃されたが、明初の洪武七年（一三七四）、旧関の東北約五キロメートルの句注山（雁門関郷雁門関村の東、北魏の東陘・唐の東陘関の地）に移された。これが現存する雁門関関城遺址である。

雁門関を詠んだ最も早期の作に、南朝梁・江淹の「雑体詩三十首」其一「古離別」詩がある。旅に出た夫を思慕する妻の心情を歌うにあたり、「遠く君と別るる者あり、（君は）乃ち雁門の関に至らん。黄雲（黄沙の雲）千里を蔽い、遊子（旅人）何れの時にか還らん」と、天涯の地の象徴として雁門関を歌う。また、南朝梁・庾信は「雁を詠ず」詩の中で、「南のかた洞庭の水を思い、北のかた雁門の関を想う。稲粱（南の稲と北の粱）は　倶に恋う可くして、飛び去り復た飛び還る」と、雁の飛来地として雁門関を歌う。

唐代に入ると、実際に雁門関を訪れて、辺境の寂寞とした実景を歌った詩が見られるようになる。中唐・施肩吾は「雲中（郡―山西省大同市）の道上にて作る」詩の中で、

羊馬群中覓人道　　羊馬の群中　人道（人が通る道）を覓む
雁門関外絶人家　　雁門の関外　人家絶つ

と歌い、晩唐・許棠も「雁門関にて野望す」詩の中で、こう歌う。

高関閑独望　　高関にて　閑かに独り望めば
望久転愁人　　望むこと久しくして　転た人を愁えしむ

雁門関を歌った名作は、やはり金の元好問の詩であろう。「雁門関を過ぐ」詩では、要害としての関所と厳しい風土とを歌って、

重関独拠千尋嶺　　重関（厳重な関所）は独り千尋の嶺に拠り
深夏猶飛六出花　　深夏も　猶お飛ぶ　六出の花（雪の花）

といい、また「発南楼度雁門関」（南楼〔代州（代県）〕を発して雁門関を度る）二首其二（七絶）にいう。

稜磳石磴倚高梯　　稜磳たる石磴　高梯に倚り
穹谷無人緑樹斉　　穹谷　人無く　緑樹斉し
総為古来征戍苦　　総て古来　征戍の苦しみの為に
宿雲常傍塞垣低　　宿雲　常に塞垣に傍いて低る

―重なりあって角立つ険しい石の道、高い階段に身をもたせかけて登る。深い谷に人かげはなく、緑の樹々が平らに続く。昔から続く、国境守備にあたる兵士たちの苦しみをよく知るために、夜来の雲はじっと動かず、（まるで彼らを優しく包みこむかのように）、いつも長城に沿って低くたれこめている。―

その後も雁門関は、異民族との激戦を偲ぶ場として、あるいは荒涼・厳寒の絶域の地として、詩に歌い継がれた。例えば、明・楊基は、七絶「暁に雁門を度る」詩の中で、雁門関の厳しい気候風土を、

関山迢遞朔雲高　　関山　迢遞として（遠く続き）朔雲高く
風緊霜華積毳袍　　風緊しく霜華　毳袍（毛織りの服）に積む

と歌った後、当地で匈奴を撃退した戦国・趙の名将李牧の功績を偲んで、「此の地　威を宣べて（武威を挙げて）李牧を称う、誰有りてか　再び北羌の豪を退けん」と結ぶ。

また、清・朱彝尊の七絶「再び雁門関を度る」（題下自注…時に舎弟の彝鑒病卒するを聞く）には、雁でさえ故郷からの手紙を運びかねる、辺境での旅人の孤独感を、「雁門の関北　雁初めて飛び、万里の征人　涙は衣を湿す。首を回らせば　秋風　行（雁の飛行）は已に断たれ、天南の消息　到ること応に稀なるべし」と詠む。

（矢田）

【五台山】

山西省の東北部、忻州市五台県の東北端に位置する、海抜三千メートル前後の五つの峰—東台（望海峰）・西台（挂月峰）・南台（錦繡峰）・北台（叶斗峰）・中台（翠巌峰）—の総称。台とは、峰の頂が平坦な台地状になっているための命名である。五台山は、北魏（五世紀前後）のころから、『華厳経』に見える文殊菩薩の住む「清涼山」にあたると信じられ、普陀山（観音菩薩の霊場）・峨眉山（普賢菩薩の霊場）・九華山（地蔵菩薩の霊場）とともに、中国四大仏教名山の一つに数えられる。

文殊菩薩の霊場「五台山」は、五峰に囲まれた、台懐鎮を中心とする「台内」に、多くの寺院が建立された。唐代では、大華厳寺の諸院が有名であり、貞元三年（七八七）、名僧澄観が当寺で『華厳経疏』を著したことから、大華厳寺は華厳宗の根本道場となる。

隆盛を極めた唐代の五台山は、まさに東アジア仏教圏の聖地であり、各国から多くの巡礼の徒が訪れた。日本からも、玄昉・霊仙・円仁らが訪れ、続く北宋の時代にも奝然・成尋らが訪れている。その時の詳細を、円仁は『入唐求法巡礼行記』に、成尋は『参天台五台山記』にそれぞれ記しており、これらの紀行文は、当時の五台山の様相を窺い知るうえで、貴重な資料となる。

慈覚大師円仁は、苦難の末に聖地を仰ぎ見た瞬間の感激を記して、「西北に向かいて、始めて中台の頂を望見し、地に伏して礼拝す。此は即ち文殊師利（菩薩）の境地（住地）なり。五頂（五台山）は円高にして、樹木を見ず、状は銅盆を覆えすが如し。遥かなる（五台山）を望むの会、覚えず涙を流せり」（『入唐求法巡礼行記』二、開成五年〔八四〇〕四月）という。

成尋もまた、初めて五台山に登った時の様子を記して、「先ず谷を行くこと十里、次に坂を登る。最も峻嶮なるを以て、時々馬を下りて徒行す（歩く）。雪は十月中下旬、雨下りて凍氷し、馬足駐まり難し。谷間五里に地鋪（テント）有り、兵士各の住み止まる。谷三十里、坂十五里にして山頂に登るは、北台に傍う路なり。先ず馬を下りて北台を拝し、遥かに西台・中台・南台を拝す。東台に至りては山を隔てて見えず」（『参天台五台山記』五、延久四年〔一〇七二〕十一月）という。

五台山は、唐代の後期以降、詩に見え始める。例えば、中唐・張籍の「僧の五台に遊び、兼ねて李司空に謁するを送る」、詩僧・皎然の「沙弥（見習い僧）大智の五台に遊ぶを送る」、晩唐の詩僧・貫休の「僧の五台に遊ぶを送る」詩など、五台山に赴く僧侶を見送る送別詩を中心に詠まれ始めた。張籍は、霊境の神秘と清浄さを、「化楼（寺塔）暁を侵して出で（姿を現し）、雪路春に向んとして開く（通じる）」と歌う。

実際に五台山を訪れての詩作は、宋代以降である。北宋・王陶の七律「仏光寺」詩は、北魏創建の古刹、仏光寺を訪れた折りの作。

五台山上白雲浮　　五台山上　白雲浮かぶ
雲散台高境自幽　　雲散じ　台高くして　境は自から幽なり
歴代珠幡懸法界　　歴代の珠幡　法界に懸かり
累朝金刹列峰頭　　累朝の金刹　峰頭に列なる

—五台山の上に白い雲が浮かぶ。その雲が次第に消えて台状の頂が高々と現れると、おのずと幽邃な世界となる。歴代の王朝が奉納した珠飾りの旗が、仏教の聖地に掛けられ、歴代の朝廷が創建した金

顕通寺

色の寺塔が、峰の上にならぶ。―

仏光寺は五峰外の「台外」（五台県豆村鎮）にあり、台外の南禅寺に次ぐ古い木造の大殿（唐の大中一一年［八五七］）で知られる。

北宋・張商英もまた、自ら五台山に足を運び、「五台山」「東台」「西台」「南台」「北台」「中台」と題する六首の七律詩を作る。「東台」詩の前半では、東台（望海峰）の頂からの眺望を歌って、

迢迢雲水渉峰巒　迢迢たる雲水　峰巒を渉れば
漸覚天低宇宙寛　漸く覚ゆ　天低くして　宇宙の寛きを
東北分明睹大海　東北　分明にして　大海を睹
西南咫尺望長安　西南　咫尺にして　長安を望む

―遠く連なる雲と水、高く聳える峰を登りゆくと、天空が低くなって、世界が広がりゆくのを、次第に感じとる。東北の方に大海をくっきりと見渡し、西南の方に長安を間近に望みやる。―

といい、「中台」詩の首聯では、周囲を他の峰々に囲まれた中台特有の景観を讃えて、「中台は岌岌（高々）として　最も観るに堪えたり、四面の林峰　翠巒（青い峰）を擁く」と歌う。

五台山は、その後も詩に歌い継がれた。金・元好問の七絶「台山雑詠十六首」は、蒙古の憲宗四年（一二五四）の晩夏（六月）、五台山を訪れた折りの作である。其五には、地上の世界とは思われない雄大・壮麗な景観を、次のように歌う。

山雲呑吐翠微中　山雲呑吐す　翠微の中
淡緑深青一万重　淡緑　深青　一万重
此景祇応天上有　此の景は　祇だ応に天上にのみ有るべし
豈知身在妙高峰　豈に知らんや　身の妙高峰に在るを

―白い雲が、奥深い緑の山の中に呑み込まれては、また吐き出され、山なみの淡い緑と濃い青が、幾重にも重なりあう。この眺めは、きっと天上世界のものに違いない。わが身は、天界の妙高峰（帝釈天が住むという須弥山）にでもいるのだろうか。―

明の陸深「五台に遊ぶ」詩には、「万壑千巌　青は未だ了わらず、更に高処従り長安を望む」と歌う。

清朝の皇帝は文殊菩薩の身代わりとされ、「文殊師利皇帝」と呼ばれた。ラマ教を保護したため、この時期、文殊菩薩の霊場―五台山にも、ラマ教の寺院が多く建てられた。そして康熙帝や乾隆帝は、しばしば行幸して詩を作っている。康熙帝の五律「顕通寺」詩の尾聯には、黄昏の迫る境内の静寂さを、印象深く詠む。

夕陽松影外　夕陽　松影の外（かなた）
処処報疎鐘　処処　疎鐘（間遠に響く鐘の音）を報ず

顕通寺は、明代、前述の大華厳寺を改称した寺院であり、五台山の寺院中で最古・最大とされ、台懐鎮に現存する。

（松浦）

【大同（雲州）・雲崗石窟・華厳寺】

大同は、山西省最北端の高地にある都市の名。漢代、平城県が置かれ、約一〇〇年間（五世紀）、北魏の都「平城」となって繁栄した。唐代には雲州・雲中郡の治所となる。遼・金の時、西京「大同府」となって再び栄え、以後、大同の名が継承された。

古来、大同は、北方の異族が中原に侵入する通路上に位置したため、しばしば戦場となり、辺境の要塞・辺防の重鎮となる。東郊の白登山は、漢の高祖劉邦が匈奴に囲まれて大苦戦した場所である。

唐代の雲州（大同）付近は、辺塞の最前線の一つであった。盛唐の常建「塞上曲」は、陰鬱な厳しい風土の中で、日々防衛にあたる出征兵士の悲愁を歌う（刀頭は柄がしらの環（＝還）から帰郷の隠語）。

百戦苦不帰　百戦するも　帰れざるに苦しみ
刀頭怨明月　刀頭　明月を怨む
塞雲随陣落　塞雲　陣に随いて落ち
寒日傍城没　寒日　城に傍いて没す

中唐・李賀の詩「平城の下」も、出征兵士の困窮・苦労を、「飢寒す　平城の下、夜夜　明月を守る。別剣（妻と別れて携帯した剣）玉花（の輝き）無く　海風（砂漠の風）鬢髪を断つ」と詠む。

北遊中、抗清運動を行った清初の屈大均「早に大同を発して作る」詩は、大同府城に響く異族の笳鼓の音から、異族に嫁いだ漢の王昭君を喚起し、厳寒の河辺を進みかねる哀情を歌う（青冢は王昭君墓）。

鶏鳴人起大同城　鶏鳴き　人は起く　大同の城
笳鼓凄凄出塞声　笳鼓凄凄たり　出塞（曲）の声
青冢風高貂不暖　青冢　風高く　貂（の皮衣）も暖かならず
白河霜滑馬難行　白河（御河）　霜滑りて　馬行き難し

雲崗石窟は、北魏の都・平城（大同）の西郊約一五キロメートル、砂岩の断崖―武周山（雲崗）の南麓、武周川水（現・十里河）の北岸に、東西一キロメートルに亘って開鑿された仏教石窟の名。旧名は武周山石窟寺。五世紀後半、北魏の国家事業として造営が推進され、主要な石窟は、北魏が洛陽に遷都する以前に成る。現存の洞窟は五三、五万尊以上の仏像が彫られ、最大のものは一七メートルにも及ぶ。

唐の天宝元年（七四二）ごろに成る宋昱「題石窟寺」（石窟寺に題す）詩は、雲崗石窟を詠んだ初期の作。詩は「梵宇（寺院）金地に開き、香龕（諸仏を安置する仏龕）鉄囲（鉄の山のような岩山）を鑿つ」で始まり、石窟内の神秘的な荘厳さを、こう詠む。

影中群象動　影中　群象動き
空裏衆霊飛　空裏　衆霊飛ぶ

―仏や菩薩の群像が光の中で動き、多くの神霊が空中を飛びかう。―

雲崗石窟は清代、王度「雲崗の仏祠」・李鍇「雲崗寺」詩などが詠まれて詩跡化した。李鍇は「黄金は銷け易く木は朽ち易し。山に即して仏を作れば仏は乃ち寿し」と歌い、石造仏の永続性を称讃する。

華厳寺は、遼代に建立、金代に重修された寺院の名。大同市内（老城区の西部）にあり、明代、上寺と下寺に分かれた。上寺の大雄宝殿は、金の天眷三年（一一四〇）の修造。下寺の薄伽教蔵殿は、遼の重熙七年（一〇三八）に成り、仏壇上に並ぶ遼代の尊像は貴重である。清の馮雲驤「華厳寺に遊ぶ」詩は、大雄宝殿から俯瞰した情景を、

河抱龍沙曲　河（桑乾河）は龍沙（積沙）の曲れるを抱き
山銜雉堞低　山は雉堞（大同城壁上のひめ垣）の低きを銜む

と詠み、清代以降、華厳寺は北地の古刹として詩跡化した。

【太原（并州）・晋祠】

（矢田）

　太原は、山西省の中部、太原盆地の北端にある省都の名。その歴史は古く、西周の初期にまで遡る。第二代の成王の同母弟・叔虞は、諸侯として「唐」国に封ぜられ、晋陽を都にしたと伝える。春秋の末（前四九七年）に、三晋の趙が初めて晋陽城を築いた。この晋陽城は、現在の太原市の西南約二〇キロメートルの晋源区に位置し、晋陽とは晋水（汾河の支流）の陽を意味する。これが太原城の始まりという。

　晋陽城は、秦漢の時に太原郡（晋陽県）の、後漢の時に并州（晋陽県）の治所が置かれて以降、太原・并州と呼ばれる。

　太原は隋末、太原郡の留守・李淵が隋の討伐をめざして挙兵した、唐朝創業の地である。このため、唐代には北都（北京）として両都（長安・洛陽）に準じる地位を与えられ、中期以後は河東節度使の鎮所として、漠北の異民族に対する軍事上の重鎮となる。唐代の并州太原府城は巨大化し、南流する汾河を夾んで、西城・中城・東城の三城から成る、北都にふさわしい大城であった。

　しかし北宋の初め（九七九年）、この太原城（晋陽城）は徹底的に破壊されて、東北約二〇キロメートルの現・太原市に移ったが、以後も太原は、太原府（路）の治所として山西・河東地区の中心となる。

　太原の詩跡化は、唐代に始まる。開元一一年（七二三）、玄宗李隆基は北都（太原府）の晋陽宮に立ち寄り、「晋陽宮に過る」詩を作って、太原こそが唐朝発祥の地であることを、「緬かに想う（西周の初め叔虞が）唐に封ぜられし処、実に維れ（わが唐朝の）建国の初めなり」と詠み、随従した盛唐・張説も「聖製の『晋陽宮に過る』に和し奉る　応制」詩の中で、「太原（民の）俗は武を尚び、高皇（唐・高祖李淵）初めて奮庸す（尽力して功業を建てる）」と歌う。なお、張九齢・蘇頲にも唱和詩が伝わる。

　北都の太原は、中原とは気候風土を異にし、異民族との国境に近い北辺の地にあった。盛唐の李白は、五律「太原早秋」（太原の早秋）詩の中で、いち早く訪れる北国の秋の気配にふれつつ、はるかな故郷への思いを歌う（開元二三年〔七三五〕ごろの作）。

霜威出塞早　霜威　塞を出でて早く
雲色渡河秋　雲色　河を渡りて秋なり
夢遶辺城月　夢は遶る　辺城の月
心飛故国楼　心は飛ぶ　故国の楼

―霜の厳しさは塞の北に出ると殊のほか早く、雲の色も黄河を渡ってからは急に秋らしくなった。わが夢は月に照らされる辺境のまちをめぐってさまよい、わが心は遠く故郷の高楼へと飛んでゆく。―

　中唐・耿湋の「太原にて許侍御の幕を出でて東都に帰るを送る」詩は、逆に春の訪れが遅い太原の風光を、「汾水　風煙冷やかに、并州　花木遅し」と歌い、晩唐・杜牧の作と伝える五律「并州道中」（并州の道中）詩もまた、太原周辺の春の景色をこう歌う。

戍楼春帯雪　戍楼（物見やぐら）　春に雪を帯び
辺角暮吹雲　辺角（辺境の角笛）　暮れに雲を吹く
極目無人跡　目を極むるも　人跡無く
回頭送雁群　頭を回らして　雁群を送る

　宋代以降も、北宋・司馬光が「晋陽は三月　未だ春色有らず」詩の中で、「上国（宋の都・東京〔開封〕）花は応に爛（爛漫）たるべし、辺城（太原）柳は未だ黄ならず」と歌い、金・元好問が「太原にて張彦遠に贈る」詩の中で、「并州城辺　十月の末、清霜稜稜（厳寒のさま）として　風　骨に入る」と歌うなど、太原は主として寒さの厳しい辺境のイメージのもと、歌い継がれていく。

晋祠は、西周の初期、「唐」侯に封ぜられた叔虞を祀る祠廟の名。太原市の西南約二五キロメートル、晋水の湧き出る懸甕山の麓―晋源区晋祠鎮にあり、唐叔虞祠・晋王祠ともいう。叔虞の子・燮は位を継ぐと、晋水の流れにちなんで、国号を「唐」から「晋」に改めた。かくして叔虞は晋国の実質上の始祖となるため、晋祠・晋王祠とも呼ぶ。

晋祠の創建は古く、古来の晋陽城（＝唐・太原府城）の西南郊外、約六キロメートルの地であった。北魏・酈道元の『水経注』六、晋水の条には、「（水を）畜えて以て沼を為る。沼の西は、山に際り（接し）水に枕みて、唐叔虞祠有り。水の側らに涼堂有りて、飛梁（高い橋）を水上に結る。左右の雑樹は交も蔭し、曦景（日の光）を見ること希なり」と記した後、当時すでに遊覧の地となり、晋川（太原付近）第一の名勝であったという。

晋祠には、北宋の時、水神（一説に、叔虞の母・邑姜）を祀る「聖母殿」が建てられ、殿内の侍女彩塑像は、「周柏」（古樹）・「難老泉」（晋祠最大の泉水）とともに、「晋祠三絶」と称される。

初唐の貞観二年（六四六）、太宗李世民は晋祠を訪れて、「晋祠の銘（并序）」を撰書したが、その詩跡化は盛唐に始まる。李白は「憶旧遊、寄譙郡元参軍」（旧遊を憶い、譙郡の元参軍〔演〕に寄す）詩の中で、太原滞在時の行楽を追憶して歌う。

時時出向城西曲　　時時　出でて向かう　城西の曲
晋祠流水如碧玉　　晋祠の流水　碧玉のごとし
浮舟弄水簫鼓鳴　　舟を浮かべ水を弄して　簫鼓鳴り
微波龍鱗莎草緑　　微波　龍鱗　莎草緑なり

―しばしば太原府城を出て、西南郊外の晋祠に足を運んだ。そこから流れ出る水は碧く透きとおり、まるで碧玉のよう。簫の笛や太鼓を鳴らし、舟を浮かべて水遊びをすれば、水面には龍の鱗のようなさざ波がたち、岸辺には莎草がみずみずしい緑の色をたたえる。―

中唐・令狐楚もまた、七律「遊晋祠、上李逢吉相公」（晋祠に遊び、李逢吉相公に上る）詩の頷聯で、晋祠の景勝美を歌う。

泉声自昔鏘寒玉　　泉声は　昔より　寒玉鏘たり
草色雖秋耀翠鈿　　草色は秋なりと雖も　翠鈿耀く

―泉の音は（二人が遊んだ）あの時から、（少しも変わることなく）冷たい玉の触れあう澄んだ響きをたて、草の色は秋になったのに、翠の花鈿（眉間に施す化粧）のようにきらめく。―

晋祠は、宋以後も多く詠まれた。北宋・范仲淹は「晋祠の泉」詩の中で、湧泉の美しさを、「神なる哉　叔虞の廟、地は勝れて嘉泉を出だす。一源　甚だ澄静にして、数歩　忽ち潺湲たり（さらさら流れる）」と歌う。北宋の欧陽脩は「晋祠」詩の中で、「周柏」の老木を、「地霊（霊妙の地）の草木は余潤（豊かな水の潤い）を得、鬱鬱たる古柏は蒼煙（蒼いもや）を含む」と歌う。

明・于謙の七律「晋祠の風景を憶い、…」詩には、「懸甕山前　境趣幽（幽美）なり、邑人（住民）云う　是れ小瀛洲（仙境）と」と見え、清・戴王命は七絶「難老泉」詩を作って、人事の興亡をよそに、天地の誕生とともに流出する長寿の泉水を讃えて歌う。

懸甕山前別有天　　懸甕山前　別に天有り
滔滔活水幾経年　　滔滔たる活水（湧水）　幾くか年を経たる
古今多少興亡事　　古今　多少　興亡の事
天地同流難老泉　　天地　同に流る　難老泉

【娘子関・綿山（介山）・野史亭】

（矢田）

娘子関は、山西省中央部の東端、陽泉市の東北約三〇キロメートルの地にある関城（城壁に囲まれた関所）。その名は唐代の初め、平陽公主（唐・太宗李世民の妹）が女性だけの娘子軍を率いて、この地に駐屯したことに由来するという（『大清一統志』一一八）。当地は、河北と山西との省境をなす交通・軍事上の要衝であり、北魏の時には葦沢関、唐代には承天軍城が置かれ、明代に成る娘子関城が現存する。近くに「懸泉」という名の瀑布があった（娘子関瀑布）。

金・元好問の「承天の懸泉に遊ぶ」詩に見える「娘子関頭　更に奇崛（峻険）」の句が、娘子関に言及する早期の用例であるが、詩跡としての定着は明代以降である。明・王世貞は「娘子関にて偶ま成る」詩の中で、娘子軍を率いた平陽公主の勇敢さに比べて臆病な当時の将軍たちを嘲笑して、「今日　関頭にて独笑を成す、巾幗（婦女の頭巾と髪飾り）もて男児に贈ること無かる可けんや」と歌う。

また、清の兪汝言は、太行山脈を横断する八本の通路「太行八陘」の一つ、井陘を旅した折りに「井陘の道中」詩を作り、「懸流　苔は洗わる　将軍の塁、落日　煙は封ず　娘子の関」と歌い、清・陶易の「娘子関」詩は、関城の東にある懸泉の美しさをこう歌う。

飛泉百尺聴潺湲　　飛泉　百尺　潺湲たるを聴く
一鏡澄空沢水源　　一鏡　澄空　沢水の源なり

―百尺の高さから、水しぶきを飛ばして流れ落ちる瀑布の音に、じっと耳を傾ける。瀑布の上には、澄んだ空を映し出す鏡のような水面が広がり、そここそが沢発河の水源なのだ。―

綿山は、山西省の中部、介休市の東南約二〇キロメートル、霍山の北に連なる海抜二四〇五メートルの山。春秋時代、介子推がここに隠棲して焼死したため、介山とも呼ぶ。介子推は、国を追われた晋の文公（重耳）を献身的に支え続けたが、帰国後、即位した文公に重用されず、悲憤して綿山に隠棲した。後に文公は出仕を求めたが、介子推は拒絶し、やむなく山を焼いたところ、焼け死んだ。仲春の末ごろ、火の使用が禁じられて冷たい食事をとる「寒食節」は、この介子推の逸話に由来するという（唐・韓鄂『歳華紀麗』寒食）。

晩唐・李商隠は「寒食（節）に、行きて冷泉駅（現・介休市に隣接する霊石県の東北端、冷泉村の宿駅）に次る」詩の中で、「介山は駅に当たりて秀で、汾水は関を遶りて斜めなり」と歌い、晩唐・胡曾の詠史詩「綿山」詩は、介子推のことを詠む。南宋・劉辰翁も「介山」詩の中で、「年年　寒食に雨ふるは、天も亦た（介子推の）為に潺湲（涙を流すさま）たらん」と歌う。

以後、明の王愛「綿山の道中」、明の謝榛「綿山懐古」詩など、綿山は主に介子推の悲話を連想させる詩跡として歌い継がれた。

野史亭は、金の元好問（号は遺山）が晩年（五〇歳以降）、滅亡した祖国・金の歴史を個人的に編纂するために、自宅の敷地内に造った小さな建物の名。移居に伴う複数の野史亭があったらしいが、一般に彼の故郷―忻州市の東南約七キロメートル、西張郷韓岩村のものを指す。そこは、元一族の墓地のそばである。

元・王惲の詩「元遺山先生を追挽す」に「野史の亭は空しく　遺事墜ち、荒烟　恨みを埋めて　九原（黄泉）深し」とあり、明の祝顥「野史の遺亭」詩に「百年の国事　笥稿（筐底の原稿）に存し、一代の才華　典型を著す」とあって、元好問をしのぶ詩跡となる。

現在、韓岩村にある元好問墓のそばに、記念の野史亭が建つ。

（矢田）

【霍山・広勝寺・霍泉】

霍山は、山西省霍州市の東南端、臨汾市洪洞県の北東端に連なる山なみの名。霍太山・太岳山ともいう。主峰の霍峰（老爺頂）は海抜二三〇〇メートル。中国五大鎮山の一つで、中鎮と称される。北魏・酈道元『水経注』六、汾水の条に、「霍太山に岳廟有り、廟は甚だ霊なり」とあるように、山には岳廟（霍山廟・中鎮廟）が建てられ、歴代、祭祀の対象とされた。

晩唐・李商隠の五律「霍山の駅楼に登る」詩は、霍山を眺めた早期の作である。霍邑県城（現・霍州市）にあった霍山駅の高楼に登って、「廟（岳廟）は前峰に列なりて迥かに、楼は四望（四方の眺望）を開いて窮む」と歌う。北宋・杜衍は七絶「霍岳」詩の前半で、霊山に対面できた喜びを、「万古の神山　盛談に入るも、而今真に晴嵐（晴れた日の山気）に対うを得たり」と歌う。また、明・韓邦奇は「再び霍州に過る」詩の中で、雲に包まれた山容を遠望して、「道は汾水に随いて折れ、雲は霍山を擁いて浮かぶ」と詠み、清・王士禛も「霍太山」詩の中で、次のように歌う。

岳色清秋裏　　岳色　清秋の裏
岧嶢俯素汾　　岧嶢として　素汾を俯す

—山容は清らかな秋の気配に包まれ、高々と聳えて、白絹のような汾水の流れを見おろしている。—

広勝寺は、洪洞県の東北一七キロメートル、霍山の南麓に建てられた寺院の名。山腹の上寺と麓の下寺に分かれる。後漢の建和元年（一四七）の創建、唐の大暦四年（七六九）の再建と伝え、元明清期、何度も興廃した。上寺には古く舎利塔が建てられ、現存する八角一三層の飛虹塔（琉璃塔）は、明の嘉靖六年（一五二七）に成る。広勝寺の詩跡化は宋代に始まる。北宋・李曼は五律「題広勝寺」（広勝寺に題す）詩の前半で、上寺の建つ山腹の様子を歌う。

寺隠蔵山腹　　寺隠れて　山腹に蔵し
山高絶杳冥　　山高くして　絶だ杳冥たり
濃嵐春発黛　　濃嵐　春に黛を発き
岑塔暁開屏　　岑塔　暁に屏を開く

—寺は山の中腹に隠れて建ち、山は高く極めて奥深い。深く立ちこめた春の山気は黛の色をただよわせ、高く聳える明け方の舎利塔は衝立をひろげたかのよう。—

また、北宋の張傅「広勝寺」詩には、寺の壮大な構えを、「下に平野を窺えば　遥かに際無く、仰ぎて危簷（高い軒）を視れば　勢い飛ばんと欲す」と詠み、金・麻秉彝も「広勝寺に題す」詩の中で、「盤雲（深く厚い雲）梯石（石段）　崇岡を上れば、殿閣崢嶸たる（高いさま）は　古の道場（寺院）なり」と歌う。

霍泉は、広勝寺下寺の門外（南）に湧き出る泉の名。霍山から湧く泉水を意味し、広勝寺泉ともいう。滾滾と湧き出る、清らかな大量の水は、水渠を通して両県の田地を潤した。

明の劉廷桂「霍泉」詩には、仙郷のような付近の風景を、

混混源泉流昼夜　　混混（＝滾滾）たる源泉　昼夜に流れ
無辺風景即瀛州　　無辺の風景は　即ち瀛州（仙山）なり

と歌う。また、明・林中猷の五律「広勝寺」詩の頷聯には、高くそそり立つ飛虹塔と盛んに湧き出る霍泉とを対にして、こう詠む。

挿天千尺塔　　天を挿す　千尺の塔
湧地万重泉　　地に湧く　万重の泉

山西省

【汾河（汾水）・秋風楼】

（植木）

汾河は、山西省の北部、忻州市寧武県の管涔山に源を発し、同省のほぼ中央部を南下して、太原盆地・臨汾盆地を流れ、運城市新絳県で西に折れて進み、万栄県（河津市の南隣）で黄河にそそぐ、全長七一六キロメートルの川の名。汾水ともいう。山西省第一の大河であり、渭河（渭水）に次ぐ黄河第二の大きな支流である。

汾河は、古く『詩経』魏風「汾沮洳」詩に、「彼の汾（河）の沮洳（水辺の湿地）、言に其の莫（食用の野草、スカンポ）を采る」などと見える。六朝期には、『荘子』逍遥遊篇に見える話「堯（帝）天下の民を治め、海内の政を平らかにす。往きて四子（四人の神人・隠者）を藐姑射の山（山西省臨汾市の西）、汾水の陽に見、窅然として其の天下を喪れたり」を踏まえて、汾河の陽（汾陽）を堯帝の自適・逍遥の地、あるいは隠者の住む土地として詠むことが多い。南朝宋の謝霊運「京口の北固（山）に従遊して詔に応ず」詩には、「昔聞く　汾水の遊び、今見る　塵外の鑣（俗世を離れた清遊）」とあり、南朝梁の昭明太子「上（武帝）　鍾山の大愛敬寺に遊ぶに和す」詩に、「唐（堯）　遊びて汾水に薄り、周（穆王）　載りて（崑崙山上の）瑤池に集まる」などという。

秋風楼

唐代、并州太原府城（現・太原市）は唐朝創業の地として、北都（北京）の地位が与えられ、中期以後には、河東節度使の駐在する重鎮となった。南流する汾河をはさんで、汾西の西城、汾河を跨ぐ中城、汾東の東城の三城からなり、西城内に太原府の治所、後には節度使府が置かれた。かくして汾河は、太原を詠む詩の素材となる。盛唐の李白は、「太原の早秋」詩の中で、

思帰若汾水　帰るを思えば　汾水のごとく
無日不悠悠　日として悠悠たらざるは無し

と歌う。悠悠は、汾水が遥か遠くへ流れゆくさまに、断ち切りがたい望郷の憂いを重ね合わせた表現である。

中唐の耿湋「太原にて許侍御の幕を出でて東都（洛陽）に帰るを送る」詩に「汾水　風煙冷やかに、并州（太原）　花木遅し」と見え、晩唐・魚玄機「（河東節度使）劉尚書に寄す」詩にもいう。

汾川三月雨　汾川（府城東の汾河）　三月（晩春）の雨
晋水百花春　晋水（府城西の川）　百花の春

汾河は、かく詩中に詠まれてきたが、後世の汾河詩に最も大きな影響を与えたのは、前漢の武帝劉徹の「秋風辞」（秋風の辞）である。元鼎四年（前一一三）の秋八月、武帝は河東郡汾陰県（汾河の陰、黄河への流入口付近。現・万栄県栄河鎮廟前村）に行幸して、后土祠を当県の脽（丘）上に建てて、大地の神「后土」を祀った（『漢書』武

帝紀）。その後、汾河に楼船を浮かべて、臣下と盛大な酒宴を開いた。「秋風の辞」は、その時の作らしい（『文選』四五）。

秋風起兮白雲飛　秋風起こりて　白雲飛び
草木黄落兮雁南帰　草木黄落して　雁南に帰る
蘭有秀兮菊有芳　蘭に秀有り　菊に芳有り
懐佳人兮不能忘　佳人を懐いて　忘るる能わず
汎楼船兮済汾河　楼船を汎べて　汾河を済る
横中流兮揚素波　中流に横たわりて　素波を揚ぐ
簫鼓鳴兮発棹歌　簫鼓鳴りて　棹歌を発し
歓楽極兮哀情多　歓楽極まりて　哀情多し
少壮幾時兮奈老何　少壮幾時ぞ　老いを奈何せん

―秋風が吹き起こって白い雲が飛び、草木の葉が黄ばみ散って、雁が南へ帰っていく。蘭草は美しい花をつけ、菊は芳しい香りを放つ。（それを見れば）佳き人（優秀な人材。神仙・美女への連想を帯びる）のことが思われて、忘れることができない。楼船を浮かべて汾河をわたり、白い波をあげながら川の中ほどを横切りゆく。簫や太鼓が響いて、舟歌が起こる。喜びがきわまると、かえって悲しみばかりがわきあがる。若々しい日々は、どれほど続くのか。迫りくる老いを、どうしたらよかろうか。―

詩は、万物凋落の悲秋と迫りくる老いの悲哀を結びつけて歌う。絶頂期を迎えた「雄材大略」の帝王・武帝（当時、四四歳）の作であるため、いっそう嘆老の哀しみが痛切にひびく。汾河の秋を詠むとき、本詩は必然的に思い起こされる作品となった。

初唐・李嶠「汾陰の行」の一節「山川　目に満ちて　涙　衣を沾す、富貴栄華　能く幾時ぞ。見ずや　祇今　汾水の上、唯だ年年　秋雁の飛ぶ有るのみ」は、いうまでもなく、盛唐・蘇頲の五絶「汾上驚秋」（汾上［汾河のほとり］にて秋に驚く）詩も、その代表的な作例である。「秋風の辞」にちなむ言葉を多用しながら、帝王の遊楽ではなく、草木の揺れ落ちる秋の、孤独な旅人の悲しみを歌う。

北風吹白雲　北風　白雲を吹き
万里渡河汾　万里　河汾（汾河）を渡る
心緒逢揺落　心緒（感じやすい心）　揺落に逢い
秋声不可聞　秋声　聞くべからず

また、岑参の七絶「虢州の後亭にて李判官の使いして晋・絳（山西省）に赴くを送る。…」詩も、「秋風の辞」を踏まえて、「君去って試みに看よ　汾水の上、白雲は猶お漢時の秋に似ん」と歌う。

「秋風の辞」の影響は後世にまで及ぶ。「一曲　劉郎（武帝）　棹歌（舟歌）を発す、歓情　未だ已まざるに　悲しみを奈何せん」で始まる金・段成己の七絶「汾水の秋風」は、その典型であろう。

汾陰の后土祠は歴代再建され、唐の玄宗、北宋の真宗なども訪れて祀った。この祠廟の背後に、金・元のころ、「秋風の辞」の石刻を覆う秋風亭が建ち、後に秋風辞亭・秋風楼などと呼ばれた。金末元初・曹之謙の詩「秋風亭の故基」は、焼失後の荒廃を嘆き、元の王惲は秋風亭に登って詞「浣渓紗」を詠む。明・喬宇の七律「秋風亭下に舟を泛ぶ」詩は、華やかな武帝の往時を回顧して歌う。

荒亭寥落野煙空　荒亭寥落（寂寥）として　野煙空し
漢武雄才想像中　漢武の雄才　想像の中

黄河の東岸にある后土祠（后土廟）・秋風楼は明代以後、しばしば水害を受けて場所を移した。現在、万栄県栄河鎮廟前村にある祠廟と三層の秋風楼は、清の同治九年（一八七〇）の再建とされる。

（植木）

【絳守居園池】

絳州の知事宅にある庭園の意。絳州の治所が置かれた正平県城（現・運城市新絳県城）の刺史（州知事）宅にあった、池のある庭園を指し、州の役所の北に位置した。この園池は隋の開皇一六年（五九六）、内軍将軍・臨汾県令の梁軌が鼓堆泉を導いて田地にそそぎ、その余水を内城にも引いて水を蓄えて池となし、中に洄漣亭を建て、傍らに竹木花柳を植えたことに始まる（清『山西通志』六〇）。そして庭の名は、唐の長慶三年（八二三）、絳州刺史の樊宗師が作り、園内にもその石刻が置かれた「絳守居園池の記」に基づく。この文章は唐代の庭園の景観を詳述するが、古来、晦渋・険怪で知られ、多くの注が施されてきた（岑仲勉「『絳守居園池記』集釈」）。

庭園の様相は歴代変遷したが、北宋・范仲淹の五言古詩「絳州の園池」詩は、この絳守居園池の美しさを詠んだ早期の作である。

絳台使君府　絳台の　使君の府
亭閣参園圃　亭閣　園圃に参う
一泉西北来　一泉　西北より来り
群峰高下観　群峰　高下に観る
池魚或躍金　池魚　或いは金を躍らせ
水簾長布雨　水簾　長に雨を布く
怪柏鎖蛟龍　怪柏　蛟龍を鎖ざし
醜石闘貙虎　醜石　貙虎を闘わす
群花相倚笑　群花　相い倚りて笑い
垂楊自由舞　垂楊　自由に舞う
静境合通仙　静境　合に仙に通ずべし
清陰不知暑　清陰　暑さを知らず

―絳州の知事の役所、亭台や楼閣が庭園の中に交錯する。一筋の清泉が西北から流入し、多くの峰々が高く低く見える。池の魚は時おり飛び跳ねて黄金色を現し、（水の簾のような）滝がいつも雨を広く漂わせる。奇怪な柏樹の姿は蛟や龍が閉じ込められたかのよう、醜悪な石の形は貙（猛獣）や虎が闘うかのよう。多くの花々がよりそってほほえみ、しだれ柳が気ままにおどる。この静かな地はきっと仙境に通じよう。清らかな木陰のもと、暑さも感じない。―

欧陽脩は慶暦四年（一〇四四）、使命を帯びて河東に赴いたとき、ここを訪れて、「嘗て聞く　紹述（樊宗師の字）の絳守の居、偶ま来りて覧登して四隅を周くす」で始まる「絳守居園池」詩を作った。独創性を求めて詰屈・晦渋さに陥った樊宗師の煩瑣な「記」を批判しつつ、園中を描写して歌う、「荒煙の古木　遺墟に蔚たり（茂る）、我来りて　祇だ其の余を得るを嗟く。柏槐（柏樹・槐樹）は端荘なる偉丈夫、蒼顔（老衰した顔）鬱鬱として　老いて枯れず。靚容（美しい装い）新麗　一に何ぞ姝しき、清池の翠蓋（緑の蓮の葉）紅蕖（紅い蓮の花）を擁く。胡髯　虎搏（「記」中に見える、門の左右に描かれた、頭髪の乱れた胡人の絵と闘う虎の絵の描写）は　豈に道うに足らん、記録細砕して　何ぞ区区（ちまちま）なる」と。梅堯臣の「絳守園池に寄題す」詩にも、「黒石に辞を鐫りて渋きこと（晦渋）は棘の如く、今昔往来するも　人識らず（読めない）」とあり、樊宗師の「記」と関連づけて庭園を詠む。

以後、元の至正五年（一三四五）に成る偰玉立「絳守居園池」詩、王士元「絳州居園池、偰世玉の韻に和す」詩などが伝わる。

絳守居園池は、現在、新絳県城内の西に保護されて存続する。

（矢田）

【太行山】

河北・河南省と山西省との省境ぞいに、東北から西南方向にカーブを描きながら、延々と四〇〇キロメートルも続く高大な山脈の名。海抜一二〇〇メートル以上の峰々が連なり、中国の北半分を、東の平原地帯と西の高原地帯とに二分する最大の標識であった。

ちなみに、山西省の名は「太行山の西」を意味する。また、「太行八陘」（陘は谷間の坂道）と呼ばれる八本の隘路が、この山脈を横断し、河北・河南と山西とを結ぶ東西交通の要路となる。特に陽泉市の北東約五〇キロメートルの「井陘」は有名であり、清・兪汝言に「井陘の道中」詩がある（【娘子関・綿山（介山）・野史亭】の項参照）。

太行山は、華北平原から眺めると、段差が一〇〇〇メートルに達する断崖もあるなど、峻険な山容を見せるが、逆に山西高原から眺めると、緩やかな丘陵にしか見えない。「西緩・東険」といった対照的な山容を備えもつが、詩の中で歌われるのは、もっぱら「東険」のそれである。そして、その源泉的な役割を担い、険阻な太行山のイメージを決定づけた詩が、魏・曹操の「苦寒行」（寒さに苦しむ行）であった。厳寒の太行山を越えて、行軍する兵士たちの苦難を歌う。

北上太行山　北のかた太行山を上れば
艱哉何巍巍　艱なるかな　何ぞ巍巍たる
羊腸坂詰屈　羊腸　坂は詰屈し
車輪為之摧　車輪　之が為に摧かる

―北上して太行山を登り行けば、辛く苦しいことよ、何と高々とそそり立つことか。羊の腸のように、坂道は曲がりくねり、車の輪も、あまりの険しさに壊れくだけそうになる。―

「羊腸」は、羊の腸のように曲がりくねるさまで、九十九折りの山の坂道を形容する。後に固有名詞としても用いられ、晋城市の南や長治市壺関県の東南など、太行山には「羊腸坂」という名の坂道が複数存在する。南朝陳の江総「并州（現・太原市）の羊腸坂」詩に、「三春（晩春三月）帝郷に別れ、五月　羊腸を度る。本と車輪の折るるを畏れしに、翻って馬骨の傷るるを嗟く」とあり、曹操の詩を踏まえつつ、あまりの険しさに、車輪が壊れるより前に、それを牽く馬の骨が傷ついてしまったと嘆く。

唐以降も、太行山は主に曹操詩によって確立したイメージに沿って歌い継がれる。盛唐の李白は「北上行」（北上の行）の中で、曹操の「苦寒行」を模擬しながら、北上を阻む太行山の峻険さを、

磴道盤且峻　磴道　盤りて且つ峻しく
巉巌凌穹蒼　巉巌　穹蒼を凌ぐ
馬足蹶側石　馬足　側石に蹶き
車輪摧高岡　車輪　高岡に摧かる

―山に登る石の道は曲がりくねって、しかも険しい。鋭く切り立つ岩山が青空を突き抜けるかのようだ。傾く岩に馬は足を躓かせ、高い岡に車輪は壊れくだける。―

と歌い、中唐・白居易「初めて太行の路に入る」詩も、眼前に立ちはだかる太行山を、「嘗て聞く　此中は険しと、今　我　方に独り往く。馬蹄　凍りて且つ滑らかに、羊腸　上る可からず」と歌う。

太行山は、以後も宋の王安中、元の李俊民、明の于謙・唐順之・王世貞、清の呉雯らに詠まれた。唐順之の「太行を望む」詩には、「天に倚りて畳障（連峰）を開き、地を画りて重関（多くの関所）を作る。車は羊腸に向かいて転じ、人は鳥道従り還る」と歌う。

（松浦）

【懸空寺・応県木塔】

懸空寺は、大同市渾源県城の南五キロメートル、北岳恒山の麓、金龍峡（磁峡・磁窯峡）西側の絶壁上に建造された古寺の名。北魏の創建と伝え、元・明・清代に隆盛し、仏寺の中に道教系の建物も造られた（現存の建築は明清の遺構）。懸空寺は、絶壁の高みにある「空中に懸かる寺院」であり、楼閣の上にはつるす綱もなく下に礎石もない奇抜な構造から、建築史上の傑作とされる。唐の李白書「壮観」の二字が、東側の絶壁に刻されていた（清・雍正『山西通志』一一）。

懸空寺を詠んだ詩は、元の王雲鳳「懸空寺」詩（清・桂敬順纂『恒山志』貞集）に始まるらしいが、明代以降に多くなり、岩壁の高みに建造された特異な立地を詠む作品が少なくない。明・鄭洛「過懸空寺」（懸空寺に過る）二首其一には、次のように歌う。

石壁何年結梵宮　石壁に何れの年にか　梵宮（仏寺）を結ぶ
懸崖細路小渓通　懸崖（断崖）の細路　小渓（渓流）通ず

高所の各院を繋ぐ細い桟道を詠む例も多い。例えば、明・王汝涑「懸空寺に過る、前韻に和す」二首其二には、「鳥道（険阻な桟道）雲（中）に盤りて　一線長く、碧流　俯し視れば　西方を繞る」とあり、続く清・張応薇「歩雲路」詩にも、「鳥道横斜して一線牽き、誰か知らん　高く上れば最も翩翩たるを」と歌う。

さらに明・鄭洛「懸空寺に過る」其二には、この桟道を神仙的な「丹梯」として詠む（次の三乗は三種の解脱の道）。

誰結丹梯高万丈　誰か結ぶ　丹梯　高きこと万丈なるを
我聞仏法演三乗　我聞く　仏法は　三乗を演ぶるを

唐の宋之問「端州を発して初めて西江に入る」詩に、「金陵に仙館有り、事に即して丹梯を尋ぬ」とあるように、丹梯は仙境に続くもの。仏教的境地を詠みつつ、神仙的興趣を歌う作例である。

清の鄧克劭「懸空寺に遊ぶ」詩は、「石屏（衝立のような岩の断崖）千仞立ち、古寺　半空に懸かる」と詠んだ後、こう歌う。

浄土絶塵境　浄土　塵境（汚れた俗世）を絶ち
岑楼綴遠天　岑楼（高楼）　遠空に綴なる

懸空寺は、空中に懸かるその特有の立地から、天空の理想郷に繋がる神仙的な仏院として、明代以降詩跡化したのである。

応県の木塔は、朔州市応県城内にある、中国最古・最大の木造の仏塔。仏宮寺の釈迦塔ともいい、遼の清寧二年（一〇五六）に成る。八角・五層の楼閣式で、高さは六七メートル。塔に登ると、雲中（旧郡名。今の大同・朔州一帯）の山川の景勝を一望できた。明代以降、しばしば辺境の軍事的展望台としても使われたらしい。例えば、明の喬宇「題応県木塔」（応県の木塔に題す）詩には、

山川一覧雲中勝　山川　一覧す　雲中の勝
烽火遥連塞上兵　烽火　遥かに連なる　塞上の兵

とあり、さらに木塔の由来を、「歳は遼・金を紀して往迹を留め、郡は秦・漢を経て威名有り」と歌う。

清の張開東は、雑言古詩「応州の木塔の歌」の中で、「元順（元の順帝）の朝に　地大いに震い、塔傍の屋瓦　飛蓬（風に舞う蓬草）に同じ。唯だ此の塔のみ　屹然として動かざること山岳の如く、寧ぞ神鰲（大海亀）蟠踞し　贔屭（海亀）其の雄を負うに非ざらんや」と詠んで、数多の災異を経て今に伝わる塔の堅牢さを讃える。

応県の木塔は、明代以降、北辺の要衝を一望する軍事的展望台、堅牢な聖なる仏塔として詩跡化した。

（紺野）

【龍門（禹門）】

龍門は、河津市の西北約一二キロメートル、陝西省韓城市との間の黄河とその東西両岸の山なみの名。山西省と陝西省の境界をなす晋陝峡谷の南端に位置し、最狭部で幅百数十メートルしかない両岸の山の形が、〝門闕〟のようであることから命名された（『大清一統志』一五五）。北魏の酈道元『水経注』四は、上流約五〇キロメートルの孟門山（壺口付近）を龍門の「上口」、現在の龍門を「下口」と呼んで、山間・絶壁の間を急峻な落差で南下する奔流を捉える。

龍門は、古代の聖天子・禹が治水のために開鑿したと伝え、禹門（禹門口）とも呼ぶ。『書経』禹貢篇に「（黄）河を積石（山）より導き、龍門に至る」とあり、『史記』秦始皇本紀にも韓子（韓非）の言葉として、「禹は龍門を鑿ち、大夏を通じ、河の亭水（停滞水）を決す」と記す。そして遅くとも北魏の太和二一年（四九七）までには、禹を祀る大禹廟（大禹祠）が岸上に造られた（現存せず）。

龍門の激流は「三級（三層）の浪」と評された。南宋の王銍「古漁父詞十二首」其九は、「禹門三級　浪千重、変化騰飛して　豈に踪有らんや」と歌う。この激しい流れが、「登龍門」の故事を生む。『三秦記』（『太平広記』四六六所引）には、「暮春の際毎に、黄鯉魚有り、流れに逆らって上り、得る者は便ち化して龍と為る」という。この「龍と化す魚」にたとえて、後漢の名士・李膺のもとに出入りを許されることを、「龍門を登る」といった（『後漢書』六七、党錮列伝）。かくして「登龍門」は、有力者の引き立てを得て出世することをいい、科挙の及第をも指した。また、失敗した魚は「額を点じて（岩にぶつけて）還る」（『水経注』四）という。科挙などの落第、あるいは官途の不如意をいう「点額」の典故は、これに基づく（『元和郡県図志』一二の「曝鰓」（鰓を曝す）も、ほぼ同意）。

こうして龍門は、禹の治水と登龍門の故事を思い起こし、絶壁・急流の奇観を眺める名勝となる。晩唐の許渾は直接、龍門を訪れて、七律「晩に龍門の駅楼（龍門関（龍門の東岸）内に設けた宿駅の高楼）に登る」詩を作った。詩は「魚龍多き処　門を鑿ちて開く、万古（遠い昔から）人は知る　夏禹の材（夏の始祖・禹の治水の技能）」と詠んだ後、壮大な景色をこう歌う。

青嶂遠分従地断　　青嶂　遠く分れて　地より断ち
洪流高瀉自天来　　洪流　高く瀉ぎて　天より来る

——青い峰（龍門山）が、大地から分断して遠く引き離され、（その間を）黄河の奔流が、大空から流れ下って高々とそそぎ落ちる。——そしてわが身の不遇感を、「心に膺門（李膺の登龍門の故事）に感じて身ら此に過り、晩山の秋樹　独り徘徊す」と歌い収めた。

晩唐の薛能「龍門八韻」詩は、激流のすさまじさを、「身を近づくれば毛乍ち豎ち、面に当たれば語通じ難し。沸沫（しぶき）何れの処にか帰せん、盤渦（うずまき）此中に傍う（迫りよる）」と描く。金末元初の段克己「戊申（一二四八年）四月、禹門に遊びて感有り」詩は、龍門と大禹廟の情景を「冷雲　直ちに上る　三千尺、石巓の古廟　高く崔巍たり」と歌い、明の薛瑄「禹門」詩は、「連山　忽ち断えて　禹門開き、中に黄河有り　万里より来る」という。

清初の顧炎武「龍門」詩も「地を亙めて（地の果てに）黄河出で、天（世界）を開くは此の一門」と歌った後、禹の事業を賛美する。

千秋憑大禹　　千秋（千年間）　大禹（の治水の功）に憑り
万里下崑崙　　万里（の黄河）　崑崙（山）より下る

（紺野）

【鸛雀楼】

唐代の蒲州・河中府城（現・永済市の西南約一五キロメートル一帯）の三城の一つ、黄河の中洲にあった中潬城に造られた三層の城楼の名。「雀」は「鵲」とも記され、『大清一統志』一四〇に引く『旧志』に、「時に鸛鵲有り、其の上に棲む。遂に名づく」という。

河中府城は、河東（山西省）と関中（陝西省）を結ぶ交通の要衝に位置し、唐代には黄河の東西にあった二城と中洲の中潬城からなり、鉄牛などに繋がれた二つの浮梁（舟橋）が三城を連結していた。

鸛鵲楼は、その中潬城にあり、六世紀の後半、宇文護によって建造された。唐の建中二年（七八一）に成る李翰「河中の鸛鵲楼集の序」（『文苑英華』七一〇）に、「後周（北周）の大冢宰（宰相）宇文護の軍は、河（黄河）外の地に鎮（駐屯）して、築いて層楼と為す。遐かに碧空に標んで、影は洪流に倒しまなり。二百餘載、独り中州（＝中洲）に立つ。其の佳気（瑞気。ここでは美景）の下に在るを以て、代よ勝概（名勝）と為る。四方の雋秀に登る者有り、悠然として心を遠くし、龍門を思うが如く、崑崙を望むが若し」という。

鸛鵲楼

『大清一統志』に引く『旧志』にも、「楼は旧と郡城の西南の黄河中の高き阜の処に在り」という。しかし、盛唐・暢諸の「観鵲楼に登る」詩（王重民「補全唐詩」〔『全唐詩補編』上所収〕）の首聯に、「城楼　峻極多く、酌を列べて（宴会の仕度をして）恣ままに登攀す」と歌い、晩唐・司馬札の「河中の鸛雀楼に登る」詩も、「鸛雀　何れの処にか飛ぶ、城隅　草自から春なり」と詠むことから、中潬城の西南隅に築かれた物見の城楼が鸛雀楼であった、と推測される。一説に、黄河東岸の河中府城（＝河東県城）西門の城楼であるとする（簡錦松『唐詩現地研究』中山大学出版社、二〇〇六年）。

なお、北宋の趙明誠『金石録』九は、陳翃（翊？）の「新鸛鵲楼記」（貞元九年〔七九三〕撰）を著録しており、司馬札の詩は修復後の鸛雀楼を歌ったものであろう。

北宋の沈括『夢渓筆談』一五には、「河中府の鸛雀楼は三層なり。前に中条（山）を瞻、下に大河を瞰る。唐人の詩を留むる者、甚だ多し。唯だ李益・王之奐・暢諸の三篇のみ、能く其の景を状す（描き出す）」とあり、唐代、登臨の名所として詩跡となった。

鸛雀楼を一流の詩跡としたのは、やはり盛唐の王之渙の作とされる、次の五絶「登鸛雀楼」（鸛雀楼に登る）であろう。

白日依山尽　白日　山に依りて尽き
黄河入海流　黄河　海に入りて流る
欲窮千里目　千里の目を窮めんと欲し
更上一層楼　更に上る　一層の楼

―輝く太陽は、はるか西方の山々に寄りそうように沈みゆき、楼下の黄河は、遠く海へと向かって流れていく。千里の彼方まで眺めやろうとして、更にもう一階、上へと登ってゆく。―

この詩は、前半に「白・黄」の色対、後半に「千・一」の数対を用いて、広大な眺望と詩人の高揚感を歌った、不朽の名作である。

北宋以来、この詩は王之渙の作と見なされてきたが、盛唐・芮挺章編『国秀集』下には朱斌「登楼」詩として載せ、南宋の范成大『呉郡志』二二に引く中唐の張著『翰林盛事』には、初唐の朱佐日の作とする。近年は朱斌の作とする説が有力である（佟培基『全唐詩重出誤収考』［陝西人民教育出版社、一九九六年］一五二条を参照）。

唐代、広く知られていた詩は、盛唐・暢諸の「鸛雀楼に登る」である。前述の李翰の「序」にも言及され、従来、次のような五言絶句として伝えられてきた（作者を暢当とするのは誤伝）。

迥臨飛鳥上　　迥かに飛鳥の上に臨み
高出世塵間　　高く世塵の間より出づ
天勢囲平野　　天勢　平野を囲み
河流入断山　　河流　断山に入る

―空行く鳥よりも遥かに高い楼閣から見下ろすと、まるで俗世間を遠く抜け出たかのよう。天空は平野をぐるりと取り囲み、黄河の流れは切り断たれた山の中へと入っていく。―

実は、敦煌写本の残巻（P三六一九）によって、この四句が前述した「觀鵲楼に登る」という五律の頷聯と頸聯であることが判明した。尾聯には「今年　菊花の事、併せて是れ　君の還るを送る」とあり、重陽節の登高をかねた送別詩だったのである。

沈括が挙げる中唐・李益の五律「崔邠の鸛鵲楼に登るに同ず」は、当地が戦国・魏の境域であることと前漢の武帝の「秋風の辞」を踏まえて、「漢家の簫鼓　空しく流水、魏国の山河　半ば夕陽」と歌う。

中晩唐期、耿湋・殷尭藩・馬戴・張喬・呉融らも詩を伝える。

鸛雀楼は、北宋の嘉祐八年（一〇六三）の洪水（南宋・洪邁『容斎続筆』一二「古跡不可考」等）などによって破壊され、荒廃した。しかし、金の明昌年間（一一九〇―一一九六）までは存在したようであり（清の乾隆二〇年『蒲州府志』三、光緒一二年『永済県志』三）、北宋の李之儀や南宋の趙鼎などが、わずかながら歌う。金・趙秉文の「河中八詠」の一つ、「鸛雀楼」詩は、「地は接す　連城　秋水の渡、河は分つ　両岸　夕陽の山」という。

鸛雀楼は元代、「故基」（王惲「鸛雀楼に登るの記」）のみとなり、明代には完全に消滅した。その後、名楼の消失を惜しんで、蒲州の「西の城楼を以て名を寄せ（仮託し）て」、「鸛雀」と呼んだ（前述の『乾隆蒲州府志』・『光緒永済県志』所引『旧志』。『大清一統志』は、西南の角楼に扁額を掲げたという）。清の崔景僖「鸛雀楼懐古」詩（『光緒永済県志』二二）の題下注にも、「蒲阪（蒲州）の西城の上に在り」とある。

明の林元鳳「鸛雀楼」詩（『光緒永済県志』二二）は、伝王之渙の詩を踏まえて、「独り高城に上り　更に楼に上る、蒲東の風物　望中に収む」と歌い、同じく龍膺が鸛雀楼を詠んだ「再び元易先生（張循占）に簡す、一首」詩には、「千山対峙し　条（中条山）は華（華山）に連なり、一水中分す　晋と秦とを」という。清の王士禛「河中の感懐、諸兄に寄す」詩は、「京華（北京）故国　倶に千里、心は西風に折かる　鸛雀楼」と詠む。これらの詩の鸛雀楼は、いずれも蒲州城の西の城楼を見立てた、新「鸛雀楼」を指す。

蒲州城は一九四七年に放棄されたが、二〇〇二年、旧蒲州城の西約二キロメートル、黄河の東岸に、新たに三層の鸛雀楼が作られた。

（紺野）

【中条山・王官谷】

中条山（条山）は、山西省の南西部、黄河の北に連なる山なみの名。東西約一六〇キロメートル、運城市垣曲県の北東にある最高峰・舜王坪は、海抜二三二一メートルに達する。「南に太華（華山）を望み、北に壺口（山）を瞻て、此の山薄狭にして延袤す（連なる）」（『太平寰宇記』六、陝州芮城県）という山形を持つため、中条山という。ただこの山なみは、「州県に随いて」、雷首山・歴山・首陽山・蒲山・襄山・甘棗山・猪山・狗頭山・薄山・呉山などともいった（『史記』一、五帝本紀の『史記正義』所引『括地志』）。

中条山は盛唐期、詩中に言及され始める。岑参の五律「秘省の虞校書の虞郷（今の永済市虞郷鎮）の丞に赴くを送る」詩に、「虞坂（中条山中の路）　官舎に臨み、条山　吏人に映ず」という。中唐以降、山そのものが歌われ、詩跡化した。暢当の五絶「蒲中（蒲州、治所は永済市の西南）道中」二首其一には、「蒼蒼たり　中条山、厥の形は奇魂（奇抜高峻）を極む。我れ其の崖を渉（ママ）（陟？）らんと欲し、足を濯う　黄河の水」とあり、黄河と中条山を壮大に歌う。韓愈「条山蒼」（条山蒼し）も同様の作で、中条山の詩跡化に貢献した。

条山蒼　　条山は蒼く
河水黄　　河水は黄なり
浪波沄沄去　　浪波　沄沄として去り
松柏在山岡　　松柏　山岡に在り

—中条山は青く連なり、黄河の水は黄色く濁る。黄河の波はしぶきをあげて流れゆき、松やコノテガシワが中条山の山なみに茂る。—

北宋・王禹偁の「中条山」詩は、「崛起す　巨河（黄河）の辺、奔騰して　天に上らんと欲す。遠く滄海に臨みて尽き、高く太行（山）と連なる」と歌い起こす。元・王惲の七律「虞郷道中」に、「中条は画の如く　色は蒼蒼、過雨の晴嵐（雨後の山気）　夕光を帯ぶ」とあるのは、韓愈らの詩を意識していよう。

王官谷は、永済市の東約二二キロメートル、虞郷鎮王官峪村にある、中条山北麓の谷の名。晩唐の司空図は、光啓三年（八八七）、戦乱を避けて故郷の虞郷県の南、王官谷の別墅に隠棲し、濯纓亭（後の休休亭）や三詔堂などを設けた。彼の「山居の記」では、谷の名は「本と王官（『春秋左氏伝』文公三年の条に見える地名）の廃塁（王官城遺址）、其の側らに在る」ことに由来する。続けて自ら禎陵渓・禎貽（渓）と改名したと述べるため、王官谷は貽渓とも呼ばれた。

王官谷は、司空図がここで自らの文集を編纂し、多くの詩を残したことで詩跡化した。帰隠の年の詩「丁未の歳、王官谷に帰りて作有り」に、「時に一壺の閑日月（壺中天〔別世界〕のような清閑な生活）を取り、長歌して　深く武陵渓（桃源郷）に入る」と歌う。七絶「王官」二首其一は、目にする美景を、次のように歌う。

風荷似酔和花舞　　風荷は酔うに似て　花に和して舞い
沙鳥無情伴客閑　　沙鳥は情無きも　客に伴いて閑たり

—風に揺れる蓮は、酔うかのように花に合わせて舞い、水際の沙地の鳥は、物言わぬ無情のものながら、のどかに人のお供をする。—

北宋以降、司空図の祠堂も作られ、王官谷では彼を偲ぶ詩が多作された。北宋の兪充は「休休亭」などの「王官谷十詠」及び「貽渓懐古十篇」を作る。後者の一つ「瑩心亭」詩は、「瀑布　巌前に飛び、勢い猛くして　鷗鳥も避く」と、水流激しい滝を歌う。清の呉雯「王官谷」詩はいう、「晩来　鷗鷺の侶、翅を接す　桃源の浜」と。

（紺野）

【首陽山・棲巌寺】

首陽山は、永済市の南西約二五キロメートル付近、韓陽鎮近辺の山なみの名。雷首山ともいい、中条山の南西端に位置する。

首陽山は、殷周革命の際、伯夷と叔斉兄弟が餓死した処である。『史記』六一、伯夷列伝によれば、もと孤竹君の王子であった二人は、周の武王に「父（文王）を埋葬もせずに、主君に当たる殷の紂王を伐つのは、不孝・不仁である」と諫めたが叶わず、周が天下を得ると、恥じて「義として周の粟を食らわず」、首陽山に隠れて餓死したという。特に死の直前に歌った「彼の西山に登り、其の薇（ノエンドウ）を采る」で始まる、「采薇の歌」が知られる。

首陽山の位置には、河南省偃師市の北、陝西省西安市戸県の南西端、甘粛省定西市渭源県の東南など、諸説ある。永済市の首陽山は、『論語』季氏篇の後漢・馬融の注（三国魏・何晏『論語集解』八所引）に、「首陽山は河東（郡）蒲坂県に在り、華山の北、河曲の中なり」と見え、『水経注』四もこの立場である。『詩経』唐風「采苓」の「苓を采り苓を采る、首陽の巓」も、この地とされる。

この永済市の首陽山が、唐代以降に詩跡化したとき、詩人たちは、やはり高潔な隠士としての、あるいは儒家的な名分論を象徴するものとしての伯夷・叔斉を想起した。

盛唐・李頎の「首陽山に登り、夷斉廟（西晋の時の創建という）に謁す」詩には、「蒼苔　地骨に帰し（岩に付着し）、皓首　薇を采りて歌う」とあり、白髪の伯夷・叔斉兄弟が山中で薇を摘みつつ歌う情景を回顧する。中唐・盧綸の七絶「伯夷廟に題す」は、廟の荒廃を、「落葉　階に満ち　塵　座（神座）に満つ、知らず　酒を澆ぐは　何人の為なるかを」と歌い、晩唐の呉融「首陽山」詩には、「首陽山は黄河の水に枕み、上に両人の曾て餓死する有り」という。元の陳賡・段成己などが蒲中八詠の一つ、「首陽晴雪」を詠む。清・王士禛の五律「首陽山」は「蒼茫たり　河上の舟、揺落す　関門の柳。一たび采薇の歌を詠ずるも、昔人　復た何くにか有る」と歌う。

棲巌寺は、永済市の南西約一一キロメートル、韓陽鎮下寺村付近にあった仏寺の名。上・中・下の三寺からなる大寺院であったが、現在は上棲巌寺遺址に宋代の舎利塔などが残る。北魏の永熙年間（五三二―五三四）の末、楊忠（隋文帝の父）が創建し（隋の賀徳仁「大隋河東郡首山棲巌道場舎利塔之碑」）、隋の開皇四年（五八四）、雲居寺（一説に霊居寺）から棲巌寺に改められた（『続高僧伝』八）。

「中朝（中条山）の西嶺の形勝の所」（『続高僧伝』八）にあった棲巌寺は、唐代以降、詩跡化した。咸亨三年（六七二）の冬、則天武后や姚崇らとともに訪れた高宗李治の「五言、棲巌寺に過る」詩は、寺からの壮大な眺望を、「簇野（草木の茂る野）千叢暗く、長河（黄河）一帯（一筋）明らかなり」と歌う。中唐・李益の五律「棲巌寺に遊ぶ」（『古今図書集成』「山川典」三五「中条山部」所引）は、寺院に宿泊した際の作と考えられ、尾聯でこう詠む。

挙頭星可摘　　頭を挙ぐれば　星　摘むべし
疑在広寒宮　　疑うらくは広寒宮（月の宮殿）に在るかと

唐詩では、他に盧綸「李益の棲巌寺に遊ぶに奉和す」などがある。北宋の晁補之「棲巌寺に遊び、…」詩は、棲巌寺への山道と山頂の風景を歌う。元の王惲の八首連作の「棲巌寺に遊ぶ、七絶」も秋の夕暮れ時の棲巌寺遊覧を描き、其六は、「暮烟　遮断す　岳蓮（華山の蓮花峰）の青、低く圧する河流　一線明らかなり」という。

【王昭君墓（青塚）】

（大立）

王昭君とは、前漢の元帝劉奭の後宮にいた美女、王嬙（檣・嬙とも書く）のこと、昭君はその字である。晋の文帝司馬昭の諱を避けて、王明君・明妃とも呼ばれる。

元帝の竟寧元年（前三三）、匈奴の王、呼韓邪単于のもとに、閼氏（匈奴の王妃）として嫁ぎ、寧胡閼氏と号して伊屠智邪師を生んだ。呼韓邪の没後は、跡を継いだ子の復株累単于（前閼氏との間の子）の妻となって二人の娘を生み、匈奴の地で没した（『漢書』九・元帝紀、九四・匈奴伝下）。

この王昭君の話は、後漢以降、さまざまに潤色され、悲劇のヒロインとして多様な説話を生んだ。美貌に自信のあった彼女は、宮廷画家に賄賂を贈らなかったために醜く描かれ、その結果、匈奴に嫁がされた（『西京雑記』二、『世説新語』賢媛篇）、あるいは、後宮に入ったが、数年間、天子の寵愛を得られなかったことを怨み、自ら志願して嫁いだ（『後漢書』南匈奴伝）。さらには、「父死せば、母を妻とす」る匈奴の習俗（実際は父兄の死後、実母以外の妻妾・寡嫂と結婚する）の中で、わが子の妻になるのを拒否し、「薬を呑みて自殺」したともいう（『世説新語』賢媛篇の劉孝標注所引『琴操』）。

こうして王昭君は、宮廷生活での不遇、異民族との和親政策の犠牲になって、風俗も言語も異なる異域に嫁がされ、苦悶のうちに没した薄幸の美女となる。六朝以降、「王昭君」「明君詞」「昭君怨」などの楽府詩を中心に歌われていく。西晋の石崇は「王明君の詞」の中で、「行き行きて日に已に遠く、遂に匈奴の城に造る。我を穹廬に延き、我に閼氏の名を加う。…　昔は匣中の玉為るも、今は糞上の英為り」と、匈奴に嫁いだ王昭君の耐えがたい心情を詠じた。

王昭君の眠る墓と伝えられるものは、内モンゴル自治区に複数存在する。そのうち、特に有名な王昭君墓（昭君墓・昭君墳）は、同自治区の首府・呼和浩特市の南郊九キロメートル、大黒河（黄河の支流）の南岸にある、高さ約三三メートルの巨大な墳丘である。文献上に初めて現れる王昭君墓も、ここであった。唐の杜佑『通典』一七九の単于府の原注に見える「王昭君墓」、北宋の『太平寰宇記』三八、振武郡金河県の条に見える「青冢」は、この墳墓を指している。

王昭君墓は、盛唐詩以降、多く「青塚」（青冢）の名で詠まれていく。盛唐・杜甫の詩「古跡に詠懐す」（五首其三）には、「一たび紫台（漢の宮殿）を去れば　朔漠（北の砂漠）連なり、独り青塚を留めて　黄昏に向り」という。この名称の由来は、一般に、白草（植物の名）の多い、荒涼とした胡地（異民族の住む地）の中で、王昭君の墳墓だけは、草が青々と茂るからだという（平津館叢書本『琴操』に「単于挙げて之を葬る、胡中に白草多きも、此の冢のみ独り青し」とあり、『太平寰宇記』〔前掲〕には「其の上、草色常に青し。故に『青冢』と曰う」と見える）。ちなみに、王昭君墓には草木が生えず、遠方から見ると、暗く黛色（青黒色）に見えるため、とする異説もある（清の宋犖『筠廊偶筆』上）。

盛唐の李白「王昭君」二首其一は、その出塞の物語と青塚を歌う。

漢家秦地月　　漢家　秦地の月
流影照明妃　　流影　明妃を照らす
一上玉関道　　一たび玉関の道に上れば
天涯去不帰　　天涯　去りて帰らず

漢月還従東海出　漢月は　還た東海より出づるも
明妃西嫁無来日　明妃は　西に嫁して　来る日無し
燕支長寒雪作花　燕支　長えに寒くして　雪は花と作り
蛾眉憔悴没胡沙　蛾眉　憔悴して　胡沙に没す
生乏黄金枉図画　生きては黄金を乏いて　枉げて図画せられ
死留青塚使人嗟　死しては青塚を留めて　人をして嗟かしむ

—漢の都、長安の夜空にかかる月。その流れゆく月の光が王昭君を照らす。ひとたび玉門関の旅路につくと、天の果てに去って帰ることはない。漢の宮廷を照らす月は、また同じように東の海から昇るが、王昭君は西に嫁いだまま帰る日はなかった。燕支山はいつも寒く、雪が花のように舞い、美しい眉の佳人はやつれはてて、胡人の住む砂漠の中で没した。生前、画家に賄賂を贈らなかったために、わざと醜く描かれ、死後は青塚だけをのこして人を悲しませる。—

このように唐代には王昭君の物語とともに、その墓も詠まれるようになった。杜甫の前掲詩のほか、盛唐の常建も「昭君墓」詩を作り、さらに「塞下曲」四首其四の中で、「漢家は此を去ること三千里、青冢　常に草木の煙無し」と詠む。

中唐の白居易は、初めて専題の詩「青冢」を作って、「茫茫たる辺雪の裏に、一掬の沙の培塿（一握りほどの沙の小丘）あり。伝う是れ　昭君の墓と、蛾眉を埋閉すること久し。凝脂は化して泥と為り、鉛黛復た何か有らん。…　見ずや　青冢の上、行人　為に酒を澆ぐを」と歌い、晩唐の杜牧と胡曾は七絶「青塚」を作る。杜牧詩の後半には、安らかに眠れず夜ごとにさまよう、王昭君の孤独な魂を歌う。

蛾眉一墜窮泉路　蛾眉　一たび墜つ　窮泉（墓中）の路
夜夜孤魂月下愁　夜夜　孤魂　月下に愁う

北宋の王安石「明妃曲」二首其二にも、「漢恩は自から浅く胡は自から深し。人生の楽しみは相い知るの心に在り。憐れむ可し　青冢は已に蕪没（雑草に埋没）せしも、尚お哀絃（哀切な琵琶の曲）の留めて今に至る有り」という。こうした「青冢」は、王昭君説話によって、昭君の深い憂愁が今なお悲劇として伝わることを象徴する。

ただこの状況は、金・元時代、大きく変化する。フフホト市南郊の王昭君墓を訪ねて詠む、詩人の出現である。「漢家の多少の征西の将、泉下に相い逢えば　也た合に羞づべし」と詠む、金の王元節「青塚」詩は、この早期の例であろう（『大明一統志』二一）。元の耶律楚材「青塚に過りて、賈摶霄の韻に次す」二首其二には、

玉骨已消青塚底　玉骨は　已に消ゆ　青塚の底
香魂猶遶黒河浜　香魂は　猶お遶る　黒河の浜

と、その悲運を悼む。清初の康熙帝は巡幸の途中、「昭君墓」詩を作って歌う、「悲しみを含んで漢主に辞し、涙を揮って匈奴に赴く。目に睹る　当年の冢、心に懐く　四海の図（天下統一の雄図）」と。

【陰山・破訥沙】

（大立）

陰山は、内モンゴル自治区の中部（黄河の北）に東西方向に横たわり、河北省の最北部に及ぶ長大な山脈の名。陰山山脈ともいう。長さは一千キロメートル以上、平均海抜は一五〇〇メートルを超える。山脈の南北で気候が大きく異なり、北の遊牧区と南の農耕区を分ける天然の障壁である。ただ陰山には唐代以後、新疆中部の天山を指す用例も生じた。

陰山付近には、遊牧民が居住する豊かな牧草地が広がっていた。北朝の作者不詳「勅勒（トルコ系の種族）の歌」は、その広漠たる草原の遊牧風景を、「勅勒の川（勅勒族の住む平野）、陰山の下。天は穹廬（移動式の住居・天幕）に似て、四野を籠蓋す。天は蒼蒼たり、野は茫茫たり。風吹き草低れて　牛羊見る」と歌う。『楽府詩集』八六に引く沈建『楽府広題』によれば、北斉の神武（高歓）が北周の玉壁城を攻撃して敗退した際、士気を落ち着かせるために、（勅勒族の）斛律金に歌わせたものだという。歌は元来、鮮卑語であったが、この漢訳しか伝わらない。異国の風情を十分に感じさせる歌謡である。

陰山はまた、古来、匈奴などの北方異民族と漢族との軍事的国境線であった。唐の王昌齢「出塞」は、匈奴との戦いをこう詠じている。

秦時明月漢時関　　秦時の明月　漢時の関
万里長征人未還　　万里長征して　人未だ還らず
但使龍城飛将在　　但だ龍城の飛将をして在らしめば
不教胡馬度陰山　　胡馬をして陰山を度らしめじ

―秦・漢以来、少しも変わらぬ明月と関所。万里の彼方に遠征した兵士たちは、今もなお帰還できないのだ。もし龍城の飛将軍と恐れられた李広のような名将が（今の世に）いてくれさえすれば、夷狄の騎馬軍に、陰山を越えて侵入させないであろうのに。―

李将軍とは、前漢の武将・李広のこと。匈奴を討伐する功績を立て、匈奴からは飛将軍と畏怖された。明の李攀龍は、本詩を七絶の圧巻として高く評価した。匈奴との国境をめぐる攻防は、陰山の名とともに繰り返し詠じられていく。

唐の作者不詳の七絶「胡笳の曲」にも、時代を漢代に設定して、「月明らかに星稀にして　霜　野に満つ、氈車（毛氈でおおった匈奴の車）夜宿る　陰山の下。漢家　李将軍を失いし自り、単于（匈奴の王）公然として　来りて馬を牧す（放牧する）」と歌われている。

破訥沙は、普納沙とも書く沙漠の名であるらしい。とすれば、庫結沙とも呼ばれた（『新唐書』地理志七下）、オルドス（河套）地域の北部にある庫布斉沙漠を指す。中唐の李益の辺塞詩「度破訥沙二首」（破訥沙を度る二首）で名高い。其一には、塞北の砂漠の厳しい風土を、「眼に見る　風来りて　沙旋り移るを、年を経るも省ず　草生ずる時。言う莫かれ　塞北　春の到る無しと、総い春の来る有るとも何れの処にか知らん」と歌う。続く其二には、一転して、広大な砂漠の戦場から帰還しはじめた部隊の姿が描写される。

破訥沙頭雁正飛　　破訥沙頭　雁　正に飛び
鸊鵜泉上戦初帰　　鸊鵜泉上　戦い初めて帰る
平明日出東南地　　平明　日は東南の地より出で
満磧寒光生鉄衣　　満磧の寒光　鉄衣に生ず

―破訥沙の上空を、雁が折しも飛びゆき、鸊鵜泉（杭錦後旗の西北一四〇キロメートル）のほとりを、（部隊が）戦いを終えて帰還しはじめた。空が白んで太陽が東南の地平線から現れると、（朝日をあびた）兵士たちの甲冑から冷たい光が生じて、キラキラと砂漠に満ち溢れた。―

【居延（城）】

（矢田）

居延は、内モンゴル自治区の西端―阿拉善盟額済納旗の西北の沙漠地帯にあった、「居延沢」（祁連山に発して北流する弱水の終点にある大湖。のちに二湖［嘎順諾爾・蘇古諾爾］に分かれ、唐代以後、居延海と呼ぶ）のほとりの地。前漢の武帝劉徹の時代、匈奴から漢の支配下に移ると、張掖郡に属する居延県城（居延城）が、居延沢の南（額済納旗の南）に設けられて、郡都尉の治所となる。さらには匈奴の南侵を遮るために、太初三年（前一〇二）、居延城の近くに「遮虜障」（虜を遮る障［防備の城塞］）が築かれた。居延城は、漢と匈奴との攻防史を刻んだ、最前線の城塞なのである。

居延城のあった地は、唐代には甘州に属し、同城守捉、のちに寧寇軍が置かれていただけである。このため唐詩中の居延（城）は、すでに歴史的地名であるが、盛唐の王維によって詩跡化されたと言ってよい。王維は開元二五年（七三七）、監察御史として河西（涼州［甘粛省武威市］）に出張したとき、匈奴に使いして一九年間抑留されながら、苦節を貫いた前漢の典属国（中国に帰属した異民族の国々を管轄する官名）・蘇武に、わが身をなぞらえて、五律「使至塞上」（使いして塞上［国境］に至る）詩を作った。詩中の地名も、主として漢代、対匈奴戦争で著名になった場所である。

単車欲問辺　単車　辺を問わんと欲し
属国過居延　属国　居延に過る
征蓬出漢塞　征蓬　漢塞を出で
帰雁入胡天　帰雁　胡天に入る
大漠孤烟直　大漠　孤烟直く
長河落日円　長河　落日円かなり
蕭関逢候騎　蕭関にて候騎に逢えば
都護在燕然　都護は　燕然に在りと

―単身で辺境を視察することとなり、典属国の官に就いた蘇武のように、使命を帯びて居延の地を訪ねることになった。風に吹かれて転がりゆく蓬草のように漢の国境を出て、北へ帰る雁のように異国の空のもとへ入っていく。広大な沙漠には、烽火の煙がひとすじ、まっすぐに立ちのぼり、遠く流れゆく黄河に、まんまるい太陽が落ちていく。途中、蕭関（関所の名。【蕭関】の項参照）で騎馬の偵察兵に出会うと、かれはいう、都護どのは、現在、燕然山（モンゴル国の杭愛山）におられます、と。―

王維はまた、同年の作「出塞作」（塞を出でて作る）詩の中で、

居延城外猟天驕　居延城外　天驕猟し
白草連天野火焼　白草　天に連なり　野火焼く

―居延城の郊外では、自ら天の驕子（やんちゃな息子）と称した匈奴が狩猟をしており、天空に連なって生える白草のなかを、（獲物を追い立てるために放たれた）野火が燃え広がる。―

と歌い、さらに七絶「韋評事を送る」詩の前半でも、「将軍に逐いて右賢（匈奴の右賢王）を取らんと欲し、沙場（沙漠）に馬を走らせて居延に向かう」と詠む。

以後、居延城は、例えば中唐・楊凝「従軍の行」の「都尉は　居延を出で、強兵　五千を集む」、出征の夫を思う妻の思いを詠んだ中唐・張仲素「秋閨思」（秋閨の思い）二首其二の、「征衣を寄せんと欲して　消息を問えば、居延城外に　又た軍を移す」など、主に異民族との攻防を象徴する地として詩に歌われていく。

【泰山（日観峰・五大夫松）】

（大立）

泰山は山東省中部に位置し、古くは太山・岱山とも書かれた。衡山・恒山・華山・嵩山とともに、神聖な五方の名山「五岳」の一つであり、その位置から「東岳」、五岳の宗（第一）として岱宗と呼ばれた。最も高い玉皇頂（天柱峰）は、海抜一五二四メートルである。一九八七年、世界自然遺産および世界文化遺産に登録された。美しい自然風景と深い歴史的文化をその懐に抱き、まさに「天下第一山」「五岳独尊」などと称されるに相応しい山である。斉・魯の平原（山東省中部）に突兀とそそりたつ険しい花崗岩の岩山は、威厳を備えており、『詩経』魯頌「閟宮」に「泰山は巌巌として、魯邦の詹る所」（岩塊のそそりたつ泰山は、魯の国びとの仰ぎみるところ）と詠じられる風貌である。

　唐の杜甫は開元二八年（七四〇）二九歳ごろ、雄大な泰山を遠望して、「望岳」（岳を望む）詩を作った。

岱宗夫如何　　岱宗　夫れ如何
斉魯青未了　　斉魯　青きこと未だ了らず
造化鍾神秀　　造化　神秀を鍾め
陰陽割昏暁　　陰陽　昏暁を割つ
盪胸生曾雲　　胸を盪かす　曾雲の生ずるに
決眥入帰鳥　　眥を決す　帰鳥の入るに
会当凌絶頂　　会ず当に絶頂を凌ぎて
一覧衆山小　　一たび衆山の小なるを覧るべし

—五岳の宗・泰山は、どのような山であろうか。山の青さは、斉・魯の地に限りなく広がりゆく。造化の神は、ここに神秀の霊気を集め、山の陰と陽では、朝と夜ほどに明暗を分けている。重なり合った雲が湧き起こって胸を高鳴らせ、目を大きく開いて、山の寝ぐらに入りゆく鳥を見送る。ああ、いつか必ず、あの山の絶頂に登り、周囲の山々が小さくうずくまるのを見下ろそう。—

　詩は、泰山の偉容に青年らしい壮志を重ねあわせて、雄渾な筆致で歌う。最終句は『孟子』尽心篇上の「孔子　東山に登りて魯を小とし、太山（＝泰山）に登りて天下を小とす」を踏まえて表現する。

　泰山は古来、山岳信仰の聖地とされた。この泰山祭祀と、戦国末期から燕・斉（河北・山東省）の方士たちによって唱えられた不老長生を求める神仙説とが結びついて、秦の始皇帝や前漢の武帝らによる封禅の儀となる。封禅とは、有力な帝王が天下の統一を宣言する告天の大礼である。山頂の玉皇頂付近で天を祭る「封」、山下の小丘（梁父〔甫〕山）で地を祭る「禅」の、至高の儀式である。後漢の光武帝や唐の玄宗らも行っている。しかし初期の始皇帝や漢の武帝による封禅の秘儀は、自己の永生不死を祈願する色彩が濃厚であった。泰山は天と地がまじわる祭政一致の霊場であり、同時にまた仙界との交流を可能にする場でもあったのである。

　詩仙李白は、玄宗の天宝元年（七四二）、四二歳の時、「遊太山」（太山〔＝泰山〕に遊ぶ）詩六首を作った。その第一首にいう。

四月上太山　　四月　太山に上る
石平御道開　　石平らかにして　御道開く
六龍過万壑　　六龍　万壑を過ぎ
澗谷随縈廻　　澗谷　随って縈廻す
馬跡遶碧峰　　馬跡　碧峰を遶り
于今満青苔　　今に于て　青苔満つ

飛流灑絶巘　飛流　絶巘より灑ぎ
水急松声哀　水急にして　松声哀し
北眺崿嶂奇　北眺すれば　崿嶂奇なり
傾崖向東摧　傾崖　東に向って摧く
洞門閉石扇　洞門　石扇を閉じ
地底興雲雷　地底　雲雷を興す
登高望蓬瀛　高きに登って　蓬瀛を望み
想象金銀台　金銀の台を想象す
天門一長嘯　天門にて　一たび長嘯すれば
万里清風来　万里　清風来る
玉女四五人　玉女　四五人
飄颻下九垓　飄颻として　九垓より下る
含笑引素手　笑みを含んで　素手を引べ
遺我流霞杯　我に流霞の杯を遺る
稽首再拝之　稽首して　之に再拝し
自媿非仙才　自ら仙才に非ざるを媿づ
曠然小宇宙　曠然として　宇宙を小とし
棄世何悠哉　世を棄てて　何ぞ悠なるかな

—初夏の四月、泰山に登った。かつて天子のために開かれた道には、敷石が平らに続く。その昔、天子の六頭だての馬車は、無数の谷々を通りすぎ、谷川もそれにつれてめぐり回ったことであろう。駿馬は碧の峰をめぐりゆき、そのひづめの跡は今や青い苔におおわれている。滝の水が高い峰から流れ落ち、水の勢いが激しくて松風の音も哀しげにひびく。北の方を眺めやると、屏風のような岩山が奇怪な姿でそそりたち、傾斜した断崖は東の方へ崩れかけている。洞窟の門は石の扉で閉ざされ、地の底から雲中の雷のような地鳴りが生じている。

高所に登って、遠く東海の仙山、蓬莱・瀛洲を望んで、神仙の住む金銀の楼台に想いをめぐらす。天門（天界への入口。岱頂の南天門）の地に立って一たび長く嘯けば、万里のかなたから清らかな風が吹きよせてくる。玉のような美しい仙女が四、五人、ひらひらと天空の高みから舞い下りてくる。笑みをたたえて白い手をさしのべ、流霞（仙界の飲み物）をついだ酒杯を私に贈ってくれた。頭を地に着け再拝して受けとったが、自分が仙人になる素質に乏しいことが恥ずかしい。いつしか心がからりと開けて、大きな宇宙も小さく感じられ、世の俗事を忘れはてて、何とのびやかな境地になってきたことか。—

詩は眼前に広がる多様な景勝の描写から、幻想的な神仙世界へと自在に展開する。御道とは開元一三年（七二五）、玄宗が泰山で封禅の儀式を行う際に修築された登山道を指す。また嘯は口をすぼめ、呼気を長く引いて曲折変化させる口技、口笛の類をいい、神仙修行者の間で行われた一種の養気法らしい。泰山は、李白・杜甫という二大詩人によって、詩跡として揺るぎない地位を確立する。

泰山はまた、亡魂の帰着する霊魂の山としての一面を持つ。これは、漢末から仏教思想とも習合して広まり、泰山の神「泰山府君」は冥界を支配し、人の寿命を司ることとなった。西晋・張華『博物志』一に、「泰山は、一に天孫と曰う。…　人の魂魄を召すを主る」と言う。こうして泰山は挽歌（送葬曲）の楽府題となり、「蒿里」（亡者の集まる死者の里。蒿は薨・槁と通じ、人が死んで枯れ乾く意）も、泰山付近に想定され、泰安市区の峰の名（蒿里山）となった。

西晋・陸機「泰山吟」には、次のようにいう。

泰山一何高　　泰山　一に何ぞ高き
迢迢造天庭　　迢迢として天庭に造る
峻極周已遠　　峻極　周已に遠く
曾雲鬱冥冥　　曾雲　鬱として冥冥たり
梁甫亦有館　　梁甫　亦た館有り
蒿里亦有亭　　蒿里　亦た亭有り
幽塗延万鬼　　幽塗　万鬼を延き
神房集百霊　　神房　百霊を集む
長吟泰山側　　泰山の側に長吟すれば
慷慨激楚声　　慷慨　激楚の声あり

―泰山は、何とまあ高いことよ。高々と天庭（天帝の宮廷、天空）にまで至る。高峻なうえに周囲は遠く広がり、重なりあう雲が深く立ちこめて暗い。梁甫山にも館があり、蒿里山にも亭がある。冥途（冥界）は無数の亡霊を招き寄せ、霊魂の房舎には多くの神霊を集める。泰山の傍らで声を長く引いて歌えば、心が高ぶって、澄んだ哀切な声が高くひびきわたる。―

泰山山頂付近の眺望

詩は、暗然とした幽鬼の世界を詠む挽歌である。このイメージは「泰山吟」「梁父吟」等の楽府詩のなかに詠まれて、世情の動揺した六朝時代に広く流布した。しかし、後世にはあまり歌われなくなる。

泰山は多くの詩跡に富むが、ここでは二点取りあげる。

日観峰は玉皇頂の東南にあり、「旭日東昇」（日の出）を眺める名所である。前方へ斜めに突き出て聳える巨岩、拱北石（探海石）は、特に名高い。唐・李徳裕の詩「泰山の石」（「重憶山居六首」の一）には、「鶏鳴（夜明け）　日観（峰）にて望めば、遠く扶桑（太陽が出る処にある神木。東海の日本）と対う。滄海は金を鎔かすに似て、衆山は黛を点ずるが如し」とある。滄海云々は、さし上る太陽の光に輝く大海の姿を描く。日観峰から眺めた、雲海や旭日の眺めは歴代壮麗に描かれた。明・于慎行「日観峰の歌」は、その一例である。

五大夫松は秦松とも呼ばれ、中大門と南大門の間の、登山道のほとりにあった。秦の始皇帝は封禅の儀の後、山を下る途中で暴風雨に遭った。このとき雨宿りをした松の樹の功に報いるため、「五大夫」の爵位を授けたという（『史記』秦始皇本紀）。明・屠隆の五絶「五大夫の松」には、松の高尚な品格をこう歌う、「高節　霊岳（泰山）に栖み、寧くんぞ嬴氏（秦）の官に汙されんや。天風　吹き断まず、濤捲いて　万峰寒し（松濤（松風の音）が逆巻いて、数知れぬ峰々は凍えゆく）」と。ちなみにこの一本松は、五大夫の名称から五本の松と解釈されていく。唐・陸贄「禁中の春松」（大暦六年の省試詩）の、「千載の寿に符（合）するを願い、五株の封を羨まず」は、その早期の例である。

山東社会科学院語言文学研究所主編『詠魯詩選注』（山東人民出版社、一九八三年）、馬銘初選注『泰山歴代詩選』（山東人民出版社、一九八四年）などが参考になろう。

【曲阜（孔廟・杏壇・孔林）】

（大立）

曲阜は、山東省南部の済寧市に属する曲阜市をいう。儒教発祥の地であり、孔子とゆかりが深い。孔子は、曲阜の南約二〇キロメートルの鄒城市付近に生まれ、魯の開祖・周公の政治を理想とし、仁・礼を中心とした徳治主義を主張して、動乱の世を改革しようとした。だがその主張は受け入れられず、晩年は魯国の都・曲阜で子弟の教育に専念した。孔子の言行や弟子たちとの問答は、名著『論語』の中に生き生きと記されている。

孔子の思想は、前漢の武帝（劉徹）によって教学として認められ、孔子自身も次第に神格化されていく。孔子を祀った孔廟（孔子廟）と、孔子直系の子孫が代々暮らした孔府、孔子とその子孫の墓所である孔林は「三孔」と呼ばれて、巨大な史跡群を形成しており、曲阜の最も重要な詩跡でもある。三孔は一九九四年、世界文化遺産に認定された。

孔廟は、曲阜市の中心にある。孔子の没した翌年、魯の哀公は孔子の旧宅（闕里）を廟にして、孔子を祀った。これが孔子廟の始まりである。歴代、釈奠（孔子を祀ること）が行われ、その規模は時代が下るに従って巨大化した。現在の建物は清代に成り、北京の紫禁城（故宮）に次ぐ中国第二の宮殿建築群である。

孔廟には、孔子が学を講じた処という杏壇、漢魏六朝期の石碑を収めた碑林、孔子が植えたという先師手植檜、先秦の典籍（『尚書』『論語』等）が発見された孔子旧宅の壁を記念した魯壁などがある。

唐の玄宗（李隆基）が開元一三年（七二五）の冬に作った五律「鄒・魯を経、孔子を祭りて之を嘆ず」は、孔子廟を詠む早期の作であろう。晩唐・羅隠の「文宣王（孔子）の廟に謁す」詩もある。

金の党懐英は、「孔林に謁す」詩の中で孔廟を詠じて、

老檜曾霑周雨露　老檜は　曾て霑う　周（朝）の雨露
断碑猶是漢文章　断碑は　猶お是れ　漢（代）の文章

といい、二千年以上の歴史文物を伝存する孔廟を詠じた。孔廟には漢代の石碑が一九基あり、古代の書法・字体を今に伝えている。また先師手植檜は、もと三本あったが、枯死と再生を繰り返し、現在のものは、清の雍正一〇年（一七三二）、四代目の古株から再生したものとされ、樹齢は二八〇年に及ぶ。檜樹の枯死と再生、そして存続は、儒教がしばしば困難な状況に遭遇しながらも現在まで存続していることに重ねられる。「此の檜　日に茂れば、則ち孔氏　日に興る（孔子の後裔、孔子の思想は日々興隆する）」と称され、孔廟の重要な史跡の一つである。

杏壇は、孔廟の正殿・大成殿の前にある。「杏壇」の語は、『荘子』漁父篇に、「孔子　緇帷の林（鬱蒼と暗く茂る林）に遊び、杏壇の上に休坐す。弟子は読書し、孔子は弦歌して（歌を歌いながら）琴を鼓す」と見える。杏壇は、杏の樹が多く生えた高台を意味したが、後世、孔子の講学の処を杏壇と言うようになる。現在、孔廟にある杏壇は、孔子四五代目の子孫・孔道輔が、北宋の天聖二年（一〇二四）、正殿があった場所を整備し、壇を作り杏の樹を植えて、「杏壇」と名づけたものである。明の胡纘宗「杏壇」詩にいう。

巌巌泰山高　巌巌として　泰山高く
混混洙泗深　混混として　洙泗深し
杏壇依古檜　杏壇　古檜に依るも
不見瑟与琴　瑟と琴とを見ず

—泰山はごつごつと高く聳え、洙水と泗水が（曲阜の北と南を）滾々と豊かに流れゆく。杏壇は（孔子が植えたという）檜の老木に寄り添うようにあるが、（孔子がかつて杏壇で奏でた）琴瑟の音色は、もはや聞こえてこない。—

孔林は聖林・至聖林ともいい、孔子とその後裔の墓園である。曲阜市の北一キロメートルの地にある。孔子は魯の城北、泗水のほとりに埋葬され（『史記』孔子世家）、歴代の皇帝の庇護を受けて祭祀が行われた。鬱蒼と茂る墓園には、孔子・孔鯉・孔伋の三代を中心に、二千年間にわたって、孔子の後裔が埋葬されている。

孔林には多種多様の古木が繁茂する。『水経注』二五、泗水の条に引く『皇覧』によれば、弟子たちが各々四方の奇木を持ち寄って植えたので異樹が多く、刺のある木や草が生えないという。明の李東陽は、五律「孔林に謁す」詩の首聯で、「墓は古く千年在り、林深くして五月（仲夏）も寒し」と詠んだ後、尾聯で、鬱蒼とした樹木の中に点在する、断裂した石碑の様子を、

孔廟内

断碑深樹裏　断碑　深樹の裏
無路可尋看　路の尋ね看るべき無し

と詠じた。孔林の樹木の中でも特に著名な樹は、子貢手植楷である。明の陳鎬『闕里志』八以降、子貢が植えたものとされる。孔子の死後、弟子たちは三年の服喪を終えて帰ったが、子貢だけはさらに三年間、墓を守り続けたという（『史記』孔子世家）。子貢廬墓処と子貢手植楷は、師を敬う弟子・子貢の品徳を示すものとして詠まれる。清初の施閏章「子貢植楷」（子貢植えし楷）詩にいう。

手植憑誰記　手づから植うとは　誰の記にか憑れる
残碑留至今　残碑　留まりて今に至る
共看独樹影　共に独樹の影を看れば
猶見古人心　猶お古人の心を見るがごとし
閲歴風霜尽　風霜を閲歴し尽くし
支離天地陰　天地に支離して陰る
経過築室処　室を築きし処を経過して
千古一霑襟　千古　一たび襟を霑す

—子貢の手植えとは、いったい誰の記録に拠るのであろうか。ただ残欠した（「子貢手植楷」の）石碑が今日に残されているばかり。一本のそそりたつ楷樹の姿をじっと見ていると、昔の人（師を敬愛する子貢）の心がわかるかのようだ。楷樹はすっかり風や霜にうたれ、天地の間に衰えつつ陰を落とす。子貢が廬を築いた処を訪れると、遠い昔のことが思われて、たちまち涙が胸もとを濡らすのだ。—

曲阜は、孔子にまつわる、懐古の詩跡なのである。孔祥林『曲阜歴代詩文選注』（山東人民出版社、一九八五年）が参考になる。

（大立）

【孟廟】

戦国時代の思想家、孟子（名は軻）を祀った祠廟の名。孟子廟・亜聖廟ともいい、孟子の故郷、山東省西南部の鄒城市内にある。

孟子は孔子の儒家思想を受け継いで、性善説を唱え、仁・義による王道政治をめざした。その思想は七篇から成る『孟子』中に見え、儒家思想の重要な部分を占める。

しかし、その地位が特に高まるのは宋代以降である。唐の韓愈は「原道」の中で、孟子は孔子の道を正統に継承したとし（道統）、孟子の地位向上に貢献した。明末の黄汝良は、詩「孟夫子の廟に過りて瞻謁す」の中で、その功績をこう讃えた。

唐虞一統閑先聖　　唐虞の一統　先聖を閑り
仁義七篇紹素王　　仁義の七篇　素王を紹ぐ

—孟子は太平の世を築いた（唐）堯帝・（虞）舜帝以来の、古代の聖人の道を守り、仁義を説いた彼の『孟子』七篇は、素王・孔子の教えを継承する。—

孟子は、北宋の元豊六年（一〇八三）に鄒国公、元の至順二年（一三三一）に鄒国亜聖公を追封され、明の嘉靖九年（一五三〇）には亜聖と改称された。そして孟廟は、孟子昇格の気運が高まる北宋の景祐四年（一〇三七）、孔子四五代目の子孫である孔道輔によって、孟子墓の側に建設された。その後移築され、北宋末の宣和三年（一一二一）、現在地となった。現在まで何度も修復・拡張されている。

孟廟内には、孟子を祀る亜聖殿を中心に、寝殿・啓聖殿・孟母殿などがあり、宋代以降の石碑や、宋・元期に植えたとされる檜・柏・紫藤などもある。歳月を経た老木が鬱蒼と茂る様子は、孟廟を訪ねた詩人に深い感慨を与え、孔子の思想を継承して後世に伝えた孟子の風姿に重ね合わされた。明末の董其昌は、五律「孟廟の古檜に題す」詩の前半で、次のように歌う。

愛此孟祠樹　　愛す　此の孟祠の樹の
森然見典刑　　森然として典刑を見わすを
沃根洙水潤　　根に沃ぐ　洙水の潤
含気嶧山霊　　気に含む　嶧山の霊

—この孟廟中の（古い檜の）樹が、厳かに茂って（道の）模範を体現しているのが喜ばしい。その根もとには（孔子が眠る曲阜市の孔林を通る）洙水が流れそそいで潤し、その活力には（孟廟のある鄒城市東南の名山）嶧山の霊気がたたえられている。—

孟廟は、すでに元の王奕「元遺山に和す」詩などに詠まれるが、その詩跡化は明代である。呉寛の七律「鄒県にて孟子廟に謁す」詩は、「鄒国の叢祠　古道の辺、満林の松柏　蒼烟を帯ぶ」で始まり、

独引唐虞談性善　　独り唐虞を引いて　性善を談り
力排楊墨絶狂言　　力めて楊墨を排して　狂言を絶つ

と、その思想的行動を讃える（楊墨は思想家の楊朱と墨翟）。楊巍・孫承恩・王世貞・于慎行・方以智らも、孟廟を訪れて詩を詠んだ。

清代には、施閏章・汪援甲・顧夢圭・厲鶚らが詠み継いでいく。施閏章の五言古詩「孟廟」詩には、異端邪説を排除して孔子の教えを広げた、孟子に対する崇敬の念をこう表白する。

巌巌一人起　　巌巌として（雄々しく）一人起ち
方寸塞天地　　方寸（心中の浩然の気）天地を塞ぐ
独立張孔顔　　独り立ちて　孔顔（孔子と顔回）を張り
諸儒息淫詖　　諸儒　淫詖（放縦な邪説）を息む

【済南（斉州）・歴下亭】

（大立）

済南市は山東省の省都であり、古くは濼邑・歴下・歴城・斉州・済南郡などともいい、黄河の南岸に位置する。古来、泉が多く湧出して「泉城」（泉の城）と呼ばれ、山と水の美しい景観に富む。市区内の大明湖・歴下亭・趵突泉・黒虎泉、郊外の華不注山（東北郊外）・鵲山（西北郊外）・千仏山（南郊）など、多くの詩跡に富む。

しかし、山を除けば、その湖・泉・建造物は大きく変貌した。済南を代表する大明湖も歴下亭も、本来の位置にはない。湖・泉の位置や規模は、かつてのものとは異なっていることも多いが、歴代詠みつがれてきた詩跡として、大明湖・歴下亭・趵突泉という古典詩語は、今もなお美しいイメージを喚起し続けている。趵突泉は一時枯渇したが、近年、噴泉を取りもどした。それは済南の文化・観光の両面で不可欠の存在として努力が傾注された結果といえよう。

歴下亭

泉城・済南には泉が多い。金代の「名泉碑」（元・于欽『斉乗』二）のなかに七十二の名泉が列挙され、金・元好問「済南行記」も「凡そ済南の名泉は七十有二」とあり、爆流泉（趵突泉）を第一と見なす。その後、明初・晏璧「七十二泉詩」や、清・郝植恭「済南七十二泉記」にも七十二の名泉を挙げる。枯渇や地形の変化によって七十二泉に挙げられた名称自体は若干異なるものの、済南は長い間、泉城として存続している。金・元好問の「済南雑詩」其十にいう。

看山看水自由身　山を看　水を看る　自由の身
著処題詩発興新　著く処　詩を題し　興を発して新たなり
日日扁舟藕花裏　日日　扁舟　藕花の裏
有心長作済南人　心有り　長く済南の人と作らん

著処は到る処、扁舟は小舟、藕花は蓮の花。詩は、元・太宗七年（一二三五）、元好問四六歳の作。モンゴルの南攻によって故郷を追われ、祖国（金朝）を失った作者が、済南の美しい山水に接して詩興をかき立てられ、永遠に済南の地に住み続けたいとまで歌っている。

大明湖にある歴下亭は、唐・杜甫の詩「陪李北海宴歴下亭」（李北海に陪して歴下亭に宴す）によって、その名が初めて定着する（亭は小建築の意）。その詩の一節にいう。

海右此亭古　海右　此の亭古り
済南名士多　済南　名士多し
雲山已発興　雲山　已に興を発し
玉佩仍当歌　玉佩　仍りて当りて歌う
脩竹不受暑　脩竹　暑を受けず
交流空湧波　交流　空しく波を湧かす

—東海の西（斉の地）にあって、この亭は古くから存在し、ここ済水の南の地には名士が多い。雲を抱いた山に感興が沸き起こり、そのうえ玉の腰飾りを垂れた妓女が、向かいに坐って歌をうたってくれる。高く伸びた竹林は暑さを受けつけず、合流して流れゆく川水はいたずらに波を湧きたたせている。—

詩は、天宝四載（七四五）の夏、三四歳の若き杜甫が、任地（北海郡［山東省青州市］）から済南を訪れた文壇の長老、七一歳の李邕のお相伴をして、歴下亭における盛大な宴席に連なった際に詠んだものである。題下に「時に邑（県城）の人　蹇処士（処士は仕官しない知識人）が輩、座に在り」という自注がある。歴下亭は本詩によって、年齢差三七歳という二人の文学者が同席し、土地の名士たちと交歓をくり広げた友愛の証として詩跡になった。

歴下亭は、現在、大明湖中の小島の上にあるが、これは清初、済南府の知事李興祖によって再建されて以来、修復を重ねたものである。しかし杜甫と李邕が同席した歴下亭は、現在とは異なる位置にあった。当時の大明湖は、済南四大泉群の一つ、（済南旧城の西門外にある）五龍潭付近にあった。北魏・酈道元『水経注』八によれば、趵突泉を水源とする濼水が北に流れて大明湖に入る。この湖の西にあった大明寺の浄池（大明湖の一隅、後の五龍潭［『斉乗』五］）のほとりに「客亭」（迎賓所）があった。これが、杜甫詩の「歴下亭」であり、遅くとも北魏以来の歴史があるため、「海右　此の亭古り」と歌うのであろう。杜甫は別の「李尚書（之芳）を哭す」詩では、旧名の「客亭」を用いる。済南は古く歴山（南郊の千仏山の旧称）の下に位置するので歴下と呼ばれた。それで「歴下にある亭」の意味で歴下亭と呼んだらしい。これ以後、この呼称が一般化する。

古来の大明湖が枯渇・縮小して宋代、四望湖となり、もともと済南の府城内の北部にあった歴水陂が遅くとも金代、大明湖と呼ばれて現在に至る。宋代以後、歴下亭も今の大明湖の南岸に移建された。初めは済南府の府宅の後ろにあり（元好問「済南行記」）、元代には、「府城の駅邸内の歴山台上に在り、山に面し湖を背にし、実に勝絶（景勝地）為り」（『斉乗』五）と記され、清初、現在地に再建されたのである。

清・蒲松齢の詩「重建古歴亭（古歴亭［歴下亭の別名］を重建す）」は、康熙三二年（一六九三）、李興祖によって再建されたばかりの湖中の歴下亭を訪れての作。その一節に次のように歌う。

雨余水漲双堤遠　　雨余　水張りて　双堤遠く
風起蓮香四面来　　風起こりて　蓮の香り　四面より来る
遥羨当年賢太守　　遥かに羨む　当年の賢太守
少陵嘉宴得追陪　　少陵の嘉宴　追陪するを得たり

—雨がやんで湖水が満ちあふれ、並び連なる土手が遠のく。風が起こると、蓮の花の香りが亭の四方からただよい来る。私には、かの賢明な太守李邕のことが遥かに慕われる。（歴下亭に立つと）若き杜甫（少陵）も加わった嘉き宴会に、後世の自分も陪席できたかのよう。—

三年後の康熙三五年（一六九六）の初秋には、王士禛が陝西・四川出張の帰途、済南に立ち寄って「歴下亭」詩を作った。

我聞杜老言　　我聞く　杜老の言
海右此亭古　　海右　此の亭古ると
十頃玻璃風　　十頃　玻璃の風
鵲華乱煙雨　　鵲華　煙雨に乱る

杜老は杜甫。転句は、広々とした、玻璃（水晶）のような澄んだ湖面を、風が吹きわたるさま。鵲華は済南の名勝、鵲山と華不注山。歴下亭は、場所が変わっても、杜甫の詩を追憶する詩跡なのである。

【千仏山・華不注山・鵲山湖】

（大立）

千仏山は、済南市の南郊、三キロメートル弱の地にある。泰山山脈の北端に位置し、海抜は二八五メートル、済南三大名勝の一つである。古くは歴山、または舜耕山と呼ばれた。舜帝がかつてこの山麓で耕作したと伝えられ（『書経』虞書）、清・翁方綱の「千仏山」詩には、「山は対す済南の城、人は言う　帝舜耕すと。登臨　晩秋を記すに、几案は雲と平らかなり」と詠まれている。

千仏山の名は、隋の開皇年間（五八一―六〇〇）、仏教が盛行して無数の仏像が岩肌に彫刻されたことによる。唐の貞観年間（六二七―六四九）には、その規模最大となる興国禅寺が建造された。宋末明初には、戦乱により荒廃したが、明・成化四年（一四六八）に再建され、また清・嘉慶から咸豊年間（一七九六―一八六〇）にかけて改修、増築が行われた。現存する寺廟の主要な建築は、明・清以来のものである。明・辺貢「九日　千仏山寺に登る」詩には、「窈窈として（暗く奥深いさま）寺門敞き、蒼蒼として山径（山中の小道）微かなり。風軽くして帽を落とさず、雲近くして忽ち衣を凝らす」という。

華不注山は、「華山」とも呼ばれ、済南市の東北郊外、黄河の南岸にある。古くは『春秋左氏伝』成公二年に「斉師（斉の軍）敗績す。之を逐いて三たび華不注を周る」と見える。海抜は一九七メートル、独立峰の山である。北魏・酈道元『水経注』八には、「単椒（単独に直立した山峰）沢に秀で、丘陵と連ならずして以て自ら高く、虎牙（鋭く切り立つさま）桀立（高くそそりたつ）し、孤峰特抜して以て天を刺す。青崖に翠発し（生じ）、望めば黛を点ぜし（眉）に同じ」とあり、その孤立して高く聳え立つ青山の姿が記されている。

唐・李白の「古風」其一八には、次のように言う。「昔　我　斉都（済南）に遊び、華不注の峰に登る。茲の山　何ぞ峻秀、緑翠　芙蓉の如し」と。華不注山が高々とそそりたち、山色の緑滴る姿を（水中から抜け出た）芙蓉の花に喩えている。孤峰にして芙蓉のような緑の山容という表現は、以後、華不注山のイメージとして、詩に詠み継がれてゆく。金の元好問は、「済南雑詩」其三で「華山（華不注山）は　真に是れ碧の芙渠（蓮の花）、湖水　湖光　玉も如かず」と歌う。また、清・黄景仁「華不注」詩にも、「地に卓つ青蓮　忽ち千仞、虎牙森立（直立）して　羊腸（曲折した小道）紆る」と詠んでいる。

鵲山湖は、済南市の西北郊外、黄河の北岸にある鵲山の南にあった（金代に消失する）。唐の李白は、「従祖済南の太守に陪して鵲山湖に泛ぶ」其一の中で、湖水の広大さを「初めは謂う　鵲山近しと、寧ぞ知らん　湖水の遥かなるを」と詠じ、其二では次のように歌う。

湖闊数十里　　湖は闊し　数十里
湖光揺碧山　　湖光　碧山を揺るがす
湖西正有月　　湖西　正に月有り
独送李膺還　　独り李膺の還るを送る

詩は、夜を迎えた湖水の美しさを詠じている。李膺は李太守の比喩。また、鵲山湖の南岸には、斉州司馬李之芳が創建した鵲山亭があった。唐の杜甫は「暫く臨邑に如きて䧿山（鵲山）の湖亭に至り、李員外（之芳）を懐い奉りて率爾として興を成す」詩の中で「野亭　湖水に逼り、馬を歇む　高林の間に。鼉は吼えて　風は浪を奔らせ、魚は跳びて　日は山に映ゆ」と言う。鵲山亭は、北宋の曾鞏や蘇轍らも詩に詠じた名所である。

（大立）

【大明湖】

済南市中心部から東北方面、旧市街地の北部にある。泉城・済南の豊富な泉水が流入してできた天然の湖とされ、現在の湖面は四六ヘクタール、平均水深は二～三メートル、済南三大名勝の一つである。

大明湖の記述は古い。北魏・酈道元『水経注』八に、「（濼水）北（流）して大明湖と為る。西は即ち大明寺、寺の東・北の両面は湖に側む」とある。この大明湖は現在の大明湖ではなく、今の五龍潭（済南市の四大泉群の一、位置は済南旧城の西門外）の東北に接していた。現在の大明湖は隋唐以前、「歴水陂」（陂は池・湖の意）と呼ばれた。この古大明湖と歴水陂の北側には、さらに大きな鵲山湖（蓮子湖）があった。宋代、古大明湖は次第に枯渇して四望湖と呼ばれ（『太平寰宇記』一九、斉州）、遅くとも金代以降、歴水陂が大明湖と呼ばれるようになった。本条は、この新大明湖の詩跡解説である。

大明湖は北宋時代、済南城の西北に位置していたので西湖と呼ばれ、また明湖・北湖ともいう（曾鞏「西湖二月二十日」「百花堤」詩）。著名な文章家曾鞏は、熙寧五年（一〇七二）斉州の知事になると、大規模な湖水の改修・整備を行い、「西湖二首」「西湖納涼」などの詩を作った。彼の「西湖納涼」詩には、舟遊びによる夕涼みをこう歌う。

問吾何処避炎蒸　　吾に問う　何れの処か炎蒸を避くる
十頃西湖照眼明　　十頃の西湖　眼を照らして明らかなり
魚戯一篙新浪満　　魚は戯る　一篙の新浪満つるに
鳥啼千歩緑陰成　　鳥は啼く　千歩の緑陰成るに
虹腰隠隠松橋出　　虹腰隠隠として　松橋出で
鷁首峨峨画舫行　　鷁首峨峨として　画舫行く
最喜晩涼風月好　　最も喜ぶ　晩涼　風月好く
紫荷香裏聴泉声　　紫荷の香裏　泉声を聴くを

―どこで蒸し暑さを避けるのか、と私に尋ねられたなら、眼にまぶしくきらめく広大な西湖（と答えよう）。ひと篙ほどの深さで広がる湖一面に立つ、清らかな波間に魚がたわむれて泳ぎ、千歩の長きにわたって生まれた、緑の木陰で鳥が鳴いている。おぼろに虹の腰（太鼓橋の中ほど）を隠しつつ、（湖畔の）松林のほとりに橋が現れ、高々と水鳥（を画いた舟）の頭をもたげて、美しく彩った遊覧の舟が（湖中を）進み行く。夕涼みしていると風も月も美しく、赤紫の蓮の花の香りが漂うなか、泉の音に聴き入るのが、とりわけうれしいのだ。―

元好問は金朝滅亡の翌年（一二三五）、済南を訪れ、「済南行記」を書いて「大明湖」の名を記し、「舟を大明湖に汎ぶ」詩を作る。『大明一統志』二二、大明湖の条には、「府城内の西北隅に在り。源は舜泉に出で、其の大きさは府城の三の一を占む。…瀰漫無際にして、遥かに華不注の峰を望めば、水中に在るが若し。蓋し歴下城（済南）絶勝の処なり。又た西湖と名づく」とある。

清・王士禛は康熙三年（一六六四）、三一歳のとき、南の揚州（江蘇省）で「憶明湖」（明湖［大明湖の別称］を憶う）詩を作った。

一曲明湖照眼明　　一曲の明湖　眼を照らして明らかなり
越羅呉縠剪裁軽　　越羅　呉縠　剪裁軽し
烟巒濃澹山千畳　　烟巒は濃澹にして　山は千畳
荷芰扶疎水半城　　荷芰は扶疎として　水は半城
歴下亭中坐懐古　　歴下亭中　坐して古を懐い
水西橋畔臥吹笙　　水西橋畔　臥して笙を吹く
鵲山寒食年年負　　鵲山の寒食　年年負く

那得樵風引棹行　那ぞ得ん　樵風に棹を引いて行くを

—ひと曲がりの大明湖が、目にまぶしくきらめく。越の地のうす絹、呉の地のちりめんが裁断されたような、さざ波が広がる。靄のかかった峰々が濃く淡くかすみつつ、幾千にも重なり合い、蓮や菱が水面に生い茂って、湖面は済南のまちの半ばを占める。かつて（湖中の）歴下亭の中に腰を下ろして昔のこと（杜甫と李邕が同席した嘉会）をしのび、（湖畔の）水西橋のたもとで横になって笛を吹いたものだ。（西北郊外の名勝）鵲山のもとで寒食節を過ごす希望に、毎年そむいてきた。（ただちに）樵風（順風）を受けて舟を進めて帰りたいが、この願いはかなえられそうにもない。—

第七句は、元好問「済南雑詩」其四の句「鵲山の寒食　泰和の年」を踏まえる。烟巒・荷芰の頷聯は、豊かな泉の都、済南の風景美を巧みに表現して、人口に膾炙する。

王士禛にとって、大明湖は彼の名を世に知らしめた特別な湖であった。清初の順治一四年（一六五七）の秋八月、二四歳の時、大明湖に遊び、ほとりの水面亭で、郷試のために集まっていた名士たちと会飲した。この時、水辺の楊柳が黄ばんで秋風に揺れ落ちようとするさまを見て感慨を覚え、「秋柳四首」を作り、衰えゆく秋の柳の中に、亡国の悲哀や愛のはかなさを詠じた。第一首には、こう歌われる。

秋来何処最銷魂　秋来　何れの処か　最も銷魂
残照西風白下門　残照　西風　白下の門
他日差池春燕影　他日　差池たり　春燕の影
祇今憔悴晩煙痕　祇今　憔悴す　晩煙の痕
愁生陌上黄驄曲　愁は生ず　陌上　黄驄の曲
夢遠江南烏夜村　夢は遠し　江南　烏夜の村
莫聴臨風三弄笛　聴く莫かれ　風に臨む　三弄の笛を
玉関哀怨総難論　玉関の哀怨　総べて論じ難し

—秋が訪れると、別れの悲しみに最も心ふさがれるのは、いったいどこであろうか。それは、衰えゆく夕日をあび、西風に吹かれて散りゆく、黄ばんだ柳がしだれる白下の門（古都南京の送別地）。かつては春の燕がしきりに飛びかって緑の葉に影を落とし（聡明な王妃、戴嬀がその傍らを旅立っていった）ものだが、今や柳はすっかりうらがれて、夕もやの名残りがただようばかり（それは楚国を放逐されてやつれた屈原の姿を思わせる）。悲しみは路傍で奏でられる黄驄の曲（唐の太宗が愛馬を追悼するために作らせた鎮魂曲）によってこみあげ、夢は（西晋・穆帝の皇后になった何準の娘が生まれたという）江南の烏夜の村にはなかなかたどりつけない。風のなかで三たび吹かれる折楊柳の笛の調べに耳を傾けてはならない。辺境の玉門関を守る兵士たちの深い哀しみは、とうてい言葉では尽くせないものなのだから。—

詩は、柳の揺落をモチーフとしつつ、柳が〝離別の悲しみ〟〝昔の王朝をしのぶ心〟を誘発する点に着目して、さまざまな悲哀のイメージを種々の故事を織りまぜて詠む。甘美な悲哀に彩られた朦朧たる表現は、人々の記憶になお新しい明王朝への哀悼の念をたたえ、その場にいた数十人の名士らに唱和された。その後、三年の間に、詩の唱和者は顧炎武や徐夜ら、全国に及んだ。後に済南の文士たちによって秋柳詩社が作られ、詩作の場、水面亭付近には秋柳園が作られた。

大明湖は、古より詠まれた美しい湖水風景だけでなく、甘美な亡国の悲哀も味わえる詩跡である。現在、大明湖公園には歴下亭、曾鞏を記念する南豊祠、王士禛を記念する秋柳園などがある。

【趵突泉・黒虎泉】

（大立）

趵突泉は済南市中心区の趵突泉公園内にあり、南の千仏山・北の大明湖と並ぶ済南三大名勝の一つである。また、周辺には七十二の名泉が存在し、趵突泉はその第一に挙げられ、「檻泉」（盛んに湧き出る泉の意）「瀑流水」などとも呼ばれた。

趵突泉は濼水の水源であり、古くは「濼」と呼ばれた。池底に三つの泉源があり、日々大量の水を噴出する。北魏・酈道元『水経注』八には、「泉源上奮（噴出）し、水涌きて輪の若し」といい、元・于欽『斉乗』二には、噴き出す水音を「声は隠雷の如し」と表現する。

北宋・曾鞏が斉州（済南）の知事に在任中、「斉州二堂記」を著し、「趵突泉」詩を作って、「趵突泉」の名が定着した。「趵突」は、泉の噴出する様子と水音の双方を形容する。彼の「趵突泉」詩には、「已に覚ゆ　路傍を行けば鑑に似たるを、最も憐れむ（愛する）　砂際に涌いて輪の如きを」と。後句は『水経注』の表現を踏まえている。

元・趙孟頫は、済南に在任中、「趵突泉」詩を作っている。

濼水発源天下無　　濼水の発源　天下に無く
平地涌出白玉壺　　平地に涌出す　白玉の壺
谷虚久恐元気泄　　谷虚して久しく恐る　元気の泄るるを
歳旱不愁東海枯　　歳旱なるも愁えず　東海の枯るるを
雲霧潤蒸華不注　　雲霧の潤いは　華不注を蒸し
波濤声震大明湖　　波濤の声は　大明湖を震わす
時来泉上濯塵土　　時に泉上に来りて　塵土を濯えば
氷雪満懐清興孤　　氷雪　懐に満ち　興の孤なるを清くす

―濼水の発する水源（趵突泉）は、天下に比類がない。平地から盛んに湧き出すさまは白玉の壺のよう。谷が虚ろになって、元気（万物の生命力）が泄れつくすことを久しく恐れているが、日照りの年にも湧き続けて、東の海を干上がらせる心配はない。盛んに立ち上る雲霧の潤いは華不注山をしっとりと包みこみ、噴出する烈しい波の音は大明湖を震わせる。時おり私は世俗の雑念を洗い落とそうと泉のほとりに来ると、氷や雪（のような潔白な心情）が胸のなかに満ちあふれ、孤独な思いを清らかにしてくれる。―

雲霧・波濤の頸聯は、名泉の奇景を、済南を代表する他の二つの名勝とともに詠んだ名句として知られる。この詩には、明の喬宇・陳鎬・何成慧、清の張縉彦らが唱和し、趙孟頫の表現「白玉の壺」を継承して、泉の湧出を「氷壺」「蓬壺」と詠じた。また元・張養浩「趵突泉」詩では、高く噴出する白いしぶきと年中発する大きな音を、「三尺消えず　平地の雪、四時嘗に吼ゆ　半空の雷」と歌う。

黒虎泉は、趵突泉公園の北西に近隣し、済南七十二泉の一つに数えられる。泉の湧出量は、済南泉中、趵突泉に次ぐ第二位である。明の晏璧は、「黒虎泉」（済南七十二泉詩の一）のなかでこう歌う。

石蟠水府色蒼蒼　　石　水府に蟠りて　色は蒼蒼
深処渾如黒虎蔵　　深き処　渾て黒虎蔵るるがごとし
半夜朔風吹石裂　　半夜　朔風　石裂を吹きて
一片清嘯月無光　　一片の清嘯　月も光無し

―大きな岩が水府（水神の住むような水の深い処）にとぐろを巻き、その色は濃い青。水の深いなかに、あたかも黒い虎が潜み隠れているかのよう。夜半、北風が岩の裂け目を吹いて、ひとしきり清らかな咆哮の声が鳴り響いて、月の光もかげってしまった。―

詩は、黒虎泉の名称が醸し出す不思議な感興を詠んでいる。

【兗州（魯郡）】

（大立）

山東省の西南部にある都市（現・済寧市兗州区）の名。唐代には兗州〔魯郡〕城（＝瑕丘県城）となり、李白は一時期、その東門外に居住した。東に孔子ゆかりの曲阜、西に梁山泊、北に泰山、南に微山湖を望む地にあり、東文・西武・北岱・南湖と称される。

盛唐の杜甫は、開元二八年（七四〇）二九歳ごろ、兗州司馬在任中の父・杜閑を訪ね、兗州城の南楼に登って、五律「兗州の城楼に登る」を作る。中央二聯には、壮大な眺望と周辺の遺跡を、「浮雲は海岱（東海・泰山）に連なり、平野は青徐（青州・徐州）に入る。孤嶂（嶧山）には秦碑在り、荒城（曲阜）には魯殿餘れり」と詠む。

杜甫が登楼した城壁は、明初、一部のみ残されて「少陵台」に改築された（少陵は杜甫の号）。清初の王士禛に「少陵台」詩がある。明清期の「兗州八景」の一つ「南楼夕月」は、明の朱当㴐、清の王景禧らが詠む。兗州区城内の中御橋路の東、府河の北岸に伝存する。

杜甫は、四年後の天宝三載（七四四）の秋、都長安を放逐された、一一歳年長の詩仙李白と出会う。二人は意気投合して、梁宋（河南）や斉魯（山東）の地を一緒に旅して語りあった。翌年の秋、杜甫は、李白の住む魯郡（兗州）で李白と再会・交遊した後、石門（金口壩）で李白と別れて、洛陽・長安へと向かう。このとき、李白は五律の絶唱「魯郡東石門送杜二甫」（魯郡〔兗州〕の東の石門にて杜二甫を送る）詩を作った。時に李白は四五歳、杜甫は三四歳である。

酔別復幾日　　酔別　復た幾日ぞ
登臨徧池台　　登臨　池台に徧し
何時石門路　　何れの時か　石門の路に
重有金樽開　　重ねて金樽の開く有らん
秋波落泗水　　秋波　泗水に落ち
海色明徂徠　　海色　徂徠に明らかなり
飛蓬各自遠　　飛蓬　各自に遠ざかる
且尽手中杯　　且く手中の杯を尽くさん

—別れの酒に酔って、何日が経過したことだろう。山に登り池に臨んで、池亭や楼台も遍く訪れた。いったい何時、この石門の街道で、再び君と酒を酌み交わせるのであろうか。秋の川波が水かさの減った泗水に低く揺れ、遥かな東海の輝きを受けて、徂徠山が明るく見える。ああ、二人は、風に吹かれて転び飛ぶ蓬草のように、それぞれ遠く離れゆく。ひとまずは、手にした酒杯を飲みほそう。—

「石門」は、唐代の魯郡（兗州）城の東門外を南流する泗水に架かる石造の水門の名。現在の金口壩（古称は金口堰・金口閘）をいう。水量の調節だけでなく、街道をつなぐ通行の大橋でもあった。

この石門が李白と杜甫の永別の場所となったが、偉大な詩人の飲酒賦詩の地として回顧された。晩唐の呉融「兗州の泗河中の石牀に題す」詩（題下注「李白・杜甫は皆な此に飲詠す」）にいう。

謫仙酔後雲為態　　謫仙（李白）酔いし後　雲　態と為り
野客吟時月作魂　　野客（杜甫）吟ぜし時　月　魂と作る

清の王爾鑑「雨後の夜　泗水に泛びて兗州に赴く」詩には、「南楼の上に到るを盼って、太白の楼を回り看ん」と詠じた。

兗州区城内の東北隅には、一三層の高い興隆塔がある。隋代建立の、普楽寺（後の興隆寺）の仏塔である（現存のものは北宋再建時の改修）。清・仲宏道の「八景詩・興隆塔影」詩にいう、「崢嶸として塔は白雲と斉しく、影は霊光を落として古殿低し」と。

【済寧太白楼】

（大立）

済寧市中心区古運河の北岸（古槐街道・太白中路）にある。「太白」は唐の詩人李白の字。李白が兗州任城県（済寧市）に遊んだとき、酒を飲んだ酒楼を記念したものらしい。古くは李白酒楼と呼ばれ、のち李太白酒楼・太白楼などと呼ばれた。

『太平広記』二〇一に引く晩唐・孟棨『本事詩』には、「初め（李）白は幼より酒を好み、兗州に於て（学）業を習うに、平居（日ごろ）多飲す。又た任城県に於て酒楼を構え、日に同志と其の上に荒宴し（仲間と酒宴にふけりおぼれ）、客至るも醒むる時有ること少し」という。これによれば、任城県の酒楼は李白自身の建造となる。

他方、これより少し早い、李白の死後百年ばかりの咸通二年（八六一）、任城県に立ち寄った沈光の「李白酒楼記」には、「斉魯（山東省）の、結構　雲を淩ぐ者に至っては、限り有り。独り斯の楼や、広さは数席を逾えず、瓦は欠け椽は蠹まる。樵児・牧豎（牧童）と雖も、過ぎて亦た之を指して曰く、『李白は常て此に酔う』と」とあり、晩唐期、任城県には李白が酒を飲んだと伝える、老朽化した小楼が存在したのである。このとき、沈光は「李白酒楼」の扁額を書いたという。太白酒楼は、元代に再建されたが、明の洪武二四年（一三九一）、現在地である済寧の、南城門の上に場所を移して再建され、きわめて眺望に富む。のち壊れ、現存の建物は一九五二年、古い城壁の上に再建されたものである。

元・趙孟頫は、済南路総管の副官をしていたとき、「李太白酒楼」（李太白の酒楼）詩を作り、次のように詠じている。

城迥当平野　　城迥かにして　平野に当たり
楼高属暮陰　　楼高くして　暮陰に属す
謫仙何俊逸　　謫仙　何ぞ俊逸なる
此地昔登臨　　此の地　昔　登臨せり
慷慨空懐古　　慷慨して　空しく懐古し
徘徊独賞心　　徘徊して　独り賞心す
嶧山明望眼　　嶧山　望眼に明らかにして
百里見遥岑　　百里　遥岑を見る

—城壁は遥かに続いて平野に向かい、高楼は高く聳えて夕暮れの闇に包まれる。謫仙李白は、何と才気にあふれた人物だったことか。かつてこの楼に登って眺望したのだ。心高ぶらせて、空しく遠い昔を想い、楼上をめぐり歩いては、独り風景を愛でる。嶧山の姿が眺める眼にくっきりと映り、百里の彼方まで遠い峰々が見えている。—

謫仙とは、天上界からこの世に流された仙人の意。賀知章が李白を「謫仙人」と呼んだことにちなむ呼称である。また嶧山は済寧市の遥か東方、鄒城市の東南にある名山である。

明・劉基「済州の太白楼」詩には、「小逕（小道）行客を迂らせ、危楼（高楼）酒星（酒仙李白）舎る」とあり、清・王士禛は、「雨中太白楼に登る」詩のなかで、「開元（玄宗の年号）の陳迹は　去りて悠悠たるも、猶お城南　旧き酒楼有り。呉語（賀知章は呉の方言を話した）もて曾て呼ぶ　狂太白と、洛陽　何ぞ必ずしも董糟丘（洛陽天津橋の南に李白のために造られた酒楼の主人）ならんや」云々と歌う。

李白は卓越した詩人であり、奔放な性格で酒を好んだことから、「詩仙」「酒仙」と呼ばれる。太白楼・太白酒楼は、詩才に富む酒仙李白に対する敬慕の念が生みだし、後世の詩人たちは李白へ想いを馳せつつ長く詠み継いできた詩跡なのである。

【蓬莱閣】

（大立）

渤海湾にのぞむ山東半島の北端に位置する蓬莱市の北約一キロメートル、海抜一〇〇メートルの丹崖山の山頂にあって、広大な東の海を見はるかす眺望絶佳の楼閣の名。北宋の嘉祐六年（一〇六一）、登州（治所は蓬莱県。今の蓬莱市）の知事朱処約が、気候穏順、五穀豊作であることを海の神に感謝し、海神廟（海神広徳王［東海の海神］の廟）を（高峻な場所から西側の平地に移して）新たに建てた。その跡地には蓬莱閣を創建して、州の人々の遊覧の場所にしようと考え、「治世（泰平の世）の蓬莱なり」の意味をこめて命名した、という（朱処約「蓬莱閣記」）。明清期、幾度となく修繕や再建が行われてきた。現存の蓬莱閣の高さは一五メートルである。

蓬莱は方丈・瀛洲とともに東海に浮かぶ神仙の島（三神山）の一つ。命名の際、当地が蓬莱県であり、その名は、前漢の武帝がここから東海の蓬莱山を遠望したため（『太平寰宇記』二〇）という伝承が、朱処約の脳裏をよぎったことであろう。より古くは、秦の始皇帝が徐福（市）を派遣して仙人の住む三神山を探し、不老不死の仙薬を求めさせた話（『史記』秦始皇本紀）にも連なる。これは、当地が春夏の間、時折、海上に浮かぶ蜃気楼（海市蜃楼）を見ることができたからである。

北宋・蘇軾は、元豊八年（一〇八五）十月、登州の知事となり、蜃気楼を見たいと願った。彼の「（登州）海市」詩の序文にいう、「予は登州の海市（蜃気楼）を聞くこと旧し。父老（老人）云う、常に春夏に出づ、今、歳晩れたり、復た見えず、と。予は官に到りて五日にして去る。見ざるを以て恨みと為す。海神広徳王の廟に禱りしに、明日見えたり。乃ち此の詩を作る」と。この蘇軾の詩刻は、のち蓬莱閣上に置かれた。

元・于欽『斉乗』五には、「実に山海登臨の勝概（景勝地）為り。……古今の題詠甚だ多し」とある。北宋・許遵「蓬莱閣に登る」詩は、早期の作。明・徐応元「蓬莱閣に登る」詩には、地勢の高さを「高閣　天際に懸り、危欄（高い欄干）　水浜に枕む」と詠み、独自の環境を「山影　窓に当たりて乱れ、濤声　座に入りて頻りなり」と歌う。また明・王世懋「蓬莱閣に寄せて訊う」詩の前半には、神山・蜃気楼を詠みこんで、「遥かに聞く　高閣　蓬壺（蓬莱山）を俯（瞰）するを、為に問う　三山定めて有るや無やを。雲暖かくして　蜃楼　高く市を結び、月寒くして　鮫室（水中の人魚の居室）　夜に玉を沈む」と歌う。清・李樹穀「登蓬莱閣」（蓬莱閣に登る）詩は、登臨の喜びをこう歌う。

海東雄鎮属蓬莱　　海東の雄鎮は　蓬莱に属し
飛閣何年画檻開　　飛閣は何れの年か　画檻開く
万里鯨波浮日月　　万里の鯨波は　日月を浮かべ
半空蜃気結楼台　　半空の蜃気は　楼台を結ぶ
伝烽故塁風吹荻　　烽を伝う故塁　風は荻を吹き
勒字高崖雨漬苔　　字を勒む高崖　雨は苔を漬す
坐鎮忻逢清晏日　　鎮に坐して　清晏の日に逢うを忻び
遥看重訳駕航来　　遥かに看る　訳を重ねて航に駕りて来るを

飛閣は高閣、画檻は美しい欄干。鯨波は大波、烽は烽火、故塁は古い土塁、清晏は泰平、重訳は遠い外国からの意。

ちなみに現在、蓬莱閣のそばには、龍王宮・三清殿・呂祖祠・蘇公祠・観瀾亭などがある。

山東省

（大立）

【嶗山（労山）】

嶗山は、青島市東郊の嶗山区、山東半島の南端に位置する山なみの名。労山・牢山・不其山・労盛山・大労山小労山・輔唐山・鰲山などともいう。『嶗山簡志』（二〇〇二年、五洲伝播出版社）によれば、もと嶗山あるいは労山と称し、漢代に不其山、晋・南北朝時代に牢山、唐代に大労山小労山および輔唐山が使用され、明清時代には混用されて、主に労山・嶗山・牢山・鰲山と呼ばれ、近代には嶗山が専ら使用された、とする。なお労盛山とは、明末清初の顧炎武『日知録』三一では、労は労山、盛は成山の二山を指すという。

主峰の巨峰（嶗頂）は、海抜約一一三三メートル、海に臨んで聳え立つ勇壮な姿は、世に「海上名山」という。元・于欽『斉乗』一には「岸海（海の岸壁）の名山なり」と見え、晏謀『斉記』（『太平御覧』四二所引）には、「太山（＝泰山）は高しと言うと自も、東海の労（山）に如かず」とたたえる。風化・浸食された花崗岩の景観は険峻・奇怪であり、歴代さまざまに詠まれてきた。明の陳沂「労山」詩は、山の峰々を東海上の仙山─蓬莱山に見立てて、こう歌う。

蓬莱之山横挿天　蓬莱の山　横ままに天を挿し
大労小労青可憐　大労　小労　青く可憐なり（すばらしい）

嶗山に見る山海の奇観は、神仙の住処としてのイメージを生み、「神仙の宅、霊異の府」（顧炎武「労山図志序」）と見なされた。求仙した秦の始皇帝や前漢の武帝がかつて来訪した。前漢の建元元年（前一四〇）には、張廉夫が三官を祀って道教の基礎を築き、以後、道教修養の霊場となる（『嶗山簡史』所引の『太清宮志』）。唐の李白は、雑言古詩「王屋山人の孟大融に寄す」詩の中で、こう詠む。

我昔東海上　我は昔　東海の上
労山餐紫霞　労山に　紫霞を餐す
親見安期公　親ら見る　安期公
食棗大如瓜　棗を食らうに　大なること瓜のごとし

─私は以前、東海に面した労山で、（仙界にたなびく）赤紫の雲気を食して（仙人の道を学んだ）。そして自ら、安期生（のような仙人）にお会いし、瓜ほどもある大きな棗を食べるのを見た。─

元の道士・丘処機の七絶「労山」は、霊妙な気を漂わせる山容を、仙山を背負う「鰲」の形に擬えつつ、高峻な岩の峰々を描写する。

卓犖鰲山出海隅　卓犖として　鰲山　海隅（海辺）に出で
霏微霊秀満天衢　霏微として　霊秀　天衢（天空）に満つ
群峰削玉幾千仞　群峰　玉（白玉）を削る　幾千仞
乱石穿空一万株　乱石（乱立する岩）　空を穿つ　一万株

また、時おり嶗山から見える海市（蜃気楼）も、その神秘性を高めた。明の藍田「観海行」に、「三山（東海の三神山─蓬莱・方丈・瀛洲）は無きが若く　又た有るが若し、蜃気の海市　楼台を成す」と見え、清の蒲松齢「嶗山にて海市を観て作りし歌」は、蜃気楼に人生を重ねあわせて歌う。蒲松齢はまた、『聊斎志異』の中で、嶗山を舞台にした「労山道士」「香玉」の二篇を記して山の霊異を深めた。

嶗山は古跡・名勝に富み、太清宮・上清宮・太平宮などの道観が現存する。このうち、太清宮（下清宮）は、北宋初期の創建とされる嶗山最大の道観であり、蒲松齢などの詩詞に詠まれた。清末民国初の康有為は、五言古詩「嶗山」のほか、七絶「太清宮」詩も作る。

南麓の八水河にある玉龍瀑（龍潭瀑）は、高さ約二〇メートルの壮大な瀑布であり、清の藍楨之は「八水河の玉龍瀑」詩を詠む。

（大立）

【徂徠山・嶧山】

徂徠山は泰安市の東南に位置する。泰山の東南二〇キロメートル、主峰が海抜一〇二七メートルの雄大な山なみである。徂来山とも書く。山肌は岩石に覆われ、起伏に富み、特に美しい松で知られた。古くは『詩経』魯頌「閟宮」に「徂来の松」と詠まれ、北魏・酈道元『水経注』二四には「山に松柏多し」という。

隋唐以降は、隠棲の地としても知られた。唐の李白は孔巣父・韓準・裴政らと西南の竹渓に隠逸し、「竹渓の六逸（六人の隠者）」と称された。清・王士禛の詩「徂徠懐古」其一は、「徂徠　林壑美しく、復た竹渓の清らかなるを愛す」と詠む。李白「魯郡（兗州）の東の石門にて杜二甫を送る」詩の、「秋波　泗水に落ち、海色　徂徠に明らかなり」は、徂徠山を詠んだ名句である。北宋の儒学者石介は一時期、山麓で耕作しつつ学問を講じ、徂徠先生と称された。王士禛の「徂徠山下田家」（徂徠山下の田家［農家］）詩には、次のように歌われる。

行行空翠裏　　行き行く　空翠の裏
明晦更多姿　　明晦　更に姿多し
碧樹通村路　　碧樹　村路に通じ
青山向岳祠　　青山　岳祠に向かう
林深鶏犬静　　林深くして　鶏犬静かに
雨足隴苗滋　　雨足りて　隴苗滋し
他日亀陰稼　　他日　亀陰に稼え
躬耕亦不遅　　躬ら耕すも　亦た遅からざらん

—澄明な緑の中をどんどん歩み行くと、明るくなったりかげったりして、山中の風景はいっそう多様な姿を見せる。緑の樹々は村里の道へと続き、青い山なみは泰山の祠廟へ向かっている。林は奥深くて、犬や鶏の声が聞こえず、雨が十分降って、畑の苗はよく育っている。いつの日か、ここ亀山の北側に穀物を植え、自ら農夫となって耕しても、遅すぎはしないだろう。—

亀陰は亀山の北の意。亀山は新泰市の西南、川を挟んで北の徂徠山と対峙する。李白「東魯の二稚子に寄す」詩の、「誰か亀陰の田に種えん」を踏まえた表現である。詩は、王維・孟浩然を思わせる自然詩であり、田園風景と隠逸の場としての徂徠山への思いが詠まれている。

嶧山は、山東省鄒城市の東南一二キロメートルの地にあり、海抜は五五五メートル。鄒嶧山・鄒山とも呼ばれ、奇怪な形の巨石、幽深な岩洞に富む。秦の始皇帝は登山の記念として、秦の徳をたたえた文を刻んだ石碑を建てた。いわゆる嶧山の刻石であり、杜甫「兗州の城楼に登る」詩の「孤嶂　秦碑在り」は、これを詠む。

『書経』禹貢に「嶧陽の孤桐」と見えるように、嶧山の南斜面に生える一本立ちの桐は名琴の材料とされた。南朝宋・謝恵連「琴の賛」に「嶧陽の孤桐、裁ちて鳴琴と為す」とあり、唐・宋之問「白鷴（鳥の名）を放つ篇」には「琴は是れ嶧山の桐、鳥は呉渓の中より出づ」と詠まれたが、のちに消失する。

清・袁枚「嶧山に登る」詩は、「嶧山は高さ六里、気（霊気）は泰岱（泰山）と通ず」の句に始まり、山上に乱立する奇岩怪石のさまを、「紫の瑪瑙を方截（方形に截断）し、青き芙蓉（蓮の花）を円堆す。好に万の弾丸、青天の中より抛撒するに似たり。千鈞（の巨石）寸勢（小石の力）を借り、枕藉して（縦横に重なり合って）虚空に停まる」と歌い、さらに「秦王の碑を見ず、亦た禹貢の桐無し」という。嶧山の姿を多角的に詠んだ佳作である。

（大立）

【微山湖・留侯墓】

微山湖は、山東省南端の済寧市微山県にある、細長い淡水湖の名。南北一二〇キロメートル、東西は広い所で二五キロメートルに及ぶ。湖は四つの湖（狭義の微山湖と、昭陽湖・独山湖・南陽湖）が連なって形成され、南四湖とも称される。宋元以降、黄河の氾濫がくり返されてこの低窪地に積水して湖となり、元以後の運河開鑿が四湖の連結と拡大を加速して、明末清初には四湖が連なる現形態になったという。

微山湖の名は、殷の紂王の庶兄・微子（名は啓）が西周の初め、宋の地に封じられ、死後、宋地に属する微山に埋葬されたことに由来する。微山—湖形成後、湖中最大の島となる微山島—に、微子の墓が現存する。墓前の碑に刻された清の高元貞「微子墓に謁す」詩に、「湖畔の煙霞　軟浪を瀠り、崖辺の林壑　孤墳を隠す」という。

微山（島）には、前漢建国時の功臣で留侯に封ぜられた張良の墓（留侯墓）もある。これは、唐初の李泰等『括地志』（『史記』五五、留侯世家注所引）に、「漢の張良墓は徐州沛県の東六十五里に在り。留城（張良の封邑、微山湖中〔微山島の西南〕に沈む）と相い近きなり」と見えるものらしい。

隋の盧思道「春夕　留侯墓を経行す」は、張良墓を詠む早期の詩。荒廃した墳墓を、「墳荒れて隧草（墓草）に没し、碑砕けて石苔濃やかなり」という。元・陳孚「留侯廟」詩の「留城の古祠　今千載、碧蘚（青苔）溜雨（細雨）　断碣（断裂した碑碣）眠る」は、微山の留侯墓に付随した古廟を詠んだものか。明代には、胡儼「子房（張良の字）墓」、徐維賢「留侯墓」詩などが詠まれた。

微山湖の東岸に、夏鎮（夏村・夏陽）—現・微山県城（夏鎮街道）がある。明清期、新運河の商港として栄え、駐在・往来する官人たちが、夏鎮と微山湖を詠じた詩文を作った。清・沈徳潜「晩に夏鎮の康阜楼下に泊す」詩に、「舟は一湾に泊して両省（山東省と江蘇省）に分かれ、楼高百尺　三層なるを記す」という。

前漢の高祖劉邦の故郷・沛郡豊邑（江蘇省徐州市豊県）は、微山湖の西方である。劉邦は若いころ、東岸の夏鎮（秦漢の広戚城）で戚家の娘を娶ったが、ただ戚夫人に封じたのみで、終生故郷で過ごさせたという。また劉邦は、夏鎮と同じ泗河の東側にある泗水亭の亭長にもなった。明・王世貞の七律「夏鎮」詩には、

一片雲飛護夏陽　　一片　雲飛びて　夏陽を護り
人伝帝子大風郷　　人は伝う　帝子　大風の郷と
波分沂泗争大塹　　波は沂泗に分かれて　大塹を争い
溝号胭脂帯漢粧　　溝は胭脂と号して　漢粧を帯ぶ

—一ひらの雲がまるで夏鎮を守るかのように飛ぶ。人々はこの地を「大風の歌」を詠じた漢帝・劉邦の故郷と言い伝える。川波は沂水と泗水に分かれて運河を争い流れ、水路は「胭脂」と名づけられて、漢代の女性（戚夫人）の、紅色の化粧の色をたたえる。—

と詠んだ後、「碧樹は香りを断ちて（宮女の）艶舞を銷し、青村（緑の村）は景を含みて斜陽に入る。年年　飛輓（貨物を運送）して京洛（北京）に趨き、王気は猶お水の一方を経む」と結ぶ。

微山湖は、夏から秋にかけて、紅い蓮の花が一面に咲き誇る。清の趙執信は、「微山湖の舟中にて作る」詩の中で、この美しく風情のある風景を、「湖中　何の有る所ぞ、千頃（広大な湖面）　秋の荷の花。山雨　颯然として来り、風香（蓮花の香りを含む風）　浩くして涯無し」と歌う。

（大立）

【梁山・梁山泊】

梁山は、山東省西部の済寧市梁山県城にある、海抜一九八メートルの山の名。もと「良山」と呼ばれた。前漢の梁の孝王劉武（文帝の第二子）が、この良山で遊猟した（『史記』五八、梁孝王世家）ため、「梁山」と呼ばれたらしい（清・顧祖禹『読史方輿紀要』三三）。唐の高適「東平（郡）にて前衛県の李寀少府に別る」詩に、「雲は汶水に開いて孤帆遠く、路は梁山を繞りて匹馬遅し」と見える。

この梁山付近は土地が低く、西北の黄河から、氾濫した水が幾度も流れ込んで湖沼を形成した。五代・後晋の開運元年（九四四）には、氾濫した黄河の水が梁山を包囲して、梁山は湖中の孤山と化した。さらに北宋の前期、黄河の氾濫した水が三度も注ぎ込んで広大化し、「梁山泊（梁山濼）」（泊は湖水、濼は泊と同意）と呼ばれた。梁山泊は北宋期、「梁山泊八百里の水」（南宋初・邵博『邵氏聞見後録』三〇）、あるいは「水泊梁山」などと称された。

北宋の韓琦「梁山泊を過ぐ」詩は、果てしない湖水の広がりを「巨沢渺として際無く、斎船（軍船）日を度りて撑す」と歌う。

また、蘇轍は「梁山泊見荷花憶呉興五絶」（梁山泊にて荷花（蓮の花）を見て呉興（現・浙江省湖州市）を憶う五絶）其二にこう詠む。

終日舟行花尚多　　終日舟行して　花尚お多く
清香無奈着人何　　清香　人に着くを　奈何ともする無し
更須月出波光浄　　更に月出でて　波光浄きを須ちて
臥聴漁家蕩槳歌　　臥して聴かん　漁家の槳を蕩して歌うを

金元時代、黄河はその流路を変え、梁山泊は次第に陸地化していった。それでも元の至順三年（一三三二）に成る薩都剌の長い詩題には、「余は観志能と倶に公事を以て北に赴き、舟は梁山泊に至る。時に荷花盛んに開く。風雨大いに至りて舟は相い接せず。遂に蘆葦の中に泊す。余は蘆一葉を折りて詩を其の上に題して、志能に寄す」とあり、この七絶詩の後半には、「満濼（湖水一面）の荷花　開いて遍からんと欲し、客程（旅程）五月　梁山を過ぐ」という。

梁山泊は、現在はすでに沼沢地ではなくなったが、詩文・著作の中に、湖水地域としての梁山泊を見ることができる。

梁山周辺が広大な湖沼地帯であった北宋末の徽宗宣和年間、宋江が反乱を起こした。『宋史』三五一、侯蒙伝や三五三、張叔夜伝によれば、宋江の反乱は黄河の北岸に起こり、京東（北宋の都・汴京〔現・河南省開封市〕の東）を攻略した。このとき、侯蒙は上書して、「（宋）江は三十六人を以て斉・魏に横行し、官軍数万、敢えて抗する者無し。其の才は必ず人に過ぐ」といった。元の陸友仁は「宋江三十六人の画賛に題す」詩の中で、「京東の宋江は三十六、白日横行す大河の北。官軍は追捕して敢えて前まず、懸賞もて之を招いて賊を擒え使む」云々と詠む。やがてこの三六人の反乱を下敷きとして、明代、四大奇書の一つ『水滸伝』が成立した（「滸」は水辺の意）。

『水滸伝』では、義理にあつく貪官を憎む宋江が、広大で複雑な梁山泊を拠点とし、一〇八人の豪傑を率いて活躍する。かくて梁山・梁山泊も有名になり、物語にちなむ名所が生まれた。梁山中の一峰―郝山峰には、宋江らが盗品を分配したという分贓台（疏財台）がある。明の劉基「分贓台」詩に、「突兀たる高台　土を累ねて成り、人は言う　暴客　此に贏（分捕り品）を分かつと」という。

梁山の主峰・虎頭峰の北には李逵が護った黒風口、宋江らが集まった忠義堂があって、物語『水滸伝』の世界に触れることができる。

（植木）

【単父台（琴台）・霊巌寺】

単父台は、山東省の西南端—荷沢市単県城（北城街道）の東南隅（湖西革命烈士陵園）にある高台の名。春秋時代、孔子の弟子—宓子斉（字子賤）は、魯の単父（単県の古称）の宰になると、「鳴琴を弾じ、身は堂を下らずして、単父治まる」（『呂氏春秋』察賢篇）と伝える。単父台（単父の台）は、当地を治めた名知事・宓子斉が琴を奏でた処とされ、琴台ともいう。北宋の『太平寰宇記』一四に、「琴台は（単父）県の北一里に在り。高さは三丈、即ち子賤弾琴の所」とある（台の方角の異同は明代、県城が南北移動したため）。

単父台は、盛唐の杜甫が後年、「昔遊」詩の中で、天宝三載（七四四）の秋を回想して、こう詠んだ処である。

　昔者与高李　　昔者　高（適）・李（白）と
　晩登単父台　　晩に単父台に登る

この時に成る高適「群公と同に秋　琴台に登る」詩には、「古跡は人をして感ぜしむ、琴台　空しく寂寥たり」云々という。

じつは同年の春ごろ、睢陽郡（宋州）太守・李少康が台上に記念の琴堂を建てた。高適は「子賤の琴堂に登りて詩を賦す三首」（「琴台三首」）を作り、其一で宓子斉の不朽の徳（政績）を追慕して、

　宓子昔為政　　宓子　昔　政を為し
　鳴琴登此台　　琴を鳴らして　此の台に登る
　琴和人亦閑　　琴和し　人も亦た閑かにして
　千載称其才　　千載　其の才を称う

と詠み、「臨眺すれば忽ち悽愴、人琴　安くに在り哉」と慨嘆する。

単父台は以後、明の夏維藩「単父の琴台に登る」詩に、「我は聞く宓子賤　民を理むること　琴を調でるが如し」などと歌われる。

霊巌寺は、済南市の南約四〇キロメートル、長清区万徳鎮の方山（玉符山、泰山の西北支脈）南麓にある名刹の名。北魏の正光年間（五二〇―五二五）、僧法定の建立と伝え、唐宋期に隆盛して、天台の国清寺・荊州の玉泉寺・金陵（南京）の棲霞寺とともに、「天下の（寺院の）四絶」と称された。「内には甘露・双鶴等の六泉、仏日巌・鉄袈裟・辟支塔・十里松の諸蹟有りて、歴代の題詠甚だ多き」（清・乾隆『山東通志』二一）詩跡である。

この斉州（済南）の古刹は、「梵宮（寺院）既に隠隠、霊岫（霊山）も亦た沈沈」で始まる隋の煬帝「方山の霊巌寺に謁す」詩に始まり、諸葛穎の唱和詩も伝わるが、唐詩中には見えない。北宋・曾鞏の「霊巌寺、兼ねて重元長老・二劉居士に簡す」詩の首聯には、

　法定禅房臨峭谷　　法定（寺の開基）の禅房　峭しき谷に臨み
　辟支霊塔冠層巒　　辟支（仏）の霊塔　層なる巒に冠す

とあり、北宋再建の辟支塔（九層）が現存する。蘇轍の「霊巌寺」詩（「太山［＝泰山］に遊ぶ四首」其三）には、「門に入れば　塵慮（雑念）息み、盥漱（手を洗い口をすすぐ）　清き泚を得たり。高堂に真人（仏陀）を見て、覚えず　首自から稽く」と歌う。

霊巌寺は興廃をくり返して存続し、金の趙秉文・張通古、元の王惲・郝経、明の薛瑄・楊巍・許邦才、明末清初の顧炎武、清の施閏章・乾隆帝らが詩を作る。王惲の「霊巌寺に遊ぶ三首」其二には、「林壑の勝遊　興に縁りて適い、乾坤の清気　詩を与えて多し」と見え、薛瑄の「霊巌寺に宿す」詩には、「竹は虚しき牖に鳴る　風過ぐる処、霜は寒き巌に落つ　月上る時」という。乾隆帝は何度も寺を訪れ、三たび「霊巌寺」「霊巌寺の八景に題す」詩を詠む。

（土谷）

【唐洛陽城・天津橋】

唐の洛陽城は現在の洛陽市に、大業元年（六〇五）、隋の煬帝（煬広）が造営を命じた「新都」を継承したものである。北の邙山と南の龍門（の闕口）を結ぶ線を中心に据えたため、宮城と皇城が都城の北西部を占め、外郭城が東部に偏る形状を持つ。これは左右対称のプランを阻害するものとして、西に周の王城跡と伝える漢代以来の河南県城が存在し、さらに澗河の氾濫のためとも（愛宕元『中国の城郭都市』中公新書、一九九一年）、西苑・積翠池の所在のためともされる（塩沢裕仁『千年帝都洛陽』雄山閣、二〇一〇年）。都城の中央部を洛水が東流し、東に瀍河、西に澗河が流れて洛水に注ぎ込み、城内には漕渠・運渠などの水渠が坊里をめぐって、洛陽は水運都市の様相を呈していた。唐・姚合の詩「天津橋に過りて晴望す」には、こうした洛陽城独特の形態を、次のように歌う。

皇宮対嵩頂　　皇宮　嵩頂（中岳・嵩山の頂）に対い
清洛貫城心　　清洛（清らかな洛水）　城心を貫く

洛陽周辺は古来、交通の要衝として九朝の都が置かれ、唐代では高宗が「宅帝の郷」（『全唐文』一二）と呼んで東都（長安の副都）に定め、また則天武后は神都と改名して周の国都とした。唐洛陽城の繁栄はこれより始まる。武后朝の詩人・宋之問の「明河篇」にいう。

洛陽城闕天中起　　洛陽の城闕　天中に起こり
長河夜夜千門裏　　長河　夜夜　千門の裏
複道連甍共蔽虧　　複道　連甍　共に蔽虧し
画堂瓊戸特相宜　　画堂　瓊戸　特に相い宜し

—洛陽の宮城は天空にそそり立ち、天の川が夜ごとあまたの門を照らす。楼閣を結ぶ渡り廊下や連なる宮殿に遮られて（天の川は）見え隠れし、鮮やかに描かれた殿堂や美玉で飾られた門戸は（天の川の下で）とりわけ調和して美しい。—

詩には、都城・洛陽の荘重と華麗を象徴する殿館が銀河の光彩のもとに点綴されている。また、同時期の劉希夷「公子行」（公子の行）は、次のように歌い起こす。

天津橋下陽春水　　天津橋下　陽春の水
天津橋上繁華子　　天津橋上　繁華の子
馬声廻合青雲外　　馬声は廻合す　青雲の外
人影動揺緑波裏　　人影は動揺す　緑波の裏

—天津橋の下には陽春の光にきらめく洛水が流れ、天津橋の上は栄華を競う貴公子たちであふれる。行きかう馬の嘶きは天空高く鳴り響き、あふれる人影は洛水の緑の波間に映って揺れ動く。—

天津橋は、皇城（官庁街）の南、洛水に架かる橋梁であり、洛橋とも呼ばれる。洛陽の目抜き通りである定鼎門街（天門街・天街）と皇城の正南門「端門」を結び、洛陽の繁栄を象徴する詩跡である。陽春のうららかな光に包まれ、天津橋の雑踏が洛水の穏やかな流れと相俟って、洛陽の繁華な様子が活きいきと描き出されている。

洛陽城の壮麗や繁華を象徴するもの、それを地上の天津橋に求めるならば、天上では銀河に求められた。その象徴性を極めたものが、盛唐の張九齢の詩「天津橋東旬宴、得歌字韻」（天津橋の東にて旬宴し、歌字の韻を得たり）と評してよい。

清洛象天河　　清洛　天河を象り
東流形勝多　　東流して　形勝多し
朝来逢宴喜　　朝来りて　宴の喜ばしきに逢い

春尽却妍和　　春尽きて　却って妍和たり
泉鮪歓時躍　　泉鮪　歓時に躍り
林鶯酔裏歌　　林鶯　酔裏に歌う
賜恩頻若此　　恩を賜わること　頻りに此くのごとく
為楽奈人何　　楽しみを為して　人を奈何せん

—清らかな洛水は（天空の）天の川に似ており、東に流れゆく両岸には名勝が多い。旬暇の朝、喜ばしくも詩酒の宴に逢い、春が過ぎてもなお美しく穏やかな景色。川の淵に潜む鮪（カラチョウザメ）は歓び楽しむときに飛び跳ね、林に棲む鶯が心地よい酩酊感のなかで囀り歌う。このように皇帝の恩恵を頻繁に賜って開宴し、楽しんでいると、この上なく深い感動に揺さぶられるのだ。—

張九齢は開元の治のとき、玄宗の信任を得た賢宰として手腕を振るった。顧建国『張九齢年譜』（中国社会科学出版社、二〇〇五年）によれば、詩は開元二〇年（七三二）の作である。この年、洛陽遊幸中の玄宗は天津橋南の皇津橋を壊し天津橋を伸延して一つの橋梁に架け替えた。天津橋のほとりで旬暇の宴を賜った恩寵の喜びに浸りながら、洛水の流れを天上の銀河に見立てた壮大な発想は、唐朝最盛時の栄華と切り離しえない。唐の李吉甫『元和郡県図志』六や『旧唐書』地理志一などには、洛水を「河漢の象有り」という。

天宝一四載（七五五）、安禄山が洛陽に侵攻し、翌年の正月、この地で帝位に登って大燕皇帝と称した。洛陽は一時、胡人が跳梁跋扈する都市に成り変わったのである。中唐の馮著は「洛陽道」のなかで、「洛陽宮中　花柳の春、洛陽道上　行人無し」と歌い起こし、詩の末尾で次のように詠んでいる。

聞君欲行西入秦　　聞く　君行きて　西のかた秦に入らんと欲すと
君行不用過天津　　君行くに　天津を過ぐるを用いざらん
天津橋上多胡塵　　天津橋上　胡塵多く
洛陽道上愁殺人　　洛陽道上　人を愁殺す

—君は西の長安に向かうとのこと、行くときには天津橋を渡ってはならない。天津橋には胡兵たちのあげる粉塵がたちこめ、洛陽の街道は通る人を深い愁いに沈ませるというから。—

かつては盛唐の儲光羲が、「洛陽道五首、献呂四郎中」（洛陽道五首、呂四郎中に献ず）其三のなかで、玄宗の開元年間における東都洛陽の繁栄をたたえて、

大道直如髪　　大道　直きこと髪のごとく
春日佳気多　　春日　佳気（華やいだ気分）多し
五陵貴公子　　五陵の貴公子
双双鳴玉珂　　双双として玉珂（馬の玉飾り）を鳴らす

と歌ったが、安史の乱後、唐朝の斜陽そのままに、東都洛陽も衰亡の一途をたどった。白居易は歌う、「悲しむ莫かれ　金谷園中の月、歎く莫かれ　天津橋上の春」（「友人の洛中　春に感ずるに和す」）と。天津橋は唐朝衰亡の陰影が深く刻まれたものとなったのである。

ちなみに、北宋の邵雍が天津橋で耳慣れない杜鵑の声を聞いて不祥を予知した話柄が伝わる。南方の鳥・杜鵑の声を北方の洛陽で聞いて、邵雍は「三五年ならずして、上（皇帝）は南士を用いて相と為し、多く南人を引いて、専ら変更に務む。天下此れより事多からん」と述べた（北宋・邵伯温『邵氏聞見録』一九）。神宗が即位すると、江西出身の王安石が宰相となって新法を次々と実施し、旧法党に属する司馬光ら北方の官人が罷免された。南宋の曾極は、これを踏まえて、「愁殺す　天津橋上の客、杜鵑の声裏　両眉攅む」（「青松の路」、

金陵百詠の一）と詠んだ。天津橋は国運を暗示する所でもあった。

洛陽は盛唐の栄華こそ失ったものの、中唐以降は、「風土水木の勝」（白居易「池上篇」序）を誇る場として、官人が余生を過ごす退老の地となった。洛陽の春は、春を我が身と謳歌する貴公子たちに代わって、都城に咲き誇る花々を愛でる閑官の人のものとなったのである。彼らは伊・洛両水から坊内に水を引き入れ、園宅に花木を植え池台を設えて、水竹花木の勝を競った。

洛陽は、つとに駱賓王が「洛陽の桃李　応に芳春なるべし」（「艶情、郭氏に代わりて盧照隣に答う」）と歌うように、花木の馥郁たる芳香に満ち溢れていた。なかでも城東の桃李はよく知られており、「年年歳歳　花相い似たり、歳歳年年　人同じからず」の句で有名な劉希夷「白頭を悲しむ翁に代わる」詩は、洛陽城東の桃李を詠んだものである。韓愈が「李花二首」其二に、

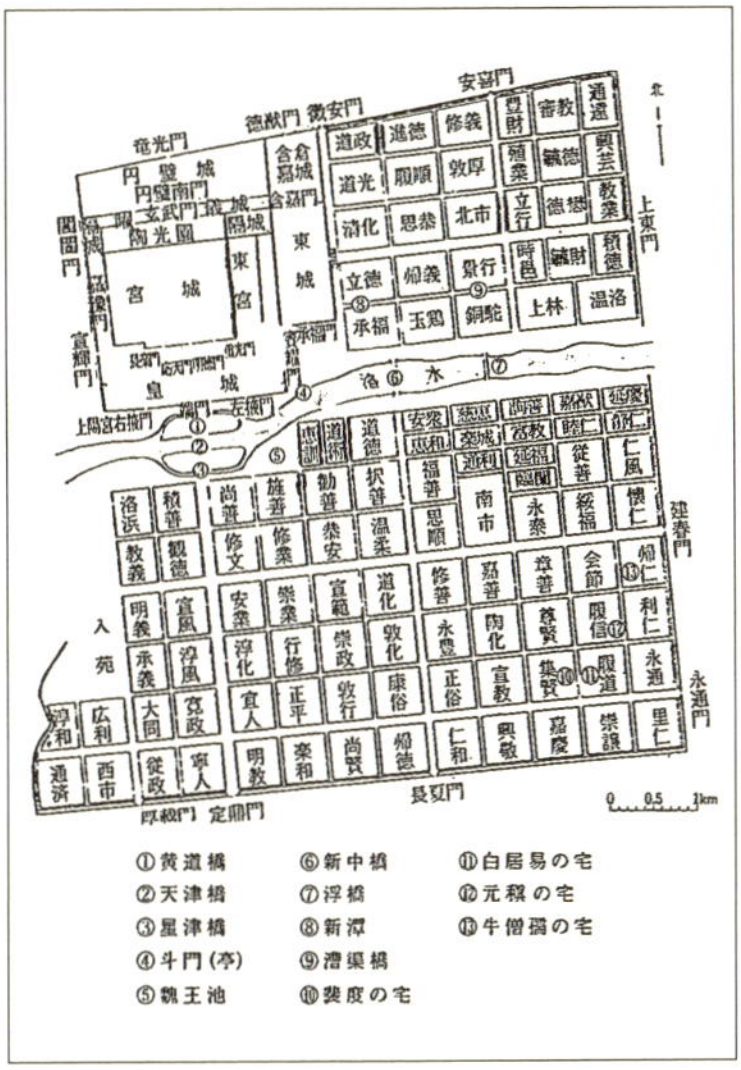

唐洛陽城図

当春天地争奢華　春に当りて　天地　奢華を争う
洛陽園苑尤紛拏　洛陽の園苑　尤も紛拏たり

と詠むように、花卉園芸がとくに盛んであった。紛拏とは、花が色とりどりに咲き乱れるさまをいう。城東の建春門外や永通門外には桃花や杏花の園圃があり、履道里に居を構えた白居易は、足を延ばして花見を楽しみ、「水南は冠蓋（高位高官）の地、城東は桃李の園。雪は洛陽の堰に消え、春は永通の門に入る」（「洛陽の春、劉・李二賓客に贈る」）と歌っている。

洛陽はまた、華北や江南へと旅ゆく者を送別する地であった。なかでも城東第一の門である上東門は、羇旅の途に就く者の出発地である。盛唐の王昌齢「東京（東都洛陽）府県の諸公　綦毋潜・李頎と相い送り、白馬寺（洛陽の東郊約一一キロメートルにある名刹）に至りて宿す」詩の冒頭には、次のように歌う。

鞍馬上東門　鞍馬　上東門
裴回入孤舟　裴回して　孤舟に入る
賢豪相追送　賢豪　相い追送し
即櫂千里流　櫂に即く　千里の流れ

—上東門から馬に跨がって（ここ白馬寺にきて）、（一泊後）ためらいつつ一艘の小舟に乗りこむ。立派な方々は、はるばる踵を追って見送りにきてくれ、今や千里の流れに（身を寄せて）舟で旅立つ。—

上東門外では洛水の北岸に沿って餞別の宴が張られた。詩は開元二九年（七四二）の夏、王昌齢が舟行して江寧（南京市）に赴任するときの作。その経路は、洛水から黄河に出たのち、汴河（通済渠）・漕渠（山陽瀆）を通って揚州まで至り、さらに長江を遡る、実に「千里の流れ」である。

【洛水・魏王池・伊水】

（土谷）

洛水は華山の南麓に源を発し、洛陽を東流して黄河に注ぐ。伊水は伏牛山（秦嶺山脈の支脈）を発して、伊闕（龍門山）を北流し、偃師市で洛水と合流する。この洛水と伊水に囲まれた伊洛盆地は古来、九朝の都城が置かれた。唐代には、洛水が東都洛陽を貫いて東流した。初唐の駱賓王は「艶情、郭氏に代わりて盧照隣に答う」詩のなかで、

洛水傍連帝城側　洛水は傍い連なる　帝城の側
帝宅層甍垂鳳翼　帝宅の層甍　鳳翼を垂る（鳳凰の翼を広げる）

と歌い、中唐では韋応物が「帝宅　清洛を夾む」（「高きに登り洛城を望みて作る」）と歌うように、洛水は帝都・洛陽を象徴するものとして意識された。晩唐期にも、韋荘の詩「北原にて閑眺す」に、「千年の王気　清洛に浮かび、万古の坤霊（地神）　碧嵩（嵩山）に鎮す」という。

しばしば氾濫を繰り返した洛水は、上流に数多くの堰堤が築かれた。洛陽城内では東都の名勝・天津橋の東北に斗門（水量調節の水門）が置かれて、洛水を漕渠に分流した。天津橋の東南、洛水の南岸にある魏王池とその北堤・魏王堤は、屈指の景勝地であり、天津橋そばの窈娘堤は、哀切な窈娘説話を伝える所として知られた。

白居易は開成二年（八三七）、上巳節の祓禊のため、東都留守・裴度の呼びかけに応じ、総勢十七名で舟遊びを楽しみ、妓女たちの歌舞が興を添えた。彼の詩「三月三日　洛浜に祓禊す」（略題）の序には、「斗（門）亭由り、魏（王）堤を歴て、（天）津橋に抵る。登臨・泝沿して、晨より暮に及ぶ。簪組（正装の、冠を留める簪と官印を帯びる組紐）交ごも映じ、歌笑間ごも発る」とあり、遊蕩の喜びがこう詠まれる。

水引春心蕩　水は春心を引いて蕩かし
花牽酔眼迷　花は酔眼を牽いて迷わしむ

――水は浮き立つ春の心を揺り動かし、花は酔いし眼を惑わせる。――

魏王池は旌善坊の北、恵訓坊の西のあたりにあった。隋代、洛陽城を建設したとき、洛水の南岸に防水堤が築かれてできた池らしい。名称は唐の貞観年間、太宗が第四子魏王李泰に下賜したことに由来する。「水鳥翔泳し、荷・菱翻復して、都城の勝地と為」った（『元河南志』四）。中唐・韓愈の「東都にて春に遇う」詩に、「船有り　魏王の池、往往　孤泳を縦ままにす」とあり、美しい池の景観をこう詠む。

水容与天色　水容と天色と
此処皆緑浄　此の処　皆な緑浄なり（清く澄みわたる）

洛水は古来、数々の伝説に彩られてきた。その一つが、伏羲氏の娘・宓妃が洛水で溺れて洛神となったもの（司馬相如「上林の賦」李善注）。後、魏の曹植（字は子建）は、兄・曹丕の妻であった亡き甄后への思慕の情を、この洛神に託したという（「洛神賦」）。駱賓王の「美人の天津橋に在るを詠む」詩に、「言を寄す　曹子建に、箇は是れ洛川の神なり」とあり、その詩は美人との交歓を連想させる。

また一つが、周代の仙人・王子喬の伝説である。彼は巧みに笙を吹き、鳳凰が鳴くような音色をたてた。かつて伊洛の間に遊んだ際、道士の浮丘公に連れられて嵩高山（嵩山）に隠れて昇仙した（劉向『列仙伝』上）。中唐・武元衡の詩「緱山道中に口号す」に、「王子（喬）の白雲　仙去して久しく、洛浜の行路　夜　笙を吹く」という。

伊水は、洛陽城の南門の一つ、長夏門外で分流して城内に入って巡り、洛水とともに、「洛中の公卿士庶の園宅、多く水竹花木の勝有り」（『邵氏聞見録』一〇）といわれた。そのうち白居易の履道里の宅は、伊水の水流を引き入れ、「退老の地」（「池上篇」序）を美しく飾った。

（土谷）

【上陽宮】

唐の東都洛陽にあった壮麗・豪奢な離宮の名。上元二年（六七五）、高宗李治が、宮城・皇城（官庁街）の置かれた洛陽城内西北部の、洛水北岸の台地上に造らせた。その位置は、皇城の西南隅外の南側（皇城の南牆ぞいに東西方向）にあり、東都第一の名勝・天津橋から、西北方向に望まれた。穀水（現・澗河）の東側にあり、広大な禁苑・神都苑の東端に接していた（姜波「唐東都上陽宮考」『考古』一九九八年第二期）。現在の洛陽市西工区洛北郷付近である。

唐代の前期、皇帝はしばしば洛陽を訪れた。高宗は晩年、上陽宮で政務を聴き、周の神都を開いた則天武后もここで政務を執った。このころの上陽宮は、初唐の宗楚客「上陽宮に幸して宴に侍すに和し奉る　応制」詩に、

鳥将歌合転　　鳥は　歌と将に転りを合わせ
花共錦争鮮　　花は　錦と共に鮮やかさを争う

とあり、あたかも永遠の春を謳歌するかのようであった。王建は七律「上陽宮」詩の前半でこう歌う。

上陽花木不曾秋　　上陽の花木　曽て秋ならず
洛水穿宮処処流　　洛水　宮を穿って　処処に流る
画閣紅楼宮女笑　　画閣　紅楼　宮女笑い
玉簫金管路人愁　　玉簫　金管　路人愁う

—上陽宮に咲き誇る木々は、これまで凋落の秋を経たことがなく、清らかな洛水が宮殿の中を貫いて、到るところに流れている。色鮮やかな楼閣では、宮女たちが楽しげに笑い、美しい笛の奏でる調べに、道行く人たちは胸を揺さぶられる。—

上陽宮の花は、唐朝の繁栄を象徴した。晩唐に至っても、「翠輦来らず　金殿閉じ、宮鶯銜み出づ　上陽の花」（雍陶「天津橋にて春を望む」）と、その余香を残していた。

上陽宮内には、正殿の観風殿をはじめ、数多くの楼台が配置され、洛水から引いた溝渠が縦横にめぐり、池塘が到るところに点在していた（前掲の姜波論文）。水流の豊かさから、「海上の仙家かと疑い、河辺の織室（織女が機を織る処）に似たり」（盛唐の賈登「上陽宮の賦」）と形容された。白居易が「上陽の宮闕を瞻るに、仙家の福庭（長生不死の楽園）に勝る」（「洛川晴望の賦」）と述べたように、上陽宮は地上に設えた仙界の様相を呈していたのであろう。

中唐の元稹「連昌宮詞」の自注には、上陽宮にまつわる玄宗李隆基と楽人・李謨の佳話を載せる。驪山行幸の帰途、洛陽に巡行した玄宗は、上陽宮で新曲を作った。その翌日は正月十五日。巷間が上元節の燈籠会で賑わうなか、その新曲がとある酒楼から聞こえてきた。驚いた玄宗は奏者を捕え調べさせると、はたして長安の笛の名手・李謨であった。李謨は、天津橋で月を賞でていると、宮廷から歌曲が聞こえてきたので、橋柱に楽譜を記しておいたという。後世「李謨偸曲（曲を偸む）」と呼ばれる話柄であり、晩唐の張祜「李謨の笛」に「奈ともする無し　李謨　曲譜を偸むを、酒楼に笛を吹くは　是れ新声」や、元の馬祖常「唐の宮詞に擬す十首」其十などに受け継がれた。「宮詞」に類する作品中では、上陽宮は唐朝の繁栄を物語る格好の材料の一つであった。

晩唐になって、「或いは斑白の里人、或いは前後の近侍、周公の旧制を睹、開元の故事を憶う」（謝観「上陽宮にて幸を望むの賦」）と詠まれたように、唐朝の盛時を体現した玄宗とその故事の舞台として、

上陽宮は後世回顧されるものとなったのである。

一方、安史の乱を経た上陽宮は、かつての栄光の舞台裏を暴露するものでもあった。元稹は「李校書（紳）の新題楽府に和す十二首」其二「上陽の白髪人」のなかで歌う。

御馬南奔胡馬蹙　　御馬南奔して　胡馬蹙り
宮女三千合宮棄　　宮女三千　合宮棄てらる
宮門一閉不復開　　宮門一たび閉じて　復た開かず
上陽花草青苔地　　上陽の花草　青苔の地

―天子（玄宗）の御馬は南に逃げ、胡賊の軍馬が迫りきて、上陽宮の宮女三千人はそのまま捨てられた。宮殿の門は閉じられて二度と開かず、上陽宮に咲き誇った花々は、苔むす地に成り変わった。―

白居易は元稹の詩を継いで、「新楽府五十首」其七の同題詩で歌う。

玄宗末歳初選入　　玄宗の末歳　初めて選ばれて入る
入時十六今六十　　入りし時は十六　今は六十
同時采択百余人　　同時に采択されしは　百余人
零落年深残此身　　零落して年深く（久しく）此の身を残す

白居易はこれに続けて、天宝五載（七四五）以後、楊貴妃が玄宗の寵愛を独占すると、彼女の嫉妬を受けた宮女は、長安からここに移され、一生を虚しく過ごさねばならぬことを暴く。時代に翻弄され、あるいは、権力者の愛憎ひとつで、玉顔を誇った宮女たちが打ち捨てられて、白髪の老女に変わり果てたその様を、歴然たる事実として描き出した。すなわち、新楽府の効能を存分に発揮してみせた詩である。

唐詩にはまた、伝統的な楽府に連なる「宮怨」を下敷きとした作品がある。中唐の竇鞏は、七絶「洛中（洛陽）即事」詩にいう。

高梧葉尽鳥巣空　　高梧　葉は尽きて　鳥巣空しく
洛水潺湲夕照中　　洛水潺湲たり　夕照の中
寂寂天橋車馬絶　　寂寂たる天橋　車馬絶え
寒鴉飛入上陽宮　　寒鴉飛び入る　上陽宮

―青桐の高い樹はすっかり葉を落とし、鳥の巣には何もない。夕映えのなか、洛水がさらさらと流れゆく。ひっそりした天津橋には車馬の往来もなく、わびしいカラスが上陽宮の中へと飛んで入っていく。―

「寒鴉」（秋冬のわびしいカラス）の語は、宮怨詩で名高い王昌齢「長信秋詞」五首其三の「玉顔は寒鴉の色に及ばず」を典故としようが、ここでは天子の寵愛を失った宮女を暗示する。

宮女の怨情は、いつの日にか解決しうる余地があった。そこで宮女は身を寄せる配偶者を求めて、その思いを伝えようとした。中唐の顧況は、梧桐の葉に、「聊か一片の葉に題し、有情の人に寄与せん」とあるのを見て、翌日、「花　深宮に落ちて　鶯も亦た悲しむ、上陽の宮女　断腸の時」と書いて流れに放ったという（『本事詩』情感篇）。いわゆる「紅葉題詩」と呼ばれる話柄であり、中唐の徐凝「上陽の紅葉」詩に「千声万片　御溝の上、一片　宮を出でて　何処にか流れん」という。

晩唐の杜牧は、七絶「洛陽の秋夕」詩の後半で、こう詠む。

清禁漏閑煙樹寂　　清禁は　漏閑にして　煙樹寂たり
月輪移在上陽宮　　月輪は移りて　上陽宮に在り

―清らかな宮中では、今しも水時計が閑かに時を刻み、もやに包まれた樹々は、ひっそりと静まる。見れば、中天のまるい月はすでに傾いて、西のかた上陽宮のほうに移っている。―

唐朝の盛衰を一身に集めた上陽宮は、ここにおいて寂寞とした秋夜のなかに融解したのである。

（植木）

【安楽窩・独楽園】

安楽窩は、北宋の特異な思想家・詩人の邵雍（字は堯夫、康節先生）が、たび重なる仕官の要請を拒絶して、市井の隠者として講学・著述・農耕に従って暮らした住居の名（窩は穴・巣の意）。当時の西京「河南府」（洛陽）の名勝―洛水に架かる天津橋の南の、「尚善坊」内の東にあった。現在の洛陽市洛龍区安楽鎮の安楽窩村、近年、整備・拡張された（清代の）邵雍祠付近である。

邵雍は北宋の皇祐元年（一〇四九）、三九歳の時以降、没年に到る約三〇年間、洛陽で過ごした。嘉祐七年（一〇六二）、五二歳のとき、河南府の長官・王宣徽は、五代の節度使・安審琦の旧宅あとに廃屋材を利用した三〇間の家屋を造って、転居を請うた。邵雍はこの「天津（橋の南）」の住居を借りて安楽窩と名づけ、安楽先生と自称する。熙寧七年（一〇七四）、官地であった住宅地が売りに出されると、今度は邵雍の高潔な人格と深い学識を敬愛する司馬光・富弼らが、お金を集めて貧しい彼に買い与えたので、邵雍は熙寧一〇年（一〇七七）、六七歳で没するまでの一五年間、この安楽窩で暮らし続けた（『邵氏聞見録』一八など）。

邵雍は安楽窩の中で、生きる喜びと、巨視的な史観に支えられた太平意識をおおらかに歌いあげた。「閑適の吟」には、洛陽の四季の美しい風物を詠む。「春には洛城の花（牡丹）を看、秋には天津（橋）の月を翫づ。夏には嵩岑（嵩山）の風に（襟を）披き、冬には龍山（南郊の龍門山）の雪を賞づ」と。

邵雍は晩年の熙寧六年、六三歳のとき、「安楽窩中の四長吟」詩を作って、「安楽窩中　快活の人、閑来（暇にまかせて）四物（作詩・著書・焚香・飲酒）に　幸いに相い親しむ」と詠み、翌年に成る「懶起吟」（起くるに懶しの吟）には、安楽窩における日常生活の情感をスケッチする。

半記不記夢覚後　　半ば記し　記せざるは　夢覚めし後
似愁無愁情倦時　　愁いに似て　愁い無きは　情倦みし時
擁衾側臥未忺起　　衾を擁して側臥し　未だ起くるを忺わず
簾外落花撩乱飛　　簾外の落花　撩乱として飛ぶ

―いくらか覚えているようでもあり、まるで覚えていないような気もするのは、まどろんだ夢からさめた直後。悲しいようでもあり、悲しくないようでもある心地は、けだるさが胸中にひろがる時。掛け布団をひきかぶり、横向きに寝たまま、起きあがる気にもならない。簾の外では、散りゆく花びらが風にのって乱れ飛んでいる。―

ほぼ同時期の「安楽窩中の吟」一四首其一一（七律）の前半には、

安楽窩中春欲帰　　安楽の窩中　春帰らんと欲す
春帰忍賦送春詩　　春帰りて賦するに忍びんや　春を送るの詩
雖然春老難牽復　　春老いて　牽復し難しと雖然も
却有夏初能就移　　却って夏の初めの　能く就き移る有り

と歌って、愁いにはとらわれない（牽復は引き戻す意）。

司馬光は「邵堯夫に贈る」詩の中で、「家は城闕（西京の皇城・端門［の南］）に在りと雖も、蕭瑟として荒郊に似たり。遠く名利の窟を去り、自ら安楽の巣と称す」と歌い、韓維の「邵先生の居に過る」詩も伝わる。

邵雍の自適の詩に彩られた安楽窩の跡地に、金代以降、邵雍を祀る祠堂（邵子祠）が造られ、安楽窩とも呼ばれた。明の耿裕・黎浩には、「安楽窩に遊ぶ」詩、謝江には「九日　同に安楽窩に遊ぶ」

詩が伝わる（清・乾隆『重修洛陽県誌』二一所収）。黎浩の詩にいう、「一間の小屋　郷人掃い、数尺の穹碑（大碑）　郡守題す」と。

独楽園は、王安石の新法に強く反対し、河南府（洛陽）に閑職を得て移り住んだ北宋の名臣・司馬光（字は君実）が営んだ、私宅内の小さな庭園の名。唐代、白居易が晩年に住んだ履道里の西北に隣接する「尊賢坊」内の北にあった。現在の洛陽市洛龍区安楽鎮の軍屯村の南付近であり、安楽窩の東南約三・五キロメートルの地にあたる。

司馬光は熙寧四年（一〇七一）、五三歳の時から約一五年間、洛陽に滞在した。二年後の熙寧六年、二〇畝の土地を購入して宅地とし、その中の五畝の地に独楽園（独り楽しむ園）を造った。独楽園は、読書堂・釣魚庵・采薬圃・見山台・弄水軒・種竹斎・澆花亭などからなり、それぞれを詠む七首の連作「独楽園七題」詩も伝わる。司馬光はみずから「独楽園記」を書いて、読書と自然の景物を愛好する閑適の楽しみをこう記している、「迂叟（司馬光の号）は、平日多く堂中に処りて書を読む。…　志倦み体疲るれば、則ち竿を投じて魚を取り、衽（衣のすそ）を執って薬（薬草）を采り、渠（水路）を決いて花に灌ぎ、斧を操って竹を剖き、熱を濯い手を盥い、高きに臨んで目を縦にす。逍遥徜徉して（気ままにそぞろ歩いて）、惟だ意の適う所のままなり」と。

蘇軾は熙寧一〇年、司馬光の「独楽園記」を読んで、敬愛の心をこめて「司馬君実の独楽園」詩を作り、書簡に添えて司馬光に送った。詩の冒頭部は、園内の風光と彼の閑居の様子を推し量る。

青山在屋上　　青山　屋上に在り（見え）
流水在屋下　　流水（引き入れた伊水）　屋下に在り
中有五畝園　　中に五畝の園（庭）有りて
花竹秀而野　　花竹　秀でて野なり（美しく野趣に富む）
花香襲杖屨　　花の香　杖屨を襲い（杖や屨に付着し）
竹色侵盞斝　　竹の色　盞斝を侵す（酒杯の中に入る）
樽酒楽余春　　樽酒　余春を楽しみ
棊局消長夏　　棊局（碁盤）　長夏を消す（過ごす）

弟の蘇轍も「司馬君実端明の独楽園」詩を寄せている。

司馬光は、「独楽園の新春」詩で碧く澄む池と咲き誇る梅の花を、

曲沼揉藍通底緑　　曲沼は藍を揉んで　底に通じて緑に
新梅剪綵圧枝繁　　新梅は綵を剪って　枝を圧して繁し

と詠む（藍は青色の染料をとる草）。七絶「夏日西斎書事」（夏日西斎にて事を書す）詩は、閑散とした夏の園内を歌う。

榴花映葉未全開　　榴花　葉に映じて　未だ全くは開かず
槐影沈沈雨勢来　　槐影沈沈として　雨勢来る
小院地偏人不到　　小院　地偏りて　人到らず
満庭鳥迹印蒼苔　　満庭の鳥迹　蒼苔に印す

―石榴の紅い蕾が緑の葉と照り映え、まだ十分には開かない。槐樹の木かげが暗く影を落として、雨が降り出しそうだ。小さな書斎は辺鄙な地にあって訪れる人もなく、庭いちめんに、青い苔を踏んだ小鳥の足あとが残っている。―

范純仁の「張伯常と同に君実の南園に会す」詩には、「畦は広く薬を栽うるを容れ、門は扃して書を著すを為す。台を築いて岳頂（嵩山の頂）を占め、沼を鑿ちて伊渠（伊水）を灑ぐ。庵は（唐の）盧同の屋に倣い、坊は白傅（白居易）の居に隣す」という。

司馬光は、独楽園で閑雅を楽しみつつ、劉恕や范祖禹らの協力を得て、編年体の通史『資治通鑑』二九四巻を完成したのである。

（植木）

【履道里白居易故宅】

唐の白居易（字楽天）が、晩年約二〇年間住み、終老の地となった東都・洛陽城内の東南部―履道里（里は坊［居住区画］と同意）の西北隅にあった邸宅。この履道里邸は、長慶四年（八二四）、五三歳の秋、妻の遠縁・楊憑の故宅（当時は田氏所有）を購入して整備し、以後の生活の本拠とした場所である。白居易は晩年、東都分司（洛陽分局勤務）の閑職に就きながら、「吏隠」「独善」生活を実践して、自適の境地を歌う閑適詩を多作した。現・洛陽市洛龍区安楽鎮獅子橋村の東北に位置し、すでに発掘調査も行われた。

白居易は「無塵の坊」の「有水の宅を求め」て入手し（「洛下卜居」詩）、伊水の支渠から引き入れた清流を利用する池館台榭式の庭園を持つ。白居易は自ら「履道の西門二首」其一で、こう歌う。

履道西門有弊居　　履道の西門に　弊居有り
池塘竹樹遶吾廬　　池塘　竹樹　吾が廬（住居）を遶る

大和三年（八二九）、五八歳のときに成る「池上篇」には、まず序の中で、自宅の景勝を自慢して、「都城（洛陽）の風土水木の勝は、東南偏に在り。東南の勝は、履道里に在り。里の勝は、西北隅に在り。西閈・北垣の（西の坊門を入った北側の坊牆内）第一の第は、即ち白氏の叟、楽天の退老の地なり。地は方十七畝（約三〇〇〇坪）。屋室は三の一、水は五の一、竹は九の一にして、島樹・橋道、之に間る」云々と述べた後、こう歌う、「十畝の宅、五畝の園。水一池有り、竹千竿有り。土狭しと謂う勿れ、地偏ると謂う勿れ。以て膝を容るるに足り、以て肩を息むるに足る。堂有り庭有り、橋有り船有り。書有り酒有り、歌有り絃有り。叟有りて中に在り、白き鬚飄然たり（風になびく）」云々と。長い努力の末に到達した現在の生活への満足感を漂わせる。

白居易は履道里の自宅で、のびやかで自在な生活を楽しみつつ歌う。「橋亭（中高橋上にある小建築）の卯飲（朝酒）」詩にいう。

松影過窓眠始覚　　松影　窓を過ぎて　眠り始めて覚め
竹風吹面酔初醒　　竹風　面を吹いて　酔い初めて醒む
就荷葉上包魚鮓　　荷の葉の上に就いて　魚鮓を包み
当石渠中浸酒缾　　石の渠の中に当たって　酒缾を浸す

白居易はまた、四季折々の風光を美しく詠む。早春の景を、

池色溶溶藍染水　　池の色は溶溶として　藍　水を染め
花光焔焔火焼春　　花の光は焔焔として　火　春を焼く

と詠み（「早春　張賓客を招く」詩、火は花の紅い炎）、夏の景を、「青苔の地上に　残暑を消し、緑樹の陰前（陰の中）に　晩涼を逐う」（「池上に涼を逐う二首」其二）などと歌う。

白居易の履道里邸は子孫が継承した後、五代・後唐の時、仏寺「普明禅院」となる。大字経蔵を所蔵したため大字寺（大字院）とも呼ばれ、境内には白居易の石刻が多かった（陳振孫「白文公年譜」）。

詩人・銭惟演は北宋の天聖九年（一〇三一）、西京（洛陽）留守になると、配下の欧陽脩・梅堯臣・謝絳・尹洙らと普明院（大字院）に遊ぶ。欧陽脩らは、この寺に集まって避暑唱和詩を作り、梅堯臣を餞別する詩宴を開いた。なかでも梅堯臣は、「寒食の前一日、希深（謝絳）に陪して、遠く大字院に遊ぶ」「諸友と普明院の亭にて納涼分題す」などを詠んで白居易を追慕した。後者の詩にいう、「還た酔吟の者（白居易）を思う、寧くんぞ此の時と同じからん」と。少し後の宋庠「普明禅院に過る二首」も、白居易を偲ぶ詩である。

（植木）

【緑野堂・平泉荘】

緑野堂は、中唐の裴度が東都・洛陽の南郊—午橋村に設けた別荘中の建物の名。緑野堂のある別荘は、洛陽城の南壁のほぼ中央—長夏門外の南五里（二・六キロメートル）、河南県龍門郷の午橋村にあったため、午橋荘とも呼ばれ、城南荘・南荘ともいう。現在の洛陽市洛龍区の（旧・関林鎮）潘村付近である。

裴度は「花木万株」で彩られた午橋荘の中に、「涼堂・暑館」を造って緑野堂と名づけた（『旧唐書』一七〇、裴度伝）。それは、洛陽城内の通遠坊にあった玄宗朝の有名な楽工、李亀年・彭年・鶴年三兄弟の豪壮な邸宅を解体して移築したもの（『明皇雑録』下）。大和九年（八三五）、裴度七二歳のときである（四年後に没）。劉禹錫の「裴令公（中書令の裴度）の『新たに緑野堂を成す　即事』に和し奉る」詩に、「堂皇（大きな殿堂）は緑野に臨み、坐臥　青山（嵩山）を看る」とあり、堂の名は「緑野」に臨むためらしい。

裴度は東都留守に在任中（八三四—八三七年）、余暇を利用して、白居易・劉禹錫らとともに、緑野堂で終日遊宴し、詩酒琴書を自らの楽しみとした。当時の名士たちはみな、裴度に従って遊んだという（『旧唐書』一七〇）。

白居易の「裴令公の『新たに午橋荘の緑野堂を成す　即事』に和し奉る」詩には、別荘の景観をこう歌う。

青山為外屏　　青山　外屏を為し
緑野是前堂　　緑野　是れ前堂
引水多随勢　　水を引いて　多く勢いに随い
栽松不趁行　　松を栽えて　行を趁わず

—青い山なみが別荘を囲む牆壁となり、緑の田野が堂前に広がる。地勢の高低に従って水を引き、行列を乱して松を植えてある。—

白居易の「令公の南荘　花柳正に盛んなり、…」詩の自注に、「楼に映ずる桃花　堤を払う垂柳は、荘上の最も勝絶な処」という。

緑野堂における詩文の会は、盛大であった。大和九年の冬に催された裴度・白居易・劉禹錫・李紳の遊宴・聯句の催しは、広く知られる（『唐音癸籤』二七）。劉禹錫が同州刺史に転任する途中、洛陽を通ったので、再会を喜んで催されたのである。この時に成る聯句の一つ（「劉二十八［禹錫］汝［州］より左馮［同州］に赴く。塗洛中を経、相い見て聯句す」）の中で、李紳は緑野堂の所在地をこう歌う。

残雪午橋岸　　残雪　午橋の岸
斜陽伊水濆　　斜陽　伊水の濆

北宋の名臣・張斉賢は晩年、致仕して洛陽に帰り、裴度の午橋荘を入手した。「池榭・松竹の盛有りて、日び親旧と其の間に觴詠し」て楽しみ（『宋史』二六五）、「午橋に　今　晋公（裴度）の廬を得たり、水竹　烟花　興余り有り」（「午橋の新居」詩）と歌う。

午橋荘の緑野堂は、北宋末には廃墟と化したらしい。清の劉洙は五絶「緑野堂」の中で、その痕跡さえ留めない嘆きを、「偶ま午橋の荘に過りて、言に緑野堂を訪ぬ。黄鸝（鶯）は既に語らず、何れの処にか残陽に問わん」と詠む（清・乾隆『洛陽県誌』二三所収）。

平泉荘は、中唐の李徳裕が宝暦元年（八二五）、三九歳の時、荒廃した喬処士の別荘を入手して整備した別荘の名。平泉林居・平泉山居ともいい、東都・洛陽城の南三〇里（一五キロメートル強）、有名な伊闕（龍門）の西南、山間の深い渓谷—平泉にあった。現在の洛陽市の南約一五キロメートル、伊川県の北端、梁村溝村の地である。平泉は清らかな泉の流れる別荘地帯であり、「平壌（平地） 泉を出だす」（李徳裕「霊泉の賦」序）ための命名である。

李徳裕の平泉荘は、「周囲十余里、台榭百余所」（『唐語林』七）、「清流・翠篠（緑の篠竹）ありて、樹石幽奇なり」（『旧唐書』一七四）という。雁翅檜・珠子柏、礼星石・獅子石・醒酒石など、天下の奇花・異草・珍松・怪石を集めて造られ、流杯亭・瀑泉亭・書楼・西園・双碧潭・竹径・花薬欄などがあった（『賈氏談録』等）。李徳裕は、みずから別荘内の奇花・異草・怪石を記した「平泉山居草木記」を作り、多くの平泉荘詩―「春暮　平泉を思う雑詠二十首」、「平泉の樹石を思う雑詠一十首」「重ねて山居を憶う六首」「平泉を憶う雑詠」十首などを詠む。大和八年（八三四）、都長安で作った「平泉の山居を憶い、沈吏部（伝師）に贈る」詩にいう。

清泉繞舎下　清き泉　舎下（屋舎のほとり）を繞り
修竹蔭庭除　修き竹　庭除（庭の階段）を蔭う
幽径松蓋密　幽き径に　松の蓋い密く（枝葉に深く覆われ）
小池蓮葉初　小さき池に　蓮の葉初まる（生長し始める）

また、開成二年（八三七）、淮南節度使となって揚州に赴き、その在任中に作った五律「西園」（「春暮　平泉を思う雑詠二十首」中の一）の後半には、「暁に翻る　紅薬（紅い芍薬の花）の艶、晴れに裊ぐ　碧潭の輝き。独り娟娟たる月を望んで、宵分（夜分）　半ば扉を掩う」と歌う。長い官僚生活を送った彼の平泉荘詩は、大半が遠地から別荘を懐かしみ、怪石・奇花を題詠した作品群である。

李徳裕は、武宗朝の六年間、宰相の地位にあって、内は宦官、外は藩鎮とウイグル族を制圧し、廃仏を断行した政治家である。武宗の後を継いだ宣宗は、その専横を憎んで罷免し、潮州（広東省）に、続けて崖州（海南省）に左遷した。大中三年（八四九）、南海の果て、崖州に到着した李徳裕は、その歳末に病死した（六三歳）。

晩唐の汪遵は、主を失った平泉荘を訪れ、深い感慨をこめて七絶「題李太尉平泉荘」（李太尉［李徳裕］の平泉荘に題す）を作った。

平泉花木好高眠　平泉の花木　高眠に好し
嵩少縦横満目前　嵩少縦横として　目前に満つ
惆悵人間不平事　惆悵す　人間　不平の事
今朝身在海南辺　今朝　身在り　海南の辺に

―花咲く木々につつまれた平泉荘は、悠々自適する隠棲の地にふさわしい。秀麗な嵩山の山なみが、雄大な姿で眼前に迫りくる。ああ、嘆かわしいことだ。汚れた社会（政界）の不公平な事件にまきこまれ、（ここで余生を送るはずであった李徳裕は、遠く南の果てに左遷され）、今ごろ、南海のほとりにいるのだ。―

平泉荘は李徳裕の死後、存続の願いも空しく、ほどなく衰微した。北宋の文彦博「平泉に遊んで作る」詩は、荒廃した平泉荘をこう詠む、「一崦（一山）　渓（流）を抱いて斜めなり、前朝　輔相（宰相）の家。遺基は皆な瓦礫、古木は尚お煙霞」と。

「平泉朝遊」は明代、洛陽八景の一つとなり、平泉荘の遺跡が主な題材となる。明の邱起鳳・沈応時・劉衍祚・呂維祺らの「平泉朝遊（朝に遊ぶ）」詩が伝わる（清・乾隆『洛陽県誌』二〇・二一所収）。邱起鳳の七律詩の前半にいう、「大尉の遺荘　址は尚お在り、暁風　客を送りて　荒村に到る。眸を凝らしても覓め難し　石　酒（の酔い）を醒ますを、翳い（茂み）を披いて忽ち逢う　泉　園に傍うを」と。第三句は有名な怪石・醒酒石の消滅を傷む。

【龍門（伊闕）】

（住谷）

洛陽市の南郊約一三キロメートルの地にある、黒ずんだ石灰岩からなる岩山の名。雲崗・敦煌・麦積山と並ぶ中国四大石窟の一つとして有名である。龍門は都城を貫く中軸線（定鼎門街）の真南に位置し、唐代の東都洛陽の偉観を添える天然の南門（天闕）であった。

龍門は、北流する伊水の両岸にそそりたつ西山（龍門山、海抜二六三メートル）と東山（香山、海抜三〇三メートル）からなる（両山を総称して「龍門山」「伊闕山」などともいう）。古代の聖天子・禹が開鑿した場所の一つと伝え、その形が闕（宮門の一種）と似ているため、「伊闕」（伊水の宮闕の意）ともいう。伊水の両岸（特に西岸）に広がる約一キロメートルの石窟群は、伊闕の石窟寺とも呼ばれた。

龍門の石窟造営は、北魏の孝文帝の洛陽遷都（四九四年）とともに始まり、唐の玄宗の天宝年間（八世紀半ば）まで続いた。この北魏窟と唐代前期の唐窟とが、龍門石窟の主体をなす。西山にある北魏窟は、小窟と仏龕（仏像を安置する小穴）を主流としたが、「古陽洞」と「賓陽洞」だけは壮大な石窟であった。西山南部の古陽洞は、龍門最古の石窟であり、「裳懸座」の釈迦像が端座する。この石窟は、発願の由来を刻んだ造像記（造像供養銘）の宝庫でもある。他方、西山北部の賓陽洞（三窟）は、景明元年（五〇〇）、北魏の宣武帝が亡き父母のために造営した北魏窟唯一の皇帝勅願の石窟で、「古拙」の微笑をたたえた巨大な釈迦像で有名である。

唐初の高宗の時、西山のほぼ中央部の中腹に、奉先寺の大仏「大（毘）盧舎那仏」が造られた（六七五年完成）。高さは約一七メートル、端整な顔立ちと沈思黙想するまなざしで知られ、皇后の則天武后も脂粉銭（化粧料）二万貫を寄進した。この大仏には本来、前をおおう形で、木造の大伽藍「大奉先寺」が造られた（六八〇年）。

龍門の詩跡化は初唐に始まる。宋之問の「龍門応制（制に応ず）」詩は、則天武后が龍門に遊び、群臣に命じて詩を作らせた時（六九八年ごろ）の作で、「奪錦袍」の故事で名高い（【香山寺・白居易墓】の項参照）。詩は龍門の風景をこう歌う。「山壁嶄巌（高峻）として断ち復た連なる、清流澄澈して　伊川俯す。雁塔（仏塔）遥遥たり緑波の上り、星龕奕奕たり（点々と星のように掘られた仏龕が美しく輝く）　翠微（うす青いモヤのかかる山腹）の辺り」と。また、宋之問とほぼ同じ時期の作に、李嶠「清明の日　龍門に遊泛す（舟遊びをする）」詩がある。

盛唐から中唐にかけて、龍門は詩跡として確立する。劉長卿は「龍門八詠」詩を作って、龍門の景勝を多角的に詠じた。その一首「石楼」詩にいう、「水田　秋雁下り、山寺　夜鐘深し。寂寞（ひっそりとして）群動息み、風泉　道心（仏心）を清ましむ」と。また、韋応物の「龍門遊眺」詩は、石窟寺への遊覧をこう歌う。

精舎遶層阿　　精舎　層阿を遶り
千龕隣峭壁　　千龕　峭壁に隣す
縁雲路猶緬　　雲に縁りて　路は猶お緬かに
憩澗鐘已寂　　澗に憩えば　鐘は已に寂たり

――寺院が重なりあう山を取り巻いて分布し、無数の仏龕が絶壁の上に隣りあう。雲にすがりつつ登りゆく道は、まだはるかに続き、谷川のほとりに憩えば、鐘の音はすでに鳴り止んでいる。――

他方、杜甫は三〇歳前後、「遊龍門奉先寺」（龍門の奉先寺に遊ぶ）詩を作って、山寺に一泊した新鮮な体験を、次のようにみずみずしく詠じた。

已従招提遊　已に招提の遊びに従い
更宿招提境　更に招提の境に宿す
陰壑生虚籟　陰壑　虚籟を生じ
月林散清影　月林　清影を散ず
天闕象緯逼　天闕に　象緯逼り
雲臥衣裳冷　雲に臥すれば　衣裳冷ややかなり
欲覚聞晨鐘　覚めんと欲して　晨鐘を聞く
令人発深省　人をして深省を発せしむ

—私はこの寺に遊んで楽しみ、さらにこの寺の境内に宿ることにした。暗い谷間から風がうつろな響きを立てて湧き起こり、月下の林には清らかな影が砕け散る。天然の宮門たる龍門山の上には、きらめく星の緯が間近に垂れ下がり、雲の中に身を横たえていると、衣装もひんやりして肌寒い。目覚めようとするころ、朝の鐘の音が聞こえてきて、聞く者に深い省察の念を起こさせる。—

龍門（伊闕）

また杜甫の五律「龍門」詩にいう、「龍門　野に横たわりて断え、駅樹（駅道の傍らの並木）城（洛陽城）を出でて来る」と。

こうして詩跡として確立した龍門は、晩年の一八年間、洛陽に住み続けた中唐・白居易の詩中にも頻出する。そのうちの一首、大和六年（八三一）八月に成る「五鳳楼晩望」（五鳳楼の晩望）詩にいう。

龍門翠黛眉相対　龍門　翠黛　眉相い対し
伊水黄金線一条　伊水　黄金　線一条

つややかな眉のように、黒々と向きあう龍門山。夕日をあびて、一本の黄金の糸すじのように輝く伊水の流れ。巧みな比喩を通して、龍門の美しい秋の風景が眼前に浮かび上がる。

北宋時代、洛陽は副都（西京河南府）であったため、龍門もよく詠まれた。邵雍の五律「龍門に遊ぶ」詩にいう、「龕巌（巌に掘られた仏龕）千万穴、店舎（茶店の類）両三家。清景　四時（四季）好し、都城　況んや賒かならざるをや」と。また、欧陽脩の「龍門に遊びて題を分かつ十五首」其七「菩提（西山の南麓の寺）より月に歩みて　広化寺（インド僧善無畏の墓がある西山の寺）に帰る」詩にいう、「春巌　瀑泉（滝の音）響き、夜久しくして　山已に寂たり（静まる）。明月　松林に浄く、千峰　同に一色」と。

梅堯臣・文彦博・司馬光・秦観・張耒らも、龍門の詩を作る。そして金の元好問・李俊民、明の斉之鸞・唐順之が歌いついでいく。

このように龍門は、他の三石窟とは異なって中原の地にあり、しかも「洛都の四郊、山水の勝は、龍門首（第一）たり」（白居易「香山寺を修するの記」）とたたえられた景勝地である。詩跡としての地位は、四大石窟のなかで、唯一格段に高い。

（植木）

【香山寺・白居易墓】

香山寺は、洛陽市の南郊約一三キロメートル、北流する伊水の両岸にそそり立つ名勝・龍門（【龍門（伊闕）】の項参照）の東山（香山）南端にあった寺院の名。北魏の熙平元年（五一六）の創建とされる。

初唐の則天武后は垂拱三年（六八七）、洛陽で没した中印度の僧・地婆訶羅（日照）の死を深く悼み、この地に埋葬して寺院を再建し、天授元年（六九〇）、武后みずから香山寺と命名して参詣した（法蔵「華厳経伝記」一など）。白居易の「香山寺を修するの記」に、「洛都（東都洛陽）の四郊、山水の勝は、龍門　首（第一）たり。龍門の十寺、観遊の勝は、香山（寺）首たり」という。

香山寺の詩跡化は、則天武后朝の時に始まった。武后は香山寺の上方を望春宮と名づけ、寺中の石楼（石造の高楼）に出御して朝会を開いたという（『大唐伝載』）。聖暦元年（六九八）ごろ、武后は龍門に遊ぶと、群臣に命じて詩を作らせた。東方虬の詩がまずできあがり、彼に錦の袍を賜った。しばらくして宋之問の詩ができあがると、表現と内容がともに優れていたので、東方虬から錦の袍を奪い取って、宋之問に下賜したという（『隋唐佳話』下）。この奪錦袍の故事は、香山寺でのことらしい。この時の宋之問の詩「龍門［に駕幸す］　応制」に、「天衣已に入る　香山の会」とある。沈佺期の「香山寺に幸するに従う　応制」詩も、同時の作であろう。

盛唐の李白は、開元二二年（七三四）ごろ、「秋夜、龍門の香山寺に宿す。…」詩を作り、山寺の清冷な月夜を、「目は皓し　沙上（伊水の沙地）の月、心は清し　松下の風」と詠んだ後、

玉斗横網戸　　玉斗（北斗星）　網戸（窓の扉）に横たわり
銀河耿花宮　　銀河　花宮に耿たり（寺院の上空にきらめく）

と歌い、同じ盛唐の李頎は、「香山寺の石楼に宿す」詩の中で、山腹の石楼から眺めた暁景を、

靄靄花出霧　　靄靄として　花　霧より出で
輝輝星映川　　輝輝として　星　川（伊水）に映る

と歌う（靄靄は、おぼろにかすむさま）。

中唐前期の武元衡「春、龍門の香山寺に題す」詩の「清景乍ち開く　松嶺の月、乱流長く響く　石楼の風」も、春夜を描いて美しい。

こうした中で香山寺を詩跡として確立したのは、晩年、仏教への信仰を急速に深めた中唐の白居易であった。白居易は大和三年（八二九）、五八歳のとき、東都洛陽の履道里（【履道里白居易故宅】の項参照）に定住して以降、しばしば龍門に遊び、香山寺にも訪れた。大和五年、元稹が没すると、その墓誌文で得た多額の潤筆料を寄進して、荒廃久しい寺の修復費用に充てた。

全面的修復を終えた大和六年、六一歳の秋、河南尹（東都の長官）在任中の白居易は、寺に宿泊して「今従り　便ち是れ　家山（故郷）の月、試みに問う　清光（月）　知るや知らずや」（「初めて香山院に入りて月に対う」詩）と歌って、寺に永住する思いを抱いた。

白居易の晩年一八年間における精神生活は、香山寺を中心に展開し、自ら香山居士と号して寺に参籠し、来世にはこの寺の僧になると歌う（「香山寺二絶」其二）。開成元年（八三六）、六五歳のときに成る「香山避暑二絶」（香山に暑を避く二絶）其一にいう。

六月灘声如猛雨　　六月　灘声（早瀬の音）　猛雨のごとし
香山楼北暢師房　　香山の楼北　暢師の房（文暢禅師の僧坊）
夜深起凭闌干立　　夜深けて　起ちて闌干に凭りて立てば

満耳潺湲満面涼　満耳の潺湲（渓流の水音）　満面の涼

白居易は開成五年、経蔵堂を建てて『白氏洛中集』を奉納し、会昌二年（八四二）には自分の「真」（肖像画）を奉納した。会昌四年には、「香山に閑宿す　一千夜」（「狂吟七言十四韻」）と歌う。

晩唐の詩僧・斉己は、五絶「僧の　龍門の香山寺に遊ぶを送る」詩の中で、香山寺を白居易の詩魂を宿す処と見なして詠む、「且く風雅の主を尋ねて、細やかに楽天の真を看よ」と。

北宋期には、蔡襄「龍門の香山寺に遊ぶ」詩などが作られ、欧陽脩・梅尭臣・張耒らが香山寺の石楼を詠む。金の王寂「香山寺に題す」詩に続く、元好問の「龍門雑詩二首」（一二一八年作？）には、荒廃した香山寺を詠む。寺は金・元の際に廃絶したのであろう。

清の康熙四七年（一七〇八）、わずか三八日間で竣工した、河南学政・湯右曾らによる香山寺の再建（清・乾隆『洛陽県誌』一五に収める湯右曾「重建香山寺記」）以後、寺は再び詠まれ始めた。張所修の「香山寺落成」詩は、この時の作であり、乾隆帝は乾隆一五年（一七五〇）、来訪して「香山寺に題す二首」を作り、其一の冒頭で「龍門は凡そ十寺、第一は香山を数う」と讃える。

白居易墓

白居易は会昌六年（八四六）八月、七五歳のとき、履道里の自宅で没し、同年一一月、遺命に従って、香山寺内の如満禅師の墓塔のそばに葬られた。酒好きの彼のために、拝墓の人が酒を墓にそそぎかけたので、墓前はいつもぬかるんでいたという（『南部新書』庚）。北宋の欧陽脩は明道元年（一〇三二）、「白傅（太子少傅白居易）の墳」（「遊龍門分題十五首」其九）を作って歌う。

芳荃奠蘭酌　芳荃（香草）　蘭酌（美酒）を奠え

共弔松林裏　共に弔う　松林の裏

現在、白居易墓は、東山北端の琵琶峰上の、整備された白園（白居易の墓園）内にある。この「唐少傅白公墓」は、清の康熙四八年、湯右曾らの（祠廟［饗堂］を伴う）再建であり、清・龔崧林の「香山にて白文公の祠墓の下に拝す」詩は、この新祠墓を詠む。

この新墓の再建は、前年の香山寺の再建に続く事業であったが、再建場所は、金・元の際に滅んだ香山寺の跡地ではなかったらしい。洛陽市龍門文物保管所「洛陽龍門香山寺遺址的調査与試掘」（『考古』一九八六年第一期所収）によれば、唐代の香山寺は東山の北端ではなく南端にあった。この香山古寺の北約一キロメートル、東山北側の中腹にあった旧寺（唐・龍門十寺の一つ「乾元寺」）を修復し、これを香山寺と命名したものである。従ってこの「新香山寺」の北にある白居易の墓も、本来の位置とは異なることになる。

寺僧の葬地は、香山寺「西院」西北の山麓台地であり、如満禅師の墓塔と白居易墓も、当然そこにあったと見なされている。

（植木）

【白馬寺】

後漢の明帝劉荘の永平一一年（六八）、当時の都・洛陽城の西（西門中の中央「雍門」の外）約一キロメートルの地に創建されたと伝える、中国最古の仏教寺院の名（『仏祖統紀』三五など）。釈源（仏教の発祥地）・祖庭（中国最初の僧院）などと呼ばれる。現・洛陽市の東約一三キロメートル、洛龍区に属する白馬寺鎮白馬寺村、北は邙山に依り、南は洛水に臨む地である。

仏教の東伝を物語る有名な「感夢求法」説話によれば、明帝は永平七年のある夜、全身黄金色の金人が項から白光を放ちながら、天空を飛んで御殿の庭に降り立つのを夢みた。この謎の金人が天竺の得道者・仏であることを知り、さっそく蔡愔・秦景らを天竺に派遣して経典や仏像を持ち帰らせることにした。永平一〇年、蔡愔は天竺の二人の僧、摂摩騰と竺法蘭を連れて洛陽に帰ってきた。蔡愔はまた、『四十二章経』と釈迦の立像をもたらした。翌年、明帝は僧院を建て、白馬に経典を載せてきたことから白馬寺と命名され、摂摩騰と竺法蘭は、この寺院で亡くなったという（『魏書』一一四、釈老志など）。この二人の墓は、白馬寺山門内の、東と西の両側に伝存する。

漢代、寺は一般の役所（官署）を意味した。那波利貞「白馬寺の沿革に関する疑問」（『史林』第五巻第一号、一九二〇年所収）によれば、白馬寺の前身は、「明帝が二沙門を客遇し置きて、経文翻訳事業に従事せしむべき一個の客館で、之に其の趣味生活の便宜を与ふる為、多少印度乃至西域式の意匠を用ひたりと思はるる所の謂はば鴻臚寺（外交事務を掌る官署…引用者注）の分館の如きもの」であり、「此処に仏像香燭を具備して諸人の祭祀礼拝せしものには非ざりしならむ」。白馬寺と命名されて通常の仏寺となったのは、後漢の中葉以後、西晋末までの間か、という。ちなみに、現存文献によれば、洛陽白馬寺の初見は、西晋・竺法護の訳経の諸記—太康一〇年（二八九）四月訳の『文殊師利浄律経』、同一二月訳の『魔逆経』の「出経後記」とされる。

白馬寺は建立以後、興廃をくり返したが、その場所は動かず、北魏や唐宋期、隆盛を極めた。唐の東都・洛陽は、漢魏の洛陽城から西に一〇キロメートル以上も遠く移転したため、寺の位置は都城の西辺から城東（しかも一〇キロメートル前後の遠方）へと大きく変わった。初唐の則天武后は、寵愛する僧・薛懐義を寺の上座にすえて、垂拱元年（六八五）、大規模に寺を修復・拡張し、僧侶の数は千人を越えた。

白馬寺の詩跡化は、唐の開元二九年（七四一）の初夏、王昌齢が洛陽から、水路を利用して長江下流の江寧（南京市）の丞に赴任する途中で作った、「東京（洛陽）の府県の諸公、綦毋潜・李頎と与に相い送り、白馬寺に至りて宿す」詩に始まる。詩中には、静かで美しい月夜の境内が、こう詠まれる。

月明見古寺　　月明らかにして　古寺を見
林外登高楼　　林外　高楼に登る
南風開長廊　　南風　長廊を開き
夏夜如涼秋　　夏夜　涼秋のごとし

—月が明るく輝いて、古い寺が姿を現し、茂る木々の上に聳える高楼に登る。南風が長い廊下に吹き入り、夏の夜は涼秋のよう。—

李頎の白馬寺での作「王昌齢を送る」詩には、「酒を挙ぐれば林月上り、衣を解けば　沙鳥鳴く。夜来　蓮花の界、夢裏　金陵の城（南京）」という。蓮花の界とは、仏地・白馬寺をいう。

白馬寺は安史の乱のとき、またも戦火で焼失した。唐朝を助けて洛陽に入ったウイグル族は、反乱軍の去った洛陽城内で残虐の限りをつくした。恐れおののく人々が、城内の聖善寺と城東の白馬寺の仏閣に避難したところ、そこに火を放ち、傷死者は一万人を越え、炎は十日間以上燃え続けたという（『旧唐書』一九五、廻紇伝）。この惨状は、至徳二載（七五七）一〇月ごろのことである。

張継の七絶「宿白馬寺」（白馬寺に宿す）は、この惨禍の後、寺が充分復興する前の作らしい（本詩は明の薛瑄『敬軒文集』四に収める「宿白馬寺人家」詩と同じであるが、ここでは通説に従う）。

白馬駄経事已空　白馬　経を駄す　事已に空しく
断碑残刹見遺蹤　断碑　残刹　遺蹤を見る
蕭蕭茅屋秋風起　蕭蕭として　茅屋に　秋風起こり
一夜雨声羈思濃　一夜の雨声　羈思濃やかなり

—ここは昔、白馬に経典を載せて訪れた、天竺の二僧が住んだお寺。そのいわれも、もはや空しく、今はただ、（戦乱で）裂けた石碑、崩れた仏塔に、繁栄した昔の面影をしのぶばかり。茅葺きの僧房に宿泊すれば、秋風がものさびしく吹きわたり、一晩中つづく雨の音に、旅の愁いは深まりゆく。—

詩は名刹の荒廃に、自らの旅愁を重ねて歌う。かくて白馬寺は詩跡となり、晩唐の許渾「白馬寺の　院を出でざる僧」詩もある。

白馬寺は、歴代重修されて存続していく。特に明の嘉慶三四年（一五五五）の大規模な再建が、現・白馬寺の規模や形態を固め、清の康熙五二年（一七一三）の重修を経て、現在に伝わるという。境内の奥にある高台「清涼台」は、後漢の明帝が幼少時、読書・避暑し、摂摩騰と竺法蘭が訳経を行った処と伝える。清の白馬寺の住持・釈如琇の七絶「清涼台」詩（「白馬寺六景」詩の一）にいう、「香台の宝閣は　碧く玲瓏たり、花雨　長年　梵宮（仏寺）を繞る。石磴（石段）高く懸かりて　人到ること罕に、時に聞く　清磬（澄んだ磬の音）　空濛（ぼんやりかすむ高み）より落つるを」と。この清涼台には、大きな仏殿「毘盧閣」があり、森厳な風格を持つ。

明代、「馬寺鐘声」は「金谷春晴」「平泉朝遊」などとともに、洛陽八景の一つとなり、沈応時・劉贄・劉衍祚・呂維祺の「馬寺の鐘声」詩が伝わる（清・乾隆『洛陽県誌』二〇・二一所収）。その中の一首、沈応時の詩（五律）の中央二聯には、白馬寺を、

棟梁仍夙昔　棟梁（寺院の建物）は　夙昔に仍り
鐘梵送晨昏　鐘梵は　晨昏（朝晩）に送らる
経自西方至　経（経典）は　西方より至り
仏繇東漢尊　仏（仏教）は　東漢（後漢）繇り尊ばる

と歌う（鐘梵は鐘の音と読経の声）。

明・王錚の七律「嘉靖辛酉（四〇年—一五六一）、使いを河東に奉じ、夏五（夏五月）に白馬寺に過りて漫りに賦す」詩にいう。

宝刹高標倚太清　宝刹高く標って　太清（天空）に倚り
使車亭午駐飛旌　使車　亭午（正午）　飛旌（高旗）を駐む
菩提樹老風声遠　菩提の樹は老いて　風の声遠く
卓錫雲深鶴翅軽　卓錫（僧院）の雲は深くして　鶴の翅軽し

宝刹とは寺塔の意。本来、白馬寺東南の「斉雲寺」（東白馬寺ともいい、五代・後唐の時の創建）にあった、一三層の斉雲塔を指そう。金の大定一五年（一一七五）再建の磚塔が現存する。

白馬寺は清代、王士禛・郭世奇・袁拱・陳維松らに詠まれていく。

【漢魏洛陽故城】

（住谷）

後漢・（曹）魏・西晋・北魏の四王朝三百数十年間、都城となった遺跡の名。隋唐洛陽城（東都。現・洛陽市）の東一五キロメートル弱、白馬寺の東一キロメートル、北の邙山と南の洛水（洛河）の間に位置していた（洛陽市洛龍区白馬寺鎮の東）。洛陽の名も本来、洛水の陽を意味する。

後漢の光武帝劉秀は、建武元年（二五）に即位すると、この地を都と定めて宮殿（南宮）を整備・増築した。次の明帝劉荘の時代、北宮ほか諸宮府が造られて、南北九里（三・七キロメートル）、東西六里（二・五キロメートル）の都城（九六城）としての偉観が整えられた。黄初元年（二二〇）、魏の文帝曹丕は、建国後、戦乱によって荒廃した後漢の洛陽城を補修して都とし、続く西晋末までの約九〇年間、洛陽は人口三〇万人を擁する、奢侈な花の都として繁栄した。

西晋の滅亡から約一八〇年後、北魏の孝文帝の遷都（四九四年）によって、洛陽は再び都となる。この時、従来の漢魏故城を内城とし、周囲に東西二〇里（八・六キロメートル）、南北一五里（六・五キロメートル）の外郭城「京師」が築かれ、洛陽は約七〇万の人口と、一千を超える仏教寺院をかかえた繁華な世界都市となった。だが国際色豊かなこの都城も、わずか四〇年ほどで北魏末の動乱により徹底的に破壊されてしまい、以後、二度と都城となることはなかった。

漢魏故城の詩跡化は、六朝時代に始まる。南朝梁・沈約「洛陽道」は「佳麗なること　実に比い無し」と歌い、梁の簡文帝蕭綱「和湘東王横吹曲」（湘東王の横吹曲に和す）三首其一「洛陽道」もまた、

洛陽佳麗所　　洛陽は　佳麗の所
大道満春光　　大道に　春光満つ

と賛美する。これらの詩における洛陽は、後漢・宋子侯「董嬌饒」詩の「洛陽　城東の路、桃李　路傍に生ず。…春風　東北より起こり、花葉　正に低昂す」を源泉とし、現地を体験しない南朝の詩人によって、豊かな文化と伝統と繁栄を潜めた古都への憧れと、うららかな春光の中、花々の咲きほこる華やかなイメージに彩られていた。初唐の劉希夷「白頭を悲しむ翁に代わる」詩の冒頭、「洛陽の城東　桃李の花、飛び来り　飛び去って　誰が家にか落つる」も、花々が風に舞う洛陽城内の美しい情景が、読み手に鮮烈な印象を残す。

唐代の後期には、漢魏故城を弔う懐古・詠史詩も出現する。中唐・白居易（一説に銭起）の七絶「過故洛城」（故の洛城に過る）詩は、

故城門前春日斜　　故城の門前　春日斜めなり
故城門裏無人家　　故城の門裏　人家無し
市朝欲認不知処　　市朝　認めんと欲するも　処を知らず
漠漠野田飛草花　　漠漠たる野田　草花飛ぶ

と、人の住まいもなく、市井や朝廷の跡も判別できない田野と化した惨状を詠む。晩唐期、漢魏故城は衰えゆく唐朝の不安感も重なりあって、杜牧「故の洛陽城に感有り」、許渾「故の洛陽城に登る」、羅鄴「故の洛城を経」など、いっそう複雑な感慨をこめた詩が生まれた。杜牧の詩にいう、「千焼万戦して（何度も兵火と戦乱に遭って）坤霊（大地の神）死せり、惨惨として終年　鳥雀悲しむ」と。

一方、北宋・司馬光の七絶「故の洛陽城に過る」二首は、王朝滅亡の危機感がまだ希薄な点で、白居易の懐古詩と似ている。

北宋の滅亡後、洛陽城そのものが衰微すると、漢魏故城そのものに対するよりも、隋唐洛陽城も含めて、広く千年の王城の地、「洛陽」全体を対象とする懐古詩が主流となった。

（住谷）

【金谷園】

西晋の富裕な貴族・石崇（字は季倫）の広大な荘園の名。当時の都洛陽城の西北郊外、金水（邙山上の鳳凰台村［洛陽市孟津県の東南］の西南から流れて、莫家溝村を通り、劉坡村で東流して邙山を出る谷川）の流れる金谷澗ぞいの景勝地にあった。現在の洛陽東駅の東北約七・五キロメートルの、孟津県東南端付近である。

元康六年（二九六）、石崇は自らの地方転出と、友人王詡の長安帰任にちなんで、ここで盛大な離別の宴を開いた。当時の名士が多く集まり、金谷園中の丘や水辺をめぐり歩いては、互いに詩を作りあった。そして石崇自ら作品集の巻頭に序文（「金谷詩の序」）を書き、詩のできない者には、罰杯として「酒三斗」（斗は酒器。三斗は三杯）を飲ませた。いわゆる「金谷の酒数」である。この時の一人、潘岳の「金谷の集いに作れる詩」にいう、「濫るる泉は龍の鱗のごとく瀾ち、激る波は連ねし珠のごとく渾ぐ。…霊き囿には若榴繁く、茂れる林には芳しき梨列なる」と。この「金谷の集い」は、東晋の王羲之が主催した「蘭亭の集い」（【蘭亭】の項参照）とともに、六朝期を代表する華麗な野外の詩会として有名になる。

南朝斉の謝朓は、この盛大な離別の宴を、自らの離別の場面と重ねあわせながら、「金谷聚」（金谷の聚い）を作った。

渠碗送佳人　渠碗もて　佳人を送り
玉杯要上客　玉杯もて　上客を要う
車馬一東西　車馬　一たび東西せば
別後思今夕　別後　今夕を思わん

—車渠（美しい模様のある、西域産の玉の一種）の玉碗につがれた美酒で佳き人を見送り、白玉の酒杯をあげて貴賓を迎えた、かの金谷の集い。（やがて宴も終わって）、それぞれの車馬が東と西に分かれて旅立ってしまえば、別れた後、今夜の楽しい宴遊を、きっと思い起こすことであろう。—

詩は、淡々と別離の情景を歌いながら、かえって余情に富む。

謝朓よりやや遅れて、南朝梁の庾肩吾「石崇の金谷の妓」詩も、「蘭堂（蘭の香る広間）に上客至り、綺席（華麗な宴席）清弦を撫す（奏でる）」と見え、やはり盛大な宴集のさまを歌う。謝朓も庾肩吾も南朝（江南）の詩人であり、当時、北朝（北魏および東魏）の領土となっていた金谷園を訪れたことは、むろんない。だが、北朝の胡族によって中原の支配権を失い、江南に偏安せざるを得なかった彼ら南朝の詩人たちにとって、統一王朝だった西晋時代の金谷の盛宴は、彼らの父祖が謳歌していた栄華を象徴する特別な地という、強い憧憬の念が重ねられていたことは、想像に難くない。謝朓の詩が、南朝の人々のそうした憧れを、簡潔な詩形で余情豊かに歌いあげたことによって、金谷園は詩跡としての地位を確立した。

ところで前掲の庾肩吾詩の後半部は、次のように詠まれる。

自作明君辞　自ら明君の辞（石崇の詩「王明君辞」）を作り
還教緑珠舞　還た緑珠に教えて舞わしむ

詩中の「緑珠」とは、絶世の美女として名高い石崇の愛妾の名である。詩跡としての金谷園は、後世ではむしろ、この緑珠が石崇との愛情に殉じた場所というイメージの方が有名になる。石崇は、自らの財力によって、千人を超す美しい侍女を集めていたが、中でも笛と踊りの名手、南国（広西）出身の緑珠を深く寵愛した。ところが趙王司馬倫が、西晋末の八王の乱でクーデターを起こして実権を握ると、腹心の孫秀は緑珠の美貌に目をつけ、自分に譲れと強要した。石崇が拒絶すると、激怒した孫秀はただちに彼の逮捕を命じる。命じられた兵士たちが、高楼で酒宴をしている石崇のもとにやって来ると、石崇はいった、「わしは今おまえのために罪を得たぞ」と。緑珠は涙を浮かべながら、「旦那様の御前で死んでおわびいたします」というや、楼上から身を投げて死に、石崇もほどなく処刑された。恵帝の永康元年（三〇〇）のことである（『晋書』三三、石崇伝や、北宋の楽史「緑珠伝」など）。

金谷園の地は、魏・西晋の都洛陽城（【漢魏洛陽故城】の項参照）から西北へ一日がかりの距離にあったが、隋・唐時代には、洛陽城自体の西遷にともなって、わずか七～八キロメートルとなった。盛唐から中唐にかけて、張継や韋応物は、金谷園の遺跡を直接訪れて、それぞれ「金谷園」「金谷園の歌」を作り、奢侈に溺れ、最後は緑珠とともに悲惨な死をとげた石崇を思いやる。また、次にあげる中唐・李清の七絶「詠石季倫」（石季倫を詠ず）は、富と緑珠一人を惜しんだために身を滅ぼしたとして、石崇の処世を批判した詠史詩である。

金谷繁華石季倫　　金谷の繁華　石季倫
只能謀富不謀身　　只だ能く富を謀るも　身を謀らず
当時縦与緑珠去　　当時　縦い緑珠を与え去るとも
猶有無窮歌舞人　　猶お有り　無窮（無数）の歌舞の人

中唐・徐凝の七絶「金谷覧古」詩にも、「緑珠の歌舞　天下に絶たるも、唯だ石家の与に禍胎（災いのもと）を生ず」とあり、天下に比類ない緑珠の歌舞が、かえって石崇に災禍をもたらしたと詠む。

中唐の白居易は、洛陽に住んだ晩年、しばしば当地を訪れ、「香山（【香山寺・白居易墓】の項参照）に閑宿すること一千夜、梓沢（金谷園の別名）に連遊すること十六春」（「狂吟七言十四韻」）と歌う。後世の「洛陽八大景」の一つ、「金谷の春晴」は、おそらくこの時代の遊覧に兆すのであろう。中唐の許堯佐も「石季倫の金谷園」詩を作り、「舞榭　蒼苔に掩われ、歌台　落葉繁し」と歌う（舞榭・歌台は、歌舞を行う台榭（たかどの）の意）。

そして晩唐の杜牧は、開成元年（八三六）ごろ、洛陽に在任中、絶唱「金谷園」詩を作った。

繁華事散逐香塵　　繁華　事散じて　香塵を逐う
流水無情草自春　　流水無情　草自から春なり
日暮東風怨啼鳥　　日暮　東風　啼鳥怨む
落花猶似墮楼人　　落花は　猶お墮楼の人に似たり

―（金谷園における）豪奢な宴遊は、歌姫たちの立てる香しい塵とともにたちまち消えうせ、今はただ情なき水が昔ながらに流れゆき、春を迎えて、野の草が緑に生い茂るばかり。日暮れどき、吹きよせる東風のなかで、鳥が胸の内を訴えるように悲しげに鳴く。折しもはらはらと舞い散る花びらは、かつてここで高楼から身を投げた、あの緑珠のよう。―

作者は、春風に吹かれて散りゆく花ふぶきの中に、錦繍の袂をひらひらと翻しながら墜死した緑珠の憐れな幻影を、確かに見たようである。同じ晩唐の許渾も、「金谷園」詩を作る。

金谷園は、いわば富裕な貴族石崇の豪遊ぶりと、可憐な緑珠の哀話をしのぶ重要な詩跡として、長く歌いつがれていく。

宋以後、金谷園を詠じた詩に、明の劉基「金谷園の図に題す」、胡奎・徐熥の「金谷園」、清の毛奇齢「金谷園の花発きて古を懐う、春の字を得たり」、洪亮吉「金谷園」詩などが伝わる。

【邙山（北邙山）】

（許山）

洛陽市の北五キロメートル、黄河南岸に連なる、黄土台地上のなだらかな丘陵の名。広義では、西は洛陽市新安県の西北から東の滎陽市の北―広武山に到る約二〇〇キロメートルの、海抜二五〇メートル前後の山なみを指す。その地理的形状から、ここを制圧した者が洛陽をめぐる戦乱を支配できる、とされた重要な場所であった。北邙山・邙坂・北山・北芒・芒山などともいう。都城に近く、「土厚く水深き」地で、南に傾斜して陽光を受けるため、邙山は最適の埋葬地とされ、俗言に「生在蘇杭、葬在北邙」（生前はこの世の天国―蘇州・杭州で過ごし、死後は理想的な埋葬地―北邙山に葬られたい）と言われるほどである。

邙山には、多数の墳墓がある。南宋の潘自牧『記纂淵海』一九に、「東漢の諸陵、及び唐・宋の名臣の墓、皆な此に在り」と述べるように、洛陽に都を置いた後漢・西晋・北魏の帝陵は、この邙山に造られ、後漢の原陵（光武帝）・顕節陵（明帝）・敬陵（章帝）・慎陵（和帝）、西晋の高原陵（宣帝）・峻平陵（景帝）、北魏の長陵（孝文帝）・景陵（宣武帝）・定陵（孝明帝）などの陵墓がある。また、殷の伯夷・叔斉、秦の呂不韋、唐の杜審言・顔真卿・杜甫などの墓もある。北宋の楽史『太平寰宇記』三、芒山の条には、「伊尹・蘇秦・張儀・扁鵲・田横・劉寛・楊修・孔融・呉後主・蜀後主・張華・嵇康・石崇・何晏・陸倕・阮籍・羊祜は、皆な冢有りて此の山に在り」という。

邙山の墳墓を眺めて詠む詩は、後漢末の無名氏「古詩十九首」其一三（『文選』二九）に始まる（白楊・松・柏は墓地の樹）。

駆車上東門　　車を上東門（洛陽城の最も北の東門）に駆りて
遥望郭北墓　　遥かに望む　郭北（城郭の北の邙山）の墓
白楊何蕭蕭　　白楊　何ぞ蕭蕭たる（さびしい音を立てる）
松柏夾広路　　松柏　広路（広い墓道）を夾む
下有陳死人　　下に陳死の人（死んで久しい人）有り
杳杳即長暮　　杳杳として　長暮に即く（永遠の眠りにつく）
潜寐黄泉下　　潜かに黄泉の下（地下）に寐ねて
千載永不寤　　千載　永く寤めず（目覚めることはない）

また、後漢末の建安一六年（二一一）、曹植も洛陽を通って邙山を詠む。「応氏を送る二首」其一（『文選』二〇）には、董卓の乱の後、荒廃した洛陽の惨状と合わせて邙山が歌われる。その冒頭にいう。

歩登北芒阪　　歩みて北芒の阪（邙山の坂道）を登り
遥望洛陽山　　遥かに洛陽の山を望む
洛陽何寂寞　　洛陽　何ぞ寂寞たる
宮室尽焼焚　　宮室（宮殿）尽く焼焚せらる
垣牆皆頓擗　　垣牆　皆な頓擗し（垣も塀も崩れ裂け）
荊棘上参天　　荊棘（いばら）上りて天に参わる

曹植の後、劉伶が「北邙の客舎（旅籠）詩」を作る。劉伶は竹林の七賢の一人として知られる、三国魏から西晋の文人である。

泱漭望舒隠　　泱漭として　望舒隠れ
黯黮玄夜陰　　黯黮として　玄夜陰し
寒鶏思天曙　　寒鶏　天曙を思い
擁翅吹長音　　翅を擁して　長音を吹く
蚊蚋帰豊草　　蚊蚋　豊草に帰し
枯葉散蕭林　　枯葉　蕭林に散ず

―月が隠れて薄暗く、黒々と夜はふける。寒々とした鶏は明け方の光を待ち望み、翼を収めて長く声を出して鳴く。蚊は豊かに茂る草むらに集まって身を寄せ、枯れ葉はわびしい森に散り落ちる。―

劉伶が生きた魏の末は、司馬氏の圧政によって多くの文人が苦しめられ、韜晦した生き方を強いられた。邙山の暗くさびしい情景と陰鬱な寒鶏・蚊蚋の姿の中に、暗い世に明るい未来が来ることを待ち望み、息を殺して生きざるを得ない、作者の厳しい状況が仮託されている。

続いて、西晋の張載「七哀詩」（『文選』二三）も邙山に言及する。

北芒何壘壘　北芒　何ぞ壘壘たる
高陵有四五　高陵　四五有り
借問誰家墳　借問す　誰家の墳ぞと
皆云漢世主　皆な云う　漢の世の主と

―北邙山は、なんと多くの墳墓が重なり連なっていることか。その中にひときわ高大な陵墓が四つ五つほどある。それはだれの墳墓かと尋ねてみると、みな漢（後漢）の皇帝たち（の墳墓だ）という。―

この冒頭句のあと、栄華を誇った皇帝の陵墓が盗掘に遇って荒廃し、さらに農民の耕作地に成り果てて、死後も安寧を得られない有りさまを目にして、作者はこみ上げる憂愁の情を綴る。邙山の寂寞たる印象がより強く表現され、新たな詩情の邙山詩が詠まれた。

東晋の陶淵明「擬古九首」其四には、「一旦　百歳の後（死後）、相い与に北邙に還る。松柏　人の伐るところと為り、高墳　互いに低昂す（さまざまな高さに変わり果てる）」とあり、邙山を従来とは異なる視点で捉え、人が死にゆく場所として歌う。陶淵明が生きた時代、華北の洛陽は前秦などの支配下にあった。ここで用いられた「北邙」は、一般的な埋葬地という意味で解釈すべきだろう。

唐代、邙山は、東都洛陽の繁華と対比されて、人生の無常を感じさせた。初唐の沈佺期「邙山」は、詩跡・邙山を確立した絶唱である。

北邙山上列墳塋　北邙山上　墳塋列なり
万古千秋対洛城　万古千秋　洛城に対す
城中日夕歌鐘起　城中　日夕　歌鐘起こり
山上唯聞松柏声　山上　唯だ聞く　松柏の声

―北邙山の上には無数の墓が連なり、千年も万年も、洛陽城に向かいあう。街中では日暮れになると、歌舞や楽器の音が響いてにぎやかになるが、山の上では風に鳴る松や柏の音が聞こえるだけ。―

この七絶詩では、「歌鐘」のにぎやかな音と「松柏」のさびしい音が対比されて、読者は栄華のはかなさを知り、すぐ近くに死後の暗さがあることを鮮明に感じとる。この対比は、その後も詠みつがれた。

唐代には、墳墓の地・北邙山を主題とする新楽府「北邙行」（北邙の行）が作られ、人生の無常を嘆き、厚葬を諷刺する。中唐の王建は「北邙行」の冒頭で、「北邙山頭　閑土少なく（空き地がほとんどなく）、尽く是れ　洛陽の人の旧墓。旧墓の人家　帰葬（他所から邙山に埋葬される者）多く、黄金を堆著する（高く積み重ねる）も買う処無し」と歌い、日々増加する墳墓のために埋葬地も得がたい状況であったという。同時期の張籍も、「洛陽の北門　北邙の道、喪車轔轔として秋草（の茂る墓地）に入る」で始まる、同じ趣向の「北邙行」を作る。

朝朝暮暮人送葬　朝朝暮暮　人　送葬し
洛陽城中人更多　洛陽の城中　人　更に多し
千金立碑高百尺　千金もて碑を立つること　高さ百尺なるも
終作誰家柱下石　終に誰が家の柱下の石（建物の礎石）と作る

山頭松柏半無主　　山頭の松柏　半ば主無く（墓主がわからず）
地下白骨多於土　　地下の白骨　土よりも多し

人が死ぬ限り、邙山を題材とする挽歌は長く詠まれ続ける。金の元好問は「北邙」詩を作り、明の沈周「北邙行」には「北邙山下　哭声（死を痛んで泣き叫ぶ声）苦しく、洛陽城中　歌舞沸く。昨日の歌舞　城中の人、今日　凄涼たり　山下の土」云々と、生前の歓楽と死後の寂寥との落差を歌う。また、明の徐熥「北邙行」は、邙山の不気味な状況を、「洛陽城外　邙山の麓、旧鬼（死んで久しい亡霊）は哀呼し　新鬼は哭す（泣き叫ぶ）。黄昏　髑髏　人語を作し、白昼　烏鳶　人肉を攫む」云々と詠み、清の朱彝尊「北邙山行」（北邙山の行）も伝わる。

墳墓の過密な状況は、晩唐の曹松「北邙を弔う」詩に、「人の白髪を医す（黒く戻す）無く、地の新墳を著く少なし」（頷聯）と詠まれ、後世、「邙山　臥牛の地すら無し」（邙山は〔墳墓が多くて〕牛が寝そべる場所もない）という俗言が生まれたほどである。

邙山中の北魏・景陵

邙山は、登高遠望の勝地としても知られた。初唐・鄭世翼の「北邙に登りて京洛（洛陽）を還望す」詩では、「飛観（高くそびえる宮闕）　紫烟の中、層台（高い楼台）　碧雲の上。青槐　馳道（都大路）を夾み、迢迢として修く且つ曠し。左右　第宅（邸宅）多く、参差として将相居る（将軍や丞相が住む）」と、東都洛陽の偉容を描く。

「邙山の晩眺」は、明清期、龍門の山色・天津の暁月・馬寺の鐘声などとともに、洛陽八景の一つとされた。明の沈応時「邙山の晩眺」詩（清・乾隆『重修洛陽県志』二〇所収）には、「登高すれば遠眸（遠望）豁く、返照（夕陽）松楸（墓所に植える松やひさぎの樹）に掛かる。四野　川原暗く、千村　禾黍収む」と詠まれるほか、古来詠まれてきた、邙山の陰鬱な情景が詠まれることも少なくない。明・沈詩の七律「邙山の晩眺」（同書二一所収）の後半にいう。

破穴野狐眠返照　　破穴の野狐　返照に眠り
凋稜石馬曝残霞　　凋稜の石馬　残霞に曝さる
徘徊歌罷雍門曲　　徘徊して　歌い罷む　雍門の曲
回首寒烟噪落鴉　　首を回らせば　寒烟　落鴉噪ぐ

―壊れた穴に住む野ぎつねが、夕陽を浴びて眠り、かどの欠けた馬の石像が、消えゆく夕焼けの光を受けている。歩きまわりながら（琴を奏で、死後の無常を嘆いた戦国の）雍門周の哀切な曲を歌いおわり、振り返ると、冷たい靄の中で、降りたつ鴉が鳴きさわぐ。―

ちなみに、北邙山が単なる墓地を意味する場合がある。前述の陶淵明詩のほか、晩唐の李山甫「遺懐」詩の「智者と愚者と、尽く北邙山に帰す」は、その一例である。また清・施閏章「春日陌頭の歌」の冒頭に、「垓下の重瞳（項羽）　泣数行、沛宮の隆準（劉邦）　亦た裳を霑す。英雄の哀楽　各の涙有り、眼中の四坐（満座の人々）皆な北邙」という。これも、家臣たちが故人となって埋葬されたことを述べるにすぎない。邙山は、一地名の域を越えて、人々が人生を終えて帰る墓所の通称として象徴的に捉えられるようになったのである。

【上清宮・銅駝街】

（許山）

上清宮は、洛陽市旧城（老城区）の西北約四キロメートル、邙山の翠雲峰の上に建つ道観の名。ここは老子（李耳）が煉丹（仙薬を作る）を行なった場所と伝える。唐の高宗李治の時に創建され、老君廟と称し、のち玄元皇帝（老子の尊号）廟、上清宮と改称された。

盛唐・杜甫の五言排律「冬日、洛城（洛陽）の北にて玄元皇帝廟に謁す（参拝する）」には、玄元廟の盛大なたたずまいをこう歌う。

碧瓦初寒外　　碧瓦　初寒の外
金茎一気旁　　金茎　一気の旁ら
山河扶繍戸　　山河　繍戸を扶け
日月近雕梁　　日月　雕梁に近し

—碧の屋根瓦が初冬の寒気のかなたに光り、（廟前の）銅柱は天上の混沌の気のあたりにまでそびえ立つ。山と川が彩られた廟門をささえ助け、太陽も月も彫刻された梁に寄り添って耀く。—

玄元廟内には唐代の著名な画家呉道玄の大壁画があり、高祖李淵以下五人の天子と居並ぶ百官の姿が荘厳に描かれていた。

この玄元廟（老君廟）は、中唐の皇甫冉・白居易の詩にも見え、北宋の邵雍も「府尹李給事と同に上清宮に遊ぶ」詩を作る。

邙山の上清宮は北宋末に戦火に焼かれ、明の嘉靖二四年（一五四五）再建されたが、一〇年後の地震で損壊する。明・呉三楽の七律「九日（重陽節）の晩、上清宮に登る…」（清・乾隆『重修洛陽県志』二一）は、地震の前の作。道観の光景と老子への敬慕を、「風は笙声を雑えて晩竹を揺らし、月は壇影を移して疎松に落つ。他年　筋力能く常健たらば、金丹（仙薬）を覓めて故蹤を問わんと欲す」と歌う。清・劉清藜「上清宮に遊ぶ」（清・同治『河南府志』一〇一）の尾聯「碧瓦　金茎　何れの処か是れなる、笑いて看る　鉄柱　青松に倚るを」は、杜甫詩を思い起こしながら、充分修復されない現状を描く。

銅駝街は、漢・魏・西晋・北魏の都—洛陽城内の、南北に走るメイン・ストリート「御街」の名。その名は、この路を夾んで銅製の駱駝が置かれていたことにちなみ、銅駝陌ともいう。洛陽の繁華を代表する名所である（『太平御覧』一五八）。唐宋の都・洛陽城は、この「漢魏洛陽故城」の西南約一五キロメートルの地（現・洛陽市）に移る。都城を貫く洛水の北岸に、銅駝街にちなむ銅駝坊が設けられた。桃李や楊柳が植えられて、唐宋期、繁華・遊楽の景勝地となる。銅駝街と銅駝坊内の街（陌）とは本来場所を異にするが、洛陽の名所として詠まれた。

初唐の駱賓王「艶情　郭氏に代わりて…」詩には、洛陽の春景を「銅駝の路上　柳千条、金谷の園（洛陽郊外の、西晋・石崇の豪奢な荘園）中　花幾色」とあり、中唐の劉禹錫「楊柳枝詞九首」其四にいう。

金谷園中鶯乱飛　　金谷の園中　鶯乱飛し（飛びかい）
銅駝陌上好風吹　　銅駝の陌上　好風吹く
城東桃李須臾尽　　城東の桃李　須臾（暫時）にして尽き
争似垂楊無限時　　争でか似かん　垂楊　無限の時に

風景の美しい銅駝陌は、金谷園としばしば併称された。北宋・邵雍の「首尾吟一百三十五首」其九八にも、「花深く柳暗し　銅駝の陌、風暖かく鶯嬌し　金谷の堤」と詠む。また、北宋・司馬光も、その美しさを、七絶「康定中、予、洛橋の南に過りて…」の前半で、「銅駝陌上　桃花紅にして、洛陽は処として春風無かる無し」と讃えた。そして夕暮れの風景は明代、「洛陽八景」の一つとなり、明・沈応時の五律「銅駝暮雨」（清・乾隆『重修洛陽県志』二一）などを生む。

【汴京（開封）・州橋】

（許山）

汴京（現在の開封市）は、約一七〇年間続いた北宋の都―東京・開封府城をいう。河南省の東部、黄河の南岸に位置する。「東京に汴渠（隋代に開鑿された、南北を貫く大運河の中心「汴河」）の漕有り。歳に江淮の米数百万斛を致す」（『宋史』二六〇）というように、多くの物資が集まり、人口一五〇万前後ともされる、繁華な大都市であった。

汴京（東京城）は、大内（宮城、周二・五キロメートル強）・内城（旧城、周約一一キロメートル）・外城（新城、周約二八キロメートル）の三重の城壁から成り、都城の生命線―汴河が、「内城」内を東流していた。

大内の南正門「宣徳門」・内城の南正門「朱雀門」・外城の南正門「南薫門」を結んで、南北に直進する都大路が、都城の中心街「御街」（御路〔行幸道路〕）であり、春夏のころには、御溝の蓮の花や、街路樹の桃・李・梨・杏の花に彩られた（南宋初・孟元老『東京夢華録』二「河道」）。

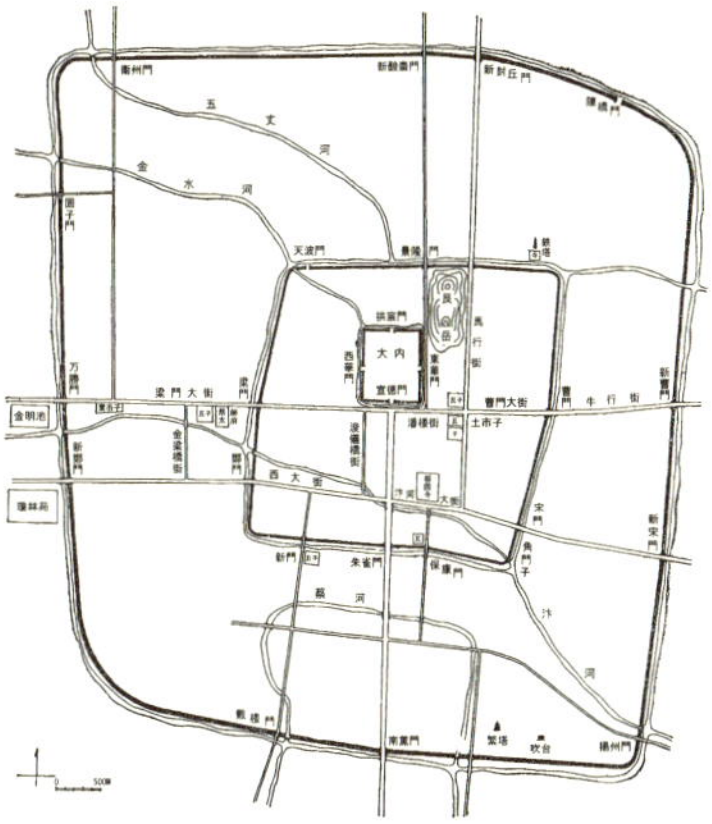

宋代汴京城

ほぼ現・開封市内の鼓楼区州橋街道の中山路に当たる）。

北宋の司馬光は「公達（李及之の字）の『潘楼（宣徳門の前を東西に走る、内城内の通路の東）に過りて七夕市を観る』に和す」詩の中で、「帝城　秋色新たに、満市　翠帟（緑の幕）張る。偽物（模造品）百種を踰え、爛漫として数坊を侵す」と、七夕の乞巧用品を売る市場の活気を詠む。

また、北宋の劉敞は晩春、都城の西郊（外城の順天門〔新鄭門〕外）に開鑿した大池・金明池を訪れて「春日の作」詩を作り、「禁城の恩波　遠邇（遠近）無く、清光　面面　流水に均し」と表現して、平和な状況をことほぐ。北宋の王安石にも五律「宜春苑」がある。宜春苑は、内城の東南門―麗景門（旧宋門）外の東北にあり、俗に東御園と呼ぶ御園の名。金明池・瓊林苑・玉津園とともに、皇家の四大名園に数えられる。その頷聯・頸聯は閑静な苑内を詠む。

解帯行蒼蘚　　帯を解きて（緩めて）　蒼蘚（青苔）を行き
移鞍坐緑陰　　鞍を移して（外して）　緑陰に坐す
樹疎啼鳥遠　　樹は疎らにして　啼鳥遠く
水静落花深　　水は静かにして　落花深し

汴京陥落後の、南宋初めに成る七絶の連作、劉子翬「汴京紀事二十首」其八には、繁栄する平和時の都城風景を、「御路の丹花　緑槐に映じ、瞳瞳として日照り（朝日がほんのりと明るく射して）　五門（宮城の門）開く。吾が皇（帝）　民と同に楽まんと欲し、千金を惜まず　露台（屋外舞台）を築く」と歌う。

汴京の栄華は、宋の南渡とともに終わる。汴京は金に占領されて南京・開封府となった。南宋の范成大は、乾道六年（一一七〇）、使者として金の都―中都・大興府（現・北京市）に赴く途中、旧都・汴京の地で七絶「市街」を詠んだ。題下自注に「京師の諸市は皆な荒索し、僅かに人居有るのみ」と市街地の荒廃を述べ、今昔を比べて嘆く。

惆悵軟紅佳麗地　惆悵す　軟紅（雑踏して紅塵舞う）佳麗の地
黄沙如雨撲征鞍　黄沙　雨のごとく　征鞍（旅人の鞍）を撲つ

佳麗な古都・汴京は、やがて懐古の対象となる。明・瞿佑の七律「汴梁（開封）懐古」の尾聯「陌頭の盲女　愁恨無く、能く琵琶を撥いて趙家（宋朝）を説く」は、琵琶をかき鳴らす瞽女の淡々とした語りの中に、汴京の繁栄を喪失した悲哀が強くこもる。また、明の李濂「汴州（開封）懐古四首」其一（李濂『汴京遺蹟志』二四所収）にいう。

黄河迴繞宋神州　黄河　迴り繞る　宋の神州（北宋の都）
聒耳濤声日夜流　耳に聒しき濤声　日夜流る
堤柳似知朝代改　堤柳は知るに似たり　朝代（王朝）改まるを
半含煙雨半含愁　半ばは煙雨を含み　半ばは愁いを含む

州橋は、汴京「内城」内の、南進する御街上のほぼ中間、汴河に架かる立派な石橋「天漢橋」の俗称。橋の東北には名刹・相国寺があった。現在の中山路が自由路西口などと接する付近の南側である。唐の建中二年（七八一）、汴宋節度使・李勉が汴州城（＝汴京の内城）を建造した時に造られて汴州橋という。宋代、天漢橋と改名。明代に州橋の名に戻され、明末、黄河の氾濫によって淹没した。

州橋付近は汴京有数の繁華街で、王安石の七絶「州橋」が名高い。詩は晩年、宰相をやめて、南京の鍾山のほとりに隠棲した時の作。

州橋蹋月想山椒　州橋に月を蹋んで　山椒を想う
迴首哀湍未覚遥　首を廻らせば　哀湍未だ遥かなるを覚えず
今夜重聞旧嗚咽　今夜　重ねて聞く　旧嗚咽
却看山月話州橋　却って山月を看て　州橋を話る

―かつては州橋で月の光を踏みながら山（鍾山）を懐かしみ、振り返れば、（汴河の水音が響いて）哀しげな（鍾山の）早瀬がすぐそこにあるように感じられたものだ。今夜、再び昔のままにむせび泣く瀬音を聞いて、今度は山に上る月を眺めながら、州橋の思い出を語る。―

州橋は、深夜まで営業する店が建ち並び（『東京夢華録』二「州橋夜市」）、多くの人でにぎわって、月夜の風景を詠じた詩も少なくない。北宋・華鎮の七律「崇寧元年（一一〇二）五月十六日、天漢橋にて月下閑歩す」詩は、「天漢に架かる橋」の名を意識して、「閑来月に歩めば　銀潢（銀河）上り、天宇　塵無く　夜色涼し」と歌う。

范成大は前掲の「市街」詩と同じ時に、宋の旧都で七絶「州橋」を作った。都の繁栄の象徴・州橋が女真族の金に支配される悲哀を、解放を待ち望む故老の問いを通して歌う（「失声」は思わず声を発する意）。

州橋南北是天街　州橋の南北は　是れ天街（御街）
父老年年等駕迴　父老は年年　駕（天子の車駕）の廻るを等つ
忍涙失声詢使者　涙を忍び　声を失して　使者に詢う
幾時真有六軍来　幾時か真に六軍（天子の軍）の来る有りやと

明の闕名撰『如夢録』（清の常茂徠校注、孔憲易重注）街市紀第六には、「（州橋は）最も月夜に宜しく、汴梁八景の一にして、所謂「州橋の明月」なり」という。清の胡介祉「大梁雑詠八首」其八「州橋の明月」（清・雍正『河南通志』七三所収）には、にぎやかな州橋付近の往時の情景を想像して、「華灯　影（輝き）交も加わり、明月　光相い射す。縹緲として（遠くから）忽ち簫を聞き、縦横として（気ままに振る舞って）時に舄を乱す（千鳥足になる）」と歌う。無名氏の七律「州橋の明月」（清・順治『祥符県志』六所収）の尾聯「幾度か人の鳳管を吹く有り、汴州の風景　揚州に勝る」は、今もなお人口に膾炙する。

（植木）

【相国寺】

開封市の中心（自由路西段の北）にある名刹の名。大相国寺ともいう。北斉の天保六年（五五五）の創建とされ、もと建国寺という。唐僧・慧雲が寺を再建した翌年―延和元年（七一二）、睿宗李旦は相王から皇帝の位に即いて相国寺と改称し、親筆の寺額を賜った。天宝四載（七四五）、壮麗な排雲宝閣（資聖閣）が創建される。

相国寺は北宋期、都・汴京（現・開封）の内城南部に位置して、最も繁栄した。都城内で最も由緒が古く、規模も最大であり、朝廷の帰依が篤かった。境内は毎月、定期的に民衆の市場として開放され（『東京夢華録』三）、「相藍（相国寺）十絶」中には、前掲の睿宗の寺額、唐・呉道子の文殊・維摩の画像などがあった（北宋・郭若虚『図画見聞誌』五）。金・元・明朝の重修を経た後、明末には氾濫した黄河の泥中に埋没。清初に復旧し、現存の建築は多く乾隆三一年（一七六六）の再建に由来し、整備されて現在に到る。

相国寺の詩は、中唐・劉商が汴州観察判官在任中に作った五絶「登相国寺閣」（相国寺の閣に登る）詩に始まる。

晴日登臨好　晴日　登臨に好く
春風各望家　春風　各の家を望む
垂楊夾城路　垂楊　夾城の路
客思逐楊花　客思　楊花を逐う

―晴れた日は、楼閣に登って四方を眺めやるのに好都合。春風の中、それぞれ故郷の方を遠望する。枝垂れ柳が城壁に夾まれた通路沿いに連なり、旅愁は（春風に舞う）白い柳絮に随いて漂いゆく。―

北宋期、相国寺は都城内で最も大きな古刹であった。梅堯臣の「劉原甫（敞）、相国寺浄土（院）の楊恵之の塑像・呉道子の画を観る。…」詩には、寺院の賑わいを「茲の寺は大道に臨み、常に車馬の塵多し」と歌う。劉敞の七絶「雪中詣相国寺」（雪中　相国寺に詣る）詩は、雪の舞う境内の風景と僧侶との一時の交歓を、

西風巻雪白如沙　西風　雪を巻いて、白きこと沙のごとく
索漠空林開白花　索漠たる空林に　白き花開く
病僧迎客興不浅　病僧　客を迎えて　興浅からず
自啓軒窓煎越茶　自ら軒窓（まど）を啓いて　越茶を煎る

と歌う（「索漠空林」は、葉を落とした境内のわびしい樹々）。劉攽（劉敞の弟）の七絶「秋雪　相国寺に過る」詩にも、「六花（雪の花）飛び舞いて　長安（汴京）に満ち、古寺の楼台　白玉攢がる。長眉の老僧　客を見て語る、両年の秋雪　就中寒し」という。

金・元・明期、高々と境内に聳える有名な仏閣―資聖閣に登って眺望・述懐する登覧詩が詠み継がれた。金・李献甫の詩「資聖閣にて登眺す」を始めとして、元の陳孚・王惲・王旭、明の薛瑄らの詩が伝わる。元の陳孚「大相国寺の資聖閣に登る」詩は、下界と隔絶して天空の高みに登りゆく資聖閣を、

大相国閣天下雄　大相国の閣は　天下の雄
天梯縹緲凌虚空　天梯縹緲として　虚空に凌る

と詠んで讃え、明の薛瑄「資聖閣に登る二首」其一にも、「百盤の飛磴（螺旋状の無数の石段が上方に続いて）　身は遥かに上り、千尺の危闌（高い欄干）　手自から攀づ」と詠む。

ちなみに南宋の范成大は、金国に使いする途中（一一七〇年）、七絶「相国寺」詩を作る。その承句「金碧の浮図　古塵（降り積もった土ぼこり）に暗し」は、寺の名勝・資聖閣の描写であろう。

【黄河・孟津・砥柱（山）】

黄河は風陵渡（山西省）で東に向きを変え、やがて山西省と河南省の境界となる。三門峡市の東で河南省内に入り、伊洛河が流入する。桃花峪（滎陽市に属する）を過ぎると、黄河の中流域から下流域へと移り、大平原が広がる。河南省一帯の黄河流域こそ、古来、中原と呼ばれる中国の中心地域であった。

したがって、この地の黄河は、古く『詩経』に言及されている。たとえば、衛風「河広」詩は大河のイメージを逆転し、「誰か河を広しと謂うや、一葦（一艘の小舟）もて之を杭る」と歌う。

唐代、東都洛陽の北を流れ、大運河にも舟運が通じていた黄河を実際に旅する詩人も多く、盛唐の高適「淇（淇河）より黄河を渉る途中の作、十三首」などが作られた。特に、中唐・韋応物の七律「鞏洛（鞏県〔鞏義市〕の洛水）より舟行して黄河に入る、即事、府県の僚友に寄す」の頷聯、「寒樹　依微たり（ぼんやりとかすむ）　遠天の外、夕陽　明滅す（キラキラと輝く）　乱流の中」は名高い。

また、北宋・欧陽脩の「黄河八韻、寄せて聖兪（梅堯臣）に呈す」詩は、「河水　激箭（矢のように速い）の険、誰か言う　航葦（小舟）もて遊ぶと」と、前述の「河広」詩を踏まえて、黄河の激流を歌う。

孟津（盟津・富平津）は、現在の洛陽市孟津県の東と孟州市の南の間の、黄河にあった渡し場の名。南端は孟津県の東約三〇キロメートルの会盟鎮扣馬村付近にあったとされる。『書経』禹貢篇にもその名が見える孟津は、周の武王が殷の紂王を伐つ際に諸侯と会盟した場所でもある（『文選』三、後漢・張衡「東京の賦」所引の三国・呉の薛綜注は、これを「盟津」の別称の由来とする）。古くからの交通の要地であり、西晋の杜預が初めて浮橋（後の河陽橋）を架け、また東魏の元象元年（五三八）までに、橋の両岸と中洲にいわゆる河陽三城が築かれ、後に河陽関も置かれた。

孟津は、古くは魏の文帝曹丕「孟津の詩」に見える。この詩は孟津での宴を描写した後、「翊日（翌日）　黄河に浮かび、長駆して鄴都（河北省）に旋らん」と結び、孟津を洛陽の北の門戸として歌う。

唐詩でも、しばしば古称の孟津で歌われた。特に、王維の五絶「雑詩」其一「家は住む　孟津の河（河岸）、門は対す　孟津の口（渡し場）。常に江南の船有り、書を家中に寄するや否や」が知られる。また、晩唐・胡曾の七絶「孟津」は、前半で「秋風颯颯たり　孟津の頭、馬を沙辺に立てて　水流を看る」と歌い、後半で武王の故事に言及する。他にも北宋の宋庠「孟津晩景」詩などがある。

砥柱（砥柱山・厎〔底〕柱山）は三門峡市の東約一五キロメートル、三門峡ダム直下の黄河中にある岩山の名。その名は『書経』禹貢篇に見え、孔安国『伝』に「河水分流し、山を包みて過ぐ。山　水中に見れて柱の若く然り」という。成語「中流の砥柱」はこれに基づく。

砥柱山は、北斉・顔子推の「周より斉に入り、夜　砥柱を度る」詩の詩題に見える。唐詩ではしばしば世の遷移に動ぜず、志を変えない様を形容する。たとえば、中唐の劉禹錫「詠史」其一に、「世道　頽波（奔流する水勢）より劇しきも、我が心は砥柱の如し」という。

一方、中唐の柳公権「底柱山に遊ぶ」（明・徐𤊹『徐氏筆精』五）詩は、「天を撑えて　形突兀たり、浪に逐いて　勢い浮沈す」と、黄河の激流に屹立する山そのものを歌う。元の王思誠「砥柱峰」（明・成化一一年〔一四七五〕『山西通志』一六）にもいう、「鬼鑿ち神剜りて　砥柱開き、黄流滾滾として天より来る」と。

（紺野）

（紺野）

【王屋山・盤谷】

王屋山は、済源市（黄河の北）の西北、山西省との境界にある山なみの名。済源市の西北約三三キロメートルの主峰・天壇山は、海抜一七一一メートルに達する。山の名は古く『書経』禹貢篇に見え、唐・李帰一『王屋山志』一には、名称の由来を「（『書経』禹貢篇の）『伝』に云う、山形は屋（住居）の如し、と。又た云う、山形は王者の車蓋（車上のかさ）の如し」と説明する。

王屋山は、漢代以来、趙叔期や毛伯道が修行し（『真誥』五）、初盛唐の道士・司馬承禎が、「天地宮府図」（北宋・張君房『雲笈七籤』二七所引）のなかで十大洞天の第一とした道教の聖地である。

王屋山は唐代以降、詩に詠まれた。玄宗李隆基は、前述の司馬承禎を見送り、「王屋山にて道士司馬承禎の天台（山）に還るを送る」詩を作る。李白の「王屋山人の孟大融に寄す」詩には、「願わくは夫子（孟大融）に天壇の上（天壇山上の仙壇〔道教の祭壇〕）に随い、閑かに仙人と落花を掃わん」と歌って、仙道修行の希望を申し送る。

洛陽に近い王屋山は、唐代の文人も直接訪れ、別業も造られた。初唐の李嶠「王屋の山第（山荘）の側らに小亭を雑え構えて、暇日群公と同に遊ぶ」詩は、「桂亭　絶巘（高峻な峰）に依り、蘭樹（美しい高楼）　回渓に俯す（曲折する谷川に臨む）」と始まる。白居易の「早冬、王屋に遊び、…」詩では、初冬の山中を、「石泉　碧漾漾たり（青く揺らめき）、巌樹　紅離離たり（紅く連なる）」と歌う。

中唐・顧非熊の五律「月夜、王屋の仙壇（天壇）に登る」詩には、「月は峰頂の壇に臨み、気爽やかにして天の寛きを覚ゆ。身は銀河を去りて近く、衣は玉露に霑いて寒し。雲中　日（太陽）已に赤く、山外　夜初めて残す（衰える）」と詠んだ後、こう結ぶ。

即此是仙境　即ち此は（ここはまさに）是れ仙境
惟愁再上難　惟だ愁う　再び上ること難きを

王屋山は、その後も、金の元好問「天壇に遊ぶ雑詩十三首」、明の薛瑄「秋日王屋道中五首」など、長く歌われていく。

盤谷は、済源市の北約一二キロメートル、克井鎮大社村に位置する渓谷の名。北魏の太和三年（四七九）創建の盤谷寺がある。中唐の韓愈「李愿の盤谷に帰るを送る序」は、この地名（盤る谷）の二つの由来——「渓流が両山の間をめぐり流れる」、「谷の場所が奥深く遠く隔絶して、隠者が盤旋する（ぶらつく）所」をあげる。友人李愿の言葉をかりて、隠者の自適の生活こそ不遇時の士人のあるべき姿、というこの序は、韓愈の古文の代表作として知られる。

韓愈は、序の末尾に自らの歌を載せ、「窈にして（小暗く）深く、廓として（広く）其れ容るる有り。繚りて曲り、往きて復るが如し」と、盤谷の情景を歌う。韓愈「盧郎中雲夫（盧汀）、盤谷子（李愿）を送る詩両章を寄示す、…」詩には、「昔　李愿を尋ねて　盤谷に向かい、正に見る　高崖巨壁　争って開張（展開）するを」という。

北宋以降、盤谷は隠逸と韓愈の序を想起させた。郭祥正「元輿（陳軒）の、王祖聖の…に次韻す」二首其一などでは、隠逸の場の代称ともなる。北宋の文彦博は、盤谷を訪れ、「熙寧癸丑（六年、一〇七三）…」の五律「盤谷にて作る」二首其一の後半で、「列岫（連なる峰）　窓を開きて見、冥鴻（高く飛ぶ鴻雁）　杖に倚りて観る。韓文　伝うこと已に久し、合に翠巌に在りて刊むべし」と詠む。

明の岳正「盤谷に遊びて感有り」詩にも、「早に聞く　盤谷　昌黎（韓愈）に序せらるるを、今日追遊して　馬蹄に信す」と歌う。

（住谷）

【汴河・汴堤（隋堤）】

汴河は、隋の大業元年（六〇五）、煬帝（楊広）が完成させた「通済渠」（別名「御河」）の東段部分、すなわち、華北の黄河から東南方面に汴州（開封市）・宋州（商丘市）を経て、華中の淮河にそそぐ区間に対する、唐・宋期の通称（通済渠の西段は、洛陽市―黄河間）。全長は五〇〇キロメートルを超え、汴水・汴渠ともいう。通済渠が開通する以前は、ほとんど自然河に近く、しかも東流して大きく迂回する汴水（汴河ともいう。黄河―汴州―考城（商丘市民権県）―徐州―泗水（淮河の支流））が用いられた。唐・宋期、これを「古汴河」と呼ぶ。通済渠の東段の通称「汴河」は、黄河・汴州間の水路が、漢代以来の「古汴河」と同じであるための呼称である。

隋の文帝は、開皇七年（五八七）に山陽瀆（淮河―長江間）を、ついで煬帝が、大業元年に通済渠、同四年（六〇八）に永済渠（黄河―北京地区間）、同六年（六一〇）に江南河（長江―銭塘江〔鎮江―杭州〕間）を開鑿した。この南北を貫く大運河の中心部が、通済渠の東段「汴河」である。

地勢は、黄河方面が高く南の淮河方面が低いため、水の流れがかなり速く、南からの遡航には、人力による牽引を多く必要とした。さらに黄河の減水期（仲冬～晩春）には、舟船そのものが杜絶し、氷結することもあった。晩唐の杜牧は「汴河にて凍れるに阻まる」詩を作る。詳しくは、青山定雄『唐宋時代の交通と地誌地図の研究』（吉川弘文館、一九六三年）に収める「唐宋の汴河」など参照。

隋の煬帝は、百余万人を徴発して汴河を開鑿し、両岸には長大な「御道」（船を牽引する用途を持つ）を作り、さらに河堤の決壊防止と風景の美化のために楊柳を植えた。これが、いわゆる「隋堤（＝御道）の柳」である。

中唐・白居易の新楽府の一首、「隋堤柳」（隋堤の柳）は、次のように歌う（行は列、絮は柳絮〔柳の白い綿毛〕）。

大業年中煬天子	大業年中　煬天子（煬帝）
種柳成行夾流水	柳を種え行を成して　流水（汴河）を夾む
西自黄河東至淮	西は黄河より　東は淮（河）に至り
緑影一千三百里	緑影は　一千三百里
大業末年春暮月	大業の末年　春暮の月
柳色如煙絮如雪	柳色は煙のごとく　絮は雪のごとし
南幸江都恣佚遊	南のかた江都に幸して　佚遊を恣にす
応将此柳繫龍舟	応に此の柳を将て龍舟を繫ぎしなるべし

煬帝は、大運河ぞいに四〇か所の離宮を設け、温暖で風景の美しい「江都」（江蘇省揚州市。【煬帝陵・隋宮（煬帝行宮）・迷楼】の項参照）を愛して、豪奢な龍舟を浮かべて往復し、日夜歓楽にふけった。龍舟とは、長さ一〇〇メートル、高さ一二メートルの豪奢な四層の楼船であり、まさしく「水殿」（水上の御殿）であった。運河の幅も四〇歩（六〇メートル弱）と広く、皇后・随従・近衛兵などの乗る数千艘の舟が二〇〇里にわたって連なり、龍舟の錦の纜を引く人夫も八万余人におよんだという（『資治通鑑』一八〇など）。

かく豪遊した煬帝も、在位一四年、江都で臣下の宇文化及に殺され、南北統一の偉業を誇った隋朝は結局、四〇年にも満たずに滅んだ（六一八年）。高句麗遠征の失敗や大運河開鑿のための重税と重労働が、滅亡の主因であったという。前掲の白居易詩は、「二百年来　汴河の路、沙草　煙に和す（つつまれる）　朝復た暮。後王（後世の帝王）何を以てか前王に鑑みん、請う看よ　隋堤　亡国の樹を」と、歓楽にふけって国を滅ぼした煬帝の過ちを隋堤の柳に託し、後世への戒めとすることで結ばれる。

一方、晩唐・皮日休の七絶「汴河懐古」二首其二は、煬帝の汴河の開鑿を、古代の聖天子・禹に比肩する偉業として評価する。

尽道隋亡為此河　　尽く道う　隋の亡ぶは此の河の為なりと
至今千里頼通波　　今に至るまで　千里　通波に頼る
若無水殿龍舟事　　若し水殿　龍舟の事無くんば
共禹論功不較多　　禹と共に功を論ずるも　多きを較せず

―人々はみな口にする、「隋の滅亡はこの汴河のせいである」と。だが現在に至るまで、千里の長い水運・旅行は、この汴河に頼ってきたのだ。もしも煬帝が、水上の御殿のような豪奢な龍舟に乗って往来して、歓楽に溺れなかったならば、（黄河を治めた）禹と水利の功績を比べたとしても、大きな差はないであろう。―

皮日休はまた、「汴河の銘」の中でも、「隋に在りては則ち害、唐に在りては則ち利」という。確かに唐代後半と北宋は、まさに汴河の恩恵を受けて政権を支えた。江南の豊かな食糧と物資が、この汴河を通して都に運ばれたのである。中晩唐・李敬方の七絶「汴河にて進船（税糧を運ぶ船）に直う」詩に、「東南四十三州の地、脂膏（農民の血と汗の結晶である収穫物〔米〕）を取り尽くすは　是れ此の河」と歌われるゆえんである。

このほか汴河は、ここを通って中国の南北を往来した唐と北宋の詩人たちに、多くの羈旅や送別の詩を提供する舞台にもなった。東都洛陽を遠く離れる悲哀を、「汴河　東に瀉ぎて　路茲に窮まり、洛陽　西に顧みて　日び悲しみを増す」と歌った初唐・宋之問の「初めて淮口に宿る」詩や、盛唐・王維の「千塔主人」詩、中唐・孟郊の「汴州にて韓愈に別る」詩などがそれである。

ただ詩跡としての汴河は、隋朝のはかない滅亡を悼み、煬帝の栄華をしのぶ懐古の舞台としてである。隋末・唐初の戦乱のなかで、豪華な離宮も四層の龍舟も次々と滅びゆくなか、汴河の両岸に植えられた楊柳だけは、わずかながら栄華の名残をとどめた。この隋堤の柳は、いわば亡国の天子・煬帝の歓楽と栄華をしのぶよすがとして、盛唐・王泠然の「汴堤（＝隋堤）の柳」以降、歌われ始める。

「楊」を姓とする隋王朝の繁栄を、永遠に祝福するはずのものであった隋堤の楊柳も、唐代、見る影もなく衰えてゆく。「隋柳　唐に入りて疏らなり」（中唐・賈島「朱可久の　越中に帰るを送る」詩）である。それでも春が訪れると、昔ながらに緑の糸を垂らし、晩春には白い柳絮を飛ばせた。春の空に雪のように舞う柳絮。それは一種の華やいだ光景であるだけに、よりいっそう時間の推移の速やかさと、人の世の栄華のむなしさを無言のうちに語りかけた。

春風に舞う隋堤の柳絮を歌う、中唐の劉禹錫と李益の詩は、亡びしものへの懐古の情を詠じて、限りない甘美な哀愁をただよわせる名篇である。劉禹錫「楊柳枝詞」（九首其六。詞の一種）にいう。

煬帝行宮汴水浜　　煬帝の行宮　汴水の浜
数株残柳不勝春　　数株の残柳　春に勝えず
晩来風起花如雪　　晩来　風起こりて　花　雪のごとく
飛入宮牆不見人　　飛んで宮牆に入りて　人を見ず

―汴河のほとりにある煬帝の離宮。堤に植わる数本の柳も、今はうらぶれて弱々しく、春の愁いをかきたてる。夕暮れどき、風が吹きおこると、柳絮は花吹雪となって飛びかい、土塀を越えて離宮の中に舞いこむが、そこには人影は見えない。我が世の春を謳歌した煬帝も、離宮を彩った宮女たちの姿も……。―

また李益の七絶「汴河曲」（汴河の曲）には、こう歌われる。

汴水東流無限春　　汴水東流す　無限の春
隋家宮闕已成塵　　隋家の宮闕　已に塵と成る
行人莫上長堤望　　行人　長堤に上って望む莫かれ
風起楊花愁殺人　　風起こって　楊花　人を愁殺せん

―汴河は（昔ながらに）東に流れゆき、あたりは見わたすかぎり、いちめんの春景色。隋の王室の離宮はすでに荒廃し、土ぼこりとなって消えはてた。旅するお方よ、長大な堤（隋堤）の上に登って眺めるのはおよしなさい。ひとたび風が吹き起これば、白い柳絮が飛びかって、深い悲しみに沈ませるから。―

このほか、中唐の徐凝「汴河覧古」、李渉「感興」詩、晩唐の杜牧「汴河懐古」、許渾「汴河亭」、羅鄴・羅隠の「汴河」詩なども、煬帝の行跡と汴河（または隋堤の柳）を詩に詠む。

汴河は、隋から北宋末に到る約五〇〇年間、盛んに利用され続けたが、北宋の滅亡以後、金朝下で急速に荒廃して、陸路や麦畑などに変貌して、ほとんど消滅した。

南宋の范成大は、乾道六年（一一七〇）、公務で金国に赴く途中、七絶「汴河」詩を作り、自ら注していう、「汴（河）は泗州（江蘇省淮安市の西部、淮河北岸の城市）自り以北は皆な涸れ、草木 之に生ず」云々と。そして詩は、金朝に奪われた華北の国土の回復と汴河の水運再開の早きを願う思いをこめて、こう歌う。

指顧枯河五十年　　指顧たり　河を枯らして　五十年
龍舟早晩定疏川　　龍舟　早晩か　定めて川を疏さん
還京却要東南運　　京に還らば　却た東南の運を要す
酸棗棠梨莫蓊然　　酸棗　棠梨　蓊然たる莫かれ

―（北宋の滅亡後）汴河の流れが枯れて、たちまちのうちに五〇年が過ぎた。（天子を載せる）龍舟は、一体いつになったら、（北方の失地を回復して）川の水を通せるのだろうか。天子が汴京（北宋の旧都開封）にお帰りになれば、中国東南部からの漕運が再び必要になる。だから酸棗や棠梨（サネブトナツメとズミ。棘のある雑木）の樹よ、生い茂って汴河の再開を妨げてはならない。―

また、清・査慎行の七絶「天長県（現在の安徽省天長市）の北郭（北の城門）の外、垂柳 堤を夾み、清渠（清らかな水路）一道あり。土人云う、『即ち汴河なり』と」は、当地を流れる運河に、過去の汴河の面影をもとめて、こう詠んでいる。

万葉千梢映碧波　　万葉　千梢　碧波に映じ
一条虹影曳坡陀　　一条の虹影　坡陀に曳く
天長県北聞人説　　天長の県北に　人の説くを聞く
此是隋家古汴河　　此れは是れ　隋家の古汴河なりと

―数多くの柳の葉と梢が、緑の波に映り、ひとすじの虹のように、傾斜する河堤に沿って伸びゆく。天長県城の北で、土地の住人がこう言うのを耳にした。「この河こそが、かつて隋朝の開鑿した古い汴河である」と。―

汴河の流れも、両岸に植えられた隋堤の柳も、悠久の歴史の流れの中に消え去ったが、その面影をしのぶ人々の思いは、これら汴河や隋堤の柳を詠じた詩によって、時を超えて歌いつがれた。

まことに汴河と隋堤の柳は、栄華のはかなさ、亡国の悲しみを象徴して、深い懐古の情をいざなう絶妙な詩材であった。

（住谷）

【梁　園】

前漢の梁の孝王劉武（文帝の第二子、景帝の同母弟）が築いた広大・華麗な園囿（園林）の名。『史記』五八、梁孝王世家に、「孝王東苑を築く、方三百余里（一五〇キロメートル四方）」と見える「東苑」を指す。梁園は梁苑とも書き、「菟（兎）園（苑）」とも呼ぶ。

梁王に封ぜられた孝王劉武は、呉楚七国の乱（前一五四年）を平定するときに武勲をたて、特に天子の旌旗の使用を許され、各種の儀仗も天子に準じる盛大さを誇った。そして鄒陽・枚乗・司馬相如ら、当時を代表する文学者を招いて厚遇し、梁園やその東に隣接する「平台」（宋の平公のために築かれた楼台）で日夜酒宴を開き、彼らに辞賦を競作させて楽しんだ。

南朝宋の謝恵連「雪の賦」（『文選』一三）には、そうした情景の一こまを、「寒風積もり、愁雲繁し。梁王悦ばずして、兎園に游ぶ。迺ち旨酒（美酒）を置き、賓友（賓客・朋友）を命ぶ。鄒生（陽）を召し、枚叟（乗）を延く。相如　末（最後）に至り、客の右（上座）に居る」と詠じている。

梁園は美しい竹林で知られ、俗に「竹園」「修竹園」（修（＝脩）き竹の園）」（盛唐・岑参「梁園の歌…」）「修竹院」などともいう。孝王の賓客の一人、枚乗の「梁王の菟園の賦」（『古文苑』三）にも、「脩き竹は檀欒（高く伸びて美しいさま）として池の水を夾み、菟園を旋り、馳道に並う」とある。広大な園内には、百霊山や雁池、池中の中洲「鶴洲」などがあり、宮観が連なって、奇果・異樹、珍鳥・怪獣が備わっていた（『西京雑記』二）。

梁園や平台でくり広げられた孝王の栄華は、「梁宋」（「汴宋」ともいい、今の開封・商丘地区）を彩る有名な古跡となる。梁園と平台の地は、ともに梁国の都が置かれた「睢陽」城（商丘市の南）付近にあり、「東苑」とも呼ばれるように、都城の東郊にあった。『元和郡県図志』七、宋州宋城県の条に、「兎園は、県の東南十里（約五キロメートル）、漢の梁の孝王の園」とある。

ところが、「梁」と「大梁」（戦国・魏の都、今の開封市）の語はきわめてまぎらわしく、しかも「梁園」の梁字の解釈とも関連して、六朝時代にはすでに、梁園は「大梁」付近にあるとも考えられた。つまり梁園は本来、今の商丘市付近にあったものが、六朝期前半ごろにはすでにその西北、開封市付近にあるとも考えられ、後世ではむしろ開封説のほうが優勢となる（『大明一統志』二六など）。こうした解釈史を考えれば、梁園を詠んだ唐詩中に、開封付近の「梁園」を指すものがあったとしても、少しも不思議ではない。徐伯勇「有関開封歴史的幾個問題」（『中国古都研究』第一輯、一九八五年）、陳礼君「梁園考」（『地名知識』一九九二年一期）など参照。

梁園の詩跡化は盛唐期に始まり、その確立もまた盛唐期であった。李白は「梁園吟」（梁園の吟）の中で、魏の阮籍の有名な「詠懐詩十七首」其一二（『文選』二三）の一節「蓬池（開封の東北）の上りに徘徊し、還り顧て大梁（開封）を望む。緑（淥）水は洪波（大波）を揚げ、曠野は莽として茫茫たり（草が茂ってはるかに広がる）」を踏まえて、こう歌う、「平台に客（旅人）と為りて　憂思多く、酒に対いて遂に（すぐさま）作る　梁園の歌。却って憶う　蓬池の阮公（籍）の詠、因りて吟ず　淥水　洪波を揚ぐるを」と。そして梁園を描写した条には、こう歌う。

梁王宮闕今安在　　梁王の宮闕　今安くにか在る

枚馬先帰不相待　　枚馬先ず帰って　相い待たず
舞影歌声散淥池　　舞影　歌声　淥池に散じ
空余汴水東流海　　空しく余す　汴水　東のかた海に流るるを

―梁の孝王の豪奢な宮殿は、今どこにあるのであろうか。枚乗も司馬相如も早々と死に、私を待ってはくれない。舞姫の影も歌い女の声も澄んだ池面に散りゆき、今はただ汴水（【汴河・汴堤（隋堤）】の項参照）が、東の海に向かって流れつづけるばかり。―

この作品は、宋州（商丘）にある本来の梁園を訪れて、たまたま関連する同じ大運河（汴河）ぞいの汴州（開封）の古跡（蓬池や「信陵墳」（戦国・魏の信陵君、名は無忌の墓））にも連想が及んだ、というのではなく、「梁園・開封」説に従って歌詠しているらしい（前掲論文参照）。白居易「板橋路」詩にいう「梁苑の城西二十里」も、汴州（開封）を指す（朱金城『白居易集箋校』一九参照）。

同じ盛唐期、高適「宋中」、王昌齢「梁苑」、岑参「山房春事」の名唱が、次々と生まれた。高適の若いころの作「宋中」（商丘付近）詩は、まぎれもなく本来の梁園の跡に対する、簡潔・古雅な五言古詩である（連作十首其一）。「梁王　昔　全盛、賓客　復た多才。悠悠たり（遠く隔たるさま）一千年、陳跡（昔の栄華の跡）惟だ高台のみ。寂寞として秋草に向かえば、悲風　千里より来る」と。また、同題の詩中（其四）では、「君王（梁の孝王）は　見る可からず、脩竹　人をして悲しましむ」とも歌う。

他方、王昌齢の七絶「梁苑」は、自らを梁の孝王の賓客になぞらえて、知己のいない不遇感を表白した詩である。

梁園秋竹古時煙　　梁園の秋竹　古時の煙
城外風悲欲暮天　　城外　風悲し　暮れんと欲するの天
万乗旌旗何処在　　万乗の旌旗　何処にか在る
平台賓客有誰憐　　平台の賓客　誰有りてか憐れまん

―梁園の跡に今もなお残る竹林には、昔そのままに秋の夕もやが立ちこめ、郊外を吹きわたる風は悲しい響きをたてて、天空はしだいにたそがれてゆく。天子に準じる万乗の車をつき従え、数知れぬ旌旗をなびかせて出行した梁の孝王は、いまいったいどこにいるのであろうか。平台に集った賓客たちは、孝王の没（前一四四年）後、いったい誰が目をかけてくれるのであろうか。―

岑参の七絶「山房春事」詩（二首其二）は、「梁園　日暮　乱飛の鴉、極目　蕭条たり（荒れはててわびしいさま）三両家」と詠んだ後、自然の無情さをこう歌う。

庭樹不知人去尽　　庭樹は知らず　人去り尽くすを
春来還発旧時花　　春来　還た発く　旧時の花

―庭の木々は昔、ここ梁園に遊んだ人たちが、みな死にたえたのも知らぬげに、春が訪れると、またも昔のままに美しい花を開く。―

岑参の歌う梁園は、宋州（商丘）のそれであろう（岑参「梁園の歌…」を参照。ただまぎらわしい「大梁」の語もまじる）。まことに梁園は、場所の異同にかかわりなく、文学者を優遇した梁の孝王の栄華をしのぶ古跡として、不遇に苦しんだ盛唐詩人たちの心を強く捉えて、次々と名唱を生んだ独特の詩跡であった。

なお、宋以後、梁園を詠んだ詩は、北宋の蘇轍「子瞻（蘇軾）の徐（州）自り湖（州）に移り、将に宋都（商丘）を過ぎんとする途中にて寄せらるる（詩）に和す五首」（其五）、明の李夢陽「梁園の歌」、明末清初の顧炎武「梁園」、呉偉業「汴梁」二首（其二）など、数多い。

【澠池・吹台（繁台）】

（植木）

澠池は、河南省の西部（洛陽市の西約六〇キロメートル）、三門峡市澠池県。戦国時代の後期（前二七九年）、藺相如が趙の恵文王を助けて、強国・秦の昭王（昭襄王）とここで会見して、国威を揚げた澠池の会で知られる。藺相如は、趙の名宝・和氏の璧を、秦から無事に持ち帰った人物。澠池の会では、秦の昭王が趙の恵文王に瑟を弾かせて辱め、秦の御史に記録させた。藺相如は憤激して、秦の昭王に缶（酒を入れる瓶）を差し出し、打つことを強要して、趙の御史に記録させた（『史記』八一）。この会談場所は、「秦趙会盟台」遺址として、現・澠池県城（城関鎮）の西南一キロメートルに伝わる。

西晋の潘岳は「西征の賦」の中で、「澠池を経て長く想い、余が車を停めて進まず」と詠じた後、澠池の会における英傑・藺相如の智勇を回顧する。続いて少し後の盧諶「覧古」詩にも、「爰に澠池の会に在り、二主（秦王・趙王）克く歓みを交う。昭襄（王）は力を負まんと欲し、相如は其の端（発端）を折く」云々と讃える。

晩唐・胡曾の七絶の詠史詩「澠池」詩は、この澠池の会を、

日照荒城芳草新　日は荒城を照らして　芳草新たなり
相如曾此挫強秦　相如は　曾て此に　強秦を挫く
能令百二山河主　能く百二の山河の主（秦王）をして
便作樽前撃缶人　便ち樽前に缶を撃つの人と作らしむ

と歌い、汪遵「澠池」詩も藺相如の活躍を詠む。同じ晩唐の呉融「澠池に過りて事を書す」詩には、「相如の忠烈　千秋に断え（消え失せ）、二主の英雄　一夢に帰す」と懐古する。

秦趙会盟台を詠む詩は、明の程本立・鄭岳らに見える。鄭岳「会盟台」詩の末尾には、「会盟　台有りて　今寂寞、夕陽　蔓草　残碑を封ず」という。清の王士禛も「会盟台二首」を作る。

吹台は、「梁王吹台」ともいい、梁王（大梁［開封市］に遷都した戦国・魏の恵王罃）が、蒼頡師曠城の「列仙（仙人たち）の吹台」を増築したもの（『水経注』二二）。三国・魏の阮籍「詠懐」其三一に、「駕して言に魏都（大梁）を発し、南に向かいて吹台を望む」と見え、北宋・梅堯臣の詩（「同江隣幾…登吹台有感」）にも、「在昔　梁の恵王、台を築いて　歌吹を聚む」という。

しかし、後世、歌吹・遊宴した増築者・梁王は、一般に梁園（【梁園】の項参照）での文学活動で有名な前漢・梁の孝王劉武と見なされ（『旧五代史』四）、北宋・王安石の懐古詩「梁王の吹台」は、その一例である。唐の『元和郡県図志』七、汴州開封県の条に「梁王の吹台は、県の東南六里に在り。俗に繁台と号す」とあり、現・開封市東南郊の禹王台公園付近とされ、古吹台ともいう。

唐代、田遊巌・戴叔倫・羅隠らは、南朝期に続く「歌舞の場所」の用例以外に、汴州（開封市）の吹台を詠む。天宝三載（七四四）、杜甫は李白・高適と連れだって「汴州に過り」（『新唐書』二〇一）、後年、「気酣にして吹台に登り、懐古して平蕪（原野）を視る」（「遣懐」詩）と回想した（ただしこの吹台は、宋州［商丘市付近］の古跡「平台」の誤りか）。

吹台（繁台）は、五代の王仁裕、北宋の王安石・梅堯臣、金の完顔璹、明の李夢陽・李攀龍・李濂、清の乾隆帝らが詠み継ぐ。李夢陽の七律「吹台春日古懐」の頷聯は、遥かな歴史を回顧して歌う。

天留李杜詩篇在　天は　李・杜の詩篇を留めて在り
地歴金元戦陣来　地は　金・元の戦陣（戦場）を歴て来る

河南省

（矢田）

【広武山・鴻溝】

広武山は、滎陽市の東北約二〇キロメートルの広武鎮にあり、三皇山ともいう。その北側を、黄河が西から東へ流れる。秦の滅亡三年後の前二〇三年、天下の覇権を争う漢王劉邦と西楚の覇王項羽が、ここで対峙する。広武澗を隔てた西側の峰には劉邦が、東側の峰には項羽がそれぞれ築城して対陣した（後世、漢覇二王城という）。この時、項羽は劉邦に対して、「早急に降伏しなければ、人質の太公（劉邦の父）を煮殺す」と迫ったが、劉邦は「私と君とはともに楚の懐王より命を受け、兄弟の約束を交わした間柄。わが父は即ち君の父である。君の父を煮殺すなら、私にも一杯の羹（煮汁）を分けてくれ」と答え、応じなかった。また、項羽の「願わくは漢王と戦いを挑み、雌雄を決せん」との挑発に対しても、劉邦は「吾は寧ろ智を闘わすも、力を闘わすこと能わず」と切り返した（『史記』七、項羽本紀）。

魏の阮籍は、広武山に登り楚漢の戦場を観て、「時に英雄無く、豎子（小童）をして名を成さしむ」と嘆いたという（『晋書』四九）。

盛唐の李白は、五言古詩「登広武古戦場懐古」（広武の古戦場に登りて古えを懐う）詩の中で、遺跡を見ながら回顧して歌う。

伊昔臨広武　伊れ昔（両軍は）広武に臨み
連兵決雌雄　兵を連ねて　雌雄を決せんとす
分我一杯羹　我に　一杯の羹を分かて
太皇乃汝翁　太皇（太公）は　乃ち汝が翁（父親）なり

その後も、例えば南宋・劉季孫の「広武山にて古えを懐う」詩には、「楚漢　兵相い接し、乾坤（天地）　昼も亦た瞑し。虎争いて　千里震え、龍戦いて　四郊腥し」とあり、金・趙秉文の「広武山を過ぐ」詩には、「成皋（滎陽市の西）は天下の険、楚漢　昔　相い持す（対峙する）」と歌う。さらに明・羅欽順の「西城に登りて広武山を望む」詩にも、「蓋世の英雄（項羽）　百戦休む、黄河　旧に依りて　山を繞りて流る」と詠まれ、広武山は項羽と劉邦の対戦を偲ぶ詩跡として歌い継がれた。

鴻溝は、黄河と潁水（淮河の支流）を結ぶ、戦国期に開鑿された古運河の名。広武澗の水は、この鴻溝に注ぐ。項羽と劉邦両軍の、広武山での対峙は、数ヶ月間に及んだのち和睦し、天下を二分して、鴻溝を界に、以西を漢の領域とし、以東を楚の領域とした。しかしその後まもなく、東に帰る項羽軍は、背後から劉邦軍に追撃され、ついに垓下（安徽省）で包囲されることになる。

鴻溝もまた、項羽と劉邦との戦いを偲ぶ詩跡となる。中唐・韓愈の七絶「過鴻溝」（鴻溝を過ぐ）詩は、その早期の作で、

龍疲虎苦割川原　龍は疲れ　虎は苦しみて　川原を割く
億万蒼生性命存　億万の蒼生　性命存す

―龍と虎のような両雄（項羽・劉邦）は、ともに長期の戦いに疲れ苦しみ、鴻溝を境界に天下を二分することにした。そのため億万を数える人民の生命は、ひとまず保たれることになった。―

と歌い、中唐の張祜と晩唐の許渾も「鴻溝」詩を作る。

鴻溝は、宋代以降も詠み継がれた。北宋・王禹偁は「鴻溝を過ぐ」詩の中で、項羽の短慮を「只だ見る　鴻溝　両界を分かつを、知らず　垓下　重囲有るを」と歌い、北宋・楊傑もまた、「鴻溝を過ぐ」詩の中で、「楚漢は　区区として（愚かにも）　土疆（国の領土）を別つ、誰か知らん　盛徳　兵の強きに勝るを」と嘆く。

金の趙秉文、元の周伯琦、明の殷奎などにも、「鴻溝」詩がある。

【嵩山（太室山・少室山）・中岳廟・嵩陽書院】（矢田）

嵩山は、洛陽市の東南六〇数キロメートルに連なる秀麗な山なみの名。登封市の北と西に位置して伏牛山脈に属し、東の太室山・西の少室山の二つの山系から成る。嵩とは高大の意。嵩山はその総称である。南朝（東晋・宋）の戴延之『西征記』に、「其の山、東を太室と謂い、西を少室と謂う。相い去ること十七里（約八・五キロメートル）、嵩は其の総名なり。之を室と謂うは、其の下に各の石室有るを以てなり」（『初学記』五所引）という。

古来、神聖な霊山「五岳」のなかの中岳として重視され、嵩高山・外方山などとも呼ばれた。一般に三十六峰と総称されるが、宋代には六十峰（太室山二十四峰、少室山三十六峰）、明代以降は七十二峰（両山それぞれ三十六峰）とも呼ばれた。太室山（嵩山の主山）の主峰「峻極峰」は、海抜一四九二メートル（少室山は一五一二メートル）、「華山は立つが如く、嵩山は臥すが如し」と評されるように、切り立つ西岳華山に対して、嵩山は東西方向に約六〇キロメートル、群峰が連綿と連なる山容を特色とする。

唐代の人々は、嵩山を中原の地を鎮護する名山・霊場として親しみ愛した。東都洛陽にもほど近く、交通も便利で、美しい風景と長い歴史にめぐまれ、仏教・道教の聖地として、寺院や道観も多かった。そこに所蔵されている外典（経史子集）に着目して、挙業（科挙の受験勉強）に励む若者も多く訪れた。盧鴻・呉筠・張彪・司馬承禎・潘師正といった有名な道士・隠者をはじめ、宋之問・王維・岑参・劉長卿・張謂・李渤・李渉・于武陵らも、一時期、この山に住んだ。嵩山は信仰のためにも勉学のためにも、好適な場所だったのである。また、則天武后は、嵩山を「神岳」と呼んで尊崇し、万歳登封元年（六九六）、ここで天地を祀る封禅の儀を行った。

嵩山は、六朝以前、詩中にほとんど詠まれず、唐代、にわかに著名な詩跡として確立した。初唐・宋之問の五言四句の古詩「下山歌」（山を下るの歌）は、嵩山への深い愛惜を表白した早期の作であり、友人の王無競や賈曾の唱和詩も伝わる（「和宋之問下山歌」）。

下嵩山兮多所思　嵩山を下るに　思う所多く
携佳人兮歩遅遅　佳人（よき友）を携えて　歩み遅遅たり
松間明月長如此　松間の明月　長えに此のごときも
君再遊兮復何時　君と再遊　復た何れの時ぞ

盛唐の李白は「元丹丘の歌」の中で、紫のもやに包まれた嵩山の三十六峰をめぐり歩く旧友の道士・元丹丘の生活を、

朝飲潁川之清流　朝には潁川の清流を飲み
暮還嵩岑之紫煙　暮には嵩岑（嵩山の峰）の紫煙に還る

と歌う。潁川（潁水）は少室山に源を発して、嵩山の南麓を東流する川の名。堯帝時の隠者、許由や巣父の故事で知られる（【蘇頲（二蘇頲）・許由廟】の項参照）。また、中唐の顧況「李秀才の嵩山に遊ぶを送る」詩にも、嵩山の超俗的な趣きを、「嵩山の石壁　飛流（瀑布）を挂け、無限の神仙　上頭（山上）に在り」と歌う。

晩年を洛陽で過ごした中唐・白居易には、嵩山の美しい遠景を詠んだ佳句が多い。例えば「菩提寺上方晩眺」（菩提寺〔龍門の西山の南麓にあった寺〕の上方〔山寺〕にて晩に眺む）詩の中で、

嵩煙半巻青綃幕　嵩煙　半ば巻く　青綃の幕
伊浪平鋪緑綺衾　伊浪　平らかに鋪く　緑綺の衾

—嵩山の山頂付近は、もやに包まれてかすみ、まるで青い絹の幕を

半ば巻き上げたかのよう。（眼下を流れゆく）伊水の清流は、さながら緑のあや絹の夜具を平らに敷いたかのよう。―

と歌い、「八月十五日の夜、諸客と同に月を翫づ」詩では、中秋の名月の光を浴びて白銀色にきらめく山容を、「嵩山の表裏　千重の雪、洛水の高低（天空と水面）　両顆（二つぶ）の珠」と詠む。

同じく中唐の張籍は、七絶「寄李渤」（李渤に寄す）詩の中で、嵩山に隠棲して春を楽しむ友人に思いを馳せて歌う。

五渡渓頭躑躅紅　　五渡渓の頭　躑躅　紅ならん
嵩陽寺裏講時鐘　　嵩陽寺の裏　講時の鐘
春山処処行応好　　春山　処処　行は応に好しかるべし
一月看花到幾峰　　一月　花を看て　幾峰にか到らん

―（南麓の）五渡渓のほとりには、躑躅の花が紅く燃えたち、（南麓の）嵩陽寺の中から、仏典の講義を知らせる鐘が響きわたる。春の山は、どこに出かけても、すばらしいことだろう。ひと月の間に花をたずねて、君はいくつの峰をめぐったのだろうか。―

さらに、晩唐・呉融も「嵩山を望む」詩の中で、高峻な山なみを、「三十六峰　危くして冠に似たり、晴楼　百尺　独り登りて看る。高さは鳥外を凌ぎて（飛ぶ鳥を越えて）　青冥（青空）も窄く、翠（の山影）は人間に落ちて　白昼も寒し」と歌う。

まことに嵩山は、唐詩によって美しく彩られた詩跡であるが、以後も、例えば北宋・蘇轍の「嵩山に登る十首」、金・趙秉文の「嵩頂に登る」、元・楊奐の「嵩山に遊ぶ十二首」、明・馮時可の「嵩山」、清・田雯の「太室山二十韻」詩など、長く歌い継がれた。

中岳廟は、嵩山の神を祀る祠廟であり、中国最古の道観となる。登封市の東約四キロメートル、太室山南麓の黄蓋峰下にある。その前身は、秦代、太室山の神を祭祀するために設けられ、前漢の武帝劉徹によって増築された「太室祠」である。北魏の時、「中岳廟」と改名され、道教の寺廟となった。そして、嵩山を尊崇した則天武后が、万歳登封元年（六九六）、封禅の儀を行ったとき、嵩山の神を「神岳天中黄帝」と称して祀って以降、中岳廟の地位は確立し、祭祀の対象として、歴代の王朝の庇護を受けた（ただし、廟址はしばしば変遷し、現在地に定まったのは、唐・玄宗の開元年間である）。なお、現在の広壮な廟の建築群は、多く清代に成る。

中岳廟を詠む詩は遅く、元の呉全節「中岳廟にて龍簡（帝王の祭祀用文書）を投ず」詩は、早期の例である。詩中には、廟を「皇皇たる（荘厳な）聖帝の居、歴代　重ねて爵（位）を封ず。老柏　蒼煙（青いもや）を浮かべ、古殿　丹艧（朱塗りの色）蝕まる」という。明の謝榛にも、中岳廟の天中閣で詠んだ詩が伝わる。

清の乾隆帝は、荒廃した中岳廟を、北京の紫禁城を参考に修復した。その五律「謁岳廟」（岳廟に謁す）詩は、乾隆一五年（一七五〇）、当地に赴いた折りの作で、自らの長寿を祈願して歌う。

正正堂堂地　　正正堂堂たる（威儀の整った）地
巍巍煥煥京　　巍巍煥煥たる（広大で輝かしい）京
到来瞻気象　　到り来りて　気象（周囲の景色）を瞻れば
果足慶平生　　果たして平生（の思い）を慶ばしむるに足れり
愜我長年願　　我が　年を長くするの願いを愜い
陳茲祈歳情　　茲の　歳を祈るの情を陳ぶ
忽聞鸞鶴韻　　忽ち聞く　鸞鶴の韻（声）
疑有列仙迎　　列仙（仙人たち）の迎うる有るかと疑う

嵩陽書院は、登封市の北約三キロメートル、太室山南麓の峻極峰下に置かれた学府の名。睢陽（応天府）書院・白鹿洞書院・岳麓書院とともに、北宋の四大書院の一つに数えられる（【岳麓書院】の項参照）。北宋の儒学者として著名な程顥・程頤兄弟が、数百名の学生を前に講義をしたところとしても知られる。

前身は、北魏・孝文帝の太和八年（四八四）に創建された嵩陽寺であり、嵩陽宮とも呼ばれた。嵩陽の名は、嵩山の陽にあるための命名である。隋末には道教の寺院となり、嵩陽観と呼ばれた。書院（学問所）に改められたのは、五代・後周の時で、太乙書院と称した。北宋・太宗の至道三年（九九七）、太室書院の名を賜り、さらに仁宗の景祐二年（一〇三五）、嵩陽書院と改名された。

嵩陽書院は、その後も興廃を繰り返しつつ存続し、今もなお鄭州大学の施設として、その役割を担い続けている。

なお、現在の建物は、多く清代に造られたものである。書院の敷地内には、前漢の武帝が嵩山を訪れたとき、将軍に封じたという、「将軍柏」と呼ばれる柏樹の巨木が二株現存し、書院の門の傍らには、唐・玄宗の天宝三載（七四四）に建てられた嵩山最大の石碑「大唐嵩陽観紀聖徳感応之頌」（李林甫撰・徐浩書）碑がある。

中岳廟

北宋・李廌の「嵩陽書院の詩」は、儒の教えを軽視して、利に奔る当時の世相を嘆いた五言古詩。その中で、書院設立当初の理念とその盛況ぶりを追憶して、「嵩陽に儒宮（学問所）を敞くは、遠く唐（堯）の盧（＝廬）自りす。聖を章らかにし 隠君を旌さんとして（隠れた逸材を表彰するため）、此の地に宏居を搆う。崇堂（高堂）にて遺文（伝存する典籍）を講じ、宝楼にて賜書を蔵す。賞田（朝廷から賜った田地）は千畝を逾え、笈を負うもの（遊学する者）昔 雲のごとく趨る（各地から馳せ参じた）」と歌う。

清・乾隆帝も七律「嵩陽書院」詩の前半で、人材を育成する書院を高く評価して歌う（前掲の「謁岳廟」詩と同時期の作）。

書院嵩陽景最清　　書院 嵩陽 景は最も清し
石幢猶紀故宮名　　石幢 猶お紀す 故宮の名
虚誇妙薬求方士　　虚しく誇る 妙薬 方士に求むるを
何似菁莪育俊英　　何ぞ似かん 菁莪 俊英を育つるに

―書院の中でも、嵩陽書院は、景色が最も清らかである。（傍らに建つ「大唐碑」（前述）の）石碑には、今も嵩陽宮の旧名が記されている。（さらにそこには）、不死の仙薬を道士に求めた、唐の玄宗の逸話が空しくも誇らしげに書かれているが、人材の育成を楽しむ「菁菁者莪」（『詩経』小雅所収の詩）の歌のように、天下の逸材を育て楽しむ、宋代以降の書院の役割には及びもしないのだ。―

第二句の原注にいう、「旧と嵩陽宮と名づく。宮前の石幢には唐の明皇（玄宗）、仙を求めて薬を得し事を載す」と。

（矢田）

【少林寺】

少室山（嵩山の西峰）北麓の五乳峰下にある古刹の名。明・邵宝の「少林寺に遊ぶ」詩に、「西のかた登封県を出で、来りて古少林を尋ぬ」というように、現・登封市の西北一三キロメートルの地にある。洛陽市から見れば、東南方向にあたる。寺の名は少室山下の深い林の中にあることにもとづく。

北魏・孝文帝の太和二〇年（四九六）ごろの創建とされ、約三〇年後には、インドから渡来した高僧達摩大師が、「面壁九年」の修行を行って禅宗の初祖となり、後に第二祖慧可が、教えを請うために大雪の中に立ちつくし、自らの左の臂を切断して決意を示した「慧可断臂」の伝承で名高い。禅宗の祖庭（発祥の地）とされるゆえんである。寺の西北約一キロメートル、五乳峰下の小高い丘の上には、北宋末に建てられた「初祖庵」があり、五乳峰の頂上付近には、面壁座禅の旧跡とされる「達摩洞」がある。また、寺の南西の鉢盂峰の頂には「二祖庵」があって、「初祖庵」と南北に相対している。

少林寺は、唐代に隆盛をきわめた。唐初の武徳四年（六二一）ごろ、洛陽を占拠していた王世充を、秦王李世民（後の太宗）が討伐する時に、曇宗・志操・恵瑒など少林寺の僧十三人が助けて奮戦した。これが「少林僧兵」の起こりであり、これを機に、少林寺は唐王室の保護を受けることとなった（清・顧炎武『日知録』二九参照）。以来、少林寺の僧徒は常に武芸の習得に励み、特に拳術に秀でた。いわゆる「少林拳」の由来である。その後も少林寺は、興廃を繰り返しつつ存続した。寺の西方にある「塔林」は、唐代から清代に至る歴代の僧侶の墓塔であり、現存最大の墓塔群として知られる。

少林寺は、「唐宋以来、多く名賢の題詠有り」（『大明一統志』二九）と指摘されるように、唐代から詩に詠まれ始めた。なかでも初唐・沈佺期の五律「遊少林寺」（少林寺に遊ぶ）詩は、宮廷詩人らしい華麗な言葉を織り交ぜて表現し、少林寺を詩跡化する作品となる。幽邃・清浄な古寺のたたずまいが、こう歌われる。

長歌遊宝地　長歌して　宝地に遊び
徙倚対珠林　徙倚して　珠林に対す
雁塔風霜古　雁塔　風霜古り
龍池歳月深　龍池　歳月深し
紺園澄夕霽　紺園　夕霽澄み
碧殿下秋陰　碧殿　秋陰下る
帰路煙霞晩　帰路　煙霞の晩
山蝉処処吟　山蝉　処処に吟ず

——高らかに歌いながら聖地に足を運び、美しい樹木（の茂る荘厳な古寺）を前に、思わず足踏みする。雁塔（仏塔）は久しく風や霜を受けてふるび、龍池（境内の池）は長い歳月を経て深々と水を湛える。紺青（極楽の色）の境内は、雨後の夕晴れの中に澄みわたり、碧色の仏殿に、冷ややかな秋の陰い気が降りてくる。夕焼けの広がる中、帰路につくと、山の到る所で蝉が鳴いている。——

彼と並称される初唐の宋之問も、「少林寺に幸す　応制」詩の中で、天子の来臨を祝福する雰囲気を、「曙陰（明け方の暗さ）　日を迎えて尽き、春気　巌を抱いて流る」と歌う。聖暦二年（六九九）の仲春、則天武后に随従して嵩山を訪れた折りの作であろう。

中唐期、少林寺は、韋応物・戴叔倫・白居易・李紳らに詠まれた。戴叔倫の作と伝える「少林寺に遊ぶ」詩は、幽深な境内を歌う。

石龕蒼蘚積
香径白雲深
石龕　蒼蘚積もり
香径　白雲深し

—仏像を安置する小さな石室には、青い苔が幾重にも積もり、花の香りに包まれた小道には、白い雲が深く立ちこめる。—

北宋に入ると、梅堯臣が西京留守・銭惟演のお供をして嵩山に遊び、五律「少林寺」詩を作る。中央の二聯には、目に触れた情景を、

門対幾千巌
花開第一祖
禅庭松色寒
石室苔痕古
門は対す　幾千の巌
花は開く　第一の祖
禅庭　松色寒く
石室　苔痕古し

—寺の門は幾千もの岩に面し、初祖（達摩大師）ゆかりの地に、花が咲きほこる。禅寺の庭に生える松の樹は老いて色あせ、石室（達摩洞）の中は、久しい時を経て苔むしている。—

と歌い、文彦博も「少林寺に宿る」詩の中で、脱俗的な趣きをこう歌う。

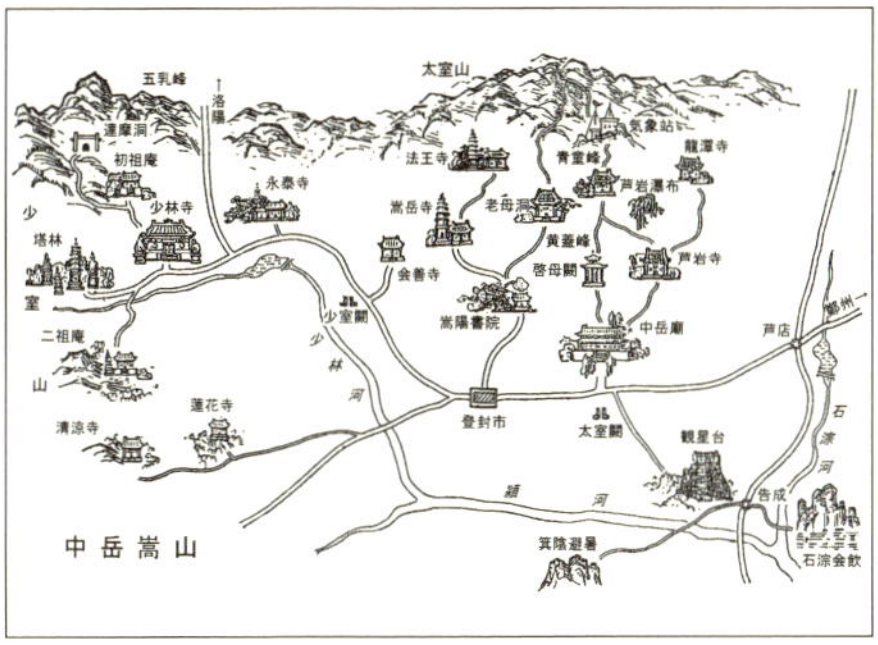

嵩山図

六六仙峰繞静居
俗塵至此暫消除
六六の仙峰　静居を繞る
俗塵　此に至れば　暫く消除す

—少室山の三十六の霊峰が、静閑な寺を取り囲む。ここに来ると、俗世間の汚れた塵は、にわかに取り除かれる。—

少林寺は、その後も長く歌い継がれた。例えば、金の許安仁は「少林寺」詩の中で、達摩と慧可の伝承を踏まえて、「聞道く　九年深く面壁し、二祖（慧可）に逢いて　便ち衣（衣鉢＝法統）を伝うるを得たり」と歌い、明の謝榛「達摩洞」詩の中にも、暮れゆく五乳峰を前に、達摩大師の長い修行を偲んで、「心空しくして面壁せしと　古来聞けり、五乳峰頭　自ずから落曛（黄昏）たり」と詠む。また、明・李夢陽にも七律「少林寺」詩があり、その前半には、閑静な当地の秋の情景を、以下のように歌う。

林深谷暝客子入
鐘鳴葉落秋山空
煙雲細裊石澗底
巒岫乱積松窓中
林深く　谷暝くして　客子入れば
鐘鳴り　葉落ちて　秋山空し
煙雲　細く裊く　石澗の底
巒岫　乱りに積む　松窓の中

—深い林を通り、暗い谷を越えて、旅人（たる私）が少林寺の中に入りゆくと、鐘の音が鳴り、枯れ葉が舞い落ちて、秋の山はひそまる。雲霧が岩の谷底から細くゆらゆらと立ちのぼり、山の峰々が、松の樹々に臨む（僧院の）窓越しに、乱雑に積み重なる。—

清代では、顧炎武が「少林寺」詩の冒頭で「峨峨（高峻）たり　五乳峰、奕奕（壮美）たり　少林寺」と賛美し、顧嗣立も「少林寺に宿る」詩の中で、ものふりた境内を、「老柏（柏の老木）　翠　天に参わり、疏影（疏らな木かげ）　斜日を漏らす」と歌う。

少林寺は、中国の数多い寺院の中でも、有数な詩跡であった。

（矢田）

【石淙・九龍潭】

石淙は、嵩山（太室山）の東谷から流れ出て、東南麓の告成鎮（登封市の東南）で、潁水にそそぐ谷川の名。平楽澗とも呼ばれる。しかし一般に、告成鎮の東約三キロメートル、水中には巨岩、両岸には洞穴が多くて、淙淙と水音を立てる、石淙河の通る峡谷内の名勝を指す。

当地は、則天武后が久視元年（七〇〇）、離宮「三陽宮」を新築した石淙山の麓である。同年の夏、避暑に訪れた則天武后はここで盛大な宴会を催し、自ら七律「夏日　石淙に遊ぶ詩、并びに序」を作って、太子や従臣たちに唱和させた、石淙会飲の場所である。この時に作られた李嶠・狄仁傑・沈佺期・蘇味道・崔融らの詩を含めた、合計一七首が、今もここ石淙山の北崖に刻まれて伝存する。蘇味道の「遊びに侍る　応制」詩には、山水の景観を、「重崖（重なりあう断崖）対い聳えて　霞文（色鮮やかな雲）駁り、瀑水（瀑布のしぶき）交わり飛びて　雨気寒し」と詠み、狄仁傑の同題詩には、「飛泉（瀑布）は液を灑いで　恒に雨かと疑い、密樹は涼を含んで　鎮に秋に似たり」という（『金石萃編』六四）。

北宋末・呂本中の「将に嵩少（少室山）に遊ばんとして石淙に題す」詩の序に、「石淙は嵩山の東三十里に在り。下は絶壑に臨んで、流水有り。奔騰縦放して、適に石と会す」とあり、詩にこう歌う。

石淙山水更奇絶　　石淙の山水は　更に奇絶
水怒決石山崩摧　　水は怒りて石を決し（裂き）　山は崩摧す

九龍潭は、嵩山（太室山）の険峻な東巌（東側の岩山）の中腹にあり、諸水が集まって次々と瀑布をなして落ちる、九つの深い淵の名。龍淵・龍潭ともいう。登封市の東北に位置し、近くに唐代建立の龍潭寺があった（もと則天武后の離宮とされ、清代の寺が現存）。

則天武后の「九龍潭に遊ぶ」詩は、九龍潭を詠んだ早期の作で、「巌頂に双鳳（一対の鳳凰）翔り、潭心に九龍倒る（九匹の龍がまろび落ちるかのよう）」と歌う。「仙官（道士）　九龍潭に往かんと欲す」の句で始まる、盛唐・王維の「送方尊師帰嵩山」（方尊師の嵩山に帰るを送る）詩には、九龍潭付近の景色を歌う。

瀑布杉松常帯雨　　瀑布　杉松　常に雨を帯び
夕陽彩翠忽成嵐　　夕陽　彩翠　忽ち嵐を成す

—瀑布のしぶきを受けて、杉や松はいつも雨にぬれているかのよう。夕陽の輝きの中、山の鮮やかな緑が、ふいに紫の靄に包まれた。—

中唐・陳羽は「友人の嵩山に遊ぶを送る」詩の中で、九龍潭の超俗的な趣きを、「君　九龍潭上の月を見ば、辞する莫かれ　清夜水中に看るを」と歌う。中唐・白居易も、河南尹（東都洛陽の知事）在任中の大和五年（八三一）、「諸ろの道者（道士）と同に二室（太室山と少室山）に遊び、九龍潭に至りて作る」詩を作って歌う。

挙手摩挲潭上石　　手を挙げて摩挲す　潭上の石
開襟抖擻府中塵　　襟を開いて抖擻す　府中の塵

—手をあげて淵のほとりの石をなでさすり、胸元を開いて（河南尹の）役所の中で付着した俗塵を振り払う。—

白居易は翌年の初秋にも嵩山を訪れて、「龍潭寺より少林寺に至り、題して同遊者に贈る」詩を作り、「九龍潭の月は杯酒に落ち、三品松（少林寺の松の名）の風は管弦（のような響き）を飄わす」と歌い、「龍潭寺に宿る」詩にも、その風流な情景を歌う。

夜上九潭誰是伴　　夜　九潭（九龍潭）に上るに　誰か是れ伴う
雲随飛蓋月随杯　　雲は飛蓋（走る車）に随い　月は杯に随う

（矢田）

【法王寺・啓母石】

法王寺は、登封市の北約五キロメートル、嵩山（太室山）の南麓にある仏教寺院。後漢・明帝の永平一四年（七一）創建の古刹と伝える。その後、護国寺・舎利寺・功徳寺などと改名されたが、唐の大暦年間（七六六―七七九）、再び法王寺となる。その西南約五〇〇メートルの地に、北魏の古塔で有名な嵩岳寺（旧・閑居寺）がある。

法王寺の詩跡化は、中唐・白居易の「夜従法王寺下帰岳寺」（夜法王寺より下りて岳寺に帰る）詩に始まる。詩は大和六年（八三二）、河南尹（東都洛陽の知事）に在任中、嵩山を遊覧した折りの作で、法王寺から嵩岳寺に下って帰る一筋の細い山道を歌う。

双刹夾虚空　　双刹　虚空を夾み
縁雲一径通　　雲に縁りて　一径通ず
似従忉利下　　忉利より下るに似て
如過剣門中　　剣門の中を過ぐるがごとし

―二つの寺の塔が大空を挟んで聳えたち、その間を、たちこめる白い雲に沿って、一筋の小道が通じている。まるで（帝釈天が住む須弥山頂の）忉利天から下って、剣門山（四川省、【剣門蜀道】の項参照）の中を通っていくかのようである。―

その後も、北宋の李廌「雨中　法王寺に遊ぶ」詩に、「雨脚　麻の如くにして　未だ収むるを肯んぜざるも、雨中　還た法王（寺）の遊を作す。雲は輦路（御車の通る道）を埋めて　煙初めて合し、水は松巌に濺ぎて　雪乱りに流る」とあり、元の陳基「法王寺」詩に、「白雲相い送りて　高崗を度り、松声を行き尽くして　上方（山寺）に到る」という。清・施閏章は「九日に法王寺に登る」詩に、

野寺路廻飛塔見　　野寺　路は廻りて　飛塔見れ
嵩門峰断早霞生　　嵩門　峰は断ちて　早霞（朝焼け）生ず

と歌い、法王寺は嵩山の名勝の一つとして歌い継がれた。

啓母石は、登封市の北東、嵩山（太室山）の南麓にある、高さが一〇メートルにも及ぶ巨大な石。啓母とは夏の禹王の妻・塗山氏、夏王朝第二代天子・啓の母にあたる。塗山氏は、熊と化して治水に打ち込む夫の姿を見ると恥じて逃げ、嵩山の麓までくると石と化した。追いかけてきた禹が、「我が子を返せ」というと、その石は北側が裂けて啓が生まれた（『漢書』六、武帝紀、顔師古注）。前漢の武帝劉徹は元封元年（前一一〇）、啓母石を見て、啓母廟を創建した。

啓母石の詩跡化は、北宋に始まる。梅堯臣は「啓母石」詩を作り、「曠き哉　嵩室の陽（嵩山［太室山］の南）は、神怪の棲宅する所なり。蒼石（苔むした石）は年を知らず（何年そこにあるのだろう）、霊熊（熊と化した禹）は去りて迹無し」と歌う。また、蘇轍は「嵩山に登る十首」其十「啓母石」詩の中で、次のように歌う。

神夫化黄熊　　神夫は　黄熊と化し
神母化白石　　神母は　白石と化す
嬰児剖還父　　嬰児　剖けて父に還り
涕泣何暇恤　　涕泣するも　何ぞ恤れむに暇あらんや

―聖なる夫は黄色い熊に姿を変え、聖なる母は白い石に姿を変えた。石が裂けて生まれた嬰児は、父のもとに帰ったが、涙を流して泣いても、父は（治水に忙しくて）、かまってやる暇もない。―

さらに、金・元好問の「啓母石」、元・楊奐の「啓母石」（「嵩山に遊ぶ十三首」其四）、明・李昌祺の「啓母石を観る」詩などがあり、啓母石は長く詩に詠み継がれた。

【緱山・緱山廟】

（矢田）

緱山は、洛陽市の東—偃師市の南約二〇キロメートル、府店鎮の南にある、海抜約二〇〇メートルの独立峰の名。緱氏山・緱嶺ともいい、その東には中岳嵩山（の少室山）が望まれる。盛唐・岑参は、「緱山の西峰草堂にて作る」詩の中で、草堂からの眺めを、「廬を結びて　中岳に対い、青翠（嵩山の青い山なみ）　常に門に在り」と歌う。

緱山は、東周の霊王の太子晋が登仙したところと伝える。太子晋は王子喬・王子晋ともいう。好んで笙の笛を吹いて、鳳凰の鳴き声を奏でた。伊洛の地（洛陽の南部一帯）に遊んだとき、道士の浮丘公に伴われて嵩山に登ったまま帰らず、三十数年後、桓良の前に現れて、「七月七日、緱氏山の頂上で待つように、家族に伝えてほしい」といった。当日、王子喬は白い鶴に乗って山頂に降り、人々に別れを告げ、数日後に飛び去った。後日、緱氏山の麓や嵩山の頂には、王子喬の祠が建てられた（伝・劉向『列仙伝』上）。

緱山は、笙の名手の仙人・王子喬ゆかりの地として、唐代ごろから詠まれ始めた。中唐・武元衡の七絶「緱山道中口号」（緱山の道中口号［即興］）詩には、伝承を踏まえて緱山の秋景を歌う。

秋山寂寂秋水清　　秋山寂寂として　秋水清らかに
寒郊木葉飛無声　　寒郊の木葉　飛びて声無し
王子白雲仙去久　　王子　白雲　仙去（登仙）して久しきも
洛濱行路夜吹笙　　洛濱（洛水のほとり）行路　夜に笙を吹く

中唐・張仲素の詩「緱山の鶴」には、「羽客（仙人）　仙鶴に驂り、将に飛びて碧山に駐まらんとす」とあり、中唐・鍾輅の「緱山の月夜　王子晋の笙を吹くを聞く」詩には、「月は満つ　緱山の夜、風は伝う　子晋の笙。初めて聞けば　谷に盈ちて遠く、漸く聴けば　雲に入りて清らかなり」という。

緱山廟は、緱山の上に建つ王子喬を祀る廟。王子晋祠（廟）ともいう。古く『水経注』一五に見え、武周の則天武后は廟を再建して昇仙太子廟と改名し、自ら撰書した「昇仙太子碑」を建てた（現存）。

緱山廟もまた、唐代から詠まれ、初唐の宋之問・盛唐の崔曙・盛唐の呉筠・晩唐の許渾に「緱山廟」詩があり、さらに中唐・白居易が「王子晋廟」詩、晩唐・鄭畋が「緱山の王子晋廟に題す」詩を作るなど、詩跡として確立した。白居易の「王子晋廟」詩にいう。

子晋廟前山月明　　子晋の廟前　山月明らかに
人聞往往夜吹笙　　人は聞く　往往にして　夜　笙を吹くを

—王子晋の祠廟の前に、山月が明るく輝くとき、人々は、王子晋が夜に奏でる笙の音色を、幾度も耳にした。—

緱山廟は歌い継がれた。北宋・司馬光は「緱山引」（緱山の引）の中で、長い歳月を経た古い緱山廟の様子を描く。

王子吹笙去不還　　王子　笙を吹いて　去りて還らず
当時旧物唯緱山　　当時の旧物は　唯だ緱山のみ
山深樹老蔵遺廟　　山深く樹老いて　遺廟を蔵し
春月秋風空自閑　　春月　秋風　空自しく閑なり

—王子喬は笙を吹き、鶴に乗って飛び去ったまま帰らない。当時の面影を留めるものは、ただ緱山があるばかり。山は奥深く老木が生い茂って、古い祠廟を覆い隠し、春には月に照らされ、秋には風に吹かれて、ただひっそりとそこにある。—

北宋の梅堯臣・鄭文宝、金の王若虚、明の朱応登、清の王士禛らにも、緱山廟（王子晋祠）を詠んだ詩が伝わっている。

【蘇墳（二蘇墳）・許由廟】

（矢田）

　蘇墳は、北宋の蘇軾およびその弟蘇轍の墓を指し、二蘇墳ともいう。河南省の中部―平頂山市郟県の西北約二三キロメートル、小峨眉山の東麓にあり、汝水に面し、嵩山を背にし、許（昌）洛（陽）古道が通る景勝地である。ここは北宋の汝州郟城県に属し、小峨眉山は東西に対峙する二つの小山から成る。徽宗の建中靖国元年（一一〇一）、常州（江蘇省）で没した蘇軾は、翌年、その遺言にもとづき、弟の蘇轍と子の蘇過の手によってこの地に埋葬された。さらに十年後の政和二年（一一一二）、潁昌（河南省許昌市）で没した蘇轍もまた、蘇軾の墓辺に埋葬された。元の至正一〇年（一三五〇）、二人の墓の間に父蘇洵の衣冠塚が置かれたので、三蘇墳とも称される。

　蘇墳は、元の頃から詩に詠まれ始め、元・王惲の雑言古詩「謁蘇墳」（蘇墳に謁す）詩、程明徳の七絶「登望嵩楼」（望嵩楼に登る）詩などが伝わる。程明徳詩の後半には、こう歌われている。

　莫道前賢無過化　道う莫かれ　前賢　過化する無しと
　郟山深処是蘇墳　郟山の深き処　是れ蘇墳

―かつてこの地を訪れ民を教化した賢人はいなかったなどと言ってはならない。郟県の山（小峨眉山）の奥深いところ、そここそ、かつて（汝州を治めて民を教化した）蘇軾と蘇轍の墓なのだから。―

　明代になると、張用瀚が「蘇墳の夜雨」詩を作って歌う。

　弟兄同是宋名儒　弟兄　同に是れ　宋の名儒
　夜雨峨眉葬両蘇　夜雨の峨眉（小峨眉山）　両蘇を葬る

　さらに劉昌が「蘇墳に謁す」詩の中で、「峨眉の山は高くして冷雲を凝らし、下に文章　両公の墓有り」と詠み、呉節が「蘇墳に謁す四絶」其二の中で、「小眉の山下　草芊芊たり（生い茂る）、十畝の荒丘　二賢を葬る」と歌うなど、小峨眉山の蘇墳は、賢明な蘇軾と蘇轍兄弟の人柄と文才を偲ぶ詩跡として定着した。

　現在、蘇墳は、三蘇陵園・蘇墳寺（広慶寺）・三蘇祠から成る。

　許由は、上古の伝説上の隠者。尭帝から天子の位を譲られそうになったため、箕山（登封市の東南）の麓に隠遁し、さらに九州（天下）の長となるよう求められたため、汚らわしいことを聞いたとして、潁水のほとりで耳を洗った。許由は没すると、箕山の頂きに埋葬された（西晋・皇甫謐『高士伝』上）。

　箕山には、山上に築かれた許由墓のほかに、彼を祀る祠廟（許由廟）もあって（『水経注』二二）、潁水はその北を東流する。

　箕山の許由廟は、初唐の隠者・田遊巌が、その東に住んで、「許由の東隣」と自称したことでも知られる（『旧唐書』一九二）。許由廟を詠んだ早期の作に、初唐・李適の「餞許州宋司馬赴任」（許州の宋司馬の任に赴くを餞す）詩があり、「昔　吾れ　箕山に遊び、堨来して（行きて）　潁水を渉る」と詠んだ後、こう歌う。

　復有許由廟　復た　許由の廟有りて

　迢迢白雲裏　迢迢たり　白雲の裏に

中唐の銭起「許由の廟に謁す」詩は、高士への追慕の情をこめて、

　故向箕山訪許由　故らに箕山に向いて　許由を訪ぬれば
　林泉物外自清幽　林泉　物外（世俗の外）　自から清幽たり
　松上挂瓢枝幾変　松上に瓢を挂けし　枝は幾たびか変ずる
　石間洗耳水空流　石間に耳を洗いし　水は空しく流る

と詠み、晩唐・羅隠も七絶「許由廟」詩を作る。

　ちなみに、箕山には、後世の許由墓と許由廟が現存する。

（矢田）

【函谷関】

秦漢時代、都城（咸陽・長安）の置かれた関中平原（渭河平原）の東方を守るために設けられた関所（関城）の名。戦国時代に築かれた旧関と前漢時代に築かれた新関とがある。ちなみに、関中平原とは、東西南北の四方を、それぞれ函谷関・散関・武関・蕭関の、四つの関所に囲まれているための命名である。

旧関は、戦国時代の中期、秦が東方の六国（韓・魏・趙・斉・楚・燕）に対する備えとして、崤山（西岳華山の東、盧氏県・洛寧県の北に連なる山なみ。海抜約一五〇〇メートル）の北麓と黄河中流域の南岸との間を、東西方向に走る深い谷間「函谷」の中に設置した。現在の霊宝市の東北一五キロメートル（霊宝旧県城の西南三キロメートル。現在の市は三門峡ダム建設のために移設された）、弘農澗（澗河）西岸の函谷関鎮「王垛村」の東にあった。

秦の東関「函谷関城」について、南朝（東晋・宋）の戴延之『西征記』（『元和郡県図志』六所引）にいう、「路は谷の中に在りて、深く険しきこと函の如し（凹形をいう）。故に以て名と為す。其の中は劣かに通じて、東西十五里（約七・五キロメートル）、絶岸は壁のごとく立ち、崖上の柏（ヒノキの類）の林、谷の中を蔭いて、殆ど日（太陽）を見ず。関は長安を去ること四百里（約二〇〇キロメートル）。日入れば則ち閉じ、鶏鳴けば則ち開くは、秦の法なり。東のかた崤山より、西のかた潼津（潼関）に至るまで、通じて函谷と名づけ、号びて天険と曰う。所謂『秦　百の二を得たり』なり」と。

「秦　百の二を得たり」とは、『史記』高祖本紀に見える語。秦が百万人に対して二万人の兵力で対抗できる、山河険固な要害の地であることをいう（南朝宋・裴駰の集解に引く蘇林の説）。

初唐・宋之問は、「過函谷関」（函谷関に過る）詩の中で、東方の六国が蘇秦の合従説を受け入れ、南北同盟を結んで、秦に対抗しようとした史実に思いを馳せて歌う。

二百四十載　　二百四十載
海内何紛紛　　海内　何ぞ紛紛たる
六国兵同合　　六国　兵は同に合するも
七雄勢未分　　七雄　勢いは未だ分かならず

—二四〇年の間、天下はなんと乱れに乱れたことか。（秦に対抗すべく）、六国の軍はともに力を合わせたが、（秦を含めた戦国）七雄の勝敗の成り行きは、まだはっきりしなかった。—

「二百四十載」とは、『戦国策』（前漢・劉向編）が記載する、周の元王から秦の始皇帝の天下統一（前二二一年）までの、二四〇余年間を指す。秦の始皇帝が六国を滅ぼして天下を統一すると、開閉の厳重な函谷関も、常に開かれるようになった。盛唐の李白は「古風」五九首其三の中で、その様子を「兵（天下の武器）を収めて　金人（銅像）を鋳、函谷　正に東に開く」と歌う。

秦設置の函谷関は、北中国を東西に二分する要衝として、しばしば激しい争奪戦が繰り広げられた。秦末の楚漢の争いの際、漢の劉邦が秦の都咸陽に入ってこの関城を守り、楚の項羽を激怒させたことは有名である。盛唐の岑参が「函谷関の歌、劉評事の関西に使いするを送る」詩の中で、「蒼苔（青いこけ）白骨　空しく地に満つるも、月は古時と長えに相い似たり」と歌うように、数多くの兵士がこの地で命を落としたことであろう。

古来、函谷関より東を「関東・関外」、西を「関西・関中・関内」

と称した。前漢の元鼎三年（前一一四）、函谷関は一五〇キロメートル東の新安県（洛陽の西北約三〇キロメートルの地。今の新安県の東〇・五キロメートル）に移された。これは、楼船将軍楊僕が関外の民となることを恥じ、自らの出身地（新安）を関中とすべく、武帝劉徹の許可を得て、私費を投じて移したものである。都長安のある関中に対する、楊僕の憧憬の表れと言ってよい。この新函谷関は、崤山山脈の最東端、穀水（澗河）に臨む形勝の地にあったが、旧関の要害さには全く及ばなかった。後漢の末、函谷の西端、旧関の西約五〇キロメートルの地に潼関（【潼関】の項参照）が設けられると、しだいに顧みられなくなり、三国・魏の正始元年（二四〇）に廃止された（『通典』一七七）。なお、残存する新関の遺跡は、清代に修復されたものらしい。

一方の旧関も、前漢の中期以降、関所としての機能は喪失したが、その代わりに弘農県が設置され、依然として東西を結ぶ重要な交通路上に位置した。しかし、隋代、今の霊宝旧県城の地に桃林県（唐代、霊宝県と改名）が設けられると、街道自体が北へ五キロメートル、黄河により近い新道へと移動し、関所付近は、人通りも途絶えて荒廃した。初唐・楊斉哲は、五律「函谷関に過る」詩の中央二聯で、旧関の荒廃を、「逶迤として（曲折して連なるさま）衆山尽き、荒涼として古塞空し。河光　暁日を流し、樹影　朝風に散ず」と歌う。続く盛唐の岑参も、前掲の「函谷関の歌…」の中で、城壁が崩壊して、樹の根や草の蔓が通路を遮る状況を詠む。

函谷関

君不見函谷関　　君見ずや　函谷関
崩城毀壁至今在　　崩城　毀壁　今に至りて在るを
樹根草蔓遮古道　　樹根　草蔓　古道を遮り
空谷千年長不改　　空谷　千年　長く改まらず

従来、函谷関が担ってきた関所としての役割は、同じ函谷内の西端に位置する潼関へ移った。潼関は、いわば函谷関の後を継ぐ関所であり、しかも両者は距離的にも近い。このため詩中では、実際には潼関を指す場合でも、豊かなイメージと古典性を備えた「函谷関（旧関）」の語で表現されることがある。盛唐・岑参の五律「懐州の呉別駕を送る」は、都長安から懐州（河南省沁陽市。太行山脈の南麓）に赴く呉別駕（別駕は官名）を見送った折りの送別詩。頸聯には、「駅路（街道）は函谷（関）に通じ、州城（懐州城）は太行（山）に接す」と歌う。当時、函谷関はすでに街道からはずれて荒廃していたことを考えれば、詩中の「函谷」は、実際には潼関を指すと見てよい。また、盛唐・李白の「乱離を経し後、天恩もて夜郎に流され、…」詩に、「函関は帝居（長安）を壮んにし、国命は哥舒に懸かる」とあるのは、安史の乱中、唐朝の命運を名将哥舒翰に託して潼関を守らせた史実を踏まえた表現である。

関中（長安）の東方を守る函谷関は、都長安を暗示する象徴的な地としても詠まれた。三国魏・曹植の「又た丁儀・王粲に贈る」詩に「軍に従いて函谷を度り、馬を駆りて西京（長安）に過る」とあり、南朝宋の鮑照「擬古八首」其六に「田祖（田地に課す租税）は函谷に送り、獣藁（禽獣の餌とする藁）は上林（皇帝の狩猟場でも

ある上林苑）に輸す」とあるのは、そのような例であろう。また、北周・庾信の「別周尚書弘正」（周尚書弘正に別る）詩に、

扶風石橋北　扶風　石橋の北
函谷故関前　函谷　故関の前
此中一分手　此の中に　一たび手を分かてば
相逢知幾年　相い逢うこと　幾年なるかを知らんや

—扶風（郡の名。都長安の西の地）の石橋の北、函谷の古い関所の前。ここでひとたびお別れすれば、また会えるのは、いったい何年後のことであろうか。—

と歌う。北周の都長安に留め置かれた庾信が、南朝陳に帰る外交使節・周弘正を見送った折りの作。ここでの「函谷の故関」も「扶風の石橋」とともに、離別の場—長安を暗示する。

ところで函谷関は、「鶏鳴狗盗」の逸話と「老子過関」の伝説でも知られる。斉の公族孟嘗君（田文）は、食客数千人をかかえる賢者。秦の昭王に招かれて宰相となるが、讒言を受け殺されそうになる。このとき、食客の一人、狗盗（こそ泥）が秦の蔵から盗み出した狐白裘（貴重な皮のコート）を寵姫に献上し、そのとりなしで釈され、急いで函谷関まで逃げた。ところが時は夜半、鶏が鳴くまで関門は開かない。そこで食客の一人、鶏の鳴きまね名人が鳴くと、鶏が一斉に鳴き出して、危機一髪、門が開き、秦王の追っ手から逃れることができた（『史記』孟嘗君列伝）。晩唐の胡曾は、詠史詩「函谷関」の中で、以下のように歌う。

寂寂函関鎖未開　寂寂たる函関　鎖して未だ開かず
田文車馬出秦来　田文の車馬　秦を出でて来る
朱門不養三千客　朱門　三千の客を養わずんば
誰為鶏鳴得放回　誰か為に鶏鳴し　放回せらるるを得ん

—静まりかえった夜半の函谷関は、まだ門が閉じられたまま。（鶏の鳴きまね名人のおかげで）、孟嘗君（田文）の車馬は、秦から脱出できたのだ。もし孟嘗君が、朱塗りの邸宅内に三千人の食客を養っておかなかったならば、彼のために鶏の鳴きまねをしてくれる者もなく、釈放されて（斉に）帰ることもできなかっただろう。—

他方、道家思想の祖・老子（李耳）は、周朝の衰えを見て西遊し、函谷関まできた。関の令（関所の長官）尹喜は、紫気がたなびくのを見て賢人の訪れを知り、青牛にのる老子を見て喜び、『道徳経』五千余言（『老子』）を書いてもらった。老子は関を出ると、そのまま行くえが分からなくなった（『史記』老子列伝等）。

盛唐の岑参「函谷関の歌…」（前掲）には、公孫龍の逸話（白馬に乗って関所を通ろうとした公孫龍は、関所の役人に乗馬での通過を阻まれると、白馬は馬ではないと答えた）と対にして、「白馬の公孫何れの処にか去る、青牛の老子　更に還らず」と歌った。

函谷関は、廃止後も詠まれ続けたが、都城が関中を離れて東遷する北宋以降、単なる古跡として埋没し、あまり詩に詠まれなくなる。数少ない中の一首、明・張佳胤の七律「函関の城楼に登る」詩には、遥かな眺望を、「黄は雨後に看て　河流（黄河の流れ）急に、青は窓中に入りて　華岳（華山）低し」と歌う。

（長谷部）

【唐長安城】

陝西省の省都・西安（旧・長安）は、安陽・洛陽・南京・開封・杭州・北京とともに中国七大古都の一つであり、西周・秦・前漢・前趙・前秦・後秦・西魏・北周・隋・唐の十王朝が、西安市およびその付近に王都を置いた。奠都の年数は一〇七七年間に及ぶ。

隋の文帝楊堅は、開皇元年（五八一）即位し、翌年、漢代以来の長安城の東南約一〇キロメートルの丘陵「龍首原」に、新都の造営を命じた。新都の建設を主導した宇文愷は、従来の都城形態とは異なる東西対称の条里を配し、宮殿・皇城を中央最北に置く斬新なプランを立てた。文帝は開皇三年（五八三）、新都「大興城」に入る。同九年（五八九）、南朝陳を滅ぼして中国を統一する六年前のことである。

隋に続く統一王朝・唐の都城「長安城」は、隋の「大興城」をそのまま継承・発展させたものである。四面を城壁で囲まれた長安城は、①宮城（皇帝の執務する「太極宮」・皇太子の「東宮」・皇后の「掖庭宮」の三部分からなる建築区画の総称）、②宮城の背後に広がる禁苑、③皇城（官庁街）、④官僚や一般人の居住区である外郭城、の四部分からなり（妹尾達彦『長安の都市計画』講談社、二〇〇一年）、禁苑を除いても、東西約九・七キロメートル、南北約八・七キロメートルの規模を有した。これは、長安城をモデルとした日本の平城京や平安京の三、四倍の大きさである。

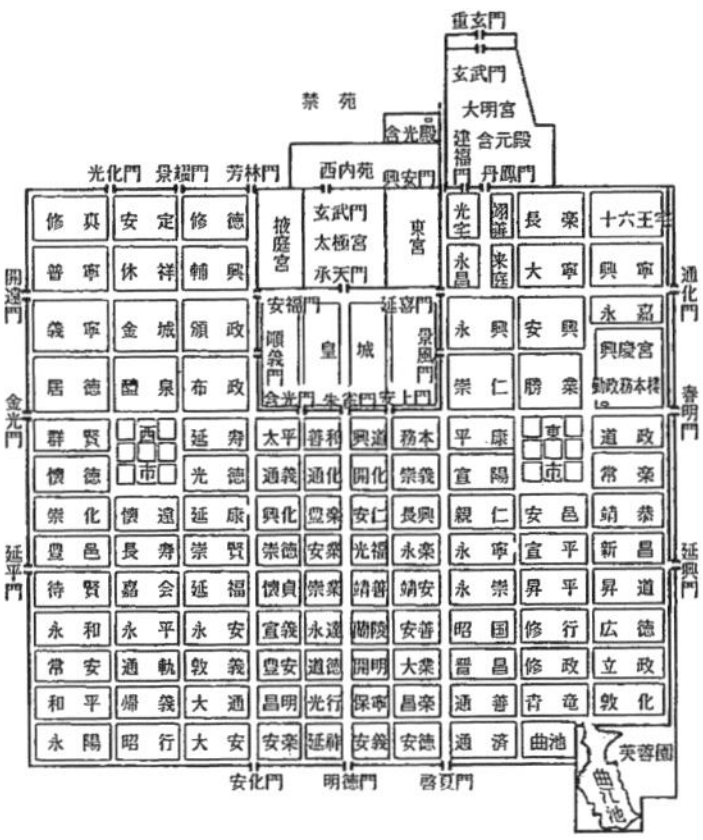

唐長安城図

皇城の中央部を南北に貫く「天門街」に接続する朱雀門（皇城の南正門）から、城南の明徳門（外郭城の南正門）まで、幅一五〇メートルの朱雀大街が走り、東は万年県、西は長安県に属し、それぞれに繁華な商業センター「東市」と「西市」が均等に配置された。外郭城内は、碁盤目状に区画された一〇九坊（のち一一〇坊）と両市からなり、この坊（牆壁〔坊牆〕に囲まれた居住空間）の中に、一般の住宅地や寺院などがあった。中唐の白居易は、「観音台に登りて（長安）城を望む」詩の中で、都城を俯瞰して歌う。

百千家似囲棋局　　百千の家は　棋を囲む局に似たり

十二街如種菜畦　　十二の街は　菜を種うる畦のごとし

—無数の家々が碁盤目状に区画された方形の坊の中に碁石のように建ちならび、都大路が野菜をうえる畑の畦のように直進する。—

長安城は、世界帝国・唐の都として十全な政治的・経済的機能を果たしただけでなく、城南の明徳門外には、皇帝が天をまつる円い祭壇「円丘」（南郊壇）が築かれ、同じく祭祀儀礼の行われる宮城（太極殿など）と南北に相対して、巨大な祝祭空間を形成していた（ほかに東郊・西郊・北郊も置かれた）。

唐初の貞観二年（六二八）、雅楽が制定された。同六年の冬至の日、天を祭るために、魏徴らが「祀圜丘楽章」（圜丘〔＝円丘〕を祀る楽章）を作り、南郊で歌われた。その中の楽章「豫和」には「景福（大いなる福）降りて（皇帝の）聖徳遠く、玄化（霊妙な徳化）穆しくして天歴（唐朝の天運）長し」という（『旧唐書』三〇、音楽志）。

長安の人口は、いったいどれほどであろうか。盛唐の岑参は「秋夜　笛を聞く」詩の中で、「長安城中　百万の家、知らず　何人か夜笛を吹くを」と歌い、中唐の韓愈「門を出づ」、賈島「山を望む」詩にも、「長安　百万の家」という。これらは詩的表現であり、実数として即断できないが、万年県・長安県の一般人が八〇万人前後（『長安志』一〇、西市）、宮城の皇族や宦官・宮女・禁軍兵士、および僧侶・科挙受験生・外国使節などが二三十万人と仮定すると、約一〇〇万の人口を擁していたらしい（『唐長安詞典』陝西人民出版社、二〇一一年）。ただ約七〇万人と推計する説もあって、定かではない。

晩唐の韋荘「長安の春」は、この都長安のにぎわいぶりを歌う。

長安二月多香塵　　長安　二月　香塵多く
六街車馬声轔轔　　六街の車馬　声轔轔

—春爛漫たる仲春二月、長安の都には、芳しい土ぼこりが舞い立ち、六条の都大路を走る車馬の音は、りんりんと高らかに響く。—

天下の中心、皇帝の居住する長安の宮城は、晩唐の杜牧「張祜処士の寄せらるる長句に酬ゆるの四韻」詩に、「北極の楼台　長く夢に掛かる」とあるように、天上の中心にあって、他の星々がその周囲をめぐる北極星に喩えられた。なかでも太極宮（西内）、大明宮（東内）、興慶宮（南内）の三宮殿は、規模が最も大きく、「三大内」と称された。あとの二つは、唐代に造営された新宮殿である。

太極宮は、太宗李世民の貞観の治が行われた宮殿であり、中宗李顕・睿宗李旦も太極宮に常居した。

大明宮は、太宗李世民のとき建築が始まり、龍朔二年（六六二）の大規模な重建を経て、翌年、高宗李治は太極宮を出て、ここで聴政を始めた。特に安史の乱以後、すなわち粛宗李亨以後は、皇帝が常居する、唐朝の政治中枢としての機能を果たした。

南正門「丹鳳門」から入って龍尾道を登ると、壮麗な含元殿（外朝）に着く。ここは、元旦などに王朝儀礼が行われたところである。含元殿の北には、皇帝が平素、群臣と対面して政務をとる宣政殿（中朝）があった。西には詔勅を起草する中書省、東にはそれを審議する門下省があり、さらにその北には、皇帝が休息・宴遊する紫宸殿（内朝）があった。

盛唐・賈至の七律「早朝大明宮、呈両省僚友」（早に大明宮に朝して、両省（中書・門下省）の僚友に呈す）詩は、彼が中書舎人に在任中の乾元元年（七五八）の春、大明宮における朝会の儀を歌う。首聯で「銀燭　天に朝して　紫陌（都大路）長し、禁城（皇居）の春色　暁に蒼蒼たり」と参内する光景を述べ、頷聯で「千条の弱柳　青瑣（青塗りの宮門）に垂れ、百囀の流鶯　建章（漢の建章宮〔ここでは大明宮〕）を繞る」と到着を告げた後、以下のように続ける。

剣珮声随玉墀歩　　剣珮の声は　玉墀の歩みに随い
衣冠身惹御爐香　　衣冠の身は　御爐の香りを惹く
共沐恩波鳳池上　　共に恩波に沐す　鳳池の上り
朝朝染翰侍君王　　朝朝　翰を染めて　君王に侍す

—腰に提げた剣と珮玉は、玉石の階段を歩むにつれて鳴り響き、衣冠束帯の我が身には、御殿の香炉の芳しい香りがまつわりつく。私は僚友の諸君とともに、鳳池のほとり（中書省）で明君の恩沢に浴しつつ、毎日、詔勅の文書を執筆して天子にお仕えするのだ。—

本詩には、中書舎人の王維、左拾遺の杜甫、右補闕の岑参らが唱和した詩が伝わる。大明宮は、安史の乱を生き抜いた盛唐の詩人たちによって、詩跡としての名を留めた。

杜甫はこのころ、宮中に宿直し、夜を徹して皇帝への上申を準備した際、五律「春　左省（門下省）に宿す」詩を作った。尾聯には自らの実直な仕事ぶりを、「明朝　封事（天子に奉る密封の意見書）有り、数ば問う　夜は如何と（何どき）」と詠む。この詩も大明宮内での作であり、忘れがたい名詩である。

興慶宮は、もと玄宗李隆基が太子時代に住んだ、街東の隆慶（興慶）坊である。玄宗はここを基礎に、二度の拡張工事を行い、開元一六年（七二八）、大明宮から移り住んで、正式の宮殿に昇格した。北半分が興慶殿（正殿）などのある宮殿地区、南半分が龍池（興慶池）などのある庭園地区であった。開元二年（七一四）、龍池での祭祀のための歌辞「龍池篇」が、群臣たちによって一三〇篇献上され、その中から沈佺期・蘇頲・崔日用ら一〇首が選ばれて、実際に歌唱された（『唐会要』二二、龍池壇）。

龍池の東南には、牡丹の名所・沈香亭があった。天宝二年（七四三）の春、玄宗が楊貴妃を伴って花見をした際、翰林供奉の李白に歌詞の製作を命じ、李亀年の率いる「梨園」の楽人に歌唱させた。この時の作が、「清平調詞」三首であるという（『太平広記』二〇四所引『松窓録』など）。其三にいう。

名花傾国両相歓　　名花　傾国　両つながら相い歓び
長得君王帯笑看　　長く君王の笑みを帯びて看るを得たり
解釈春風無限恨　　解釈す　春風　無限の恨み
沈香亭北倚欄杆　　沈香亭北　欄杆に倚る

―名花の牡丹と傾国の美女が互いにその美を喜びあい、天子はいつまでも笑みを浮かべてご覧になる。春風がもたらす限りない怨みを解きほぐすように、美女が沈香亭の北で欄干に寄りかかる。―

李白の詩と、それにまつわる逸話によって描かれる玄宗朝の絢爛たる宮廷生活も、一二年後に勃発した安史の乱によって終止符が打たれた。杜甫の「春望」詩に「国破れて山河在り、城春にして草木深し」と見える「城」こそ、反乱軍に占領されて荒廃した長安城である。この興慶宮もまた、安史の乱後は華清宮と同様に、急速にさびれていった。（現在、この跡地の一部は興慶宮公園となる）

西のマーケット「西市」は、商工業の発達に伴って活発な経済活動が行われたのみならず、シルクロードを経由して中国にきた西域人（胡人）も多く居住する、国際色豊かな場所であった。李白の楽府詩「少年行」二首其二にいう。

五陵年少金市東　　五陵の年少　金市の東
銀鞍白馬度春風　　銀鞍　白馬　春風を度る
落花踏尽遊何処　　落花踏み尽くして　何れの処にか遊ぶ
笑入胡姫酒肆中　　笑って入る　胡姫　酒肆の中

―いなせな若者たちが、金市（西市。五行説で西は金）の東の盛り場にきて、銀の鞍おく白馬に乗って、春風の中を進み行く。一面の落花を踏みつくして、どこへ遊びに行くのだろう。笑いながら胡姫のいる酒場へと入っていく。―

酒場のホステスの胡姫とは、ペルシア系の紅毛・碧眼・白皙の娘をいい、より具体的にはソグド人の女性を指すともいう。

唐の長安城は、華麗な唐詩に彩られた詩跡でもあったのである。

【漢長安城】

（長谷部）

前漢の高祖五年（前二〇二）、劉邦は帝位に即くと、都城・長安の建造に着手した。選ばれた場所は、渭水の南、龍首原の高台の地で、秦の都・咸陽城のほぼ真南に当たる（現・西安市西北の未央区〔漢城街道・未央宮街道〕）。まず長楽宮が造営され、都が長安に移された前二〇〇年、未央宮が竣工し、その一〇年後、恵帝劉盈のころ、城壁が完成した。武帝劉徹の時代（前一四一―前八七年）に、北宮・桂宮・明光宮の各宮殿が建てられ、城外に建章宮・上林苑などが造られた。城壁は周囲約二五キロメートル、一二の城門があった。城内は約三四平方キロメートル、そのうち諸宮殿が三分の二を占めた。

長安の都における文学的営為は、司馬相如が、武帝の寵愛を失って長門宮に別居中の陳皇后のために書いた「長門の賦」、皇帝による上林苑での狩猟を描いた「上林の賦」などを挙げることができる。前者を源泉として、南朝梁の費昶・柳惲らが閨怨の楽府詩「長門怨」を作り、唐代でも沈佺期・李白・劉長卿らが擬古楽府詩を作った。

武帝の元鼎二年（前一一五）、未央宮の北闕内に柏梁台が造られ、元封三年（前一〇八）、この楼台で武帝と群臣による七言の聯句「柏梁詩」（全二六句）が誕生した（『芸文類聚』五六。ただし後人の擬作）。武帝が「日月　星辰　四時を和す」と詠むと、梁王（孝王劉武）が「驂駕　駟馬（そえ馬つきの四頭だて馬車）　梁従り来る」と続ける。一句ずつ韻を踏んで唱和する柏梁台聯句は、後世、各人一句の聯句を連ねる「柏梁体」詩を生むことになった。

高祖劉邦が政治をとった長楽宮は、のち皇太后（皇帝の母）の住居とされたらしい。この中の一つ、長信宮に、成帝劉驁のとき、淫蕩な趙飛燕姉妹を恐れた、才色兼備の班婕妤が移り住み、季節の移ろいとともに捨てられる団扇の運命に託して、「怨歌行」を作った。これをもとに、西晋の陸機などの「班婕妤」、初唐の崔湜らの「婕妤怨」詩が作られた。盛唐の王昌齢「長信秋詞」五首其四には、天子の訪れを待って、ひとり寂しく暮らす彼女の心境が詠まれる。

真成薄命久尋思　真成に薄命なるかと久しく尋思し
夢見君王覚後疑　夢に君王に見えて覚めて後疑う

未央宮は、二代の恵帝以降、天子の住む皇宮となり、前漢王朝の政治の中心であった。長安に都を置いた北朝期にも、おおむね使用され、その後も絶えず修復された。漢の長安城は唐代、都城の北に広がる広大な禁苑の中に含まれた。景龍二年（七〇八）十二月、中宗李顕は群臣を従えてここを訪れ、自ら作った詩に唱和させた。現在、宋之問・劉憲・李嶠・李乂・趙彦昭の作が伝わる。李嶠の「『長安故城の未央宮に幸す』に和し奉る　応制」詩は、冒頭に「（漢の）旧宮　賢相（漢の丞相・蕭何）築き、（唐の）新苑（内の漢の故城）　聖君（中宗）来る」と詠んで、巧みに古今を対照させる。

盛唐の王維は、禁苑の中に入って七律「百舌鳥（モズ）を聴く」詩を作り、漢代の宮観の名を借りて、「万戸千門　応に暁を覚るべし、建章（宮）　何ぞ必ずしも鳴鶏を聴かんや」（尾聯）と歌う。建章宮は、未央宮の西の城外に接して造営された巨大な宮殿であり、武帝の昇仙への希求から高楼が林立し（『三輔黄図』三）、宮内の太液池も、仙界を再現した神聖な場所であった（同書四）。晩唐の姚鵠「『賀知章の入道する（道士になる）を送る』に擬す」詩に、「太液（池）　始めて黄鶴と同に下り、仙郷　已に白雲に駕って帰る」とあるように、太液池も神仙詩（遊仙詩）の題材となる。

【薦福寺・小雁塔】

（長谷部）

薦福寺は、唐都・長安城（現・西安市）の開化坊にあった寺院の名。文明元年（六八四）、皇后則天武后が前年末に没した高宗李治の追福のために寺を建立して大献福寺と名づけ、天寿元年（六九〇）、薦福寺と改称された。大薦福寺とも呼ぶ。

薦福寺は、唐代の律学僧・義浄が住して訳経に当たった寺として知られる。義浄は法顕や玄奘の求法の壮挙を慕って、みずから咸亨二年（六七一）、海路でインドに向かい、証聖元年（六九五）、四百余部の仏典を携えて帰国した。神龍二年（七〇六）、翻経院が薦福寺に置かれると、義浄は寺に入って、『金光明最勝王経』を始め、五六部二三〇巻の仏典の翻訳に没頭した。義浄将来の仏典を安置するために、景龍元年（七〇七）ごろ、南隣する安仁坊の西北隅に、新たに塔院を開いて浮図（仏塔）を建造した。各層の軒を近接して重ねた〈密檐式〉の薦福寺塔は、青磚を施した、秀麗・玲瓏な十五層の塔である。大慈恩寺の浮図（大雁塔）の重厚な姿と対照的であり、大雁塔よりも小さいため、後に「小雁塔」と呼ばれた。楊鴻勲「唐長安薦福寺塔復原探討」（『文物』一九九〇年一期）は、本来の高さを約五三メートルと推定する。

薦福寺と小雁塔

薦福寺の詩跡化は、景龍二年（七〇八）十二月六日、中宗李顕が群臣を連れて行幸し、自ら詩を作って唱和させたことに始まる。鄭愔・宋之問・李嶠・劉憲・趙彦昭・李乂らの詩が現存し、鄭愔の詩がまず成り、宋之問の詩が遅れてできたという（『唐詩紀事』九、李適）。鄭愔の「『大薦福寺に幸す』に和し奉る」詩の首聯には、「旧邸に　三乗（仏法）闢かれ、佳辰（吉日）に　万騎留まる」と歌う。「旧邸」とは、薦福寺が中宗李顕の皇子時代の邸宅地に建立されたためである。宋之問の同題詩は、詩の中間部でこう詠む。

乗龍太子去　　龍に乗って　太子去り
駕象法王帰　　象に駕って　法王帰る
殿飾金人影　　殿には飾る　金人の影
窓揺玉女扉　　窓には揺らぐ　玉女の扉

―龍に乗って皇太子殿下はこの地より去って（即位し）、（天竺から）象に跨がって高僧（義浄）がお着きになった。仏殿には金色の釈迦如来像が飾られ、窓には神女像を刻んだ扉が揺れる。―

詩は『易経』乾卦の「時に六龍に乗って以て天を御す」の語を用いて、李顕が太子から皇帝になったことを言い、義浄が新たに漢訳した『金光明経』の旧訳に見える「如来の身は金色微妙」を用いて、薦福寺を描く。宮廷詩人・宋之問の面目躍如たる巧みな表現である。宋之問は、さらに翌年、「薦福寺に和し奉る　応制」詩を作る。

中宗の時、皇帝や文人官僚がしばしば薦福寺に訪れて詩を作り、皇徳を称え、寺の壮麗さを描き、仏教への帰依心を詠んだ。

盛唐の王維は、開元年間の末、薦福寺の僧房で催された詩会で「花薬」詩を作った（王維「薦福寺光師房の花薬詩の序」）が、詩は伝わらない。現存する薦福寺関連の詩の多くは、中晩唐期のものである。「薦福寺の衡岳禅師の房に題す」詩の韓翃、「薦福寺にて元偉を送る」詩の耿湋、「苗員外（発）と同に薦福（寺）の常師の房に宿す」詩の司空曙、「苗員外と同に薦福寺の僧舎に宿す」「薦福寺の東池（東院の放生池）に宿して故園を懐う有り、因りて元校書に寄す」詩の李端らは、いずれも主に大暦年間（七六六―七七九）、都長安で活躍した詩人たち（大暦十才子）である。司空曙と李端の詩は詩題から見て、同時の作であろう。

司空曙の詩には「霜階は水際（水辺）の疑く、夜木（夜間の境内の樹木）は山中に似たり」という。薦福寺は皇城の南門―朱雀門に近く、都城の中心部に位置した。西に朱雀大街に臨む、開化坊内の寺院の周囲には、大慈恩寺・青龍寺に次ぐ「戯場（娯楽場）」もあって（『南部新書』戊）、賑やかな場所であった。しかし坊内の南半分を占める大寺院であったため、境内には樹木が茂り大きな放生池もあって、夜になると深い静寂さに包まれたようである。

韓翃の五律「薦福寺の衡岳禅師の房に題す」詩は、第三句で「禅心　江上の山」と詠んで、静謐で乱れぬ高僧の心境を、大河の畔にそびえる青山に比喩した後、浮艶には見向きもしない禅師の、修行の日常をこう詠む（頸聯）。

疏簾看雪捲　　疏簾　雪を看て捲き
深戸映花関　　深戸　花に映じて関す

―疎らな簾は清らかな雪を見るために巻き上げられ、奥深い僧房は艶やかな花に包まれながら堅く閉ざされている。―

薦福寺はまた、牡丹の名所としても知られたらしい。晩唐の徐夤「薦福寺の南院（塔院）を憶う」詩に、「鶗鴂（杜鵑）の声中　双闕（一対の宮城の門楼）の雨、牡丹の花際（開花の時）　六街（都大路）の塵」という。興味深いのは、薦福寺塔（小雁塔）には、慈恩寺の大雁塔のように登覧詩が見当たらないことである。小雁塔も上まで上れたらしいが、宮城や皇城に近いために眺望が制限されたためであろう（現在、小雁塔は登楼できる）。

薦福寺は唐末、兵火に遭って伽藍は焼失し、寺は開化坊から塔のある安仁坊に移転した。北宋後期の張礼『遊城南記』には、この寺院を「聖容院」と呼ぶ。同書の続注によれば、金朝がモンゴル軍の進攻を受けて京兆府を放棄した後、この寺はほとんど破壊されて磚塔のみが残ったという。このため、宋・元時代、薦福寺を詠んだ詩を見つけることは難しい。

明代、この寺は再び薦福寺として再建されたが、明の成化二三年（一四八七）の地震によって、塔頂から足部まで、塔身に亀裂が生じた（その三四年後―正徳一六年〔一五二一〕の地震で亀裂は縫合されたという）。明・前七子の一人、康海（一四七五―一五四〇）は、五律「薦福寺に至る」詩の頸聯で、小雁塔の姿を、

塔影衡雲直　　塔影　雲を衡いて直く
檐花入座深　　檐花（軒下の花）　座に入りて深し

と歌うが、当時、小雁塔は損傷の跡を残していたであろう。

ちなみに、現存する小雁塔は、明代の地震のために上部の二層を失って、高さは約四三メートル。一九六〇年代に修復された。

（長谷部）

【曲江池】

唐都・長安城（現・西安市）の東南隅（城外に突きだす形）にあった湖水の名。「曲江」ともいう。長安の南郊、少陵原の西北縁にあった窪地に、泉（漢武泉）の湧き水がたまって湖水となり、屈曲した形態だったための呼称である。曲江付近は秦漢時代、すでに離宮の置かれた景勝地であり、前漢の司馬相如「（秦の）二世（胡亥）を哀れむ賦」に、「曲江の隑き州（長洲）に臨み、（終）南山の参差たる（峰々が高く低く連なる）を望む」と見える。

隋初、大興城（唐長安城）の造営にあたった宇文愷は、この湖水付近は居住区としては不適切（土地が高くて不便）であったので、曲江園を掘削を加えて整備し、離宮「芙蓉園（苑）」が置かれた。もと曲江園という名であったが、隋の文帝楊堅が「曲」の字を忌み嫌って芙蓉園に改称させたという（唐・劉餗『隋唐嘉話』上）。これに伴って、曲江池も「芙蓉池」と呼ばれた。唐の玄宗の開元年間（七一三―七四一）、曲江池は大規模に改修され、黄渠を開鑿して終南山の義谷から水を引いて、水量を増加させた。発掘調査によれば、曲江池は南北約一・七キロメートル、東西の最大幅約〇・六キロメートル、面積は七〇万平方メートルであったという（『考古学報』一九五八年三期）。

曲江の北部には楽遊原、西北部には大慈恩寺・大雁塔・杏園があって、曲江池周辺は長安最大の遊覧の地であり、皇帝は北の宮城から夾城（牆壁に囲まれた皇帝専用の通路）を通って、曲江の芙蓉園を訪れ、長安市民も多くこの曲江池に遊んだ。晩唐の康駢『劇談録』下に「花卉（花や草）環周し、煙水明媚なり。都人の遊玩、中和（二月一日）・上巳（三月三日）の節に盛んなり。綵幄・翠幬（色とりどりの幕）堤岸を匝り、鮮車・健馬　肩を比べ轂を撃つ」という。

曲江の詩跡化には、盛唐の杜甫の諸作が大きく寄与した。

三月三日天気新　　三月三日　天気新たなり
長安水辺多麗人　　長安の水辺　麗人多し

と歌い起こす「麗人行」（麗人の行）は、天宝一二載（七五三）の上巳節の日、祓禊のために曲江池を訪れた、皇帝の寵姫楊貴妃の姉―虢国夫人たちを詠んだ詩である。詩は楊氏一族の奢侈を描写し、さらに「簫鼓哀吟して　鬼神を感ぜしめ、賓従雑遝して　実に要津（高位高官）」と詠む。妙なる優美な音楽が奏でられ、楊氏一族の恩寵によって高位を占めた、とりまき（賓従）たちが、大勢訪れて混雑をきわめたさまを歌う。詩中の賑やかな曲江池は、まさしく大唐帝国の繁栄、楊氏一族の栄華の象徴でもあった。

杜甫はその前年、仕官に失敗した失意の中で「曲江三章　章五句」詩を作り、「曲江蕭条として秋気高く、菱荷（ヒシと蓮）枯れ折れて風濤に随う」（其一）と歌う。杜甫自身の姿が投影された、晩秋の曲江の寂寞たる情景は、「麗人行」のそれとは全く異なる。

安禄山の乱が勃発して、都長安は陥落し楊氏一族は滅亡する。至徳二載（七五七）の春、占領下の長安に軟禁されていた杜甫は、曲江池のほとりを通って閉鎖中の離宮「芙蓉園」を見つつ、非業の死を遂げた楊貴妃を悼んで、「哀江頭」（江頭に哀しむ）詩を作る。

長安回復後、杜甫は左拾遺として宮中に出仕するなか、しばしば曲江池を訪れ、「曲江にて酒に対す」「曲江にて雨に対す」など、数篇の詩をのこした。乾元元年（七五八）、四七歳の春に成る七律「曲江二首」其一の首聯に、「一片の花飛ぶも　春を減却するに、風は万点（の花）を飄して　正に人を愁えしむ」とあるのは、乱後の曲江池一帯の荒廃の反映であろうか。「古稀」の語の出所とされる其二は、きわめて名高い。

朝回日日典春衣　朝より回りて　日日　春衣を典し
毎日江頭尽酔帰　毎日　江頭に　酔いを尽くして帰る
酒債尋常行処有　酒債　尋常　行く処に有り
人生七十古来稀　人生　七十　古来稀なり
穿花蛺蝶深深見　花を穿つ蛺蝶は　深深として見れ
点水蜻蜓款款飛　水に点する蜻蜓は　款款として飛ぶ
伝語風光共流転　伝語す　風光　共に流転して
暫時相賞莫相違　暫時相い賞して相い違うこと莫からんと

—朝廷から退出すると、日々春着を質に入れ、毎日、曲江のほとりで酔いつぶれて帰る。酒代の借りは常に（飲みに）行く先々にあるが、人は生まれて七十歳まで生きることなど、古来、めったにないのだ。花々の間をぬって飛ぶ蝶は、花影の奥深くにわずかながら姿を見せ、水面に軽く尾をつけるとんぼは、緩やかに飛びゆく。春の風よ光よ、私は言づてしたい。私も君たちも、ともに時の移ろいとともに流転するのだから、せめてしばらくの間、互いに愛であって、その一番美しい時期を逃さないことにしよう、と。—

美しくもはかない晩春の風景。その美を味わい尽くそうとする杜甫の耽溺ぶりは、刹那主義な深い陰りを帯びている。

中唐の盧綸「曲江の春望」三首其一は、「菖蒲は葉を翻して柳は枝を交え、暗かに蓮舟（蓮の花や実を採る小舟）に上るも　鳥知らず」と、曲江池の自然の豊かさを歌う。韓愈「水部張員外籍と同に、曲江に春遊し…」詩には、「曲江　水は満つ　花千樹」とあり、晩唐の唐彦謙「曲江の春望」詩にも「杏艶　桃光　晩霞を奪う（艶やかな杏の花、輝く桃の花は、夕焼けの美しさにも勝る）」という。

唐代の後期、曲江池は、科挙の進士科（高等文官資格試験）の盛大な祝賀会場としても有名であった。仲春の二月ごろ、及第者が発表されると、新進士たちはさまざまな行事の後、曲江の通る修政坊内の、尚書省の亭子における祝宴「曲江の宴」（曲江の会）に参加した。この宴には朝廷の百官も参加し、皇帝からは宮廷直属の楽団が貸与された。唐代の科挙では、進士科が最も重視され、毎年多くとも三〇名しか選ばれなかったため、中唐以降、進士出身者が高官の多くを占めた。かくして新進士たちの感激は極めて強く、彼らの高揚する栄誉感が、曲江の宴を華やかなものにした。長安の貴顕たちは、婿選びのためにこの宴を見にきたという（『唐摭言』一・三など）。

中晩唐・劉滄の七律「及第の後、曲江に宴す」詩の尾聯に、「（宴が終わり）帰る時　花間に酔えるを省みず、綺陌の香車（繁華な路を走る、貴顕の華美な車）は　水の流るるに似たり」という。

そして新進士たちは、杏園に場所を移して探花宴を催し、その後、大慈恩寺に赴いて大雁塔の壁に名を記して、栄誉の記念とした。

曲江池は杜甫の詩、そして曲江の宴等を通して、春の詩跡となったが、唐末には黄渠からの水流も途絶え、漢武泉の水も涸れ、さらには戦乱で芙蓉園なども破壊された。北宋の元祐元年（一〇八六）ごろには、野草が茂って、かつての遊覧・華宴の面影はなかったという（北宋・張礼『遊城南記』）。進士の及第を祝う、唐代長安の曲江の宴も、北宋では首都汴京（現・河南省開封市）の瓊林苑における「瓊林の宴」へと変わった。

しかし今世紀の初頭、旧曲江池付近に、芙蓉湖と曲江池が相次いで穿たれ、それぞれ大唐芙蓉園・曲江池遺址公園として整備された。

【大慈恩寺・大雁塔】

（長谷部）

大慈恩寺は、唐都・長安城内（現・西安市）の東南部、晋昌坊の東半分を占めた大寺院の名。慈恩寺と通称される。太宗李世民の貞観二二年（六四八）、太子の李治（後の高宗）が亡き母―文徳皇后の追善のために、林泉形勝の地にあった廃寺の跡地を利用して寺を再建し、「慈母の恩」の意をこめて「慈恩寺」と名づけた。寺が落成すると、李治は自ら赴いて、仏像や幢幡を下賜し、九部の楽（宮宴楽曲）が演奏されるなか扁額を届けたという（『長安志』八）。

慈恩寺には、元果院・太平院等の十余院があり、建物は全体で一八九七間、壮麗な大伽藍であり、勅命によって三〇〇人の僧を得度させ、五〇名の高僧が居住した。会昌五年（八四五）、武宗廃仏の際にも、慈恩寺は薦福寺・西明寺・荘厳寺とともに存続が許されており、長安城を代表する名刹の一つであった。しかし、寺の伽藍は唐以後の兵火によって焼失し、現在の建物は、清朝・近代に大雁塔のある西院の旧趾上に造営されたものであり、規模も小さい。

インドから帰国した高僧・玄奘（三蔵法師）が、太子李治の熱心な要請によって寺の上座として迎えられ、翻経院で仏典の漢訳にあたった。玄奘はインドから将来した仏像や経典を保管するために、仏塔の建立を皇帝に請うた。かくして高宗の永徽三年（六五二）、五層からなる浮図（仏塔）が完成した。これが「大雁塔」の前身である。塔は長安年間（七〇一―四）に改築されて、楼閣式の七層となる。その後も改修を重ね、明の万暦三二年（一六〇四）の改修によって、塔身全体が磚（レンガ）で覆われ、今日の外観となる。

現在の七層の大雁塔は、高さ四㍍の基座の上に建ち、全体の高さは約六四㍍。内部は回り階段によって最上階まで登ることができる。塔の南面には、両側の龕内に著名な書家・褚遂良の名筆による「大唐三蔵聖教序」（太宗撰）と「大唐三蔵聖教序記」（高宗撰）の石碑が現存する。

慈恩寺の詩は、創建者の高宗李治が太子の時に作った「慈恩寺に謁して（玄）奘法師の（僧）房に題す」詩に始まる。この詩は唐の慧立・彦悰『大慈恩寺三蔵法師伝』七によれば、寺が建立された貞観二二年の十二月、「法師の房に至り、五言詩を製りて戸に貼」った作品であるという。高宗はさらに「大慈恩寺に謁す」詩も作る。

中宗李顕は、景龍二年（七〇八）の重陽節の日（九月九日）、登高の行事のために群臣を従えて慈恩寺に行幸し、自ら詩を作り、上官昭容（名は婉児）・李嶠・劉憲・宋之問・趙彦昭・李乂らに唱和させた（『唐詩紀事』九「李適」）。この時の「『九月九日、慈恩寺の浮図に登る』に和し奉る、応制」詩は、二七人の作が伝わり、清の徐松『唐両京城坊考』三に「自後、唐人の詩、甚だ多し」と記されるように、慈恩寺大雁塔の詩跡化を決定づけた作品群と言えよう。

李嶠の詩には「瑞塔（大雁塔）千尋起こり（高々とそそり立ち）、仙輿（中宗の御輿）九日に来る」とあり、李乂の詩には「湧塔　玄地（寺域）に臨み、高層　紫微を瞰る（皇宮を俯瞰する）」という。初唐の宮廷詩人らしい、華麗な言辞を用いた表現で塔を詠む。

玄宗の天宝一一載（七五二）の秋、高適・岑参・儲光羲・杜甫・薛拠らが塔に登って詩を作り、大雁塔は天下の名勝となる。五人の作のうち、清の沈徳潜は、杜甫の詩を最上とし、岑参を次点とする（『唐詩別裁集』一）。岑参の「高適・薛拠と同に慈恩寺の浮図に登る」詩には、「塔勢　湧出するが如く、孤高　天宮（天上の宮殿）

に聳ゆ。…　四角（塔の四方に飛び出たひさし）　白日（の運行）を礙げ、七層　蒼穹（青空）を摩す」という。杜甫の「諸公の『慈恩寺の塔に登る』に同ず（唱和する）」詩は、

高標跨蒼天　高標　蒼天に跨がり
烈風無時休　烈風　休む時無し
自非曠士懐　自し曠士の懐いに非ざれば
登茲翻百憂　茲に登りて　翻って百憂せん

―高くそびえる目印（塔）が青空に跨がり立ち、激しい風が絶え間なく吹きすさぶ。もしも広く大きな心の持ち主でなければ、この塔に登ると、かえってさまざまな憂いが湧き起こるだろう。―

と歌い起こし、第一七・一八句ではこう詠む。

回首叫虞舜　首を回らして　虞舜に叫べば
蒼梧雲正愁　蒼梧　雲は正に愁う

―ふりむいて古の聖天子・舜に呼びかけると、（舜の埋葬された）蒼梧の野（九疑山）には雲が愁わしげにたちこめる。―

舜はこの場合、太宗李世民を指す。杜甫は国難の予兆を、慈恩寺の遥か北、昭陵に葬られたこの名君に訴えているのである。

この陰鬱な調べは、皇帝を称える華麗な初唐期の「『九月九日、慈恩寺の浮図に登る』に和し奉る、応制」詩とは全く異なる。玄宗李隆基が政治に倦み、内患外憂の諸問題が顕在化しつつあった当時の状況を反映する。実際にこの三年後、安禄山の乱が勃発して、大唐の盛世は終焉を迎える。

中唐期、章八元の「題慈恩寺塔」（慈恩寺の塔に題す）詩が現れた。

十層突兀在虚空　十層　突兀として　虚空に在り
四十門開面面風　四十の門は開く　面面の風
却怪鳥飛平地上　却って怪しむ　鳥の平地の上に飛ぶを
自驚人語半天中　自ずから驚く　人の半天の中に語るを
迴梯暗踏如穿洞　迴梯　暗かに踏めば　洞を穿つがごとく
絶頂初攀似出籠　絶頂初めて攀れば　籠を出づるに似たり
落日鳳城佳気合　落日の鳳城　佳気合し
満城春樹雨濛濛　満城の春樹　雨濛濛たり

―十層の仏塔が高々と天空にそそり立ち、四十の窓が開かれて、風が四方から吹きこむ。（塔上の人は）鳥が平らな地面をかすめ飛ぶのかといぶかり、（塔下の人は）中空から聞こえる人の声にはっとする。螺旋状の暗い階段をたどると、洞穴の中をくぐり抜けるかのよう。ようやく最上階に登り着くと、籠の中から抜け出たような気分になる。日が沈みゆく都城には、めでたい気配がみなぎり、街中の春の樹々が雨に小暗くけむっている。―

慈恩寺に遊んだ白居易と元稹は、この七律詩を、塔下に置かれた詩板（詩を書きつける板）の中から見出し、僧侶に命じてほこりを払わせ、長く吟唱した後、諸家の詩板を廃棄させたという（五代・何光遠『鑑誡録』七）。ちなみに、冒頭の「十層」の語は実景ではなく、七層の高さを強調する文学的措辞であろう（保全「大雁塔級数考」〔『文博』一九八五年第六期〕参照）。

慈恩寺は、白居易の「三月三十日　慈恩寺に題す」詩に、「惆悵す（憂い嘆く）　春帰りて留め得ざるを、紫藤の花下　漸く黄昏」（この一聯は『和漢朗詠集』にも所収）と詠まれるように、藤の花の名所であった。さらにまた、牡丹の花でも知られた。裴潾は「白牡丹」詩を作って慈恩寺の壁に題した。大和年間（八二七―八三五）、文宗李昂は行幸の際、この詩を見て気に入り、宮女たちに朗誦させた

という（『唐詩紀事』五二「裴濟」）。詩の前半にいう、「長安の豪貴春残（春の衰え）を惜しみ、争って賞す　先ず開く紫牡丹を」と。

唐代の中後期、科挙の進士科（高等文官資格試験）に及第した者たちは、慈恩寺の南隣—通善坊にある杏園で祝賀の宴を張った後、大雁塔に来て自分の名を塔壁に題すことを名誉とした（張籍「孟寂を哭す」詩参照）。これがいわゆる「雁塔の題名」（「進士題名」とも）である。合格者中の能書家が代表して全員の名を書き、後日、このうちの誰かが宰相になると、その者の名を朱筆にしたという（五代・王定保『唐摭言』三「慈恩寺題名遊賞賦詠雑紀」。なおこの条は、慈恩寺にまつわる科挙のエピソードを多く収めて貴重である）。

『慈恩雁塔唐賢題名』は、唐詩人と関係する慈恩寺大雁塔の史料として極めて興味深い（羅福頤「雁塔題名介紹」〔『文物』一九六一年第八期〕参照）。これは北宋の宣和二年（一一二〇）、柳瑊が塔上に残存する唐人の題名（詩を含む）を石に模刻した十巻の拓本（現存二巻）である。そこには孟郊・李商隠らの名も見える。

玄奘像と大雁塔

『唐詩選』所収の、日本でもよく知られた荊叔（？）の五絶「題慈恩塔」（慈恩の塔に題す）詩は、この『慈恩雁塔唐賢題名』中にも詩人名と詩題を欠いて見える（結句の「無処」を「何処」に作る）。

漢国山河在
秦陵草樹深
暮雲千里色
無処不傷心

漢国　山河在り
秦陵　草樹深し
暮雲　千里の色
処として心を傷ましめざるは無し

—かつて漢の都が置かれた、この長安の地。山も川も昔のままに存在するが、秦の始皇帝陵は（荒廃して）草も木も鬱蒼と生い茂る。日暮れ時の雲は、千里のかなたまで夕焼けの色に染まり、どこを眺めても心を痛ませないところはない。—

詩の前半は、杜甫「春望」詩の首聯「国破れて山河在り、城春にして草木深し」を踏まえていよう。本詩も、ほかの名篇とともに慈恩寺の塔に題されていたのである。中晩唐期の作であろう。

慈恩寺・大雁塔は宋以後、華やかな進士題名の場所として懐古された。元の宋処仁「杏園」詩には、「天宝年中　宴を錫いて開き、慈恩寺裏　花を看に来る」とあり、明の李為稷「曲江亭に登りて慈恩寺の雁塔を望む」詩には、「杏花　飄落の後、曲水　久しく畦と成る。簪裾（新進士）の集うを見ず、空しく鷓鴣の啼くを聞く」という。

清・陳培脈の七律「慈恩寺の浮図に登る」詩には、登楼の浮遊感と遥かな眺望を、「飄然として天半に風に御って軽く、身は浮図の絶頂に在りて行く。三輔（関中）の山河　掌上に尽くし、五陵（前漢の五陵墓）の雲樹　望中に平らかなり」と詠み、「故事は尚お伝う　唐の進士、曲江の宴罷んで　共に名を題せりと」と結んでいる。

（長谷部）

【楽遊原】

唐の都長安城内の東南部「昇平坊」の東北隅（前漢の宣帝劉詢を祀る楽遊廟の所在地。現在の西安市雁塔区大雁塔街道の後村・観音廟村の間）を中核として、東北―西南方向に約三キロメートル広がる、海抜四五〇メートル前後の高い台地の名。楽遊園（苑）ともいう。この台地は、北の宣平坊、東北の新昌坊、東の昇道坊の一部を含み、大慈恩寺・杏園・芙蓉園・曲江池などとともに、長安の一大景勝地を形成した。「楽遊」の名は、前漢の宣帝が神爵三年（前五九）の春、秦の宜春苑の跡地に造営した「楽遊苑」に基づく（後にこの一角に、前述の楽遊廟が建てられた。一説に、楽遊原は昇平坊の南、一坊を隔てた「修政坊」〔雁塔区曲江街道北池頭村の西〕の高地とする〔簡錦松『唐詩現地研究』中山大学出版社、二〇〇六年〕）。

楽遊原は、前漢の都長安から十数キロメートル離れていたが、隋唐時代、都城が南遷したため、主要部分が長安城内に入ることになり、都に住む人々の格好の行楽地となった。詩中に楽遊原が登場するのは、初唐の王勃「春日　楽遊園に宴して、韻を賦ちて接の字を得たり」が最も早い。これは、王勃が沛王李賢府の侍読であった時期（総章二年〔六六九〕、二〇歳以前）の作である。「流水　奇弄（妙なる音楽）を抽で、崩雲（乱雲）　芳牒に灑ぐ（筆を揮って書箋に詩を書く）」と歌う。おそらく沛王李賢が主催した宴席であろう。

則天武后の娘・太平公主は、長安年間（七〇一―七〇四）、楽遊原上に豪華な亭館（別荘・園林）を構えて盛大な宴集を行った。『文苑英華』一七六に収める李嶠・蘇頲・沈佺期・宋之問・李乂・韋嗣立・李邕・邵昇らの「『初春　太平公主の南荘に幸す』に和し奉る応制」は、景龍三年（七〇九）二月、中宗李顕が姉・太平公主の「南荘」に行幸した際に作った詩に唱和した作品群。「南荘」とは、長安の東南郊外に広がる楽遊原上の、公主の別荘と見なしてよいだろう。

開元元年（七一三）、太平公主が誅せられると、この園林は玄宗李隆基の兄弟、寧王（李憲）・申王（李撝）・岐王（李範）・薛王（李業）に下賜された（『新唐書』八三）。玄宗は開元一四年（七二六）二月、張説・宋璟の二宰相や群臣とともにこの地に至り、大規模な野宴を開いた。その時の玄宗「同二相已下群官、楽遊園宴」（二相已下の群官と同に、楽遊園にて宴す）詩には、第三・四句で、

万方朝玉帛　　万方　玉帛を朝し
千品会簪裾　　千品　簪裾を会す

―各地から瑞玉や束帛を携えて謁見に訪れ、さまざまな官位の貴顕者たちが集まる。―

と、宴会の盛大さを詠みつつも、末尾では、

興闌帰騎転　　興闌にして　帰騎に転じ
還奏弼違書　　還た奏せらる　弼違の書

―宴の感興が尽きようとして、馬にのって宮城へ帰りゆくと、また も（朕の）過失を糾す文書が奏上されていよう。―と、臣下の諫言を厭わぬ名君ぶりを自ら表白する。後に「開元の治」と称される華やかな時代を現出し、長安の都を繁栄の極に導いた玄宗の、最も美しい時代の作である。

玄宗の詩に対して、張説・宋璟・蘇頲・崔沔・張九齢・胡皓・王翰・崔尚・趙冬曦らが唱和している（『文苑英華』一七五所収）。これらの詩によって、楽遊原は唐の盛世を象徴する詩跡となる。

楽遊原は皇帝だけの地ではない。都が繁栄するにつれて、多くの

人々が訪れて楽しんだ。盛唐の韋述『両京新記』二（辛徳勇輯校本）昇平坊・宣帝楽遊廟の条には、「其の地最も高く、四望寛敞（四方の眺めは広大で）、三月の上巳・九月の重陽ごとに、士女遊戯して此に就き、祓禊・登高す。幄幕　雲のごとく布き、車馬填塞す。騎（綺？）羅　日に耀き、馨香　路に満つ」と活写される。

同書は続けて、「朝士（文人官僚）・詞人（詩人）　詩を賦せば、翌日　京師に伝わる。故に杜少陵（甫）に『楽遊園の歌』有り」と見え、名詩誕生の場—詩跡としての楽遊園を記す。

杜甫の「楽遊園の歌」は、自注に「晦日（正月末日）、賀蘭の楊長史の筵にて酔中の作」とある。唐代の前半期、正月の晦日は上巳節とともに祓禊の行われる祭日であった。この詩は、天宝十載（七五一）、杜甫四〇歳の作で、「楽遊の古園　崒として森爽（高くそそり立って木立茂り気爽やか）、煙綿たる（どこまでも続く）碧草　萋萋として長ぶ」と歌い起こされる。続けて、遥かな眺望を、

楽遊原の詩碑

公子華筵勢最高　　公子の華筵　勢い最も高く
秦川対酒平如掌　　秦川　酒に対いて　平らかなること掌のごとし

—あなたさま（楊長史）の華やかな宴会場は、（楽遊園内で）地勢の最も高い所。かかげる酒杯の向こうには、まるで手のひらのように広がる、平らな関中平野を見渡すことができる。—

と詠む。そして詩の中間部では、南の曲江池へ視点を移して歌う。

払水低徊舞袖翻　　水を払いて　低徊　舞袖翻り
縁雲清切歌声上　　雲に縁りて　清切　歌声上る

—妓女の袖は水面をかすめつつ、ゆるやかに旋回して翻り、清冽な歌声は雲をつたって天上へ昇っていく。—

祭日には、盛大な野宴が賑やかに催されたのである。

しかし、楽遊原には、漢代以来の墳墓が点在し、野草や樹木が生い茂って、年に二、三回の節日を除いて、平素は住民の少ない場所であったらしい。女狐の精「任氏」と人間との愛を描く中唐・沈既済の小説「任氏伝」では、任氏の住む邸宅はこの付近にあり、「皆な蓁荒（野草の茂る荒れ地）及び廃圃（耕す人のいない畑）のみ」という（天宝九載〔七五〇〕の話）。唐代小説において、女狐が人間の女性に化けて住む舞台装置として、楽遊原一帯は絶妙に機能したのであろう。唐の李復言『続玄怪録』三、張庾の条にも、楽遊原の一角にあたる昇道坊について、「此の坊の南街は、尽く是れ墟墓、絶えて人の住む無し」という。

詩の方面でも、初唐の盧照隣に「七日　楽遊の故墓に登る」詩があり、盛唐の豆盧回「楽遊原に登りて古えを懐う」詩には、「昔　楽遊の苑為るも、今　狐兎の園と為る。朝には牧豎（牧童）の集うを

見、夕べには棲鳥の喧しきを聞く」と歌う。

天宝一四載（七五五）に勃発した安史の乱を契機として、楽遊原での盛大な節日の酒宴・野宴は影を潜めるようになり、楽遊原は詩跡としても大いに変貌していく。寂寥とした荒原は、節日を除いて、中唐期、さらに荒廃の度合いを深めたことであろう。

還俗して貧苦に耐えて科挙を受験しつづけた賈島は一時期、楽遊原に住んでいた。張籍の「賈島に贈る」詩に、「籬落（まがき）荒涼として　僮僕飢え、楽遊原上　住むこと多時」という。（賈島は新昌坊の青龍寺にも住む）。姚合の「賈島浪仙（賈島の字）に寄す」詩には、「居る所は率ね荒野、寧ぞ京邑（都城）に在るに似ん」とあり、中唐期の荒涼とした楽遊原の風光を伝える。

中晩唐期の楽遊原詩を見ると、さまざまな憂いをいだきつつ、一人で車馬を駆って登る人たちが増えていく。元和五年（八一〇）、親友の元稹が左遷されて孤独感を募らせていた白居易は、「楽遊園に登りて望む」詩を作る。それに次韻した元稹の詩「楽天の『楽遊園に登りて憶わる』に酬ゆ」にいう、「昔　君　楽遊園にて、悵望して（胸痛めつつ遠望し）　天曛れんと欲す」と。また、羊士諤の「楽遊原に登りて、司封孟郎中・盧補闕に寄す」詩には、「爽節（涼爽の季節）　時に清眺（清澄な眺め）、秋懐（秋の思い）悵として（憂いつつ）独り過る」という。詩の基調となる「悵」の字は、「楽遊」の名と大きく相反し、詩跡「楽遊原」の変容を深く印象づける。

晩唐の杜牧は、「楽遊原に登る」「将に呉興（浙江省）に赴かんとして、楽遊原に登る　一絶」の二首をのこす。ともに詠史詩のスタイルをとりつつも、混乱と衰退の国勢を挽回できない、当時の為政者を批判した詩であり、楽遊原に登った杜牧の心情は暗い。

そして、右に挙げた「悵」の傾向を最も強く示す詩が、晩唐の李商隠の五絶「楽遊原」である。

向晩意不適　晩に向んとして　意適わず
駆車登古原　車を駆りて　古原に登る
夕陽無限好　夕陽　無限に好し
只是近黄昏　只だ是れ　黄昏に近し

—日が暮れるにつれて、なぜか気がふさぎ、馬車を走らせて、古い歴史を刻む高原に登ってきた。（ここから見る）夕陽は、このうえなく素晴らしい。夕闇がひたすら迫りくる、黄昏どきの中で。—

南宋の楊万里は、本詩を「蓋し唐の衰うるを憂うるなり」（蔡正孫『詩林広記』前集六）と評する。確かに、簡潔な表現の背後に、作者の複雑な思念が潜んでいるように思わせ、詩中の「夕陽」と同じく、唐代の楽遊原詩の最後を美しく飾る傑作である。

長安が王都としての地位から陥落した宋代以降、楽遊原に登って詠じる詩人を見つけることは難しい。わずかに、元の楊維楨「麗人行」に、「白日　雷霆（雷鳴のような行幸の車馬の音）　夾城の道（大明宮と芙蓉園を結ぶ皇帝専用の通路）、楽遊園裏　春正に好し」とあるが、これは画巻に基づいて、唐の玄宗の時代を詩で描いたもの。明初の王禕「長安雑詩十首」其一に「楽遊園」の名が見えるが、長安の悠久な歴史を彩る地名として挙げられたに過ぎない。

清代になると、張塤が実地の遊覧詩「長安の陸尉（象拱）、酒を載せて、同に城南の薦福・興善・慈恩の三寺に游び、楽游園の故阯を尋ねて、漢の文帝・宣帝の諸陵を望む五首」をのこしている。

楽遊原の専論に、植木久行「唐都長安楽遊原詩考—楽遊原の位置とそのイメージ—」（『中国詩文論叢』第六集、一九八七年）がある。

【青龍寺】

（長谷部）

唐都・長安城内新昌坊の東南隅を占めた大寺院の名。都城の東門のうち最も南の延興門の西に隣接し、「北は高原に枕し、南は爽塏（高爽の終南山）を望み、登眺の美を為す」（『長安志』九）と記されるように、楽遊原の南斜面、標高約四四〇メートルの高台にあった。現・西安市の南郊―雁塔区（大雁塔街道）鉄炉廟村北の地である。

青龍寺は、隋の開皇二年（五八二）、文帝楊堅が建立した「霊感寺」に始まる。隋の新都・大興（長安）城の造営に際して、城内予定地の陵園・墳墓を掘り起こして郊外に移葬し、その霊を祀るために設けられた官寺である。唐初、一度廃絶したが、龍朔二年（六六二）、「観音寺」として再興し、景雲二年（七一一）、「青龍寺」となる。寺域が長安城の東端にあるため、東方を司る星の名でもある「青龍」（四神の一、東方の守護神）にちなむ命名であろう。

青龍寺は眺望に富み、西南の晋昌坊内にある大慈恩寺とともに遊覧の地として知られ、名だたる詩人がここを訪れ、寺僧と詩を応酬し、題壁詩をのこすなど、盛唐期にはすでに詩跡化した。特に、天宝二年（七四三）ごろ、王昌齢・王維・王縉（王維の弟）・裴迪の四人が連れだって、青龍寺の高僧・曇壁上人の僧房を訪れ、各自が作った四首はすべて現存する。王維「青龍寺の曇壁上人兄（法兄）の院集（僧院での集い）」詩の序には、寺の地勢・環境を「起たずして（四方の景色を）遊覧し、風ふかずして清涼なり」という。王昌齢「王維と同に青龍寺の曇壁上人兄の院に集う五韻（十句）」詩は、始め「本来　清浄の所、竹樹　幽陰（暗い影）を引ぶ」と、広い境内をおおう緑深き竹林を詠んだ後、続いて、

簷外含山翠　　簷外　山の翠を含み
人間出世心　　人間　世の心を出づ

―（僧房は）軒先から（遥かな南の終南）山の緑を収め入れ、繁華な人の世にありながら名利の心を超脱する。―

と歌って、都城内にありながら喧噪から隔絶した、閑静・清浄な霊境を描写する。王維の前掲詩の末尾にも、「眼界（視界）　今染むる（汚染する）無し、心空なれば　安んぞ迷う可けん」と歌って、曇壁上人の僧坊で得た心の平安を喜ぶ。

青龍寺を詠んだ唐詩は、三〇首以上に及ぶ。竹林以外にも、「青山（終南山）　仏閣に当たり、紅葉　僧廊に満つ」（朱慶余「青龍寺に題す」）のように、紅葉の美しさを詠む詩が伝わる。中唐の羊士諤「王起居（涯）、独り青龍寺に遊んで紅葉を玩で、因りて寄す」詩には、

十畝蒼苔遶画廊　　十畝の蒼苔　画廊を遶り
幾株紅樹過清霜　　幾株の紅樹　清霜を過ぐ

―広々と生え広がる青い苔が、美しく彩色された回廊をとりかこみ、幾株もの樹々が、清らかな霜を受けて紅く色づいている。―

と、苔の青さと霜葉の紅さを対比して表現する。

この照り輝く紅葉は柿の樹のものであり、柿の実は寺の名物として参詣客にも出されたという。元和元年（八〇六）の晩秋九月の作、韓愈「青龍寺に遊び、崔大補闕（群）に贈る」は、四〇句からなる長篇の七言古詩であり、独特の難解な比喩を重ねて、万株の柿紅葉とその実の紅さを幻想的に歌った傑作である。その一節にいう。

光華閃壁見神鬼　　光華　壁に閃きて　神鬼見れ
赫赫炎官張火傘　　赫赫として　炎官　火傘を張る
然雲焼樹火実駢　　雲を然やし　樹を焼いて　火実駢なり

金烏下啄赬虬卵　　金烏　下り啄む　赬き虬の卵

─（紅葉の）紅い光が寺の壁にきらきらして、（壁上の）神々の姿が現れ、夏の神・炎帝が、紅く燃え立つ火の傘をひろげた（かのよう）。雲を燃やし樹を焼き尽くさんばかりに、火のように紅い（柿の）実がびっしりと連なり、太陽に棲む黄金色のカラス（三本足の神鳥）が地上に舞い下りて、虬の紅い卵を啄む（かのよう）。─

不空に学び、のち真言宗第七祖と呼ばれた恵果は、この青龍寺に住して唐代密教を集大成し、代宗・徳宗・順宗の帰依をうけて三朝の国師となった。そして義操・法潤・義真・円鏡・法全などの高僧が次々と住し、青龍寺は中晩唐期、密教弘布の中心であった。その恵果から灌頂を受けて遍照金剛の密号を得たのが、日本の留学僧空海である。元和元年（八〇六、日本の平安・大同元年）、帰国して真言宗の開祖─弘法大師となる。空海は青龍寺を離れる時、七絶「青龍寺の義操阿闍梨に留別す」を作った。その前半にこう歌う。

同法同門喜遇深　　同法　同門　遇うを喜ぶこと深きも
遊空白霧忽帰岑　　空に遊ぶ白霧　忽ち岑に帰る

─同じ仏法を求め、同じ仏門に属する者として、（あなたに）お会いできた喜びは深いものの、空を漂う白い雲霧がふいに山の峰に帰りゆく（ように、私も突然帰国することになりました）。─

本詩は、日本人が中国の青龍寺の詩跡化に寄与した稀有な例といえよう。その後も、慈覚大師円仁（八四一年）、智証大師円珍（八五五年）など、この寺で灌頂を受けた、平安時代の入唐僧は多い。

前掲の羊士諤の詩に「画廊」とある通り、青龍寺には盛唐の王韶応・呉道元の仏画が壁に描かれていた（『歴代名画記』三）。また、西廊の北壁に描かれた毘沙門天王の絵は、まるで精彩動くがごとく霊験あらたかで、人々が四方から拝観に参じたという（『太平広記』三一二所引『唐闕史』、新昌坊民）。

しかし、巨刹・青龍寺も、武宗会昌五年（八四五）の廃仏のとき、「内園」にされた（円仁『入唐求法巡行礼記』四）。翌年には再建されて護国寺となり、大中九年（八五五）、再び青龍寺の旧名にもどった。境内の静謐さは詩中で称えられるが、参詣人のために「戯場（娯楽場）」もあり（『南部新書』戊）、賑やかな場所でもあった。

上掲の詩人以外にも、盛唐の岑参、中晩唐期の李益・馬戴・薛能・郎士元・劉長卿・顧況・劉得仁・張祜・韋荘・曹松・盧駢・司空図らの詩にも、青龍寺が登場する。特に、賈島は一時期、詩僧無可とともに寺内に住んで（『唐才子伝』六、無可）、題壁詩をのこし、白居易が五〇歳の時に購入した邸宅は、寺の真北に位置した。

唐詩を彩った青龍寺も、北宋の中期以後に廃絶したらしい。北宋の李復「青龍寺に登る」詩には、「廃井は荒甃（壊れた〔井戸の内壁に張る〕かわら）を余し、残碑に旧き名有り。幾たび兵火の劫（災害）を経たる、禾黍（アワとキビ）新耕に徧し」とあり、荒廃して畑と化した寺を詠む。明の靳学顔「青龍寺を望む」詩には、「古寺　年を経て客の到る無く、石田（痩せた田畑）初めて穫りて（刈り取ったばかり）　幾僧か存する」とあって、明代、寺僧がいたらしい。清代の青龍寺の詩を見つけることは難しい。ただ清中期の王汝璧が詩友とともに、韓愈の前掲の名篇に唱和した作品がある程度である。

一九七〇年代、青龍寺は発掘調査され、八〇年代、遺址の上に空海記念碑や恵果空海紀念堂が建立され、近年、宗教活動も始まった。

詩跡「青龍寺」については、植木久行「唐都青龍寺詩初探」（『道教と宗教文化』一九八七年、平河出版社）参照。

【大興善寺・玄都観】

（長谷部）

大興善寺は、隋唐期、慈恩寺・薦福寺とともに長安城内（現・西安市）三大訳場の一つであり、都城最大の仏教寺院の名。

隋の文帝楊堅は、開皇二年（五八二）、新都・大興城（長安城）を造営したとき、まず大興善寺（靖善坊の全域を占める巨刹）を建立した。一大仏教センターとして内外の名僧が集まり、訳経活動も行われた。唐の天宝一五載（七五六）以降、高僧・不空が長く居住し、粛宗・代宗の尊信を得て、密教の弘布と経典の翻訳に尽力した。大興善寺は、いわば密教発祥の聖地であり、単に興善寺とも呼ぶ。

大興善寺の詩跡化は、中唐以降、寺院を訪れた詩人たちによってなされた。盧綸の五律「興善寺の後池に題す」詩の首聯には、

　隔窓棲白鶴　　窓を隔てて　白鶴棲み
　似与鏡湖隣　　鏡湖と隣たるに似たり

—窓の向こうには白い鶴が棲み、まるで（風光明媚な山陰（浙江省紹興市）の）鏡湖のほとりにいるかのよう。—

とあり、都城の中とは思われない静謐・清浄さに満ちていた。

中晩唐期、李端・楊巨源・許棠・張喬・崔塗らが詩に詠む。晩唐・鄭谷の五律「興善寺に題す」は、「寺は帝城の陰（幽深）に在り、清虚（清幽）は二林（廬山の東林寺と西林寺）に勝る。蘚侵して隋の画暗く、茶助けて越（産）の甌（碗）深し」と詠んだ後、こう歌う。

　巣鶴和鐘唳　　巣鶴　鐘（の音）に和して唳き
　詩僧倚錫吟　　詩僧　錫（杖）に倚りて吟ず

旧址に現存する大興善寺は、明清以降、大半は解放後に成る。

玄都観は、長安城内の崇業坊にあった、都城最大の道教寺院の名。隋の開皇二年（五八二）、長安故城にあった通道観を移して「玄都観」と改称した。大興善寺と玄都観が都の朱雀大街を隔てて向かいあうのは、隋の大興城のプランを練った宇文愷が、仏教・道教の二大国立寺院を都城の中軸線の東西に配置して、鎮護の機能を求めたためである。玄都観は、老子（李耳、道教が開祖として崇める）を始祖と称する唐朝李氏に手厚く保護された。

中唐の元和年間（八〇六—二〇）、玄都観は、「祇園（慈恩寺）は一林の杏、仙洞（玄都観）は万株の桃」（元稹「浙西の大夫李徳裕の『述夢四十韻』に和し奉る…」詩）と詠まれるように、紅い桃の花の名所であった。この道観の詩跡化を決定づけたのは、劉禹錫である。彼の七絶「元和十年（八一五）、（左遷先の）朗州より召を承けて京に至り、戯れに花を看る諸君子に贈る」詩にいう。

　玄都観裏桃千樹　　玄都観の裏　桃千樹
　尽是劉郎去後栽　　尽く是れ　劉郎去りし後に栽う

「劉郎」とは、阮肇とともに天台山中の仙界に行った劉晨の話（劉義慶『幽明録』）を踏まえ、ここでは同姓の劉禹錫自身を指している。この詩は、ともに「永貞の革新」（八〇五年）に参画して左遷された柳宗元・韓泰・韓曄らに贈ったものであるが、伝写されて世に広まると、反対勢力から攻撃を受け、劉禹錫は再び都から逐われた（『旧唐書』一六〇、劉禹錫伝）。

一四年後の大和二年（八二八）、帰京した劉禹錫は、再び玄都観を訪れて、桃の樹が一本もないことに驚く。その時、七絶「再び玄都観に遊ぶ絶句」詩を作って、自らの人生浮沈の感慨をこめて歌う。

　種桃道士帰何処　　桃を種えし道士　何れの処にか帰する
　前度劉郎今又来　　前度（前回）の劉郎　今又た来る

【終南山】

西安市の南三、四十キロメートルの地に、東西方向に走る長大な山脈の名。陝西省の南部には、長さ約八百キロメートルにわたって平均高度二千メートルの秦嶺山脈が東西に伸びている。終南山はその秦嶺山脈の中段部分であり、西は西安市と宝鶏市の境にある太白山（海抜三七六七メートル）から、東は藍田・驪山付近までの山脈を「終南山」と呼ぶ。その主峰は西安市の真南にある海抜二六〇四メートルの翠華山（太乙山）であり、これだけを「終南山」と呼ぶこともある。別称を南山・中南山・秦山などともいう。

終南山は、古く『詩経』小雅「天保」のなかに、「如南山之寿、不騫不崩」（南山の寿の如く、騫けず崩れず）と見える。これは周王朝の王業が永遠に安定・堅固であることをことほぐ詩句であり、恒久不変の霊山として詠まれている。その発想は、後に「終南山＝長寿の象徴、あるいは隠遁の地」といったイメージ形成につながっていく。

後漢の時代になると、長安（西安市）を描写する長大な韻文、班固の「西都の賦」（『文選』一）の冒頭に、「左は函谷・二崤の阻に拠り、表するに太華・終南の山を以てす」（東は函谷関・崤山の険阻に依り、華山・終南山を目印とする）とあり、終南山は西岳・華山とともに、長安の陸標（ランドマーク）として挙げられている。

終南山の詩跡化が、南北朝時代、長安から遠く離れた南朝・宋で始まることは、きわめて興味深い。沈約の詩「鍾山の詩、西陽王の教（命）に応ず」に、「終南は秦観を表す」（終南山は秦［長安］の宮城の指標である）とある。北朝（北魏）に長安を占領されていた時代、南朝の都建康（南京市）の鍾山（【鍾山】の項参照）を歌う詩に、終南山が長安のシンボル的存在として詠まれている。『詩経』や漢代の賦で形成された終南山のイメージが、純粋な文学的表現の世界で確立―詩跡化―していることを確認できる。

北周が都を長安に置くと、終南山は皇帝が行幸する地であり、それに随行した陪臣―宇文昶・庾信など―の詩作によって神仙の地として描かれ、それが王朝の不滅や皇帝の神聖性をも連想させている。

隋を経て唐代になると、終南山は題詠の対象として完全に確立する。詩題に「応制」「応詔」の二字を持つ、皇帝の命令によって終南山を詠んだ詩が現存する。ここでは、初唐・杜審言の「蓬莱三殿侍宴、奉勅詠終南山応制」（蓬莱の三殿［蓬莱宮（大明宮）の麟徳殿］にて宴に侍し、勅を奉じて終南山を詠ず　応制）を見てみよう。

北斗挂城辺　　北斗　城辺に挂かり
南山倚殿前　　南山　殿前に倚る
雲標金闕迥　　雲標　金闕迥かに
樹杪玉堂懸　　樹杪　玉堂懸かる
半嶺通佳気　　半嶺　佳気通じ
中峰繞瑞煙　　中峰　瑞煙繞る
小臣持献寿　　小臣　持って寿を献じ
長此戴尭天　　長えに此に尭天を戴かん

―北斗七星が長安城の上（の夜空）にかかり、終南山が宮殿の前に依りかかるようにそびえる。雲の上に黄金の宮門がそそり立ち、木々の梢に白玉の御殿がぶら下がる。終南山の中腹には、めでたいもやが横にたなびき、そばだつ中央の峰には、瑞雲がとりまく。末官の私は、この終南山でもって陛下の長寿をお祈りし、尭のような

（長谷部）

陝西省

仁徳をそなえた聖天子の御代を、永遠に上に戴きたいと願う。—

　本詩は、実際に都長安から眺められる実景であるはずの終南山を描きながらも、皇帝や宮殿讃美の美辞麗句を連ね、しかも『詩経』以来の「南山の寿」の発想を踏襲する。唐代は科挙（進士科）の試験で課された作詩の試験（省試詩）でも終南山の詩が出題されるなど、霊山・終南山→王朝の神聖性・皇帝の不老長寿・帝都長安の不滅の象徴という、観念的なイメージが類型的なまでに強調されていく。

　その一方で、都長安の南に位置し、深い森林でおおわれ、清流の流れる終南山は、その美しい風景が多くの唐詩人に愛され、また世俗から隔絶しようとする隠遁者や科挙の受験準備に励む者たちが多く暮らすようになり、身近な風光明媚の地としても定着していく。貴族や詩人たちの別荘が集まった樊川（【樊川（杜曲・韋曲）】の項参照）にも近く、香積寺・草堂寺・華厳寺・興教寺・牛頭寺などの寺院も、山麓に散在した。

終南山

　多くの唐詩人たちがこの地に訪れて、終南山を「実体験」するなかで、従来の「不滅」「不死」といった観念的・類型的なイメージを脱した詩が出現するようになる。盛唐・王維の五律「終南山」は、終南山を詩跡化した最も重要な詩である。

太乙近天都
連山接海隅
白雲迴望合
青靄入看無
分野中峰変
陰晴衆壑殊
欲投人処宿
隔水問樵夫

太乙　天都に近く
連山　海隅に接す
白雲　迴り望めば合し
青靄　入りて看れば無し
分野　中峰に変じ
陰晴　衆壑殊なる
人処に投じて宿せんと欲し
水を隔てて　樵夫に問う

—終南山の主峰・太乙峰は高くそそり立って、天帝の都に接近し、連なる山々は遠く大地の果てなる海辺にまで続く。ぐるりと視線をめぐらせば、白い雲が幾重にも合わさって視界を遮り、山に登る前に見えていた青い靄は、その中に入ってみれば消えている。（山が広大なため）天と地の分野は中央の峰によって分属が変わり、山中の多くの渓谷では、晴れたり曇ったりして天気が異なっている。私は（今晩）人家に投宿したいと思い、谷川を隔てて木こりに尋ねてみる。—

　首聯は、誇張された美辞を用いた類型的な表現であるものの、それ以後は、作者が実際に終南山の奥深くまで分け入って体験した、その変幻する自然と広大さを描写する。そして尾聯は、隠棲の地としての終南山を絶妙に際だたせた表現となっている。本詩は、後に『唐詩三百首』『唐詩選』の双方に採られ、日中両国で多くの読者を獲得した。終南山の詩的イメージは、本詩によって確立したと評してよい。

　ほかにも、王維と同時代の詩人、儲光羲が終南山に隠棲するなかで都の知人に寄せた詩（「終南の幽居、蘇侍郎に献ず三首」）や、李白が終南山を眺めつつ山中の隠者に送りとどける詩（「南山を望んで紫閣隠者に寄す」）などがあり、都長安の朝廷において緊張を強いられる宮仕え、激烈な権力闘争に身を置かざるを得なかった文人官僚にとって、終南山は自由で束縛のない隠遁生活を象徴する場所であった。

中唐期になると、終南山は孟郊・白居易・韓愈らによって詩に詠まれた。孟郊は「終南山に遊ぶ」詩の中で、壮大・高峻な山なみを、

南山塞天地　南山　天地を塞ぎ
日月石上生　日月　石上に生ず
高峰夜留景　高峰　夜も景を留め
深谷昼未明　深谷　昼も未だ明らかならず

—終南山は天地の間をふさいで横たわり、太陽も月も、山の岩の上からさし昇る。峰の高い頂は、麓が夜になっても明るい残照に映え、深い谷の中では、真昼になってもまだ薄暗い。—

と歌う。特に興味深いのは、白居易の「売炭翁」詩（新楽府の一）の冒頭「炭を売る翁、薪を伐り炭を焼く　南山の中」である。貧しい炭売り老人が寒さと空腹に苛まれながら長安の市場まで売りに来たところ、宮中の宦官に略奪同然に買いたたかれる様を描写して、朝廷の横暴・腐敗を批判する。この詩では、終南山は炭の産地として登場する。

韓愈の「南山の詩」は異色である。「吾聞く　京城（都長安）の南、茲は維れ群山の囿（園林・庭園）なりと」で始まる二〇四句の長篇のなかで、韓愈自身、終南山の登山を試み、二回は登頂を断念し三回目に成功したことが、山容の詳細な描写とともに歌われている。終南山を讃える表現を連ねた終結部には、

大哉立天地　大なるかな　天地に立ち
経紀肖営腠　経紀　営腠に肖たり
厥初孰開張　厥の初め　孰か開張せし
僶俛誰勧侑　僶俛として　誰か勧侑せし

—なんと偉大なことよ、この終南山は。天地の間にそそり立ち、秩序だったさまは、まるで身体の器官に似ている。いったい誰が初めてこの山を創造したのであろうか、いったい誰が熱心に勧め支え続けたのか。—とあり、人知を超えた底知れぬ力によって、この壮大な山脈が造りあげ支えられたのであろう、と想像する。本詩は終南山を詠んだ詩のなかでも文字通り「圧巻」というべき存在であり、それは逆に、これほどの文学的作品を生み出し得た終南山の悠久さ・霊妙さ・豊壌さを証明するものとなっている。

唐末、僖宗の光啓二年（八八六）、李拯は長安で襄王李熅を擁立した叛将・朱玫に強要されて、「偽朝」の翰林学士となり、苦悩の日々を送った。七絶「退朝望終南山」（朝より退いて終南山を望む）を作って、

紫宸朝罷綴鵷鸞　紫宸　朝罷んで　鵷鸞を綴り
丹鳳楼前駐馬看　丹鳳楼前　馬を駐めて看る
唯有終南山色在　唯だ終南山色の在る有るのみ
晴明依旧満長安　晴明　旧に依って　長安に満つ

—紫宸殿での朝礼が終わり、百官は鵷鳥・鸞鳥のように整然と退出した。その折、丹鳳楼（大明宮の正門）の前で馬の歩みをとどめ、じっと遠くを眺める。（激変が続く混乱の中）あの終南山だけは昔のままに存在し、晴れやかな明るい山気が、ここ長安の街に満ちている。—

と歌うや、李拯は落涙したと伝える。世情の混乱をよそに終南山の悠然たる山容は、都の人々の心の拠り所であったのである。

終南山は唐の滅亡後、国都から遠ざかり、あまり詠まれなくなる。

【香積寺】

（長谷部）

西安市の南郊約一七キロメートル、長安区郭杜鎮香積寺村にある寺院の名。潏河と滈河が交わる合流点の東岸である。唐初、浄土宗を大成した善導は、都長安で教化活動を精力的に行い、永隆二年（六八一）入寂した（六九歳）。その弟子懐惲は、善導の墓塔「崇霊塔」を神禾原に建て、同年、そのそばに香積寺を建立した。現在、境内には、頂上部分が破損した十一層、高さ約三三メートルの通称「善導供養塔」がそびえ立つ。この塔は、唐代では十三層あり、周囲二百歩の大きさであった（思荘「実際寺故寺主懐惲奉勅贈隆闡大法師碑銘並序」、『全唐文』九一六）。ただしこの塔は、前述の崇霊塔ではなく、唐の名僧・万廻の墓塔、あるいは唐の高宗（李治）が賜った仏舎利を祀るものらしい。

香積寺付近は、現在、静かな田園地帯であるが、唐代のころは、森林が繁茂して、雲霧の湧く幽邃の地であった。「詩仏」とも呼ばれる盛唐の自然詩人、王維の「過香積寺」（香積寺に過る）詩にいう。

不知香積寺　知らず　香積寺
数里入雲峰　数里　雲峰に入る
古木無人径　古木　人径無く
深山何処鐘　深山　何処の鐘ぞ
泉声咽危石　泉声　危石に咽び
日色冷青松　日色　青松に冷やかなり
薄暮空潭曲　薄暮　空潭の曲
安禅制毒龍　安禅　毒龍を制す

—香積寺がどこにあるともわからないまま、数里（二、三キロメートル）先まで雲のかかる峰の中に分け入る。古樹が生い茂って人の通う小道はなく、深い山のどこからか、鐘の音が聞こえてくる。（思いもかけず寺にたどりつくと）泉のせせらぎは切り立った岩の間でむせぶような音を立て、日の光は緑色の松に照り映えて冷やかに感じられる。夕暮れ時、ひとけのない深淵のほとりに、一人の僧侶が安らかに坐禅を組んで、（心中の狂おしい）毒龍を鎮めている。—

この五言律詩は、深山幽谷にある香積寺の清浄・静謐さを描き、しかも彼が帰依した仏教の信仰心まで詠み込んでおり、王維の代表作の一つとなる。第三句は対句を重視して、「古木　無人の径（人影のない小道）」とも訓むことができ、第八句の毒龍は、淵に潜む悪い龍と心中の煩悩の象徴、の両意を含んでいよう。

盛唐・王昌齢の詩「香積寺にて万廻・平等の二聖僧の塔に礼拝す」にも、「万廻は此の方を主とし（仏教の教義を信奉し）、平等は性違う無し（性至孝）。今我一たび礼心し、億劫（永遠）同じく移らず。粛粛たり（恭敬のさま）松柏の下、諸天（の仏）来るに時有り」などと歌われるが、影響力に乏しい。

香積寺は唐代の後期、安史の乱による戦火、武宗による仏教弾圧などによって、仏塔以外はほぼ焼失・破壊され、北宋・太平興国三年（九七八）には「開利寺」と改称（北宋の宋敏求『長安志』一二）。その後、長安の衰退とともに荒廃したために、詩に詠まれることは極めて少ない（現存の仏殿は清末の再建）。香積寺は、王維の一首によって忘れがたい詩跡となったのである。ちなみに本詩は、『唐詩選』・『三体詩』の双方に採録され、日本でも人口に膾炙する。

中国浄土宗発祥の地・香積寺は、善導入寂千三百周年にあたる一九八〇年、日本の浄土宗の僧侶が訪れて善導大師像を寄贈するなど、日本とも縁が深い。現在、寺は漢族地区仏教全国重点寺院の一つとなる。

（長谷部）

【杜公祠】

詩聖として名高い唐の詩人、杜甫を祀るために建造された祠廟の名。杜工部祠・杜子祠ともいい、西安市の南約一二キロメートル、長安区（韋曲鎮）東南の双竹村にあり、牛頭寺の東隣である。当地は韋曲と杜曲の間にあり、祠廟の後ろは少陵原、下が樊川（潏水の中段）である。明の嘉靖五年（一五二六）、現在地とは少し異なる地（牛頭寺の南一里、少陵原下の潏水のほとり）に創建されたが、後に火災にあい、清の嘉慶九年（一八〇四）、現在地に再建された。

杜甫は天宝五載（七四六）、制科（科挙の臨時試験）受験のために都長安に来て以降、約十年間、長安で過ごした。その期間、杜甫は住所も定まらず、居住地を確定しがたい。杜甫は詩中で自ら「少陵の野老」（「江頭に哀しむ」）、「杜陵の野客」（「酔時の歌」）と称しており、一時期、前漢の宣帝の陵墓・杜陵、その皇后許氏の陵墓・少陵のある少陵原付近に住んだとも考えられる。

杜甫はまた、「曲江三章、章ごとに五句」其三のなかで、「杜曲に幸いに桑麻の田（桑と麻を育てる田地〔永業田〕）有り。故に将に南山の辺（終南山の北辺の杜曲）に移住し、…残年（余生）を終えんとす」と歌い、一種の自叙伝をなす「壮遊」詩の一節には、「杜曲耆旧（父老たち）換り、四郊（墓地に植える）白楊多し。坐しく郷党（郷里の人たち）の敬を深くし、日び死生の忙だしきを覚ゆ」という。さらにまた、「夏日　李公訪わる」の詩には、「貧居　村塢（村里・農村〔の住まい〕）に類たり、僻りて（長安）城南の楼に近し」とあり、「席を展げて長流に俯す（大川〔潏水〕を見下ろす）」ともいう。

杜甫の長安故宅の地の確定は困難であるが、少なくとも一時期居住したゆかりの、樊川・杜曲の地に「杜公祠」が建造されたのは、後世における杜甫の評価の高まりと関係がある。明末・清初の屈大均の七律「杜曲謁杜子美先生祠」（杜曲にて杜子美先生の祠に謁す）は、現在地に移る前の、旧祠を詠んだ作品である。

城南韋杜潏川浜　　城南の韋杜　潏川の浜
工部千秋廟貌新　　工部　千秋　廟貌新たなり
一代悲歌成国史　　一代の悲歌　国史と成り
二南風化在騒人　　二南の風化　騒人に在り
少陵原上花含日　　少陵の原上　花　日を含み
皇子陂前鳥弄春　　皇子の陂前　鳥　春を弄づ
稷契平生空自許　　稷契　平生　空しく自ら許す
誰知詞客有経綸　　誰か知らん　詞客に経綸有るを

—長安城の南、（韋氏・杜氏一族が集まり住んだ）韋曲・杜曲の地、潏水のほとりに、杜工部（杜甫）の祠廟が千年の時を経て新たに創建された。先生が生涯に作った、時局を悲しむ詩歌は「詩史」として唐朝の歴史を記録し、詩こそが人々を教え導くとする『詩経』以来の伝統はこの詩人に継承されたのだ。少陵原では花が日ざしをたたえて咲きほこり、皇子陂（池の名）のほとりでは鳥が春を楽しんで囀る。先生は生前、古の賢臣・稷と契に自らをなぞらえ君主を補佐したいと願ったが、かなえられなかった。詩人（杜甫）に経世済民の才能があることに、気づいたものはいなかったのだ。—

杜甫の詩名は宋代に高まり、明清の時代には愛国忠君の詩人として聖人化される。屈大均の詩、そして杜公祠の存在は、その経緯を如実に反映していよう。現在、杜公祠は杜甫記念館として、「杜甫在長安行跡図」その他の文物資料を展示する。

陝西省

【樊川（杜曲・韋曲）】

（長谷部）

樊川は、現在の西安市（唐の都長安）の南郊にあり、終南山から流れでて渭水へと注ぐ潏水（現在の滈河）を中心に、南北斜め方向に一五キロメートルほど続く帯状の美しい河谷盆地の名。川は川原、川ぞいに広がる陸地・平原の意。当地は、少陵原と神禾原の間に挟まれて谷川や池が多く、地形も変化に富む。唐代、牛頭寺・華厳寺・興教寺などの古刹仏塔が点在し、幽玄静寂の地として知られた。

樊川は、「天下の奇処、関中の絶景」（元の李好文『長安志図』巻中）と称えられ、漢代から貴顕高官が荘園を設営し、唐代には貴族集団、杜氏一族が集まり住む南部の「杜曲」（西安市長安区杜曲鎮一帯）と、韋氏一族が集まり住む「韋曲」（西安市長安区韋曲鎮一帯）があった。『長安志図』巻中には、「樊川は長安の名勝の地、……唐の杜公牧之（杜牧）・祁［岐の誤り］国杜公（杜佑）・奇章牛公（牛僧孺）の居、皆な焉に在り。唐人語りて曰く、『城南の韋杜は、天を去ること尺五（一尺五寸（約四五センチ））』」とあり、唐代、杜氏・韋氏一族が樊川の地で繁栄を極めたことを記している。

樊川の朱坡

唐代、樊川には貴顕高官の別荘が多く設けられた。別荘は長安城内の本宅に対し、園林を備えた宴遊娯楽の場としての側面だけでなく、多数の使用人に農耕作などに従事させる荘園としての側面を持つものも多く、別墅・別業・郊居・野居・山居・山荘・山墅・林墅・林亭・池台などの名称で呼ばれた。なかでも最も有名な別荘は、杜曲の瓜洲村にあった、杜佑の杜城郊居（城南別墅）である。杜佑はここで酒宴を張り、妓女の伴奏などで貴族や高位高官をもてなしたという。杜佑は、徳宗・順宗・憲宗の三帝に宰相として仕え、また古代から唐代までの諸制度を分類して記した『通典』二百巻を著すなど、当時最高の文人政治家であった。この別荘は「亭館・林池、城南の最（第一）たり」（『旧唐書』一四七）と記される壮麗なものであった。長安城の南門の一つ、啓夏門の南十六里（八キロメートル強）の地である。

樊川の杜家の別荘のうち、朱坡にあった一部が、杜佑の孫、杜牧に相続された。杜牧の詩文集『樊川文集』は、杜牧自身の命名にもとづき、杜牧自身も「杜樊川」と呼ばれる。大中五年（八五一）、四九歳の冬、長安の中央政府に復帰した杜牧は、湖州刺史の時代に蓄えた俸銭を使い尽くして別荘を修築した。その翌年（死没の年）、杜牧はこの樊川の別荘を訪れて、五律「秋晩与沈十七舎人期、遊樊川不至」（秋の晩、沈十七舎人と期して、樊川に遊ばんとするも至らず）を作った。

邀侶以官解　　侶を邀うも　官を以て解かれ
泛然成独遊　　泛然として　独遊を成す
川光初媚日　　川光　初めて日に媚しく
山色正矜秋　　山色　正に秋に矜かなり
野竹疎還密　　野竹　疎らに還た密く
巌泉咽復流　　巌泉　咽びて復た流る
杜村連潏水　　杜村は　潏水に連なり

晩歩見垂鉤　晩《くれ》に歩《あゆ》めば　垂鉤《すいこう》を見《み》る
—友人を招いたが、公務のために約束を取り消され、一人で気ままに出かけることにした。今しも川面《かわも》は、日ざしを受けて美しく輝き、折しも山は、深まる秋を迎えて厳粛なたたずまい。野の竹林はまばらに、また密集して生え、岩から湧き出す泉はむせび泣き、また流れだす。ここ杜村《とそん》は、滈水のほとりにある。夕暮れ時、川べりをそぞろ歩くと、釣りをする人の姿を眼にした。—
樊川ののどかで美しい、静謐な情景が歌われている。
憲宗時の宰相・裴度《はいど》の別荘は、杜佑の別荘とは滈水を隔てた西側にあり、「林泉の勝も亦た樊川の亜《あ》（第二位）たり」と評された（北宋の張礼『遊城南記』）。樊川にはそのほか、牛僧孺・権徳輿《けんとくよ》・鄭谷《ていこく》（鄭虔《ていけん》の誤り?）・韓愈《かんゆ》・岑参《しんじん》・盧綸《ろりん》・劉得仁《りゅうとくじん》などの別荘があった。これらの具体的な位置については、妹尾達彦《せおたつひこ》「唐代長安近郊の官人別荘」（『中国都市の歴史的研究』刀水書房、一九八八年）、および愛宕元《おたぎはじめ》訳注『遊城南記／訪古遊記』（京都大学学術出版会、二〇〇四年）など参照。
樊川の詩跡化は、盛唐以降である。杜甫の五律「奉陪鄭駙馬韋曲二首」（鄭駙馬《ていふば》に韋曲《いきょく》に陪《ばい》し奉《たてまつ》る二首）其一の首聯にいう。
韋曲花無頼　韋曲《いきょく》　花無頼《はなぶらい》たり
家家悩殺人　家家《かか》　人《ひと》を悩殺《のうさつ》す
—韋曲一帯には、花々が恣《ほしい》ままに咲きほこり、貴顕たちのどの別荘でも、花の美しさが人々の心を深くとらえて夢中にさせる。—
詩題の鄭駙馬とは、玄宗の娘婿鄭潜曜《ていせんよう》のこと。彼の別荘は神禾原の蓮花洞《れんげどう》（前述の裴度荘の西）にあった。樊川の別荘の庭園には、竹・松・柏・楡《にれ》・楊《やなぎ》の他に、牡丹・藤・菊・桃・梨・石榴《ざくろ》などが植えられ、春から秋にかけて咲きほこった。杜牧詩の逸句に、「杜曲の花光は　濃《こま》やかなること酒に似たり」とある（元の駱天驤《らくてんじょう》『類編長安志』九）。
元和十年（八一五）の春、白居易は友人元稹《げんしん》ら四人で韋曲の東北にある皇子陂《こうしひ》（大きな池の名。黄子陂とも書く）に遊び、その帰路、元稹と馬上で詩を吟じあってやむことがなかったという（「元九に与うる書」）。美しい風物に恵まれた別荘地で、白居易たちは詩興を催したのであろう。白居易はまた、「杜曲の花下《かか》に宿る」詩に、
覓得花千樹　覓《もと》め得《え》たり　花千樹《はなせんじゅ》
携来酒一壺　携《たずさ》え来《きた》る　酒一壺《さけいっこ》
と歌う。中・晩唐期、樊川は風光明媚な行楽地として詩に詠まれていく。「韋《い》・杜《と》　八九月」の句で始まる、晩唐・鄭谷の五律「遊貴侯城南林墅」（貴侯《きこう》の城南の林墅《りんしょ》に遊ぶ）の一節には、秋景をこう歌う。
独来新霽後　独《ひと》り来《きた》る　新霽《しんせい》の後《のち》
閑歩澹煙中　閑《しず》かに歩《あゆ》む　澹煙《たんえん》の中《うち》
荷密連池緑　荷《はす》は密《しげ》くして　池《いけ》に連《つら》なりて緑《みどり》に
柿繁和葉紅　柿《かき》は繁《おお》くして　葉《は》と和《とも》に紅《くれない》なり
—一人で雨あがりに訪れ、淡いもやの中をそぞろ歩く。蓮の葉はびっしりと池面をおおって緑に、柿の実がたくさん葉とともに赤い。—
こうした樊川の地は、後世にも追慕・回顧された。清・王士禛《おうししん》の「韋曲」詩に「皇子陂辺《こうしひへん》の路《みち》、風光　韋曲多し」とあり、「杜曲」詩に「春衣　杜陵に宿る、窈窕《ようちょう》たり（艶やかで美しいさま）一川《いっせん》（いちめん）の花。旧《もと》と是れ岐公《きこう》（杜佑）の宅、人は伝う　故相《こしょう》の家と」とある。

（長谷部）

【昆明池】

前漢の武帝劉徹が、元狩三年（前一二〇）、昆明国（現・雲南省にあった西南部族の国名）征伐に必要な水軍を訓練するために、当時の都長安の西南郊外、上林苑の中に掘らせた人造湖。昆明国の滇池をかたどり、周囲四〇里（約一七キロメートル）の大きさであったという（『漢書』六、武帝紀の注）。池の掘鑿は、史書には軍事目的とあるが、実際は武帝がこの池に船を浮かべて遊覧する享楽的目的と、都城の水源を確保する現実的需要もあったという（李発先『中国古代石刻叢話』山東教育出版社、一九八八年）。現・西安市の西郊―長安区斗門街道の東南一帯の低地に遺址がある。

昆明池跡

昆明池は、史書以外では、後漢・班固「西都の賦」（『文選』一）の「昆明の池に臨めば、牽牛（の石像）を左にして織女（の石像）を右にし、雲漢（天の川）の涯り無きに似たり」が最も早い。詩としては、南朝宋の時に成る沈約「鍾山の詩、西陽王の教（命）に応ず」詩（『文選』二二）に「昆明池」の名が見えるが、これは南朝の都建康（現・南京市）の池を代称する。北周の庾信「霊法師の『昆明池に遊ぶ』に和す」二首・「『春日の晩景、昆明池に宴す』に和す」詩に見える昆明池は、南朝梁から外交使節として北朝に赴き、梁の滅亡後、そのまま北にとどまった作者が、北朝の都長安で目にした実景にもとづく。後者の詩には、昆明池の豊かな自然をこう詠む。

　小船行釣鯉　　小船　行きて鯉を釣り
　新盤待摘荷　　新盤　荷を摘むを待つ

前漢の昆明池では諸陵の祭祀用に魚を養殖し、余ったものは長安の市場で売却された（『西京雑記』一）。環境は長く保たれたらしい。

唐代、昆明池は整備されて清澄な水をたたえ、長安西郊の行楽地になるとともに、魚を養て、蓮や蒲が植えられた。『隋唐佳話』下には「蒲・魚の利有り、京師（長安）之に頼る」という。初唐の中宗李顕の娘・安楽公主は昆明池を欲しがったが、許されなかったので、「定昆池」（昆明池を定える池）を掘らせたという（『隋唐佳話』下）。

安楽公主が独占したがるほど美しい昆明池は、初唐の太宗李世民・李百薬らによって詩に詠まれたが、詩跡化を決定づけたのは、景龍三年（七〇九）正月晦日（末日、唐代前期の祓禊の節日）に行われた、「綵楼上の選」の逸事による。中宗は当日、昆明池に遊んで（『唐詩紀事』九、李適）、自ら詩を作った後、随行の群臣に唱和させた。唱和詩百余篇中で最も優れた詩を、中宗は寵愛する女流詩人・上官昭容（名は婉児）に選ばせた。昭容は帳殿（幕を張った仮の御座所）の前に設けた綵楼（五色の絹で飾った高楼）の上で詩の選考にあたった。群臣たちがその下で待っていると、落選した詩が次々と落ちてきて、沈佺期と宋之問の二人に絞られた。暫くして落ちてきた紙を争って見ると、沈佺期の作であった。上官昭容の評によれば、最終聯が「詞気（言葉の勢い）已に竭く」とのことで、宋之問が最優秀に選ばれた（『唐詩紀事』三、上官昭容）。この時の詩は、沈・宋以外にも蘇頲・李乂のものが現存する。

勝者・宋之問の五言排律「奉和晦日幸昆明池応制」（『晦日　昆明池に幸す』に和し奉る　応制）詩の冒頭二聯にいう。

春豫霊池会　　春豫　霊池の会
滄波帳殿開　　滄波　帳殿開く
舟凌石鯨度　　舟は石鯨を凌いで度り
槎払斗牛回　　槎は斗牛を払いて回る

—春の楽しい、聖なる池（昆明池）での集い。青く波立つ水面に臨んで、仮の御座所が設けられた。舟は石の鯨を越えて漕ぎすすみ、いかだは南斗・牽牛の星座をかすめてまわる。—

漢代、昆明池中にあった鯨の石像は、長さ三丈（七メートル弱）、雷雨の時には尾やひれを動かしたという（『三輔黄図』四「池沼」。現在、陝西歴史博物館蔵）。さらに昆明池を天の川に見立て、その両岸に牽牛・織女の石像が置かれた。詩中の二星座「斗・牛」は、海辺に住む男が槎に乗って天の川に達して牽牛・織女に出会った伝承（『博物志』一〇）を踏まえて、ここでは牽牛・織女の石像を指す。両石像は、昆明池遺址の石爺廟・石婆廟に（誤って）現存する。

　これらの石像は、昆明池を詠む詩にしばしば登場する。杜甫の「秋興八首」其七には、「織女（像）の機糸（機織りの糸）は夜月に虚しく（きらめき）、石鯨の鱗甲（うろこ）は秋風に動く」と詠む。晩唐の童翰卿にも「昆明池の織女石」詩がある。

　昆明池は、漢代以来、皇帝の神聖な湖水であるとともに、舟遊びを楽しめる都郊外の行楽地でもあった。中唐・朱慶余の省試詩（進士科の作詩問題の答案）「晦日、同志と昆明池に舟を泛ぶ」、賈島「昆明池に舟を泛ぶ」詩などが伝わる。そして一般庶民も昆明池の恩沢に浴したことが、白居易の新楽府「昆明の春」に見える。

動植飛沈性皆遂　　動植　飛沈　性　皆な遂げ
皇沢如春無不被　　皇沢　春のごとく被らざる無し
漁者仍豊網罟資　　漁者　仍りに豊かなり　網罟の資
貧人又獲菰蒲利　　貧人　又た獲たり　菰蒲の利
詔以昆明近帝城　　詔す　昆明は帝城に近きを以て
官家不得収其征　　官家は　其の征を収むるを得ずと

—動物も植物も、鳥も魚もみな天性をとげ、春のごとき皇帝の恵みを受けぬものはない。漁師はしばしば網にかかる獲物で豊かだし、貧しい民も菰や蒲を刈り取って利益を得る。さらに詔がでて、昆明池は都に近いので、役人はそこの税金を取り立ててはならぬと。—

白居易は続けて、この恩沢が中国の全土に広まるように願う。

この昆明池も、唐末にはしだいに涸れ始め、北宋期にはすでに一面の「民田」（農地）となった（『長安志』一二）。

現実世界から姿を消した昆明池は絵に描かれて、題画詩が生まれる。元の程鉅夫「何澄界の画に題す三首」其三「昆明池」にいう。

瀾翻浪漭四十里　　瀾翻りて　浪漭（広大）たり　四十里
上林更鑿西滇池　　上林（苑）に　更に鑿つ　西滇池

明の王伯稠「美人詠・上官昭容」詩には、「綵楼上の選」を「昆明の池畔　百花新たなり、賦草（詩稿）紛飛して　従臣集う」と詠み、昆明池はわずかながら詩跡としての命脈を保っている。

（長谷部）

【皇子陂・渼陂】

皇子陂は、唐都長安の南郊—現・西安市長安区韋曲街道皇子陂村にあった池の名（今日、すでに消滅）。周囲七里（三・五キロメートル強、『雍録』六）と伝える。皇子陂は皇子坡・黄子陂とも表記され、皇陂と略称する。潏水（泬水）が終南山から流れ出て、皇子陂に至るという（『長安志』一一）。

唐代、皇子陂周辺の韋曲は、韓愈・権徳輿・鄭虔ら、官人の別荘地、遊覧の勝地であった。杜甫は乾元元年（七五八）、遠い南方に貶謫された親友・鄭虔の住居を訪ねて、彼を思いやりつつ、七言排律「鄭十八著作丈の故居に題す」詩を作った。その中で、

第五橋東流恨水　　第五（橋名）の橋の東　恨みを流す水
皇陂岸北結愁亭　　皇陂の岸の北　愁いを結ぶ亭

と、同遊の地を追憶して悲しむ。中唐の白居易もまた、「書に代うる詩一百韻、（元）微之に寄す」詩で、親友元稹との壮遊を回想して、「高く上る　慈恩（寺）の塔、幽く尋ぬ　皇子の陂」と歌う。

唐代の後期、賈島・裴夷直・司空曙・劉得仁らも詩に詠む。羅隠の「皇陂」詩は、晩春の美景を歌う（翠帯は垂柳の細い枝の比喩）。

垂楊風軽弄翠帯　　垂楊　風軽やかにして　翠帯を弄び
鯉魚日暖跳黄金　　鯉魚　日暖かにして　黄金を跳らす

皇子陂は、北宋後期の張礼『遊城南記』に見えるが、それ以降、涸れてしまったのであろうか。この池を詠んだ詩を見つけるのは難しい。明・王翰の「洪洞の劉允中の入関するを送る」詩に、「柏梁台下（漢の武帝の楼台）　詩を尋ねて去き、皇子陂前　酒を載せて遊ぶ」と歌われるが、これは、作者王翰が唐詩によって詩跡化された皇子陂を想像しての表現にすぎない。

渼陂は、唐都長安の西南郊外約四〇キロメートル、鄠県（現・西安市戸県）にある池（湖水）の名。終南山下にあり、周囲一四里（約七キロメートル）という（『元和郡県図志』二）。晩唐の鄭谷「郊墅」詩に「渼陂の水色鏡よりも澄めり」と歌われ、魚の美味でも知られた。

渼陂は、杜甫の詩によって詩跡化する。天宝一三載（七五四）、「奇を好む」岑参兄弟に誘われて、「波濤万頃　琉璃（青い玉）堆き」池を訪れて舟遊びをし、「渼陂の行」を作った。杜甫は同年に再遊して、「渼陂の西南の台（眺望台）」詩を作って、こう歌う。

錯磨終南翠　　終南（山）の翠を錯磨（研磨）し
顚倒白閣影　　白閣（峰）の影を顚倒す（倒映する）

上句は、水面に映る山の緑が、波にみがかれて鮮烈なさまを詠む。

岑参は「鄠県の群官と渼陂に泛ぶ」詩で、「万頃　天色を浸し、千尋（の深さ）　地根を窮む（地の底に到る）」と詠んで、終南山の水を深くたたえ、蒼天の色をそのまま水面に映す渼陂を描写する。

渼陂は長安郊外の遊覧地。中晩唐期、韋応物・羅隠・韋荘らも詩に詠む。元末以降、水田と化すなどしたが、北宋の蘇軾・李騊、元の楊弘道、明の朱誠泳、清初の王士禛など、長く詠まれた。

渼陂は杜甫ゆかりの詩跡としても、人々の記憶に刻まれた。清・康弘祥の「渼陂にて古えを弔う」詩には、「子美（杜甫）　当年　勝遊を誇るも、今に于いて此の地は舟を通ぜず。層崖（高い断崖）高下（起伏）して　陂は仍お在り、急水濺濺として（さらさらと流れ）渼自から流る」と、懐古しながら眼前に広がる実景を詠む。

現在、渼陂湖は、西安市戸県城（甘亭鎮）の西約二キロメートル、玉蟬鎮陂頭村の旧址に回復・整備され、杜甫を祀る空翠堂も伝わる。

（長谷部）

【九成宮・鳳翔東湖】

九成宮は、唐都長安（＝隋の都、現・西安市）の西北約一一〇キロメートル、岐州（鳳翔府）麟遊県の山中に設けられた、隋唐朝の避暑離宮の名。現・宝鶏市麟游県城（九成宮鎮）に、その遺址がある。

隋の文帝楊堅は開皇一三年（五九三）、壮麗な離宮「仁寿宮」を造って頻繁に訪れ、ここで病死した。唐の貞観五年（六三一）、太宗李世民は修復して「九成宮」と改称し、在位中に五回、避暑のために長期滞在した。高宗李治の永徽二年（六五一）、「万年宮」と改称されたが、一六年後、旧名にもどる。この高宗が頻繁に九成宮に来訪した以後は、皇帝の訪れが途絶えた。

九成宮は、初唐の魏徴撰・欧陽詢書の「九成宮醴泉銘」で有名であるが、文官として訪れた詩人の詩も多く伝わる。初唐の上官儀「薛舎人の『万年宮の晩景』に酬い、寓直（当直）して友を懐う」詩に、

奕奕九成台　奕奕（高大・壮麗）たり　九成台
窈窕絶塵埃　窈窕として（建物は奥深く）　塵埃を絶つ

とたたえる。この詩や盧照隣「許左丞の万年宮に従駕するに贈る」詩は、高宗朝の作。初唐の李嶠は「夏の晩　九成宮にて同僚に呈す」詩を作り、盛唐・王維も玄宗の弟・岐王李範に随従して詩を詠む。

盛唐の杜甫は至徳二載（七五七）、粛宗李亨に疎まれて行在所から帰省する途中、「九成宮」詩を作った。詩は、かつての壮麗さを、「神（神像）を立てて　棟梁（むな木とはり）を扶え、翠（緑の山）を鑿ちて　戸牖（扉と窓）を開く」と歌った後、こう詠む。

荒哉隋家帝　荒たるかな　隋家の帝
製此今頽朽　此れを製るも　今頽朽す

—隋朝の皇帝は、なんと心が迷い乱れていることか。（国家の財を浪費して）この離宮を造営したが、今はすでに荒廃した。—

批判の対象は隋朝を装いながらも、国家の荒廃を招いた唐朝にも向けられていよう。この杜甫詩によって、九成宮は「かつての繁栄とその後の荒廃」を象徴する詩跡となり、晩唐の李甘「九成宮」、呉融「九成宮に過る」詩が生まれた。

鳳翔の東湖は、西安市の西北約一四〇キロメートル、宝鶏市の東北—鳳翔県城の東南隅（旧・県城の東門外）にある湖の名。古名は飲鳳池。北宋の嘉祐六年（一〇六一）、蘇軾は鳳翔府簽判となって、この地に赴任する。そして二年後の嘉祐八年（一説に六年）、鳳翔府の「観る可き者八を記」（詩序）した「鳳翔八観」（鳳翔の八観）詩八首を作った。その中の一首、其五「東湖」（全五〇句）は、濁り水の多い地域の中で、城門外の清澄な湖を発見した驚きを、

不謂郡城東　謂わざりき　郡城の東
数歩見湖潭　数歩にして　湖潭を見んとは
入門便清奥　門に入れば　便ち清奥
怳如夢西南　怳として西南を夢みるがごとし

—府城の東、わずか数歩で深い湖水を見ようとは、思いもよらなかった。門に入るや、（湖水の）奥深い清らかさ。あたかも西南のわが故郷・蜀（四川省）を夢にみるかのよう。—

と歌う。そして「新荷（開いたばかりの蓮の花）　晩涼に弄られ、軽棹（小舟）　幽探を極む」と、舟遊びを楽しむ。

蘇軾は湖底の泥を浚渫し、堤防を築き柳を植えるなど、この湖を愛した。鳳翔の東湖は、蘇軾の詩と尽力によって広く知られ、歴代、名勝として整備されて、今日、東湖の園林として伝わる。

【仙遊寺】

（長谷部）

黒水峪（秦嶺山脈を水源とする黒水（黒河）の流れる谷）の入口付近（現・西安市周至県城の南約一七キロメートル、馬召鎮金盆村）にあった山寺の名。西安市の西南約八〇キロメートルの地である。

隋の仁寿元年（六〇一）、仙遊寺に仏舎利が安置されており（『全隋文補編』六に収める「仙遊寺舎利塔下銘」）、隋代、仙遊寺がすでにこの地にあったことがわかる（李芳民「唐代仏寺雑考」（『西北大学学報』二〇一二年三期）参照）。「仙遊」の名は、隋の文帝楊堅が避暑のために当地に建てた離宮「仙遊宮」に基づくのであろう。

仙遊寺を詠んだ最も早い詩は、盛唐・李華の「仙遊寺」詩である。この詩には、「龍潭穴・弄玉祠有り」との自注がある。龍潭穴とは仙遊潭（黒水潭・五龍潭）ともいう、黒河の深い淵の名。盛唐・岑参の「秋夜、仙遊寺の南涼堂に宿す…」詩に、「石潭（岩に囲まれた龍潭穴）　黛色（黛のような黒い水）を積え、毎歳　金龍を投ず（勅使が派遣されて銅製の龍を淵に投げ入れる）」とある。弄玉祠とは、春秋時代の秦の穆公の娘で、簫の名手・蕭史の妻となり、鳳凰とともに昇仙した弄玉を祀る祠堂。李華の詩にもこの故事（『列仙伝』上）を踏まえて、「日暮れて　松風来り、簫声　左右に生ず」と歌う。

このように仙遊寺一帯は、極めて神仙的・道教的雰囲気が濃厚であった。それは、当地から東約一〇キロメートルに、道教の聖地「楼観（宗聖観）」（【太白山・楼観】の項参照）があったためであろう。

仙遊寺は、白居易が七言一二〇句の名篇「長恨歌」を作った場所として名高い。貞元一六年（八〇〇）、二九歳で進士科に及第した白居易は、翌年の吏部の銓考にも通って、秘書省校書郎の職を得て、エリート官僚としての第一歩を踏む。元和元年（八〇六）には、皇帝が自ら主催する制科に及第して盩厔県尉となる。同年の冬一二月、盩厔県（現・西安市周至県）の仙遊谷に住む王質夫・陳鴻とともに仙遊寺に遊び、話が楊貴妃のことに及んだ。楊貴妃が死んだ馬嵬坡は、盩厔県の北約二〇キロメートルの、近い地にあった。

王質夫は酒杯を挙げながら、白居易に言った。「夫れ希代の事は、出世の才の、之を潤色するに遇うに非ざれば（卓越した詩人が潤色して伝えなければ）、則ち時と与に消没して、世に聞こえず。楽天（白居易）は、詩に深く情に多き者なり。試みに為に之を歌うこと、如何」（陳鴻「長恨歌伝」）と。かくして誕生した白居易の「長恨歌」には、道教的要素が極めて強い。例えば後半部に、

臨邛道士鴻都客　臨邛の道士　鴻都の客
能以精誠致魂魄　能く精誠を以て　魂魄を致す
為感君王展転思　君王の展転の思いに感ずるが為に
遂教方士殷勤覓　遂に方士をして殷勤に覓めしむ

―（蜀の）臨邛出身の道士が、都長安に来て（評判となった）。この道士は精神を集中させて、死者の魂を呼び寄せることができると。貴妃を思い焦がれて夜も眠れぬ帝王（玄宗）のために、さっそく道士を召して貴妃の魂を入念に探させることとなった。―

と始まり、道士が東海の仙山に楊貴妃を訪ねる場面がある。白居易が「長恨歌」中にこのシーンを設けたのも、おそらく盩厔県の宗教的雰囲気と無縁ではないであろう。

白居易はしばしば仙遊寺を訪れた。五律「仙遊寺に独宿す」詩の頸聯には、寺で二晩過ごした、静謐で孤独な時間を楽しんで歌う。

幸与静境遇　幸いに静境と遇い

喜無帰侶催　帰侶の催す無きを喜ぶ

—ありがたいことに静寂な環境にめぐりあうことができ、帰りをせかす仲間がいないのがうれしい。—

しかし、白居易は一年余り後、翰林学士として帰京する。

白居易は、盩厔県における楽しさを忘れかねた。元和四年（八〇九）、長安の白居易を訪ねてきた王質夫が、盩厔県に帰ろうとするのを見送る七律「送王十八帰山、寄題仙遊寺」（王十八〔王質夫の排行〕の山に帰るを送り、仙遊寺に寄せ題す）詩の頸聯・尾聯にいう。

林間暖酒焼紅葉　林間に酒を暖めて　紅葉を焼き
石上題詩掃緑苔　石上に詩を題して　緑苔を掃う
惆悵旧遊無復到　惆悵す　旧遊　復た到る無きを
菊花時節羨君迴　菊花の時節　君が迴るを羨む

—（かつて仙遊寺で君と）木々の間で紅葉をたいて酒を暖め、岩をおおう青苔を払って詩を書きつけたものだ。ああ、悲しいことに、あの頃の遊びは、もはや繰り返せない。菊の花が咲くこの時節に、かの地に帰る君がうらやましい。—

倒置法を用いた頸聯は、『和漢朗詠集』上、秋・秋興、『平家物語』六「紅葉」にも収められ、日本でよく知られることとなった。

「長恨歌」誕生の場—仙遊寺は、王質夫にまつわる多くの詩（「翰林院中にて秋を感じ、王質夫を懐う」「王質夫を哭す」など）の中で必ず詠み込まれ、白居易の美しい記憶として定着するとともに、詩跡化された。

北宋期、仙遊寺一帯は、鳳翔簽判の職に在った若き蘇軾によって詩に詠まれた。「仙遊潭の中興寺に留題す。寺の東に玉女洞有り、洞の南に馬融（後漢の儒学者）が書を読みし石室有り…」詩に、

清潭百丈皎無泥　清潭百丈　皎として泥無く
山木陰陰谷鳥啼　山木陰陰として　谷鳥啼く

—千尺の深い淵は清らかに澄んで汚れひとつなく、鬱蒼と茂る山の木々では、谷に棲む鳥が鳴きかわす。—

と、透明な水を深くたたえる仙遊潭一帯の、幽邃な風景を歌う。

仙遊寺は晩唐期、三寺に分かれた。詩題の中興寺は、その中の「北寺」（黒河北岸の寺）に当たる。玉女洞とは弄玉祠のある洞窟であろう。蘇軾は当時、しばしば終南山・楼観とともに仙遊寺を訪れた。五律の連作「仙遊潭五首」は、三度目の来遊時の作。其二「南寺」（黒河南岸の寺、仙遊寺の通称）詩では、自ら仙遊寺を訪問したときの様子をユーモラスに描く。

碧潭如見試　碧潭　試みらるるがごとく
白塔苦相招　白塔　苦ろに相い招く

—深みどりの淵は、渡ろうとする私（の度胸が）試されるかのよう。（淵を渡った先、南寺の）白い塔がしきりに私を呼び寄せる。—

唐の白居易が詩跡化した仙遊寺は、北宋・蘇軾の紀行詩中にしばしば登場して、人々の記憶に刻まれた。しかし、明の正統六年（一四四一）に改築されたとき、「普縁禅寺」と改称されたためであろうか、明清期、詩に詠まれることは稀であったようである（清・康熙二年〔一六六三〕には「仙遊寺」の旧名にもどる）。

蘇軾が「白塔」と呼んだ仙遊寺（南寺）の「法王塔」は、隋唐期の八層の塔として現存して、寺のありかを伝えていた。しかし、西安市への水の供給を主目的にダム（金盆水庫）が建造されて湖底に沈むことになり、現在すでに近くの金盆山腹の丘陵地に移された。移転先には「仙遊寺博物館」も建てられている。

【太白山・楼観】

（長谷部）

太白山は、宝鶏市眉県の南約三〇キロメートル、太白県と西安市周至県の境界付近に連なる高山の名。太白峰ともいい、主峰（抜仙台）は海抜三七六七メートル、秦嶺山脈の最高峰である。漢江と渭水の間に位置し、南は武功山と接する。『水経注』一八に、「武功・太白は天を去ること三百〔尺〕。…（太白山は）諸山に于いて最も秀傑為り。冬夏積雪ありて、之を望めば皓然たり（白い）」という。

盛唐の李白は、開元一八年（七三〇）、三〇歳のころ、五言古詩の名篇「太白峰に登る」を作る。詩中には山の高峻さをこう歌う。

挙手可近月　手を挙ぐれば　月に近づくべく
前行若無山　前に行けば　山無きがごとし

―（峰上で）手を天に伸ばせば、月に触れることができ、歩みを進めると、わが眼前にそびえる山など無いかのようだ。―

「詩仙」李白の登攀は、盛唐の常建が「太白の西峰を夢む」詩で、「夢寐に九崖に昇り、杳き靄に元君（女仙）に逢う」と歌うように、太白山が道教の霊地（三六洞天の第一一）であったからであろう。

また杜甫は、至徳二載（七五七）の四月、安禄山占領軍下の長安を脱出して、粛宗李亨の行在所のある鳳翔（現・宝鶏市）に赴いた。「行在所に達するを喜ぶ」三首其三には、初夏の雪をふり仰ぐ。

猶瞻太白雪　猶お瞻る　太白（山）の雪
喜遇武功天　武功の天（武功山の空）に遇うを喜ぶ

北宋の蘇軾も、鳳翔府簽判在任中の長篇の詩「壬寅（嘉祐七年〔一〇六二〕）二月　詔有りて…」の中で、荒々しい山容を詠む。

巌崖已奇絶　巌崖（岩の断崖）已に奇絶
氷雪更琱鎪　氷雪　更に琱鎪す（彫り刻む）

太白山は、以後も明の何景明、清の張問陶らに詠まれた。

楼観は、西安市周至県楼観鎮の、秦嶺（終南山）北麓にあった道教寺院の名。楼観台とも呼ぶ。道教で開祖と崇める老子が西遊した時、関令（関所の長）・尹喜の求めに応じて、書（『道徳経』）を伝授した。その時の尹喜の故宅と伝え、道教発祥の地と見なされた。尹喜が自らの住居を楼観と称したことに基づく呼称である。

唐初の武徳三年（六二〇）、高祖李淵は「宗聖観」の額を楼観に下賜した。玄宗の時には拡張されて、老子（李耳）を遠祖とする李氏唐朝の道教寺院として手厚く保護された。初唐の書家・欧陽詢の隷書「大唐宗聖観記」碑が現存する。詳しくは愛宕元「唐代楼観考」（吉川忠夫編『中国古道教史研究』同朋舎出版、一九九二年）参照。

楼観を詠む最も早い詩は、盛唐・岑参の七絶「楼観に題す」詩であろう（詩題の「楼観」は「観楼」にも作る）。その前半には、

荒楼荒井閉空山　荒楼　荒井　空山に閉れ
関令乗雲去不還　関令（尹喜）雲に乗り、去って還らず

という。後句は、尹喜が老子に従って西遊し、昇天した伝承を歌う。

蘇軾は「楼観」詩を作るほか、前掲の「壬寅二月…」詩にいう。

尹生猶有宅　尹生（尹喜）猶お宅有り
老氏旧停輈　老氏（老子）旧と輈（車）を停む
問道遺蹤在　道を問う　遺蹤（遺跡）在り
登仙往時悠　（老子）登仙す　往時悠かなり

老子の説経台（授経台）は、蘇軾、明の王暘・馬文升らが詠む。楼観は清末まで道教の聖地として尊重された。一九八〇年代、新しく修復・整備され、現在では遊覧の地となっている。

【灞橋】

（長谷部）

漢・唐の都長安（現・西安市）の東を流れる、灞水（灞河）にかかる橋の名（古くは灞の字を覇と書く）。長安から東方に向かう三つの幹線路―蒲津関を通って太原方面へと向かう蒲関路、函谷関（潼関）を通って洛陽方面へと向かう函谷路、嶢関（藍田関）・武関を通って襄陽や江陵（荊州市）へと向かう武関路（商山路）が合流する交通の要衝「覇上」にあった。灞橋の東岸「覇上」には、漢代、覇陵県城と覇陵亭（宿場の名）が置かれ、唐代には、滋水駅（別名「灞橋駅」、滋水は灞水の旧称）が置かれた。現在、西安市灞橋区（灞橋街道）灞橋街村には、全長三八六メートルのコンクリート製の橋があるが、そのすぐ上流（南東）に隋・唐・宋代の灞橋遺址がある。

灞橋は、「折柳贈別」（送別の際、柳の枝を手折って旅立つ人に贈る）の地として知られる。『三輔黄図』六に「覇橋は長安の東に在りて、水を跨ぎて橋を作る。漢人、客を送りて此の橋に至り、柳を折りて別れに贈る」とあり、南宋の程大昌『雍録』七にも「漢の世、凡そ東のかた函（谷）・潼（関）を出づるものは、必ず覇陵より始まる。故に行に贈る（別れ際に贈る）者は、此に於いて柳を折りて別れを為す」という。漢代、長安城の東門「宣平門」を出た後、東に進み、覇陵県城に近い覇橋（灞橋）までくると、見送る人は柳を手折って旅立つ人に贈って別れたらしい。ただし「折柳贈別」の記述は、漢代の詩文に見えない（何清谷『三輔黄図校注』三秦出版社、一九九五年）ので、この習慣の発生は時代が下るかもしれない。漢代の灞橋は、都城位置の変遷から、隋唐以来の灞橋（遺址）よりもさらに下流、現在の灞橋の西北約六キロメートルのところにあった。

離別の場所としての灞橋一帯は、後漢末の王粲「七哀詩」（『文選』二三）の、「南のかた覇陵の岸に登り、首を廻らして長安を望む」を、最古の例とする。初平三年（一九二）、一六歳の王粲が、争乱の続く長安から南の荊州（湖北省）に逃れるとき、親戚や友人と別れる際に作った詩である。詩中の「覇陵」は、漢の文帝劉恒の陵墓「覇陵」（灞橋より上流）ではなく、灞橋の東端にあった漢代の覇陵県城、もしくは覇陵亭付近を意味していよう。

中国では、古来、柳は邪気を祓い生者の魂を守ると信じられ、その枝を贈って旅立つ人の無事を祈る習俗があった。これに基づいて、南北朝期には離別の情を歌う「折楊柳」詩のジャンルが形成された。南の長江流域で歌われた「西曲」に「月節折楊柳歌」十三曲があり、北の黄河流域の民謡と考えられる「折楊柳歌辞」五曲、「折楊柳枝歌」四曲もある。さらに「折楊柳」詩は、愛する男性と離別した女性の怨情を歌う「閨怨詩」へと発展する。南朝梁の劉邈・簡文帝蕭綱・元帝蕭繹、陳の張正見・後主叔宝・徐陵・江総らが、この題の詩をのこし、始めの二人の作は、徐陵編『玉台新詠』に収める。ただし、南北朝期の「折楊柳」詩は、いずれも灞橋とは無関係であり、灞橋が「折柳贈別」の地となるのは、隋の開皇三年（五八三）、この橋が新たに建造（『元和郡県図志』一）されて以降のことである。

唐初、都長安の東郊第一の駅（宿場）は、この灞橋の東岸に置かれた滋水駅であった。しかし、都城内の都亭駅（通化坊）から遠すぎたので、両者の中間―長安城の東門・通化門から七里（四キロメートル弱）の地に、武后の聖暦元年（六九八）、長楽駅が設けられた。

長安東郊第一の駅亭となった長楽駅では、公私の送迎が盛んに行われた。天宝三載（七四四）正月、玄宗は老病のために致仕して越

（浙江省）に帰る賀知章の願いを許し、みずから五律「賀知章の四明に帰るを送る」詩を贈り、左右相以下に命じて、長楽坡（の長楽駅）で盛大な送別の宴を開いて詩を作らせた。この時の、賀知章を見送る五言の応制詩が約三〇首伝存する（『会稽掇英総集』二）。

　この長楽駅よりも遠くまで見送ろうとする場合、人々はさらに一五里（約八キロメートル）先の灞橋東岸の滋水駅（灞橋駅）まで来た。灞橋は唐代、石柱によって支えられた「紅橋（朱塗りの欄干の橋）」（盛唐・杜頠「灞橋の賦」）であった。統一王朝の政治・経済活動が盛んになるにつれて、都長安に出入する人の数は増大し、灞橋一帯は送迎の一大地となった。五代の王仁裕『開元天宝遺事』天宝下に、「長安の東、灞陵に橋有り、来迎・去送は、皆な此の橋に至り、離別の地と為る。故に人は之を呼んで銷魂橋（魂も絶える深い悲しみの橋、銷は消と同意）と為す」という。

現・灞橋と昔の灞橋跡〔点々の草むら〕

　唐・太宗李世民の詩「中書侍郎来済を餞す」に、「曖曖たる去塵灞岸を昏くし、飛飛たる軽蓋（軽車）河梁（灞橋）を指す（向かう）」とあるなど、初唐の離別詩中に灞橋（灞水・灞岸・灞上・覇陵）は登場するが、当地の詩跡化は、『開元天宝遺事』に登場する盛唐期である。李白「灞陵の行　送別」は、まず流水のイメージを借りて、断ち切りがたい離別の悲しみを表現する。

送君灞陵亭　　君を送る　灞陵亭
灞水流浩浩　　灞水　流れて浩浩たり

—いま君を見送るこの灞陵亭、（遠く見はるかすと）、灞水は広々と水をたたえて流れ続ける。—

「灞陵亭」とは、前漢時代、灞橋の東岸に置かれた駅亭（宿場）の名を借りて、唐代の滋水駅を指している。詩の結びにいう。

正当今夕断腸処　　正に当たる　今夕　断腸の処
驪歌愁絶不忍聴　　驪歌愁絶して　聴くに忍びず

—ああ今夜は、まさに腸が断ち切れんばかり。別れの歌（驪駒の歌）は、あまりにも痛ましくて聴くに忍びないのだ。—

　同じ盛唐の岑参も、離別詩「祁楽の河東に帰るを送る」詩で、「酒を置く　灞亭の別れ、高歌して　心胸を披く（胸襟を開く）」と歌う。この「灞亭」も滋水駅を指す。

　中晩唐期、灞橋で作られる離別詩に、「折柳贈別」の要素が加わって、「灞橋折柳」のイメージが形成された。中唐・楊巨源の七絶「賦得灞岸柳、留辞鄭員外」（賦して「灞岸の柳」を得たり、鄭員外に留辞す〔旅立つ人が見送る人に詩を贈る〕）にいう。

楊柳含煙灞岸春　　楊柳　煙を含む　灞岸の春
年年攀折為行人　　年年　攀折せらるるは　行人の為なり
好風儻借低枝便　　好風　儻し枝を低るるの便を借すとも
莫遣青糸掃路塵　　青糸をして　路塵を掃かしむる莫かれ

—春の灞水の岸辺では、楊柳がもやに包まれる。毎年、手を伸ばして人に折られるのは、旅立つ人に贈るため。たとえ好い風が柳の枝を低くなびかせて手折りやすくしようとも、細やかな緑の枝に、路上の舞い立つ土ぼこりを清掃させてはならない。—

本詩は「途中　李二に寄す」の題で、戎昱・李益の作としても伝わる。それだけ名詩として広く伝写されたのであろう。

楊巨源と同時期の韓琮「楊柳枝詞」には、「霸陵原上　離別多し、長条（長い柳の枝）の　地を払いて垂るる有ること少なり」という。晩唐の劉駕は、「友の下第して雁門に遊ぶを送る」詩で、

相別灞水湄　　相い別る　灞水の湄
夾水柳依依　　水を夾みて　柳依依たり

―君と別れる灞水の岸辺、河の流れをはさむ両岸には、柳がなよなよとしなだれている。―

と、『詩経』小雅「采薇」の「昔　我往きしとき、楊柳依依たり」という伝統的なイメージを継承しつつ、眼前に連なる灞水の柳を詠む。

こうした中で、詩人としても知られた鄭綮の有名な逸話が生まれた。ある人が近作の詩について尋ねると、鄭綮はこう答えた。「風雪の灞橋（「灞橋風雪」）を驢（ロバ）にまたがり渡ってこそ、素晴らしい詩想が湧くものだ。こんな朝廷のなかで、どうして好い詩などできよう」と（北宋・孫光憲『北夢瑣言』七）。これは、「孟浩然の、驢に騎る処」という灞陵橋（灞橋）の伝承（元・駱天驤『類編長安志』七）を踏まえてのことであろう。また、王維の筆になる「孟浩然騎驢図」も存在したと伝える（南宋・杜範『清献集』一七）。

都城が東遷した北宋以降、灞橋は交通の要衝としての地位を低下させたが、以後も長く離別の詩跡として懐古・作詩の対象となった。例えば、南宋・釈斯植の五絶「門柳」詩の後半にいう。

灞橋風雨夜　　灞橋　風雨の夜
離別是何人　　離別するは　是れ何人ぞ

同じく南宋の方岳『秋崖集』には、この詩跡がしばしば登場する。「尋詩」（詩を尋ぬ）詩には、「蹇驢　雪を踏む　灞橋の春、画き出だす　茅茨　野水の浜」と、「灞橋風雪」の驢が登場する。おそらく方岳は「孟浩然騎驢図」を所蔵していたのであろう。釈斯植・方岳はともに南宋の人であるため、実際に灞橋を訪れての作ではない。

清初の王士禛は、蜀（四川省）に赴く旅の途中、ここを通って、七絶「灞橋寄内」（灞橋にて内に寄す）二首を作った。其一にいう。

長楽坡前雨似塵　　長楽坡前　雨　塵に似たり
少陵原上涙霑巾　　少陵原上　涙　巾を霑す
灞橋両岸千条柳　　灞橋の両岸　千条の柳
送尽東西渡水人　　送り尽くす　東西　水を渡るの人を

―西安（長安）の郊外―長楽坡・少陵原のほとりに、塵のような小雨が降る中、（望郷の思いにあふれ出る）涙が、手巾をぬらしていく。灞橋の（かかる灞水の）両岸には、無数の連なる柳。灞水を渡って東西に行きかう、多くの旅人を見送り続けてきたのだ。―

詩人は結句に「送り尽くす」と詠み、灞橋の柳が漢唐の昔から続く無数の送別に臨んできたことに、思いを馳せているようである。

清代には、「関中八景」として、「灞柳風雪」が「華岳仙掌」「驪山晩照」「曲江流飲」「雁塔晨鐘」「咸陽古渡」「草堂煙霧」「太白積雪」とともに勝景の一つとなり、詩中に詠まれるが、その多くは絵画を通じての描写である。

【輞川荘】

（長谷部）

唐都長安（西安市）の東南約四〇キロメートル、藍田県を流れる灞水の支流「輞水」（輞谷水・輞渓ともいう。現在の輞峪河）のほとりに、唐の詩仏・王維が営んだ荘園の名。「輞川別業」ともいう。輞水と灞水（灞河）の合流地点にある藍田県城の南の地（現在の西安市藍田県輞川鎮）にあった。輞水の谷あい（輞谷）に開ける処（輞川）に、景勝や庭園・小亭が点在し、山椒の栽培や漆の生産など農業経営も行われたので、別荘というよりは荘園と見なすべきであろう。

この荘園は、もと初唐の宮廷詩人宋之問の藍田山荘であったが、その死後、王維が購入し、乾元元年（七五八）、喜捨して寺とするまで、彼の所有であった。輞川荘の入手時期には諸説あるが、遅くとも天宝三載（七四四）、四四歳の時には、輞川荘を営んでいた（陳鉄民『王維集校注』［中華書局、一九九七年］所収の「年譜」参照）。

天宝年間、中央官僚として朝廷に出仕するなか、王維にとってこの輞川荘は、煩わしい宮仕えから離れ、絵を描き、琴を弾じ、詩を詠むといった芸術活動の場、仏教信仰を深める場であった。

王維はこの期間に、『輞川集』を編む。これは輞川荘に点在する二〇箇所の景勝地を、王維と親友の裴迪がそれぞれ唱和した五言絶句四〇首を集めた詩集である。詩題すべてが、その二〇箇所の景勝地の名—「孟城坳」「華子岡」「文杏館」「斤竹嶺」「鹿柴」「木蘭柴」「茱萸沜」「宮槐陌」「臨湖亭」「南垞」「欹湖」「柳浪」「欒家瀬」「金屑泉」「白石灘」「北垞」「竹里館」「辛夷塢」「漆園」「椒園」である。

師長泰「論『輞川集』及藍田輞川風景区的建設」（『唐代文学研究』五、一九九四年）によれば、これらは輞水の河道と付近の山の傾斜地に、長さ一〇キロメートルにわたって分布し、①北垞（輞水の流れ出る嶢山の入口［輞谷口］付近、垞は小丘、欹湖の北岸）を中心に華子岡・茱萸沜（沜は半月状の池）・鹿柴・宮槐陌などのある北部（輞川鎮閻家村付近）、②孟城坳（坳は山間の平地。王維の初めの居所）を中心に南垞（欹湖の南岸）・臨湖亭などのある中部（輞川鎮官上村）、③文杏館を中心に漆園・椒園・斤竹嶺などのある南部（輞川鎮白家坪村、後述の清源寺は、文杏館の西に位置する）、の三区域に分かれるという。なお師論文では、白石灘・欒家瀬・竹里館・辛夷塢・木蘭柴・柳浪・金屑泉の遺址を不明とするが、樊維岳「王維輞川別墅今昔」（『王維研究』一、一九九二年）は、この不明の場所も多く比定する。渡辺英喜『自然詩人王維の世界』（明治書院、二〇一〇年）は、二〇景の分布図を載せるが、師論文と説を異にする。

王維は、「五言絶句は当に王右丞を以て絶唱と為すべし」（明・何良俊『四友斎叢説』二五）と評されるように、五絶の詩形を用いて優れた叙景詩を多くのこした。『輞川集』所収詩もそれに相当する。柵で囲って鹿を飼う勝景を描いた「鹿柴」詩にいう。

空山不見人　　空山　人を見ず
但聞人語響　　但だ聞く　人語の響くを
返景入深林　　返景　深林に入り
復照青苔上　　復た照らす　青苔の上

—静まりかえった山の中、人かげは見えず、ただ人の話し声だけがおぼろげに聞こえてくる。折から夕陽の照り返しが、深い林の中に差し込んで、（木々の根もとの）青い苔の上を照らしている。—

鹿柴は、閻家村の東南、「老虎岩」と呼ばれる断崖に設けられていたという。前半の静的な詩世界は、光の動きを描く後半では、少しかき乱されるが、紅い夕陽の光が青い苔を照らす色彩感覚が印象的である。元の劉辰翁は、本詩を「言う無くして画意有り」と評する。

続けて、よく知られた「竹里館」（竹林の中の館）詩にいう。

独坐幽篁裏　独り坐す　幽篁の裏
弾琴復長嘯　琴を弾じ　復た長嘯す
深林人不知　深林　人知らず
明月来相照　明月　来りて相い照らす

—奥深い竹林の中に、ひとり静かに坐る。琴を弾き、また、声を長く引いて歌う。深い竹林の趣は、ほかの人には分からぬもの。ただ明月だけが訪れて私を照らしてくれる。—

この詩もまた、幽趣に富む美しい詩で、一幅の画を思わせる。夏目漱石の小説『草枕』の冒頭に引用されることでも知られる。

「斤竹嶺」詩では、美辞を凝らして、「檀欒（美しく茂る竹）空曲（人けのない川のくま）に映じ、青翠（竹の鮮やかな緑の色）漣漪（川面のさざ波）に漾う」と歌う。

この斤竹嶺は、南朝宋の山水詩人・謝霊運の詩「斤竹澗従り嶺を越えて渓行す」（『文選』二二）から取った地名らしい。謝霊運を継いで、山水詩人たらんとする王維の意識の表れであろう。盛唐の山水詩の世界は、輞川荘での王維詩によって確立した、といっても過言ではなく、輞川荘は山水詩を代表する詩跡となったのである。

輞川荘での王維の名篇は、『輞川集』所収詩以外にも多い。雨あがりの秋の日暮れを描いた五律「山居秋暝」詩の頷聯・頸聯にいう。

明月松間照　明月　松間に照り
清泉石上流　清泉　石上に流る
竹喧帰浣女　竹喧しくして　浣女帰り
蓮動下漁舟　蓮動きて　漁舟下る

—明るい月が松林のあたりを照らし、清らかな泉が石の上を流れゆく。竹やぶがざわめくと思ったら、洗濯の娘たちが家に帰るらしい。蓮の葉がゆれ動くのは、漁師の舟が流れを下りゆくようだ。—

「田園楽（田園の楽しみ）七首」は、中国詩歌史の中でも珍しい六言絶句。其七は隠士の閑雅で恬淡な生活の楽しみを歌う。

酌酒会臨泉水　酒を酌みては　会ず泉水に臨み
抱琴好倚長松　琴を抱きては　好しく長松に倚るべし
南園露葵朝折　南園の露葵は　朝に折り
東谷黄粱夜舂　東谷の黄粱は　夜に舂く

—酒を酌んで飲むときは必ず泉水を眺め、琴をかかえて弾くときは高い松にもたれるのがちょうどよい。朝には南の畑で露にぬれた葵（野菜）を手折り、夜には東の谷で獲れた黄粱を臼でつく。—

七律「積雨（長雨）輞川荘の作」の頷聯・頸聯は、平和でおだやかな田園風景と輞川荘での清らかな信仰生活を詠んでいる。

漠漠水田飛白鷺　漠漠たる水田に　白鷺飛び
陰陰夏木囀黄鸝　陰陰たる夏木に　黄鸝囀る
山中習静観朝槿　山中に習静して　朝槿を観じ
松下清斎折露葵　松下に清斎して　露葵を折る

—もやにけむる水田に白鷺が飛び、小暗く茂る夏の林では黄鸝がさえずる。山中で坐禅修行につとめて、朝開いて夕べにしぼむ木槿の花に人生の無常を観照し、松の木の下で精進潔斎して、露にぬれた葵を手折る。—

理想的な別天地—輞川荘での美的営みも、天宝一四載（七五五）に勃発した安史の乱によって終止符が打たれる。翌年、反乱軍に捕らえられた王維は、洛陽に連行され、安禄山から官職（偽官）を授けられた。唐朝による長安回復後、王維は一時罪に問われたが、許されて中央官に復帰する。乾元元年（七六八）の冬、亡き母崔氏の冥福を祈り、自らの罪を贖うために、輞川荘を喜捨して仏寺に改めた。これが清源寺（宋以後の鹿苑寺）である。王維は上元元年（七六一）に没すると、寺の西に埋葬された。その墓は母の墓とともに、その場所を特定できるらしい（『中国文物地図集［陝西分冊］』）。

　中唐の耿湋は大暦年間（七六六―七八〇）ごろ、寺を訪れて作った「清源寺に題す」詩の中で、「孟城は今　寂寞、輞水は自から紆余（曲がりくねる）」と、王維没後の荒廃ぶりを歌う。

　長慶二年（八二二）、白居易は杭州に赴任するとき、「清源寺に宿す」詩を作り、「今　銭塘（杭州）の行を為し、重ねて茲の寺を経て宿す」と詠んで、二度目の宿泊であることをいう。一度目はその七年前、江州（江西省九江市）に左遷された時である。ともに藍田・商山道を通ったため、街道沿いの清源寺にとまったのである。白居易は、詩中で王維の輞川荘に言及することはない。「輞川荘」の詩跡としての機能が働いていないのである。当時、輞川荘はその痕跡すら目に留まらなかったのであろうか。

　宋以降、詩跡「輞川荘」は、むしろ絵画を通して、その機能を発揮することになる。清源寺は、もと王維の母が奉仏した草堂精舎で、後に上表して仏寺にしたところ（『長安志』一六）。王維は、その壁に輞川を画いたという（唐・張彦遠『歴代名画記』一〇）。これが伝説的存在の名画「輞川図」と考えられる。北宋の蘇軾に「詩中に画有り、画中に詩有り」（『苕渓漁隠叢話』前集一五）と評されるほど、王維は絵画に秀でていた。その「輞川図」の真筆は早く失われたが、後世、模写（転写）されて大変な珍重を受けることになる。

　北宋の秦観は病臥中、「輞川図」を見ながら、王維とともに輞川二十景を周遊する思いを抱き、病気が治ったという（「輞川図の後に書す」）。元の貢師泰「王維の輞川図に題す」詩は、冒頭で、

開図縦奇観　　図を開けば　奇観を縦ままにし
江山鬱相繆　　江山は　鬱として相い繆う
両坨矗岧岧　　両坨は　矗えて岧岧
重湖渺滺滺　　重湖は　渺として滺滺

―輞川図を開けば、眼前に優れた景観が縦横に広がり、山や川が奥深くからみ合って続く。南坨と北坨は、高々とそそりたち、二つの湖が繋がる欹湖は、はるかに水をたたえて流れる。―

と歌い起こし、輞川荘二十景を描写する。

　これ以外にも、元の龔璛「劉平叔の蔵する所の輞川図に題す」、柯九思「王維輞川図」、王惲「王右丞輞川図」四首、明の葛一龍「舜五の蔵する所の王右丞輞川図を観る」、周用「輞川図に因りて、崑山の張氏の天方亭に寄題す」、清の翁方綱「魚山の輞川図石本に題するに和す」、曾燠「輞川図に題す」詩など、詩跡「輞川荘」は、実景ではなく、「輞川図」を通して詠まれたのである。

　そのなかで、清・呉栄光の七絶「輞川に過る」詩は、後世、実際に輞川を訪れて作った、数少ない詩の一つ。その前半にいう。

谷口蒼茫起暮烟　　谷口は蒼茫として　暮烟起こり
烟寒人渺水淪漣　　烟寒く　人渺かに　水淪漣たり

―輞谷の入口は、いちめんに暮れなずみ、夕もやが立ち上る。もやは冷たく、人影は遠く、渓水にはさざ波がわきたつ。―

　王維が作りあげた、幽玄な山水の世界を再び詩に詠じている。

【藍田関（藍関）】

（長谷部）

唐の都長安（西安市）から長江中下流域、嶺南（広東・広西）へと向かう「藍田・商山路（武関道）」に設けられた、山中の峡谷内の関所（関城）。「藍関」と略称され、「京城四面関」のなかの、駅道（街道）の通る六つの「上関」の一つである。長安からは二、三日の行程であり、現在の商洛市の西北端―牧護関鎮にあった。

当地は、もと「嶢関」といい、秦末、沛公劉邦が秦軍の守る嶢関を陥落させて首都咸陽を制圧する（『史記』五四、曹相国世家）など、古来、関中防衛の要衝であった。北周の武成元年（五五九）、嶢関は、関址が現在残る場所（西安市藍田県藍橋鎮）に移されて青泥関と呼ばれ、建徳三年（五七四）、「藍田関」と改称された。隋の大業元年（六〇五）、藍田関は再びかつての嶢関の地（牧護関鎮）に移った（『長安志』一六、藍田県。ただし、辛徳勇『古代交通与地理文献研究』〔中華書局、一九九六年〕は、秦漢の嶢関を藍橋鎮の西〔唐代の韓公堆駅付近〕に比定する）。

藍田関は、盛唐の杜甫「渼陂行」に「船舷（ふなべり）暝に戛す（ぶつかる）　雲際寺、水面　月は出づ　藍田関」とあるのが最古の例である。ただこの藍田関は、その西北に位置する「渼陂」湖の水面に映る姿を詠んだもので、実際に藍田関を訪れての作ではない。

中唐の元和五年（八一〇）ごろに成る、陸暢の七絶「藍田関を出でて董使君（商州刺史董溪、陸暢の岳父）に寄す」詩は、実際に藍田関を越えた時の作である。その前半にいう。

万里煙蘿錦帳間　　万里の　煙蘿　錦帳の間
雲迎水送度藍関　　雲迎え　水送りて　藍関を度る

―（藍田路は）遥か遠くまで靄にかすむ蘿、錦のとばりの中。雲が出迎え、谷水に見送られて、（旅ゆく私は）藍田関を越えた。―

しかし、藍田関の詩跡化には、韓愈の七律「左遷至藍関、示姪孫湘」（左遷せられて藍関に至り、姪孫の湘に示す）詩が、決定的な影響を及ぼした。元和一四年（八一九）、時の皇帝憲宗李純は、鳳翔（宝鶏市扶風県）の法門寺から仏舎利（釈迦の遺骨）を宮中に迎え入れた。儒者を自任する刑部侍郎韓愈は、仏教の弊害を痛烈に批判する「仏骨を論ずる表」を上奏して憲宗の逆鱗に触れ、南方の果て、潮州（広東省）の刺史に左遷されることになった。

左遷を命じられた正月一四日、ただちに都を出立した韓愈は、やがて（二、三日後）、藍田・商山路の関所―藍田関に至って、この詩を作ったのである。秦嶺山脈と藍田関の厳しい初春の風景を描いた頸聯は、名対として知られる。

雲横秦嶺家何在　　雲は秦嶺に横たわりて　家何くにか在る
雪擁藍関馬不前　　雪は藍関を擁して　馬前まず

―雲が秦嶺の山なみに低く垂れ込めて、都のわが家はいったいどのあたりにあるのだろう（見えることはない）。雪は藍田関一帯に深く積もって、わが乗る馬も（難渋して）進もうとしない。―

そして尾聯では、直接、姪孫（韓愈の兄の孫）韓湘に語りかける。

知汝遠来応有意　　知る　汝が遠く来る　応に意有るべし
好収吾骨瘴江辺　　好しく吾が骨を収むべし　瘴江の辺に

―そなたが（私の左遷を聞いて）はるばるとやって来たのは、きっと思うところがあってのことにちがいない。どうか（一緒に赴いて）わが骨を、あの毒気のたちこめる、（南方の）川辺で拾って埋めてほしいのだ。―

長安から南方に旅立つ場合、東郊二番目の宿駅—灞橋（【灞橋】の項参照）のある滋水駅（灞橋駅）まで見送るのが通例であった。ここからさらに藍田路を南下した、険しい山中の藍田関まで到ることは極めて稀である。だからこそ、韓愈は韓湘に向かって「応に意有るべし」と言い、風土病の蔓延する南方に左遷されて生還しがたいわが身（当時五二歳）について、遺言を託したのである。

藍田関はもちろん、韓愈詩とのかかわりでのみ語られる詩跡ではない。晩唐の曹鄴「進士の下第して南海（広州）に帰るを送る」詩には、「雪は藍関を過ぎて寒気薄く、雁は湘浦（洞庭湖に注ぐ湘水の岸辺）に回りて怨声長し」とあり、都長安とその外、または中国の北と南を分ける象徴的地点として詩語「藍関」を用いている。

晩唐・趙嘏の七絶「入藍関」（藍関に入る）詩は、藍田関を越えて、都長安に向かう詩である。

微煙已辨秦中樹　　微煙　已に辨ず　秦中の樹
遠夢更依江上台　　遠夢　更に依る　江上の台
看落晩花還悵望　　晩花の落つるを看て　還た悵望す
鯉魚時節入関来　　鯉魚の時節　関に入り来る

—淡い靄の中に、もう秦中（長安付近）の樹々を識別できるが、遠く馳せる夢の中では、より一層、江南の水辺の楼台が慕われる。遅咲きの花が散りゆくのを見て、またも悲しみにくれる。秋風（鯉魚風）の吹くとき、（江南を離れて）藍田関を入りゆく。—

晩唐の杜荀鶴は、科挙（進士科）受験のために上京するとき、「鄭員外に辞して関に入る」詩を作り、「帆は楚国に飛びて風濤闊く、馬は藍関を度りて雨雪多し」と歌って、及第の困難さを暗示する。

晩唐の韓偓は「早に藍関を発す」詩で、「自ら問う　辛勤（苦労）するは　底事にか縁る、半年　馬を駆りて　長亭（宿場）に傍う」と詠んで、山深く道険しき藍田路で、宦遊（各地を転々とする役人暮らし）のつらさを表白する。

しかし藍田関については、前掲の韓愈の「藍関」詩が圧巻である。詩跡としては「藍関雪」の語が生まれるほどに、多くの場合、韓愈詩とのかかわりで想起され、さらには神仙的伝承も生まれた。

韓愈の甥は、学業には精勤しなかったが、神仙の術を修得していた。ある年の秋、甥は韓愈宅の白牡丹の根に薬を施し、来春には五色を含む花が咲くことを予言して姿を消した。その年に韓愈が仏舎利の直諫で左遷され、雪深い商山に至ったとき、あの甥が現れ、韓愈に神仙の道を説いて別れを告げる。韓愈はその別れに際し、「藍関」詩を作って彼に贈った。次の年、五色の牡丹が咲き、花びらには「雲は秦嶺に横たわりて…」の一聯が書かれていたという（『太平広記』五四所引『仙伝拾遺』）。

北宋の蘇軾「述古（杭州知事陳襄の字）の『冬日の牡丹』に和す四首」其四は、この伝承を踏まえて歌う。

使君欲見藍関詠　　使君　藍関の詠を見んと欲せば、
更倩韓郎為染根　　更に韓郎に倩みて　為に根を染めしめよ

—知事どのが韓愈の「藍関」詩を見たいならば、もう一度、彼の甥に頼んで、白牡丹の根を薬で染めてもらいなさい。—

明代には、当地に韓愈を祀る祠廟—韓文公廟（文公は韓愈の諡）があったらしい。明清の詩人は、藍田関を通る際、韓文公廟に拝謁して詩をのこしている。明の劉大夏「秦嶺を過ぎて韓文公廟に謁し、韓（愈）の（韓）湘に示す（「藍関」詩の）旧韻に次す」詩や、清の張澍「韓文公廟に謁す」二首などは、この例である。

（長谷部）

【商山・四皓廟】

商山は、漢・唐の都長安（西安市）の東南約一五〇キロメートル、現在の商洛市付近から東南の丹鳳県商鎮鎮に続く山なみの名。商坂・商洛山・地肺山ともいう。長安の南に連なる秦嶺山脈（終南山）の東端に位置し、秦末漢初、東園公・夏黄公・甪里先生・綺里季の「四皓」（鬚・眉の白い四人の老人。皓は白）が隠棲したことで名高い。

西晋の皇甫謐『高士伝』中によれば、四皓は秦の暴政を見て隠棲する際、こう歌ったという、「莫莫たる（鬱蒼と茂る）高き山、深き谷は逶迤たり（うねうねと続く）。曄曄たる（美しく輝く）紫芝、以て飢えを療やす可し。唐虞（堯舜）の世遠し、吾将た何くにか帰せん。駟馬 高蓋（りっぱな車馬に乗る高位高官）、其の憂い甚だ大なり。富貴にして人を畏るるは、貧賤にして志を肆ままにするに如かず」と。『楽府詩集』五八には、これに似た歌辞を四皓の「採芝操」（または唐・崔鴻の「四皓歌」）として収める。

『史記』五五、留侯世家によれば、四皓は漢の高祖劉邦の招きにも応じなかった高潔の士である。劉邦が呂后の生んだ太子盈之を廃して、寵愛する戚夫人の生んだ如意に代えようとした際、呂后は留侯張良の進言に従って商山の四皓を宮中に招く。劉邦は、八〇歳を超えた四皓が太子に侍しているのを見ると、戚夫人に向かって、「我之を易えんと欲するも、彼の四人 之を輔く。羽翼已に成れり、動かし難し」と述べ、太子の交替を断念した。四皓は、それを見届けると、速やかに立ち去ったという。

皇帝の招きにも応じず、自適の隠棲生活を楽しみ、太子交替という国家の大事の解決に関与しても、富貴や名誉を求めることなく商山に退隠した四皓。彼らは後世、真の高士として尊敬の対象となる。後漢の阮瑀の詩（『芸文類聚』三六）や東晋の陶淵明の詩（「飲酒二十首」其六および「桃花源の詩」）など、六朝期にはすでに憧憬をこめて歌われた。

さらに初唐の駱賓王「秋日山行、梁大官に簡す」詩に、「如かず四皓に従いて、丘中に一弦（琴）を鳴らすに」とあり、盛唐前期の張説「崔公に贈る」詩にも、「我聞く 西漢の日、四老 南山に幽る」とあるなど、四皓を詠む詩は唐代、増加の一途をたどる。李白の「四皓の墓に過る」「商山の四皓」詩は、実際に商山を訪れての懐古詩である。前者には「荒涼たり 千古の跡、蕪没して（草の茂みに埋もれて） 四墳（四皓の四つの墳墓） 連なる」とあり、後者には四皓の処世を称えて、「功成りて 身は（高位高官に） 居らず、舒巻（出処進退） 胸臆に在り（心のままに従う）」という。

商山には、四皓の墓と祠廟が二箇所—商洛市（唐の商州上洛県）と丹鳳県商鎮鎮（唐の商州商洛県）に伝わる。前者の廟は、前漢の恵帝（盈之）が建てた祠廟の地に近く（『太平寰宇記』一四一）、『水経注』二〇、丹水の条にも見えるため、より古いものらしい（ただし、『中国文物地図集［陝西分冊］』（一九九八年）には、商洛市の墓は「衣冠塚」、丹鳳県商鎮鎮の方を前漢の「四皓墓」とする）。

李白詩の四皓墓は、おそらく前者—『太平寰宇記』一四一に「（商州上洛）県の西四里の廟後に在り」とするもの—であろう。ここは唐代、長安から長江中下流域、嶺南（広東・広西）へと赴く幹線道路「藍田・商山路（武関道）」沿いにあり、李白の詩も天宝三載（七四四）、宮廷から放逐されて後、都を出て南下した途上の作らしい。

商山と四皓廟は唐代、商山路を往来した多くの文人官僚に詠まれて詩跡化した。元稹は元和五年（八一〇）、長安から左遷の地、江陵（湖北省荊州市）に赴く際に訪れて、長篇の詠史詩「四皓廟」を作った。その中で、四皓の行為の結果を問題視する。

　恵帝竟不嗣　恵帝　竟に嗣がれず
　呂氏禍有因　呂氏の禍に　因有り

―（四皓が廃太子の危機から救った）恵帝の血統は、結局中断して、呂氏の専横という災いが起こったのは、（四皓が呂后に与して恵帝を擁立したことに）原因があったのである。―

親友の白居易は、隠者の巣父と許由、政治家の伊尹と呂尚の、一方的な出処の偏りと対比して、「豈に如かんや　四先生の、出処両つながら逶迤たる（伸びやかで自在なさま）に」（「和答詩十首」其五「『四皓廟』に答う」詩）と述べて、激烈な論調の元稹をいなす。しかし、その白居易も五年後の元和一〇年、江州（江西省九江市）に左遷され、途中で七絶「題四皓廟」（四皓廟に題す）詩を作った。

　臥逃秦乱起安劉　臥して秦の乱を逃れ　起ちて劉を安んず
　舒巻如雲得自由　舒巻　雲のごとく　自由を得たり
　若有精霊応笑我　若し精霊有らば　応に我を笑うべし
　不成一事謫江州　一事も成さずして　江州に謫せられしを

―四皓は商山に隠棲して秦の動乱から逃れ、出でては漢朝の劉氏を安泰にした。その出処進退は雲のごとく自在たり得ている。もし四皓の霊魂が存在するならば、きっと私を笑うにちがいない。なにごとも成し得ないまま、江州に左遷されてゆくのだから。―

晩唐の杜牧も四皓廟を訪れて、七絶の題壁詩「商山の四皓廟に題す一絶」を作る。詩の後半には、史実を反転させた独自の手法を用いて、「南軍　左辺の袖を袒せずんば（呂后の没後、南軍がもし周勃の呂氏打倒の呼びかけに応じて、左の袖をまくりあげなかったならば）、四老の　劉を安んずるは　是れ劉を滅ぼすなり」と詠み、四皓の行為が劉氏の天下を滅ぼす危険性があったことを指摘する。晩唐の許渾・段成式・劉滄も四皓廟で題壁詩を作り、「商山の四皓廟」の詩跡化はいっそう促進された。

しかし、商山は四皓との関連だけで記憶される場所ではない。「七盤十二繞」と称される、起伏に富んだ山なみは、その美しさでも知られ、都長安のある関中の地に最後の別れを告げる場所でもあった。晩唐・温庭筠の五律「商山早行」詩は、名作として知られ、特に次の頷聯は、静謐な絵画的情景を描き出して秀逸である。

　鶏声茅店月　鶏声　茅店の月
　人跡板橋霜　人跡　板橋の霜

―朝を告げる鶏の声、茅ぶきの旅館の空には、月がまだのこり、霜のおりた板の橋には、早くも人の足跡が点々とつく。―

この商山路は、白居易・元稹・杜牧らの詩にも詠まれている。唐以後も、北宋の王安石「四皓二首」・南宋の陸游「試筆」・明の高啓「四皓廟」など、商山の四皓は詠史詩・詠懐詩中にしばしば登場する。それは、四皓の事跡が政治をになう士大夫（知識人）自身の出処進退と密接にからむ問題をはらんでいたからである。

また、宋代以降、商山の四皓は絵画の題材になり、「題商山四皓図」（商山の四皓図に題す）詩も大量に出現した。商山は「四皓図」を通して眺める風景ともなったのである。

むろん、実際に商山を訪れて詠む詩人も絶えない。清の王鑨「商山を望みて古えを懐う」詩にいう、「紫芝深き処　気氤氳（香気がたちこめ）、逸韻（四皓の名歌）　空山静かにして聞く可し」と。

【華清宮（驪山）】

（長谷部）

唐の玄宗李隆基が造営した豪奢な離宮の名。西安市の東約二五キロ、臨潼区の南にある、海抜一三〇〇メートルの秀麗な「驪山」の北麓にあった。このため、驪山宮・驪宮ともいう。

この地は古くから温泉の湧く地として知られる。秦の始皇帝がここに離宮を設け、漢の武帝がさらに修飾を加えた（『初学記』七、地部・驪山湯所引の『漢武帝故事』）。かくして驪山湯は、秦漢以来、皇帝行幸の地となる。後漢・張衡の「温泉の賦」は、驪山湯を詠む最古の作品であり、「六気淫錯せば（六種の病因［風・寒・暑・湿・燥・火］が乱れると）、疾癘（病気）有り。温泉　汨たりて（勢いよく湧き出て）、以て穢れを流す」とあって、その効能を称える。

驪山湯が詩に詠まれたのは、南朝宋・江夏王劉義恭（武帝劉裕の子）の「温泉」詩が最も早い。詩に「秦都　温谷壮んにして、漢京　湯泉麗し」と歌うが、南朝であるため、実際に訪れての作ではない。驪山湯は当時、北魏の占領下にあり、南朝人にとっては失地にある霊泉として夢想するものであった。北斉・劉逖の詩「温湯泉に浴す」は、実際にこの湯に入浴しての作である。

その後、驪山湯は北周・隋の時代にも皇帝の保護を受け、唐・太宗の貞観一八年（六四四）には「湯泉宮」が造られた。この離宮は、高宗の咸亨二年（六七一）、「温泉宮」に改称された。

玄宗は、即位の翌年―開元元年（七一三）一一月、初めて温泉宮に行幸した。これ以来、ほぼ毎年、冬一〇月になると、避寒と静養のためにここを訪れ、その数は三六回を越える。

開元四年（七一六）の仲春二月、雪がようやく降った。玄宗はこれを瑞雪と見なし、宰相の姚崇に「雪を喜ぶ」詩の制作を命じた。姚崇がそれに応じた詩（応制詩）は現存しないが、蘇頲・蘇綰・張九齢の三人が姚崇詩に唱和した作品が伝わる。蘇綰の「姚令公の『温湯に駕幸して雪を喜ぶ応制』に和し奉る」詩の後半にいう。

林変驚春早　　林変じて　春の早きに驚き
山明訝夕遅　　山明るく　夕べの遅きを訝る
況逢温液霈　　況んや温液の霈たるに逢うをや
恩重御裘詩　　恩は重し　御裘の詩

―林は（雪化粧して）一変し、春の到来の早さに驚き、山は（白い雪で）明るく、日暮れが遅いのをいぶかしむ。ましてやこの度、豊かな温泉の恵みに浴することができ、皮衣を民に分け与えて寒さを防がせた、春秋斉の名君・景公にも比すべき我が皇帝に捧げた姚宰相どのの詩には、君恩の深いことがよく窺える。―

驪山の「温泉宮」での詩の応制・唱和は、そのまま「開元の治」を現出しえた玄宗を賛美する行為につながる。さらには、扈従した王維・李白らの作も伝わり、この地は詩を生み出す場、すなわち詩跡となったと言えよう。

天宝六載（七四七）、玄宗は温泉宮を拡大・増築して、「華清宮」と改称し、湯井（温泉）を華清池と名づけた。華清の名は、この驪山湯に対して書かれた、北周の王褒「温湯銘」中の「華清は老を駐め、飛流は心を瑩く」にもとづくらしい。「華しく輝き、清らかに澄む」温泉に対する賛嘆の念がこめられている。

玄宗朝最大の壮麗な離宮「華清宮」の全貌は、元・李好文『長安志図』上所収の「唐驪山宮図」や、一九八〇年代の発掘調査報告『唐華清宮』（文物出版社、一九九八年）などから知ることができる。それは、北の会昌（昭応）県城と南の驪山の禁苑とを一体化したプランによるものである。北に津陽門（正門）、南に昭陽門を備え、四方を城壁で囲んだ面積約一千平方キロメートルのなかには、政務を処理し国家行事を行う壮麗な前殿・後殿を中心に、玄宗専用の入浴場「蓮花湯（御湯九龍殿、九龍湯）」、楊貴妃の「海棠湯（芙蓉湯。俗称、楊妃賜浴湯「妃子湯」）」のほか、太子湯・尚食湯・宜春湯・長湯などが設けられた。

この「海棠湯」こそ、玄宗と楊貴妃のラブロマンスを歌った、白居易「長恨歌」に登場する「華清池」である。

春寒賜浴華清池　　春寒うして浴を賜う　華清の池
温泉水滑洗凝脂　　温泉　水滑らかにして　凝脂を洗う
侍児扶起嬌無力　　侍児　扶け起こすに　嬌として力無し
始是新承恩沢時　　始めて是れ　新たに恩沢を承くるの時

―まだ肌寒い春の日、彼女（楊貴妃）は、華清宮で湯浴みを許された。温泉のなめらかな湯水は、きめ細かな白い肌に注ぎかかる。侍女が手を添えて抱え起こそうとすれば、なよなよと甘えて、力なげである。今こそ、初めて天子の寵愛を受ける時が来たのだ。―

華清宮

「長恨歌」中に甘美なまでに描写される楊貴妃の艶容に、美しい彩りを添えたのが、豪奢・美麗な華清宮であった。「長恨歌伝」の作者でもある陳鴻は、「華清湯池記」（『全唐文』六一二）の中で、華清池の豪華さを描写していう、「又た湯中に於いて、瑟瑟（エメラルド）及び沈香（香木）を塁ねて山と為し、以て瀛洲・方丈（東海の仙山）を状る」と。

仙界とも称えられた華清宮での、玄宗と楊貴妃の愛の蜜月も、天宝一四載（七五五）、安史の乱が勃発し、翌年、馬嵬の駅における楊貴妃の死によって夢と消える。唐朝繁栄の象徴であったこの離宮も、乱後は国家の混乱もあって、荒廃の一途をたどったが、華清宮は長安・洛陽間の要路にあることも関係して、栄華のはかなさをまざまざと実感させることになり、作詩数はかえって増加した。

中唐の竇鞏「驪山に過る」詩は、華清宮の零落を、「翠輦　紅旌（皇帝の車駕と儀仗）去りて回らず、蒼蒼たる宮樹　青苔鎖す」という。また張継は、七律「華清宮」詩の後半で、

玉樹長飄雲外曲　　玉樹（後庭花の歌）長く飄う　雲外の曲
霓裳閑舞月中歌　　霓裳（羽衣の曲）閑かに舞う　月中の歌
只今惟有温泉水　　只だ今　惟だ有り　温泉の水
嗚咽声中多感慨　　嗚咽の声中　感慨多し

と、栄枯盛衰を対照させて歌う。華清宮には、もはや壮麗な宮殿の面影はなく、むせびつつ流れる温泉の水音に、詩人は深い「感慨」を抱く。この感慨とは、唐朝のかつての栄華と、傾国の美女楊貴妃のためにもたらされた、その後の衰退に対してであろう。

驪山「華清宮」は、こうして栄枯盛衰をしのぶ懐古詩の舞台になるとともに、政治に倦み女色に溺れて、内乱の勃発を招いた玄宗を批判する詠史の詩跡ともなった。晩唐・杜牧の七絶「過華清宮絶句三首」（華清宮に過る　絶句三首）其二にいう。

新豊緑樹起黄埃　　新豊の緑樹に　黄埃起こり
数騎漁陽探使回　　数騎の漁陽の　探使回る

霓裳一曲千峰上　霓裳の一曲　千峰の上
舞破中原始下来　中原を舞破して　始めて下り来る

―（華清宮のある）新豊付近の緑なす樹々の間から、黄色い砂塵が立ちのぼる。安禄山の動静を探りに、漁陽（北京市）へ赴いた使者たちが、馬を飛ばして帰ってきたのだ。（楊貴妃が舞ったという）「霓裳羽衣」の曲が奏でられると、（その音色は）無数の峰々へと伝わりゆく。（歓楽にふけるあまり）、中原の地（河南省）が陥落して、玄宗はようやく驪山を下りたのだ。―

中晩唐期、華清宮は前掲詩以外にも、李賀・劉禹錫・王建・李商隠・孟遅・崔魯・温庭筠・呉融・鄭嵎・羅隠など、多くの詩人が長短さまざまの懐古・詠史詩を作った。華清宮は、その荒廃ぶりが昔日の栄華と対比されて懐古の情を誘いつつ、それを招いた政治的過失を批判する「鑑戒」の意図をも含む詠史の詩跡として定着した。

この詩跡のもつ諷喩の性質は、宋以後も継承された。華清宮は五代のとき、道士に下賜されて「霊泉観」となる。北宋の蘇軾は、すでに道観と化した華清宮址を訪ねて「驪山」詩を作り、君主の奢侈や驕傲が国を誤らせることを述べ、最後にこう結ぶ。

三風十愆古所戒　三風十愆は　古より戒むる所
不必驪山可亡国　必ずしも驪山　国を亡ぼすべきならず

―『書経』（伊訓篇）に「三風十愆」（三種の悪習による十の過ち）の語があるように、古来、歌舞や女色などに溺れないよう戒められてきた。（それを守れなかった君主玄宗が国を滅ぼしたのであり）、驪山（の遊び）だけが、亡国の原因であったわけではない。―

また、北宋の楊正倫は、七絶「華清宮絶句」詩を作って歌う。

休罪明皇与貴妃　罪するを休めよ　明皇と貴妃とを
大都衰盛両相随　大都　衰盛　両つながら相い随う
唯憐一派温泉水　唯だ憐れむ　一派の　温泉の水
不逐人心冷暖移　人心の冷暖を逐って移らざるを

―亡国の罪を、玄宗と楊貴妃に押しつけてはならない。およそ国家の隆盛と衰退は、互いに循環するものなのだから。ひとえに感慨深いのは、こんこんと湧き出る、（華清宮の）温泉の水が、人の心の冷たさ暖かさに従って移り変わることがないことに。―

蘇軾は、唐朝衰退の責任を、驪山「華清宮」ではなく玄宗自身に帰す。これに対して楊正倫は、玄宗にも楊貴妃にも責任はなく、歴史の必然であった、との見解を提出する。「華清宮」という主題は、宋代以降、詠史詩のジャンルで、実にユニークな議論が展開されていたことがわかる。

詠史・懐古の詩跡―華清宮は、元の薩都剌「華清の曲、楊妃の病歯（図）に題す」詩、明の薛瑄・陳贄・王雲鳳らの「華清宮」詩など、多くの詩に詠みつがれた。清代には、白居易「長恨歌」で造語された「華清池」の名が詩跡として定着する。張祥河の「華清池」詩には、「十六の長湯（宮女たちが湯浴みする「長湯十六所」）　今剰るは幾ばくぞ、　却って看る　潼水の　城隈を繞るを」という。

「華清池」は、現在でも温泉入浴の地となってにぎわっている。

【秦始皇墓】

（長谷部）

秦の始皇帝嬴政（前二五九―前二一〇）の陵墓「酈（麗）山陵」の通称。西安市臨潼区の東四キロメートル（秦陵街道）に位置する。

『史記』六、秦始皇本紀によれば、酈山陵の造営は、嬴政が秦王の位に就いた時に始まり、中国を統一した後は全土から延べ七〇万人以上の囚人を動員した。墓中に宮殿を築き百官の座を設け、財宝を宮中から移し、盗掘者を自動的に射る弩矢を備え、さらには水銀で河川・大海を作って流れを循環させ、人魚の膏を燃やして燭とし、長く消えないようにした。天井には太陽・月・星座を描き、下には山や川を備え、地上とは別の地下世界を作ったのである。始皇帝を埋葬する際には宮女を多く殉死させ、秘密の漏洩を恐れて、これらの装置を作った工人たちを生き埋めにしたという。

秦始皇陵の上から

始皇帝の陵園は、高さ七六メートルの墳丘を中心に、周囲二・五キロメートルの内城と六・三キロメートルの外城から成る。これは「内城外郭」の都城プランを陵墓にまで適用したものであり、始皇帝の陵園は秦の都城・咸陽の構造を採用していた（楊寛『中国都城の起源と発展』［尾形勇・高木智見訳］、学生社、一九八七年）。二〇世紀最大級の考古学的発見として著名な兵馬俑坑は、外城の東側一・五キロメートルの地点に位置する。兵馬俑の大半は東向きであり、それはこの陵墓全体が「坐西朝東」（西に坐して東に朝う）の配置構造を持ち、兵馬俑は墓室に眠る皇帝を護衛する役割を担っていた。しかし、兵馬俑の守りも空しく、この陵墓は秦が滅亡した時、項羽の軍によって阿房宮とともに破壊と略奪に遭う。北魏の酈道元『水経注』一九、渭水の条に収める伝承によれば、項羽が三〇万人、三〇日を費やしても、陵墓内の全財宝を運び出すことはできなかったという。

始皇帝の巨大な陵墓の造営は、長城・阿房宮の建造、匈奴征伐などとともに秦滅亡の原因と指摘されてきた。前漢の賈山は、「至言」と題する文を文帝劉恒に奉り、「葬埋の侈を為すこと此に至るも、其の後世をして曾て蓬顆もて冢を蔽い葬を託するを得ざら使む」（始皇帝陵はこれほど豪奢であったが、その子孫は〔秦の滅亡とともに絶え〕蓬草の茂る粗末な墳墓に埋葬されることすら、かなわなかった）と批判する（『漢書』五一）。賈山のこの発言を納れてか、文帝は薄葬（簡素な埋葬）を遺言して墳丘を築かず、自然の山に埋葬された。これを覇陵という。中唐・白居易の新楽府中の一首、「草茫茫たり」は、厚葬の秦始皇墓をそしる詩である。その末尾には、「奢なる者（豪奢な墓）は狼藉せられ　倹なる者は安し（安泰）、一凶　一吉　眼前に在り。憑う君　首を回らし　南に向かって望め、漢文（前漢の文帝）は葬られて灞陵原に在り」とあり、始皇帝の酈山陵＝厚葬と文帝の覇陵＝薄葬とを対比的に描く。この対比は、白居易と同時期の鮑溶「秦皇の墓を経たり」や、晩唐の許渾「途に秦の始皇の墓を経たり」など、中晩唐期の詩に見られる。

秦始皇墓の詩跡化は、唐の景龍三年（七〇九）に成る中宗李顕の「幸秦始皇陵」（秦の始皇陵に幸す）詩に始まるようである。

眷言君失徳　眷みて言に　君は徳を失う
驪邑想秦余　驪邑にて　秦の余を想う

—歴史を振り返れば、始皇帝は君主たる徳を失っていた。ここ驪邑の地（現・臨潼区）で、秦朝の末年のことを思う。—

と歌い起こし、続けて始皇帝の暴政を列挙する。秦始皇墓を詠むことは、それ自体が王朝滅亡の原因であるだけに、秦の失政に関する議論へと集約される。中宗の詩に、すでにその傾向が顕著に現れている。盛唐の張九齢が、開元三年（七一五）に作った「黄門盧監の『秦の始皇陵を望む』に和す」詩も、末尾で「一たび『過秦論』を聞いて、載ち杼軸空しきを懐う」とあり、前漢の賈誼が秦朝短命の原因を論述した「過秦論」を思わせる、黄門監・盧懐慎の（厚葬を批判する）詩は、秀逸で唱和しがたいという。

盛唐・王維の五律「過始皇墓」（始皇墓に過る）は、秦始皇墓を詩跡として確立した作品。前掲の張九齢詩とほぼ同時期、王維一五歳の時の作である。首聯で「古墓は蒼嶺（樹木が蒼々と茂る嶺）を成し、幽宮（幽暗な墓室）は紫台（咸陽の宮殿）を象る」と歌い、続く二聯では『史記』に拠って地下宮殿の威容を描写し、尾聯で、

更聞松韻切　更に聞く　松韻の切なるを
疑是大夫哀　疑うらくは是れ　大夫の哀しめるかと

—さらに聞こえてくるのは、墓上の松林が風に吹かれてたてる、哀切きわまりない響き。あたかも始皇帝から五大夫に封ぜられた松の木が、哀悼しているかのよう。—

と結ぶ。泰山での封禅の際、始皇帝が風雨を避けた松の木に五大夫の爵位を授けた故事を用いて、地上の寂寥たる情景を描き出す。

晩唐・羅隠の七絶「始皇陵」は、この詩跡を詠じた詠史詩である。

荒堆無草樹無枝　荒堆に草無く　樹に枝無し
懶向行人問昔時　行人に向いて　昔時を問うに懶し
六国英雄漫多事　六国の英雄　漫りに事多く
到頭徐福是男児　到頭　徐福は　是れ男児

—荒れ果てた墳丘（始皇陵）には草もなく木々に枝もない。道行く人に昔のことを尋ねるのも懶い。秦の末期、六国（燕・趙・韓・魏・斉・楚）出身の英雄たちは、（祖国の旗印をかかげて）挙兵したが、みな失敗し、結局、徐福こそ真の男子なのだ。（始皇帝の命で不死の仙薬を求める船旅に出て帰らず、生を全うしたのだから）—

始皇陵（墓）は、元・王沂の七絶の連作『長安志』を読みて事を書す十二首」にも関中のランドマークとして登場するなど、重要な詩跡であり続けた。明・喬世寧の詩「始皇墓を経たり」は、漢文帝の覇陵と対比して、「山下　東原の道、人人　覇陵を説く」と詠み、清・楊思聖の「始皇墓」詩は、「豈に知らんや　身死して阿房焚かれ、寂寞たり　驪山　一抔の土」と懐古的に歌うなど、唐代に成立した発想の枠組みが維持された。清・董文驥の長篇「問始皇墓処」（始皇の墓処を問う）詩は、いたずらに神仙の世界を求め、奢侈な陵墓の造営で国を誤らせた始皇帝を、こう批判して歌う。

神仙杳難求　神仙は　杳として求め難く
厚葬弥自誤　厚葬は　弥よ自ら誤てり

（長谷部）

【鴻門（鴻門坂）】

鴻門は、西安市の東部―臨潼区の東北約七キロメートル、新豊街道の東南に位置する。「約二里の坂に、原を切り開いた道が通じ、南北の両端が大きな口を開けて門状をなす」ための命名であり（『水経注』一九）、鴻門坂（鴻門阪）・鴻坡ともいう。

秦末の前二〇六年、楚の項羽（名は籍）は、大軍を鴻門に駐めて、漢の劉邦と会見した（「鴻門の会」）。項羽は、劉邦が先んじて秦の都咸陽を占領したことに激怒し、彼の参謀・范増も劉邦の抹殺を進言する。危急な状況下で会宴が催された。范増の命を受けた項羽の従弟項荘が、剣舞を披露して劉邦殺害の機をうかがい、項羽のおじ項伯が、劉邦の軍師張良への恩義から、やはり舞いつつそれを防ぐ。張良が主君を救うために機知をめぐらし、劉邦の武将樊噲が頭髪を逆立て眦を決しながら、項羽の前で劉邦を弁護する。項羽の優柔不断さから劉邦殺害の機会を逃し、范増が剣で玉斗（玉製のひしゃく）を叩き割って悔しがるなど、その緊迫したドラマティックな情景は、『史記』七、項羽本紀の中に活写される。鴻門は、この故事で著名な史跡となり、現在、鴻門坂遺址として保存されている。

鴻門は、楚漢興亡の歴史を詠じる詩に登場する。西晋の傅玄「惟漢行」詩の「危い哉　鴻門の会、沛公（劉邦）　幾んど還らず。軽装して人の軍に入り、身を湯火の間に投ず」は、早期の例であり、張良の知謀をたたえた南朝宋・謝瞻「張子房の詩」の、「鴻門に薄蝕を消し（日食のごとき劉邦の生命の危機を救い）、垓下に攙搶を殞す（彗星のごとく凶悪な項羽を滅ぼした）」が、これに続く。

盛唐・袁瓘の「鴻門行」（鴻門の行）は、前漢の李広将軍の生涯を詠み込みながら、遊侠の徒の憂悶を項羽の悲劇と重ねて歌う。

棄置難重論　　棄て置かれて　重ねて論じ難し
駆馬度鴻門　　馬を駆りて　鴻門に度る
行看楚漢事　　行きて看る　楚漢の事
不覚風塵昏　　覚えず　風塵の昏きを

―主君から見捨てられた今、もはやこのことをいうまい。（不遇な私は）馬を駆って鴻門へと向かう。楚漢興亡の遺址を見ていると、いつしか風に舞い立つ土ぼこりで暗くなっていた。―

他方、晩唐・胡曾の七絶の詠史詩「鴻門」は、「項籍　鷹のごとく六合に揚がる（天下で武勇を奮った）晨、鴻門にて宴を開いて　秦を亡ぼせるを賀す」と詠んだ後、項羽の優柔不断さを批判する。

樽前若取謀臣計　　樽前にて　若し謀臣（范増）の計を取らば
豈作陰陵失路人　　豈に陰陵に　路を失うの人と作らんや

項羽は垓下の囲みを突破した後、陰陵で道に迷って自滅に向かう。

鴻門は、晩唐の王轂「鴻門の讌（宴）」、南宋の劉翰「鴻門の宴」、元の周権「鴻門の宴」、張憲「鴻門の会」、明の李東陽「鴻門高し」など、長く詠み継がれていく。清の龔景瀚「鴻門阪」詩は、気力に富む項羽の英雄らしさを賛美する珍しい詩である。

跋山蓋世気如虹　　山を跋き　世を蓋いて　気は虹のごとし
眼底何曾有沛公　　眼底に　何ぞ曾て　沛公有らん
此日能為樊噲屈　　此の日　能く樊噲の屈するところと為る
重瞳真不愧英雄　　重瞳　真に英雄に愧じず

後半二句にいう、―鴻門の会の時、項羽は忠君の義士・樊噲の心意気に感じて劉邦を殺さなかった。（舜帝のように）一つの眼に二つの瞳をもつ項羽は、まさしく英雄の名に恥じない人物であった。―

（長谷部）

【潼関】

中原（洛陽方面）から関中（長安［西安］方面）に入る要衝に置かれた関所（城壁で囲まれた関城）の名。古来有名な函谷関に代わって登場した。西晋・潘岳の「西征の賦」に「黄巷に愬いて以て潼を済る」とある。古来、中原から黄河南岸の黄巷坂を通ったあと、南の高原を登り、さらにその西で黄河に注ぐ潼水の深溝を渡って長安方面を目指したのである。潼関は黄巷坂と潼水との間、黄河南岸の高原にあった。現在の陝西省渭南市潼関県、渭河と黄河の合流口から東南約二キロメートルにある楊家荘付近である。後漢の建安一六年（二一一）、曹操が潼関で馬超を破ったことが『元和郡県図志』二に記され、後漢の末には当地に潼関があった。隋代、潼関は少し南に移動した。隋末、煬帝討伐の兵を挙げた李淵（後の唐の高祖）の軍と隋軍との激戦が、この潼関で行われている（『旧唐書』五七、劉文静伝）。

唐の天授二年（六九一）、潼関は黄河南岸の高原上から渭河との合流口により近い場所（旧・港口［旧・潼関県城］）に遷された（『通典』一七三、華州）。史念海「潼関古城的遷徙」によれば、黄河の流れが河床を削って水面が低下し、河畔に人の通行できる空間が拡大したためという（『河山集』二集［三聯書店、一九八一年］）。唐以来の潼関城は、金・元・明・清期、拡張・改築を重ねたが、一九五九年、三門峡ダムの建設によって潼関県城自体が移動したため、潼関の建物や城壁も取り壊された。現在は「潼関城遺址」（潼関古城）として残存するのみである。

三国魏の繆襲「平関中」（魏鼓吹曲十二篇の一）詩の、「関中を平らげんとして、路は潼（関）に向かう」が、潼関に触れる最初の詩句であろうが、潼関は六朝期にはほとんど詠まれていない。

潼関は唐代、藍田関・散関・蒲津関・大震関・隴山関とともに、「京城四面関」中の上関となり（『大唐六典』六）、都長安の東方を守る重要な関所になる。初唐の太宗李世民の五言古詩「潼関に入る」が、事実上、潼関詩の嚆矢となろう。詩は、

崤函称地険　　崤函は　地の険なるを称えられ、
襟帯壮両京　　襟帯　両京を壮んにす

—崤山と函谷は地の険しさを称賛され、（潼関は）山や川が襟や帯のように取り巻いて、両京（長安と洛陽）の雄壮さを増している。—

で始まり、洛陽近くの崤山、そしてそこから西の長安へと続く、箱（「函」）のように狭く険しい函谷が取り挙げられる。潼関は函谷の西端にあった。本詩第十句の「暁と偽りて預め鶏鳴く」は孟嘗君の函谷関脱出の故事を、第十三句の「別に真人の気有り」は老子の函谷関出関の故事を用いるなど、潼関を詠みながらも函谷関の故事を多用する。これは詩作に必要な潼関にまつわる故事や典拠が不足して、古典性豊かな函谷関に頼らざるを得なかったからであろう。

しかし、本詩には許敬宗の唱和詩「潼関に入るに和し奉る」があり、太宗の詩によって潼関の詩跡化が始まったといえよう。盛唐の玄宗李隆基も五絶「潼関口号（即興詩）」を作り、その後半に、

所嗟非恃徳　　嗟く所は　徳を恃むに非ずして
設険到天平　　険を設けて　天平に到る

—嘆かわしいのは、徳政を施さずに、要害（潼関）を設けて天下の太平を求めようとしたことだ。—

と歌う。それに対して張九齢は、「徳に在りて険に在らず、方めて

知る　王道の休きを」（世の中の安定は徳政のおかげで、潼関の天険によるものではありません。私は今ようやく徳による統治［王道］のすばらしさを感じずにはおれません）と唱和した（「聖製『潼関を度る口号』に和し奉る」）。時に開元一二年（七二四）、「開元の治」下、唐朝は安定と繁栄のただ中にあった。かくして潼関は、帝都の防衛、そして天下の太平を象徴する存在となり、さらには天下の太平を実現しえた皇帝の君徳までもが連想されるようになった。

その一方で、開元年間の末ごろ、岑参は「東帰して晩に潼関に次りて古を懐う」詩のなかで、「巨霊　開きしより（黄河の神が流れを阻む山を引き裂いて通した太古の昔から）、流血　千万の秋」と詠み、潼関で繰り広げられた数々の戦闘に思いを馳せている。

潼関跡

潼関における流血の惨事は、天宝一四載（七五五）一一月、安禄山の乱が勃発して、現実に繰り返されることになった。翌年、東都洛陽を占拠した安禄山は西へ進軍する。六月、玄宗は楊国忠の建言を容れて、潼関を守る将軍・哥舒翰に対して、関を出て反乱軍と戦うよう促した。結果、官軍は兵力二十万を擁しながらも大敗し、潼関は反乱軍に突破された。潼関の陥落は、そのまま反乱軍の首都襲来を意味する。玄宗はそのわずか五日後に都を脱出し、大混乱のなか、粛宗が即位した。杜甫はこの一年後に「北征」詩を作り、「潼関　百万の師（軍隊）、往者　散ずること何ぞ卒かなる。遂に半秦の民（関中の大半の人民）をして、残害して異物（死者）と為らしむ」と歌って、敗戦の大きさを語っている。

官軍が長安を奪還し、新皇帝粛宗の下で左拾遺となった杜甫は、やがて粛宗に疎まれて潼関のある華州へと左遷された。潼関の詩跡化を決定づけた杜甫の「潼関の吏」は、乾元二年（七五九）、華州司功参軍在任中の作である。杜甫は詩中で、「潼関の吏に借問すれば、関を修め　還た胡に備うと」と詠んで、取材記者のごとく潼関の築城にあたる役人にインタビューを試みる。それに答えて役人はいう。

連雲列戦格　雲に連なりて　戦格を列ね
飛鳥不能踰　飛鳥も　踰ゆる能わず
胡来但自守　胡来るも　但だ自ら守るのみ
豈復憂西都　豈に復た西都を憂えんや
丈人視要処　丈人　要処を視よ
窄狭容単車　窄狭にして　単車を容るるのみ
艱難奮長戟　艱難に　長戟を奮わば
万古用一夫　万古　一夫を用いるのみ
哀哉桃林戦　哀しいかな　桃林の戦い
百万化為魚　百万　化して魚と為る
請嘱防関将　請う　防関の将に嘱せん
慎勿学哥舒　慎みて哥舒を学ぶこと勿かれと

―雲に接するほど高いところまで防御の柵が並び、空を飛ぶ鳥さえも越えることはできません。反乱軍が襲来してもただここで守っているだけでいいのです。どうして二度と西の長安を気づかう必要がありましょう。ご老人よ、この要害の地をよくご覧ください。とても道が狭くて戦車一台しか通れません。もし緊急の事態になっても、長い戟で奮闘すれば、永遠にたった一人の兵士で充分です。三年前の桃林（潼関より東の山谷）での戦いは、本当に悲惨なものでした。百万もの兵士が黄河に落ちて魚になりはてました。（ご老人よ）、潼関を防衛する将軍にお頼み下さい。どうかくれぐれも潼関から出て大敗した哥舒翰のようなまねはなさらないように、と。―

杜甫の本詩によって、潼関は安禄山の乱での官軍の大敗、首都の陥落といった史実と堅く結びつけられて「史跡」化し、もはや初唐の太宗の詩のように詩の典拠を函谷関から借用する必要性のない、独立した詩跡として、以後、懐古詩・詠史詩に頻出するようになる。晩唐の李商隠「行きて西郊に次りて作る一百韻」詩は、杜甫の「詩史」を継承する雄篇であり、その中でも「賊の為に上陽を掃い（［降臣は］洛陽の上陽宮を掃き清め）、人を捉えて潼関に送る」という。

その一方で、平和時の潼関は交通の要衝であり、しかも黄河を俯瞰し、華山山系に依る天険に位置していたため、叙景の対象ともなった。晩唐の温庭筠は、五律「潼関に過る」詩の首聯で、「地形は盤屈して　河流を帯び、景気澄明にして　是れ勝遊（すばらしい遊覧）」と称賛する。晩唐の許渾には潼関を詠んだ詩が多い。その中の五律「秋日赴闕、題潼関駅楼」（秋日　闕［都長安］に赴かんとして、潼関の駅楼に題す）には、こう詠まれている。

紅葉晩蕭蕭　　紅葉　晩に蕭蕭
長亭酒一瓢　　長亭　酒一瓢
残雲帰太華　　残雲　太華に帰り
疏雨過中条　　疏雨　中条を過ぐ
樹色随関迴　　樹色は　関に随いて迴かに
河声入海遥　　河声は　海に入りて遥かなり
帝郷明日到　　帝郷　明日到らんとして
猶自夢漁樵　　猶自　漁樵を夢む

―樹々の紅葉が日暮れどき、わびしい音を立てて揺れ、（潼関城内の）宿場の旅籠で一瓢の酒を傾ける。ちぎれ雲は西南の華山へと帰りゆき、まばらな雨は黄河を隔てた中条山を通り過ぎる。樹々のあでやかな色は、潼関の城壁に沿ってはるかに続き、（眼下に流れる）黄河の激しい水音は、遠く海にまで伝わりゆく。明日は都に着くというのに、今もなお故郷での悠々自適の生活を夢みるのだ。―

潼関は宋代以降も長く詠まれ、北宋の晁補之、南宋末の汪元量、元の楊基、明の李夢陽、清の王士禛・張問陶などの詩が伝わる。なかでも興味深いのは、南宋・陸游の詩に「潼関」が散見することである。当時、潼関のある黄河流域は、女真族の金の占領下にあった。陸游の描く潼関は想像の中の、または夢の中のそれであった。「夢を記す」三首其一には、こう歌う。

黄河袞袞抱潼関　　黄河は袞袞として　潼関を抱き
蒼翠中条接華山　　蒼翠たる中条（山）は　華山に接す

この叙景は、前掲の許渾詩の影響を受けていよう。陸游が金に支配された潼関一帯を夢に見たことは、失地回復の願望が内包されているはずであり、この詩を読む側に、唐代「胡」（異民族）によって潼関が陥落した史実までも想起させている。

陝西省

【華山（西岳・太華山）】

（長谷部）

西安市の東一二〇キロメートル、華陰市の南にそそりたつ峻険な山なみの名。泰山（東岳）・衡山（南岳）・恒山（北岳）・嵩山（中岳）と並ぶ「五岳」の一つとして西岳と称され、太華山・華陰山・華岳ともいう。秦嶺山脈の北部支脈を形成し、その北には渭河、東北には黄河が流れ、南には秦嶺山脈が連なる。華山の名は、遠望すると、華のような形状（『水経注』一九、渭水）のためという。

西峰の蓮華峰・東峰の朝陽峰（仙人掌）・南峰の落雁峰（海抜二一五四メートルの最高峰）の三つを主峰とし、さらに中峰の玉女峰と北峰の雲台峰を加えて「華山の五峰」ともいう。

五岳は、儒教の経典『周礼』春官・大宗伯に「血祭を以て社稷・五祀（五行の神）・五岳を祭る」とあるように、神聖な霊山として祭祀の対象となった。黄帝が五岳で神々と邂逅し（『漢書』郊祀志）、舜帝は五年に一度五岳を巡回し（『史記』封禅書）、秦の昭王は華山で天神と博（双六）をした（『韓非子』外儲説左上）とされるが、これらは伝説の域を出ない。

華　山

史実としては、前漢の元封元年（前一一〇）、武帝劉徹が泰山で封禅の儀を行う前に華山に来ており（『漢書』武帝紀）、これが皇帝によって華山が祀られた最も古い記録である。このとき、華山の神を祀る「西岳廟」（華山祠・華岳廟）が建立されたと伝える。西岳廟は北魏の時代に現在の地（華陰市の東北二・五キロメートル）に移転したとされ、唐・宋・明・清の重建を経て現存する。

華山が詩に詠まれたのは、現存詩の中では西晋・潘尼の詩（『太平御覧』八〇八所引）が最も古い。続いて南朝梁の沈約「華山館にて国家の為に功徳を営む」詩、隋・孔徳紹の詩「行きて太華を経たり」が作られたが、本格的な華山詩は唐代以後である。

華山は唐の両都（長安・洛陽）を結ぶ街道ぞいに位置した。初唐の長安元年（七〇一）、則天武后の行幸に侍従した沈佺期は、華山の麓に来たとき、「西鎮（西を鎮護する華山）　何ぞ穹崇（高大）なる、壮んなる哉　信に霊の造りしものは」と歌い起こす五言排律（「辛丑の歳の十月　上　長安に幸す。…」）を作ったが、華山の詩跡化を決定づけたものは、盛唐の玄宗李隆基の詩「途経華岳」（途に華岳を経たり）である。開元一二年（七二四）一一月、玄宗は洛陽への行幸の途中、華山に到り、詩を詠んで張説・張九齢・蘇頲ら文人官僚に唱和させた（「奉和聖製途経華岳応制」〈聖製「途に華岳を経たり」に和し奉る　応制〉。玄宗の詩も併せて『文苑英華』一七〇所収）。

玄宗は華山の高峻な山容を、

翠崿留斜影　　翠崿　斜影を留め
懸巌冒夕煙　　懸巌　夕煙冒う

—緑のそばだつ山なみは西に傾いた日ざしを留め、切り立つ断崖は夕もやに包まれている。—

と詠み、張説は応制詩の中で、

霽日懸高掌　　霽日に　高掌懸かり

寒空類削成　寒空に　削り成すに類たり

―晴天高く、河神「巨霊」の手のひらの跡を残す東峰がそばだち、寒い冬空の中、山容は鋭く削って作りあげたかのよう。―

と応える。「削成」の語は、古代の地理書『山海経』西山経に、華山（太華之山）を形容して、「削成して四方なり（鋭く削りあげたように切り立ち、山すそは四角形に広がる）」とあることに基づく。

この「削成」の語は、王維「華岳」、崔顥「行きて華陰を経たり」、陶翰「太華を望みて盧司倉に贈る」、王翰「『明星玉女壇』を賦し得たり、廉察の華陰に尉たるを送る」詩など、華山を詠んだ詩に愛用された。その一つ、崔顥の五律の首聯にいう。

岧嶢太華俯咸京　岧嶢たる太華　咸京を俯し
天外三峰削不成　天外の三峰　削れども成らず

―高々とそそり立つ華山は、遥かかなた長安の都を見おろし、大空のかなたに突き出る三つの峰は、（優れた匠が）削ったとしても、作りあげられないほど、荒々しく鋭い。―

華山は、「山頂の池に、千葉（花弁の多い）の蓮の花が生え、それを服用すると羽化登仙するため、華山という」（『初学記』五所引の「華山記」）とあるように、神仙思想および道教の聖地とされ、三六洞天（神仙の住む別天地）の第四に数えられる。道教が隆盛した唐代、華岳観・雲台観・白雲宮などの道観では、道士たちが活動し、金・元時代には、全真教の道場と化した。

道教との関係で華山を詩跡化したのは詩仙・李白である。

西岳崢嶸何壮哉　西岳は崢嶸として　何ぞ壮んなるかな
黄河如糸天際来　黄河　糸（絹糸）のごとく　天際より来る

と歌い出す「西岳の雲台（峰）の歌　丹丘子を送る」詩は、友人の道士・元丹丘への送別の詩である。この李詩を端緒として、多くの唐詩人が華山を訪れて道士と交際し、華山の詩跡化が進んだ。李益「華山に入りて隠者を訪ね、仙人石壇を経たり」、銭起「華山雲台観の道士を尋ぬ」、韓翃「華陰道士に贈別す」などは、その例である。

銭起の詩題中にも見えた「雲台観」は、老子と弟子たちが住んだ道観と言い伝え、その名は広く知られた。中唐の孟郊も訪れて、五言古詩「遊華山雲台観」（華山の雲台観に遊ぶ）を作った。

華岳独霊異　華岳は　独り霊異
草木恒新鮮　草木　恒に新鮮なり
山尽五色石　山は尽く　五色の石
水無一色泉　水に　一色の泉無し
仙酒不酔人　仙酒は　人を酔わしめず
仙芝皆延年　仙芝は　皆な年を延ぶ
夜聞明星館　夜に聞く　明星館
時韻女蘿弦　時に女蘿の弦韻くを
敬茲不能寐　茲を敬して　寐ぬる能わず
焚柏吟道篇　柏を焚いて　道篇を吟ず

―（多くの山々のなかで）華山だけは神秘霊妙であり、草木はいつも生き生きとしている。山はすべて色とりどりの岩からなり、谷川の水も様々な色彩を見せる。仙界の酒は人を酔いつぶさず、仙界の霊芝はいずれも人の寿命を延ばす。夜になると、（中峰の頂にある）明星玉女（華山の女仙）祠から、時おり女蘿（サルオガセ）を帯びた玉女の奏でる琴の音が響いてくる。この仙境を敬慎するあまり寝つけず、柏（の葉）を燃やして、道を説く『老子』を読誦する。―

唐代、詩跡として定着した華山は、以後も長く詠み継がれた。それらは、郗政民選注『詠華山詩選』（陝西人民出版社、一九八二年）に見える。華山は「削成」の語に象徴される、峻険な花崗岩の岩山であり、古くから登頂の困難さで知られた。好奇心に富む韓愈は華山の絶頂に登ったが、引き返せないと思って、「遺書を作り、発狂して慟哭」したが、華陰県知事の尽力で下山できた、という（『唐国史補』中）。華山詩の増加は、北宋の頃までに蒼龍嶺（頂上区域に入る前の最長の登り行程）まで登山路ができたことも影響していよう。

北宋の魯交は、北側の登山口に入って初めに通る奥深い谷間・張超谷（華山峪）を訪れて詠んだ「華山の張超谷に遊ぶ」詩の中で、「太華　深谷を鎖し、我来りて　真景分かる（山の本当の景色を理解した）」と歌う。他方、北宋の寇準が八歳のときに作ったという全対の五絶「華山」詩は、山の高峻さをこう詠む。

只有天在上　　只だ天の　上に在る有り
更無山与斉　　更に山の　与に斉しき無し
挙頭紅日近　　頭を挙ぐれば　紅日（紅い太陽）近く
回首白雲低　　首を回らせば　白雲低る

明・清の時代、北の登山口から五峰への路が切り開かれ、もとの岩のくぼみは階段に改められ、多くの詩人が登山した。明代古文辞派の領袖、李攀龍は嘉靖三五年（一五五六）、陝西提学副使として赴任する際、七律「杪秋登太華山絶頂四首」（杪秋〔秋の末〕太華山の絶頂に登る四首）詩を作った。其四の後半にいう。

樹杪雲霾沙漠気　　樹杪の雲霾　沙漠の気
岩前日暈漢江流　　岩前の日暈　漢江の流れ
停杯一嘯千年事　　杯を停めて一嘯す　千年の事
不擬人間説壮遊　　人間　壮遊を説かんと擬せず

――木の梢をおおう濃い雲霧は、沙漠から吹き寄せた雲気。岩の前の日暈は、漢江へと落ちゆく水しぶき。杯を持つ手を止めて、しばし千年の大計をうそぶこう。浮き世における今回の壮遊のことなど、語ろうとは思わない。――

かつては人間を寄せつけず神秘性を帯びていた華山。それを征服した李攀龍は、古文辞派が尊重する杜甫詩の措辞を模擬しながら、極めて自己表出性の強い詩を作っている。そこには、もはや初唐の沈佺期のような、霊妙な華山を仰ぎ見る姿勢はない。

明朝滅亡後、抗清運動に身を投じて殉じた黄道周の七絶「思在華山頂」（思いは華山の頂に在り）は、「蒼龍嶺下　人の来ること少に、鉄鎖　春深くして　碧苔滑らかなり」で始まり、こう結ぶ。

欲上嶺頭吹玉笛　　嶺頭に上りて　玉笛を吹かんと欲す
長安不見使人哀　　長安は見えず　人をして哀しましむ

上句は、華山の峰に登って、古の蕭史・弄玉のように玉笛を吹いて昇仙したい、の意。下句の「長安」は、明末、反乱軍によって陥落した当時の都・北京を暗示していよう。歴代の王朝を鎮護してきた華山も、北京の陥落、そして明の滅亡までは防げなかったものの、ここでも依然として神仙の山としてのイメージを保持している。

清初の王士禛には、華山の名所（玉泉院・希夷峡・沙羅坪・毛女祠・白鹿龕・青柯坪等）を詠んだ五絶「華山雑詩七首」がある。

【咸陽橋・渭水】

（長谷部）

漢代以来、長安（現・西安）の北を流れる渭水（渭河）には、東渭橋・中渭橋・西渭橋の三つの橋が架けられていた。この中で、長安とその西北の咸陽を結ぶ西渭橋は、漢長安城の西門・便門（章城門）と向きあうことから「便橋」「便門橋」と呼ばれ、唐代には「咸陽橋」とも称された。この橋は、唐の武徳九年（六二六）八月、即位直後の太宗李世民が、北方遊牧民の突厥と盟約を結んだ場所であり、盛唐・李白の五古「塞上曲」は、この史実を踏まえて、「大漢（唐）中策（中等の計略）無く、匈奴（突厥）渭橋を犯す」と歌う。

また、杜甫「兵車行」の冒頭に、玄宗の領土拡大政策によって、遠征に駆り立てられる兵士たちを描いた舞台として登場する。

車轔轔　馬蕭蕭　　車轔轔　馬蕭蕭
行人弓箭各在腰　　行人の弓箭　各の腰に在り
耶娘妻子走相送　　耶娘妻子　走りて相い送り
塵埃不見咸陽橋　　塵埃に見えず　咸陽橋

—いくさ車はがらがらと音を立てて進み、馬はヒヒーンといななく。出征兵士たちはそれぞれ、弓と矢を腰に提げている。兵士たちのお父さんやお母さん、妻が走りながら見送り、立ち上る土ぼこりのために、咸陽橋が見えなくなっている。—

咸陽橋の詩跡化に寄与したのは、遠望した橋周辺の雨景を詠んだ晩唐・温庭筠の七絶「咸陽値雨」（咸陽にて雨に値う）詩である。

咸陽橋上雨如懸　　咸陽橋上　雨　懸くるがごとし
万点空濛隔釣船　　万点空濛として　釣船を隔つ
還似洞庭春水色　　還た似たり　洞庭　春水の色
晩雲将入岳陽天　　晩雲　将い入る　岳陽の天

—咸陽橋のあたりは、雨脚が流れを懸ける滝のよう。降りそそぐ無数の雨つぶのため、一面にぼんやりかすみ、釣り船の姿が見え隠れする。（この雨景は）さながら夕暮れの雲が雨を伴って、湖畔の岳陽楼上の空に進入した、春の水にあふれる洞庭湖の景色のよう。—

渭水は大河ではないが、本詩によって、豊かな水をたたえて関中平野を流れるイメージが生じた。明の劉絵「咸陽橋懐古」詩の「歩み上る　咸陽橋、悠悠たり　渭河の水」は、その一例である。

また、晩唐・許渾の懐古詩「咸陽城の東楼」には、秦漢の古き都のほとりを流れる悠久不変な存在として、「行人　問う莫かれ　当年の事、故国　東来　渭水流る」と歌われている。

渭水は、古く『詩経』邶風「谷風」に、「涇は渭を以て濁るも、湜湜たる（水が澄むさま）其の沚」と見え、ここから「涇渭分かる」という故事成語が生まれ、ものの区別の明瞭なさまを比喩する。

さらに太公望呂尚が渭水の水辺で釣りをしているところを周の文王に見い出された故事（『史記』三二）から、「渭浜」「渭川人」は、呂尚、または君王を補佐する宰相を指すようになり、詩でも頻用される典故となった。晩唐・劉駕の五古「釣台懐古」詩にいう。

孤坐九層石　　孤り坐す　九層の石
遠笑清渭浜　　遠く笑う　清渭の浜

—後漢の厳光は光武帝の出仕の命に従わず富春山に隠棲し、幾重にも重なる岩（釣台）の上に独り坐し、清らかな渭水の水辺で文王と出会って出仕した呂尚を、遠い地から笑っている。—

渭水は、①「濁流」涇水に対して清流、②太公望呂尚の出仕のきっかけとなった場所としても詠まれる詩跡なのである。

【咸陽（渭城）・阿房宮】

（長谷部）

咸陽は、戦国・秦の孝公の一二年（前三五〇）以降、秦の都となる。九嵕山（【昭陵】の項参照）の陽、渭水の陽にあり、「咸な陽」であるための命名である（『史記』八、高祖本紀の応劭注）。その宮殿・咸陽宮は、現在の咸陽市区の東約一五キロメートルのところにあった。三一代の秦王・嬴政（後の始皇帝）が六国（魏・韓・趙・楚・燕・斉）を滅ぼして、前二二一年、天下を統一して以後、咸陽は全中国の帝都となった。始皇帝は六国を滅ぼすたびに、その国の宮殿を模倣したものを、咸陽の北阪（渭城区窰店街辦東北の北原）に築かせた。晩唐の李商隠は七絶「咸陽」詩の中で、

咸陽宮闕鬱嵯峨　　咸陽の宮闕　鬱として嵯峨（高峻）
六国楼台綺羅艶　　六国の楼台　綺羅（美女）艶かなり

と歌い、この六種の宮殿中に、祖国から送られてきた薄幸の美女たちが幽閉されたことを嘆息する。また、天下統一後、始皇帝は、天下の富豪一二万戸を都に移住させて、都城の充実を図った。

さらに前二一二年、宮殿の増築と人口の増加から咸陽宮が手狭となったため、渭水の南の上林苑中に「朝宮」（百官の参内する宮殿）の正殿として、豪壮な宮殿が造営された。これが阿房宮（遺址は西安市長安区紀陽郷）である。

しかし阿房宮のほか、万里の長城や自らの陵墓「驪山陵」の造営に駆り立てられた民衆の不満は、前二一〇年、始皇帝の死をきっかけに爆発する。翌年、陳勝・呉広の乱が起こると、秦の支配に対する反乱の火がまたたく間に中国全土に広がり、前二〇六年、秦は滅亡した。未完成だった阿房宮は、このとき咸陽宮とともに、後に西楚の覇王となる項羽によって焼き払われ、宮殿は三ヶ月もの間、燃え続けたという（『史記』七、項羽本紀）。

詩跡としての「咸陽」は、前述の李商隠のほか、初唐の沈佺期「咸陽覧古」詩、晩唐の劉滄・韋荘らの「咸陽懐古」詩など、後世の詩人たちに懐古の題材を提供した。次に挙げるのは、晩唐・許渾の七律の懐古詩「咸陽城の東楼」の尾聯である。

行人莫問当年事　　行人　問う莫かれ　当年の事
故国東来渭水流　　故国　東来　渭水流る

―旅人よ、帰らぬ昔をあれこれ問うのはやめよう。この故き都の跡で変わらないものは、東流する渭水だけなのだ。―

阿房宮は、秦の滅亡を招いた始皇帝の失政と奢侈を象徴するものとして、初唐期、詠史詩の題材となる。唐の二代皇帝・太宗李世民の「三台に登りて志を言う」詩は、「未央（前漢の宮殿・未央宮）初め漢を壮んにし、阿房　昔　秦を侈らしむ。危に在りても　猶お麗を騁せ、奢に居りて　遂に人を役す」と批判する。廃墟となった阿房宮はまた、滅亡した旧王朝のはかなさの象徴としても描かれる。四代皇帝・中宗李顕「秦の始皇陵に幸す」詩に、

阿房久已滅　　阿房　久しく已に滅び
閣道遂成墟　　閣道　遂に墟と成る

とある。閣道とは上下二層の渡り廊下（復道）。秦代、阿房宮から渭水を渡り、北の咸陽宮と結ばれていた（『史記』六、秦始皇本紀）。

詠史詩の題材としての阿房宮を決定づけたのは、詩ではなく、晩唐・杜牧の「阿房宮の賦」（賦は非定型の長篇の韻文）である。この賦は、第一六代皇帝・敬宗李湛が音楽や女色に耽るのを、秦の故事を借りて諷刺した作とされる（『唐摭言』六）。賦は阿房宮の壮麗

さ・始皇帝の奢侈を叙述した後、終結部で「秦人は自ら哀しむに暇あらずして、後人　之を哀しむ。後人　之を哀しんで之に鑑みざれば、亦た後人をして復た後人を哀しましめん」と述べ、秦の滅亡に学ばなければ、同じことが繰り返されるだろう、と警鐘を鳴らす。

同じく晩唐・胡曾の詠史詩群のなかにも「阿房宮」が登場し、北宋初期の劉兼「咸陽懐古」詩にも「馬を立め鞭を挙げて　遥かに望む処、阿房の遺址　夕陽の東」と歌われる。

咸陽は、唐詩のなかで「渭城」の別名（雅称）で呼ばれることが多い。咸陽の名は、秦の滅亡後、前漢のとき、渭城に改められた。唐代には「咸陽」の名称に復したが（『元和郡県図志』二）、文辞としては、渭城の旧称が用いられた。

渭城＝咸陽は、離別の地である。唐の都長安から西域や蜀（四川省）へと旅立つ人を見送る場所は、都城の西門の一つ「開遠門」を出た第一の宿場「臨皐駅」（現在の西安市蓮湖区棗園付近）であった。さらに遠くまで見送る場合には、渭水にかかる西渭橋（咸陽橋・便橋）を渡り、その西北、咸陽の宿場（陶化駅）で送別の宴を開いた。唐代の咸陽県城は、現在の咸陽市区である（『通典』一七三、『太平寰宇記』二六）。

渭城が詩跡として記憶されるのは、盛唐・王維の七絶「送元二使安西」（元二の　安西に使いするを送る）詩によってである。

渭城朝雨浥軽塵　　渭城の朝雨　軽塵を浥し
客舎青青柳色新　　客舎　青青　柳色新たなり
勧君更尽一杯酒　　君に勧む　更に尽くせ　一杯の酒
西出陽関無故人　　西のかた陽関を出づれば　故人無からん

―ここ渭城の街に朝降る雨は、軽やかに舞い上がる土ぼこりをしっとりとぬらし、旅館のかたわらに生える柳は、雨に洗われて青々と鮮やかに見える。さあ、旅立つ君よ、もう一杯、酒を飲み干してくれ。はるか遠く西の陽関を出たならば、もう君を知る友人などいないだろうから。―

元二が使者として西域の安西都護府へ派遣されることとなり、王維らは都長安から渭城（咸陽県城）まで至り、そこで夜を徹して送別の宴を張った。詩の前半は、送別の宴が果てて旅立ちを迎えた朝のすがすがしい情景。後半は遠大な中国大陸の西の果て、陽関（【陽関】の項参照）のかなた、安西の地に赴く元二への惜別の情を歌う。

この絶唱は中唐以降、「渭城曲」「陽関曲」として、飲酒や離別の宴席で長く愛唱される名曲となった。さらに、第二句以下の三句を繰り返して（「畳」）歌唱するなどのバリエーションをも生み、「渭城三畳」「陽関三畳」とも呼ばれる。この王維詩によって、渭城は離別を象徴する詩跡となったのである。

清の胡介「送杜湘草遊呉門二首」（杜湘草の呉門に遊ぶを送る二首）其二は、唐代の離別詩（李白「汪倫に贈る」）を巧みに用いた七絶。

君去江南三月天　　君　江南に去る　三月の天
渭城三畳柳三眠　　渭城三畳　柳　三たび眠る
汪倫此別情何限　　汪倫　此の別れ　情何ぞ限らん
腸断桃花潭水前　　腸は断つ　桃花　潭水の前

―君は春爛漫の晩春三月、江南の地に旅立つ。別れの曲「渭城三畳」を唱えば、（やがて手折って旅立つ人に贈られる）柳の枝が、再三眠るかのように枝を倒れふす。（李白が離別詩を贈った）汪倫のごとき君との別れ、名残惜しい気持ちはどうして尽きよう。桃の花が咲き乱れる潭の前で、腸が深い悲しみで断ち切れんばかり。―

【五陵（茂陵・長陵）】

（長谷部）

西安市の北を流れる渭河の北岸には、黄土層の平坦な台地「咸陽原」が東西方向に伸び、ここに前漢九代の皇帝の陵墓が点在する。このうち、前漢の創始者、高祖劉邦（在位前二〇六～一九五）の長陵、第二代皇帝恵帝劉盈の安陵、第四代景帝劉啓の陽陵、第五代武帝劉徹（在位前一四一～八七）の茂陵、第六代昭帝劉弗陵の平陵を五陵と呼び、現在の咸陽市付近とその東西に位置している。

前漢時代、それぞれの帝陵には、「陵邑」と呼ばれる都市が併設されて一つの県（陵県）を形成し、全国各地の豪傑・兼併家（地方の政治や経済を牛耳った豪侠・遊侠の徒と大土地所有者）や豪商、および朝廷の高位高官の人々などが、そこに強制的に移住させられた。かくして「五陵」の語は、死者が葬られた寂しい陵墓群というよりも、都長安周辺の繁華な衛星都市群、というイメージを濃厚に持つ。

五陵の語は、後漢・班固の「西都賦」に「南望杜霸、北眺五陵（南のかた杜〔宣帝劉詢の杜陵〕・霸〔文帝劉恒の霸陵〕を望み、北のかた五陵を眺む）」（『文選』一）と見え、さらに、その班固が撰述した『漢書』九二、原渉伝に「郡国の諸豪及び長安・五陵の諸もろの気節を為す（意気に感じて行動する）者、皆之を帰慕す」とあり、侠客・名士の集う地であったことがわかる。南朝宋の袁淑「効曹子建楽府白馬篇」（曹子建〔植〕の楽府「白馬篇」に効う）詩の冒頭にいう（『文選』三一）。

剣騎何翩翩　　剣騎　何ぞ翩翩たる
長安五陵間　　長安　五陵の間
秦地天下枢　　秦地は　天下の枢にして
八方湊才賢　　八方より　才賢を湊めたり
荊魏多壮士　　荊魏　壮士多く
宛洛富少年　　宛洛　少年富めり
意気深自負　　意気　深く自ら負む
肯事郡邑権　　肯えて郡邑の権に事えんや

―剣を帯び馬にまたがって、何とも軽やかに駆けて行く。向かう所は長安の北にある、漢帝の五陵のあたり。もともと関中一帯は、天下のかなめの地、八方から才知ある人々を集めている。楚や魏の国には昔から信義に命をかける男が多く、宛県や洛陽の街には男だての若者が少なくない。彼らは、自分の力を深く頼んで気負いたち、地方（郡県）の権力者などには、仕えようとはしない。―

詩は、五陵に集まる「少年」（若者）たちの、意気高く驕慢なさまを描き、これが唐詩に頻出する「五陵の少年（年少）」のイメージにつながる。盛唐・李白の七絶「少年行」（少年の行）にいう。

五陵年少金市東　　五陵の年少　金市の東
銀鞍白馬度春風　　銀鞍　白馬　春風を度る
落花踏尽遊何処　　落花踏み尽して　何処にか遊ぶ
笑入胡姫酒肆中　　笑って入る　胡姫の　酒肆の中に

―五陵の若者たちは、金市の東の繁華街を、銀鞍の白馬にまたがり、春風のなかをさっそうと駆けてゆく。一面に散りしく花びらを踏みつくして、どこへ遊びに出かけるのだろう。にぎやかに笑いあいながら、胡姫のいる酒場へと入っていく。―

「金市」には諸説があるが、ここでは石田幹之助「当壚の胡姫」に従って都長安の西市と解しておく（五行説では、金は西の方角に配当される）。西市は東市とならぶ都長安の巨大な市（バザール）。

ソグド人・ペルシア人・アラビア人などの西域商人も多い、国際性豊かな商業地であった。その西市内には、ペルシア（イラン）系の碧眼・白皙の女性（胡姫）が、エキゾチックな歌舞で来客をもてなす酒場もあったのであろう。

こうして「五陵の少年」は、侠気あふれる男だて、といった旧来のイメージを持つだけでなく、金と暇にあかせて放蕩し、花の都の最新の流行や風俗を取り入れる、都会の若者たちをも想起させる語となった。同じことは、盛唐・崔顥の「渭城少年行」に「貴里の豪家　白馬驕り、五陵の年少　相い饒らず。双双と弾（弾き弓）を挟みて金市に来り、両両と鞭を鳴らして渭橋に上る」と描かれる。

唐詩中の五陵は、豪侠・貴公子たちの集まり住む高級住宅地を比喩する詩語と化しており、実際の五陵の地は、松柏が鬱蒼と生い茂り、強盗の出没する荒廃した場所となっていたようである。中唐・王建の七言古詩「羽林行」に、「長安の悪少（悪辣な若者）　名字を出だし（名高く）、楼下にて商を劫かし　楼上にて酔う。天明（夜明け）　直（宿直）より下る　明光宮、散じて五陵　松柏の中に入る」とあり、皇宮の警護に当たる羽林軍に属する子弟たちが、種々の悪事を重ねていたことを諷刺する。

五陵のなかで最も多く詠まれたのは、武帝の茂陵である。茂陵は興平市の東北八キロメートルの地にあり、前漢の帝陵中で最大の規模を持ち、陵園・陵邑・陪葬墓を有する。陵園の大きさは東西四三〇メートル、南北四一四メートルであり、匈奴征伐の名将・衛青や霍去病、武帝の愛妃・李夫人などの陪葬墓が散在する。

茂陵の詩跡化には、晩唐の李商隠「茂陵」詩が重要である。

漢家天馬出蒲梢　　漢家の天馬　蒲梢より出で
苜蓿榴華遍近郊　　苜蓿　榴華　近郊に遍し
内苑只知含鳳觜　　内苑　只だ知る　鳳觜を含むを
属車無復挿鶏翹　　属車　復た鶏翹を挿む無し
玉桃偸得憐方朔　　玉桃　偸み得て　方朔を憐れみ
金屋修成貯阿嬌　　金屋　修め成して　阿嬌を貯う
誰料蘇卿老帰国　　誰か料らん　蘇卿　老いて国に帰れば
茂陵松柏雨蕭蕭　　茂陵の松柏　雨蕭蕭たらんとは

―漢王朝の名馬は、西域・大宛国の千里の馬・蒲梢の血筋を引き、西域産の苜蓿や石榴が、都長安の近郊に広まった。武帝は広大な御苑で（狩猟にふけり）、切れる弓の弦を接着するために、（西域の使者が献上した）鳳凰の嘴製の膠を、ひたすら口の中でとかさせた。しばしばお忍びでお出かけになり、お供の車には、必ずあるはずの壮麗な鸞旗（鳥の羽をつけた旗）が建てられていなかった。仙女・西王母のもとから仙桃を盗んだという東方朔をかわいがり、（幼少期の言葉どおりに）黄金の宮殿を造りあげて、そこに長公主の娘、阿嬌を皇后として住まわせた。しかし、いったい誰が予測しえただろうか、匈奴に抑留された蘇武が年老いて帰国したとき、武帝はすでに世を去り、陵墓に茂る松柏の樹々に、雨がしとしととわびしく降り注ぐことになっていようとは。―

英明な君主として前漢を最盛に導いた武帝の、在位時の華やかな数々の事跡や逸話と、死後の寂寥感が対比的に歌われている。

茂陵はまた、「上林賦」など華麗な賦の作者として知られる前漢の司馬相如が、晩年病によって職を免ぜられて居住した場所（茂陵の東南部に置かれた陵邑「茂陵邑」）としても知られ（『史記』一一七）、唐詩では司馬相如に関する典故を用いた中にも登場する。中唐・李賀の「昌谷の北園の新筍四首」其四には、「古竹の老梢　碧雲を惹き、茂陵に帰臥して　清貧を嘆く」とあり、後句は、官を辞して故郷の昌谷に帰った李賀自身の境遇を比喩する。

　武帝の陵墓であり、司馬相如のわびしい晩年をも象徴する茂陵には、秋が似合うようである。中唐・盧綸の「秋の晩（晩秋）山中の別業」詩には、「茂陵　秋最も冷やかなり、誰か念わん　一書生を」と歌われ、さらに李商隠の七絶「令狐郎中（綯）に寄す」詩の後半にも、こう詠まれている。

休問梁園旧賓客　　問うを休めよ　梁園の旧賓客
茂陵秋雨病相如　　茂陵の秋雨　病相如

—かつて梁の孝王（父君の令狐楚）から厚遇された賓客たる私のことなど、お尋ねにならないでください。茂陵に降る秋雨の中で、病床に伏せる司馬相如にも似た、わびしい境遇の身ですから。—

　この時、李商隠は母の喪に服して田舎に閑居していた。「茂陵（の病・客）」は、落魄した文人を表す典故となったのである。

茂　陵

　茂陵は、以後も詩の素材として詠まれ続けるが、明の趙峘「茂陵」詩のように、陵墓自体を主題とした詩は少ない。

　茂陵に次いで詠まれたのが、高祖・劉邦の長陵である。長陵は咸陽市の東北約二〇キロメートルの地にあり、高祖陵と皇后呂雉の呂后陵の二陵からなり、その東に多数の陪葬墓がある。長陵に登ると、その周辺に陵園や長陵邑の城壁跡が見られ、相当な規模を持つ。

　晩唐・唐彦謙の七律「長陵」詩が、長陵を訪れて詠んだ代表作として知られる。

長陵高闕此安劉　　長陵の高闕　此に劉を安んず
附葬累累尽列侯　　附葬累累として　尽く列侯
豊上旧居無故里　　豊上の旧居　故里無く
沛中原廟対荒丘　　沛中の原廟　荒丘に対す
耳聞英主提三尺　　耳に聞く　英主の　三尺を提げしを
眼見愚民盗一抔　　眼に見る　愚民の　一抔を盗むを
千載豎儒騎痩馬　　千載　豎儒　痩馬に騎り
渭城斜日重回頭　　渭城　斜日　重ねて頭を回らす

—高い門闕を構えた長陵、ここに漢の高祖・劉邦が安らかに葬られている。多数連なる陪葬の墳墓は、すべて諸侯たちのもの。（高祖の故郷・沛県）豊邑にある旧居付近では、もとの村里は（新豊に移されて）なくなり、新たに沛県に建てられた霊廟は、荒れはてた丘と向きあう。この英明な君主は、三尺の剣をひっさげて天下を征服したと聞くが、いま眼前の陵墓は、愚かな民に盗掘されている。千年を隔てた今、無用の儒者たる私は痩せ馬にまたがり、夕日の射す渭城の街（唐の咸陽県城）のほとりで、また振り返り見る。—

【昭陵・乾陵】

（長谷部）

昭陵は、唐の第二代太宗李世民と皇后長孫氏（文徳皇后）の合葬陵の名。唐代、都長安（西安市）の北、北山山脈の南縁部に、一八の陵墓（唐十八陵）が造営されたが、昭陵は最大の規模を誇る。西安市の西北約七〇キロメートル、咸陽市礼泉県城の東北二二キロメートルの九嵕山にある。九嵕山は海抜一一八〇メートル。東の華山や西の太白山と並称された「関中名山」の一つ。太宗は自らこの地を選び、主峰・唐王嶺南面の、石灰岩質の断崖を掘り抜いて、トンネル式の玄宮（埋葬室）を作らせ、九嵕山全体を巨大な陵墓とした。この「山に因りて陵を為す」山陵制度の理念は、以後の唐陵に多く採用された。

太宗は貞観二三年（六四九）、五二歳で病没して埋葬された。昭陵の周囲六〇キロメートルにわたって、公主（皇女）などの皇族や、李勣・魏徴ら功臣を陪葬した墓も数多く造営され、九嵕山は巨大な「陵園」を形成する。この陵園については、北宋の紹聖元年（一〇九四）、当地の地方官・游師雄が現地調査をもとに作成した「唐昭陵図」（元・李好文『長安志図』中所収）が、その実態を今に伝える。

唐十八陵のなかで、昭陵のみが多く詩に詠まれた。それは、唐王朝の実質的な創業者であり、文武に秀でた英主太宗への、深い畏敬の念からであろう。とりわけ杜甫の五言排律「行次昭陵」（行きて昭陵に次る）、「重経昭陵」（重ねて昭陵を経たり）の二首によって、昭陵詩跡化の端緒が開かれた。二四句から成る前詩の終結部にいう。

壮士悲陵邑　　壮士　陵邑に悲しみ
幽人拝鼎湖　　幽人　鼎湖に拝す
玉衣晨自挙　　玉衣　晨に自から挙がり
鉄馬汗常趨　　鉄馬　汗して常に趨る
松柏瞻虚殿　　松柏　虚殿を瞻
塵沙立暝途　　塵沙　暝途に立つ
寂寥開国日　　寂寥たり　開国の日
流恨満山隅　　流恨　山隅に満つ

―（太宗はすでに崩御なされており）、壮士は陵墓のそばの街（醴泉県）で悲しみ、世に遇わぬ隠者も御陵に拝礼する。（太宗の遺骸をおおう）玉衣は、毎朝ひとりでに舞いあがり、（陵前に並ぶ）武装した石馬は、汗を流して常に（国難を救うべく）走り回る。（私は）松や柏の茂る中に、人気のない御殿を望み、沙塵をあびながら、夕暮れの暗い道にたたずむ。わが唐朝創業の日は、遠い昔となってさびしく、あふれ出る無念の思いが、山陵の隅々にまで満ちわたる。―

清の銭謙益『銭注杜詩』一〇などは、詩中の「鉄馬」の句を、天宝一五載（七五六）六月の潼関（【潼関】の項参照）の戦いで、黄色い旌旗を掲げた数百騎が、唐朝軍とともに安禄山の反乱軍と戦い、同時刻に昭陵の霊宮前の石人・石馬が汗を流していたという霊異（唐・姚汝能『安禄山事蹟』下）を踏まえての表現とみなす。

また後詩の冒頭は、開国の英主・太宗による唐朝の創業を歌う。

草昧英雄起　　草昧　英雄起こり
謳歌歴数帰　　謳歌して　歴数帰す
風塵三尺剣　　風塵　三尺の剣
社稷一戎衣　　社稷　一戎衣

―世が乱れて混沌としていた隋末、英雄たちが各地で蜂起したが、やがて人民の賛美の歌声とともに、天命はわが唐朝に落ち着いた。太宗皇帝は戦塵の中で三尺の剣をひっさげて果敢に立ち上がり、ひとたび軍服をまとって一挙に唐の国家を定められた。—

かくして昭陵は、唐朝存亡の秋に、詩人が名君・太宗に向かって国家安泰を祈願する心情を込めて詠じる詩跡となった。晩唐の大中四年（八五〇）の秋、杜牧が湖州（現浙江省湖州市）の刺史（州の長官）へと転出する際に作った七絶「将赴呉興、登楽遊原、一絶」（将に呉興に赴かんとして、楽遊原〔【楽遊原】の項参照〕に登る、一絶）にも、昭陵が登場する。

清時有味是無能　　清時に味わい有るは　是れ無能
閑愛孤雲静愛僧　　閑は孤雲を愛し　静は僧を愛す
欲把一麾江海去　　一麾を把りて　江海に去かんと欲し
楽遊原上望昭陵　　楽遊原上　昭陵を望む

—清らかな太平の世に、快適な暮らしを楽しめるのは、無能な人である。一ひらの雲が漂うさまを楽しみ、僧との静かな語らいを楽しむ。刺史の任をえて、長江が海へと注ぐ南の地に赴こうとして、楽遊原に登って昭陵を望み、太宗をしのぶのだ。—

杜牧は、衰退の一途をたどる唐朝の状況を憂い、「貞観の治」を実現した名君・太宗に対して、王朝の中興を祈念する心情で、楽遊原上から北の昭陵を遠望したにちがいない。

その後も、北宋の張耒「昭陵の六馬…」、元の魏初「懐古」、明の来復「昭陵を望む」、趙崡「将に昭陵に登らんとして大風雨に阻まれ…」などの詩が詠まれ、清末・王樹枏の「昭陵」詩には、「九嵕の王気（帝王の気）は　鬱として葱蘢（深々とたちこめ）、山樹嵯峨として　護ること万重」とあり、昭陵の幽邃・堅固なさまを歌う。

乾陵は、太宗の子、唐の第三代高宗李治とその皇后則天武后の合葬陵。昭陵（九嵕山）の西約三〇キロメートル、海抜一〇四八メートルの梁山（咸陽市乾県城の北六キロメートル）に造営された。方形の陵園は、東西一四五〇メートル、南北一五八二メートルの規模を持つ。

前方の東西に向かい合う二つの南峰（奶頭山）が、天然の陵門を形成し、その頂上に門闕が設けられた。参道（司馬道）の両端には、華表・石馬・石人のほか、高宗の功業をたたえた「述聖記碑」（西、武后撰、中宗李顕筆）と、武后が死後、自分の功業が記載されるのを期待し、あえて文字を記さなかった「無字碑」（東、現在は宋元以来の有字碑と化した）、高宗の葬礼に参加した異民族の首領・友好国の特使を彫った「六十一王賓石像」などが、対になって整然と並ぶ。

乾陵は、昭陵に比して関心が薄く、その詩は少ないが存在する。晩唐・子蘭の七律「寄乾陵楊侍郎」（乾陵の楊侍郎に寄す）詩の後半には、丁重に管理された乾陵のさまを詠む。

陵廟路因朝去掃　　陵廟の路は　朝に因りて去きて掃き
御炉香毎夜来焚　　御炉の香は　夜ごとに来りて焚く
碑寒樹古神門上　　碑寒く　樹古し　神門の上り
管得無窮空白雲　　管し得たり　窮り無き　空白の雲

—陵廟に続く道は毎朝、掃き清められ、御陵の香炉は毎晩、焚かれる。祭殿の宮門付近には、石碑が冷ややかに立ち、樹々が時を経て老いゆく。彼方まで広がる天空の雲までも管理されているのだ。—

唐以後、乾陵の詩はかえって増加する。金・趙秉文の五古「乾陵に過る」詩は盛事をしのんで、「暁日　乾陵に上る、乾陵　何ぞ巍巍（高大）たる。前に瞻れば　双闕対い、上りに十丈の碑有り。左右　蕃夷の像、想見す　朝貢の時」と詠む。また明・李夢陽の七古「乾陵の歌」は、「九重の城（都の宮城を思わせる陵墓）に　双闕峙ち、前に無字の碑の突兀たる（そびえるさま）有り」と歌い起こす。

【楊貴妃墓（馬嵬坡）】

（長谷部）

唐の玄宗李隆基の寵姫・楊玉環（七一九〜七五六）の墳墓は、西安市の西約六〇キロメートル、興平市馬嵬鎮の西、五〇〇メートルの馬嵬坡（坡は坂の意）にある。

玄宗の寵愛を一身に集めた楊貴妃、そしてその恩寵にあずかった楊氏一族の運命も、天宝一四載（七五五）一一月の、安禄山の挙兵によって大きく暗転する。安禄山の反乱軍は、翌年一月に東都洛陽を攻め落とし、六月九日には都長安の東の防衛拠点「潼関」を破る。反乱軍が都に迫ることを知った玄宗は、一三日の未明、楊貴妃姉妹とわずかの皇族・側近を伴って長安を脱出、蜀（四川省）へと向かった。翌日、皇帝一行が馬嵬駅に着いたとき、近衛兵の怒りが爆発する。怒りは権勢をほしいままにし、結果的に安禄山の反乱を招いた宰相・楊国忠（再従兄）に向かった。楊国忠は兵士たちによって殺されたが、兵士たちの怒りは収まらず、玄宗の命令にも従わない不穏な状態が続いた。楊貴妃を処刑しなければならないとの近臣の請願、そして随従の宦官・高力士の進言にしたがって、玄宗は仏堂で貴妃を縊殺する（絞め殺す）ことを、高力士に命じた（以上、『資治通鑑』二一八）。時に楊貴妃、三八歳であった。この一連の出来事を「馬嵬の変」という。

『旧唐書』五一、楊貴妃伝によれば、楊貴妃の遺体は、馬嵬の駅（宿場）の西へと向かう道の傍らに埋められた。玄宗は蜀から帰京したのち、宦官に命じて供養したうえで改葬させようとしたが反対され、ひそかに宦官に命じて他所に改葬させたという。北宋の楽史『楊太真外伝』下にも、ほぼ同じく見え、玄宗に替わって即位した粛宗が、改葬の計画を中止したため、玄宗は内密に宦官に命じて他所に改葬させた、とある。

かくして馬嵬坡にある楊貴妃墓は、仮埋葬された旧墓なのか、それとも改葬後の新墓なのか、あるいはまた、楊貴妃の衣冠墓（遺体のない墓）なのか、不明である。いずれにせよ、馬嵬坡の墓は、絶世の美女・楊貴妃唯一の墓として、歴代の詩人たちに詠まれていく。

白居易の「長恨歌」より前、すでに盛唐の高適が、乾元二年（七五九）ごろに作った長篇の五古「酬裴員外以詩代書」（裴員外に酬ゆるに詩を以て書に代う）詩の中で、馬嵬を詠む。

乙未将星変　　乙未　将に星変わらんとして
賊臣候天災　　賊臣　天災を候う
胡騎犯龍山　　胡騎　龍山を犯し
乗輿経馬嵬　　乗輿　馬嵬を経たり

—乙未の年（天宝一四載）、星座に変化が生じ（て凶事の発生を告げる）なか、賊臣安禄山は天象の変異を窺って謀反を起こした。胡族の騎兵たちは都長安城の北、龍首山まで侵犯し、皇帝の御車は（都を出て）馬嵬を通った。—

ただこの高適の詩では、馬嵬で楊貴妃が縊殺されて埋められたことには言及しない。

傾国の美女・楊貴妃の終焉の地として、馬嵬が詩跡化されるのは、やはり元和元年（八〇六）に成る白居易の「長恨歌」によるであろう。「長恨歌」では、馬嵬での楊貴妃の最期をこう歌う。

六軍不発無奈何　　六軍発せず　奈何ともする無く
宛転蛾眉馬前死　　宛転たる蛾眉　馬前に死す
花鈿委地無人収　　花鈿　地に委ねて　人の収むる無し

193 【楊貴妃墓（馬嵬坡）】

楊貴妃墓

翠翹金雀玉搔頭　翠翹　金雀　玉搔頭
君王掩面救不得　君王　面を掩いて　救い得ず
回看血涙相和流　回り看て　血涙　相い和して流る

―皇帝の軍隊は出発しようともせず、もはやどうすることもできない。すらりと細く美しい眉をもった美女は、無残にも馬前で死んだ。美しい螺鈿のかんざしは、地にうち捨てられたまま、誰も拾おうとせず、あたりには翠翹・金雀の髪飾り、玉搔頭のかんざし（が散乱する）。皇帝は手で顔を覆ったまま救うこともできず、振り返るその目から（悲しみのあまり）、血と涙とが混じりあって流れ落ちた。―

「馬前」の語や散乱する装身具など、白居易が描き出す楊貴妃の最期のシーンは、仏堂のなかで高力士に縊殺されたとする『資治通鑑』の記録とは異なっている。

「長恨歌」には、さらに一年半後、玄宗が蜀から帰京する途中、馬嵬坡に立ちよった光景を、「天旋り日転りて　龍馭を廻らし（天下の形勢が一変して皇帝が帰京することになり）、此（楊貴妃最期の地）に到り　躊躇して去る能わず。馬嵬の坡下（坂のあたり）　泥土の中、玉顔（楊貴妃）を見ず　空しく死せし処。君臣相い顧みて　尽く衣を霑し、東のかた都門を望み　馬に信せて帰る」と詠む。

同じ中唐・劉禹錫の五古「馬嵬行」（馬嵬の行）は、「緑野扶風（現在の興平市付近）の道、黄塵　馬嵬の駅。路辺には楊貴人（楊貴妃）の、墳の高さ　三四尺（一メートル前後）あり」と歌い起こした後、詩の中間部に、「貴人は金屑（毒酒）を飲み、倏忽として蕣英暮る（散る）」と詠んで、楊貴妃が服毒して、蕣の花のごとくはかなく死んだという。同じ年の生まれで知人同士でもある劉禹錫と白居易の詩中で、楊貴妃の死に様が異なるのは、まさしくこの時期に、多種多様な楊貴妃伝説が生まれていたことを示していよう。

晩唐期、馬嵬を詠じた詩中に、楊貴妃の色香に惑った玄宗が悪いのか、玄宗を惑わした楊貴妃が悪いのか、について議論するものが現れる。李商隠は「馬嵬二首」其一（七絶）にいう。

冀馬燕犀動地来　冀馬　燕犀　地を動かして来り
自埋紅粉自成灰　自ら紅粉を埋め　自ら灰と成す
君王若道能傾国　君王　若し能く国を傾くと道らば
玉輦何由過馬嵬　玉輦　何に由りてか　馬嵬に過らん

―冀州（現在の河北省）産の軍馬に乗り、燕地（現在の北京市付近）の犀の皮で作ったよろいを身に着けた、安禄山の反乱軍が、大地をどよめかせて到来すると、皇帝は自ら紅粉の美女・楊貴妃を土の中に埋め、自ら彼女の遺体を塵土と化せしめたのだ。皇帝がもしも、美女は国家を傾けさえすることを知っていたならば、どうして皇帝の御車が馬嵬の地に立ち寄ることなどあろうか。―

このように、馬嵬は、歴史上の人物・事跡について議論する「詠史詩」が詠出される場としても機能するようになる。

晩唐・羅隠の七絶「帝幸蜀」（帝　蜀に幸す）は楊貴妃を弁護する。

馬嵬山色翠依依　馬嵬の山色　翠依依たり
又見鑾輿幸蜀帰　又た見る　鑾輿の　蜀に幸して帰るを

泉下阿蛮応有語
這廻休更怨楊妃
泉下の阿蛮　応に語有るべし
這廻は　更に楊妃を怨む休かれと

―馬嵬の山坡には、緑の柳の枝がしなやかにしだれ、蜀の地に逃れた皇帝の御車が都に帰りゆくのを、またも見ることになった。あの世に眠る阿蛮（謝阿蛮。楊貴妃が寵愛した芸妓）は、きっと言うに違いない。今回、皇帝が蜀の地に逃れることになった責任を、もう楊貴妃には負わせないで、と。―

本詩は、黄巣の乱によって蜀に逃れていた僖宗が、中和五年（八八五）、帰京の途上、馬嵬駅を通ったことにちなむ作。馬嵬坡は、蜀へ逃れた玄宗と僖宗の帰京を二度も目撃することになったのである。

以降、馬嵬坡の楊貴妃墓には、多くの詩人が訪れ、唐の玄宗と楊貴妃の故事を「詠史詩」あるいは「懐古詩」として詠み続ける。金の章宗（一二〇〇年前後在位）が詔して、馬嵬を詠んだ詩を集録させると、五百余首を得たという。その中で高い評価を得た金の高有隣の七絶（「馬嵬」詩）には、「事去りて　君王（玄宗）は奈何ともせず、荒墳三尺　馬嵬の坡」と詠んだ後、戦乱で苦しむ人々に対する思いやりに欠けた、玄宗の行為を批判して、

帰来枉為香嚢泣
不道生霊涙更多
帰り来りて　枉しく香嚢の為に泣く
道わず　生霊（人民）　涙更に多きを

と歌う（清の呉景旭『歴代詩話』六二）。香嚢とは、楊貴妃改葬のとき、まだ土墳中に残っていた彼女の匂い袋を指す。

清初の王士禛は、康熙一一年（一六七二）、蜀に赴く途中、荒廃した馬嵬坡を訪れて、七絶「馬嵬懐古二首」を作る。其一にいう。

何処長生殿裏秋
無情清渭日東流
香魂不及黄旛綽
猶占驪山土一邱
何れの処か　長生殿裏の秋
無情の清渭　日び東流す
香魂は及ばず　黄旛綽の
猶お驪山の　土一邱を占むるに

―初秋の七月七日、玄宗と楊貴妃が比翼連理の誓いをなした、驪山・華清宮の長生殿（【華清宮】の項参照）は、いったいどこにあるのだろうか。情なき渭水は、（ここ馬嵬駅での悲劇を知らぬげに）、日々東へと流れ続ける。驪山には（楊貴妃の墓はなく、玄宗期の）一俳優・黄旛綽の墓がその一角を占めている。楊貴妃の香しい魂が（玄宗期の）一俳優・黄旛綽よりも劣るとは。―

玄宗の時代より九百年後の王士禛の詩は、紛れもない懐古詩であるが、清中期の袁枚は、乾隆一七年（一七五二）、この地を訪れて、詠史詩的な七絶の四首連作「馬嵬」を作る。其二の後半にいう。

石壕村裏夫婦別
涙比長生殿上多
石壕村の裏　夫婦の別れ
涙は　長生殿上に比して多し

―（杜甫が「石壕の吏」で詠んだ）、過酷な徴発に苦しむ、石壕村の老夫婦が別れ際に流した、その涙は、長生殿で愛を誓った玄宗と楊貴妃の流した涙よりも多いのだ。―

詩は、玄宗の失政による民衆の苦難に言及する詠史詩である。楊貴妃の墓は、かくも詩人たちの心を揺さぶる詩跡なのである。

ちなみに、現存する楊貴妃墓は、青磚で覆われた半円形をなし、高さ三メートル強、底辺の直径は約三メートルである。

【五丈原】

（長谷部）

三国・蜀（蜀漢）の丞相（宰相）にして稀代の軍略家であった諸葛亮（字は孔明）が没した黄土台地の名。宝鶏市岐山県の南約二〇キロメートル、渭水（渭河）南岸の五丈原鎮に位置し、蜀漢の建興一二年（二三四）、「五丈原の戦い」が行われた古戦場である。

蜀の先主劉備の死後、諸葛亮は劉備の幼少の子である後主劉禅を補佐しながら、先主の遺志にして蜀漢の国是である漢室の再興を実現すべく、全身全霊を傾けた。まず劉備の死に動揺する蜀の立て直しを図り、江南の呉との同盟回復と離反した南方の異民族の帰順に着手して、いずれも成功をおさめた。こうして後顧の憂いを断つと、建興五年（二二七）、諸葛亮は名高い「出師の表」を劉禅に奉り、翌六年（二二八）から、関中・中原一帯を支配する魏の討伐（北伐）に乗り出した。以後、諸葛亮による作戦は、七年間に計五回（一説に六回）にわたり、蜀・魏の両軍は、渭水の上流域で一進一退の攻防を繰り広げた。

諸葛亮は、建興一二年の春二月、最後の遠征を試み、一〇万の兵を率いて五丈原に布陣し、魏の大将軍司馬懿（字は仲達）と対峙した。両軍の対陣が一〇〇日を越えた秋八月、諸葛亮は病に倒れ、同月二三日に病死した（享年五四歳）。青年時代、劉備の三顧の礼を受けて荊州の隆中（【隆中】の項参照）を後にして以来、二七年間、蜀に忠義を尽くしたその生涯は、盛唐の杜甫が、七律「蜀相」の中で「師（軍隊）を出だして未だ捷たざるに　身先ず死し、長えに（後世の）英雄をして　涙　襟に満たしむ」と歌うように、後世の人々の敬慕の対象となった。杜甫のこの詩は、四川省成都市にある諸葛亮を祀る「武侯祠」（【武侯祠】の項参照）での作であるが、詩中の「出師」とは、まさしくこの五丈原一帯で展開されたのである。

諸葛亮を始めとして三国志の故事を詩に詠じることは、杜甫を嚆矢とし、晩唐期には一つのジャンルを形成することになる。諸葛亮が北伐した際の駐屯地「籌筆駅」を詠んだ、李商隠の同名の七律（【利州・籌筆駅】の項参照）は、この一例であり、杜牧の「赤壁」詩（【赤壁（三国赤壁・東坡赤壁）】の項参照）は、とりわけ有名である。いずれも三国志ゆかりの地の詩跡化に大きく関与している。

五丈原の詩跡化には、晩唐の温庭筠が当地を訪ねて詠んだ七律「過五丈原」（五丈原に過る。過を「経」に作るテキストもあるが、意味はほぼ同じ）によるところが大きい。

鉄馬雲雕久絶塵　　鉄馬　雲雕　久しく塵を絶ち
柳陰高圧漢営春　　柳陰　高く圧す　漢営の春
天晴殺気屯関右　　天晴の殺気　関右に屯し
夜半妖星照渭浜　　夜半の妖星　渭浜を照らす
下国臥龍空誤主　　下国の臥龍　空しく主を誤り
中原逐鹿不因人　　中原の逐鹿　人に因らず
象牀錦帳無言語　　象牀　錦帳　言語無く
従此譙周是老臣　　此れより　譙周　是れ老臣

—鉄のよろいをつけた軍馬、雲のなかを飛ぶ鷲（のごとく勇猛な蜀軍）は、遥かな昔に飛び去って跡を絶ち、かつて諸葛亮が（軍律の厳しい前漢・周亜夫の細柳営に比される）陣営を張った地（五丈原）を、春を迎えて茂る柳の高木の濃い陰がおおっている。晴れわたった天空にみなぎる陰惨な殺気が、函谷関の西（の五丈原付近）に深くたちこめ、夜半、不吉な流星が妖しい光を放ちながら、渭水のほとりを照らして落ち（諸葛亮は志半ばで陣中に没し）た。西南の一隅にある弱小国（蜀漢）の「臥龍」孔明は、暗愚な後主劉禅を主君にするという過ちを犯して漢室再興の宿願を実現できずに終わったが、天下を争って中国を統一するのは、（天命の定めるところであって）、人のよく謀れることではない。（彼の死後）、後主劉禅は象牙で飾られた寝台、錦で織られた帳の中に閉じこもって、国事については一言も発せず、（のちに後主に魏への投降を勧めた）譙周が、この時から、朝廷の老臣として実権を握ることになったのだ。―

第四句は、赤い星が輝きながら、東北から西南に流れて諸葛亮の陣営に落ち、ほどなく諸葛亮が没した、という東晋の孫盛『晋陽秋』（『三国志』三五、諸葛亮伝の注所引）の伝承を用いた表現。晩唐の胡曾も、七絶の詠史詩「五丈原」の中で、この故事を詠み込む。

蜀相西駆十万来　　蜀相　西のかた十万を駆り来るも
秋風原下久裴回　　秋風　原下　久しく裴回す
長星不為英雄住　　長星　英雄の為に住まらず
半夜流光落九垓　　半夜　流光　九垓より落つ

―蜀漢の丞相・諸葛亮は、（最後の北伐の時）西から十万の兵を率いて関中に進攻したが、魏と長期間対峙するうちに、秋風が五丈原に吹きわたる時節となった。彗星は英雄孔明のために天空にとどまることなく、夜半、光を放ちながら天の遠い果てから落ちたのだ。―

胡曾の詩に「秋風」の語が使われていることに注目したい。胡曾は三国志の故事を多く詩に詠じ、その詠史詩は、しばしば『三国志演義』のなかに挿入されている。第一〇四回では、赤い彗星が蜀の陣地に落ちるのを見た魏の司馬懿は、諸葛亮の死を悟ったという。そして五丈原の「秋風」については、第三八回に挿入される七絶の後半に、「只だ先主（劉備）の　丁寧たる（三顧の礼を受けた）後なるに因り、星は落つ　秋風　五丈原」とあり、この措辞における胡曾詩の影響を認めることができる。

北宋の蘇軾は懐古の五言古詩「是の日　下馬磧に至り、北山の僧舎に憩う。閣有り懐賢と曰う。南は斜谷に直り、西は五丈原に臨む。諸葛孔明の従りて師を出だせし所なり」を作る。その一節にいう。

一朝長星墜　　一朝　長星墜ち
竟使蜀婦髽　　竟に蜀婦をして髽せしむ
山僧豈知此　　山僧　豈に此れを知らんや
一室老煙霞　　一室　煙霞に老ゆ
往事逐雲散　　往事は　雲を逐いて散じ
故山依渭斜　　故山は　渭に依りて斜めなり

―ある日、彗星は長い光の尾を引いて陣営に落ち（て孔明は逝き）、蜀の女性たちは麻糸で髪を結って喪に服した。この山寺の僧は、どうしてこうした故事を知っていよう。僧舎の一室の中で、（山林の）もやとかすみに包まれながら年を送る。往事は白雲とともに消えうせ、昔からある山々は、渭水に寄り沿ってうねうねと続く。―

五丈原の歌は、以後も詠まれ続けた。明・何景明の五律「五丈原に登りて武侯廟に謁す」の中央二聯には、孔明を追慕して歌う。

三分扶漢業　　三分　漢（蜀漢）を扶くる業
万里出師心　　万里　師を出だす心
星落営空在　　星落ちて　営（陣営の跡）空しく在り
雲横陣已沈　　雲横たわりて　陣（八陣の図）已に沈む

詩題の武侯廟は、元の初め、五丈原の北端に創建された孔明を祀る廟をいう（現存の諸葛亮廟は、民国期の再建である）。

【定軍山・武侯墓祠】

（長谷部）

漢中市勉県（旧称「沔県」）は、陝西省の南部、漢中盆地の西端に位置する。この県城の南五キロメートルの地に古戦場、定軍山がある。漢水（古称は沔水）の南、十二峰が連なり続く山脈が、定軍山である。

後漢末期の建安二四年（二一九）、魏将の夏侯淵がこの地で劉備軍の黄忠に敗れて、漢中は劉備の支配下に帰し、魏・呉・蜀の三国鼎立が決定的となる。その後、魏王曹操は自ら兵を率いて漢中の奪還を図ったが、持久戦をとる劉備軍に苦戦を強いられて撤退する。

蜀（蜀漢）の建興一二年（二三四）の秋、魏を討伐していた諸葛孔明（名は亮）は、五丈原で没するとき、「漢中の定軍山に葬り、山に因りて墳を為り、冢は棺を容るるに足らん。…」と遺言する（『三国志』三五）。北魏の酈道元『水経注』二七には、孔明の墓は地勢に即し、高く墳丘を築かなかったので、現在はただ松柏が生い茂るだけで墓のありかはわからないという。明・薛瑄の七律「諸葛武侯の塚」には、「丞相の孤墳は　何れの処にか尋ねん、褒城（漢中市）西に去る　漢江の陰。青蕪（雑草）漠漠として煙　野に横たわり、翠柏蕭蕭として風　林に満つ」云々と詠む。孔明の墓「武侯墓」は定軍山の北麓に現存するが、その墓塚は後代の土盛りとされる。

蜀の景耀六年（二六三）、墓に近い沔陽（県名。今の勉県）の地に、孔明を祀る廟が建立された（『三国志』三五）。この廟は本来、定軍山下にあったが、明代、武侯墓の北、漢水を渡った現在の「武侯祠」（勉県城の西）の地に移築されたという（清代の建築が現存）。

勉県の武侯祠は、五つを超す武侯祠中で最初に造られた廟であるが、四川省成都の武侯祠（【武侯祠】の項参照）に比べて、詩跡化は遅く、南宋の陸游「諸葛武侯の書台に遊ぶ」詩の、「沔陽の道中　草離離たり、臥龍（諸葛孔明）は往けり　遺祠空し」などが最も古い。

清の王士禛は、成都と勉県の双方の武侯祠を訪れているが、「沔県謁諸葛忠武侯祠」（沔県にて諸葛忠武侯の祠に謁す）詩にいう。

天漢遥遥指剣関　　天漢遥遥として　剣関を指す
逢人先問定軍山　　人に逢いて　先ず問う　定軍山
恵陵草木氷霜裏　　恵陵の草木は　氷霜の裏
丞相祠堂檜柏間　　丞相の祠堂は　檜柏の間
八陣風雲通指顧　　八陣の風雲　指顧に通じ
一江波浪急潺湲　　一江の波浪　潺湲急なり
遺民衢路還私祭　　遺民　衢路にて　還って私祭す
不独英雄血涙斑　　独り英雄の血涙　斑たるのみならず

—天の河が遥か遠く流れるその先に、天下の要害・剣門山がそびえたつ。（ここ沔県にきて）、道行く人に逢うと、まず孔明の墓や廟のある定軍山の場所を尋ねてみる。蜀の先主・劉備が眠る（成都の）恵陵では、草や木が氷と霜の中にあるかのように寂れているが、ここ蜀漢の丞相（孔明）を祀る祠廟は、青々と奥深い檜や柏の樹々におおわれている。孔明が戦場で展開した風・雲など八種の陣形は、なお眼前に見えるかのよう。（漢水の）川面にわきたつ荒波は、激しく音を立てて流れゆく。残された蜀の人民たちは、（廟の建立が許されないので）それぞれ道ばたで勝手に供養している。ただ後世の英雄たちに、血の涙をはらはら流させただけではなかったのだ。—

最後の句は、成都の武侯祠を詠んだ杜甫「蜀相」詩の、「師を出だして未だ捷たざるに　身先ず死し、長えに英雄をして涙　襟に満たしむ」を踏まえた表現である。

【三良墓・橋山（黄帝陵）】

（長谷部）

三良とは三人の良臣の意。春秋五覇の一人、秦の穆公（繆公）が没したとき（前六二一年）、多くの殉死者のなかに、大夫・子車氏の三兄弟（奄息・仲行・鍼虎）がいた。彼ら三人（三良）は有為な人材であったため、秦国の人々は「黄鳥」詩を作って、その死を哀しんだという（『左伝』文公六年）。穆公は群臣との宴会のとき、「生きては此の楽しみを共にし、死しては此の哀しみを共にせん」といったので、三人は殉死を承諾したのだという（『史記』秦本紀注）。秦穆公墓は現在、西安市の西北約一五〇キロメートル、宝鶏市鳳翔県城（城関鎮）内の東南隅にあり、三良の墓塚はやや離れた県城の南にある。

三良墓の詩跡化は、秦国の人々が、三良を殉死させた穆公の行為を風刺して作ったという『詩経』秦風「黄鳥」詩に始まった。後漢末の王粲「詠史詩」は、三良の痛ましい死を嘆いて穆公の非礼な行為を強く批判しながらも、「生きては百夫の雄（百人中の最も優れた者）と為り、死しては壮士の規（手本）と為る」と讃えた。他方、曹植の「三良の詩」は、彼らの殉死を自ら進んで選択した「忠義」の行為であると讃えたのち、こう歌う。

誰言捐軀易　誰か言う　軀を捐つるは易しと
殺身誠独難　身を殺すは　誠に独り難し
攬涕登君墓　涕を攬りて　君が墓に登り
臨穴仰天嘆　穴に臨んで　天を仰ぎて嘆く

—身を捨てて主君に殉じるのは容易なことだと、いったい誰が言うのか。身を殺すことは誠に難しいものなのだ。私は涙をぬぐって三良の墳丘に登り、墓穴に臨んで天を仰いで嘆いた。—

王粲・曹植の二詩は、ともに『文選』二一に採られて名高いが、曹植は、君主である兄・曹丕（文帝）に迫害された詩人である。殉死に足る君主に出会えなかった彼の悲しみが、三良との対比で強調され、三良墓の詩跡化を決定づけた作品である。

以後、東晋の陶淵明「三良を詠ず」や北宋の蘇軾「鳳翔の八観・秦の穆公の墓」詩は曹植の立場に立ち、唐の柳宗元「三良を詠ず」詩は王粲の立場に立って三良を詠じる。三良墓は「殉死」の悲劇を題材に、いわば君臣関係のあり方を問いかける詩跡なのである。

橋山は、伝説上の五帝の一人、黄帝（軒轅氏）の陵墓がある山の名。西安市の北一五〇キロメートル、延安市黄陵県城（橋山鎮）の北にある。

黄帝は崩御ののち「橋山」に葬られ、前漢の武帝は北巡の際、十余万の兵を率いて橋山の黄帝陵で祭祀を行ったという（『史記』五帝本紀・孝武本紀）。唐の大暦五年（七七〇）には、当地の鄜坊節度使・臧希譲の建言によって、黄帝陵に廟堂が置かれて季節の祭祀が行われるようになった。黄帝陵は、以後も歴代王朝から中華民族の祖・黄帝の陵墓として厚い保護を受けた。

橋山の黄帝陵の詩跡化は、「軒轅　代を厭いて（崩御して）千万秋、渌波（山下を繞る沮水の清らかな流れ）浩蕩として東南に流る」で始まる、中唐・舒元輿の「橋山懐古」詩であろう。明・張三丰の七律「橋陵（橋山の黄帝陵）」詩の首聯には、こういう。

披雲履水謁橋陵　雲を披き　水を履んで　橋陵に謁す
翠柏烟含玉露軽　翠柏　烟含んで　玉露軽し

—雲の中を進み川を踏み越えて、黄帝陵に参詣した。緑の柏樹の林には靄がたちこめ、白玉のような露が軽やかに滴り落ちる。—

また、明の王邦俊「橋山の黄帝宮（黄帝廟）を望む」詩もある。

【無定河・太史公墓】

（長谷部）

無定河は黄河の支流の一つ。朔水・奢延水などともいう（『元和郡県図志』五、夏州朔方県）。陝西省の北部にあり、楡林市米脂県・綏徳県を東南に流れ、清澗県で黄河にそそぐ。無定河の名は、「潰沙（崩れる沙）・急流に因りて、深浅（深さ）定まらざる」ことに由来する（『大明一統志』三六、延安府）。

無定河付近は、漢代、中国の内地を侵略した匈奴との戦場であり、唐代には、北方の異民族が侵入する地であったため、唐の辺塞・戦争詩の中に詠まれた。晩唐・陳陶の「隴西行四首」其二にいう。

誓掃匈奴不顧身　誓って匈奴を掃わんとして　身を顧みず
五千貂錦喪胡塵　五千の貂錦　胡塵に喪う
可憐無定河辺骨　憐れむべし　無定河辺の骨
猶是春閨夢裏人　猶お是れ　春閨　夢裏の人

―匈奴を一掃せんと固く誓いをたて、わが身の危険など顧みない。貂の軍帽と錦の軍服を身につけた、その勇猛な将兵五千は、（匈奴と戦って）北辺の砂塵のなかで全滅した。痛ましいかな、無定河のほとりに散乱する白骨よ。（お前たちは）今なお故郷にいる妻の、春の夜の夢の中に現れる（生きた）人なのだ。―

秦漢以来、異民族との激しい戦場、西北の砂漠を背景とし、「定め無し」の河名を巧みに用いて表現する。晩唐の秦韜玉「辺将」詩には、

無定河辺蕃将死　無定河辺　蕃将（異民族の将軍）死し
受降城外虜塵空　受降城外　虜塵（異民族の兵馬の戦塵）空し

とあり、受降城とともに辺境の戦場を連想させた。他方、唐の作者未詳「雑詩」には、北辺を旅する人の郷愁を詠んで、「無定河辺　暮角（夕暮れの角笛）の声、赫連台（夏の赫連勃勃が築いた台）畔　旅人の情」という。無定河は行役や戦死を喚起する辺塞の詩跡なのである。北宋の王操「塞上」詩にも、「無定河辺の路、風高く雪灑ぐ春」と見える。

太史公墓とは、『史記』を著した前漢・司馬遷の墓の名。韓城市芝川鎮の東南一キロメートル、東に黄河を見下ろす梁山の上にある。北魏・酈道元『水経注』四は、「（司馬遷の）墓前に廟有り、廟前に碑有り」と述べた後、西晋末の永嘉四年（三一〇）、漢陽太守の殷済が司馬遷の遺文を慕い、彼の偉業を称えて石室を造営し、碑を立て華表（石柱）を立てた、と記す。『史記』太史公自序に、「遷は龍門に生まる」とある。これがこの地に彼の墳墓が築かれた所以である。墳墓はその後、修復を得て伝わり、その前には宋・明の古い祠廟がある。

唐の牟融の詩として「司馬遷の墓」（『全唐詩』四六七）が伝わるが、その詩題も作者も疑わしい。清代になると、墓を訪れた人によって多く詩に詠まれた（『（乾隆）韓城県志』『（雍正）陝西通志』などに所収）。清・程必昇の詩「太史公の墓」には、「三里　芝陽の鎮、一丘　司馬の坡（祠墓のある、狭く険しい小丘の斜面）。淡雲　斜嶺近く、啼鳥　夕陽多し」とあり、清末・魏源の詩「太史公の墓」の後半にいう。

蕭瑟嵯峨地　蕭瑟　嵯峨たる地
牛羊樵牧登　牛羊　樵牧登る
茂陵雲樹接　茂陵　雲樹接し
同此夕陽憑　此に同じく　夕陽憑る

―（太史公墓は）風がさびしく吹く高峻の地にあり、牛や羊、木こりや牧童が登ってくる。立派な墳墓には雲のかかる老木が連なり、折しも夕日が寄り添うように照らしている。―

太史公墓は現在も人里離れた小丘の上にあって、柏樹が生い茂る。

（矢田）

【隴山・隴水】

隴山は、漢・唐の都長安（現・西安市）から西北へ約二五〇キロメートル、現在の陝西省と甘粛省との境をなす高く険しい山脈の名。六盤山の東南の支脈にあたり、南北方向に約一〇〇キロメートルに亘って、海抜二千メートル前後の高峰が連なり（陝西省宝鶏市隴県の西、甘粛省天水市清水県の東北）、関中（渭河）平原と隴西高原の境界となる。特に東西交通の要路となった南部は、小隴山・隴坻（坻は坂）・隴坂・隴首・隴頭とも称され、山上に湧く泉水が東西に分流するため、分水嶺とも呼ばれた（ただし、分水嶺の名は各地にある）。

隴水とは、この隴山から流れ下る谷川の総称で、隴頭水ともいう。辛氏の『三秦記』に、「小隴山は、一に隴坻と名づけ、又た分水嶺と名づく」とあり、「其の坂は九回し（つづら折り）、上る者は七日にして、乃ち越ゆ。上に清水有りて、四もに注ぐ」（『太平御覧』五〇所引）という。

隴山は、古来、漢民族と西北異民族とを隔てる、いわゆる「華・夷」の境界線として、漢代以後、隴関・大震関を設けて異民族の侵攻に備え、時には進出した。また、南朝宋の郭仲産『秦州記』に、「汧（隴山から東に流れる汧水）・隴（隴山）を度れば、蚕桑無く、八月（仲秋）にして乃ち麦あり、五月（仲夏）にして乃ち凍解く」（『後漢書』郡国志五、漢陽郡の注所引）とあり、隴山は気候や風土の境界でもあった。ひとたび隴山を越えると、そこは乾燥して砂礫が多く、寒さの厳しい荒涼とした塞外の地なのである。

隴山はまた、漢・唐の都長安を出発して西へ向かう時に遭遇する最初の高山であり、交通の要衝に位置していた。山の向こう側は、気候も風土も異なる、まさに異郷の地。辛氏の『三秦記』（『太平御覧』五六所引）にいう、「関中（長安周辺）の人の、隴（山）に上る者は、故郷を還望し（振り返り眺め）、悲思して歌えば、則ち絶死（絶命）する者有り」と。また郭仲産の『秦州記』にも、「（山）東の人、西役し（西に旅して）、此に升りて顧瞻（＝還望）する者、悲思せざる無し」（『太平御覧』五六所引）という。

隴山・隴水の詩跡化は、辛氏の『三秦記』（『太平御覧』五六所引）に「俗歌」として引く古歌（四言四句）に始まる。

隴頭流水　隴頭の流水
鳴声幽咽　鳴声　幽咽す
遥望秦川　遥かに秦川を望めば
心肝断絶　心肝　断絶す

―隴山の流れゆく水よ。その響きは、まるで咽び泣くかのよう。遠く長安地方を眺めると、悲しみのあまり胸も張り裂けんばかり。―

この作者未詳の古歌は、耐えがたい望郷の念を、咽び泣く隴水の水音に託して歌う。漢代ごろに生まれ、魏末・晋初の横吹曲（本来、軍中の馬上で吹奏された曲）の一つとなり、さらに南朝後期の梁・陳の時代、再び朝廷で演奏された（増田清秀『楽府の歴史的研究』第十章、創文社、一九七五年参照）。北宋の郭茂倩『楽府詩集』二五、横吹曲辞には「隴頭歌辞」と題して収められる（三曲の一。なお『元和郡県図志』三九所引には、「心肝」を「肝腸」に作る）。

南朝後期以降、この古歌のイメージに沿って、「隴頭」「隴頭水」「隴頭吟」などと題する擬古楽府詩（一種の替え歌）が多く作られた。例えば、梁の劉孝威「隴頭水」に、「軍に従いて隴頭（隴山）を戍れば、隴水　沙を帯びて流る。時に胡騎の飲うを観て、常に漢国の為に差づ」とあり、陳の張正見「隴頭水」二首其一にも、「隴頭　鳴いて四もに注ぎ、征人（出征兵士）　貳師（前漢の貳師将軍・李広利）に逐う」という。これらはいずれも、行人（主として西征の兵士たち）の望郷の念と、隴山（守備兵の駐屯地、華・夷の境界線）とを結びつけた、一種の辺塞詩である。

唐代では、初唐の盧照隣「隴頭水」に、「隴坂　高くして極まり無く、征人　一たび郷を望む。関河　去水に別れ、沙塞（沙漠の城塞）帰腸を断つ（帰還を願う思いで腸が断ち切られる）」という。盛唐以降も詠みつがれ、晩唐の于濆も「隴頭吟」の中でこう歌う。

借問隴頭水　　借問す（お尋ねしたい）　隴頭の水に
終年恨何事　　終年（一年中）　何事をか恨むる
深疑嗚咽声　　深く疑う　嗚咽の声
中有征人涙　　中に征人（出征兵士）の涙有るかと

宋代以降の例では、南宋・陸游の「隴頭水」に、「隴頭　十月　天霜を雨らし、壮士　夜挽く　緑沈の槍（緑の［ため塗りの］柄の槍）。臥して隴水を聞いて　故郷を思い、三更（真夜中）　起坐して　涙数行」とあり、明の胡奎も「隴水吟」を詠む。

古歌の「隴水嗚咽」「隴水断腸」のイメージは、一つの典故として、擬古楽府詩（「隴頭」「隴頭水」など）以外の詩にも、広く継承された。例えば、盛唐の李白は「古風五十九首」其二二の中で、「秦水は隴首（隴山）に別れ、幽咽して　悲声多し」と歌い、「秋浦の歌」一七首其二の中では、「青渓（清渓）は隴水に非ざるも、翻って断腸の流れを作す」と詠む。

盛唐の岑参と高適は、隴山を通って西域（安西・北庭）や河西（涼州［甘粛省武威市］）に赴き、杜甫も乾元二年（七五九）、家族を連れて秦州（甘粛省天水市）に赴くとき、隴山を越えた。

岑参は天宝八載（七四九）、安西（新疆のクチャ）に赴く途中、五言古詩「初めて隴山を過ぎ、途中　宇文判官（宇文は複姓、判官は節度使の属官）に呈す」を作り、隴水嗚咽の典故を用いて、

平明発咸陽　　平明（明け方）　咸陽（都長安）を発し
暮及隴山頭　　暮に隴山の頭に及ぶ
隴水不可聴　　隴水　聴くべからず（聴くにたえない）
嗚咽令人愁　　嗚咽（の響き）　人をして愁えしむ

と歌う。岑参の同時期の作、五絶「経隴頭分水」（隴頭の分水［嶺］を経）には、隴水断腸のイメージを想起しながら、

隴水何年有　　隴水　何れの年よりか有る
潺潺逼路傍　　潺潺（水音）として　路傍に逼る
東西流不歇　　東西に　流れて歇まず
曾断幾人腸　　曾て幾人の腸をか断つ

と詠む（晩唐・許棠の詩「分水嶺を過ぐ」も、隴山での作）。

一方、高適もまた、天宝一一載（七五二）、河西に赴く途中、「隴に登る」詩を作り、「隴頭　遠行の客（旅人）、隴上　分流の水。流水　尽くる期無く、行人　未だ云に已まず」と詠み、続く旅への不安と望郷の念を隴水に託して歌う。

ちなみに、隴山は古来、オウムの生息地としても名高い。岑参は天宝一三載、「北庭（新疆のジムサ）に赴かんとして、隴を度りて家を思う」詩の中で、家族からの便りが日ごとに届かなくなることを心配して、「隴山の鸚鵡　能く言語す、為に報ぜよ　家人　数しば書（手紙）を寄せよと」と歌う。通常の手紙を運ぶ雁や鯉ではなく、オウムに伝言を頼んだ着想に、当意即妙の新しさがある。

（矢田）

【涼州（武威）】

甘粛省武威市から西の敦煌市に至る地域は、南の四千メートル級の峰々が連なる祁連山脈と、北の龍首山・合黎山の間に夾まれた細長い廊下状をなし、河西（黄河の西）に位置することから、一般に「河西走廊」（河西回廊）と呼ばれ、シルク・ロードの一部を形成する。その歴史は、前漢の武帝劉徹の時代、匈奴を駆逐して、この地域に河西四郡（武威・張掖・酒泉・敦煌）を設けたことに始まる。

涼州は、漢代、河西四郡を含む十前後の郡を管轄する行政単位（涼州刺史部）を指したが、後に河西走廊の中心都市として急成長した武威郡の治所・姑臧県を涼州と称し、唐代には、西北の国境防衛の拠点として、河西走廊の全域を管轄する河西節度使（支配下の兵数七万三千人、軍馬一万八千八百頭）が駐在する重鎮となる。

唐代の涼州城は、匈奴の構築（南北七里、東西三里）に始まり、漢代、武威郡姑臧県城となる。西晋末に拡張され、龍状の地形から「臥龍城」とも呼ばれた（『晋書』八六、張軌伝）。そして前涼の時、城中に三小城、その外側に四小城をもつ「姑臧七城」の形態となったらしい（梁新民『武威史地綜述』蘭州大学出版社、一九九七年）。通常の方形ではなく、両翼と頭尾を備えていることから「鳥城」とも呼ばれた（『元和郡県図志』四〇）。唐の慧立・彦悰『大慈恩寺三蔵法師伝』一には、東西交易でにぎわう唐初の状況を記して、「涼州は河西の都会（大都市）たり。西蕃（現在の新疆一帯）・葱右（葱嶺〔パミール高原〕の西）の諸国を襟帯（支配）し、商侶（商人たち）往来して、停絶有ること無し」という。

盛唐・岑参は、天宝一三載（七五四）、北庭節度使封常清の判官（幕僚）として赴任する途中、涼州に立ち寄り、河西節度使の幕僚たちと夜の宴会を開いた。その時の作「涼州館中与諸判官夜集」（涼州の館〔駅館〕中にて、諸判官と夜集す）詩の中で、当地の繁栄を、

涼州七里十万家　涼州　七里　十万の家
胡人半解弾琵琶　胡人　半ばは解す　琵琶を弾ずるを

—涼州城は、南北七里（約二・五キロメートル）の大きさを持ち、十万もの人が住む家々がひしめく。城の中に住む多くの胡人（ソグド人など、西域諸国の異民族）たちは、その大半が琵琶（西域伝来の楽器）を巧みに弾きこなす。—

と歌う。なお、「七里」を「七城」に作るテキストもある。その場合は、七つの小城からなる涼州城の意となる。

涼州城は、五胡十六国の動乱期にも、前涼・後涼等の首都として、壮麗な街区を形成して繁栄し、そのにぎわいは南北朝時代にも続いた。北魏の温子昇「涼州楽歌」二首其一には、次のように歌う。

遠遊武威郡　遠く武威郡に遊び
遥望姑臧城　遥かに姑臧城を望む
車馬相交錯　車馬は　相い交錯し
歌吹日縦横　歌吹は　日び縦横たり

—遠く武威郡に旅し、遥か姑臧の城を眺めやる。車馬が盛んに行き交い、歌声や楽器の音色が日々あちこちから聞こえてくる。—

しかし他方では、盛唐・岑参の「河西（涼州）にて春暮　秦中（都長安付近の関中の地）を憶う」詩に、

涼州三月半　涼州は　三月（晩春）半ばなるも
猶未脱寒衣　猶お未だ寒衣（綿入れの冬着）を脱がず

と詠まれる寒冷の地であった。ちなみに、涼州という名は、西方の

寒涼の地にあることに由来する（後漢末・劉熙『釈名』二、釈州国）。

涼州城を一歩離れると、そこは砂礫におおわれた荒地・ゴビ灘であった。清・馮一鵬の『塞外雑識』によれば、「涼州は砂磧の区。城に近き四面は、皆な沙石にして、大小磊磊（石が多いさま）として、一寸の土壌すら無し。地を掘りて丈許り（約三メートル）に至るも、尚お大石なり」という。河西節度使の幕僚として涼州に着任した盛唐・王維は、「涼州郊外の遊望」詩の中で、荒涼たる涼州郊外を、「野老（田舎の農夫）　才かに三戸にして、辺村（辺境の村）　四隣少なり」と歌い、南宋の陸游「涼州の行」にも、「涼州の四面は皆な沙磧、風吹き沙平らかにして　馬　迹無し」という。

西北防衛の要衝であった涼州は、異民族との攻防の地として情勢は常に緊迫し、有事の際には、周辺の砂漠はたちまち戦場と化した。唐の広徳二年（七六四）、涼州は吐蕃の襲来によって陥落する。中唐の王建「涼州行」（涼州の行）は、隴西・河右地区がすでに吐蕃の支配下に入った状況を踏まえて歌う。

涼州四辺沙皓皓　　涼州の四辺　沙皓皓たり
漢家無人開旧道　　漢家　人の　旧道を開く無し
辺頭州県尽胡兵　　辺頭の州県は　尽く胡兵
将軍別築防秋城　　将軍　別に防秋の城を築く

―涼州城の周囲には、砂礫が果てしなく広がり、もはや漢朝（唐朝）には、（内地から涼州城に赴く）旧街道を開通させる力などないのだ。辺地の州や県は、胡（吐蕃）の兵馬ばかり。将軍は、秋に増える胡の襲来に備えて、城塞を築くほかないのだ。―

防秋とは、天高く馬肥ゆる秋に、多く襲来する異民族を防ぐ意。

涼州はまた、音楽の盛んなところであった。唐の開元九年（七二一）、西涼府都督（河西節度使）の郭知運は、涼州で流行する外来系の新曲「涼州歌」を採録して玄宗に献上した。この新曲のメロディーに基づく歌詞「涼州詞」は、たちまち盛行して、唐代に流行したエキゾチズムの一源泉となる。中でも盛唐・王翰の「涼州詞」（二首其一）は、明・王世貞も「瑕無きの璧」（『芸苑卮言』四）と高く評する、唐代辺塞詩の絶唱である。葡萄酒、夜光杯、琵琶、沙場といった西域に縁の深い詩語を多用し、詩跡としての涼州のイメージを決定的なものとした。

葡萄美酒夜光杯　　葡萄の美酒　夜光の杯
欲飲琵琶馬上催　　飲まんと欲すれば　琵琶　馬上に催す
酔臥沙場君莫笑　　酔いて沙場に臥すとも　君笑うこと莫かれ
古来征戦幾人回　　古来　征戦　幾人か回る

―葡萄の美酒を、夜間に光る白玉の杯中にそそぐ。いざこれを飲もうとすると、琵琶の音が馬上から（飲み干せと）せき立てるように、かき鳴らされる。たとえこの砂漠で酔いつぶれようとも、どうか君よ、笑わないでくれ。古来、こうして遠く戦地に駆り出された兵士の中で、いったい幾人が無事に帰郷できたであろうか。―

王翰の詩にも見えるように、涼州は葡萄の産地としても名高い。北宋の劉敞「蒲萄（＝葡萄）」詩の中にも、「蒲萄は　本自涼州の域、漢使　根を移して　中国に植う。涼州　路絶えて　遺民無く、蒲萄更に中国の珍と為る」という。なお、涼州が異民族の支配下に置かれて、交流が途絶えた宋代においては、こうした葡萄の産地としての側面から涼州を歌う詩が増加する。

詩跡としての涼州は、西北辺境の戦略・防衛拠点であるとともに、西域の香りにもつつまれた辺境都市なのである。

（矢田）

【秦州・臨洮】

秦州（甘粛省東南部の天水市）は、隴山（【隴山・隴水】の項参照）を越えて、西に約八〇キロメートルほど進んだところにある。唐代、この地（上邽県）に、初めて州の治所が置かれた。西域やチベット方面へと通じる交通の要衝であり、辺境防衛の要地でもあった。

秦州は、盛唐・杜甫の詩によって詩跡化する。乾元二年（七五九）七月、華州（陝西省渭南市華県）の司功参軍であった杜甫は、安史の乱による食糧事情の悪化のため、官を棄て家族を連れて、従姪・杜佐の住む秦州に赴いた。そして同年十月、同谷（【麦積山・同谷】の項参照）に移るまでの約三か月間を、ここで過ごし、五律の連作「秦州雑詩二十首」等を作る。秦州は、吐蕃との国境に近く、漢族と異民族が雑居していた。杜甫は「秦州雑詩二十首」其三の中で、「降虜　千帳を兼ね、居人　万家有り」（投降した異民族は千もの天幕をならべ、漢族の住民は一万戸を数える）と歌う。また、「寓目」詩では、中原とは異なる秦州の異様な風景をこう歌う。

一県葡萄熟　　一県　葡萄熟し
秋山苜蓿多　　秋山　苜蓿多し
関雲常帯雨　　関雲　常に雨を帯び
塞水不成河　　塞水　河を成さず
羌女軽烽燧　　羌女　烽燧を軽んじ
胡児掣駱駝　　胡児　駱駝を掣す
自傷遅暮眼　　自ら傷む　遅暮の眼に
喪乱飽経過　　喪乱　飽くまで経過せしを

—県のいたるところ、葡萄が熟し、秋の山々には苜蓿が生い茂る。この国境地帯では、雲はいつも雨を含み、水は四方に流れおちて、河にはならない。羌族の娘は烽火を見ても怖がらず、胡族の少年は巧みに（隊商の）駱駝を操る。年老いたこの眼で、世の中の乱れを、あまねく目撃してきたことを、われながら痛ましく思うのだ。—

臨洮（甘粛省定西市岷県）は、秦州の西南約一五〇キロメートル、洮水のほとりに秦代に置かれた県の名。秦の長城の西の起点であり、以来、西方守備の前線基地として意識された。詩でも異民族との戦いの場として、従軍・辺塞を主題とした作品に多く詠まれる（唐代では、岷州溢楽県の地にあたる）。初唐・王宏「従軍行」詩にいう。

秦王築城三千里　　秦王　城を築くこと　三千里
西自臨洮東遼水　　西は臨洮より　東は遼水（遼寧省の川）

また、盛唐・李白は「白馬篇」の中で、奮い立って戦地に赴く若者を描いて、「発憤して函谷（関）を去り、軍に従って臨洮に向かう」と歌う一方、「子夜呉歌」其四（冬）の中では、従軍した夫に自ら裁縫した冬服を送りとどける若妻の様子を描いて、「明朝　駅使発せん（飛脚が出発する）、一夜　征袍に絮す（温かい綿入れの軍服を仕立てる）。素手　針を抽けば冷やかなり、那ぞ堪えん　剪刀（はさみ）を把るに」と歌った後、こう結ぶ。

裁縫寄遠道　　裁縫して　遠道（遠方にいる夫）に寄す
幾日到臨洮　　幾れの日か　臨洮に到らん

ちなみに唐詩中の臨洮は、この古典的用法のほかに、一時期、臨洮軍が置かれた臨州（定西市臨洮県）や、臨洮郡（洮州、甘粛省甘南蔵族自治州臨潭県）を指すこともある。盛唐・岑参「臨洮を発して将に北庭に赴かんとして…」や、中唐・朱慶余「蕭関より臨洮を望む」詩では、秦州—蘭州を結ぶルート上の臨州を指すらしい。

【麦積山・同谷】

（矢田）

麦積山は、秦州（天水市）の東南約四五キロメートル、秦嶺山脈の西端に位置し、麦わらを丸く積み上げたような形からの命名である。五胡十六国の一つ、後秦（三八四―四一七）の頃に石窟寺院が建立されて以降、多くの窟龕が開鑿され、今日なお大量の塑像と壁画を伝える（四大石窟の一）。南宋・祝穆『方輿勝覧』六九、麦積山の条に、「状は麦の積むが如く、秦地（関中平原）の林泉の冠為り。上に姚秦（後秦）の建つる所の寺有り」と言い、瑞応院の条に、「麦積山に在り。後秦の姚興　山を鑿ちて修む。千崖万象、崖を転りて閣を為る。乃ち秦川（＝秦地）の勝境なり」と言う。

盛唐の杜甫は、乾元二年（七五九）、秦州に身を寄せていたとき、麦積山の断崖に造営された石窟寺・瑞応院（唐代は応乾寺？）を訪ねて、五律「山寺」詩を作る。時に四八歳。詩の後半にいう。

乱石通人過　　乱石は　人を通して過ぎしめ
懸崖置屋牢　　懸崖に　屋を置くこと牢し
上方重閣晩　　上方の　重閣の晩
百里見秋毫　　百里　秋毫を見る

―乱雑な岩の間に人が通るだけの道があり、切り立つ断崖に石室が堅固に築かれている。夕方、頂上の楼閣にのぼると、百里四方、秋に生えかわった獣の細い毛筋までも、くっきりと見える。―

麦積山の頂上近くに万菩薩堂（窟）があり、さらにその上に天堂という名の仏龕がある。万菩薩堂から天堂へは、空中に懸けた梯子を渡らなければならず、そこまで登ろうとする者は万に一人もいなかった（『太平広記』三九七、麦積山の条）。五代初・王仁裕は、その天堂に登って、「麦積山の天堂に題す」詩を作っている。

躡尽懸空万仞梯　　空に懸かる　万仞の梯を躡み尽くせば
等閑身共白雲斉　　等閑に（端無くも）　身は白雲と共に斉し

同谷（隴南市成県）は、秦州（天水市）の南約一〇〇キロメートルにあった県の名。乾元二年（七五九）、秦州に身を寄せていた杜甫は、さらに安住の地を求めて、同年の初冬十月、家族を連れて同谷に移る。「秦州を発す」詩の中で、噂で聞いた同谷の住みやすさを、「栗亭（同谷県の東にあった村）　名は更に嘉く、下に良き田疇有り。腸を充たすに薯蕷（山芋）多く、崖の蜜（蜂蜜）も亦た求め易し」と歌う。食糧の心配はないと聞いていた同谷であったが、現実は異なり、山中で猿のおこぼれの橡栗を拾うありさまであった。「乾元中寓居同谷県作歌七首」（乾元中、同谷県に寓居して作れる歌、七首）其一の中で、その時の様子を歌う。

有客有客字子美　　客（旅人）有り　客有り　字は子美
白頭乱髪垂過耳　　白頭の乱髪　垂れて耳を過ぐ
歳拾橡栗随狙公　　歳どし橡栗を拾いて狙公に随う
天寒日暮山谷裏　　天は寒く日は暮る　山谷の裏

以後、同谷は杜甫ゆかりの地として詩跡化する。晩唐の趙鴻は、杜甫の故宅を訪ね、五律「杜甫の同谷の茅茨（草堂）」の首聯で、

工部棲遅後　　工部（杜甫）　棲遅（滞留）せし後
隣家大半無　　隣家　大半は無し

と歌い、五絶「栗亭」では、栗亭を詠んだ杜詩の喪失を嘆いて、「悠悠たり　二甲子（一二〇年）、題紀　今　何くにか有る」という。

ちなみに、成県の東南、飛龍峡口にある杜工部祠堂（杜甫草堂）は、杜甫が住んだ同谷の故宅の地とされ、宋代以来の歴史を持つ。

（矢田）

【崆峒山】

太古の黄帝が自ら赴き（『史記』一）、そこに住む仙人の広成子に至上の道理を問うた（『荘子』在宥篇）、とされる西方の名山。崆峒は空同・空桐とも書く。崆峒山は中国各地に幾つも存在し、甘粛省内だけでも、①平涼市の西、②定西市岷県の西、③酒泉市の東南、の三箇所にある。なかでも名高いのは①であり、現在では道教の聖地として、また景観の美しい観光地として整備されている。

崆峒山が詩に詠まれるようになるのは、唐代以降である。詩中では、黄帝と広成子の故事を踏まえて、例えば中唐・劉禹錫が「汪道士を尋ぬるも遇わず」詩の中で、「我来るも　君は戸を閉づ、応に是れ崆峒に向かうべし」と歌うように、仙人や道士の住む超俗的・神話的な山、閑居に相応しい山として詠まれることが多い。その一方で、実在の崆峒山を詠んだ作も見られる。それは必ずしも①とは限らないが、詩跡という点では①の崆峒山が最も重要であろう。

実在の崆峒山を多く詠みこんだ早期の詩人に、盛唐の杜甫がいる。「自京赴奉先県詠懐五百字」（京より奉先県に赴くとき、懐いを詠ず　五百字）詩は、天宝一四載（七五五）、奉先県（陝西省渭南市蒲城県）にいる家族のもとに赴く折りの作。渭水と（その支流）涇水に沿って進みゆくときに、目にした光景を歌って、

群氷従西下　　群氷　西より下り
極目高崒兀　　極目　高くして崒兀たり
疑是崆峒来　　疑うらくは是れ　崆峒より来るかと
恐触天柱折　　恐らく触れなば　天柱すら折れん

—おびただしい流氷が西方から流れ下り、見わたすかぎり高々とそそり立つ。あるいは崆峒山から流れてきたものであろうか。この巨大な氷にぶつかれば、天を支える柱さえも折れてしまうだろう。—

という。涇水の上流、その水源近くにそびえたつのは、平涼市の西約一五キロメートルにある崆峒山である。また、杜甫の「青陽峡」詩には、隴山を越えたときを回想して、「東のかた蓮華（華山）の卑きを笑い、北のかた崆峒の薄るを知る」と歌う。これも①の用例である。

ただし、唐詩中では、杜甫詩のように、崆峒山は詩の素材の一つにすぎず、崆峒山を主題とした詩が作られるようになるのは、宋代以降である。北宋・張亢の「崆峒に登る」詩（清・張伯魁『崆峒山志』下所収）は、その早期の作であり、自ら実際に登った①の崆峒山の様子を、「四面に　千峰起こり、中心に　一水通る」と歌う。続いて北宋の游師雄も平涼を訪れ、「崆峒山」詩を作って讃える。

崆峒一何高　　崆峒　一に何ぞ高き
崛起乾坤闢　　崛起して　乾坤（天地）闢く

明代以降は、専ら①の崆峒山が景勝地として遊覧の対象となり、多くの詩が誕生した。例えば、明の馬文昇は「崆峒に遊ぶ」詩に、

偶上崆峒万仞山　　偶たま崆峒　万仞の山に上れば
恍疑身在碧雲端　　恍として疑う　身は碧雲の端に在るかと

と歌い、明の李攀龍は七律「崆峒二首」其一の頷聯でこう詠む。

返照自懸疏隴樹　　返照　自ら懸かりて　隴樹疏らに
浮雲初断出涇河　　浮雲　初めて断ちて　涇河出づ

—夕日がなお空に懸かって隴山の樹々がまばらに見え、浮き雲が折りしも断ち切れて、涇水の流れが現れる。—

清代にも、鄂雲布「丙辰九月　崆峒に登る」詩などが作られ、前掲の『崆峒山志』下には、明清期の詩一七三首を収めている。

（矢田）

【金城（蘭州）】

金城（蘭州）は、甘粛省の東部、黄河の河畔にある、海抜一五二一メートルの黄土高原都市。現在、甘粛省の省都であるが、古来、中原から西北・西域に赴く交通の要衝・河西の要地となる。

前漢の昭帝の時、初めてこの地に金城郡が置かれた。金城の名の由来については、①築城した時に金を得た、②金とは堅固さのたとえ、③都の西（金は五行説で西を表す）に位置する、等の諸説がある（『漢書』二八下、地理志）。隋以降、蘭州と呼ばれるようになり、『元和郡県図志』三九には、「皐蘭山を取りて以て名と為す」という。ただし、その後も金城は、蘭州の雅名として用いられた。

唐代、都長安から西に向かうシルク・ロードの一つは、隴山を越えた後、秦州（天水市）を通り、蘭州で黄河を渡って河西走廊に入り、涼州（武威市）等の地に進む。盛唐・高適は、天宝一一載（七五二）、河西節度使・哥舒翰の幕府に赴任した。五律「金城北楼」（金城の北楼）詩は、その途上、蘭州（金城郡）城に立ち寄った折りの作。詩の前半には、北門上に建つ楼閣（城楼）から眺望した早朝の風景を、「箭」「弓」という縁語を用いて、次のように歌う。

北楼西望満晴空　北楼　西望すれば　晴空満ち
積水連山勝画中　積水　連山　画中に勝る
湍上急流声若箭　湍上の急流　声は箭のごとく
城頭残月勢如弓　城頭の残月　勢いは弓のごとし

—北門の城楼に登って、行く手の西方を眺めれば、晴れわたる天空がどこまでも広がる。深々と水を湛えた黄河、連なる峰々、その景色は絵画にも勝る。早瀬の急流は、矢のような音をたてて流れ、城壁の上の、沈みゆく月は、弓のような形をしている。—

また、その二年後の天宝一三載（七五四）、盛唐・岑参もまた、北庭節度使・封常清の幕府に赴任することになった。五律「題金城臨河駅楼」（金城の臨河駅楼に題す）詩は、その途上、蘭州（金城郡）に立ち寄った折りの作とされる。なお、頸聯の鸚鵡と麝香（麝の意）は、主に甘粛省東部を棲息地とした。

古戍依重険　古戍　重険に依り
高楼見五涼　高楼　五涼を見る
山根盤駅道　山根　駅道を盤らし
河水浸城牆　河水　城牆を浸す
庭樹巣鸚鵡　庭樹に　鸚鵡巣くい
園花隠麝香　園花に　麝香隠る
忽如江浦上　忽として江浦の上のごとく
憶作捕魚郎　魚を捕うる郎と作らんことを憶う

—古くからの関所（金城関）が、険阻な地勢に寄りそって立ち、駅館の高楼に登ると、（かつて前涼・後涼・南涼・北涼・西涼が支配した）五涼の地（甘粛一帯）が見える。山の麓には宿場をつなぐ街道がうねるように延び、黄河の水が金城（蘭州）の（北側の）城壁を浸すかのように流れる。庭の樹々にはオウムが巣くい、園中の花の中に、ジャコウジカが隠れ棲む。ふと気づけば、長江の水辺にいるような気分、魚でも釣って静かに暮らしたいと思うのだ。—

清末の譚嗣同も、父の赴任に伴って蘭州に滞在した経験をもち、「蘭州の荘厳寺」「蘭州に別る」などの詩を作る。彼は蘭州からの帰途で、「金城（蘭州）　重ねて首を回らし、帰路　他郷を憶う」（「隴山の道中　五律」詩）と歌い、蘭州への深い愛着心を詠む。

甘粛省

（矢田）

【焉支山（燕支山）・祁連山】

焉支山は、甘粛省張掖市山丹県の東南五〇キロメートル、涼州（武威市）と甘州（張掖市）の間にある山なみの名。燕支山とも書き、删丹山ともいう。後述の祁連山とともに、匈奴の重要な放牧地であった。前漢の武帝劉徹の時、霍去病の率いる大軍に敗退し、これら二つの山を失った匈奴の人々は、深く悲しみ、「我が祁連山を亡い、我が六畜をして蕃息（繁殖）せざらしむ。我が焉支山を失い、我が婦女をして顔色無からしむ」と歌ったと言う（『史記』一一〇、匈奴列伝の『正義』に引く『西河故事』）。「顔色無からしむ」の語は、焉支山が頬や唇にぬる紅（臙脂・燕支）を作る紅藍（燕支草）の産地であったため、女性たちが化粧に困る意に解されていく。盛唐・李白の「塞上の曲」は、この理解に立って歌う。

　燕支落漢家　　燕支　漢家に落ち（漢軍の手に落ち）
　婦女無花色　　婦女に　花色（花のような美しさ）無し

李白の詩例にも見られるように、燕支山（焉支山）は、前漢と匈奴との間で繰り広げられた争奪の地として、時代を漢代に仮託した辺塞・従軍を主題とした楽府系の詩に詠まれることが多く、燕支山の表記が特に愛用された。例えば、盛唐・李昂は「従軍の行」の中で、「漢家　未だ燕支山を得ず、征戍　年年　沙朔（北方の砂漠）の間」と歌い、王維は二一歳のときに作った「燕支［山］の行」の中で、「剣を抜きて已に断つ　天驕（自ら天の驕子と称した匈奴）の臂、帰鞍（凱旋の馬上で）　共に飲む　月支の頭（殺した月支［月氏］の王の、頭蓋骨の酒杯）」と歌う。

その一方で、盛唐の岑参のように、焉支山（燕支山）の実景を歌った詩人もいた。「過燕支寄杜位」（燕支［山］を過ぎて杜位に寄す）詩は、天宝八載（七四九）、安西節度使・高仙芝に仕えるため、安西（亀茲、新疆ウイグル自治区）に赴く途中、この山麓を通り、

　燕支山西酒泉道　　燕支山西　酒泉の道
　北風吹沙巻白草　　北風　沙を吹きて　白草を巻く

―燕支山の西に伸びゆく、酒泉（酒泉市）への道。北風が沙を吹きつけ、白草（乾熟期になると白くなる草）を巻き上げる。―と歌う。荒涼たる西域の砂漠では、草さえも色を失うのである。

祁連山は、甘粛省張掖市から酒泉市の南に連なる、五千メートル級の山脈。万年雪をいただいているため「白山」とも言う。また祁連とは、匈奴の言葉で「天」を意味することから、「天山」（【天山】の項参照）とも呼ばれる。燕支山下の道をさらに西へと進むと、旅人の左手には、高々と聳える祁連の峰々が姿を現し、それが延々と酒泉まで続く。燕支山を通過した岑参は、その「酒泉に過りて杜陵の別業を憶う」詩の中で、「昨夜　祁連（祁連山下の祁連城？）に宿し、今朝　酒泉に過る」と歌う。

祁連山もまた、「美水茂草有り」（『元和郡県図志』四〇）と記される肥沃な牧草地であり、焉支山と同様、前漢と匈奴との間の、争奪の地であった。かくして国境地帯の異民族との戦いの場としても歌われる。初唐・虞［盧？］羽客「結客少年場行」詩に、

　軽生辞鳳闕　　生を軽んじて　鳳闕（都長安）を辞し
　揮袂上祁連　　袂を揮って（奮い立って）　祁連に上る

とあり、南宋・陸游もまた、「出塞の曲」詩の中で、「長戈（長い矛）もて虎を逐う　祁連の北、馬前に曳き来れば　血は臆を丹くす」と歌っている。

（矢田）

【酒泉（粛州）・嘉峪関】

酒泉（甘粛省酒泉市）は、かつての粛州の治所。前漢・武帝の元狩二年（前一二一）、匈奴の投降を機に、この地に酒泉郡が置かれたのが始まりである。隋初には甘州に属していたが、隋・文帝の仁寿二年（六〇二）、甘州を分けて新たに粛州が置かれて以降、粛州の治所となった。「城下に泉有り、其の味　酒の若きを以て、故に酒泉と名づく」（『元和郡県図志』四〇）と言う。

かつて前漢と匈奴との争奪の地であった酒泉は、戦いの場の象徴として辺塞を主題とした詩中に歌われる。初唐・郭震は「塞上」詩の中で、長期に亘り城塞を守る兵士の苦悩を、「久戍　人は将に老いんとし、長征　馬は肥えず。仍お聞く　酒泉郡、已に（敵の）数重の囲みに合ざさると」と詠み、盛唐・王維もまた「隴西の行」の中でこう歌う。

都護軍書至　　都護（辺境の軍政長官）の軍書至る
匈奴囲酒泉　　匈奴　酒泉を囲むと

「酒の泉」という地名はまた、酒好きの垂涎の的であった。その名に惹かれて、酒泉への赴任を求める者もいたと言う。盛唐の杜甫は、「飲中八仙歌」の中で、三斗（約三升）の酒を飲んで、やっと朝廷に出仕した汝陽郡王・李璡を歌って、「汝陽は三斗　始めて天に朝し、道に麹車（麹を載せた車）に逢いて　口　涎を流す、恨むらくは　封（土）を酒泉に移されざるを」と言い、晩唐・陸亀蒙もまた「襲美の酒中十詠に和し奉る　酒泉」詩の中で、「此の地に　侯に封ぜらるるを得れば、終身　美禄（酒）を持せん」と歌う。

戦いの場、酒飲みの憧れの地としての酒泉は、いずれも観念上ののものにすぎない。実際に酒泉の地を踏んだ盛唐の岑参は、「酒泉に過りて杜陵の別業を憶う」詩の中で、眼前に広がる景色を、

黄沙西際海　　黄沙　西のかた海に際わり
白草北連天　　白草　北のかた天に連なる

—黄色い沙はらは西の大きな沙の海に接し、群生する白草（生気に乏しい塞外の草の名）は遠く北の大空へと連なる。—

と歌い、「酒泉の韓太守に贈る」詩の中でも、「酒泉　西のかた玉関の道（玉門関に至る道）を望めば、千山　万磧　皆な白草なり」と歌う。そこは、白草しか生えない荒涼とした砂礫の海であった。

嘉峪関は、明の洪武五年（一三七二）、西方の防備の拠点として、嘉峪関市の西北五キロメートルの地に設けられた関城（城壁に囲まれた関所）。明代の万里の長城の西端に位置し、東端の渤海湾に臨む山海関と、東西一対をなす軍事上の要地、天下の雄関である。

嘉峪関の詩跡化は遅れて、清代、新疆へ流刑された洪亮吉や林則徐たちによる。嘉慶五年（一八〇〇）、洪亮吉は恩赦を受けて新疆の伊犁から帰る途中、長篇の「嘉峪関に入る」詩を作り、

瀚海亦已窮　　瀚海（ゴビ沙漠）　亦た已に窮まり
関門忽高矗　　関門　忽ち（ふいに）高く矗ゆ

の句で歌い起こす。また、林則徐は、道光二二年（一八四二）、アヘン戦争敗戦の責任を問われて新疆の伊犁へ流される途中、「嘉峪関を出でて感じて賦す」四首其一の中で、以下のように歌う。

厳関百尺界天西　　厳関　百尺　天西を界り
万里征人駐馬蹄　　万里の征人　馬蹄を駐む

—堅固な関所は高さ百尺の城壁に囲まれ、西域との境界となる。万里遠く流刑地に赴く私は、この地でしばし馬の歩みをとめる。—

（矢田）

【玉門関】

玉門関は、前漢の武帝劉徹の時代に、その南約六〇キロメートルに位置する陽関（【陽関】の項参照）とともに、中国領土の最西端に設けられた関所（関城）の名。それぞれ西域（タリム盆地周辺）に通じる北道と南道の起点にあたり、まさに「西域の門戸」（『元和郡県図志』四〇）であった。その名は、崑崙山脈の北麓「于闐」（新疆ウイグル自治区和田市）から産出される名玉「月氏の玉」を輸入する通路にあたっていたためとされ、「玉門」「玉関」ともいう。

漢代の玉門関遺址は、敦煌市の西北約八〇キロメートルに位置する、俗称「小方盤城（址）」とされる。現存する方形の関城（城壁で囲んだ関所）は、東西二七メートル、南北二四メートルで、高さが約一〇メートル。西と北に城門があり、北門の外、約一〇〇メートルのところを疏勒河が流れている。ただし、唐前期の『沙州図経』（P五〇三四）五「二古関」の条には、「玉門関は、周廻一百卅歩（全周約一八七メートル）、高さ三丈（九メートル強）」とあり、規模を異にする。また、この「小方盤城」の西一一キロメートルに位置する馬圏湾の南岸を玉門関遺址とする説（呉礽驤「玉門関与玉門関候」〈『文物』一九八一年一〇期〉）もあるが、確証に乏しい。

なお、漢代の玉門関・陽関の開設時期に関しては、日比野丈夫「漢の西方発展と両関開設の時期について」（同『中国歴史地理研究』同朋舎出版、一九七七年）に詳しい。これによれば、玉門関は、漢朝が楼蘭国を制圧して、勢力を敦煌の西に伸ばし、万里の長城を酒泉からさらに西に延長した元封三年（前一〇八）頃、匈奴に対する最前線基地として、その西端に設けたものという。確かに漢代の玉門関遺址とされる「小方盤城」の北と西には、当時の長城遺址が残存する。

漢朝の勢力が衰えると、玉門関は陽関とともに固く閉ざされ、西域との往来は遮断された。そして隋以前（南北朝期）には、敦煌の西北にあった玉門関が、敦煌の東北一六〇キロメートルの地へと、二〇〇キロメートル以上も大きく移転することとなった。これは、粛州（酒泉市）を出た後、敦煌まで赴かず、途中の瓜州（酒泉市瓜州県の東南）から、直接ゴビタン（莫賀延磧）を縦断して、天山山脈東端の南麓「伊州（伊吾県）」（新疆ウイグル自治区哈密市）へと向かう「伊吾道」が、新しい西域北道の主要ルートに成長したためである。

唐代の玉門関は、現・瓜州県内に置かれていたらしいが、今なおその位置を確定できていない。一般には、瓜州城（＝晋昌県城。鎖陽城遺址の地。現・鎖陽城鎮南壩村の南）の北三〇キロメートル強の「双塔堡」付近―現・布隆吉郷双塔村の北四キロメートルとされる。当地の方形の関址は、南北一六〇メートル、東西一五五メートルで、疏勒河の南岸に位置するが、すでにダムのために水没した。

唐の慧立・彦悰『大慈恩寺三蔵法師伝』一には、唐代の玉門関付近の状況を、ある人の報告としてこう伝える。「此（瓜州晋昌県城）より北行すること五十余里（二十数キロメートル）にして、瓠蘆河（疏勒河）有り。下（下流）は広く上（上流）は狭く、洄波（うずまく川波）甚だ急に、深くして渡る可からず。上りに玉門関を置く。路は必ず之に由る（この関所を通る）。即ち西境の襟喉（要害）なり。関外の西北に、又た五烽（五つの烽火台）有り。候望者（見張りの兵）、之に居る。（五烽は）各の相い去ること百里、中に水草（水と草）無し。五烽の外は即ち莫賀延磧にして、伊吾国との境なり」と。

ただ、『元和郡県図志』四〇、瓜州晋昌県の条には、「玉門関は、

玉門関跡

県の東二十歩に在り」とあり、「北五十余里」とは大きく異なる。この点について、厳耕望『唐代交通図考』二（一九八五年、四三六頁）は、「唐初、玉門関は瓜州の西北五十里の瓠蘆河のほとりにあったが、後に瓜州城の近くに移った」と指摘するが、『元和郡県図志』の誤記の可能性もある。いずれにしろ、唐代の玉門関は、宋代になって、瓜州が西夏の支配下に置かれると、陸路交通の衰微とともに廃絶されて消えていく。

　盛唐の岑参「玉門関の蓋将軍の歌」は、僻遠の、荒涼とした砂漠の中にぽつりと建つ、当時の玉門関の様子を、

　玉門関城迥且孤　　玉門関城　迥かにして且つ孤なり
　黄沙万里白草枯　　黄沙万里　白草枯る

と歌い、続けて軍事要塞としての重要性を、「南は犬戎（吐蕃）に隣し　北は胡（突厥）に接す」と詠む。

　玉門関は、元来、匈奴に対する最前線基地として中国領土の最西端に設けられた関所である。このため詩においても、西北異民族との激しい攻防が繰り広げられる国境防衛の拠点、荒涼とした砂漠が広がる絶域（最果ての地）というイメージを伴って、征夫（出征兵士）や思婦（兵役などで旅先にある夫を思い慕う婦人）の心情を主題とした辺塞詩や閨怨詩を中心に歌われる。早期の作としては、南朝梁・呉均の「蕭洗馬子顕（洗馬の蕭子顕）の古意に和す　六首」其六の、「匈奴　数（命数）尽きんと欲す、僕は玉門関に在り」や、同時期の呉孜「春閨怨」詩の、

　玉関信使断　　玉関　信使断ゆ
　借問不相諳　　借問す　相い諳んぜざるや

―玉門関からの使者の訪れが途絶えています。ちょっとお尋ねします、私のことをおぼえていてはくださらないのでしょうか。―

などが挙げられる。

　しかし、玉門関を著名な詩跡としたのは、国力が伸張して領土が広がった盛唐期の詩人たちであった。なかでも王之渙の七絶「涼州詞」は、その詩跡化を決定づけた絶唱といってよい。春の光さえ届きかねる塞外の地で、日夜、玉門関を守る兵士たちの高揚した悲哀感が激しく流露する。

　黄河遠上白雲間　　黄河　遠く上る　白雲の間
　一片孤城万仞山　　一片の孤城　万仞の山
　羌笛何須怨楊柳　　羌笛　何ぞ須いん　楊柳を怨むを
　春光不度玉門関　　春光　度らず　玉門関

―黄河の流れを遥か遠く白雲の湧くあたりまで遡っていくと、高く険しい山々のなかに、ただ一つ、ぽつんと城塞が建つ。悲しい音色の羌族（西北のチベット系遊牧民）の笛で、別れの曲「折楊柳」を吹きならすのはやめてほしい。（柳を芽ぶかせる）暖かな春の光さえ、玉門関を渡って来てはくれないのだから。―

　また、王昌齢は「従軍行七首」其七の中で、国境防衛の拠点―玉門関付近一帯の様子を、広く見わたして詠む。

　玉門山嶂幾千重　　玉門の山嶂　幾千重

山北山南総是烽　　山北　山南　総て是れ烽

—玉門関のあたりは、山々が屏風のように幾重にも重なり合い、山の北にも南にも、多くの烽火台が築かれている。—

一方、李白は「子夜呉歌」四首其三（秋）の中で、砧を打って夫に届ける冬着の準備をしながら、玉門関の彼方へ出征した夫を思い慕う婦人を描いて歌う、「長安　一片の月、万戸　衣を擣つの声。秋風　吹いて尽きず、総て是れ玉関の情。何れの日か胡虜（敵対する異民族）を平らげ、良人（わが夫）遠征を罷めん」と。

ところで、玉門関を詠む唐詩中には、実際にその場に赴いて作られたものも見られる。例えば、初唐の来済は、顕慶五年（六六〇）、五一歳のとき、西域（庭州〔新疆ウイグル自治区〕の刺史）に左遷された折りに、「出玉関」（玉関を出づ）詩を作って歌う。

今日流沙外　　今日　流沙の外
垂涕念生還　　涕を垂れて　生還を念う

—今日、（玉門関を出て）、流沙の向こう—西域の地へと赴く。涙を流して、ひたすら生きて帰ることを願うのだ。—

来済の詩は、後漢の班超の有名な故事を踏まえる。「筆を投じて戎（武事）に従う」決意をした班超は、西域で三〇年間活躍した後、中国への帰還を天子に願い出て、「臣は敢えて酒泉郡に到るを望まず、但だ願わくは生きて玉門関に入らんことを」（『後漢書』班超伝）と言った。西方から来て、生きて玉門関に入ることは、とりもなおさず中国に生還できたことを意味した。言い換えれば、玉門関より西は、もはや中国ではないのである。

岑参は「玉関にて長安の李主簿に寄す」詩の中で、実際に玉門関の西方に広がる荒涼とした景色を前にした、悲痛な心情を歌う。

玉関西望堪腸断　　玉関より西望すれば　腸断つに堪えたり
況復明朝是歳除　　況んや復た　明朝　是れ歳除なるをや

—玉門関から西方を眺めると、悲しみのあまり腸もちぎれんばかり。ましてや明日は、大晦日なのだから。—

唐詩中の玉門関は、来済や岑参の詩のように、瓜州付近に移された新玉門関を歌っている作もあるが、その場合でも、「国境防衛の拠点」「西域の門戸」「絶域・塞外」といった、前漢創設以来の古典的なイメージのもとに詠まれることが多い。そして宋代に廃絶されて以降もなお、玉門関はこうした古典的なイメージを伴って、「征夫」「思婦」の心情を主題とした辺塞詩や閨怨詩を中心に歌い継がれていく。例えば、明の王野は詩「征夫の怨み」の中で、後漢の班超の言葉を用いて、玉門関のかなたに出征した兵士たちの、生還の難しさを、「試みに問う　征夫三十万、幾人か生きて玉門関に入ると」と歌う。明の朱無瑕（金陵の妓女）も「秋閨の曲」の中で、玉門関を守る夫に冬着を届けようとする妻の思いを、こう歌う。

聞道玉門千万里　　聞くならく　玉門　千万里
秋来何処寄寒衣　　秋来　何れの処にか　寒衣を寄せん

—夫のいる玉門関は、千万里の彼方にあると聞きます。秋が訪れた今、いったいどこに冬着を送り届ければよいのでしょうか。—

（矢田）

【陽関】

陽関は、前漢の武帝劉徹の時代に、玉門関とともに西域への門戸として設置された関所（関城）の名。敦煌市の西南約七〇キロメートルの陽関鎮（旧・南湖郷）北工村の東に、漢の龍勒県城・唐の寿昌県城の遺址がある。陽関はさらにその西南約三、四キロメートルの俗称「古董灘」（漢・唐時代の骨董が出てくるゴビ灘の意）付近―陽関鎮南工村の西にあったとされる。陳良『絲路史話』二二章（甘粛人民出版社、一九八三年）によれば、古董灘から西へ沙梁（梁状の砂丘）を一四本越えた場所から、塞の城壁あとや建物の土台、玉門関に通じる長城の遺址などが発見されたという。ちなみに、現在、陽関遺址として紹介される砂丘上の烽火台あと（墩墩山烽燧遺址）は、陽関の遺跡そのものではなく、その近くに付設されたものにすぎない。

日比野丈夫「漢の西方発展と両関開設の時期について」（同『中国歴史地理研究』同朋舎出版、一九七七年）によれば、匈奴に対する第一線の地として玉門関がまず設置され（前一〇八、七年頃）、名将李広利による大宛征伐の後、敦煌郡の成立（前九三、二年頃）と前後して陽関が設置された。そして、敦煌が前漢の西域経営の基地として発展するにつれて、肥沃な南湖のオアシスをひかえ、交通や貿易の面で玉門関よりも有利な位置にあった陽関が、主として西域交通の起点とされた。ただし、後漢時代には、その存在は稀薄となり、末期には廃止されたという。

陽関の規模および名の由来について、敦煌発見の『沙州都督府図経』（P五〇三四。正しくは『沙州図経』）五「寿昌県・二古関」の条に、「東西廿歩（約三二メートル）、南北廿七歩（約四二メートル）、右は県の西十里に在り。今破壊せらるるも、基趾（土台）見存す。…玉門関の南に在るを以て、号して陽関と曰う」とある。

池田温「沙州図経略考」（『榎博士還暦記念東洋史論集』山川出版社、一九七五年）によれば、この図経（地図と地誌をあわせもつ地理書）は、初唐・高宗の「上元三年（六七六）以後の数年間に原型が成立し、武周の証聖元年（六九五）に大幅な補訂が加わり、開元初年に部分的挿入を経てのち、永泰二年（七六六）に沙州都督府図経と改称、九世紀に至るまで沙州地志の代表的存在」であり、巻五の残巻は八世紀前半の書写という。とすれば、陽関は後漢以降、唐初に至っても、なお「破壊せらるる」状態であったことになる。

国力が充実して、西域への支配力も高まった盛唐期、陽関もまた再興されたらしい。盛唐の岑参は天宝八載（七四九）、安西四鎮節度使高仙芝の幕僚として、安西（亀茲〔新疆ウイグル自治区阿克蘇地区庫車県〕）へと赴く道中での作、「歳暮磧外寄元撝」（歳暮　磧外（砂漠のかなた）より元撝に寄す）詩の中で、

髪到陽関白　　髪は　陽関に到りて白し
書今遠報君　　書して今　遠く君に報ぜん

―陽関に到着したとき、私の髪はすっかり白くなってしまった。今この情況を手紙にしたためて、遠くにいる君に伝えよう。―

と歌い、さらに安西滞在中に成る「宇文判官に寄す」詩の中でも、「二年　公事（公務）を領し、両度　陽関を過ぐ」と歌うなど、実際に陽関を通過した、自らの経験を詩に詠む。

しかし、唐の国力の低下とともに、陽関は再び荒廃し、中晩唐期、またも廃関となった。その様子を、晩唐・儲嗣宗は、「辺使に随いて五原（内モンゴル自治区）を過ぐ」詩の中で、「五原　西に去けば

陽関廃れ、日は平沙に漫ちて人を見ず」と歌い、唐末頃に成る作者未詳「敦煌二十詠」其六「陽関の戍の詠」にも、「遥かに瞻る　廃関の下、昼夜　復た誰か扃さん」という。当時の陽関は、すでに朝夕、門を開閉する人さえいない状況と化していた。そしておそらく宋代以降、風沙の浸蝕と水源の断絶などが重なって、陽関は完全に廃棄されて砂中に埋没し、その所在すら忘れ去られていく。

陽関が詩中に詠まれるようになるのは、北周・庾信の三例が最も早いようである。その一つ、南朝陳に帰る外交使節・周弘正を見送る際に作った「重ねて周尚書に別る」二首其一には、

陽関万里道　陽関　万里の道
不見一人帰　一人の帰るを見ず

とあり、北周の都長安に留められ南に帰れぬ自己の状況を暗示する。しかし、陽関が盛んに詠まれるようになるのは、唐代以降であり、とりわけ前掲の岑参詩の例からも窺えるように、西域との往来が比較的頻繁に行われた盛唐期に集中する。

なかでも王維こそは、陽関の詩跡化に最も貢献した詩人と言ってよい。王維は、西域に赴任する友人を見送る送別詩の中で、しばしば陽関に言及する。例えば、「平澹然判官を送る」詩では、「識らず陽関の路、新たに定遠侯（後漢の名将班超、ここでは北庭節度使）に従う」と歌い、「劉司直の安西（亀茲）に赴くを送る」詩では、「絶域　陽関の道、胡沙と塞塵と」と詠む。さらに、「送元二使安西」（元二の安西に使いするを送る）の七絶は、陽関の詩跡化を決定づけた作、と評してよい。

渭城朝雨浥軽塵　渭城の朝雨　軽塵を浥し
客舎青青柳色新　客舎　青青　柳色新たなり
勧君更尽一杯酒　君に勧む　更に尽くせ　一杯の酒
西出陽関無故人　西のかた陽関を出づれば　故人無からん

―渭城（長安西北の送別地、咸陽県城〔現・咸陽市〕）の街に降る朝の春雨は、軽やかに舞い上がる土ぼこりをしっとりぬらし、旅館の傍らに生える柳は、雨に洗われてみずみずしい緑をたたえる。君よ、さあもう一杯、酒を飲みほしたまえ。はるか遠く西の陽関を出たならば、親しく酒をくみかわす友もいないだろうから。―

王維のこの名詩は、陽関が廃止された中晩唐期、「渭城曲」「陽関曲」として、酒宴や離別の宴席などで、「陽関三畳」と呼ばれる唱法によって愛唱されるようになる。例えば、中唐・白居易は、「晩春　酒を携えて沈四著作を尋ねんと欲し、先ず六韻を以て之に寄す」詩の中で、「最も憶う　陽関の唱、真珠一串の（一つなぎの真珠のように円潤な）歌」と詠み、自ら「沈に謳者（歌姫）有り、善く『西出陽関無故人』の詞を唱う」と注する。以後、宴席でのこうした習慣は、北宋・蘇軾の「頓起を送る」詩にも、「佳人　亦た何をか念う、悽断す（深く悲しむ）陽関の曲。酒闌にして去るに忍びず、共に一寸の燭を接ぐ」とあるように、脈々と受け継がれていく。

北宋期、有名な画家・李公麟が「陽関図」を描いた。蘇轍の「李公麟の陽関図　二絶」のほか、黄庭堅や南宋・陸游にも「陽関図に題す」詩があって、以後、その絵をもとにした題画詩も作られるようになる。なお、蘇轍詩其一の「百年　摩詰（王維の字）陽関の語、三畳　嘉栄（唐の歌手・米嘉栄）意外の声」によれば、李公麟の陽関図もまた、王維詩をもとに描かれたものらしい。

陽関は、廃止されて砂中に埋没して以降も、王維の絶唱を通して、なお詩跡としての命脈を保つことになったのである。

【敦煌・莫高窟】

（矢田）

敦煌（甘粛省敦煌市）は、涼州（甘粛省武威市）を起点に西北方向に甘州（張掖市）・粛州（酒泉市）を結ぶ交通路、いわゆる河西走廊の西端に位置するオアシス都市。シルクロードの天山南路（西域北路）と西域南路との分岐点でもあり、東西交易の要衝であった。前漢の武帝劉徹が、将軍霍去病を派遣して匈奴を撃退したのを機に、この地に初めて敦煌郡を設置した。その後、南北朝時代には北朝の支配下に置かれ、隋が天下を統一すると、再びこの地に敦煌郡を置いた。唐代、沙州となり、一時期、燉煌（＝敦煌）郡となる。沙州の名は、その治所・燉煌県城の南郊にある鳴沙山に由来するとされる。鳴沙山は沙から成り、『元和郡県図志』四〇には、「人 之に登れば即ち鳴り、足に随いて（沙が）頽れ落つるも、宿を経て（一晩して）風吹けば、輒ち復た旧の如し」とある。

敦煌を詠んだ最も早い時期の作に、盛唐・岑参の「燉煌太守後庭歌」がある。詩は太守（郡の長官）の私邸に招かれての楽しい宴会を詠み、冒頭には、善政による平穏無事な敦煌の様子が描かれる。

燉煌太守才且賢　　燉煌の太守　才ありて且つ賢なり
郡中無事高枕眠　　郡中　事無く　（人々）枕を高くして眠る
太守到来山出泉　　太守到来して　山は泉を出だし
黄沙磧裏人種田　　黄沙の磧裏（沙漠の中）　人は田に種う

敦煌の平和は長くは続かず、唐の建中二年（七八一）、吐蕃に占領されて以降、異民族の支配下に置かれるか、さもなくば異民族との争奪の地となった。

明初の孫蕡「翰林典籍（官名）張敏行の　官に之きて西上するを送る」詩には、以下のように歌う。

燉煌城下沙如雪　　燉煌城下　沙は雪のごとく
燉煌城頭無六月　　燉煌城頭　六月無し
関西勁卒築防秋　　関西の勁卒　防秋に築き
捷書夜半飛龍楼　　捷書　夜半　龍楼に飛ぶ

―敦煌の城は、雪のような白い沙に囲まれ、六月（晩夏）の暑さなど感じられない。関西（函谷関以西）地区出身の勇敢な兵士たちは、異民族の侵略が激化する秋に備えて長城を築き、夜半、勝利を知らせる手紙が天子の住む高楼に早馬で届けられる。―

莫高窟は、敦煌市の東南二五キロメートル、鳴沙山東端の断崖に造られた石窟寺院の名。莫高は唐代の郷名であり、千仏洞ともいう。前秦の建元二年（三六六）、僧の楽僔が修行の場として一窟を開いたのが始まりとされ、元の初めまで開鑿されて、五百近くの石窟が現存する。その内部は、色彩豊かな仏教の壁画と塑像で彩られていた。

仏教の霊場・莫高窟の全盛期は唐代であり、その外部には多くの木造建築があった。石窟の一つ「蔵経洞」から発見された、晋から唐・宋に到る古写本約四万巻の中に、唐末に成る作者未詳の「燉煌二十詠」（五律の連作）がある。その中の「莫高窟の詠」にいう。

雪嶺干青漢　　雪嶺　青漢を干し
雲楼架碧空　　雲楼　碧空に架す
重開千仏刹　　重ねて開く　千仏刹
旁出四天宮　　旁らに出づ　四天宮

―雪を戴く峰（莫高窟対面の三危山）が青い空に突きささり、雲にとどく高楼が空中にかけ渡される。無数の石窟寺（千仏洞）が重なりあって穿たれ、そばには四つの荘厳な仏宮が聳えたつ。―

（矢田）

【蕭　関】

秦漢時代、都の置かれた渭河平原は、四方を関所に囲まれ、関中平原とも呼ばれる。蕭関は、東の函谷関・南の武関・西の散関とともに「関中四関」と称され、関中平原の北側を守った。漢代の蕭関は、都長安から西北に約三〇〇キロメートル、平均海抜二五〇〇メートルの険しい峰々が連なる六盤山脈付近にあり、西北の辺境防衛の重要な拠点であった。唐の『元和郡県図志』三、原州平高県（現・寧夏回族自治区固原市）の条に、「蕭関故城は、県の東南三十里に在り」とある。その場所は、固原市彭陽県古城鎮の古城遺跡、涇源県六盤山鎮の三関口（弾箏峡）等の諸説があり、その遺址は定かではない。

蕭関は、『史記』一一〇、匈奴列伝に、「漢の孝文皇帝の十四年（前一六六）、匈奴単于の十四万騎、朝那（県）の蕭関に入り、北地都尉の（孫）卬を殺し、人民・畜産を虜にすること甚だ多く、遂に彭陽（朝那県の東約一〇〇キロメートルの県）に至る。奇兵（奇襲兵）をして入りて回中宮を焼き、候騎（偵察の騎馬兵）をして雍（県）・甘泉（宮の名。長安の西北約一五〇キロメートル）に至らしむ」とあるように、漢代以来、匈奴をはじめとする塞外騎馬軍の侵入ルートになるとともに、北の霊武（寧夏回族自治区霊武市）や西北の涼州（甘粛省武威市）へと通じる交通幹線上に位置する要害の地であった。

唐代になると、漢代以来の蕭関は廃止され、約一〇〇キロメートル北の原州蕭関県（寧夏回族自治区中衛市海原県の北境付近）に、新しい「蕭関」が設けられた。ただこの新関は、霊州（霊武市）に赴く途上にはあるが、単なる辺境の一小関にすぎなかった。都長安から西域に赴く際には、依然として涇水ぞいに遡り、涇州（甘粛省平涼市涇川県）を通り、廃止された古関付近の隴山関を通った後、会州会寧県（甘粛省白銀市靖遠県）の西北で黄河を渡り、涼州へと入るルートが利用された。

ちなみに、長安から西域へ赴くには、渭水ぞいに遡り、鳳翔（陝西省宝鶏市鳳翔県）・隴州（宝鶏市隴県）を通って隴山を越え、秦州（甘粛省天水市）・渭州（定西市隴西県）・臨州（定西市臨洮県）を通り、蘭州（蘭州市）付近で黄河を渡って涼州に入るルートがあり、こちらの南道の方が、唐代前半にはより盛んに利用された。

蕭関を詠んだ最も早期の作に、南朝梁・何遜の「見征人分別」（征人の分別するを見る）詩があり、出征者とそれを見送る人々との別れの場面を、次のように歌う。

征人抜剣起　征人　剣を抜いて起ち
児女牽衣泣　児女　衣を牽いて泣く
候騎出蕭関　候騎　蕭関を出で
追兵赴馬邑　追兵　馬邑に赴く

—出征する男は勇みたって剣を抜いて立ち上がり、子供たちは衣を引いて泣きながら止める。偵察の騎馬兵はすでに蕭関を出ており、追撃の兵は馬邑（山西省朔州市）に赴くのだ。—

なお、蕭関を詠んだ古い詩は、このほかに隋・李徳林の「駕に従いて京に還る」詩に、「姑射（山西省臨汾市の西にある山）神遊（天子の行幸）罷み、蕭関　猟騎（偵察の騎兵）旋る」と見える例が確認される程度であり、蕭関は主に唐代以降、詩に詠まれた。

匈奴をはじめとした異民族との攻防の地という、漢代以来の蕭関古関のイメージは、唐詩においても継承された。例えば盛唐・杜甫は、「喜聞盗賊総退口号五首」（盗賊総べて退くを聞くを喜ぶ口号五首）其一の中で、大暦二年（七六八）、朔方節度使路嗣恭が霊州城下で吐蕃を破って退散させた喜びを、こう歌う。

蕭関隴水入官軍　蕭関　隴水　官軍入り
青海黄河巻塞雲　青海　黄河　塞雲巻く

—蕭関や隴水に官軍が入って敵軍を破り、敵の拠点である青海や黄河の水源付近を覆う辺境の暗雲もきれいに取り除かれた。—

他方、晩唐・司空図の七絶「河湟有感」（河湟に感有り）は、吐蕃が安史の乱に乗じて西北の地に侵入して以降、河湟（青海近くを流れる黄河と湟水一帯の地）が、長くその占領下に置かれて生じた、悲しむべき状況を歌う。

一自蕭関起戦塵　一たび蕭関に　戦塵起こりしより
河湟隔断異郷春　河湟は隔断す　異郷の春
漢児尽作胡児語　漢児は　尽く胡児の語を作し
却向城頭罵漢人　却って城頭に向かって漢人を罵る

—蕭関の地にひとたび戦乱が起こって以来、河湟の地は唐朝と隔絶して異郷になった。当地に住む中国人は、みな胡人の言葉（吐蕃語）を話し、こともあろうに唐朝の城郭に向かって中国人（の兵士）を罵るのだ。—

蕭関はまた、唐詩中では、交通の要衝として送別や羈旅を主題とした詩に詠まれることが多い。盛唐・陶翰の「蕭関を出でて古えを懐う」詩に、「馬を駆りて長剣を撃ち、役に行きて蕭関に至る。悠悠たり　五原の上、永く眺む　関河の前」とあるのは、唐代設置の新関を詠んだものであろうが、その新関よりも、西域に通じる交通幹線上に位置する漢代の古関をイメージの中核にすえて詠んだ例が多いようである。例えば、盛唐・王維の七絶「送韋評事」（韋評事を送る）詩には、西北の辺地に赴く韋評事を、前漢の衛青将軍のもとに派遣される漢の使者になぞらえて歌う。

欲逐将軍取右賢　将軍に逐いて右賢を取らんと欲す
沙場走馬向居延　沙場　馬を走らせて　居延に向かう
遥知漢使蕭関外　遥かに知る　漢使　蕭関の外
愁見孤城落日辺　愁えて見ん　孤城　落日の辺

—君は将軍に付き従って、匈奴の右賢王の首を取ろうと、広大な砂漠の中に馬を走らせて、居延（【居延（城）】の項参照）に向かわれる。漢の使者たる君が、蕭関のかなたで、夕日の沈みゆくあたり、ぽつんと孤立した城塞を悲しい思いで眺める様子が、遠く離れていても、私にはよく分かるのだ。—

盛唐・岑参は、河西・隴右の地（甘粛・青海省）に赴く顔真卿を見送る「胡笳歌、送顔真卿使赴河隴」（胡笳〔胡人の吹く蘆笛〕の歌、顔真卿の使いして河隴に赴くを送る）詩の中で歌う。

涼秋八月蕭関道　涼秋八月　蕭関の道
北風吹断天山草　北風　吹き断つ　天山の草

—涼気みなぎる仲秋八月、あなたは蕭関を通って塞外へと赴かれる。冷たい北風が、天山（祁連山）の草をも断ち切るほど、激しく吹きすさんでいることでしょう。—

また、「隴上（隴山の上）　明星没し、沙中　夜探（夜回りの兵士）還る」と歌う晩唐・王貞白の「暁に蕭関を発す」詩、

隴狐来試客　隴狐（隴山の狐）来りて客を試み
沙鶻下欺人　沙鶻（沙漠のハヤブサ）下りて人を欺る

と歌う晩唐・張蠙の「蕭関を過ぐ」詩なども、明らかに隴山のやや北に位置する漢代以来の古い蕭関を念頭に置いていよう。

（矢田）

【賀蘭山・黒宝塔（海宝塔）】

賀蘭山は、寧夏回族自治区の首府・銀川市の西北部にある山並みの名。二千メートル級の峰々が東北から西南方向に二百キロメートルあまりに亘って連なり、現在、内蒙古と寧夏との境界となる。明の胡汝礪『寧夏新志』一「山川」には、「峰巒は蒼翠、崖壁は険削にして、延ぶること五百余里に亘る」とある。まさに西北の遊牧民族との国境に連なる自然の障壁であった。また、山名の由来について、唐・李吉甫『元和郡県図志』四に、「山に樹木の青白なる有り、望めば駮馬（斑毛の馬）の如し。北人　駮を呼びて賀蘭と為す」という。

賀蘭山は、異民族の侵入を阻むかのように連なっており、主に辺塞・従軍を主題とした詩中に、激しい攻防を象徴する場として、観念的に詠まれることが多い。例えば、盛唐・王維は「老将の行」の中で、「賀蘭山下　陣は雲の如く、羽檄（徴兵の緊急文書）　交ごも馳せ　日夕（日夜）に聞く」と歌い、中唐・顧非熊は「出塞即事」二首其二の中で、「賀蘭山は便ち是れ戎疆（異民族との境）なり、此より蕭関（関所の名）に去くに　路は幾ど荒る」と歌う。また、唐末の盧汝弼は、七絶「和李秀才辺庭四時怨」（李秀才の「辺庭［辺地］四時の怨み」に和す）四首其四（冬）の中でこう歌う。

朔風吹雪透刀瘢　　朔風　雪を吹いて　刀瘢に透る
飲馬長城窟更寒　　馬に飲えば　長城　窟は更に寒し
半夜火来知有敵　　半夜　火来りて　敵有るを知る
一時斉保賀蘭山　　一時に　斉しく保つ　賀蘭山

—北風が雪を吹きつけ、刀の傷痕に冷たくしみとおって（痛む）。長城の（泉の湧く）岩穴で、馬に水を飲ませようとすれば、寒さがいっそう厳しい。夜半に烽火が伝わってきて、敵の来襲を知る。兵士たちは、たちまち一斉に、賀蘭山の防備にあたる。—

明代、李夢陽の「出塞」二首其二に、「賀蘭山下に戦い、昨日　幾人か帰らん」とあり、唐代と同様に詠まれる一方で、実際に賀蘭山に足を運び、山そのものを主題とした詩も作られた。寧夏に使いした金幼孜は、「出郊観猟至賀蘭山」（郊に出で猟を観んとして賀蘭山に至る）詩の中で、長大な山並みと高く聳えたつ峰を、

賀蘭之山五百里　　賀蘭の山は　五百里
極目長空高挿天　　目を長空に極むれば　高く天を挿す

と詠み、徐鍵「賀蘭山を望む」詩には、「華夷の天限（漢民族と異民族を隔てる天然の境界）に　斯の峰有り、万仞　巍巍（高大）として　碧空を障る（さえぎり覆う）」と歌う。

黒宝塔は、銀川市の北郊にある古い仏塔の名。五胡十六国の一つ、大夏を建国した赫連勃勃が（五世紀初めに）建てたともされ（清・許容『甘粛通志』一二「寧夏府」）、赫宝塔・海宝塔ともいう。現在、海宝塔寺内にある九層の楼閣式塔身は、清代の再建である。

明の寧夏巡撫・孟霦は、五律「遊黒宝塔」（黒宝塔に遊ぶ）二首其二の中央二聯で、登塔とそこから俯瞰した長閑な春景色を歌う。

携酒思登塔　　酒を携えて　登塔を思い
開軒看奕棋　　軒を開いて　奕棋を看る
院空芳樹覆　　院は空しくして　芳樹覆い
野静白雲遅　　野は静かにして　白雲遅し

—酒壺を携えて塔に登ろうと思い立ち、（塔上では）窓を開けて、囲碁を打つのをじっと見る。人気のない中庭は、花咲く樹々に包まれ、静かな野原の上を、白雲がゆっくりと流れる。—

（矢田）

【青海・河源】

青海は、青海省西寧市の西方にある中国最大の湖（塩湖、青い湖水の意）。青海湖ともいい、西洋ではココノール（湖）の名で知られる。古来、この湖辺には、羌族などチベット系民族が住んでいたが、四世紀後半、鮮卑系の吐谷渾によって支配された。唐・高宗の龍朔三年（六六三）、この吐谷渾がチベット系の吐蕃に滅ぼされて以降、青海付近は吐蕃と唐との間で国境をめぐる攻防の地となった。

詩においても、青海は吐蕃をはじめ異民族との戦いを象徴する場として詠まれる。例えば、盛唐の杜甫は「兵車行」（兵車の行）詩の中で、この地で戦死した兵士たちの惨状を、

君不見青海頭　君　見ずや　青海の頭
古来白骨無人収　古来　白骨　人の収むる無し

―君よ見たまえ、青海のほとりを。古来、戦死者たちの白骨が拾われることもなく、野ざらしになっているのを。―

と歌い、盛唐・柳中庸も「涼州曲」二首其一の中で、国境を守る兵士の望郷の念を歌って、「関山（関所のある山々）万里　遠征の人、一たび関山を望めば　涙　巾に満つ。青海の戍頭（城塞のほとり）空しく月有り、黄沙の磧裏（沙漠の中）　本と春無し」と言う。城塞を照らす月が故郷への思いをいっそう募らせるのである。

なお青海は、「龍種」と呼ばれる良馬の産地としても知られ、北宋・司馬光の「天馬の歌」にも、「大宛の汗血（大宛国が前漢の武帝に献上した名馬）　古えより共に知るも、青海の龍種　骨は更に奇なり」とある。また、戦争さえなければ、元・馬祖常の「河湟（青海省を流れる黄河とその支流・湟河一帯の地）にて事を書す」二首其一に、「青海　波無く　春雁下り、草は磧裏に生じ　牛羊を見る」とあるように、本来そこは、家畜が草を食む長閑な地であった。

河源は、黄河の水源の意。現在では、青海省にある巴顔喀拉山脈の雅拉達沢峰の麓が、河源だとされる。ただし、中国の伝統的な観念では、初唐の崔融が「古えに擬う」詩の中で、

河水日東流　河水は　日び東に流る
河源乃西極　河源は　乃ち西極なり

と歌い、また中唐・孟郊が「黄河に泛ぶ」詩の中で、「誰か崑崙の源を開き、混沌たる河を流れ出だせる」と歌うように、西方の最果ての地に聳える崑崙山こそが黄河の水源とされ、さらにその先は天河に連なるとされていた。北宋・宋祁は、「石学士の　舎に直して晨に興くるに和す」詩の中で、「星杓（北斗七星の柄にある三つ星）は城角に圧い、天漢（天河）は河源に落つ」と歌い、元・袁桷もまた、「黄河」詩の中で、筏に乗って河源を窮めようとした者（一説に前漢の張騫）がそのまま天河に至り、牽牛・織女と出会ったという伝承を踏まえ、「槎に乗る使者　河源を問い、織女　相い逢いて事　惘然（茫然自失）たり」と歌う。

一方、青海省東部の山岳地帯を流れる黄河は、屈折がはなはだしいことから、その一帯の地を「河西九曲」と呼ぶ。また隋の時、その地に河源郡が置かれたことから、河源については、かなり知識があったようである。初唐・徐堅の「金城公主の　西蕃（吐蕃）に適くを送るに和し奉る　応制」詩に、「簫声　去ること日び遠く、万里河源を望む」とある「河源」とは、その辺りの地を念頭に置いていよう。中宗の景龍四年（七一〇）、唐は金城公主を吐蕃に降嫁する際に、あわせて河西九曲の地を割譲しているのである。

（矢田）

【天山】

新疆ウイグル自治区の中央部を東西に貫き、キルギス共和国にかけて連なる大山脈の名。標高七四三九メートルのポベーダ峰を頂点に、四千メートル級の高峻な峰々が約二五〇〇キロメートルにもわたって連なり、頂には万年雪を冠し、氷河が発達しているところもある。その東部は、北のアルタイ山脈との間にジュンガル盆地を、南の崑崙山脈との間にタリム盆地を形成し、また南北の麓には、豊富な雪解け水の恵みを受けた、多くのオアシス都市が栄えた。さらに哈密（伊州）を起点とし、北麓のオアシス都市、すなわち吉木薩爾（庭州）・烏魯木斉（輪台）・砕葉などを結ぶルートを天山北路と呼び、南麓のオアシス都市、すなわち吐魯番（西州）・庫車（亀茲）・喀什（疏勒）などを結ぶルートを天山南路（西域北路）と呼ぶ。一般にシルク・ロードと称されるのは、これら二つのルートと、崑崙山脈北麓のオアシス都市、すなわち且末・和田（于闐）・喀什（疏勒）などを結ぶ西域南路と呼ばれるルートを加えた三ルートを指す。東西の交易および文化交流は、これらシルク・ロードを通して行われた。したがって詩跡もまた、これらの沿道に多く存在する。例えば、天山北路沿いには「北庭故城」「（唐）輪台故城」「熱海」、天山南路沿いには「火焔山」「交河故城」「高昌故城」「鉄門関」「亀茲故城」などの詩跡がある（各項目参照）。

「天山」の語は、古く前漢・司馬遷の『史記』一〇九、李将軍列伝に見え、「天漢二年の秋、貳師将軍李広利、三万騎を将いて匈奴の右賢王を祁連天山に撃つ」とある。この「祁連天山」に対して、唐の張守節『史記正義』は、唐初の『括地志』を引いて、「祁連山は甘州張掖県（甘粛省張掖市）の西南二百里に在り。天山は一に白山と名づく。……伊吾県（新疆ウイグル自治区哈密市）の北百二十里に在り」と注し、祁連山と天山とを別の山とする。

この天漢二年、貳師将軍李広利が匈奴の右賢王を撃った記述は、『漢書』六、武帝紀にも見える。しかし、そこには「祁連」の語はなく、「貳師将軍……酒泉を出で、右賢王と天山に戦う」とあり、戦場を「天山」とのみ記す。そして、この「天山」の語に対して、唐の顔師古は、「即ち祁連山なり。匈奴は天を謂いて祁連と為す。……今の鮮卑の語も尚お然り」と注する。つまり、顔師古は、ここの「天山」は祁連山のことであるとし、その根拠として、祁連とは匈奴の言葉で天を意味すると指摘する。このように「天山」を祁連山の異名とする捉え方は、唐・司馬貞の『史記索隠』にも見え、『史記』一一〇、匈奴列伝に見える「祁連山」の語に対して、「祁連は一に天山と名づく」と注する。また、南宋の程大昌『北辺備対』にも、「天山は即ち祁連山なり。又た時漫羅山と名づけ、又た祁漫羅山と名づく。蓋し虜語に謂いて祁連・時漫羅・祁漫羅と為すは、皆な天なり」とある。

甘粛省と青海省の境界をなす「祁連山」と、新疆ウイグル自治区の哈密市付近から西へ連なる「天山」は、今日の地理学的な観点からすれば、別々の山脈と見るべきであろう。しかし、いずれも四千メートル級の高峻な峰々が連なる万年雪を冠した山脈、いわば「天高く聳える山」という点では共通する。おそらく匈奴をはじめ塞外の異民族にとって、これらの山脈を特に区別する必要はなかったのではないか。そして、彼らは「天高く聳える山」であれば、どの山脈に対しても、「天の山」を意味する彼らの言葉で呼んだのであろう。

一方、中国の人々にとってみれば、「祁連山」であれ、新疆の「天山」であれ、前漢時代ごろから漢軍と匈奴との間で激戦が繰り広げられた辺境・西域に聳え立つ高峻な雪の山、という点で共通のイメージをもつ。その意味では、これら二つの山脈は、同一の山脈、あるいはひと連なりの山脈と見なされやすい要素を、おのずと備えていたと言えよう。いずれにしろ、実際に西域を訪れる機会のない多くの人々にとって、「祁連山」と新疆の「天山」との区別は、それほど明確なものではなかったのであろう。

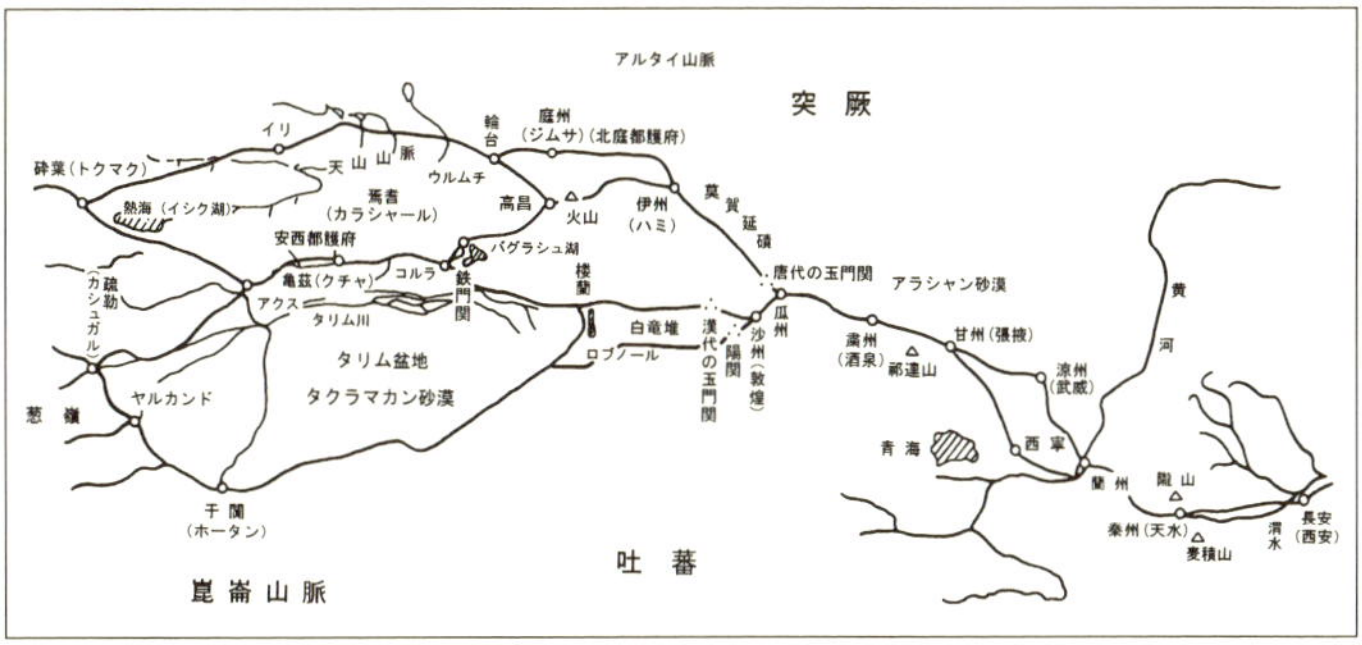

シルクロード図

　では、古典詩中に見える「天山」の語はどうか。「祁連山」と新疆の「天山」のいずれと、ある程度特定できる例も見られるが、両者を特に区別することなく、「塞外(さいがい)・西域(せいいき)にある、高峻な白雪を冠する、ひと連なりの山なみ」、あるいは「匈奴などの異民族との激戦の場」といった意味合いで観念的に用いたと判断される例が多い。とりわけ異民族との戦いを主題とした楽府(がふ)詩などに見える「天山」は、その傾向が顕著である。例えば、唐・李白(りはく)の楽府詩「戦城南」（城南に戦う）に、「桑乾(そうかん)」（山西省の北部に源を発し、河北省の北部を流れる河）「葱河(そうが)」（パミール高原から新疆ウイグル自治区を流れる葱嶺(そうれい)河(が)）「条支(じょうし)」（西域の国名）とともに用いられた「天山」は、その典型的な例と言えよう。詩の前半にいう。

去年戦桑乾源　　去年(きょねん)は　桑乾(そうかん)の源(みなもと)に戦(たたか)い
今年戦葱河道　　今年(こんねん)は　葱河(そうが)の道(みち)に戦(たたか)う
洗兵条支海上波　　兵(へい)を洗(あら)う　条支(じょうし)　海上(かいじょう)の波(なみ)
放馬天山雪中草　　馬(うま)を放(はな)つ　天山(てんざん)　雪中(せっちゅう)の草(くさ)
万里長征戦　　万里(ばんり)　長(とお)く征戦(せいせん)し
三軍尽衰老　　三軍(さんぐん)　尽(ことごと)く衰老(すいろう)す
匈奴以殺戮為耕作　　匈奴(きょうど)は　殺戮(さつりく)を以(もっ)て耕作(こうさく)と為(な)す
古来唯見白骨黄沙田　　古来(こらい)　唯(た)だ見る　白骨(はっこつ)　黄沙(こうさ)の田(でん)
秦家築城備胡処　　秦家(しんか)　城(しろ)を築(きず)きて　胡(こ)に備(そな)えし処(ところ)
漢家還有烽火燃　　漢家(かんか)　還(ま)た烽火(ほうか)の燃(も)ゆる有(あ)り

――去年は（東の）桑乾(そうかん)河(が)の源で戦い、今年は（西の）葱嶺(そうれい)河(が)の道のべで戦う。血の付いた武器を条支国の水辺の波で洗い、戦いに疲れた馬を天山の雪深い草原に解き放つ。万里のかなたに遠征して、いつまでも戦い続け、大軍の将士はみな老い衰えた。匈奴は人を殺すことを田畑を耕す日々の仕事と思っている。古来、目に見えるものは、白骨が黄砂の地にころがる悲惨な光景ばかり。秦の始皇帝が長城を築いて胡虜(えびす)の侵入に備えたところ、そこには漢の時代になっても、危急を知らせる烽火(のろし)がなおも燃え続ける。――

　このほかに、初唐・楊師道(ようしどう)「隴頭水(ろうとうすい)」（隴頭の水）の「天山　羽檄(うげき)

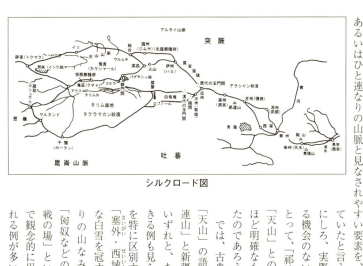

（危急を告げる檄文）を伝え、漢地　急に兵を徴す」、賀朝「従軍行」の「辺樹蕭蕭として　春を覚えず、天山漠漠として　長に雪を飛ばす」、あるいは王維「燕支行」の「畳鼓（打ち鳴らされる陣太鼓の音）遥かに翻す　瀚海（砂漠、一説に北海）の波、鳴笳（蘆笛の音）　乱りに動かす　天山の月」なども、同様の例である。

　中唐・李益の詩「従軍北征」（軍に従いて北征す）にも、「天山」の語が見える。

　天山雪後海風寒　　天山　雪後　海風寒し
　横笛偏吹行路難　　横笛　偏えに吹く　行路難
　磧裏征人三十万　　磧裏の征人　三十万
　一時回首月中看　　一時に首を回らして　月中に看る

―天山に雪が降ると、砂漠から吹き渡る風は、一段と冷たさを増す。横笛がしきりに吹き鳴らすのは、こともあろうに旅路の苦難や離別の悲しみを歌う「行路難」の曲。砂漠の戦場に遠征してきた三十万の兵士たちは、その哀切な音色に誘われて、思わず一斉にふり返り、月明かりのもと故郷の方を眺めやる。―

　李益は、代宗の大暦九年（七七四）、唐軍に従って原州（寧夏回族自治区固原市）以北の辺境の地に赴いた経歴をもつ。それゆえ、本詩を当時の体験に基づく作と捉え、その遠征先から判断して、起句の「天山」を「祁連山」、さらに「海」を「青海湖」に特定する説も見られる。確かに彼の経歴を考慮すれば、より直接的には「祁連山」を指す可能性もあろう。ただその一方で、「異民族との激戦が繰り広げられた塞外の高峻な雪の山」という古典的イメージを踏まえて、「天山」の語を用いた可能性も否定できない。いずれにしろ、李益の「従軍北征」詩は、辺塞詩としての普遍性を十分に備えた作であり、「天山」が辺塞詩に不可欠な詩語に定着したことを物語る例として位置づけることができよう。

　玄宗の天宝一三載（七五四）、安西北庭節度判官として北庭（昌吉回族自治州吉木薩爾県）に赴任した岑参の詩には、天山山脈の実景を描いたものが多い。例えば、「天山雪歌、送蕭治帰京」（天山の雪の歌、蕭治の京に帰るを送る）詩に、

　天山雪雲常不開　　天山の雪雲　常に開かず
　千峰万嶺雪崔嵬　　千峰　万嶺　雪は崔嵬たり
　北風夜巻赤亭口　　北風　夜に巻く　赤亭の口
　一夜天山雪更厚　　一夜　天山　雪は更に厚し

―天山はいつも雪雲に覆われ、数知れぬ峰々には雪が堆く積もる。北風が夜、土ぼこりを巻き上げて赤亭道（天山越えの道の名）の入口あたりに吹きすさぶと、天山に降り積もる雪は、一晩でさらに厚みを増す。―

とあり、「北庭にて宗学士に貽りて別れを道う」詩に、

　四月猶自寒　　四月（初夏）　猶自寒く
　天山雪濛濛　　天山　雪は濛濛たり（降りしきる）

などとあるのは、その代表的な例と言えよう。

　なお、そのほか天山山脈の実景を歌った詩としては、清代、新疆に左遷された経験を持つ洪亮吉の「天山の歌」や、同じく鄧廷楨の「天山にて壁に題す（石壁に書きつける）」などが挙げられる。山越えする苦難を詠む後者の首聯には、雪を戴く眼前の険峻な山容が、

　畳嶂摩空玉色寒　　畳嶂　空（天空）に摩して　玉色寒く
　人随飛鳥入雲端　　人は飛鳥に随って　雲端に入る

と歌われている。

（矢田）

【火焰山（火山）】

天山山脈東部の南麓、吐魯番盆地の東北部に、約一〇〇キロメートルにわたって屏風のように連なる、平均標高五〇〇メートルほどの赤い砂岩の山脈。古くは「火石山」「火山」と呼び、明代以降、「火焰山」と呼ばれた。高昌国の都城跡で、唐代、西州（交河郡）が置かれた高昌故城（吐魯番市の東南約四〇キロメートル）は、その南麓にある。

火焰山のある吐魯番盆地は、全体の標高が海面下という、中国で最も地勢が低い土地で、「アジアの井戸」とも呼ばれる。ちなみに、吐魯番市の南約四〇キロメートルの艾丁湖は、湖面が海面下一五四メートルとされる。すり鉢状をした地形のために熱気が発散しにくく、とりわけ夏の暑さは過酷を極め、気温が時に五〇度近く、地表の温度に至っては八〇度に達することもある。また、年間の降水量が二〇ミリにも満たず、一年中乾燥しており、炎熱を帯びた強風が絶えず吹きつけた。こうした厳しい環境下にあるため、火焰山には草木が全く生えず、赤い砂岩を露わにしたその山肌は、長年の風化と浸蝕作用によって、幾筋にもひだ状に深く彫り刻まれている。そこに太陽の強烈な光が当たると、立ち昇る陽炎に揺らめきながら赤く反射し、山全体がまるで燃え立つ炎のように見えるため、「火石山」「火山」「火焰山」などと称されたのである。

唐の岑参は、天宝八載（七四九）、安西四鎮節度使・高仙芝の幕僚として安西（亀茲）に赴く途中、吐魯番盆地に差しかかったとき、初めてその山容を目にした。詩「経火山」（火山を経）は、その時の作である。冒頭の四句には、その異様な山の姿を、

火山今始見　　火山　今　始めて見る
突兀蒲昌東　　突兀たり　蒲昌の東
赤焔焼虜雲　　赤焔　虜雲を焼き
炎氛蒸塞空　　炎氛　塞空を蒸す

—今はじめて火山をこの目で見た。（交河郡）蒲昌県の東にそそり立つ。赤々と燃える炎が異境の雲を焼き、立ち昇る熱気が辺境の空を蒸す。—

と歌い、後半の四句には、「我れ来る　厳冬の時、山下　炎風多し。人馬　尽く汗流る、孰か知らん　造化の功（この驚異の自然を作り出した造物主の働き）を」と詠んで、火山（火焰山）を詩跡化した。

岑参は、「火山」の姿に強烈な印象を覚え、その後もしばしば詩中で「火山」に言及する。例えば、安西から武威（涼州）に帰ってまもないころ、「武威にて劉判官の磧西行軍に赴くを送る」詩中で、

火山五月人行少　　火山　五月　人の行くこと少に
看君馬去疾如鳥　　看る　君が馬去りて　疾きこと鳥の如きを

と歌う。さらに「火山の雲の歌、送別」詩には、

火雲満山凝未開　　火雲　山に満ち　凝りて未だ開かず
飛鳥千里不敢来　　飛鳥　千里　敢えて来らず

—燃えるような雲が山を覆い尽くし、凝り固まって晴れず、千里四方、飛ぶ鳥も近づこうとはしない。—

と詠んで、「火山」は西域の忘れがたい詩跡の一つとなった。

明初、西域に使いした陳誠は、七絶「火焰山」の後半に、

春光未半渾如夏　　春光　未だ半ばならざるに　渾て夏の如し
誰道西方有祝融　　誰か道わん　西方に祝融有らんとは

と歌う。祝融は南方の火の神。火焰山（火山）こそ、吐魯番盆地特有の、乾燥した灼熱の大地の象徴だったのである。

（矢田）

【交河故城・高昌故城・亀茲故城】

交河故城は、吐魯番市の西約一〇キロメートルにある都市遺跡。並行して流れる二つの川が交叉する断崖の地を利用して築かれたための命名である。別名を崖児城という。漢代の車師前国の王都、十六国・北朝期の高昌国の郡城、唐代の交河県城となった。（遺跡は唐代以降のものとされ、城門が残存する）。盛唐・李頎の「古従軍行」詩に、

白日登山望烽火　白日　山に登りて　烽火を望み
黄昏飲馬傍交河　黄昏　馬に飲わんとし　交河に傍う

とあり、晩唐・胡曾の「交河塞下曲」にも、「交河　氷薄くして　日は遅遅たり、漢将　家を思いて　別離を感ず」などとあって、辺境を詠む楽府詩に散見する。なお明代には、すでに廃墟と化したようで、その荒廃を目睹した陳誠の「崖児城」詩に、「断壁　懸崖　険要多し、荒台　廃址　幾ばくの春秋ぞ」と歌われている。

高昌故城は、吐魯番市の東南約四〇キロメートル、高昌国の王都があったところで、城壁や城門などが残存する。貞観一四年（六四〇）、高昌国を滅ぼした唐の太宗は、この地に西州を置いた。天宝元年（七四二）、交河郡となり、乾元元年（七五八）、再び西州となった。

盛唐・岑参の詩「交河郡に使いす、郡は火山の脚に在り、其の地は苦だ熱く雨雪無し、封大夫に献ず」に、「暮れに交河城に投ずれば、火山　赤く崔嵬（そそり立つさま）たり」という。岑参は天宝一三載（七五四）から約三年間、安西北庭節度判官として節度使・封常清の幕下にあり、輪台（烏魯木斉市付近）に滞在していた。詩は、交河郡に使いを命じられた岑参が封常清に献上した作品である。当時、西州は交河郡と改名されていたこと、および詩題の「郡は火山の脚に在り」の「火山」との位置関係から、詩中の「交河城」は、交河県城ではなく、交河郡城（高昌故城）を意味する。詩中で、岑参は吐魯番盆地の異常な暑さを、次のように歌う。

九月尚流汗　九月（晩秋）　尚お汗を流し
炎風吹沙埃　炎風　沙埃（砂塵）を吹く

また岑参は、詩「武威にて劉単判官の　安西の行営に赴くを送り、…」の中で回想して、当地の凄絶な風景を端的に表現する。

曾到交河城　曾て交河城に到るに
風土断人腸　風土　人の腸を断つ

亀茲故城は、前漢以来、亀茲国の都城が置かれた。亀茲は天山南路の中間に位置する、東西交易の要衝であったため、後漢時代には西域都護府が、唐代には安西都護府（後に安西節度使と改称）が置かれ、西域統治の拠点となった。阿克蘇地区庫車県城付近にある皮朗旧城が、安西都護府の置かれた場所であり、同時に亀茲国の都城跡ともされる。漢訳仏典で名高い鳩摩羅什の出身地であり、仏教が盛んで、日本の雅楽にも影響を与えた「亀茲楽」の発祥地でもある。岑参は、天宝八載（七四九）から約二年間、安西四鎮節度使・高仙芝の幕僚として安西（亀茲）に滞在した。「安西の館中にて長安を思う」詩には、初めて訪れた西域の安西を、

絶域地欲尽　絶域　地は尽きんと欲し
孤城天遂窮　孤城　天は遂に窮まらん

―この最果ての地では、足もとの大地も尽きようとし、この孤立する城塞では、頭上の天空もこのまま窮まりはてようとする。―と詠む。また「宇文判官に寄す」詩には、安西の荒涼とした冬景色を、「終日　風と雪と、連天（連日）　沙復た山」と歌っている。

【北庭故城・輪台】

（矢田）

北庭故城は、唐代の庭州金満県城の遺跡。昌吉回族自治州吉木薩爾県城の北約一二キロメートル、天山東部の博格達峰の東北麓に、崩れかけた城壁が今もなお残存する。外城と内城とに分かれ、外城は周囲約四・六キロメートル、内城は約三キロメートルの不整形な長方形をしており、城内には官署と街市の遺構がかすかに確認される。天山北路の中間に位置し、交通・軍事の要衝でもあったため、長安二年（七〇二）、則天武后はこの地に天山山脈以北の西域を統治する「北庭都護府」を置き、二万人の兵士と五千匹の馬を配して異民族の侵攻に備えた。なお北庭都護府は、玄宗の開元二一年（七三三）、北庭節度使に改名された。

　玄宗の天宝一三載（七五四）、四〇歳のころ、安西北庭節度判官に任じられた岑参は、節度使・封常清の幕下に入るために北庭（庭州）に赴いた。岑参にとっては、三五歳ごろに安西節度使・高仙芝の幕下に入るために安西（亀茲）に赴いて以来、二度目の西域赴任であったが、その目に映った北庭は、広漠とした砂漠の中に孤立した最果ての地であり、空を飛ぶ鳥の姿も見えない寂しいところであった。その「北庭作」（北庭にて作る）詩に、

　孤城天北畔　　孤城は　天の北畔
　絶域海西頭　　絶域は　海の西頭

—この孤立した城塞は、広大な天空の北辺にあり、この最果ての地は、広漠とした砂漠の西側にある。—
と歌い、「北庭の北楼に登りて、幕中の諸公に呈す」詩にもいう。

　大荒無鳥飛　　大荒（最果ての辺境）　鳥の飛ぶこと無く
　但見白龍堆　　但だ白龍堆（砂漠）を見るのみ
　旧国眇天末　　旧国（故郷）　天末（空のはて）に眇く
　帰心日悠哉　　帰心　日に悠なるかな

　輪台は、長安二年（七〇二）、北庭都護府が置かれたとき、その管轄下に設けられた県の名。烏魯木斉市の東北、昌吉回族自治州米泉市付近とされる。あるいは烏魯木斉市の南にある烏拉泊古城を、その遺跡と見なす説もある。ちなみに、巴音郭楞蒙古自治州輪台県の東南約二〇キロメートル、天山中部の霍拉山の南麓にある輪台故城は、漢代の輪台県の遺跡であり、別のものである。

　天宝一三載（七五四）、安西北庭節度判官となった岑参は、至徳二載（七五七）、鳳翔の行在所にいる粛宗のもとへ赴くまでの約三年間、北庭とそこから西へ百数十キロメートルの地にある輪台との間をしばしば往復して過ごした。輪台では、目にし耳にするもの、景物・気候、風俗・習慣のすべてが、中原とは異なっていた。岑参は「輪台即事」詩の中で、「三月　青草無く、千家　尽く白楡（白い楡の木）あり」と歌い、さらに続けて次のように歌う。

　蕃書文字別　　蕃書　文字別なり
　胡俗語音殊　　胡俗　語音殊なる

—この土地の人が書く文書は、文字が漢字とは別のものであり、話す言葉も中原のそれとは異なっていた。—
また「独孤漸と別れを道う長句、…」には、荒涼たる輪台の風景を、

　窮荒絶漠鳥不飛　　窮荒　絶漠　鳥も飛ばず
　万磧千山夢猶懶　　万磧　千山　夢も猶お懶し

—この最果ての遥かな砂漠の地では、鳥も飛ばず、数知れぬゴビタンと山々が続いて、夢さえも帰郷するのをおっくうがるのだ。—
と詠んで慨嘆する。

（矢田）

【白龍堆・莫賀延磧】

白龍堆は、新疆ウイグル自治区の南東部（巴音郭楞蒙古自治州若羌県）、蒲昌海（塩沢・ロプノール）と敦煌（甘粛省の西端）との間にある砂漠の名。庫姆塔格沙漠の中にあって、白龍堆沙・龍堆ともいう。強風に侵蝕された粘土層の小丘が起伏して、白い塩に覆われて立ち並び、白い龍のように見えることから、その名がある。そこは、命あるものを拒む荒涼とした死の世界であり、シルク・ロードが通る交通の難所であった。ただ詩中では、必ずしもここを指さず、広く西域の沙漠の代名詞として用いられることが多い。

初唐・崔湜は、「大漠（大沙漠）の行」の中で、「近くに見る行人の　白龍を畏るるを、遥かに聞く　公主（烏孫国に嫁いだ前漢の劉細君［烏孫公主］。自ら歌を作り、黄鵠となって帰郷したいと願った）の　黄鶴［黄鵠］を愁うるを」と歌い、盛唐・岑参は、「北庭（都護府城）の北楼に登りて、幕中の諸公に呈す」詩の中で、

大荒無鳥飛　大荒（辺境）　鳥の飛ぶ無く
但見白龍堆　但だ見る　白龍堆

と歌う。また、盛唐の常建「塞下曲」四首其二にいう。

北海陰風動地来　北海の陰風　地を動かして来る
明君祠上望龍堆　明君の祠上　龍堆を望む
髑髏皆是長城卒　髑髏は　皆な是れ長城の卒
日暮沙場飛作灰　日暮　沙場　飛んで灰と作る

―北の湖水から、陰鬱な北風が、大地を揺り動かして吹いてくる。匈奴に嫁いだ王明君（王昭君）を祀る祠廟から、はるか遠く白龍堆の砂丘を眺めやる。野ざらしのどくろは、みな長城付近で戦死した兵士たち。日暮れどき（風が吹き起こると）、無数のどくろは、灰となって沙漠の上を飛び散っていく。―

晩唐・盧汝弼は、七絶「和李秀才辺庭四時怨」（李秀才の「辺庭［辺地］四時の怨み」に和す）」四首其三の中で、寒気の早い辺境の蕭条たる秋景色の中、守備に当たる出征兵士の悲哀をこう歌う。

八月霜飛柳遍黄　八月　霜飛んで　柳遍く黄なり
蓬根吹断雁南翔　蓬根吹き断たれて　雁南に翔る
隴頭流水関山月　隴頭の流水　関山の月
泣上龍堆望故郷　泣いて龍堆に上りて　故郷を望む

―仲秋の八月（早くも）霜が降って、柳の葉が黄ばみ、蓬草は（激しい風に）根もとから吹きちぎられてころがり、雁が南に飛んでいく。「隴頭の水」「関山の月」の曲が聞こえてくると、（出征の途中に見聞した、隴山から流れ出る水音や、関所の山に懸かる月が憶い起こされ）、泣きながら白龍堆にのぼって遠い故郷を眺めやる。―

ちなみに、唐末に成る作者未詳の「燉煌二十詠」中の「白龍堆の詠」は、敦煌市の南郊にある鳴沙山を詠んだものらしい。

莫賀延磧は、甘粛省酒泉市瓜州県（旧・瓜州）と新疆ウイグル自治区哈密市（旧・伊州）との間に広がる砂漠の名。唐の慧立・彦悰『大唐大慈恩寺三蔵法師伝』一に、「長さは八百余里、古えは沙河と曰う。上に飛鳥無く、下に走獣無し。復た水草無し」とあるように、ここもまた、恐ろしい死の世界であった。盛唐の岑参は、五絶「日没賀延磧作」（日没　賀延磧［莫賀延磧］にて作る）の前半で、

沙上見日出　沙上に　日の出づるを見
沙上見日没　沙上に　日の没するを見る

と歌う。ここでは、太陽が砂から出て、また砂に沈むのである。

（矢田）

【楼蘭・哈密】

楼蘭は、甘粛省敦煌市の西約五二〇キロメートル、スウェーデンの地理学者・ヘディンによって「さまよえる湖」と称されたロプ・ノール湖の西北岸にあった古代王国およびその首都の名。楼蘭は、亀茲を経て疏勒に至る天山南路（西域北路）と于闐を経て疏勒に至る西域南路との分岐点にあたり、いわばシルクロードの要衝の地であった。そのため、西域経営に乗り出そうとする前漢と匈奴との間でしばしば争奪戦が繰り広げられた。楼蘭の方も国の存続を賭けて、前漢に服属の意を示したかと思うと匈奴に寝返るなど、抵抗し続けたが、結局、昭帝の元鳳四年（前七七）、前漢に支配されることになり、国名を「鄯善」と改められた。その後、于闐と国境を接する付近にまで版図を広げたが、五世紀ごろに滅亡した。

楼蘭は、従軍詩・辺塞詩を中心に、打ち破るべき辺境の敵国として詠まれる。例えば、盛唐・王昌齢の「従軍行七首」其四には、

　黄沙百戦穿金甲　　黄沙百戦　金甲を穿つも
　不破楼蘭終不還　　楼蘭を破らずんば　終に還らず

—黄色い砂塵の舞う砂漠の中で、戦いに戦いを重ね、堅固な甲冑も穴だらけとなった。だがしかし、楼蘭国を打ち破らないうちは、決して故国には帰らぬ覚悟なのだ。—

と雄壮に歌われ、李白の「塞下曲六首」其一にも、「願わくは腰下の剣を将て、直ちに為に楼蘭（の王）を斬らん」とある。

哈密は、新疆ウイグル自治区の東端に近い都市。敦煌から天山方面へ至る玄関口、天山北路と天山南路の分岐点にあたる要衝の地である。前漢時代には伊吾廬と称して、西域都護府が置かれた。その後、唐代には伊州と称され、さらに元代には伊州を哈密力と称するようになり、以後、哈密の名で呼ばれるようになった。天山山脈の雪融け水による、緑豊かなオアシス都市であり、ハミウリの産地としても知られる。清の裴景福は「哈密二首」其一で、哈密の美しい春景色を、次のように詠む。

　天山積雪凍初融　　天山の積雪　凍り初めて融け
　哈密双城夕照紅　　哈密の双城　夕照紅なり
　十里桃花万楊柳　　十里の桃花　万の楊柳
　中原無此好春風　　中原　此の好き春風無し

—天山山脈の積雪が折しも融けはじめ、哈密の漢族・回族の二つの町を、夕日の光が染めている。紅い桃の花が十里四方に咲きほこり、緑の柳の並木が万里の彼方にまで続く。こんな美しい景色をもたらす、すばらしい春風には、中原ではお目にかかれないのだ。—

ところで唐代の宴席などでには、伊州で流行した新曲を採集して献上された「伊州歌」が、妓女などによく歌われたようである。感涙を誘う歌であったらしく、例えば、晩唐・許渾の「呉門送振武李従事」（呉門にて振武の李従事を送る）詩には、

　晩促離筵酔玉缸　　晩は離筵を促し　玉缸に酔う
　伊州一曲涙双双　　伊州の一曲　涙双双たり

—迫りくる日暮れが離別の宴席をせきたて、玉杯の酒に酔う。伊州の一曲に、涙が二すじ流れ落ちる。—

とあり、温庭筠の詩「箏を弾く人」にも、「鈿蝉（蝉の螺鈿飾り）金雁（琴柱）　今は零落たり、一曲の伊州　涙万行たり」という。『楽府詩集』七九に引く『楽苑』には、「西京節度の盍嘉運（正しくは西涼節度〔河西節度使〕の蓋嘉運）の進むる所なり」という。

【烏魯木斉・伊犂】

（矢田）

烏魯木斉は、新疆ウイグル自治区の首府・烏魯木斉市。天山山脈の北麓、ジュンガル盆地の南に位置する。唐の長安二年（七〇二）、北庭都護府の管轄する輪台県が当地に置かれたが、唐代の後期にはウイグル帝国に征服され、その滅亡後は、モンゴルの支配下に入った。乾隆二〇年（一七五五）、清朝がジュンガル汗国（モンゴル・オイラト族の一派）を平定し、乾隆二八年（一七六三）、この地を迪化県と命名し、土地の言葉を用いて烏魯木斉とも称した。烏魯木斉とは、ウイグル語で「闘争」の意とも、あるいはジュンガル部の言葉で「美しい牧場」の意ともされる。

烏魯木斉を詠んだ詩として第一に挙げるべきは、乾隆一九年（一七五四）の進士で、『四庫全書』の編修で知られる紀昀の『烏魯木斉雑詩』であろう。乾隆三三年（一七六八）、紀昀は罪に問われようとしていた姻戚の盧見曾に、家産差し押さえの情報を漏らして、罪を得、乾隆三五年（一七七〇）、召還の命が下るまでの二年間、烏魯木斉に流された。『烏魯木斉雑詩』は、召還の命を受けた翌年（乾隆三六年）の春、東に帰る旅の途中、烏魯木斉の風土や物産などを追想して作った一六〇首の七言絶句を、「風土」「典制」「民俗」「物産」「遊覧」「神異」に分けて収め、全詩に懇切な自注を付す。「風土」に収められた詩中から一首挙げてみよう。大陸性の乾燥地帯に属する烏魯木斉での、農業用水確保の困難さを歌う。

良田易得水難求　良田は得易きも　水は求め難し
水到秋深却漫流　水は秋深に到りて　却って漫流す
我欲開渠建官牐　我れ渠を開き官牐を建てんと欲す
人言沙堰不能収　人は言う　沙堰は収むる能わずと

—良い畑は入手しやすいが、水の確保は難しい。水は、秋が深まり農事を終えた頃になって（山の雪が溶け）、かえって豊かに流れる。私は水路を通し水門を造って水を蓄えたいと思ったが、人々はみな沙を積み重ねた堰では水を貯めることなどできないと言う。—

伊犂は、新疆ウイグル自治区の西端、伊寧市。ジュンガル汗国の本拠であった。ジュンガル汗国を滅ぼした清朝は、乾隆三二年（一七六七）、イリ河の北岸に恵遠城を建て、伊犂将軍に統治させた。

伊犂を詠んだ詩に、清・洪亮吉の「伊犂紀事詩四十二首」がある。嘉慶四年（一七九九）、上書文の内容が嘉慶帝の逆鱗に触れ、洪亮吉は伊犂に流され、翌年到着。その百日後には帰郷を許された。「伊犂紀事詩四十二首」は、その年（嘉慶五年）、伊犂の風土や当地での見聞などを詠んだ七言絶句の連作であり、簡略な自注を付す。例えば、其二二には、次のように歌う。

芒種才過雪不霏　芒種　才かに過ぎて　雪霏らず
伊犂河外草初肥　伊犂の河外　草初めて肥ゆ
生駒歩歩行難穏　生駒は歩歩　行くこと穏やかなり難し
恐有蛇従鼻観飛　蛇の　鼻観より飛ぶ有るを恐るればなり

—芒種（盛夏〔旧暦五月〕の節気）が過ぎた頃になって、ようやく雪も降らなくなり、イリ河のほとりでは緑の草が茂りだす。元気な馬も足取りがおぼつかない。蛇が鼻の穴から飛び込んで死ぬのではないか、と怖がっているのだ。—

自注にいう、「伊犂の南山下に、異蛇一種有り。騾馬（ラバや馬）に遇えば、即ち直立して挺（棍棒）の如し。或いは馬の鼻中に入りて脳髄を啖う。馬　之に遇えば立ちどころに死せざる無し」と。

【崑崙山・鉄門関・熱海】

（矢田）

崑崙山は、中国の西方、広大な大地の中心にそびえ立つ空想上の神仙の山。タクラマカン砂漠の南に横たわる崑崙山脈は、これにちなんで命名されたもの。初唐・李嶠の「河」詩に、「源は崑崙の中より出で、長波は漢空（天空）に接す」とあるように、古来、黄河の水源とされた。また中唐・元稹の「八駿図詩」に、「朝に扶桑の底を辞し、暮に崑崙の下に宿る」とあり、太陽の昇るところ「扶桑」に対して、「崑崙」は太陽の沈みゆくところとされた。さらに、古代の伝説によれば、その頂には仙女・西王母が住むとされ、晩唐・曹唐の詩「漢武帝将候西王母下降」（漢の武帝　将に西王母の下降するを候たんとす）には、次のようにある。

　崑崙凝想最高峰　　崑崙　想いを凝らす　最高の峰
　王母来乗五色龍　　王母　来りて乗る　五色の龍

―崑崙山の最も高い峰に思いを凝らしていると、仙女の西王母が五色の龍が引く車に乗って下りてきてくれた。―

鉄門関は、西州（吐魯番）から亀茲（庫車）へと通じる天山南路のほぼ中間、「天の西涯」に設けられた関所の名。鉄門・鉄関とも呼ばれ、遺跡は庫爾勒市の北に現存する。孔雀河上流の、長さ一四キロメートルに及ぶ峻険な峡谷の出口にあり、峡谷の長く険しい様から、鉄門関と名づけられた。盛唐の岑参は、「鉄門関楼に題す」詩の中で、

　関門一小吏　　関門　一小吏
　終日対石壁　　終日　石壁に対す
　橋跨千仞危　　橋は千仞に跨りて危く
　路盤両崖窄　　路は両崖に盤りて窄し

―関所を守るのは一人の小役人、一日中、岩壁と向き合っている。小さな橋が千仞の深い谷に危うげにかかり、せまい道が両方の崖の間を曲がりくねりながら通る。―

と歌い、「銀山磧（吐魯番の西南）の西館」詩でもこう詠む。

　銀山峡口風似箭　　銀山峡口　風は箭に似たり
　鉄門関西月如練　　鉄門関西　月は練のごとし

熱海は、現在のキルギス共和国の北東部、天山山脈の北側にあるイシク湖のこと。前漢時代、公主として降嫁された劉細君（烏孫公主）が、「吾が家　我を嫁す　天の一方（空のかなた）、遠く異国に託す　烏孫の王」（「悲愁の歌」）と歌った、烏孫国のあったところである。唐代の前期には、安西都護府の管轄下にあった。海抜一六〇〇メートルという寒冷な高地にありながら、冬でも凍結しないために、「熱海」と呼ばれた。ちなみに、イシク湖のイシクもまた、キルギス語で「熱い」意という。

盛唐の岑参は、「熱海の行　崔侍御の京に還るを送る」詩の中で、「陰山の胡児の語を側聞」したとして、「西頭の熱海　水は煮るが如し」と歌った後、熱海の様子を、

　蒸沙爍石燃虜雲　　蒸沙　爍石　虜雲を燃やし
　沸浪炎波煎漢月　　沸浪　炎波　漢月を煎る

―熱気に蒸された砂、焼き爛れた石が、辺地の雲を燃やし、沸き立つ浪、燃え立つ波が、中国の内をも照らす月を煎りつける。―

と詠む。ただし、明の楊慎が「此れ名に循いて想説するの誤り」（『升庵全集』七六）と指摘する通り、「熱海」の語から連想される幻想的イメージを加味して奔放に表現したものであり、もちろん実景ではない。ちなみに、実際の水温は、夏でも二〇度程度という。

（矢田）

【邏逤（邏些）】

邏逤は、チベット自治区の首府・拉薩市。邏些・邏娑とも書く。七世紀の前半、唐王朝の成立とほぼ同じ時期に、ソンツェン・ガンポがチベットを統一し、この地を都と定めた。唐では、このチベットの統一王朝を吐蕃と呼ぶ。『旧唐書』一九六下、吐蕃伝下の賛に、「西戎の地、吐蕃は是れ強なり。蚕のごとく隣の国を食らい、鷹のごとく漢の疆（領域）に揚がる。乍ち叛して乍ち服し、或いは弛み或いは張る。礼義は摂うと雖も、其の心は豺狼なり」と評するように、唐にとって国境を脅かす吐蕃は常に悩みの種であり、それは吐蕃が滅亡する僖宗の乾符四年（八七七）まで続いた。

唐朝は、吐蕃に対する懐柔策の一つとして、太宗の貞観一五年（六四一）に文成公主を、中宗の景龍四年（七一〇）に金城公主を、吐蕃の王に降嫁した。金城公主降嫁の際には、和平を期待して「河西九曲」の地（青海省西寧市の南を流れる黄河の南岸一帯）を吐蕃に割譲したが、かえって唐への侵攻の拠点を与える結果となった。玄宗の天宝年間（七四二—七五六）、哥舒翰の働きにより奪回に成功したが、安史の乱を機に再び吐蕃に奪われ、さらには長安を占拠される事態を招いた。しかしその後、国力を回復した唐朝は、徳宗の建中四年（七八三）と穆宗の長慶元年（八二一）、吐蕃と盟約を結んで、対立は沈静化に向かった。それぞれ「建中の会盟」「長慶の会盟」という。なお、長慶の会盟を記念した「唐蕃会盟碑」は、拉薩市の大昭寺の門前に現存する。

ところで、拉薩といえば、今日ではチベット仏教の聖地としての印象が強いが、古典詩中に見える「邏逤（邏些）」は、国境を脅かす宿敵・吐蕃の都城として詠まれる。例えば、哥舒翰が吐蕃を撃破して、かつて割譲した「河西九曲」の地を奪回したことを讃えた、高適の「九曲詞三首」其一（『楽府詩集』九一）の前半には、討伐する兵士たちの雄壮な気概を、高らかに歌っていう。

鉄騎横行鉄嶺頭　　鉄騎横行す　鉄嶺の頭
西看邏逤取封侯　　西のかた邏逤を看て　封侯を取らんとす

—鉄の甲冑に身を固めた唐の精強な騎馬隊が、鉄のように堅固な国境の山々を縦横無尽に駆けめぐり、遥か西の邏逤城を窺い見て、これを攻め破り、諸侯に封ぜられようと勇み立つ。—

また吐蕃との「長慶の会盟」の前年、すなわち元和一五年（八二〇）に崩御した憲宗の死を弔う中唐・元稹の「憲宗章武孝皇帝挽歌詞三首」其二には、憲宗の功業を称賛して、

始服沙陀虜　　始めて服す　沙陀の虜
方呑邏逤戎　　方に呑む　邏逤の戎

—憲宗皇帝のお力により、沙陀（突厥）のえびすどももようやく降服し、今まさに邏逤（吐蕃）のえびすどもを併呑しようとする。—

とあり、辺境の城塞を詠む晩唐・貫休の「古塞下曲四首」其一にも、

蒼茫邏逤城　　蒼茫たり　邏逤の城
枅枅賊気興　　枅枅として　賊気興る

—ぼんやりかすむ邏逤城から、反逆する敵の妖気がゆらゆらと立ち昇っている。—

とあるなど、詩人たちの意識は、もっぱら国境を脅かす宿敵・吐蕃の国都としての側面に向けられ、辺境をテーマとした詩を中心に詠まれる。したがって、吐蕃の滅亡後、「邏逤」もまた、明詩に数首確認される程度で、詩の世界から姿を消していく。

【華亭（華亭谷・陸機宅・顧亭林）】

（住谷）

華亭（別名雲間）は、現在の上海市西部にある松江区一帯の旧名（唐代以降の県名）である。元来はこの地にある谷の名（華亭谷）であった。華亭谷は周囲二〇〇余里（一里は約〇・五キロメートル）、谷を流れる川は松江（呉淞江）に合流していた（『太平寰宇記』九五）。

華亭谷（別名長谷）には、西晋の文学者、陸機・陸雲兄弟（二陸）の旧宅があったことで知られる。三国呉の名族の出身であった兄弟は、二八〇年、呉の滅亡後、一〇年余りをここで過ごした。後に二人は西晋に仕え、故郷を離れて西晋の都・洛陽に移り住み、文人としての名声を得た。だが三〇三年、西晋滅亡の原因となる内乱（八王の乱）の最中、兄の陸機は謀反の誣告を受け、弟の陸雲も連座してともに処刑された。刑の直前、陸機は「華亭の鶴唳（鶴の鳴き声）、豈に復た聞く可けんや」と言い残したという（『晋書』五四、陸機伝）。

陸機は、華亭谷と父祖の埋葬地「崑山」（華亭谷の東）を思って、「従兄の車騎（車騎将軍の陸曄）に贈る」詩の中で、「髣髴（おぼろなさま）たり　谷水の陽、婉孌（思い慕うさま）たり　崑山の陰」と詠む。当地は小崑山（現松江区小崑山鎮小崑山園）付近とされ、そこには現在も、二陸の業績をしのぶ草堂および読書台などがある。

華亭は「華亭の鶴唳」の語にちなんで、多くは鶴とともに歌われる。隋の孫万寿「遠く江南を戍りて、京邑の親友に寄す」詩にいう、「華亭　宵に鶴唳き、幽谷（暗く人気のない谷）　早（早朝）に鶯鳴く」と。また中唐の白居易と劉禹錫の間には、白居易が蘇州刺史のときに捕らえた、華亭の鶴を題材とした応酬の詩が残されている。

北宋の梅堯臣の七絶「過華亭」（華亭に過る）詩は、鶴の鳴く華亭の地を訪れ、荒廃した陸機の旧宅跡を見てこう歌う。

晴雲号鶴幾千隻　　晴雲の号鶴（鳴く鶴）　幾千隻（羽）
隔水野梅三四株　　水を隔つる野梅　三四株
欲問陸機当日宅　　問わんと欲す　陸機　当日の宅
而今何処不荒蕪　　而今（現在）　何れの処か荒蕪せざらん

華亭はまた、『玉篇』を撰した南朝陳の学者、顧野王の住居（顧亭林）があったところである。顧亭林は松江府の南三五里（現上海市金山区亭林鎮）にあり、五代の九四四年、この地に宝雲寺（旧名法雲寺）が再建された際、寺の東隅に顧野王の像と祠が造られたという（『至元嘉禾志』一〇）。寺は現在、元の名書家・趙孟頫の碑の残闕などの遺構をわずかに残すのみで、付近には顧野王が茅屋を構えたと言い伝える小山「読書堆」などがある。

華亭の地自体を題材にした詩で注目すべきは、北宋の唐詢による五律の連作詩「華亭十詠」と、それに和韻した、梅堯臣・王安石・韓維らの作品である。この中には先述の「華亭谷」「陸機宅」「顧亭林」などが見える。次に取り上げるのは、唐詢と王安石（「唐彦猷の華亭十詠に次韻す」）が詠んだ「顧亭林」詩の冒頭四句である。

華林（美しく茂る林）大道を標す、曾て是れ　野王の居。旧里　風煙変じ、荒原　草樹疎らなり（唐詢）

寥寥（ひっそりしているさま）たり　湖上の亭、野王の居を見ず。平林　豈に旧物（先人の本来の所有物）たらんや、歳晩（歳の暮れ）　空しく扶疏（樹木の繁茂するさま）たり（王安石）

唐詢以後も、南宋の許尚の五絶の連作「華亭百詠」や、元の段天祐・王艮止らによる追和詩などが現れた。こうして華亭は宋以後、詩跡としての地位を完全に確立し、多くの詩が詠まれている。

上海市

（住谷）

【澱山湖】

澱山湖（原名薛澱湖・略称澱湖）は、現在の上海市の西境、青浦区の西端にある淡水湖である。現在上海市を流れる黄浦江は、ここに源を発し、松江区・上海市の中心（外灘）を経て、呉淞江に合流したのち、長江に注ぐ。湖の名は、湖中にあった島「澱山」に由来し、山上には、三姑祠（秦女祠）・普光王寺（澱山寺）などがあった。

澱山湖は古い太湖の一部とされ、宋代、周囲二〇〇里（約一〇〇キロメートル）、西にある小湖は三泖（かつて松江区にあった三つの湖〔上泖・中泖・下泖〕の総称）と接し、東は大盈浦、北は趙屯浦と接していた。しかし南宋以後、周囲の干拓が進んで、湖の規模は急速に縮小した（『紹熙雲間志』中）。現在の湖の面積は約六二平方キロメートル、かつて湖中にあった澱山は湖の東約二キロメートルの陸地にある。湖の周囲は現在、上海市最大の遊覧風景区として整備されている。

澱山湖の詩跡化は宋代に始まる。北宋の張擴は、七律「澱山湖を過ぐ」詩の前半で、「昨日　湖を過ぎて　風　頭を打ち、葦蒲の深き処（アシやガマの生い茂る入江）に　官舟を泊す。人に近づく烏鳥（カラス）　語声砕け（散り）、海（湖水）に瀕する風煙（風にたなびくもや）　日夜浮かぶ」と詠む。

南宋になると、複数の詩人が澱山湖を詠んで、詩跡としての地位が確立した。許尚の五絶の連作「華亭百詠」中の一首、「澱山」詩は、湖中に浮かぶ美しい澱山を、東海に浮かぶ神仙の島に見立てて、

殿閣輝金碧　　殿閣　金碧を輝かし
遐観足画図　　遐く観れば　画図するに足れり
維舟一登覧　　舟を維ぎて　一たび登覧すれば
誤陟小方壺　　陟るかと誤る　小方壺（方壺山）

と詠む。また衛涇の七律「遊澱山湖」（澱山湖に遊ぶ）の中央二聯には、夜明け方、舟を透明な湖中にこぎ出して感じた思いと、目にした白と黒の鳥の姿を絵画的に歌う。

始覚舟移楊柳岸　　始めて覚ゆ　舟の楊柳の岸を移るを
直疑身到水晶宮　　直だ疑う　身の水晶の宮（殿）に到るかと
烏鴉天際墨千点　　烏鴉　天際　墨千点
白鷺灘頭玉一叢　　白鷺　灘頭（水辺の低地）　玉一叢

呉文英の詞「満江紅」（詞牌）「澱山湖」も、美しく神秘的な湖水の風景を、「雲気の楼台、一派（広き空間）を分かつ　滄浪と翠蓬（翠の蓬莱の島）と。小景開いて　玉盆は寒く浸し、巧石（澱山）は松を盤らす。風は流花（水面をただよう花びら）を送りて　時に岸を過ぎ、浪は晴練（練り絹のように滑らかで澄んだ湖面）を揺らして空に飛ばんと欲す」云々と詠む。

宋以後にも歌い継がれた。元の倪瓚の七絶「聞竹枝歌因効其声」（竹枝歌〔民歌〕を聞き、因りて其の声に効う）二首其一にいう。

澱山湖影接松江　　澱山の湖影　松江（呉淞江）に接し
橘葉青青柿葉黄　　橘葉は青青　柿葉は黄なり
要写新詩寄音信　　要ず新詩を写して音信を寄せんとするも
西風断雁不成行　　西風　断雁（孤雁）　行を成さず

明の陶宗儀の七律「送張宗武」（張宗武を送る）詩は、友人の入京を蘇州まで見送る途中、大雪のため澱山湖で足止めされ、翌日、晴れ渡った湖の光景をこう歌っている。

万頃淵淳雲浩渺　　万頃淵淳（深く清らか）にして　雲浩渺
一峰危立玉崢嶸　　一峰（澱山）危立して　玉崢嶸たり

（佐藤）

【金陵】

金陵は江蘇省の省都・南京市の雅名。長江下流の東岸に位置し、呉・東晋・宋・斉・梁・陳の、いわゆる六朝の古都であった。古来、この地に都を置いた政権は短命であり、しばしば三代ほどで滅びては次の王者に支配された。ここにはそうした「王気」（王者の出現する気）が漂っていると意識され、戦国の世から時の権勢者たちを恐れさせた。楚の威王は石頭山（今の清涼山）に山城を築き、金を埋めて王気を鎮めようとしたので、金陵（邑）という（『方輿勝覧』一四）。また一説に、東郊の鍾山（紫金山）がもと金陵山と称したことにちなむ名ともいう（『元和郡県図志』二五）。

秦の始皇帝は、全国を統一した後に金陵を訪れて「天子の気」に恐れを抱き、金宝を山に埋めてそれをおさえ、鍾山を切り開いて地中の王気を流し去ろうとした。さらには、金ならぬ秣と貶めて、「秣陵」と改称した（『建康実録』一、『景定建康志』五）。

金陵は三国時代、呉の孫権が「建業」（功業を建てる意）と名づけ、東晋以降「建康」と呼ばれ、明代では「南京」と呼ばれた。しかし金陵の名は当地の雅称として長く愛用された。金陵は、その名のとおり、華麗な帝都であった。南朝・斉の謝朓「入朝曲」には、

　江南佳麗地　江南は佳麗の地
　金陵帝王州　金陵は帝王の州

と歌われ、唐・魏万の詩「金陵にて李翰林謫仙子（李白）に酬ゆ」にも、「金陵　百万の戸、六代　帝王の都」と詠まれて、江南屈指の華やかなイメージをたたえる詩跡なのである。

開皇九年（五八九）、隋は六朝最後の陳朝を滅ぼすと、南人の再起を恐れ、天下の統一を強固にするため、金陵の宮城を徹底的に破壊して田畑とした（『隋書』三一）。そのうえ金陵は、大運河のルートからも外れて、急激にさびれた。

盛唐の李白はたびたび金陵を訪れ、関連する約五〇首の詩を詠み、中唐の劉禹錫も名篇「金陵五題」をのこした。かくして金陵の各地は、南朝貴族文化の栄光と没落を象徴する詩跡として確立する。晩唐・許渾の七律「金陵懐古」の前半には、

　玉樹歌残王気終　玉樹の歌残して　王気終う
　景陽兵合戍楼空　景陽に兵合して　戍楼空し
　松楸遠近千官塚　松楸遠近す　千官の塚
　禾黍高低六代宮　禾黍高低す　六代の宮

―「玉樹後庭花」（陳の後主が作った、豪奢な宮廷生活を象徴する歌曲）の歌が衰えて、帝王の気もつき、（陳の後主のいた）景陽殿を隋の敵兵がとり囲んで、物見の楼から守備兵の姿が消えはてた。松や楸が遠く近く並ぶのは百官の墳墓、アワやキビが高く低く茂るのは六朝の宮殿のあと。―

とあり、「英雄（都を置いた六朝の帝王たち）一たび去って　豪華尽き、惟だ青山の　洛中（洛陽）に似たる有るのみ」と結ぶ。

唐代のイメージは、宋代にも受け継がれた。王安石の「金陵懐古四首」もあるが、ここには周邦彦の詞「西河（金陵懐古）」の一節（三畳上片）をあげる、「（金陵は）佳麗の地、南朝の盛事　誰か記（記憶）せん。山は故国（古都）を囲み　清江を繞らし、髻鬟（女性のわげ）のごとく（山）対起す。怒濤寂寞として孤城を打ち、風檣（帆に風を受けた舟）遥かに天際を度る」と。劉禹錫の「石頭城」詩を利用した、懐古の歌である。

（佐藤）

【台城】

台城とは、六朝の都・建康城（南京市）内にあった、皇帝の住む宮城を意味する。より厳密に言えば、東晋の時代、都城の北東部に新たに造営され、二五〇年間にわたって使用された宮城「建康宮」をいう。南宋の洪邁『容斎続筆』五に、「晋・宋の間、朝廷・禁省（皇宮）を謂いて台と為す。故に禁城（宮城）を称して台城と為す」とある。その地は、南京市玄武区の、鶏鳴寺のある鶏籠山（北極閣公園）の南、東南大学（旧、南京工学院）周辺一帯である。（現在、すでに跡を留めない。鶏鳴寺の北・玄武湖の南岸にある、全長二五〇メートル、高さ二〇メートルほどの古い城壁［廃城］は明初のもので、台城の遺跡と見なすのは誤伝である）。ただし詩歌の世界では、三国呉の都・建業城（南京市）内の宮城（太初宮）をも含めた、約三三〇年間におよぶ六朝期全体の宮城を総称して、「台城」と呼ぶのが一般である。

台城（宮城）は全周八里（四キロメートル弱）、始め二重、後に三重の高大な城壁に囲まれていたが、当地を危険視する隋朝によって徹底的に破壊され、六朝の栄華をしのぶ格好の懐古・詠史詩の題材となる。

中唐・劉禹錫の七絶の連作「金陵五題」其二、「台城」にいう。

台城六代競豪華　台城　六代　豪華を競い
結綺臨春事最奢　結綺　臨春　事最も奢なり
万古千門成野草　万古　千門　野草と成るは
只縁一曲後庭花　只だ一曲の　後庭花に縁る

――六朝の宮城は王朝ごとに豪華さを競いあい、なかでも陳の後主が建てた結綺閣・臨春閣は、最も豪奢な造りであった。数知れぬ御殿と宮門の地も今や野草の茂る荒れ地と化した。これもひとえに後主が淫らな歌曲「玉樹後庭花」を作って遊びほうけたためなのだ。――詩

陳の後主（陳叔宝）は、六朝の栄華を壊滅させた亡国の天子。詩は政務を顧みず、愛妃と歓楽にふけった、彼の重い罪状を風刺する。本詩は和州（安徽省）刺史在任中の詠史詩。これとは別に直接立ち寄って、「清江悠悠として　王気（王者が出現する瑞祥の気）沈む、六朝の遺事　何れの処にか尋ねん」云々と歌う「台城懐古」詩もある。

また晩唐の韋荘「台城」詩（「金陵図」とも題する）にいう。

江雨霏霏江草斉　江雨霏霏として　江草斉し
六朝如夢鳥空啼　六朝　夢のごとく　鳥空しく啼く
無情最是台城柳　無情なるは　最も是れ　台城の柳
依旧煙籠十里堤　旧に依りて　煙は籠む　十里の堤

――長江の川面に細やかな雨が降りしきり、岸辺の草はいちめんに等しく生い茂る。六朝（の栄華）も夢と消えて、鳥が（聞く人もないまま）いたずらに鳴いている。それにしてもとりわけ無情なのは、かつての宮城のほとりに植わる柳。今も昔のまま、モヤの立ち籠める中、五キロメートル先まで（玄武湖畔の長い）堤に並び続けている。――

江雨にけむる金陵（南京）の春景色は、六朝の興亡を無言のうちに語りかけて墨絵のように広がると歌う、台城懐古詩の絶唱である。

他方、同じ晩唐・張喬の七絶「台城」は、荒廃した当時の姿を詠む、「宮殿の余基に　草花長じ、景陽（台城内にあった陳の宮殿）の宮樹に　村鴉噪ぐ。雲屯せる雉堞（密集する台城の城壁）　依然として在り、空しく繞る（とり囲む）　漁樵の　四五の家」と。

台城は、その後も詠まれ続け、「覆舟山畔の　古の台城」の句で始まる、清・王士禛の長篇「台城懐古二首」其一も知られる。

（佐藤）

【玄武湖・覆舟山】

玄武湖は、南京市区の東北部に位置する湖水の名。南京駅のすぐ南前方にある。もともと鍾山（紫金山）を水源とする沼地であり、古くは桑泊と呼ばれた。秣陵湖・蔣陵湖・後湖・北湖などの呼び名を経て、南朝・宋の元嘉年間（四二四―四五三）の末、黒い龍が湖中に現れたので玄武湖と改称したらしい（『太平寰宇記』九〇）。このうち後湖は鍾山南麓に燕雀湖（前湖）があったため、北湖は都城の北にあったための命名である。南朝・梁の劉孝威「覆舟山（後出）に登りて湖北を望む」詩には、のどかな湖辺の美しい景色を、「荇蒲（アサザとガマ）は新葉を浮かべ、漁舟は落花を繞る。浴童　浅岸を争い、漂女（衣を洗う女）平沙を択ぶ」と歌う。

玄武湖一帯は、六朝の皇帝と貴族たちに遊楽地として愛され、多くの宴遊詩が作られた。それと同時に、水軍の訓練基地としても機能し、昆明池・練湖ともいう。しかし隋朝が都城建康を破壊して以降、玄武湖も次第に廃れていく。唐・張九齢は「江寧（南京）を経、旧迹を覧て玄武湖に至る」詩のなかで、南朝皇帝の湖水遊びを想像して、「鳧鷖（のがも・かもめ）鳳管（笙の音）より喧しく、荷芰（蓮と菱の中）に　龍舟鬥う（競漕する）。七子（文学侍従の臣）詩賦（の宴）に陪し、千人　棹謳（舟歌）に和す」と詠む。他方、古都の荒廃を嘆く李白「金陵」其二には、こう歌われている。

亡国生春草　　亡国　春草を生じ
王宮没古丘　　王宮　古丘に没す
空余後湖月　　空しく余す　後湖の月
波上対瀛洲　　波上　瀛洲に対す

―滅亡した六朝の都に春の草が生い茂り、栄華を誇った王宮は埋没して古い丘と化した。かつての行楽地、後湖（玄武湖）上の月だけは空しく昔のままに、波上の瀛洲を明るく照らしている。―

瀛洲は本来、東海の三神山（蓬萊・方丈・瀛洲）の一つ。前述の元嘉年間、湖中に三神山を立てて春と秋に祀ったという（『景定建康志』一八。三神山は今日の梁洲・環洲・桜洲の前身か）。

五代の南唐は南京市に都を置き、湖も再び美しくなる。中主李璟の詩「後湖に遊んで蓮花を賞づ」には、「満目の荷花　千万頃、紅（花）碧（葉）相雑りて　清流に敷く」という。北宋になると、玄武湖は、当地の長官となった王安石によって田畑と化し、元代、水害防止のために新たに浚渫されるまでの二五〇年間、湖水はほとんど消失した。明代には、湖中に戸口賦役の登記簿が貯蔵されて禁区となる。現在の湖は六朝期の三分の一であるが、周囲約一〇キロメートルの美しい湖は、玄武湖公園として人々の憩いの場となる。

覆舟山は、この玄武湖の南東岸に位置する、海抜六一メートルの小山。鍾山の余脈であり、転覆した舟のような形状から命名された（『元和郡県図志』二六）。玄武山・九華山・小九華山・龍舟山などともいう。現在、九華山公園が置かれている。

覆舟山は六朝の都建康城の北面の防壁として軍事上重要であったが、南朝期、楽遊苑が置かれて帝王の遊楽・宴飲の地となる。南朝宋・范曄「楽遊にて詔に応ずる詩」、斉・丘遅「宴に楽遊苑に侍して張徐州を送る　応詔詩」、梁・沈約「詔に応じて楽遊苑に呂僧珍を餞する詩」（いずれも『文選』二〇所収）は、宮城の北にある楽遊苑での作。南朝宋・鮑照「宴に覆舟山に侍す」二首も同じ場所での作であろう。

江蘇省

【鶏鳴寺（同泰寺）・景陽井（胭脂井）】

（佐藤）

鶏鳴寺は、玄武湖の南、鶏籠山東端の高みに建つ、南京屈指の古刹の名。南朝梁の武帝蕭衍が大通元年（五二七）、宮城・建康宮の後苑内に、壮麗な寺院を建てた。これが鶏鳴寺の前身とされる、同泰寺である。稀代の崇仏皇帝・武帝は、同泰寺を奉仏活動の拠点とし、前後四回の捨身（寺の奴隷となって奉仕する行為）を行い、群臣はその都度、巨万の金銭で皇帝の身を買い戻した。庾信の「『同泰寺の浮図（仏塔）』に和し奉る」詩は、皇太子蕭綱（簡文帝）の詩に唱和して、「長影（長い塔影）　双闕（建康宮の北門・大通門）に臨み、高層　九城（九重の殿閣）を出づ」と、仏塔の壮大さを歌う。

この同泰寺も、五四八年に起きた侯景の乱により、廃墟となる。晩唐・胡曾の詠史詩「金陵」は、「生前　空王の力（仏の御加護）を得ず、徒らに金田（仏寺）に向いて　自ら捨身す」と詠み、仏教に惑溺して国を滅ぼした武帝を批判する。同泰寺の跡地は、円寂寺・法宝寺などを経て、明の洪武二〇年（一三八七）、鶏鳴寺となる。鶏鳴寺を詠んだ詩人に、明の李東陽、清の呉偉業・王士禛などがいる。なお、現在の鶏鳴寺は、一九八三年に再建されたものである。

景陽井は、南朝陳の後主・陳叔宝と張貴妃（名は麗華）らの亡国の故事で知られる井戸。陳の後主は、張貴妃らとの歓楽に溺れて、政治を顧みなかった。後主の歌曲「玉樹後庭花」の歌詞「花開くも復た久しからず」は、人々に陳滅亡の予言と見なされた（『隋書』二二）。禎明三年（五八九）、北朝の隋軍が建康宮内に攻め込むと、後主は張貴妃らと景陽殿外の井戸に隠れたが、隋兵に生け捕られ、後主は北に連行され、張貴妃は建康の青渓で処刑された（『陳書』六・七）。景陽井は、この時の後主の醜態から「辱井」とも呼ばれる。また石の井欄の色が胭脂に似ているため「胭（＝臙）脂井」ともいう。後主や張貴妃らの涙の跡とも伝える（『景定建康志』一九）。

景陽井は、悲しき愛の惨劇の舞台として詩跡化する。盛唐・李白の七古「金陵の歌、范宣を送別す」に、「天子龍沈す（身を隠す）景陽井、誰か歌わん　玉樹後庭花」という。また晩唐・李商隠の七絶「景陽井」詩は、張麗華の最期を哀惜してこう歌う。

景陽宮井剰堪悲　景陽の宮井　剰に悲しむに堪えたり
不尽龍鸞誓死期　尽くさず　龍鸞　誓死の期を
腸断呉王宮外水　腸断す　呉王　宮外の水
濁泥猶得葬西施　濁泥　猶お西施を葬るを得たり

—景陽井の事件は、まことに痛ましい。龍（陳の後主）と鸞（張貴妃）は、生死を共にする誓約すらかなわなかったのだ。かつて呉王夫差がその色香におぼれた西施も、（呉の滅亡後）宮殿外の湖水に沈められた。この悲劇も深く胸を傷ませるが、ともかくも湖中の濁泥の中に葬ってもらえた分、まだましである。—

晩唐の陸亀蒙・北宋の李覯・南宋の胡仲弓の「景陽宮井」、南宋の范成大「臙脂井三首」、元の陳孚「臙脂井」などが詠まれていく。

現存の景陽井は鶏鳴寺内にあって、当時の井戸ではない。本来、宮城内にあった景陽井は隋代に失われ、北宋期、陳滅亡の悲哀を忘れないために、旧宮城に近い法宝寺（鶏鳴寺の前身）に再建されたのであろう。北宋の曾鞏は、石の井欄に刻まれた銘文「辱井は斯に在り。戒めざるべけんや」を見ている（「辱井銘」）。また、王安石の七絶「辱井」詩にもいう、「結綺　臨春（陳の後主の臨春閣と張貴妃の結綺閣）　草一丘、尚お残る　宮井　千秋を戒むるを」と。

（佐藤）

【鳳凰台】

南朝宋の元嘉一六年（四三九）、孔雀に似た五色の羽をもつ鳥が三羽、当時の都・建康城（現南京市）の西南郊外にあった小高い山（鳳台山）に飛来して、なごやかに鳴くと、ほかの鳥たちも群がり集まった。人々は瑞鳥の鳳凰であると思い、山上に台を築いて、「鳳凰台」（略称「鳳台」）と名づけた（北宋の楽史『太平寰宇記』九〇、南宋の周応合『景定建康志』二二など）。

この登覧の勝地・鳳凰台を詩跡として確立したのは、盛唐の李白である。七律「登金陵鳳凰台」（金陵〔南京〕の鳳凰台に登る）詩は、ほぼ同世代の崔顥の七律「黄鶴楼」詩の影響を受けながら、慷慨の気にあふれた懐古の情を歌いあげる。

鳳凰台上鳳凰遊　鳳凰台上　鳳凰遊び
鳳去台空江自流　鳳去り　台空しくして　江自から流る
呉宮花草埋幽径　呉宮の花草は　幽径に埋もれ
晋代衣冠成古丘　晋代の衣冠は　古丘と成る

—ここ鳳凰台には、かつて鳳凰が降り立って遊んだが、今では鳳凰も飛び去って、ゆかりの高台だけがむなしく残り、眼下を長江が昔と変わることなく流れゆく。（当地に都を置いた）三国・呉の宮殿を彩った花や草は、通う人もないまま、淋しい小道の中に埋もれて消え、東晋の名士たちも、すでに死んで古い墳丘の土と化した。—

詩は、悠久の時の彼方に消え去った六朝の栄華を偲んだ後、後半で、「三山　半ば落つ　青天の外、一水（ひとすじの長江の流れ）中分す　白鷺洲。総べて浮雲の能く日を蔽うが為に、長安は見えず人をして愁えしむ」と詠む。「浮雲が太陽の光を蔽う」とは、主君の判断力を君側の邪臣が妨げる、という比喩で多用される表現である。佞臣によって玄宗の朝廷から追放されたとする、李白の不遇感と憂国の情とが、人為の転変をきわめた古都を背景に表出する。

李白はまた、「金陵の鳳凰台に置酒す」詩の中で、鳳凰が再来するはずの御世に用いられない、不遇の豪士としての悲哀を歌う。

悠久不変の長江のほとりに立つ鳳凰台は、李白の詩によって、神鳥の降臨した在りし日の泰平の世とは異なって、鳳凰の飛来しない現在の空虚感を象徴する遺跡として、不遇の士が鬱屈した思いを表白する詩跡となる。北宋・蘇轍の五律「孔武仲の金陵九詠に和す」其三「鳳凰台」詩の冒頭、「鳳鳥　久しく至らず、斯の台　空しく復た高し」云々や、元・薩都剌の七律「鳳凰台に登る」詩の前半、

梧桐葉落秋風老　梧桐の葉落ちて　秋風老い
人去台空鳳不来　人去り　台空しくして　鳳来らず
梁武台城芳草合　梁武の台城（宮城）　芳草合し
呉王宮殿野花開　呉王（呉の孫権）の宮殿　野花開く

などは、その典型であろう（梁武は南朝梁の武帝蕭衍を指す）。

鳳凰台はまた、後世、謫仙人・李白を追慕する詩跡ともなった。南宋・楊万里は、七律「鳳凰台に登る」詩の尾聯で、

只有謫仙留句処　只だ　謫仙の　句を留めし処
春風掌管払蛛煤　春風の　蛛煤を払うを掌管する有るのみ

と歌う。蛛煤とは、鳳凰台に題された李詩をおおう、蜘蛛の巣や土ぼこりをいう。また、薩都剌の七律「鳳凰台にて懐古す」も、同じくもはや会えない李白を偲ぶ。

鳳凰台は、南京市秦淮区集慶門の東、花露崗（旧名・鳳台山）の「第四十三中学」付近にあったはずであるが、遺跡は現存しない。

（佐藤）

【石頭城】

南京市の西（鼓楼区）に位置する清涼山は、岩石から成るため、かつて石頭山と呼ばれていた。この山一帯に、三国呉の英雄・孫権が築いた軍事要塞が、石頭城である。

石頭城は本来、戦国時代に楚の威王が築いた山城「金陵邑」を基礎とする。建安一六年（二一一）、その跡地に孫権が修築して「石頭城」と改めた（『元和郡県図志』二五）。外敵の侵入を阻むこの要害の地は、一説では諸葛孔明さえも驚嘆させたという。孫権と協力関係を結んだ劉備は、軍師として孔明を呉に派遣した。孔明は金陵（南京）の地勢を見ると、「鍾山は龍のごとく盤り、石頭は虎のごとく踞る。此は乃ち帝王の宅なり」といったという（唐・許嵩『建康実録』二に引く『呉録』）。実際のところ孫権は黄龍元年（二二九）、呉の皇帝に即位するや、都を当地に遷して、石頭城を戦略防衛の拠点に定めた。

石頭城は、全周「七里一百歩（約三キロメートル）」（『景定建康志』一七）、東側に門が一つ、南側に門が二つあったとされ、西側は長江に面して荒波に洗われ、紅い岩肌を露出する（現在は、秦淮河に臨み、さらに西には陸地が広がって長江と離れる）。呉の時代は、ここが水軍の基地となって、千隻以上の軍船が停泊した。東晋以降は、各地から訪れる商人や使者たちの乗る船が多く停泊するようになり、その数は一万艘を超えたという（『宋書』三三）。まさに石頭城は、無数の舟が出入りする、都建康（南京市）への表玄関であった。船着き場「石頭津」では、貨物の検閲や通行税の徴収が行われた。

隋になると、江南勢力を抑制する政策が実施されて、建康城は徹底的に破壊された。石頭城だけは、新たに設置された行政区・蔣州の役所としてわずかに残ったが、次第に戦略上の役割を失い、廃墟と化していった。中唐・劉禹錫の「石頭城」詩は、その荒廃を詠む。

山囲故国周遭在　　山は故国を囲んで　周遭として在り
潮打空城寂寞回　　潮は空城を打って　寂寞として回る
淮水東辺旧時月　　淮水の東辺　旧時の月
夜深還過女牆来　　夜深けて　還た女牆を過ぎて来る

―山々が古都をぐるりと囲んで昔のままに存在し、長江の荒波がひと気のない石頭城の西壁に打ち寄せては、ひっそりと戻ってゆく。今はさびれた町並みが続く秦淮河の東に、月はかつてのままに昇り、夜がふけると、また石頭城の女牆を越えて中に入ってくる。―

この七絶は、劉禹錫が和州（安徽省馬鞍山市和県）刺史在任中に詠んだ「金陵五題」其一（他の四首は「烏衣巷」「台城」「生公講堂」「江令宅」）であり、当地を直接訪れて詠んだ詩ではない。それにも拘わらず、脳裡に浮かぶイメージだけで歌えるのは、当時すでに金陵一帯が、六朝の興亡を象徴する詩跡と化していたことを物語る。中晩唐・張祜の「石頭城に過る」詩には、六朝の滅亡を弔って、

唯是歳華流尽処　　唯だ是れ　歳華（歳月）流れ尽くる処
石頭城下水千痕　　石頭城下　水千痕

と歌い、晩唐・羅隠の「春日　上元の石頭の故城に登る」詩もある。

石頭城は以後も詠みつがれ、南宋・劉翰の七絶「石頭城」詩には、「離離たる芳草　呉宮に満ち、緑は到る　台城（宮城）の旧苑の東に。一夜の空江　烟水冷ややかに、石頭の明月　雁声の中」という。

石頭城は、今も南京市内に石頭城公園として現存する。

（佐藤）

【朱雀橋・烏衣巷】

朱雀橋は、六朝の都・建康城（南京市）の南正門「宣陽門」の南五里（二・五キロメートル）にあった朱雀門のすぐ南、秦淮河（【秦淮河】の項参照）にかかる橋の名。「朱雀航」ともいう。航は、舟を並べて板を渡した浮き橋の意。毎日定時になると、中間の舟をはずして、秦淮河を通る多くの船を通行させた。秦淮河には多くの浮き橋、いわゆる「二十四航」がかかっていたが、朱雀橋はその中で最も大きく、特に往来の盛んな繁華な場所であった。晩唐の温庭筠「江南曲」には、金陵（南京）の遊女らしき娘が、馬にのる美しい装いの若者に向かって、「妾は住む　金陵の浦（水辺の船着き場）、門前に　朱雀航あり」という。

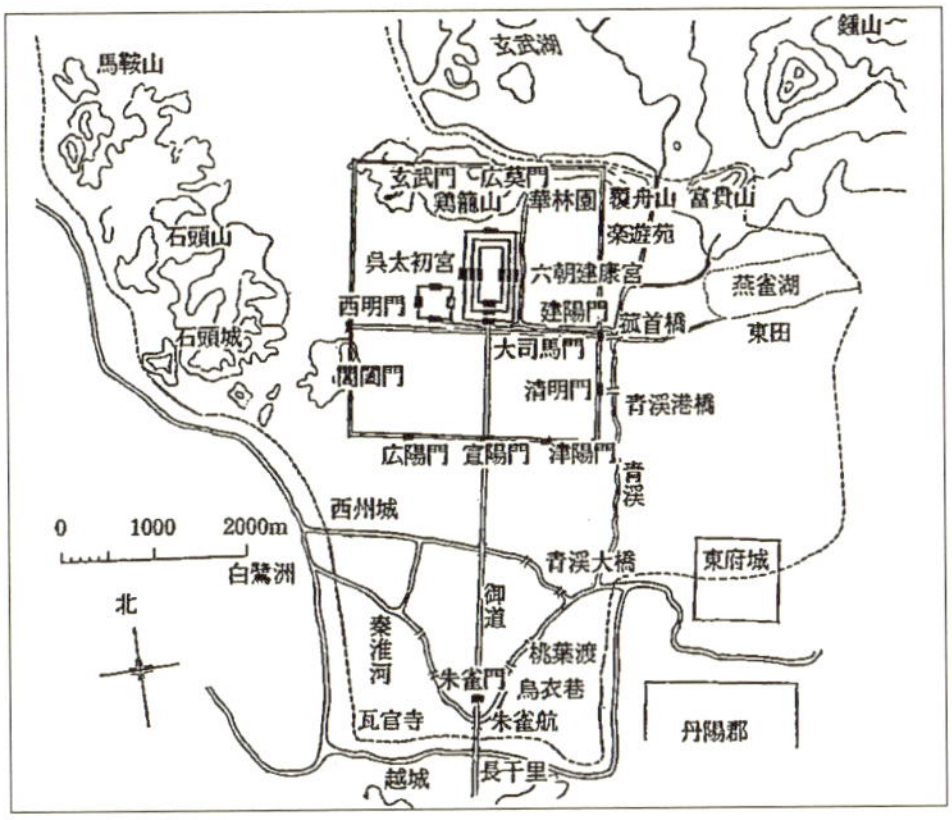

南朝建康平面想像図（点線は明代の都城）

　六朝の都の地勢は、北の玄武湖、東の鍾山、西の石頭城、そして南の朱雀門・朱雀橋の位置を押さえれば、かなり理解できる。朱雀門は、都城を南北に貫くメイン・ストリート「御街」の、最南の玄関口に当たる。三国呉の時代は大航門と称し、東晋の太元三年（三七八）、朱雀門が建てられ、二羽の銅雀（鋳造された鳳凰）が門上に据えられていた。朱雀橋も呉の時代、南津大航橋・南淮大橋などと呼ばれ、東晋の咸康二年（三三六）には、新たに長さ九〇歩（一三〇メートル）、広さ六丈（一四・七メートル）のものに造り直された（唐・許嵩『建康実録』七の注に引く『地志』）。

　この朱雀橋のかかる秦淮河を少し遡った東南岸に、烏衣巷があった。東晋王朝の大貴族、琅邪の王氏と陳郡の謝氏一族が集まり住んだ高級住宅地である。巷は居住区画を表す語。東晋初期の創業の功臣王導や、孝武帝朝の名宰相謝安のほか、書聖の王羲之や子の王献之、謝鯤や謝万らも住み、南朝宋の山水詩人・謝霊運も、十代の後半、この烏衣巷に居住した。南宋の周応合『景定建康志』一六には、「晋の南渡のとき、王・謝の諸名族は、此に居る。時に其の子弟を謂いて烏衣の諸郎（若者たち）と為す」という。また同書四二には、「王導の宅は、烏衣巷中に在り。南のかた驃騎航（秦淮河にかかる有名な浮き橋の名）に臨む」とあり、「謝安の宅は、烏衣巷の驃騎航の側に在り。乃ち秦淮河の南岸なり。謝万は之が北に居る」という。東晋の南人の重臣紀瞻の、「館宇は崇麗（高大で華麗）にして、園池竹木は賞翫するに足る有り」という豪邸も、この烏衣巷にあった（『晋書』六八）。

　巷の名「烏い衣」の由来は、三国呉の時代、黒い服を着た兵士たちの軍営「烏衣営」があったことによる。烏衣営は、石頭城を守る呉の兵士たちの駐屯所であり、兵士たちは黒い服を着用していた。南朝宋の山謙之『丹陽記』の逸文に、「烏衣の起こりは、呉の時、烏衣営の処所なればなり」（『世説新語』雅量篇の劉注所引）という。

なお『大明一統志』六に、「王導・謝安は此の巷に居り、其の子弟は皆烏衣、因りて名づく」（王導と謝安の子弟が黒い服を着ていたための命名）とするが、穏当な説ではない。恐らくこれは、前掲『景定建康志』の「時謂其子弟為烏衣諸郎」（時に其の子弟を謂いて烏衣の諸郎と為す）の誤読であろう。

　ところで烏衣巷の王氏は、その後、本家がこの地を離れ、衰落した支族のみが残った（『南斉書』三三、王僧虔伝）。というのも、東晋の成帝のとき、都城が修築されて、その東側に建春門（建陽門の旧称）と清明門とが新たに設けられたこともあって、東晋の後期以降、高官や貴族の大邸宅は移動して、おおむね建康城の東南をめぐり流れて（一説に東壁にそって流れて）秦淮河にそそぐ青渓沿いの城東の地に建てられたからである。

　朱雀橋と烏衣巷は、南朝の華麗な貴族文化の繁栄と没落を象徴する詩跡となる。中唐初期の韓翃は、「客の江寧（県の名。南京市）に之くを送る」詩の中で、この両地を対にしてこう歌う。

　　朱雀橋辺看淮水　　朱雀橋辺　淮水を看
　　烏衣巷裏問王家　　烏衣巷裏　王家を問う

―あなたは朱雀橋のほとりで秦淮河の流れをしみじみと眺め、烏衣巷のあたりで名族王氏の邸宅跡をお訪ねになることでしょう。―

　とりわけ朱雀橋と烏衣巷の詩的イメージを確立したのは、次にあげる中唐・劉禹錫の七絶「烏衣巷」（「金陵五題」其二）である。

　　朱雀橋辺野草花　　朱雀橋辺　野草花さき
　　烏衣巷口夕陽斜　　烏衣巷口　夕陽斜めなり
　　旧時王謝堂前燕　　旧時の王謝　堂前の燕
　　飛入尋常百姓家　　飛んで入る　尋常　百姓の家

―かつて雑踏した朱雀橋のたもとには、名も知れぬ野草が咲きみだれ、烏衣巷の入口あたりは、夕陽が斜めに射して赤く染まっている。その昔（東晋）、世に時めいた王氏・謝氏一族の豪邸、その軒先に巣をかけた燕が、今ではありふれた民家へと飛んで入っていく。―

　燕は、住人や時代の転変に無頓着で、毎年、同じ場所に飛来して巣を作る。王謝の豪邸が一般庶民（百姓）の粗末な家に変わり果てた惨状を、燕を通してさりげなく表現し、余情は深い。ちなみに、この詩は、作者五四歳前後、和州刺史在任中（八二四―八二六）に詠んだ懐古詩であり、直接この地を訪れての作ではない。

　このほか、晩唐期、温庭筠の「謝公墅（謝安の別荘）の歌」に、「朱雀航南　香陌（芳しい花々の咲く道）繞り、謝郎の東墅（東郊の別荘）　春碧（新緑の野山）連なる」や、孫元晏の「烏衣巷」詩に、「烏衣巷は在るも何人か住まん、首を回らして　人をして謝家（の往事）を憶わしむ」などがあり、唐代後半には、朱雀橋や烏衣巷は、六朝の興亡を象徴する第一級の詩跡と化していた。

　以後も詩に詠まれ続けた。元の張憲「子夜呉声四時の歌」其一には、「朱雀街頭の雨、烏衣巷口の風。飛来せる双燕子、（陳の）景陽宮に入らず」とあり、清の呉敬梓「金陵景物図詩」中の一首、「烏衣巷」詩にも「城南　夕暉を送れば、春風に　燕子飛ぶ。言えらく王謝の宅を尋ぬと、閭井（聚落）　光輝を生ぜり」という。

　現在、烏衣巷内は観光地として整備され、「王導謝安紀念館」（王謝古居）が設置されている。ただし本来の烏衣巷は、その南の広い範囲（内秦淮河にかかる武定橋～剪子巷一帯。江寧路の西側）を指し、それは現在の白鷺洲公園の西南方向にあたる。

（佐藤）

【秦淮河】

南京市内を貫いて長江へと注ぎゆく秦淮河は、まさに南京の母なる川である。全長は約一一〇キロメートル。南京市内に流れこむ際、東の城門・通済門の傍らの九龍橋で、内秦淮河と外秦淮河とに分かれる。内秦淮河は全長九・六里（四八〇〇メートル）あることから「十里の秦淮」と呼ばれ、繁華な商業区・居住区として大いに栄えた。一方、外秦淮河は十世紀前半、五代十国の呉のとき、城濠として掘られた人工の河川であり、南京城内には入らずに、南へ迂回した後に内秦淮河と合流し、石頭城（【石頭城】の項参照）の前を経由して長江へと入っていく。したがって古典詩文のなかで「秦淮河」と言えば、一般に内秦淮河を指す。

秦淮河

秦淮河は、古くは「淮水」と呼ばれた。『初学記』六「淮」の条に引く東晋の孫盛『晋陽秋』には、黄河と長江の間を東流する「淮水（淮河）」に対して、この川を「亦た淮と曰い、…土俗に亦た号びて秦淮と曰う」と記す。秦の始皇帝は、この地を巡幸したとき、五百年後にこの地から王気（天子の出現する瑞祥の気）が生ずるであろう、という占いを恐れた。そこで山に沿って流れる気のルートを断ち切るべく、付近の山や丘を切り開いて、地中の王気を発散させた。このとき掘られた水路が秦淮河だという。秦淮河は本来、自然の河川らしいが、この伝承は後々まで広く流布した。

六朝期の秦淮河は、都建康（南京市）を守る重要な防衛拠点の一つとなった。南宋の周応合『景定建康志』一八に、「大抵 六朝の都邑（都城）は、秦淮を以て固めと為す。事有れば則ち淮に沿いて拒ぎ守れり」という。秦淮河ぞいには、「二十四航」と呼ばれる航（浮き橋）が架かり、この航を解体すれば交通を遮断できる利点があった。また平時の秦淮河は、都の水上交通や物資運輸の中心にもなっており、両岸には繁華街が広がっていた。

隋代、建康城は徹底的に破壊された。唐代、大運河のルートから遠ざかったこともあって、秦淮河ぞいもさびれていった（逆に大運河の拠点・揚州が繁栄した）。秦淮河は、盛唐・李白の五古「金陵（南京）の諸公に留別す」や、彼の友人・魏万（魏顥）の五古「金陵にて翰林讁仙子（李白）に酬ゆ」などの詩に詠まれ、旅人や行商人などを相手にする妓楼街や盛り場が、昔のにぎわいぶりをしのばせた。晩唐・杜牧の七絶「泊秦淮」（秦淮に泊す）詩にいう。

煙籠寒水月籠沙　　煙は寒水を籠め　月は沙を籠む
夜泊秦淮近酒家　　夜　秦淮に泊すれば　酒家に近し
商女不知亡国恨　　商女は知らず　亡国の恨み
隔江猶唱後庭花　　江を隔てて猶お唱う　後庭花

―立ち籠める夜霧は寒々とした水面をつつみこみ、白い月明かりは水辺の沙地をつつみこむ。夜、秦淮河に停泊すると、そこは酒楼の近くであった。歌い女たちは、それが亡国の恨みのこもった哀歌だとは気づかず、江を隔てた向こう岸で、今もなお「玉樹後庭花」の曲を歌っている。―

「玉樹後庭花」とは、六朝最後の天子・陳の後主（陳叔宝）が作った艶麗な歌の名。その悲しげな歌詞は、陳朝の滅亡を予感させる不吉な「亡国の音」だと、当時から受け止められていた。そのイメージは、同じく衰えゆく中晩唐の姿と重なり合って、「玉樹後庭花」は再び世の脚光を浴びた。唐朝に対する挽歌のように聞こえたからである。中唐の劉禹錫は、「後庭花の一曲は、幽怨にして聴くに堪えず」（「金陵懐古」詩）と歌う。「秦淮に泊す」詩も、そうした痛切なイメージに根ざしており、晩唐・杜牧の代表作としても広く知られる。わが野口寧斎は『三体詩評釈』のなかで、「妙は両籠字。無限の荒涼の意あるに在り」と絶賛する。この川は「淮水」と呼ばれるのが通例であったが、この杜牧の絶唱によって、「秦淮河」という呼称が一般化し、さらには詩跡としても確立されたのである。

明代、南京は再び繁栄を取り戻した。とりわけ経済が好況に沸いた万暦年間（一五七三―一六二〇）には、文化的にも爛熟期を迎え、秦淮河ぞいにも美しい妓楼が林立し、管弦の音が流れ、画舫（屋形船）の浮かぶ狭斜の巷（色町）となった。当時の「十里の秦淮」のにぎわいは、清初の余懐『板橋雑記』に詳しい。こうして秦淮河と言えば、艶めかしい妓女たちが群れ集う、緑酒紅灯の色町というイメージがまとわりつく。

しかし、やはりこの地のイメージは、単にきらびやかなだけでなく、はかない哀しみも併せ持った、妖しい美しさにある。明朝が滅亡して異民族の清朝が興こる激動期を生きた人々は、かつての六朝と明朝の命運を重ね合わせて、この地を詠むようになる。当時を代表する文人のひとり銭謙益は、七絶の連作「丙申（清初の順治一三年〔一六五六〕）の春、医に秦淮に就き、丁家の水閣に寓すること、両月に浹し。行るに臨んで、絶句三十首を作る…」其四において、滅亡した明朝に対する思慕の情を誘う哀韻をひびかせる。

夕陽凝望春如水　　夕陽　凝望すれば　春は水のごとく
丁字簾前是六朝　　丁字簾前は　是れ六朝

―夕日に染まる中、水閣に登って眼をこらせば、まるで流れる水のように、刻々と移ろい広がる春の景色。丁字簾（格子模様の簾）をすかして見える向こう側は、あたかも六朝の繁華な昔のよう。―

また、この銭詩より五年後に成る、王士禛の七絶の連作「秦淮雑詩二十首」其一も、明朝の滅亡を哀悼する心情をただよわせる。

年来腸断秣陵舟　　年来　腸断す　秣陵の舟
夢繞秦淮水上楼　　夢は繞る　秦淮　水上の楼
十日雨糸風片裏　　十日　雨糸　風片の裏
濃春煙景似残秋　　濃春の煙景は　残秋に似たり

―ここ数年来、切なく思い焦がれていた秣陵（南京）での舟遊び。夢の中で秦淮河の妓楼へと、何度足を運んだことか。ようやく訪れての十日間、連日、絹糸のような細くこまかい雨と、切れ切れに吹き寄せる風。むっとするような春たけなわの、モヤたちこめる景色は、まるで残れゆく晩秋のような風情。―

秦淮河を歌った詩人は、このほかにも唐の権徳輿・許渾以降、歴代数多く、清の呉偉業・朱彝尊・査慎行などに及んでいる。

【半山園・謝安墩（謝公墩）】

（佐藤）

半山園は、北宋の宰相・王安石が最晩年（元豊年間）に隠棲した旧居の名。鍾山（【鍾山】の項参照）の西南麓、燕雀湖（今の前湖は、その名残）の畔に位置した。半山の名は、当時の江寧府城の東門（白下門）と鍾山との中間地点（それぞれ七里〔約三・五キロメートル〕）にあることに因む。王安石は、政界隠退後の数年間、垣根すらないこの粗末な住居で、読書・著述・詩作にふけり、周囲を巡り歩いた。静謐な半山園での悠悠自適の生活を詠んだ五律「半山の春晩（晩春）即事」詩は、「春風　花を取りて去り、我に酬ゆるに清陰（清らかな木陰）を以てす」の名句で始まり、詩の後半にこう歌う。

牀敷毎小息　牀敷もて　毎に小息し
杖屨或幽尋　杖屨もて　或いは幽尋す
惟有北山鳥　惟だ　北山の鳥の
経過遺好音　経過して　好音を遺す有り

—いつもデッキチェアでひと休みし、時には草履をはき杖をついて奥深い自然を求めて出かける。（人気のない静けさの中）ただ鍾山の鳥だけが、飛び過ぎながら美しい囀りをのこしてくれる。—

元豊七年（一〇八四）、王安石が大病を患うと、皇帝の神宗趙頊は、名医を遣わして治療に当たらせた。快復後、王安石が神宗に住居を喜捨して仏寺にしたい旨を上奏すると、神宗から「報寧寺」（半山寺は通称）の名を賜り、死後ここに埋葬された。

南宋の蘇泂は七絶「報寧寺」二首其二で、「先生の賦する所の詩を愛するが為に、半生参学するも　老いて猶お迷う」と歌い、王安石の鍾山の詩作を嘆賞する。南宋の楊万里「半山寺」三首以下、元の薩都剌や明の劉基なども詠み継ぐ。半山園は清代、幾度か再建され、現在も中山門の北、清渓路の海軍指揮学院の敷地内にある。

謝安墩（謝公墩）は、石頭城（【石頭城】の項参照）の東にある冶城（五台山〔小倉山〕付近）の小高い山丘（墩）の名。東晋の王羲之が風流宰相・謝安（字は安石）とともに登覧し、超俗の志を持つ謝安に、多難な国家のために尽力すべきだ、と言った場所である（『世説新語』言語篇）。李白「金陵の冶城の西北の謝安墩に登る」詩には、淝水の戦いを指導して前秦の大軍を撃破した謝安の偉業を讃え、「冶城に古跡を訪えば、猶お謝安墩有り」の後、こう詠む。

憑覧周地険　憑覧（登臨）して　地険（山川丘陵）を周くし
高標絶人喧　高く標でて　人喧（世の騒がしさ）を絶つ
想像東山姿　想像す　東山（謝安）の姿
緬懐右軍言　緬懐す　右軍（王羲之）の言

ところで謝公については、謝安と、彼の甥で淝水の戦いの名将・謝玄とが混同されたらしい。王安石も誤解した一人。彼の七絶「謝公墩二首」其一は、自分の名が謝安の字と同じく、謝安の登った近辺に、自宅（半山園）がある奇縁を感じて、おどけた調子で歌う。

我名公字偶相同　我が名と公の字は　偶たま相い同じ
我屋公墩在眼中　我が屋より　公の墩は　眼中に在り
公去我来墩属我　公去り我来りて　墩は我に属す
不応墩姓尚随公　応に墩の姓は　尚お公に随うべからず

結句は、自分の所有のため、謝公墩と呼び続けるのは不都合の意。実は半山園付近の謝公墩は、謝玄とその子孫の旧宅跡らしい（『景定建康志』一七）。以後、李・王両詩の二箇所の謝公墩が詩に詠み継がれ、両所は時には同一視されている。

江蘇省

（佐藤）

【鍾山】

南京市の東北郊外に、東西七キロメートル、南北三キロメートルにわたって横たわる名山の名。蔣山・北山・金陵山・紫金山などともいう。主峰の北高峰は海抜四四八メートルあり、周囲にそびえる覆舟山・鶏籠山・石頭山なども、みな鍾山の支脈にあたる。蜀の諸葛孔明は、その威容を「鍾山は龍のごとく盤まる」と述べた（唐の許嵩『建康実録』二に引く『呉録』）が、唐の李白も、五古「梅崗に登りて金陵を望み…」詩の中で、まるで龍が囲い込むような地勢を讃えて、こう詠む。

鍾山抱金陵　　鍾山　金陵を抱き
覇気昔騰発　　覇気（王覇の気）　昔　騰発す（高くあがる）

鍾山は本来、禿げ山に近かったが、東晋期の松の植樹によって、美しい青山に変貌した（『太平御覧』四一所引『金陵地記』）。

鍾山は六朝期、仏教の聖地となり、多くの寺院が建てられた。なかでも普通元年（五二〇）、南朝梁の武帝蕭衍が北高峰に建立した大愛敬寺は有名である。武帝は、みずから「鍾山の大愛敬寺に遊ぶ」詩を作り、境内に広がる美しい風景を、

朝日照花林　　朝日　花林を照らし
光風起香山　　光風　香山に起こる

と歌い、梁の昭明太子蕭統「武帝の『鍾山の大愛敬寺に遊ぶ』に和す」詩には、「丹き藤は垂るる幹を繞らし、緑の竹は清き池を蔭う」という。また、天監一三年（五一四）建立の開善寺（霊谷寺）も、昭明太子・陳の陰鏗・中唐の李嘉祐（一説に崔峒）らが詩に詠む。

鍾山の南麓に位置する「東田」（南朝の都・建康城の東郊）は、南朝斉の謝朓や梁の沈約らが別荘（荘園）を構えて、悠々自適の暮らしを営んだ場所である。東田は本来、斉の文恵太子蕭長懋が鍾山の麓に建てた楼館の名であり、「太子は好んで府属と東田に遊幸し」（『太平寰宇記』九〇）、「形勢（地勢）は天下第一為り」と評された（『輿地紀勝』一七）。謝朓の「東田に遊ぶ」詩は、当地の清麗なイメージを決定づけた名篇であり、次に引く一節は、晩春から初夏に到る季節の移ろいを、巧みに描写した対句として名高い。

魚戯新荷動　　魚戯れて　新荷（蓮の新葉）動き
鳥散余花落　　鳥散じて　余花（春のなごりの花）落つ

静謐な鍾山は六朝以来、著名な隠棲地でもあった。北宋の王安石は晩年、鍾山の西南麓に隠棲の居を構えた（【半山園・謝安墩】の項参照）。鍾山に魅せられ、「終日　山を看て　山を厭わず、山を買いて（帰隠し）　終に山間に老いんと待す」（七絶「鍾山に遊ぶ」）と歌い、数々の美しい詩篇を残した。彼の七絶「鍾山即事」は、梁の王籍「若邪渓に入る」詩の「鳥鳴いて　山更に幽なり」の発想を逆転させた結句を持つ、翻案の詩である。

澗水無声繞竹流　　澗水　声無く　竹を繞って流れ
竹西花草弄春柔　　竹西の花草　春に弄れて柔かなり
茅檐相対坐終日　　茅檐に相い対して　坐すること終日
一鳥不鳴山更幽　　一鳥鳴かず　山更に幽なり

―谷川の水は、音もなく竹のしげみをめぐって流れ、竹林の西に広がる花や草は、春の暖かさを身に受けて柔らかく育つ。茅ぶきの粗末な我が家で、鍾山と向かいあって一日中坐っていると、一羽の鳥さえ鳴かず、山はいっそう静まりかえる。―

鍾山は以後も、元の薩都剌「鍾山暁行」、黄溍「鍾山の最高頂に登りて…」、明の太祖朱元璋「鍾山」詩などに詠み継がれていく。

江蘇省

（佐藤）

【白鷺洲・莫愁湖】

白鷺洲は、南京市石頭城（【石頭城】の項参照）の西南、秦淮河の流入口付近の、長江中にあった巨大な中洲。白鷺が群れ集うことによる命名である（北宋・楽史『太平寰宇記』九〇）。その詳細な位置は、現在の江東門付近（莫愁湖の西岸から上新河に到る一帯）とされるが、長江の河道が宋以後、西に移動したため、現在ではすでに地続きと化し、昔の面影はない。ちなみに、現在の白鷺洲公園（南京市東南の武定門付近）は、この白鷺洲本来の場所ではない。

白鷺洲は、盛唐の李白が愛して、しばしば歌った詩跡である。「金陵（南京）の鳳凰台（【鳳凰台】の項参照）に登る」詩の、

三山半落青天外　　三山　半ば落つ　青天の外
一水中分白鷺洲　　一水　中分す　白鷺洲

の一聯は、人口に膾炙した佳句であろう。後句は、一すじの長江の流れが、巨大な白鷺洲によって川中で二つに引き裂かれていることを描写する。李白はまた、五古「洗脚亭」詩の中で、「西のかた白鷺洲を望めば、蘆の花は朝の霜に似たり」と、蘆の白い花が秋の中洲に咲き乱れるさまを詠む。さらに、五古「金陵の冶城の西北の謝安墩（【半山園・謝安墩】の項参照）に登る」詩の中で、「白鷺　春洲に映じ、青龍（青龍山）　朝暾（朝日）を見る」と詠み、美しい春景色が映発きわたる白鷺洲の様子と、群れ集う白鷺の姿が中洲をおおう春草の緑と照り映える情景とを同時に表現する。こうした輝くようなイメージが、この詩跡の特徴となる。

南宋の陸游「賞心亭（【瓦官寺・賞心亭】の項参照）に登る」詩の、「全家　穏かに下る　黄牛峡（長江三峡中の峡谷）、半酔　来り尋ぬ白鷺洲」は、李白の詩を意識しよう。このほか、北宋の梅堯臣・王安石、明の何景明・文徴明、清の乾隆帝・厲鶚ら、多くの人が詠む。

莫愁湖は、南京市水西門の西北にある湖。唐宋以前、当地には長江が流れていた。その流れが西に移動した後、湖が形成され、明・清期、整備が進んで美しい園林となる（通行の『太平寰宇記』九〇に見える莫愁湖の条は、明清時の竄入であるので注意を要する）。

湖名の由来は未詳であるが、詩歌に詠まれた莫愁を連想させる。ただ莫愁には、南朝梁の武帝蕭衍「河中之水歌」（一説に作者不明）に見える、洛陽の名族盧氏に嫁いだ女性と、「莫愁楽」（南朝の西曲）中に歌われる郢州石城（現・湖北省鍾祥市）の女性（『旧唐書』二九）とがいた。後世長く詠まれた、この二人の莫愁は、いずれも南京とは無関係であったが、郢州の石城が南京の石頭城を指すと誤解され（南宋の洪邁『容斎三筆』一一、両莫愁）、ひいては南京の莫愁湖が彼女の旧居と見なされるに至った（『大清一統志』七三）。

莫愁湖の詩は明代に始まる。王世貞の七絶「莫愁湖の徐氏荘に游ぶ」四首其一は、湖水の美しさを歌う、「青山は黛の如く水は油の如し、垂柳千条　地を払いて柔らかなり。真に盧家の婦を見るを須いず、才かに湖名を聴いて莫愁を解す（愁い莫しの意味がわかる）」と。

清の乾隆五八年（一七九三）、江寧知府・李尭棟は荒廃を惜しんで、鬱金堂・湖心亭などを建て、櫂歌を作った。袁枚の七絶「李松雲（尭棟）太守の、莫愁湖を重修する詩に和す」一九首其一九は、美女西施に擬えられた杭州の西湖よりも、莫愁湖は一段まさると歌う。

但覚西湖輸一着　　但だ覚ゆ　西湖は一着を輸す（負ける）と
江帆雲外拍天飛　　江帆（長江の帆船）　雲外に天を拍ちて飛ぶ

莫愁湖は現在、莫愁湖公園となり、園内には莫愁の像が建つ。

（佐藤）

【桃葉渡・長干】

桃葉渡は、南京市の内秦淮河（【秦淮河】の項参照）の北岸（かつて青渓が注いだ合流点より少し下流）にあった舟の渡し場。現在の（老城区）建康路の東段、淮清橋の南に位置した。名は東晋の王献之（王羲之の第七子）の愛妾「桃葉」にちなむ。行き来する秦淮河の急流を怖がる桃葉を心配して、王献之はしばしばこの渡し場で出迎え、「桃葉の歌」を詠んだという。その中の一首にいう。

桃葉復桃葉　　桃葉　復た桃葉
渡江不用楫　　江を渡るに　楫を用いず
但渡無所苦　　但だ渡れ　苦しむ所無し
我自迎接汝　　我　自ら汝を迎接せん

—桃葉よ、ああ桃葉よ。川を渡るのに、（舟をこぐ）かいなどいるものか。ただ渡ればよい。何の心配もないから。私がそこまでお前を出迎えてあげよう。—

この「桃葉歌」は、南朝陳の時、江南で盛んに歌われ（『隋書』二二）、唐の張登は「竹枝（詞）は遊女の曲、桃葉（歌）は渡江の詞」と歌う（「上巳に舟を泛ぶ。…」詩）。

王献之が愛妾を送迎した桃葉渡の名は、晩唐の唐彦謙「清涼寺に遊ぶ」詩に見えるが、その詩跡化は遅れて北宋に下るらしい。北宋の胡宿「桃葉渡」詩に、「悵望す（悲しむ）情人の曲、空しく留む此の渡しの名」とあり、南宋の曾極「桃葉渡」詩（金陵百詠の一）には、「水は横波を送り　山は翠を斂めて、一えに桃葉　江を渡る時の如し」という。以後、明の史謹・余翔、清の紀映淮・呉敬梓などに詠み継がれた。紀映淮「桃葉渡」詩の、「楫は秦代の月を揺らし、枝は晋時の春を帯ぶ」は、佳句と評される。

長干は、六朝の都・建康（建鄴、今の南京市）の南郊外、秦淮河の南岸にあった街の名。西晋の左思「呉都の賦」に、「長干は延属して、飛甍舛互す（家の高い棟が交錯する）」と見える。「干」とは江南で山丘の間を指し、南郊の山間の平地に、官吏と庶民が住んだための命名である（『文選』五、西晋の劉逵注）。この長干里は、長江に注ぐ秦淮河に臨み、雨花台を背にして、繁華な街並みは東西に連なっていた。

東晋ごろ、水郷の風俗を詠む民歌「長干曲」が生まれた。五言四句の作者未詳「長干曲」（古辞）は、「逆浪（向かい波）　故に相い邀り、菱舟（菱の実採りの舟）　揺るるを怕れず。妾家（わたし「女性」）は　揚子（長江北岸の揚子津）に住み、広陵（揚州）の潮に弄るるに便う」と歌う（『楽府詩集』七二、雑曲歌辞所収）。

唐代の長干里付近は、舟で往来する者を相手に妓楼街が形成され、行商人が住んだらしい。「長干曲」に続いて、「長干行」（長干の行）も誕生して愛唱・模擬され、長干の名は広まっていく。盛唐の崔顥「長干曲四首」其二には、「君家は　何れの処にか住む、妾は住みて横塘（長干の西側）に在り。船を停めて　暫く借問せん、或いは恐らく　是れ同郷ならん」とあり、誘いかける遊女の口吻を思わせる。

盛唐の李白「長干行」は、行商人の妻の孤独な心情を歌う。「妾が髪　初めて額を覆い、花を折って門前に劇る」で始まり、こう続く。

郎騎竹馬来　　郎は　竹馬に騎って来り
遶牀弄青梅　　牀（井桁）を遶って　青梅（の実）を弄ぶ
同居長干里　　同に長干の里に居り
両小無嫌猜　　両小　嫌猜無し（無邪気であった）

（佐藤）

【雨花台・労労亭】

雨花台（旧称は石子崗・梅崗）は、南京市中華門の南にある丘陵地（現・雨花台風景名勝区）の名。南朝梁の武帝の頃、雲光法師がこの地で経を講じたところ、その素晴らしさに天が感応し、空から花びらを雨のように降らせてきたという（南宋・周応合『景定建康志』一一）。この伝承に基づいて、唐代以降、雨花台という。

雨花台は、江南屈指の登覧の地である（『景定建康志』二二に引く南朝宋の山謙之『丹陽記』）。晩唐の唐彦謙が重陽節の登高を詠んだ「金陵（南京）の九日」詩に、「野菊　西風　満路の香り、雨花台上壺觴集う」とある。これが雨花台の早期の例となろう。

宋代、雨花台はしだいに開発され、多くの詩に詠み込まれていく。北宋の王安石、南宋の楊万里、元の趙孟頫、明の高啓・文徴明・楊慎・李攀龍・王世貞・李東陽、清の康熙帝・呉偉業などの作品が伝わっている。その一つ、南宋・劉克荘の七律「雨華台」詩の前半は、当地の特色をよく表現する。

昔日講師何処在　昔日の講師　何処にか在る
高台猶以雨華名　高台は　猶お雨華を以て名づく
有時宝向泥尋得　時有りて　宝は泥に向いて尋ね得たるも
一片山無草敢生　一片の山　草の敢えて生ずる無し

—かつて経を講じた高僧はもはや世を去ったが、この高台は依然として雨花と呼ぶ。時には美しい宝石を、地面から拾うことができるが、あたりは岩山で、草さえ生えようとはしない。—

雨花台には、小さな瑪瑙石が多いため、俗に聚宝山ともいい（元の張鉉『至正金陵新志』五）、瑪瑙崗とも呼ばれる。

労労亭は、南京の「城南十五里」にあった、古えの送別の場所。三国呉の時代、労労山上に望遠亭が設けられ、南朝宋のとき、臨滄観、さらに労労亭に改名された（『景定建康志』二二）。それは、六朝以来、交通・軍事の要衝で、貴族たちの遊宴・離別の地「新亭」のある隴の上にあったらしいが、その所在地は未詳である（南京中華門の六キロメートル外の石馬山か、ともいう。また『太平寰宇記』九〇では、労労亭は新亭と同一とする）。労労とは、別れを憂い痛むさま。一説に、古楽府「孔雀東南飛」中の、夫婦の別れを詠んだ「手を挙げて長えに労労たり、二情は同じく依依たり」に基づくともいう。

労労亭自体は、六朝の終焉とともにさびれたが、盛唐・李白の五絶「労労亭」は、ここを送別の詩跡として確立した名篇である。

天下傷心処　天下　傷心の処
労労送客亭　労労　客を送るの亭
春風知別苦　春風　別れの苦しきを知り
不遣柳条青　柳条をして　青からしめず

—この世で最も人の心を痛ませる場所、それは「労労」の名を持つ、旅人を見送るこの亭子。春風も離別の辛さを知ってか、（旅立つ人に手折って贈る）柳の枝に、青い芽を吹かせようとしないのだ。—

さらに李白は七古「労労亭の歌」にも、「金陵　労労　客を送るの堂、蔓草離離として（雑草が生い茂って）道傍に生ず」と詠む。

中唐・皎然の「労労亭上　春応に度るべし、夜夜　城南　戦いて未だ廻らず」（「塞下曲二首」其一）や、明・袁宏道の「労労亭上に向いて　望む莫かれ、秋江　容易に　巾を沾すを得ん」（「鄒金吾の白下（南京）に遊ぶを送る、…」詩）などの名句も、いずれも悲しい離別地のイメージに拠る。

（佐藤）

【瓦官寺・賞心亭】

瓦官寺は、南京の秦淮河下流の南岸の地（繁華な長干の西北、横塘の南の地）に、東晋の興寧二年（三六四）、釈慧力が建立した古刹の名。寺の名は、瓦（素焼きの土器の総称）を焼く官営工場「陶官」の跡地を朝廷から賜ったことに由来する（唐・許嵩『建康実録』八）。ただ別の伝承もあって、瓦棺寺とも記された。

瓦官寺には、三つの宝（三絶）があり、その一つ東晋の画聖・顧愷之の壁画「維摩詰（画）像」は、特に有名である。盛唐の杜甫は二〇歳ごろ呉越の地を旅した折、これを見て感動した。「許八拾遺の江寧（南京）に帰りて観省するを送る、…」詩の中で、当時を回顧して、「虎頭（顧愷之の幼名）の　金粟の影（金粟如来〈維摩詰〉の画像）、神妙（精妙なできばえ）　独り忘れ難し」と絶賛する。

瓦官寺の名物は、南朝の梁代に造られた高さ二四〇尺（約七〇メートル）の瓦官閣（瓦棺閣）である（南宋・張敦頤『六朝事跡編類』一一）。奈良時代の淡海三船『唐大和上（鑑真）東征伝』には、盛唐期の様子を、「閣の高さ二十丈（約六〇メートル）。是れ梁の武帝の建つる所なり。今に至るまで三百余歳、傾損すること有る微し」と伝える。この瓦官閣は南唐の時、昇元閣と呼ばれ、北宋の開宝八年（九七五）、南唐の滅亡時に焼失した（『景定建康志』二二）。

盛唐の李白は、「横江（長江の渡し場の名）の詞」六首其一で、強風にあおられた長江の荒波を、「一風三日　山を吹き倒し、白浪は（江辺にそそり立つ）瓦官閣よりも高し」と詠む。李白は、また五古「瓦官閣に登る」詩の冒頭で、眺望の好さをこう歌う。

晨登瓦官閣　　晨に登る　瓦官閣
極眺金陵城　　極めて眺む　金陵（南京）城
鍾山対北戸　　鍾山（紫金山）は　北戸に対い
淮水入南栄　　淮水（秦淮河）は　南栄（南側の軒先）に入る

瓦官寺は「前に江面を瞰、後ろは崇き岡に拠り」（『方輿勝覧』一四）、現在とは異なって、眼下に長江を見おろせる景勝地であった。中唐の韓翃、晩唐の羅鄴らも瓦官寺・瓦官閣を詠んだ詩を残す。

瓦官寺は幾度か改名し、南唐では昇元寺、明代では鳳游寺と称した。現在は古瓦官寺と称し、二〇〇三年に重建されている（南京市秦淮区集慶路の南、花露北岡［路］の北辺）。

賞心亭は、北宋の丁謂が大中祥符年間（一〇〇八―一六）、江寧府（南京）の西の「下水門」（今の秦淮区水西門）の城壁上に建てた亭子の名（南宋期、焼失したが、すぐ再建）。秦淮河を俯瞰して眺望に富み（『景定建康志』二二等）、長江にも近かった。丁謂は赴任の際、真宗から下賜された名画「袁安臥雪図」を亭内に飾り、「金陵の奇観」になったという（北宋・王闢之『澠水燕談録』七）。

古都に建つ眺望絶佳の賞心亭は、北宋の王珪・梅堯臣・郭祥正・王安石、南宋の陸游・范成大・劉克荘、元の薩都剌、明の劉基などに詠み継がれた。北宋・郭祥正の七古「金陵の賞心亭」詩は、「秦淮の青城　幾百尺、城上の高亭　望（眺望）極まり無し」で始まり、

此間風月最為多　　此の間（賞心亭）の風月　最も多しと為す
莫辞把酒呈高歌　　辞する莫かれ　酒を把りて高歌を呈するを

と歌う。また、陸游の七律「賞心亭に登る」詩には、

黯黯江雲瓜歩雨　　黯黯たる江雲　瓜歩（長江対岸の地）の雨
蕭蕭木葉石城秋　　蕭蕭たる木葉　石城（石頭城）の秋

と詠んだ後、北方の領土を回復するために、当地への遷都を願う。

（佐藤）

【棲霞寺・燕子磯】

棲霞寺は、南京市の東北郊外約二二キロメートル、棲霞山（旧称は摂山、海抜二八四メートル、長江に臨む）の麓にある寺院の名。南朝の高士・明僧紹は、長く摂山に隠棲した。彼の没後―斉の永明七年（四八九）、故宅が「棲霞精舎」となって、僧法度が住持となる（『高僧伝』八、陳・江総「摂山棲霞寺碑」）。これが棲霞寺の開創である。その後、僧朗・僧詮らが梁代に住持して、三論宗の聖地となった。陳の江総は四首の詩を作る。「摂山の棲霞寺に入る」詩には、「高僧　跡共に遠く、勝地　心相い符（合）す。樵隠（木こり・隠者）各の得る有り、丹青（画像）独り渝らず（自注…寺に猶お朗・詮の二師、居士明僧紹、…の塑像図有り）」という。陳の後主叔宝が江総詩に唱和した作も伝わる。

唐代、棲霞寺は、台州の国清寺（浙江省）・斉州の霊巌寺（山東省）・荊州の玉泉寺（湖北省）とともに、「天下四絶寺」と称された。

明僧紹は、斉・高帝の任官要請を辞退して高潔な生き方を貫いた人である。今も山門外に、唐の高宗李治撰「摂山棲霞寺明徴君之碑」が伝存し、棲霞寺は彼の高風を追慕する詩跡ともなった。中唐・劉長卿「棲霞寺の東峰に南斉の明徴君の故居を尋ぬ」詩に、

長嘯辞明主　長嘯して　明主に辞し（斉・高帝の招聘を辞退し）
終身臥此峰　終身　此の峰（棲霞山）に臥す

と見え、晩唐・皮日休「栖霞寺に遊ぶ」詩にも、「明居士（在家の仏教信者・明僧紹）を見ず、空山　但だ寂寥」と詠む。

中唐・権徳輿の七絶「棲霞寺雲居室」（棲霞寺の雲居室）は、寺僧の閑適な幽居生活を歌う（盥漱は手を洗い口をすすぐ意）。

一径縈紆至此窮　一径縈紆（曲折）して　此に至りて窮まる
山僧盥漱白雲中　山僧盥漱す　白雲の中
閑吟定後更何事　閑吟　定（入定）後　更に何をか事とせん
石上松枝常有風　石上の松枝　常に風有り

棲霞寺は宋の王安石、明の王世貞・祝允明、清の宋犖らも詩に詠む。

燕子磯は、南京市の北郊、直瀆山（観音山）北麓の、長江中に突き出た、高さ四〇メートル弱の断崖の名。三面が長江に囲まれて切り立ち、形が燕の飛ぶ姿に似ているための命名とされる。清の厲鶚も「石勢は渾て水を掠めて飛ぶが如し」（「帰舟江行、燕子磯を望みて作る」詩）と歌う。馬鞍山の采石磯・岳陽の城陵磯とともに、長江の三磯と称される。明末清初・帰荘の詞「錦堂春　燕子磯」にいう。

半壁横江矗起　半壁　江を横ぎりて　矗起し（そそり立ち）
一舟載雨孤行　一舟　雨を載せて　孤り行く
憑空怒浪兼天湧　空に憑る怒浪　天に兼なりて湧き
不尽六朝声　尽きず　六朝の声（響き）

燕子磯は、「岷濤万里（長江万里の流れ）望中に収まる」（清・王士禛「暁雨　復た燕子磯の絶頂に登る」詩）、見晴らしのよい景勝地であり、太陽の輝きがよく詠まれる。清の施閏章「燕子磯」詩に、「絶壁　寒雲の外、孤亭　落照の間」とあり、清・王士禛「夜　燕子磯に登る」詩は、燕子磯から眺めた、夕闇に染まる長江を歌う。

渡江訪名山　江を渡って　名山（観音山）を訪ぬ
層巓到曛黒　層巓（高い山頂）　曛の黒きに到る
大江森欲動　大江　森として動かんと欲し
浩浩千里色　浩浩たり（水量豊かに広がる）　千里の色

燕子磯の詩跡化はやや遅く、南宋の趙公豫、明の王世貞・胡応麟、清の康熙帝・乾隆帝・査慎行らも詩に詠む。

（佐藤）

【茅山】（ぼうざん）

茅山は、南京市の東南約六〇キロメートル、句容市と金壇市との境界（句容市茅山鎮の東）に連なる山なみの名。道教の聖地（第八洞天・第一福地）として知られ、主峰の大茅峰は海抜約三六六メートル。旧名は句曲山。山の形が曲折して「句」の字に似ているためという（『太平寰宇記』八九）。漢代、茅盈・茅固・茅衷の三兄弟が山中で修行して仙人になったと伝えられ、茅山（三茅山）と称された。現在も、茅盈らは三茅真君として山頂の九霄万福宮に祀られている。

茅山は、道教の一宗派・上清派（茅山派）が創立された処である。東晋の楊羲らが基礎を築き、南朝斉梁の陶弘景が茅山に隠居して、経典の集大成を行い、上清派（茅山派）道教を大成した。陶弘景は自ら華陽隠居と号し、斉の高帝蕭道成の問いに応えて、「『山中に何の有る所ぞ』と詔問せられ、詩を賦して以て答う」詩を作る。

山中何所有　　山中 何の有る所ぞ
嶺上多白雲　　嶺上 白雲多し
只可自怡悦　　只だ自ら怡悦す（喜び楽しむ）べきも
不堪持寄君　　持って君（君王）に寄するに堪えず

茅山を詠む詩は、盛唐の儲光羲「茅山に遊ぶ五首」、綦毋潜「茅山の洞口」詩などに始まり、中晩唐以降に増加した。茅山には三茅君や陶弘景が修道した仙洞―「華陽洞」（深遠な鍾乳洞）があった。儲光羲の七絶「題茅山華陽洞」（茅山の華陽洞に題す）詩にいう。

華陽洞口片雲飛　　華陽の洞口に 片雲飛び
細雨濛濛欲湿衣　　細雨濛濛として 衣を湿さんと欲す
玉簫遍満仙壇上　　玉簫 遍く満つ 仙壇（神仙の居所）の上
応是茅家兄弟帰　　応に是れ 茅家の兄弟帰るべし

晩唐・杜荀鶴の五律「茅山に遊ぶ」詩も、茅山の仙家―三茅君を祀る祠廟（道観）を訪ねての作であろう。

歩歩入山門　　歩歩 山門に入れば
仙家鳥径分　　仙家 鳥径（険阻な山道）分かる
漁樵不到処　　漁樵（漁師・木こり）すら 到らざる処
麋鹿自成群　　麋鹿（大小のシカ） 自から群れを成す

と詠んだ後、「石面（岩の上） 水を迸り出だし、松頭（松の梢） 雲を穿ち破る。道人（道士）は 星月の下、相い次いで（順次） 茅君を礼（礼拝）す」と歌い収める。

一方、晩唐の皮日休「江南道中 茅山の広文南陽博士を懐う」詩は、「華陽第八天」で修行する友の神仙的環境を詠む（三首其二）。

壇上古松疑度世　　壇上の古松は 世を度るかと疑い
観中幽鳥恐成仙　　観中の幽鳥は 仙と成るを恐る

茅山の峰々の中でそばだつ三高峰を、三茅君になぞらえて、大茅峰・中茅峰（二茅峰）・小茅峰（三茅峰）と呼ぶ。北宋の王安石は、この三峰に登ってそれぞれ詩を作った。「大茅山に登る」詩には、俗世間（塵沙）から遠く隔絶した山容を讃える（道里は道のり）。

一峰高出衆山巓　　一峰 衆山の巓より高く出で
疑隔塵沙道里千　　疑うらくは塵沙を隔つること道里千なるかと

明の王鏊「茅山」詩は、三峰の高峻な山容を、天空に突き出た芙蓉の花（蓮の花）に見立てて、「大峰 小峰 中峰に連なり、天に当たりて削り出だす 青き芙蓉」と歌う。

この他、茅山は唐の張籍・顧況・許渾・劉長卿・李徳裕・陸亀蒙、宋の范仲淹、元の薩都剌など、多くの詩人に詠まれた。

【館娃宮（霊巌寺・霊巌山・響屧廊）】

（佐藤）

館娃宮は、春秋時代の後期、越王勾践を破った呉王夫差が、献上された越の美女西施を住まわせるために造ったとされる宮殿の名。蘇州市の西南郊外約一五キロメートル、呉中区木瀆鎮の西北、海抜一八二メートルの小高い霊巌山（硯石山）の上にあった。

春秋時代、蘇州城を築いた呉王闔閭は、謀臣の伍子胥や兵法家孫武を起用して、楚国を破り、勢威をふるった。しかしその晩年、越王勾践と戦って敗死する（前四九六年）。これが、「呉越同舟」の諺で知られる、両国積怨の芽生えであった。後を継いだ呉王夫差は、二年後、伍子胥に越国の討伐を命じ、呉・越両国の水軍は、太湖のなかで激戦を繰り広げた。

大敗した越王勾践は、会稽山（浙江省紹興市の南の山岳地）に逃れ、呉の重臣伯嚭に賄賂を贈って、ようやく助かることができた。

霊巌山寺

越王勾践は、この「会稽の恥」を雪ぐために、謀臣范蠡とともに雌伏して、報復の機会を待った。そして范蠡の献策に従って、呉王夫差のもとに、美女西施と多くの財宝を献上した。蓮の花さえ羞じらう（李白「西施」詩）ほどの美女を献上する狙いは、むろん西施の色香に迷わせて、夫差の歓心を買うことにあった。

呉王夫差は、西施を住まわせるために、霊巌山（硯石山）上の平地に、壮麗な館娃宮を造り、毎日遊宴に明け暮れたという。「娃」とは、呉（蘇州付近）の方言で美女の意。館娃宮とは、「美女西施を館まわせるための宮殿」を意味する。この宮殿は、すでに西晋の左思「呉都の賦」に、「（呉王は）館娃の宮に幸す」と見えるが、館娃宮の語を詠みこんだ最古の詩は、盛唐の李白「西施」詩であるらしい。

そして会稽の恥から二二年。勾践はついに夫差を追い込み、呉を破った。明・高啓の七絶「館娃閣」詩は、こう皮肉って詠じる。

館娃宮中館娃閣　　館娃宮中の　館娃閣
画棟侵雲峰頂開　　画棟　雲を侵して　峰頂に開く
猶恨当年高未極　　猶お恨む　当年　高さ未だ極めず
不能望見越兵来　　越兵の来るを望見する能わざりしを

—館娃宮内の館娃閣。あざやかに彩られたこの高閣は、雲に突き出て、霊巌山の峰頂に建てられていた。それでも残念なのは、当時、その高さがまだ充分ではなかったこと。もっと高ければ、越軍の襲来を遠望できて防げたであろうのに。—

館娃宮の跡には、（一説では宮殿の一部を再利用して）、南朝期、秀峰寺が置かれ、唐代には霊巌寺とも呼ばれた。いまも浄土宗の著名な寺院「霊巌山寺」として現存し（民国期の再建）、七層の霊巌寺塔（多宝塔）は、南宋の紹興一七年（一一四七）に成るとされる。

唐末の陸広微重編『呉地記』に、「館娃宮有り。呉の人、西施を呼びて娃と作し、夫差置く。今の霊巌山、是れなり。（東）晋の太尉陸玩、宅を（喜）捨して寺を置く」という。また南宋の王象之『輿地紀勝』五、霊巌山の条には、「秀峰寺有り。故宮の境（場所）を占む。景物清絶なり」という。この秀峰寺は、一般に南朝梁の天監年間（五〇二―五一九）の建立とされる（後引の劉禹錫の詩題や北宋の朱長文『呉郡図経続記』中など）。

霊巌山上の館娃宮跡は、呉中（蘇州周辺）の名勝地の一つであり、西施ゆかりの遺跡が多い。響屧廊・硯池（洗硯池）・玩華池（＝玩花池。蓮の花をめでるための池）・玩月池（以上の三池は、山頂にある）・琴台（西施が琴をかなでた場所。霊巌山の最高所）・西施洞（西施が真夏、暑さを避け、故郷をしのんだという中腹の洞窟）など、大半の遺跡は、現在もなお伝存する。

このうち、響屧廊は、鳴屧廊・鳴屐廊ともいい、西施たちが屧（木製のサンダル・下駄の類）を履いて歩くと、足音がよく響くように工夫された廊下、一種のウグイス張りの名である。『呉郡図経続記』中には、「楩梓（くすの木やあずさの板）を以て、其の地に藉き、西子（西施）行けば、則ち声有り。故に以て名づく」という。

館娃宮は中晩唐期、にわかに詩に詠まれ始めた。中唐の李嘉祐「呉中（春秋・呉国の都〔蘇州〕）を傷む」詩に、

館娃宮中春已帰　館娃宮中　春已に帰り、
闔閭城頭鶯已飛　闔閭城（蘇州）頭　鶯已に飛ぶ

と見え、陳羽「呉城覧古」（呉の都〔蘇州〕で古えの跡を覧る）詩（後引）、盧綸「賦して『館娃宮』を得たり、王山人の江東に遊ぶを送る」、殷堯藩「館娃宮」、白居易の「霊巌寺に題す」詩などもある。白居易の詩は宝暦二年（八二六）、蘇州刺史在任中の作であり、自ら「寺は即ち呉の館娃宮。鳴屧廊・硯池・採香径の遺跡在り」と注して、

娃宮屧廊尋已傾　娃宮　屧廊　尋いで已に傾き、
硯池香径又欲平　硯池　香径　又た平かならんと欲す

と歌う。娃宮は館娃宮、屧廊は鳴屧廊、香径は採香径の略である。

続いて劉禹錫も、蘇州刺史在任中（八三一―八三四）に直接訪れて、「館娃宮は郡の西南の硯石山上に在り。前に姑蘇台を瞰て、傍らに采（＝採）香径有り。梁の天監中、仏寺を置きて霊巌と曰う。即ち故宮なり。信に絶境（外界と隔絶された景勝地）為り。因りて二章を賦す」という、長い題の詩を作る。

さらにはまた、李紳の「館娃の故宮を迴望す」、張祜の「蘇州の霊巌寺に題す」、晩唐の于濆「館娃宮を経」、趙嘏「霊巌寺」詩のほか、皮日休・陸亀蒙・斉己などの詩もある。趙嘏の「霊巌寺」詩にいう。

館娃宮畔千年寺　館娃宮畔　千年の寺
水闊雲多客到稀　水闊く雲多くして　客の到ること稀なり
聞道春来更惆悵　聞道らく　春来れば　更に惆悵すと
百花深処一僧帰　百花深き処　一僧帰る

―館娃宮の跡地に置かれた、長い歳月を経た古い寺院。眼下の湖水（太湖）は広々と果てしなく、この山上には白い雲が深く立ちこめて、参詣する人もまれである。かねがね聞いていた、春になると、境内はひとしおもの悲しい風情に満ちる、と。折しも色とりどりの花が咲き乱れて、（華やかな館娃宮の昔をしのばせる中を）、一人の僧侶が帰ってきた。―

詩は、荒廃した遺跡中に建つ古刹を訪ねて詠んだ懐古詩。わが室町時代の月舟寿桂『三体詩法幻雲抄』は、結句を「百花爛漫として古えに異ならずと雖も、之を賞づる者無く、唯だ一僧帰るのみを言う」と評釈する。百花と一僧の特異な対比が、詩の味わいを深める。

晩唐の皮日休が、咸通一一年（八七〇）、蘇州刺史崔璞の従事（幕僚）であった時に作った「館娃宮懐古」詩（『松陵集』六）には、

硯沼祇留渓鳥浴　硯沼は　祇だ渓鳥の浴するを留め

屧廊空信野花埋　屧廊は　空しく野花の埋むるに信す

―かつての硯池は、今や谷川にすむ小鳥の水浴び場に変わりはて、響屧廊は、野の花に埋もれるままとなってしまった。―

と詠んで、西施たちの艶姿はもはや見えないと嘆く。

皮日休はまた、「館娃宮懐古、五絶」其五においても、「響屧廊中金玉歩（西施の足音が響屧廊中にひびく）」と回顧する（同年の作）。

採香径（略称「香径」）は、霊巌山から西南の香山に伸びる、約五キロメートルの水路（谷川）の名。径は逕（水路）に通じ、後世では採香逕とも表記された。本来は、西施たちが香草を採るために、特に掘られた水路であったらしい。南宋の范成大『呉郡志』八にいう、「採香径は、香山の旁らに在る小渓なり。呉王（夫差）、香（草）を香山に種え、美人をして舟を渓に泛べて、以て香を採らしむ。今、霊巌山より之を望めば、一水直きこと矢の如し。故に俗に又た箭逕と名づく」と。ただ文字通り、館娃宮内にある、西施たちが香草を摘んだ小道とも受け取られたらしい（李紳「姑蘇台雑句」詩の序など）。

劉禹錫は、「唯だ余す　採香径、一帯（一本の帯のように）　山を繞りて斜めなり」（前掲の長い題の詩）と詠む。また、陳羽「呉城覧古」詩は、本来、無情な「春色」（自然）を擬人化した機知が冴え、感傷の気分にあふれた懐古詩となる。

呉王旧国水煙空　呉王の旧国　水煙空し
香径無人蘭葉紅　香径　人無く　蘭葉紅なり
春色似憐歌舞地　春色は　歌舞の地を憐れむに似て
年年先発館娃宮　年年　先ず発く　館娃宮

―かつて栄華を誇った呉王夫差の古い都付近は、今や水面にただようモヤが空しく広がるばかり。西施たちが香草を採った谷川ぞいには、もはや人かげも見えず、蘭（香草の一種、フジバカマ）の葉が、摘む人も無いままに紅くしおれて、わずかながら昔の面影を伝えている。春景色は、昔の華やかな宴遊の地をいとおしむかのように、毎年真っ先に、この館娃宮の跡に美しい花を咲かせて、ありし日をしのばせるのだ。―

このように霊巌山の館娃宮は、中晩唐期、にわかに注目され、薄幸の美女西施をしのぶ詩跡として定着した。

館娃宮関連の場所は、以後も長く詠みつがれた。北宋の王禹偁「響屧廊の壁に題す」、李復圭「秀峰の上方」、南宋の范成大「香山」、元の尹廷高「館娃宮」、陳方「硯池」、顧瑛「響屧廊」詩などが作られた。蘇州出身の詩人、明の高啓は、前掲詩以外にも、「翫花池」「霊巌寺」「西施洞」「霊巌の琴台」「硯池」「響屧廊」「采香径」など、多くの詩を作る。七絶「遊霊巌」（霊巌に遊ぶ）詩にいう（茱萸は、晩秋に実が紅く熟するカワハジカミ）。

茱萸垂実満遺宮　茱萸　実を垂れて　遺宮に満ち
洗硯池荒水殿空　洗硯の池は荒れて　水殿空し
不見傾城酔歌舞　見ず　傾城（西施）の　酔いて歌舞するを
梵声時起白雲中　梵声（読経の声）　時に起こる　白雲の中

さらには、明の王鏊・王寵・唐寅・文徴明、清の康熙帝・蔣士銓などの詩も伝わる。

（佐藤）

【蘇州・姑蘇台】

蘇州は、長江下流の三角洲地帯に位置する都市の名。春秋戦国時代から、すでに呉国の都として繁栄し、六朝時代には「呉郡」もしくは「呉県」と称した。江南の中でも最も早く開けた都会として「呉会」とも呼ばれた。一説に、呉は娯の原字で、「たのしき楽土」を意味するともいう。蘇州の名は、隋が南朝陳を破ったのち、開皇九年（五八九）、姑蘇山にちなんで命名された。姑蘇山は、春秋時代、呉王の闔閭と夫差が築いた離宮「姑蘇台」が置かれた場所として名高い（後述）。蘇州は南宋・元朝では平江（府・路）と呼ばれた。

木下杢太郎は、「蘇州は東洋のヴェネチヤ、一水一橋、悉く是れ絵であり、詩であり、伝説である」（『支那南北記』）と評する。その言葉に違わず、「水の都」蘇州の特色は、縦横に走る運河とその上に架かる橋の多さにある。白居易の「正月三日閑行」詩には、美しい対句を用いて、水路と橋の多さを歌う。

緑浪東西南北水　　緑浪　東西南北の水（水路）
紅欄三百九十橋　　紅欄（朱塗りの欄干）　三百九十の橋

蘇州は温暖湿潤な水郷地帯にあり、中唐期、韋応物（七八八―七九〇年在任）、白居易（八二五―八二六年在任）、劉禹錫（八三一―八三四年在任）といった著名な詩人たちが、あいついで蘇州の刺史（州知事）に着任し、すぐれた治績を挙げた土地であった。

韋応物の詩「郡斎（刺史の官舎）にて雨中に諸文士と燕集す」には、「呉中（蘇州）は　文史盛んにして、群彦　今　汪洋たり（多くの英才が輩出する）」と歌い、蘇州は単に豊かな財富の地であっただけでなく、文化的にも優れた地であると讃える。この詩に唱和した顧況の詩にも、「文雅　一えに何ぞ盛んなる」と賞賛する（「本部の韋左司〔もと尚書省左司郎中の韋応物〕に酬ゆ」）。

蘇州周辺の江南一帯は、東晋以降、急速に低湿地の干拓が進み、安史の乱後は、戦乱を避けて移住してきた人々によって苗代農法が伝わり、二毛作の豊かな農業地区となった。

唐代の後期、蘇州は人口が急増して繁栄する。白居易は蘇州刺史在任中に、「斉雲楼（蘇州内城の城楼）晩望、…」詩を作って、

人稠過楊府　　人の稠きは　楊府に過ぎ
坊闊半長安　　坊の闊きは　長安に半ばす

と詠み、「蘇州の人口は楊州より多し」「長安の坊（町割）は百廿、蘇州の坊は六十」という自注（菅家本）を付す。江南屈指の繁華な都市・揚州よりも人口が多く、坊数は唐都・長安の半ばに達する、というのである。蘇州の繁栄ぶりがよく窺い知れよう。

宋代の蘇州は、「蘇湖（蘇州・湖州）熟れば、天下足る」（熟・足は通韻）、「天上の天堂、地下の蘇杭（蘇州と杭州）」（堂・杭は押韻）などの俗諺さえも生まれる、地上の楽園となった（ともに『呉郡志』五〇）。そして繊維産業が盛んになり、経済力が高まって華麗な都市文化が花ひらき、多くの庭園が造られた。

蘇州の名の由来―姑蘇山にあった離宮が、姑蘇台（姑胥台）である。姑蘇台は、春秋時代の後期、呉王闔閭が姑蘇山（姑胥山）上に築き、子の夫差が拡張した壮麗な宮殿の名。唐の張守節『史記正義』には、「呉県（蘇州市）の西南三十里（約一七キロメートル）の横山（今の七子山）の西北麓の姑蘇山上に在り」（『呉郡志』八所引）というが、唐の李吉甫『元和郡県図志』二五には、「（姑蘇）山は（蘇）州の西四十里（約二二キロメートル）に在り。其の上に闔閭、台を起く」とある。

前者は北宋の朱長文『呉郡図経続記』中の「横山の北に連なる」姑蘇山に相当し、後者は同巻の胥山（別名「姑蘇山」。胥口鎮東南の清明山［皋峰山］）にあたる。姑蘇台の跡は今日もなお未確定であり、前者が通説である。北宋の崔鷗「姑蘇台の賦」に見える、「荒基峻級、高く雲間に切る」遺址も、前者（横山のほとり）である。

姑蘇台は、「高さ三百丈（約九〇〇メートル）、三百里（約一五〇キロメートル）の外を望見」（唐末の陸広微重編『呉地記』）できるとされ、胥門（蘇州城の西門二つのうちの南の門）を出て、九曲路を登って赴いた。姑蘇台の台とは、建物を築く際に、高く土を盛ってつき固めた台基をいい、時には台上の建築物「榭」をも含めて呼ぶ。

呉王夫差は、この姑蘇台上に春宵宮を造り、その中で一晩中酒宴を繰り広げ（長夜の飲）、千石の酒を貯える巨大な酒鍾を作った。さらに大池（天池）を作って青龍舟を浮かべて音楽を楽しみ、西施と舟遊びに興じたという（『太平広記』二三六所引『述異記』）。

李白は七言古詩「烏棲曲」の中で、当時の情景を想像して歌う。

姑蘇台上烏棲時　　姑蘇の台上　烏棲む時
呉王宮裏酔西施　　呉王の宮裏　西施酔う

呉王夫差は春と夏、館娃宮（【館娃宮】の項参照）に住んで姑蘇台に遊び、秋と冬には、蘇州城内の宮殿で暮らしたという。

前後約三〇年間、呉（闔閭と夫差）と越（勾践）による凄惨な戦いも、越の勝利で終わる。胆を嘗めて復讐を誓った越王勾践は、敗戦後二二年、ついにこの姑蘇台を包囲して、呉王夫差を自殺に追い込んだ。この時、豪奢な姑蘇台も焼け（前四七三）、あとは台基のみ残るわびしい廃墟と化した。

この姑蘇台の跡には、杜甫も二十代初めの若き日に訪れている（「壮遊」詩）が、呉国の興亡盛衰を象徴する詩跡となったのは、ひとえに李白の七絶の絶唱、「蘇台覧古」（姑蘇台にて古跡を覧て感慨を述べる）詩による。

旧苑荒台楊柳新　　旧苑　荒台　楊柳新たなり
菱歌清唱不勝春　　菱歌　清唱　春に勝えず
只今惟有西江月　　只だ今　惟だ有り　西江の月
曾照呉王宮裏人　　曾て照らす　呉王宮裏の人

――古びた庭園、荒れはてた台榭、柳の樹々だけが今なお新緑に萌える。（少女たちの）菱つみの歌声が清らかに響いて、春の愁いに堪えきれない。今の世に変わらないものは、西の江の上に輝く明月だけ。あの月こそは、かつて呉王宮中の人、西施を照らした月なのだ。――

詩は、もはや呉宮の華―西施に会うすべのないことを悲しむ。

唐代の後期、姑蘇台は多くの詩に詠まれた。中唐の劉商「姑蘇懐古、…」、陳羽「姑蘇台懐古」、劉禹錫「姑蘇台」（「館娃宮は郡の西南の硯石山上に在り…」詩其二）、李紳「姑蘇台雑句」、晩唐の曹鄴「姑蘇台」、羅隠「姑蘇台」詩などがあり、時には亡国に導いた豪奢な享楽生活への批判もこめられる。

宋代以降も、南宋の楊万里、元の薩都剌・盧琦・袁易・顧瑛、明の王禕・沈周などが、姑蘇台に登る詩を作る。ただしこの中には、南宋の初め、蘇州（平江府）城の旧「胥門」の城壁上に建てられ、南宋の石刻「平江図」にも見える「呉中の偉観」―姑蘇台が含まれる（『呉郡志』七、姑蘇館）。楊万里の「船を百花洲に泊して、姑蘇台に登る」二首其一には、「姑蘇台上　斜陽の裏、眼（眺望）は霊巌（山）を度りて太湖に到る」と歌う。この姑蘇台は城楼の「姑蘇台」を指す。元の薩都剌「姑蘇台に登る」二首も同様らしい。

（佐藤）

【楓橋・寒山寺】

楓橋とは、蘇州城（蘇州市）の閶門（西北の門）外の西約五キロメートルにかかる橋の名。長江系風土を代表する楓樹にちなむ命名らしい。また寒山寺は、その東南約二〇〇メートル先に位置する寺の名である。鎮江・無錫から杭州へと向かう幅十丈（約三〇メートル）の江南運河が、この楓橋付近で左折して閶門へと向かい、このあと蘇州城の西壁と南壁に沿って南下した。つまり楓橋付近は、大運河ぞいに位置する交通の要衝であり、唐代、閶門から西の楓橋に至る一帯は、物資の集散地として船の往来が盛んな商業地であった。

蘇州城外のこの楓橋が、「南北の客の（当地を）経由するに、未だ此の橋に憩いて題詠せざる者有らず」（南宋の范成大『呉郡志』一七）と記される第一級の詩跡となったのは、次に引く中唐の張継「楓橋夜泊」詩に拠るところが甚だ大きい。

月落烏啼霜満天　月落ち　烏啼いて　霜　天に満つ
江楓漁火対愁眠　江楓　漁火　愁眠に対す
姑蘇城外寒山寺　姑蘇城外　寒山寺（寒山の寺）
夜半鐘声到客船　夜半の鐘声　客船に到る

—月が沈み、カラスが鳴いて、冷たい霜の気配が夜空に満ちわたる。紅葉した河辺の楓樹と紅く燃える漁り火とが、旅愁に眠れぬ私の目に映る。蘇州の郊外、寒山寺（寒々とした山中の寺）から、夜半を告げる鐘の音が、旅人たる私の乗る船にまで伝わってくる。—

詩は、作者が至徳年間（七五六—七五八）、安史の乱を避けて呉越の地に遊んだときの作らしい。古都蘇州付近の、晩秋の清らかな夜景の描写を通して、そこに船泊まりした旅人の深い孤独感を詠む。

ただし本詩については、第一に「夜半の鐘」、第二に「寒山寺」に関する注意点がある。

北宋の欧陽脩が『六一詩話』の中で、「詩句は良いけれども、三更（真夜中）は鐘をつく時ではない」と批評して以降、「夜半の鐘」について、その当否をめぐる議論が盛んに交わされた。この過程で、他の唐詩の中でも夜半の鐘（分夜鐘・無常鐘）を詠んだ詩がいくつも発見され、さらには宋代の詩人中にも蘇州で夜半の鐘を聴いた実体験を持つ者が現れて、欧陽脩の誤解という結論に達した（詳細は、松浦友久編『校注唐詩解釈辞典』一二三六頁、田中和夫執筆を参照）。

しかしこの議論のおかげで、張継の詩はますます注目された。南宋初めの孫覿「過楓橋寺示遷老」（楓橋寺［いわゆる寒山寺］に過りて遷老に示す）三首其一（七絶）に、

白首重来一夢中　白首　重ねて来る　一夢の中
青山不改旧時容　青山　改めず　旧時の容
烏啼月落橋辺寺　烏啼き　月落つ　橋辺の寺
欹枕猶聞半夜鐘　枕に欹りて　猶お聞く　半夜の鐘

と歌う。また、南宋の陸游は『入蜀記』一、乾道六年（一一七〇）六月十日の条で「楓橋寺の前に宿る。唐人の所謂『半夜の鐘声　客船に到る』なる者なり」と述べ、このとき、七絶「楓橋に宿る」詩を作った。その前半に、

七年不到楓橋寺　七年　到らず　楓橋の寺
客枕依然半夜鐘　客枕　依然たり　半夜の鐘

と歌う（後句は、旅先の枕もとに昔と変わらず聞こえてくる意）。

ちなみに、陸游が『入蜀記』で引用する「半夜（の鐘声…）」の文字は、「夜半」の記憶違いではない。宋代、夜半を「半夜」に作るテ

キストが伝わっていた（北宋の『文苑英華』二九二（宋版））。

　元代以降も、張継詩を踏まえた作品が多く作られていった。有名な作例をあげれば、蘇州出身の明・高啓の七絶「楓橋」詩に、

　画橋三百映江城　　画橋三百　江城（蘇州）に映ずるも
　詩裏楓橋独有名　　詩の裏には　楓橋のみ独り名有り
　幾度経過憶張継　　幾度か経過して　張継を憶う
　烏啼月落又鐘声　　烏啼き　月落ちて　又た鐘声

とあり、清の王士禛「夜雨　寒山寺に題し、西樵・礼吉に寄す」二首其二の後半に、「十年の旧約（旧い約束）　江南の夢、独り聴く寒山　半夜の鐘」という。

　第二の注意点「寒山寺」について。実は固有名詞「寒山寺」ではなく、本来は「寒山（寒々とした山中）の寺」を意味していたらしい。その論拠として、①この張継詩を収める最古の総集であり、しかも張継が生存していた当時の詩を収録した中唐の高仲武編『中興間気集』下では、「楓橋夜泊」という詩題を「夜泊松江（夜松江に泊す）」に作る、②本詩の作成当時、「寒山寺」という名の寺院がそもそも存在していなかったことが挙げられる。

楓　橋

　松江とは、太湖（【太湖】の項参照）から流れて出て、蘇州の南郊五〇里（約二五キロメートル）を通って東海にそそぐ呉淞江（蘇州河）を指す。つまり当初の詩題「夜泊松江」は、楓橋から遠く離れた松江で、張継が舟どまりして夜を過ごしたことを意味する。前掲の欧陽脩『六一詩話』でも、張継詩の第三句を「姑蘇台下寒山寺」に作り、「寒山寺」が太湖のほとり姑蘇台（【姑蘇台】の項参照）のもとに位置し、現在の寒山寺からは遠く離れた場所にあったことを示す。
　そもそも「寒山寺」という名称は、早くとも南宋、あるいは明代以降の命名であり、それ以前は、妙利普明塔院・普明禅院・楓橋寺などと呼ばれていた。俗説では、唐代の奇僧・寒山が元和年間（八〇六―八二〇）に住んだため、希遷（七〇〇―七九〇）禅師がそれに因んで寒山寺と命名したという（明初の姚広孝「寒山寺重興記」）。しかしそれでは、寒山と希遷禅師の生卒年が噛み合わず、およそ成り立ちがたい。
　南宋初めの葉夢得は、張継詩の後半二句を引用して、「此れ唐の張継、城西の楓橋寺に題せし詩なり」と述べており（『石林詩話』中）、楓橋のそばにある楓橋寺を、張継詩中の「寒山寺」と見なしている。このように、本来は固有名詞ではなかった「寒山寺」が、後世の人によって誤解されて寺名となっていった、と考えられる。
　以上の論点を踏まえると、張継詩の「姑蘇城外寒山寺、夜半鐘声到客船」は、寺院からわずか二百メートルほどの至近距離に停泊した場合の表現とは考えられず、張継が蘇州の西南、松江に停泊したとき、太湖沿岸の山寺でつき鳴らす夜半の鐘声を聞いて詠んだ表現である、と考えられよう。じっさい、南宋初めの張邦基『墨荘漫録』九も、「楓橋は（蘇州の）城を去ること数里、諸山を距つること、皆遠からず」と述べて、「楓橋夜泊」の詩題のままで、詩中の「寒山寺」を遠くない山々の、とある寺院を指す、と見なしている。詳しくは、

三沢玲爾「『姑蘇城外寒山寺』小考」（『八代学院大学紀要』三〇、一九八六年）と楊明「張継詩中寒山寺弁」（『中華文史論叢』一九八七年二・三合刊）など参照。

このように蘇州第一の詩跡「寒山寺」は本来、楓橋とは全く無関係の作品であり、いわば作品享受史における誤解が生み出した幻の詩跡、ということになろう。むろん、だからと言って作品の魅力が半減するわけではない。たとえ幻であろうとも、作品が優れていさえすれば著名な詩跡へと昇華してゆくことを、この事例は象徴的に物語る。じっさい「夜半の鐘」をこれほど巧みに詠んだ作品は、稀有なのである。たとえば同時期の皇甫冉「秋夜　厳維の宅に宿る」詩に、「秋は深し　水に臨む月、夜は半ばなり　山を隔つる鐘」とあるが、張継詩に比べて絶妙な意境に乏しい。夜半は、通常の人なら熟睡している時間帯であろうが、旅愁のために目覚めがちな旅人であってこそ、その鐘声を聞きつけ得る。それを詠じてみせた表現者が、張継だったわけである。

楓橋を有名にしたもう一首は、晩唐・杜牧の七絶「懐呉中馮秀才」（呉中［蘇州］の馮秀才を懐う）詩である。馮秀才の名は未詳。秀才は科挙（進士科）の受験有資格者の通称である。

長洲苑外草蕭蕭　　長洲苑外　草蕭蕭たり
却算遊程歳月遥　　却って遊程を算うれば　歳月遥かなり
唯有別時今不忘　　唯だ別時の　今も忘れざる有り
暮煙秋雨過楓橋　　暮煙　秋雨　楓橋を過ぐ

—かつて一緒に歩いた長洲苑（蘇州市郊外。【長洲苑】の項参照）のあたり、一面に生える草が秋風にわびしく音を立てていた。あのときの旅路をつぶさにふり返れば、遥か昔のことになる。でも君と別れたあの時のことは、今も忘れることができない。夕もやがたちこめ、秋雨が降る中、船で楓橋を通って別れたあの時のことを。—

詩は、別後の寂寥感と友人を懐かしむ慕情とが融けあった、七絶中の神品と評される。特に結句は、かつての離別時の情景を、まるで昨日の出来事のように浮かびあがらせ、断ち切りがたい深い哀愁を漂わせている。

現存の寒山寺は清末の再建である。古鐘も失われて、現在、二つの鐘—二層六角式の鐘楼内に架かる鉄鋳の大鐘と、大雄宝殿（本堂）内に架かる青銅鐘—がある。前者は清末の光緒三二年（一九〇六）、江蘇巡撫の陳夔龍が寒山寺を再建したさいに鋳造したもの。一方、後者は、その一年前の明治三八年、日本僧・山田寒山（本名潤）が、日本で寄附を募って鋳造した後、寄贈したものである。

また楓橋も、清の同治六年（一八六七）の再建である。宋の周遵道『豹隠紀談』（明・盧熊『蘇州府志』六所引）によれば、楓橋は古くは「封橋」と表記したが、北宋の王珪が張継詩を書いて石に刻して以降、「楓橋」となった。ただ唐・北宋期、楓橋を封橋、楓橋寺を封橋寺と書いた例を紹介する。北宋の朱長文『呉郡図経続記』中には、「旧と或いは誤って封橋と為す」という。

寒山寺の南門前に架かるのは江村橋であり、楓橋とともに「江楓古橋」と呼ばれている。ただし江村橋は唐・宋時代には存在しない。

【虎丘（虎丘寺・剣池・真娘墓）】

（佐藤）

虎丘は、蘇州市の西北郊外約五キロメートルの地にある小丘（高さ約三二メートル）の名。虎丘山・海湧山ともいい、前四九六年、越国との戦いで死んだ呉王闔閭（闔廬、夫差の父）の墳墓と伝える。虎丘の名は、十万人を動員して築いた墳丘に埋葬して三日後、金の精が立ち上って白い虎と化し、その上に蹲っていたためという（『太平寰宇記』九一）。南朝・陳の張正見「永陽王（陳伯知）に従いて虎丘山に遊ぶ」詩にいう。

重巌摽虎抝　重巌　摽りて　虎の抝るがごとく
九曲峻羊腸　九曲　峻しくして　羊の腸のごとし

—重なり合う岩が高くあがって、虎が蹲るかのよう。つづら折りに続く坂道は険しく、羊の腸のようだ。—

虎丘寺塔

秦の始皇帝は、墓内に埋葬された名剣「扁諸」「魚腸」など三千ふりや、数々の宝物を入手するために、発掘を命じた。すると猛虎が出現し、剣を抜いて切りかかると、誤って岩を切り裂き、虎は逃げ名剣も発見できなかった。この時の窪地に、水がたまってできたものが剣池であるという。あるいはまた、剣池は、秦の始皇帝や呉の孫権が珍奇な宝物を探すために掘った穴の跡ともいう（唐末の陸広微重編『呉地記』、南宋・范成大『呉郡志』三九など）。

剣池は、「浙中の絶景。両岸劃れ開き、中に石泉（水）を涵う。深くして測る可からず」という（『呉郡志』一六、虎丘）。剣池の奇景は、盛唐の杜甫「壮遊」詩の「剣池　石壁仄く」、中唐の張籍「虎丘寺」詩の、

望月登楼海気昏　月を望み楼に登れば　海気昏く
剣池無底浸雲根　剣池　底無く　雲根（岩石）を浸す

からも充分うかがわれる。盛唐・李頎の七絶「剣池」詩にいう。

闔閭葬日労人力　闔閭の葬日　人力を労し
嬴政穿来役鬼功　嬴政　穿ち来って　鬼功を役す
澄碧尚疑神物在　澄碧　尚お疑う　神物の在るを
等閑雷雨起潭中　等閑に　雷雨　潭中より起こる

—呉王闔閭を埋葬したとき、多くの人力を費やしたが、秦の始皇帝（嬴政）は鬼神の力まで駆使して、穴を掘って（宝剣等を探した）。澄んだ碧い水を見ていると、今もなお宝剣が中に存在するかのよう。激しい雷雨が、わけもなく深い淵の中から起こるのだから。—

宝剣の精気は、雨の精霊・龍に変化するとされ、「龍泉」という名剣も存在した。詩中の「雷雨」は、当然、そうした連想を含む。明の高啓「剣池」詩の一節にも、次のようにいう。

殺気凛猶在　殺気　凛として猶お在り

棲禽夜頻警　棲禽　夜頻りに警しむ
月来照潭空　月来れば　潭を照らして空しく
雲起噓壁冷　雲起これば　壁に噓いて冷やかなり
蒼龍已化去　蒼龍　已に化し去り
遺我清絶境　我に遺す　清絶の境を

—埋葬された名剣の発する殺気は、今もなお凛として散ぜず、ねぐらに棲む鳥も夜半、しきりに警戒して（鳴き騒ぐ）。明るい月が照らすと、深い水中には何も無く、白い雲がわきたつと、（周囲の）石壁にふきつけて冷たさを増す。剣はすでに蒼き龍と化して去ったが、この私に、この上ない清冽な霊境をのこしてくれた。—

剣池の前には、「生公の講堂」の旧跡があった。晋末の高僧・竺道生（三五五—四三四）が説法した場所とされる。当時、蘇州にはまだ仏教の信者がいなかった。そこで彼は集めた石を信徒と見なして仏法を説くと、「石皆な点頭す（うなずく）」という（『方輿勝覧』二）。これが「頑石点頭」（頑石は頑固な石。感化力の大きい喩え）であり、白蓮池（千人石の東側）の中にある「点頭石」が、その一つだと伝える。北宋の蘇軾「虎丘寺」詩にいう。

幽幽生公堂　幽幽たり　生公の堂
左右立頑礦　左右に　頑礦立つ
当年或未信　当年　或いは未だ信ぜず
異類服精猛　異類　精猛に服す

—竺道生の講堂の場所は、ひっそりと静まり、その左右に頑迷な石が立つ。昔、人々はまだ仏教を理解できなかったのであろうが、異類の石が、彼の誠実・勇猛な説法に信服したのだ。—

虎丘はまた、虎丘寺（雲巌禅寺）と虎丘塔（雲巌寺塔）で名高い。現在、山上に建つ八角七層の虎丘塔は、北宋の初め（九六一年）に完成した仏塔である。この塔は、明代ごろから傾きはじめ、今も二メートルほど傾斜して、「東洋のピサの斜塔」などと呼ばれて、蘇州のシンボルとなる。

虎丘寺は唐代、太祖李虎の諱を避けて、一般に「武丘寺」と呼ばれた。唐末の陸広微重編『呉地記』や北宋の朱長文『呉郡図経続記』中などによれば、虎丘は元来、東晋の王珣と弟の王珉の別荘地であった。咸和二年（三二七）、二人は別荘を喜捨して虎丘寺となし、剣池を境に東西の二寺となった。この両寺は唐代、東武丘寺・西武丘寺と呼ばれ、ともに山下にあった。唐代の神仙とされる清遠道士の詩「沈恭子と同に虎丘寺に遊びて作る有り」が伝わっていた。中唐の顔真卿は、その健俊な表現を愛して、「清遠道士の詩を（虎丘の岩壁に）刻して、因りて継いで作る」詩を詠む。

不到東西寺　東西の寺（東武丘寺・西武丘寺）に到らずして
于今五十春　今に于いて　五十春（五十年）

しかし両寺は、会昌の廃仏（八四五年）の際に破壊されてしまう。その後、山上に再興されて、北宋時代には、雲巌（禅）寺と呼ばれた。清代には虎阜禅寺という。

元和四年（八〇九）、李翺は嶺南節度使楊於陵の掌書記となって洛陽を出発し、南海の広州に赴任する途中、蘇州にたちより、三月七日、虎丘に遊んだ。彼の「来南録」にいう、「虎丘の山に如き、足を千人石に息め、剣池を窺い、（山上の）望海楼に宿す」と。

千人石とは、「千人坐」ともいい、剣池のそばにある、千人が一度に坐れる平らな巨石をいう（『呉地記』）。次に引く白居易「東武丘寺に題す　六韻」詩の「怪石」（奇怪な形の岩）は、これであろう。

怪石千僧坐　怪石　千僧坐し
霊池一剣沈　霊池（剣池）一剣（一振りの名剣）沈む

一説に、千人石は、竺道生が説法した場所とも伝える（『呉郡図経続記』中）。清の陳廷敬「生公の講堂」（「虎丘五絶句」の一）にいう。

誰知一片千人石　誰か知らん　一片の　千人石は
日日生公坐講台　日日　生公　坐せし講台なるを

白居易は、蘇州刺史在任中（宝暦元年〔八二五〕から翌年）、一年間に十二度も武丘寺を訪れ、容・満・蝉・態など一〇人の妓女を連れてきたこともあった（「夜　西武丘寺に遊ぶ　八韻」）。

白居易はまた、宝暦元年、蘇州城と虎丘との間の沼沢地の中に、参詣に便利な「武丘（寺）路」（約三・五キロメートルの水路「山塘河」と堤上の陸路「山塘路」〔今の山塘街〕）を造り、水面には蓮を植え、堤には桃や李を植えた（白居易の詩「武丘寺の路」の自注）。

西武丘寺の境内には、歌舞の上手な唐代の蘇州の名妓・真娘の墓があった。唐の范攄『雲渓友議』中、「譚生刺る」の条に、「真娘は、呉国（蘇州）の佳人なり。時人は蘇小小（南朝期の銭塘〔杭州〕の名妓）に比べ、死して呉宮の側らに葬らる。行客（参詣者）は其の華麗に感じ、競って詩を為りて墓樹に題し、櫛（の歯）のごとく比び、鱗のごとく臻る」という。文中には、埋葬地を曖昧に「呉宮の側ら」（蘇州城外）とするが、中唐の李紳「真娘墓」詩の序に、呉中（蘇州）の若者が真娘の遺言に従って「武丘寺の前」に葬り、墓には花や草がいちめんに生える、と明言する。

真娘の墓は、唐代すでに白居易・張祜・李紳・沈亜之・譚銖・李商隠・羅隠らの詩によって詩跡化し、中晩唐期の真娘墓詩を集めた『虎丘寺題真娘墓詩』一巻も編纂されたらしい。

現存最古の真娘墓詩は、白居易が蘇州刺史在任中に作った雑言古詩「真娘墓」である。詩は「真娘の墓、虎丘の道」の句で始まり、

不識真娘鏡中面　真娘の　鏡中の面を識らず
唯見真娘墓頭草　唯だ真娘　墓頭の草を見るのみ
霜摧桃李風折蓮　霜は桃李を摧き　風は蓮を折る
真娘死時猶少年　真娘死せし時　猶お少年

と、その夭折を悼む。張祜の「題真娘墓」（真娘の墓に題す）詩の首聯にいう（別集〔宋版〕の題下注に、「墓は虎丘西寺に在り」という）。

仏地葬羅衣　仏地　羅衣を葬り
孤魂此是帰　孤魂　此に是れ帰す

―薄絹の衣装をまとったあの女は、寺院の中に埋葬され、孤独な亡き魂も、ここに落ち着き先を得た。―

真娘の墓は、以後も、北宋の王禹偁・米芾、南宋の周弼、元の顧瑛、明の高啓・文徴明、清の濮淙らに詠みつがれた。清の陳鑅「重修真娘墓記」（曹林娣校注『呉地記』の注所引）にいう、「真娘の墓は、唐・宋より以来、諸名士皆な題詠有り。幾ど（王）昭君の青冢、太真（楊貴妃）の馬嵬（の墓）と並び伝う」と。

詩跡としての「真娘墓」については、植木久行「蘇州真娘墓詩跡考」（『中国詩文論叢』三一、二〇一二年）の専論がある。

こうして虎丘寺（武丘寺・雲巌禅寺）は有名となり、呉中（蘇州）第一の名勝となった。「寺の勝、天下に聞こえ、四方の遊客の、呉に過る者は、未だ焉を訪ねずんば有らず」（『呉郡志』三二）と。かつて蘇軾も、友人・閭丘公顕を訪ねるたびに、「姑蘇（蘇州）に過りて、虎丘に遊ばず、閭丘に謁わざるは、乃ち二つの欠事たり」と語ったという（明の彭大翼『山堂肆考』八一、後房佐酒）。

（佐藤）

【滄浪亭】

北宋の蘇舜欽（字子美）が、政界を失脚した翌年―慶暦五年（一〇四五）、三八歳のとき、五代・呉越の孫承祐の池館（一説に、広陵王銭元璙の池館）の跡地を購入・整備した別荘の名（三年後に病没）。庭園（園林）の美で知られ、蘇州市旧城内の南端中央部（滄浪区）、文廟（旧・府学）の東に現存する。滄浪の名は、水辺に作った亭名にちなむ。

蘇舜欽の「滄浪亭記」によれば、草や樹（特に竹）がこんもりと茂り、街の中とは思われない「崇き阜、広き水」が気に入ったので、四万銭で購入し、亭を北の曲岸に構えて滄浪と名づけたという。滄浪とは、戦国・楚の屈原の作と伝える「漁父」中に見える、「滄浪の水」の歌（滄浪の水清まば、以て我が纓〔冠のひも〕を濯う可し、滄浪の水濁らば、以て我が足を濯う可し）にもとづく。この歌は、世の清濁・治乱に応じて生きる隠者の処世観を表明したものとして名高く、詩跡「滄浪亭」にもそのイメージが付与されている。

蘇舜欽は時おり小舟をこいで訪れ、すがすがしさに帰るのを忘れ、酒を飲み、詩を作った。彼の「滄浪亭」詩には「高軒（長廊の窓）曲水に面し、脩竹（長く伸びた竹）愁顔を慰む」という。また、七絶「初晴遊滄浪亭」（初めて晴れ〔雨上がり〕滄浪亭に遊ぶ）詩にいう。

夜雨連明春水生　夜雨　明に連なりて　春水生じ
嬌雲濃暖弄陰晴　嬌雲は濃暖　陰晴を弄ぶ
簾虚日薄花竹静　簾虚しく日薄くして　花竹静かなり
時有乳鳩相対鳴　時に乳鳩の　相い対して鳴く有り

―夜の雨が朝方まで降り続いて、池は春の水にあふれ、なよやかな雲は濃やかで暖かく、時どき曇っては晴れて戯れる。簾はひっそりと、薄日がさし、花も竹も音を立てず、時おり幼い鳩が鳴きかわす。―

蘇舜欽はこの他にも、「滄浪静吟」「独り歩みて滄浪亭に遊ぶ」「滄浪にて魚を観る」詩などを作り、友人にも作詩を要請した。欧陽脩は滄浪亭の詩を受け取って、「滄浪亭」詩を詠む（慶暦六年、滁州での作）。

清風明月本無価　清風　明月　本と価無し
可惜秖売四万銭　惜しむべし　秖だ売る　四万銭
又疑此境天乞与　又た疑う　此の境　天乞与するかと
壮士憔悴天応憐　壮士の憔悴　天　応に憐れむべし

―清風と明月は、そもそも値段のつけようのないもの。四万銭のみで売り払うとは、もったいない話だ。またこうも思うのだ、この場所（園林）は、天帝が与えてくれたのではないか、と。壮士たるあなたの憔悴（免官追放）を、きっと天帝が気の毒に思ったのであろう。―

欧陽脩の前二句によって、「滄浪の名、始めて著わる」（『呉郡志』一四）という。また、蘇舜欽と詩名を斉しくした梅堯臣も、「蘇子美の滄浪亭に寄せ題す」詩を作り、「聞く　滄浪の水を買い、遂に滄浪の人と作るを。亭を滄浪の上りに置いて、日び滄浪と親しむ。宜しく滄浪の叟と曰いて、滄浪の浜に老ゆべし」云々と、閑適の隠遁を思い描く。

滄浪亭は彼の死後、所有者を変え、明代には仏寺（大雲庵）となる。清の康熙三五年（一六九六）、江蘇巡撫の宋犖が再建して、滄浪亭を築山の上に移築し、現在の庭園形態の基礎となる。明・文徴明の「滄浪池の上り」は懐古して歌う、「楊柳陰陰たり　十畝の塘、昔人（蘇舜欽）曾て此にて滄浪を詠む。春風は旧に依りて芳杜（芳しい杜若）を吹き、陳迹（古跡）は多きこと無く　夕陽半ばなり」と。

滄浪亭は、獅子林・拙政園・留園とともに、蘇州四大古典園林として親しまれ、二〇〇〇年には世界遺産に登録された。

（佐藤）

【拙政園・獅子林】

拙政園は、明代に整備された蘇州の庭園（園林）の名。蘇州旧城内の東北隅に位置する。蘇州は庭園芸術の精華を集め、なかでも拙政園は、獅子林・滄浪亭・留園と合わせて蘇州四大名園と呼ばれる。

拙政園は、もと晩唐の陸亀蒙が住んだ城内（臨頓里）の邸宅跡という。元代には大弘（宏）寺となり、明の正徳八年（一五一三）ごろ、蘇州出身の官僚・王献臣（字敬止）がここに隠棲し、庭園を造営して拙政園と名づけた。その名は、西晋の潘岳「閑居の賦」序に見える「室を築き樹を種え、逍遥自得す。…園（畑）に灌ぎ蔬（菜）を鬻いで、以て朝夕の膳に供し、…此れ亦た拙き者の政を為す（世渡りの拙い人間の政治参加）なり」の語にちなむ（文徴明「拙政園記」）。

文徴明は、嘉靖一二年（一五三三）、園中の三一景を描いてそれぞれに詩を題した（「衡山書拙政園記并詩長巻」）。最初の七律「若墅堂」には、山中ではなく人境（人里）に隠棲した陶淵明を意識して、「心に会うは　何ぞ必ずしも郊坰（遠い郊外）に在らん、近圃（近くの庭園）にて分明に遠情（人里離れた心境）を見る」と詠み、更に歌う。

流水断橋春草色　　流水　断橋　春草の色
槿籬茅屋午鶏声　　槿籬（むくげの垣根）茅屋　午鶏の声
絶憐人境無車馬　　絶だ憐れむ（愛する）人境に車馬無きを
信有山林在市城　　信に山林の　市城（街中）に在る有り

拙政園は王氏の死後、所有者が変遷する。清初に購入した陳之遴は、十年間帰れぬまま、辺境に流された。呉偉業は、園中に咲く艶麗な名花・山茶花をめでつつ、彼をしのぶ（「拙政園の山茶花を詠む」詩）。

拙政園内山茶花　　拙政園内の　山茶花
一株両株枝交加　　一株　両株　枝交加す（交錯する）

獅子林は、元末に造られた蘇州の庭園の名。師子林とも書き、拙政園の南約三〇〇メートルの地にある。獅子林は、獅子林菩提正宗寺の附属庭園であった。元の至正二年（一三四二）、天如禅師（維則〔惟則〕）の弟子たちが貴家の別荘の跡地を購入し、家屋を造って師を住まわせた。敷地内には狻猊（獅子）のような怪石が多く、しかも維則が天目山（浙江省）獅子岩で修行した中峰明本から法を得たことにちなんで、獅子林と名づけられた（元・欧陽玄「師子林菩提正宗寺記」）。

維則が詠んだ七絶の連作「獅子林即景十四首」は、当時の園景と生活を描写する。其一は、「鳥啼き花は落つ　屋の西東、柏子（香）の烟は青く芋（を焼く）の火紅なり」と詠んだ後、寺院にふさわしい山中を想定した意境を示す。獅子林には竹林が茂り、怪石が林立した。

人道我居城市裏　　人は道う　我は城市の裏に居ると
我疑身在万山中　　我は疑う　身は万山の中に在りと

其一二は、臥龍と呼ぶ老梅があった問梅閣を詠む。「林下の禅関（禅門）尽日（終日）開き、人をして来りて臥龍梅を看せ放む」と。

獅子林は、元の倪瓚、明の徐賁、清の朱彝尊・袁枚・趙翼・兪樾など、元以降の文人が詩に詠み絵に描いた。とりわけ明の高啓が、友人たちと詠じた五絶「師子林十二詠」詩は、園内十二の勝景（師子峰・立雪堂・玉鑑池・修竹谷など）を讃える。其六「問梅閣」詩は、春の訪れを告げる、閣前の梅の花に向かって問う歌である。

問春何処来　　問う　春は何処より来る
春来在何許　　春来りて　何許にか在ると
月堕花不言　　月堕ちて　花言わず
幽禽自相語　　幽禽（静かにやどる鳥）自ら相い語る

（佐藤）

【石湖・横塘】

石湖は蘇州市の西南郊外六キロメートル（虎丘区・呉中区の間）にある小湖の名。太湖の内湾にあたり、楞伽山（上方山）の東麓に位置する。

この小湖を一躍有名にしたのは、南宋の范成大が湖畔の丘陵に石湖別墅を築いて、晩年に隠棲したためである。范成大は孝宗より御書「石湖」の二文字を賜り、自ら「石湖居士」と号した。

淳熙一三年（一一八六）、六一歳の時に成る七絶の連作「四時田園雑興六十首」は、石湖の四季の田園生活を様々な角度から描いて、石湖を詩跡化した。「晩春田園雑興十二絶」其三には、「蝴蝶は双双として菜の花に入り、日長くして客の田家（農家）に到る無し。鶏は飛びて籬を過え　犬は竇（塀下の犬くぐり）より吠ゆ。知る　行商の来りて茶を買う有るを」と、新茶を買い集める商人の来訪を詠む。また「秋日田園雑興十二絶」其七は、小舟を漕ぎ出して、中秋の明月に照らされた、夜の太湖を遊覧した喜びを歌う。

中秋全景属潜夫　　中秋の全景は　潜夫（隠者）に属す
棹入空明看太湖　　棹を空明（薄明り）に入れて太湖を看る
身外水天銀一色　　身外の水天　銀一色
城中有此月明無　　城中（街中）に　此の月明有りや無や

范成大の石湖別墅には、友人たちが集まり、詩や音楽を楽しんだ。姜夔はここに寄留中、彼の求めに応じて、宋詞詠梅の傑作「暗香」「疎影」を作詩作曲した。また、楊万里は「范至能（成大）参政に従いて石湖精舎に遊ぶ…」詩に、別墅の湖山の絶勝を「政に諸峰の好しきに坐りて、端に筆を落とすこと難からしむ」と歌う。

石湖別墅の場所は定かではない。石湖の北端に架かる越城橋・行春橋の東側の「越来渓故城」（越城遺址）付近（徐崧・張大純『百城烟水』）とも、行春橋の西側に現存する范成大祠付近とも伝える。

美しい石湖は、明・文徴明の「石湖にて作る」「石湖　月（下）に汎ぶ」などの詩を生むとともに、「串月」の名所でもある。行春橋の下では、旧暦八月一八日の夜、さし昇る月の光が九つの橋洞（橋下の孔）に入って、月影が連なって映る奇観が生じた。清の蔡雲「呉の歈」は、行春橋辺に舟を泊めての作（望湖亭は石湖西岸の亭）。

夜半潮生看串月　　夜半　潮生じて　串月を看る
幾人酔倚望湖亭　　幾人か酔いて倚る　望湖亭

横塘は、蘇州市の西南郊外五キロメートル、胥江と越来渓（石湖より北流）が合流する所（虎丘区横塘街道）の名。交通の要衝で、「湖に遊び山に入るの路」（『百城烟水』）となる。横塘はそのほとりの地名ともなる。

北宋の賀鋳は晩年、蘇州に住み、別荘を横塘に構えて往来した。彼の詞「青玉案」には、「凌波は過ぎらず　横塘の路。但だ目送するのみ　芳塵の去るを」とあり、美しい女がこの横塘を訪ねることなく去りゆき、ただ空しく見送るばかりの己れを歌う。

横塘は、送別を歌う范成大の七絶「横塘」によって詩跡化した。

南浦春来緑一川　　南浦（送別の水辺）に春来りて　緑一川
石橋朱塔両依然　　石橋　朱塔（紅い寺塔）　両に依然たり
年年送客横塘路　　年年　客を送る　横塘の路
細雨垂楊繫画船　　細雨　垂楊　画船を繫ぐ

横塘は、虎丘にならぶ蘇州散策の一スポットであった。明の唐寅は「江南四季の歌」の中で、「呉山（石湖の西）を穿ち繞り　横塘を過ぐ、虎丘　霊岩（山）　復た元墓（光福鎮の玄墓山）」と詠む。

（佐藤）

【垂虹橋・宝帯橋】

垂虹橋は、北宋の慶暦八年（一〇四八）に成る、木造の長い橋の名。蘇州市の南、呉江市松陵鎮にあった。初め往来の利便性から利往橋と呼ばれ、俗称を長橋という。後に橋上に設けた垂虹亭にちなんで、垂虹橋と呼ばれるようになった。「前に具区（太湖）に臨み、松陵（太湖最大の支流―呉江〔松江・蘇州河〕）を横截して、湖光・海気、一色に蕩漾して、乃ち三呉（蘇・常・湖州）の絶景なり」（『呉郡図経続記』中）とされ、王安石「垂虹亭」詩にも、橋を「壮麗　此れ敵無し」と絶賛する。元の泰定二年（一三二五）には石橋となり、長さは約五〇〇メートル、橋洞（橋下の孔）は七二を数える。

垂虹橋・垂虹亭は、北宋の蘇舜欽・王安石・鄭獬以降、多くの文人が詩文や書画に取りあげて詩跡化した。北宋・米芾の七絶「呉江垂虹亭作」（呉江の垂虹亭にて作る）詩は、垂虹亭から太湖を遠望して、その名産―白玉のごとき白身の鱸魚と黄金のごとく色づく柑橘とを楽しめる秋季の到来を喜んで歌う（桑苧は故郷の友人の意）。

断雲一片洞庭帆　　断雲一片　洞庭（太湖）の帆
玉破鱸魚金破柑　　玉を破きし鱸魚　金を破きし柑
好作新詩寄桑苧　　好しく新詩を作って　桑苧に寄すべし
垂虹秋色満東南　　垂虹の秋色　東南に満つ

また、南宋・姜夔の七絶「過垂虹」（垂虹〔橋〕を過ぐ）は、寄留先―范成大の石湖別墅から、舟で呉興（湖州）に帰る途中の作。この時、范成大の求めに応じて詠梅詞（「暗香」「疏影」）を作った御礼に贈られた妓女・小紅を携えていた（陸友『硯北雑志』下）。

自作新詞韻最嬌　　自ら新詞を作り　韻最も嬌し
小紅低唱我吹簫　　小紅は低唱し　我は簫を吹く
曲終過尽松陵路　　曲終わり　過ぎ尽くす　松陵（呉江）の路
回首煙波十四橋　　首を回せば　煙波　十四橋

結句は、通り過ぎた多くの小橋が、けむりつつ見える情景をいう。

垂虹橋は、元の顧瑛・薩都剌、明の高啓、清の毛奇齢らが詠む。

宝帯橋は、蘇州市の東南、呉中区長橋街道にある橋の名。大運河の西側、澹台湖（の口）を跨ぐ形で架かる。唐の元和一四年（八一九）ごろの創建とされ、当時の蘇州刺史・王仲舒が、自ら宝帯（宝玉で飾った帯）を売って橋の建設費用を援助したことから命名された。明の正統一一年（一四四六）には、長さ約三一七メートル、五三の橋洞（橋下の孔）を開く壮麗な石橋となる。現存する橋は、清代以後、これを修繕したものであり、俗に長橋ともいう。

元の釈善住、明の童軒、明末・清初の夏完淳、清の乾隆帝らは、「宝帯橋」詩を作る。夏完淳の詩は、舟中から見た夜明けの景色を、「花光　暁霧に明らかに、波影　春星を乱る」と詠む。

宝帯橋は「串月」の名所でもある。「串月」とは、旧暦八月一八日の夜、さし昇る月の光が橋洞中に入って、月影が連なって映る奇観である（清・顧禄『清嘉録』八）。石湖の西の楞伽山（上方山）から、宝帯橋の五三洞と行春橋の九洞、合計六二の「串月」が見えた。清初の徐崧「八月十八日　介公と同に楞伽山にて串月を看る。歌いて以て之を紀す」詩には、こう詠まれる（拱は橋拱・橋洞の意）。

昔人所見更奇絶　　昔人の見る所は　更に奇絶
宝帯橋横作天闕　　宝帯の橋横たわりて　天闕（天宮）を作す
玉輪初出無纖雲　　玉輪（月）初めて出でて　纖雲無く
六十二拱各一月　　六十二の拱　各の一つの月

（佐藤）

【太湖（五湖）】

江南の水郷地帯を代表する湖水の名。江蘇省の南部―無錫市の西南、蘇州市の西―に位置して浙江省に連なり、現在、鄱陽湖に次ぐ中国第二の淡水湖である（洞庭湖を抜く）。かつて湖の広さは三万六千頃と称され（『太平寰宇記』九一）、震沢・具区・五湖・洞庭湖などとも呼ばれた。晋の張勃『呉録』に、「五湖とは太湖の別名。其の周行五百余里なるを以て、故に五湖を以て名と為す」（『初学記』七所引）という。また太湖の名は、「其の容るる所の者、大なり。故に太（＝大）を以て称す」（『呉郡図経続記』中）とされる。

太湖の風景は、東晋の李顒「湖を渉る」詩、南朝宋の鮑照「礪山より震沢を望む」詩などに見え、唐代になって詩跡化した。「水に宿りて煙雨寒く、洞庭（太湖中の島・洞庭山）霜落つること微かなり」で始まる、盛唐の王昌齢「太湖の秋夕」詩は、早期の作である。同じ盛唐の薛據は、湖上の遊覧を詠む七律「太湖に泛ぶ」詩を作る。首聯には「万頃の波は涵す　一碧（深緑一色）の秋、飄飄として随処（到る処）軽舟に任す」と歌い、頸聯には夕景色の美しさを歌う。

烟水淡図山点翠　　烟水の淡図　山は翠を点じ
雲霞麗景日拋毬　　雲霞の麗景　日は毬を拋つ

―夕もやの漂う淡彩画の中に、翠の山々が点在し、夕焼けに染まる美景の中、紅い太陽の毬がみるみる落下する。―

中唐の白居易は、蘇州刺史に在任中、画船を浮かべ、五昼夜、舟遊びを楽しんだ。この時の作「太湖に泛んで事を書し、元微之に寄す」詩には、「黄夾纈（黄色の絞り染め）の林は寒くして葉有り、碧琉璃の水は浄くして風無し。旗を避けて飛ぶ鷺は翩翻（ひらひら）として白く、鼓に驚いて跳ぬる魚は潑剌（ぴちぴち）として紅なり」と歌う。

そして晩唐の皮日休が咸通一一年（八七〇）、太湖に赴き、湖中最大の島・洞庭山（包山）の名所をめぐって「太湖詩」二十首を作り、陸亀蒙がこれに唱和して、太湖は詩跡として確立したといえよう。

春秋時代の末、越国の謀臣范蠡は、越王勾践を助けて呉王夫差を破ったのち、飄然と「五湖」に浮かび、そのまま隠棲して行方をくらました（『史記』四一、越王勾践世家）。この故事以来、五湖（太湖）は、悠々自適する隠棲の地、と見なされるようになる。

実際、中晩唐期、太湖のほとりには、隠棲者が多く住んだ。『茶経』の陸羽、『詩式』の皎然、煙波釣徒と自称した張志和、江湖散人と呼ばれた陸亀蒙などは、その代表である。温庭筠の「利州の南渡」詩には、「誰か解せん　舟に乗りて　范蠡を尋ね、五湖の煙水に　独り機を忘るる（世俗的な野心を払い棄てて自由に生きる）を」という。

晩年、太湖付近の石湖に隠棲した南宋の范成大は、七絶の連作「四時田園雑興六十首」中の秋日其七で、仲秋明月の太湖の清景を詠む。

中秋全景属潜夫　　中秋の全景は　潜夫に属す
棹入空明看太湖　　棹を空明に入れて　太湖を看る
身外水天銀一色　　身外の水天　銀一色
城中有此月明無　　城中に　此の月明　有りや無や

―仲秋八月の全風景は、隠者（たる私）のもの。薄明の中に棹さして、太湖を遊覧する。空も湖も銀のように白く輝いて、私を包みこむ。都会には、これほどの月明かりが果たしてあるだろうか。―

太湖は、北宋の范仲淹・蘇舜欽、元の朱徳潤・許謙・楊維楨、明の張羽・楊基・王鏊・祝允明・文徴明、清の朱彝尊・査慎行などによって、長く詠みつがれていった。

（佐藤）

【長洲苑・芙蓉湖・五里湖】

長洲苑は、蘇州市の西南郊外、太湖の北岸にあった古い園林の名。春秋時代、呉王闔閭が遊猟した場所とされ、前漢の呉王劉濞は特に景勝の地を選んで広大な長洲苑を造った。蘇州長洲県の「西南七十里」（約三九キロメートル）にあった（『元和郡県図志』二五）という。「長洲県」（蘇州城の郭下県の一つ）の名も、この古い苑囿に由来する。

この長洲苑は、西晋・左思「呉都の賦」に「長洲の茂苑（繁茂する園林）を佩ぶ」と見え、唐代でも知られた名所であった。盛唐・杜甫の「壮遊」詩に、「剣池（蘇州西北郊外の虎丘にある）石壁仄き、長洲（苑）芰・荷香し」と見え、中唐の白居易「旧遊を憶う」詩にも、

長洲苑緑柳万樹　長洲の苑は緑にして　柳万樹
斉雲楼春酒一盃　斉雲の楼は春にして　酒一盃

という（斉雲楼は蘇州の内城の城楼）。白居易は、さらに七絶「長洲苑」詩を作って、遥かな春秋・呉の昔を懐古する。

春入長洲草又生　春は長洲（苑）に入りて　草又た生じ
鷓鴣飛起少人行　鷓鴣（鳥）飛び起ちて　人の行くこと少なり
年深不辨娃宮処　年深くして　娃宮の処を辨ぜず
夜夜蘇台空月明　夜夜　蘇台　月明空し（ひっそり照らす）

娃宮は美女の西施が住んだ離宮・館娃宮。蘇台は呉王闔閭が築き、呉王夫差が拡張した離宮・姑蘇台をいう（いずれも本書の項目参照）。

呉王の懐古詩の舞台として、盛唐の孫逖「長洲苑」、晩唐の劉滄「長洲懐古」、明・高啓「長洲苑」詩などが詠まれた。

芙蓉湖は、無錫市西郊の名山―恵山の東北約五キロメートルに広がっていた大湖の名（唐・陸羽「恵山寺記」）。宋代以降、湖の中心は西北に移動・縮小し、現在消失）。無錫湖・上湖・射貴湖ともいう。芙蓉は蓮の花。「恵山に望湖閣有り。蓋し山下より百余里、目極むるも荷の花は断えず、以為らく江南煙水の盛（偉観）と」（元『無錫（県）志』二）という。中唐・李紳の七絶「却到無錫望芙蓉湖」（却び無錫に到り、芙蓉湖を望む）五首其二にいう。作者にとって、芙蓉湖は故郷の湖であった。

丹橘村辺独火微　丹橘の村辺　独火微かに
碧流明処雁初飛　碧流の明らかなる処　雁初めて飛ぶ
蕭条落葉垂楊岸　蕭条たる落葉　垂楊の岸
隔水寥寥聞擣衣　水を隔てて　寥寥として擣衣を聞く

―橘が紅く色づく村に、ぽつんとかすかな明かりが見え、輝く碧い水の上を、雁が南へ飛び始めた。わびしく葉を散らす、枝垂れ柳の岸辺、湖水の向こうから、きぬたの音がまばらに響いてくる。―

五里湖は、無錫市の西南郊外（浜湖区）にある、太湖北端の内湖の名。古くは小五湖といい、近年は蠡湖と呼ぶ（蠡湖は古くは無錫市東南郊外の漕湖を指す）。明の高攀龍は身の危険を感じ、故郷の五里湖のほとりに読書の場「水居」を建てて隠棲した。彼の「水居」詩にいう。

有客風塵帰去来　客有りて　風塵より帰去来す
兀然孤坐水中台　兀然として孤り坐す　水中の台
九龍山似翠屏立　九龍の山は　翠屏立つに似て
五里湖如明鏡開　五里の湖は　明鏡開くがごとし

―煩わしい世俗（官界）を離れて、故郷に帰ってきた男がひとり。ただぼうっと湖中の楼台に坐る。九龍山（恵山）は緑の屏風のごとく北にそびえ、五里湖は明るく澄んだ鏡を開けたように眼前に広がる。―

清・銭国珩「五里湖にて作る」詩は、その山水美を、「湖上の青山山裏の湖、天然の一幅の（王維描く）輞川図」とたたえる。

（佐藤）

【恵山（恵山寺・恵山泉）】

恵山は、江蘇省の南部―無錫市の西郊にある山なみの名。主峰の三茅峰は海抜三二九メートル。古くは歴山・華山・西神山・九龍山・九隴山・闘龍山などといい、唐代以後、一般に恵山（慧山）と呼ばれた。恵山（慧山）の名は、（晋代に）西域の僧・慧照がここに居住したことによるという（『大清一統志』八六）。

九龍山・九隴山・闘龍山の名は、山に九隴（九つの峰〔尾根〕）があって龍が重なりあうように見え、隋の大業年間の末に、山上で龍が六十日間も闘ったという伝承にちなむ（唐・陸羽「恵山寺記」）。

南宋の楊万里は、紹熙元年（一一九〇）、七律「回望恵山」（恵山を回望す）を作る。詩の序に「恵泉の山は真に龍の形の如し。其の鼻は寺為り」云々と述べ、首聯で恵山を龍に見立ててこう歌う。

恵山分明龍様活　恵山は　分明に龍の様く活き
玉脊瓊腰百千折　玉脊　瓊腰　百千に折る

―恵山は、まさしく活動する龍のよう。美玉のごとき背中や腰（尾根や中腹）は、幾重にも無数に折れ曲がる。―

恵山には、南朝宋の司徒右長史・湛茂之が、元嘉年間（四二四―四五二）の後期に隠棲した別荘（歴山草堂）があった。湛茂之の友人・劉鑠（南朝宋の文帝の第四子）の「歴山の湛長史の草堂に過る」詩は、恵山を詠む最も早い作例であり、本詩から恵山の詩跡化が始まった。恵山は俗世に汚れぬ安らかな地であった。

溜衆夏更寒　溜（水流）衆くして　夏も更って寒く
林交昼常蔭　林交わりて　昼も常に蔭る
伊余久緇涅　伊れ余　久しく緇涅する（汚れて黒ずむ）も
復得味恬淡　復た恬淡（無欲）を味わうを得たり

湛茂之の唱和詩「歴山草堂にて教に応ず」詩も伝わり、江淹や劉孝標らもこの別荘に遊んだという（陸羽「恵山寺記」）。

中唐の李紳は、多感な青春時代、無錫県梅里郷の住居に近い恵山寺（恵山の東麓）で、十年以上、学業に励んだ。名句「粒粒　皆な辛苦」で知られる五絶「農を憫む」は、進士科に及第する以前、この地で詠んだ詩であろう。李紳は大和七年（八三三）、六二歳のとき、越州に赴任する途中、常州無錫県を通り、恵山に登って、「家山（故郷の山）に上る」詩（題下原注…山は即ち恵山）を作った。

上家山　家山に上る
家山依旧好　家山は　旧に依りて（昔のままで）好し
昔去松桂長　昔去りて　松桂（松とモクセイ）長じ
今来容髪老　今来りて　容髪老いたり

恵山の上からは、太湖（五湖）や芙蓉湖を望むことができた。山の中腹には李紳が建てた望湖閣があり、ここから芙蓉湖を眺望できた（元『無錫（県）志』三下。【長洲苑・芙蓉湖・五里湖】の項参照）。

北宋の蘇軾は、七律「恵山にて銭道人に謁して、小龍団（建州〔福建〕産の団茶）を煮て、絶頂に登って太湖を望む」の頸聯で歌う。

石路縈回九龍脊　石路縈回す　九龍の脊
水光翻動五湖天　水光翻動す　五湖の天

―石の道が九匹の龍の背中（のような尾根）にからみついてめぐり、水の光が天空を映す青い太湖の上に、きらきらと揺らめく。―

恵山寺は、恵山の東麓にある古刹の名。湛茂之の故宅（歴山草堂）の地に、南朝宋の元徽年間（四七三―四七七）、僧顗が華山精舎を設け、梁の大同二～三年（五三六～七）、法雲寺となる（元『無錫（県）

志』三下、南宋・史能之『咸淳毘陵志』二七）。この時、恵山寺に改名されたともいう（陸羽「恵山寺記」、『太平寰宇記』九二）。

　寺院は唐代、恵山寺と呼ばれ、宋代、普利院・旌忠薦福寺などと称されたが、恵山寺の名が通称となる。恵山寺は興廃の後、二〇〇八年、無錫市崇安区恵山直街の旧地に再建された。

　恵山寺の前身は、湛茂之の故宅とされる。中唐の丘丹は貞元六年（七九〇）、寺に遊び、長い序を付す「湛長史の旧居に題す」詩（『咸淳毘陵志』二二）を作って、敬慕の念を表した。詩の一節に、「偶ま尋ぬ　野中の寺（恵山寺）、仰ぎ慕う　賢者（湛茂之）の躅。昔の簪裾（高貴な人・湛茂之）を見ざるも、猶お旧き松竹有り」という。

　中晩唐・張祜の五律「題恵山寺」（恵山寺に題す）も、同じく湛茂之の故宅という視点から歌い起こす。

恵山泉（天下第二泉）

旧宅人何在　　旧宅　人　何くにか在る
空門客自過　　空門　客　自から過る
泉声到池尽　　泉声　池に到りて尽き
山色上楼多　　山色　楼に上りて多し
小洞穿斜竹　　小洞　斜竹穿ち
重階夾細莎　　重階　細莎夾む
殷勤望城市　　殷勤に城市を望めば
雲外暮鐘和　　雲外　暮鐘和す

—旧宅には、もうあの人の姿は無く、ひっそりした門を、わたしは（案内を請わず）気ままに訪ねて入りゆく。湧き水のせせらぎの音は、池に流れ込んで消えうせ、山の景色は、高楼に上ると豊かにあふれる。小さな洞穴では、竹が斜めに地面を穿って生え、（庭に下りる）重なる階段では、小さな莎草が左右を挟んで茂る。万感をこめてくり返し街の方を眺めやれば、雲のかなたから伝わりくる、夕暮れの鐘の音が、寺の鐘の音と相和して響く。—

　恵山は清泉に富み、「山小なるに泉多し」（中唐・独孤及「慧山寺新泉記」）という。東麓の恵山寺の境内には、岩間から湧き出る「石泉水」があった。この名水は恵山泉と呼ばれ、恵山寺は飲茶（煮茶）に適した清泉の湧き出る寺院として広く知られていく。

　恵山泉を「天下第二泉（天下第二の名水）」と位置づけたのは、『茶経』を著した茶の専家・中唐の陸羽である。彼は、天下の水品を二〇にランクづけし、「廬山康王谷の水簾水第一、無錫県恵山寺の石泉水第二」云々と述べたという（中唐の張又新『煎茶水記』）。こうして恵山泉は、天下第二泉・陸子泉とも称されることになった。人口に膾炙する、蘇軾の佳句「独り天上の小団月（極上の小龍団茶）を携え、来り試む　人間（この世）の第二泉」（前掲の「恵山にて銭道人に謁して…」詩の頷聯）は、その一例である。

李紳は大和七年に成る「石泉に別る」詩の序で、「恵山寺の松竹の下に在りて、甘く爽やかなり。乃ち人間の霊液なり。清く澄みて肌骨を鑑らし（映し）、含みて漱げば神慮（心）を開く。茶は此の水を得れば、皆な芳味を尽くす」と絶賛した。

恵山泉の愛飲家は李紳だけでない。武宗朝の宰相・李徳裕は、こよなく愛し、「常に常州の恵山の井泉を飲み、毘陵（常州）より京（長安）に至るまで逓鋪を致し（駅伝を用いて恵山泉を運び）」、民を労し財を破ったという（『太平広記』三九九、李徳裕の条所引『芝田録』）。晩唐の皮日休は、この逸話を踏まえて、七絶「題恵山泉」（恵山泉に題す）を詠んで、その行為を辛辣に諷刺した。

丞相長思煮茗時　丞相　長に思う　茗を煮る時
郡侯催発只憂遅　郡侯は発するを催し　只だ遅るるを憂う
呉関去国三千里　呉関は　国を去ること三千里
莫笑楊妃愛荔枝　笑う莫かれ　楊妃の荔枝を愛するを

—李徳裕どのは、いつも恵山泉で茶を淹れたく思った。（輸送の命を受けた）州知事は出発をせき立て、ひとえに遅配を心配した。（恵山泉の湧く）呉の地（無錫）は、長安の都から遠く三千里も離れているのに。もはや笑えまい、かの楊貴妃が新鮮な荔枝を食べることを好み、嶺南からはるばる都まで運ばせたことを。—

恵山泉の味は実際、格別だった。北宋の蔡襄は「恵山に即いて茶を煮る」詩の中で、「此の泉は何を以て珍なる、適ま真の茶と遇う」と詠んで、恵山泉が茶の味を引き立てると讃える。

蘇軾も恵山泉を好み、無錫の県知事に一斛（一〇〇リットル弱）届けて、と求めるほどだった（「焦千之　恵山泉の詩を求む」詩）。

精品厭凡泉　精品（高級な茶）は凡泉（通常の泉水）を厭う
願子致一斛　願わくは　子　一斛を致せ

ちなみに、蘇軾は「雪芽（白い茶葉）我は為に陽羨を求めん、乳水（甘い水、鍾乳洞から流れ出る水）君は応に恵山より餉るべし」（「完夫（胡宗愈の字）の再贈の什に次韻す、…」詩）と歌って、茶葉には江蘇宜興産の「陽羨雪芽茶」を奨めている。

現在、恵山泉の傍の、二泉亭の壁面に、元代の書家・趙孟頫が揮毫した「天下第二泉」の石刻がある。彼は宋室の血を引きながら元朝に召し出され、閑居の故郷（現・湖州市）から上京する途中、七絶「留題恵山」（恵山に留題す（書き留める））を詠んだ。

南朝古寺恵山前　南朝の古寺は　恵山の前
裹茗来尋第二泉　茗を裹み　来り尋ぬ　第二の泉
貪恋君恩当北去　君恩を貪恋して　当に北に去るべきも
野花啼鳥漫留連　野花　啼鳥　漫ろに留連す

—南朝以来の古刹が、恵山を背にして建つ。茶の葉を携えて、天下第二泉を訪ねてきた。元朝のお召しに甘えたばかりに、これから北（都の大都（現・北京））に赴かなければならないのに、美しい野の花と鳥の囀りに、そぞろ心ひかれて立ち去りかねるのだ。—

恵山寺と恵山泉は、宋代以後も長く詠まれた。すでに挙げた作例以外に、黄庭堅「黄従善司業の、恵山泉を寄するを謝す」、蔣之奇「慧山寺に題す」、南宋の楊万里「恵山泉を酌んで茶を瀹る」「陸子泉上の祠堂に題す」、呉文英の詞「水龍吟（恵山にて泉を酌む）」元の張可久の詞「紅繡鞋（恵山寺に題す）」、倪瓚「恵山に過る」、明の邵宝「恵山雑歌」六首、王世貞「慧山泉に題す」、清の王士禛「第二泉、涪翁（黄庭堅）の韻に和す」、乾隆帝「恵山寺」「恵泉山房にて作る」など、多く伝わっている。

【泰伯廟・破山寺（興福寺）】

（佐藤）

泰伯廟は、周朝創業前の古公亶父（太王）の長男、泰伯（＝太伯）を祀る霊廟の名。太伯廟とも書かれ、孔子が「泰伯は其れ至徳（最高の徳の人）と謂う可きのみ」（『論語』泰伯篇）と評したため、至徳廟ともいう。後漢の永興二年（一五四）、呉郡太守の麋豹が蘇州城の西門「閶門」外に建てたが、五代の呉越王銭鏐が城内の現在地（閶門内の下塘街）に移した（『呉郡志』一二）。

殷の末期、古公亶父は三人の子のうち、三男の季歴に跡を継がせ、彼の賢い子・昌（周の文王）に王位を伝えたかった。それを察した長男の泰伯と次男の仲雍（虞仲）は、争いを避けて、荊蛮の地（江南）に出奔して、句呉（＝呉国）を建てた（『史記』四・三一）。晩唐の皮日休は「泰伯廟」詩の中で、「蛮荊の古服（昔の地域）は南荒（南の辺地）に属し、大聖（泰伯）基を開いて草堂闢く」と歌う。晩唐の陸亀蒙は、七絶「和襲美泰伯廟」（襲美［皮日休の字］の『泰伯廟』に和す）詩の中で、「呉の始祖」たる泰伯を讃える。

故国城荒徳未荒　　故国の城は荒るるも　徳は未だ荒れず
年年椒奠湿中堂　　年年　椒奠して　中堂を湿す
邇来父子争天下　　邇来　父子　天下を争う
不信人間有譲王　　人間に　王を譲る有るを信ぜず

—泰伯が建てた呉国の都城はすでに荒廃したが、彼の徳を慕う思いは今も朽ちず、毎年、霊廟の正堂内は、祀る際にそそがれる椒酒で濡れている。近頃では、骨肉の親子が天下を争う始末。この世に王位を譲った至徳の人物が存在したとは、信じられないのだ。—

北宋の蔣堂・范仲淹・王令、元の馬臻、清の朱彝尊らも詠む。なお、無錫市の東南郊外、梅村街道にも古い泰伯廟がある。

破山寺は、南朝斉の時に創建された古刹の名。常熟市の西北に接する虞山の北麓にある。初め大慈寺と称し、南朝梁の大同三年（五三七）、興福寺と改められた（『呉郡志』三六）。寺は虞山中の一峰「破山」にあるため（『呉郡図経続記』中）、破山寺とも呼ばれた。

破山寺（興福寺）の詩跡化は、盛唐の常建「題破山寺後禅院」（破山寺の後の禅院［僧が起居する僧房］に題す）詩に始まる。

清晨入古寺　　清晨　古寺に入れば
初日照高林　　初日　高林を照らす
曲径通幽処　　曲径　幽処に通じ
禅房花木深　　禅房　花木深し
山光悦鳥性　　山光は　鳥性を悦ばしめ
潭影空人心　　潭影は　人心を空しうす
万籟此倶寂　　万籟　此に倶に寂まり
惟聞鐘磬音　　惟だ鐘磬の音を聞くのみ

—すがすがしい朝まだき、古い寺に参詣すると、昇りはじめた太陽が林の高い梢を照らしている。曲線を描く小道が奥深く静かな場所へと続き、（そこにある）僧房は花咲く木々に深々とつつまれている。（朝日を浴びた）山の輝きは鳥たちの心を喜ばせ、深い淵の清らかな光は人の雑念を払いのけてくれる。いまここでは、あらゆる物音が全て静まり、（寺で打つ）鐘と磬の音が響くばかり。—

本詩は広く愛好され、破山寺（興福寺）は、唐の詩僧皎然以下、宋の李湛・高翥、元の釈善住、明の胡応麟、清の呉偉業・朱鶴齢らによって詠みつがれた。「唐より以来、名人才子の留詠は百もて数う」（元の盧鎮続修『琴川志』一〇）詩跡となったのである。

（佐藤）

【天平山・白雲泉】

天平山は、蘇州市の西郊約一四キロメートル、海抜二〇二メートルの山。白雲山ともいい、名勝古跡に富む霊巌山（硯石山、【館娃宮（霊巌寺・霊巌山・響屧廊）】の項参照）の北に位置する。蘇州周辺では最も高峻であり、山頂が平らなために「天平」と命名され、怪石・清泉・紅楓の三絶で知られる。北宋の楊備「天平山」詩は、この山に実際に登って感じた険峻さを、ユーモラスに歌う。

人間多少巇嶮路　人間　多少　巇嶮の路
縦是天平還不平　縦い是れ天平なるとも　還た平らかならず

—この世には険しくきつい道がなんと多いことか。山の名がたとえ「天平」であろうとも、少しも平坦なんかじゃない。—

天平山は、北宋以降、高峻な山容と無数の奇巌怪石の特異性で、詩跡となる。北宋・范師道の五言古詩「天平山」詩はこう詠む。

呉門多好山　呉門（蘇州付近）　好山多きも
天平為峻極　天平（山）　峻極（突出した高さ）為り
旦暮常白雲　旦暮（朝夕）　常に白雲ありて
表裏皆珍石　表裏（内外）　皆な珍石なり

また、明・高啓の五言古詩「天平山」詩も、人為を加えぬ自然の奇巌と珍奇な草、高く聳えて白雲の湧く山容を歌う。

怪石立誰扶　怪石　立って誰か扶けん
霊草生豈種　霊草　生じて豈に種えんや
白雲蓊然来　白雲　蓊然として来り（盛んに湧き出て）
諸峰欲浮動　諸峰　浮きて動かんと欲す

他方、明・楊基の七絶「天平山中」詩は、奇岩や泉水を詠む通常の天平山詩とは異なって、初夏の山中を描く斬新な閑適詩である。

細雨茸茸湿楝花　細雨　茸茸（細密）として　楝の花を湿し
南風樹樹熟枇杷　南風　樹樹　枇杷熟す（黄色く熟する）
徐行不記山深浅　徐行（緩歩）して記えず　山の深浅なるを
一路鶯啼送到家　一路　鶯啼いて　送られて家に到る

白雲たなびく天平山の中腹には、「呉中の第一水」（『呉郡志』一五）と讃えられた白雲泉が湧き出る。この泉水は乳泉（鍾乳石を通って湧き出る泉）とされ（『呉郡志』二九）、白いミルクのような色であった。北宋の蘇舜欽は「天平山」詩の中で、「源（水源）は白雲の間に生じて、顔色は粉乳の若し」と歌う。

白雲泉の詩跡化は、中唐の白居易が蘇州刺史在任中（八二五—六）に詠んだ七絶「白雲泉」詩に始まる。

天平山上白雲泉　天平山上の　白雲泉
雲自無心水自閑　雲は自から無心　水は自から閑なり
何必奔衝山下去　何ぞ必ずしも　奔衝して山下に去り
更添波浪向人間　更に波浪を添えて　人間に向かわん

—天平山上の白雲泉。白雲は自在に湧き、泉水は穏やかに流れる。わざわざ麓に疾走し、さらに波をあげて俗世間に入るには及ぶまい。—

そして、「霊泉は天の半ばに在り、狂波も侵す能わず」で始まる、北宋・范仲淹の大作「天平山の白雲泉」詩によって、「（白雲泉の）名は遂に世に顕わる」（『呉郡図経続記』中）ことになった。

高啓の雑言古詩「白雲泉」詩（原注「天平山腰に在り。乳泉なり」）は、白雲泉の語と白居易詩の影響を受けて、こう歌う、「白雲は雨と為らず、散じて清泉に在りて（泉中に入って）流る。泉の気（霧気）は復た雲と成り、山中は同一の秋（どこも秋の気配）」と。

【鎮江（京口・潤州）・芙蓉楼・万歳楼】（佐藤）

鎮江は、長江下流の南岸に位置し、対岸には揚州をのぞみ、起伏の多い丘陵地である。春秋時代は呉の朱方邑であり、秦漢時代、丹徒県が置かれた。後漢末から三国時代、呉の孫権は一時期ここを根拠地として「京城」と名づけ、建業（南京）に遷都すると、京口鎮に改めた。続く東晋から南朝期、京口城（晋陵郡城・南徐州城）は、華北の政権（五胡十六国・北朝）に対する防衛上の重要拠点として最精鋭の部隊が駐屯し、文字通り、都の建康（南京）に直結する入り口として機能した。南朝宋の顔延之「車駕（文帝の御車）京口に幸し、蒜山（京口の西郊、現・雲台山）に侍遊して作る」詩や、鮑照「蒜山にて始興王に命ぜられて作る」詩などは、六朝期の鎮江を歌った作品である。

芙蓉楼

隋・唐期、鎮江には潤州（丹徒県）の治所が置かれ、唐代の後期には、蘇州・杭州・湖州等を広く管轄する浙西観察使（鎮海軍節度使）の役所も置かれて、「天下の盛府」（李観「浙西観察判官庁壁記」）と評される重鎮となる。北宋以降、現在の鎮江の名が定着した。

潤州（鎮江）の発展は、隋の大業六年（六一〇）に成る江南運河（蘇州・杭州と結ぶ）の開鑿と連動し、潤州は長江への出入り口に位置する水運上の一大要衝として、長江一帯でも有数の寄港地となった。中唐・劉言史の七絶「夜、潤州の江口に泊す」詩には、「千船の火は絶えり　寒宵の半ば」とあり、停泊する多くの船が静まり返る、真夜中の情景をとらえる。

盛唐・王湾の五律「次北固山下」（北固山［鎮江市内の東北、長江に臨む山］下に次る）詩の「海日…、江春…」の一聯は、当時の宰相張説が空前の名句だと絶賛し、自ら政事堂（宰相執務室）の壁に書いて詩人の手本にさせたという（唐・殷璠『河岳英霊集』下）。

潮平両岸闊　　潮平らかにして　両岸闊く
風正一帆懸　　風正しくして　一帆懸る
海日生残夜　　海日　残夜に生じ
江春入旧年　　江春　旧年に入る

—江潮が平らに満ちて両岸が遠のき、順風をはらんで帆が高々と張られた。朝日が未明の暗闇を破って東の海上からのぼり、長江沿いのこの地では、年の暮れなのに、早くも新春の気配がただよう。—

また、晩唐・韋荘の五律「潤州の顕済閣にて暁望す」は、高楼から見た朝の長江の光景を、「清暁　水は鏡の如く、江を隔てて　人は鷗に似たり。遠煙　海島を蔵し、初日　揚州を照らす」と歌う。

水運業の発展は、繁華街の形成にもつながる。晩唐の杜牧は「緑水橋辺　酒楼多し」（「潤州」二首其一）と歌う。南宋・王象之『輿地紀勝』七には、渌水橋に作り、潤州の治所の西にある橋の名とする。このほか、丁仙芝・孫逖・孟浩然・儲光羲・劉長卿・李嘉祐・張祜・陸亀蒙・羅隠など、多くの唐詩人がこの地を詠んだ。

芙蓉楼は、六朝の京口城（＝唐の潤州城）内で行政府が置かれた子城（内城）「鉄甕城」の西北隅に建つ城楼（城壁上に立つ高楼）の名。

他方、万歳楼は、西南隅に建つ城楼の名。鉄甕城は、呉の孫権が建てた城周六三〇歩（一キロメートル弱）の軍事要塞であり（元の兪希魯『至順鎮江志』二）、北固山の東南に接する鼓楼崗（俗称「鉄甕山」）上にあった。唐の李吉甫『元和郡県図志』二五、潤州の条には、「其の城は呉の初め築くなり。晋の王恭、刺史（州の長官）と為り、西南の楼を改め創りて万歳楼と名づけ、西北の楼を芙蓉楼と名づく」とある。東晋の王恭は四世紀の末に着任すると、羅城（外郭）を築造し、鉄甕城にも大幅な補修を加えたと考えられ（劉建国「晋陵羅城初探」〔『考古』一九八六年第五期所収〕参照）、二楼の改築も、この一環であろう。芙蓉は蓮の花、万歳は永遠を祈る言葉である。

芙蓉楼は、盛唐・王昌齢の七絶「芙蓉楼送辛漸」（芙蓉楼にて辛漸を送る）二首其一によって、一挙に詩跡化した。

寒雨連江夜入呉　　寒雨　江に連なって　夜　呉に入る
平明送客楚山孤　　平明　客を送りて　楚山孤なり
洛陽親友如相問　　洛陽の親友　如し相い問わば
一片氷心在玉壺　　一片の氷心　玉壺に在り

—冷たい秋雨がしきりに長江の川面に降りそそぎ、夜には、この呉の地（鎮江一帯）もすっかり雨につつまれた。夜明けごろ、旅立つ君を見送れば、行く手に楚（対岸の揚州一帯）の山が、ぽつんと一つそそり立つ。洛陽の友人たちが、もしも私の近況を気づかって尋ねたならば、こう答えて下さい、「清らかな氷が一つ、玲瓏たる白玉の壺の中にあるような、澄みきった心境でおります」と。—

王昌齢は玄宗の天宝年間の前期、江寧（南京）の県丞に左遷され、激しい非難の渦中にあった。詩の結句は、逆境に生きる士人（知識人）の、澄みきった孤高の精神を象徴しており、芙蓉楼は本詩によって著名な詩跡となる。盛唐・丁仙芝の「江南曲五首」其五に、「始めて下る　芙蓉楼、言に発す　瑯琊（南京市の北）の岸」とあり、さらに崔峒・鮑溶・陳陶・釈皎然らも、芙蓉楼を詠む。

現在の芙蓉楼は、一九九二年、元来の場所の西約五キロメートルの金山公園内にある塔影湖の中、「天下第一泉」の側に再建されたものである。

万歳楼も、王昌齢が七律「万歳楼」詩の中で、旅愁に沈みながら、

江上巍巍万歳楼　　江上巍巍たり　万歳楼
不知経歴幾千秋　　知らず　幾千秋を経歴せしを
年年喜見山長在　　年年　喜び見る　山の長えに在るを
日日悲看水独流　　日日　悲しみ看る　水の独り流るるを

—長江のほとりに高々とそびえたつ万歳楼。この古楼は、いったい幾千年を経過したのであろうか。毎年、いつも変わらぬ山の姿をうれしく眺め、日ごとに水だけが流れ去るのを悲しげに見つめる。—

と詠んだ詩跡である。また、孟浩然の七律「万歳楼に登る」詩にも、

万歳楼頭望故郷　　万歳楼頭　故郷を望めば
独令郷思更茫茫　　独り郷思をして更に茫茫（盛ん）たらしむ

という。このほか、中唐の皇甫冉・李紳なども万歳楼を詠むが、詩跡としての地位は、芙蓉楼には及ばない。

万歳楼は北宋期、月台と呼ばれ、続いて月観と改称された。続く南宋時代、再建された（『至順鎮江志』一三）が、元以後、消滅した。

（佐藤）

【金山・金山寺】

金山は、鎮江市（長江下流の南岸）の西北郊外（潤州区金山街道）に位置する、海抜約四四メートルの小山の名。古来、北固山（【北固山・北固亭・甘露寺・多景楼】の項参照）・焦山（【焦山・焦山寺】の項参照）とともに、「京口（鎮江）三山」と呼ばれた。

金山は本来、東の焦山と同様に、長江中に屹立する島であり、もと浮玉山という。島全体が、東晋（三一七―四二〇）時代の建立とされる古刹・金山寺の建物と、渾然一体になっていた。江中から遠望すると、寺院の建築ばかりで山が見えないため、金山は「寺裏山」（寺の裏の山）と称される。清末（同治初年〔一八六二〕ごろ）、金山は南岸の鎮江市と陸続きになり、現在の姿となる。

金山寺は、もと沢心寺と呼ばれた。唐代の裴頭陀（頭陀は修行僧の意）が山を開いたとき、金を得たので、金山（金の山）と呼ばれるようになり（『太平寰宇記』八九、『方輿勝覧』三）、寺の名も金山沢心寺の略称―金山寺が通称となった。

寺の名は、何度か変更された。北宋では、真宗趙恒が寺に遊ぶ夢を見たことから、天禧五年（一〇二一）、龍游（禅）寺に改名され、徽宗趙佶の政和四年（一一一四）には、神霄玉清万寿宮という道教寺院に変わったこともある（『至順鎮江志』九、『方輿勝覧』三）。清代には、康熙帝によって江天（禅）寺と改称された（『大清一統志』九一）。しかしその間も、ずっと金山寺の通称で親しまれた。

金山寺は、「江心」、すなわち滔々たる長江の流れの中に位置することを特徴とする。こうした「江心の寺」の特徴を、多くの詩人が巧みにとらえて詠んだ。中唐の竇庠は、長篇の讃歌「金山の行」を作るほか、七絶「金山寺」では、深い木立に包まれた島を、白波の中に浮かぶ、小さな青い二ナ貝にたとえて歌った。

一点青螺白浪中　一点の青螺　白浪の中
全依水府与天通　全て水府（長江の水神）に依りて天と通ず

金山寺は、大小の楼閣が山腹を囲んで建つ「江心の寺」であり、さながらフランスのモン・サン＝ミシェルにも似ていようか。

晩唐・李群玉の七絶「題金山寺石堂」（金山寺の石堂に題す）も、こうした寺の特徴を的確にとらえて、

白波四面照楼台　白波　四面　楼台を照らし（〔姿を〕映し）
日夜潮声繞寺回　日夜　潮声　寺を繞り回る

と歌い、北宋・沈括の七絶「夜登金山」（夜　金山に登る）は、長江中の金山のロケーションを、鏡の中（鏡裏）にたとえて詠む。

楼台両岸水相連　楼台の両岸　水相い連なり
江北江南鏡裏天　江北　江南　鏡裏の天

元・王惲の七古「金山寺に游ぶ」の冒頭部では、金山を蓬莱山（東海の仙山）になぞらえ、その島を背負って手を抃って舞い、滄海の中で戯れたという、霊妙な大海亀「鼇」（神亀）の話（『楚辞』「天問」王逸注所引『列仙伝』）を用いて、こう歌った。

我登金山江似練　我　金山に登れば　江は練に似たり
金山突兀神鼇抃　金山　突兀として　神鼇抃つ
楼閣参差四五層　楼閣　参差たり　四五層
覆圧崖巓瞰江面　崖巓を覆圧して　江面を瞰る

―金山を登りゆくと、長江が練り絹のように白く静かに流れる。すっくとそそり立つ金山は、背に負う神亀が、手を打ち踊って喜ぶかのよう。楼閣は高低さまざまに、四層・五層の造り。切り立つ断

崖の頂に覆いかぶさって建ち、（長江の）水面を俯瞰する。―

金山の頂には、「気　巨海を呑む」意から命名された呑海亭があり、眺望に優れた（『入蜀記』一）。元・張翥の七律「金山の呑海亭に登りて、了翁　賦すを請う」には、亭名に即した景観を詠む（首聯）。

危亭突兀戴鼇頭　　危亭　突兀として　鼇頭に戴かれ
俯視滄溟一勺浮　　滄溟を俯視すれば　一勺浮かぶ

―呑海亭は高く突き出て、大海亀の頭上（の金山上）に建つ。ここから見下ろすと、青海原は一本の柄杓のように浮かび漂う。―

金山寺の高所からの眺望は、格別だった。北宋の蘇軾は煕寧四年（一〇七一）、杭州に赴任する途中、金山寺を訪れ、七古「金山寺に遊ぶ」の中で、美しい夕景を巧みな比喩を用いて歌う。

微風万頃靴文細　　微風　万頃　靴文のごとく細やかに
断霞半空魚尾赤　　断霞　半空　魚尾のごとく赤し

―微風が起こって、広大な長江の水面に、靴文（革製の長靴の表面にできる、細かいしわ模様）のようなさざ波が広がり、中空に浮かぶ切れぎれの夕焼け雲は、（泳ぎ疲れた）魚の尾のように赤い。―

朝日もまた、絶景であった。南宋の陸游は、長江を溯る途中の乾道六年（一一七〇）六月二八日、金山の下で日の出を見て、「江中・天水は皆な赤し。真に偉観なり」（『入蜀記』一）と述べた。そして「金山観日出」（金山にて日の出づるを観る）詩を作る。詩は、

繋船浮玉山　　船を繋ぐ　浮玉山（金山）
清晨得奇観　　清晨（早朝）　奇観を得たり
日輪擘水出　　日輪（太陽）　水を擘いて出で
始覚江面寛　　始めて覚ゆ　江面の寛きを

と歌い出し、美しい早朝の景色をこう描写する。

遥波蹙紅鱗　　遥波　紅鱗を蹙め
翠靄開金盤　　翠靄　金盤に開く
光彩射楼塔　　光彩　楼塔に射し
丹碧浮雲端　　丹碧　雲端に浮かぶ

―遠く広がる波は、紅い鱗を縮めたような模様を見せ、青みを帯びた朝もやは、太陽を受けて薄れゆく。鮮やかな朝日の光が金山寺の楼閣・仏塔に射して、美しい彩りが雲の上に浮かぶかのよう。―

現在、金山寺の楼塔の中で、ひときわ目を引く建築は、高さ三〇メートルの、八角七層の慈寿塔である。詩中の塔は、その前身に当たる一対の金山塔（双塔）、南宋の楊万里が「一双の玉塔　金山を表す」（「揚子江を過ぐ」二首其二）と歌うものであろう。

江南屈指の巨刹・金山寺は、中晩唐以降、甘露寺とともに、「江山の勝絶（景勝地）」として、「名人の篇什（詩）」を持つ著名な詩跡となった（『太平寰宇記』八九）。なかでも、「金山の絶唱」（元の方回『瀛奎律髄』一）と評された詩は、中唐・張祜の五律「題潤州金山寺」（潤州〔鎮江〕の金山寺に題す）である。

一宿金山寺　　一宿す　金山寺
微茫水国分　　微茫として　水国分かる
僧帰夜船月　　僧は帰る　夜船の月
龍出暁堂雲　　龍は出づ　暁堂の雲
樹影中流見　　樹影　中流に見え
鐘声両岸聞　　鐘声　両岸に聞こゆ
因悲在城市　　因って悲しむ　城市に在りて
終日酔醺醺　　終日　酔いて醺醺たるを

―金山寺で一晩の宿をとった。（島からは）水辺の景色が遠くかす

むあたりまで、くっきりと見える。夜、僧侶が月明かりの下、船で帰ってくる。明け方には、僧堂が雲霧に包まれて、龍が（雲に乗じて）現れ出るかのよう。長江の流れに、（島をおおう）緑の樹々が影を落とし、（鳴らされる）鐘の音は、はるか長江の両岸（北の揚州と南の鎮江）にまで響きわたる。ふと悲しまれるのだ、繁華な街中にあって、一日中、酒に酔いしれているわが身のことが。―

金山寺の題詠の中で、張祜の頷聯（第三・四句）は人々の賞賛を得て、みなその詩への唱和を試みたが断念した。唐末・五代の孫魴だけは、敢然と五律「題金山寺」（金山寺に題す）を作り、「時人号して絶唱と為す」という（北宋末・馬令『南唐書』一三）。

万古波心寺　　万古　波心の寺
金山名目新　　金山　名目新たなり
天多剰得月　　天多く　剰に月を得
地少不生塵　　地少なく　塵を生ぜず

金山寺の慈寿塔

過櫓妨僧定　　過櫓　僧定を妨げ
驚濤濺仏身　　驚濤　仏身に濺ぐ
誰言張処士　　誰か言う　張処士の
題後更無人　　題せし後　更に人無しと

―永遠に（長江の）波中にありつづける寺。金山（寺）の名は真新しい。上空はどこまでも広がって月さえ浮かび、地面はごくわずかで、土ぼこりが立たない。行きかう舟の櫓の音で、僧侶も無想の境地に入れないほど、さかまく大波は（跳ねて）仏像に降りかかる。隠士・張祜どのが秀逸な金山寺詩を詠んだ後、もうここを歌える人はいないなどと、いったい誰が言うのだろう。―

本詩は、首聯を「山は江心の寺を載せ、魚龍は是れ四隣」に作るなど、異文に富むが、多くの人に受容されてゆく。たとえば北宋の林逋「人の金山に遊ぶを送る」詩、王安石「金山寺」詩などには、孫魴詩の第三句（天多剰得月）が、そのまま転用されている。

北宋の王令「金山寺」、元の薩都剌「金山に遊ぶ」、元の周伯琦・明の李東陽の「金山寺に遊ぶ」、清初の王士禛「金山に登る」二首など、金山と金山寺は長く詠まれていく。

金山の美しい風景は、詩歌のみならず、絵画でも表現された。明の文徴明「金山図」は、その一つである。文徴明はさらに七律「金山の詩　追賦す」も詠み、首聯で江心（中流）の寺の特色を歌う。

白髪金山続旧遊　　白髪　金山　旧遊に続ぐ
依然紺宇圧中流　　依然として　紺宇（仏寺）　中流を圧す

わが室町時代の画僧雪舟も、明代の金山寺を訪れ、水墨画の大作「大唐揚子江心金山龍游禅寺之図」（いわゆる「金山真景図」）をのこしている。

【北固山・北固亭・甘露寺・多景楼】

（佐藤）

北固山は、鎮江市の東北側に位置する。山名は潤州（鎮江）城の北にあって、地勢が険固なためである。高さはわずか五〇メートル前後であるが、かつては半島のごとく長江の流れの中に突き出た、峻険な要害の地であり、長江有数の舟旅の寄港地でもあった。

南朝宋の謝霊運「従游京口北固応詔」（京口〔現・鎮江市〕の北固〔山〕に従游して詔に応ず）詩は、元嘉四年（四二七）、文帝劉義隆に随従して北固山に登った時の作。山頂から仲春の長江を眺めた光景が、こう詠まれる。

張組眺倒景　組を張りて　倒景を眺め
列筵矚帰潮　筵を列ねて　帰潮を矚る
遠巌映蘭薄　遠巌は　蘭薄に映え
白日麗江皐　白日は　江皐に麗し

―とばりを張りめぐらして、長江の水にうつる（山の）倒影を眺め、筵席をならべて、潮が引くさまを見つめる。遠くの断崖は蘭草の茂みと照り映え、明るい太陽は長江の岸辺を美しく輝かせる。―

また、盛唐の王湾は、五律「次北固山下」（北固山下に次る）詩の中で、東海に近い温暖な長江沿いの珍しい風景を、

海日生残夜　海日　残夜に生じ
江春入旧年　江春　旧年に入る

―朝日が未明の暁闇を破って、早くも東の海上からさし昇り、暖かいこの地では、年の暮れなのに、もう春の気配がただよう。―と歌う。当時の宰相張説は、この両句を空前の名句だと賞賛し、みずから政事堂（宰相執務室）の壁に題して、詩人の手本にさせたという（唐・殷璠『河岳英霊集』下）。

北固山には、北固楼・北固亭があった。両者は、同じ建物の異称とも、或いは別の建物（北固楼が今の多景楼、北固亭が今の臨江亭）ともいう。東晋の咸康年間（三三五―四二）、刺史の蔡謨が軍事倉庫用の高楼を建て、後に崩壊したが、山頂には小亭だけが残った（『南史』五一）。これが北固楼・北固亭の原型らしい。六朝後期には、梁の沈約のほか、大同一〇年（五四四）、梁の武帝蕭衍が、京口城に行幸して北固楼に登り、壮大な眺望を讃えて、北固を「北顧（北を望む）」と改称し（『梁書』武帝紀下）、「北顧楼に登る」詩を詠んだ。簡文帝蕭綱の「『北顧楼に登る』に和し奉る」詩も伝わる。

北固楼・北固亭の名は、唐代前期の詩に見えない。当時失われていたためらしい。中晩唐の李紳・羅隠の詩に北固亭の名が見え、張祜には「潤州の李尚書（徳裕）の北固新楼に題す」詩がある。

北固亭での名高い作品は、南宋の辛棄疾が、金占領下の中原を遠望して詠んだ詞「南郷子　京口〔鎮江〕の北固亭に登りて懐い有り」である（上片・下片から成る双調）。

何処望神州　何れの処にか　神州（中原）を望まん
満眼風光北固楼　満眼の風光　北固楼
千古興亡多少事　千古の興亡　多少の事ぞ
悠悠　悠悠たり（果てしもない）
不尽長江滾滾流　不尽の長江　滾滾として流る　【上片】
年少万兜鍪　年少（若き孫権）　万の兜鍪（兵士）もて
坐断東南戦未休　東南（呉）を坐断（占拠）し戦って未だ休めず
天下英雄誰敵手　天下の英雄　誰か敵手なる
曹劉　曹（操）と劉（備）なり

生子当如孫仲謀　子を生まば　当に孫仲謀のごとくなるべし

辛棄疾はさらに、「永遇楽　京口の北固亭にて懐古す」の詞も詠む。いずれにも、孫権（字仲謀）の名前が詠み込まれているように、北固山には数多くの三国志由来の旧跡が伝わる。

北固山（の後峰〔北峰〕）上には、名刹・甘露寺があった。中唐の李徳裕が宝暦年間（八二五―二七）、浙西観察使・潤州刺史在任中に、穆宗の冥福を祈って建立した寺院である（『嘉定鎮江志』八）。寺の名は建立の時、天空から瑞祥の甘露が降ってきたことにちなむ（『元豊九域志』五）とも、三国・呉の甘露年間（二六五―六）の建立（『至順鎮江志』九）のためともいう。

甘露寺の門

甘露寺は晩唐期、盧肇・張祜・杜牧・許棠・周朴・曹松・周繇・孫魴らに詠まれ、「詩人　留題多き」（『太平寰宇記』八九）詩跡となった。盧肇は「北固　巌端の寺」（「甘露寺に題す」）と詠み、周朴は「層閣　危壁（高い断崖）に畳なる」（「甘露寺に題す」）と歌う。また、孫魴の「甘露寺」詩は、風光明媚な寺の美しさを讃える。

最愛僧房好　最も愛す　僧房の好きを
波光満戸庭　波光（長江の波の輝き）　戸庭に満つ

甘露寺は、唐の乾符年間（八七四―七九）に焼失したが、鎮海軍節度使・潤州刺史の裴璩がただちに再建した（『嘉定鎮江志』八）。会昌の廃仏（八四五年）の際にも寺は破壊されず、管内の諸寺の壁画が保存された（唐・張彦遠『歴代名画記』三）。南朝宋の画家・陸探微が甘露寺の壁に描いた「狻猊戯図」について、北宋の蘇軾は「甘露寺」詩の中でこう歌う。

破板陸生画　板を破る　陸生の画
青猊戯盤跚　青猊　戯れて盤跚たり

―壁板に描かれた、どの絵画をも凌ぐ、陸探微の作。それは、青い狻猊（龍に似た獅子）が、はねおどって戯れる姿。―

甘露寺（多景楼）の西には、うずくまる羊の形をした石「狠石（很石）」が置かれている。この石に坐って、三国志の英雄たちは天下国家を論じたという。晩唐・羅隠の七律「潤州の妙善（甘露寺の傍らの妙善街）前の石羊に題す」詩にいう。

紫髯桑蓋此沈吟　紫髯　桑蓋　此に沈吟す
很石猶存事可尋　很石　猶お存して　事尋ぬべし

―紫の髭を持つ孫権と、車の蓋のような桑の大樹のある家に生まれた劉備は、この石の上で曹操を打倒する案を考えぬいた。その石はなおも現存し、当時の様子を今に伝えている。―

狠石は当初、劉備と孫権が語り合った舞台であったが、やがて諸葛孔明と孫権が語り合った舞台へと変化した。前掲の蘇軾「甘露寺」詩は、「狠石は庭下に臥し、穹窿（半球状）として伏羱（腹ばいの羊）の如し」と歌い、「寺に石有りて羊の如し。相い伝えて之を狠石と謂い、諸葛亮孔明　其の上に坐し、孫仲謀（孫権）と与に、曹公（操）を論ぜりと云うなり」と自ら注する。この蘇軾「甘露寺」詩を契機として狠石と孔明を結びつけるイメージが強まり、蘇轍・張耒、南宋の程俱・姜夔らによって、孫権と諸葛孔明の詩跡と化していった（吉永壮介「甘露寺縁起考」〔『芸文研究』八八〕参照）。

長江に臨む北固山の後峰上に臨江亭があり、盛唐の儲光羲「臨江亭五詠」詩が伝わる。この臨江亭の旧址に建てられた高楼が、「登覧の最（第一）」と評された多景楼である。その名は、李徳裕「臨江亭に題す」（略題、後述）詩の「多景　窓牖に懸かる（窓越しに見える）」に基づくという（南宋初・張邦基『墨荘漫録』四）。中唐の劉禹錫が、李徳裕の詩に次韻した排律「浙西の李大夫（徳裕）の『晩に北固山を下り、…偶ま臨江亭に題す』に和し…」詩（宝暦元年〔八二五〕ごろの作）も臨江亭に触れるが、多景楼への言及は見えない。中唐期、多景楼はまだなかったのであろう（李徳裕の散佚詩「晩に北固山を下り、…偶ま臨江亭に題す」詩〔『全唐詩』四七九の「北固懐古詩」はその一部〕中にも多景楼への言及は見えない）。

南宋の鎮江知府・陳天麟は、「多景楼は其の始むる所と名づくる所以とを知らず。〔甘露〕寺は唐に興り、李衛公（徳裕）繇り以後、北固に登りて題詠する者は、皆な多景楼に及ばざれば、当に本朝〔宋代〕に建つるは疑い無かるべし」（『嘉定鎮江志』一二に引く「記」）と指摘して、多景楼を宋代の創建と見なしている。

多景楼が詩跡化したのは、北宋以降である。北宋の曾鞏・韋驤・蘇軾・米芾、南宋の張栻・高翥・趙師秀・劉過・汪元量、元の趙孟頫・薩都剌・丁鶴年、明の胡奎・童軒、清の厲鶚・呉綺などに詠まれ、わが五山の詩僧・絶海中津の「多景楼」詩も、絶景を歌う。狠石は『三国志』と関連づけて詠まれる傾向を持つが、多景楼は、「天下の殊景」とも称される、雄大な眺望も歌詠の対象となる。曾鞏の七律「甘露寺の多景楼」詩の首聯には、

欲収嘉景此楼中　嘉景を収めんと欲す　此の楼中に
徙倚闌干四望通　闌干に徙倚（徘徊）して　四望通ず

という。元末明初・楊維禎の七律「多景楼」は、こう歌う。

極目心情独倚楼　極目　心情　独り楼に倚る
荻花楓葉満江秋　荻花　楓葉　満江の秋
地雄呉楚東南会　地は雄たり　呉楚　東南の会
水接荊揚上下流　水は接す　荊揚　上下の流れ
鉄甕百年春雨夢　鉄甕　百年　春雨に夢み
銅駝万里夕陽愁　銅駝　万里　夕陽に愁う
西風歴歴来征雁　西風　歴歴として　征雁来り
又帯辺声過石頭　又た辺声を帯びて　石頭を過ぐ

―目路の限り見はるかす万感の思い、独り楼上の手すりにもたれる。荻の白い花と楓の紅い葉、秋の気配が長江に満ちる。この地は、東の呉・南の楚が接して雄大をきわめ、長江の水は上流の荊州（湖北省）から下流の揚州（江蘇省）へと流れ続ける。呉の孫権が（ここ―鎮江に）築いた鉄甕城は百年もの間、春雨にぬれて夢を見続け、銅駝（洛陽の都）は万里のかなた、夕陽の中で愁いている。秋風の吹く空にシルエットを映しつつ、雁が列を作って訪れ、またも辺境の声を帯びつつ、石頭城（南京）の方へと渡ってゆく。―

甘露寺の扁額と同様、この多景楼にも「天下江山第一楼」という扁額が掛かる。中国を代表する書家・米芾による筆墨である。

（佐藤）

【焦山・焦山寺】

焦山は、鎮江市東北の長江中に、砥柱のごとく直立して聳える小島の名。海抜は七一メートル、周囲二キロメートルから成り、後漢の隠士・焦光がここに隠棲したための命名とされる（『輿地紀勝』七、焦山の条所引『唐図経』）。ただ焦山は「譙山」とも表記され、南朝梁・江淹の五言古詩は「陸東海の　譙山の集い」と題する。

焦山は長江中の孤島であり、連絡通路ができた現在でも多くの人は船で訪れる。盛唐の李白は島を訪れて、「焦山にて松寥山（長江中に対峙する二島の総称）を望む」詩を作った。その冒頭にいう。

石壁望松寥　石壁　松寥を望めば
宛然在碧霄　宛然として　碧霄に在り

—焦山の険しい岩壁の上から、東の方、長江中の松寥山（海門山）を眺めやると、松寥山はまるで青空の中にあるかのよう。—

盛唐の王瓚「冬日　群公と舟を焦山に泛ぶ」詩は、焦山のほとりでの舟遊びを詠む。

焦山は、北固山（【北固山】の項参照）・金山（【金山・金山寺】の項参照）とともに、古来「京口三山」に数えられる。とりわけ本来、長江中にあった金山とは、北宋の蘇軾「金山より船を放ちて（船に乗って流れを下り）焦山に至る」詩、明の唐寅「鎮江に遊びて金山・焦山に登る」詩のように、しばしば並べて詠み込まれる。金山と焦山は、ともに寺院で知られ、「金山は寺が山を裹み、焦山は山が寺を裹む」という俗諺が伝わる（南宋の楼鑰『攻媿集』八一等）。金山の寺は山を囲んで建ち、焦山の寺は山に隠れて姿が見えないためである（明の施耐庵『水滸伝』第一一一回）。

焦山寺は、焦山を代表する南麓の名刹の名。もと普済寺といい、後漢の興平年間（一九四—一九五）の建立と伝える。南宋の景定年間（一二六〇—一二六四）、再建して焦山寺と改称。清の康熙二五年（一六八六）には、康熙帝が寺額を賜って今の定慧寺に改名した（『大清一統志』九一）。この後も焦山寺は通称として用いられた。

焦山寺は、南宋の李呂「焦山寺に題す」、汪元量「焦山」、林景熙「焦山寺」、元の周権「焦山寺」、周伯琦「焦山寺に遊ぶ」、明の釈宗泐「焦山寺の鑑師の臨江軒」、劉璟「焦山寺」、清の厲鶚「焦山にて月を看る、分かちて声の字を得たり」など、長く詠みつがれた。汪元量の七律「焦山」詩の前半にいう（持呪は真言を唱える意）。

焦山寺裏白雲堆　焦山の寺裏　白雲堆く
百尺危楼百尺台　百尺の危楼（高楼）　百尺の台
持呪聖僧漂海去　呪を持する聖僧　海を漂い去り
尋詩閑客渡江来　詩を尋ぬる閑客　江を渡りて来る

また、清・厲鶚の長い七言古詩は、「焦山の寺前　江月生ず。此の時　月上って　潮復た上り、風水相い薄って奇声（奇怪な音）を為す」と歌い起こす。

寺の奥に進むと、宝墨軒（焦山碑林）がある。多くの石碑中で名高いのは「瘞鶴銘」である（本来、焦山の崖石に刻されていた）。楷書による碑文で、書の神品と評される。北宋の黄庭堅は王羲之の書と見なすが、南朝梁・陶弘景の書という説も有力である。清の龔自珍「己亥雑詩」其二二九は、科挙の及第には巧みな楷書による答案作成も重視されたので、まず「瘞鶴銘」を学ぶことを勧める。

万古焦山一痕石　万古　焦山の　一痕石（残碑）
飛昇有術此権輿　飛昇に術有り　此に権輿る

（許山）

【鶴林寺・招隠寺】

鶴林寺は、鎮江市南郊の黄鶴山（高さ三〇メートル）の麓にあった寺の名。東晋の大興四年（三二一）の創建、旧名は竹林寺。南朝宋の武帝劉裕が即位する前に、飛舞する黄鶴を見たことにちなみ、鶴林寺と改名したという（『太平寰宇記』八九）。現在、大殿と杜鵑楼が残されている。中唐・李渉の七絶「題鶴林寺僧舎」（鶴林寺の僧舎に題す）は、寺の詩跡化に貢献した名作である。

終日昏昏酔夢間　終日　昏昏たり　酔夢の間
忽聞春尽強登山　忽ち春の尽くるを聞きて　強いて山に登る
因過竹院逢僧話　竹院に過りて　僧に逢いて話るに因りて
又得浮生半日閑　又た得たり　浮生　半日の閑

―一日中、酒に酔い夢を見るように、ぼんやりと暮らしていたが、ふと、春が去ってしまうと耳にして、思い切って山に登った。竹林の中の寺院に立ち寄り、僧と会って話をしていたら、ともかくもこの浮き世で、のどかな半日を過ごすことができた。―

唐末・崔塗の五律「秋、鶴林寺に宿す」の「歩歩　林中に入れば、山窮まるも意は未だ窮まらず。偏に僧に逢いて話ること久しく、転って鶴と棲むに同じ」、北宋・曾鞏の七絶「鶴林寺」の「昔人は春尽きて　強いて山に登り、只だ肯んず　僧に逢う半日の閑を。一尊もて興に乗じ去り、酔中　馬に騎りて月中に還るに何似ぞ」、南宋・釈慧恭（率翁）の五絶「鶴林寺」の「李渉の題せるを観るに因りて、一字も続ぐ可からず。鶴去りて幾何の年ぞ、空山　自から修竹」（明・釈明賢『鶴林寺志』所引）などは、李渉の詩を意識する。「高さ丈余、春月に至る毎に、花を開いて爛漫、城を傾けて士女游賞す」（『至順鎮江志』四「杜鵑」）という。盛唐の綦毋潜「鶴林寺に題す」詩の「松は山殿を覆いて冷ややかに、花は渓路を蔵して遥かなり」、元の薩都剌「清明に鶴林寺に遊ぶ」詩の「青青たる楊柳に　乳鴉啼き、満山乱れ開く　紅白の花」などは、花に彩られた寺院の風景を描く。

招隠寺は、鎮江市南郊の招隠山（獣窟山）にある寺の名。鶴林寺の南西に位置する。南朝宋の芸術家戴顒はここに住み、南朝宋の武帝劉裕の招きを拒絶して隠棲し続けたため、招隠山・戴公山などと呼ばれた。死後、娘がその住まいを喜捨して、景平元年（四二三）、招隠寺となる。現在、招隠寺の周囲には、南朝梁・昭明太子の読書台、昭明太子が名士を招いて『文選』を編纂した処という増華閣などがある。

初唐の駱賓王「潤州の薛司空・丹徒の桂明府に陪して招隠寺に遊ぶ」詩に、「共に尋ぬ　招隠の寺、初めて識る　戴顒の家。還た旧泉壑（昔の泉や谷）に依るも、応に昔の雲霞（浄き自然）を改むべし」とあり、晩唐の張祜「招隠寺に題す」詩に、「古井　人の名在り、清泉　鹿の跡幽かなり。竹光寒くして院を閉ざし、山影夜にして楼を蔵す」（招隠山の鹿跑泉は昭明太子の井という〔『輿地紀勝』七〕）と歌う。

北宋の王琪「招隠寺に題す」詩の「蒼崖　何ぞ蟠回せる（取り囲む）、嘗て隠君の宅為り。孰か謂う　人琴亡ぶと、松風　正に蕭瑟たり」や、曾鞏「招隠寺」詩の「昔人　此に嘉遯し（時宜よく隠遁し）、手ずから朱糸の絃を弄ぶ」は、いずれも弾琴の名手・戴顒をしのぶ。

清代には、王士禛が「招隠寺」詩を作るほか、陳廷敬の七絶「招隠寺」には、「招隠　山深くして白日斜めなり、山前猶お説く　戴顒の家と。詩を題せる人去りて　消息無く、春風に零落す　玉蘂の花（招隠山の名花）」とあって、招隠寺の晩春の風景が詠まれる。

【揚州（広陵）】

（許山）

揚州は長江下流の北岸に位置し、春秋戦国以来の長い歴史をもつ都市の名。邗・広陵・江都などとも呼ばれた。古くは軍事的要衝であったが、隋の煬帝によって大運河が開鑿されると、東西に横切る長江と南北に連なる大運河の交差点に位置するため、唐代以降、経済都市としても急速に発展した。『資治通鑑』二五九、景福元年（八九二）の条に、「揚州の富庶（富裕）は天下に甲たり（第一）。時人、「揚一益二」（揚州が第一、益州（成都）が第二）と称す」という。

中唐・権徳輿「広陵詩」には、繁華な様子を「層台（高楼）　重霄（天空の高み）に出で、金碧（華麗な建物）　顥清（大空）に摩す。交も馳す　流水のごとき轂（車）、迥かに接す　浮雲のごとき甍」と描写する。また、中唐・李紳の七律「揚州に宿す」の後半にいう。

　夜橋灯火連星漢　　夜橋の灯火　星漢に連なり
　水郭帆檣近斗牛　　水郭の帆檣　斗牛に近し
　今日市朝風俗変　　今日　市朝　風俗変ず
　不須開口問迷楼　　須いず　口を開いて　迷楼を問うを

—夜の橋に輝くまばゆい明かりは、夜空の銀河にまで達し、水辺の揚州城に停泊する船の帆柱は、高々と斗宿・牛宿の星座に届かんばかり。今や揚州の街の風俗は変わりはて、煬帝が築いた豪奢な迷楼のことなど、わざわざ尋ねるまでもないのだ。—

揚州は、経済的な発展に伴って妓楼が建ち並び、遊興の地となる。中唐の徐凝「揚州を憶う」詩は、当地の芸妓を懐かしんだ後、「天下三分す　明月の夜、二分の無頼は　是れ揚州」（天下の月夜の魅力、その三分の二は揚州にある）と歌う。王建の七絶「夜、揚州の市を看る」詩の前半にも、「夜市の千灯　碧雲（夜空）を照らし、高楼の紅袖（妓女）　客紛紛たり（多数訪れる）」という。

揚州ゆかりの文人では、晩唐の杜牧（字牧之）が名高い。杜牧は若いころ、揚州で遊蕩の日々を送った。七絶「遣懐」（懐いを遣る）の後半では、若き放蕩の日々を振り返って、ほろ苦く歌う。

　十年一覚揚州夢　　十年　一たび覚む　揚州の夢
　贏得青楼薄倖名　　贏ち得たり　青楼　薄倖の名

—十年もの愉しい揚州での夢から覚めてみれば、わが身に得たものは、色街での浮き名だけなのだ。—

杜牧はまた、「贈別二首」其一で、愛妓の美貌を述べた後、「春風十里　揚州の路、珠簾を巻き上ぐるも（花柳街の妓女の誰もが）総て如かず」と歌う。北宋の黄庭堅は本詩を踏まえて、「春風十里　珠簾巻き、髣髴たり　三生の杜牧之（杜牧が今も生き続けているようだ）」と詠む（黄庭堅の詩題「往歳、広陵に過り、…」中に引用される）。

揚州の地は、詩人たちに愛され、羨望の地となる。晩唐の張祜は、七絶「淮南（揚州）に縦遊す」の後半で、「人生　只だ合に揚州に死すべし、禅智　山光（いずれも揚州東郊の寺名）　墓田に好し」とまで歌う。清の紀昀「揚州二絶句」其一の「鶴に跨りて曾経て夢裏に遊び、如今　真箇に揚州に到る。憐れむ可し　豆蔲（ズクの花）　春風過ぎ、十里の珠簾　上鉤せず」は、杜牧の「贈別」詩を踏まえる。

揚州を彩った歴史的事項や詩句は、過去のものとなる。明の徐熥「揚州の城楼に登る」詩の「当時の歌舞　人何にか在る、落日の空山断蟬を聞く」や、清の陳沆「揚州の城楼」詩の「濤声に寒泊して　一城孤なり、万瓦の霜中　雁の呼ぶを聴く。曾て是れ　緑楊　千樹好きも、只今　明月は一分（三分の一）も無し」などが懐古する。

（佐藤）

【二十四橋】

隋唐の揚州城（現・揚州市）の内外に架かる、多くの美しい虹橋（アーチ型の橋）の総称。その中心は、羅城（一般の住宅・商業地）内を南北に貫流する約五キロメートルの官河（合瀆渠、いわゆる大運河）上に、ほぼ三〇〇メートル間隔で架かる周家橋・小市橋・広済橋・開明橋・顧家橋・通泗橋・太平橋など、十あまりの橋である。この官河沿いが、揚州の繁華な長街（メイン・ストリート）でもあった。

南宋の祝穆『方輿勝覧』四四、二十四橋の条に、「隋に置く。並びに城門・坊市（住民の居住区と商業区）を以て名と為す」（南宋の王象之『輿地紀勝』三七も同じ）とあり、二十四橋は隋代、揚州の羅城建設時に設けられたらしい。

ただし、「二十四の橋」の具体名は、未詳である。五代の末（後周の顕徳五年（九五八））、韓令坤が破壊された揚州城（の羅城）を改築した際、二十四橋のあるものは残され、あるものは壊されて、その実態が不明になったという（『方輿勝覧』四四、『資治通鑑』二九四）。北宋の沈括『夢渓補筆談』二には、茶園橋・大明橋・九曲橋・下馬橋・作坊橋・洗馬橋・南橋・阿師橋・周家橋・小市橋・広済橋・新橋・開明橋・顧家橋・通泗橋・太平橋・利園橋・万歳橋・青園橋・駅橋・参佐橋・山光橋の名を列挙するが、合計二二で「二十四」の数を満たさない（このうち、茶園橋・大明橋・万歳橋・青園橋・山光橋の五橋は、隋唐期の揚州城外にあった）。しかも他の著名な橋（月明橋など）が含まれていないのは、不自然である。沈括が「今存」（現存）と注するのは、縮小化した「宋の大城」内にある小市橋・広済橋・開明橋・通泗橋・太平橋と南城外の万歳橋の六橋であり、大明橋・九曲橋・南橋・周家橋・参佐橋・山光橋の六橋は場所を記し、その中の二つの現存を明記する（沈括は治平元年（一〇六四）揚州の司理参軍となる）。

二十四橋

ただし「二十四」は、実数ととる必要はない。「三十六」「七十二」などとともに、数の多いことを示す常套表現だからである。晩唐・杜荀鶴の「蜀客の維揚（揚州）に遊ぶを送る」詩に、

夾岸画楼難惜酔　夾岸（両岸）の画楼　酔いを惜しみ難く
数橋明月不教眠　数橋の明月　眠らしめず

と詠まれるように、揚州には橋が多く架かり、たもとの画楼（妓楼）で夜明けまで酒杯を重ねる、歓楽の地であったのである。揚州における橋の位置に関しては、愛宕元「唐代の揚州城とその郊区」（同『唐代地域社会史研究』同朋舎出版、一九九七年所収）参照。

詩跡としての「二十四橋」は、風流で繁華な地というイメージを伴って詠まれた。この風流繁華のイメージを決定づけた詩が、晩唐・杜牧の七絶「寄揚州韓綽判官」（揚州の韓綽判官に寄す）である。

青山隠隠水迢迢　青山隠隠として　水迢迢たり
秋尽江南草木凋　秋尽きて　江南　草木凋む
二十四橋明月夜　二十四橋　明月の夜
玉人何処教吹簫　玉人　何れの処にか　吹簫を教うる

—青い山なみがかすみながら連なり、街の中を走る水路は、遠くまで伸びていく。秋が終わろうとする今、暖かい江南（の揚州）でも、草木が凋みだしたことでしょう。二十四橋の上に、明るい月が輝きわたる夜、あなたは（今日も）どこかで、あでやかな妓女たちに、簫の吹き方を教えていらっしゃるのでしょうか。—

「玉人」とは本来、詩を寄せた白皙の貴公子・韓綽を指すが、ほどなく「揚一益二」（益は益州〔成都〕）と称された揚州の、天下第一の富庶（繁華）を物語る青楼街の歌姫を指す、と解釈されるようになった。かくして二十四橋は、明月の輝く夜、美しい虹橋で、あでやかな麗人（歌妓）が簫を吹く、という艶冶なイメージをたたえることになる。これは、塩商を中心に栄えた、歌舞繁華な地としての揚州城を、明月と虹橋と夜遊の佳人とに集約させた表現ともいえよう。

揚州は、唐末の戦乱で荒廃したため、二十四橋も影響を受けた。晩唐の韋荘「揚州に過る」詩に、「二十四橋　空しく寂寂たり、緑楊摧折せらる　旧官河（唐の後期、漕運路としての機能を失った揚州城内を貫通する官河）」という。そして五代末の戦乱と羅城の改築などによって、二十四橋は致命的な打撃を受けることになった（前述）。

しかし、二十四橋の大半が失われて所在地すら不明になった後世でも、杜牧詩によって確立した「風流繁華の地」の景物として意識され、揚州を歌う詩中にしばしば詠み込まれた。「二十四橋」の語には、風流繁華な唐代へと誘う、不思議な魅力がたたえられていたのである。

天涯回首一消魂　　天涯にて首を回らせば　一たび消魂す
二十四橋歌舞地　　二十四橋　歌舞の地

北宋の周邦彦「玉楼春」（惆悵）詞

二十四橋仍在　　二十四橋は　仍お在り
波心蕩、冷月無声　　波心（波間）に蕩れ　冷月　声無し

南宋の姜夔「揚州慢」詞

二十四橋秋水白　　二十四橋　秋水白く
淮南八月瀉銀河　　淮南（揚州）　八月　銀河瀉ぐ

元の薩都剌「淮東の王廉訪の清涼亭に題す」詩

春情盎盎夜迢迢　　春情は盎盎（あふれて）　夜は迢迢
占尽煙花廿四橋　　煙花（娼妓）に占め尽くさる　廿四橋

清の趙翼「陳縄武司馬、招同春農…」詩

ちなみに、「二十四橋」は、遅くとも清代、揚州の橋の総称ではなく、西北郊外の単体の橋を指すとする説が生じていた。清の李斗の見聞録『揚州画舫録』（乾隆六〇年〔一七九五〕初刊）一五に、「廿四橋は即ち呉家磚橋、一名は紅薬橋、熙春台（揚州の塩商が皇帝の長寿を祈って建てた、痩西湖〔保障河〕辺の楼台）の後ろに在り。…（清初の呉綺）「揚州鼓吹詞の序」に云う、『是の橋は古の二十四の美人、簫を此に吹くに因りて、故に名づく』と。或いは曰く、『即ち古の二十四橋なり』と」と見えるが、李斗は「二説は非なり」と否定する。民国の徐謙芳『揚州風土記略』上には、旧城内と西門外の二説に関する是非判断を保留しながら、「西門外の廿四橋は今尚お存在するも、僅だ一村落の小石橋なるのみ」と指摘する（廿四橋は念四橋とも書く）。

現在、この単橋説に基づいて、長さ二四メートルの「二十四橋」（単孔の虹橋）が、痩西湖公園内の五亭橋の西方に再建されている。

【大明寺（棲霊寺塔）・平山堂】

（許山）

大明寺は、揚州市西北郊外の蜀岡の上―唐・揚州城の西北城外―に位置する名刹の名。南朝宋の大明年間（四五七―四六四）に創建されたための命名である。隋の仁寿元年（六〇一）、九層の棲霊塔が建てられ、棲（西）霊寺ともいう。清の乾隆年間、法浄寺と改名されたが、一九八〇年、大明寺の旧名にもどった。大明寺は清の咸豊年間に焼失し、現在の建物は同治年間の再建である。なお、この寺は、高僧鑑真が天宝元年（七四二）、日本の留学僧の栄叡と普照の懇請を受け、伝戒の師として渡日を決意した寺でもある。

大明寺は、棲霊塔（西霊塔）で知られ、それを詠じた作品が多い。盛唐・李白の五言排律「秋日　揚州の西霊塔に登る」の冒頭にいう。

宝塔凌蒼蒼　　宝塔　蒼蒼を凌ぎ
登攀覧四荒　　登攀して　四荒を覧る
頂高元気合　　頂は高く　元気合し
標出海雲長　　標は出でて　海雲長し

―宝塔（西霊塔）は青々とした天空にそそり立ち、登りゆくと四方の果てまで見渡せる。（塔の）頂上は高くて、天上の混沌の気に包まれ、（塔の）先端は突き出て、雲海が果てしなく広がる。―

また、盛唐・高適の五言古詩「広陵（揚州）の棲霊寺の塔に登る」の「淮南　登臨に富めるも、茲の塔　信に奇最なり（第一のみごとさである）。直ちに上れば雲族（群がる雲）に造り、虚に憑りて（天空に浮かんで）天籟（自然界の様々な音）を納る」や、劉長卿の五言古詩「揚州の西霊寺の塔に登る」の「北塔　空虚（天空）を凌ぎ、雄観（雄偉なさま）　川沢を圧す。亭亭たり（高くそびえる）　楚雲の外、千里　看れども隔てず」は、高峻な塔の姿と遥かな眺望を歌う。

また、宝暦二年（八二六）の冬、中唐の白居易は七絶「与夢得同登棲霊塔」（夢得［劉禹錫の字］と同に棲霊塔に登る）詩を作って歌う。

半月悠悠在広陵　　半月　悠悠として　広陵に在り
何楼何塔不同登　　何れの楼　何れの塔か　同に登らざらん
共憐筋力猶堪在　　共に憐れむ　筋力の　猶お在るに堪うるを
上到棲霊第九層　　上りて到る　棲霊の　第九層

―半月もの間ゆったりと揚州に滞在し、あらゆる高楼と仏塔に、劉禹錫と登った。（登るだけの）筋力がまだあることに、二人とも深い喜びを覚えつつ、棲霊塔の（最上階）第九層に登りついた。―

他方、劉禹錫は、七絶「楽天（白居易）の『棲霊寺の塔に登る』に同ず（唱和する）」詩に、「歩歩相い携えて　難きを覚えず、九層雲外（雲上の第九層）　闌干に倚る。忽然として語笑す　半天の上、無限の遊人　眼を挙げて看る」と歌う。

同じ中唐・陳潤の五律「西霊塔に登る」詩は、塔の高さを「知らず　人意遠く、漸く覚ゆ　鳥の飛ぶこと低きを。稍に雲霞と近く、日月と斉しきが如し」（頷聯・頸聯）と表現する。

著名な唐詩人らに詠まれて詩跡化した棲霊塔は、唐の会昌四年（八四四）ごろ焼失したが、北宋の景徳元年（一〇〇四）、七層の塔が再建された。北宋・宋庠の「大明寺の塔に登る」詩は、「病足もて危梯を攀じ（高い階段を登り）、寸晷（短時間）に或いは三たび歇む」と、高い塔に登る労苦を描写する。また、北宋・米芾の五律「棲霊塔に登る」は、塔上から見た雄大な風景を、こう詠む（頷聯・頸聯）。

想霓雲上見　　想う　霓の　雲上に見るるを
覚蟻蔀中蔵　　覚ゆ　蟻の　蔀中に蔵るるを

地献山川秘　　地は献ず　山川の秘
天開日月光　　天は開く　日月の光

―（上を見れば）雲の上に虹が現われるかのよう、（下を見れば、人々の姿は）蟻がムシロの覆いの下に見え隠れするかのよう。大地は山川の隠された風景を見せ、天は太陽や月の光を降りそそぐ。―

大明寺は、「明に至りて僅かに寺基を存するのみ」（民国『甘泉県続志』一二）と荒廃したが、明の万暦年間（一五七三―一六二〇）に再建され、塔は一九九五年に再建された。この新「棲霊塔」は高さが七三メートル、隋唐期と同じ九層で、登覧することができる。

大明寺と棲霊塔

平山堂は、北宋の慶暦八年（一〇四八）、揚州知事として着任した欧陽脩（字永叔）が、大明寺境内の西南隅に造った建物の名。遊宴・遊覧の勝地として大明寺の新たな詠詩対象となった。現存のものは清・同治年間の再建である。平山堂の後ろには、蘇軾が欧陽脩を記念して、元祐七年（一〇九二）に建てた谷林堂があり（清・同治の再建）、更にその後ろには、清の光緒五年（一八七九）に再建された欧陽祠がある。

平山堂の名は、「江南の諸山、檻前に拱揖して（手すりの前に拱手して会釈し）、堂と平らかなるが若し」（南宋・鄭興裔「平山堂記」）による。南宋初・葉夢得『避暑録話』上には「壮麗たること淮南第一の堂為り」とあり、欧陽脩は暑い時はいつもここに客人を呼んで、詩や酒に興じたという。欧陽脩の詞「朝中措」の前関にいう。

平山欄檻倚晴空　　平山の欄檻　晴空に倚り
山色有無中　　山色は　有無の中
手種堂前垂柳　　手ずから種う　堂前の垂柳
別来幾度春風　　別れて来かた　幾度の春風ぞ

―平山堂の欄干は晴れた空にそそり立ち、遥かな山々は霞んで、あるかなきかの趣き。（揚州にいた頃）、私は平山堂の前にしだれ柳を植えたが、当地を離れてから、幾たび春風が吹いたことだろう。―

また、北宋の王安石は、七律「平山堂」の前半で、堂の建つ地勢と雄大な景観をこう描く。

城北横岡走翠虬　　城北の横岡　翠虬走り
一堂高視両三州　　一堂　高視す　両三州
淮岑日対朱欄出　　淮岑の日は　朱欄に対して出で
江岫雲斉碧瓦浮　　江岫の雲は　碧瓦に斉しく浮かぶ

―（揚州）城の北に横たわる蜀岡は、蒼龍のようにうねうねと走り、（その上に建つ）平山堂からは、遠く二、三の州（潤州・真州・金陵）を見下ろせる。淮河の山から出る太陽は、堂の朱い欄干を照らして昇り、長江の山にかかる白雲は、碧の屋根瓦のあたりにただよいくる。―

平山堂は眺望のよさで知られた。北宋・劉攽の五律「平山堂」の頷聯・頸聯には、「此の地　一たび首を回らせば、衆峰攀づ（つかむ）可きが如し。俯看すれば孤鳥没し、平視すれば白雲還る」と歌う。秦観の七律「子由（蘇轍の字）の『平山堂に題す』に次韻す」にも、「棟宇（平山堂の建物）高く開く　古寺の間、尽く佳処を収めて雕欄

（堂の美しい欄干）に入らしむ」と歌い起こしたあと、他の登高の名所と比較して、この平山堂の眺望の美を推賞する（尾聯）。

遊人若論登臨美　遊人　若し登臨の美を論ずれば
須作淮東第一観　須らく作すべし　淮東　第一の観と

—旅人が高所から眺める風景のよさを論じるならば、この平山堂はきっと淮南東路（行政区、治所は揚州）第一の眺めとなるだろう。—

欧陽脩は後世の文人に慕われ、彼の建てた平山堂も追慕の対象となる。南宋・趙善括の七律「平山堂」の尾聯には、

想見風流賢太守　想見す　風流の賢太守
一尊時復酹欧翁　一尊もて　時に復た　欧翁に酹がん

—思い起こすのは賢明な風流太守のこと、折々に、壺に満ちあふれる酒で、（酒を愛して）酔翁と号した欧陽脩の霊に捧げよう。—

とあり、元・陳孚の六言絶句「平山堂」も今はなき欧陽脩を追慕する。

堂上酔翁仙去　堂上の酔翁　仙去し（世を去り）
蘆花雪満汀洲　蘆の花　雪のごとく汀洲（水辺の沙地）に満つ
二十四橋煙水　二十四橋（揚州城内外の虹橋）の煙水
為誰流下揚州　誰が為にか　流れて揚州に下る

平山堂も後に荒廃する。元・舒頔の七絶「平山堂」には、「平山山上に高堂を構え、堂下の青蕪（雑草）大荒（遠い荒れ地）に接す。堂廃れ山空しくして人見えず、冷雲　秋草　横岡（蜀岡）に臥す」とあり、荒廃して人の訪れが途絶えた平山堂の状況を歌う。

明・文徴明の七律「揚州に過りて平山堂に登る二首」其二の前半には、寂れた平山堂を訪れて、欧陽脩の人柄と文学を追慕する。

平山堂上草芊綿　平山堂上　草芊綿たり
学士風流五百年　学士の風流　五百年
往事難追嘉祐跡　往事は追い難し　嘉祐の跡
閑情聊試大明泉　閑情もて聊か試みん　大明泉

—平山堂のあたりは、草が鬱蒼と茂っている。（堂を建て、賓客たちと眺望と詩酒を楽しんだ）翰林学士—欧陽脩の風雅・洒脱な遊宴の時から、すでに五百年が経ってしまった。欧陽脩が劉敞と詩を唱和しあった嘉祐年間の昔はもはや追い求めがたいが、優雅な心でひとまず、欧陽脩も茶をたてて飲んだ名水の第五泉「大明泉」を試してみよう。—

この詩にいう「嘉祐の跡」とは、嘉祐二年（一〇五七）、揚州知事の劉敞（字原父）が「平山堂に遊びて欧陽永叔内翰（翰林学士）に寄す」詩を作り、欧陽脩が「劉原甫の平山堂にて寄せらるるに和す」詩を作ったことを指す。

清・査慎行の五言古詩「上巳（節）に平山堂下に過る」も、欧陽脩とその高雅な交友を追慕して、「堂空しくして良遊に感じ、事往きて前哲（優れた先人）を念う。当時　手ずから種えし柳、揺落するも那ぞ折るに禁えん」と詠じる。

文徴明の詩にいう「大明泉」とは、平山堂の西の芳圃（西園）にある「天下第五泉」を指す。唐・張又新の『煎茶水記』（不分巻）には、劉伯芻の見解として、茶に適した名水の第五位に大明寺の井水を挙げる。欧陽脩「大明水（大明寺の井水）の記」にも、「此の井、水の美たる者なり」と称える。北宋の黄庭堅は、七絶「人の茶を恵むに謝す」の後半で、いただいたお茶を大明寺の名泉でいれてみたい、として歌う、「笑う莫かれ　持ちて淮海（揚州）に帰り去るを、君が為に重ねて試みん　大明泉」と。清の彭孫遹「棲霊寺の第五泉」詩などが伝わる。

（佐藤）

【痩西湖】

揚州市の西北部にある著名な景勝地「痩西湖公園」にある湖の名。湖水の長さは約四・三キロメートル、細長く、南の紅橋（後の虹橋［今の大虹橋］）に始まり、湾曲しながら北の蜀岡の下に至る。隋唐期は揚州の羅城（一般の住宅・商業地）内を流れる水路であり、保障河・保障湖などと称した。明清期には揚州城の北門の外の西北に変わり、富裕層が秀麗な両岸に庭園を造って整備した。特に清朝の康熙・乾隆年間に行われた皇帝の南巡を契機に、地元揚州の役人と塩商人が多大な資金を投入して、揚州を代表する遊覧地となった。

痩西湖の名は、天下の名勝・杭州の西湖（【西湖】の項参照）と較べて、清痩、すなわちすっきりと美しいことに由来する。清の乾隆年間、揚州に寓居していた汪沆の「紅橋秋禊の詞、閔蓮峰・王載揚・斉次風と同に作る」詩は、保障河の名を痩西湖に転換させることになった七絶である（ただし、痩西湖の名の普及は清末）。

垂楊不断接残蕪　　垂楊は断えずして　残蕪に接し
雁歯紅橋儼画図　　雁歯の紅橋　儼かも画図
也是銷金一鍋子　　也た是れ　銷金の一鍋子
故応喚作痩西湖　　故に応に喚びて　痩西湖と作すべし

—水辺のしだれ柳は、断ち切れずに枝を長く伸ばして、残れた草地にまで届く。段差のある階段が整然と設けられた紅橋は、まるで一幅の美しい絵のよう。ここも、「金を銷かした鍋（大量の金銭を浪費する場所）」と呼ばれた美しい西湖（南宋・周密『武林旧事』三）。（ただ西湖より清痩なため）痩西湖と呼ぶにふさわしい。—

紅橋とは、痩西湖南端の、紅い欄干の木の橋。後にアーチ型の石橋となる。清初の費軒の詞「夢香詞」には、「揚州好し、第一は是れ紅橋。楊柳　緑は斉し　三尺の雨、桜桃　紅は破る　一声の簫。処処　蘭橈（船）を繋ぐ」（一百一十八首其一）と讃えられ、孔尚任・鄭燮・金農・袁枚・厲鶚など、多くの文人がこの橋を詠む。清初の王士禛は、康熙三年（一六六四）の晩春三月三日（上巳節）、諸名士と紅橋で修禊（水辺の禊ぎ）の宴を開いて、「冶春（艶麗な春）絶句二十首」を作った。特に其三は人口に膾炙し、多く唱和された。

紅橋飛跨水当中　　紅橋は飛跨して　水　中に当たる
一字欄杆九曲紅　　一字の欄杆　九曲　紅なり
日午画船橋下過　　日午　画船　橋下を過ぎ
衣香人影太匆匆　　衣香　人影　太だ匆匆たり

—紅橋が高々と跨ぎ、水がその中を流れる。一の字型の長い欄干が、幾重にも屈曲して紅い。真昼時、橋下を美しい遊覧船が通った。（船中の女性の）衣の香りも人かげも、あまりにもあわただしい。—

紅橋の修禊は、この後、江南の文人たちに追随された。

痩西湖には、このほかにも、五亭橋など多くの名所がある。清の沈復『浮生六記』四には、長堤春柳・小金山などの名所が詩情にみちた文体で紹介されている。清の金農は「平山堂」詩（【大明寺・平山堂】の項参照）の中で、堂上から俯瞰した湖畔の景色を歌う。

夕陽返照桃花渡　　夕陽返照す　桃花の渡
柳絮飛来片片紅　　柳絮飛来す　片片の紅

—桃の花が咲き乱れる庭園「桃花渡」付近は、夕日の照り返しをあびていっそう紅く燃え立ち、湖上の空を舞う柳絮（柳の綿毛）も、どれもこれも（白いはずなのに）紅く染まっている。—

桃花渡は、湖の長堤上にあった名園・桃花塢（後の徐園）をいう。

【煬帝陵・隋宮（煬帝行宮）・迷楼】

（住谷）

隋の煬帝（楊広）は、江南の地をこよなく愛し、即位後、揚州の蜀岡（の子城）付近に豪奢な離宮（江都宮・隋宮）を建設し、生前に三度訪れ、国都に準じる地位を与えた。さらに煬帝は、江都宮内に「迷楼」と呼ばれる建築群を建設し（蜀岡の西南隅「観音山」〔蜀岡の東峰〕あたり）、その華麗な景観は、「楼閣高下し、軒窓掩映す（見え隠れする）。幽房曲室、玉欄朱楯（欄・楯は手すり）互いに相い連属す」（五代の馮贄？『南部烟花記』迷楼の条）と記され、煬帝も満足して、「真仙（仙人）でさえも、この中に入れば、きっと迷ってしまうだろう」といったという。「迷楼」の名の由来である。

やがて三度の高句麗遠征が失敗して天下が大いに乱れると、煬帝は戦乱を避けて江都宮に引きこもり、政務を廃して日夜遊興に明け暮れ、大業一四年（六一八）、腹心の宇文化及ら親衛隊の兵士に殺された（五〇歳）。煬帝の亡骸は、初め揚州の西北約三・五キロメートルの呉公台に埋葬されたが、唐初、揚州の北約七・五キロメートルの地にあった大きな湖・雷塘（雷陂、現邗江区槐泗鎮）の傍に改葬された（『隋書』四、煬帝紀。雷塘は明末、農地となる）。

隋宮・迷楼・煬帝陵は、いずれも煬帝の栄華と没落を象徴するものとして、後世の詩人に歌われた。晩唐の杜牧は、五律「揚州三首」其一で、「煬帝　雷塘の土、迷蔵　旧楼有り」と歌い、一抔の土と化した煬帝と、目隠し遊び（迷蔵）を楽しむかのような、凝った造りであった迷楼の名残を詠み、在りし日の栄華をしのぶ。

杜牧はまた、七絶「隋宮春」（隋宮の春）に、

龍舟東下事成空　　龍舟　東に下りて　事　空と成る
蔓草萋萋満故宮　　蔓草萋萋として　故宮に満つ
亡国亡家為顔色　　国を亡ぼし家を亡ぼすは　顔色の為なり
露桃猶自恨春風　　露桃すら猶自　春風に恨む

—煬帝は豪奢な龍舟を浮かべて東南の江都（揚州）に下り、歓楽にふけったが、それもすっかり消え失せ、今では伸び広がる草が、かつての宮殿の跡に生い茂る。国家が滅びたのは、煬帝が美女に溺れたためなのだ。露の恵みを受けて咲きにおう桃の花でさえも、春風の中で無念の思いに揺れている。—

と歌い、遊蕩にふけって自ら国を滅ぼした煬帝を批判する。杜牧以外にも、晩唐・李商隠の七律「隋宮」に、

地下若逢陳後主　　地下に若し陳の後主に逢わば
豈宜重問後庭花　　豈に宜しく重ねて後庭花を問うべけんや

—煬帝がもし黄泉の国で陳の後主（陳最後の皇帝陳叔宝）に出会っても、宮中で「玉樹後庭花」（陳の後主が作った歌曲。「後宮の庭の、玉樹の花」とは、その愛妃張麗華たちの美貌を暗にたとえる）の快楽に溺れて国を滅ぼした、彼の愚かしさを再び問責できようか。—

同じく晩唐・羅隠の七絶「煬帝陵」も、

君王忍把平陳業　　君王　陳を平らぐる業を把りて
只換雷塘数畝田　　只だ雷塘数畝の田に換うるに忍びんや

—煬帝よ、あなたは最高指揮官として陳を平定したその偉業を、雷塘のわずか数畝ばかりの墓地と交換するのにたえられるのか。—と詠み、南朝・陳を平定して天下統一の功績をあげながら、自ら滅ぼした陳の後主同様、歓楽のために滅亡した煬帝を痛烈に風刺する。

二〇一三年には、前述の煬帝陵（槐泗鎮槐二村）の西南約五キロメートル、邗江区西湖鎮司徒村で、新たな隋の煬帝陵発見の報道があった。

（住谷）

【揚子津・瓜洲】

揚子津は、揚州市の南郊外、邗江区施橋鎮揚子村にあった、長江の古い渡し場の名。揚子渡ともいい、対岸には潤州（京口、今の鎮江市）の街があった。揚子津は隋代の大運河の開通によって、交通の要衝となる。しかし唐代、揚子津と長江との間に二五里（一二キロメートル強）におよぶ長大な砂洲ができ、さらにこの砂洲が北岸と陸続きになって、両区間の水上交通の妨げとなった（『大明一統志』一二）。このため、開元二六年（七三八）、潤州刺史の斉澣が、揚子津から砂洲のなかを南へまっすぐ貫いて長江に至る運河「伊婁河」を造り、同時に、長江への出入口として瓜洲鎮が設けられた（『旧唐書』玄宗紀、斉澣伝）。瓜洲（瓜州とも書く）の名の由来は、砂洲の形が瓜の字に似ていたためらしい。

盛唐・孟浩然の五絶「楊子津望京口」（ママ）（楊子津にて京口を望む）には、異郷の越の地（浙江省）に向かう詩人の憂愁を歌う。

北固臨京口　北固　京口に臨み
夷山近海浜　夷山　海浜に近し
江風白浪起　江風　白浪起こり
愁殺渡頭人　愁殺す　渡頭の人

―（対岸の）北固山は京口の街を見下ろし、夷山（焦山の東、長江中にあった島）は、（世界の果てなる）海辺に近い。激しい江風に白波がわき起こり、渡し場にいる人を深い愁いに沈ませる。―

晩唐・張祜の七絶「瓜洲聞暁角」（瓜洲にて暁角を聞く）には、

寒耿稀星照碧霄　寒耿たる稀星　碧霄に照り
月楼吹角夜江遥　月楼に角を吹いて　夜江遥かなり
五更人起煙霜静　五更　人起きて　煙霜静かに
一曲残声遍落潮　一曲の残声　落潮に遍し

―冷たく瞬く疎らな星が、青い空にかがやき、望楼の上で吹かれる角笛の音が、夜の長江の上を遠くまで伝わりゆく。夜明け近く、人々が起きだし、霧と霜の気が静かにたゆたって、角笛のかすれゆく調べが、引き潮の川面いちめんに広がる。―（暁角は、朝を告げる兵士の吹く軍楽器・角笛）とあり、夜明けを迎える瓜洲の情景が詠まれる。同じ作者の「金陵渡に題す」には、「潮は落つ　夜江　斜月の裏、両三の星火は　是れ瓜洲」と歌う。

北宋の王安石は熙寧六年（一〇七四）、宰相の地位を退いて江寧（南京市）に隠棲したが、翌年の春、心ならずも宰相に再任されて上京する。次の七絶「泊船瓜洲」（船を瓜洲に泊す）は、その途中の作。

京口瓜洲一水間　京口　瓜洲　一水の間
鍾山祇隔数重山　鍾山　祇だ隔つ　数重の山
春風自緑江南岸　春風は　自ら江南の岸を緑にす
明月何時照我還　明月　何れの時にか我が還るを照らさん

―（対岸の）京口とここ瓜洲は、わずか長江一つ、（わが家のある江寧の）鍾山は、（その京口と）ただいくつかの山に隔てられるのみ。春風は、私の不在にかかわりなく、江南の岸べの風景を緑に変えよう。あの明月は、いつまた帰郷する私を照らすのであろうか。―

瓜洲は、運河と長江の交叉する要衝となった。南宋・陸游の詩「憤りを書す」には、戦さを追憶して、「楼船（戦艦）　夜雪　瓜洲の渡、鉄馬　秋風　大散関」と歌っている。

唐代に造営された瓜洲鎮は清末に江中に沈み、現在の（揚州市邗江区）瓜洲鎮は約二キロメートル北の地に新たに造られたものである。

【揚子江・金陵渡（西津渡）】

（住谷）

揚子江は本来、中国最大の大河である長江（全長約六三〇〇キロメートル）の下流域、揚州（揚州市）付近を流れる一部分を指す。隋唐期、揚州の南郊外に置かれた、長江の有名な舟の渡し場「揚子津」（【揚子津・瓜洲】の項参照）にちなむ命名である。

揚子江北岸にあった揚子津・瓜洲渡に対し、南岸の潤州（京口、現在の鎮江市）の渡し場が、雲台山（蒜山）下にあった金陵渡（蒜山渡、小碼頭街付近）である。唐代、揚子津・金陵渡は、いずれもこの地で揚子江を渡り、東西南北を往来した詩人たちに、羈旅詩・離別詩の名篇を生み出す舞台を提供することになった。

盛唐・丁仙芝（一説に孟浩然の作）の五律「揚子江を渡る」詩の前半には、「桂楫（桂〔香木〕で作った舟の櫂、舟の美称）中流（河流の中央）に望めば、空波（どこまでも広がる波）両畔（両岸）明らかなり。林は開く　揚子駅（揚子津の宿場）、山は出だす　潤州城」とあり、行く手に広がる揚子江の広大な流れを描写したのち、舟の進むにつれて、南北両岸にある宿場や都市が、次第に姿を現してゆく情景を描き出している。

また、有名な離別詩、晩唐・鄭谷の七絶「淮上与友人別」（淮上にて友人と別る）は、揚州の南、揚子江に近い運河の要衝（瓜洲渡・揚子橋〔揚子津〕）付近での作らしい（『詩話総亀』前集一六）。

揚子江頭楊柳春　　揚子江頭　楊柳の春
楊花愁殺渡江人　　楊花愁殺す　江を渡る人を
数声風笛離亭晩　　数声の風笛　離亭の晩
君向瀟湘我向秦　　君は瀟湘に向かい　我は秦に向かう

—揚子江のほとり、やなぎが美しく枝垂れる春の盛り、風に舞う無数の楊の花（柳絮）が、これから大江を渡ろうとする君を、たえがたい愁いに沈ませるだろう。日暮れ時、旅亭の離別の宴席に、いくたびか風にのって流れくる笛の調べ。（明朝ひとたび別れたならば）君は南のかた瀟湘（湖南）の地に向かい、私は北のかた秦（長安の都）の地に向かうのだ。—

晩唐・張祜の七絶「題金陵渡」（金陵渡に題す）の後半には、潤州の渡し場付近の宿から、夜、揚子江の対岸に見えた情景が詠まれる。

金陵津渡小山楼　　金陵の津渡　小山の楼
一宿行人自可愁　　一宿の行人　自ら愁うべし
潮落夜江斜月裏　　潮は落つ　夜江　斜月の裏
両三星火是瓜洲　　両三の星火は　是れ瓜洲

—金陵（潤州）の渡し場のほとり、小さな山（雲台山）の上に建つ高楼。そこに一泊する旅人（たる私）は、そぞろに憂わしい気持ちになる。潮が引き、沈みゆく月の光の中、二つ三つ、星のような明かりがまたたく。あれが対岸の揚州の渡し場、瓜洲なのだ。—

唐代に詩跡化した金陵渡は、宋代、西津渡と名称を変えたが、以後も詩跡としての地位を存続させた。北宋・蘇軾の「次韻許遵」（許遵に次韻す）詩に、「蒜山渡口に　帰艎（致仕して帰郷する船）を挽き、朱雀橋辺（江寧〔南京〕の南、秦淮河にかかる浮橋）に　道装（道教徒の衣裳、致仕した許遵をいう）を見る」とあり、北宋の王安石・秦観、明の袁凱、清の王士禛らの作品中にも見える。

金陵渡（西津渡）は、のちに長江河岸が北に移動して完全に内陸化し、渡し場としての機能は失われた。現在は、待渡亭と上船用の石の踏み台が、往事の古渡の風情をしのばせるのみである。

【張公洞・善巻洞】

（住谷）

江蘇省宜興市には、多くの鍾乳洞があるが、中でも張公洞・善巻洞・霊谷洞は、宜興の「三奇」と称されて名高い。

張公洞は宜興市西南約二二キロメートルの盂峰山中にあり、天下の七二福地（神仙の住む別天地）の第五九に当たる（『雲笈七籤』二七）。古代の隠者で老子の弟子とされる庚桑楚、後漢末の五斗米道の教祖・張道陵、八仙の一人・唐の張果老など、有名な道士・仙人が修行した地と伝える。洞名は張道陵にちなむとされるが、一説に、張道陵第四代の孫・張輔光のことであるとする（『咸淳毘陵志』一五）。

洞前にある道観・洞霊観は、三国呉の赤烏年間に仏寺として創建されたが、唐の開元元年（七一四）、道観となり、玄宗から扁額の題字を賜った（清『江南通志』四五。なお洞霊観は宋代以降、天申万寿宮、天申宮、朝陽堂院と改称。現在の洞霊観は一九九五年の再建）。

張公洞の詩跡化は唐代に始まり、中唐の李嘉祐の七絶「題張公洞」（張公洞に題す）詩は、神仙の住む神秘の地としてこう歌う。

空山杳杳鸞鳳飛　　空山杳杳として　鸞鳳飛び
神仙門戸開翠微　　神仙の門戸　翠微に開く
主人白髪雪霞衣　　主人　白髪　雪霞の衣
松間留我談玄機　　松間　我を留めて　玄機を談ず

—人気のない山は奥深くて暗く、神鳥の鸞鳳が飛びかい、神仙の門戸は青々とした山中に開く。白髪の主人は、紅白を交えた道服を身にまとい、松林の中、私を引き留めて玄妙な道理を語る。—

盛唐の李栖筠も訪ねて、五古「張公洞」詩で歌う、「一径　深くして窈窕（奥深く曲がり）、翠微（緑山）の中を上升す。忽然たり霊洞の前、日月　仙宮（道観）開く。道士　十二人、往還　清風に馭る。香を焚きて深洞に入れば、巨石　虚空の如し」云々と。

中晩唐の皇甫冉・方干・許渾らも張公洞・洞霊観を詠み、李郢の七絶「洞霊観の流泉」詩には、「石上の苔蕪　水上の煙、潺湲たる声は　観の門前に在り。千巌万壑　分流して去り、更に飛花を引いて　洞天（神仙の居所［張公洞］）に入る」と歌う。続いて宋の尤袤・曾幾、元の楊維楨・馬臻、明の沈周・鄭善夫らが詠み重ねていく。

善巻洞（別名善権洞）は、宜興市西南約二五キロメートルの螺岩山中にある。西周末の幽王の時、突然山が裂けてこの洞が現れたと伝える。平らで広い洞内には千人が坐ることができ、「玉柱」と呼ばれる高さ一三尺（約四メートル）の石筍などがある（『咸淳毘陵志』一五）。

善巻洞を詠んだ詩も唐代に始まる。晩唐・張祜の五律「善権寺（善巻洞の仏寺）に題す」の中央二聯には、洞前と洞中のさまを歌う。

峻阪依巌壁　　峻阪（険しい山道）　巌壁に依り
清泉泄洞門　　清泉　洞門に泄る
金函崇宝蔵　　金函　宝蔵（経典）を崇め
玉柱閟霊根　　玉柱　霊根（仏祖）を閟ざす

宋代には陳襄・程俱らの詩が伝わる。善権寺は南朝斉の建元二年（四八〇）、梁山伯との悲恋で知られる、男装の麗人祝英台の故宅を寺にしたものという（清『江南通志』四五）。南宋・薛季宣は、五律「竹陵の善巻洞に遊ぶ二首」其一で、彼女の面影をしのんで、「万古　英台の面、雲泉（水煙を上げる瀑布）　珮環（のごとく）響く。練衣（のごとき谷水）　洞府（洞穴）に帰し、香雨　人間に落つ。蝶　舞いて　山魄かと疑い、花開いて　玉顔を想う」と歌う。以後も元の謝応芳・倪瓚、明の王世貞・楊巍らが長く歌い継ぐ。

【淮陰廟（韓信廟）】

（住谷）

淮陰廟は、前漢・劉邦（高祖）の三傑の一人、韓信（?—前一九六）を祀った廟の名。淮陰侯廟・韓侯祠・韓信廟ともいう。韓信は若い頃、故郷の淮陰（淮安市）で生業に就かず、憐れんだ漂母（綿を水にさらしてもみ洗う老女）から食事を恵んでもらい、町の不良少年には臆病者と馬鹿にされ、自分を刺せないなら股をくぐれと言われるや、その通りにして笑いものになっていた。

秦滅亡後の楚漢の戦いの中、韓信は劉邦の腹心・蕭何に「国士無双」と評され、全軍を指揮する大将軍に抜擢された。宿敵・項羽を垓下に破ると、功績によって楚王に封ぜられた。前二〇二年、淮陰に戻った韓信は、かつて飯をくれた老女に大金を与え、自分を侮辱した少年を取り立てた。しかし天下を得た劉邦は、韓信の才能を恐れ、まもなく謀反の疑いで彼を逮捕した。韓信は「狡兎死して良狗亨（烹）られ、高鳥尽きて良弓蔵せられ、敵国破れて謀臣亡ぶ」と訴えたが、淮陰侯に降格された。後に韓信は謀反を計画するが、劉邦の皇后呂后と蕭何によって捕らえられ、長楽宮中の鍾室（編鐘を置いた部屋）で処刑された（『史記』九二、淮陰侯列伝）。

『史記』に見える韓信の故事は、東晋・陶淵明「食を乞う」詩の、「子が漂母の恵みに感ぜしも、我が韓（信の）才に非ざるを愧づ」、盛唐・李白の詩「新平の少年に贈る」の、「韓信は淮陰に在りしとき、少年相い欺凌（侮辱）す。体を屈して　骨（気骨）無きが若きも、壮心　憑る（恃む）所有り。…千金もて漂母に答え、万古　共に嗟称（称賛）す」などのように、後世、さまざまに歌われた。

淮陰の韓信廟（淮陰廟）は、遅くとも唐代の創建である。後に引く中唐・李紳の詩に、「遺廟は楚水（淮河）の浜に陰森たり」とあるが、淮安市淮陰区碼頭鎮付近であろうか。この廟は清代中期に失われ（清乾隆一三年修・咸豊二年重刊『淮安府志』二六）、北宋・蘇軾の「淮陰侯廟記碑」（現存）を残すのみである。二〇〇二年、廟は再建され、現在は「韓侯故里」として公園化されている。一方、淮安市楚州区淮城鎮にも別の淮陰廟があり、清代にはすでに存在した。

淮陰廟は韓信の悲劇的な最期を論じる詠史詩等に登場する。中唐・劉禹錫の七絶「韓信廟」には、「将略兵機（将軍としての機略）命世の雄（一世の雄）たるも、蒼黄として（狼狽して）鍾室にて　良弓（のごとき運命）を歎く。遂に後代の登壇せし者（将軍）をして、一たび尋思（思案）する毎に　功を立つるを怕れしむ」とあり、韓信の悲劇が、後世の名将たちに、過大な才能と武勲は身を滅ぼすのだ、という教訓を与えたと詠む。一方、中唐・李紳の七律「却淮陰弔韓信廟」（却りて淮陰に過り韓信廟を弔う）の後半は、韓信は栄達して後、明哲保身の道に欠けていたと批判する。

賤能忍恥卑狂少　　賤には能く恥を忍んで狂少に卑くするも
貴乏懐忠近佞人　　貴には忠を懐く乏く　佞人を近づく
徒用千金酬一飯　　徒らに千金を用いて　一飯に酬ゆるも
不知明哲重防身　　知らず　明哲もて身を防ぐを重んずるを

北宋の呉処厚『青箱雑記』五には、「淮陰侯廟、題する者甚だ多き」なか、銭昆の七絶だけが絶唱という。その後半に「隆準（高い鼻筋、劉邦の容貌）早に鳥喙（鳥のように突き出た口、越王勾践の容貌）と同じきを知らば、将軍（韓信）応に五湖（勾践の謀臣・范蠡が隠遁した地）の心を起こすべし」と詠み、韓信が范蠡を見習い、功なりし後、隠遁して主君・劉邦の猜疑を避けなかったことを悼む。

（住谷）

【淮河】

淮河（淮水）は、北の黄河と南の長江の間を、東西に流れる中国第三の大河（全長約一千キロメートル）。長淮とも呼ばれる。中唐・韓愈の「嗟哉董生の行」に、「淮水　桐柏山（河南・湖北の省境）より出で、東に馳せて　遥遥千里　休む能わず」とあるように、桐柏山から発して安徽・江蘇省を経て、黄海にそそいだ。ただ河道は古来しばしば変化し、現在は洪沢湖を経た後、分流して長江と黄海にそそぐ。

淮河の詩跡化は、六朝時代に始まる。劉宋の南平王・劉鑠の作とされる「寿陽楽」の一節に「長淮　何ぞ爛漫たる（勢いよく流れるさま）、路悠悠たり」とあり、梁の何遜「新月（空に昇りはじめの月）を望みて同羈（旅の仲間）に示す」詩は、「初めて長淮の上に宿し、破鏡（欠けた月）　雲より出でて明らかなり」と詠む。

続く隋の時代、中国の南北を結ぶ大運河（通済渠と邗溝）が開鑿されると、淮河は北の黄河と南の長江を結ぶ重要な水路となる。隋・煬帝の「早（早朝）に淮を渡る」詩は、「平淮（水の漲る淮河）既に淼淼（広々）、暁霧　復た霏霏（たちこめるさま）。淮甸（淮河の岸に広がる平野）　未だ色を分かたず（はっきり見えず）、泱漭（おぼろなさま）として　晨暉を共にす（朝の陽光に包まれる）」と歌う。

唐代になると、宋之問・李嶠・銭起・劉長卿・李益・武元衡・李紳・白居易など、淮河を詠んだ詩人たちが急増し、中央から離れた旅愁や郷愁をにじませた。中唐・韋応物の五律「淮上即事、広陵（揚州）の親故（親戚旧友）に寄す」詩は、揚州から華北に帰る途中、淮河を渡って江南を離れる際にわき起こった悲しみを、こう歌う。

風波離思満　　風波　離思満ち
宿昔容鬢改　　宿昔　容鬢改まる

後句は、悲しみで私の容貌も鬢髪も、たちどころに衰えた、の意。

北宋以後は、淮河付近の山水の美も詠まれていく。北宋・蘇舜欽の七絶「淮中　晩に犢頭に泊す」には、「春陰　野に垂れて　草青青たり、時に幽花の　一樹に明らかなる有り」とある。また、平原の中を穏やかに流れるさまは、蘇軾の七律「潁口を出でて初めて淮山を見る、是の日寿州に至る」詩に、「波平らかに風軟らかにして　望めども至らず、故人（友人）　久しく立たん　煙（夕もや）の蒼茫（広がるさま）たるに」とあり、遅遅として進まない船の様子を歌う。元・薩都剌の七絶「淮を渡る　即事」詩は、春の淮河の平穏な光景を描いた佳品である。「楊花（柳絮）　点点として帆に銜りて過ぎ、燕子（ツバメ）　双双として水を掠めて飛ぶ」と。

一方、金と南宋の両朝が対峙した時代、淮河は南北を隔てる国境となった。南宋・楊万里の詩「初入淮河四絶句」（初めて淮河に入る四絶句）其三は、人々が自由に往来できない淮河の悲哀を歌う。

両岸舟船各背馳　　両岸の舟船　各おの背馳し
波痕交渉亦難為　　波痕の交渉も　亦た為し難し
只余鷗鷺無拘管　　只だ余す　鷗鷺の　拘管せらるる無く
北去南来自在飛　　北去南来して　自在に飛ぶを

―両岸の金・宋の舟は、互いに背を向けて進み、舟のたてる波さえも、交わることが許されない。ただ鷗や鷺だけは、束縛されずに、（国境を越え）北に南に行き来して、思いのままに飛んでいる。―

古来、淮河は、南北中国の異なる風土の境界というイメージを基礎に、詩想を拡張してきた詩跡であった。内山精也「長淮の詩境―『詩経』から北宋末まで―」（『橄欖』一五号、二〇〇八年）がある。

（住谷）

【黄楼・燕子楼】

黄楼は、北宋の文学者蘇軾が、徐州の知州（知事）在任中に築いた城楼の名。熙寧一〇年（一〇七七）八月、徐州が黄河の決壊による大洪水に見舞われたとき、蘇軾は兵士や民衆を自ら指揮して堤防を修復し（蘇堤）、徐州城の破壊を食い止めた。翌年（元豊元年）、洪水を予防するために城壁を高くし、その際、東門の上に楼台を築いた。楼の名は、壁に黄土を塗ったこと（五行説にもとづき、土〔黄〕が水〔黒〕に勝つ意を込めた）に由来する（蘇轍「黄楼の賦」序）。蘇軾は同年九月九日の重陽節のとき、城楼の落成を祝って盛大な宴を催した。その時の七古「九日　黄楼にて作る」には、

　豈知還復有今年　　豈に知らんや　還復た　今年有るを
　把盞対花容一呷　　盞を把り花に対いて　一たび呷むを容す

—今年再びこの日を迎えようとは思いもしなかった。酒杯を手にし、（菊の）花に向き合って、ひとたび飲むことができようとは。—と歌い、災害の対応に追われた去年と異なり、今年は重陽節を祝うことができた喜びを詠む。また弟の蘇轍と弟子の秦観が「黄楼の賦」を、陳師道が「黄楼の銘」を撰して、その功績を称えた。蘇軾自ら蘇轍の賦を書いて石に刻んだ、いわゆる黄楼碑も有名である。

　黄楼は後世、蘇軾の偉業と風流をしのぶ詩跡となった。陳師道の「黄楼」、元・王旭の「徐州の黄楼に登る」、明・胡儼の「黄楼」詩などがあり、明末清初の銭謙益「徐州雑題」其一には、「『河復』（蘇軾が洪水の引いた後に作る）の詩成りて　一事無し、羽衣（羽衣を着）笛を吹いて　黄楼に坐す（蘇詩「百歩洪二首」序）」と詠む。

　黄楼は金代までは城壁上にあったが、その後は地上に移され、修建を繰り返した後、一九八八年、徐州市黄河南路、慶雲橋東の故黄河公園内（の黄河故道の大堤の上）に再建された。

　燕子楼は、中唐の徐州刺史・張愔が愛妓盼盼（眄眄）のために、徐州城内西北の邸宅中に建てた小楼の名。盼盼は歌舞の上手な美女であったという。貞元二〇年（八〇四）、校書郎であった白居易は徐州（彭城）を訪れ、宴席で盼盼に詩を贈った。一二年後の元和一〇年（八一五）、張仲素が訪れ、新作「燕子楼三首」を吟誦した。それを聴いた白居易は、盼盼が張愔の没後も再婚せずに燕子楼で暮らしていると知り、張詩に唱和した七絶「燕子楼三首」を作った。其一には「満窓の明月　満簾の霜、被（夜着）冷やかに燈残して（消えかかり）臥牀を払う（寝床に就く）」と詠んだ後、

　燕子楼中霜月夜　　燕子楼中　霜月の夜
　秋来只為一人長　　秋来　只だ一人の為に長し

—燕子楼に霜と月光がふりそそぐ夜、（昔のことが思い出されて寝つけず）秋の夜は、わが身一人に対してだけ長々しく感じられる。—と詠み、秋の夜長、孤閨で悲しみにくれる彼女の姿を歌う。

　燕子楼は白詩とその序を源泉とし、張愔との愛を貫いて再婚しなかった盼盼の節義とその薄幸の生涯をしのぶ詩跡となる。北宋の蘇軾は元豊元年（一〇七八）、燕子楼で一泊したおり、盼盼の夢を見て、詞「永遇楽」を作った。その中の「燕子の楼は空しく、佳人（盼盼）何くにか在る、空しく鎖ざす　楼中の燕」は、佳句として名高い。さらに「但だ美人の心のみを伝え、美人の色を説かず」と詠む、南宋・文天祥「燕子楼」以下、銭謙益に到るまで燕子楼詩が伝存する。

　燕子楼も移築と修建を繰り返した。現在の楼は、一九八五年、徐州市の燕子楼公園（旧・雲龍公園）内に再建されたものである。

【戯馬台・露筋祠】

（住谷）

戯馬台は、秦を滅ぼして西楚の覇王を称した項羽が、都の彭城（徐州市）南郊の山（徐州市中心街の戸部山）に築いた高台の名。項羽がここで馬を走らせて楽しんだ（戯馬）ための命名らしいが、演武や閲兵の他、戦時の防衛機能もあったという。

戯馬台の詩跡化は、北伐の帰途、彭城にいた宋公・劉裕（後の南朝宋の武帝）が、東晋末の義熙一四年（四一八）、九月九日の重陽節に、部下を引き連れて戯馬台に登り、配下の孔靖が尚書令を辞して帰郷する送別の宴を催し、百余人に詩を作らせたことに始まる（『太平寰宇記』一五）。この時、謝霊運と謝瞻の二詩「九日に宋公の戯馬台の集いに従いて、孔令（孔靖）を送る詩」は絶唱として、『文選』二〇に収める。謝霊運の詩には、戯馬台での宴をこう歌う。

鳴葭戻朱宮　　鳴葭　朱宮に戻り
蘭巵献時哲　　蘭巵　時哲に献ず
餞宴光有孚　　餞宴　孚有るを光かにし
和楽隆所缺　　和楽　缺くる所を隆んにす

—あしぶえの行列が（戯馬台の）朱塗りの宮殿に着き、（宋公は）時の賢者（孔靖）に美酒の杯を進められる。送別の宴は（孔靖への）信頼を明らかにし、君臣和楽して昔の鹿鳴の宴礼を盛りあげる。—

唐詩中の戯馬台は、盛唐・儲光羲の「戯馬台に登りて作る」詩の、「君見ずや、宋公　鉞を仗ちて燕（南燕）を誅せし後、…」や、晩唐・曹鄴「謝豫章［瞻］の宋公に従いて戯馬台にて孔令の病に謝するを送るに和す」詩の、「佳人（劉裕）は山水を憶い、置酒は高台に在り」のように、多く劉裕が催した宴をしのぶ土地となる。

項羽の事跡を詠んだ詩としては、南宋・呂定の「戯馬台」詩の、

英雄事往人何在　　英雄　事往きて　人何にか在らん
寂寞台空草自生　　寂寞として　台は空しく　草自ら生ず

などの例がある。戯馬台は現在、遺址のそばに再建され、内部には項羽像をはじめ、彼の事跡を再現した展示室などがある。

露筋祠は、揚州市に属する江都市昭関鎮露筋村にあった、（唐代？の）貞女を祀る祠廟の名。露筋廟ともいい、古運河に臨む。ある娘が旅して夜ここを通り、曇りで蚊が多い。農夫の小屋に一泊して操を失うことを恐れて野宿し、ついに蚊のために死に、（肌肉は裂けて）筋（血管）が露出した、という伝説にちなんで建てられた（『方輿勝覧』四六）。北宋の書家米芾が紹聖元年（一〇九四）、ここを訪れて書いた「露筋之碑」や、欧陽脩の「蚊を憎む」詩など、この話は宋代以降広く知られて詩跡化する。明・劉炳の詩「露筋祠を経」には、「春草　断垣　斜日の裏、行人猶お説く　露筋の祠」という。また清・王士禛の七絶「再過露筋祠」（再び露筋祠に過る）にいう。

翠羽明璫尚儼然　　翠羽　明璫　尚お儼然たり
湖雲祠樹碧于煙　　湖雲　祠樹　煙よりも碧し
行人繋纜月初堕　　行人　纜を繋いで　月初めて堕ち
門外野風開白蓮　　門外の野風　白蓮開く

—カワセミの羽の髪飾り、明珠の耳飾りをつけた貞女の姿は、今なお厳かな気高さを伝え、湖上の雲と祠堂の樹々は、朝もやよりも深い青。旅行く私が舟を止めて纜を繋いでいると、月が折しも沈んだばかり、廟の門外では野の風を受けて、白い蓮の花が開く。—

露筋祠を詠む清朝の詩は多い。露筋廟は戦火と運河の拡張によって壊され、現在は小さな祠堂と明代の碑石があるのみである。

江蘇省

（住谷）

【圯橋・歌風台】

圯橋は江蘇省の北端に近い、徐州市睢寧県古邳鎮付近を流れていた「小沂水」（沂水の一支流）に架かる橋の名（『水経注』二五、沂水）。戦国七雄の一つ、韓の宰相の出身であった張良は、故国を滅ぼした秦の始皇帝への復讐をくわだて、博浪沙で鉄椎を投げて暗殺しようとした。しかし計画は失敗し、その追求を逃れて下邳（邳州市付近、古邳鎮の北は邳州市）に潜伏した。張良はある日、圯（橋）の上で見知らぬ老人（黄石公）に会い、老人がわざと橋下に落とした履を拾ってはかせ、かくして兵法書を授けられた。それを熟読して軍略を学んだ張良は、後に前漢の初代皇帝劉邦（高祖）の軍師となって、漢建国の功臣となる（『史記』五五、留侯世家）。張・黄二人のエピソードの舞台が「圯橋」である。圯とは本来、橋を意味する方言であったが、遅くとも南北朝の末には、圯橋は有名な古跡として固有名詞化したらしい（庾信「周大将軍懐徳公呉明徹墓誌銘」）。

唐・李白の詠史詩「下邳の圯橋を経て、張子房（子房は張良の字）を懐う」には、若き日の張良が家産をなげうって始皇帝の暗殺を実行した行為を賛美した後、

我来圯橋上　我　圯橋の上に来りて
懐古欽英風　古を懐いて　英風（優れた風貌）を欽う

と詠み、張良への深い思慕の情を歌う。清・朱彝尊の五絶「彭城（徐州）道中にて古を詠む二首」其二には、秦を倒す遠因の観点から、「博浪（沙）にて椎を飛ばせし後、圯橋にて履を進めし年。人の偶語（張・黄二人による、秦で禁じたひそひそ話）を知る無し、況んや素書（兵法書）の伝わる有るをや」と詠む。旧来の圯橋は、清初に消失し、現在の圯橋は一九八四年に架けられたものという。

徐州市沛県にある歌風台は、前漢の高祖劉邦が、建国後の前一九六年、淮南王黥布の反乱を平定して凱旋する途中、故郷の沛に立ち寄って酒宴を催した宮殿（沛宮）の故地である。このとき劉邦は、筑（弦楽器の一種）を奏でながら、自作の歌（「大風の歌」）、

大風起兮雲飛揚　大風起こりて　雲飛揚す
威加海内兮帰故郷　威　海内に加わりて　故郷に帰る
安得猛士兮守四方　安にか猛士を得て　四方を守らしめん

を歌った。さらに劉邦は少年一二〇人に唱和させ、自ら立ちあがって舞い、感激のあまり涙を流したという（『史記』八、高祖本紀）。歌風台は「『大風の歌』を歌った楼台」の意。「（沛）県城の東南一百八十歩（約二七〇メートル）に在り」（『太平寰宇記』一五）という。

歌風台は、劉邦の栄華と、君主としての器量を論議する題材となる。晩唐・林寛の七絶「歌風台」には、「蒿棘（雑草）空しく存す百尺の基（土台）、酒酣にして　曾て唱う　大風の詞」の後、

莫言馬上得天下　言う莫かれ　馬上に天下を得たりと
自古英雄尽解詩　古より英雄　尽く詩を解くす

と歌って、劉邦の英雄性と詩才を評価する。一方で、天下統一後、韓信・彭越ら配下の名将を次々に粛正しながら、漢朝を守る勇猛な士を得たいと歌った劉邦の矛盾は、北宋・張方平の詩「歌風台」に、

才如信越猶葅醢　才　信・越の如きすら　猶お葅醢（処刑）
安用思他猛士為　安んぞ他の猛士を思うを用いんや

と詠まれたのをはじめ、後世の詩人たちの批判の的ともなった。

現在の歌風台は、沛県博物館として一九五五年の再建であり、内部には劉邦の像や三種の「大風歌碑」がある。

浙江省

（植木）

【杭州(こうしゅう)】

中国六大古都の一つ、杭州は、杭州湾に注ぎこむ銭塘江(せんとうこう)の河口の北岸に位置する。宋代以来、「上に天堂（天国）有り、下に蘇杭(そこう)（蘇州と杭州）有り」という俗諺(ぞくげん)が伝わり（初出とされる南宋の范成大(はんせいだい)『呉郡志』五〇には「天上の天堂、地下の蘇杭」と記す）、杭州は蘇州とともに地上の楽園と目され、多くの文人墨客が憧れを懐く存在であった。

春秋時代、この地域には会稽(かいけい)（今の紹興市(しょうこうし)）を都とする越国があったが、杭州一帯は北隣の呉国との境界に位置し、まだ不毛の湿地帯に過ぎなかった。秦の始皇帝の時になって、武林山(ぶりん)（霊隠山(れいいん)）の麓に銭唐県(せんとう)・余(よ)杭県(こう)が置かれ、これが都市・杭州の始まりとなる（こうした経緯から「武林」「余杭」が杭州の別称となった）。その後、隋の文帝の時代、州に昇格して初めて杭州と呼ばれるようになり、さらにここを起点に南北を縦断する大運河が開鑿され、江南の豊富な物資を華北に運ぶターミナル都市として発展していく。

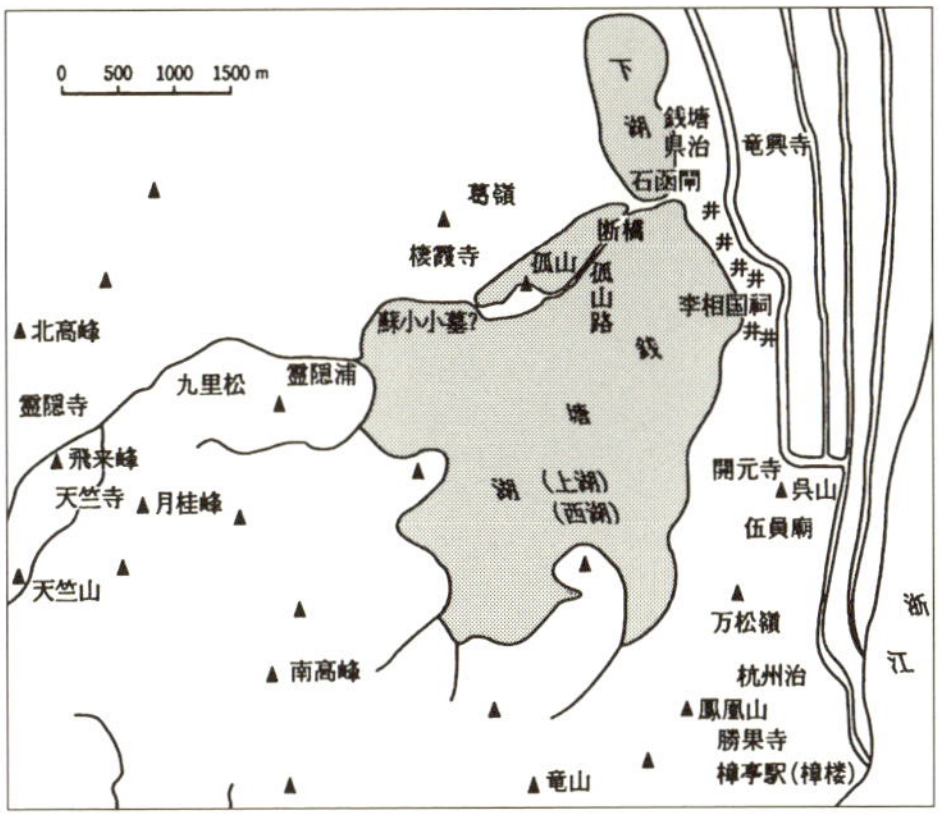

唐代杭州付近図

杭州（余杭郡）の名を広く天下に知らしめ、その詩跡化に貢献した最初の詩人は、中唐の白居易(はくきょい)であろう。長慶二年（八二二）、杭州刺史（知事）として赴任した白居易は、大規模な治水事業を実施する傍ら、余暇には州城の西の西湖に舟を浮かべ、近隣の山寺を訪ね歩き、「余杭の形勝　四方に無し、州（庁）は青山に傍(そ)い　県（庁）は湖に枕(のぞ)む」（七律「余杭の形勝」）、「憐れむ可(べ)き（すばらしい）風景は浙(せつ)（江）の東西、先ず余杭を数え　次は会稽（越州）」（七律「微之(びし)の寄せらるるに答う」）などと称えた。

任期が終わって杭州を離れた後も、杭州の美しい景致は白居易の心から離れなかった。晩年、洛陽に住んでいた時に作った詞(ツー)「憶江南」（江南(こうなん)を憶(おも)う）三首其二には、次のように歌う。

江南憶	江南(こうなん)の憶(おも)い
最憶是杭州	最(もっと)も憶(おも)うは　是(こ)れ杭州(こうしゅう)
山寺月中尋桂子	山寺(さんじ)の月中(げっちゅう)に　桂子(けいし)を尋(たず)ね
郡亭枕上看潮頭	郡亭(ぐんてい)の枕上(ちんじょう)に　潮頭(ちょうとう)を看(み)る
何日更重遊	何(いず)れの日(ひ)にか　更(さら)に重(かさ)ねて遊(あそ)ばん

—江南の思い出、最もなつかしいのは杭州だ。山中の天竺寺では、月中から落ちて来る桂の実(もくせい)を求めて歩き、杭州の庁舎内の虚白亭(きょはくてい)から、枕に凭(もた)れながら銭塘江の逆流を見物したものだ。ああ、もう一度杭州に行けるのは、いつの日であろうか。—

唐末、黄巣の軍勢が各地の都市を襲っていた時、杭州防衛軍の部将であった銭鏐(せんりゅう)は、功績を重ねて地方軍閥にのし上がり、開平元年（九〇七）、唐の後を襲った梁(りょう)に好みを通じて呉越王(ごえつ)に封ぜられた。

以後の七十年間、杭州は十国の一つ、呉越国の都として独自の繁栄を遂げた。その後、中原に起こった宋朝は、各地の地方政権を次々と征服し、終には呉越国に矛先を向けた。呉越国五代目の銭俶は一貫して恭順の姿勢を貫き、太平興国三年（九七八）、呉越国は平和的に宋に併合されることとなった。

北宋期の杭州は、すでに「東南　第一の州」（北宋・仁宗の五律「梅摯の杭州に知たるに賜う」）と称されるほど、東南地区の最大の都市となっていた。この時期、杭州の詩跡化に貢献したもう一人の詩人、蘇軾が熙寧四年（一〇七一）、副知事として杭州に赴任し、「六月二十七日　望湖楼にて酔いて書す五絶」、「湖上に飲す、初め晴れ後に雨ふる二首」などの詩を作って、西湖を中心とする風光明媚な杭州を賞賛した。特に「水光瀲灔として　晴れて方に好く」の句で始まる後者の第二首は、西湖を詠じた詩の中でも古今の絶唱と目され、杭州の名声はさらに一層高まったと言ってよい（【西湖】の項参照）。

北宋の末に、東北の女真族がにわかに強勢となり、金と号して独立。契丹族の遼を滅ぼし、さらに宋の領内に侵攻、終には都の汴京（開封市）を落として、徽宗・欽宗父子は捕虜として北方に護送された。この時、いち早く都を離れていた欽宗の弟が代わって即位し、皇統を継いだ（南宋の高宗）。金軍はこれを追ってさらに南方へ軍勢を進めたが、一進一退を繰り広げた結果、紹興二年（一一三二）、宋は杭州に臨時政府を置き、以後約一五〇年間、杭州が中国大陸の南半分のみを領有する南宋の首都（臨安府）となる。

和議派の宰相秦檜が、抗戦派の頭目岳飛を謀殺して講和条約を結んで以降、宋と金との間には一〇〇年余りの平和が訪れた。時代はすでに農工業生産の拡大を背景にした近世的商業主義の段階に入っており、杭州には空前の経済的繁栄が訪れ、多くの人々が杭州に流入し（当時の人口は一五〇万と推計される）、各所に盛り場が作られ、人々は爛熟した都市文明を謳歌した。この南宋期の都の安逸な風潮を概嘆した詩が、林升の名高い七絶「題臨安邸」（臨安の邸〔旅館〕に題す）である。

山外青山楼外楼　　山外の青山　楼外の楼
西湖歌舞幾時休　　西湖の歌舞　幾時か休まん
暖風熏得遊人酔　　暖風熏じ得て　遊人酔い
直把杭州作汴州　　直ちに杭州を把りて　汴州と作す

—杭州では、山の向こうにさらに緑の山が連なり、高い楼閣の向こうに別の高楼が建ち並ぶ。日夜、西湖の畔で繰り広げられる飲めや歌えの宴会は、いつになったらやむのであろうか。暖かい風に吹きこめられて、浮かれ遊ぶ人たちは、すっかり酔い心地。北半分を金に奪われて、臨時の都を杭州に置いていることなど忘れ、あたかも北宋の都・汴京（開封）で、この世の春を謳歌している気分になってしまうのだ。—

南宋期の杭州の太平は一三世紀の中葉、モンゴル族の擡頭によって終わりを迎える。北の金を滅ぼした元軍は、勢いを駆って南宋領に侵攻し、景炎元年（一二七六）、南宋の都臨安が陥落、宋朝はここに滅びた。しかし首都の地位を失って以降も、杭州は江南の経済・文化の中心であり続けた。特に文化都市としての側面は、宋・元・明・清を通じて江南随一を誇り、出版業は早くから隆盛し、文人趣味を追求する詩社・印社などが多く結成され、それに伴って、洪昇・袁枚・龔自珍などの著名な文人・学者が多く輩出している。

（植木）

【西湖】

杭州市街の西側に広がる湖の名。景勝地・杭州の中心をなす存在として、唐宋以来、多くの文人墨客を引き寄せて来た。

杭州一帯がまだ海であった古代、西湖付近は、銭塘江が海へ注ぐ入り江の一つであった。そこに銭塘江や海潮がもたらす土砂が長年に亘って堆積して、海湾と切断されて、湖が形成されたのである。

湖の原形は、漢代にはすでに出現していたらしい。北魏・酈道元『水経注』四〇に引く南朝宋の劉道真『銭唐記』によれば、その昔、この湖に神々しい光を放つ金色の牛が現れたことから、「明聖湖」と呼ばれていたという（後には「金牛湖」ともいう）。その後、隋代に杭州城が大々的に造営されると、この湖も現在の規模に落ち着いた。唐代では一般に「銭塘湖」と呼ばれ、周囲三十里（約一五キロメートル。現今の西湖もほぼ同じ）の大きさであったという（白居易「銭唐湖石記」）。

西湖は、東は杭州城に接し、北・西・南の三方を緑の山々に囲まれ、湖面には紅い蓮の花が咲き広がり、堤には柳並木が続いて、州城から眺めると山水の美が渾然一体となって、まるで絵画のような景観となる。この景致を初めて詩に詠んで広く天下に知らしめたのが、中唐の白居易であった。

長慶二年（八二二）、杭州刺史（長官）として赴任した白居易は、水不足に悩む当地の惨状を憂いて、まず西湖を中心に大規模な治水工事を行った。杭州はかつて海であった所であり、周囲の山々から清らかな水が流れ込んで湖水は完全に淡水化したが、井戸を掘れば出て来るのは塩水ばかり。建中二年（七八一）に着任した杭州刺史李泌が、西湖の水を引いて「六井」（六つの水汲み場）を作り、生活用水の便を図ってはいたが、乾期には水不足に陥った。白居易はその六井を再整備するとともに、西湖の堤防をより高く改修して貯水量を増やし、水門を整備して季節ごとの水位の調整を容易にしたのである。

ちなみに、西湖の北岸から西岸へ、湖を斜めに横切る約一キロメートルの道「白堤」は、白居易が当時造ったものではない。実は元来「白沙堤」という一筋の道がすでに湖中に存在しており、白居易の西湖改修工事と結びつけられて、しばしば誤解を生んできた。

白居易は利水事業で大きな成果を挙げる一方、折を見ては舟を西湖に浮かべ、岸辺を歩き、少しずつ整っていく西湖の姿を日々眺めるうちに、その秀麗さに心を奪われたようである。七律「西湖より晩に帰り、孤山寺を回望して（振り返って）諸客に贈る」では、「柳湖　松島　蓮花の寺、晩に帰橈（帰りの舟）を動かして　道場を出づ」と詠じ、七律「銭塘湖春行」では、「最も湖東を愛して　行けども足らず（いくら歩いても飽き足りない）、緑楊の陰裏（木陰の中）白沙堤」と詠じた。そして七律「春　湖上に題す」では、

湖上春来似画図　　湖上　春来　画図（絵画）に似たり
乱峰囲繞水平鋪　　乱峰囲繞して　水平らかに鋪く

と歌って、ひたすら西湖の風景美を称えた。

そもそも白居易以前、初唐の宋之問や盛唐の孟浩然・李白など、杭州に遊んだ詩人は多いが、寺院や銭塘江を詠むばかりであり、西湖を歌った詩は見られない。恐らく李泌や白居易の治水事業を通じて徐々に湖面が整い、水も澄むようになって、景観が一変したのであろう。そしてその西湖を詠じた白居易の詩篇の数々は、西湖の詩

跡化に大いに貢献した。いわば白居易こそが、実際の西湖の景観と詩中の西湖のイメージとを一手に作り上げたのである。

長慶四年（八二四）、三年の任期が満ちた白居易は、杭州を去ることになるが、西湖に対する未練は深まるばかり。別れ際に作った七律「西湖にて留別す」の尾聯に、「処処　頭を回らせば（振り返れば）尽く恋うるに堪えたり、就中　別れ難きは　是れ湖辺」と歌うほどであった。帰りの舟中でも心は晴れず、たまたま杭州へ向かう舟と出会って、七絶「杭州迴舫」詩を作った。

自別銭唐山水後　　銭唐の山水に別れしより後
不多飲酒懶吟詩　　多くは酒を飲まず　詩を吟ずるに懶し
欲将此意憑回棹　　此の意を将て　迴棹に憑みて
与報西湖風月知　　与に西湖の風月に報じ知らしめんと欲す

―杭州の美しい山水に別れて以降、あまり酒を飲む気にもなれず、詩を作るのも物憂い。杭州へ帰る舟にお願いして、この切ない胸の思いを、愛しい西湖の自然に伝えてもらいたいものだ。―

ちなみに、本詩にも見えるように、杭州の西に広がる湖を「西湖」と呼んだのは、文献上、白居易が最初である。中国各地に多くの「西湖」があるが、今や単に「西湖」と言えば、杭州の西湖を指すのが常識である。その呼称の固定化も白居易によるところが大きい。

西湖の名を天下の名勝に高めたのが、北宋の蘇軾である。煕寧四年（一〇七一）、通判（副知事）として杭州に赴任した蘇軾は、公務の合間を縫って西湖に遊び、友人と酒を酌み交わしつつ、気ままに詩を詠じた。翌年、西湖の北東岸にあった望湖楼での作、「六月二十七日望湖楼酔書五絶」（六月二十七日　望湖楼にて酔いて書す五絶）其一は、西湖を詠じた蘇軾詩の中でも殊に名高い。

黒雲翻墨未遮山　　黒雲　墨を翻して　未だ山を遮らず
白雨跳珠乱入船　　白雨　珠を跳らせて　乱れて船に入る
巻地風来忽吹散　　地を巻き　風来って　忽ち吹き散ず
望湖楼下水如天　　望湖楼下　水　天のごとし

―黒い雲が墨汁をひっくり返したように広がりゆき、遠くの山々をまだ覆い隠さないうちに、早くも透明な雨粒が、無数の小さな真珠をはねさせつつ、ばらばらと湖上の船の中に飛び込んだ。すると今度は、大地の土を巻き上げるような強風が起こって、空を覆っていた雨雲を吹き散らしてしまい、望湖楼から見はるかす湖面は、今や一点の曇りもない青空を映して澄み渡っている。―

本詩は夏の夕立ちの壮観を動的に描写した作ではあるが、結句には驟雨に洗われた西湖の清澄さが感じられて心地よい。さらに翌煕寧六年（一〇七三）の春正月、即興で作った七絶「飲湖上、初晴後雨二首」（湖上に飲す　初め晴れ後に雨ふる二首）其二は、古今の絶唱と称された。

水光瀲灔晴方好　　水光瀲灔として　晴れて方に好く
山色空濛雨亦奇　　山色空濛として　雨も亦た奇なり
欲把西湖比西子　　西湖を把りて　西子に比せんと欲すれば
淡粧濃抹総相宜　　淡粧　濃抹　総べて相い宜し

―さざ波に揺れる湖面は陽光を浴びてきらめき、西湖の景色は晴れてこそ素晴らしい。湖畔の山々がおぼろにかすんで、雨の西湖もまたひときわ趣深い。西湖の美しさを、当地（越）ゆかりの美女西施にたとえるならば、淡い薄化粧も、あでやかな厚化粧も、どちらもよく似合う、といった所だろうか。―

本詩は先の詩とは逆に、晴れた日に湖上の酒宴を楽しんでいたところ、空が一転かき曇って雨に降られた状況下で作られた。通常なら落胆するところを、そぼ降る雨の西湖も、それはそれで美しいと大らかに構え、装いが代わっても美女は美女、となぞらえた所に機知がある。なお、松尾芭蕉の「象潟や雨に西施がねぶの花」（『奥の細道』）もまた、この詩の影響下にある。また本詩によって、西湖は「西子湖」とも称されるようになった（元の楊維楨「嬉春体五首」其二、明の于謙「夏日　西湖を憶う」詩など）。

蘇軾は、元祐四年（一〇八九）、知事として再び杭州に赴任した。当時の西湖は、長年湖底に堆積した泥の上に葑（宿根の水草）がはびこり、湖面の半分近くを覆っていた。蘇軾は西湖改修の必要性を上奏して認可され、資金の調達に成功すると、早速大改修工事に着手した。葑を刈り取り大量の泥土を浚えると、蘇軾はその泥土を用いて、北西岸と南岸とを繋ぐ堤を新たに湖中に築き、柳を植えて散策路とした。蘇軾の後任として杭州に赴任した林希は、この堤を「蘇公堤」と命名し、一般に「蘇堤」と呼ばれるようになる。

西湖白堤

南宋期、杭州が都となると、西湖にはさらに多くの文人たちが役人生活の傍ら訪れて、陸游・楊万里・范成大・姜夔・呉文英などの、大量の詩詞に彩られる美しい詩跡となった。楊万里の詩「暁に浄慈（寺）を出でて林子方を送る」二首其二には、蓮の紅い花と緑の葉に包まれた晩夏の西湖を、次のように歌う。

接天蓮葉無窮碧　天に接する蓮葉は　無窮に碧にして
映日荷花別様紅　日に映ずる荷花は　別様に紅なり

元以降も、西湖では浚渫工事が行われ、そのたびごとに、湖心亭（一五五二年）・小瀛洲（一六〇七年、現在の「三潭印月」）・阮公墩（一八〇〇年）の三つの島が、湖中に作られた。清の黄景仁「冬日　西湖に過る二首」其一にいう、「西湖よ　爾と堅く相い約す、一たび銭塘（杭州）に過れば　一たび君（西湖）を訪わん」と。

詩跡・西湖はまた、説話の宝庫でもあり、明の田汝成『西湖遊覧志余』、周清原『西湖二集』、清の墨浪子『西湖佳話』など、専ら西湖に関する逸聞・説話を集めた書物が伝わる。その数ある西湖説話の中で最も有名なものは、雷峰塔をめぐる白蛇伝説であろう。この基本的なプロットは、杭州の若者が美女に変身した白蛇の精に西湖で見初められ、しつこく追いかけ回されるが、最後は一人の僧が白蛇の精を退治して、その上に塔を建てて封じ込めた、というものである。

この塔が「雷峰夕照」（西湖十景の一）で有名な雷峰塔である。雷峰塔は、北岸の保叔塔と相対するごとく南岸に聳えていたが、塔の基礎の煉瓦を抜き取る人が跡を絶たず、民国一三年（一九二四）に倒壊した。しかし二〇〇二年、元来の基礎の上に新しい雷峰塔が再建され、いささか往時の西湖の景観に戻ったといえよう。

（植木）

【西湖十景】

南宋の末期、杭州の西湖周辺に選定された十大景勝地、すなわち①平湖秋月（満ちる湖面を照らす秋の月）、②蘇堤春暁（蘇堤の春の早朝）、③断橋残雪（白堤の東北端に架かる断橋の残雪）、④雷峰夕照（夕陽の雷峰塔）、⑤南屏晩鐘（南屏山下の寺から響く夕暮れの鐘の音）、⑥麴院風荷（麴院〔官酒の醸造所〕前の、風に香る蓮の花）、⑦花港観魚（盧園付近の花港で養魚を観る）、⑧柳浪聞鶯（柳浪橋で鶯を聞く）、⑨三潭印月（三潭〔西湖の三箇所の深み。西湖を浚渫した蘇軾が湖の最深部に三基の小石塔を建てて標識とした〕に映る鮮やかな月影）、⑩両峰挿雲（雲を突く二つの高峰〔北高峰・南高峰〕）をいう。ただし南宋の祝穆『方輿勝覧』一には、④を雷峰落照（後に引く周密・陳允平の詞も同じ）、南宋の呉自牧『夢粱録』一二には、⑨を三潭映月に作る。南宋時の①②⑥⑦⑨の位置（景点）は、今日通行のそれ（清の康熙帝が自ら十景を訪れて揮毫した石碑の建つ所。名称の改変もある）とは異なっている。

西湖十景は、前掲の『夢粱録』一二、西湖の条に、「近者、画家は、湖山四時の景色の最も奇なる者、十有りと称す」とあるように、南宋の宮廷画家が西湖の四季折々の景致を描く際に選定した十の画題に基づくらしい。それがほどなく詩・詞の中にも詠まれていく。

西湖十景を詠む早期の詞は、南宋の景定四年（一二六三）に成る周密の「木蘭花慢」と陳允平の「西湖十詠」である。他方、最も早期の詩は、南宋・王洧の「湖山十景」（七絶十首）である（南宋・潜説友『咸淳臨安志』九七）。その中の「平湖秋月」詩には、

万頃寒光一席鋪　　万頃の寒光　一席鋪く
氷輪行処片雲無　　氷輪行く処　片雲無し
鷲峰遥度西風冷　　鷲峰遥かに度り　西風冷やかなり
桂子紛紛点玉壺　　桂子紛紛として　玉壺に点ず

—どこまでも広がる湖面を、寒々とした月の光が一枚の席を広げたようにあまねく照らし、氷の輪のような月が移りゆく天空には、一ひらの雲もない。遥か天竺から飛来したという霊鷲峰（霊隠寺の前の飛来峰）に、冷たい秋風が吹き寄せ、月中に生える桂の実がひらひらと、白玉の壺のような西湖の中に落ちて来る。—

とある。また「蘇堤春暁」詩には、まだ人の気配もない静かな蘇堤の、春の明け方の情景を、次のように歌う。

孤山落月趁疎鐘　　孤山の落月　疎鐘を趁い
画舫参差柳岸風　　画舫参差たり　柳岸の風
鶯夢初醒人未起　　鶯夢初めて醒むるも　人未だ起きず
金鴉飛上五雲東　　金鴉飛び上る　五雲の東

—孤山（西湖の西北の島）のあたりに出ていた月は、朝方の間遠に響く鐘の音とともに沈みゆき、美しく彩られた船が柳並木の岸べに繋がれ、風に吹かれて揺れている。春の鶯はようやく夢から目覚めたばかりで、人はまだ起き出さず、太陽が雲を五色に染めながら東の方から昇って来る。—

これらの詩が西湖の実景を見ての作か、「題画詩」であるかは未詳であるが、西湖十景の詩跡化は、王洧の詩に始まるといえよう。

西湖十景は、多少詩題を異にしながらも、長く歌い継がれた。明の張寧「西湖十詠、…」（五絶十首）の一つ、「三潭印月」詩にいう、「片月　滄海に生じ、三潭　処処明らかなり。夜船　歌舞の処、人は鏡中に在りて行く」と。

（住谷）

【蘇小小墓・西泠橋】

蘇小小とは、南朝・斉（五世紀末）の頃の、銭塘（杭州市）の名妓の名（『楽府詩集』八五に引く北宋の沈建『楽府広題』）。一説に晋の歌妓ともいう（唐末の陸広微『呉地記』、『太平寰宇記』九五）。その墓は、蘇州の虎丘に眠る唐代の呉（江蘇省蘇州市）の歌妓、真娘の墓と好一対をなす詩跡である。

『玉台新詠』一〇に収める作者不詳「銭唐蘇小歌」（銭唐の蘇小〔蘇小小〕の歌、「蘇小小歌」ともいい、蘇小小自身の歌だとも伝える）には、こう歌われている。

妾乗油壁車　妾は乗る　油壁の車
郎騎青驄馬　郎は騎る　青驄の馬
何処結同心　何れの処にか　同心を結ばん
西陵松柏下　西陵　松柏の下

―妾は青い油衣（雨よけ）を張った車に乗り、郎はあしげの馬にまたがる。どこで夫婦の情愛を結びましょうか。西陵の、冬にも枯れない松や柏の下で。―

「同心を結ぶ」とは、男女間で愛情のシンボルとなる紐や草をかたく輪に結んで、相手に贈って契りを結ぶことをいう。後世の詩人による蘇小小関連の歌は、この古歌謡を源泉として、伝説の佳人像を自由にふくらませたものである。中晩唐の張祜「蘇小小の歌　三首」其一には、「車輪は　遮る可からず、馬足は　絆ぐ（つなぎとめる）可からず。長に怨む　十字街、郎をして　心四散（気移り）せしむるを」と歌う。

この蘇小小が葬られたとする墓は、中唐の頃から詩に詠まれ始めた。権徳輿の五律「蘇小小墓」（蘇小小の墓）の前半には、

万古荒墳在　万古　荒墳在り
悠然我独尋　悠然として　我独り尋ぬ
寂寥紅粉尽　寂寥　紅粉尽き
冥寞黄泉深　冥寞　黄泉深し

―遠い昔から伝わる、荒れはてた蘇小小の墳墓。傷ましい思いを抱きつつ、私は一人そこを尋ねた。紅や白粉であでやかに彩った美女も、ひっそりとほろびゆき、今は深い黄泉に静かに眠る。―

とあり、美貌の名妓としての華やかな生前と、死後の墓の荒廃したさまを鮮やかに対比させ、人生の無常に思いをいたす。

蘇小小の墓は、中唐・李賀の代表作「蘇小小墓」（蘇小小の墓）によって、詩跡としての地位を確立したと評してよい。李賀の名篇は、死後もなお、いとしい男性を待ち続ける哀切な佳人、蘇小小のイメージを大きく定着させた。

幽蘭露　幽蘭の露
如啼眼　啼眼のごとし
無物結同心　物の同心を結ぶ無く
煙花不堪剪　煙花　剪るに堪えず

―ゆかしい蘭草におく露は、（墓の中に眠る）彼女の目もとに宿る涙のよう。もはや同心のしるしを結ぶべきものもなく、夕もやの中にひっそりと咲く花も、（贈りたくとも）切りとるすべがない。―

詩は、「翠燭（青白い鬼火）冷やかに、光彩を労す（ゆらゆらとわびしく光る）。西陵の下、風雨晦し」と結ばれる。まさに冥界と感応する鬼才（鬼は亡霊の意）ならではの作品である。

このほか、張祜の五律「蘇小小の墓に題す」の尾聯にも、「知ら

ず　誰か穴（墓穴）を共にするを、徒らに願う　同心を結ぶを」と、やはり死後もなお、男性を思い続ける蘇小小の姿を歌う。

　ところで、唐代、蘇小小の墓は、蘇州嘉興県（現在の杭州市の東北、蘇州市の南にある浙江省嘉興市）にあった。中唐の李紳「真娘墓」詩の序には、「嘉興県の前にも、亦た呉の妓人蘇小小の墓有り。風雨の夕、或いはその上に歌吹の音有るを聞く」とあり、唐末の陸広微『呉地記』嘉興県の条にも、「前に晋（「南斉」にも作る）の妓、銭唐の蘇小小の墓有り」という。中唐の徐凝「嘉興の寒食」詩は、「県前の蘇小小」の墓を詠み、晩唐・羅隠の「蘇小小墓」詩も、この嘉興県の墓を対象とする。

　他方、古歌謡及び李賀の詩中に見える「西陵」は、「銭塘江の西に在り」（前掲の『楽府広題』）とされ、一般には、今の西泠橋（杭州市の西湖の西北、孤山へと通じる橋の名。西林橋・西陵橋ともいう。創建年代は未詳）一帯の旧称とされるが、必ずしも明確ではない。したがって、李賀の名作を含めた、場所を明示しない唐代の蘇小小墓詩が、西泠橋畔のそれを詠んだものと見なすには、なお疑問が残る（ちなみに、杭州の地で蘇小小を詠んだ唐詩に、中唐の白居易「杭州春望」詩の「柳色　春に蘇小の家を蔵す」や、晩唐の温庭筠「蘇小小の歌」の「家は銭塘の小江の曲に在り」などがある）。

　かつて西泠橋のほとりには、蘇小小の墓と伝えるものが確かにあった。細貝泉吉『江南の詩の旅』（帝国教育会出版部、一九三〇年）には、「銭塘蘇小小之墓」と、その上を覆う慕才亭の写真を載せ、「蘇小小の墓は、瓦葺の屋根をかけた四坪程の六角の亭中にあつて、漆喰塗の土饅頭で高さは四尺ばかりのものだつた」とある。ただこの西泠橋畔の墓は、早くとも宋代以後のものらしい。

　宋の何薳『春渚紀聞』七「司馬才仲　蘇小に遇う」や、明の田汝成『西湖遊覧志余』一六に見える類話によれば、北宋時代、銭塘県の役所の背後に蘇小小の墓があったらしいが、その位置は西泠橋畔ではない。また南宋の潜説友『咸淳臨安志』八七、「相伝（伝承の）古墓」の条には、南宋初めの周紫芝の詩題に拠って「湖上に在る」「蘇小墓」を記録するが、この西湖畔の墓が銭塘県の役所の背後のものか、西泠橋畔のものであるかは未詳である。そして『西湖遊覧志余』一六も、「其の墓は、或いは湖曲（西湖の湾曲部）と云い、或いは江干（銭塘江の岸辺）と云う」と述べるにとどまり、明代（一六世紀半ば）でも西泠橋畔の墓の存在を立証できない。

　西泠橋（西陵橋）を詠んだ詩は、南宋の時代から確認できる。葛天民の七絶「元夕西陵橋観月」（元夕（旧暦の正月一五日、上元の夜）、西陵橋にて月を観る）詩にいう。

　　老子今宵奇絶処　　老子（老人の自称）今宵　奇絶の処
　　西陵橋上独凭欄　　西陵橋上　独り欄（欄干）に凭る

　以後も、西泠橋は元・明・清の詩人たちによって詩に詠まれた。明末・袁宏道の「西陵橋」詩は、前掲の古歌謡を踏まえて蘇小小を追想し、同時期の管正伝の七絶「西泠橋」詩も、西泠橋と蘇小小を結びつけて、「誰か知らん　湖上　彎彎たる（欠けてゆるやかなカーブを描く）月、又た照らす　銭塘　蘇小の家を」と歌う（いずれも西泠橋畔の墓への言及はない）。また、清・汪琬の「西湖の歌　友を送る」詩にいう、「西泠橋辺　花正に開き、落花　片片（ひらひらと）風に随って来る」と。

　西泠橋畔の蘇小小墓は、一九六〇年代に破壊されたが、二〇〇四年、旧時の形に再建され、墓を覆う慕才亭も建つ。

（植木）

【孤山・林和靖墓】

西湖最大の島、孤山は、西北岸寄りの湖中にある（海抜三八メートル）。島の東端は、北から斜めに延びる白堤（【杭州】の項参照）と、西端は西泠橋（【蘇小小墓・西泠橋】の項参照）と連結し、それぞれ陸地へと通じていた。

唐代、孤山には陳代建立の永福寺（宋代、広化寺と改称。孤山寺・孤寺ともいう）があり、張祜の詩「杭州の孤山寺に題す」には、周辺の神秘・幽邃なさまを、「雨ふらざるも　山長に潤い、雲無きも水自から陰る」と歌う。また白居易の「孤山寺の山石榴花に題し、諸僧衆に示す」詩などがあるように、柳・松・蓮・梅・山石榴などに彩られた景勝地となっていた。そして南宋・施諤『淳祐臨安志』八に、「唐より以来、題詠特に甚だし」とあって、孤山は詩跡として定着していく。

北宋の初め、この孤山に一人の隠者が住み着く。自ら梅を栽培してわが妻とし、二羽の鶴を飼ってわが子とした隠逸詩人・林逋である。その代表作の七律「山園小梅」（山園［山荘の庭］の小梅）二首其一は、梅の花の本質をみごとに捉えた千古の絶唱とされる。

衆芳揺落独暄妍　　衆芳揺落して　独り暄妍たり
占尽風情向小園　　風情を占め尽くして　小園に向り
疎影横斜水清浅　　疎影横斜して　水清浅
暗香浮動月黄昏　　暗香浮動して　月黄昏
霜禽欲下先偸眼　　霜禽　下らんと欲して　先ず眼を偸み
粉蝶如知合断魂　　粉蝶　如し知らば　合に魂を断つべし
幸有微吟可相狎　　幸いに微吟の　相い狎るべき有り
不須檀板共金尊　　須いず　檀板と金尊とを

―多くの花々が散り落ちた景色のなかで、梅の花だけが美しく咲き、この小さな庭の中で、早春の風光を独り占めにしている。まばらな枝の影が横さまに傾いて、（西湖の）清らかな浅い水面に映り、月がおぼろにかすむ中、ほのかな香りがどこからともなく漂い来る。霜のように白い鳥は、舞い降りようとして、まずちらりと流し目を送り、白い蝶も、もし（この白梅を）知ったならば、きっと魂を奪われてしまうだろう。幸いにも私には、梅の花と打ち解けあうにふさわしい、ささやかな歌がある。拍子木の伴奏や立派な酒尊で、にぎにぎしい花見の宴をするには及ばないのだ。―

特に頷聯は名句として早くから注目され、北宋の欧陽脩『帰田録』二には「前世、梅を詠ずる者多し。未だ此の句有らざるなり」と評し、ひいては「疎影」「暗香」が梅花の代名詞ともなった。

林逋の没後、その亡骸は孤山の彼の廬の傍らに埋葬され、仁宗より「和靖」の諡を賜った。以後、この林和靖墓は、孤山を訪れる者たちが、彼の気高い節操と清らかな人品を慕うよすがとなった。例えば、南宋・趙師秀の七律「孤山の寒食」の尾聯にいう。

最憐隠者高眠地　　最も憐れむ　隠者　高眠の地
日日春風是筦絃　　日日の春風　是れ筦絃（管弦［音楽］）

また五律「林逋の墓下」にいう、「短碑（低い墓碑）に藤　蔓を倚せ、空塚（うら寂しい墳墓）に竹　根を行らす」と。世の太平に浮かれる都臨安の人々とは対照的に、ひっそりと荒廃した墳墓の有様に、林逋の清高な風致を見出しているのである。

林和靖墓は、孤山の北麓に建つ放鶴亭の西南の台地上にあり、清代に重点的に修復された円形の墓塚と青石の墓碑が現存する。

（植木）

【岳飛墓・于忠粛墓】

岳飛は、北宋末から南宋初にかけて活躍した猛将。金軍の侵攻によって南渡した宋王朝は、杭州に都を遷して以降も、北の故地を奪回するため、岳飛軍は金軍と交戦していた。金との講和を急ぐ和議派の宰相秦檜は、紹興一一年（一一四一）、抗戦派の頭目岳飛を無実の罪に陥れて殺した。二十年後、孝宗は即位すると、岳飛の罪を雪ぎ、西湖の北西岸、現在の岳飛墓（岳墳）に手厚く改葬された。その後、岳飛は「武穆」の諡を受け、「鄂王」を追封され、嘉定一四年（一二二一）には、岳飛の墓所に壮大な岳王廟が築かれた。

愛国の烈士・岳飛の廟と墓には、後世多くの人が訪れて、「数十百篇を下らず」（元末・明初の陶宗儀『輟耕録』三）という著名な詩跡となった。中でも宋王朝の末裔でありながら、宋の滅亡後、元に仕えた趙孟頫の「岳鄂王墓」（岳鄂王の墓）は、特に名高い。

鄂王墳上草離離　　鄂王の墳上　草離離たり
秋日荒涼石獣危　　秋日　荒涼　石獣危し
南渡君臣軽社稷　　南渡の君臣　社稷を軽んじ
中原父老望旌旗　　中原の父老　旌旗を望む
英雄已死嗟何及　　英雄　已に死して　嗟くも何ぞ及ばん
天下中分遂不支　　天下　中分して　遂に支えず
莫向西湖歌此曲　　西湖に向て　此の曲を歌うこと莫かれ
水光山色不勝悲　　水光　山色　悲しみに勝えず

—鄂王（岳飛）の墳墓には草が生い茂り、荒涼とした秋の日ざしの中、墓前に並ぶ獣の石像が危うくそそり立つ。その昔、南に渡った宋の君臣たち（高宗と秦檜）は、国家の威厳を棄てて金との和議に走り、北の中原に取り残された父老たちは、ひたすら南宋軍の到来を待ち続けた。英雄（岳飛）がすでに死んでしまった以上、今さら嘆いてもどうにもならない。宋は金に華北の地を譲って天下を分け合っておきながら、結局はその体制を支えきれずに滅亡した。（岳飛の眠る）西湖のほとりで、この嘆きの歌を歌ってはならない。美しい山と水の景色も、深い悲しみをそそるばかりだから。—

于忠粛墓は、銭塘（杭州市）出身の、明の于謙の墓。正統一四年（一四四九）、オイラート部（モンゴルの一部族）の軍が明に侵攻すると、正統帝は自ら大軍を率いて迎え撃ったが、大敗して捕虜となった（土木の変）。首都北京の宮廷には激震が走り、南方への遷都を提唱する者も現れたが、于謙は、宋が南渡して失敗した事例を挙げて反対し、正統帝の弟（景泰帝）を帝位に即けて体制の立て直しを図った。翌年、双方の和議が成立して、正統帝は上皇となって帰国した。景泰八年（一四五七）、上皇を復位させるクーデターが勃発。于謙は反逆罪で処刑された。その亡骸は翌年、西湖西南の三台山麓に帰葬された。後に名誉を回復し、粛愍・忠粛と諡された。

于謙は国家に忠誠を尽くしながら非業の死を遂げた忠臣である。彼の墓が湖畔に築かれて以降、岳飛墓とも併せて詠まれる。明末、鄭成功と共に清軍に抵抗し、最後は逮捕・処刑された張煌言の七律「武林（杭州）に入る」の頷聯には、国家存続の輝かしい功績をあげた于謙と岳飛を並称して賛美する。

日月双懸于氏墓　　日月　双び懸る　于氏の墓
乾坤半壁岳家祠　　乾坤　半壁（天下の半分）　岳家の祠

また明末・清初の屈大均の詩「于忠粛の墓」には、「一代の勲猷（功績）在り、千秋　涕涙多し」と詠まれている。

（住谷）

【霊隠寺・冷泉亭】

霊隠寺は、杭州を代表する名刹。東晋の咸和元年（三二六）、天竺の仏僧慧理によって、西湖の西にそびえる霊隠山（武林山）の一峰、北高峰の麓に建立された。慧理は、この山麓に草庵を結び、「仙霊（ほとけ）の隠るる所」の意味をこめて、「霊隠」と名づけたという（『淳祐臨安志』八など）。隋代、霊隠寺から独立して、天竺寺（【天竺寺】の項参照）が生まれたが、二寺は依然として寺院の門（山門）をともにしていた。南宋の周密『武林旧事』五には、この山門を「霊隠天竺寺門」と呼び、「俗に二寺門と呼ぶ」と注する。また、霊隠寺に参詣する路は、唐の開元一三年（七二五）、杭州刺史・袁仁敬が植えた左右三列ずつの松並木、いわゆる「九里松」に彩られた。

霊隠寺の詩跡化は唐代に始まる。初唐の宋之問は、景龍三年（七〇九）に成る「霊隠寺」（別題「杭州の天竺寺に題す」）詩の中で、

桂子月中落　桂子（モクセイの実）　月中より落ち
天香雲外飄　天香（妙なる天上の香り）　雲外に飄る

と歌って、霊隠・天竺の二寺を、中秋（旧暦八月一五日）前後に起こる月桂伝説の舞台として、霊場の神聖さを高めた。

以後、霊隠寺は、清浄・神秘の地として歌われていく。盛唐の綦毋潜「霊隠寺の山頂の禅院に題す」では、「塔影　清漢（天の河［高空］）に挂かり、鐘声　白雲に和す」と詠む。中唐の張祜「杭州の霊隠寺に題す」詩は、寺院を花界と呼ぶことから発想して歌う。

仏地花分界　仏地　花　界（俗界）を分かち
僧房竹引泉　僧房　竹　泉を引く

このほか、白居易・鄭巣・釈貫休などの詩にも詠まれる。

霊隠寺は、五代の呉越国（一〇世紀）の時代に最盛期を迎え、北宋時代には景徳霊隠禅寺、清代には雲林禅寺と呼ばれた。北宋初めの潘閬「霊隠寺に宿る」詩は、吹雪の荒れ狂う冬の境内をこう歌う、「寺を繞る　千千万万の峰、満天の風雪　杉松を打つ」と。

飛来峰下、霊隠寺の前の池から湧き出る清冽な泉を、「冷泉」という。唐の元和一五年（八二〇）、杭州刺史・元藇は、渓流（石門澗）の通る池の中央（寺の西南隅の水中）に冷泉亭を建てた。白居易は、杭州刺史在任中の長慶三年（八二三）、「冷泉亭記」を作って、亭を杭州の中で最も山水の美しい場所だとたたえた。翌年、杭州を去る際、別れを惜しむ五古「天竺・霊隠の両寺に留題す」の中で、「誰か冷泉の水をして、我を送りて山を下り来らしむる」と結ぶ。

冷泉亭は宋代以降、霊隠山水中の名勝として詠まれる。冷泉池は宋代に拡張され、閘（水門）を設けて水を蓄え、増水時に放出した。この「冷泉放閘」は奇観として、南宋の范成大・楊万里・周紫芝・楼鑰らが詠む。范成大の七絶「冷泉亭にて水を放つ」詩にいう。

古苔危磴著枯藜　古苔の危磴　枯藜を著けば
脚底翻濤洶欲飛　脚底の翻濤　洶きて飛ばんと欲す

――藜の杖をつきつつ、古い苔に覆われた高い石段を進めば、足もとに翻る大波は激しくわきたって、今にも飛びたちそうだ。――

また、楊万里の詩「人日　湖上に出遊す」には、放水のすさまじさを、「平地に雪山跳び、晴空より霹靂（雷）下つ」と歌う。

冷泉亭は元の時、方回・周権・釈善住・張之翰らに詠まれ、明の馮行可・王稚登、清の施閏章・趙執信・厲鶚らが歌い継ぐ。厲鶚の五律「冷泉亭」詩は、多くの渓谷に囲まれて、水音が清らかに響く亭を、「衆壑　孤亭合し、泉声　翠微（青山）より出づ」と詠む。

（住谷）

【飛来峰・天竺寺】

飛来峰は、杭州市にある霊隠山（武林山）の一支峰の名。東晋の咸和元年（三二六）、霊隠寺の創建者・僧慧理が、中天竺国にある霊鷲山（釈迦説法の地）の一小峰が飛来したものだと思い、名づけたことによる（南宋の施諤『淳祐臨安志』八など）。霊鷲峰・天竺峰などともいう。霊隠寺の前方に、渓流を隔てて向かいあう、海抜一六八メートルの、浸食された石灰岩の峰である。

北宋の郭祥正は、五絶「天竺峰」（「楊公済の銭塘の西湖百題に和す」の一）詩で、まず峰の誕生伝説を「誰か天竺の国従り、一峰を分かち得て来る」と詠んだ後、屈指の景勝美をこう讃える。

占尽湖山秀　　湖山の秀を占め尽くし
最宜煙雨開　　最も煙雨開くに宜し

―西湖の山水美を独占し、こぬか雨が晴れた時こそすばらしい。―以後も飛来峰は、南宋の林景熙、明の王世貞・胡応麟、清の康熙帝などに詠まれていく。なお飛来峰は今日、五代から宋・元にかけて彫られた磨崖仏のある仏教遺跡として著名である。

天竺寺は、飛来峰の東南麓にあり、東晋の咸和五年（三三〇）建立の翻経院にさかのぼる古刹の名。天竺寺の名は隋の開皇一五年（五九五）、僧真観が道安禅師とともに拡張して、南天竺寺と呼び、霊隠寺から独立して以降のものである。かくして霊隠寺と天竺寺は、寺院の門（山門）を同じくし、霊隠天竺門と呼ばれた。中唐の白居易は「寄韜光禅師」（韜光禅師に寄す）詩の中で、この珍しい情景を、

一山門作両山門　　一山門　両山門（両寺の門）と作り
両寺元従一寺分　　両寺は　元と一寺より分かる

と歌う。従って「天竺寺」の登場は、唐詩以後である。盛唐の綦毋潜「登天竺寺」（天竺寺に登る）詩は、荘厳な寺と周囲の景色を、

仏身瞻紺髪　　仏身　紺髪（仏の紺青色の毛髪）を瞻
宝地践黄金　　宝地（仏寺）　黄金を践む
雲向竹渓尽　　雲は竹渓（竹の茂る谷川）に向かって尽き
月従花洞臨　　月は花洞（花のトンネル）より臨らす

と歌う。同時期の陶翰「天竺寺に宿す」詩は、「正殿　霞壁（紅い断崖）に倚り、千楼　石叢（群がる岩）に標つ。夜来　猿鳥静かにして、鐘梵　雲中に響く」と、寺院の壮麗・静謐さを詠む。盛唐以後、崔顥・李白・張籍・姚合・張祜などの唐詩人が詩に詠む。

天竺寺は、飛来峰越しに隣りあう霊隠寺とともに、「桂子・天香」の詩跡となった。盛唐の李白「崔十二の天竺寺に遊ぶ」詩に詠まれ、白居易は杭州刺史在任中に一二度も霊隠・天竺の両寺を訪れ、月桂（月中に生える桂樹）の実を求めている。「旧と説う、杭州の天竺寺は、毎歳、秋中（八月一五日）に月桂の子の堕つる有り」（「東城桂」詩の自注）と。晩唐の皮日休「天竺寺の八月十五日の夜の桂子」詩にも、「玉顆（玉の顆のようなモクセイの実）珊珊として月輪（満月）より下ち、殿前に拾い得て　露華新たなり」と歌う。

五代から北宋にかけて、上天竺寺（後の法喜寺）・中天竺寺（後の法浄寺）が建立されたため、寺は下天竺寺と呼ばれることになった。清・厲鶚の七律「下天竺寺の後に三生石を尋ぬ」詩の尾聯にいう。

裴回欲問林間笛　　裴回（徘徊）して問わんと欲す　林間の笛
桂子峰頭待月明　　桂子峰（月桂峰）頭　月明（月光）を待つ

清代、寺は法鏡寺と改名された。現在の寺は光緒八年（一八八二）の再建、その後の重修を経て、西湖周辺唯一の尼僧寺院となる。

【保叔塔・龍井・九渓十八澗】

（住谷）

保叔塔は、杭州市西湖の北、宝石山の山頂に建つ仏塔の名。一〇世紀、五代・呉越国の臣、呉延爽がここに崇寿院を建立した際、九層の宝所塔（応天塔）を建設した。その後、北宋の咸平年間、僧永保が一〇年の歳月をかけて塔を再建した。人々は僧永保を師叔と呼んだので、「保叔塔」と称された（『西湖遊覧志』八）。

元・銭惟善の五律「保叔塔」詩は、「金刹（金色に輝く宝塔）　天は画を開き、鉄檐　風は鈴（塔の檐にかかる風鈴）に語る」と歌った後、塔の周囲の情景をこう詠む。

鑿屋巌蔵雨　屋（家屋）を鑿ちて　巌は雨を蔵し（避け）
黏崖石墜星　崖に黏り（貼りつい）て　石は星より墜つ
下看湖上客　下に看る　湖上の客（遊覧客）の
歌吹正沈冥　歌吹　正に沈冥す（耽溺す）るを

前二句は、塔辺にある岩穴と、落星石（寿星石）と呼ばれる卵形の巨石の描写である。

保叔塔は興廃をくり返しながら、明清の詩人たちにも詠まれた。明・李攀龍の七律「子与と保叔塔に遊び同に賦す」詩は、「古塔（保叔塔）　松台　寂寥に対い、高斎　斜日　漁樵に傍う」と歌う。

現在の保叔塔は一九三三年に復元し、一九九七年に修復を加えたもの。高さは四五メートル、復元後は通常、保俶塔と表記される。

龍井は、杭州市西湖の西、風篁（鳳凰）嶺上にある泉（岩浴泉）の名。龍泓・龍湫・龍泉・龍井泉ともいい、三国・呉の時代以来のものとされる。付近は茶（龍井茶）の有名な産地である。南宋の周紫芝に「龍井の泉を酌み、聡師の房に書す」二首があり、明の孫一元「飲龍井」（龍井を飲む）詩には、こう詠む。

平生於物原無取　平生　物に於いて　原と取る無きも
消受山中水一杯　山中の水一杯を消受（享受）せん

と。また、清・乾隆帝の七律「龍井の上に坐して茶を烹、偶ま成る」詩には、「龍井の新茶　龍井の泉、一家の風味　烹煎に称う」とある。このほか、清・朱彝尊の五古の連作「南山雑詠十七首」中に「龍井」詩（其七）がある。

九渓十八澗は、杭州市西湖の西南に位置する渓流の名（澗も渓とほぼ同意）。九渓は、楊梅嶺に源を発して、南流しながら青湾・宏法・方家などの九水を集めて渓流となり、銭塘江に注ぐ。十八澗は、九渓の支流であり、西の龍井山（獅峰）から発して、詩人嶼・孫文瀧など、多くの細流を集め、南流して九渓に注ぐ。

九渓十八澗は、風景美に富み、南宋の頃から歌われ始める。周文璞は、五律「九渓十八磵（＝澗）」詩を詠むほか、七律「再び九渓に遊ぶ」詩では、「昔年　九渓十八磵、今度　之を見れば　逾よ清真たり」と歌う。また、張侃の七絶「十八澗」詩は、「九磎（＝渓）十八澗の辺に遊べば、風景は蕭疎として　素秋に接す」という。

このほか、前掲の清・朱彝尊の「南山雑詠十七首」に、「九渓」詩（其十一）、「十八澗」詩（其十二）がある。その「十八澗」詩は、冒頭「暮に経　南山の南、曲澗（曲折する渓流）　一十八」と歌った後、夕暮れ時の十八澗の情景をこう詠む。

山橋往而復　山橋　往きて復り
山路坱兮圠　山路　坱にして圠たり（起伏が多い）
夕曛漸催人　夕曛（落日の余光）　漸く人を催し
延首望香刹　首を延べて　香刹（仏寺）を望む

【浙江潮（銭塘潮）】

（住谷）

杭州市の南郊を流れる銭塘江（別名、浙江）は、中国の海域中で最大の潮差（高潮と引き潮との水位の差）をもつ東海に流入し、旧暦八月一八日前後に起こる海水の逆流現象、いわゆる大海嘯（海嘯は海鳴り）の奇観で名高い。これを浙江潮・銭塘潮・浙江秋濤などといい、観潮・看潮といえば、この見物を指す。南宋の周密『武林旧事』三、観潮の条には、「浙江の潮は、天下の偉観なり。（八月）既望（一六日）より以て十八日に至るを最盛と為す」という。

銭塘江の河口付近は、底の浅いラッパ状の地形であったため、満潮時に外海（舟山群島付近）から河口に押しよせた潮流は、急激に圧縮されて高潮となり、流れ下る銭塘江の水と激しい衝突をくり返しながら、やがて大津波のような逆流現象が生じた。南米のアマゾン川のポロロッカと同じ現象である。数丈（一〇数メートル）にも達する波頭の高さを、北宋・蘇軾の七絶「八月十五日看潮五絶」（八月十五日、潮を看る　五絶）其二は、こう歌う。

欲識潮頭高幾許　潮頭　高きこと幾許ぞと識らんと欲せば
越山渾在浪花中　越山は　渾て浪花の中に在り

―逆巻く波頭の高さがどれほどか知りたいならば、（銭塘江南の）越の山々がすっかり白波の中に沈んでいる（のでわかるだろう）。―

初唐・宋之問の著名な「霊隠寺」詩（七〇九年頃の作、【霊隠寺】の項参照）中に見える「門（山門）には対う　浙江の潮」を、浙江潮の初出とするらしい（前漢の枚乗「七発」に見える観濤は、揚州城外〔現江蘇省〕のものである）。これ以降、浙江潮は、急速に杭州を代表する著名な詩跡の一つとなる。

唐代の観潮の名所は、杭州の南城外、銭塘江のほとりに建つ樟楼（樟亭〔駅〕）であった。開元一八年（七三〇）頃に成る孟浩然の五律「与顔銭塘登樟楼望潮作」（顔銭塘と樟楼に登りて、潮を望んで作る）詩には、「府中（役所）より騎を連ねて出で、江上にて潮を待ちて観る」と、県知事が大勢の侍従を連れて観潮に出向いたさまを詠んだ後、晴天下、河口から逆流する高潮のすさまじさを歌う。

照日秋空迥　日に照らされて　秋空迥かに
浮雲渤澥寛　雲を浮かべて　渤澥寛し
驚濤来似雪　驚濤　来れば雪の似く
一坐凛生寒　一坐　凛として寒を生ず

―日ざしを受けて秋の空は高く、雲を浮かべて渤海（東海）が広がる。激しく逆流する潮が、雪のように白い波頭を立てて押し寄せると、座中の（観潮）者はみな、ぞっとして背筋が寒くなる。―

盛唐の李白も、樟楼で観潮を楽しんだことがあり、「従姪の杭州刺史良と天竺寺に遊ぶ」詩には、「席を挂けて（舟の帆をあげて）蓬丘（伝説の蓬莱山）を凌ぎ、濤を観て　樟楼に憩う」と歌うほか、「送王屋山人魏万還王屋」（王屋山人魏万の王屋に還るを送る）詩では、友人魏万の観潮のさまを次のように詠む。

揮手杭越間　手を揮う　杭（州）越（州）の間
樟亭望潮還　樟亭にて　潮の還るを望む
濤巻海門石　濤は巻く　海門（銭塘江両岸の山）の石
雲横天際山　雲は横たう　天際の山
白馬走素車　白馬　素車（白い車）走り（来るかのよう）
雷奔駭心顔　雷奔（雷鳴のような濤声）　心顔を駭かす

また、中唐・姚合の五排「杭州観潮」（杭州にて潮を観る）詩も、樟楼で見た高潮の様子をこう歌っている。

勢連蒼海闊　勢は蒼海に連なって闊く
色比白雲深　色は白雲に比して深し
怒雪駆寒気　怒雪（激しい吹雪のような飛沫）寒気を駆り
狂雷散大音　狂雷（荒れ狂う雷のような水音）大音を散ず
浪高風更起　浪高くして　風更に起こり
波急石難沈　波急にして　石沈み難し
鳥懼多遥過　鳥懼れて　多く遥かに過ぎ
龍驚不敢吟　龍驚きて　敢えて吟かず

　このほか、晩唐の張祜・許渾・羅隠・鄭谷などの詩人にも、樟楼での観潮を詠んだ詩が伝わる。

『元和郡県図志』二五、浙江の条には、唐代後半の観潮の光景を、「毎年八月十八日、数百里の士女、共に舟人・漁子の、濤に泝い、浪に触るを観る。之を弄潮と謂う」と記す。弄潮（潮と弄る）とは、泳ぎに自信のある船頭や漁師たちが、逆巻く荒波の中に身を投じて、紅い旗を手に、巧みに泳いで波乗りする、水練の妙技をいう。この命知らずの若者たちを弄潮児と呼ぶ。白居易の「重ねて題して東楼に別る」詩に、「春雨に星攅まりて　蟹を尋ぬるの火（蟹捕りの火）、秋風に霞（紅い雲気）颭いて　濤と弄る旗」とあり、自注に「余杭（杭州）の風俗、…毎歳八月、濤を迎う。水と弄る者は、悉く旗幟を挙ぐ」と見えるのがそれである。

　北宋・潘閬の詞「酒泉子」には、この波乗りの光景を、「弄潮児は濤頭（波頭）に向いて立ち、手に紅旗を把りて　旗は湿わず（全くぬれない）。別れて来た幾たびか夢中に向いて看るも、夢より覚むれば　尚お心寒し（ぞっとする）」と歌う。

　浙江の潮は古来、呉王夫差を助けて宿敵越王勾践を破りながら、その夫差から自殺を命じられ、しかも遺体を江中に投げ捨てられた伍子胥の、激しい怒りと深い怨みによって引き起こされるのだ、と考えられた。ただ投げこまれた肝心の江の名が不明なため、古くは会稽（紹興市）、丹徒（江蘇省鎮江市）、銭唐（唐代以後は銭塘。杭州市）の地に、彼の怨念を慰め、高潮を鎮めるための伍員廟（【伍員廟】の項参照。員は伍子胥の名）が建てられた（後漢の王充『論衡』書虚篇）。前掲の姚合詩の後半部に、「但だ千人の魄を褫い（度肝を抜き）、那ぞ知らん　伍相（呉の宰相伍子胥）の心を」と歌う。

　弄潮は本来、旗や傘の類を依り代もしくは先導の目印として、高潮とともに到来する潮神を陸に迎えあげ、廟に祀って洪水の無事を祈る〈ハレ〉の儀式であったらしい（稲畑耕一郎「『嫁与弄潮児』と『休嫁弄潮児』」〔『中国詩文論叢』第一集、一九八二年所収〕）。

観潮の名所は、川筋や地形の変遷にともなって、明代、杭州市の東北、海寧市塩官鎮へと移って以降、現在に到っており、「海寧潮」とも呼ばれる。明の高啓「宿湯氏江楼夜起観潮」（湯氏の江楼に宿し、夜起きて潮を観る）詩（「呉越紀遊十五首」其九）には、浙江潮の壮大なエネルギーをこう詠む。

震揺高山動　震揺して　高山動き
噴灑明月湿　噴灑して　明月湿う

―大海嘯のすさまじい震動は、高大な山々をも揺り動かし、奔騰する水しぶきは、天空の明月をもぬらすほど。―

清の施閏章「銭塘観潮」詩にも、潮の巨大な響きと勢いを歌う。

声駆千騎疾　声は千騎を駆けて疾く
気捲万山来　気は万山を捲いて来る

【呉山伍員廟（伍相廟・伍公廟）・六和塔】（住谷）

春秋時代、呉の伍子胥（名は員、子胥は字）は、呉王夫差の謀臣として宿敵越王勾践を破りながら、後に佞臣の讒言を信じた夫差から自害を命じられ、遺体は江の中に投げ棄てられた（前四八四年）。時代が下ると、杭州銭塘江の激しい逆流「浙江潮」（【浙江潮（銭塘潮）】の項参照）は、伍子胥の激しい怒りと深い恨みが引き起こすものと見なされ、唐代、杭州南城外、西湖の東にある呉山の上に、伍員廟が建てられた。銭塘江の白波を見おろす場所である。

呉山は春秋時代、呉の南境に位置し、越国と区画するための命名らしいが、一説には、伍子胥の「伍」が訛って「呉」となったともいう（『西湖遊覧志』一二）。ちなみに、呉山の別称「胥山」は、山上にある伍員廟にもとづく（『方輿勝覧』一など）。

伍員廟の詩は、南朝梁の簡文帝蕭綱の「伍員廟を祠る」詩や、弟の元帝蕭繹の「伍相廟を祀る」詩に始まる（ただし呉山の廟かは不明）。呉山伍員廟を詠む中唐・徐凝の七絶「題伍員廟」（伍員廟に題す）は、廟の参拝者が絶えないさまを、浙江潮と関連づけて、

浙波只有霊濤在　浙波　只だ霊濤の在る有り
拝奠青山人不休　青山に拝奠（参拝）する　人休まず

と歌う。「霊濤」とは、潮神と化した伍子胥の引き起こす霊妙な波の意。「青山」とは、呉山（高さ約一〇〇㍍）を指す。唐代、呉山の東南麓は、銭塘江の波に洗われていた。中唐・白居易の「杭州春望」詩に、「濤声　夜に入る　伍員廟」とある。晩唐の羅隠「青山廟」詩、五代の常雅「伍相廟に題す」詩も、呉山の伍員廟を詠む。

宋以後も、呉山の伍員廟は詠まれ続けた。明・高啓の七律「伍子胥を弔う」（「伍相廟に題す」）詩は、自殺を強要された伍子胥の無念の情を、「魂は怒濤を圧して　白き浪を翻し、剣は冤血（無実の罪で自殺した伍子胥の血）を埋めて　腥き風を起こす」と歌う。

このほか、北宋の潘閬・范仲淹、明の瞿佑・徐渭、清の呉偉業などが詩詞に詠む。

六和塔は、北宋の開宝三年（九七〇）、呉越国の僧智覚禅師が、浙江潮を鎮めるため、杭州市の西南、銭塘江北岸の、龍山月輪峰の上に建てた仏塔の名。元来九層であったが、後に破壊され、南宋の紹興二六年（一一五六）、七層に再建された（『咸淳臨安志』八二）。修復をくり返し、清末の光緒二六年（一九〇〇）、木造による一三層の外観が加えられ、高さ約六〇㍍、八角形の現在の姿となる。

六和塔の詩跡化は宋代に始まる。南宋の陸游「六和塔前の江亭に過りて小憩す」、何宋英の「六和塔下の秀江亭に題す」詩のほか、「銭塘の江上　空を撑うる塔、塔外の遥山　翠は堆を作す」と歌う、陽枋の七絶「六和塔に登る」詩などがある。

元・尹廷高の七律「六和の絶頂に登る」詩は、六和塔の偉容を、「目は銭唐（銭塘江）を覧て　殊に小さきを覚え、身は玉宇（天帝の住まい。ここでは六和塔）に遊んで　寒さを知らず」と歌う。

旧時、六和塔は夜、明かりが点され、海上を行く船の灯台の役目を果たしていた。清・陳景鍾の七律「六和塔」詩はこう詠む。

寒潮帯雨攻秋岸　寒潮　雨を帯びて　秋岸を攻め
海舶乗風望夜燈　海舶　風に乗じて　夜燈を望む

清代では、乾隆帝が詠んだ詩のほか、清末・林則徐の七律「六和塔」詩は、黄昏時に塔から眺めた景色を、「落日　人に背きて　野樹に沈み、晩潮　月を催して　沙洲に上る」と詠んでいる。

（住谷）

【厳子陵釣台】

後漢の高士、厳光（字は子陵）は、後漢創業の君主、光武帝（劉秀）の旧友であったが、光武帝の熱心な任官要請を辞退して、辺鄙な南方の富春山（厳陵山）に隠棲した。その彼が釣り糸を垂れた（悠々自適の象徴）場所「厳子陵釣台」（別名、厳陵釣壇）は、一〇人が坐れる平らな石であり（『後漢書』八三、逸民列伝の注）、富春山の山腹にあった（現在のいわゆる東台・東釣台）。美しい峰々の間を北流する富春江（浙江の中流）に臨む景勝の地であり、現在の杭州市桐廬県城の西南一五キロメートル強に位置する。

釣台下の早瀬が厳陵瀬（厳子瀬）であり、それと接する上流が七里瀬（七里灘）である。南朝宋の山水詩人、謝霊運は、永嘉太守に左遷される途中、ここを通った際に詠んだ「七里瀬」詩で、

目睹厳子瀬　目もて厳子の瀬を睹れば
想属任公釣　想いは任公の釣に属す

と詠み、厳光が釣り糸を垂れた早瀬から、東海の大魚を釣って人々に食べさせた任国の公子（『荘子』外物篇）へと思いを馳せ、遠く時代を隔てた彼らへの共感を歌う。この謝霊運以後、厳陵瀬と釣台は南朝梁の任昉・王筠らに歌われ、比較的古く詩跡化した。

続く唐代では、孟浩然が訪れて、「釣磯は平らかにして坐す可く、苔磴（苔の石段）は滑かにして歩み難し」（「七里灘を経」）と歌った。

盛唐の李白は「古風」其十一のなかで、官位や俸禄などに屈せず、自由な天地の間に生きた気骨ある態度に深く共鳴して、こう歌う、

昭昭厳子陵　昭昭たり　厳子陵
垂釣滄波間　釣を垂る　滄波の間
身将客星隠　身は客星と将に隠れ
心与浮雲閑　心は浮雲と与に閑なり

—あの輝かしい厳子陵は、青々とした波間に釣り糸を垂れていた。その身は客星（彗星の類）のように忽ち俗世間から隠れ去り、その心は浮き雲のように閑かで穏やかだった。—

厳光は富春山に隠棲する前、光武帝の度重なる上京要請にしぶしぶ応じた。二人が宿舎で一緒に寝ていたとき、たまたま厳光の足が光武帝の腹の上に乗った。翌日、天文観測の役人が、「客星、御座を犯すこと甚だ急なり」（見知らぬ星が天帝の御座である紫微垣［北極星周囲の小星座］に急接近した）と報告した（前掲の『後漢書』本伝）。詩中の「客星」の語は、この逸話を踏まえている。

中唐・劉長卿の詩「使いを新安に奉じて、桐廬県自り厳陵釣台を経て、七里灘の下に宿る…」には、「悠然たり　釣台の下、古を懐いて　時に一望す。江水は自から潺湲（水が流れるさま）、行人独り惆悵す（悲嘆する）」と歌う。このほか、張継・権徳輿・白居易・許渾・杜牧・皮日休など、この詩跡を詠んだ唐代の詩人は数多い。

唐以後も、北宋の范仲淹・黄庭堅、南宋の范成大・戴復古、明の方孝孺、清の朱昆田など、長く詠み継がれた。

戴復古の「釣台」詩には、富貴をうち捨て、自然の中で釣りを楽しんだ自由な境涯を、「万事無心なり　一釣竿、三公にも換えず　此の江山」と歌う。名利に奔走しがちな人間界にあって、厳子陵の釣台は、出処進退のありようを問いかけ続けるとともに、いつも一陣の清風が吹きわたる詩跡なのである。

松尾幸忠「厳子陵釣台の詩跡化に関する一考察—謝霊運・李白・劉長卿—」（『中国詩文論叢』一六、一九九七年所収）の専論がある。

（植木）

【新安江・富春江・七里瀬】

浙江省最大の大河・浙江の本流は、安徽省南端の黄山に発し、上流の新安江・中流の富春江・下流の銭塘江に大別される。古来、江南の水上交通幹線の一つとなってきた。

新安江は西晋・南朝期の新安郡に基づく呼称で、安徽省黄山市歙県から浙江省建徳市梅城鎮に到る区間の浙江をいう。南朝斉・梁の沈約は「新安の江水至って清く、浅深に底を見る、…」詩の中で、

洞澈随深浅　洞澈して　深浅に随い
皎鏡無冬春　皎鏡のごとく　冬春無し
千仞写喬樹　千仞　喬樹を写し
百丈見游鱗　百丈　游鱗を見る

—深い浅いにかかわりなく、清らかに澄みわたり、冬となく春となく曇りなき明鏡のよう。千仞の高峰の、高い樹々の影を水面に映し、百丈の深い水底に、泳ぐ魚の姿が見える。—

と、水の清澄さを讃えた。本詩以降、新安江は水の美しさで知られ（李白「清渓の行」）、盛唐・孟浩然は詩「七里灘を経」の中で、「湖は洞庭の闊きを経、江は新安の清きに入る」と歌う。

孟浩然はまた、新安江の舟旅を詠んだ五絶「建徳江に宿る」を作った。詩題の建徳江とは、睦州建徳県（治所は現・建徳市梅城鎮）内を流れる浙江、すなわち新安江をいう。詩の後半にいう。

野曠天低樹　野曠くして　天　樹に低れ
江清月近人　江清くして　月　人に近し

中唐・権徳輿「新安江路」詩、明・袁宏道「新安江」十首などが伝わるが、一九六〇年、新安江水庫が誕生して川筋が変化した。

富春江は、杭州市桐廬県から富陽市を経て蕭山区聞堰鎮に到る区間の浙江をいう（ただし、新安江の終点—梅城鎮からの浙江を含めるのが通例）。山水の美で知られ、南朝梁の呉均「宋元思に与うる書」にいう、「富陽自り桐廬に至る一百許里、奇山異水は、天下に独絶たり。水は皆な縹碧（碧緑）、千丈　底を見、游魚・細石、直ちに視て礙げ無し。急湍（急流）は箭よりも甚だしく、猛浪は奔る（奔馬）が若し。岸を夾む高山、皆な寒樹（常緑樹）を生ず」と。

南朝宋の謝霊運「富春の渚」詩が富春江を詠んだ早期の作らしく、中唐・権徳輿の「早に杭州を発して富春江に泛び、…」詩は、富春江の語が見える早期の例である。晩唐の羅隠は「秋日富春江行」詩を作り、呉融「富春」詩には、山水の美しさをこう絶賛する。

天下有水亦有山　天下に水有り　亦た山有るも
富春山水非人寰　富春の山水　人寰（人の世のもの）に非ず

富春江は、宋の范仲淹・陸游、明の王世貞らに詠み継がれた。

七里瀬は、梅城鎮から桐廬県に到る山峡の中を流れる浙江（別名は桐江）にある早瀬の名。七里灘・七里瀧ともいい、ここを下ると、桐廬県の南端—厳子陵釣台下の「厳陵瀬」（厳子瀬）となった。

七里瀬の詩跡化は、謝霊運の「七里瀬」詩に始まる。詩にいう。

石浅水潺湲　石浅くして　水潺湲たり
日落山照耀　日落ちて　山照耀す（照り映える）

唐代、孟浩然・李嘉祐・劉長卿・許渾などが詠み、晩唐の方干「暮に七里灘を発して、夜　厳光台下に泊す」詩には、水流の速さを、「一瞬にして即ち七里、箭のごとく馳するも猶お是れ難し」と歌う。

その後も清の査慎行・蒋士銓・黄景仁らが詠みついだが、一九六八年、富春江水庫が誕生して、峡谷内の早瀬の様相が一変した。

【紹興（越州・会稽）・王羲之故居（戒珠寺）】（植木）

紹興は、陸游や魯迅を生んだ江南の典型的な水郷都市である。その歴史は春秋時代、越王勾践が紀元前四九〇年、会稽の種山（市内西部の府山・臥龍山の別名）の東南麓に建設した越国の都城「小城」（後の山陰県城）に始まる。李白の「越中覧古」（越の都の地で古跡を覧る）詩に、「越王勾践　呉を破って帰る、義士（忠義の家臣）家に還りて尽く錦衣す。宮女　花の如く春殿に満つ。只今　唯だ鷓鴣（野鳥）の飛ぶ有るのみ」と詠まれた場所である。

紹興は秦漢以降、会稽郡山陰県城となり、後漢以後は会稽郡の治所となって栄えた。南朝陳の時、郡城は山陰県と会稽県に分かれ、唐代には越州（会稽郡）・浙東観察使の治所として繁栄を存続し、「越中は藹藹たる（人の多い）繁華の地」（劉禹錫「浙東の李侍郎〔紳〕の「越州の春晩即事長句」に酬ゆ」詩）と歌われた。中唐の元稹は浙東観察使・越州刺史に在任中、七律「州宅（種山南の高所にあった越州子城の役宅）を以て楽天に夸る」詩の首聯でこう詠む。

州城迴遶払雲堆　　州城は　雲を払う堆を迴遶し
鏡水稽山満眼来　　鏡水　稽山　眼に満ちて来る

―越州の城は天空の雲に届くほど高い山をめぐり囲んで造営され、（南郊の）鏡湖、（東南郊の）会稽山が視界いっぱいに広がる。―

紹興は南宋以降、紹興府（紹興路）の治所となった。

紹興市内東北部にある小山―蕺山（戒珠山・王家山）の南麓にある戒珠寺は、東晋の著名な書家・王羲之の別業（別荘）の跡地とされる。南宋・施宿ら撰『嘉泰会稽志』七、戒珠寺の条にいう、「本と晋の右将軍王羲之の故宅なり。或いは曰く、其の別業なりと。門外に二池有りて、鵞池・墨池と曰う」と。これは、南朝宋の泰始六年（四七〇）に成る虞龢「論書表」の、「旧説に、羲之は会稽（内史）を罷め、蕺山の下に住む」とも符合する。戒珠寺の初名は昌安寺。唐の大中六年（八五二）、戒珠寺に改称された（『宝慶会稽続志』三）。戒珠寺には王羲之の祠堂もあった。

王羲之（字は逸少）の故居に関する詩は、中唐・劉言史の「右軍墨池」（右軍〔王羲之〕の墨池）詩に始まる。

永嘉人事尽帰空　　永嘉（年号）の人事　尽く空に帰し
逸少遺居蔓草中　　逸少の遺居　蔓草（はびこる草）の中
至今池水涵余墨　　今に至るまで　池の水は　余墨を涵し
猶共諸泉色不同　　猶お諸泉（他の泉）と　色同じからず

宋代になると、戒珠寺は王羲之を追慕する詩跡として定着する。北宋・趙抃の七律「戒珠寺に遊び、右軍の故宅を悼む」詩の前半に、

因山盛啓浮屠舎　　山に因って盛んに浮屠の舎（仏寺）を啓き
遺像仍留内史祠　　遺像は仍お留まる　内史（王羲之）の祠
筆塚近応為塔塚　　筆塚　近く応に塔塚と為るべし
墨池今已作蓮池　　墨池は今　已に蓮池と作る

とある（筆塚は使い古しの筆を埋めた筆塚、塔塚は僧侶の墓塔）。南宋の高翥「蕺山の戒珠寺は王右軍の故居なり」、柴望「戒珠寺は右軍の宅」、王十朋「右軍の祠堂」「鵝池」「硯池」詩などは、いずれも戒珠寺付近を詠み、柴望の七律詩の頷聯には、「晋朝の風物は今流水、蕭寺（仏寺）の鐘声は　幾夕陽」と嘆息する。続いて明の謝鐸「戒珠寺に遊んで感有り」、謝遷「蕺山に登る」、清の毛奇齢「蕺山の戒珠寺」などが伝わる。

戒珠寺は一九二四年に再建、一九八三年に改修されている。

（植木）

【雲門寺・青藤書屋】

雲門寺は、紹興市の南約一五キロメートル、紹興県平水鎮の雲門山下にあった古刹の名。東晋の有名な書家・王献之（字は子敬、王羲之の子）の旧宅に、死後の義熙三年（四〇七）、五色の祥雲が出たので、安帝が詔して寺に改建し、雲門寺と名づけた（『方輿勝覧』六、『輿地紀勝』一〇）。「真草千字文」で有名な隋僧・智永が長く住した寺である。越州（会稽、現・紹興市）から寺院へは、南郊の鏡湖（鑑湖）に注ぐ若耶渓（現・平水江）を舟で遡って赴いた。

雲門寺の詩跡化は、宋之問が越州長史在任中に作った「雲門寺に遊ぶ」「雲門寺に宿る」詩に始まる。後者は「雲門　若耶の裏、鷁（舟）を泛べて　路纔かに通ず」で始まる。続いて孫逖が開元二年（七一四）、制挙及第後に着任した越州山陰県尉在任中に、五律「宿雲門寺閣」（雲門寺の閣に宿る）詩を作った。その前半にいう。

香閣東山下　香閣　東山の下
烟花象外幽　烟花　象外に幽なり
懸灯千嶂夕　灯を懸く　千嶂の夕べ
巻幔五湖秋　幔を巻く　五湖の秋

—美しい仏寺は東山（雲門山）の麓にあり、もやにけむる花が俗界を離れた地でひっそりと咲く。灯がかけられると、多くの峰々は暮れゆき、垂れ幕を巻きあげると、幾つかの湖は秋の気配。—

孟浩然も呉越に旅したとき訪れて、「雲門寺に遊び、越府（越州）の包戸曹・徐起居に寄す」詩を作った。

雲門寺は、若耶渓辺の名勝として知られた。杜甫は「奉先（県）の劉少府の　新たに画ける山水の障（屏風）の歌」の末尾に、「若耶渓　雲門寺、吾独り胡為れぞ泥滓に在るや、青鞋布襪（旅装）此れ従り始めん」と歌い、李白「謝良輔と涇川の陵巌寺に遊ぶ」詩には、「宛も似たり　雲門の　若渓に対するに」の句がある。

中唐以降、霊一・朱放・劉長卿・皇甫冉・元稹・趙嘏・杜牧など、多くの詩人が詠む。一時期、寺に住した詩僧霊一の詩「皇甫冉の将に無錫に赴かんとして、雲門寺に於いて贈別するに酬ゆ」には、「雲門の路を識らんと欲すれば、千峰　若耶に到る。春山は（王）子敬の宅、古木は謝敷（東晋の隠士）の家」などという。

雲門寺は宋代、雍熙・顕聖・淳化の三寺に分かれ、さら広福院（寿聖寺）が加わったが、時に雲門寺と総称された。北宋の蘇舜欽「越州の雲門寺」詩は、その一例である。その後も、清の厲鶚「次の日再び若邪渓に汎んで平水（地名）に至り、肩輿もて雲門寺に遊ぶ二首」など、詠み継がれていく。現在、雲門寺は再建されている。

青藤書屋は、詩・書・画に優れた文人・徐渭（字は文長）が明の正徳一六年（一五二一）に生まれ、約二十年間読書した家であり、紹興市内に現存する。旧名は榴花書屋。明末、彼に心酔した画家・陳洪綬が住み、徐渭の号にちなむ扁額を書いて青藤書屋と改称した。

庭の中には徐渭が愛した、手植えの青藤（木蓮藤）があった。彼の作と伝える「青藤道士七十の小象に題す」詩に、「吾が年十歳　青藤を植え、吾れ今稀年（古稀）　花甲（還暦）の藤」という。

青藤書屋は手植えの青藤によって徐渭を偲ぶ詩跡。清初の黄宗羲「青藤の歌」に「離奇輪菌（屈曲）として歳月長し、猶お見る　当年読書の意を」とあり、施閏章は「青藤の引」の中で風雷に傷み衰えた姿を見て、「嗟　爾　青藤よ、胡為れぞ頽れたる哉、昔日　天池（徐渭の号）読書せし処、狂歌大叫して　藤樹に倚る」と歌う。

（佳谷）

【蘭亭】

蘭亭は、紹興市の西南約一三キロメートル、紹興県蘭亭鎮内の、蘭渚山の麓、蘭渚江のほとりにある。東晋の王羲之が、会稽内史（会稽郡〈紹興市一帯〉の長官）在任中の永和九年（三五三）の上巳節（晩春三月三日）、謝安・孫綽らの名士・友人や一族の者たち四一人を招いて祓禊をした後、曲水流觴の宴を開いて、詩を競作した。折れ曲がる水辺に坐り、流れくる觴が目の前を過ぎる前に詩を作り、觴を手にとって飲んだ。詩のできない者は罰杯三杯である。

この時に作られた四言・五言の詩を集めて編纂された作品集が、『蘭亭集』一巻であり、王羲之みずから序文（蘭亭序〈叙〉、蘭亭集序、臨河叙）を書いた。その前半には、蘭亭をとりまく山水の美しさと遊宴の楽しみを讃える言葉を述べ、後半では、生死の問題こそ時空を超えて人々を感動させる真の源泉だと主張する。

蘭　亭

書聖の彼が鼠鬚筆で黄絹に書いたこの草稿は、行書中の神品と讃えられた。それは、唐の太宗（李世民）が策略を弄して奪いとった、いわくつきの名品であり、その死とともに昭陵（【昭陵・乾陵】の項参照）の中に副葬された。以後、伝わるものはみな模本だという。

『蘭亭集』に収める主な詩は、東晋のとき流行した易や老荘の教え（玄学）にもとづく一種の思想詩（玄言詩）である。王羲之の詩には、新鮮な趣を醸しだす自然の秘密をこう歌う。

寥朗無涯観　　寥朗たり　無涯の観
寓目理自陳　　目を寓すれば　理自から陳なる
大矣造化功　　大いなるかな　造化の功
万殊莫不均　　万殊も　均しからざる莫し

—からりと明るい、無限のよき観め。目を寓めて熟視すれば、宇宙を貫く真理がそれぞれに行きわたっている。まことに偉大なことよ、万物を創造する造物主の営みは。どんなに形態が異なろうとも、本源的に同一でないものはない。—

集中の作には、後の謝霊運や陶淵明によって確立された山水・田園詩の芽ばえともなる自然描写も含まれていて、文学史的に注目される。たとえば、孫綽「蘭亭」詩の「流風は枉れる渚を払い、停雲は九皋（深い沢）を蔭う。鶯の語は修き竹に吟き、游ぐ鱗は瀾濤に戯る」などは、その一例である。

蘭亭の集いは、西晋の石崇が開催した金谷の集い（【金谷園】の項参照）とともに、六朝貴族の風流韻事の典型として長く喧伝された。しかしその具体的な場所は、じつは明らかでない。北魏の酈道元『水経注』四〇、漸江水（銭塘江）の条によれば、王羲之の蘭亭は本来、天柱山付近の鏡湖（【鏡湖】の項参照）に臨む湖畔にあったが、東晋の時、すでに鏡湖の中、さらには山頂へと移動したらしい。

唐の大暦年間の初期、鮑防・厳維ら多くの人によって作られた「蘭亭の故池を経　聯句」には、「曲水　歓びを邀うる処、遺芳　尚お宛然たり。名は右軍（王羲之）より出で、山は古人の前に在り。蕪没　塵迹を成し、規模　大賢を得たり。…　茂林　旧径無く、修

竹　新煙起こる。宛も是れ崇山（高い山）の下、仍お古道の辺に依る」とあり（北宋・孔延之『会稽掇英集』一四）、蘭亭の故池は、「（山陰）県の西南二十五里に在り」という（南宋の『嘉泰会稽志』一〇）。

宋代の蘭亭の遺址は、唐代を承けて、天柱山から約一五キロメートルも離れた、山陰県の天章寺（北宋の至道二年〔九九六〕の建立、現在なし）のそばにあったらしい（『会稽掇英集』八）。北宋の劉誥「天章に題す」詩に、「逸少（王羲之の字）の蘭亭　六百年、別に楼閣を営んで金仙（仏）を奉ず」とある。「蘭亭の絶境　吾が州に（名を）擅にす」で始まる、南宋・陸游の「蘭亭」詩には、

曲水流觴千古勝　　曲水の流觴は　千古（永遠）の勝
小山叢桂一年秋　　小山の叢桂は　一年の秋

とあり、「秋夜　蘭亭の天章寺の鐘を聞く」詩も伝わる。

現在の蘭亭は、明代中期の嘉靖二八年（一五四九）、知府の沈啓が、宋代の故址より少し離れた地に「蘭亭序」のイメージに合わせて再建したものである（明・文徴明「重修蘭亭記」）。明末の万暦二五年（一五九七）、ここを訪れた袁宏道は「蘭亭記」を著して、「蘭亭は乱山の中に在り。…　今　平地を択び、小渠を砌いて之を為るは、人家園亭中の物と何ぞ異ならんや」と述べ、五律「蘭亭」詩を作って「蘭亭序」の描写を思い起こしながら感懐を表白する。

定武石空在　　定武の石は　空しく在るも
蘭亭跡已訛　　蘭亭の跡は　已に訛せり（変化した）
清流大概是　　清流は　大概是にして（おそらく昔のままで）
峻嶺果然多　　峻嶺は　果然として（思ったとおり）多し
古屋穿新霤　　古屋　新霤（降り始めた雨だれ）に穿たれ
蒼松痩老柯　　蒼松　老柯（老いた枝）痩せたり
墨池閑貯水　　墨池　閑かに水を貯え
猶得放村鵞　　猶お村鵞を放つを得たり

定武石は「蘭亭序」の真蹟を伝えるという刻石の名。頷聯の清流と峻嶺は、「蘭亭序」中に見える語である。墨池は、王羲之が筆や硯を洗ったという池。鵞は王羲之が愛した鵞鳥。そのゆかりの鵞鳥が今もなお、村で放し飼いにされている、と。

また、清の乾隆一六年（一七五一）の三月八日、乾隆帝はここを訪れて、七律「蘭亭即事」詩を作った。その中央二聯にいう。

風華自昔称佳地　　風華　昔より　佳地と称え
觴詠於今紀盛名　　觴詠　今に於いて　盛名を紀す
竹重春煙偏淡蕩　　竹は重く　春煙　偏えに淡蕩
花遅禊日尚旉栄　　花は遅く　禊日　尚お旉栄

―風流才子たちは、その昔ここに集って、すばらしい場所だと称賛し、曲水流觴の宴を開いて作詩したことは、今もなお賞賛されている。竹は深く茂って、春のもやがゆったりとただよい、花は開くのが遅く、上巳節が過ぎてもまだ咲いている。―

今日の蘭亭には、鵞池、鵞池碑亭（亭下の石碑の「鵞池」の二字は王羲之と子の王献之がそれぞれ一字ずつ書いた、父子合作の筆と伝える）、流觴曲水、流觴亭、御碑亭（碑陽には康熙帝の筆になる蘭亭集序、碑陰には乾隆帝の前掲詩を刻す）、右軍祠などがある。

（佳谷）

【沈園】

沈園（沈氏の庭園）は、紹興市区の魯迅中路にあり、南宋の詩人陸游にまつわる愛の悲劇を物語る詩跡である。沈氏園ともいう。南宋・周密『斉東野語』一「放翁（陸游の号） 情を前室（前妻）に鍾む」条などによれば、陸游は二〇歳のころ、母方の従姉妹にあたる唐琬と結婚したが、嫁と姑の仲が悪く、やむなく離縁した。紹興二五年（一一五五）、三一歳の春の日、沈園に花見に出かけた陸游は、ここで唐琬と思いがけず再会する（それぞれすでに再婚）。唐琬は今の夫に事情を話して、陸游のもとに酒肴を届けさせた。陸游は万感の思いを詞「釵頭鳳」の中に詠みこみ、沈園の壁に書きつけた。

紅酥手　黄縢酒
満城春色宮牆柳
東風悪　歓情薄
一懐愁緒　幾年離索
錯　錯　錯

紅酥の手　黄縢の酒
満城の春色　宮牆の柳
東風悪しく　歓情薄し
一懐の愁緒　幾年の離索ぞ
錯てり　錯てり　錯てり

―（あなたは）美しくなめらかな手で、黄縢の酒（官醸の酒）をつぐ。街中にあふれる春のけはい、宮城の塀からのぞく緑の柳（あなたは手折ることのできないその枝のよう）。意地悪い東風のせいで、二人の愛ははかない。胸にあふれる悲しみを抱いて、何年、孤独な日々を過ごしたことか。ああ（何もかも）、誤っていたのだ。―

唐琬はこの歌詞を見て、ほどなく悲しみのあまり死んだという。

沈園は、その後所有者を変え、陸游の「釵頭鳳」は園内の石に刻された。紹熙三年（一一九二）作の詩題に、「禹跡寺の南に、沈氏の小園有り。四十年前、嘗て小闋（小唄）を壁間に題す。偶ま復た一たび到るに、園は已に主を易え、小闋を石に刻せり。…」という。

陸游は最晩年に至るまで、前妻をしのぶ詩を作り続ける。慶元五年（一一九九）、七五歳のとき、当地を訪れて、七絶「沈園」二首を作った。其一にこう歌う。

城上斜陽画角哀
沈園非復旧池台
傷心橋下春波緑
曾是驚鴻照影来

城上の斜陽　画角哀し
沈園は　復た旧池台に非ず
傷心す　橋下　春波の緑なるに
曾て是れ　驚鴻の　影を照し来れり

―城壁を染める紅い夕陽、（時刻を告げる）角笛の音が悲しげに響く。ここ沈園の池も高楼も、もはや昔のままではない。私の心を痛めるのは、橋の下にゆらめく、春の緑の波。かつて（この水に）、パッと飛び立った大白鳥の、優美な姿を映したこともあったのだ。―

驚鴻とは、四〇年前の、再会時の唐琬を喩える。数年後、八一歳の時には、七絶「十二月二日の夜、夢に沈氏の園亭に遊ぶ」二首を作り、「城南の小陌（小道） 又た春に逢う、只だ梅花を見て 人（唐琬）を見ず」（其二）と歌った。そして亡くなる前年の嘉定元年（一二〇八）、八四歳の時の七絶「春遊」四首其四には、「也た信なり 美人（唐琬）も終に土と作ること、堪えず 幽夢（はかない夢）の太だ匆匆たる（あわただしく消え去るさま）に」という。

清・蔣士銓は、「沈氏園に放翁を弔う」詩の中で、老年になっても若き日のちぎりを夢見る、その持続的な情愛を、こう歌う。

四十年中心骨痛
白頭苦作鴛鴦夢

四十年中　心骨痛み
白頭　苦ろに作す　鴛鴦の夢

沈園は一九八五年、遺址を発掘し、二年後、その原貌が復元された。園内の瓢箪状の葫蘆池は、宋代の面影を伝えているという。

（住谷）

【鏡湖（鑑湖）・三山】

鏡湖は、会稽（現在の紹興市付近）の名勝として知られた湖の名。後漢の永和五年（一四〇）、会稽太守・馬臻が、灌漑用水の確保と洪水の防止を目的に、会稽郡城（紹興市）の南に広がる沼沢地に、東西方向に約六〇キロメートルの長堤を築いた結果生まれた、細長い人造湖であった。「周廻三百十里（約一五〇キロメートル強）、田に灌ぐこと九千余頃（約五万四千ヘクタール）」（唐の杜佑『通典』二）という。

鏡湖は、南の会稽山系から流れ出る豊かな水を蓄え、本来、郡城の南で分断されていた（東湖と西湖）。湖は白めく水と翠の巌とが照りはえて、まるで鏡や絵のような美しさであり、東晋の書聖・王羲之は、その光景を「山陰（県）の路上を行けば、鏡中に在りて遊ぶが如し」と称えた（『太平寰宇記』九六）。夏には、いちめんの紅い蓮の花で彩られた。別名は鑑湖（鑑も鏡の意）。その位置や形状から、南湖・長湖・大湖ともいう。盛唐の杜甫は、二〇代の初め、呉越の地に遊んで、「越の女は天下に白く（色白）、鑑湖は五月（盛夏）も涼し」（五古「壮遊」）と歌っている。

清らかな鏡湖の美しさを歌った唐詩人は数多い。盛唐・李頎の五律「鏡湖の朱処士に寄す」の前半には、「澄霽して（晴れあがって） 晩流（夕暮れの湖水）闊く、微風 緑蘋（緑の浮き草）を吹く。鱗鱗として（折り重なって） 遠峰見え、淡淡として（静かに水をたたえて） 平湖春なり」と、春の鏡湖の穏やかな情景を詠む。また、孟浩然の五律「崔二十一（崔国輔？）と鏡湖に遊び、包（融）・賀（朝）二公に寄す」詩には、湖水の清澄さを、「試みに鏡湖の物を覧れば、中流 底を見わして清し」と歌う。

盛唐・李白の五絶の連作「越女詞五首」（越女の詞五首）其五は、鏡湖とこの湖にそそぐ若耶渓（【若耶渓】の項参照）の娘の、清らかな美しさをこう歌う。

鏡湖水如月　　鏡湖 水 月のごとく
耶渓女如雪　　耶渓 女 雪のごとし
新粧蕩新波　　新粧 新波に蕩き
光景両奇絶　　光景 両つながら奇絶

—鏡湖の水は月光のように澄みわたり、若耶渓の娘は雪のように色白だ。初々しい化粧姿が、新春の清らかな波間に映って揺れている。その様子は、どちらもこの上なくすばらしい。—

李白はまた、五古の連作「子夜呉歌」其二（夏）で、「鏡湖は三百里、菡萏（蓮のつぼみ） 荷花（蓮の花）を発く」と歌う。

中唐の白居易は、杭州刺史在任中の長慶三年（八二三）、親友の元稹が東隣の越州刺史（兼浙東観察使）に着任した際、七律「元微之 浙東観察使に除せられ、杭越の隣州を得たるを喜び、先ず長句を贈る」詩を作り、「稽山（会稽山） 鏡水（鏡湖）は 歓遊の地、犀帯 金章（君の帯びる、犀の角を飾った帯と金の印章）は 栄貴の身。……杭越の風光は 詩酒の主、相い看るは 更に合に何人なるべき」と歌い、明媚な風光を楽しめる二州に赴任できた喜びを歌った。元白の二人は、これ以後、「詩筒」（詩を入れた竹の筒）を用いて、頻繁に詩を応酬しあったという。

鏡湖のほとりはまた、悠悠自適の帰隠地でもあった。盛唐の賀知章は故郷の越州を離れ、長らく都長安で詩壇の長老として、玄宗の信任を得ていたが、天宝三載（七四四）、老齢と病気から官を辞して故郷に隠棲した。このとき、玄宗から湖の一画を賜り、余生（一年弱）を過ごした。七絶「回郷偶書二首」（郷に回りて偶ま書す二首）其二には、約五〇年ぶりに帰ってきた故郷の姿（人事）が大きく変貌したのとは対照的に、昔のままに波立つ鏡湖の風景を歌う。

離別家郷歳月多　家郷に離別して　歳月多く
近来人事半銷磨　近来　人事　半ば銷磨す
唯有門前鏡湖水　唯だ有り　門前　鏡湖の水
春風不改旧時波　春風は改めず　旧時の波

当時、玄宗の朝廷に仕え、賀知章と親しかった李白は、七絶「賀賓客（太子賓客の賀知章）の越に帰るを送る」詩を作り、「鏡湖の流水　清波を漾わし、狂客（自ら四明狂客と号した賀知章）の帰舟逸興（格別の感興）多し」と詠んだ。また、晩唐の方干は、鏡湖に隠棲して、行吟・酔臥して楽しんだ。五律「鏡中（鏡湖中）の別業（別荘）二首」其一には、「梁燕（梁に巣くう燕）　春酔を窺い、巌猿　夜吟を学ぶ」という。

鏡湖は宋代、人口の増加による食糧需要の高まりを受けて干拓が急速に進み、南宋期には湖の大半が耕地となった。明清以来、紹興府城の西に延びる広い河道を鑑湖と呼んで現在に到る。しかしこうした状況下にあっても、鏡湖（鑑湖）は著名な詩跡として、北宋の秦観、南宋の陸游・戴昺、元の陳孚・乾性、明の陳子龍・徐渭、清の朱彝尊・厲鶚などに詠まれていく。秦観の七律「鑑湖に遊ぶ」詩では、「水光　座に入りて　杯盤（酒杯と皿）瑩らかに、花気（花の香気）　人を侵して　笑語香る」と詠む。

鏡湖北岸の小山—石堰山・行宮山・韓家山の三山に囲まれた「三山」地区（紹興市の西郊約五キロメートル、鏡湖新区東浦鎮の行宮山村・塘湾村・鑑湖村一帯）は、南宋・陸游の故居があった場所である。陸游は乾道二年（一一六六）、四二歳のとき、越州山陰県の魯墟（東浦鎮魯東村）の旧居から、少し南の三山の地に新築した家に移り住んだ。以後、官に就いた期間を除いて、八五歳で没するまで、三〇年間以上ここで暮らし、円熟した農村詩を含む、数千首の詩を詠んだ。陸游は後に「鏡中の故廬を懐う」詩の中で、自宅の様子を、

臨水依山偶占家　水に臨み　山に依りて　偶ま家を占む
数間茅屋半欹斜　数間の茅屋　半ば欹斜す（斜めに傾く）

と詠む。彼の七律「遊山西村」（山西〔三山の西〕の村に遊ぶ）詩は、三山の新居に移った翌年（乾道三年）の作であり、小舟に乗って近くの農村を訪れる途中の光景をこう歌う。

山重水複疑無路　山重水複　路無きかと疑えば
柳暗花明又一村　柳暗花明　又た一村

—山々が重なりあい、川筋が幾重にも折れ曲がって、路はもう行きどまりかと思っていると、突然、柳がほの暗く茂り、花が明るく咲きほこるところに、また一つ、村里が現れた。—

この対句は、暖かい水郷の春の光を、的確に捉えるのみならず、人生の大きな蹉跌を経験しながらも、なお前途に光明を見る作者の楽観的な人生観さえもただよわせている。

嘉泰元年（一二〇一）、七七歳の時に成る七律「西村」詩も、郷里での作。「乱山の深き処　小桃源あり、往歳　漿（飲み物）を求めて門を叩きしを憶う」と詠んだ後、村の情景を写生する。

高柳簇橋初転馬　高柳　橋に簇りて　初めて馬を転じ
数家臨水自成村　数家　水に臨みて　自から村を成す
茂林風送幽禽語　茂れる林　風は送る　幽禽の語
壊壁苔侵酔墨痕　壊れし壁　苔は侵す　酔墨の痕

（住谷）

【曹娥廟・東山】

曹娥廟は、後漢の孝女曹娥を祀る祠廟の名。南朝宋・范曄『後漢書』八四、列女伝と注にいう。曹娥は会稽郡上虞県（現・上虞市）の人。漢安二年（一四三）の五月五日、巫祝の父（曹盱）が、波に逆って（江）神を迎える時、溺死したのを深く悲しみ、一四歳で江に身を投じて死んだ。元嘉元年（一五一）、県長の度尚は、その孝義を憐れみ、彼女を江（現在の曹娥江）の南の路傍に改葬し、弟子の邯鄲淳に命じて碑文を作らせ建てたという。その後、後漢末の蔡邕は、この「曹娥碑」の碑陰に「黄絹幼婦、外孫韲臼」の八字（「絶妙好辞」の隠語）を記して有名になった（『世説新語』捷悟篇）。

「曹娥碑」とその廟（曹娥廟）の詩跡化は、唐代に始まる。盛唐の李白の詩中に見えるほか、中唐の劉長卿「無錫の東郭にて、友人の越（会稽）に遊ぶを送る」詩に、「碑は缺く　曹娥の宅、林は荒る　逸少（王羲之の字）の居」という。また晩唐・趙嘏の七絶「題曹娥廟」（曹娥廟に題す）詩は、こう歌う（「颼飀」は風の音）。

青娥埋没此江浜　　青娥（美少女曹娥）埋没す　此の江浜
江樹颼飀惨暮雲　　江樹颼飀として　暮雲惨たり
文字在碑碑已堕　　文字は碑に在るも　碑は已に（江に）堕つ
波濤辜負色糸文　　波濤は辜負く　色糸（絶の字）の文

結句は、「曹娥碑」の絶妙な好辞を無視して流れる川波をいう。宋の銭惟岳・王十朋、元の張宏範、明の杭淮、清の朱彝尊・査慎行・袁枚など、歴代の詩が伝わる。曹娥廟は現在、上虞市百官鎮の曹娥江西岸（北宋以来の遺址）に再建され、曹娥墓・曹娥碑もある。

東山は、上虞市上浦鎮東山村付近の山なみの名（『方輿勝覧』六、『嘉泰会稽志』九）。東晋の風流宰相・謝安（三二〇―三八五）の隠棲地として知られ、謝安山ともいう。謝安は四〇歳で出仕するまでの前半生、会稽郡始寧県にある東山で妓女を囲って、悠悠自適の隠棲生活を楽しんだ（『世説新語』識鑒篇等）。謝安は、出仕後も東山に帰る願望を持ちつづけ、常にそのことを口にしていたという（謝霊運「旧園に還りて作り…」詩の李善注所引檀道鸞『〔続〕晋陽秋』）。

東山は、謝安の同族、南朝宋の謝霊運（謝安の甥謝玄の孫）の詩中で、帰隠の地として歌われた（別墅は謝安宅の西一里）。彼の「従弟の（謝）恵連に酬ゆ」詩にいう、「分離して西川（曹娥江）に別れ、景（身）を迴らして　東山に帰る」と。南朝梁の呉均「王謙に別る」詩にも、「倘し故人の念を遺さば、僕は東山の東に在り」と歌う。

六朝以後、東山は、謝安の風流韻事と帰隠の志を象徴する詩跡となり、多くの詩人に歌われた。特に李白は、天下を兼済する才能と功績を持ちながら、名利にとらわれない一生を送った謝安の生きざまに、強い共感を抱いた。彼の五古「常侍御に贈る」の冒頭にいう。

安石在東山　　安石（謝安の字）　東山に在りしとき
無心済天下　　天下を済うに心無し
一起振横流　　一たび起ちて　横流を振い（世の乱れを除き）
功成復瀟灑　　功成りて　復た瀟灑（瀟洒）たり

李白は、さらに五絶「東山を憶う」二首其一にいう、「東山に向かわざること久し、薔薇　幾度か花さく」と。「東山吟」でも、「妓を携う　東土山、悵然として謝安を悲しむ」と歌う（ただし、この東山〔東土山〕は、南京市の東南にあった謝安の別邸跡を指す）。

また、盛唐・王丘の「詠史」詩も、李白同様、「偉なる哉　謝安石、妓を携えて　東山に入る」と、謝安の風流を讃える。

（住谷）

【若耶渓】

紹興市の南約一五キロメートル、紹興県平水鎮の若耶山から発し、ほぼ北流して鏡湖（別名は鑑湖、【鏡湖（鑑湖）・三山】の項参照）に注ぐ渓流の名。「水は至って清らかに、衆山（多くの峰々）の倒影を照し、之を窺えば画の如し」（『水経注』四〇、漸江水）と記され、五雲渓の別称を持つ。鏡湖が宋代の干拓によって著しく縮小すると、流れを変え、現在は紹興市の東南、大禹陵の近くで二つに分かれ、一方は西に折れて鏡湖（鑑湖）に注ぎ、もう一方はそのまま北流して銭塘江に注ぐ。若耶渓は若邪渓とも書き、今の名は平水江である。ちなみに若耶山は、有名な古刹・雲門寺（【雲門寺・青藤書屋】の項参照）の近くにあった。

詩跡としての若耶渓は、①舟遊びに最適の美しい渓谷、②春秋時代の越国の美女・西施（越王勾践が仇敵である呉王夫差に献上して、その色香に迷わせた美女）が、少女のとき蓮（の花や実）を採り（中唐の李紳「若耶渓」詩の自注）、紗を浣った伝承を持つ渓流、の二つに分かれ、時に交錯する。

南朝梁の王籍が若耶渓に舟遊びして作った五古「入若耶渓」（若耶渓に入る）詩は、①の代表作であると同時に、詩跡としての若耶渓の地位を確立した名篇である。

艅艎何泛泛　艅艎　何ぞ泛泛たる
空水共悠悠　空水　共に悠悠たり
陰霞生遠岫　陰霞　遠岫に生じ
陽景逐回流　陽景　回流を逐う
蝉噪林逾静　蝉噪ぎて　林逾よ静かに
鳥鳴山更幽　鳥鳴きて　山更に幽なり
此地動帰念　此の地　帰念を動かし
長年悲倦遊　長年　倦遊を悲しむ

――舟は何とまあ軽やかに進みゆくことよ。空も水も、ともに果てしなく続く。うす暗いあかね雲が遠くの山に湧き出し、日の光が曲折する水流を追いかける。蝉が騒がしく鳴いて、林はいよいよ静けさを増し、鳥が鳴いて、山はさらに奥深く静まりかえる。ああ、この地の幽邃な風景は、望郷の思いをかき立てる。長年にわたる、他郷でのうんざりした旅暮らしを悲しく思うのだ。――

特に中央の「蝉噪…、鳥鳴…」の一聯は、美しい渓谷の静寂さを、常識をくつがえした新奇な着想によって表現した佳句として、当時、「文外独絶」と絶賛された（『梁書』五〇、文学伝下）。

盛唐・崔顥の五古「若耶渓に入る」詩でも、舟特有の視界と揺れ動く水面の影を、「起坐す　魚鳥の間（水中の魚と空の鳥の間の舟中）、動揺す　山水の影」と歌う。また、盛唐・綦毋潜の五古「春　若耶渓に泛ぶ」詩には、春の夜の舟遊びを、「夜に際りて　西壑（西の谷）に転じ、山を隔てて　南斗（南斗六星）を望む。潭煙（ふち［若耶渓の孤潭］に立ちこめるもや）　飛ぶこと溶溶として（盛んに広がり）、林月　低れて（舟の）後に向り」と詠む。このほか、中唐の劉長卿にも、若耶渓での舟遊びを歌った詩がある。

若耶渓は、前述のように、美女西施ゆかりの詩跡としても知られる。西施は本来、紹興市の西南に位置する諸曁市の南部、苧蘿山（高さ約三〇メートル）に住む薪売りの娘であったらしい（後漢の趙曄『呉越春秋』九）。それがいつの間にか、呉王夫差に献上される前、水辺で紗を浣ったり、蓮（の花や実）を採ったりした、江南の水郷に似つかわしい女性となる。

そして浣紗石（西施石）もまた、苧蘿山下を流れる浦陽江（浣紗渓・浣江）のほか、若耶渓のほとりにもあったとされ（南宋・施宿ら撰『嘉泰会稽志』一一）、西施ゆかりの詩跡は、盛唐・李白の五絶「浣紗石上の女」に、「玉面（美しい色白の顔）耶渓（若耶渓の略称）の女、青蛾（まゆずみで画いた眉）紅粉（紅と白粉）の粧い」と見えるように、唐代には、すでに若耶渓に集中して歌われるようになった。かくて若耶渓も浣紗渓と呼ばれるようになる。

李白の七古「採蓮曲」も、この伝承を踏まえて歌う。

若耶渓傍採蓮女　若耶渓の傍　採蓮の女
笑隔荷花共人語　笑って荷花を隔てて　人と共に語る
日照新粧水底明　日は新粧を照らして　水底に明らかに
風飄香袂空中挙　風は香袂を飄して　空中に挙がる

—若耶渓のほとりで蓮の花を摘む娘たち、楽しげに笑いながら蓮の花ごしに語りあう。日の光は化粧したての容姿を照らして、くっきりと水中に映しだし、風は芳しい袂をひるがえして、空中高く舞い上げる。—

また、盛唐・孟浩然の五古「耶渓に舟を泛ぶ」詩は、若耶渓の美しい光景を、「落景（落日）清輝を余し（清らかな光をあふれさせ）、軽棹（軽舟）渓渚を弄ぶ（遊賞する）。澄明　水物（水中の生き物—魚など）を愛し、臨泛（舟遊び）何ぞ容与たる（何とまあ心がのびのびすることよ）」と詠じた後、「白首　垂釣の翁、新粧　浣沙（＝紗）の女」と歌う。「新粧…」の句は、明らかに当地の若い娘たちの姿を、西施の浣紗伝承にもとづいて描いたものであろう。

李白の五絶の連作「越女詞五首」（越女の詞、五首）に歌われる若い女性たちも、孟浩然の詩と同じく、西施の面影をやどしつつ、「呉児（江南の若い娘）白皙（色白）多く、好んで蕩舟（舟をゆらゆら揺らす）の劇れを為す」（其二）と歌われ、屈託のない、民間の娘たちの魅力を生き生きと表現する。其三にいう。

耶渓採蓮女　耶渓　採蓮の女
見客棹歌回　客を見て　棹歌して回る
笑入荷花去　笑って荷花に入りて去り
佯羞不出来　佯り羞じて　出で来らず

—若耶渓で蓮（の花）を採る娘たち、旅人を見かけると（気をひこうとして）、舟歌を歌いながら、あちこちに舟をこぎまわす。（そうかと思えば）、笑いながら蓮の花のしげみに入り、恥ずかしそうなふりをして、出てこようとしない。—

唐以後も、若耶渓は、歴代の詩人たちに歌われ続けた。北宋・王安石の七絶「若耶渓帰興」詩は、遊覧後の帰りゆく舟での作。

若耶渓上踏莓苔　若耶渓上　莓苔（青苔）を踏む
興罷張帆載酒迴　興罷み　帆を張りて　酒を載せて迴る
汀草岸花渾不見　汀草　岸花　渾て見えず
青山無数逐人來　青山　無数　人を逐って来る

唐詩以来の越女のイメージを受け継いだ作品には、北宋・秦観の詩と詞の連作「調笑令十首、詩を并す」其八「採蓮」詩の、「若耶渓の辺　天気（空の気配）秋なり、採蓮の女児　渓岸の頭。笑って荷花を隔てて　人と共に語り、煙波渺渺として（果てしなく広がり）軽舟を蕩ぐ」があり、前掲の李白詩の一句をそのまま用いている。清・毛奇齢の五律「若耶渓」詩も、「翠袖（若い女性の衣装）方んで檝を扶け、明粧　出でて紗を浣う」と詠む。

浙江省

（住谷）

【剡　渓】

剡渓とは、会稽郡（越州）の剡県（現在の紹興市の東南、嵊州市付近）を流れる渓の意で、紹興市の東方を北流して杭州湾へとそそぐ曹娥江（旧・上虞江）の上流部をいう。北宋の楽史『太平寰宇記』九六には、「一源は台州天台県に出で、一源は婺州武義県に出づ」という。特に前者は唐代、天台山や天姥山（【天台山・赤城山】【天姥山・桐柏観】の項参照）に赴く水上ルートとして利用された。清らかな剡渓の流れる剡県一帯（剡中）は、広義の「会稽山陰」の地に含まれ、東晋以来、山紫水明の景勝地として名高く、当時の名流貴族たちの別荘地・隠棲地でもあった（唐代でも、詩人秦系や朱放らが隠棲している）。

東晋の著名な画家・顧愷之は、会稽の山川の美しさを尋ねられると、「千巌（数知れぬ巌）秀を競い、万壑（無数の谷川）流れを争う。草木 其の上に蒙籠たる（生い茂るさま）は、雲興り霞蔚たる（赤い雲気がたちこめる）が若し」と答えたという。また、書聖王羲之の子で、父とともに「二王」と称された書家・王献之も、次の言葉を残す、「山川 自から相い映発し（照り映え）、人をして応接に暇あらざらしむ（立ちどまって、ゆっくり眺め楽しむ余裕すらないほどに、美しい景色が絶えまなく変化する）」と（いずれも南朝宋の劉義慶『世説新語』言語篇）。後者の劉孝標注に引く『会稽郡記』にも、「会稽の境（地域）は、特に名山水多し」という。

名勝「剡渓」を詠んだ詩は、六朝時代に始まる。南朝宋の山水詩人・謝霊運の五古「臨海（郡名）の嶠に登らんとし、初めて彊中（地名）を発して作る。…」詩があり、「暝に剡中の宿に投り、明（翌朝）に天姥の岑に登る」という。剡渓は、その後も後世の詩人たちの憧憬をかきたてた。盛唐の李白は、蜀の地を離れた開元一三年（七二五）、二五歳のころ、七絶「秋下荊門」（秋 荊門【荊門（荊門山）】の項参照）を下る）詩の中で、「此の行（旅）は（西晋の張翰のように）鱸魚（カジカに似た美味の淡水魚）の膾の為ならず、自ら名山を愛して 剡中に入る」と詠んでいる。

李白はまた、五律「別儲邕之剡中」（儲邕に別れて剡中に之く）詩を作り、剡県の美しさと、当地に隠棲したい願望を歌う。

借問剡中道　剡中の道を借問すれば
東南指越郷　東南 越郷を指す
舟従広陵去　舟は広陵より去り
水入会稽長　水は会稽に入りて長し
竹色渓下緑　竹色 渓下に緑に
荷花鏡裏香　荷花 鏡裏に香し
辞君向天姥　君を辞して 天姥に向かい
払石臥秋霜　石を払いて 秋霜に臥せん

―剡中に赴く道をたずねてみると、あなたは、東南の方、越の地を指さした。私の乗る舟は、ここ広陵（現在の江蘇省揚州市）を離れて、水路遠く会稽の地に入っていく。渓流のほとりに生える竹は、鮮やかな緑の色をたたえ、蓮の花は、鏡のように澄みきった水面に、かぐわしい香りを放っていよう。私は君に別れを告げて、（剡県の）天姥山に向かい、岩に置く秋の霜を払って寝る、そんな隠者の生活を送ろうと思うのだ。―

また、同時期の崔顥も、山紫水明の美を、五古「舟行して剡に入る」詩の中で、「青山 行きて尽きず、緑水 去ること何ぞ長き」

とたたえる。そして、「剡渓　秀異（ひときわ優れた山水美）を蘊め、（思うを）罷めんと欲するも　忘るる能わず」と歌ったのは、杜甫の五古「壮遊」詩である。このほか、中唐・賈島の五律「呉処士を憶う」詩は、剡渓を隠遁にふさわしい清浄な世界として、「何当か松葉を折りて、石を剡渓の陰に払わん」と詠む。

剡渓は、戴渓・雪渓ともいう（南宋・王象之『輿地紀勝』一〇など）。いわゆる「雪夜訪戴」の舞台である。東晋の風流人・王徽之（字は子猷、王羲之の子、王献之の兄）が会稽郡山陰県に住んでいたとき、夜、大雪が降った。目が覚めた王徽之は、戸を開け放ち、雪見酒を楽しんだ。一面の銀世界を前に、西晋の左思の「招隠詩」（山林に住む隠者を訪ねて隠遁の憧れを歌う詩）を吟じていると、ふと剡渓に住む友人の隠士・戴逵（字は安道）のことを思い出した。そこですぐさま、夜中小舟に乗って出かけ、一晩かけてようやく到着したが、門前までくると引き返した。ある人がわけを尋ねると、彼はこう答えた、「吾　本と興に乗じて行き、興尽きて返る。何ぞ必ずしも戴を見んや（戴君に会う必要はあるまい）」と（『世説新語』任誕篇）。この風流な逸事は、『晋書』八〇、王徽之伝では、「夜雪初めて霽れ、月色晴朗」であった時のことという。

李白は、月光下の澄明な雪夜を背景とするこの典故を愛用し、七絶「東魯門泛舟」（東魯門にて舟を泛ぶ）二首其一では、

軽舟泛月尋渓転　　軽舟　月に泛べて　渓を尋ねて転ずれば
疑是山陰雪後来　　疑うらくは是れ　山陰　雪後に来るかと

―輝く月光の下に軽やかな小舟をうかべ、渓谷に沿って曲がりゆくと、まるで山陰に住む王徽之が、雪が晴れた後に戴逵を訪ねていくかのよう。―

と詠む。其二でも、「若教　月下に舟に乗って去らば、何ぞ啻だに風流　剡渓に到るのみならん」と、「雪夜訪戴」の典故を使用する。

また、王徽之の飾り気のない真率な行動は、彼の天真爛漫な人柄を表すものとされ、後世の詩歌に詠まれた。南宋の来梓は、七絶「子猷訪戴」（子猷　戴を訪う）詩のなかで、一面の雪の中、舟に乗って戴逵を訪ねる王徽之の姿を歌う。

四山揺玉夜光浮　　四山　玉を揺らして　夜光浮かび
一舸玻璃凝不流　　一舸の玻璃　凝りて流れず
若使過門相見了　　若使　門に過りて　相い見て了らば
千年風致一時休　　千年の風致も　一時に休まん

―四方の山々は（雪をかぶって）白い玉が揺らめき、（月の冴えわたる）夜の光がただよっている。一艘の小舟が進みゆく剡渓の川面は、水晶のように凝り固まって流れない。もしも王徽之が門内に入って戴君と会ってしまったならば、永く伝うべき風雅な趣も、いっぺんに失われたことであろう。―

南宋・王十朋の五絶「剡渓」詩は、「千古　剡渓の水、無窮　名利の舟。閑に雪中の興に乗ずるは、唯だ一の王猷（王子猷）有るのみ」と詠む。このほか、剡渓に隠棲し、「雪渓先生」と呼ばれた南宋の王銍は、剡渓を歌った詩を多く残した。「剡渓の王秀才、画ける『子猷　戴を訪うの図』」詩は、「剡渓の万壑　千巌の景、人境　誰か能く心境を識らん。君が山陰雪後の船を画いて、始めて悟る　前人清興を発するを」と、顧愷之の言葉と王徽之の故事を踏まえる。

ちなみに、南宋の高似孫『剡録』は、詩跡としての剡渓を考察するうえでも有用な資料である。関連する詩歌を広く集めるとともに、戴逵の宅を「剡の桃源郷に在り」（巻四）などと記している。

（矢田）

【天台山・赤城山】

天台山は、台州市天台県の北に位置し、東晋の孫綽が「天台山に遊ぶ賦」の序で、「蓋し山岳の神秀なる（特に優れた）者なり」と讃えた山なみである。後漢のとき、劉晨と阮肇が山中に入って道に迷ったあげく、二人の神女に出会ったという神仙境であり（『法苑珠林』四一所引『幽明録』）、中唐の張祜が「天台山に遊ぶ」詩の中で、「崔嵬（高く聳えるさま）として　海西に鎮し、霊跡　万古に伝う」と歌うように、南朝以来の仏教・道教の霊場でもあった。仏教では隋の時代に天台宗の開祖・智顗が修行し、道教では初盛唐期の著名な道士・司馬承禎が隠棲したことで知られる。

「天台第一の峰、高さ一万八千丈」（明・李日華『六研斎筆記』二筆、三）と称される最高峰の華頂峰（海抜約一一〇〇メートル）は、頂上から東海を望めるという。盛唐・李白は「天台にて暁に望む」詩の中で、「天台は四明（山）に隣し、華頂　百越（南国）に高し」と歌い、中唐・霊澈は七絶「天姥岑にて天台山を望む」詩の中で、「天台は衆峰の外、華頂　寒空に当たる。時有りて半ば見えず、崔嵬として雲中に在り」と歌う。明の謝鐸「天台山」詩にいう。

天台山　　天台の山
高不極　　高きこと極まらず
作鎮東南比天脊　　鎮を東南に作して　天脊に比し
屹立乾坤自開闢　　乾坤に屹立して　開闢よりす

—天台山は、高いこと極まりない。天の背骨のように東南に鎮座し、この世界が開けて以来、天地の間にそそり立つ。—

天台山の北部には、悟道者のみが渡れるという、目の眩む天然の「石橋」（石梁）が深い谷に臨んでおり、橋の下から大きな瀑布が流れ落ちていた（石梁飛瀑）。盛唐・孟浩然は「天台山を尋ぬ」詩の中で、「高高たる翠微（奥深い緑の山）の裏、遥かに石梁の横たわるを見る」と歌い、晩唐・李郢は「重ねて天台に遊ぶ」詩の中で、「南国の天台は　山水奇なり、石橋の危く険しきこと　古来知らる」と詠む。南宋の張拡「天台山の石橋に遊ぶ」詩にも、「石橋　定めて鬼（神）設けん、険滑にして脚を容れず」という。

赤城山は、天台山系の南端、台州市天台県の西北約三キロメートルに位置し、天台山に登る者が必ず通る道筋にあたっていたため、「天台の南門」と呼ばれた。海抜は約三四〇メートル。山の石壁が霞（赤い雲気）の色と似ており、雉堞（城壁の上のひめがき）のように見えたため、赤城という（『方輿勝覧』八）。孫綽の「天台山に遊ぶ賦」の中に、「赤城は霞のごとく起こりて標を建つ（目印となる）」という。

詩では、孟浩然の「舟中にて暁に望む」詩に、

問我今何去　　我に問う　今　何くにか去くと
天台訪石橋　　天台に　石橋を訪ねんと
坐看霞色暁　　坐ろに看る　霞色の暁（明けゆく朝焼けの空）
疑是赤城標　　疑うらくは是れ　赤城の標なるかと

とあり、李白も「早に（早朝）海霞の辺りを望む」詩に、「四明は三千里、朝に起こる　赤城の霞」と歌う。その後も、北宋・呂夷簡の「僧の護国寺に帰るを送る」詩に、「赤城は千仞　霞標聳ゆ、聞説ならく　精藍（僧舎）　石橋に近しと」とあり、南宋・洪适の「赤城」詩に、「平生　幾たびか読む　興公（孫綽の字）の賦、今日　霞標赤城に対す」とあるなど、赤城山は天台山への「霞標」（朝焼けのような赤い目印）として歌い継がれた。

（矢田）

【国清寺・寒巌（寒山）】

国清寺は、台州市天台県の北東約三キロメートル、天台山の南麓にある仏教寺院の名。隋の開皇一八年（五九八）、天台宗の開祖・智顗の遺志を受けて、晋王楊広（後の煬帝）が創建した。初めの名は天台寺。晋王の即位後、智顗が見た瑞夢の因縁、「寺若し成らば、国即ち清し」によって国清寺と改名された（『輿地紀勝』一二）。日本で天台宗を開いた最澄をはじめ、円珍・栄西などが訪れて学んだ聖地である。唐代、斉州の霊巌寺（山東省済南市）・荊州の玉泉寺（湖北省当陽市）・潤州の棲霞寺（江蘇省南京市）とともに、「天下四絶寺」と称された（唐・徐霊府「天台山記」、『方輿勝覧』八）。盛唐・李白の作として伝わる「普照寺」詩（『咸淳臨安志』八四）に、

天台国清寺　天台の国清寺
天下為四絶　天下　四絶（四大名刹）と為す

とあり、北宋・趙湘の「国清寺に題す」詩にも、「物外　千年の寺、人間　四絶の名あり」と歌われている。

国清寺の詩跡化は、唐代に始まる。中唐・劉長卿は「台州の李使君を送り、兼ねて国清寺に寄題す」詩の中で、「晴江の洲渚　春草を帯び、古寺の杉松　暮猿に深し」と詠み、晩唐・皮日休は七絶「天台の国清寺に寄題す　斉梁体」詩の中で、「十里の松門　国清の路、猿に飯す（猿を飼う）　台上の菩提樹に。怪み来る　煙雨　晴天より落つるを、元と是れ海風　瀑布を吹くなり」と歌う。

国清寺は、五峰（八桂峰・映霞峰・霊芝峰・霊禽峰・祥雲峰）に囲まれ、双澗（山門の前で合流する東西二つの渓流）に抱かれていた。北宋・夏竦は「国清寺」詩の中で、こうした景観を歌う。

穿松渡双澗　松を穿ち　双澗を渡れば
宮殿五峰囲　宮殿（仏殿）　五峰に囲まる

南宋の王十朋「天台の国清寺に題す」詩には、「十里の松声　澗泉に接わり、清音　耳に入りて　夜も眠る無し」とあり、南宋の楼鑰「国清寺」詩にも、「道を夾む青松　客を引き来り、五峰　双澗　楼台を擁く」と歌う。以後も、明の皇甫涍「国清寺」詩、清の施閏章「国清寺」など、寺院の幽邃な環境が詠み継がれていく。

寒巌は、天台山系に属する山の名で、翠屏山・寒石山・寒山ともいう。唐の大暦年間（七六六―七七九）、伝説の詩僧・寒山（寒山子）が長く隠棲した地とされ、奥深くて夏でも雪があったため、寒巌と呼ばれた（唐末五代の杜光庭『仙伝拾遺』〔『太平広記』五五所引〕）。「天台県の北七十里に在り」（『輿地紀勝』一二）という。

現存する寒山の詩は約三〇〇首、いずれも詩題を欠く。寒山は隠棲後、国清寺の僧豊干（封干）や拾得と時おり会って親交を深めたらしい。詩に「幽隠の処に居るに慣れ、乍ち国清の中に向かう。時に豊干老を訪ね、仍に来りて拾公を看る。独り回りて寒巌に上れば、人の話りて合同する（うち解ける）無し」という。

山中に幽居する情趣を平易な言葉で綴った、「寒山は　唯だ白雲、寂寂として（ひっそりとして）　埃塵を絶つ」や、

石牀孤夜坐　石牀（石の寝台）に　孤り夜坐せば
円月上寒山　円月　寒山に上る

など、ここで多くの佳句を作る。宋代の『天台前集』下に、「寒山の岩に題す」と仮りに名づけられた五言詩二首其二の前半にはこう歌う。「登り陟る　寒山の道、寒山　路は窮まらず。渓は長く　石磊磊たり（重なりあう）、澗は闊く　草濛濛たり（深く茂る）」と。

【天姥山・桐柏観】

（矢田）

　天姥山は、天台山系の西北に横たわる山並みの名。主峰の撥雲尖は海抜八一七メートル。紹興市新昌県の南部（旧・剡県）にあり、天姥峰ともいう。山名は、山に登ると、天姥（天上の老女、仙女）の歌声が聞こえてくる、という伝承にもとづく（『太平寰宇記』九六）。天下の七二福地（神仙の住む別天地）の第一六に当たる。

　天姥山を詠んだ早期の詩に、南朝宋の山水詩人・謝霊運の「臨海（郡名）の嶠に登らんとし、初めて彊中（地名）を発して作る。…」詩があり、「暝に剡中の宿に投り、明（翌朝）に天姥の岑に登る。高高として雲霓（高空）に入り、還期（帰る時期）那ぞ尋ぬ可けんや」と歌う。しかし、詩跡としての天姥山は、盛唐・李白の「夢遊天姥吟　留別」（夢に天姥に遊ぶの吟　留別）詩によって確立する。山の偉容を歌った一節にいう。

天姥連天向天横　　天姥は天に連なり　天に向かって横たわる
勢抜五岳掩赤城　　勢いは五岳を抜いて　赤城を掩う
天台四万八千丈　　天台　四万八千丈なるも
対此欲倒東南傾　　此れに対しては　東南に倒れ傾かんと欲す

—天姥山は高々と天まで連なり、天に向かって果てしなく横たわる。その姿は天下の五つの名山をもしのぎ、東南の赤城山をおおいつくさんばかり。隣りあう天台山は四万八千丈の高さを誇るが、この天姥山と向きあえば、圧倒されて東南に傾きかかるほどだ。—

　その後も、南宋・釈元肇の「天姥」詩に「自ら天姥の嶺に登れば、飛雪　千峰に満つ」とあり、明・鄭善夫の「天姥峰」詩に「天姥は峻嶒として（高く険しく）招く可からず、雲巌　雪壑　丹霄（天空）に傍う」とあるなど、天姥山は詠み継がれていく。

　桐柏観は、台州市天台県城の北、天台山系の桐柏山にあった道観（道教寺院）の名。唐の景雲二年（七一一）、天台山に住む著名な道士・司馬承禎が睿宗の勅命を受けて建てた。その後、五代には桐柏宮となり、北宋の大中祥符年間（一〇〇八—一〇一六）の初め、崇道観と改名された（『大清一統志』二九七）。また、山中には玉女・臥龍・紫霄・翠微・玉泉・蓮華・華琳・香琳・玉霄の九峰がとり囲むという（『方輿勝覧』八）。盛唐・孟浩然の「天台の桐柏観に宿る」詩は、桐柏観を詠んだ最も早期の作で、「陰を息めて（身を安らかにして）桐柏（観）に憩い」、超俗な境地への願望を、「願わくは言に纓絡（世俗の束縛）を解き、此れ従り煩悩を去らん」と歌う。晩唐・周朴の「桐柏観」詩は、参詣するさまを詠む。

人在下方衝月上　　人は下方に在りて　月（光）を衝いて上り
鶴従高処破煙飛　　鶴は高処より　煙（雲霧）を破って飛ぶ
巌深水落寒侵骨　　巌深く　水落ちて　寒さ　骨を侵し
門静花開色照衣　　門静かに　花開いて　色　衣を照らす

宋代に入ると、北宋の余爽と太史章に「桐柏崇道観」詩が、北宋の夏竦、南宋の洪适・趙師秀・釈元肇らに「桐柏観」詩があって、多くの詩人が桐柏山を訪れて詩を作る。その中の趙師秀「桐柏観」詩には、「山深くして　地は忽ち平らかに、縹緲として（遠く微かに）殊庭（仙人の居所）を見る」と歌う。

　しかし、桐柏観は明代には廃れたらしい。皇甫涍の「桐柏観に憩う」詩に、「桐柏は天嶠（天の山）為り、霊区　昔自り伝う。我来りて遺跡を訪ぬるに、目を極むるも　但だ荒煙のみ」という。桐柏宮は近年、遺址の沈む桐柏水庫を臨む地に再建された。

(矢田)

【爛柯山】

衢州市(旧・信安郡)の東南一三キロメートルの地にある山。仙霞嶺の余脈で、主峰の海抜は約一八〇〇メートル。山中に石室・石橋があるため、もと石室山・石橋山と呼ばれた。爛柯山の名は、晋代、木こりの王質が、山中の石室で童子(仙人)たちが碁を打つのに見とれ、気がつくと柯(斧の柄)が爛っており、家に帰ると、顔見知りもいなくなっていた、という故事(南朝梁・任昉『述異記』上)に由来し、七二福地(神仙の住む別天地)の一つとなる(『雲笈七籤』二七)。

爛柯山の詩跡化は、王質の故事が流布し、爛柯が山の通称となった唐代に始まる。『全唐詩』三二一には、『信安志』爛柯山の石刻に見えるとして、中唐の劉迥・李幼卿・李深・羊滔・薛戎・謝勮の詩を四首ずつ収め、いずれも最高頂・石橋・仙人棋・石室二禅師を詠む。劉迥の「爛柯山」詩其二「石橋」では、名勝の一つ、主峰の頂きに架かる天然の橋のごとき巨石を歌って、「石橋　絶壑(深い谷)に架かり、蒼翠　鳥道(険しく狭い山道)に横たわる」という。この石橋(天生石梁)の下が石室(東西三〇メートル、南北二〇メートル、高さ一〇メートル)にあたり、王質が仙人たちの碁の勝負を見た処とされ、青霞洞とも呼ばれる。また、謝勮の「遊爛柯山」(爛柯山に遊ぶ)詩其三「仙人棊」は、王質の故事を踏まえて歌う。

仙弈示樵夫　仙弈して　樵夫に示す
能言忘帰路　能く言う　帰路を忘ると
因看斧柯爛　看るに因りて　斧柯爛り
孫子髪已素　孫子　髪は已に素し

—仙人が囲碁の対局を木こりに見せた。(その名勝負は)、家に帰るのも忘れさせるほどであった。見とれるうちに斧の柄は腐り、家に帰ると、孫の髪さえもすっかり白くなっていた。—

中唐・孟郊の「爛柯石」詩にも、「仙界　一日の内、人間(人の世)千歳窮く。双棋　未だ局を徧くせざるに(一局を終えないうちに)、万物　皆な空と為る。樵客(木こり)　返帰の路、斧柯　爛りて風に従う」と歌われ、中唐・項斯も「爛柯山に遊ぶ」詩を作って、「歩歩　塵雰(俗界の気)を出で、渓山　別に是れ春。壇辺(祭壇のほとり)　時に鶴過ぎ、棋処　寂として人無し」と詠む。

爛柯山は、宋代以降も石橋や石室の棋処を中心に詠まれ続けた。北宋・銭顗は、「爛柯山に遊ぶ」詩の中で、「雲径は　直ちに深崦(深山)従り入り、石梁(石橋)は　宛も半空に在りて横たわる」と歌い、南宋・汪忱もまた、「爛柯山」詩の中でこう詠む。

山作危梁千尺横　山は危梁を作して　千尺横たわり
一天金泛月波清　一天　金泛かびて　月波清らかなり

—山頂には高く架かる石橋が千尺の長さで横たわり、空一面に月の清らかな光が波のように揺れて、まばゆい金色がただよう。—

また、南宋の陸游「毛平仲を訪ねて疾を問い、其の子の适と与に柯山に遊びて、王質の爛柯の遺跡を観る」詩に、「藍輿もて(駕籠に乗って)客を訪ねて仙村に過れば、千載　空しく余す　一局の存するを」とあり、元・王惲の「又た石橋山に題す」詩にも、王質の故事を踏まえて、「局に当たるの仙人　閑かに興を遣り、爛柯の樵子　還るを知らず」という。

この他にも、南宋の朱熹・陳起、明の胡応麟・徐渭、清の朱彝尊らにも、爛柯山を詠んだ詩がある。

現在、爛柯山は烏渓江風景名勝区に指定されている。

浙江省

（矢田）

【江郎山・仙霞嶺】

江郎山は、江山市の南二五キロメートルの地にある海抜八二四メートルの山の名。江姓の兄弟三人が山頂に登り、石に化したという伝承に基づく命名という（『大明一統志』四三）。略称は江山。古くは金純山・須郎山とも呼ばれた。霊峰・亜峰・郎峰の三石峰（江郎石・霊石・郎峰）が「地に発ること筍の如く」（『通典』一八二）、鼎立してそば立つ。

江郎山は唐代から詩に詠まれ始めた。清・王彬等修、朱宝慈等纂『江山県志』一には、初唐・祝其岱の七絶「登江郎山」（江郎山に登る）四首を収める。其四の冒頭にこう歌う。

三峰屹立挿青天　　三峰屹立して　青天を挿し
筆筆書空年復年　　筆筆　空に書して　年復た年

――三つの峰が聳え立って青空を突き刺し、それぞれ天空に向かって文字を書く巨筆のように、一年また一年と時が過ぎゆく。――

江郎山は、三石峰が並んで天空高く聳える姿を中心に、以後長く歌い継がれていく。南宋・辛棄疾の「江郎山和韻」詩に、「三峰一一　青くして削るが如く、卓立すること千尋（一尋は八尺）　干す（登る）可からず」とあり、南宋・陸游の「霊石三峰に過る」二首其二に、「暁日曈曨として（朝日が出てしらみはじめ）　雪は未だ残われず、三峰傑立して　雲間を挿す」という。また明・鄭善夫の「歳暮　江郎山に入りて周山人を訪ぬ」詩に、「江郎の三峰　画屏を開く、上に朗朗たる処士の星有り」とあり、さらには明・余翔の「江郎山を望む　口占」詩に、「空中に鼎立して　石　朋と為る、万古崔嵬として（高峻なさま）　登る可からず」などという。

仙霞嶺は、江山市の南五〇キロメートルのところ、東西方向に約一〇〇キロメートルに亘って連なる山脈の名。主峰の大龍崗は、海抜一五〇三メートルを誇る。唐末の黄巣が切り開き、南宋の史浩によって整備された山道は、仙霞古道と呼ばれ、福州（福建省）と杭州（浙江省）とを結ぶ交通路の最大の難所であった。『大明一統志』四三には、「仙霞嶺は、江山県の南一百里に在り。宋の史浩　閩（福建省の古称）に帥（長官）たり。此を過ぐるに、人を募りて、石を以て路に甃する（敷き重ねる）こと三百六十級（段）なり」とある。

仙霞嶺の詩は南宋の頃に始まる。陸游の「仙霞嶺の下に宿る」詩に、「重裘（厚い毛皮の衣）　晨霜の力に敵せず、老木　争に夜谷の風に号ぶ」とあり、李洪の「歩みて仙霞嶺を過ぐ」詩に、「眼に入る越山は　秀色多く、人に背く閩水は　大いに無情なり」という。

また陳淳は「仙霞嶺の歌」の中で、その高峻さを、「此の山　南より来れば　絶だ高峻、上は雲表（雲外）を挿して天涯に参わる」と歌い、高翥も「度仙霞嶺」（仙霞嶺を度る）詩の中でこう詠む。

山険全無路　　山は険しくして　全く路無く
渓晴半是沙　　渓は晴れて　半ばは是れ沙

――山は険しくて道らしき道はなく、谷川は日ざしを受けて、大半が沙地のよう。――

仙霞嶺も長く詠み継がれていく。例えば、明・王毓徳は「仙霞嶺を度る」詩の中で、「已に恨む　閩天　道路賖かなるを、更に堪えんや　首を回らすも　仙霞に隔てらるるを」と詠み、他郷にある我が身を嘆く。他方、清・朱彝尊は「雨に仙霞嶺を度る」三首其一の中で、「泥塗（ぬかるみの道）　自ら苦しむと雖も、暫らく人群に遠ざかるを喜ぶ」と詠んで、俗塵からしばし遠ざかる喜びを歌う。

（矢田）

【禹廟・禹陵】

禹は夏王朝の開祖と伝える古代の帝王。大禹・夏禹ともいう。舜帝の下で、司空となって各地をめぐり歩き、身を粉にして治水に努めて功績を挙げ、舜帝の禅譲を受けて即位した。在位十年、東方に巡幸し、会稽（紹興市）に至って没し、会稽山（紹興市の東南約六キロメートル）に葬られた。会稽山はもと苗山と称したが、禹が江南で諸侯を会め、それぞれの功績を計り、没後に葬られたことから、会稽（会計と同音）山に改名されたという（『史記』夏本紀・注等）。

禹廟は禹の霊を祀った廟で、大禹廟ともいう。会稽山の北麓にある禹廟は、南朝梁の創建（『嘉泰会稽志』六）とされ、近くには禹の陵墓とされる禹陵（大禹陵）があった（禹陵は南宋当時、正確な所在が不明となり［前掲書］、現存の禹廟は清・民国の建築である）。

会稽山麓の禹廟を詠んだ初期の作に、南朝梁の庾肩吾「乱後経夏禹廟」（乱後　夏禹廟を経）詩があり、こう歌う。

林堂上偃蹇　　林堂　上は偃蹇たり
山殿下穹隆　　山殿　下は穹隆たり
侵雲似天闕　　雲を侵して　天闕に似
照水類河宮　　水に照りて　河宮に類たり

—林中の廟堂の上には高々と山が聳え、山麓の廟殿の下には曲折する道がどこまでも続く。雲を侵してそばだつさまは、天帝の住む宮殿のよう。水に映ったさまは、河神の住む御殿のよう。—

しかし、禹廟等が詩跡として定着するのは、唐代以降であり、初唐・宋之問の「禹廟に謁す」、盛唐・徐浩の「禹廟に謁す」、中唐・李紳の「新楼詩二十首」其八「禹廟」などがある。李紳の七律詩の冒頭には、治水事業に尽力し会稽で没した禹を、

削平水土窮滄海　　水土を削り平らかにして　滄海を窮め
畚鍤東南尽会稽　　東南に畚鍤して　会稽に尽く

と詠む。畚鍤とはモッコとスキ。ここでは土木工事をする意である。

宋代以降も歌い継がれ、北宋・張伯玉は五律「禹廟に題す」詩の前半で、「宝穴（禹の墓穴）千峰の下、厳祠（禹廟）一水の傍ら。夜声（夜の波音）滄海近く、秋勢（秋の姿）越山長し」と歌い、北宋の秦観「禹廟に謁す」詩は、「一代の衣冠　石窆（石の墓穴）に埋められ、千年の風雨　梅梁を鎖す」と詠む。梅梁とは、南朝梁の禹廟創建の際、一本の梁を欠いたが、風雨のなか湖中で（梅の）一木を得て梁に用いたという（『輿地紀勝』一〇）。

また、南宋・喩良能は、「禹帝祠（禹廟）」詩の中で、

幾歳欽文命　　幾歳か　文命を欽む
今朝拝禹陵　　今朝　禹陵を拝す
稽山新雨霽　　稽山　新雨霽れ
鑑水暮雲凝　　鑑水　暮雲凝る

—文命（禹の名）を敬い続けて何年になるだろう。今日こうして禹陵を拝謁することができた。今しがた会稽山に降っていた雨は晴れあがり、鑑湖（鏡湖）には夕暮れの雲が凝ったまま動かない。—

と歌い、南宋・王阮の七絶「禹廟」の後半には、手足に胼胝ができるほど治水に努めた禹の心中を推察して、こう詠む。

長教天下江河順　　長えに天下の江河をして順わしめて
始慰胼胝手足心　　始めて手足に胼胝あるの心を慰む

禹廟・禹陵は、その後も明の劉基「夏王廟に謁して感有り」、清の毛奇齢「禹廟」、顧炎武「禹陵」等、詠み継がれていく。

（矢田）

【西施石（浣紗石）・西施廟】

西施石は、春秋時代の越国の美女・西施（名は夷光）が、少女のとき紗を洗った処と伝える、一メートルほどの大きな石の名。浣紗石ともいう。諸暨市の南部、苧蘿山の麓を流れる浦陽江（浣江・浣紗渓・浣浦）の川岸に現存する。北宋の楽史『太平寰宇記』九六、苧蘿山の条に、「山下に石跡有り。是れ西施の紗を浣うの所なりと云う。今　浣紗石猶お在り」と見えるものらしい。また、傍らの岩には浣紗の二字が刻まれ、一説に、東晋・王羲之が書いたものとされる。なお、苧蘿山の山麓には施姓の村が二つあり、夷光は西の施村に住んでいたため、西施と名づけられたという。

詩中に詠まれた西施石（浣紗石）は、六朝末・庾信の「趙王（北周・宇文招）の妓を看るに和す」詩の、「長く思う　浣紗の石、空しく想う　擣衣の砧」を初出とするようであるが、詩跡として定着するのは唐代以降である。盛唐・楼穎は「西施石」詩の中で、「西施　昔日浣紗の津（岸辺）、石上の青苔　人を思殺す」と歌い、盛唐・李白は、「送祝八之江東賦得浣紗石」（祝八の江東に之くを送り、浣紗石を賦し得たり）詩の中で、次のように歌う。

未入呉王宮殿時　未だ呉王の宮殿に入らざる時
浣紗古石今猶在　紗を浣いし古石　今猶お在り

―（呉王夫差を色香で惑わせるために）呉王の宮殿に送り込まれる前、西施が薄絹を洗った古い石が、今もなお残っている。―

西施石（浣紗石）は、宋代以降も歌い継がれた。例えば、北宋・趙抃は「程給事書院の浣紗石に次韻す二首」其一で、「苧羅の石　在ること千余載、好事の公　尚お詩を作る」と歌い、明・沈明臣は五絶「浣紗石」詩の前半で、「見ず　浣紗の人、空しく留む　浣紗の石」と詠み、明の卜世臣「浣紗石」詩には、「浣紗の石上　蘚痕（苔）多し、千古の紅顔（美女西施）　苧蘿に別る」という。

なお、南宋・施宿ら撰『嘉泰会稽志』一一には、諸暨県の条の他に、会稽県の条にも、「西施石は若耶渓に在り。一に西子浣紗石と名づく」とある。盛唐の李白「浣紗石上の女」詩に、「玉面　耶渓（若耶渓）の女、青蛾（黛で画いた眉）　紅粉の粧」とあるのは、こうした異説の伝承を踏まえていよう。ちなみに、『嘉泰会稽志』は、前掲の異説を提示したうえで、唐・王軒の「嶺上　千峰の碧、江辺　細草の春。今　浣紗石に逢うも、浣紗の人を見ず」の四句を例示する。ただし王軒の詩は、唐の范攄『雲渓友議』上、苧蘿過の条に、「舟を苧蘿山の際に泊し、西施石に題して曰く」として見えるものであり、じつは諸暨の浣紗石を詠んだ作品である。

唐代には、すでに西施を記念する廟（浣紗廟・西子祠）が造られていた。晩唐の魚玄機「浣紗廟」詩に、「只今　諸暨の長江（大河）の畔、空しく青山の苧蘿と号する有るのみ」とあり、西施を「浣紗の神女」（魚玄機詩中の語）として祀る諸暨の廟を歌う。晩唐・李商隠の「蝶」詩に、「西子（西施）は遺殿に尋ね、昭君（前漢・王昭君）は故村に覓む」と見える「西子の遺殿」もまた、同じ建物を指して詠んだものであろうか。

西施の廟は、明の屠生「西子祠の壁に題す」詩に、「紅粉（美女西施）　渓辺の石、年年　落花漾う」とあり、清の毛奇齢「西施廟」詩に、「浦口　西施の廟、蕭蕭として　竹　門を映う。越王　山下の路、寂寂たり　苧蘿の村」とあって、明清期にも詠まれている。

一九九〇年、諸暨市の苧蘿山下に西施殿が再建された。

浙江省

（矢田）

【天童山（天童寺）・雪竇山】

天童山は、寧波市の東約三〇キロメートル、鄞州区の東端にある山の名。太白山ともいう。その名は、西晋の永康元年（三〇〇）、この山で庵を結び修行を始めた僧の義興と、彼の身辺の世話をした太白星の化身と称する童子との逸話に由来する（清の聞性道・釈徳介『天童寺志』一「山川攷」、三「義興祖師」）。

天童寺は、天童山（太白山）の麓にある古刹の名。禅宗五大名刹の一つに数えられ、南宋の時、日本で臨済宗を開いた栄西や曹洞宗を開いた道元などが修行した寺院としても知られる。創建は西晋永康元年、義興が現在の寺院より東方約二キロメートルの東谷に庵を結んだのが始まりと伝え、唐の至徳二載（七五七）、宗弼禅師によって現在の場所に移された（『天童寺志』二「建置攷」）。以後、創建当初の場所は、古天童と称されるようになる。

天童山の詩跡化は宋代に始まる。北宋・王安石の七絶「天童山渓上」（天童山の渓上）詩は、谷川のほとりの景色を歌う。

渓水清漣樹老蒼　渓水は清漣　樹は老蒼たり
行穿渓樹踏春陽　渓樹を行き穿ち　春陽を踏む
渓深樹密無人処　渓深く　樹密にして　人無きの処
唯有幽花渡水香　唯だ幽花の　水を渡りて香る有るのみ

—渓流は清らかなさざ波を立て、樹々は鬱蒼と生い茂る。春の日ざしを踏みしめながら、渓流沿いの樹々のなかをくぐり抜ける。谷が奥まり樹々が深く茂りあって、人影もなく、ただひっそり咲く花の香りが、川面を渡って漂いくるばかり。—

また、南宋・王応麟の七律「天童寺」詩の前半にいう。

十里青松接翠微　十里の青松　翠微（緑の山）に接し
梵王宮殿白雲飛　梵王の宮殿（仏寺）　白雲飛ぶ
鐘声出岫客初到　鐘声　岫を出でて　客初めて到り
月色満庭僧未帰　月色　庭に満ちて　僧未だ帰らず

「十里の青松」とは、天童寺参道の松並木を指し、一般に「二十里松」と呼ばれて、好個の詩材となる。元の劉仁本「天童寺に遊ぶ二首」其二に、阿育王山から一望できる天童寺の松の並木道を、「育王山外　天童を望む、一逕幽深なり　廿里の松」と歌う。

雪竇山は、寧波市の西南、奉化市渓口鎮の西北に位置し、海抜約八〇〇メートル。「せつちょうざん」とも読み、「四明第一の山」と称される。峰上の岩穴（竇）から乳液のような泉水が流れ出し、雪のように白いことから、その名がある。山中には唐末創建の禅宗の名刹・雪竇寺をはじめ、妙高台（雪竇山の最高峰・妙高峰の頂上）・飛雪亭・徐鳧巌・三隠潭などの名勝が点在した。特に雪竇寺の南にある、高さ一八六メートルの「千丈巌瀑布」は、好んで詩に歌われた。

雪竇山の詩跡化は唐末頃に始まる。晩唐・崔道融の「雪竇の禅師」詩に、「雪竇の峰前　一派（一筋の瀑布）懸かり、雪竇　五月　炎天無し」とあり、方干の詩も伝わる。北宋・曾鞏の「千丈巌瀑布」詩は、白い水しぶきをあげる瀑布を白い龍（玉虬）に見立てて、

玉虬垂処雪花翻　玉虬垂るる処　雪花翻り
四季雷声六月寒　四季　雷声　六月寒し

と歌い、南宋・釈元肇の七律「雪竇」詩の頷聯にもいう。

妙高峰頂見日出　妙高の峰頂に　日の出づるを見
千丈巌頭看雪飛　千丈の巌頭に　雪の飛ぶを看る

宋の梅堯臣・陳著、明の李濂・王守仁らも、雪竇山の詩を作る。

（矢田）

【普陀（補陀）山・阿育王寺】

普陀山は、寧波市の東約一五〇キロメートル、舟山市普陀区の海上に浮かぶ、舟山群島中の小さな島の名。普陀は補陀とも表記され、全称は普陀洛迦山という。普陀洛迦とは、観音菩薩の住処を意味する梵語「ポタラカ」の音写である。島には北宋時創建の普済寺、明代創建の法雨寺・慧済寺をはじめ、大小の寺院が点在し、島全体が観音菩薩の霊場となる。晩唐の大中一二年（八五八）、日本の僧・慧萼が五台山で入手した観音菩薩の画像を携えて帰国しようとしたが、船が普陀山の海辺を通ると、岩に乗り上げて進めなくなった。それを観音像の意思表示と見た慧萼は、海辺に庵を結んで像を供奉し、やがて補陀洛山寺（不肯去観音院）となった（南宋・志磐『仏祖統紀』四三、日本・虎関師錬『元亨釈書』一六）。これ以降、島は観音霊場となり、文殊菩薩の五台山、地蔵菩薩の九華山、普賢菩薩の峨眉山とともに、中国四大仏教名山の一つに数えられる。

普陀山の詩跡化は宋・元時代である。北宋の黄庭堅「観世音賛六首」「補陀巌頌」などは狭義の詩ではなく、南宋の高翥「昌国県の普済寺の小亭」詩が早期の作となろう。元代、黄鎮成「補陀の島」・沈夢麟「普陀山に遊ぶ」・盛熙明「補陀洛迦山に遊ぶ」など、詩題に島の名を記した作が出現する。沈夢麟の七律詩の前半にいう。

普陀勝地由来険　　普陀の勝地　由来険し
大海中央出翠微　　大海の中央に　翠微（緑の島山）出づ
千古仙霊秘巌穴　　千古の仙霊（神仏）　巌穴に秘れ
九天法雨灑珠璣　　九天の法雨　珠璣（真珠）を灑ぐ

明代、董光宏・馮夢禎・黄之璧らが詠みつぐ。黄之璧の「補陀に題す」詩には、「名山の梵刹（仏寺）　海東に開く、金もて禅宮を作り　玉もて台を作る」と歌う（明・周応賓『重修普陀山志』所収）。

阿育王寺は、寧波市の東約二〇キロメートル、鄞州区の東端、阿育王山（古名は鄮山）の西麓にある寺院の名。西晋の太康二年（二八一）、慧達（俗名は劉薩訶）が鄮山の下で阿育王塔（インドのアショーカ王が仏舎利［釈迦の骨］を分納した塔）を掘り出して修行したことに由来する古刹と伝え、育王寺ともいう。

阿育王寺の詩跡化は宋代に始まる。北宋の楼昇「育王寺に遊ぶ二首」其一には、俗塵を遠ざける寺院の閑静な様子を、「澗底（谷川の中）に塵無く　猿は月を捉え、雲間に路有り　客は簫（笛の一種）を吹く」と歌う。この楼昇（字は試可）詩に唱和した北宋・舒亶の「和楼試可遊育王」（楼試可の育王に遊ぶに和す）詩にもいう。

参天松柏緑陰陰　　参天の松柏　緑陰陰たり
古仏巌前一路深　　古仏の巌前　一路深し
猿鳥不驚如有旧　　猿鳥は驚かず　旧有るがごとく
雲山相対自無心　　雲山相い対して　自ずから無心なり

—天に届くほどの松柏は、緑の葉をこんもりと茂らせ、古仏を祀る巌窟の前に、一筋の道が奥深く伸びる。猿と鳥は人の気配にも驚かず、旧友であるかのよう。雲と山とが無心に向かいあっている。—

以後も、阿育王寺は詩に詠まれた。「精藍（みごとな伽藍）遊歴の地」で始まる南宋の高翥「育王寺」詩に、「鶴は山に登る客を引い、僧は（舎利）塔に礼する人を迎う」という。明の張信「育王の舎利を観る」詩もまた、「海に浮かび東に来りて　育王に礼す、宝龕（厨子）の舎利　毫光（四方を照らす光）を放つ」と歌う（清・釈畹荃『明州阿育王山続志』所収）。

（矢田）

【雁蕩山・大龍湫】

雁蕩山は、浙江省楽清市の東北部にある山なみの名。雁山・北雁蕩山ともいう。奇峰・怪石・瀑布・深谷など数多くの景勝に富み、「東南第一の山」と称され、能仁寺・霊巌寺など寺院も多い。最高峰の百崗尖は海抜一一五〇メートル、山名の由来となった第二主峰の雁湖崗もまた、海抜一〇四六メートルの高さを誇る。この頂上の湖沼に、雁が毎年秋に飛来して越年したことから、「雁蕩山―雁の宿る浅い湖沼（蕩）のある山」という。清の顧祖禹『読史方輿紀要』九四にも、「絶頂に湖有り、方十余里。水は常に涸れず、雁の春に帰る者は、留まりて焉に宿る。故に雁蕩と曰う」とある。

大龍湫は、雁蕩山馬鞍嶺の西約四キロメートルにある巨大な瀑布の名。一九七メートルの高さから、水が白い龍のように流れ落ちるための命名であり、霊峰・霊岩とともに「雁蕩の三絶」と称される。北宋の沈括『夢渓筆談』二四に、「温州の雁蕩山は、天下の奇秀なり。然れども古えより図牒（地図や文献）、未だ嘗て言う者有らず」とあるように、雁蕩山の存在が広く世に知られるようになったのは比較的遅い。唐代では同書に引く晩唐の詩僧・貫休「諾矩羅（十六羅漢の第五）の賛」の二句「雁蕩にて経行すれば　雲漠漠たり、龍湫にて宴坐（坐禅）すれば　雨濛濛たり」が確認される程度である。

雁蕩山および大龍湫の詩跡化は、宋代に始まる。北宋の陳与義「大龍湫に題す」詩に、白い龍のように水しぶきをあげながら流れ落ちる壮大な瀑布を、「白龍　三百丈、層顛（重なる高い峰の頂）より下り来らんと欲す。日に映えて飛雨を灑ぎ、山を繞りて怒雷（雷鳴のような水音）を行る」と歌う。また、南宋初めの温州知事・范宗尹の「題雁蕩山」（雁蕩山に題す）詩にいう。

龍湫信奇絶　　龍湫は　信に奇絶
飛泉落雲間　　飛泉　雲間より落つ
快瀉万斛珠　　快瀉す　万斛の珠
濺沫霜雪寒　　濺沫　霜雪のごとく寒し

―龍湫はまことに絶景である。泉のように湧き出る水が天空を飛んで雲間から落ちてくる。軽やかに大量の真珠を降りそそぎ、飛び散る水しぶきは白い霜や雪のように冷たい。―

さらに南宋の孝宗の時、温州教授や温州知事を歴任した楼鑰もまた、「大龍湫」詩の中で「北のかた太行（山）に上り　東は禹穴（紹興の会稽山）、雁蕩山中　最も奇絶」と詠んだ後、こう歌う。

龍湫一派天下無　　龍湫の一派　天下に無し
万衆賛揚同一舌　　万衆賛揚して　一舌を同じくす

―龍湫の一筋の流れは、天下に敵うものはない。どの人もみな異口同音に、そのすばらしい眺めを絶賛する。―

南宋の「永嘉（温州出身）の四霊」は、雁蕩山詩を作る。徐照は山中の名勝古跡を巡り、「雁蕩山に游ぶ」詩八首を作った。その中の「大龍湫瀑布」詩には、「飛び下ること数千尺、全然　定形無し」と詠み、「霊巌」詩には、「雁蕩　最も奇なる処、衆巌　此の間より生ず」と歌う。徐璣の「雁山」詩には、「雁山は深くして又た僻なり、無数石巌奇なり」という。また、趙師秀の「大龍湫」詩には、「高風　吹きて雨を作し、低日　射して虹を成す」と歌う。

大龍湫の瀑布は、南宋の王十朋・戴復古らも詩に詠み、その後も、元の陳剛・李孝先、明の朱希晦、清の施閏章・袁枚らが詠みついで、詩跡として定着した。

（矢田）

【孤嶼・縉雲山】

孤嶼は、浙江省の東南部、温州市の北を流れる甌江（旧名は永嘉江・永寧江）の中にある島山の名。島の東西に二つの峰が対峙して孤嶼山とも呼ばれ、南宋以後は江心孤嶼・江心嶼ともいう。

孤嶼の詩跡化は、南朝宋の山水詩人謝霊運に始まる。謝霊運は景平元年（四二三）、永嘉郡（温州市）の太守に在任中、「登江中孤嶼」（江中の孤嶼に登る）詩を作り、島山の清新な景色を歌う。

乱流趨孤嶼　流れを乱りて　孤嶼に趨けば
孤嶼媚中川　孤嶼は　中川に媚ぶ
雲日相輝映　雲日　相い輝映し
空水共澄鮮　空水　共に澄鮮なり

――（舟に乗り）永嘉江の流れを横切って、孤嶼山に向かえば、孤嶼山は川の中ほどに私の気を惹くかのように美しくそびえ立つ。雲と太陽が互いに照り映え、空と水はともに清く澄みとおる。――

唐代、盛唐の孟浩然は「永嘉の上浦館にて張八子容に逢う」詩の中で、「衆山　遥かに酒に対し、孤嶼　共に詩を題す」と詠み、中唐の張又新「孤嶼」詩は、謝霊運の詩を踏まえて、

碧水透迤浮翠巘　碧水は透迤として　翠巘を浮かべ
緑蘿蒙密媚晴江　緑蘿は蒙密として　晴江に媚ぶ

と歌う（透迤は曲折して続くさま、翠巘は緑の小山）。

孤嶼は謝霊運の詩によって、永嘉の詩跡として広く知られた。盛唐の李白は詩「周剛と清渓の玉鏡潭にて宴別す」の中で、

康楽上官去　康楽（謝霊運）　官に上りて去り
永嘉遊石門　永嘉にて　石門（山）に遊ぶ
江中有孤嶼　江中　孤嶼有り
千載跡猶存　千載　跡は猶お存す

と歌って、謝霊運が遊んだ詩跡が長く伝存することをいう。杜甫の「裴二虬の永嘉に尉たるを送る」詩に、「孤嶼　亭は何れの処ぞ、天涯　水気の中」と見え、中唐の銭起「包何の東遊するを送る」詩に、「子は好む　謝公の跡、常に吟ず　孤嶼の詩」とあって、孤嶼は主に謝霊運ゆかりの詩跡として記憶されたのである。

縉雲山は、浙江省の南部、麗水市縉雲県城の東北にある山の名。唐代以降、仙都・仙都山とも呼ばれ、「黄帝、丹（仙薬）を此に錬る」（『元和郡県図志』二六）と伝える。道教の書では神仙の住む三六洞天・七二福地の中に入る。その中の、高さ約一七〇〇メートルの突起した鼎湖峰（旧名は独峰［山］・仙都石）の頂には、黄帝が鼎を用いて丹を錬った折り、鼎の重みで出来たという鼎湖がある。

中唐・徐凝の七絶「題縉雲山鼎池二首」（縉雲山の鼎池［鼎湖］に題す）詩は、縉雲山を歌った早期の作である。其一にいう。

黄帝旌旗去不回　黄帝の旌旗　去りて回らず
空余片石碧崔嵬　空しく余す　片石　碧崔嵬たるを
有時風巻鼎湖浪　時有りて　風　鼎湖の浪を巻けば
散作晴天雨点来　散じて　晴天の雨点と作って来る

前半は、黄帝が仙丹を得て昇天した後、松柏の茂る高い岩の峰だけが残されている情景。縉雲出身の南宋・朱藻は「鼎湖」詩の中で、高くそそりたつ孤石―鼎湖峰の姿を、「東南（の地）にて　天を擎ぐる（支える）柱と作るを擬し、今古　地を圧うる盤（大石）と為ると称す」という。ちなみに、仙都山の語は中唐期の詩に見えはじめ、南宋・王十朋の「仙都に遊ぶ」詩なども伝わる。

（矢田）

【八詠楼（玄暢楼）】

金華市婺城区の東南隅、東陽江（義烏江）の北岸にある高楼の名。もと玄暢楼という。西流する東陽江と武義江の二水が、この高楼の西南前方で合流して婺江（金華江・双渓）となる。南朝斉の隆昌元年（四九四）、東陽郡（金華市）の太守となった沈約は、「玄暢楼に登る」詩の中で、その様子を「水流は本と三つに派れ、台高くして乃ち四もに臨む」と歌う。

玄暢楼は沈約の創建ともされ、『太平御覧』一七六に引く『郡国誌』に、「金華県は山に因りて名城を為り、南のかた渓水に臨む。高阜（高い丘）の上に楼有りて、名づけて玄暢楼と曰う。宋の沈約、造りて以て此の処に吟詠す」という。

明・馮惟訥撰『古詩紀』七四に引く『金華誌』に、「八詠詩は、南斉の隆昌元年、太守沈約の作る所にして、玄暢楼に題し、時に絶倡と号す。後人　因りて玄暢を更めて八詠楼と為すと云う」とあるように、八詠楼の名は、沈約が玄暢楼に書き記した八首の絶唱「八詠詩」（「登台望秋月」「会圃臨春風」「歳暮愍衰草」「霜来悲落桐」「夕行聞夜鶴」「晨征聴暁鴻」「解佩去朝市」「被褐守山東」）に由来する。なお、北宋の至道年間（九九五―九九七）、婺州の長官であった馮伉による改名（南宋・祝穆の『方輿勝覧』七）ともされるが、唐詩中に八詠楼の名がすでに見えるため従いがたい。

八詠楼の詩跡化は沈約に始まり、唐代にはすでに定着した。初唐の崔融は「東陽の沈隠侯（隠は沈約の諡）の八詠楼に登る」詩の中で、沈約を偲んで、「隠侯に遺詠有り、落簡（書き記された文字）尚お余芳あり。具物（万物）は昔より未だ改まらざるも、斯の人今は已に亡し」と歌い、盛唐・崔顥もまた五律「題沈隠侯八詠楼」（沈隠侯の八詠楼に題す）詩の前半で、次のように歌う。

梁日東陽守　梁の日　東陽の守
為楼望越中　楼を為りて　越中を望む
緑窓明月在　緑窓　明月在り
青史古人空　青史　古人空し

―梁（正しくは斉）の時、東陽郡太守となった沈約は、高楼を建てて越の地を眺めわたした。緑の薄絹を張った窓から、明るい月が昔のままに見えるが、史書に記されたあの古人はもういない。―

また、盛唐の李白は「王屋山人魏万の王屋に還るを送る」詩の中で、婺州城（金華市）の西側に突出して高々とそそり立つさまを、「沈約　八詠の楼、城西　孤り岧嶢たり」と歌い、中唐の厳維は「人の金華に入るを送る」詩の中で、「明月　双渓（婺江）の水、清風　八詠の楼」と詠む。

八詠楼は宋代以降も詠まれた。南宋初めの紹興四年（一一三四）、金国の侵攻により金華に避難した李清照の「八詠楼に題す」詩に、

千古風流八詠楼　千古の風流　八詠の楼
江山留与後人愁　江山　後人に留与して愁えしむ

―遥かな昔から先人の風雅を伝える八詠楼。山河はそれを後世の人に残し伝えて、懐古の悲しみに沈ませる。―

と歌う。続いて元の趙孟頫や黄溍らも詩に詠む。趙孟頫の七律「東陽の八詠楼」詩の頸聯には、眺望される美しい景観―水晶が群がり集まったような清流の輝きと、紫や緑の色に包まれた峰々の姿を、「西に流るる二水　玻瓈合し、南に去る千峰　紫翠囲む」と歌う。

八詠楼は興廃をくり返したが、修復された清代の楼が現存する。

（矢田）

【衆楽亭・東銭湖・二霊山】

衆楽亭は、北宋の嘉祐年間、明州（寧波市）の知事となった銭公輔（字は君倚）が建てた亭の名。明州内城の西南にあった南湖（別名は西湖・月湖）中に浮かぶ島の上にあった（『延祐四明志』八）。銭公輔「衆楽亭二首」の序に、「衆楽亭は南湖の中に居り、南湖は又た城の中に居り。之を望めば真に方丈・瀛州（東海上の神山）なり。其の近くして至り易きを以て、四時の勝賞（四季折々の景勝）は、以て民と之を共にするを得たり。民の遊ぶ者、環観（遊覧）窮まり無くして終日厭かず」とあり、さらにその亭名は、独り楽しむよりは衆と共に楽しむ方がよいとする『孟子』（梁恵王下篇）の言葉に由来するという。そして詩の其一では、明州の民が両岸から橋を渡って年中行楽するさまを、「宴豆（宴席の食器）　四時　画鼓諠しく、遊人　両岸　長虹（太鼓橋）跨ぐ」と歌う。

北宋・司馬光は、「銭君倚明州の衆楽亭を重修するに寄題す」詩を作り、「使君（知事）如し独り楽しまば、衆庶　必ず深く（眉を）顰めん。何を以てか家ごとに給する（どの家も豊かなこと）を知る、笙歌　水浜に満つ」と詠んで、民と楽しみを共有する銭公輔の善政を讃える。また、王安石の「寄題衆楽亭」（衆楽亭に寄題す）詩は、衆楽亭の四季折々の景勝をこう歌う。

春花窈窕鳥争舞　　春花窈窕として　鳥争い舞い
夏木蔭鬱猿哀鳴　　夏木蔭鬱として　猿哀鳴す
潦収葉落天地爽　　潦収まり　葉落ちて　天地爽やかに
海月影到山川明　　海月の影到りて　山川明らかなり

—春は花が美しく咲き誇り、鳥が競って舞い飛ぶ。夏は木々が濃い陰を作り、猿が悲しげに鳴く。秋は長雨が収まり葉が落ちて、天地は爽やかに、冬は海上に昇る月の光に照らされて山川は明るい。—

このほか、呉中復・邵必・張伯玉らの詩もあり、「一時の明賢、題詠する所多し」（『大明一統志』四六）という。

東銭湖は、寧波市の東南約一五キロメートル、鄞州区（旧・明州鄞県）にある、浙江省最大の淡水湖。銭湖・東湖・万金湖ともいう。湖中の島・霞嶼（山）には、南宋期建立の霞嶼寺があった（現在、再建）。湖の東南には、湖辺の名山水の中で「最も奇と為す」（元・戴良「二霊山房記」）と称された二霊山が聳えており、南宋時代、三代に亘って宰相を輩出した史氏一族の墓がある。その一人、孝宗時の宰相・史浩の七律「東銭湖」の中央二聯には、湖辺の晩景をこう歌う。

晩烟籠樹鴉還集　　晩烟　樹を籠め　鴉は還た集まり
碧水連天鷗自浮　　碧水　天に連なりて　鷗は自ずから浮かぶ
十字港通霞嶼寺　　十字の港は　霞嶼寺に通じ
二霊山到月波楼　　二霊の山は　月波楼に到る

—夕もやのたちこめる樹々に、烏が再び群がってとまりはじめ、碧い水が大空に連なって広がり、白い鷗（水鳥）が無心に浮かぶ。十字形の船着き場から（湖中の）霞嶼寺に水路が通じ、二霊山から、（史浩自身が創建した）月波楼に赴ける。—

史浩と同じく明州鄞県出身の南宋・袁燮の七絶「東湖を望む」二首其一には、湖水の美を、「重巒畳嶂（重なり合う峰々）巧みに縈紆し（囲み）、中に汪汪（深く広い）たる万頃の湖有り。山色水光　相い映発し、清輝含む処　妙にして摹き難し」と歌う。以後も詠まれ、元の劉仁本「中秋に東湖に遊んで霞嶼寺に登る」詩に「一色の水天　万象を涵し、四時の風月　群鷗に属す」という。

（許山）

【虞姫墓】

虞姫とは、楚漢の戦いで有名な項羽の寵姫虞美人をいう。虞は姓とも名とも言われ、美人は女官の位階とされる。紀元前二〇二年、項羽の軍は漢の劉邦の軍に垓下（現在の安徽省宿州市霊璧県）に追い詰められ、兵士は少なく食料も尽きた。夜、漢軍が四方から楚歌を歌うに至り、項羽は自分の根拠地、楚の人々も劉邦側についたことを知り、自分の運命もこれまでだと絶望する。そして最後の酒宴を開いて、「力は山を抜き、気は世を蓋う。時　利あらず、騅　逝かず。騅の逝かざる　奈何すべき。虞や虞や若を奈何せん（虞よ虞よおまえをどうしたらいいのか）」と歌った。唐の張守節『史記正義』七に引く『楚漢春秋』は、このとき虞美人が唱和して、「漢兵　已に地を略（占拠）し、四方　楚歌の声。大王　意気尽く、賤妾　何ぞ生を聊んぜん（どうして生きておられましょう）」と歌ったとするが、五言詩の作例として早すぎる等の理由から、後人の偽作とされる。

『史記』項羽本紀には、虞美人のその後については触れていないが、虞美人作と伝える前掲詩の内容から、彼女は項羽の足手まといになるのを恐れて、その場で剣を用いて自決した、とも伝える。この説は宋代ごろには生まれたようであり、北宋・曾鞏（北宋・許彦国の作？）の「虞美人草の行」には、以下の句がある。

三軍散尽旌旗倒　三軍散じ尽くして　旌旗倒れ
玉帳佳人坐中老　玉帳の佳人　坐中に老ゆ
香魂夜逐剣光飛　香魂　夜　剣光を逐いて飛び
青血化為原上草　青血　化して原上の草と為る

―項羽の大軍は敗走して散り、軍旗は倒された。陣営中にいた虞美人は見る間に老け込んでいった。彼女の芳しい魂は、夜、剣の光とともに肉体から飛び去り、清らかな鮮血は野原の草と化した。―

虞姫の墓とされるものは二カ所ある。一つは、現在の安徽省宿州市霊璧県城の東約八キロメートルの省道の南側にある。墓前に石碑が建ち、「西楚覇王虞姫之墓」と記され、横額に「巾幗千秋」、左右の対聯に「虞兮奈何　自古紅顔多薄命、姫耶安在　独留青塚向黄昏（虞や奈何せん　古より紅顔　薄命多し、姫や安にか在る　独り青塚を留めて黄昏に向り）」とある（「独留青塚向黄昏」は、杜甫「詠懐古跡五首」其三に見え、王昭君の墓を詠む句）。園内には陳列室がある。南宋の范成大はこの墓を訪れ、虞美人に向かって、

戚姫葬処君知否　戚姫（劉邦の寵姫）葬る処　君知るや否や
不及虞兮有墓田　及ばず　虞や　墓田有るに

と語りかけて慰めた（「虞姫墓」）。元の王惲は、「定応に月下の魂、長えに繞るべし　烏江（項羽自刎の地）の水に」と詠む（「虞姫墓」）。明・鄭真の「揺揺花」詩に虞姫の墓を詠んで、「夭魂化して春花と作りて開く」とするのは、前掲「虞美人草行」を意識する。清の呉騫『拝経楼詩話』四によれば、霊璧県の虞美人の墓には、紅い花が開き、人を見ると舞うように動き、人はこの花を虞美人草と名づけたという。

もう一つの虞姫墓は嵯虞墩とも呼ばれ、現在の安徽省滁州市定遠県二龍郷にある。墓前の石碑の字句は、霊璧県の虞姫墓と同じである。蘇軾の「濠州七絶　虞姫墓」はこの墓を訪れての作。虞美人の身体は霊璧県の墓に、頭部はこの定遠県の墓に埋葬されたとも伝える（『方輿勝覧』四八）。『史記正義』七に引く初唐・李泰等『括地志』に、「虞姫墓は濠州定遠県東六十里に在り。長老伝えて云う、項羽の美人の塚なり、と」とあり、唐初にはすでに墓があったようである。

【烏江亭・西楚覇王廟】

（許山）

烏江亭は馬鞍山市和県烏江鎮にあった亭（宿場）の名。西楚の覇王項羽が、漢の劉邦軍に敗れて自刎した、長江西北岸の渡し場である。『史記』七、項羽本紀には、項羽最期の様子が劇的に描かれる。漢軍による垓下（安徽省宿州市霊璧県付近）の包囲を突破した項羽軍は、約二〇〇キロメートル離れた烏江にたどり着く。渡し船を用意していた烏江の亭長は、急いで渡って再起するように促したが、項羽は「天の我を亡ぼすに、我何ぞ渡らん。且つ籍（項羽の名）、江東（江南と同意、項羽の本拠地）の子弟八千人と江を渡りて西し、今、一人の還る無し。縦い江東の父兄憐みて我を王とすとも、我何の面目ありてか之に見えん。縦い彼言わずとも籍独り心に愧じざらんや」と述べて、愛馬を亭長に譲り、最後の決戦に挑んだ後、自ら首をはねて死んだ。時に前二〇二年、項羽三一歳である。烏江亭は、若き英雄の壮絶な最期にちなむ場所として記憶され、遅くとも唐代には当地に作られた、項羽を祀る覇王祠の別名ともなっていく。

現在、烏江鎮の東南約一キロメートルの鳳凰山に、覇王祠・覇王墓（衣冠塚）・駐馬河（この川辺で愛馬を下りる）などがある。覇王祠は、項王亭・項亭・烏江廟・項王祠・項羽廟などとも呼ばれた。廟には盛唐・李陽冰の篆額「西楚覇王霊祠」が掛かり（『輿地碑記目』二）、中唐・李徳裕「項王亭の賦」の序には、「丙辰の歳（開成元年［八三六］）の孟夏、余、駕を烏江に息わせ、晨に荒亭に登り、曠然として遠覧す」（序）とある。中唐・竇常「項亭懐古」詩に、「心の帳下に裁つ（自殺する）有るも、面の江東に到る無し」と詠まれるが、なかでも晩唐・杜牧の「題烏江亭」（烏江亭に題す）詩が有名である。

勝敗兵家事不期　　勝敗は　兵家も　事期せず
包羞忍恥是男児　　羞を包み恥を忍ぶは　是れ男児
江東子弟多才俊　　江東の子弟　才俊多し
巻土重来未可知　　巻土重来　未だ知る可からず

—戦の勝敗は、兵家も予測できない。敗北の恥辱を包み忍んでこそ、真の男児と言えよう。江東の若者には優れた者が多いのだから、勢力を盛り返して再び攻めてくることもできたかもしれないのに。—

詩は「もしもあの時、状況が変わっていれば」という仮説の視点を設けた点に面白さがあり、広く愛唱された。

晩唐・胡曾「烏江」（詠史詩の一）には、「帝を争い王を図るも　勢い已に傾き、八千の兵は散じて　楚歌の声。烏江は是れ船の渡る無きにあらず、東呉に向いて再び兵を起こすを恥づ」とあり、項羽の心情を推し量る。他方、北宋・王安石「烏江亭」詩は、「百戦疲労し壮士哀しむ、中原一敗して　勢い廻し難し。江東の子弟　今在りと雖も、肯て君王と与に巻土して来らんや」と歌って、再起は可能とする杜牧とは異なる立場を述べ、宋詩らしい理知的な観点を呈示する。烏江亭・覇王祠は項羽最後の決断を問う詩跡として歌い継がれた。和県文化局『覇王祠歴代詩詞選』（一九九七年）が参考になる。

なお項羽廟（項王祠）は、南朝以来、現在の湖州市西北の卞山（弁山）にもあった（『南史』一八、蕭恵明伝、『輿地紀勝』四）。当地は、項羽が叔父の項梁と避難して楚の子弟を訓練した場所。中唐の孟郊「令狐侍郎・郭郎中の項羽廟に題するに和す」詩に、「碧草　古廟を淩ぎ（犯し）、清塵　秋窓を鎖す」とあるのは、その例と推測され、中唐の清昼（皎然）・潘述・湯衡「項王古祠聯句」は、明らかに湖州のそれである。他に浙江省紹興市付近にもあった（陸游の詩）。

（許山）

【采石磯】

安徽省の東端—馬鞍山市の西南五キロメートル、翠螺山（旧名は牛渚山・采石山）西麓の、長江の激流中に突き出た、高さ約五〇メートルの断崖の名。牛渚磯ともいう。『太平御覧』四六、牛渚山の条に引く『輿地志』には、魔物の金牛が水中にいたとあり、同条所引「江源記」には、ここから石を採掘したので「采石」というとする。

当地は、長江北岸の和県「横江浦」とを結ぶ渡し場（采石渡）として長江の要衝となり、峻険な地勢のため、軍事上の要地となった。南京の燕子磯・岳陽の城陵磯とともに、長江の三磯と称される。

采石磯は、「燃犀」の故事（物事を深く洞察する喩え）の舞台として知られる（『晋書』六七、温嶠伝）。東晋の将軍温嶠は牛渚磯に着くと、長江の水は測り知れぬほど深く、怪物が多いと聞いて、犀の角を燃やして照らしたところ、水中に潜む怪物が赤い服を着て馬車に乗っているのを見た、という。これにちなんで、采石磯には「燃（然）犀亭」が作られた。晩唐・胡曾の詠史詩「牛渚」詩にいう。

温嶠南帰輟棹晨　　温嶠南帰して　棹を輟むる晨
燃犀牛渚照通津　　犀を牛渚に燃やして通津（渡し場）を照らす
誰知万丈洪流下　　誰か知らん　万丈の　洪流の下
更有朱衣躍馬人　　更に朱衣の　馬を躍らせる人有らんとは

また、同じ東晋の袁宏の故事（『世説新語』文学篇等）でも知られる。袁宏は若いとき、船人足として働いていたが、清風の吹く月夜、五言詩を朗唱していたところ、牛渚を治める鎮西将軍謝尚が船で通りがかって耳にした。感嘆して訊ねさせたところ、袁宏が自作の詠史詩を吟詠していたのだった。袁宏はその後、名声が日ごとに高まったという。

この地を訪れた李白が詠んだ五律「夜泊牛渚懐古」（夜　牛渚に泊して［停泊して］懐古す）は、この袁宏の故事を踏まえて歌う。

牛渚西江夜　　牛渚　西江の夜
青天無片雲　　青天　片雲無し
登舟望秋月　　舟に登りて　秋月を望み
空憶謝将軍　　空しく憶う　謝将軍
余亦能高詠　　余も亦た　能く高詠するも
斯人不可聞　　斯の人　聞くべからず
明朝挂帆席　　明朝　帆席を挂くれば
楓葉落紛紛　　楓葉　落つること紛紛たらん

—牛渚山のほとりの、長江の夜、青い空は晴れて一片の雲もない。船に乗って秋の明月を眺めながら、いたずらに謝尚将軍のことを思い起こしている。私も（袁宏のように）高らかに詩歌を吟詠できるが、謝尚のような理解者には、聞いてもらえないのだ。明日の朝、帆をかけて出立すれば、楓樹の紅葉がはらはらと乱れ散ることであろう。—

李白は、理解者に遭遇できない嘆きを歌うのである。

晩唐・崔塗の五律「牛渚に夜泊す」詩には、「人事（仕途）　年年別れ、春潮　日日生ず。謝尚に逢うに因無く、風物　自から凄清（冷え冷え）たり」と詠む。

後世、これらの故事にもとづいて多くの詩が詠まれたが、詩跡としての采石磯の名を高めたのは、むしろ李白没後に生まれた「捉月説話」—李白はここで月夜、舟を浮かべて酒を飲み、水面に映る月を捉えようとして水に落ちて死んだ—である。松浦友久『李白伝記論―客寓の詩想』（研文出版、一九九四年、三九八頁）にいう、「（「捉月」説話の魅力の中核は）李白の超俗性・天才性・客寓性が、長江采石磯における飲酒・捉月・水死によって、輪郭鮮明に可視化されイメージ化されている、ということである。（中略）李白は、江月の光に誘われて、遥かな天空、或いは、千尋の水中に去ったのである」と。

『方輿勝覧』一五、李白墓の条には、「（諸文献は）皆、李白は疾を以て終わると謂う。小説は多く載す、太白（李白の字）采石に過り、酒に狂いて月を捉えんとするを。恐らくは好事の者、之を為さん。…（梅堯臣の詩は）小説に拠りて之の説を為すなり」という。捉月説話を詠みこんだ北宋・梅堯臣の詩とは、七言古詩「採石月贈郭功甫」（採［＝采］石の月　郭功甫［祥正］に贈る）を指し、その前半にいう。

采石磯

採石月下聞謫仙　　採石の月下に　謫仙を聞く
夜披錦袍坐釣船　　夜　錦袍を披て　釣船に坐す
酔中愛月江底懸　　酔中　月の江底に懸かるを愛し
以手弄月身翻然　　手を以て月を弄べば　身翻然たり
不応暴落飢蛟涎　　応に暴かに飢蛟の涎に落つべからざれば
便当騎鯨上青天　　便ち当に鯨に騎りて　青天に上るべし
青山有塚人謾伝　　青山に塚有り　人は謾りに伝う
却来人間知幾年　　却って人間に来りて　幾年なるかを知らん

―采石磯にかかる月明かりのもと、謫仙人と呼ばれた李白ゆかりの地を訪れて、その噂を聞いた。李白は夜、宮錦袍（宮中で着た礼装用の錦の上着）を着て、釣り船に乗って遊んだ。酒に酔って江中に映る月を愛で、手で月を掬い取ろうとして、体は水中にひっくりかえって落ちた。すぐさま飢えた蛟の餌食になるはずもなく、きっと鯨に跨がって青天に上っていったに違いない。青山の李白の墓など、人々が勝手に言い伝えたものだ。（神仙・李白の霊は天界から）人の世にもどってきて、いったい何年になるのだろう。―

梅堯臣には、さらに五律「采石懐古」詩もあり、後半に「山根魚浪（鱗紋のさざ波）白く、巌壁　石蘿（岩にからむツタ）紅なり。月を弄びし人　何くにか在る、孤墳は　細草の中」と懐古する。

李白の捉月説話は、北宋期、多くの詩人に共有された。梅堯臣と同時期の郭祥正の詩（欠題〔『方輿勝覧』一五所引〕、『太平府志』四〇は「采石渡」と題す）には、「鯨に騎り月を捉え　去って返らず、空しく余す　緑草　翰林（翰林供奉の李白）の墳」と詠む。

北宋・賀鋳の五律「采石磯」の「飄飄たる　翰林の主（李白）、長笑して明月を弄ぶ」、北宋・李之儀の「采石二首」其二の「見ず東帰の夜郎の客（李白）、錦袍　誰と共にか扁舟（小舟）に酔わん」なども、同様に捉月説話を踏まえて歌う。元の李昱の五言古詩「采石」詩では、李白の豪快な風姿を追慕して、

憶昔騎鯨人　　憶う　昔　鯨に騎りし人
捉月月在手　　月を捉えんとして　月　手に在り
不知千載下　　知らず　千載の下
豪気猶在否　　豪気　猶お在りや否や

—昔、鯨に跨がった謫仙人は、月をつかもうとして、(水面の)月を手で掬い取った。あれから千年、李白ほどの豪気を持った人は、この世にいるだろうか。—

と歌い、明・銭子義の七絶「采石」詩も、李白のいない悲しみを、「李白　鯨に騎り　去りて還らず、潮声は嗚咽して　青山を遶る」と詠む。

北宋の時、李白の捉月説話にちなんで、捉月亭が采石磯に作られた。李之儀の「捉月亭」詩にいう。

想見扁舟捉月時　　想見す　扁舟　月を捉うる時
江心見月如相遇　　江心に月を見て　相い遇うがごとし
酔魂不制月可捉　　酔魂は　月捉うべきを制せず
捉得便将天外去　　捉え得て　便ち将て天外に去る

—李白が小舟に乗って月を捉えようとしたあのとき、きっと、長江の真ん中に月を見て、月に出会った気持ちになったのだろう。酒に酔った李白は、月を捉える思いをこらえかねて(身を乗り出し)、捉まえたと思ったらそのまま天空のかなたに去っていったのだ。—

采石磯には、北宋の熙寧二年(一〇六九)、太守張瓌が創建した蛾眉亭(峨嵋亭)があった。そこから望む天門山(【天門山】の項参照)が、さながら女性の美しい眉のようにみえたことからの命名である。南宋・韓元吉の詞「霜天暁角(蛾眉亭)」の前半にいう、「天に倚る(天空にそそりたつ)絶壁、直下は江千尺。天際の両蛾(天門山)　黛を凝らす、愁いと恨みと　幾時か極らん(消え去る時がない)」と。また、元・趙孟頫の七律「蛾眉亭」詩の前半にいう(故人は旧友の意)。

天門日湧大江来　　天門　日び湧いて　大江来り
牛渚風生万壑哀　　牛渚　風生じて　万壑哀し
青眼故人携酒共　　青眼(敬慕)の故人　酒を携えて共にすれば
両眉今日為君開　　両眉　今日　君が為に開く

明・陳謨の五律「峨嵋亭に登りて太白の墓を弔う」の中央二聯にも、

花留宮錦色　　花は留む　宮錦の色
星動翰林文　　星は動く　翰林の文
過客多題壁　　過客　多く壁に題し
摛辞難逸群　　摛辞　群を逸し難し

—花は李白が着た宮錦袍のような美しい色をたたえ、星は李白が残した詩のように明るくきらめく。訪れた人は蛾眉亭の壁にたくさん詩を書きつけ、私が言葉を綴って詠んでも、抜きん出がたいのだ。—

とあって、蛾眉亭は采石磯の詩跡の一つとなっていた。

采石磯には、超人的な能力の温嶠、不遇な思いを吟詠した袁宏の故事が、唐代までに準備されていた。これらの故事は、都長安から遠く離れた当塗の地で不遇のまま没した謫仙人・李白へとつながっていく。采石磯は、こうした人物を重層的に含みながら、それを兼ね備える李白を中心とした著名な詩跡として詠み継がれたのである。

南宋・趙公豫の七律「采石磯にて懐古す」の中央二聯にいう。

燃犀韻事帰何処　　燃犀　韻事　何れの処にか帰する
披錦詩人跡尚留　　披錦の詩人　跡は尚お留む
広済刹辺松樹古　　広済刹辺　松樹古り
峨嵋亭畔晩煙浮　　峨嵋亭畔　晩煙浮かぶ

—然犀で知られる温嶠、吟詠で著名な袁宏は、どこへ行ったのか。宮錦袍を着た詩人李白の事跡はまだ残っている。広済寺のほとり、松の樹が久しい歳月をへ、蛾眉亭のあたり、夕もやが漂っている。—

【采石太白楼（謫仙楼）・横江】

（許山）

唐の詩仙・李白の字にちなむ太白楼は、馬鞍山市の西南、長江に面する采石磯（【采石磯】の項参照）にある。前後の二院に分かれ、前は太白楼主楼、後ろは太白祠である。楼の初建は明代である。太白楼大門の門額には「唐李公青蓮祠」とある。清の『太平府志』三六に引く明・周忱「清風亭記」にいう、「明の正統五年（一四四〇）、広済寺の僧修恵が清風亭・謫仙楼を建設し、李白の肖像を楼上に祀った。ここからの眺望はすばらしく、采石磯の名勝となり、ここに来る者はみな登覧した」と。謫仙楼は、清の康熙元年（一六六二）に再建された際、「太白楼」と名を変えた。現存の太白楼は、光緒三年（一八七七）の再建である。高さ十八メートルの雄壮な構造で、江西の滕王閣、湖北の黄鶴楼、湖南の岳陽楼と併せて、「長江の三楼一閣」と称される。

太白楼は、明以降に多く詠まれ、詩跡化する。前述「清風亭記」には、謫仙楼などの建造に尽力した修恵をねぎらう周忱の詩を載せる。

景仰長庚魂　　景仰す　長庚の魂
時時酬霞杯　　時時に霞杯を酬いん

―李太白の魂を仰ぎ見つつ、何度も美酒の酒杯を勧めよう。―

また、明の楊士奇は「風雨に采石に滞りて……」二首其二で、「謫仙祠下　杏花残し、孤客　舟を維ぎて暮寒に倚る」と歌い、李東陽は「采石にて謫仙楼に登る」詩の中で、「鳳去り龍飛びて復た還らず、剣に仗り悲歌して竟に何の益かあらん」と詠じて、李白無き世界を嘆く。また、王守仁「謫仙楼」は、李白への思慕をこめて、「安くにか黄鶴に騎るを得て、公に随いて八極（八方の果て）に遊ばん」と歌う。ほかにも、清の施閏章が「太白祠」詩で、「太白　鯨に騎りて去り、空しく留む　采石祠。軒に当たる　千里の水、屋を繞る　万松の枝」と雄大に詠じ、王士禛「太白祠」詩なども伝わる。

横江は、采石磯対岸の横江浦（馬鞍山市和県の東南）に挟まれた長江の一区間を指す。天門山によって狭められて長江が北流し、風が吹くと大きく波打ったが、古来、重要な渡しの一つであった。現在の横江街（采石名勝風景区北）に宿駅・横江館が置かれ、人々の往来を管理した。悪天候のために停留を強いられた李白が詠んだ「横江詞」六首によって、横江（館）は著名な詩跡となった。其一にいう。

人道横江好　　人は道う　横江好しと
儂道横江悪　　儂は道う　横江悪しと
一風三日吹倒山　　一風三日　吹いて山を倒し
白浪高於瓦官閣　　白浪は瓦官閣よりも高し

―人は横江は好い渡しというが、私は（すぐ荒れて）悪いと思う。風が三日間も吹き続けて、山をも吹き倒さんばかり。逆巻く白い波は、瓦官閣（今の南京にあった瓦官寺の高楼）よりもなお高い。―

宋・柯芝「横江」詩の「横江　一片碧にして、鶴を携えて漁船に上る」、明・王世貞「横江詞四首」其四の「青江一線　日辺に開き、万古東流して　去って迴らず」は、李白「天門山を望む」詩の、「碧水東流して　直北に廻る」「孤帆一片　日辺より来る」をも踏まえよう。また、明・李応徴「横江」詩の「日落ちて海雲起こり、蒼茫として（慌ただしく）棹に倚りて看る」、陳翼飛「横江館」詩の「横江館外の雲、津吏（渡し場管理の役人）東に指さす莫かれ」は、李白「横江詞」其五の「横江館前　津吏迎え、余に向かって東に指さす　海雲の生ずるを」を踏まえる。清・朱彝尊「采石」詩には、「采石磯辺積雪晴れ、横江館外　暮潮生ず」の名句がある。

【望夫山・望夫石・響山】

望夫石は、夫の帰りを山の上で待ち続けた妻が石に化してしまったという、民間伝承に基づく岩の名。中国各地にそれにちなむ岩がある。馬鞍山市采石磯の北二キロメートルにある望夫山（現在、小九華山と呼ばれ、高さ一五七メートル）の望夫石は、その一つである。この望夫石は高さ二メートル、長江に面した山上にあり、上部に「望夫石」と刻されていたが、一九七〇年代、山の開発の爆破で長江中に崩落したという（『馬鞍山市志』黄山書社、一九九二年）。

李白作とされる「姑熟十詠」其七、「望夫山」は、当地の望夫山を詠んだ詩である（姑熟は望夫山のあった当塗県の古称）。後半にいう。

雲山万重隔　　雲山　万重隔たり
音信千里絶　　音信　千里絶ゆ
春去秋復来　　春去り　秋復た来る
相思幾時歇　　相い思うこと　幾時か歇まん

―雲や山が幾重にも隔て、音信も千里のかなたから届かなくなった。春が去り、また秋が来たが、夫を思う気持ちは止む時があろうか。―

宋の陳師道『後山詩話』に、「望夫石は、在処に之有り。古今の詩人、共に一律（千篇一律の意）を用いるも、惟だ劉夢得のみ云う、……。語は拙なりと雖も意は工みなり」とある。その賞賛された劉禹錫の七絶「望夫石」（原注…和州の郡楼に正対す）は、和州刺史在任中の作。

終日望夫夫不帰　　終日　夫を望むも　夫帰らず
化為孤石苦相思　　化して孤石と為り　苦だ相い思う
望来已是幾千載　　望み来りて　已に是れ幾千載
只似当時初望時　　只だ似たり　当時　初めて望みし時に

（許山）

響山は宣城市の南二キロメートル、宣城市気象局の東南、響山路（旧宣港路）と宛渓の間にある。形が瓢箪に似ているため、「葫蘆山」ともいう。東側を東響山、西側を西響山といい、両山の間を青渓が流れ、東響山の南で宛渓に注いだ。船をこぐ音が響くので、その場所を響潭といい、かくして響山の名が生まれたという。中唐・権徳輿「宣州響山の新亭・新営の記」には、「両岸聳峙し、蒼翠対起す。其の南に響潭を得たり。清泚（清澄）にして鑑とす可く、縈迴して澄淡なり。……　東渓を絶れば浮橋有り、西亭を過ぎれば蓮池を得たり。触類（どれも）滋長し、皆な絶境為り」とあり、その風景を称える。

響山は李白「九日登山」詩に詠まれて詩跡化した。その一節にいう。

築土接響山　　土を築いて　響山に接し
俯臨宛水湄　　俯して臨む　宛水（宛渓）の湄
胡人叫玉笛　　胡人　玉笛を叫き
越女弾霜糸　　越女　霜糸（琴瑟）を弾く

李白はまた、「宣州にて九日、崔四侍御・宇文太守と敬亭（山）に遊ぶを聞く。余、時に響山に登り、此の賞を同じゅうせず。酔後、崔侍御に寄す二首」其一に、「高きに登りて山海を望み、満目　古昔を悲しむ」とも歌う。宣城出身の北宋の詩人・梅堯臣は五律「響山に遊ぶ」に、「鳥は空潭を過ぎて響き、船は碧瀬に随いて流る」と歌い、「宣州雑詩二十首」其三には、響山では「旧刻　磨滅多く、今人　誦称　少し」と嘆く。同じく宣城出身の著名な詩人・清の施閏章も、「唐寓庵使君に陪して舟を響山潭に汎べ、因りて玉山に登る」詩のなかで、

一自錦袍仙去後　　一たび錦袍（李白を指す）仙去して後より
到今烟月意長閑　　今に到るまで　烟月　意長えに閑なり

と歌い、響山は詩跡として受け継がれた。

（許山）

【李白墓】

李白は宝応元年（七六二）、六二歳の冬、当塗（馬鞍山市）県令・李陽冰の宅で没し、当塗県の南五キロメートルの、龍山の東［東南］麓に埋葬された。のち、宣歙池等州観察使・范伝正（李白の友人范倫の子）は、李白の遺志（敬慕する南朝斉の詩人・謝朓の故宅がある青山に葬られたいという願い）を知り、当塗県令・諸葛縦の協力を得、元和十二年（八一七）、龍山から三キロメートル東の、青山の南［西南］（現在の太白鎮太白村）に改葬した（范伝正「唐左拾遺翰林学士李公新墓碑并序」）。

青山は馬鞍山市当塗県の東南七・五キロメートルにあり、標高三七二メートル。謝公山・謝家山・謝家青山とも呼ばれる。唐代以降、清代まで、李白墓は十二回改修されたという。一九七九年、政府は青山西南麓の「李白墓園」（李白文化苑）の中にある李白墓を改修し、太白祠を再建した。墓園入口の牌坊には「詩仙聖境」の四字が書かれ、園内には李白墓のほかに、青蓮池・太白祠・碑林・十詠亭などもある。墓前の石碑には、「唐名賢李太白之墓」と書かれている。

李白の墓は、唐後期以降、詩跡化した。晩唐の許棠に「青山館に宿す」詩があり、なかでも著名な晩唐・杜荀鶴の「青山を経て李翰林を弔う」詩は、「何ぞ為わん　先生死せると、先生は　道日び新たなり」と歌い起こして、敬慕の念を表白する。

青山明月夜　青山　明月の夜
千古一詩人　千古　一詩人
天地空銷骨　天地　空しく骨を銷かし
声名不傍身　声名　身に傍わず

—青山に輝く明月の夜、永遠の一詩人を思う。天地は徒らに（讒言を許し）その肉体を蝕み溶かしたが、名声は一緒には消えはてない。——のち、南宋の陸游「李翰林の墓を弔う」、楊万里「謝家青山の太白墓を望む」二首などの詩も伝わる。

捉月説話で名高い采石磯（青山の西北二〇キロメートル、馬鞍山市当塗県）にも、唐代すでに李白の墓（衣冠塚）があったらしい。古い衣冠墓は、南宋の嘉泰元年（一二〇一）創建の神霄宮（現在の采石小学校）の西にあったが、清代に場所を少し移し、一九七二年、翠螺山南麓の現在地に移されて、「唐詩人李白衣冠塚」の石碑が立つ。伝説では、李白は長江の采石磯で酒に酔い、川面に映る月を取ろうとして溺死した。その際、打ち上げられた衣冠を、漁師がこの地に埋めたともいう。

李白が青山に改葬された翌年、元和十三年に成る白居易の七律「李白の墓」は、墳墓の荒廃を嘆く

采石江辺李白墓　采石江辺（江辺の采石磯）の　李白の墓
遶墳無限草連雲　墳を遶りて　限り無く　草　雲に連なる

で始まり、「憐れむ可し　荒隴　窮泉（荒れた墓の下の黄泉に眠る人）の骨、曾て驚天動地の文有り」と続く。また晩唐・許渾の五律「途に李翰林の墓を経たり」の尾聯には、「今に至るも　孤塚在り、荊棘　楚江の湄に」とあり、その荒廃を嘆く。「夜郎（李白の流謫地）帰りて未だ老いず、此の江辺に酔死す」で始まる晩唐・項斯の詩「李白の墓を経たり」にも、「遊魂　応に蜀に到るべし、小碣（小さな墓標）豈に賢を旌さんや。身没して猶お何の罪かあらん、遺墳に　野火燃ゆ」とあって、大詩人李白の墓が粗末で荒廃していることを嘆く。

采石磯の李白墓は、北宋の趙令畤『侯鯖録』六に、「太平州采石鎮の民家の菜圃の中に在り、游人も亦た多く詩を留む」と記す詩跡となり、北宋の梅尭臣「采石懐古」、晁補之「采石の李白墓」などが伝わる。

安徽省

（許山）

【宣城・秋浦・清渓】

宣城（現在の宣城市）は安徽省の東南部にあり、江蘇省と浙江省に接する要衝であった。漢代に郡が置かれて以来、二千年もの間、江南の大郡として栄えた。遠くには黄山に連なる山々が見え、城の東部には宛渓・句渓が流れて、風光明媚な土地として知られ、著名な文人がここを訪れている。南朝・斉の建武二年（四九五）、宣城郡太守として謝朓が赴任し、二年あまりの在任中にすぐれた詩を詠じたことによって、宣城の詩跡化が始まった。彼の「後斎迴望」詩の前半に歌う。

高軒瞰四野　　高軒　四野を瞰
臨牖眺襟帯　　牖に臨んで　襟帯を眺む
望山白雲裏　　山を望む　白雲の裏
望水平原外　　水を望む　平原の外

—高い長廊の窓から四方を見おろし、窓べで山川が繞るのを眺める。白雲の中に聳える山を望み、平原の彼方に流れゆく川を望み見る。—

謝朓はのちに「謝宣城」と呼ばれ、多くの詩人が彼を慕って当地で詩を詠む。とりわけ李白は謝朓を敬慕して、多くの詩を作った。白居易の詩「窓中に　遠岫を列ぬ」にいう、「天静かにして秋山好く、窓開いて暁翠通ず（朝日に輝く緑が入りこむ）」と。これは宣州郷試の作詩問題に対する試帖詩（答案）であり、詩題は謝朓の詩「郡内の高斎にて閑望し…」の「窓中列遠岫」に拠る。また、杜牧の詩「宣州より官に赴き京に入らんとし…」の「城高くして楼に跨れば　金碧（華麗な建物）満ち、下に聴く　一渓（宛渓）　寒水の声」、陸亀蒙の「宛陵（宣城）の旧遊を懐う」詩に、「陵陽の佳地（陵陽山下に広がるすばらしい宣城の地）　昔年遊ぶ、謝朓の青山　李白の楼」と歌われている。他にも宣城出身の詩人、北宋の梅堯臣、清の施閏章などが詩に詠む。

池州（現在の池州市）には、南から北流する秋浦河と清渓河がある。秋浦河は石台県を経て池州に入ったのち長江に注ぐ。「秋浦」の名は、一説に「渓流澄碧にして常に秋なり」から出たという（明の嘉靖『池州府志』一）。秋浦河の東を流れる川を、清渓河（白洋河）という。隋代、当地に秋浦県が置かれて、秋浦の名はこの地域一帯を代表する名称となった。「秋の浦」という名は、清澄な印象を持つ一方で、万物の枯凋と人生の衰暮を意味する「悲しみの秋」を連想させた。老年を迎えた李白は、ここを訪れて、「秋浦の歌（秋浦地方のうた）十七首」を作り、秋浦の地を忘れがたい詩跡とした。「秋浦は長えに秋に似たり、蕭条として（もの悲しくて）人をして愁えしむ」（其一）と歌い起こし、「愁いて秋浦の客と作り、強いて秋浦の花を看る」（其六）などと詠じた。特に有名なのは、其十五（五絶）である。

白髪三千丈　　白髪　三千丈
縁愁似箇長　　愁いに縁りて　箇の似く長し
不知明鏡裏　　知らず　明鏡の裏
何処得秋霜　　何れの処にか　秋霜（白髪の比喩）を得たる

明鏡とは、清渓河の清澄な水面を、曇りなき鏡に見立てた表現である。杜牧は「池州の清渓」詩で、「渓に弄んで　終日　黄昏に到る、照らし数う　秋来　白髪の根」と歌って、李白のこの詩を意識する。

李白の「清渓の行」には、その明媚な風景を「人は行く　明鏡の中、鳥は度る　屏風（屏風のように切り立った岩）の裏」とも詠じる。北宋の蘇軾「清渓の辞」、王安石「王微之の『秋浦にて斉山を望み、李太白・杜牧之に感ず』に和す」、元の薩都剌「池陽に過りて、李白を懐う有り」、清の黄景仁「秋浦にて李白を懐う」詩などが伝わる。

【弄水亭・蕭相楼】

（許山）

弄水亭は、晩唐の詩人杜牧が、池州（現在の池州市）刺史在任中の会昌五年（八四五）ごろに建てた亭台。南宋・袁説友の「池州弄水亭記」によれば、多くの文人がここを訪れ、「遊観・登覧・觴詠して繾綣たり（心惹かれる）、皆な油然（ゆったり）として意足り、身をここに終えんと欲将す」という。弄水亭のあった場所は、池州城の南門・通遠門外の景勝地であり、南宋の淳熙七年（一一八〇）に改修された。南宋の陸游が「晩に弄水亭に登る。杜牧の詩を賦する所なり。亭は殊に葺せず。然れども正に清渓（河）・斉山に対いて、景物絶だ佳し」（『入蜀記』三）と称えるのは、改修前のものである。

弄水亭とは、「水と弄れる亭」を意味し、李白「秋浦の歌」其五の「牽引条上児、飲弄水中月」（［白猿は］条の上の児を牽引し、飲んで水中の月と弄る）に基づく。杜牧は、五言排律「春末、池州の弄水亭に題す」の一節で、亭の周辺の風景を詠じる。

晩花紅艶静　　晩花　紅艶静かに
高樹緑陰初　　高樹　緑陰初まる
亭宇清無比　　亭宇　清きこと比無く
渓山画不如　　渓山　画も如かず

—遅咲きの花は、紅く艶やかな花びらを静かに開き、高く伸びた木々には、緑の木影が広がり始めた。弄水亭は何よりも清らかに、渓流と山々は絵よりも美しい。—

そして弄水亭を囲む美しい風景の中で、独自の生活を貫いた先人をあげて、自分の生き方を肯定する。また彼の詩「池州の弄水亭に題す」には、風景の美しさを「弄水亭前の渓、颭灔として翠綃舞う（碧い水が揺れ動いて、緑の絹が漂うかのよう）」と歌う。

北宋・徐鉉の詩「池州の陳使君、斉山に遊ぶ詩を示さる。……」には、

往歳曾遊弄水亭　　往歳　曾て遊ぶ　弄水亭
斉峰濃翠暮烟横　　斉峰（斉山）濃翠にして　暮烟横たう

とあり、陳舜俞の「弄水亭」詩には、「未だ識らず　貴池（池州）の好きを、嘗て聞く　弄水の名。白鳥　鑑中（鏡の中）に立ち、画船天上を行く」という。さらに韋驤「弄水亭」詩の「清渓　翠巘（緑の山）両つながら相い宜し、（亭の）雄構崢嶸として　貴池を圧す」の句も忘れがたい。他に、南宋・周必大の「池陽四詠」詩などがある。

蕭相楼は、唐の大暦十年（七七五）、池州刺史の蕭復が建てた執務楼で、上階に九経の書籍を置き、一階は執務に使用した。場所は州治の北（現在の池州市包公井花園の西北）にあったとされる。蕭復が宰相になって池州を離れるとき、民衆はその善政を称えて、「蕭丞相楼」と呼ぶようになったという。杜牧は、池州刺史在任中の会昌五年（八四五）に楼を再建している（杜牧「池州重起蕭丞相楼記」）。

歴代の顕官・文人は、蕭復の盛名を慕って訪れた。北宋・蘇轍の「池州の蕭丞相楼二首」其一には、周囲の風景と蕭復の恵政を称えて、

遶郭青峰睥睨屯　　郭を遶る青峰　睥睨のごとく屯り
入城流水縠文翻　　城に入る流水　縠文のごとく翻る
楼成始覚江山勝　　楼成りて　始めて覚ゆ　江山の勝
人去方知徳業尊　　人去りて　方めて知る　徳業の尊

と歌い（睥睨はひめ垣、縠文はちりめん模様）、其二では「丞相の風流　直ちに今に至り、朱欄は仍お対す　旧山林」と詠じて、蕭復の名声と高楼が今なお伝えられていることをいう。北宋・梅尭臣の「池州の蕭相楼」詩、孔平仲の「滕元発の池州の蕭相楼」詩などがある。

（許山）

【斉山】

池州市貴池区の東南郊外、一・五キロメートルの地にある、標高八七メートルの山。山名の由来は、『輿地紀勝』二二に引く王晳「斉山記」に、「十余峰有り、其の高さ等し。故に斉山（斉しき山）と曰う。或いは云う、斉映を以て名を得たり、と」とある。一説の斉映は、『大清一統志』一一八によれば、斉照の誤りらしい。斉照（奨？）は唐の元和八年（八一三）、池州刺史となった（郁賢皓『唐刺史考』附編）。晩唐・杜牧の七律「九日斉山登高」（九日　斉山に登高す）にいう。

江涵秋影雁初飛　　江は秋影を涵して　雁初めて飛び
与客携壺上翠微　　客と壺を携えて　翠微に上る
塵世難逢開口笑　　塵世　逢い難し　口を開いて笑うに
菊花須挿満頭帰　　菊花　須らく満頭に挿みて帰るべし
但将酩酊酬佳節　　但だ酩酊を将て　佳節に酬いん
不用登臨恨落暉　　用いず　登臨して落暉を恨むを
古往今来只如此　　古往今来　只だ此くの如し
牛山何必独霑衣　　牛山　何ぞ必ずしも独り衣を霑さん

—長江の流れは秋の光をたたえて雁が飛び立ち、私は客人と酒壺を携えて薄青いもやが立ちこめる斉山に登る。この俗世では口を開けて心から笑うことは難しい。だからこそ、今日のようなめでたい重陽節の日には、頭一杯に菊の花を挿して帰りたいものだ。酒にすっかり酔うことで、この佳節に酬いよう。高いところに登って沈む夕日を眺めて悲しむのはやめておこう。古来、時はこのように過ぎ、人はこのように老いてきたのだ。かの春秋・斉の景公のように、牛山に登って老いを独り嘆いて泣くことなどあるまい。—

杜牧は会昌四年（八四四）、池州刺史に着任し、翌年、詩人張祜が彼を尋ねてきた。詩中の「客」は張祜を指す。その和韻詩「杜牧之の斉山登高に和す」の前半、「秋渓の南岸　菊霏霏たり（盛んに咲くさま）、急管煩絃　落暉に対す。紅葉　樹深くして　山径断え、碧雲　江静かにして　浦帆（水辺の船）稀なり」は印象深い。二人の唱和詩には、満たされぬ思いが秋のもの悲しさのなかに巧みに描かれている。

二人の唱和によって、斉山は詩跡化し、のちの詩人たちが相次いで詩に詠んだ。たとえば、北宋・王安石の詩「王微之（名は晳）の秋浦にて斉山を望み、李太白・杜牧之に感ずるに和す」に、「斉山に置酒して菊花開き、秋浦に猿を聞いて江上哀し。此の地流伝して空だ筆墨のみ、昔人埋没して已に蒿萊（雑草）」と歌い、老いや死を佳節に嘆く詩情を継承する。（李白に「秋浦歌十七首」あり）南宋・楊万里の詩「池州の斉山の寺に宿す。即ち杜牧之の九日登高の処なり」にも、「謫仙（李白）狂飲顚吟せし寺、小杜（杜牧）倡情冶思せし（奔放に情思を解き放った）楼」とあり、当地ゆかりの詩人、李白・杜牧を追想する。

杜牧の詩にちなんで、翠微亭が唐代すでに山頂に建てられた。南宋の岳飛「池州翠微亭」（池州の翠微亭）詩にいう、

経年塵土満征衣　　経年（長年）の塵土　征衣（軍装）に満ち
特特尋芳上翠微　　特特と芳（美景）を尋ねて　翠微に上る
好水好山看不足　　好水　好山　看れども足らず
馬蹄催趁月明帰　　馬蹄　催し趁いて（せき立てて）月明に帰る

特特は馬の足音（ポクポク）。現在、斉山の「岳飛広場」には、抗金の勇将・岳飛の像が建ち、台座に本詩を記す。岳飛の詩が地誌の類に掲載されるのは杜牧の詩よりもかなり遅れるが今日よく知られ、現在の斉山で杜牧ゆかりのものは、翠微亭のみのようである。

（許山）

【敬亭山】

宣城市区の北北西約五キロメートルの郊外にある山の名。昭亭山・査山とも呼ばれ、南に位置する名峰黄山の支脈である。句渓と宛渓が東麓で合流し（水陽江となって）北上する。山自体は海抜三一六メートルに過ぎない低山であるが、中唐・劉禹錫「九華山の歌」に、生気に乏しく見栄えのしない山なのに、「宣城の謝守　一首の詩、遂に名声をして五岳に斉しからしむ」と揶揄されているように、宣城郡太守となった南朝・斉の謝朓の詩によって一挙に有名になった。

謝朓は建武二年（四九五）、三二歳の時、宣城郡太守に任ぜられたが、その任命に苦悶し、宣城の美しい山水のなかに心の慰めを得ようとした。謝朓が敬亭山をしばしば詠じたのは、そのためである。そして二年あまりの在任中、多くの詩を詠んで「謝宣城」と呼ばれた。「敬亭山に遊ぶ」詩は、次のように始まる。

茲山亘百里　茲の山は　百里に亘り
合沓与雲斉　合沓として　雲と斉し
隠淪既已託　隠淪　既已に託し
霊異居然棲　霊異　居然として棲む
上干蔽白日　上は干して　白日を蔽い
下属帯迴谿　下は属りて　迴谿を帯らす

―この敬亭山は百里にもわたって横たわり、幾重にも重なり合って、雲の高さにまで聳える。隠者はすでにここに身を寄せ、神霊も安らかに棲む。峰の頂きは天空に突き入って輝く太陽を覆い隠し、すそ野は長く伸びて、まがりくねる谷をめぐらせている。―

謝朓は俗世を超越した高大な霊山として歌う。また「敬亭山廟を祀る」詩にも、「巉削なるは太華（五岳の一、華山）を兼ね（並び）、崢嶸たるは玄圃（崑崙山上の神霊の園）を跨ゆ」という。

「清新」な作風の謝朓を敬慕した李白は、再三宣城を訪れ、その山水美と謝朓の詩風に触発され、「我は敬亭の下に家し、輒ち謝公の作を継ぐ」（「敬亭に遊び崔侍御に寄す」）と歌い、「敬亭は素尚（平素の好み）に愜い、（舟の）棹を弭めて（眺めると）清輝（清らかな輝き）流る」（「梁園より敬亭山に至り…」）と賛嘆する。なかでも「独坐敬亭山」（独り敬亭山に坐す）詩は、謝朓の愛した山との深い心の交流を歌う絶唱であり、敬亭山は宣城第一の詩跡として定着する。

衆鳥高飛尽　衆鳥高く飛んで尽き
孤雲独去閑　孤雲独り去って閑なり
相看両不厭　相い看て両つながら厭わざるは
只有敬亭山　只だ敬亭山有るのみ

―多くの鳥たちが空高く飛んで消え、ひとひらの雲もぽつんと流れ去って閑けさが感じられる。互いに見つめ合って互いに厭きることのないもの、それはこの敬亭山があるだけだ。―

晩唐の杜牧は詩「宣州より官に赴き京に入らんとし、…」に、「敬亭山下　百頃の竹、中に詩人小謝の城（宣城）有り」と歌い、同時期の陸亀蒙「宛陵（宣城）の旧遊を懐う」詩には、「陵陽の（陵陽山に抱かれた）佳地　昔年遊ぶ、謝朓の青山　李白の楼」とあって、謝朓と李白ゆかりの、敬亭山や高楼（謝朓楼）に登って思慕したという。

敬亭山は北宋の梅尭臣以下、長く歌い継がれる。明・李東陽「張侍郎大経の宣城に還るを送る」詩にいう、「敬亭の山色　古城の陰、万丈の丹梯（高山）　尋ね易からず。地は重し　謫仙（李白）題せし後の価、天は留む　謝朓賞せし時の心」と。まさに江南の詩山なのである。

（許山）

【宛渓・句渓】

宛渓は宣城市区の東をめぐり、句渓は更にその東をめぐって北流し、東北郊外で合流した後、敬亭山の東を通って北上する。（現在の水陽江である）宛渓は宣城東南の嶧山の南に発し、「其の流れは清徹たり」（『大明一統志』一五）という。唐・李白の「秋　宣城の謝朓の北楼に登る」は、間接的に宛渓・句渓を詠んだ詩として名高い。

江城如画裏　　江城は　画裏の如く
山晩望晴空　　山晩れて　晴空を望む
両水夾明鏡　　両水　夾みて明鏡のごとく
双橋落彩虹　　双橋　落として彩虹のごとし

―川ぞいの街（宣城）は、絵の中の景色のように美しく、山（陵陽山）が暮れゆくころ、晴れわたった空を望み見る。（宛渓・句渓の）二すじの川は、この街を挟んで明鏡のように輝き、（鳳凰橋・済川橋の）二つの橋は、その姿を川面に映して美しい虹のような姿を見せる。―

双橋は、隋代、宛渓に架けられた二つの橋を指す。「宛渓」の文字を含んだ李白の詩は五首あるが、なかでも「宛渓館に題す」が宛渓の澄んだ流れを詠じて印象的である。

吾憐宛渓好　　吾は憐む　宛渓の好きを
百尺照心明　　百尺　心を照らして明らかなり
何謝新安水　　何ぞ謝せん　新安の水の
千尋見底清　　千尋　底の清きを見るに

―私は宛渓のすばらしさを深く愛する。百尺もの深い水は、（澄みきって、鏡のように姿だけでなく）私の心までもくっきりと映しだす。新安江（浙江の上流）の流れは澄んで、千尋の深い水底まで見えるというが、それに少しも劣らない清らかさである。―

また李白の詩「宣城の宇文太守に贈り、…」には、「時に遊ぶ　敬亭（山）の上、閑かに松風を聴いて眠る。或いは宛渓の月を弄で、虚舟洄沿に信す」という。晩唐・杜牧の名句「鳥去り鳥来る　山色の裏、人歌い人哭す　水声の中」（「宣州開元寺の水閣に題す」）は宛渓の水音を詠み、「宛渓の垂柳は　最も長枝」（「感有り」）の句も伝わる。

句渓は寧国市南部（天目山）に発し、西北に流れて、「宣城県の東三里に在り、渓流迴曲して、形は句の字の如し」（『大清一統志』八〇、句渓の条）という。ほぼ水陽江上流にあたるが、宣城付近の川筋は変化している（宣城東門外の三里橋付近を通ったらしい）。

南朝斉・謝朓の詩「将に湘水に遊ばんとして句渓を尋ぬ」は、清らかな流れを描写して印象深い。

軽蘋上靡靡　　軽蘋は　上に靡靡として
雑石下離離　　雑石は　下に離離たり
寒草分花映　　寒草は　花を分かちて映じ
戯鮪乗空移　　戯鮪は　空に乗じて移る

―軽やかな浮き草はなよやかに川面に漂い、様々な石がくっきりと水底に並んでいる。（晩秋の）わびしい草は花びらを分散しつつ姿を映し、遊び戯れる鮪魚は空中に跳びはねて移動する。―

李白が宣城で詠んだ「韋少府に別る」詩に、「心を洗う　句渓の月、耳を清ます　敬亭（山）の猿」とあり、杜牧「張好好の詩」にも、「霜は凋ましむ　謝楼（謝朓楼）の樹、沙は暖かなり　句渓の蒲」とあって、「唐人　留詠多き」（『輿地紀勝』一九）詩跡である。北宋・梅尭臣「宣州の環波亭」詩にも、「雨は昭亭（敬亭山の別称）より来り、水は句渓に入りて漲る」という。

【謝朓楼・謝公亭】

（許山）

謝朓楼は現在の宣城市区北側の謝朓公園（陵陽山第一峰）にある楼の名。南朝・斉の建武二年（四九五）、宣城郡太守となった謝朓が、自ら陵陽山上に創建し、政務の余暇に詩を詠じた高斎（郡太守の高楼の書斎）があった場所と伝える。唐代、その跡地に高楼が建てられ、謝朓楼・謝公楼・北楼（郡の役所の北にあるため）などと呼ばれた。晩唐の咸通年間、独孤霖が再建して畳嶂楼と改名し、北楼の名は廃れたという（『大明一統志』一五、『江南通志』三四）。

謝朓の「高斎にて事を視る」詩には、「余雪　青山に映え、寒霧白日開く（現われる）」とあり、詩「郡内の高斎にて閑望す、…」には、「結構は何ぞ迢遰たる、曠望　高深を極む」（建物［高斎］の作りは、何と高いことよ。遠く眺めると、山や川がすべて見渡せる）という。

謝朓の清麗な詩風を深く敬慕した唐・李白の詩、「宣州の謝朓楼にて校書叔雲に餞別す」は、「我を棄てて去る者は　昨日の日　留む可からず、我が心を乱す者は　今日の日　煩憂多し。長風万里　秋雁を送り、此に対して以て高楼に酣なるべし」で始まり、「刀を抽きて水を断てば　水は更に流れ、杯を挙げて愁いを銷せば　愁いは更に愁う」と詠む。さらに五言律詩「秋に宣城の謝朓北楼に登る」の前半には、

江城如画裏　江城は　画裏のごとく
山晩望晴空　山晩れて　晴空を望む
両水夾明鏡　両水夾みて明鏡のごとく
双橋落彩虹　双橋落として彩虹のごとし

—川ぞいのまち宣城は、絵の中の景色のように美しく、山が暮れゆくころ、晴れわたった天空を眺めやる。宛渓・句渓の二筋の川は、まちを夾んで、澄んだ鏡のように輝き、鳳凰・済川の二つの橋は、その影を水面に落として、五色の虹のように映える。—

とあり、「誰か念わん　北楼の上、風に臨んで謝公（謝朓）を懐わんとは」と結んで、追慕の念を表白する。かくして謝朓楼は詩跡と化した。北宋の宋祁「畳嶂楼」詩には、「景閑かにして謝守（宣城郡太守謝朓）を思い、名重くして宣城を擬う。…　客憂　銷せば更に有り、須らく此中に到りて傾くべし」とあり、李白の前掲詩を踏まえている。

謝公亭は、宣城市区の北二キロメートル、鉄道（皖贛線）と宛渓が交差した付近にあったとされ、謝亭ともいう。謝朓が太守在任中、赴任する友人・范雲を見送った場所とされ、北宋・黄裳『新定九域志』六には、「斉の宣城太守謝玄暉（朓）置く」という。送別の地は史実としては、建康（南京市）の新亭（労労亭）であったが、李白は伝承に従い、宛渓のほとりをそれに見立てて「謝公亭」詩を作った。謝朓を敬愛する李白によって宣城に誕生した、想像上の詩跡なのである。

謝亭離別処　謝亭は　離別の処
風景毎生愁　風景　毎に愁いを生ず
客散青天月　客は散ず　青天の月
山空碧水流　山は空し　碧水の流れ

—ここ謝公亭は、離別で知られた場所。付近の風景は、いつも哀しみを覚えさせる。人々が散りぢりになった後、青い夜空には月だけが輝き、人けのない山中には、碧い渓水のみが流れゆく。—

晩唐の許渾は「謝亭送別」詩の中で、別後の悲しみを「日暮　酒醒め　人已に遠く、満天の風雨　西楼を下る」と歌って、送別の詩跡として確立した。清・施閏章の詩「郝元公学博、母の艱（死）を以て潁州に帰る」二首其一に、「謝公亭畔の路、相送れば　離愁満つ」とある。

【杏花村】

（許山）

「杏花村」は、他の詩跡とは異なり、現在、詩跡化が進行中のもの、と言えるかもしれない。杜牧の詩とされる「清明」詩はよく知られる。

　清明時節雨紛紛　　清明の時節　雨紛紛
　路上行人欲断魂　　路上の行人　魂を断たんと欲す
　借問酒家何処有　　借問す　酒家　何れの処にか有る
　牧童遥指杏花村　　牧童　遥かに指さす　杏花村

—清明節にあたるこの日、うらはらに春雨が紛々と降り続く。道行く旅人は、わびしさに魂も消え入らんばかり。「お聞きしたいのだが、酒屋はどこにあるのだろうか」。牛飼いの少年は、遥かかなた、杏子の花の咲く村を指さした。—

本詩に関しては、問題点が種々存在する。一つめは、本詩の作者が杜牧であるか、という点である。この詩は杜牧の別集に収められておらず、死後四百年以上後の詞華集（南宋・劉克荘『分門纂類唐宋時賢千家詩選』二三）に初出し、作者が杜牧であることは疑わしい。二つめは、詩中の「杏花村」が固有名詞か一般名詞か、という点である。詩題や詩句に特定の地域を示す内容が見えず、「杏花村」を固有名詞に取る根拠がない。三つ目は、仮に「杏花村」が固有名詞であった場合、それがどこか、という点である。作者が杜牧だとしても、本詩の背景がほとんど未詳なので、彼が刺史（州の長官）となった池州（安徽省）の地にあったとは断定できない。

「清明」詩は、作者不詳であり、「杏花村」は一般名詞として解釈するのが穏当であるが、現在では、杜牧の詩と見なされ、湖北省麻城市岐亭鎮、山西省汾陽市、安徽省池州市、江蘇省徐州市沛県朱寨鎮、山東省済寧市梁山県、江蘇省南京市鳳凰台付近、江蘇省宜興市、江西省上饒市玉山県などが、各自の根拠を基に杏花村があった、としている。

このうち、池州が早くから杏花村のあった場所だとされた。松尾幸忠「池州における二つの詩跡—斉山と杏花村—」（『中国詩文論叢』二五集、二〇〇六年）では、唐代には池州ゆかりの詩人として杜牧が印象づけられ、南宋以降、杜牧の詩として「清明」が膾炙し、明代にこの二点が融合して、杏花村が池州に意識されるようになった、とする。

明の『嘉靖池州府志』は早期に杏花村を取り上げ、彭大翼『山堂肆考』二六には、杏花村が貴池県（現在の池州市）にあるとする（ただし、徐州古豊県の異説も紹介）など、明代に「杏花村＝池州」説が生まれ、認知を広げて詩跡化する。明・沈昌の「杏花村」詩にいう、

　杏花枝上著春風　　杏花の枝上に　春風著き
　十里煙村一色紅　　十里の煙村　一色紅なり

李学沆「春日、杏花村に飲み、村は池州西郭外に在り…」詩の、「我が魂も亦た断たんと欲し、愁いは此の花に向かいて言わん」、林古度「杏花村」詩の「杜牧　当年　名句有り、独だ留む　城外　杏花村」などと詠み継がれていく。管見の範囲では、池州以外の「杏花村」は、池州で編まれた『杏花村志』『杏花村続志』所収の詩の数々には及ばない。詩跡の観点では、池州を挙げるべきである。ただ地方志の調査の進展によって新たな杏花村が誕生したりするなど、現在も変容しつつある独特の詩跡と言えよう。

同じ晩唐期の許渾・薛能・温庭筠の、「杏花村」の語を含む詩はほとんど顧みられず、作者・解釈の揺れるこの「清明」詩が深く愛され、多くの地で「我が村こそ杏花村」として根づいているのは、詩人と詩跡の関係、詩跡の形成を考える上で、興味深い。

【水西寺・開元寺】

（許山）

宣城市涇県（宣城市区から南西五〇キロメートルの地）の西郊に、水西山がある。涇県を流れる川（青弋江）の西にあるための命名である。清初の『江南通志』一六に「水西山は涇県の西五里に在り、下は賞渓（青弋江）に臨み、渓に循いて入れば、最も幽勝なり」とあり、幽邃な風景美で知られていた。水西寺は南朝・斉の時、この水西山に創建され、初めは凌巌寺、唐の上元元年（七六〇）、天宮水西寺と改称された。李白の「謝良輔と涇川の凌巌寺に遊ぶ」詩は、改名前の作。「水西（山）に遊び鄭明府に簡す」詩は、李白最晩年の改名後の作であり、「天宮　水西寺、雲錦（朝焼け）のごとく東郭に照る。清湍（清らかな早瀬）　廻渓に鳴り、緑水　飛閣を繞る。涼風　日び瀟灑、幽客（隠者）　時に憩泊す。五月（盛夏）　貂裘（暖かいテンの皮衣）を思い、秋霜落つと謂言えり」と、清涼な美しい風景を歌っている。

晩唐の杜牧は、宣城在任時に水西寺を訪れ、「念昔遊」（昔遊を念う）其三のなかに次のように詠む。

李白題詩水西寺　　李白　詩を題す　水西寺
古木廻巌楼閣風　　古木　廻巌　楼閣の風
半醒半酔遊三日　　半ば醒め半ば酔い　遊ぶこと三日
紅白花開山雨中　　紅白　花は開く　山雨の中

—李白が詩に詠んだ水西寺。古木、めぐる峰々、楼閣をわたる風。ほろ酔い気分の中、三日間遊覧した。紅い花、白い花が山の雨にぬれつつ咲いていた。—

こうして涇県の水西寺は詩跡となった。杜牧にはさらに、「三日去りて還た住まる、一生　焉んぞ再遊せん」と、去り難い思いを表白する「水西寺に題す」詩も伝わる（『唐音統籤』所収。別集には未収）。

現在、ここには「水西の双塔」があり、国の重点文物保護単位となっている。一つは宋の大観二年（一一〇八）に成る大観塔（四五メートル）で、七層・八面の構造を持つ。もう一つは紹興三一年（一一六一）に成る紹興塔（二一メートル）で、七層・四面の構造である。

開元寺は現在の宣城市区開元小区、陵陽山第三峰にあった名刹である。東晋の時、永安寺として創建され、唐の開元年間、開元寺となる。のち北宋の景徳年間、景徳寺となった。九層六面、高さ三四メートルの開元塔（永塔・開元宝塔・景徳寺多宝塔ともいう）が現存する。

杜牧の「宣州の開元寺の水閣に題す」詩は、人事の無常と自然の悠久さを歌いあげて、開元寺を詠じた絶唱とされる。

鳥去鳥来山色裏　　鳥去り鳥来る　山色の裏
人歌人哭水声中　　人歌い人哭す　水声の中
深秋簾幕千家雨　　深秋　簾幕　千家の雨
落日楼台一笛風　　落日　楼台　一笛の風

—鳥はこの山の緑のなかを飛び回り、人は宛渓の水音のなかで歌い喜び、悲しみに泣いて暮らしてきた。深まりゆく秋、下ろした簾、千もの家々に降る雨、沈みゆく夕日、楼台、笛の音を含んだ風。—

杜牧はまた「宣州の開元寺に題す」詩に、「景を閲ること　旦夕無く、欄に憑れば（楼上の手すりにもたれて眺めると）　今古有り。我を留むるは　酒一樽、前山に　春雨を見ん」と詠んで、開元寺とその環境を愛した。杜牧と交遊した趙嘏の「開元寺の水閣に題す」詩に、「（宛渓の）波は十里を穿って　橋は寺に連なり、絮（柳の白い綿毛）は千家を圧って　柳は春を送る」とある。これは前掲の杜牧詩の影響下にあろう。宣州の開元寺は杜牧詩によって詩跡になったのである。

【桃花潭】

（許山）

安徽省南部にある宣城市涇県には青弋江が流れる。この川は涇水（涇川）ともいい、涇県の名の由来となる。桃花潭とは、県城の西南四〇キロメートル、桃花潭鎮を流れる青弋江の清らかな潭の名である。

桃花潭の名称の由来はさだかでなく、その風景が東晋の陶淵明「桃花源記」に描かれたものに似ているからとも、あるいは、桃花繽紛たる時節に李白が訪問したからともされる（涇県地方志編纂委員会『涇県志』七二五頁、一九九六年）。

山里に流れる平凡な川が、天宝十四載（七五五）ごろに作られた李白（字太白）の一首の七絶「贈汪倫」（汪倫に贈る）詩によって、一気に忘れがたい詩跡となった。

李白乗舟将欲行　李白　舟に乗りて　将に行かんと欲す
忽聞岸上踏歌声　忽ち聞く　岸上　踏歌の声
桃花潭水深千尺　桃花潭水　深さ千尺
不及汪倫送我情　及ばず　汪倫　我を送るの情に

―私、李白が舟に乗って出発しようとしていると、思いがけず、岸辺から足を踏んで歌う声が聞こえてきた。ここ桃花潭の水は千尺もの深さというが、汪倫が私を見送るその心情の深さには及ばない。―

詩は眼前の桃花潭を詠み込んだ即興の作。その深さよりも二人の友情が一層深いのだと歌う表現が印象深く、古来、愛唱されてきた。

この李白の詩を受けて「桃花源記」に関連づけて詠む詩は、古来少なくない。北宋の楊傑は「太白の桃花潭」詩でこう歌う。

桃花潭似武陵渓　桃花潭は似たり　武陵（桃花源の地）の渓に
太白仙舟去欲迷　太白の仙舟　去って迷わんと欲す
岸上踏歌人不見　岸上の踏歌　人見えず
年年空有鷓鴣啼　年年　空しく鷓鴣（鳥の名）の啼く有るのみ

また、明・宗臣の七絶「涇県望桃花潭」（涇県にて桃花潭を望む）に、

桃花潭水近陵陽　桃花潭水　陵陽（宣城）に近く
潭上春風満石梁　潭上の春風　石梁に満つ
流水不随仙客去　流水　仙客に随って去らず
秦人何必渡三湘　秦人　何ぞ必ずしも三湘を渡らん

とあり（三湘は瀟湘水系を指す）、明・郭奎の七律「涇県」詩に、「舟を挐いで来訪す　桓彝（東晋の人。宣城内史となった）の廟、馬を立めて空しく慙づ　李白の題。但だ願う　功成りて　身退くこと早く、桃花潭上　幽棲を結ばんことを」とある例も、桃花潭を桃花源に擬した作品として数えられるだろう。

ほかにも、友情の地を美しく詠んだ作品もある。清・嘉慶『涇県志』三二所引の南宋・徐疇の七絶「桃花潭」詩では、「紅英狼藉して（紅い花びらが乱れ散って）漁舟を払い、仙客（李白）当年　此の地に遊ぶ。今日　踏歌　人見えず、碧波　語無く　自から東流す」と歌って、当時をしのぶ。

清・孫登第の五言古詩「桃花洲」詩は、李白と汪倫が別れた川辺を美しく描いて、「巌梅　尚お余花、渓桃　紅半ば吐く。飛霞　平疇（平らな田野）に散じ、錦浪　別浦に生ず」という。また、清・袁珍の五律「桃花潭懐古」詩の、「潭影　松千尺、山光　酒一杯。只今　雲霧の裏、空しく鶴の徘徊する有るのみ」の句も、李白の詩を踏まえて、こんにちの桃花潭の風景を描く。清の徐開禧は、七律「桃花洲」詩の後半で、李白と汪倫の出会いを追慕しながら、桃花潭の風景を歌う。

山厨老衲焼新笋　山厨の老衲（老僧）新笋（竹の子）を焼き
野渡漁人釣錦鱗　野渡の漁人　錦鱗（魚）を釣る
覓句慚無供奉筆　句を覓めて慚づ　供奉（李白）の筆無きを
相逢却憶有汪倫　相い逢いて　却って憶う　汪倫有るを

桃花潭はこのように、宋代にはすでに李白の詩を意識して詠み継がれ、明清期には多くの追随詩を生んだ。『大明一統志』一五、寧国府・山川の条では、「桃花潭は涇県の西南一百里に在り、深さ測るべからず」と述べた後、李白詩を引用するに至る。

なお「桃花潭」「汪倫」は、象徴的な意味を付与されて、広く離別の際に用いられることがある。明・于慎行の詩「都門にて諸丈に留別す」に、「最も是れ河梁　手を分かつの地、桃花潭水　碧沼沼たり」というのは、その一例である。また、汪倫が篤い友情の持ち主を表す代名詞として使われることもある。明・程敏政「劉舎人に与う二首」其二にいう。

桃花潭

一舟同日発姑蘇　一舟　同日姑蘇（蘇州）を発し
千里相随達帝都　千里相い随いて　帝都に達す
情重汪倫能送我　情重くして　汪倫　能く我を送る
我詩還似謫仙無　我が詩　還た謫仙（李白）に似たるや無や

この詩では、劉舎人を汪倫と呼び、汪倫と同じような友情に篤い人物として詠む。これらの事例は、李白の「汪倫に贈る」詩が一つの事例を超えて、純粋な友情を持った人との別離を想起させる代表的・象徴的な作品となっているからである。

汪倫は、宋蜀刻本の『李太白文集』の題下注に「（李）白、涇県の桃花潭に遊び、村人汪倫、常に酒を醞して以て白を待つ。（汪）倫の裔孫（子孫）、今に至るも其の詩を宝とす」とある。このため、汪倫は従来、ほとんど無名の村人とされ、詩は大詩人と一村民の友情を歌った詩として愛唱されてきた。ところが、近年発見された『汪氏宗譜』などの家譜によれば、汪倫は名を鳳林ともいい、先祖伝来の別業（荘園）をもつ名門の望族であり、涇県の県令を務めたこともあるらしい。

桃花潭の東岸には東園古渡があり、汪倫が李白を見送った渡し場とされ（踏歌古岸）、明代、踏歌岸閣が建てられた。西岸には、塁玉墩・彩虹岡・謫仙楼（太白楼）・懐仙閣・汪倫の墓などがある。

汪倫の墓は、桃花潭北部の金盤献果と呼ばれる高台にあった。一九五八年、陳村水力発電所を建設する際に破壊されたが、一九八五年、文化局が支出して西岸の南に新墓を建て、墓の変遷を記した新碑「重修汪倫墓碑記」（涇県陳村郷人民政府建立）を添えた。二〇一〇年、墓は懐仙閣の後方に再度移設された。

墓碑の右上には後刻と思われる「光緒十一年（清末の一八八五年）季秋月（九月）重建」の文字があり、中央部に「謫仙題／史官之墓汪諱倫也」と刻されている。「謫仙題」とは「謫仙人である李白が題書した」の意で、史実とは認めがたいが、二人の間にそうした親交があったとする民間説話の存在は、本詩の受容史を考えるうえで、きわめて興味深い。

（許山）

【九華山】

池州市の東南約四〇キロメートル、青陽県の西南部に連なる霊山の名。盛中唐期、新羅出身の高僧・金地蔵（金喬覚）が山中で修行して以来、地蔵菩薩の霊場として、中国四大仏教名山の一つとなる。最高峰の十王峰は、海抜一三四二メートル。かつては九子山と呼ばれていた。『太平御覧』四六所引「九華山録」にいう、「此の山は奇秀にして、高く雲表に出づ。峰巒異状にして、其の数　九有り。故に九子山と号す。李白　九子（山）に遊ぶに因りて、其の山の秀異なるを観る。遂に号（名称）を更めて九華と曰う」と。つまり、奇峰が九つあるので「九子山」と呼ばれたが、李白によって九華山と改名されたという。

　李白の「九子山を改めて九華山と為す　聯句」（天宝一四載［七五五］、五五歳ごろの作）の序には、この改名の事情を記していう、「青陽県の南に九子山有り。山の高さは数千丈、上に九峰有りて、蓮花の如し。図を按じて名を徴する（地図を見て名を調べる）に、依據する所無し。太史公（司馬遷）南遊するも、略して書かず。事は古老の口に絶え、復た名賢の紀（記載）を闕く。霊仙（仙人）往復すと雖も、而れども賦詠（詩賦）は聞くこと罕なり。予乃ち其の旧号を削り、加うるに九華の目（名称）を以てす」と。そして聯句の冒頭に、「妙有（万物の根源）　一気（陰陽）を分かち、霊山　九華（九つの［蓮の］華）を開く」と壮大に歌い上げた。

　また、李白の五律「九華を望み、青陽の韋仲堪に贈る」詩の冒頭、特に第三・四句（頷聯）は、佳句として名高い。

昔在九江上　　昔　九江の上に在りて
遥望九華峰　　遥かに望む　九華峰
天河挂緑水　　天河　緑水を挂け
秀出九芙蓉　　秀出す　九芙蓉

—昔、池州の長江上で九華山を遠望したことがある。天の川が緑水の瀑布となって流れ落ち、蓮の花のような九峰がそそりたっていた。—

　明の陳鳳梧は、「唐の李太白に至りて、始めて今の名に易え、之を詠むに詩を以てし、且つ其の中に読書して、九華の名、遂に天下に聞こゆ。是れに嗣いで名人文士、登高覧勝し、往往にして題品（品評）を加う」（釈印光重修『九華山志』［民国二七年（一九三八）］の巻首に引く序文「明嘉靖修山志陳序」）と述べ、李白が詩跡化に大きな役割を果たしたことを指摘する。

　李白は、九華山中の盆地・九華鎮（旧・九華街）にある祇園寺の東南、東崖の西麓にある龍女泉のそばに読書堂を築いたと伝える。南宋期、古刹・化城寺の東、祇園寺の南に、李白書堂が再建された。南宋・王十朋の七絶「九華山」其五は、この書堂を訪れて李白をしのぶ。

九華山下化成寺　　九華山下の　化成寺
太白書堂高処開　　太白の書堂　高処に開く
想見江山無此境　　想見す　江山に　此の境無し
故宜頭白懶帰来　　故に宜なり　頭白くして　帰来に懶きこと

—九華山の化城寺のほとり、李白の書堂が高い処に建つ。山や江に、これほどすばらしい場所がないことを思えば、李白が晩年、髪が白くなっても留恋して帰りたがらなかったのも、まことに無理はない。—

　元の陳巌の『九華詩集』にも、「李白の書堂」詩が見える。

　李白の書堂は興廃を繰り返し、一時期、太白祠とも呼ばれた。明の王守仁「李白祠二首」其一には、「千古の人豪（李白）去り、空山

九華山の化城寺

尚お祠有り。竹深くして　旧径荒れ、蘚合して　残碑を失す（破損した碑文が苔で見えない）」とあり、荒廃した祠堂の状態を嘆く。

中唐の費冠卿も、九華山にとって忘れがたい人である。開山の由来を記した「九華山化城寺記」のほかにも、「蕭建の九華山を問うに答う」詩に、「澗藹（谷川にかかるもや）　清くして土（塵埃）無く、潭深く　碧にして龍有り。畬田（焼き畑）　一片（一面に）浄く、谷樹　万株濃やかなり」の句がある。仕官を断わって隠棲した彼の生き方は、後世の詩人に思慕された。晩唐・張喬の「九華山の費徴君（冠卿）の故居を経たり」詩に、「断石は荒林の外、孤墳は晩照（夕陽）の中。数渓　大野を分かち、九子（九華山）　寒空に立つ」というのは、その一例である。

中唐の劉禹錫も、九華山の詩跡化に大きな役割を果たした。長慶四年（八二四）に成る「九華山の歌　引（序）を并す」では、作詩の意図を「其の地、偏りて且つ遠く、世の称うる所と為らざるを惜しむ。故に歌いて以て之を大にす（名声を高める）」（引）と述べた後、「奇峰　一たび見て　魂魄を驚かし、意想す　洪鑪（天地）始めて開闢せしを。疑うらくは是れ九龍　夭矯として（九匹の龍が体をうねらせながら）天に攀らんと欲し、忽ち霹靂一声（雷鳴）に逢いて　化して石と為るかと」と歌い起こし、「九華山、九華山、自から是れ　造化の一尤物（造物主の創造した一優品）、焉んぞ能く人間に籍甚たらんや（どうして人の世で盛大な名声を受けさせないでよいものか）」と歌い収めた。天地創造時の原始の姿という着想は、李白の聯句を意識するか。

李白・劉禹錫らの詩によって、九華山は著名な詩跡となり、宋代以降、多くの詩が作られた。北宋の王安石・蘇轍・郭祥正、南宋の楊万里・文天祥、元の薩都剌・呉師道、明の王守仁・解縉・于慎行、清の施閏章・査慎行・袁枚らは、直接訪れ、あるいは遠望するなどして、美しい九華山の詩を詠んだ。

北宋・晁補之の七絶「銅陵を過ぎて南望すれば、一山高く雲上に出で、奇秀　駭く可し。…」詩は、九華山の知名度の上昇を物語る。

雲端忽露碧孱顔　　雲端　忽ち露われて　碧孱顔たり
如髻如簪縹緲間　　髻のごとく　簪のごとし　縹緲の間に
驚駭舟中斉挙首　　驚駭して　舟中にて　斉しく首を挙ぐ
不言知是九華山　　言わずして　知る是れ　九華山なるを

「孱顔」は、高峻なさま、「縹緲の間」は、遠くかすむあたりの意。王安石も、「平甫（弟の王安国）の『舟中にて九華山を望む』に和す四十韻」詩の中で、無数の山の雄大・特異さを兼備する名山だとして、

楚越千万山　　楚・越の　千万の山
雄奇此山兼　　雄奇　此の山は兼ねたり

と九華山をたたえた。また、北宋の蒋之奇「化城寺に遊ぶ」詩は、九華山の古刹を訪れて、「雲端に浄刹を開き、峰頂に平田（平地）を見る。水石は清くして価無く（貴重で）、烟霞は翠にして前に満つ」と歌う。

（許山）

【滁州西澗・広教寺（双塔寺）】

　滁州の西澗は、滁州市の西郊約一キロメートルにあった谷川の名。近年の研究（山田和大「韋応物の終焉の状況について」〔『中国中世研究』五六号、二〇〇九年〕）は、揚州六合県（南京市六合区）の永定寺西北の芳草澗を指す可能性を指摘するが、詩跡としての西澗は、滁州のものを指す。建中三年（七八二）の夏、滁州刺史となった韋応物は、翌年ごろ、七絶「滁州西澗」（滁州の西澗）詩を作る。

独憐幽草澗辺生　独り憐む　幽草の　澗辺に生ずるを
上有黄鸝深樹鳴　上に黄鸝の　深樹に鳴く有り
春潮帯雨晩来急　春潮　雨を帯びて　晩来急なり
野渡無人舟自横　野渡　人無く　舟自ら横たわる

―谷川のほとりに人知れず茂る春の草を、私はひとり愛でる。鬱蒼とした木々の中で黄鸝が鳴く。春の川水は雨を添えて、夕暮れどき激しく流れゆく。郊外の渡し場には人かげはなく、舟が横たわるだけ。―

　この佳詩が愛唱されて西澗は詩跡化し、作者への追慕を生む。金の趙秉文「擬和韋蘇州二十首」其二「西澗に和す」詩には、「歩みて幽澗を尋ぬれば　路無きかと疑い、忽ち人家有りて　略彴（木の小橋）横たわる」という。明・徐賁の七絶「滁州の西澗」は、こう追想する。

為憶風流韋刺史　為に憶う　風流なる韋刺史
也曾来此澗辺行　也た曾て此に来りて　澗辺を行く

明の尹夢璧「西澗の春潮」詩（清・光緒『滁州志』三所引）も、「景を撫し漫りに追う　韋刺史、詩を尋ねて長く伴う　道人の遊」と詠む。清の王士禛は、詩跡を訪ねて七絶「西澗」を作り、「西澗蕭蕭として数騎過る、韋公の詩句　愁いを奈何せん。黄鸝　客を喚べば　且く須らく住まるべし、野渡庵（韋詩による命名）前　風雨多し」と歌う。

　現在、当地には城西湖が作られ、西澗の大部分は湖水に掩われた。

広教寺（双塔寺）は、宣城市の北五キロメートル、敬亭山の南麓にあった古刹の名。唐の大中三年（八四九）、宣州刺史・裴休によって創建され、北宋の紹聖三年（一〇九六）、東西に対峙して仏塔が建てられた。双塔は七層、高さ一七メートルで、第二層の内壁には、蘇軾手蹟の『観自在菩薩如意輪陀羅尼経』を模刻した石が嵌め込まれている。

　宣城出身の北宋・梅堯臣は、「正仲・屯田と広教寺に遊ぶ」詩で、「古寺　深樹に入り、野泉　暗渠（隠れた水路）に鳴る」と詠み、「二弟と渓を過ぎて広教の蘭若（寺院）に至る」詩では、荘厳な様子を歌う。

高僧鑿崖腹　高僧　崖腹（切り立った山腹）を鑿ち
建閣将雲連　閣を建てて　雲と連なる
祕此龍鸞迹　此に秘す　龍鸞（優れた人たち）の迹
足使臣僕虔　臣僕をして　虔（敬虔）たらしむるに足れり

　南宋・韓淲の「広教寺に宿す」詩には、寺の歴史と清冽な風景を、「古を訪えば　人は伝う　裴相国（裴休）、詩を尋ぬれば　我は憶う　謝宣城（敬亭山を詠んだ宣城郡太守、南朝斉の謝朓）。風は万木を回りて　新霜浄く、雲は長空に薄くして　夕照明らかなり」と詠じた。

　明・曹瓚「広教寺に遊ぶ」詩（清・光緒『宣城県志』三二所引）は、周囲の美景を称えつつも、「黄檗（唐の開基・黄檗希運禅師）は来らず　裴相（裴休）遠く、金鶏井上　草荒蕪たり」と、寺閣を作る木材を吐き出したという金鶏井伝説を踏まえて荒廃したさまを歌う。

　宣城出身の詩人、清の施閏章は「双塔寺」詩を作って歌う、「双塔は老翁の如く、蒼顔　肩を比べて立つ。上に玉局（蘇軾）の銘有り、摩挲（撫でる）せんとするに　層級（多くの階段）を隔つ」と。

（許山）

【酔翁亭・豊楽亭】

北宋の欧陽脩は、慶暦五年（一〇四五）、讒言によって左遷され、滁州の知事となった。翌年、琅琊寺（【琅琊山・琅琊山寺】の項参照）の僧智仙が、彼のために風景の美しい琅琊山の麓に亭を建て、欧陽脩が自らの号「酔翁」によって命名した亭が、酔翁亭である。現在のものは清末の再建で、中国四大名亭の第一に数えられる。

欧陽脩が書いた「酔翁亭の記」は、名文の誉れが高く、酔翁亭は一躍、著名な詩跡となった。その冒頭部にいう。

滁を環りて皆山なり。其の西南の諸峰、林壑（森や谷）尤も美しく、之を望めば蔚然（こんもり）として深秀なるは、琅邪（山）なり。山行すること六七里、漸く水声の潺潺（さらさら）として両峰の間に瀉ぎ出づるを聞くは、醸泉なり。峰回り路転じて、亭の翼然として（鳥が翼を広げたように）泉上に臨む有るは、酔翁亭なり。…酔翁の意は酒に在らず。山水の間に在るなり。山水の楽しみは、之を心に得て、之を酒に寓するなり。

欧陽脩は「滁州の酔翁亭に題す」詩に、「但だ愛す　亭下の水の、乱峰の間より来るを。声は空より落つるが如く、両簷（ひさし）の前に瀉ぐ」と詠む。彼の文学・人柄を慕う多くの文人が訪れて詩を詠んだ。明・鄭大同「琅琊山に登る　漫興」二首其一（民国十八年『琅琊山志』五所収）には「夢に琅琊に入ること三十年」とあり、清の王士禛「雨に酔翁亭に過る」三首其一に「吾が生　嗟　太だ晩く、酔翁の遊ぶに及ばず」と思慕の情を歌ったのは、その典型である。

風景は、金・趙秉文「酔翁亭に遊ぶ」詩に、「一径　幽谷に入り、磴迂（曲折する石の小道）　景　更に延ぶ」とあり、明・王世貞「陳体乾太僕、酔翁亭に邀え飲む」詩に、「樵逕（木こりの路）漸く移る　残照の外、商歌（悲しげな歌）忽ち入る　暗泉の中」と歌われる。

欧陽脩は、醸泉（譲泉）の水を好んだ。今日、醸泉とされるものは、酔翁亭の前を流れる玻璃沼という小川のそば、正門（欧門）付近に湧き出た山泉を指す。石で方形に囲み、清・康熙二三年の王賜魁の「譲泉」碑がある。明・程敏政「鳳陽の南二十里…」詩に「醸泉の声は繞らん　酔翁亭」とあり、明・王世貞「滁陽（滁州）に抵りて…」詩に「最も喜ぶ　清流　醸泉と号するを」という。欧陽脩手植えの梅とされる「欧梅」があり、王士禛「雨に酔翁亭に過る」三首其三に、「欧梅　池閣に映じ、半畝　清陰を散ず」などと詠まれた。

豊楽亭は、欧陽脩が慶暦六年（一〇四六）、滁州西郊の豊山（琅琊山の北部）の北麓、幽谷泉（紫薇泉）のほとりに建てた亭の名。彼の「豊楽亭の記」によれば、亭の名は、「其の歳物（収穫）の豊かに成るを楽しむ」ことによる。欧陽脩の「豊楽亭遊春」三首其三にいう。

紅樹青山日欲斜　　紅樹　青山　日斜めならんと欲し
長郊草色緑無涯　　長郊の草色　緑　涯無し
遊人不管春将老　　遊人は管せず　春の将に老いんとするを
来往亭前踏落花　　亭前に来往して　落花を踏む

—紅い花をつけた樹々、新緑の山、日が沈みかける。広々とした野原には、草の緑が果てしなく続く。行楽の人は春が終わろうとするのを気にも掛けず、落花を踏みながら豊楽亭の前を行き交っている。—

北宋・蘇舜欽「豊楽亭に寄せ題す」詩に、その満ち足りた生活を、「野老は共に歌呼し、山禽相い迎逢す（出迎える）」と歌い、明・呉寬「豊楽亭を分題して文宗儒太僕を送る」詩に、「何れの処の亭か成りて歳豊（豊作）を楽しむ、瑯琊の山は在り　乱雲の中」などという。

【琅琊山・琅琊山寺】

（許山）

琅琊山は、滁州市の西南五キロメートルにある、海抜二百から三百メートルの小山から成る群山の名。琅琊山・瑯琊山などとも書く。山名は、東晋の元帝司馬睿が瑯琊王であったとき、この山に避難して寓居したことに由来するという（『太平寰宇記』一二八）。

琅琊山は中唐の李幼卿によって開発が進む。李幼卿は、滁州刺史に着任した大暦六年（七七一）、僧法深とともに寺院を建てた。当初は宝応寺、宋代、開化寺となり、琅琊山寺（琅琊寺）は、その通称である（一九八四年、滁州市が正式に琅琊寺と命名した）。

中唐・独孤及「瑯琊渓述」の序に、「（李幼卿は）石を鑿ちて泉を引き、其の流れを釃いで以て渓と為す。渓の左右に上下の坊を建て、禅堂・琴台を作り以て之に環らす」とあり、その谷川を琅琊渓と名づけたとする。李幼卿はその風景を愛し、「琅琊山寺…」詩に、「経行（歩きまわる）霞雨を躡み、跬歩（足跡）嵐煙を隔つ」という。

瑯琊山は中唐以降、詩跡化して多くの詩人に詠まれる。中唐の顧況は、七絶「題琅邪上方」（琅邪の上方［琅琊山寺］に題す）でいう。

東晋王家在此渓　東晋の王家　此の渓に在り
南朝樹色隔窓低　南朝の樹色　窓を隔てて低る
碑沈字滅昔人遠　碑沈み　字滅して　昔人遠し
谷鳥猶向寒花啼　谷鳥　猶お寒花に向いて啼く

—東晋の王家司馬氏は、この琅琊渓に滞在した。南朝期のままの樹々が、寺の窓のむこうに枝を茂らせている。石碑は埋没し、刻まれた文字も消滅して、昔の人は遠い存在となった。それでもなお、渓谷に棲む鳥たちは、寒々とした季節の花を前に啼いている。—

同じ中唐・李紳「滁陽（滁州）に守たる深秋に、郡城に登りて瑯琊を望みしを憶う」詩に、「菊は秋節を迎えて西風急に、雁は砧声を引きて北思多し」という。また建中三年（七八二）、滁州刺史となった韋応物は、「西山（琅琊山）の深師（僧法深）に詣る」「秋景　琅琊の精舎（寺）に詣る」「琅琊山寺に遊ぶ」詩などを作る。「琅琊山寺に遊ぶ」には、余暇を得て参詣する情景を詠んだ後、こう結ぶ。

物累誠可遣　物累（世俗の煩わしさ）は　誠に遣るべきも
疲甿終未忘　疲甿（疲れ苦しむ民）は　終に未だ忘れず
還帰坐郡閣　還帰して　郡閣（刺史の官舎）に坐し
但見山蒼蒼　但だ見る　山の蒼蒼たるを

北宋の王禹偁は、至道元年（九九五）滁州の知事となり、多くの詩を詠じた。「琅琊山」詩では「名を流すは東晋自りし、積翠　南譙（郡名。滁州の地）に満つ。…杉影　雲に挐りて暗く、泉声　竹より出でて遥かなり。廟碑　漢祖（劉邦）を伝え、寺額　唐朝を認む」と歌う。さらに、開化寺周辺の名勝（庶子泉・白龍泉など）を「八絶詩」に詠んだ。その中の「庶子泉」（泉を穿つ李幼卿の前官・右庶子に因む）に、「味は春の茗（茶）と宜しく、光は暁の嵐（山の靄）と瞑し」と詠む。

北宋の欧陽脩は、慶暦五年（一〇四五）滁州の知事となり、「琅琊山六題」などの詩を作る。その中の一首、七絶「庶子泉」にいう、

庶子遺蹤留此地　庶子の遺蹤（遺跡）　此の地に留まり
寒岩徙倚弄飛泉　寒岩に徙倚（徘徊）して　飛泉を弄づ
古人不見心可見　古人は見えざるも　心は見るべし
一片清光長皎然　一片（一面）の清光　長えに皎然たり（輝く）

欧陽脩の詩は琅琊山詩の源泉となり、彼の名文「酔翁亭記」が人口に膾炙して、琅琊山は不動の詩跡となったのである。

【天門山】

（許山）

天門山は、馬鞍山市当塗県西南十五キロメートルの、長江両岸にある二山の総称。東岸の東梁山（博望山、海抜八一メートル、蕪湖市）と西岸の西梁山（梁山、海抜八八メートル、馬鞍山市和県）から成る。二山が長江を夾んで対峙し、大自然が設けた門のように見えるので、この名がある。また遠望すると、二つの眉に似ていたため、蛾眉山ともいう。

南朝・宋の王玄謨が両山の山頂に却月城を築いて以降、南朝の諸国は、ここを要害の地として兵士を置いたという。長江に面した西梁山の断崖には、王羲之の書「振衣濯足」（衣を振るい足を濯う）を見ることができ、同じくかつては刻まれていた李白の「天門山の銘」には、山の役割を「梁山・博望（山）は、楚の浜を関扃す（閉じる）。洪流（長江）を夾み拠りて、寔に呉の津（渡し）為り」という。また、李白の著名な七絶「望天門山」（天門山を望む）詩に、次のように歌う。

天門中断楚江開　　天門中断して　楚江開く
碧水東流直北迴　　碧水東流して　直北に迴る
両岸青山相対出　　両岸の青山　相い対して出で
孤帆一片日辺来　　孤帆一片　日辺より来る

—天門山が真中から二つに断ち切られ、門を開けたように楚江（楚の地を流れる長江）が広がりゆく。碧い長江の水は東に流れ続け、ここで真北へと向きを変える。両岸の青山が向いあって聳えたち、一艘の帆かけ船が、はるか日輪の輝く西のかなたから下ってくる。—

百メートルにも満たない小山が、李白のこの詩によって忘れがたい詩跡となる。李白はまた「横江詞」其四のなかで、天門山を抜ける長江の荒波を、「海神（暴風雨をもたらす海の神）来り過ぎて　悪風廻り、浪は天門を打って　石壁開く（裂ける）」と歌っている。

李白作とされる（一説に中唐・李赤の作）「姑孰十詠」其十「天門山」には、「参差たり（高さが違うさま）　遠天の際、縹緲たり（かすかに見える）　晴霞の外」と見える。

天門山は長く詠まれる。北宋・賀鋳の詞「天門謡」に「牛渚（磯）天門（山）険にして、南北を限り（南北を隔てる要衝となり）、七雄豪占す（六朝・南唐がこの天険をおさえた）」とあり、「李白の後身」と称された北宋・郭祥正の「李白の姑孰十詠に追和す」其十「天門山」には、「双鳧（二羽の鴨）　人間に落ち、千帆　天外に出づ」という。明の汪広洋「両梁山」詩は、「両梁雄跨す　大江の湄、高く雲霄に出でて　碧漪（さざなみ）を控う」と壮大に詠じ、明・王世貞の「東西の梁山、一に天門山と名づく、江中に在り」の詩も伝わる。

また、天門山が女性の二つの眉のように見える姿も詠み継がれた。北宋の沈括「蛾眉亭」詩は歌う。（蛾眉亭は【采石磯】の項参照）

双峰秀出両眉彎　　双峰秀出して　両眉彎り
翠黛依然鑑影間　　翠黛　鑑影の間に依然たり
終日含顰縁底事　　終日　顰を含むは　底事にか縁る
祇応長対望夫山　　祇だ応に長えに望夫山に対するなるべし

—二峰がそびえて二つの眉が湾曲し、青黒い黛が鏡のごとき水面の輝きの中にそのままに映る。一日じゅう哀愁を帯びているのは、なぜなのであろうか。それはきっと、妻が夫の帰りを待ち続けるという名の、望夫山といつも向き合っているからであろう。—

南宋・楊万里の詩「東西の二梁山に題す　三首」其一も、「二梁の双黛（双眉）　東西に点ず、牛渚（磯）より看来れば　活底の眉（実物の眉）」と描写する。

（許山）

【黄山】

安徽省の南部、黄山市黄山区に聳える、蓮花峰（一八七三メートル）を最高峰とする山々の総称。多くの峰から成り、蓮花峰・天都峰・光明頂の三大主峰のほか、大きな峰だけで三六あるとされる。山水画を思わせる山谷・雲霧の風景で知られ、『太平御覧』四六「地部、黟山」の条に、「奇踪異状（奇抜な山容）は模写す可からず、信に霊仙の窟宅なり」というほど、山々の特異な形状、神仙の居住を感じさせる幽邃な雰囲気で知られた。怪石・古松・雲海の「三奇」が名高く、これに温泉を加えて「黄山の四絶」という。清・閔麟嗣『黄山志定本』（以下、『定本』と略称）二、徐弘祖（霞客）の条に、「薄海の内外（この広大な世界で）、徽（州）の黄山に如く（及ぶ）もの無し。黄山に登れば天下に山無し、観止めん（この上なくすばらしい）」と絶賛する。

「黄山」の名は、伝説上の皇帝・黄帝に由来する説が最も広く知られている。もともと「黒い山」を意味する黟山と呼ばれていたが、黄帝が、ここに遊んで丹薬（仙薬）を煉ったとされ、唐の天宝六載（七四七）、勅命で黄山に改めたという（南宋・羅願『新安志』三）。そのため、今なお黄山中に、煉丹峰・軒轅峰・杵臼石・丹井など、黄帝にちなむものが見られ、関連する詩も多い。

『定本』六には、唐以前の黄山の詩を収めておらず、現存する詩の中では、盛唐の李白が最初に黄山を詠んだ詩人と考えられる。李白の「温処士の黄山白鵝峰の旧居に帰るを送る」詩の冒頭にいう。

黄山四千仞　　黄山は　四千仞
三十二蓮峰　　三十二の蓮峰
丹崖夾石柱　　丹崖　石柱を夾み
菡萏金芙蓉　　菡萏　金芙蓉

―黄山の高さは四千仞（一仞は七尺）、三二の蓮の花のような峰々。丹い（花崗岩の）絶壁が柱のようにそばだつ岩をはさみ、蓮の花のつぼみ、金色の蓮の花のような峰々が聳える。―

明の程敏政「黄山に遊ぶ巻の引（序）」に「黄山の景為るや、太白の句に非ざれば、其の勝に当たる能わず」といい、李白の影響は大きい。晩唐の李敬方「黄山の湯院に題す」詩には、「沙暖かくして　泉常に沸き、霜籠むるも　水更に温かし」とあり、温泉を詠む詩も作られた。

「黄山の勝、宇内（天下）に甲（第一）たるも、独り地阻にして且つ幽なるを以て、人迹至ること罕なり」（『定本』黄士塤の叙）とあるように、黄山を訪れる文人は少なかった。作品が増えるのは宋代以降である。黄山の詩を多数収録した『定本』に載る詩人は、唐代が一〇人、宋代が五〇人弱、元代が一七人、明代が一六〇人超である。これから判断する限り、黄山は詩跡として宋代に広まり、明代に定着したと言えよう。北宋・杜叔元の五律「黄山にて作る」（『定本』六所収）の前半にいう。

占勝新安境　　勝を占む　新安の境
佳名千古聞　　佳名　千古に聞こゆ
奇峰半天出　　奇峰　半天に出で
秀色数州分　　秀色　数州に分かる

―黄山は新安郡の名勝を独占し、その名声は遥かな昔から伝わる。奇峰が天空高く聳え、秀麗な景色は周囲の州郡からもよく見える。―

黄山を詠む際、李白を意識した作品は、元・明以降に目立つようになる。元・趙汸の七言古詩「黄山の煉丹峰に登り、昔人の隠処を尋ぬ」にいう。

摩挲考撃三歎息　摩挲考撃して　三たび歎息し
悵不並世来相従　世に並びて　来りて相い従わざるを悵く
因憐李白升絶頂　李白の　絶頂に升るを憐むに因りて
空吟菡萏金芙蓉　空しく吟ず　菡萏　金芙蓉

―李白の遺跡を撫でたり叩いたりしてしばしば嘆息し、同じ世に生まれ合わせなかった運命を悲しむ。李白が黄山の絶頂に登ったことに心動かされ、ただ空しく李白が詠じた「菡萏　金芙蓉」の詩句を吟詠するのみ。―

　また、明・程敏政の七律「黄山にて湯泉及び龍池を観て、…」四首其一に、「山姓（山の名）は尚お随う　軒帝（黄帝）の号、詩龕（書庫、転じて、詩作）誰か継がん　謫仙（李白）の才」とあり、明・唐正の七律「黄山に遊ぶ」詩（『定本』六所収）には、李白をしのんで「古今の題詠　苔壁に盈つるも、誰か似かん（及ぶであろうか）　当年の李謫仙（李白）」とあって、当時すでに多くの文人が訪れて詩を詠んでいたことがわかる。さらに明・汪玄錫「黄山の歌」（『定本』六所収）は、黄山の荒廃を詠じて懐古する。

黄　山

隴西太白本狂客　隴西の太白　本と狂客
無端悵恨湯池辺　端無くも　悵恨す　湯池の辺
我来太白千年後　我来る　太白　千年の後
旧寺荒涼惟数椽　旧寺荒涼として　惟だ数椽あるのみ

―隴西出身の李白は、世俗ばなれのした気ままな男。思いがけずも（丹砂の湧き出る）温泉で深く嘆いた。私は李白に遅れること千年、今や旧い寺は荒れはてて、垂木が数本残されているだけだ。―

　また、明・孫晋の七言古詩「始信峰に登り、…」（『定本』七所収）に見える「菡萏　葉間　金芙蓉、奇峰　何ぞ三十六に止まらん」の詩句も、李白の詩を意識しよう。

　明末清初の銭謙益「十一日、天都峰趾繇り蓮華峰を逕て…」にいう。

六六蓮峰倚林樾　六六の蓮峰　林樾に倚り
嘆息青蓮久蕪没　嘆息す　青蓮　久しく蕪没するを
曾聴当時呉会吟　曾て聴く　当時　呉会の吟
惟有黄山碧渓月　惟だ有り　黄山　碧渓の月

―蓮の花のような三六の峰々が林の中に聳え、青蓮（居士・李白）が世を去って久しいのが嘆かれる。かつて李白は呉の地の歌に耳を傾けたが、黄山には今はただ、李白の詠じた碧渓の月が掛かるばかり。―

　銭謙益が念頭に置く李白の「夜　黄山に泊して、殷十四の呉吟を聞く」詩は、安徽省馬鞍山市当塗県にある同名の黄山を詠んだものとされる。銭詩がここでこの詩を踏まえるのは、当時すでに李白と黄山の関係が強く意識され、他所の黄山を詠んだ詩もすべて本稿の黄山に関わる詩の中に取り込まれていった結果と考えられよう。

　李白と黄山の関係については、寺尾剛「李白と黄山―伝承の系列化をめぐって―」（『愛知淑徳大学論集―文学部・文学研究科篇―』第二七号、二〇〇二年）に詳しい。

（許山）

【天柱山（皖公山）】

安慶市潜山県の西北約一八キロメートルにある山の名。主峰の天柱峰は、海抜一四九〇メートル、潜山（灊山）とも呼ばれる。また西周の皖伯が始めて封ぜられた地（『方輿勝覧』四九）とされ、皖公山・皖山ともいう。前漢の武帝劉徹は、元封五年（前一〇六）、この天柱山に登って礼式通りに祀り、南岳と号した（『史記』一二）。『輿地紀勝』四六に引く『洞天記』には、「漢の武帝、衡山の遼遠なるを以て、祭りを潜山に移し、遂に南岳と為す」とあり、天柱山が五岳中の南岳とされた歴史的経緯を述べる。七百年後の開皇九年（五八九）、隋の文帝楊堅が湖南省の衡山を「南岳」に定めて以降、天柱山は「古南岳」となる。

天柱山では、やがて仏教・道教が盛んになって、禅寺の三祖寺（旧名・山谷寺）や道教の真源宮などが建立された。さらに天空を突き刺す玉柱のような形をした花崗岩の高峰・天柱峰の奇景もあって、多くの名士が訪れて詩を作る。盛唐・李白の「江上　皖公山を望む」は、その詩跡化を告げる詩である。詩の冒頭に、山の遠景を歌う。

奇峰出奇雲　　奇峰　奇雲を出だし
秀木含秀気　　秀木　秀気を含む
清宴皖公山　　清宴す　皖公山
巉絶称人意　　巉絶　人意に称う

—奇抜な形の峰々から奇抜な形の雲が湧きだし、高く伸びた美しい木々は美しい優れた趣を漂わせる。清らかに晴れて雲のない皖公山を望めば、険しくそそり立つ山容に、わが心は満たされる。—

李白は、この句の後、修行して丹薬を作り、仙人となるつもりだから、待っていて欲しいと述べ、山への敬慕の念を歌う。

中唐の独孤及も、舒州（潜山県）刺史のとき、「皇甫侍御の天灊山（＝潜山）を望みて示さるるの作に酬ゆ」詩で、「早歳より五岳を慕い、嘗に塵機（世俗的な事情）に礙げらる。孰か知らん　天柱峰、今郡斎（刺史の官舎）と対するとは」と詠み、若い頃から続く長い憧憬を表白する。また、晩唐・羅隠「舒州宿松県の傅少府を送る」詩には、「県は好くして　也た皖水に臨むを知り、官は閑にして　応に灊峰（潜山）を看るを得べし」と歌うなど、唐代、すでに詩跡となる。五代、南唐の李明の壮大な逸句「天柱一峰　日月を擎え、洞門（洞窟の門）千仞　雲雷を鎖ざす」（『輿地紀勝』四六所引）も、人口に膾炙する。

北宋・林逋「山谷寺」詩では、幽静・清澄な境内を、「纔かに禅林に入れば　便ち還るに懶し、衆峰　深鬱　孱顔を共す（高峻な寺院を取り巻く）。楼台冷やかに簇がる　雲蘿の外、鐘磬（楽器の名）晴れて敲く　水石の間」と描く。他方、王安石は「雷国輔に別る」詩の中で、

莫厭皖山窮絶処　　厭う莫かれ　皖山　窮絶の処なるを
不妨雲水助風騒　　妨げず　雲水　風騒（詩文）を助くるを

と詠んで、天柱山の自然を称えている。

天柱山は以後も歌い継がれ、清・康熙『安慶府志』三〇には、周辺の詩を多く収める。山は、三六洞天・七二福地の中に数えられる、洞天福地（神仙の住む別天地）である。明・李庚「天柱山に登る」詩は、そうした仙境的情景を絶賛して、「天下に奇観有るも、争でか似かん　此の山の好きに」と歌い、明の羅荘「潜山古風」詩は、こう結ぶ。

天生好境在人世　　天生の好境　人世に在り
閬苑蓬莱奚足貴　　閬苑（神仙境）蓬莱（山）奚ぞ貴ぶに足らん
何当結屋傍潜峰　　何当か屋を結びて　潜峰に傍い
収拾詩瓢貯清気　　詩瓢を収拾して　清気を貯えん

（許山）

【章華台・青弋江】

章華台は、春秋時代の前五三四年、楚の霊王が築いた離宮の名。章華宮・三休台ともいう。章華台の所在地については、現在の安徽省亳州市譙城区城父鎮のほか、湖北省潜江市龍湾鎮（古華容）、荊州市沙市区、荊州市監利県周老嘴鎮、河南省周口市商水県などの諸説がある（『太平寰宇記』一〇・一一・一四六）が、潜江市西南付近にあったとする説が有力である（北宋・沈括『夢渓筆談』四など）。章華台自体は早く失われて、「章華台」とされる場所が複数でき、各地で詩に詠まれた。民衆を疲弊させ、苛政をしいた霊王が栄華を失って死に、荒廃した離宮のみが残存する人為の無常さを詠むことが多い。

章華台は、南朝斉の謝朓の詩（「奉和随王殿下十六首」）中に見えるが、その詩跡化は唐代に降る。盛唐の劉長卿「南楚懐古」詩は、離宮の荒廃を「君看よ　章華宮、処処　蓬蒿（雑草）を生ずるを」と詠む。晩唐・胡曾の七絶「章華台」詩は、豪奢な霊王の、悲惨な最期を歌う。

茫茫衰草没章華　　茫茫たる衰草　章華（台）を没す
因笑霊王昔好奢　　因りて笑う　霊王　昔（豪）奢を好みしを
台土未乾簫管絶　　台土未だ乾かずして　簫管（管絃の音）絶ゆ
可憐身死野人家　　憐れむべし　身は死す　野人（庶民）の家に

「章華台下　草　煙の如し」で始まる晩唐・韋荘の「楚行吟」に、「惆悵す　楚宮　雲雨（歓楽を指す）の後、露啼き花笑う　一年年」とあり、李群玉「章華楼（章華台の旧跡上）に登る」詩は、「覇業　荊棘に没し、雄図　古丘と成る」と詠じる。

続いて北宋の劉敞「章華台」詩に、「蔓草　頽基（崩れた土台）を匿し、長風　飛沙を巻く。廃興は糾纆（あざなえる縄）の若く、故老は猶お咨嗟す（嘆く）」とあり、南宋・張栻の「章華台に遊ぶ」詩は、「淒涼として問う処無く、馬に騎り堤を踏みて帰る」と、蕭条たる旧跡を歌う。南宋・周弼「春濃曲」の「玉釵埋めて遍し　細腰の人（楚の霊王が好んだ細腰の美女）、章華台上　蒼苔満つ」の句も印象深い。

青弋江は黄山の北麓を水源とし、北流して蕪湖市で長江に注ぐ川。清弋江とも書く。中唐の顧況「青弋江」詩が最古の単独の詩題であり、「淒清たり　回泊の夜、淪波（さざなみ）石に激して響く」と歌うが、詩跡化に貢献したのは、晩唐・杜牧の七律「宣州（現・宣城市）にて裴坦判官の舒州に往くを送る…」であろう。前半にいう。

日暖泥融雪半銷　　日暖かく泥融けて　雪半ば銷え
行人芳草馬声驕　　行人　芳草　馬声驕る（元気よく嘶く）
九華山路雲遮寺　　九華の山路　雲　寺を遮り
清弋江村柳払橋　　清弋の江村　柳　橋を払う

清弋江の美景を詠じたこの佳句から追随詩が生まれた。民国『南陵県志』四二には清弋江の詩を収める。明・方海「清弋の波光」詩は、清澄な風景を「客は舟楫を行めて天上の如く、人は形容を鑑して鏡中に似たり」と詠じ、清・呉学洙「晩に弋江に抵る」詩は杜牧をしのんで、「板橋の楊柳　今　何くにか在る、過客は猶お吟ず　杜牧の詩」と詠む。清・袁啓旭の詩「清弋江に次りて友を訪ねて値わず」の、「清弋江頭　一葉の舟、山光　雲影　共に沈浮す」も美しい。

清の査慎行は、「清弋江を渡る」詩の冒頭で、

一曲清江抱白沙　　一曲の清江　白沙を抱く
牧之佳句旧曾誇　　牧之（杜牧の字）の佳句　旧と曾て誇る

と詠み、黄景仁は「青弋江を渡る」詩で、川の美しさを「錦石　沙屑に燦として（きらめき）、晴洲　蘭芳鬱たり（蘭の花が茂る）」と歌う。

【巣湖（焦湖）・四頂山】

（許山）

巣湖は、安徽省の中部にある、中国第五の大きな淡水湖の名。合肥市の東南、巣湖市の西に位置する。その名は、湖の形状が鳥の巣を横から見た形に似ているためである。焦湖ともいう。居巣県に住む老婆の巫女（巫姥）が、城門の石の亀が血を出すとここは陥没して湖となることを予言し、その通りになった。人々は信頼を寄せ、その巫女のために廟を建てた。湖中の「姥の廟」はこれであるという（『太平寰宇記』一二六）。晩唐・羅隠の七律「姥山（巣湖中の島）」詩は、この神女（巫女）像を祀る廟（太姥廟）を訪れての作らしい。

眉分初月湖中鑑　眉は初月を分かちて　湖中の鑑
香散余風竹上煙　香は余風に散じて　竹上の煙
借問邑人沈水事　借問す　邑人　沈水の事
已経秦漢幾千年　已に経たり　秦漢　幾千年と

—神女の眉は三日月を移して鏡のごとき湖面に映り、芳香は名残の風に広がって竹林のもやとなる。村人に陸地が湖水の中に沈んだことを尋ねてみると、「すでに遥かな昔、秦漢よりも前の事だ」という。—

巣湖の伝承は、巨魚（龍の化身）を食べなかった老婆への、龍の恩返しの類話としても伝わる（『捜神記』二〇）。南宋の黎廷瑞「巣湖に風に阻まれ、夜起きて天を観る」詩には、「寄語す　龍魚　相い戯る莫かれ、向来（いまに）　此の地　亦た桑田」と歌う。明・儲良材の七律「中廟（巣湖北岸にある廟）」では、「羅隠の詩は留まりて仍お水殿（巣湖中の太姥廟）、伯陽（道士魏伯陽。後述）の仙は去りて　只だ山隈」（清・嘉慶『合肥県志』三一所引）と詠む。

巣湖は風景美でも知られる。杜荀鶴の七絶「人の淝上に帰るを送る」のほかに、北宋の劉攽「巣湖」詩の「天　水と相い通じ、舟行去りて窮らず」は、湖の広大さを印象深く描く。元の納延「巣湖述懐…」詩には、「湖水は漫漫として天杪（天の果て）に接し、天低れて更に覚ゆ　青山の小なるを」という。

四頂山は、巣湖の北岸にある、海抜一七四メートルの山。合肥市肥東県の南二五キロメートルの地である。山名は、頂上が四つあることに因み、四鼎山ともいう。低い山でありながら、巣湖に面する山として『隋書』三一にはすでにその名が見え、朝焼けの美しさは「四頂朝霞」として知られ、朝霞山の別名がある。後漢の道士魏伯陽が煉丹を行った処とされ（『方輿勝覧』四八）、残された丹砂が朝日に輝くのだとも伝える。晩唐・羅隠の五律「四頂山」があり、その前半にこう歌う。

勝景天然別　勝景　天然の別
精神入画図　精神　画図に入る
一山分四頂　一山　四頂を分かち
三面瞰平湖　三面　平湖を瞰る

—美しい風景は天与の抜きんでた存在であり、心は絵のような風景に引き込まれる。一つの山に四つの峰がそびえ、三方に豊かに満ちる湖を見下ろせる。—

北宋の張彦修「四頂山」詩にいう、「翠巒斉しく聳えて　平湖に圧み、晩緑朝紅　画も如かず。寄語す　商山の閑四皓に、好く来りて各の一峰を占めて居れ」（『輿地紀勝』四五）と。明の黄道年「四頂山に登る」詩には、「衣を振りて高処に鳴榔（魚を捕るために舟ばたを叩く音）を聴き、煙樹蒼茫（広々）として　水郷を隔つ」（『合肥県志』三二）とあり、清の許如蘭「四頂山に登りて…」詩の「伯陽の丹鼎　晴霄靄たり（煉丹の煙で晴天がかすむ）」は、魏伯陽の故事を踏まえている。

【蕪湖・赭山】

（許山）

蕪湖は、安徽省の東南部に位置する長江南岸の要地で、青弋江がここで長江に注ぐ。古名は鳩茲、漢代に「蕪湖」に改名されたらしい。漢代の県治は、蕪湖市の東三五キロメートル、現在の咸保鎮付近とされる。三国・呉のころ、現在の蕪湖市に移された。

蕪湖の名は、「其の地卑くして水を畜え、濘深くして蕪藻（水草の雑草）を生ず」るためという（『太平寰宇記』一〇五）。『南斉書』一四に「江東には先ず建業有り、次に蕪湖有り」というように、蕪湖は江南の要津であった。南朝梁の元帝「蕪湖に泛かぶ」詩にいう。

　橈度菱根反　　橈（舟）度りて　菱の根反り
　船去荇枝低　　船去りて　荇の枝低る

晩唐の杜牧は「往年、故府呉興公（沈伝師）に随い、夜、蕪湖（水の）口に泊す。…」の中で、懐旧の感傷を「故国（故郷の長安）に還た帰去す、浮生亦た憐む可し。高歌　一曲の涙、明日　夕陽の辺」と歌う。また、北宋の林逋「蕪城（湖？）県に過る」詩には、「詩中長く愛す　杜池州（池州刺史杜牧）の、蕪湖は是れ勝遊（楽しい遊覧の地）と説著するを。山は県城を掩いて北に当たりて起こり、渡（舟）は官道（河道）を衝いて西に向かって流る」という。

蕪湖は、蕪湖八景（赭塔晴嵐・玩鞭春色・白馬洞天・雄観江声・蟂磯煙浪・鏡湖細柳・呉波秋月・荊山寒壁）の風景美でも名高い。その中の「蟂磯」は、かつて長江中に屹立した岩山の名である（現在は対岸の巣湖市無為県と陸続きになる）。南宋の張孝祥「寧淵観」（蟂磯上の道観）詩に、「極目すれば洪波渺たり、轟轟として浪　天に接す」とあり、明の王守仁「蟂磯に登り…」二首其二にも、「江上の孤臣　一片の心、幾たびか漂没（浮沈）を経て水痕深し」という。また唐の温庭筠「湖陰詞（曲）」中の句「呉波動かず　楚山晩る」に因んで、呉波亭が宋代、青弋江辺に作られた。張孝祥は詞「満江紅（詞牌）于湖懐古」の中で、「望眼を凝らせば、呉波動かず、楚山叢碧なり」と詠じた。

赭山は、蕪湖市街地の西側、長江の近くにある、海抜八六メートルの小山の名。土石の色が赭いための命名である。山の南麓には、晩唐の乾寧年間建立の広済寺（旧称は広済院）がある。境内には北宋時代創建の古い五層の赭山塔があり、「赭塔晴嵐」の風景美で知られる。張孝祥の「赭山、分韻して成・葉の字を得たり」二首其一にいう。

　江平鏡新磨　　江は平かにして　鏡新たに磨し
　地迥玉琢成　　地は迥くして　玉琢み成す
　赭山有令色　　赭山　令色有り
　令我白眼青　　我が白眼をして青からしむ

―江水は豊かに満ちて、磨いたばかりの鏡のよう。地は高く聳えて、彫琢された玉のよう。赭山にはすばらしい景色があり、私はすっかり気に入ってしまった。―

境内には、北宋・黄庭堅の読書処と伝える檜軒があった。北宋・郭祥正の「蕪陰北寺の檜軒」詩には、「青幢碧蓋（緑の幟・車蓋のごとく茂る檜は）儼も天成、湿翠（湿潤の翠気）濛濛として画楹（彩柱）に滴る」と歌う。檜軒の後称「滴翠軒」は本詩に拠るのであろう。

明の朱純（元の欧陽玄？）「赭山に登る」詩は、赭山の美を「湧出す　滄溟（長江）の外、孤高にして色更に佳し。気は丹き穴（丹穴山）の霧に通じ、光は赤き城（赤城山）の（彩）霞に映ず」と歌う。清初の王士禛「江行して（蕪湖の）識舟亭を望む」には、「赭山　人去りて春草生じ、江水　潮迴りて旧汀を没す」と詠む。人は黄庭堅を指すか。

（許山）

【小孤山】

安慶市宿松県の東南約六五キロメートルの、長江中にある島の名。海抜一〇〇メートル前後である。『大清一統志』一〇九に、「山は特立不倚（独立峰であること）を以て、故に名を得たり」とあり、鄱陽湖中にある島―大孤山（【石鐘山・大孤山】の項参照）と区別するために小孤山という。小孤山は、俗に小姑山とも書かれる。

小孤山の対岸には、長江に面した岩山―澎浪（彭郎）磯（江西省九江市彭沢県の北）があった。長江の川幅はここで狭まり、水門の地形を形成する。そのため、元の天暦年間（一三二八～一三三〇）、「海門第一関」と書かれた鉄柱が小孤山上に立てられた。海門とは、川が海に流れ出る「海口」を意味し、水流が急で激しいため、海潮もここまで来ると、もはや遡上できないための呼称とされる。『大明一統志』一四にも、「孤峰峭抜し（高くそそり立ち）、南岸の山と対峙すること門の如し。大江の水、此に至りて隘束して（狭くなり）、其の下を出づ。深険（深く危険であること）畏る可し」と見え、小孤山は長江上の要害であった。かくして戦乱の舞台となり、元朝末、朱元璋（後の明の初代皇帝洪武帝）と陳友諒が交戦したことでも知られる。

小孤山は小島でありながら、古来、峭抜・秀麗さで名高い。元・虞集の「小姑（小孤山）及び彭浪廟に遊び…」二首其一に、「天　孤岑を作りて自ら幾時ぞ、高危　並びに見ゆ　古人の詩に」とあるように、多くの文人がここを訪れて詩を詠む詩跡となる。なかでも、中唐・顧況の七絶「小孤山」詩がその古いものである。

古廟楓林江水辺　　古廟　楓林　江水の辺
寒鴉接飯雁横天　　寒鴉　飯に接し　雁　天に横たわる
大孤山遠小孤出　　大孤山は遠くして　小孤出で
月照洞庭帰客船　　月は照らす　洞庭　帰客の船

―長江の中の、楓樹の林に包まれた古い廟。そこでは寒々とわびしげな鳥が餌をもらいうけ、天空には雁が列をなして南に飛びゆく。大孤山は遠く、小孤山は長江の川面から突き出るように聳えたち、月が洞庭湖（蘇州付近の太湖）のほとりに帰る人を乗せた舟を、明るく照らしている。―

小孤山の印象的な風景は、早くから画材となった。北宋の蘇軾は元豊元年（一〇七八）、初唐の画家李思訓が描いた大孤山・小孤山を見て、「李思訓画長江絶島図」（李思訓の画ける長江絶島の図）を書いた。

山蒼蒼　水茫茫　　山は蒼蒼　水は茫茫
大孤小孤江中央　　大孤　小孤は　江の中央
崖崩路絶猿鳥去　　崖崩れ　路絶えて　猿鳥も去り
惟有喬木攙天長　　惟だ喬木の　天を攙して長き有るのみ
客舟何処来　　客舟は　何れの処より来る
棹歌中流声抑揚　　棹歌　中流に　声抑揚す
沙平風軟望不到　　沙平らかに　風軟かにして　望めども到らず
孤山久与船低昂　　孤山は　久しく船と低昂す
峩峩両煙鬟　　峩峩たる両煙鬟
暁鏡開新粧　　暁鏡　新粧を開く
舟中賈客莫漫狂　　舟中の賈客　漫りに狂する莫かれ
小姑前年嫁彭郎　　小姑は前年　彭郎に嫁す

―山が青青と連なり、水が茫茫と広がって、大孤山と小孤山が長江の中に聳える。断崖が崩れて道がとだえ、猿や鳥さえも消え、ただ高い木々が、天空を突き刺して伸びるばかり。旅人を乗せた舟は、どこから来たのであろうか。舟歌の調べが川の中ほどに高く低くひびく。沙地が平らに続き風は弱く、遠望できても行き着けず、孤山は長く船とともに浮き沈みする。（大小の孤山は）もやに煙る、高く結いあげた、二人の娘の鬟のよう。鏡のような水面に、朝化粧したその艶姿を映している。舟中の商人よ、（これを見て）いたずらに心を乱してはならない。若い娘の小姑は前の年、彭郎に嫁いだのだから。―

　最後の二句は、当時の民間説話を利用する。大・小孤山の「孤」は、同音の「姑」に転じて女性に、小孤山の対岸の澎浪磯も彭郎磯に転じて男性の彭郎に見立てられ、彭郎は「小姑の婿」となり、小姑廟・大姑廟も造られた（欧陽脩『帰田録』二など）。ちなみに、澎浪磯の澎浪は、「舟、磯を過ぐれば風無しと雖も、亦た浪湧く」（陸游『入蜀記』二）という、澎湃たる（激しくぶつかり合う）波にちなむ呼称らしい。

　南宋の陸游にも「小孤山の図を観る」詩があり、「小孤は　特に奇麗、丹翠　雲を凌いで起こる」と歌う。

　南宋・謝枋得の七律「小孤山」（清の『江西通志』一五四所引）の前半では、周辺の地形と渦潮（海眼）を歌った後、小孤山を黄河の急流中にあった砥柱山（三門山）に見立てて詠む。

人言此是海門関　　人は言う　此は是れ海門関なりと
海眼無涯駭衆観　　海眼は涯無く　衆観を駭かす
天地偶然留砥柱　　天地は　偶然に砥柱を留め
江山有此障狂瀾　　江山は　此れ有りて　狂瀾を障ぐ

―人はいう、ここが海へ入る正門の検問所だと。渦潮がどこまでも広がり、人々の眼を驚かせる。天地はたまたま、ここに砥柱山を残し留めた。そのおかげで、山も江も逆巻く大波に動じないのだ。―

　小孤山は以後も多くの詩人によって、江上の奇秀な山容が歌われていく。明の解縉は七律「小孤山」の前半で、二つの岩山（小孤山と澎浪磯）が形成する風景と、一本の柱のごとき小孤山の雄姿を詠む。

両巌相夾石為門　　両巌相い夾みて　石　門と為り
万水東流去若奔　　万水東流して　去ること奔るがごとし
抜地一峰形自険　　地を抜く一峰　形は自ら険なり
擎天独柱勢尤尊　　天を擎ぐ（支える）独柱　勢い尤も尊し

　小孤山には小姑廟・梳粧亭などがあり、前述の民間説話を踏まえた詩も少なくない。元・王廓の七言古詩「小孤山」の冒頭四句にいう。

江上青山一剣孤　　江上の青山　一剣孤なり
気虹夜貫斗牛墟　　気虹　夜貫く　斗牛の墟
寒藤古祠神所居　　寒藤　古祠　神の居る所
謾説彭郎迎小姑　　説く謾かれ　彭郎　小姑を迎うと

―青い山が長江の中に一本の剣のようにぽつんとそびえ、虹のような気が夜、斗宿・牛宿の星座を貫く。藤が寒々とからむ古い祠堂は神の宿る所。彭郎が小姑を迎えたのだと言わないでほしい。―

　その一方で、この説話を好意的に見る人もいる。明末の激動期を生きた思想家、黄宗羲の七律「小孤山」詩にいう。

書箱慚愧無糸履　　書箱　慚愧す　糸履無きを
小舫依稀在画図　　小舫　依稀として画図に在り
錯誤従来非一字　　錯誤　従来　一字に非ず
行人何必弁姑孤　　行人　何ぞ必ずしも姑孤を弁ぜん

―携える箱の中は書物ばかりで、（小姑廟にお供えする）絹の靴がないのが恥ずかしい。小舟がぼんやりかすんで、美しい絵の中に浮かぶかのよう。これまで、世間の誤りは、単なる一字ではないのだ。道行く人々が「孤」を「姑」と誤っていることなど、小さなことである。―

（許山）

【教弩台・包公祠】

教弩台は、後漢末、魏の曹操が呉の孫権との戦いのために、軍事教練を行なった高台の名。曹操点将台（指揮台）ともいい、合肥市の逍遥津公園（旧城内の東北隅）の南の、明教寺内にある。『方輿勝覧』四八所引『旧経』に「昔、魏の武帝、台を築き、彊弩（機械仕掛けで射る強弓）五百人に教えて以て孫権の棹舡（船）を禦がしむ」という。台の高さは五メートル、面積は四千平方メートルで、周囲を煉瓦で築いた方形の城堡である。南朝の梁代、寺院が建立され、唐代、明教寺と呼ばれた。台上の松の木影（教弩松蔭）は、廬陽八景の一つとなる。唐・呉資の五絶「合肥懐古」に、「曹公の教弩台、今　比丘寺（仏寺）と為る。東門の小河橋、曾て飛ぶ　呉主（孫権）の騎（馬）」（『輿地紀勝』四五所引）とある。北宋・朱服の七律「廬州に過る」にいう。

沃壌欲包淮甸尽　沃壌は　淮甸を包み尽くさんと欲し
堅城猶抱蜀山廻　堅城は　猶お蜀山を抱きて廻るがごとし
柳塘春水蔵舟浦　柳塘　春水　蔵舟浦
蘭若秋風教弩台　蘭若　秋風　教弩台

—肥沃な大地は、（広がって）淮河流域を包み尽くそうとし、廬州の堅牢な城壁は、まるで（西郊の）大蜀山を抱いてめぐるかのよう。蔵舟浦（魏将張遼［一説に曹操］が軍船を隠した処）では、柳の土手沿いに春の河水が流れ、教弩台では、寺院の中を秋風が吹きすぎる。—

明・李裕の七絶「明教（寺）の松陰」は、古えをしのんで「荒台日暮れて　乱飛の鴉、教弩　人亡く　事已に除し」と詠み、清・査慎行の七律「楊既明の廬州に倅たる（副官となる）を送り…」にいう。

春帆路転蔵舟浦　春帆　路は転ず　蔵舟浦
堠館花迎教弩台　堠館（宿場）　花は迎う　教弩台

包公祠は、北宋の清官・包拯（諡は孝粛）を祀る祠堂の名。包公孝粛祠ともいい、合肥市街南（旧・南門外の包河［もと護城河］付近）の包公園（包河公園）内にあり、包拯が若いころ読書した場所と伝える。祠堂は明の弘治元年（一四八八）の創建、現在の包公祠は清の光緒八年（一八八二）、李鴻章が再建したものである。

包拯は包公・包青天とも呼ばれ、清廉潔白な官吏の代表として死後、理想化された。その公案（裁判）に関する包公故事は、宋代から元代にかけて、多くの小説や戯曲の中で作られていく。

包公祠は、明代以降に詩跡化した。明末清初の梁清標の七律「包孝粛祠」詩の前半にいう。

孝粛祠堂剣珮閑　孝粛の祠堂　剣珮閑なり
香花墩畔聴潺湲　香花の墩畔　潺湲を聴く
厳霜落後瞻遺像　厳霜落つる後　遺像を瞻
濁水澄時見笑顔　濁水澄む時　笑顔を見る

—包公祠には、剣や玉を帯びた士大夫はほとんど訪れず、香花墩（包公祠がある包河中の沙洲）のほとりで、さらさらと鳴る水音を聴いてその偉業をしのぶ。厳霜が降りたような厳しい時勢には、遺像を仰ぎ見て（教えを請い）、濁水が澄んだような平穏な時代には、笑顔を目にできる。—

清・江皐の詩「包孝粛先生の祠に謁し、感有り」に、「蜀山（大蜀山）は大だしくは高からず、淝水は大だしくは深からず。（包）公祠の下を顧瞻すれば、高深は我が心に在り」という。また、清の周鶴立は「包孝粛公祠」詩（清・嘉慶『合肥県志』三二所引）の中で、「天は開く　水精（水晶）の域、人は仰ぐ　読書の台」と歌う。

【玩鞭亭・凌歊台・五松山】

（許山）

玩鞭亭は、北宋の元豊七年（一〇八四）、僧の蘊湘が蕪湖市北郊十キロメートルの地に、後述の故事に因んで建てたとされる。東晋の王敦は太寧二年（三二四）、謀反を企てた。それを知った明帝（司馬紹）は蕪湖に赴いて彼の陣営を探ったが、気づかれて逃げる途中、七宝の馬鞭を宿屋の老婆に与え、追っ手が来たら見せるように言った。追っ手はその鞭を次々と玩び、その間に明帝は逃げおおせたという（『晋書』六）。

この故事は唐の温庭筠「湖陰詞（曲）」で名高く、北宋の蘇轍「湖陰曲」、張耒「于湖曲」らの作もある。北宋・楊傑「玩鞭亭」詩にいう。

強臣駕馭無長策　強臣駕馭して　長策無く
追騎留連有宝鞭　追騎留連して　宝鞭有り

—強大な家臣（王敦）を制御する、優れた策謀はなく、追っ手を留めて進ませない、七宝の馬鞭を思いつくばかり。—

以後、南宋・張孝祥の「満江紅（詞牌）于湖懐古」、楊万里「晨に玩鞭亭に炊ぐ」、元の張憲「玩鞭亭」詩などが続く。玩鞭亭は興廃をくり返し、一九八四年、別の場所—蕪湖市街の汀棠公園内に再建された。

凌歊台は、南朝宋の武帝（劉裕）が、馬鞍山市当塗県の北郊、黄山の頂きに築いた楼台の名（今は遺址のみ）。「歊さを凌ぐ台」の意で、凌は陵にも作る。黄山は長江に面し、南宋の周必大「泛舟遊山録」に、「本と高からざれども望甚だ遠く、…和州（対岸の和県）の諸山、皆な目中に在り」とあり、「凌歊夕照」として姑熟八景の一つとなる。

凌歊台は、唐の李白作とされる「姑熟十詠・凌歊台」詩に、「曠望（遠望）古台に登れば、台高くして人目を極む。畳嶂（連山）遠空に列なり、雑花　平陸に間う」が知られ、李白「黄山の凌歊台に登り…」詩もある。名高い晩唐・許渾の七律「凌歊台」の前半にいう。

宋祖凌歊樂未回　宋祖の凌歊　楽しんで未だ回らず
三千歌舞宿層台　三千の歌舞　層台に宿す
湘潭雲尽暮山出　湘潭　雲尽きて　暮山出で
巴蜀雪消春水来　巴蜀　雪消えて　春水来る

—宋の武帝は凌歊台を築いて暑さを凌ぎ、歓楽を極めて宮殿に帰らず、三千の歌姫たちも、この楼台に留まった。湘潭（湖南）の雲が尽きて日暮れの山が現れ、巴蜀（四川）の雪が消えて春の水が流れ来る。—

北宋期、金君卿「凌歊臺」、楊傑「凌歊臺」、郭祥正「李白の姑熟十詠に追和す・凌歊台」、南宋期、呉芾「凌歊台六首」などが作られた。

五松山は、銅陵市街の天井湖のほとりにある低い山で、命名者は李白である。李白は夏にも涼しい清麗・幽邃な景勝を愛し、「旧と松有り、一本五枝、蒼鱗の老幹にして、青翠、天に参わる。因りて名づく」（『江南通志』一六所引『輿地紀勝』）といい、多くの詩を詠んで、五松山を詩跡とした。彼の「南陵の常賛府と五松山に遊ぶ」詩にいう。

徴古絶遺老　古（昔の伝承）を徴むるも　遺老（古老）絶ゆ
因名五松山　因りて五松山と名づく
五松何清幽　五松は　何ぞ清幽なる
勝境美沃洲　勝境は　沃洲（浙江の名山）よりも美なり

李白にはさらに、「五松山にて殷淑を送る」「五松山下の荀媼の家に宿す」「杜秀才の五松山に贈らるるに答う」などの詩もある。

五松山には記念の太白祠も作られた。南宋の李綱「五松山に遊び、李太白の祠堂を観る」詩に、「今に迄るまで遺祠有り、識者共に瞻仰す」と思慕の情を詠む。他に王十朋「銅陵に風に阻まる」詩にも、「五松　人は白（李白）を憶い、双竹　句は黄（黄庭堅）を思う」という。

【江州（尋陽・九江）・庾楼（庾公楼）・琵琶亭】（住谷）

江州は、長江中流の鄱陽湖の西北にある都市（現在の九江市）。前漢初期の将軍・灌嬰が、湓水が長江に注ぐ入江（湓口）に築いた湓城（湓口城）を起源とする（『芸文類聚』九、水部・井に引く『潯陽記』）。湓城は長江・贛江流域の交通の要衝として発展し、東晋・南朝では尋陽（潯陽）郡となり、江州の治所が置かれた。梁の何遜「日夕に江を望み、魚司馬に贈る」詩は、「湓城　湓水を帯び、湓水縈りて帯の如し。……城中に宴賞（宴会）多く、糸竹（管弦の音）常に繁会す（入り交じる）」と、城中の繁栄を歌う。

隋の大業三年（六〇七）、江州は九江郡に改められたが、唐代には江州に復した。

東晋の初期、庾亮（二八九―三四〇）は、すがすがしい秋の夜、州城の南楼に登って、幕僚の殷浩らの宴席に加わり、彼らと親しく吟詠談笑して楽しんだ。この風流韻事で知られる庾楼（庾公楼）は、本来、武昌（湖北省鄂州市）の城楼（『世説新語』容止篇や『晋書』七三、庾亮伝）にあった（【武昌（鄂州）・樊山・南楼】の項参照）が、庾亮が江州刺史を領したことがあったため、付会されて江州城での故事とも見なされたらしい。『永楽大典』六六九七、江州志・碑碣の条には、南朝梁の張正見に始まる「梁以来題庾亮詩碑」を著録する。江州の庾楼は眺望に富み、南宋の范成大『呉船録』下には、「前は大江（長江）に臨み、後は康廬（廬山）に対い、背・面皆な登臨（眺望奇絶なり。又た名山大川、悉く此の楼に萃る」という。

ちなみに江州の城楼は、南朝宋の謝瞻の詩（『文選』二〇）に付された李善注の記述などに見えるが、庾亮への言及はない。

江州の城楼が「庾楼」として詩跡化するのは、中唐・白居易の影響が最も大きい。元和一〇年（八一五）、江州の司馬に左遷された白居易は、「初到江州」（初めて江州に到る）詩でこう歌う。

潯陽欲到思無窮　　潯陽に到らんと欲して　思い窮り無し
庾亮楼南湓口東　　庾亮楼の南　湓口の東
樹木凋疎山雨後　　樹木は凋れて疎らなり　山雨の後
人家低湿水煙中　　人家は低くして湿う　水煙の中
菰蔣餧馬行無力　　菰蔣　馬に餧わせて　行きて力無く
蘆荻編房臥有風　　蘆荻　房を編みて　臥して風有り
遥見朱輪來出郭　　遥かに見る　朱輪来りて郭を出づるを
相迎労動使君公　　相い迎えて　労動せん　使君公

――潯陽（江州）に到着しようとして、思いが止めどなくこみ上げる。そこは名高い庾亮楼の南、湓水の河口の東にある。山に雨が降った後、樹々は葉も枯れ落ちて疎らになり、水辺のもやが立ちこめる中、人家は低くじめじめしている。まもこを食べさせられる馬は、足取りも弱々しく、蘆や荻を編んだ民家は、寝ているとすきま風が吹きこむ。朱塗りの車が城郭の門から出てくるのが、かなたに見える。わざわざのお出迎えに、江州の知事殿に感謝申し上げよう。――

白居易は、本詩以外にも、江州の「庾楼」「庾公楼」を詠んでいる。また彼の友人元稹も、「水上にて楽天（白居易の字）に寄す」詩で、「庾楼　今夜の月、君豈に（あるいは）楼頭に在らん。万一　楼頭にて望まば、還た応に我の愁うるを望むべし」と詠む。

白居易以後、詩跡としての江州の庾楼は完全に定着する。晩唐の鄭谷「人の九江に之きて、郡侯（刺史）苗員外紳に謁するを送る」詩に、「双旌（刺史の儀仗）相い望む処、月は庾公楼に白からん」とあり、北宋の蘇轍「黄州自り江州に還る」詩には、「家は庾公楼下の泊に在り、舟人遥かに指させば　岸は頳（赤色）の如し」と歌う。

なお現在の江州の庾亮楼は、二〇〇七年に再建されたものである。

琵琶亭は、「潯陽江頭　夜　客を送る、楓葉　荻花　秋索索たり」で始まる、白居易の代表作「琵琶行（引）」にちなむ詩跡である。元和一一年（八一六）の秋、友人を見送りに湓浦口（湓水［＝湓浦］が長江に入る船着き場、九江市龍開河路北端の西側）を訪れた白居易は、ある舟の中から、都長安の曲を奏でる琵琶の音を耳にした。演奏者は一人の女性で、白居易は宴席で彼女の演奏を所望した。詩は、女性の奏でる琵琶の音を、巧みな比喩で次のように描写する。

大絃嘈嘈如急雨　　大弦は　嘈嘈として急雨のごとく
小絃切切如私語　　小弦は　切切として私語のごとし
嘈嘈切切錯雑弾　　嘈嘈　切切　錯雑して弾き
大珠小珠落玉盤　　大珠　小珠　玉盤に落つ
間関鶯語花底滑　　間関たる鶯語　花底に滑らかに
幽咽泉流氷下難　　幽咽せる泉流　氷下に難む
氷泉冷渋絃凝絶　　氷泉は冷渋して　絃は凝絶し
凝絶不通声暫歇　　凝絶して通ぜず　声暫く歇む
別有幽愁暗恨生　　別に幽愁　暗恨の生ずる有り
此時無声勝有声　　此の時　声無きは　声有るに勝れり

―太い絃は降りしきるにわか雨のように激しく、細い絃はささやくようなひそやかな音。激しい音とひそやかな音が入りまじって奏でられるさまは、大小の真珠が玉の皿にこぼれ落ちるかのよう。（絃の奏でる旋律は）、花の下で滑らかに囀る鶯の声のようかと思えば、氷の下でむせび泣く泉の流れのように途切れがちになる。やがて冷たい泉の流れが凍てついたかのように、絃の音が凝結して途絶え、途絶えたまま進まず、しばし沈黙が訪れた。すると今度は、心の奥底から憂愁や人知れぬ悔恨の情がわき出てくる。こんな時は、音のない静けさのほうが、どんな美しい音よりも勝っていた。―

女性は演奏を終えて、自らの身の上を語り出す。かつて長安の歌妓として人気者であったが、年老いて容色が衰えると、訪れる客もなくなって商人の妻となった。夫は商用で出かけたきりで、涙に暮れる夜を過ごしている、と。白居易は、女性の境遇に流謫のわが身を重ね合わせ、深い感慨を覚えて結ぶ、「就中　泣下ること　誰か最も多き、江州の司馬（白居易）　青衫（下級官吏の服）湿う」と。

琵琶亭は、この白居易の故事をしのび、遅くとも北宋時代、江州城の西門の外、長江に面して建てられた（『方輿勝覧』二二）。湓浦口付近である。北宋の欧陽脩は、景祐三年（一〇三六）、夷陵（湖北省宜昌市）の県令に左遷される途中、七絶「琵琶亭」を作り、白居易が「天涯」と嘆いた江州よりも、僻遠の地に流される身を嘆く。

楽天曾謫此江辺　　楽天　曾て此の江辺に謫せられ
已嘆天涯涕泫然　　已に天涯を嘆いて　涕泫然（流れ落ちる）
今日始知予罪大　　今日　始めて知る　予の罪の大なるを
夷陵此去更三千　　夷陵　此より去ること　更に三千（里）

琵琶亭は何度も再建された。清の袁枚は、乾隆元年（一七三六）、二一歳のとき、「琵琶亭」詩を作る、「孤亭　月落つ　九江の秋、琵琶を弾過すれば　水尚お愁う。今日　蘆花　詞客（詩人、袁枚）を笑う、曾て（未だ）老大ならずして　已に飄流（流浪）するを」と。

琵琶亭は、一九八八年、九江市区の東北、長江に面して、二層重檐亭の形で再建されたが、現時点（二〇一一年九月）失われている。

（住谷）

【廬山（瀑布）】

廬山は九江市の南に位置し、「匡廬（廬山の別名）の奇秀は、天下の山に甲（第一）たり」（白居易「草堂記」）と評される名山である。北に長江、東に鄱陽湖をひかえる中国屈指の景勝地であり、主峰の漢陽峰（一四七三㍍）をはじめ、五老峰・香炉峰など、幾多の奇峰がそそりたち、美しい瀑布が到るところで流れ落ちていた。

周の武王のとき、匡俗の兄弟七人が、この山に廬を作って隠棲したが、後に登仙して、その廬だけが残ったので廬山という（『太平寰宇記』一一一）。あるいはまた、殷・周の際、仙道を学ぶ匡裕が山中に隠棲し、当時の人は彼の住まいを「神仙の廬」と呼んだ。これが廬山の名の起こりともいう（東晋の慧遠『廬山記略』）。匡廬・匡山の別名も、隠者（仙人）の姓にもとづく。廬山は、東晋・湛方生の「廬山の神仙」詩に、「風を玄圃（伝説の崑崙山の頂上）に吸い、露を丹霄（紅い雲気の満ちる空）に飲む」とあるように、古くから、神仙の住む霊山（廬）として、尊崇を受けてきた。

そして東晋の名僧慧遠の東林寺や、南朝宋の著名な道士陸修静の太虚観（後の簡寂観）が建てられ、廬山は仏教・道教の聖地となる。廬山のほとりはまた、東晋の隠逸詩人陶淵明のふるさとでもあった。

廬山の山水詩は、「崇巌（崇い巌）清気（清らかな雲気）を吐き、幽岫（幽い山中の洞穴）神跡（神仙の足跡）を棲む」と歌う、慧遠の「廬山東林雑詩」に始まる。続いて、南朝宋の山水詩人謝霊運「廬山の絶頂に登りて　諸嶠（群峰）を望む」詩や、鮑照「廬山に登る」詩、梁の江淹「冠軍（将軍）の建平王（劉景素）に従いて廬山の香炉峰に登る」詩などが作られ、南朝期最大の詩跡となった。

唐代は、詩跡・廬山が花開いた時代である。「好し廬山の謡を為らん、（詩）興は廬山に因りて発る」と歌う、李白の雑言古詩「廬山謡、寄廬侍御虚舟」（廬山の謡、廬侍御虚舟に寄す）詩にいう。

廬山秀出南斗傍　　廬山は秀出す　南斗の傍ら
屏風九畳雲錦張　　屏風九畳　雲錦のごとく張る
影落明湖青黛光　　影は明湖に落ちて　青黛光り
金闕前開二峰長　　金闕　前に開いて　二峰長し

—廬山は南斗星の傍らに美しくそそりたち、幾重にも折り重なった屏風岩は、さながら華麗な雲の錦を張りめぐらしたかのよう。山容の影は、照り輝く鄱陽湖に落ちて、青いまゆずみ色に光り、金闕岩（石門）が眼前に開いて、香炉峰と双剣峰が高くそびえ立つ。—

本詩は、廬山の美を直接の対象にすえた詩題（廬山の謡）をもつという点で重要である。北宋・欧陽脩の会心の作「廬山高し、同年の劉中允の　南康（星子県）に帰るに贈る」（楽府体の一種、一〇五二年の作）は、この李白の詩を継承して歌う、「廬山は高き哉　幾千仞（仞は長さの単位）ぞ、（山の）根は盤る　幾百里、巀然として（高く険しく）長江（のほとり）に屹立す」と。

廬山を詠んだ詩は数多い。中唐・徐凝の五絶「廬山独夜」にいう。

寒空五老雪　　寒空　五老（峰）の雪
斜月九江雲　　斜月　九江（江州）の雲
鐘声知何処　　鐘声　知んぬ何れの処ぞ
蒼蒼樹裏聞　　蒼蒼（繁茂のさま）たる樹裏に聞こゆ

また清・王士禛の五絶「廬山に入る口号四絶句」其一にいう、「翠竹　青松の裏、横峰　側嶺の間。坡公（蘇軾、号は東坡）曾て語有り、真箇に廬山に到ると」と。転句は、蘇軾の詩「初めて廬山に入る三首」其二の、「如今　是れ夢ならず、真箇に廬山に在り」を指す。

　廬山は美しい名勝に富み、盛唐の李白と中唐の白居易が美しい詩の彩りを添えた。元和一〇年（八一五）、江州（九江市）司馬に左遷された白居易は、三年余りの流謫の時期、廬山の自然を詠じた。特に元和一二年、廬山の北香炉峰に草堂を構えて以降、そこを拠点として、春は錦繍谷の花、夏には石門澗の雲、秋には虎渓の月、冬には香炉峰の雪を楽しみ、多くの詩を作った。彼の「山中独吟」詩には、「江上の客（江州の司馬）と為りて自り、半ばは山中に在りて住む。時有りて　新詩成り、独り上る　東巌の道」云々とあり、廬山の山中で詩作にふける自らの姿を歌う。

　なかでも廬山の瀑布は、廬山の詩跡を語るうえで不可欠の存在である。「宇宙の危詭」（天下の奇観の意。李白の語）を歌った李白の七絶「望廬山瀑布」（廬山の瀑布を望む）詩こそ、その代表作として名高く、廬山のイメージに決定的な影響力を与えた。

廬山秀峰（開先瀑布）

日照香炉生紫煙　　日は香炉を照らして　紫煙を生ず
遥看瀑布挂長川　　遥かに看る　瀑布の　長川を挂くるを
飛流直下三千尺　　飛流　直下　三千尺
疑是銀河落九天　　疑うらくは是れ　銀河の九天より落つるかと

—日の光が香炉峰を照らすと、紫色の煙が立ちのぼる。遥かに目を凝らせば、（絶壁にかかる壮大な）瀑布が、長い川をさし掛けたように落ちている。飛沫をあげて、まっすぐに流れ落ちること、三千尺。まるで銀河が、天空の高みから流れ落ちてきたかのよう。—

　詩は、激しい勢いで流れ落ちる瀑布を、壮大かつ躍動感に満ちたイメージで捉えた傑作であるが、特に結句の「疑是銀河落九天」は、人々に強い印象を与える。李白自身も、この銀河の見立てを会心の表現として、前掲の「廬山の謡」にも、「銀河　倒に挂かる　三石梁、香炉（峰）の瀑布　遥かに相い望む」と詠むなど、重複して用いた。ただこうした見立ては、南朝梁の簡文帝「招真館碑」（『芸文類聚』七八）など、六朝中期にすでに類似の表現が見られ、必ずしも李白の独創とは見なしがたい。しかし、廬山の瀑布の壮大さを世間に広めたのは、疑いなく本詩であろう。

　北宋の文豪蘇軾が激賞した本詩は、じつは二首連作の其二である。「西のかた香炉峰に登り、南のかた瀑布の水を見る。流れを挂く三百丈、壑に噴く　数十里」で始まる其一の中では、特に、

海風吹不断　　海風　吹き断たず
江月照還空　　江月　照らすも還た空し

—強烈な「海風」も、激しく落下する瀑布の流れを吹き断つことができず、長江からさしのぼる月が瀑布の水を照らすと、（清澄な水と

白い月光とが一つに融けあって）、かえって何もないかのよう。—の二句が有名である。「海風」とは、第一義的には東の鄱陽湖から吹いてくる激しい風を意味するが、同時にまた、「世界の果てから吹きよせる強風」の語感を帯びている。

廬山の瀑布は、ほぼ同時期、張九齢「湖口にて廬山の瀑布の水を望む」詩の「万丈（の高みから）　紅泉（日ざしをあびて紅く染まる瀑布の水）　落ち、　迢迢として（遠いさま）　紫氛（紫のもや）　半ばなり」や、孟浩然「彭蠡湖（鄱陽湖）中にて廬山を望む」詩の、

香炉初上日　　香炉（峰）に　初めて日上り
瀑布噴成虹　　瀑布　噴きて虹を成す

などもあるが、李白詩の壮大なスケールには及ばない。

「銀河改めず　三千尺、鉄馬曾て経たり　十万の兵」（北宋の秦観「白鶴観」）、「帝（天帝）は銀河をして一派垂れ遣め、古来　惟だ有り　謫仙（李白）の詞」（蘇軾「世に伝う徐凝の瀑布の詩に云う、……乃ち戯れに一絶を作る」）、「銀河　忽として瓠子の決する（瓠子堤の黄河決壊）が如く、諸を五老の峰前に瀉ぐ」（元の楊維楨「廬山の瀑布の謡」）などは、いずれも李白詩を踏まえた表現である。

こうした中、徐凝の七絶「廬山瀑布」（廬山の瀑布）詩は、白居易が「賽い得ず」と絶賛し、李詩と並び称されたことで知られる（先述の蘇軾の詩は、この見解に異議を唱えたものである）。

今古長如白練飛　　今古　長えに白練の飛ぶがごとく
一条界破青山色　　一条　界破す　青山の色

—（瀑布は）昔から今まで、白い練り絹が飛ぶように落ち、ひとすじの流れとなって、青い山の色をあざやかに切り裂いている。—

じつは廬山には、山の西北と西南に二つの香炉峰があった。そして李白の香炉峰は、北宋の陳舜兪『廬山記』以来、宋代の蘇軾・楊万里・朱熹らをはじめ、南麓の開先寺（秀峰寺）近くの南香炉峰を指し、その瀑布は開先瀑布（西瀑・飛玉泉・黄巌瀑布）を詠んだとする説が広く流布し、現在に至っている。この南香炉峰にある瀑布を詠じた、王士禛の五古「開先瀑布」には、落下する瀑布の奔騰する水流を躍動する龍に見立てて、「神龍　空冥（天空）を劈き、颯沓として双峡開く。青天に鱗甲を露わし、白昼に風雷行る。峡逼くして　逞しくするを得ず、尾を掉がして　其の頞を仰ぐ」と詠む。

しかし李白の瀑布を廬山の南麓に比定する見解は、かなり疑わしい。六朝・唐詩に現れる香炉峰は、白居易の用例を始めとして、ほとんどみな北香炉峰を指し、南香炉峰と明言できる作例がないことである。しかも李白の詩は、故郷の蜀（四川省）を離れた翌年の作とする説が有力である（詹鍈・安旗など）。とすれば、李白が初めて廬山に遊んだばかりの、地理不案内のときの作となろう。

ただこの北香炉峰説にも、大きな弱点がある。それは、肝心な瀑布そのものが現在見えないからである。しかし、古来、瀑布の水脈は、特に変化が大きい。北宋期には、すでに北香炉峰の瀑布は消滅していた、というのが実態に近いようである（植木久行「香炉峰と廬山の瀑布—二つの香炉峰の存在をめぐって—」〔『中国詩文論叢』第三集、一九八四年所収〕参照）。

廬山は、李白と白居易によって著名な詩跡となり、宋代以後も、長く歌いつがれた。馮兆平・胡操輪『廬山歴代詩選』（江西人民出版社、一九八〇年）、王文生・羅立乾『廬山詩詞』（上海古籍出版社、一九九三年）、巣理庭『九江旅游詩詞大観』（作家出版社、二〇〇四年）等は、詩跡・廬山の多様性を考えるうえで有用な参考書である。

江西省

【東林寺・西林寺・大林寺】

古くから「神仙の廬」とされてきた廬山は、六朝期から唐・宋期には、江南における仏教・道教の一大聖地となり、大いに繁栄した。（住谷）

廬山の仏教を代表する東林寺は、東晋の太元一一年（三八六）、西北麓に建立され、高僧慧遠が長く住した名刹である。元興六年（四〇二）、慧遠は般若台の阿弥陀像前で、一二三人の同志と念仏実践の誓いを立て、東林寺は浄土教の根本道場となった。彼の念仏結社は、やがて白蓮社と呼ばれ、以後の中国仏教の基盤となる。

東林寺の詩跡化は、盛唐に始まる。孟浩然は「晩に潯陽（九江市）に泊し（舟をとめ）て香炉峰を望む」詩のなかで、「嘗て遠公（慧遠）の伝（記）を読み、永く塵外の蹤（俗塵を超越した慧遠の生き方）を懐う。東林の精舎（寺院）近く、日暮　空しく鐘を聞く」と詠み、もはや会うことのかなわぬ名僧に敬慕の念を表白する。

慧遠は三〇余年間、東林寺にこもり、門前の虎渓（小さな谷川の名。南宋・范成大『呉船録』下によれば、五尺〔一・五メートル強〕にも満たない、ささやかな「一溝」）を、来客を見送る終点としていた。ある日、隠逸詩人陶淵明と道士陸修静を見送ったとき、話がはずんで不覚にも川を渡ってしまい、虎の吼える声で気づいた。三人は思わず顔を見合わせ、大いに笑って別れたという（のちに境内に三笑堂が建てられた）。

この逸話「虎渓三笑」は、三人の事跡とその生没年を考えると、単なる架空の話にすぎない。しかし当時の著名な文化人三人が一同に会して和やかに語りあった文壇の佳話として、唐代には広く流布していた。李白の五絶「別東林寺僧」（東林寺の僧に別る）にいう。

東林送客処　　東林　客を送る処
月出白猿啼　　月出でて　白猿啼く
笑別廬山遠　　笑いて別る　廬山の遠
何煩過虎渓　　何ぞ虎渓を過ぐるを煩さんや

—東林寺を訪れた客を見送るところ、月が昇って白い猿が啼く。私は笑って廬山の慧遠どの（寺僧を指す）にお別れを告げよう。わざわざ虎渓を渡ってまで送っていただくには及びません。—

李白はまた、五古「廬山の東林寺にて夜懐う」詩で、「霜は清し東林の鐘、水は白し　虎渓の月」とも歌う。

中唐の白居易は、江州（九江市）左遷の時期、仏教に救いを求め、東林寺に近い香炉峰下に草堂を構える前から、時おり東林寺を訪れ、「東林寺に宿す」「春　二林寺（東林寺と西林寺）に遊ぶ」詩などを作っている。晩唐・黄滔の五律「東林寺に遊ぶ」には、炎暑（三伏）の季節でも慧遠手植えの老松につつまれ、清涼・厳粛な雰囲気に満ちた古刹の様子を、「寺は寒し　三伏の雨、松は偃す　数朝（王朝をいくつも重ねて老いた）の枝」と歌う。

北宋時代、東林寺は律宗の寺から禅寺となり、慧遠の再来と噂された臨済宗黄龍派の高僧常総が住した。元豊七年（一〇八四）、蘇軾は弟（蘇轍）を訪ねる途中、久しくあこがれていた名勝廬山を訪れ、「贈東林総長老」（東林〔寺〕の〔常〕総長老〔優れた老僧の意〕に贈る）詩を作った。詩は、自ら東坡居士（在家の仏教信者）と号した作者が、「無情説法」の宗旨を歌いあげ、霊場廬山をたたえた作として有名である。その前半にいう。

渓声便是広長舌　　渓声は　便ち是れ　広長舌
山色豈非清浄身　　山色　豈に清浄身に非ざらんや

―ここ廬山の渓谷を流れるせせらぎの音は、釈尊説法のみ声であり、汚れない山の姿は、仏陀の清浄なお相にほかならない。―

東林寺は長く歌いつがれ、南宋の陸游「六月十四日　東林寺に宿す」、清の王士禛「錦繍峰下より東林寺に至る」などの詩がある。

慧遠と同門の慧永が住した西林寺（東林寺の西）は、太元二年（三七七）の創建とされ、東林寺よりも古い寺である。白居易の「西林寺に宿す」詩などが伝わるが、唐代には詩跡化したとは見なしがたい。寺を一挙に詩跡化したのは、廬山の名所めぐりをしめくくる形で、常総とともにこの寺に赴いて作った蘇軾の七絶「題西林壁」（西林〔寺〕の壁に題す）による（前掲の蘇軾詩と同時期の作）。

横看成嶺側成峰　　横に看れば嶺と成り、側らよりは峰と成る
遠近高低各不同　　遠近　高低　各おの同じからず
不識廬山真面目　　廬山の真面目を識らざるは
只縁身在此山中　　只だ身の　此の山中に在るに縁る

―（正面から）横にずっと見わたすと、ひと続きの山なみとなり、そばから眺めると、鋭くそそりたつ一つの峰となる。眺める位置の遠近・高低によって、山の形はそれぞれ違って見える。廬山の真の姿を把握しえないのは、まさに自分が廬山の中にいるからだ。―

詩は、視点の自在な変化を通して対象の真相を多角的に見きわめようとする作者らしい柔軟な思考の所産であり、一種の禅偈（法義を述べ、仏徳をたたえる四句の韻文）とも見なしうる説理詩である。西林寺は、「廬山の真面目」（事物の真相や本来の姿）の出所となる本詩一首によって、ゆるぎない詩跡と化した。

西林寺は、長らく七層六角の古い千仏塔（西林寺塔ともいう。北宋時の創建）を残すのみであったが、一九九二年、塔が修復されたほか、寺自体も一九九六年に再建された。

また、四世紀に曇詵が創建したと伝える大林寺（廬山の山上にある上大林寺）も、東林・西林寺とともに、廬山の古刹として名高い。白居易は、元和一二年（八一七）の初夏（四月）、友人たちとともに廬山の名所を散策したのち、この寺に宿した。彼の「大林寺に遊ぶの序」には、「山高く地深くして、時節絶だ晩し。時に孟夏の月なるに、正（月）二月の天の如く、梨・桃始めて華さき、澗草（谷の草）猶お短し。人物・風候（気候）は、平地の聚落（集落）と同じからず。初めて到るに、恍然として（あたかも）別に一世界に造る者の若し」とあり、山上の寺では、二、三か月ほど遅れて春の花々が咲き誇り、別天地に来たようだと記す。この景色に驚いた白居易は、即興で七絶「大林寺桃花」（大林寺の桃花）を作った。

人間四月芳菲尽　　人間　四月　芳菲尽くるも
山寺桃花始盛開　　山寺の桃花　始めて盛んに開く
長恨春帰無覓処　　長に恨む　春帰りて　覓むる処無きを
不知転入此中来　　知らず　転りて此の中に入り来らんとは

―世間では初夏の四月になると、芳しい花々は散ってしまうが、ここ山寺の桃の花は、今ようやく盛りを迎えたばかり。春が去りゆくと、その行方を探しあぐねることをつねづね残念に思っていたが、何とこの寺の中に、春が移動して入り込んでいたとは。―

また、北宋・周敦頤の五律「宋復古と同に大林寺に遊ぶ」詩は、「三月　山は方めて暖かにして、林花　互いに照明す」と歌う。

大林寺があった廬山の山上は、白居易の詩によって、「（白）司馬花径」として詩跡化した。現在、当地は「花径公園」となり、大林寺の跡は、公園の東側に残されている。

【五老峰・双剣峰・香炉峰】

（住谷）

廬山の東南部に位置する五老峰は、断崖が切り立ち、五人の老人が連れだって並ぶように見えることによる（『太平寰宇記』一一一）。

五老峰の詩跡化は、唐代に始まる。盛唐の李白は、七絶「望廬山五老峰」（廬山の五老峰を望む）詩で、紺碧の空の中、朝日をあびて金色に輝く五老峰の峨峨たる山容を、色鮮やかに描き出す。

廬山東南五老峰　廬山の東南　五老峰
青天削出金芙蓉　青天に削り出だす　金芙蓉
九江秀色可攬結　九江の秀色　攬結すべし
吾将此地巣雲松　吾　将に此の地にて雲松に巣くわんとす

—廬山の東南にそびえたつ五老峰、さながら青空の中に、金色の芙蓉の花を削りだしたかのよう。（山に登れば）九江の秀麗な風景が眼下に収まるので、私はここの白雲のかかる松下に隠棲しよう。—

李白は一時期、五老峰の東麓の屏風畳に隠棲した。五老峰を詠んだ唐詩人は、岑参・呉筠・顧況・張籍・白居易など数多い。唐以後では、北宋・蘇轍の七律「白鶴観」の冒頭にいう、「五老は相い携えて　天に上らんと欲し、玄猿（黒猿）白鶴　尽く仙かと疑う」と。

双剣峰は、廬山の南部、（南）香炉峰と向き合い、開先瀑布の側にある。二峰が剣のようにそそり立って天を刺す姿からの命名である（『太平寰宇記』一一一）。晩唐の来鵬は戦乱の世を背景に、峰名に着目した奇想の七絶「題廬山双剣峰」（廬山の双剣峰に題す）を作る。

倚天双剣古今閑　天に倚る双剣　古今に閑たり
三尺高於四面山　三尺　四面の山よりも高し
若使火雲焼得動　若使　火雲　焼きて動かし得れば
始応農器満人間　始めて応に　農器　人間に満つべし

—天に寄りかかるようにそびえ立つ双剣峰は、昔から今まで、閑かにたたずみ続け、三尺の剣のごとき鋭い山容は、四方の峰々よりも高くそそり立つ。燃える火のような紅い雲が、もしもこの双剣を焼き溶かすことができれば、この世間すべてに、農具が十分に行きわたるであろうに。—

南宋・朱熹の七絶「廬山の双剣峰」（『大明一統志』五二、南康府）も、「双剣　峰高くして　玉を削りて成る、芒寒く色淬ぎ（剣に焼きを入れたように、冷たく鋭い光芒を放ち）て　暁霜清し」と歌う。

香炉峰は、南朝宋・鮑照の「従いて香炉峰に登る」詩に始まり、早くから詠まれてきた。梁・江淹の「冠軍（将軍）の建平王（劉景素）に従いて廬山の香炉峰に登る」詩は、「此の山は鸞鶴（神仙の乗る霊鳥）を具え、往来するは尽く神霊」と、山の神々しさを歌う。

唐代では盛唐の李白や孟浩然が詠むほか、中唐の白居易は峰下に草堂を構えている。彼の七絶「上香炉峰」（香炉峰に上る）にいう。

倚石攀蘿歇病身　石に倚り　蘿を攀じて　病身を歇ましむ
青筇竹杖白紗巾　青筇の竹杖　白紗の巾（頭巾）
他時画出廬山障　他時　廬山の障（屏風絵）を画き出さば
便是香炉峰上人　便ち是れ　香炉峰上の人ならん

中唐の徐凝の五絶「香炉峰」に、「香炉　一峰絶で、頂は（東林）寺門の前に在り。（峰は）尽く是れ玲瓏たる石、時に生ず　旦暮の煙（霧）」、晩唐の僧・斉己の五律「東林（寺）にて雨後　香炉峰を望む」に、「暮雨　青壁開き、朝陽（朝日）紫煙を照らす」と歌う。

なお香炉峰は、現在廬山の西北と西南に二つあるが、六朝・唐代の詩に詠まれる香炉峰は、北香炉峰である（【廬山】の項を参照）。

【白居易草堂・簡寂観・白鹿洞】

（住谷）

中唐の詩人白居易は、元和一二年（八一七）三月二七日、廬山の北香炉峰の北、遺愛寺の西（東林寺にも近いところ）の景勝地（の巌の上）に、三間両柱の間口、奥行き五間（二室・四牖〔窓〕）の草堂を完成させた（「草堂記」、『白氏文集』四三）。その落成を祝い、白居易は、「香炉峰下、新卜山居、草堂初成、偶題東壁」（香爐峰下、新たに山居を卜し〔占って住宅地を選定し〕、草堂初めて成り、偶たま東壁に題す〔書きつける〕）詩を作った。そして「重題」（重ねて題す）四首其三で、次の有名な句を詠んだ。

遺愛寺鐘欹枕聴　遺愛寺の鐘は　枕に欹りて聴き
香炉峰雪撥簾看　香炉峰の雪は　簾を撥げて看る

―遺愛寺から鳴りひびく鐘の音は、枕に寝たまま耳を傾け、香炉峰の残雪は、（手などで）簾をはねあげて、部屋の中から眺めやる。―

草堂落成後の白居易は、ここを拠点として、廬山の周囲を散策しては、数々の詩を作った。「廬山の草堂の夜雨に独り宿し、牛二（僧孺）・李七（宗閔）・庾三十二（敬休）員外に寄す」詩には、都長安にいる三人の華やかな生活と、わびしい自分のそれとを較べて、「蘭省（尚書省のこと。友人のつとめる役所）の花の時　錦帳（錦の帳）の下、廬山の雨の夜　草庵の中」と歌う。なお、この草堂跡と目される遺跡は、すでに確認されている（渡部英喜『漢詩の故里』参照）。

簡寂観は、南朝宋の著名な道士、陸修静が大明五年（四六一）、廬山の南麓―九江市星子県城の西一〇キロメートルの帰宗景区―に構えた道観（太虚観）。死後、諡の「簡寂先生」にちなんで「簡寂観」に改名）。簡寂観は、南朝から唐代にかけて繁栄し、陳・張正見の「匡山（廬山）の簡寂館に遊ぶ」詩以降、詩跡化が進む。唐の顧況「簡寂観を望む」、白居易「簡寂観に宿る」、斉己「簡寂観に宿る」、北宋の蘇轍「簡寂観」などがあり、白詩には「夕べに霊洞（道観）に投じて宿し、臥して塵機（汚れた心）の泯ぶるを覚ゆ」と詠まれる。

しかし、簡寂観は南宋時代、兵火に遇って荒廃する（周必大「泛舟遊山録」）。朱熹の「簡寂観」詩には、「我来ること　千載（年）の余、旧事　尋ぬ可からず。四顧する（四方を見わたす）も　但だ絶壁あるのみ、苦竹（陸修静手植えの竹）　寒くして蕭槮（高くそびえる）たり」と歌う。簡寂観は、現在、遺構が残されるのみという。

白鹿洞は、中唐の李渤が廬山の東南―星子県城の北七キロメートル、五老峰の東南―に隠棲して書堂を構え、白い鹿を飼ったための命名である（『太平寰宇記』一一一、『方輿勝覧』一七）。白居易の「遺愛草堂に題別し、兼ねて李十使君（江州刺史の李渤）に呈す」詩にいう、

君家白鹿洞　君　白鹿洞に家し
聞道亦生苔　聞道く　亦た苔を生ずと

また白鹿洞は、南宋の大儒朱熹が、淳熙六年（一一七九）、「白鹿洞書院」を再建して以降、朱子学の聖地となり、「天下四大書院」の一つとして、陸九淵（象山）や明の王守仁（陽明）らも、この地で講義したことで名高い。清・査慎行の七律「白鹿洞紀事」四首其一には、書院とその周囲のたたずまいを、「陰森（薄暗い）たり　前後三重の殿、突兀（高く突き出る）たり　西南の五老峰」と歌う。

詩跡としての白鹿洞は、李渤あるいは朱熹をしのぶ地として、明の李夢陽、清の王士禛・袁枚ら多くの詩人に歌われ、明・羅洪先（紫霞道人）の「白鹿洞に游ぶ歌」も名高い。

現在の白鹿洞書院には、清代の建築、多くの石碑などが伝わる。

【陶淵明故宅・陶靖節祠・酔石】

（住谷）

陶淵明（陶潜）は、東晋・宋の険悪な政権交代期、官僚生活を捨てて、素朴な田園生活のなかに自らの真の生き方を見いだした隠逸詩人である。二九歳の初任官から最終の官に至る一三年間は、就職と辞職をくり返し、当該時期の詩には、栄達の願望と帰隠の欲求の間で揺れる苦悩が歌われる。そして長い思索を経たのち、東晋末期の義熙元年（四〇五）、有名な「帰去来の辞」を作って彭沢県の令（長官）をやめ、故郷の尋陽郡柴桑県（九江市西南）に隠棲した。翌年に成る「帰園田居五首」（園田の居に帰る五首）其一には、「拙（世渡り下手な自分の本性）を守り」、「自然（本来ののびやかな生活）に返る」ことのできた、郷里の平和な風景を、次のように歌う。

曖曖遠人村　曖曖たり　遠人の村
依依墟里煙　依依たり　墟里の煙

―ほのぐらく、おぼろにかすむ世俗遠きこの村よ、たなびきつつ、どこまでも流れゆく、わが村里の（炊煙の）煙よ。―

陶淵明は以後、二〇年間にわたり、「南岳（廬山）の幽居者」として農耕生活を送り、純朴な村人や尋陽郡城（当時の軍事・交通の要衝）の官僚たちと交遊しながら、数々の名篇を生んだ（六三歳没）。

代表作「飲酒二十首」其五は、大自然と一体化して生きる自らの澄明な心境を歌う。とりわけ香り高い菊（近景）と秀麗な廬山（遠景）とを巧みに組み合わせた中間の二句は、佳句と評される。

結廬在人境　廬を結んで　人境に在り
而無車馬喧　而も車馬の喧しき無し
問君何能爾　君に問う　何ぞ能く爾ると
心遠地自偏　心遠ければ　地自から偏なり
采菊東籬下　菊を采る　東籬の下
悠然見南山　悠然として　南山を見る
山気日夕佳　山気　日夕に佳く
飛鳥相与還　飛鳥　相い与に還る
此中有真意　此の中に　真意有り
欲弁已忘言　弁ぜんと欲して　已に言を忘る

―人里に家を構えているのに、車や馬に乗った来客が騒がしく訪れることもない。君にたずねよう、どうしてそんなことができるのかと。それは、心が世俗から遠く離れていれば、住むところもおのずと辺鄙な趣になるのだ。家の東の垣根あたりで菊の花を摘み、ふと見あげると、はるか遠く南山（廬山）の姿が目に入る。雲気ただよう山の景色は夕暮れ時が素晴らしく、飛ぶ鳥は連れ立ってねぐらへ帰ってゆく。ここにこそ自然の真理があるのだ。それを仔細に説きあかそうとすると、すでにその言葉を忘れてしまった。―

陶淵明には、「五柳先生伝」（一種の自叙伝）や「桃花源記」もあり、高潔・恬淡な隠逸詩人として、後世、多くの愛好者を生んだ。

特に中唐の白居易と南宋の朱熹は、熱烈な賛美者であった。江州（九江市）に左遷された白居易は、元和一一年（八一六）、陶淵明の旧宅にたちよった。「陶公の旧宅を訪う」詩に、「我は君の後に生まれ、相い去ること五百年。五柳の伝を読む毎に、目に想い（浮かべ）心に拳拳たり（深く敬慕する）。……柴桑の古き村落、栗里の旧き山川。籬下の菊を見ず、但だ墟中（村里）の煙を余すのみ」と歌う。

ところで詩中の「柴桑」と「栗里」は、陶淵明の旧居の地（故郷）として詠まれているが、その場所を特定することは困難である。近年の逯欽立「陶淵明行年簡考」「陶潜里居史料評述」（同『漢魏六朝文学論集』〈陝西人民出版社、一九八四年〉所収）、井上一之「陶淵明研究の現状と問題点―陶淵明故里（江西九江）調査報告―」（『中国詩文論叢』第一〇集、一九九一年）、鄧安生「陶淵明里居弁証」（同『陶淵明新探』〈文津出版社、一九九五年〉所収）などによれば、これらはいずれも廬山の北側に位置する、尋陽郡城（＝柴桑県城、九江市九江県賽城湖付近）の南郊と「栗里」（廬山の北の栗里については、南宋の王象之『輿地紀勝』三〇参照）を指すらしい。

ところが北宋以降、廬山南麓の開発が急速に進んでくると、山南の地に陶淵明の旧居が新たに設定され、今日に至っている。南宋の大儒朱熹は、淳熙六年（一一七九）、五〇歳のとき、南康軍（南麓の九江市星子県）の知事として着任すると、さっそく西南麓の「栗里」（いわゆる栗里陶村〈星子県城の西約一二キロメートル、温泉村の北〉）を訪れたが、すでに旧宅跡はなく、住民のいう「酔石」（酒好きな陶淵明が酔ったときに眠った大きな平たい石）だけが、谷川の中にあった。

朱熹は再三、この栗里の酔石を訪ね、陶淵明を記念する帰去来館を造った。「陶公の酔石・帰去来館」詩（「尤延之〔名は袤〕提挙〔官名〕の『廬山雑詠』に同じ〔唱和〕奉る十四篇」其十一）には、「高士の伝を尋ぬる（読む）毎に、独り淵明の賢を歎ず（感嘆した）。此に及りて　酔石に逢う、謂言らく　公の眠りし所と。況んや復た巌壑（付近の巌と壑）は古び、縹緲として風煙を蔵する（風にたなびく煙がかすかにたちこめて古人をしのばせる）をや」と歌う。

「酔石」の伝承は、遅くとも晩唐期に遡り、王貞白の「陶潜の酔石に書す」、陳光の「陶淵明の酔石に題す」の二詩が伝わるが、場所は未詳である。酔石は山の北と南の双方にあった（『輿地紀勝』三〇）が、やがて北のそれは失われ、山南の伝承のみが残った。「誰か知らん　片石　多情甚だしきを、曾て淵明を送りて酔郷に入らしむ」と詠む、北宋の程師孟「酔石」詩は、すでに朱熹の詩に見える、山南の栗里のそれであろう。宋代、楚城郷（後述）の酔石も知られていた。廬山の北の旧居跡が失われて、山南の地が開発された結果、伝承する「酔石」に基づいて、逆にその旧居跡が探索されたらしい。

逯欽立の説によれば、陶淵明は火災のために三つの住宅の間を移り住み、その三居はいずれも廬山の北にあったらしい。これは南朝期の廬山の開発状況（西北麓の東林寺を中心）や、前掲詩の「南山」の呼称とも合致する。やがて北宋の楽史『太平寰宇記』一一一以降、廬山南麓の開発と呼応するかのように、陶淵明の旧居は山南にあったとする説が有力となり、今日に及んだ、と考えるのが実態に近い。従って陶淵明の旧居を「楚城郷柴桑山」（九江県馬回嶺郷馬頭村、廬山の西南麓）や、「栗里陶村」、「玉京山」（星子県城南康鎮の西、廬山の南麓）に比定する説、及び柴桑山に近い面陽山の陶淵明墓（陶靖節先生墓）は、いずれも後世の付会が生み出した「遺跡」らしい。

ちなみに面陽山の陶靖節先生墓の付近には、元来、明の嘉靖年間に建てられた陶靖節祠があり、清の査慎行が詩に詠んでいる。この祠は、面陽山一帯が海軍の倉庫の用地となったことから、一九八二年、九江県城沙河街鎮の陶淵明紀念館内に移され、一九九五年には同紀念館内に、面陽山の墓を模した陶靖節先生墓も造られた。

陶淵明の旧居跡（複数）は未発見であるが、少なくとも栗里陶村と当地の酔石は、宋代以来の長い歴史をもつ詩跡である。しかしそれは、結局のところ、他の山南の「遺跡」とともに、陶淵明に対する深い敬慕が生み出した、「幻の詩跡」というべきかもしれない。

【鄱陽湖（彭蠡湖）】

（住谷）

江西省北部の長江南岸、廬山の東側にある中国最大の淡水湖（ただし、これはかつて最大であった洞庭湖が、泥沙の堆積と干拓によって急速に縮小し、一九五〇年代に追い抜かれた結果である）。元来、古くは「彭蠡沢」「彭蠡湖」と呼ばれた。『書経』禹貢篇に見える「彭蠡」は、長江の北岸（鄱陽湖の北の龍感湖・大官湖・泊湖一帯〔安徽省西南端〕）にあったが、後漢・班固『漢書』二八上、地理志、豫章郡彭沢県の原注（の付会）以降、長江南の湖も「彭蠡」と呼ばれるようになる。

この新「彭蠡沢」（現在の鄱陽湖の前身）は、六朝時代、南に向かって急速に拡張し始めた。北魏・酈道元『水経注』三九、贛水の条には、「東西四十里（約二〇キロメートル）、清き潭（深淵）は遠く漲り、緑波凝りて（平らで穏やか）浄らかなり」と記す。隋代の末、彭蠡湖はさらに拡大し続けて鄱陽山（都昌県の南端）に迫った結果、「鄱陽湖」とも呼ばれるようになった（清・顧祖禹『読史方輿紀要』八三）。

唐・宋時代も湖は拡張しつづけ、現在の大きさ（約三九〇〇平方キロメートル。ただし雨期には膨張する）の二分の一ほどになり、元・明期には西南方向にさらに拡張して、ほぼ現在の大きさになった。清代の後期になると、湖に流入する贛江などがもたらす泥沙の堆積や地層の上昇、干拓などによって、今度は逆に縮小化しはじめた。

鄱陽湖は、東岸の都昌県城と西岸の永修県呉城鎮の間の島にある松門山を境にして、長江にそそぐ細長い河道の「北湖」と、湖の主要部分の「南湖」を形成する。「南湖」の名は、六朝時代にはすでに見え、「鄱陽湖」の呼称よりも古い。

かくして鄱陽湖は、まず「南湖」「彭蠡湖」として、六朝以降、詩中に詠まれはじめた。東晋・湛方生「帆して（帆かけ舟を浮かべて）南湖に入る」詩は、周囲の景勝美を「白沙　川路（水路）に浄らかに、青松　巌首（〔廬山の〕岩山の上）に蔚る」と歌う。ついで南朝宋の山水詩人謝霊運も元嘉九年（四三二）、臨川（江西省撫州市付近）内史に赴任する途中、「彭蠡湖口に入る」（湖口は長江と湖が接する出入口）詩を作り、「春晩れて　緑野秀で（草木が伸び茂り）、巌高くして　白雲屯る」と歌う。

唐代において、盛唐の張九齢は開元一五年（七二七）、洪州（南昌市）刺史に赴任する途中、「湖口にて廬山の瀑布水を望む」「彭蠡湖上」詩を作り、孟浩然は「彭蠡湖中にて廬山を望む」詩、李白は五古「尋陽城（九江市）を下りて彭蠡に汎び、黄判官に寄す」詩を作った。しかしいずれも湖自体よりも、その西岸にそそり立つ名勝「廬山」の描写に、作者の主眼が置かれがちであった。ただ李詩の

開帆入天鏡　帆を開いて　天鏡に入り
直向彭湖東　直ちに彭湖の東に向かう

の句は、鄱陽湖の果てしない広がりを詠んだ名句とされる。―船の帆を開いて、天空を映す鏡のような、広々と澄みわたる湖水に入り、そのままずっと彭蠡湖の東に向かって進む。―

また、元和一〇年（八一五）、江州（九江市）司馬に左遷された白居易は、折にふれて鄱陽湖に遊び、清澄な詩句を詠んだ。五律「湖亭望水」（湖亭にて水を望む）詩にいう、

久雨南湖張　久雨に　南湖張り
新晴北客過　新晴に　北客過る
日沈紅有影　日沈んで　紅　影有り

風定緑無波　風定まりて　緑　波無し
岸没閭閻少　岸没して　閭閻少なく
灘平船舫多　灘平らかにして　船舫多し
可憐心賞処　憐むべし　心に賞する処
其奈独遊何　其れ独り遊ぶを奈何せん

—長雨が続いて、南湖の水は満ちあふれ、雨上がりの晴天に、北地からの旅人である私は、この地にとやって来た。折しも太陽が西に傾いて、湖面は紅い影にあふれ、風がやんで水面は澄みわたり、緑のさざ波さえ立たない。湖岸は長雨の増水で沈み、村里の人の姿はまばらにしか見えず、水際の低地には水が満ちて、多くの船が泊まっている。ああ、かくも愛賞すべき好風景の地だというのに、語りあう友もなく一人だけで訪れてみても、心はなかなか満ち足りない思いなのだ。—

　詩は、湖畔の亭から眺めた清澄な夕景色をたたえるとともに、その美しい風景を親友と一緒に賞でることのできない、左遷された身の悲しみを歌う。また、五律「彭蠡湖より晩に帰る」詩の前半には、

彭蠡湖天晩　彭蠡　湖天の晩
桃花水気春　桃花　水気の春
鳥飛千白点　鳥は飛ぶ　千白点
日没半紅輪　日は没す　半紅輪

—ここ彭蠡の湖は夕暮れの時を迎え、桃の花の咲く季節、雪解け水をあつめた湖面は深々と水をたたえて、春の訪れを告げている。ねぐらに帰る鳥が湖上を群がり飛んで、無数の白い点となり、折しも沈みゆく太陽は、その紅い輪の半ばを水中に没めている。—

と詠み、桃花水（春の雪解け水）をたたえた湖水の夕暮れの情景を、やはり色彩豊かに表現する。

　晩唐の韋荘も七律「鄱陽湖に泛ぶ」詩のなかで、広大な湖面を、

四顧無辺鳥不飛　四顧するも辺無く　鳥も飛ばず
大波驚隔楚山微　大波驚隔して　楚山微なり

—周囲を見渡しても岸辺は見えず、鳥さえも（羽を休めるところがなく）飛ばず、荒波に遠く引き離されて、楚（当地の昔の国名）の地の山々が小さく見える。—

と歌い、「（湖上の美景を）愛する者は多しと雖も、見る者（実際に来遊して賞でる人）は稀なり」の句で結ぶ。

　鄱陽湖は交通の大動脈「長江」の南岸にあり、贛江—大庾嶺（五嶺）—北江—広州と連なる主要幹線上に位置したが、眺望の名所「岳陽楼」をもつ洞庭湖とは異なり、詩跡としての比重は格段に低い。

　ちなみに、鄱陽湖は古くから雁の越冬地として知られ（『呂氏春秋』孟春紀、漢の高誘注）、現在も多くの種類の渡り鳥の楽園となっている。白居易の七律「南湖の早春」に

翅低白雁飛仍重　翅低れて　白雁　飛ぶこと仍お重く
舌渋黄鸝語未成　舌渋りて　黄鸝　語ること未だ成らず

—（長い越冬の時を過ごしたせいで）白雁は羽を垂れて、飛ぶ姿もまだ重たそうに見え、（春が来たばかりで）黄鸝（コウライウグイス）は舌が滑らかに動かず、まだまろやかには囀れない。—

とあるのはその一例であろう。しかしこの点においても、洞庭湖南にある回雁峰（衡山の一峰）には、全くかなわない。

　結局のところ、詩跡としての鄱陽湖は、独特の個性美を発揮できず、古典の世界では、巨大な美しい湖「洞庭湖」の二番煎じの地位に甘んぜざるをえなかったようである。

【石鐘山・大孤山】

石鐘山は、鄱陽湖が長江に流れ出るところ（現九江市湖口県城の北）にある山の名。南の上石鐘山と北の下石鐘山から成り、この両山が湖口の水際で対峙する。山名の由来については、従来、北魏の酈道元『水経注』（逸文）の「波が岩とぶつかって大鐘のような響きを立てる」、唐の李渤「弁石鐘山記」の「南北二つの岩を叩くと鐘のように響く」の両説があった。北宋の元豊七年（一〇八四）、蘇軾は新しい任地に赴く途中に立ち寄り、長男と夜舟を浮かべて調査した結果、山下の岩穴に波が入るとき、音が鳴るのだと考え、酈道元の説を正しいとする、一種の考証遊記「石鐘山の記」を作った。

　この蘇軾の名文が石鐘山の名を広め、訪れる者が増えて詩跡化した。南宋の楊万里の雑言古詩「湖口県の上下石鐘山に過る。即ち東坡（蘇軾）の記す所の者なり。是の夕べ　其の下に宿る」詩には、「世に坡老（蘇軾）の　古器を弁ずる（見分ける）無くんば、誰か周（の景王の鋳造した無射の鐘）と魏（荘子の賜った歌鐘）より出づるを知らんや」とあり、鐘声のような二種の水音を分析した蘇軾の識見を称賛する。清の王士禛の五律「石鐘山」詩にも、「蘇公（軾）遊賞の後、余韻あり　石鐘山。水石（の奇観）長えに此くの如く、行人自から閑ならず」と、訪問者の頻繁な訪れを歌う。

　清の施閏章・査慎行・彭孫遹なども石鐘山を詠む。査慎行の五古「石鐘山」詩には、山の地理形勢を流麗に描写する。「鄱陽　天を呑みて来り、南より出づる口（湖口）に噴薄たり（激しく水が湧きたつ）。江流（長江の水流）敵う能わず、北に抵りて乃ち東に走る。懸崖　西湾（西の入り江）に峙ち、水勢　掃うこと帚の如し」と。

（住谷）

大孤山（鞋山・大姑山）は、現九江市の東南、鄱陽湖中にある島の名。北東の長江中に屹立する小孤山（小姑山、現九江市彭沢県の北）に対する呼称である。「四面は洪濤、屹然として独り聳え」、神祠があって、通る者は必ず祀ったという（『大明一統志』五二）。

詩跡化は唐代から始まる。中唐の顧況の七絶「小孤山」詩にいう、

　大孤山遠小孤出　　大孤山は遠くして　小孤出で
　月照洞庭帰客船　　月は照らす　洞庭　帰客の船

同じく中唐の白居易の五古「東南行一百韻、…」では、「林は対う東西の寺（東林寺・西林寺）、山は分かつ　大小の姑」と歌う。

北宋の蘇軾の雑言古詩「李思訓（唐代の山水画家）の画ける長江絶島の図」には、「山は蒼蒼、水は茫茫、大姑小姑は江の中央」とあり、黄庭堅の五古「大孤山に泊（舟泊り）して作る」、晁補之の七絶「大孤山の祠」は、湖中に屹立する神聖な島の姿を詠む。

　宋代、大・小孤山の「孤」は、民間では同音の「姑」に転じ、小孤山の対岸の澎浪磯も彭郎磯に転じて、彭郎は「小姑の婿」とされ、小姑廟・大姑廟も造られた（欧陽脩『帰田録』二など）。「小姑彭郎に嫁ぐ」民間伝承によって詠んだ、南宋の王十朋「大孤山を望む」詩、楊万里の「大姑山」詩などがある。

　清の王士禛の七絶「大孤山」は、秀麗な島を黒髪の美女に見立て、朝もやに包まれた部屋で、寝乱れの髪を梳かす情景を思い描く。

　宮亭湖上好烟鬟　　宮亭湖（鄱陽湖）上　好き烟鬟
　倭髻初成玉鏡閑　　倭髻初めて成りて　玉鏡閑なり
　霧閣雲窓不留客　　霧閣　雲窓　客を留めず
　蘋花香裏過鞋山　　蘋花（水草）の香裏　鞋山を過ぐ

倭髻は美しいまげ。清の朱彝尊・査慎行にも大孤山の詩が伝わる。

（住谷）

【滕王閣】

唐の滕王李元嬰（初代皇帝高祖李淵の第二二子、第二代皇帝太宗李世民の弟）が、洪州の都督（軍事長官）在任中に、洪州城（＝南昌県城、南昌市）の西門「章江門」外の西北、贛江（鄱陽湖にそそぐ江西省第一の大河。別名は章江）東岸の高地に創建した朱塗りの木造楼閣である。宋末・元初、贛江の河道が東に移ると、閣の跡地は江中に崩れ落ち、元代以降は、南昌城西の城壁上や章江門外に再建された。

創建年代については、従来、永徽四年（六五三）と顕慶四年（六五九）の二説があるが、『旧唐書』六四、高祖二十二子伝などに記す、李元嬰の洪州都督在任期間との関連から、永徽四年説が妥当である。晩唐・韋慤の「重修滕王閣記」（重ねて滕王閣を修むる記。大中二年［八四八］の作。『全唐文』七四七）には、「郛郭（洪州の外城）に背くこと二百歩（三〇〇メートル強）ならずして、巨閣の滕王と称する者有り。……結構（創建）の始めを考尋するに、蓋し永徽（年間）より後ならん。時に滕王……洪州都督に転りて営造する所なり」とある（潘谷西「唐・北宋滕王閣位置示意図」、『中国美術全集』建築芸術編3・園林建築、中国建築工業出版社、一九九一年所収参照）。

また南宋・王象之『輿地紀勝』二六、隆興府（南昌）の条には、「夾むに二亭を以てす。南を圧江と曰い、北を挹秀と曰う。唐より今に至るまで、名士の留題（詩文を書きとどめること）、甚だ富めり」とあり、滕王閣が唐代以来の有名な詩跡だったことを指摘する。

滕王閣の詩跡化は、初唐の上元二年（六七五）に始まる。その年の晩秋九月（九月九日の重陽節？）、当時、二六歳ごろの青年詩人王勃は、彼自ら犯した罪に連座して南のはて交趾（ベトナムのハノイ付近）の令（県知事）に左遷された父親（王福畤）を見舞う途中、滕王閣での盛宴に招かれ、華麗な駢文「滕王閣（詩）の序」（「秋日滕王閣に登りて餞別するの序」の略称）と七古「滕王閣」を作った。

滕王高閣臨江渚　　滕王の高閣　江渚に臨み
佩玉鳴鸞罷歌舞　　佩玉　鳴鸞　歌舞罷む
画棟朝飛南浦雲　　画棟朝に飛ぶ　南浦の雲
珠簾暮捲西山雨　　珠簾暮に捲く　西山の雨
閑雲潭影日悠悠　　閑雲　潭影　日に悠悠
物換星移度幾秋　　物換わり星移りて　幾秋をか度ぐる
閣中帝子今何在　　閣中の帝子　今何にか在る
檻外長江空自流　　檻外の長江　空しく自から流る

―滕王の高閣は、今も江（贛江）の水辺に臨んでそそりたつ。かつてここに集った高貴な人々の、腰に下げた佩玉の触れあう音も、訪れる馬車の高らかな鈴音も、もはや聞こえず、にぎやかな歌や踊りも、すっかりとだえてしまった。美しく彩られた棟木のあたりには、南浦（広潤門外西南の舟着き場）から湧きでる雲が朝日に染まりながら飛びかい、美しい珠簾は夕暮れどき、西山（南昌市の西郊三〇キロメートルの山）から迫りくる風や雨に吹かれて巻きあがる。無心にただよう雲、深い潭の碧い色は、昔と変わることなく、日々、のどかな姿を見せている。しかし人の世の万物は移ろい、歳月は速やかに流れて、（滕王閣の落成以後）、幾年がすぎたことであろうか。この高閣で楽しんだ帝の子（滕王）は、今いったいどこにおられるのであろうか。手すりの前を流れる大江（贛江）だけは、滕王のおられた当時そのままに、滔々と流れゆく。―

詩は、唐朝の帝子・滕王の盛大な遊宴をしのぶ懐古の名篇であり（創建時から、わずか二二年後の作）、滕王閣を歌うとき、その「序」とともに源泉的な作品となる。第七句の懐古的表現から、滕王は本詩の作成時、すでに死亡していたとする説が流布するが、これは誤りである（本詩作成九年後の文明元年〔六八四〕没）。人の世の転変の激しさを強調した句作りにすぎない。

一方の「滕王閣の序」は、初唐の駢文の代表作であるとともに、さまざまな逸話に彩られる。『新唐書』二〇一、文芸伝上、王勃の条にいう、「九月九日、（洪州）都督は、大いに滕王閣に宴し、宿めその婿に命じて序を作らしめ、以て客に夸らんとす。因りて紙筆を出だして徧く客に請うも、敢えて当たる（序の執筆を引き受ける）もの莫し。（王）勃に至りて、汎然として（気にとめないさま）辞（退）せず。都督怒り、起って衣を更え、吏をして其の文を伺いて、輒ち（逐次）報ぜしむ。一再（たびたび）報ずれば、語は益ます奇にして、乃ち矍然として（驚くさま）曰く、『天才なり』と。請いて遂に文を成さしめ、歓を極めて罷む」と。

滕王閣

この逸話は、すでに唐・宋時代、小説的な潤色がほどこされていた。晩唐の羅隠『中元伝』（宋代の『新編分類古今類事』三、異兆門上、「王勃不貴」所引）には、わずか一三歳の王勃が舅に従って江南に遊んだおり、神仙が現れて彼を神風で送りとどけ、早熟な文才を発揮させたとする。また五代の王定保『唐摭言』五にも、「王勃、滕王閣の序を著す。時に年十四。（洪州）都督閻公（名は未詳。後世、閻伯嶼とするのは誤り）、これを信ぜず」云々として、『新唐書』（前引）の類話を引く（「以其人称不才、試而後驚」の条）。しかし、この作者一三、四歳の作とする逸話は、史実としての信憑性に乏しく、おそらくは、「（勃）六歳にして解く文を属り、思いを構うるに滞ること無く、詞情英邁なり」（『旧唐書』一九〇上、文苑伝上）、「童子（王勃の自称）何ぞ知らん」（王勃の序中の句）、「（勃）年十有四にして、時誉斯に帰す」（初唐・楊炯「王勃集序」）などの記述に付会して誕生した、文壇の一佳話にすぎない。

滕王閣は、王勃以後、多くの唐詩人に歌われた。中唐・白居易の七絶「鍾陵餞送」（鍾陵〔南昌〕にて餞送す）は、元和一四年（八一九）、江州（江西省九江市）の司馬から忠州（重慶市忠県）の刺史に転任する際、知人が滕王閣で送別の宴を開いてくれた時の作。

翠幕紅筵高在雲　翠幕　紅筵　高くして雲に在り
歌鐘一曲万家聞　歌鐘一曲　万家に聞こゆ
路人指点滕王閣　路人は　滕王閣を指点し
看送忠州白使君　看送す　忠州の白使君を

——翠の幕が張られ、紅い筵が敷かれた別れの宴席は、高々と雲に届く高楼に設けられ、にぎやかな歌声と楽器の音が、城市のあらゆる家々にまで響きわたる。道行く人も滕王閣を指さしながら、新しい忠州の白知事殿（たる私）の旅立ちを見送ってくれる。―

また中唐・李渉の七絶「重ねて滕王閣に登る」詩にいう、「滕王閣上　伊州（西域伝来の曲名）を唱う、二十年前　此に向いて遊ぶ。半ばは是（昔のまま）にして半ばは非（変貌）なるも　君問う莫かれ、好山（「西山」にも作る）は長えに在り　水は長えに流る」と。このほかにも、杜牧・張喬・許渾・曹松ら著名な詩人が、滕王閣に関する詩を残している。

その中で、晩唐・銭珝の五絶「江行無題一百首」（光化三年（九〇〇）の作）其七三にいう、

幽懐念煙水　　幽懐　煙水を念い
長恨隔龍沙　　長に恨む　龍沙を隔つるを
今日滕王閣　　今日　滕王閣
分明見落霞　　分明に落霞を見ん

―もやのただよう（贛江の）水を思う気持ちは、心の奥底に留まりつづけ、龍沙（南昌城北にある砂丘）に隔てられて見えにくかったことを、つねづね残念に思っていた。今日、滕王閣では、ただよう夕焼け雲がくっきりと見えることだろう。―

後半二句は、王勃の序中の名句「落霞は孤鶩と斉しく飛び、秋水は長天と共に一色なり」（夕焼け雲は、一羽の野鴨とともに飛びかい、青く澄みわたる秋の江水は、遥かな天空に連なって一色にとけあう）を踏まえた表現である。

五代・南唐の釈超慧の七絶「滕王閣」は、王勃「滕王閣」の詩句を踏まえた、典型的な作品である。「檻外の長江　去りて回らず、檻前の楊柳　後人栽う。当時（と変わらぬものは）惟だ西山の在る有り、曾て見る　滕王　歌舞し来るを」と。

徐進編注『滕王閣詩選』（江西人民出版社、一九八三年）、胡迎建選釈『滕王閣詩詞百首』（江西美術出版社、二〇〇七年）等を通覧すれば、王勃の詩・序が果たした役割の大きさを知ることができよう。

眼中孤鶩雲辺没　　眼中の孤鶩　雲辺に没し
望裏長江檻外来　　望裏の長江　檻外に来る
（北宋・潘興嗣「滕王閣の春日晩眺（夕景）」）

豫章城上滕王閣　　豫章（南昌）城上の　滕王閣
不見鳴鸞佩玉声　　見ず　鳴鸞　佩玉の声
（元・虞集「滕王閣（に題す）」）

春風南浦青青草　　春風の南浦　青青たる草
暮雨西山淡淡雲　　暮雨の西山　淡淡たる雲
（明・楊基「洪都城に登りて滕王閣の故基（跡地）を憶う」）

一序伝高閣　　一序（滕王閣序）　高閣を伝え
閻公本愛才　　閻公　本と才を愛す
（清・蔣士銓「滕王閣」）

滕王閣自体は、栄華のはかなさを象徴するごとく、何度も消失したが、そのつど、王勃の不朽の名作が思い起こされて再建できた。一九八九年には、唐代の遺跡の南に、新「滕王閣」が落成した（高さ五七・五メートル。二九回目の修建という）。歴代のたび重なる再建は、滕王閣が黄鶴楼・岳陽楼とともに、江南の三大名楼の一つとして、歴代の詩人たちによる名詩を生み出してきた、不可欠の詩跡であったからであろう。明代、すでに董遵編『滕王閣集』十巻、李嗣京編『滕王閣続集』十九巻等が編纂されている。

【南昌（洪州・鍾陵）・南浦（南浦亭）】

（住谷）

南昌（現南昌市）は、鄱陽湖の西南、贛江の下流域にある江西省の省都である。前漢の初代皇帝・高祖劉邦が、豫章郡を設置した際、この地を治所として南昌県を置いたのに始まり、隋唐期、洪州と改名された（治所は豫章・鍾陵・南昌県と改名）。唐代の洪州は、江西観察使が駐屯する重鎮であり、宋以降、隆興府・南昌府となる。

この地が詩に歌われるのは、漢代の古楽府「豫章行」に「白楊初めて生ずる時、乃ち豫章の山に在り」とあるのに始まる。六朝期では、南朝宋の謝荘に「豫章の西に遊びて洪崖井を観る」詩がある。

盛唐の張九齢は洪州刺史在任中、五古「郡城の南楼に登る」詩を作り、「雲霞　千里に開き、洲渚　万形出づ。澹澹として澄江漫ち、飛飛として度鳥（空を渡る鳥）疾し」と詠む。中唐の耿湋の五律「春日　洪州即事」は、洪州の美しい春景を「鍾陵　春日好く、春水南塘に満つ。竹宇　朱閣に分かれ、桐花　緑楊を間つ」と歌う。

晩唐の杜牧は、大和二年（八二八）、二六歳のときから約二年間、この地に赴任した。洪州は杜牧にとって、「君は豫章の姝（美女）為り、十三纔かに余り有り」（五古「張好好の詩」）と歌った、妓女張好好との出会いを含め、若かりし日の想い出深い土地となり、洪州時代を懐かしむ詩をいくつか残す。その中の一首、七律「鍾陵の旧遊を懐う」詩四首其四の前半には、繁華な洪州城のさまを歌う。

控圧平江十万家　　控圧す　平江　十万の家
秋来江静鏡新磨　　秋来　江静かにして　鏡新たに磨く
城頭晩鼓雷霆後　　城頭の晩鼓　雷霆の後
橋上遊人笑語多　　橋上の遊人　笑語多し

――州城は、豊かに水をたたえる贛江のほとりの十万戸を管轄する。秋の贛江は穏やかで、水面は磨いたばかりの鏡面のよう。夕暮れを告げる太鼓の音が雷鳴のごとく街中に響きわたると、橋の上には談笑する遊覧の人々が増え始める。――

孟浩然・劉長卿・李紳・羅隠・韋荘らが洪州の詩を残す。宋以後にも、清の彭孫遹の七律「豫章城下に春を送る、…」詩などがある。

南浦は、洪州城の広潤門外西南の東岸にあった江湾の名（浦は水辺）。ここに舟着き場（後に宿駅）・南浦亭が置かれた。有名な滕王閣の南に位置し、現在の撫河故道に架かる撫河橋付近である。南宋の王象之『輿地紀勝』二六、隆興府・南浦亭の条に、「広潤門の外に在り。下　南浦を瞰る。往来の舟は此に艤す（接岸する）。唐に在りては固より已に之有り」とあり、贛江はここで分流していた。

南浦は、戦国・楚の屈原の『楚辞』九歌「河伯」に、「美人（良き人）を南浦に送る」と詠まれて以来、離別のイメージをもつ語であるが、初唐の王勃の七古「滕王閣」詩に、

画棟朝飛南浦雲　　画棟朝に飛ぶ　南浦の雲
珠簾暮捲西山雨　　珠簾暮に捲く　西山の雨

と見える南浦は、洪州のそれである（【滕王閣】の項参照）。西山とは洪州城の西郊三〇キロメートルにある道教の名山で、洪崖山・南昌山ともいう。盛唐の張九齢「城楼に登りて西山を望んで作る」詩にも、「城楼　南浦に枕み、日夕　西山を顧む」という。北宋の王安石の七絶「南浦」詩などもある。南浦亭を詠んだ詩には、南宋の范成大の五律「豫章の南浦亭にて舟を泊す」二首其一の「繡檻（南浦亭の美しい欄干）　滄渚（江辺）に臨み、牙檣（舟の帆柱）　暮沙を挿す」や、劉克荘「南浦亭にて思う所に寄す」詩などが伝わる。

【徐孺子墓（徐孺子祠・徐孺亭）・干越亭】

（住谷）

後漢後期の隠士、徐稚（字は孺子）は、南昌の貧家に生まれ、農耕生活を送りつつ、広く学問を修め、人柄も謙虚であった。幾度も任官の誘いを受けたが応ぜず、当時の名士から尊崇された。南昌太守の陳蕃は、徐稚が訪問すると、特別に彼のため座榻を設け、郭林宗は彼を「南州の高士」とたたえた（『後漢書』五三、徐稚伝）。

徐稚は後世、高潔な士として尊敬を集め、初唐・王勃の名文「滕王閣の序」にも言及される。南昌にある彼の墓（徐孺子墓）は、三国呉の時代から、歴代の郡の太守によって整備され、思賢亭（聘君亭）が建てられた（『水経注』三九、贛水）。また、東湖（洪州［南昌］城内東南部、明代以後、東西南北の四湖となる）の南の小洲上には、彼の旧宅跡があり、ここに建てられた徐孺亭（孺子亭）には、盛唐の宰相張九齢と名書家李邕による碑があった（中唐・権徳輿の「徐孺亭にて馬上に口号す」詩の序）。北宋の曾鞏は、洪州の知州（知事）在任時、ここに祠堂（徐孺子祠）を建てている（「徐孺子祠堂記」）。

南昌にある徐稚の旧跡の詩跡化は、中唐・顧況の七律「同裴観察東湖望山歌」（裴観察の「東湖にて山を望む歌」に同ず）詩の、

水淹徐孺宅恒乾　水（湖）は徐孺の宅の　恒に乾けるを淹し
縄墜洪崖井無底　縄は洪崖の井の　底無きに墜つ

に始まり、権徳輿・杜牧・来鵠らが詩に詠んでいる。宋代では、北宋の蘇轍「徐孺亭」詩や、黄庭堅の「徐孺子祠堂」詩、また「孺子の高風（高尚な風格）　何れの処にか尋ねん、東湖の台観（高殿）　水雲深し」と歌う、南宋・朱熹の七絶「東湖より列岫に至りて二小詩を得たり」其一や、劉克荘の「徐孺子墓」詩がある。

現在の徐孺子墓は、一九九六年、南昌市内の西湖のほとりに整備された孺子亭公園内に移され、翌年再建されたものである。

干越亭は、唐初の県令張彦俊が鄱陽湖の南東、饒州余干県（上饒市余干県）の羊角山上に建て、中唐の李徳裕が修復した亭である（清の『江西通志』四一）。北宋・楊文公（億）の『談苑』（『唐詩品彙』七七所引）には、眺望のよさを「前に琵琶洲を瞰、後に思禅寺に枕んで、林麓森鬱として、天下の絶境なり」と絶賛する。

干越亭の詩跡化は、盛唐・李白の「尋陽（江州、今の九江市）にて弟昌峒［岠の訛］の鄱陽（饒州）に司馬（州の属僚）たるを送りて作る」詩の、「扇を揺かして干越に及べ（至れ）ば、水亭　風気涼し」に始まる。また、中唐の劉長卿は、乾元二年（七五九）、南方（広東省）に左遷される途中、余干県に滞在し、干越亭の詩をいくつも残している。なかでも五排「負謫後登干越亭作」（謫を負いて後、干越亭に登りて作る）詩は、前述の『談苑』に、「古今留題する者百余篇、而して劉の此の篇絶唱なり」と評される。

天南愁望絶　天南（南の果て）　望（眺望）の絶ゆるを愁え
亭上柳条新　亭上　柳条（柳枝）　新たなり（新緑が芽吹く）
落日独帰鳥　落日　独り帰る鳥
孤舟何処人　孤舟　何れの処の人ぞ

このほか、権徳輿・施肩吾・張祜・羅隠らも干越亭を詠む。唐以後では、北宋の梅堯臣のほか、南宋・王十朋の七古「七月三日、鄱陽（湖）に至る」詩があり、「干越亭前　晩風（夕べの風）起こり、湖は入る　鄱陽三百里。暁来（明け方）の一雨　新秋を洗い、身は在り　江東画図の裏」と歌う。

干越亭は現在、余干県城の中心、東山嶺の南側に再建されている。

【贛江・惶恐灘】

（住谷）

贛江（贛水）は、長江の支流の一つ、江西省第一の大河である。東源の貢水は武夷山脈（福建省との省境）に発し、西源の章水は大庾嶺（広東省との省境）に発する。この二水が贛州市で合流した後、「贛江」と称されて、省内を曲折しながら北流して、鄱陽湖にそそぐ。全長は約七五〇キロメートル。上流部を含めると、約九九〇キロメートルに及ぶ。

贛江は、古代から長江下流域の江南と南方の嶺南とを結ぶ重要な交通路として機能していた。すなわち、贛江を贛州までさかのぼり、大庾嶺の峠（梅関）を越えて、韶関・広州へと赴くルートである。しかし、その途中、吉安市万安県と南（上流）の贛州市の間には、巨石の散在する激流の浅瀬（灘）が多く、古来、水路を利用する旅人の難所となっていた（『陳書』一、高祖紀上）。灘の総数は、六朝期、二四を数えたが、後世、「十八灘」として定着する（『方輿勝覧』二〇）。この灘中の大岩は贛石と呼ばれ、十八灘の別称となる。

贛石や十八灘を題材とする贛江の詩跡化は、唐代に始まった。盛唐の孟浩然は、五古「下贛石」（贛石を下る）詩の冒頭で、激しい水音を立てて流れる贛江の姿を、こう詠む。

贛石三百里　　贛石　三百里
沿洄千嶂間　　沿洄す　千嶂の間
沸声常浩浩　　沸声　常に浩浩
洊勢亦潺潺　　洊勢　亦た潺潺

—贛石が控える三百里、私は川の流れに沿って、屏風の如くそそり立つ峰々の間を下りゆく。（川の水は）絶えず躍りあがって激しい音を立て、大波が次々と押し寄せて水音高く流れていく。—

中唐の耿湋の五古「南康（郡［贛州市］）を発して　夜　贛石の中に泊す」詩にも、孟浩然の詩と同様に、「険石　潭の渦を俯（俯瞰）し、跳湍（逆巻く急流）　沿泝（川の上り下り）を礙ぐ」とあり、贛石の水流の激しさを歌う。このほか、南宋の楊万里の五律「皂口（贛江ぞいの地名。万安県の東南、造口とも書く）を過ぐ」詩は、「贛石三百里、春流　十八灘。路は青壁（緑なす山壁）に従いて絶え、船は半江（贛江の中流）に到りて寒し」と詠む。

十八灘の最下流にある惶恐灘（別名黄公灘、惶恐は恐怖の意）は、北宋の蘇軾の七律「八月七日、初めて贛（江）に入り、惶恐灘を過ぐ」詩で名高い。嶺南の恵州（広東省）配流途中、五九歳の作。

七千里外二毛人　　七千里外　二毛の人
十八灘頭一葉身　　十八灘頭　一葉の身
山憶喜歓労遠夢　　山は喜歓を憶いて　遠夢を労し
地名惶恐泣孤臣　　地は惶恐と名づけて　孤臣を泣かしむ

—都から七千里のかなたへ向かう、白髪まじりの私。いま十八灘の難所を越えようと、木の葉のような小舟に身を託す。山の姿に蜀道の錯喜歓、ぬか喜びの宿場が思い出されて、遠い郷里に夢をはせ、恐怖を意味する惶恐灘は、この見捨てられた臣下の涙をさそう。—

続く南宋の楊万里らも詠みつぐ。文天祥は七律「零丁洋（広東省珠江の河口湾）を過ぐ」詩の中で、同じ双関語の手法を用いて歌う。

皇恐灘頭説皇恐　　皇恐（＝惶恐）灘の頭に　皇恐を説き
零丁洋裏嘆零丁　　零丁洋の裏に　零丁（孤独）を嘆く

清初の査慎行「十八灘絶句」其一「惶恐灘」にもいう、「習坎として（幾重にも波立って）険　前に在り、何人か惶恐せざらんや。此に到れば　退くこと已に難し、応に急流の勇を思うべし」と。

（住谷）

【鬱孤台・快閣】

鬱孤台は贛州（現贛州市）城内の西北隅、賀蘭山頂に築かれた楼台の名。創建年代は未詳。平地から「鬱然として孤起」（高々と一つだけ隆起）する地勢から名づけられた。唐の虔州刺史（贛州の長官）李勉は、この台に登って北望し、いつも都長安の宮廷に思いを馳せ、名を「望闕台」（闕は宮城）と改めたという（『方輿勝覧』二〇）。

鬱孤台の詩跡化は、宋代に始まる。北宋の趙抃の五古「鬱孤台」詩は、「群峰鬱然として起こるも、惟だ此の山のみ独り孤なり。台を山の巓に築き、鬱孤の名以て呼ぶ。…直ちに登りて四もを臨瞰（俯瞰）すれば、衆勢（周囲の地勢）も踰ゆ可からず」と歌う。

また蘇軾は七絶の連作「虔州八境図八首」其七で、「煙雲縹緲（薄もやにおぼろ）たり　鬱孤台、積翠（樹々の重なり茂る緑）空に浮かんで　雨半ば開く」と歌い、晩年に二度訪れて詩に詠む。

南宋の辛棄疾は、北の異民族王朝・金に奪われた中原の回復を主張し続けた。彼はこの鬱孤台に登って北方の故地を遠望したときの感慨をこめながら、前述の李勉の望闕の思いに、志を果たせぬ自らの境遇を重ね合わせて、詞「菩薩蛮（詞牌）　江西の造口（地名）の壁に題す」を作って、こう歌う。「鬱孤台下　清江の水、中間（その中に）　多少ぞ　行人（旅人）の涙。西北に長安（暗に北宋の都汴京）を望めば、憐む可し（ああ悔しい）　無数の山」と。

この名作によって鬱孤台は詩跡として確立し、以後、文天祥や明の李夢陽、清の朱彝尊など、多くの詩人たちが詠みついでいく。

現在の鬱孤台は、一九八三年、贛州市章貢区の鬱孤台公園内に再建され、台下を贛江となる直前の章水が北流する。

快閣は、吉州太和県（現吉安市泰和県）城内の、贛江のほとりにあった楼閣の名。県庁の東の慈恩寺境内に創建され、北宋初期の県知事・沈遵が快閣と名づけた（清『江西通志』三九）。「江山広遠、景物清華なるを以て」の命名という（『大明一統志』五六）。

快閣の詩跡化は、北宋の黄庭堅が元豊五年（一〇八二）、三八歳の秋、太和県の知事に在任中に詠んだ楼上の作「登快閣」（快閣に登る）詩に始まる。この七律詩の前半にいう。

癡児了却公家事　　癡児了却す　公家の事
快閣東西倚晩晴　　快閣　東西　晩晴に倚る
落木千山天遠大　　落木千山　天は遠大
澄江一道月分明　　澄江一道　月は分明

—愚か者の私も、どうにか役所仕事を終えて、快閣の手すりにもたれながら、晴れ上がった夕景色を、東に西に眺めやる。重なる山々は樹木が葉を落として、天空は遠く大きく広がり、澄んだ一筋の贛江の流れに、月が映って鮮やかに輝く。—

黄庭堅の本詩によって、快閣の名は天下に知れわたり、詠みつがれた。南宋では楊万里や戴復古のほか、南宋末の忠臣・文天祥も、大都（北京）に護送される途中、ここで七律「泰和」詩を作り、

漢節幾回登快閣　　漢節　幾回か快閣に登る
楚囚今度過澄江　　楚囚　今度　澄江を過ぐ

—前漢の蘇武のごとき忠節の士たる自分は、何度も快閣に登ったが、今は春秋・楚の鍾儀のごとく敵の虜囚となって贛江を渡るのだ。—

と歌った。以後も、元の劉鶚、明の李夢陽・王世貞・胡応麟、清の施閏章・査慎行などの詩が伝わる。現在の快閣は一九八六年、泰和県城の、贛江に近い泰和中学校内に再建されたものである。

【麻姑山・玉笥山】

（住谷）

麻姑山は撫州市南城県の西南にある。山名は、後漢の有名な仙女・麻姑が山頂の石壇で仙道を得たという伝承にちなみ、三六小洞天・七二福地の中に数えられる、洞天福地（神仙の住む別天地）となる。唐の名書家顔真卿は、大暦六年（七七一）、撫州刺史をやめた直後の六三歳のとき、葛洪の『神仙伝』にもとづいて、「撫州南城県麻姑山仙壇記」（「麻姑仙壇記」）を撰書し、同年、剛健な楷書字碑が立つ。

麻姑山の詩跡化は、南朝宋の山水詩人謝霊運の詩「華子岡（前漢の仙人・華子期が降り立った処、住んで昇仙したという地）に入る、是れ麻源（麻姑山の北辺）の第三谷なり」に始まる。謝霊運は、

羽人絶髣髴　羽人は　絶だ髣髴たり
丹丘徒空筌　丹丘は　徒らに空筌なるのみ
図牒復摩滅　図牒　復た摩滅し
碑版誰聞伝　碑版　誰か聞き伝えん

—かの仙人（華子期）の姿はまったく眼にできず、神仙の住むという山も、もぬけの殻と化している。（彼のことを伝える）書物もすっかり摩滅し、（それを記録した）碑文を聞き伝える者もいない。—と歌い、神仙の世界への道がすでに閉ざされていることを嘆く。

以後、多くの詩人が麻姑山を題材に、神仙の住んだ地の神秘性を詠む。中唐の劉禹錫の七律「麻姑山」の中間二聯にいう、「雲は青山を蓋う　龍の臥する処、日は丹洞（仙境）に臨む　鶴の帰る時。霜は上界（天界）に凝りて　花開くこと晩く、月は中天に冷やかにして　果熟すること遅し」と。また、明の李夢陽「麻姑山」詩にいう。

仙女石壇残欲没　仙女（麻姑）の石壇　残れて没せんと欲し
魯公碑版断仍留　魯公（顔真卿）の碑版　断ゆるも仍お留む

玉笥山は、吉安市峡江県城の西南、贛江の東岸にそびえる山。旧称は群玉山。神仙を好む前漢の武帝が、この山上に降真壇を築いて日夜祈祷させたところ、天空から白玉の笥が降ってきたので、玉笥山と命名されたという。南朝梁の蕭子雲は、この山中に清虚館と碑を建てて隠れ住んだと伝え、中唐の道士謝修通は、その碑と館の跡を発見して住んだという（『太平御覧』四一に引く『玉笥山記』）。さまざまな霊異が伝わり、三六小洞天・七二福地の中に数えられた。

玉笥山は六朝時代から詠まれ始める。南朝陳・蕭詮の「『往往孤山映ゆ』を賦し得たり」には、「仙峰に玉笥を看、関路に金徽（アルタイ山脈）を視る」と詠む。以後、神仙の住む山として詩跡化し、晩唐の李群玉「尹錬師（道士）に別る」詩には、「道を学ぶ　玉笥の山、丹（薬）を焼く　白雲の穴」とあり、五代・南唐の徐鉉「玉笥山留題」詩には、修行して仙道を得た人々の遺跡が多いと歌う。

九仙皆積学　九仙（九人の仙人）　皆な学を積み
洞壑多遺跡　洞壑　遺跡多し

北宋の黄庭堅は、七絶「蕭家峡（贛江の峡谷）を上る」詩で、初春の山村風景を、「玉笥峰前　幾百の家、山は松雪明らかに　水は沙明らかなり」と詠むほか、さらに玉笥山中にある蕭子雲の旧宅を訪れ、草書の名手として彼を称える七絶「蕭子雲の宅」を残す。

元の掲傒斯は長篇の七古「玉笥山の歌」を作り、清初の査慎行も七古「雨中に玉笥山を望む」を作る。査慎行の詩には蓮の花のような連峰を、「水遠く　山平らかなり　四百里、両崖斗抜して（切りたち）　滄江に起こる。舟人遥かに指さす　三三峰（玉笥山の三十三峰）、（天空を）乱れ挿す芙蓉（蓮の花）　雨新たに洗う」と歌う。

湖北省

（矢田）

【武昌（鄂州）・樊山・南楼】

現在、武昌といえば、武漢市武昌区を指すが、詩跡・武昌は、その東南約六〇キロメートルに位置する、長江南岸の都市・鄂州市（鄂城区）をいう。三国以降、武昌（武で昌える意）県が置かれ、時に武昌郡の治所となり、唐・北宋期には、鄂州の属県（武昌県）であった。

武昌は、黄龍元年（二二九）、三国呉の孫権が即位し、一時期、都を置いた地としても知られる（鄂城区の呉王城城址）。南朝・斉の謝朓「伏武昌（武昌太守・伏曼容）の孫権の故城に登るに和す」詩（『文選』三〇）にいう。

釣台臨講閲　　釣台にて　講閲に臨み
樊山開広讌　　樊山にて　広讌を開く

—かつて呉の孫権は、長江のほとりの釣台で自ら大演習を行って兵車を検閲し、樊山において盛大な宴会を開いた。—

詩中の釣台と樊山は、武昌の西郊（鄂城区の西北側）にあった。なかでも樊山は、旧名・袁山、後に西山と呼ぶ小高い江辺の名勝であり、現在、西山風景区となる。唐の武昌の県令・孟彦深「元次山（結）武昌の樊山に居す、新春　大いに雪ふり、詩を以て之に問う」詩には、「江山　十日の雪、雪深くして　江霧濃し。起き来りて樊山を望めば、但だ群玉の峰を見るのみ」と詠まれている。

北宋の蘇軾は、対岸の黄州に流された時、しばしば樊山（西山）を訪れた。後に追憶詩「武昌の西山」を作り、三十余人の唱和を得て樊山を詩跡として確立した。詩の冒頭に、「春江　緑漲る　蒲萄の醅（「緑の」葡萄酒の諸味のような色）、武昌の官柳　誰か栽えしを知らんや。憶う　樊口より春酒を載せ、歩みて西山を上りて野梅を訪ねしを」云々と歌い、「浪翁（元結）の酔処　今尚お在り」という。北宋の黄庭堅「武昌の松風閣」詩も、樊山での作である。

武昌の南楼は、三国・呉の安楽宮の端門（の門楼）とされ（『方輿勝覧』二八）、東晋時代、征西将軍・庾亮が幕僚たちと秋の夜を楽しんだ場所である。幕僚の殷浩や王胡之らが、澄みわたった秋の夜を楽しもうと、南楼に登って詩を吟詠していた。そこへ庾亮が左右の者を引き連れて来たため、殷浩らが立ち上がって席を譲ろうとしたところ、庾亮は「諸君　少らく住まれ。老子　此の処に於いて、興　復た浅からず（私はここでも十分に楽しめるよ）」といって引き留め、胡牀に坐ってともに吟詠談笑し、心ゆくまで秋の夜を楽しんだという（『世説新語』容止篇、『晋書』七三、庾亮伝）。

唐の李白は、「宋中丞（若思）に陪して武昌に夜飲し古えを懐う」詩の中で、この風流な故事を踏まえて、「清景　南楼の夜、風流　武昌に在り。庾公　秋月を愛で、興に乗じて　胡牀に坐す」と歌う。

この南楼は庾亮楼とも呼ばれ、清・民国以来のものが現存する。

北宋の元祐年間（一〇八六—九四）、鄂州江夏県（武漢市武昌区）の黄鶴山（今の蛇山）上に、当地の長官・方沢が「南楼」を再建した（『輿地紀勝』八一）。黄庭堅は、「鄂州の南楼　天下に無し」（「庭堅去歳の九月を以て鄂に至りて南楼に登る…」詩）と讃え、詩「鄂州の南楼にて事を書す四首」其一に、「四顧すれば　山光　水光に接し、欄に凭れば　十里　芰荷（菱と蓮）香し。清風明月　人の管する無く（誰のものでもなく）、併せて南楼一味（一面）の涼を作す」と歌い、其四は庾亮の故事を踏まえて詠む。この南楼の地は、庾亮の故事が生まれた場所（武昌）ではないが、宋代、同じ鄂州に属し、楼名が同一のため、その故事を用いたのであろう。

（矢田）

【黄鶴楼】

黄鶴楼

黄鶴楼は、武漢市武昌区にある楼閣の名。洞庭湖畔の岳陽楼、南昌（江西省）の滕王閣とともに、「江南三大名楼」の一つに数えられ、雄大な長江の流れを一望できる「天下の絶景」（陸游『入蜀記』五）である。唐代の鄂州城（三国・呉の夏口城を拡張した城。武昌区）西南隅の、長江を見下ろす黄鶴磯（磯は、江中に突き出た小さな岩山）の上にあった。唐・李吉甫『元和郡県図志』二七に、「（鄂）州城は、本と夏口城なり。呉の黄武二年、江夏に城し（城を築き）、以て屯戍の地（国境防備の地）を安んず。城は西のかた大江に臨み、西南の角は、磯に因りて楼を為り、黄鶴楼と名づく」とある。なお、『元和郡県図志』は、黄鶴楼の創建を三国・呉の黄武二年（二二三）のこととし、現在でもその説が広く支持されているが、確証はない。

現在、もと黄鶴楼があった黄鶴磯には、武漢長江大橋の橋脚が建っており、そのそばに「黄鶴岩」と刻まれた石碑がある。ちなみに、現在の黄鶴楼（五層・高さ五一メートル）は、一九八五年、黄鶴磯から東に一キロメートルのところ、蛇山（古名は江夏山・黄鵠山・黄鶴山）の頂上に場所を改めて再建されたものであり、歴代十一番目のものと伝える。

創建当初の黄鶴楼は、一種の物見やぐら（見張り台）にすぎなかったようである。南朝・梁の蕭子顕『南斉書』一五、州郡志下に、「夏口城は黄鵠［＝鶴］磯に拠る。世に伝う、仙人子安、黄鵠に乗りて此の上に過る、と。江に辺して峻険、楼櫓高危にして、沔・漢（長江・漢江）を瞰臨す」とある。この高い楼櫓が黄鶴楼らしいが、必ずしも詩人の目を惹きつけるランドマーク的な存在ではなかったようである。事実、六朝期、黄鶴楼を詠んだ詩人は一人もいない。南朝・宋の鮑照「黄鶴磯に登る」詩は、当地を詠む最も早い時期の作であるが、磯上から眺められる悲秋の景色を歌うばかりで、その上に建つはずの黄鶴楼には、まったく言及していない。

黄鶴楼が壮大な長江の眺望を楽しめる屈指の名所となったのは、唐代以降である。交通の要衝に位置し、送迎の宴会が楼中で盛んに催されて、盛唐期、黄鶴楼は崔顥・孟浩然・李白・王維らによって詩に詠まれるようになる。たとえば王維は、「送康太守」（康太守を送る）詩の中で、

城下滄江水　　城下　滄江の水
江辺黄鶴楼　　江辺　黄鶴の楼
朱欄将粉堞　　朱欄と粉堞と
江水映悠悠　　江水　映じて悠悠たり

――鄂州の城のほとりを流れる、青く澄んだ長江の水。水辺に聳えたつ黄鶴楼。高楼の朱い欄干と城壁上の白いひめがきと、長江の水はそれらを映してゆったりと遠く流れゆく。――

と歌い、孟浩然の「江上にて流人に別る」詩には、南方の蒼梧（湖南省）に流される人との別れを、「分かれ飛ぶ　黄鶴の楼に、流れ落つ　蒼梧の野に」と詠まれている。

盛唐期に始まる黄鶴楼の詩跡化に、最も重要な役割を果たした詩

人が、崔顥と李白の二人である。なかでも、開元八年（七二〇）頃の作ともされる崔顥の「黄鶴楼」詩は、南宋・厳羽が「唐人の七言律詩は、当に崔顥の黄鶴楼を以て第一と為すべし」（『滄浪詩話』詩評）と述べるように、黄鶴楼を詠んだ詩の中でも最高傑作と評してよく、詩仙・李白でさえ、楼中の壁に題されたその詩を見て、「眼前に景有るも道うを得ず、崔顥　詩を題して上頭に在ればなり」（南宋・胡仔『苕渓漁隠叢話』前集五、李謫仙）と述べ、みごとな出来映えに脱帽したと伝えられる。

昔人已乗白雲去　昔人　已に白雲に乗って去り
此地空余黄鶴楼　此の地　空しく余す　黄鶴楼
黄鶴一去不復返　黄鶴　一たび去って　復た返らず
白雲千載空悠悠　白雲千載　空しく悠悠
晴川歴歴漢陽樹　晴川歴歴たり　漢陽の樹
芳草萋萋鸚鵡洲　芳草萋萋たり　鸚鵡洲
日暮郷関何処是　日暮　郷関　何れの処か是れなる
煙波江上使人愁　煙波　江上　人をして愁えしむ

―その昔、かの仙人は白雲に乗って飛び去り、この地には黄鶴楼だけが空しく残されている。黄色い鶴は飛び去ったきり、もはや返らず、白雲だけが千年もの間、のんびりと流れ続ける。晴れ渡った長江の対岸には、漢陽（【漢陽・郎官湖】参照）の城の樹々がくっきりと見え、かぐわしい春の草が江中の鸚鵡洲（【鸚鵡洲・晴川閣】参照）に勢いよく生い茂る。日が暮れゆくなか、なつかしさのつのるわが故郷は、いったいどのあたりなのであろうか。川波に夕もやのたちこめる長江の眺めは、深い郷愁をかきたてる。―

　詩跡としての黄鶴楼は、崔顥の本詩によってほぼ確立したが、さらにそれを揺るぎないものにしたのが李白であった。李白には黄鶴楼を詠み込んだ詩が十三首も現存する。なかでも七絶「黄鶴楼送孟浩然之広陵」（黄鶴楼にて孟浩然の広陵に之くを送る）詩は、送別詩の絶唱としても名高く、黄鶴楼の詩跡化を決定づけた作と評してよい。

故人西辞黄鶴楼　故人　西のかた黄鶴楼を辞し
煙花三月下揚州　煙花　三月　揚州に下る
孤帆遠影碧空尽　孤帆の遠影　碧空に尽き
唯見長江天際流　唯だ見る　長江の　天際に流るるを

―わが親しい友、孟浩然は、ここ西のかた黄鶴楼に別れを告げ、花咲きけむる晩春三月、揚州へと下っていく。一艘の小舟の、遠ざかりゆく白い帆影は、青空のなかに吸いこまれるように消えゆく。あとにはただ、悠久不尽の長江が、天空の果てへ流れゆくばかり。―

　李白はまた、晩年の乾元元年（七五八）、永王璘の水軍の敗戦に連座して、夜郎（貴州省）に左遷される途中、「与史郎中欽聴黄鶴楼上吹笛」（史郎中［郎中は官名］欽と黄鶴楼上に笛を吹くを聴く）詩を作った。時に五八歳である。

一為遷客去長沙　一たび遷客と為りて　長沙に去る
西望長安不見家　西のかた長安を望めども　家を見ず
黄鶴楼中吹玉笛　黄鶴楼中　玉笛を吹く
江城五月落梅花　江城　五月　落梅花

―長沙（湖南省）に流された前漢の賈誼のように、私も左遷の身となって夜郎へと旅立つ。西のかた遠く長安を望んでも、わが家が見えるはずもない。折しも黄鶴楼の中で、玉笛が吹かれている。長江ぞいのこの城に、夏も盛りの五月というのに、「梅花落」の曲が流れる。まるで梅の花びらが風に乗って散り落ちるように。—

翌年の赦免後、旧友の南陵県令・韋冰と江夏（武漢市武昌区）で再会し、「江夏にて韋南陵冰に贈る」詩を作る。詩は互いの不遇な境遇を回想した後、その憂さを晴らさんばかりにうそぶく。

我且為君搥砕黄鶴楼　我れ且く君が為に黄鶴楼を搥砕せん
君亦為吾倒却鸚鵡洲　君も亦た吾が為に鸚鵡洲を倒却せよ

—私はひとまず君のために黄鶴楼を打ち砕いてあげよう。君もまた私のために鸚鵡洲をひっくり返してくれ。—

こうした人の意表を衝く大胆な発想は、まさに李白詩の真骨頂であり、李白と黄鶴楼との結びつきの深さを後世に強く印象づけたという点で、この句が果たした役割も極めて大きかったと言えよう。

黄鶴楼はその後、中唐の顧況・白居易・賈島らをはじめ、歴代の有名な詩人たちによって歌い継がれた。たとえば、顧況の「黄鵠楼（＝黄鶴楼）の歌　独孤助を送る」詩には、李白の前掲詩を踏まえて、「故人　西のかた黄鵠楼を去り、西江（長江）の水　上天に流る。黄鵠は杳杳（はるかに遠いさま）として　江は悠悠たり」と歌い、賈島の「黄鶴楼」詩には、天空を飛ぶような楼閣の雄姿を歌う。

高檻危楼勢若飛　高檻の危楼　勢い飛ぶがごとく
孤雲野水共依依　孤雲　野水　共に依依たり

高檻の檻は楼上のてすり（欄干）、危楼は高楼、野水は長江を指し、依依は近く寄り添うさまをいう。

黄鶴楼は歴代、何度も興廃をくり返したが、明代には、三五〇首あまりの詩を収める孫承栄ら纂輯『黄鶴楼集』三巻も刊行されるほどの、武漢第一の詩跡であった。

城上危楼高縹渺　城上の危楼　高く縹渺たり
城下澄江復相繞　城下の澄江　復た相い繞る
（南宋・周弼「黄鶴楼の歌」）

黄鶴楼前水平岸　黄鶴楼前　水　岸に平らかに
春雪当空舞撩乱　春雪　空に当たりて　舞いて撩乱たり
（明・楊基「雪中　黄鶴楼に登る」）

万里青天月　万里　青天の月
三更黄鶴楼　三更　黄鶴の楼
（清・袁枚「黄鶴楼」）

ところで黄鶴楼には、仙人の子安が黄鵠に乗ってこの地に現れた（『南斉書』一五、前掲）、仙人となった費禕が黄鶴に乗ってこの地に憩うた（唐・閻伯瑾「黄鶴楼記」所引『図経』）、鶴に乗って訪れた仙人と荀瓌が黄鶴楼で歓談した（南朝梁・任昉『述異記』）など、数々の仙人飛来説話が伝わる。なかでも「辛氏酒楼、橘皮画鶴」（辛氏の酒楼で代金を払わずに酒を飲み続けた道士が、橘の皮で壁に鶴を描いたところ、鶴が壁から抜け出して舞ったため、辛氏の店は繁盛した。十年後、再び現れた道士は謝礼を受け取らぬまま、描いた鶴に跨り白雲に乗って去った）の伝承は、崔顥の「黄鶴楼」詩との関わりで、日本では特に好まれた。ただし、この話は宋以前の書物には見えず、逆に崔顥の「黄鶴楼」詩をもとに作られたとする説もある。詳しくは、松浦友久編『校注　唐詩解釈辞典』（大修館書店、一九八七年）崔顥「黄鶴楼」詩の条（水谷誠執筆）参照。

湖北省

（矢田）

【鸚鵡洲・晴川閣】

鸚鵡洲は、武漢市を流れる長江の中にあった、大きな中洲の名。その名は、「惟れ西域（隴山）の霊鳥にして、自然の奇姿を挺づ」の句で始まる、後漢末の禰衡「鸚鵡の賦」（美しい羽毛と、人語をあやつる異能を持つために捕獲された鸚鵡に、我が身の不遇を託した作品、『文選』一三所収）に由来するとされ、古くは北魏の酈道元『水経注』三五に見え、明代には崩落して水没した。

禰衡は、孔融の薦めで曹操のもとに身を寄せたが、傲慢な性格のために曹操を怒らせ、荊州刺史・劉表のもとに送られた。劉表も彼をもてあまし、江夏郡（武漢市）太守・黄祖に押しつけた。黄祖の長子黄射が宴会を開いたとき、鸚鵡を献上する者がいた。黄射が禰衡に賦を作るよう命じたところ、筆を執るや、たちまち作りあげ、一字の修正もなく、「辞采（表現）甚だ麗し」いものであった。その後、黄祖が船上で宴会を開いた折り、黄祖を罵ったために殺された。時に二六歳である（南朝宋の范曄『後漢書』八〇下、文苑列伝）。

『後漢書』の本伝には、禰衡が「鸚鵡の賦」を作った場所を明言しないが、北宋の楽史『太平寰宇記』一一二、鸚鵡洲の条に引く『後漢書』には、「黄祖の長子射は、大いに賓客を会し、鸚鵡を此の洲に献ずる有り。故に名と為す」とあり、鸚鵡の献上地を中洲とする。中洲の宴席で鸚鵡が献上されて禰衡が賦を作り、それで鸚鵡洲と命名されたのだ、とも考えられよう。南宋の祝穆『方輿勝覧』二八、鸚鵡洲の条には、「江中に在り。黄祖　禰衡を殺しし処。衡　鸚鵡を賦す。故に名づく」とある。これは、禰衡が殺された中洲を、彼の名作にちなんで鸚鵡洲と名づけた、という説である。

鸚鵡洲が詩に詠まれはじめたのは、そのほとりの黄鶴楼と同様、盛唐の頃からであり、崔顥の「黄鶴楼」詩（【黄鶴楼】参照）に、「晴川歴歴たり　漢陽の樹、芳草萋萋たり　鸚鵡洲」とある。また孟浩然の「鸚鵡洲送王九之江左」（鸚鵡洲にて王九［名は迥］の江左［江蘇省南部］に之くを送る）詩も、早期の用例である。

昔登江上黄鶴楼　　昔　登る　江上の黄鶴楼
遥愛江中鸚鵡洲　　遥かに愛す　江中の鸚鵡洲
洲勢逶迤繞碧流　　洲勢は逶迤として　碧流を繞らせ
鴛鴦鸂鶒満灘頭　　鴛鴦　鸂鶒　灘頭に満つ

―かつて長江のほとりに聳え立つ黄鶴楼に登り、長江の中に浮かぶ鸚鵡洲に、遠くから眺めて心惹かれた。その形は、（長江の）碧い流れにかこまれて曲がりくねりながら連なり、おしどりをはじめ、多くの水鳥が汀に集まっている。―

ただ、これらの詩では、鸚鵡洲は単なる景物の一つにすぎず、鸚鵡洲そのものを主題とした詩、あるいは禰衡の故事を踏まえて鸚鵡洲を詠んだ詩は、李白の「鸚鵡洲」詩、および「鸚鵡洲を望みて禰衡を懐う」詩を嚆矢とする。「鸚鵡洲」詩は、晩年の上元元年（七六〇）、夜郎への流罪が赦免された翌年の作。中洲で鸚鵡が献上されて名賦を作り、後にこの場所で若くして殺されたらしい禰衡の不遇な境遇に対する弔意を暗にこめつつ、美しい鸚鵡洲の情景を描く。

鸚鵡来過呉江水　　鸚鵡　来り過る　呉江の水
江上洲伝鸚鵡名　　江上　洲は伝う　鸚鵡の名
鸚鵡西飛隴山去　　鸚鵡は西に飛びて　隴山に去り
芳洲之樹何青青　　芳洲の樹　何ぞ青青たる
煙開蘭葉香風暖　　煙は蘭葉に開いて　香風暖かく

岸夾桃花錦浪生　　岸は桃花に夾まれ　錦浪生ず
遷客此時徒極目　　遷客　此の時　徒らに目を極むるのみ
長洲孤月向誰明　　長洲の孤月　誰に向かいてか明らかなる

―かつて鸚鵡が呉江（武漢市付近を流れる長江）の中洲に降り立った。以来、その中洲は鸚鵡洲と呼ばれる。鸚鵡はすでに西へ飛んで隴山に帰ったが、芳しい春の草花が広がる中洲の樹々は、何と青々と茂ることか。川霧が晴れて、蘭（香草）の香りが暖かい風にのって漂い、両岸の桃の花びらが水面にただよい落ちて、美しい錦の波が立つ。左遷された旅人の身は、いま視力の限り、ただ遠く眺めわたすばかり。長く連なる中洲の上にぽつんと浮かんだ月は、いったい誰を照らそうと明るく輝いているのであろうか。―

また「鸚鵡洲を望みて禰衡を懐う」詩には、「魏帝（曹操）八極を営む（天下を治める）も、一の禰衡を蟻観（蔑視）す。黄祖は斗筲の人（器の小さな人）、之を殺して悪名を受く。呉江に鸚鵡を賦し、筆を落とせば群英に超ゆ。鏘鏘として金玉（の響き）を振い、句句飛鳴せんと欲す（どの句も真に迫って、鸚鵡が今にも飛び立ち鳴き出さんばかり）」とあり、一貫して禰衡の故事を歌いあげる。これ以後、鸚鵡洲は、非業の死を遂げた不遇の文人・禰衡を偲ぶ詩跡として歌い継がれた。晩唐の崔塗「鸚鵡洲の眺望」詩にいう。

曹瞞尚不能容物　　曹瞞（曹操）すら尚お物を容るる能わず
黄祖何曾解愛才　　黄祖　何ぞ曾て解く才を愛まん

鸚鵡洲はかつて、漢江（の古い河道）が長江に流れ込む出口に位置していたため、戦時には軍事基地となり、平和時には長江を往来する商船の停泊地としてにぎわった。晩唐の魚玄機「江行二首」其一には、「大江　横さまに武昌を抱いて斜めなり、鸚鵡洲前　万戸の家」という。後に新しい中洲が次々と現れて長江の流れが狭くなり、鸚鵡洲は明代、崩落を繰り返して消失した。

晴川閣は、明の嘉靖五年（一五二六）から同八年にかけて、漢陽太守・范子箴によって、亀山（武漢市漢陽区の山、旧称は大別山）の東麓の禹功磯（磯は水辺に突き出た岩山）上に建てられた楼閣の名。唐の崔顥「黄鶴楼」詩の名句「晴川歴歴たり　漢陽の樹」にちなむ命名であり、長江対岸の黄鶴楼と遥かに向かい合う。以後、明の傅淑訓「晴川閣の野眺」、袁宏道の「晴川閣に登りて武昌を望む」、清の孔尚任「晴川閣に登る」詩等が作られて、黄鶴楼とともに、明清期、登覧の詩跡となる。清の劉子壮「黄鶴楼」詩にいう。

晴川与黄鶴　　晴川と黄鶴と
気勢遥縦横　　気勢　遥かに縦横たり

―晴川閣と黄鶴楼とは、凜烈な気概を内にみなぎらせながら、遥かに長江を隔てて張りあっている。―

清の査慎行「漢陽晴川閣」（漢陽の晴川閣）は優れた七律である。

已失当年鸚鵡洲　　已に失う　当年の鸚鵡洲
晴川高閣劫灰留　　晴川の高閣　劫灰（戦火の灰）留む
苦謙過客多題壁　　苦だ謙う　過客の多く壁に題するを
却笑神仙尽好楼　　却って笑う　神仙の尽く楼を好むを
粉堵日斜浮鄂渚　　粉堵　日斜めに　鄂渚（長江中）に浮かび
蒲帆風急下黄州　　蒲帆　風急に　黄州（下流の黄岡）に下る
山根一線分江漢　　山根の一線　江漢（長江と漢江）を分かち
不遣清流混濁流　　清流をして　濁流に混ざらしめず

粉堵は白壁。第四句の自注に「閣の傍らに新たに方士書院を創る」とある。現在の晴川閣は、一九八三年の再建である（二層の高楼）。

（矢田）

【漢陽・郎官湖】

漢陽は、湖北省の東部、漢江が長江へと流れこむあたりの、長江の西北岸・漢江の南岸にある武漢市漢陽区（ただし、これは漢江の河道が明代［一五世紀の後半］に変遷した結果であり、本来、漢陽の名のごとく漢江の陽にあった）。唐代、漢陽（県）は宝暦二年（八二六）、鄂州に合併されるまで沔州の治所であった。盛唐の崔顥は「黄鶴楼」詩の中で、長江対岸の鄂州城（武漢市武昌区）の西南角にあった黄鶴楼から、漢陽の城を眺めて、次のように歌った。

晴川歴歴漢陽樹　　晴川歴歴たり　漢陽の樹
芳草萋萋鸚鵡洲　　芳草萋萋たり　鸚鵡洲（長江中の中洲）

また晩唐・李群玉の詩「漢陽の春の晩（晩春）」には、「漢陽は青山（東北郊外の大別山［亀山］）を抱き、飛楼（高楼）襄渚（水辺の高地）に映ず。白雲　黄鶴（楼）を蔽い、緑樹　鸚鵡（洲）を蔵す」云々と詠まれている。

漢陽城内の南には、唐の李白が命名した郎官湖があった。安史の乱の折り、永王璘の水軍に参加した罪により、夜郎（貴州省北部）に流されることになった李白は、乾元元年（七五八）の秋八月、沔州城（＝漢陽県城）に立ち寄った。その時の五言古詩「泛沔州城南郎官湖」（沔州城南の郎官湖に泛ぶ）の序によれば、李白は当地に出張してきていた旧友の尚書郎・張謂、および沔州刺史の杜公、漢陽県令の王公らとともに、城南の湖「南湖」に舟を浮かべて遊んだ。張謂は、この無名の湖水の美しさに心惹かれて、李白に向かって「我が為に之が嘉名を標して（よい名をつけて）、以て不朽に伝うべし」と要請した。かくして李白は「郎官湖」と名づけたという。郎官とは唐代、中央政府の行政官庁・尚書省六部の高官（郎中・員外郎）をいう。張謂の官職によって名づけたのである。その詩にいう。

張公多逸興　　張公　逸興多し
共泛沔城隅　　共に泛ぶ　沔城の隅
当時秋月好　　当時　秋月好く
不減武昌都　　武昌の都に減ぜず
四坐酔清光　　四坐　清光に酔い
為歓古来無　　歓を為すこと　古来無からん
郎官愛此水　　郎官　此の水を愛し
因号郎官湖　　因りて郎官湖と号す
風流若未減　　風流　若し未だ減ぜざれば
名与此山倶　　名は　此の山と倶にせん

―張公どのは感受性の豊かなお人で、一緒に沔州城（漢陽）の南端にある湖に、舟を浮かべて遊んだ。折しも秋の月が照り輝き、その美しさは、呉の古都・武昌（鄂州市）の南楼（【武昌（鄂州）・樊山・南楼】参照）で、東晋の庾亮が愛でたという秋月にも決して劣ることはない。参席していた者はみな、清らかな月の光に酔いしれ、これほど楽しい宴は古来ないであろう。尚書郎の張公どのは、深くこの湖を愛し、それで私は郎官湖と名づけた。張公どのの洒脱で俊爽な風采が、もし古人に劣るものでなければ、郎官湖の名は、近くの名勝・大別山とともに永遠に伝わることになろう。―

郎官湖は、宋代以降、明末に陸地化するまで詠み継がれていく。北宋末の夏倪「漢陽の郎官湖に題す」詩にいう。

南湖乞得郎官号　　南湖　乞い得たり　郎官の号を
従此名伝五百秋　　此れより　名は伝う　五百秋

（矢田）

【赤壁（三国赤壁・東坡赤壁）】

赤壁は、赤壁市の西北三六キロメートルの長江南岸にある、海抜五四メートルの岩山の名。呉の周瑜が魏の曹操を破った「赤壁の戦い」の舞台である。

後漢末の建安五年（二〇〇）、官渡の戦いで袁紹を破り、華北を制圧した魏の曹操は、天下統一の野望を果たすべく、建安一三年（二〇八）、八〇万と号する水軍を率いて南下した。この空前の大軍を前に、呉の孫権は劉備と軍事同盟を結び、三四歳の勇将周瑜に呉の命運を託した。周瑜はわずか三万の水軍を率い、赤壁で曹操軍と遭遇する。戦局は明らかに不利であったが、敵船の密集ぶりに気づいた老将黄蓋が火攻めの戦法を周瑜に進言する。そして黄蓋自ら投降をよそおい、油をかけた薪を十艘の船に積みこみ、敵船に近づくや火を放った。燃えさかる船は、折りからの東南の風にあおられて、矢のようにつき進み、曹操の水軍はたちまち炎の渦につつまれた。かくして曹操の野望はうち砕かれ、天下三分の情勢が定まりゆく。

冬の赤壁で繰り広げられたこの壮烈な戦いを、盛唐の李白は「赤壁歌　送別」（赤壁の歌　送別）詩の中で、次のように歌う。

二龍争戦決雌雄　　二龍争戦し　雌雄を決す
赤壁楼船掃地空　　赤壁の楼船　地を掃いて空し
烈火張天照雲海　　烈火　天に張りて　雲海を照らし
周瑜於此破曹公　　周瑜　此に於いて　曹公を破る

—魏の曹操と呉の孫権、二匹の龍のごとき両雄が、雌雄を決すべく戦いに臨み、赤壁に集結した魏の楼船は、呉軍の火攻めにかかり一掃されて壊滅した。燃えさかる炎は天空にみなぎり、果てしなく広がる雲を紅く染め、若き呉の指揮官周瑜は、この地で曹操の大軍を打ち破ったのだ。—

劣勢であった周瑜が赤壁の戦いで勝利を収めえたのは、折りよく吹いた東南の風のおかげであった。晩唐の杜牧は七絶「赤壁」詩において、「もしも、〜でなかったならば」という、史実を反転させた特異な発想を用いて歌う。

折戟沈沙鉄未銷　　折戟　沙に沈んで　鉄は未だ銷けず
自将磨洗認前朝　　自ら磨洗を将って　前朝を認む
東風不与周郎便　　東風　周郎の与に便ぜずんば
銅雀春深鎖二喬　　銅雀　春深くして　二喬を鎖さん

—折れた戟が一つ、みぎわの砂に埋もれていながら、その鉄はまだ朽ち果てていない。さびをきれいに磨き洗ってみると、過ぎし三国時代のものだとわかる。もしもあのとき、東の風が周瑜のために都合よく吹いてくれなかったならば、春深き銅雀台のなかに、喬氏の美しい姉妹は、長く閉じこめられてしまったことだろう。—

「銅雀」は、曹操が魏の都・鄴城の西壁上の北端に築いた壮麗な楼台の名。「二喬」とは、喬氏の美人姉妹。姉の「大喬」は呉の孫策に嫁ぎ、妹の「小喬」は周瑜の妻となった。この二人の美女を手に入れるために、曹操が呉を攻略したという発想は、『三国志演義』にも取り入れられているが、もちろん史実ではない。おそらく当時、そうした伝承が民間に流布しており、杜牧もまたそれを踏まえて詩に詠んだのであろう。

晩唐・胡曾の七絶「赤壁」は、智謀を用いて曹操軍を退けた周瑜の功績をたたえて、「烈火　西のかた魏帝（曹操）の旗を焚く、周郎国を開く　虎争（激しく戦う）の時。兵を交うる（合戦）に　長剣を揮うを仮らず、已に英雄百万の師（軍勢）を挫く」と歌う。かくして赤壁は、劣勢を跳ね返して大勝利を収めた呉の勇将周瑜が活躍した場所として、唐代以降、詩跡化するのである。

ところで、北宋の頃には、すでに黄州（湖北省黄岡市）西辺の長江北岸にある「赤鼻山（赤鼻磯）」を赤壁の古戦場跡とする説があったらしい。元豊三年（一〇八〇）、朝廷を誹謗する詩を作ったとして黄州へ流された蘇軾もまた、「黄州の守居の数百歩を赤壁と為す。或いは言う、即ち周瑜　曹公を破りし処と。果たして是なるや否やを知らず」（『東坡志林』四、赤壁洞穴）という。蘇軾自身、真偽のほどは不明としながらも、黄州の地で「前赤壁の賦」「後赤壁の賦」および「念奴嬌　赤壁懐古」詞（歌曲の一種）といった名作を作って、赤壁の戦いを回顧している。たとえば、「前赤壁の賦」では、「此は孟徳（曹操の字）の周郎（周瑜）に困しめられし者に非ずや。……流れに順いて東するに方りてや、舳艫千里（船尾と船首とが千里にわたって連なり続き）、旌旗　空を蔽う。酒を釃いで江に臨み、槊を横たえて詩を賦す。固に一世の雄なり。而るに今安くに在りや」と述べ、「念奴嬌　赤壁懐古」詞の前闋（第一楽章）では、次のように歌う。

大江東去　　大江　東に去り
浪淘尽千古風流人物　　浪は淘尽す　千古風流の人物を
故塁西辺　　故塁の西辺
人道是三国周郎赤壁　　人は道う　是れ三国周郎の赤壁なりと
乱石崩雲　　乱石は雲を崩し
驚濤裂岸　　驚濤は岸を裂き
捲起千堆雪　　千堆の雪を捲き起こせり
江山如画　　江山は画けるがごとし
一時多少豪傑　　一時　多少の豪傑ぞ

—長江の水は東へと流れゆき、その波は遥か昔の英傑たちの面影を、すっかり洗い流してしまった。古い石づみの城壁の、西のあたり、土地の人は言う、そこが三国時代に周瑜が活躍した赤壁であると。ごつごつと重なりあう岩は、雲の峰を突き崩したかのようであり、さかまく荒波は岸をつんざき、うずたかい雪山のような白いしぶきを巻き上げている。山も川も絵のように美しい。当時、どれほどの英傑たちが、この地で戦いに挑んだのであろうか。—

黄州の赤鼻山を赤壁の古戦場と結びつけて歌う例は、実はすでに晩唐の杜牧の詩に見られる。黄州刺史（長官）在任中の会昌三年（八四三）ごろの作、「斉安郡（黄州の郡名）の晩秋」詩に、「憐れむ可し（ああ、嘆かわしい）　赤壁　雄を争いし渡し、唯だ簑翁の　坐ろに魚を釣る有るのみ」とある。しかし、黄州の赤壁を一躍有名にしたのは、南宋・王十朋の「東坡（蘇軾が黄州で借り受けた土地の名）に游ぶ　十一絶」其六にも、

読公赤壁詞并賦　　公が赤壁の詞并びに賦を読めば
如見周郎破賊時　　周郎　賊を破りし時を見るがごとし

と歌われているように、やはり蘇軾の一連の名作であった。ちなみに今日では、実際の古戦場跡である赤壁を「三国赤壁」（別名「武の赤壁」）、黄州の赤壁を「東坡赤壁」（別名「文の赤壁」）と称して、両者を区別する。

南宋以降、蘇軾の名作とその人柄への敬慕の念も加わって、赤壁といえば、実際の古戦場跡である「三国赤壁」よりも、「黄州の赤壁（東坡赤壁）」の方が好んで詠まれるようになる。たとえば、南宋・張孝祥は「黄州」詩の中で、「平生　赤壁を聞き、今日　黄州に到る」と歌い、南宋・王炎は「赤壁図」詩の中で、もはや遠い過去に過ぎ

ない真の赤壁での戦いと、蘇軾の賦によって天下にその名を轟かせている黄州の赤壁とを対比して歌う。

烏林赤壁事已陳　烏林の赤壁　事は已に陳し
黄州赤壁天下聞　黄州の赤壁　天下に聞こゆ
東坡居士妙言語　東坡居士は　言語に妙たり
賦到此翁無古人　賦は此の翁に到りて　古人無し

—烏林（地名）の対岸、赤壁での戦いは、もはや遠い過去の事となり、黄州の赤壁が今や天下に名高い。蘇東坡居士は詩文に巧みで、彼の作った賦は、古人をも凌ぐみごとなできばえであった。—

もちろん、こうした風潮に対して異議を唱える者もいた。南宋・李壁は「赤壁」詩の中で、「黄州赤壁」を古戦場跡と見なす謬説は、北魏・酈道元の『水経注』によって訂正できるとして、

今人誤信黄州是　今人　誤りて信ず　黄州是れなりと
猶頼水経能正訛　猶お水経に頼りて　能く訛を正す

東坡赤壁

と歌う。ちなみに、『水経注』三五には、「江水……右は赤壁山の北を逕。昔　周瑜　黄蓋と与に魏武の大軍を詐りし処所なり」とあり、やはり赤壁市の赤壁山を真の古戦場跡とする。

しかし、これは結局、少数派に止まった。たとえば、金・元好問の「赤壁図」詩に、「憐れむ可し（ああ、すばらしい）当日の周公瑾（公瑾は周瑜の字）、憔悴せる　黄州の一禿翁（髪の薄くなった老人。蘇軾を指す）」とあり、元・趙孟頫の七絶「赤壁」（「四画に題す」其四）にも、「周郎　赤壁にて　曹公を走らしめ、万里の江流　両雄闘えり。蘇子（蘇軾）賦成りて　奇偉なること甚だしく、長えに人をして謫仙の風（李白の風格）を想わしむ」という。

また明・何景明の詩「蘇子　赤壁に遊ぶの図」に、

垂老黄州客　老いに垂んとする　黄州の客（蘇軾）
高秋赤壁船　高秋　赤壁の船
三分留古迹　三分（天下三分の情勢）　古迹を留め
両賦到今伝　両賦　今に到るまで伝わる

とあり、さらに清・宋琬の「癸丑上元（康熙一二年正月一五日）赤壁に游びて作る」詩にも、「賦は赤壁に成り　人は夢の如し、江は黄州に到り　夜　声有り」とあるなど、赤壁は以後も長く蘇軾ゆかりの文学的遺跡「黄州の赤壁（東坡赤壁）」を中心に詠まれた。

ちなみに「東坡赤壁」は、現在では長江に直接臨まず、二賦堂・留仙閣・坡仙亭など、蘇軾関連の建物が並ぶ赤壁公園となる。一方、断崖上に紅い文字で「赤壁」と刻まれている「三国赤壁」には、周瑜ゆかりの翼江亭、黄蓋ゆかりの望江亭、諸葛孔明ゆかりの拝風台、赤壁大戦陳列館などが建てられて、観光の名所となっている。

（矢田）

【黄州（斉安）】

黄州は、湖北省の東部、長江北岸の都市・黄岡市。この地に、南朝・斉の時には斉安郡、隋代には黄州と永安郡、唐代には再び黄州と斉安郡の治所が置かれた。こうした経緯から、唐・宋の詩では、黄州と斉安の地名がしばしば併用される。

唐の杜牧は、会昌二年（八四二）、四〇歳の時、黄州の刺史（長官）となり、約二年間、この地で過ごし、「斉安郡の晩秋」詩などを作った。七絶「斉安郡後池絶句」（斉安郡の後池　絶句）は、官署の裏庭にある池の初夏の情景を、色彩豊かに描いている。

菱透浮萍緑錦池　　菱は浮萍を透す　緑錦の池
夏鶯千転弄薔薇　　夏鶯千転して　薔薇に弄る
尽日無人看微雨　　尽日　人の　微雨を看る無く
鴛鴦相対浴紅衣　　鴛鴦相い対いて　紅衣を浴す

―菱の葉が浮き草の間から顔をのぞかせ、水面はさながら緑色の錦。夏の黄色い鶯が絶え間なく囀りながら、薔薇の紅い花にたわむれる。一日中、小雨にけむる景色を眺める人もなく、池の中では、つがいの鴛鴦が向きあって、美しい彩りの衣裳を洗い清めている。―

「斉安の城楼に題す」詩には、夕暮れを告げる角笛の音と、秋の弱い日ざしを受けて紅く揺れる水面を、望郷の思いを寄せつつ歌う。

嗚軋江楼角一声　　嗚軋たり　江楼の　角一声
微陽瀲瀲落寒汀　　微陽瀲瀲として　寒汀に落つ

北宋の蘇軾は、神宗の元豊二年（一〇七九）七月、湖州（浙江省湖州市）の知事であったが、その詩が朝廷を誹謗したとして逮捕され、御史台の牢獄に入れられた。「烏台詩案」と呼ばれる事件である。取り調べは百日にも及び、死罪も覚悟するほどの状況であったが、神宗の恩命により、検校水部員外郎・黄州団練副使として黄州へ流罪となった。七律「初到黄州」（初めて黄州に到る）は、翌年の元豊三年二月、黄州に到着したばかりのころ、当地の印象とその心境を詠む。時に蘇軾、四五歳である。

自笑平生為口忙　　自ら笑う　平生　口の為に忙なりしを
老来事業転荒唐　　老来　事業　転た荒唐なり
長江繞郭知魚美　　長江　郭を繞りて　魚の美なるを知り
好竹連山覚筍香　　好竹　山に連なりて　筍の香しきを覚ゆ
逐客不妨員外置　　逐客は　員外の置なるを妨げず
詩人例作水曹郎　　詩人は　例ね水曹の郎と作る
只慙無補糸毫事　　只だ慙づ　糸毫の事を補う無くして
尚費官家圧酒嚢　　尚お官家　圧酒の嚢を費すことを

―平素から口に入れる食物、口から出る言葉のために、振りまわされてきた我が身が可笑しくてならない。年老いるにつれて、やることなすことが、ますますでたらめになった。長江が黄州の城郭をとりまくように流れており、魚がきっとおいしいことだろう。すばらしい竹が山一面に生えており、筍の香りが漂ってくるようだ。放逐された身であれば、員外の職であってもいっこうに構わない。梁の何遜や唐の張籍のように、詩人は概ね水部の官に就いているではないか。ひとえに恥ずかしいのは、役人としての働きが全くないのに、なおも、おかみから給与の一部として用済みの酒絞りの袋が支給されてくることだ。―

ちなみに、蘇軾が食物を作るための土地を借り受けて、それを「東坡」と名づけ、自ら「東坡居士」と号したのも、ここ黄州であった。

（矢田）

【三遊洞】

　三遊洞は、鍾乳洞の名。宜昌市の西北約一〇キロメートル、「下牢渓」と呼ばれる長江の支流が西北から長江に注ぎ込む付近に、西陵山がその二つの流れに挟まれるようにして聳える。三遊洞は、その西陵山の「下牢渓」に面した側の断崖の中ほどにあり、深さ三〇メートル、幅二〇メートル、高さ六メートルほどの大きさを持つ。南宋・陸游の『入蜀記』六にいう、―洞窟は三間の部屋ほどの大きさで、人が通れるぐらいの穴がある。しかし中は暗く道は険しくて、とても恐ろしい。山腹をめぐり前屈みになって、岩の下から洞窟の前まで至れば、どうにか歩くことができる。しかし下は渓谷の深い淵に臨み、石壁は高さ十余丈にも及び、水の音が人を恐れさせる。さらに穴があり、後ろが壁で住むことができる。鍾乳石が長い間、地に垂れて柱のようになっており、ちょうど穴の門の形をなしている。―。

　この鍾乳洞を三遊洞と命名し、その存在をいち早く世に知らせたのは、唐の白居易とその弟・白行簡、そして親友・元稹の三人であった。白居易の「三遊洞の序」にいう、―江州（江西省九江市）の司馬から忠州（重慶市忠県）の刺史に転任する白居易は、白行簡をつれて長江を遡る途中の元和一四年（八一九）三月、通州（四川省達州市）の司馬から虢州（河南省霊宝市）の長史に転任する元稹と、夷陵（湖北省宜昌市）の地で偶然めぐり会った。束の間の出会いを喜び舟遊びをしていた折り、ふと石間の泉声を聞きつけて上陸したところ洞窟があり、ひとしきり探索した後、元稹の提案により、三人それぞれ石壁に詩を書きつけた（詩は散佚）。―　そして白居易自ら、「吾ら三人始めて遊ぶを以て、故に目して（名づけて）三遊洞と為す」という。

　それから二四〇年後、母親の喪があけて再度上京することとなった北宋の蘇軾は、嘉祐四年（一〇五九）の冬、父の蘇洵、弟の蘇轍とともに三遊洞を訪れた。実はこれより前の景祐四年（一〇三七）、すでに欧陽脩が夷陵の県令に左遷された折り、この地を訪れて「三游洞」詩を作っていたが、三遊洞の詩跡化を決定づけたのは、次に掲げる蘇軾の七絶「遊三游洞」（三游洞に遊ぶ）であろう。

凍雨霏霏半成雪　　凍雨霏霏として　半ば雪と成る
游人屨冷蒼苔滑　　游人　屨冷やかにして　蒼苔滑かなり
不辞携被巌底眠　　辞せず　被を携えて　巌底に眠るを
洞口雲深夜無月　　洞口　雲深くして　夜　月無し

―降りしきるみぞれ混じり雨は、いつしか半ば雪となった。くつは冷たく濡れそぼって、蒼々と苔むす岩の上は滑りやすい。夜具を持参して洞窟内で眠るのは厭わないが、洞窟の入口には雲が深くたれこめ、あいにく今宵は月が見られそうにない。―

　詩中で洞窟内に一泊してもよい、と嘯いた蘇軾であったが、父・蘇洵の七絶「三遊洞の石壁に題す」詩の、「洞門の蒼石　流れて乳と成り、山下の長渓　冷やかにして氷らんと欲す。天寒くして　二子苦だ去らんことを求む、我は之に居らんと欲するも　亦た能わず」によれば、実は寒さに耐えきれず、早々に立ち去りたかったようである。それはともかく、三遊洞は白居易ら三人のいわゆる「前三遊」と、蘇軾ら三人のいわゆる「後三遊」とによって、詩跡としての地位を確立したのである。

　その後、北宋の黄庭堅や南宋・陸游らも三遊洞を訪れており、陸游は「舟を下牢渓に繫ぎ、三遊洞に游ぶ二十八韻」詩を作っている。

（矢田）

【楚塞楼・蝦蟇碚】

楚塞楼は、峡州（宜昌市）にあった楼閣の名。南宋・范成大の『呉船録』下に、「峡州に至る。……州宅に楚塞楼有り、山谷の名づくる所なり」とある。また南宋・王之道の詩「峡州の楚塞楼に寄題す」の序に、「西陵（峡）に旧と楚塞楼有り、太史の黄公魯直命名す。兵火の余、地を掃いて尽けり。秦徳久至りて之を新たにし、頓かに旧観に還る」とあり、さらに南宋の周紫芝に、「峡守の秦徳久、楚塞楼成りて詩を索められ、為に長句を作る。時を異にし魯直の涪江に遷りしとき、之に過りて此の名を命づく。…」と題する詩がある。これらの記述によれば、楚塞楼は、峡州の役所内にあり、北宋の黄庭堅（字は魯直、山谷と号す）が涪州（重慶市涪陵区）に左遷された折り（紹聖二年［一〇九五］）、この楼閣に立ち寄って楚塞楼と名づけた。古来の語「荊門（山）・虎牙（山）は、楚の西塞（西の要害）」に基づく命名らしい（『呉船録』下）。その後、北宋末の戦乱によって灰燼に帰したが、南宋の時、峡州の知事・秦徳久によって、忠実に再建された。

楚塞楼を詠んだ詩は、南宋の頃から見られる。南宋初の許自誠は、「雄しさは蜀道三千里に当たり、巍きは荊南十五州を圧す」と讃えた（『方輿勝覧』二九所引）。さらに前掲の王之道・周紫芝の詩以外にも、南宋・王十朋に「楚塞楼」詩があり、悠久な自然と人事のはかなさに思いを致して歌う。

水流三峡無古今　水は三峡を流れ　古今無し
月照孤城幾興廃　月は孤城を照らし　幾たびか興廃せる
呉蜀英雄空戦争　呉蜀の英雄　空しく戦争し
屈宋風騒謾悲慨　屈宋の風騒　謾りに悲慨す

—三峡を流れる水は昔も今も変わりなく、孤立した町（峡州城）を照らす月は、幾たび興廃を見届けてきたのだろうか。この地は、かつて呉と蜀の英雄たちが空しく戦いを繰り広げたところ。楚の屈原と宋玉の辞賦は、いたずらに悲嘆する。—

峡州から長江を遡ると、西陵峡（【西陵峡・黄牛峡・崆岭峡】参照）のなかでも最初の峡谷・扇子峡（そのすぐ上流に黄牛峡がある）に差しかかる。蝦蟇碚は、その南側の山壁の中腹にあり、江に向かって突き出た岩の形が、大きく口を開けた蝦蟇の形に似ているための命名である。その背中の洞穴から泉が湧き出て、口と鼻のあたりにしたたり、水の簾となって江中に落ちた。『茶経』の著者、唐の陸羽は、その水を天下の名水の第四位に位置づけた（唐の張又新『煎茶水記』）。北宋・李復の「蝦蟇碚の水」詩に、「泉は蝦蟇碚より出で、名は陸羽の経に高し」とあり、南宋の陸游も「蝦蟇碚」詩の中に、「巴東の峡裏　最初の峡、天下の泉中　第四の泉」と歌う。

蝦蟇碚が詩に詠まれるのは、喫茶の習慣が士大夫層にも浸透した北宋の頃からのようで、欧陽脩の「蝦蟆碚」詩や蘇軾の「蝦蟇培」詩が早期の作である。蘇軾の詩では、冒頭の四句で、「蟇の背は覆盂（伏せた鉢）に似、蟇の頤は偃月（弓張り月）の如し。謂えらく是れ月中の蟇の、口を開いて月液を吐くと」と歌い、末尾の二句で、その水の良質さを讃えて歌う。

豈惟煮茶好　豈に惟だに茶を煮るに好しきのみならんや
醸酒応無敵　酒を醸さば　応に敵無かるべし

南宋の王象之『輿地紀勝』七三にいう、「凡そ蜀を出づる者は、必ず水を酌みて以て茗（茶）を瀹る」と。

（矢田）

【漢江（漢水）】

漢江は、全長が約一五七〇キロメートルにも及ぶ長江最大の支流の名。漢水ともいう。陝西省の西南端、漢中市寧強県の北の嶓冢山に源を発し、湖北省内を東南方向に流れ、襄陽（旧称・襄樊）市を経由して、省都の武漢市で長江にそそいだ。

漢江（漢水）は、早くも『詩経』周南「漢広」詩に見える。

漢有游女　漢に游女有るも
不可求思　求むべからず
漢之広矣　漢の広きは
不可泳思　泳ぐべからず

—漢江の水辺には、散歩する娘たちがいるが、身持ちが固くて話しかけられない。漢江の流れは広く、泳いで渡ることはできない。—

詩中の「游女」については、一説に周の鄭交甫が漢水の水辺で出会った二人の神女であるとする。楚に赴く途中、漢水の水辺で二人の神女に出会った鄭交甫は、その美しさに心を惹かれ、身につけていた佩玉を請い求めたところ、神女はそれを鄭交甫に与えた。ところが、鄭交甫がそれを懐に入れて行くこと数十歩、ふり返ると神女たちの姿は見えず、佩玉も消え失せていたという（前漢・劉向『列仙伝』上、江妃二女の条など）。

襄陽出身の盛唐・孟浩然の「万山潭」（襄陽市の西にある万山［漢皋山］の淵）詩の、「游女　昔　佩を解く、此の山に伝聞す」は、この艶冶な伝承を詠みこみ、万山の北には、鄭交甫が二人の神女に出会った場所「解佩渚」も伝わる（『輿地紀勝』八二）。

他方、漢江はまた、不慮の死を遂げた周の昭王の悲劇を伝える。南征した昭王が漢江を渡ろうとしたところ、その政道に不満を抱く者が、膠で接合した船を差し出したため、流れの中程で膠が溶けて船が壊れ、昭王は水中に沈んで溺死したという（『史記』四、周本紀に引く唐・張守節「正義」に引く帝王世紀）。

盛唐の梁洽「観漢水」（漢水を観る）詩は、これらの伝承を詠む。

発源自嶓冢　源を発するは　嶓冢よりし
東注経襄陽　東のかた注ぎて　襄陽を経
一道入溟渤　一道　溟渤に入り
別流為滄浪　別流　滄浪と為る
求思詠游女　求思して　游女を詠み
投弔悲昭王　投弔して　昭王を悲しむ
水濱不可問　水濱　問うべからず
日暮空湯湯　日暮　空しく湯湯たり

—漢水は源を嶓冢山に発し、東に流れて襄陽の町を通る。本流はそのまま（長江と合流して）遥かな大海に流れ入り、その支流は滄浪の水となる。詩を詠んでは神女を恋い求め、昭王の死を傷んでは供物を投げ入れて弔う。水辺で、これらの事を問い質すすべはもはやない。日が沈みゆく中、水が空しく滔々と流れゆくばかり。—

また晩唐・胡曾の七絶「漢江」も、周の昭王の逸話を踏まえる。

漢江一帯碧流長　漢江　一帯　碧流長し
両岸春風起緑楊　両岸の春風　緑楊に起こる
借問膠船何処没　借問す　膠船　何れの処にか没する
欲停蘭棹祀昭王　蘭棹（船）を停めて　昭王を祀らんと欲す

漢江の詩跡化は、この大河が都長安付近と長江流域を結ぶ重要な交通・漕運の水路として、盛んに利用された唐代以降である。初唐の杜審言「襄陽城に登る」詩に、「楚山　地に横たわりて出で（そびえ）、漢水　天に接して回る（曲がる）」と歌う。続く盛唐の王維「漢江臨汎」詩も、襄陽付近の美しい風景を詠む。

江流天地外　　江流は　天地の外
山色有無中　　山色は　有無の中

—豊かな漢江の水は、遠く天地の彼方へ流れゆき、遥かな山々は（うっすらと煙って）あるかなきかの趣を見せる。—

ところで、前掲の胡曾の起句にも「漢江　一帯　碧流長し」とあるように、漢江の清らかに澄んだ碧緑の水は、ことのほか詩人たちの目を惹きつけた。例えば、盛唐の岑参は、「鮮于庶子（鮮于は複姓、庶子は官名）と漢江に泛ぶ」詩の中で、

酒光紅琥珀　　酒光は　紅の琥珀
江色碧瑠璃　　江色は　碧の瑠璃

—酒の輝きは紅い琥珀のよう、漢江の水の色は碧い瑠璃（宝石）のようだ。—

と詠み、酒好きで知られる盛唐の李白は、「襄陽の歌」の中で、それを次のように表現する。

遥看漢水鴨頭緑　　遥かに看る　漢水の鴨頭緑
恰似葡萄初醱醅　　恰も似たり　葡萄の初めて醱醅するに
此江若変作春酒　　此の江　若し変じて春酒と作らば
塁麴便築糟丘台　　塁麴　便ち築かん　糟丘台

—遠く眺めやれば、漢江は鴨の頭の羽毛のような濃い緑の水をたたえており、さながら（緑の）葡萄酒が、今しも諸味のまま重ねて添えをして醸されたかのよう。この漢江の水がもし春の美酒に変わるものならば、麴を積み重ねて酒糟の展望台を築きたいものだ。—

また晩唐の羅隠「漢江の上にて作る」詩にもいう。

漢江波浪緑於苔　　漢江の波浪　苔よりも緑に
毎到江辺病眼開　　江辺に到る毎に　病眼開く

—穏やかな波を立てながら流れゆく漢江の水は、苔よりも濃い緑色をたたえており、水辺にやって来るたびに、病気でかすみがちな目もくっきりと見えてくるのだ。—

杜牧は開成四年（八三九）の春、地方官として過ごした宣州（安徽省宣城市）を離れて、都長安に帰任した。その途中、船で漢江を遡った折りに、七絶「漢江」を作る。時に三十七歳である。

溶溶漾漾白鷗飛　　溶溶　漾漾として　白鷗飛び
緑浄春深好染衣　　緑浄く春深くして　衣を染むるに好し
南去北来人自老　　南去北来　人自ずから老ゆ
夕陽長送釣船帰　　夕陽　長に送る　釣船の帰るを

—水量豊かに、ゆらめきながら流れゆく川面の上を、白いカモメがしきりに舞う。春も深まって水は緑に澄みわたり、私の衣服も染まってしまいそう。ああ、南へ北へと旅するうちに、人はいつしか老いていく。おだやかな紅い夕日だけは、家路につく釣り船を、いつもそしてどこまでも遠く、見送るように照らし続ける。—

波をゆらめかせて流れゆく緑の大河、自由自在にその上を飛びゆく白いカモメ、（のびやかに暮らす隠者の）家路へ向かう釣り船を照らす紅い夕日。一幅の絵画のような鮮麗な春景色の中で、漢江の悠久な流れを見つめつつ、南へ北へと任地を移動しながら、むなしく老いゆくであろう自らの人生のわびしさに、杜牧はふと思いを致すのである。本詩は、詩跡としての漢江の地位を不動にした、古今の絶唱と呼ぶに相応しい作といえよう。

（矢田）

【襄陽・大堤・習家池】

襄陽（襄陽市）は、漢江（【漢江】参照）のほとりに位置し、漢代以後、華北と華中を結ぶ交通の要衝として重視された。南朝期には、漢江の水運を利用した商業都市として発展し、遊楽の街としても知られた。街には妓楼が軒を連ね、訪れた商人たちが盛んに利用して繁盛したという。こうした歓楽街を舞台に、男女の出会いや別れを主題とした歌謡「襄陽楽」「襄陽曲」が広く流行した。そのうちの一首「襄陽楽」（作者未詳）には、艶めかしい装いで男たちの目を惹きつける妓女たちの様子を、次のように歌う。

朝発襄陽城　朝に襄陽の城を発し
暮至大堤宿　暮に大堤の宿に至る
大堤諸女児　大堤の諸女児
花艶驚郎目　花艶　郎の目を驚かす

―朝早く襄陽の城を発てば、夕暮れには大堤の宿に着く。大堤の娘たちは、花のような艶やかさで男たちの目を釘付けにする。―

大堤は、花柳街の名。前掲の「襄陽楽」が作られた南朝期には、襄陽から約四五キロメートルほど下流の、宜城（宜城市）付近を流れる漢江の西岸にあった。襄陽を訪れた商人たちは、舟で約半日を費やして、大堤の妓楼に通った。ところが唐代になると、宜城の大堤は廃れて、襄陽を流れる漢江ぞいの長大な堤防付近が新しい花柳街となり、以後そこを「大堤」と呼ぶ（増田清秀『楽府の歴史的研究』創文社、一九七五年）。唐・孟浩然の詩「大堤の行　万七に贈る」の、「大堤行楽の処、車馬相い馳突す」は、襄陽のそれであろう。

李白の五絶「襄陽曲四首」其一は、軽快な襄陽の賛歌である。

襄陽行楽処　襄陽は行楽の処
歌舞白銅鞮　歌舞す　白銅鞮
江城回淥水　江城　淥水回り
花月使人迷　花月　人をして迷わしむ

―襄陽は楽しいところ。人々は（当地ゆかりの）「白銅鞮」の曲を歌いおどる。川辺の街（襄陽）には、清らかな水がめぐり流れ、美しい花と月とが人々の心をとりこにする。―

習家池は、襄陽の東南約五キロメートル、「堕涙碑」で知られる峴山（【峴山・堕涙碑】参照）の南側に、漢の侍中・習郁が作った魚の池の名。高陽池ともいう。周囲の高い堤には竹やヒサギを植え、蓮や菱が水面を覆う遊宴の名所となる。この池に遊んでは、必ず泥酔して帰ったという西晋・山簡の故事（『世説新語』任誕篇に引く『襄陽記』）は、殊に有名である。例えば、孟浩然の「高陽池にて朱二を送る」詩に、「当昔　襄陽　雄盛の時、山公　常に習家の池に酔う」とあり、李白の五絶「襄陽曲四首」其四にも、次のようにある。

且酔習家池　且く酔わん　習家の池に
莫看堕涙碑　看る莫かれ　堕涙の碑を
山公欲上馬　山公　馬に上らんと欲すれば
笑殺襄陽児　襄陽の児を笑殺す

―ひとまずは習家池で酒に酔うことにしよう。羊祜をしのぶ堕涙碑など、見るものじゃない。泥酔した山簡が馬に乗ろうとすると、襄陽の子どもたちは、その姿に笑い転げる。―

晩唐・皮日休の詩「習池にて晨に起く」には、その美景を「数声の翡翠　人に背いて飛び、一番（一面）の芙蓉　日を含みて開く」と歌う。習家池は、現在、明・清期に由来する遺跡が伝わる。

（矢田）

【峴山・堕涙碑】

峴山は、襄陽（襄陽市）の南にある山なみの名。その東端の山を特に峴首山ともいう。その峴首山の東側を、漢水が流れる風光明媚な地である。唐の李白は「襄陽曲四首」其三の中で、こう歌う。

峴山臨漢江　峴山　漢江に臨む
水淥沙如雪　水は淥くして　沙は雪のごとし
上有堕涙碑　上に堕涙の碑有り
青苔久磨滅　青苔　久しく磨滅す

―峴山は漢水に臨んでそびえ立つ。流れる水は清く澄み、水辺の砂は雪のように白い。山の上には羊祜を記念する「堕涙碑」が建つが、長い年月のうちに、青い苔が生えて碑の文字は摩滅している。―

堕涙碑は、西晋の羊祜の頌徳碑である。羊祜は都督荊州諸軍事として襄陽を治め、しばしば峴山に登って酒宴を催した。没後、襄陽の人々は善政を行った彼の遺徳をしのぶため、彼が平素遊んだ峴山の上に石碑と廟を建てて時節ごとに祀った。石碑を見る者はみな羊祜をしのんで涙を流したので、羊祜の後継者・杜預は「堕涙碑」と名づけたという。羊祜はあるとき、「宇宙の生誕以来、この山は存在する。従来、我々のように山に登って遠望した優れた人士が多くいたはずであるが、みなこの世から消えてしまった」と嘆息すると、同行の鄒湛は、「あなた様の令名は、この山とともに必ず後世に伝わりましょう」と慰めたという（『晋書』三四、羊祜伝）。

唐の孟浩然は官職に恵まれず、生涯の大半を故郷の襄陽で過ごした（【鹿門山・龐徳公・孟浩然故居】参照）。彼の五律「与諸子登峴山」（諸子と峴山に登る）詩は、山上で人生の無情を嘆いた羊祜の故事を踏まえて発想し、峴山を忘れがたい詩跡とした。

人事有代謝　人事　代謝有り
往来成古今　往来　古今を成す
江山留勝迹　江山　勝迹を留め
我輩復登臨　我が輩　復た登臨す
水落魚梁浅　水落ちて　魚梁浅く
天寒夢沢深　天寒くして　夢沢深し
羊公碑尚在　羊公　碑は尚お在り
読罷涙霑襟　読み罷んで　涙　襟を霑す

―人の世のことは、次々に移り変わり、月日が往来して昔から今となる。山と江は名勝の旧跡を留め残し、我々はまた登って眺めやる。水かさが落ちて、魚梁（漢江中の中洲）が浅く露われ、空は寒々として、雲夢の沼沢が奥深く広がる。羊公の碑は今なお残っており、読み終わると、あふれ出る涙で胸もとがぬれていた。―

峴山のある襄陽は、三国・蜀漢の丞相諸葛亮ゆかりの地でもあるため（【隆中】参照）、峴山を詠んだ詩には、しばしば羊祜と諸葛亮とが対になる。例えば、唐の陳子昂は、「峴山にて古えを懐う」詩の中で、「猶お堕涙の碣を悲しみ、尚お臥龍の図（臥龍と呼ばれた諸葛亮の天下三分の計）を想う」と歌い、張九齢の「襄陽の峴山に登る」詩にも、次のような対句がある。

蜀相吟安在　蜀相　吟は安くにか在る
羊公碣已磨　羊公　碣は已に磨せり

―蜀漢の丞相諸葛亮は、若いころこの地（襄陽）で、好んで「梁父吟」を吟じたが、今はその歌声は聞かれず、羊祜を記念する石碑も、すでに文字が摩滅している。―

【鹿門山・龐徳公・孟浩然故居】

（矢田）

鹿門山は、襄陽（襄陽市）の東南約二〇キロメートル、現在の襄州区の南端、漢江の東岸にある山（海抜三五〇メートル）。もと蘇嶺山といったが、後漢初めの建武年間（二五―五五）、襄陽侯の習郁が神祠を山に建て、二つの石鹿を刻んで参道の入口の両側に置いた。世間ではその神祠を鹿門廟と呼ぶようになり、そのまま山の名となったという（『後漢書』「逸民伝・龐公」の唐・李賢注に引く『襄陽記』）。

龐徳公は、後漢の隠士。南郡襄陽の人で、峴山（【峴山・堕涙碑】参照）の南麓に住み、城府に入らなかった。荊州刺史・劉表が幾度も出仕を求めたが固辞し、妻子を携えて鹿門山に隠棲した。その後は薬草を採って返らなかったという（『後漢書』「逸民伝・龐公」）。北宋の李廌は「龐徳公の宅」詩に、高潔な生き様を慕って歌う。

徳公臥鹿門　徳公は　鹿門に臥し
老不践州里　老ゆるまで州里を践まず
潔身遠憂患　身を潔くして　憂患を遠ざけ
豈復存慍喜　豈に復た慍喜（喜怒の情）を存せんや

孟浩然は、襄陽出身の盛唐の詩人。山水自然の描写に優れ、王維や李白とも交流があった。官職を得られぬまま、襄陽城の東南郊外、峴山付近の川辺の村にあった本宅「南園（澗南園）」に住み、時折り本宅の北を流れる谷川「北澗」から舟を出し、漢江に出て南下し、鹿門山の別荘に赴いて滞在した。七言古詩「夜帰鹿門歌」（夜　鹿門に帰る歌）は、本宅から鹿門山の別荘に帰る折りの作。

山寺鳴鐘昼已昏　山寺　鳴鐘　昼已に昏く
漁梁渡頭争渡喧　漁梁の渡頭　渡るを争いて喧し
人随沙路向江村　人は沙路に随いて　江村に向かい
余亦乗舟帰鹿門　余も亦た舟に乗りて　鹿門に帰る
鹿門月照開煙樹　鹿門　月照りて　煙樹開き
忽到龐公隠棲処　忽ち到る　龐公　隠棲の処
巌扉松径長寂寥　巌扉　松径　長えに寂寥
唯有幽人自来去　唯だ幽人の　自ずから来去する有るのみ

―山寺の鐘が鳴って、昼もすでに暮れゆき、漁梁（＝魚梁、漢江中の中洲）の渡しは、渡りを争う人々の声で騒がしい。人々は（渡って）砂地の道を通って川辺の村へと家路を急ぎ、私も舟に乗って鹿門山に帰る。鹿門山には月が輝いて、川霧にかすむ樹々が姿を現し、ふいに龐公の隠棲地についた。岩の扉に松の小道、そこはいつもひっそりして、私のような隠者だけが気ままに往き来するばかり。―

「龐公」とは、前述の龐徳公のこと。孟浩然は、「鹿門山に登り古えを懐う」詩の中でも、郷里の先人でもある龐徳公の高風をしのんで、「隠迹　今尚お存するも、高風　邈かに已に遠し」と歌う。

孟浩然の没後、その故居は詩跡となる。中唐・陳羽の七絶「襄陽過孟浩然旧居」（襄陽にて孟浩然の旧居に過る）詩に、

襄陽城郭春風起　襄陽の城郭に　春風起こり
漢水東流去不還　漢水東流して　去りて還らず
孟子死来江樹老　孟子　死来（死後）　江樹老ゆるも
煙霞猶在鹿門山　煙霞は　猶お鹿門山に在り

とある。さらに中晩唐期、張祜の「孟処士の宅に題す」、朱慶余の「孟浩然の旧居に過る」、貫休の「孟浩然の鹿門の旧居を経」、続く北宋・李廌の「孟浩然の故居」詩など、系統的に詠まれた。

鹿門山はまた、晩唐の皮日休が青少年期、隠棲した所でもあった。

（矢田）

【隆中】

襄陽（襄陽市）の西約一三キロメートルにある山の名。東晋の歴史家で襄陽出身の習鑿歯『漢晋春秋』に、「亮、南陽の鄧県に家す。襄陽の城西二十里に在り、号して隆中と曰う」（『三国志』三五、諸葛亮伝の裴松之注所引）とあり、諸葛亮（字は孔明）が青年時代、隠棲していた地である。後漢末の建安一二年（二〇七）、「諸葛孔明なる者は、臥龍（淵に潜み眠る龍。時を得ずにひそみ隠れる英雄の喩え）なり。将軍豈に之に見わんことを願うか」（『三国志』諸葛亮伝）と、徐庶から勧められた劉備が、関羽と張飛を従えて、三たびその草廬を訪れて天下統一の方策を尋ねた、「三顧草廬」の逸話で知られるところである。この時、孔明が劉備に向かって提言した対策は、華北の曹操、江南の孫権に対抗して、ひとまず蜀（四川省）の地を拠点とし、漢室の再興を図るべきだとする、「天下三分の計」であり、隆中での応答の意から「隆中対」とも称される。劉備四七歳、孔明二七歳の時のことである。

孔明は後に、魏への北伐を決意して劉禅に提出した「出師の表」の中で、当時のことを振り返って、「臣は本と布衣（無位無官の身）にして、躬ら南陽に耕せり。……先帝（劉備）は、臣の卑鄙なるを以てせず（私を身分の卑しい者とは見なされず）、猥りに自ら枉屈し（尊貴の身分にもかかわらず自分のほうから）、三たび草廬の中に顧み（訪ね）、臣に諮るに当世の事（当時の情勢、天下統一の大計）を以てす」と述べている。

隆中の地は、後に蜀漢を建国する劉備が、三顧の礼を尽くして青年・諸葛孔明に出馬を要請した、忘れがたい場所なのである。晩唐・崔道融の七絶「過隆中」（隆中に過る）詩は、隆中を詠んだ最も早い時期の作であろう。

玄徳蒼黄起臥龍　　玄徳　蒼黄として　臥龍を起こし
鼎分天下一言中　　天下を鼎分す　一言の中
可憐蜀国関張後　　憐れむべし　蜀国　関張の後
不見商量徐庶功　　徐庶の功を商量するを見ず

——玄徳（劉備の字）は、慌てふためいて臥龍（孔明）を目覚めさせ、その孔明の一言で天下三分の形勢が固まったのだ。ああ、嘆かわしいことよ。蜀の国では、関羽・張飛の後には、孔明を推挙した徐庶の功績は、もはや討議されなくなっていた。——

北宋の蘇軾は、蜀（四川省）の出身である。その「隆中」詩の一節には、故郷の英雄でもある孔明をしのんで歌う。

誰言襄陽野　　誰か言わん　襄陽の野
生此万乗師　　此の万乗の師を生まんとは
山中有遺貌　　山中に遺貌有り
矯矯龍之姿　　矯矯として龍の姿なり

——いったい誰が予想したであろうか。この襄陽の片田舎が、天子の万乗の軍勢を率いる孔明を生み出そうとは。山中に存在する孔明の遺影は、高く飛び立とうとする勇ましい龍の姿のようである。——

詩は嘉祐五年（一〇六〇）、蘇軾二五歳の作である。劉備に対して「天下三分の計」を説いた青年・孔明の年齢とほぼ近く、彼に対する蘇軾の思いは、ひときわ強かったことであろう。

現在、当地は「古隆中」と呼ばれ、明清期以来の「武侯祠」「三顧堂」「草廬亭」などがあり、孔明ゆかりの古跡として多くの人々が訪れている。

【恵泉・蒙泉・白兆山桃花巌】

（矢田）

恵泉と蒙泉は、荊門市（旧・荊門軍）の西南地区にある象山（旧・蒙山）の東麓に湧く泉の名。南宋の祝穆『方輿勝覧』二九、荊門軍、蒙山の条に、「一に硤石山と名づく。（荊門）軍城の西百余歩に在り。両巒（二つの峰）対起して、蛾眉の如し。二泉有り、水は其の麓に発し、蒙・恵と曰う」とあり、さらに蒙泉の条に「城西の蒙山に在り。南を蒙泉と曰い、北を恵泉と曰う」とある。二泉はなおも龍泉公園内に現存するが、南側を恵泉、北側を蒙泉とする。

荊門軍（荊門市）は江陵（荊州市）と襄州（襄陽市）を結ぶ街道上にあった。恵泉を詠んだ初期の作に、中晩唐期の宰相・李徳裕の詩がある。南宋の葛立方『韻語陽秋』一三に、「荊門軍にも亦た恵泉有り。李徳裕に、詩の泉上に題する有りて云う」として引く。

茲泉由太潔　茲の泉　太だ潔きに由りて
終不蓄繊鱗　終に繊鱗を蓄えず
到底清何益　底に到るまで　清らかにして何ぞ益あらん
涵虚祇自貧　虚を涵して　祇だ自ずから貧なり

—この泉は水が透き通り過ぎているため、結局のところ小魚さえも棲めない。水底まで清澄であっても、いったい何の役に立つのか。天空を映し出すだけでほかに何もない。—

北宋の蘇軾・蘇轍兄弟は、ともに「荊門の恵泉」詩を作る。蘇轍詩の末尾には、「衣を脱いで中流に浣い、我が双足の熱を解く。楽しい哉　泉上の翁、大旱　渇るるを知らず」とあり、これは文字通り恵みをもたらす泉水として好意的に歌う。恵泉はよく詩に詠まれ、南宋の洪适『荊門恵泉詩集』二巻もあった（『宋史』二〇九）。

一方の蒙泉の詩には、『方輿勝覧』二九、蒙泉の条に、晩唐・沈伝師の、おそらく送別詩と思われる四句を引く。

京路馬駸駸　京路　馬は駸駸たり
塵労日向深　塵労　日に深きに向かう
蒙泉聊息駕　蒙泉　聊か駕を息め
可以洗君心　以て君が心を洗うべし

—君を乗せた馬は、都への道をさっそうと走る。都に着けば役人生活の煩わしさが日ごとに深まることだろう。蒙泉でひとまず馬を休ませ、その水で君の心を洗い清めたらよいだろう。—

清・田雯「蒙・恵の二泉」詩は讃える、「二泉は相い伯仲し、踵を城の西隅に接す。其の色は玻瓈の如く、其の味は醍醐の如し」と。

白兆山は、安陸市の西北一五キロメートルにあり、碧山ともいう。山中の桃花巌は、「即ち（李）太白読書の処」（『輿地紀勝』七七）。安陸は、李白が最初の妻を迎え、三十歳代のほぼ十年間を過ごした地である。その「安陸の白兆山の桃花巌にて劉侍御綰に寄す」詩に、

帰来桃花巌　帰り来る　桃花巌
得憩雲窓眠　雲窓（雲の湧く窓）に憩いて眠るを得たり

という。また、「余に問う　何の意ありてか碧山に棲むと」で始まる「山中にて俗人に答う」（山中問答）詩も、一説にここでの作という（『大明一統志』六一）。いずれにしろ、白兆山の桃花巌は、北宋期、范雍の「白兆山」詩に、「白兆の桃花巌、翰林（翰林供奉李白）此の丘に棲む」とあり、李通儒の「桃花巌」詩に、

惟有桃花巌上月　惟だ有り　桃花　巌上の月
曾聞李白酔吟声　曾て聞く　李白　酔吟の声

と歌われるように、李白ゆかりの地として詠まれていく。

（矢田）

【江陵（荊州）】

江陵は、湖北省の中部、長江中流域の北岸にある都市・荊州市。呉と蜀の中間に位置し、しかも洛陽の真南に位置することから、三国時代には軍事上の重要拠点として争奪の対象となった。その後も戦時には軍事上の重鎮として、平時には水運を利用した交通の要衝、物資の集散地として発展した。また東晋以降、しばしば荊州の治所となり、「荊州」とも呼ばれた。

唐代の江陵城は、「三十万戸」（『資治通鑑』二五三）を擁する繁華な重鎮であった。唐の杜甫は「江陵　幸を望む」詩の中で、

雄都元壮麗　　雄都（雄大な都城）は　元より壮麗なるも
望幸欻威神　　幸（行幸）を望みて　欻ち威神（尊厳）あり

と歌い、王建は「江陵即事」詩の中で、「寺には紅薬（紅い芍薬）多くして人の眼を焼き、地には青苔足くして馬の蹄を染む」と詠む。

北宋の蘇軾は、五律「荊州十首」其一の前半で、人や舟が四方から集まる当地の賑わいを、次のように歌う。

游人出三峡　　游人　三峡を出づれば
楚地尽平川　　楚地　尽く平川なり
北客随南賈　　北客　南賈に随い
呉檣間蜀船　　呉檣　蜀船を間う

―旅人が船で三峡の急流を抜けると、楚の地はすべて平野。北から来た旅人と南から来た商人とが一同に会し、東の呉から上って来た船と西の蜀から下って来た船とが入り交じって混み合う。―

蘇軾の詩にも「楚地」とあるように、江陵は春秋戦国時代、楚国の領域であった。江陵の北五キロメートルの地には、楚国のかつての都城「郢（紀南城）」があり、江陵の地には離宮「渚宮」が置かれた。このため渚宮は、江陵の別称ともなる。唐の李白「荊門にて舟を浮かべて蜀江を望む」詩の末尾にいう。

江陵識遥火　　江陵　遥火を識る
応到渚宮城　　応に渚宮の城に到るべし

―遠くに見える灯火は、江陵のものだと識別できる。きっと舟は、まもなく渚宮と呼ばれる江陵の街に到着するだろう。―

唐の白居易も、「八月十五日の夜、禁中（長安の宮中）に直し、月に対して元九を憶う」詩の中で、江陵に左遷された親友元稹の身を気づかいつつ、双方の中秋の夜景を、「渚宮の東面　煙波（夜霧にけむる長江の川波）冷やかに、浴殿（宮中の浴堂殿）の西頭　鐘漏（時刻を告げる鐘鼓と水時計の音）深し」と歌っている。他方、元稹自身は、江陵の美しい春景色を、詩「襄陽楼に過りて府主の厳司空に呈上す。楼は江陵節度使宅の北隅に在り」の中で歌う。

払水柳花千万点　　水を払う柳花（白い柳絮）は　千万点
隔林鶯舌両三声　　林を隔つる鶯舌（鶯の囀り）は　両三声

玄宗の開元二五年（七三七）、張九齢は、李林甫の讒言により、宰相の地位を追われて荊州長史に左遷された。「登荊州城望江二首」（荊州城に登りて江を望む二首）其二は、長江の悠久の流れを俯瞰しつつ、刻々と推移する時間の上を生きる人生の無常さを悲しむ。

東望何悠悠　　東のかた望めば　何ぞ悠悠たる
西来昼夜流　　西より来りて　昼夜流る
歳月既如此　　歳月　既に此くのごとければ
為心那不愁　　心を為めんとするも　那ぞ愁えざらん

荊州の古城は、明清期の改修を経て、今もその面影を留めている。

【龍山落帽台】

（矢田）

龍山は、江陵（荊州市）の西北約一〇キロメートルにあり、現在、八嶺山という。落帽台は、その山上にある平坦な高台の名。東晋の征西将軍・桓温の幕僚となった孟嘉（陶淵明の外祖父）は、九月九日の重陽節のとき、桓温が龍山で開いた酒宴に、他の幕僚とともに参加した。このとき風が孟嘉の帽子を吹き落としたが、孟嘉は気づかない。桓温は左右の者に口止めし、孟嘉の反応を窺うことにした。しかし孟嘉は気づくこともなく、しばらくして厠に立った。そこで桓温は帽子を返すよう命じ、さらに孫盛に嘲りの文を書かせて彼の席に置いた。厠からもどった孟嘉は、その文を目にすると、即座に返答の文を書いた。その優美なできばえに、満座の者はみな感嘆したという（『晋書』九八、孟嘉伝）。

当時、人前で頭部を露わにすることは非礼であったが、この「孟嘉落帽」の故事は、重陽節の酒宴で落帽にも気づかないほど楽しんだ風流な佳話として、唐代以降、重陽節を詠む詩の典故として頻用された。例えば唐の趙嘏は、「重陽の日　韋舎人に寄す」詩の中で、「知らず　此の日　龍山の会、誰か是れ　風流　落帽の人なるかを」と歌い、五代の徐鉉「九月十一日　陳郎中に寄す」詩にも、「前日の龍山　煙景好し、風前　帽を落とすは　是れ何人ぞ」とある。

龍山の孟嘉落帽の地は、後に「落帽台」と称され、詩にも詠まれるようになった。晩唐の女流詩人・魚玄機は、「重陽　雨に阻まる」詩の中で、「落帽台前　風雨に阻まる、知らず　何れの処にか金杯（黄菊の花びらを浮かべた酒杯）に酔わん」と歌い、李群玉もまた、「重陽日上渚宮楊尚書」（重陽の日、渚宮〔江陵〕の楊尚書〔荊南節度使・楊漢公〕に上る）詩の中で、こう歌う。

落帽台辺菊半黄　　落帽台辺　菊半ば黄なり
行人惆悵対重陽　　行人惆悵として　重陽に対す

―孟嘉の帽子が秋風に吹き落とされたという高台付近では、ほとんどの菊が黄色く花を咲かせている。ひとり旅先にある私は、悲しみにくれつつ重陽節を迎えている。―

元和五年（八一〇）、江陵に左遷された元稹の「厳司空（綬）重陽の日に、崔常侍・崔郎中及び諸公と同に、龍山の落帽台に登り佳宴するに和し奉る」詩にもいう。

貴重近臣光綺席　　近臣の　綺席を光かすを貴重し
笑憐従事落烏紗　　従事の　烏紗（帽）を落とすを笑憐す

元稹はまた、同時期の作「姨兄（母方の従兄）胡霊之の　寄せらるるに答う五十韻」詩中の一句「落帽　孟嘉の情」に対して、自ら「龍山の落帽台は、（江陵）府城を去ること二十里」と注する。

南宋の范成大『呉船録』下に、「江陵の帥（軍事長官）・辛棄疾（字は）幼安、招きて渚宮に遊ぶ。……龍山の落帽台を詢うに、城北三十里に在り、一小丘なるのみと云う」とある。現在、八嶺山の東南端にある、落帽台の地とされる場所も、高さ一〇メートル、周囲一五〇メートルほどの、小さな台地である。

なお、孟嘉落帽の舞台・龍山については、当塗県（安徽省馬鞍山市）の東南六キロメートルの龍山と見なす説もある（唐の李吉甫『元和郡県図志』二八など）。ちなみに、李白の「九日　龍山に飲む」詩に、

酔看風落帽　　酔いては看る　風の　帽を落とすを
舞愛月留人　　舞いては愛す　月の　人を留むるを

と詠まれるが、これは当塗県の龍山での作とされる。

（矢田）

【宋玉故宅】

宋玉は、戦国・楚の国の人。辞賦に優れ、屈原の後継者とされる。主な作品に「悲しいかな、秋の気たるや」の句で始まる、悲秋文学の源泉的な作品「九弁」、放逐された屈原の魂を招く「招魂」、楚の懐王が夢で巫山の神女と契ることを詠む「高唐の賦」などがある。

宋玉の故宅の所在について、南宋の祝穆『方輿勝覧』に、「宋玉は、…州宜城の人。宅有りて城南に在り」（三二、襄陽府）、「宋玉は、…州の東五里に故宅有り」（五八、帰州）、「宋玉、故宅有り」（二七、江陵府）とある。①宜城（襄陽市の南の宜城市）、②帰州（宜昌市秭帰県帰州鎮）、③江陵（荊州市）、この三説の中で、①の宜城の故宅は詩に詠まれず、②の帰州の故宅も、唐の杜甫「宅に入る三首」其三に、「宋玉　帰州の宅、雲は白帝城に通ず」と見えるが、その数はきわめて少ない。他方、③の江陵の故宅は、唐の岑参「江陵の泉少府の　任に赴くを送り、便ち衛荊州に呈す」詩の、「城辺には宋玉の宅、峡口（巫峡の入口）には楚王の台（楚王が神女と契る夢を見た楼台）」など、数多く詠まれている。したがって、詩跡「宋玉の故宅」は、もっぱら③の江陵の故宅を指すといってよい。

江陵の故宅が多く詠まれた背景として、六朝末期（梁・北周）の庾信「哀江南の賦」の影響が指摘できよう。庾信はその中で、八世の祖である庾滔が東晋の元帝に従って江陵に移り、宋玉の故宅に居を構えたことを述べていう、「茅を宋玉の宅に誅き、径を臨江の府に穿つ」（宋玉の旧宅の茅を取り除き、江陵に都した臨江王（共敖）の府第に小道を開いた）と。初唐の宋之問は、「宋公の宅にて寧諫議を送る」詩の中で、この賦を踏まえて、「宋公　爰に宅を創り、庾氏更に茅を誅く」と歌い、晩唐の呉融も、七律「宋玉宅」（宋玉の宅）詩の前半で、次のように歌う。

草白煙寒半野陂　草白く煙寒くして　半ばは野陂
臨江旧宅指遺基　臨江の旧宅　遺基を指す
已懐湘浦招魂事　已に懐う　湘浦　魂を招くの事
更憶高唐説夢時　更に憶う　高唐　夢を説くの時

―草は衰えて白く、霧が寒々とたちこめて、野の池が半ばを占める。臨江（江陵）の旧宅は、遺構をまざまざと残す。かつて宋玉が、湘江の水辺で「招魂」を作って屈原の魂を招いたことが思い起こされ、さらには「高唐の賦」によって、神女と契った楚王の夢を説いた時のことが偲ばれる。―

唐の余知古『渚宮故事』（南宋の姚寛『西渓叢語』上所引）に、「庾信、侯景の乱に因り、建康より遁れて江陵に帰り、宋玉の故宅に居る。宅は城北三里に在り」とあるように、庾信自身もまた、南朝・梁の都建康が陥落したとき、江陵に逃れて宋玉の旧宅に住んだ。唐・張説の「庾信の宅に過る」詩にも、次のようにいう。

蘭成追宋玉　蘭成（庾信の幼少期の字）　宋玉を追い
旧宅偶詞人　旧宅　詞人を偶す

―庾信は宋玉を追慕し、その旧宅に詞人（庾信）は身を寄せた。―

唐代、宋玉の故宅は江陵の名所でもあった。韓愈の詩「寒食の日出遊す」に、「宋玉の庭辺　人を見ず、軽浪参差として　魚　鏡を動かす」とあり、元稹の「孫勝を送る」詩に、「今日　君と水に臨んで別る、憐れむ可し　春は宋亭（宋玉亭）の中に尽く」という。

ちなみに、鎌田出「宋玉の故宅」（『松浦友久博士追悼記念　中国古典文学論集』、研文出版、二〇〇六年）の専論がある。

（矢田）

【荊門（荊門山）】

荊門は、宜都市の西北約三〇キロメートルにある紅花套鎮の北端、長江の南岸にある山の名。北岸の虎牙山と対峙して、古来、「楚（湖北・湖南一帯にあった春秋戦国時代の国名）の西の塞（固め・要害）」とされたところである。

東晋の郭璞「江の賦」に、「虎牙は嵥として豎ちて（高く聳え立ち）以て屹崒（高峻なさま）たり、荊門は闕（宮門）のごとく竦ちて磐礴（どっしりとしたさま）たり」（『文選』一二）とあり、唐の李善注に引く南朝・宋の盛弘之『荊州記』に、「郡の西、江を泝ること六十里、南岸に山有り、名づけて荊門と曰い、北岸に山有りて虎牙と名づく。二山相い対し、楚の西塞なり」という。さらに山の名の由来について、「虎牙は石壁紅色にして、間に白文（白い模様）の牙歯の如きの状有り。荊門は上合して下開き、山の南に開き達りて、門の形有り。故に因りて以て名と為す」という。

荊門の詩跡化は、初唐の陳子昂に始まる。調露元年（六七九）、初めて故郷の蜀（四川省）を離れて船で長江を下り、荊門山を通過したとき、「荊門を度りて楚を望む」詩を作っていう。

巴国山川尽　巴国　山川尽き
荊門煙霧開　荊門　煙霧開く

—巴国（重慶市付近）の山と川が終わりを告げ、川霧が晴れて、荊門山が姿を現した。—

蜀（巴蜀）の地から長江を下っていくと、両岸に断崖絶壁が連なり、川幅が狭く流れの急な船旅の難所、いわゆる三峡となる。ここを通過すると、川幅も急に広く流れもゆるやかになった。荊門山はまさに、そうした山間地の蜀と平野部の楚との境界に位置し、三峡を無事に通過して江漢平原に入る旅人たちをやさしく出迎えるかのように、その姿を現した。盛唐の胡皓は、五律「出峡」（峡を出づ）詩の前半で、次のように歌う。

巴東三峡尽　巴東　三峡尽き
曠望九江開　曠望すれば　九江開く
楚塞雲中出　楚塞　雲中に出で
荊門水上来　荊門　水上に来る

—巴東の三峡を通過して、遠く眺めやれば、広がる平野にいくつもの長江の支流が流れている。楚の西塞といわれた峻険な山々が雲の中から現れ、荊門山の姿が長江の水辺に見えてきた。—

李白は長年住んだ蜀の地を離れた開元一三年（七二五）、二五歳のころ、五律「荊門を渡りて送別す」を作った。その前半にいう。

渡遠荊門外　渡ること遠し　荊門の外
来従楚国遊　来りて楚国に従りて遊ぶ
山随平野尽　山は平野に随いて尽き
江入大荒流　江は大荒に入りて流る

—はるばる長江を下って荊門山を通り過ぎ、古えの楚の地に来て旅をする。両岸に聳えていた山々は平野の出現につれて消えてゆき、長江は果てしなく広がる原野の中へ滔々と流れゆく。—

李白の同時期の作、「秋　荊門を下る」詩にも、

霜落荊門江樹空　霜は荊門に落ちて　江樹空し（落葉した）
布帆無恙挂秋風　布帆　恙無く　秋風に挂かる

と詠まれて、蜀を故郷とする陳子昂に始まった荊門の詩跡化は、蜀の地で育った李白によって確かなものになったと言えよう。

（矢田）

【武当山（太和山・天柱峰）】

武当山は、湖北省の西北部、丹江口市の西南にある山の名。太和山とも言う。七二の峰から成り、主峰の天柱峰は、標高一六一二メートル、あたかも他の峰々を周囲に侍らせているかのように聳えたつ。明の王世貞は「由太和登絶頂」（太和［宮］より絶頂に登る）詩のなかで、その様子を、以下のように歌う。

千盤転尽見三門　千盤　転じ尽くして　三門見わる
七十二峰朝至尊　七十二峰　至尊に朝す
下挿香炉勝廬岳　下に挿す香炉は　廬岳に勝り
中懸天柱即崑崙　中に懸かる天柱は　即ち崑崙なり

—三つの天門が次々と現れて、ぐるぐると曲がる山道を登りきり、天柱峰の頂上に立って眺めわたすと、七十二の峰々があたかも天子に拝謁する臣下のようである。下の方にさし入る香炉峰の姿は、廬山の香炉峰よりもすばらしく、中天にぶら下がる天柱峰は、さながら崑崙山（上の神の園・懸圃の）ようである。—

武当山にも廬山（江西省）と同名の香炉峰があり、天柱峰の東北に位置する。また天柱峰の東南には、始老峰・真老峰・皇老峰・玄老峰・元老峰があり、合わせて五老峰と言う。五老峰といえば、廬山（江西省）にも同名の五老峰がある。王世貞の七言絶句「五老峰」にいう。

前年踏雪匡廬過　前年　雪を踏みて　匡廬に過り
今年暮春遊太和　今年　暮春　太和に遊ぶ
五峰老人如旧識　五峰の老人は　旧識のごときも
不似当年白髪多　似ず　当年　白髪多きに

—かつて冬に白雪を踏みつつ廬山を訪れたが、今年の晩春、武当山にやって来た。五峰の老人たちは、旧知の友のようになつかしいが、以前はもっと白髪が多かったように思う。—

詩は峰の同名を利用して、雪の峰を白髪の老人に見立て、晩春の峰の翠を見て、ずいぶん若返ったように思える、と歌ったのである。

高険幽深な武当山は、道教信仰の聖地としても知られ、玄天真武大帝が祀られている。玄天真武大帝は、古代の四神の一つ、玄武神が発展して人格神となったもの。一説に、浄楽国の太子、玄武がかつてこの山中に入り、四二年に及ぶ修行の末に白日昇天して、玉皇上帝の命により北方の守護神となったという。なお玄武は、北宋の時、聖祖（趙玄朗）の諱を避けて真武と称されるようになった。

道教の聖地とされた武当山には、唐代ごろから道教関連の建物が築かれるようになった。とりわけ玄天真武大帝を国家鎮護の神とした明代には、永楽帝のころに巨額な国費を投じて数多くの宮観や廟宇が造られた。その時に成る紫霄宮・元和観・太和宮・金殿などは、今もなお保存されており、一九九四年には世界遺産に登録された。

清末の賈篤本は「天柱峰の頂きに登り、敬んで真武に謁す」詩のなかで、天柱峰の頂上にある、玄天真武大帝を祀る金殿（銅で鋳造した建物）について、

範金殿古光常煥　金を範する殿は古きも光は常に煥らかなり
抱玉岩幽迹尚存　玉を抱く岩は幽くして　迹は尚お存す

と歌う。範は型に注いで鋳造する意。後句は、玄武太子が修練したと伝える幽深な「南岩」（紫霄宮より上）を詠んだものであろう。

王一軍『武当山古代詩歌選注』（中国旅游出版社、一九八八年）の専著があるが、資料の吟味に問題がある。

（矢田）

【九宮山・破額山】

九宮山は、湖北省の東南端、咸寧市通山県の東南にある、標高一五四三メートルの山。江西省との境を東西に連なる幕阜山脈の中段に位置する。『太平御覧』四八に引く『武昌記』に、「晋安王の兄弟九人、九の宮殿を此の山に造り、遂に以て名と為す」とある。ちなみに兄弟九人とは、南朝・陳の文帝の、九人の子を指すらしい。また南宋の淳熙一四年（一一八七）、道士・張道清が山中に宮観を築いて以降、九宮山は道教の五大道場の一つとなった。

北宋の蔣之奇「山堂を愛す」九首其八に、「謝の屐（謝霊運が山歩き用に改良したという木下駄）を尋むるを須いず、歩みて九宮山に入る」とある。これがおそらく、九宮山を詠んだ早期の作であろう。南宋末の謝枋得にも「九宮山」詩が伝わるが、詩跡として定着するのは、九宮山が道教の聖地となって以降のことである。明・姜時棠の「九宮即事」詩に、「九宮山は聳ゆ　白雲の顛、興に乗じて来りて尋ぬ　避穀の仙（五穀を食べない、長生の仙人）」とあり、明・陳可耕の「登九宮山」（九宮山に登る）詩にも、

此生漫嘆風塵吏　　此の生　漫りに嘆く　風塵の吏たるを
一到深山便是仙　　一たび深山に到れば　便ち是れ仙なり

―世俗の塵にまみれた役人生活を送る自らの人生を、いたずらに嘆いていたが、ひとたびこの深山に足を踏み入れさえすれば、たちまち仙人のようになれるのだ。―

とあって、明代以降、脱俗・超俗を象徴する山として詠まれる。

破額山は、湖北省の東端、黄岡市黄梅県の西にあり、双峰山・西山・四祖山ともいう。唐初の武徳七年（六二四）、中国仏教禅宗の第四代の祖師・道信が山中に建立した、四祖寺で知られる。寺は古くは幽居寺・正覚寺とも称した。唐・趙嘏の七絶「四祖寺」にいう。

千株松下双峰寺　　千株の松下　双峰の寺
一盞灯前万里身　　一盞の灯前　万里の身
自為心猿不調伏　　自ら心猿の為に調伏せず
祖師元是世間人　　祖師は元と是れ世間の人

双峰は双峰山、祖師は道信を指す。転句は、煩悩のために心身を調えて諸悪を抑えられない自分を恥じる。

また、自ら出家の経験を持つ唐・賈島の七絶「夜坐」（夜に坐す）にいう。

蟋蟀漸多秋不浅　　蟋蟀　漸く多く　秋　浅からず
蟾蜍已没夜応深　　蟾蜍　已に没し　夜　応に深かるべし
三更両鬢幾枝雪　　三更　両鬢　幾枝の雪
一念双峰四祖心　　一念　双峰　四祖の心

―コオロギの声がしだいに多くなり、秋も深まった。月はすでに沈んで、夜も更けたようだ。真夜中に独り座禅を組む私の両鬢には、雪のような白髪がいったい何本あるのだろうか。双峰山に寺を築いた四祖・道信の心にじっと思いを凝らす。―

ちなみに、唐・柳宗元の七絶「曹侍御の、象県に過りて寄せらるるに酬ゆ」に、「破額山前　碧玉の流れ、騒人（詩人）　遥かに駐む　木蘭の舟」とある。この山を四祖寺のある破額山と見なす説が明清以来存在し（『大明一統志』六一、清・王士禛『帯経堂詩話』一三など）、近年でも四祖寺付近の題詠としてしばしば引用される。しかし柳詩のそれは、彼が晩年左遷された柳州（広西チワン族自治区柳州市）象県内を流れる、柳江沿いの同名の山である。

（矢田）

【松滋・西塞山】

松滋（湖北省松滋市）は、江陵（湖北省荊州市）の少し上流、長江南岸の県名（唐宋期）。江陵から長江を遡って、三峡（西陵峡・巫峡・瞿塘峡）へ向かう旅の中継地として、渡し場・松滋渡（灌子口）が置かれた。陸游『入蜀記』四に「此より蜀江に入る」という。

松滋渡付近で詠まれた詩は多い。盛唐の杜甫は晩年、夔州（重慶市奉節県）から江陵に向かう途中、「松滋の江亭に泊す」詩を作る。中唐・竇常の詩「任に武陵に之き、寒食の日、途に松滋渡に次り…」には、「杏花　楡莢（ニレの実）　暁風の前、雲際に離離たり（連なるさま）　峡を上る船」とあり、劉禹錫の「松滋渡にて峡中を望む」詩には、三峡中の船旅の苦難と旅愁を、

巴人涙応猿声落　　巴人の涙は　猿の声に応じて落ち
蜀客船従鳥道回　　蜀客の船は　鳥の道より回る

と詠む。巴・蜀は今の四川省や重慶市付近の地。鳥道（嶮岨で狭隘な山道）は、ここでは険峻で曲折する三峡の航路を指す。晩唐・司空図の「松滋渡二首」其二には、旅先での不安と望郷の思いを、

楚岫積郷思　　楚岫　郷思を積み
茫茫帰路迷　　茫茫として　帰路迷う
更堪斑竹駅　　更に堪えんや　斑竹の駅にて
初聴鷓鴣啼　　初めて鷓鴣の啼くを聴くに

と歌う。楚岫は楚（松滋付近）の山。斑竹の駅は、舜の二妃が夫の死に流した涙の痕とされる斑模様の竹が生える渡し場（水駅）の意。

南宋の陸游も、故郷の山陰（浙江省紹興市）から夔州へ赴任する途中、「松滋にて小酌す」「晩に松滋の渡口に泊す」詩を作る。

西塞山は、湖北省黄石市（武漢市の東南）の東郊外、高さ五三〇メートルの、長江南岸にある山の名。『元和郡県図志』二八に、「竦峭（高峻）として江に臨む」という。古来、長江中流の要害として争奪の地となった。太康元年（二八〇）、西晋の将軍王濬は長江を下り、西塞山付近で呉軍の防御を破って、呉の都建業（南京市）を攻略した。かくして呉は西晋に降服する。呉の軍にとって、まさに当地は「西の塞」（長江防御の前線）だったのである。

唐の劉禹錫は、七律「西塞山懐古」（西塞山にて古えを懐う）詩の前半で、かつて当地で繰り広げられた西晋と呉との戦いを描いた。

西晋楼船下益州　　西晋の楼船　益州より下り
金陵王気黯然収　　金陵の王気　黯然として収まる
千尋鉄鎖沈江底　　千尋の鉄鎖　江底に沈み
一片降幡出石頭　　一片の降幡　石頭に出づ

――王濬の率いる西晋の軍船が、益州（四川省成都）から長江を下って押し寄せてくると、金陵（呉の都・建業の美称）を覆っていた王者の瑞祥の気は、暗くうすれて消え失せた。（船の侵攻を阻止するために）長江に張りめぐらした長い鉄の鎖が、（王濬の軍に焼き切られて）川底に沈みゆくと、降服を告げる一本の幡が呉の都・建業の石頭城に掲げられた。――

唐・韋応物の五絶「西塞山」詩は、山の形勢・風光を簡潔に描く。

勢従千里奔　　勢いは千里より奔り
直入江中断　　直ちに江中に入りて断ゆ
嵐横秋塞雄　　嵐横たわりて　秋塞（秋の西塞山）雄しく
地束驚流満　　地束ねて　驚流満つ

嵐は山気。結句は、江面が山のために狭められて波が沸き立つ様。

（矢田）

【西陵峡・黄牛峡・空舲峡】

西陵峡は、上流の瞿塘峡・巫峡とともに「三峡」と称される、長江の峡谷の名。一般に湖北省秭帰県の香渓口から下流の宜昌市南津関に至る、長さ七六キロメートルの険峻な峡谷である。三峡中で最も長く、両岸には高い山が聳え立って、「日中夜半に非ざれば、日月を見ず」（北魏・酈道元『水経注』三四、江水）という。また、浅瀬が多く、流れが急であった。初唐の楊炯も「西陵峡」詩の中で、

絶壁聳万仞　　絶壁　聳ゆること万仞
長波射千里　　長波　射ること千里

―両岸の絶壁は万仞の高さまで聳え、連なる波は千里の彼方へ矢のように速く流れゆく。―と歌う。北宋の欧陽脩は、風光の美しさを「西陵の山水は　天下に佳し」（「聖俞に寄す」詩）とたたえた。

黄牛峡は、西陵峡の中の、黄牛山下を流れる峡谷の名。南岸の高い絶壁の上に、黒い人が刀を背負って黄牛を牽くように見える巨石があるための命名である。ここには名高い早瀬・黄牛灘があり、その急流を遡る舟は遅々として進まなかった。古くから当地の民謡「朝に黄牛（山）を発し、暮れに黄牛に宿る、三朝三暮（三日三晩が過ぎても）、黄牛は故の如し」（『水経注』三四、江水）が伝わっている。唐の李白は「三峡を上る」詩のなかで、それを踏まえて、

三朝上黄牛　　三朝　黄牛を上り
三暮行太遅　　三暮　行くこと太だ遅し
三朝又三暮　　三朝　又た三暮
不覚鬢成糸　　覚えず　鬢　糸と成る

と歌った。舟旅の苦難のために、髪の毛が知らぬまに生糸のように白くなった、と。欧陽脩の詩「黄牛峡の祠」にも、「朝朝暮暮　黄牛を見る、徒らに行人をして此を過ぐるを愁えしむ」とある。

晩唐・張蠙の「過黄牛峡」（黄牛峡を過ぐ）詩には、舟で通過した時に見た奇怪な情景を描く。

雷電夜驚猿落樹　　雷電の夜に驚いて　猿は樹より落ち
波濤秋恐客離船　　波濤の秋に恐れて　客は船より離る
盤渦逆入嵌空地　　盤渦　逆に入る　嵌空の地
断壁高分繚繞天　　断壁　高く分つ　繚繞の天

―とどろく夜の雷鳴に驚いて、猿は木から落ち、さかまく秋の大波を恐れて、旅人は船から下りる。波が川底のくぼ地で渦巻いて逆流し、両岸の断崖は高くて曲がりくねる天空を際立たせる。―

空舲峡は、黄牛峡の少し上流にある峡谷の名。空字は崆、舲字は岭・冷なども書く。崆舲灘には大きな岩があり、流れが複雑に乱れて、船の通行は困難を極めた。夏・秋の増水時には「必ず舲を空にして乃ち下るべし。故に名づく」（『輿地紀勝』七三）という。初唐・陳子昂の詩「空舲峡の青樹村の浦（水辺）に宿る」には、「的的（明るいさま）たり　明月の水、啾啾（鳴くさま）たり　寒夜の猿」とあり、中唐・李渉「竹枝詞」（蜀の民歌）には、

十二峰頭月欲低　　十二峰頭　月　低れんと欲し
空舲灘上子規啼　　空舲灘上　子規啼く

とある。十二峰は巫峡にある巫山のこと。清・王士禛「戯れに元遺山の論詩絶句に倣う三十二首」のなかの一首、

詩情合在空舲峡　　詩情は　合に空舲峡に在るべし
冷雁哀猿和竹枝　　冷雁　哀猿　竹枝に和す

の句は、このうえなく美しい。

（矢田）

【秭帰（帰州）・屈原祠・昭君村】

秭帰は三峡の一つ、西陵峡付近の長江沿いにある県名。現在の湖北省宜昌市秭帰県に当たる。唐宋期、当地は帰州となり、秭帰県を州の治所とした（この秭帰県城は旧・秭帰県城、つまり秭帰県帰州鎮の地を指し、現在の秭帰県城［茅坪鎮］とは位置を異にする）。秭帰は、戦国・楚の屈原（名は平）の故郷と伝える。『史記』屈原伝などによれば、屈原は三閭大夫となって忠節を尽くしたが、讒言にあって楚王に疎んじられ、最後には汨羅江に身を投げた人物として知られる。彼の「離騒」「九章」などの辞賦作品は、後世、とりわけ懐才不遇の詩人たちに多大な影響を与えた。また五月五日は、屈原が身を投げた日とされ、端午節には、競渡（舟くらべ）や、粽を食べるなど、屈原にまつわる風習が多い。

秭帰を屈原の故郷とする説は、北魏・酈道元『水経注』三四、江水の条に見える。東晋・袁山松はいう、「屈原に賢姊有り、原の放逐せらるるを聞き、亦た来り帰り、自ら寛くせしめんことを喩す。全郷の人は、其の従わるるを冀う。因りて名づけて秭帰と曰う」と。つまり、秭帰の名は、放逐後、帰郷した屈原を諭すため、「姊」（秭の字と音通）も故郷に「帰」ったことに由来するという。さらに『水経注』には、「（秭帰）県の東北数十里に屈原の旧田宅有り。…県の北一百六十里に屈原の故宅有り」ともいう。

北宋・蘇轍の詩「屈原塔」（原注…忠州［重慶市忠県］に在り）には、「屈原の遺宅　秭帰の山、南賓（忠州）　古えは巴子の国なり」とあって、忠州の屈原塔の存在をいぶかしむ。また、南宋の王十朋「屈原の廟に題す」詩にも、「古えより皆な死有り、先生　忠清に死す。故宅は秭帰の江、前山は熊繹の城（旧・秭帰県城の対岸にある楚王城城址）」とある。おそらく『水経注』の同条に引く袁山松『宜都（山川）記』の、「秭帰は蓋し楚子熊繹の始国（初めて封ぜられた国）にして、屈原の郷里なり」を踏まえていよう。

屈原を祭る廟祠は、湖北・湖南両省を中心に散在するが、秭帰の屈原祠（三閭大夫祠・清烈廟）は、唐代の後期以降、帰州（旧・秭帰県城）の東南二・五キロメートルの屈沱（帰郷沱）にあったらしい。南宋・陸游の七絶「帰州重五」（帰州の重五［端午節］）には、陸游自ら「屈平の祠は（帰）州の東南五里の帰郷沱に在り。蓋し平（屈原の名）の故居なり」と注し、以下のように歌う。

闘舸紅旗満急湍　　闘舸の紅旗　急湍に満つ
船窓睡起亦閑看　　船窓　睡起し　亦た閑かに看る
屈平郷国逢重五　　屈平の郷国にて　重五に逢う
不比常年角黍盤　　常年の角黍の盤に比せず

―競渡の船の紅い旗が、激しい流れの川に満ちあふれる。眠りから覚めて身を起こし、船の窓からそれをのんびりと眺める。屈原の郷里で五月五日の端午節を迎えた。粽を載せた大皿を前に過ごす例年とは異なって、感慨もひとしおである。―

この陸詩より三年早い淳熙二年（一一七五）に成る、范成大の「早に周平駅を発して、清烈廟の下を過ぐ」詩（自注…屈平の祠なり、祠前に独醒亭有り）には、「三たび呼ぶ　独醒の士（屈原）に、儻いは我が觴を酹くすを肯んぜん」とある。南宋の魏了翁「屈大夫の清烈廟の下を過ぐ」詩や清の王士禛「五更に山行して屈沱に之き、三閭大夫の廟に謁す」詩なども、秭帰の屈原祠を詠む。

ちなみに秭帰の屈原祠は、一九七六年、長江の葛洲ダムの関係で帰州鎮東郊の向家坪に移設されたが、二〇一〇年、三峡ダムの影響で、さらに新・秭帰県城の鳳凰山に移設された。

昭君村は、前漢の王昭君（名は嬙、昭君は字。西晋の文帝・司馬昭の諱を避けて、王明君・王明妃とも呼ばれる）の生誕地とされる村。王昭君は前漢の元帝の後宮に入ったが、元帝の寵愛を一度も得られないまま、竟寧元年（前三三）、和親政策の犠牲となって匈奴の呼韓邪単于のもとに嫁ぎ、塞外の地で没した薄幸の美女である。一説に、後宮には多くの宮女がいたため、元帝は画家に描かせた肖像画を見て、宮女を召し出した。宮女たちは美しく描いてもらおうと画家に賄賂を贈ったが、王昭君だけは贈らず、故意に醜く描かれた。かくして元帝の寵愛を得られないばかりか、匈奴に嫁がされることになったという（東晋の葛洪『西京雑記』二）。

王昭君の生誕地とされる昭君村は、現在の湖北省宜昌市興山県城の南郊にある宝坪村とされる（漢代では南郡秭帰県に属した）。長江の北岸に流れ込む香渓（その河口から通常、西陵峡が始まる）を北へ四〇キロメートル遡ったところである。北宋の楽史『太平寰宇記』一四八、帰州興山県、王昭君宅の条に、「漢の王嬙は即ち此の邑の人。故に昭君の県と云う。村は巫峡に連なる、是れ此の地」とある。

最も早く昭君村を詠んだ詩人は、おそらく唐の杜甫であろう。大暦元年（七六六）、五五歳のとき、三峡付近を漂泊していた杜甫は、「詠懐古跡」（古跡に詠懐す）五首其三の冒頭で、こう歌った。

群山万壑赴荊門　　群山　万壑　荊門に赴き
生長明妃尚有村　　明妃を生長して　尚お村有り

―無数の山や谷が荊門山（【荊門（荊門山）】参照）に向かってなだれこむ中に、王昭君が生まれ育った村が今もなおある。―

杜甫はまた、夔州（重慶市奉節県）の女性たちの不幸な境遇を詠んだ「負薪行」（薪を負う［背負って売る］行）の中でも、当地の女性たちの容貌が醜いのは、生まれつきではなく厳しい労働のためだとして、「若し巫山（夔州）の女は粗醜なりと道わば、何ぞ北に昭君村有るを得ん」と歌う。

昭君村には、王昭君の悲劇を繰り返すまいとして、村人たちは娘が生まれると、美醜に関係なく顔を焼いて醜い傷痕を作った（南宋の邵博『邵氏聞見後録』二六）。白居易はすでにこの風習を、「昭君村に過る」詩（自注…村は帰州［帰州鎮］の東北四十里に在り）の中で歌う、「村中に遺老有り、指点して（指さして）我が為に言う。往者の戒め（過去の教訓）を取らずんば、恐らくは来者の冤（将来の禍根）を貽さん。今に至るまで　村女の面、焼灼して瘢痕（傷跡）を成せりと」と。南宋・王十朋の五絶「昭君村」詩にも、

十二巫峰下　　十二　巫峰の下
明妃尚有村　　明妃　尚お村有り
至今粗醜女　　今に至るまで　粗醜の女すら
灼面亦成痕　　面を灼きて　亦た痕を成す

―巫山十二峰のもと、王昭君が生まれた村が今もある。その村では今でも醜い娘でさえ顔を焼いて傷痕を作る。―

と見える（ただし王十朋の自注にいう、昭君村は興山県のほかに、巫山十二峰の南、神女廟のもとにもあり、どちらが正しいかわからない、と）。ちなみに北宋の蘇軾・蘇轍兄弟の「昭君村」詩は、この「炙面」の風習には言及しない。

今日、昭君村（昭君故里）には、王昭君に関わる昭君井（楠木井）・昭君宅・梳粧台などが伝承・再建されている。

（矢田）

【雲夢沢・樊姫墓】

雲夢沢（雲夢の沢）は、本来、春秋戦国時代の楚の地、長江以北の江漢平原にあった湖沼の名。前漢の司馬相如「子虚の賦」にいう、「臣聞く、楚に七沢有り、嘗て其の一を見るも、未だ其の余を睹ざるなり。臣の見る所、蓋し特だ其の小小なる者のみ、名づけて雲夢と曰う。雲夢は、方九百里、其の中に山有り」と。

雲夢沢は楚の王たちの巨大な狩猟場「雲夢」の中の一部とされ、雲夢と雲夢沢は時に混同された。本来の雲夢沢は魏晋以降、しだいに縮小して、唐代ごろ消滅したが、雲夢沢に対する解釈が変化して、長江の南北に跨がる巨大な湖沼の名となり、長江南岸の洞庭湖付近もその範囲に含まれる、とも考えられるようになった。このため唐詩中に詠まれた雲夢沢は、意味が不明確な場合も生じた。

唐の孟浩然「洞庭湖を望みて張丞相に贈る」（「岳陽楼」）詩には、

気蒸雲夢沢　気は蒸す　雲夢の沢
波撼岳陽城　波は撼がす　岳陽城

―湖面から立ち上る水気は雲夢の沢一帯にたちこめ、うち寄せる大波は、湖畔の岳陽の城（湖南省岳陽市）を揺り動かしている。―

とある。この用例は、洞庭湖付近の湖水を昔の雲夢沢のなごりと見なしたものであろう。白居易の「岳陽楼に題す」詩には、「春岸緑なる時　夢沢（雲夢沢の略称）に連なり、夕波紅なる処　長安に近し」という。また杜牧「斉安郡中にて偶ま題す二首」其二にいう。

秋声無不攪離心　秋声　離心を攪さざる無く
雲夢蒹葭楚雨深　雲夢の蒹葭に　楚雨深し

斉安郡は長江北岸の黄州（湖北省黄岡市）。蒹葭はアシやヨシの意。

樊姫は、春秋時代の楚の荘王の夫人。後漢の劉向『列女伝』二、賢明伝によれば、自ら食肉を断って、狩猟を好む荘王を諫めて政務に励ませた。また一族を重用する令尹（宰相）虞丘子の非を謗って、賢才孫叔敖を令尹に進めさせた。かくして三年後、荘王は覇者（春秋の五覇の一人）となったが、これも樊姫の内助の功による、と。

樊姫の墓は樊妃塚・九里塚・諫猟墓とも呼ばれ、湖北省荊州市荊州区（紀南鎮高台村）に現存する。唐の張九齢「郢城の西北に大なる古冢数十有り。其の封域を観るに、多くは是れ楚時の諸王なり。而れども年代久遠にして、復た識るべからず。唯だ直西に樊妃の冢有り。因りて後人　為に松柏を植う。故に行路（道行く人）　尽く之を知る」詩には、賢明な内助の功をたたえていう。

楚子初逞志　楚子（楚の荘王）　初め志を逞しくし
樊妃嘗献箴　樊妃　嘗て箴（諫言）を献ず
能令更択士　能く更に士（賢士）を択ばしめ
非直罷従禽　直だに従禽（狩猟）を罷めしむるのみに非ず

また張説の「九里台に登る」詩（題下注：是れ楚の樊姫の墓なり）にも、「楚国の覇たる所以は、樊姫の焉に力有ればなり」とあり、墓自体を「孤墳独り巋然たり（高大なさま）」と詠む。

唐の劉禹錫「紀南歌」（紀南の歌）は、かつて狩猟を好む荘王を諫めた樊姫の墳墓の上を、狩猟する者たちの馬が駆け上って踏みつけている現状を、

天寒多猟騎　天寒くして　猟騎多し
走上樊姫墓　走りて樊姫の墓に上る

と歌う。詩題の紀南は紀南城、楚の都・郢があった場所（現在の荊州市荊州区の楚紀南故城）。その南に樊姫の墓があった。

（矢田）

【穆陵関】

穆陵関は、現在の河南省と湖北省との境界をなす大別山脈の中にあった関所の名。「木陵関」とも書く。湖北省麻城市の西北、河南省信陽市新県の南に位置する。『資治通鑑』二四〇、唐の元和一二年の条に、「鄂岳観察使の李道古　兵を引きて穆陵関に出づ」とあり、元初の胡三省は「黄州の麻城県の西北に穆陵関有り、穆陵山の上に在り」と注する。当地の地形は、河南省信陽市付近から桐柏山脈が東南方向に延び、それに続いて大別山脈が安徽省の西まで東南方向に延びている。この両山脈の間は、標高もやや低く、山脈の南北間の幅も比較的狭かったため、多くの関所が置かれ、中原地方と長江中流域とを結ぶ交通の要衝であった。その中の一つ、穆陵関は南北朝時代、すでに軍事要地として争奪の対象とされた。

唐代、中原地方―蔡州（＝豫州、河南省駐馬店市汝南県）―光州（信陽市潢川県）―穆陵関―長江中流域の黄州（斉安郡、湖北省黄岡市）―蘄州（蘄春県）―鄂州（武漢市）のルートは、重要な南北通路として利用された。黄州と西の安州（安陸郡、安陸市）間にも街道が通っていた（厳耕望『唐代交通図考』六、中央研究院歴史語言研究所専刊八三、二〇〇三年参照）。

穆陵関の名は、古くは『左伝』僖公四年の条に見え、春秋・斉国の南境（山東省濰坊市臨朐県南の大峴山）に置かれたが、唐代（の青州）ではすでに廃関となり、地名として残るのみであった。唐詩に詠まれる穆陵関は、基本的に光州と黄州の境（湖北省）にある、前述の穆陵関である、と判断される。

盛唐・王昌齢の七絶「送薛大赴安陸」（薛大［名は未詳、大は排行］の安陸に赴くを送る）にいう。

津頭雲雨暗湘山　　津頭　雲雨　湘山暗し
遷客離憂楚地顔　　遷客の離憂　楚地の顔
遥送扁舟安陸郡　　遥かに扁舟を送る　安陸郡
天辺何処穆陵関　　天辺　何れの処か　穆陵関

―渡し場のあたりは、雲が垂れ雨が降って、湘山（洞庭湖中の島・君山）の姿も定かには見えない。左遷された私は、深い憂いのために、放逐された楚の屈原のように憔悴した顔つきをしている。安陸に赴く君を乗せた小舟の姿が、ついに見えなくなるまで遠く見送る。北の空のはるか彼方、（洛陽へと通じる）穆陵関は、いったいどのあたりであろうか。―

「洛陽の親友　如し相い問わば、一片の氷心　玉壺に在り」（「芙蓉楼にて辛漸を送る」）の句で有名な王昌齢は、官僚としては不遇であった。詩は、舟で安陸に赴く人を岳州（湖南省岳陽市）で見送った折りの作。王昌齢にとって穆陵関は、親しい友のいる洛陽へと通じる場所として強く意識されていたのであろう。

中唐・郎士元の「送別」詩にも、穆陵関と安陸を対にして、

穆陵関上秋雲起　　穆陵の関上　秋雲起こり
安陸城辺遠行子　　安陸の城辺　遠行の子

と歌う。また劉長卿の「穆陵関の北にて、人の漁陽（天津市薊県）に帰るに逢う」詩に、「君に逢う　穆陵の路、匹馬（馬にのって）桑乾（川の名）に向かう」、晩唐・温庭筠の詩「途中　懐う有り」に、「亭皐（水辺の平地）汝陽の道、風雪　穆陵の関」などと詠まれる。

晩唐・許棠の「穆陵関を過ぐ」詩の、「荒関　守吏無し」は、唐末の混乱期の描写なのであろうか。

（矢田）

【仲宣楼】

仲宣は後漢末、魏の曹操に仕え、「建安の七子」の一人に数えられる詩人・王粲の字。王粲は曹操に仕える以前、長安の混乱を避けて荊州（湖北省）の牧・劉表のもとに身を寄せたが、不遇であった。ある日、心を慰めるため荊州の城楼（城壁上の高楼）に登り、望郷の念をこめて、有名な「登楼の賦」（『文選』一一所収）を作った。以後、その城楼を「仲宣楼」と呼ぶ。ただし、その場所については、①当陽（当陽市の東〔『文選』李善注に引く『荊州記』〕）、②江陵（荊州市〔『文選』劉良注〕）、③麦城（当陽市の東南〔北魏・酈道元『水経注』三二、沮水〕）など、諸説がある。一般には①または③説が有力であるが、それを知りながらも、当陽県を管轄する重鎮、荊州城（治所は江陵県）の詩跡と表現する②説が浸透していく。

仲宣楼（仲宣の楼）の詩跡化は、南朝・梁の元帝（蕭繹）「出江陵県還詩」（江陵県を出でて還る詩）二首其二に始まる。

朝出屠羊県　　朝に屠羊の県を出で
夕返仲宣楼　　夕べに仲宣の楼に返る

—朝早く、かつて屠羊説が楚の昭王に仕えた江陵県（戦国楚の都・郢の地）を出発し、夕暮れに王仲宣ゆかりの城楼に帰る。—

詩題と詩句を考えあわせれば、すでに江陵説であろう。

続いて仲宣楼を多く詠み込み、その詩跡化を確立したのは、唐の杜甫である。その中の一つ、「将赴荊南、寄別李剣州」（将に荊南〔荊州江陵県〕に赴かんとして、寄せて李剣州に別る）詩は、杜甫が蜀（四川省）を去り、荊州（江陵）にいる弟・杜観のもとに赴こうとした時の作。その七言律詩の後半四句にいう。

路経灩澦双蓬鬢　　路は灩澦を経　双蓬鬢
天入滄浪一釣舟　　天は滄浪に入る　一釣舟
戎馬相逢更何日　　戎馬　相い逢うは　更に何れの日ぞ
春風迴首仲宣楼　　春風　首を迴らす　仲宣の楼

—乱れた髪の年老いた私が乗る、一艘の釣り舟のような小舟は、（船旅の難所、瞿塘峡の）灩澦堆を通過し、（川幅が広くなって）天空が青い波にとけ込む中を進んでいく。戦乱の続くなか再び会えるのは、いったいいつの日か。（舟が荊州に着いたならば）、さっそく春風吹くなか王粲ゆかりの楼閣に登り、あなた（剣州〔四川省〕刺史の李氏）のいる蜀の方をふり返り眺めよう。—

鈴木虎雄の注（続国訳漢文大成）にいう、王粲は「荊州の劉表に依り、当陽県の城楼にのぼり懐郷の念をのべて登楼賦をつくる。荊州の州治は今の江陵県にして当陽県にはあらざれども、当陽は附近の地なるゆゑ、其地の名蹟をあげ用ひたり」と。杜甫はまた、それより少し前、夔州（重慶市奉節県）に立ち寄った際、弟の杜観に寄せた「舎弟の観、藍田（陝西省）に帰りて新婦を迎う、送りて示す二首」其二の中でも、「此の時（再会の時）一酔を同にするは、応に仲宣の楼に在るなるべし」と歌う。

また唐の詩僧・斉己「体休上人を懐う」詩の、「仲宣の楼上　重湖（洞庭湖の南の青草湖）を望む、君　瀟湘に到りて健を得るや無や」も荊州（江陵）のものであろう。

唐代、仲宣楼はすでに他郷（特に荊楚）に漂泊して失意・望郷の思いを詠む典故としても用いられ、「王粲楼」の語もある。北宋の蘇軾「前韻を用いて、再び許朝奉に和す」詩の、「凄涼として郷国を望む、句を得たり　仲宣の楼」も、その一例となろう。

（渡部）

【岳陽楼】

湖南省の北端、岳陽市旧城の西門の上に建つ高楼の名。北宋の范致明『岳陽風土記』にいう、「（岳州）城西の門楼なり。洞庭（湖）を下瞰し、景物寛闊なり」と。岳陽楼はかつて再建・改修を繰り返した。現存の岳陽楼は清の光緒六年（一八八〇）の改修、一九八四年の修復を経ており、高さ約二〇メートルの、三層の木造の高楼である。武昌（湖北省武漢市）の黄鶴楼、南昌（江西省南昌市）の滕王閣と共に江南の三大名楼と称されるが、このうち岳陽楼のみが古建築の原貌を留めている。ちなみに光緒改修の折には、楼の保全のために、その位置を約二〇メートル後退させている。

岳陽楼の前身は、後漢末、呉の将軍魯粛が蜀の劉備と荊州（現在の湖北・湖南一帯）を争った際に築いた、岳州城の基となる巴丘城の譙楼（物見やぐら）らしい。ただし閲兵台とする説もある。

南朝・宋の詩人、顔延之が元嘉三年（四二六）に作った「始安郡（広西）より都（建康［南京市］）に還るとき、張湘州と巴陵の城楼に登りて作る」詩の、「巴陵の城楼」が岳陽楼の直接の前身であり、詩に取りあげられた最初の作品らしい。詩中には城楼（城壁の上の高楼）からの壮大な眺望を、「三湘　洞庭に淪い、七沢　荊牧に藹んなり」（長江・湘江・沅江の三江が洞庭湖に流れ込んで落ち合い、七つの大きな沼沢は楚の郊野に草木を茂らせている）と歌う。

唐代に入ると、岳陽楼を詠じた作品が増えてくる。北宋・楽史『太平寰宇記』一一三、岳州巴陵県・岳陽楼の条に、「唐の開元四年（七一六）、張説、中書令より岳州の刺史（長官）と為り、常に才子と此の楼に登る。詩百余篇有り、楼壁に列ぬ」とあり、北宋の范致明『岳陽風土記』にも、「唐の開元四年、中書令張説、此の州に除守せられ、毎に才子と楼に登りて詩を賦す。爾より名著わる」とあるように、盛唐の張説が岳州（岳陽市）に左遷されて詩を作り、多くの唱和を得て、岳陽楼の名は知られるようになった。（ただし張説の左遷は、一年早い開元三年四月である）

ただ、開元四年の春ごろに成る張説の「趙冬曦・尹懋・子の（張）均と南楼に登る」、尹懋の「張燕公（説）に陪し奉りて南楼に登る」、趙冬曦の「張燕公に陪して南楼に登る」などの詩では、まだ岳陽楼の名は見えず、単に「南楼」とのみいう。南楼は、高楼が岳州の役所の南にあったための呼称であり、実質的に岳陽楼を指していよう（『大清一統志』三五九、熊培庚編著『岳陽天下楼』湖南人民出版社、一九八七年など参照）。

詩中で岳陽楼の名を最初に用いたのは、乾元二年（七五九）の秋に成る李白の五律「与夏十二登岳陽楼」（夏十二［名は未詳、十二は排行］と岳陽楼に登る）らしい。同年、岳州司馬に左遷された賈至の「岳陽楼にて宴す、王員外　長沙に貶せらる」「岳陽楼にて重ねて宴し、王八員外の　長沙に貶せらるるに別る」詩は、早くとも翌年の作のようである。

しかし、「岳陽楼は天下の壮観、孟・杜の二詩、之を尽くせり」（元の方回『瀛奎律髄』一）と評される、孟浩然の「洞庭湖を望みて張丞相に贈る」詩（【洞庭湖】の項参照）は、南宋の蜀刻本『孟浩然詩集』上では、詩題を「岳陽楼」に作る。孟浩然は開元二八年（七四〇）に病没した。もし宋版の記載が正しいならば、孟浩然の詩が最も古い使用例となろう。

与夏十二登岳陽楼　　李白

夏十二と岳陽楼に登る

楼観岳陽尽　　楼より観れば　岳陽尽くし
川迴洞庭開　　川迴かにして　洞庭開く
雁引愁心去　　雁は愁心を引いて去り
山銜好月来　　山は好月を銜んで来る
雲間連下榻　　雲間に連ねて榻を下し
天上接行杯　　天上に接して杯を行る
酔後涼風起　　酔後　涼風起こり
吹人舞袖迴　　人を吹いて　舞袖迴る

―岳陽楼の上から岳州の風景が一望でき、江水は遠くから流れきて、洞庭湖が目の前に果てしなく広がる。雁が飛び去るのと共に愁いは消え去り、山はさしのぼる明月をくわえて清らかな光を投げかける。（楼はとても高く）雲の中に賓客用の腰かけをおろして席を設け、天空の上で杯をまわして酒を飲む。心地よく酔うと、涼しい風が起こって吹きよせ、舞う人の袖がひるがえる。―

「孟・杜の二詩」と並称される杜甫の詩は、かの有名な「登岳陽楼」（岳陽楼に登る）である。

昔聞洞庭水　　昔聞く　洞庭の水
今上岳陽楼　　今上る　岳陽楼
呉楚東南坼　　呉楚　東南に坼け
乾坤日夜浮　　乾坤　日夜浮ぶ
親朋無一字　　親朋　一字無く
老病有孤舟　　老病　孤舟有り
戎馬関山北　　戎馬　関山の北
憑軒涕泗流　　軒に憑りて　涕泗流る

―昔、南の地に広大な洞庭湖があると聞いていたが、今ようやく岸辺にそびえ建つ岳陽楼に登っている。世界の東南に位置する呉楚の地が二つに引き裂かれ、（その亀裂にできた巨大な湖の水面に）天空と大地が昼も夜も浮かびただよっている。肉親や友人からも音信は全くなく、年老いた病身の私には、一艘の小船があるだけだ。関所の置かれた国境の山々の北では、戦さが今なお続いており、楼上の手すりにもたれていると、涙が止めどなく流れてくる。―

前掲の李白の詩は、乾元二年（七五九）、五九歳の春、夜郎への流罪の途中、恩赦にあって長江を下り、秋、洞庭湖に遊んだときの作。赦免されて命が助かったとはいえ、何の希望もない状況下で、李白らしい闊達な境地が歌われている。一方、杜甫の詩は、大暦三年（七六八）、五七歳の冬、漂泊のうちに岳陽楼にたどり着いての作。ともに晩年、同じような不遇な状況下で同じ風景を詠みながらも対照的な内容になっており、二大詩人の詩風の違いが現れていて興味深い。

唐代には、他にも中唐の韓愈「岳陽楼にて竇司直と別る」、白居易「岳陽楼に題す」、晩唐の李商隠「岳陽楼」など、多くの詩人が岳陽楼の詩を作っている。楼上からの雄大な風景を詠じた詩が多い中で、元和九年（八一四）に成る元稹の「岳陽楼」詩は、湖面に映る岳陽楼の姿を歌ってユニークである。

岳陽楼上日銜窓　　岳陽楼上　日　窓を銜み
影到深潭赤玉幢　　影　深潭に到なり　赤玉の幢
悵望残春万般意　　悵望す　残春　万般の意
満欞湖水入西江　　満欞の湖水　西江に入る

―岳陽楼に登ると、日の光が窓を包み込んで輝き、岳陽楼の影が深く水をたたえた洞庭湖にさかさまに映って、まるで赤い玉をちりばめた経幢（経文を刻んだ石柱）のよう。衰えゆく春、胸痛めつつ遠く眺めやれば、さまざまな思いが湧きおこり、れんじ窓いっぱいに広がる洞庭湖の水は、（その思いとともに）長江へと流れそそぐ。―
北宋の范仲淹の名文「岳陽楼の記」が、再び岳陽楼の名を天下に轟かせた。慶暦五年（一〇四五）、巴陵郡の知事であった滕宗諒（字は子京）は岳陽楼を修復し、その完成を記念する文の執筆を、友人の范仲淹に依頼した。「岳陽楼の記」には、楼上からの眺望を、「遠山を銜み、長江を呑み、浩浩湯湯として、横に際涯無く、朝暉夕陰、気象万千なり」（「洞庭湖は」遠くの山々の影を映し、長江の流れを呑みこみ、広々として水面は盛んに波立ち、朝日の光、夕べの暮色に、景色の趣は千変万化する）と描写する。しかしこの作品を有名にしたのは、個人の憂楽を忘れ、まず国家の政道を考えて、然る後に楽しむ、という士大夫のあるべき姿を述べた「先憂後楽」の名句である。南宋の王十朋は「岳陽楼の記を読む」詩の中で、「先憂後楽は范文正（仲淹）、此の志　此の言　（民との同憂同楽を説いた儒家の）孟軻より高し」とたたえた。

岳陽楼

元の梁曾「岳陽楼に登る二首」其二に、「乾坤の好句は唐の工部（杜甫）、廊廟の雄文は宋の范公（范仲淹）」と歌われるように、「岳陽楼の記」と杜甫の「岳陽楼に登る」詩によって、岳陽楼は詩跡としての地位を不動のものとした。ちなみに「岳陽楼記」は、石碑に刻んで立てられた。蘇舜欽が字を書き、邵竦が篆額を手がけて、滕宗諒の修復した名楼・范仲淹の名文と共に、当時「四絶」と称された（『方輿勝覧』二九）。

その後も岳陽楼は、北宋の欧陽脩「晩に岳陽に泊す」、黄庭堅「雨中　岳陽楼に登り君山を望む」、南宋の陳与義「再び岳陽楼に登り、感慨して詩を賦す」、陸游「岳陽楼」、明の李東陽「岳陽の新楼に登る」、清の袁枚「岳陽楼」など、各時代を代表する詩人によって歌われ、明の魏允貞は「岳陽楼」詩のなかで、「洞庭は天下の水、岳陽は天下の楼」と賞賛した。前掲詩中の陳与義の詩には、

岳陽壮観天下伝　　岳陽の壮観　天下に伝わり
楼陰背日堤綿綿　　楼陰　日に背きて　堤綿綿たり

とあり、陸游の詩には、高々とそそり立つ雄偉な岳陽楼を、

雄楼岌嶪鎮呉楚　　雄楼は岌嶪（高峻）として　呉楚を鎮す
我来挙手捫天星　　我来りて　手を挙げて　天の星を捫づ

と歌う。「岳陽楼の記」に「遷客・騒人（左遷の人や憂い多き詩人）、多く此に会す。物を覧るの情、異なること無きを得んや」とあるとおり、岳陽楼は、人々がさまざまな思いをその景観に託して詠じた、詩歌史上、重要不可欠な詩跡なのである。

ちなみに、現在、岳陽楼付近には、唐の八仙人の一人・呂洞賓にちなむ三酔亭や、杜甫を記念する懐甫亭などが建つ。

（渡部）

【洞庭湖】

湖南省の北部に位置し、湘水・資水・沅水・澧水の四河川が南と西から流れ込み、北は長江と連なる巨大な湖の名。ただし現在は縮小して形態を大きく変貌させ、鄱陽湖・太湖に次ぐ中国第三の淡水湖となる。

洞庭湖の大きさは、時代とともに小から大へ、そして再び小へと、大きく変遷した。岳陽市政協文史資料研究委員会編著『岳陽楼』（湖南人民出版社、一九八七年）や、清の陶澍、万年淳修纂『洞庭湖志』（岳麓書社、二〇〇三年）「整理前言」などによれば、秦漢時代、洞庭湖付近は、水路が交錯する平原「洞庭之野」であり、洞庭湖は君山（湖中の島）の付近、沅水と資水が交錯する処に局所的にできた、小さな湖であったという。戦国・楚の屈原「九歌・湘夫人」（『楚辞』）の、「嫋嫋たる（そよそよと吹き続ける）秋風、洞庭波だって木葉下る」は、秋の洞庭湖周辺を詠んだ名句であるが、当時の洞庭湖は後世の広大なイメージとはかけ離れたものであった。

南北朝（四世紀）以降、湖が緩慢に沈み続けると、四河川が洞庭湖に流入して拡大し、北魏の酈道元『水経注』三八、湘水の条に、「湖水は広円（全周）五百余里、日月　其の中に出没するが若し」という。南朝陳の陰鏗に「渡青草湖」（青草湖を渡る）詩がある。青草湖は通常、洞庭湖の南にあって、増水時には連なって重湖とも呼ばれる湖の名であるが、陰鏗詩の青草湖は「一名洞庭湖」（『初学記』七）と記される、広大な洞庭湖を指していよう。

洞庭春溜満　　洞庭　春溜満ち
平湖錦帆張　　平湖　錦帆張る
沅水桃花色　　沅水は　桃花の色
湘流杜若香　　湘流は　杜若の香り
穴去茅山近　　穴は茅山を去ること近く
江連巫峡長　　江は巫峡に連なって長し
帯天澄迥碧　　天を帯びて　迥碧澄み
映日動浮光　　日を映じて　浮光動く
行舟逗遠樹　　行舟　遠樹に逗まり
度鳥息危檣　　度鳥　危檣に息う
滔滔不可測　　滔滔として測るべからず
一葦詎能航　　一葦　詎ぞ能く航せん

―洞庭湖は春の水を満々とたたえ、みなぎる湖面に錦の帆を張って船で渡る。沅水の流れは桃の花に染まり、湘水は杜若の香りに包まれる。湖中の（君山にある）洞窟は神聖な仙山・茅山の近くに通じ、湖に注ぐ長江は遠く神女の住む巫峡へと続く。湖面は、大空に連なってどこまでも青々と澄み、日ざしをあびてきらきらと輝く。湖を行く舟は遠くの木立のあたりにじっと停まり、空を渡る鳥は高い帆柱の上で羽を休める。満ちあふれる湖水は広大で測りがたいほど、一ひらの葦の葉のような小舟ではとても渡れそうにもない。―

行舟・度鳥の二句は、湖が広大なため、行く船は動いていないように見え、飛ぶ鳥も一気に渡りかねて休むほどであることをいう。

洞庭湖は以後も拡大し続け、唐宋期には「周極（全周）八百里、眸を凝らして望めば則ち労る」（五代・可朋「洞庭を賦す」）と歌われるほど広大な湖水となり、かくして「八百里の洞庭」と称された。南宋の祝穆『方輿勝覧』二九、岳州の条には、「西は赤沙（＝赤沙湖）を呑み、南は青草（＝青草湖）に連なり、横は七八百里に亘る」とあり、「八百里」とは洞庭湖と赤沙湖・青草湖をあわせた、広大な水域を総称したものであろう。

明代から清の中期にかけて、洞庭湖は拡大し続け、清の道光五年（一八二五）には総面積が約六千平方キロメートルとなった。しかし咸豊二年（一八五二）以降、大量の土砂の堆積と相次ぐ干拓事業によって縮小を続け、将来消滅する危険もあるという。

洞庭湖が詩跡として確立したのは、杜甫の「岳陽楼に登る」（【岳陽楼】の項参照）と、孟浩然の「望洞庭湖贈張丞相」（洞庭湖を望みて張丞相に贈る、詩題は「洞庭に臨む」「岳陽楼」にも作る）の二詩によろう。特に孟浩然詩の前半の四句は、広大な湖面と逆巻く大波とを雄大に描写していることで知られる。

八月湖水平　八月　湖水平らかなり
涵虚混太清　虚を涵して　太清に混ず
気蒸雲夢沢　気は蒸す　雲夢の沢

洞庭湖・君山

波撼岳陽城　波は撼がす　岳陽城
欲済無舟楫　済らんと欲して　舟楫無く
端居恥聖明　居を端して　聖明に恥づ
坐観垂釣者　坐ろに釣を垂るる者を観て
徒有羨魚情　徒らに魚を羨むの情有り

―仲秋の八月、湖水は平らかに漲り、大空をひたして天と一つにとけあっている。水蒸気がしきりにたち昇って、ここ雲夢の沢（洞庭湖は、古代の湖沼地帯「雲夢の沢」の一部とも考えられた）にたちこめ、うち寄せる大波は岳陽の城をゆり動かす。この広い湖を渡ろうとしても、私には舟も櫂もない。（世の中に出ようとしても何のすべも才幹もなく）、ただ我が身をただしているばかりで、英明な天子に恥じ入るのだ。釣糸を垂れる人をじっと見つめていると、自分も魚（＝官職）を得たいという思いがいたずらに湧いてくる。―

盛唐・李白の「陪族叔刑部侍郎曄及中書賈舎人至、遊洞庭五首」（族叔［一族の叔父］刑部侍郎曄及び中書賈舎人至に陪して、洞庭に遊ぶ五首）其一も、洞庭湖の絶景を描いた詩として名高い。乾元二年（七五九）の秋、恩赦にあった李白が、左遷途中の李曄と岳州司馬に左遷中の賈至と共に、洞庭湖に船遊びしたときの作である。

洞庭西望楚江分　洞庭　西に望めば　楚江分る
水尽南天不見雲　水尽きて　南天　雲を見ず
日落長沙秋色遠　日落ちて　長沙　秋色遠し
不知何処弔湘君　知らず　何れの処にか湘君を弔わん

―洞庭湖から西を望めば、楚の地を流れる長江が分かれて湖の中に注ぎ入るさまがくっきりと見える。湖水の尽きる南の空には一片の雲も見えない。日が暮れて、長沙の町の方まで、秋の気配が遠く広がりゆく。昔、舜帝の死を嘆いて死んだ湘君（娥皇と女英）の霊を、（広々とした湖水の、一体）どこで弔えばよいのだろうか。―

洞庭湖に浮かぶ秋の月は、詩人の思いを深くかき立てた。中唐・劉禹錫の「望洞庭」（洞庭を望む）詩は、秋月に照らされた湖面を美しく描いた名作である。長慶四年（八二四）、和州（安徽省馬鞍山市和県）刺史に赴任する途中の作である。

湖光秋月両相和　　湖光　秋月　両つながら相い和す
潭面無風鏡未磨　　潭面　風無く　鏡未だ磨かず
遥望洞庭山翠小　　遥かに望む　洞庭　山翠の小なるを
白銀盤裏一青螺　　白銀盤裏の　一青螺

―湖面の輝きと秋の月の光とが美しく調和しあい、風のない湖面はけむって、まだ磨かない鏡のよう。遥かに（湖上に浮かぶ）深い緑の小さな洞庭山（君山）を望むと、それはまるで白銀の大皿の中にある、青い巻き貝のようだ。―

月下の湖面を「白銀」、君山を「青螺」にたとえた結句は、限りなく美しい。

晩唐・韓偓の七律「洞庭にて月を玩づ」の前半にも、

洞庭湖上清秋月　　洞庭湖上　清秋の月
月皎湖寛万頃霜　　月は皎く湖は寛し　万頃の霜
玉碗深沈潭底白　　玉碗深く沈んで　潭底白く
金杯細砕浪頭光　　金杯細かく砕けて　浪頭光る

―洞庭湖の上に清らかな秋の月がのぼる。月は白く輝いて広い湖面を照らし、見渡す限り一面の白い霜のよう。白玉の碗が深く沈んだかのように湖底は白く、黄金の杯が細かに砕けたかのように波の上がきらめく―とあり、月の光を受けた湖や波の輝きの美しさが巧みに描かれる。ちなみに、「洞庭の秋月」は、北宋の宋迪が描き、後世永く愛好された画題「瀟湘八景」の一つとなった。

一方、「平湖展きて　一片の玻璃（一面の水晶）」（明末・王夫之「瀟湘大八景詞」其二「洞庭秋月」）と詠まれた、鏡のような湖面も、風雨を受けると一変した。北宋の范致明『岳陽風土記』には、孟浩然の名句「波は撼がす　岳陽城」（前出）に対して、「常に西南風多く、夏秋　水漲るとき、濤声　喧しきこと万鼓の如し。昼夜息まず、城岸を漱齧（侵食）す」と解説する。晩唐・李群玉の「洞庭の風雨二首」其二には、波風の凄まじさを、「巨浸　湘澧を呑み、西風　忽ち怒号す。水は天と共に黒く、雲は浪と争って高し」（大きな湖は湘水・澧水の流れを呑み込み、西風が突然怒号する。水は天と同じく黒ずみ、巨大な波は雲と争うように高く逆巻く）と表現する。

多様な美しさを持つ洞庭湖は、宋代以後も詩人を魅了し続けた。そして南宋の姜夔「昔遊詩」の「洞庭　八百里、玉盤（白玉の大皿）水銀を盛る」のほか、明の謝榛「客を送りて洞庭湖に游ぶ」詩の、

天漢長連洞庭水　　天漢（銀河）長く連なる　洞庭の水
雲霞半入岳陽楼　　雲霞（夕焼け）半ば入る　岳陽の楼

清の袁枚「岳陽楼」の、

岳陽楼望水無涯　　岳陽楼にて望めば　水涯て無く、
万里荒荒白浪開　　万里荒荒として　白浪開く

など、数多くの名句が生まれた。

洞庭湖の絶景が長く歌われ続けたのは、湖自体が持つ景観美と、「岳陽の壮観　天下に伝う」（陳与義「再び岳陽楼に登り、感慨して詩を賦す」）と賞賛された岳陽楼の存在によるだろう。両者相まって、詩跡としての洞庭湖の地位は確固たるものになったのである。

（渡部）

【青草湖・滃湖】

青草湖は、湖南省の北部にある広大な洞庭湖の南部に位置し、洞庭湖と連なって重湖（『方輿勝覧』二三）とも呼ばれた湖の名。巴丘湖ともいい、南は湘水、東からは汨水（汨羅江）が流れ込み、「昔より洞庭（湖）と並称」された（『方輿勝覧』二九）。明・彭大翼『山堂肆考』二二に引く『荊陵記』には、「夏秋ごとに水泛れて、洞庭と一と為る。水涸るれば則ち此の湖（青草湖）先ず乾いて青草生ず」という。湖の名は、渇水期に青い草が一面に生じたことによる（『大明一統志』六三）とも、青草山にちなむ（『初学記』七所引南朝宋・盛弘之『荊州記』）ともいう。

青草湖の詩跡化は、唐代である（南朝陳の陰鏗「青草湖を渡る」詩は、『初学記』七に青草湖の一名として見える洞庭湖を詠んだ詩である。【洞庭湖】の項参照）。盛唐の杜甫は、五律「青草湖に宿す」詩の中で、「洞庭　猶お目に在るに、青草　続いで名（湖名）を為す」と歌う。中唐・顧況の七絶「湖中」詩は、漂泊の哀感を詠む。

　青草湖辺日色低　　青草湖辺　日色（陽光）低れ
　黄茅瘴裏鷓鴣啼　　黄茅瘴裏　鷓鴣啼く

黄茅瘴とは、茅が黄色く枯れる秋に生じる瘴気（毒霧）をいう。

北宋・黄庭堅「洞庭・青草湖を過ぐ」詩は、湖辺の雪の景色を、

　似為神所憐　　神の憐れむ所と為るに似て
　雪上日杲杲　　雪上　日杲杲たり（明るく輝く）

と詠む。また、明・兪安期の五律「青草湖」は、渇水期の湖の状況を、「秋霜　洞庭（湖水）枯れ、秋草　湖に入りて青し。漁屋　卑壌（低地）に遷り、風帆　遠汀に就く。雁凫　沙（上）に整わず、魚鼈　塹（水たまり）に腥（臭）多し。回想す　波濤の日、陰沈として水霊（水神）に（命を）託するを」と描写して興味深い。

滃湖は、洞庭湖の北東部、岳州城（現・岳陽市）の南にある湖の名。灉湖とも書き、翁湖（滃湖）ともいう。現在の南湖である。唐の趙冬曦「滃湖にて作る」詩の序には、「巴丘の南の滃湖は、蓋し沅・湘・澧・汨（水）の余波なり。茲の水や、洞庭（湖）に淪り匯まれば、澹澹たること千里。夏潦（夏雨による大水）奔り注げば、則ち泆れて此の湖と為り、冬霜既に零つれば、則ち涸れて平野と為る」とあり、青草湖と同様、夏秋の増水期にのみ湖を形成したという。このため「乾湖」ともいう（北宋・范致明『岳陽風土記』）。

開元三年（七一五）、張説は岳州刺史に左遷され、在任中、岳州の景勝を探訪して清新な山水詩を作り、知友と唱和した。滃湖は、その一つであり、張説・趙冬曦の「尹懋の『秋夜　滃湖に遊ぶ』に和す」詩のほか、尹懋の「秋夜、張丞相・趙侍御に陪して　滃湖に游ぶ二首」などもあって、滃湖は初めて詩跡化した。趙冬曦の「燕公（張説）の『滃湖に別る』に和す」詩にいう。

　南湖美泉石　　南湖（岳州城南の滃湖）は　泉石美しく
　君子翫幽奇　　君子（張説）は　幽奇を翫づ

張説は、「滃湖の山寺」詩の中で、湖面の美しいきらめきを、

　雲間東嶺千尋出　　雲間の東嶺　千尋出で（高峻にそびえ）
　樹裏南湖一片明　　樹裏の南湖　一片（一面に）明らかなり

と詠み、李白の晩年の作「賈至舎人と…滃湖を望む」詩にも、「水は閑かにして明鏡転じ、雲は（秋の山を）繞りて画屏移る」と歌う。

青草湖と滃湖は、文人の傷心を慰める美しい湖として、洞庭湖とともに愛されたのである。

（渡部）

【君山】

君山はもともと洞庭湖に浮かぶ島であり、名勝・岳陽楼の西、約一五キロメートルに位置する。現在は岳陽楼洞庭湖風景名勝区中の君山景区（岳陽市君山区）を形成する。地図上では陸続きの形で示されているが、洞庭湖が増水すると、その北側から東側にかけての部分が水没して島となる。洞庭山（洞庭之山）・湘山などとも呼ばれた。

君山という名の由来には二説ある。西晋の張華『博物志』六に、「洞庭の君山は、帝の二女、之に居りて、湘夫人と曰う。又た『荊州図経』に曰く、『湘君の遊ぶ所、故に君山と曰う』」とあり、北魏の酈道元『水経注』三八にも、「是の山は、湘君の遊ぶ所なり。故に君山と曰う」とある。これは、「湘君」が遊んだための命名とする通説である。他方、唐の李吉甫『元和郡県図志』二七には、「昔 秦の始皇、湖に入りて衡山を観んと欲して、風浪に遇い、此の山に至りて止泊す。因りて号づく」とあって、君山は始皇帝の船の停泊にちなむとする（ただし、前説も並記される）。

通説中の「湘君」は、聖天子堯帝の二人娘、娥皇と女英を指している（ただし異論もある。【湘江】の項参照）。古代神話によれば、二人は共に堯帝の後継者・舜帝の妃となったが、舜帝が巡幸中に蒼梧（洞庭湖の南、永州市寧遠県の南の九疑山）で亡くなると、彼女たちは夫の後を追い、湘水に身を投げて死に、水神となったという。

娥皇と女英を詠んだ源泉的な作品としては、戦国楚の屈原「九歌」中の「湘君」「湘夫人」が挙げられる（『楚辞』所収）。ただ屈原が湘君・湘夫人を堯帝の二人娘に擬えていたかどうかは不明であるが、後世の詩人たちは、この伝承に沿って歌っていく。

晩唐・高駢の七絶「湘妃廟」は、二妃の悲しみの物語を詠む。

帝舜南巡去不還　帝舜　南巡し　去りて還らず
二妃幽怨水雲間　二妃の幽怨　水雲の間
当時珠涙垂多少　当時　珠涙　垂るること多少ぞ
直到如今竹尚斑　直だ如今に到りて　竹尚お斑なり

—舜帝は南方の巡遊に赴き、（死没して）帰らなかった。二妃（娥皇と女英）の深い悲しみが、湖水と白雲の間に満ちている。舜帝の死を知ったその時、二人はどれほどの涙を流したのだろうか。今でもその涙の痕が竹（の表皮）に残っている。—

「竹尚斑」とは、君山、または洞庭湖周辺の「斑竹」を指す。『博物志』八には、「舜崩ぜしとき、二妃啼きて涕を以て竹に揮えば、竹尽く斑なり」という。娥皇と女英が舜帝の死を悼んで流した涙が竹の表皮に降りかかり、斑紋となって今なお残っていると歌う。

斑竹は、湘君伝説を物語る重要な素材となる。中唐の劉長卿「斑竹」詩には「蒼梧　千載の後も、斑竹　湘沅（湘水・沅水）に対う。湘妃の怨みを識らんと欲すれば、枝枝　涙痕満つ（どの枝にも残る涙の跡を見ればよい）」とあり、劉禹錫の詞「瀟湘神二首」其二にも、「斑竹の枝、斑竹の枝、涙痕点点として　相思を寄す」という。

水神「湘君」の遊ぶ君山は、その悲哀に彩られるとともに、湘君が葬られた霊的な地でもある。『史記』秦始皇本紀、二八年の条には、始皇帝が「湘山の祠」で大風にあって渡れなかったとき、「湘君とは何の神ぞ」と尋ねると、博士は「之を聞けり、堯の女、舜の妻にして、此に葬らる」と答えた。今でも、君山の東麓には娥皇と女英の二妃墓（現在の虞帝「舜帝」二妃墓は、清の光緒七年［一八八一］の建造、一九七九年の改修）と、二人を祀る湘妃祠（現在の祠廟は一九八六年の改修）がある。

盛唐の李白は、「陪族叔刑部侍郎曄及中書賈舎人至遊洞庭五首」（族叔刑部侍郎曄及び中書賈舎人至に陪して洞庭に遊ぶ五首）其五で、湘君の眠る「君山」を湘君の姿と重ね合わせて詠む（七五九年の作）。

帝子瀟湘去不還　　帝子　瀟湘　去りて還らず
空余秋草洞庭間　　空しく秋草を余す　洞庭の間
淡掃明湖開玉鏡　　淡く明湖を掃って　玉鏡を開き
丹青画出是君山　　丹青もて画き出だすは　是れ君山

―堯帝の娘（娥皇と女英）は、瀟湘（湘水）に行ったまま（身を投げて）帰らず、ここ洞庭湖のあたりには、秋の草だけがさびしく残されている。（夜があけて）明るくなった湖面がさっと掃われて、玉の鏡が開かれるところ、色彩豊かな絵筆で描き出したように現れたのは、（鏡面に映る湘君の眉のような）君山である。―

詩の後半、李白は澄明な洞庭湖を鏡面に見立てて、鏡の前で眉を掃く湘君の姿を喚起し、君山を湘君の美しい眉として描く。

また、中唐の劉禹錫「洞庭を望む」詩（【洞庭湖】の項参照）には、君山を「青螺」（青色の巻き貝）にたとえて歌う。

遥望洞庭山翠小　　遥かに望む　洞庭　山翠の小なるを
白銀盤裏一青螺　　白銀盤裏の　一青螺

―遥かに（湖上に浮かぶ）深い緑の小さな洞庭山（君山）を望むと、それは白銀の大皿の中にある、一個の青い巻き貝のようだ。―

青螺には、渦巻き状に結い上げた髷、螺形の黛の両説が見えるが、いずれにせよ湘君のイメージを重ねた、絶妙な表現である。

晩唐・雍陶の七絶「題君山」（君山に題す「君山を詠む」）も、「螺」を用いて君山を表現して、女神の存在を重ね合わせている。

風波不動影沈沈　　風波　動かず　影沈沈たり
碧色全無翠色深　　碧色全く無くして　翠色深し
応是水仙梳洗処　　応に是れ　水仙梳洗する処なるべし
一螺青黛鏡中心　　一螺の青黛　鏡の中心

―風が静かで波も立たず、君山の姿が湖面にひっそりと映る。湖水の碧さは消えはて、山の翠の色が濃く映る。きっとここは、水中の女神（湘君）が顔や髪を洗ったところであろう。一個の螺（巻き貝）形の青い黛（のような君山）が、鏡のごとき湖心にある。―

北宋・黄庭堅の七絶「雨中登岳陽楼望君山二首」（雨中　岳陽楼に登りて君山を望む二首）其二は、君山を女性の髷に見立てている。

満川風雨独憑欄　　満川の風雨　独り欄に憑れば
綰結湘娥十二鬟　　綰結す　湘娥　十二鬟
可惜不当湖水面　　惜しむべし　湖水の面に当たらず
銀山堆裏看青山　　銀山の堆裏に　青山を看るを

―一面に吹き荒れる雨風の中、独り（岳陽楼上の）欄干にもたれて望めば、湘水の女神の頭上に結われた、十二個の髷のような君山の姿が見える。残念なことに、船を湖面に浮かべることができず、銀山のような白波の中に、青い君山を眺めやるだけなのだ。―

ちなみに、晩唐の程賀「君山に題す」詩では、その神秘性に着目して、「元是れ崑崙山頂の石、海風吹き落とす　洞庭湖」と詠む。唐の張説が、「巴陵（湖畔の岳州［岳陽市］）にて一望すれば　洞庭は秋なり、日に見る　孤峰の　水上に浮かぶを」（「梁六の　洞庭山［君山］自りするを送りて作る」）と歌うように、洞庭湖に浮かぶ君山は、それ自体、優れた名勝であったが、湘君の哀切な面影を宿す地として、多くの文人たちを魅了し続けたのである。

（渡部）

【汨羅江・屈原廟】

汨羅江は、湖南省の東北部を流れる川の名。現在は洞庭湖の東南岸に直接注ぐが、古くは西流して湘江の下流部に注いでいた。戦国時代、楚の屈原が入水した川として有名である。

汨羅江は汨水ともいう。その汨水が「羅」という地を流れていたため、「汨羅」と呼ばれるようになった。「羅」は、春秋時代の羅子国に基づき、秦の時、羅県が置かれた（『史記』八四、屈原賈生列伝の注―劉宋・裴駰『集解』等）。唐代の『元和郡県図志』二七、岳州湘陰県の条にいう、「汨水は東北のかた洪州建昌県の界より流入し、西して玉笥山を経。又た西して羅国故城を経て、屈潭と為る。即ち屈原 沙を懐いて自ら沈むの所。又た西流して湘水に入る」と。

屈原（名は平、前三四〇？［前三五三？］～前二七八？）は、戦国時代、楚の王族の一人として秭帰（現在の湖北省宜昌市秭帰県）に生まれ、早くに楚の都・郢（湖北省荊州市の北）に出て、懐王の左徒（諫官）となる。さらに王族を統べる三閭大夫となったが、上官大夫靳尚と争い、讒言を受けて左遷された。さらに懐王の長子・頃襄王のとき、再び讒言を受けて南方に放逐され、洞庭湖や湘江付近をさまよい、楚の都が秦の軍に攻め落とされると、祖国の前途に絶望して、「懐沙の賦」を作り、汨羅江に身を投げて死んだ。

屈原は楚の国を愛し、行く末を憂いたが、その真意を誰にも理解されず、悲劇の最期を遂げたのである。

この汨羅江下流の北岸（汨羅市の西北）に、屈原を祀る廟が漢代ごろ建てられたらしい。北魏の酈道元『水経注』三八、湘水の条にいう、「汨水又た西して玉笥山を逕。（東晋の）羅含『湘中記』に云う、『屈潭の左（東）に、玉笥山有り』と。… 汨水又た西して屈潭と為る。即ち汨羅の淵なり。屈原、沙を懐いて自ら此に沈む。故に淵潭は屈を以て名と為す。昔、賈誼・史遷（司馬遷）は、皆な嘗て此を逕て、（舟の）楫を江波に弭め、淵に投弔す（屈原を弔う文を投げた）。淵の北に屈原廟有り。廟の前に碑有り」と。

この汨羅江辺の屈原廟は、三閭廟（三閭大夫屈原の廟の意）・屈子廟（子は尊称）・汨羅廟などとも呼ばれ、現在は屈子祠という。玉笥山（汨羅市の西北四キロメートル、汨羅江の北岸）の南側にある。これは、浸水被害のために、清の乾隆二一年（一七五六）に移されたものである。玉笥山の麓は、放逐された屈原が、「九歌」を作ったところという（『元和郡県図志』二七）。屈子祠付近には、濯纓橋・独醒亭・騒壇など、屈原ゆかりの建物があり、その東南五キロメートルの列女嶺には、屈原墓（十二基。うち、十一が疑塚と伝える）がある。

屈原の悲運は、後世この地を訪れた文学者の創作意欲を大いにかき立てた。彼らはみな屈原に思いをはせ、弔意を込め、あるいは我が身の境遇と重ね合わせて創作した。その最も早い例が前漢の賈誼であろう。

文才に富む賈誼は、文帝劉恒の博士となった。若くして文帝の寵愛を受けた彼は、旧臣たちに弾劾され、文帝の三年（前一七七）、長沙王の太傅（もり役）に左遷された。その途中、湘水のほとりに至ったとき、「誼、之（屈原の入水）を追傷し、因りて以て自ら諭」（『漢書』四八、賈誼伝）えて、「屈原を弔う文（賦）」を作り、「仄聞す屈原、自ら汨羅に湛めりと。湘流に造りて託し（この文を流れに託し）、敬みて先生を弔う」という。

さらに悲運の歴史家・司馬遷も、「長沙（国）に適き、屈原の自ら沈みし所の淵を観るに、未だ嘗て涕を垂れ、其の人と為りを想見せずんばあらず」(『史記』屈原賈生列伝)という。
しかし、この時点ではまだ汨羅江も屈原廟も詩跡化されたとはいい難い。この両者が本格的に詩跡化されるのは、中唐以降となる。
まず汨羅江について言えば、韓愈の七絶「湘中」詩が挙げられよう。貞元一九年(八〇三)の晩冬、韓愈は陽山(広東省北部)の県令に左遷された。翌年の春、洞庭湖から湘水を遡る途中、注ぎこむ汨羅江のほとりで、同じく都を追放された屈原を弔った。

猿愁魚踊水翻波　猿愁い　魚踊って　水　波を翻す
自古流伝是汨羅　古より流伝す　是れ汨羅なりと
蘋藻満盤無処奠　蘋藻　盤に満つるも　奠る処無く
空聞漁父叩舷歌　空しく聞く　漁父の　舷を叩いて歌うを

—猿が悲しげに啼き、魚が飛び跳ね、水面は波だっている。昔から、屈原が身を投げたと伝える、ここが汨羅なのか。蘋・藻(いずれも水草の名)を大皿に盛ってみたものの、どこにお供えして屈原の霊を祀ったらよいのだろう。ただ漁父が、船べりを叩きながら歌う歌がむなしく聞こえてくるばかり。—

結句は、屈原の作とされる「漁父」(『楚辞』)の、「漁父莞爾として笑い、枻を鼓いて去」り、「滄浪の歌」を歌ったことを踏まえる。

屈子祠

中唐の王魯復「霊均(屈原の字)を弔う」、晩唐の詩僧・斉己「汨羅を弔う」詩も伝わり、晩唐・胡曾の詠史詩「汨羅」にいう。

襄王不用直臣籌　襄王は用いず　直臣の籌
放逐南来沢国秋　放逐せられ　南に来れば　沢国秋なり
自向波間葬魚腹　自ら波間に向って　魚腹に葬る
楚人徒倚済川舟　楚人は徒らに倚る　川を済るの舟に

—楚の頃襄王は、直言して諫める屈原の計略を採用せず、彼は放逐されて、この南方の秋の水郷に流れてきた。屈原は、ついに自ら汨羅の淵に身を投げて、魚の餌食となった。楚の人々が、われがちに舟を川に出して救おうとしたが、それもむなしいことであった。—

承句は「漁父」中に見える屈原の言葉「寧ろ湘流に赴きて、江魚の腹中に葬らるるとも、安んぞ能く皓皓の白きを以て、世俗の塵埃を蒙らんや」を踏まえる。ちなみに、転句は粽の起源、結句は競渡の起源と関係し、いずれも屈原の霊を慰めるために始まったという(植木久行『唐詩歳時記』〈講談社・学術文庫、一九九五年〉参照)。

これらの、屈原の不遇を傷む、あるいは自らの不遇に重ね合わせて屈原を弔う作風に対し、柳宗元の七絶「汨羅遇風」(汨羅にて風に遇う)詩は、やや異なった趣を持つ。

南来不作楚臣悲　南来　作さず　楚臣の悲しみ
重入修門自有期　重ねて修門に入ること　自から期有り
為報春風汨羅道　為に春風の汨羅に報じて道え
莫将風浪枉明時　風浪を将て　明時を枉ぐる莫かれと

—私は南方に流されたが、楚の屈原のように悲しみに沈むことはなかった。なぜなら、再び都の城門をくぐるときが来る、と思っていたのだ。だから私に代わって、春風の吹き荒ぶる汨羅(の屈原の霊)

に伝えて欲しい。激しい波風を立てて、この太平の世をさわがすことのないように、と。―

　作者の柳宗元は、約十年間、永州（湖南省永州市零陵区）の司馬に左遷されていた。元和一〇年（八一五）の正月、ようやく都への帰還がかない、北に帰る途中、汨羅江に至ったときの作である。彼は永貞元年（八〇五）、永州に左遷される途中、「余は再び逐われて湘（水）に浮かび、（屈原）先生を汨羅に求めて、蘅若（二種の香草、杜蘅・杜若）を攬って、以て芳を薦」めていた（「屈原を弔う文」）。詩中の「修門」は、楚の都・郢の城門を指す（宋玉「招魂」）が、ここでは唐の都長安を指す。帰京の喜びにあふれる柳宗元は、屈原の不興を買ったのであろうか。彼を待っていたのは、永州よりも遥かに遠い、柳州（広西壮族自治区）刺史への転任命令であった。

　屈原廟の詩跡化も、中唐・戴叔倫の五絶の名作「過三閭廟」（三閭廟に過る）詩から始まる、と言ってよいであろう。

沅湘流不尽　　沅湘　流れて尽きず
屈子怨何深　　屈子　怨み何ぞ深き
日暮秋風起　　日暮れて　秋風起こり
蕭蕭楓樹林　　蕭蕭たり　楓樹の林

―洞庭湖へと流れ入る沅水と湘水、それは昔から今まで流れて尽きることはない。その流れに身を沈めた屈先生の嘆きは、どれほど深かったことであろう。日が暮れて秋風が起こり、楓樹はざわざわと揺れて、ものさびしい音を立てている。―

　詩は、大暦五年（七七〇）ごろに就任した湖南転運留後に在任中の作らしい（長沙に滞在）。起句は屈原の「九歌・湘君」（『楚辞』）の、「沅湘をして波無からしめ、江水をして安流せしむ」を暗に踏まえており、転句は「九歌・湘夫人」の「嫋嫋たる秋風、洞庭波だちて木葉下る」を、結句は宋玉「招魂」の「湛湛たる江水、上に楓有り」を想起させるなど、わずか二〇字の中に、巧みに屈原・宋玉の作品の趣を生かしているところが秀逸である。

　中唐の竇常「三閭廟に謁す」、晩唐の崔塗「屈原廟」詩なども伝わる。唐末の洪州の軍将（姓名未詳）の七絶「屈原祠に題す」は、「蒼藤の古木　幾たびか春を経たる、旧祀の祠堂　水浜に小なり」の後、

行客謾陳三酎酒　　行客　三酎酒を陳ぬる謾かれ
大夫元是独醒人　　大夫（三閭大夫屈原）は元と是れ独醒の人

と歌う。三酎酒は何度も醸した濃厚な酒の意、独醒の人は「漁父」中の屈原の言葉「衆人皆酔いて、我独り醒めたり」による。「自後、詩を能くする者も敢えて手を措かず」（北宋の阮閲『詩話総亀』前集一六所引『青瑣集』）と伝える。

　晩唐の汪遵にも「三閭廟」「屈祠」詩があるが、屈原廟は複数存在するため、この汨羅廟を詠んだものかは未詳である。

　ちなみに、宋代以降は、長江ぞいの屈原の故郷―帰州（宜昌市秭帰県）にある屈原祠を詠む詩が多くなる。この祠廟は、唐の元和一五年（八二〇）、帰州刺史王茂元によって屈原の故宅址に創建され、三閭大夫祠という。北宋の元豊三年（一〇八〇）、清烈公祠と改称された。詳しくは、【秭帰（帰州）・屈原祠・昭君村】の項を参照。

（渡部）

【湘江（瀟湘）】

湘江は湘水ともいい、広西壮族自治区東北部の海洋山に源を発し、湖南省東部を東北に流れ、永州・衡陽・湘潭・長沙市等の地区を経て洞庭湖に注ぐ、湖南省最大の河川である（全長八一七キロメートル）。南宋の祝穆『方輿勝覧』二三、湘灘の条に「湘は猶お相のごときなり。…以て湘水の合する所有るを言うなり」とあるように、途中、瀟水・舂陵水・蒸水・耒水等、多くの支流を合して洞庭湖へと至ったが、この流域を広く指して「瀟湘」「湘南」「湖南」などとも呼ぶ。風光明媚の地として知られ、「瀟湘八景図」（北宋、宋迪）など、画題としても有名な地域である。

ところで瀟湘という呼称は、今日では「瀟」「湘」二水の名を併称したものとして理解されることが多いが、本来は「瀟（水が清くて深い）なる」湘（水）を意味する、湘江の美称であった。北魏の酈道元『水経注』三八、湘水の条にいう、

大舜の陟方（天子が視察すること）するや、二妃（伝説上の堯帝の娘、娥皇と女英。ともに堯帝の後継者・舜帝の后となる）従い征きて、湘江に溺（死）す。神（二人の神霊）は洞庭の淵に遊び、瀟湘の浦に出入す。瀟は、水清く深きなり。『湘中記』（東晋・羅含）に曰く、『湘川は清照（清澄）なること五六丈、下、底の石を見ること樗蒲（さいころ）の如く、五色鮮明なり。白沙は霜雪の如く、赤岸は朝霞（朝焼け）の若し。是れ瀟湘の名を納るるなり』」と。

湘江・橘子洲

瀟湘が「瀟」「湘」二水の名として認識されるようになったきっかけは、中唐期、道州（永州市道県）刺史であった呂温が「道州の秋夜 南楼即事」詩において、また永州司馬であった柳宗元が「愚渓詩の序」及び詩「湘口館は瀟・湘二水の会まる所」において、湘江の一支流である営水（永州市寧遠県の九疑山に源を発し、北流して同市零陵区付近で湘江に合流する）を瀟水と呼称したことによる。柳宗元「愚渓詩の序」にいう、「灌水の陽に渓有り、東流して瀟水に入る。…余、愚なるを以て罪に触れ、瀟水の上に謫せらる」と。

彼らがなぜ営水を瀟水と呼称したのか、その理由は不明であるが、その影響力によって、宋代では二水の名として定着した。これは、文学の持つ力が地名（川名）の変更にまで影響を及ぼし、その結果詩跡となった、一つの典型と言えよう。

詩跡としての湘江の源泉は、古代神話に見られる湘君・湘夫人伝説、及びそれを踏まえた屈原の「九歌」の一つ、「湘夫人」であろう（『楚辞』所収）。

帝子降兮北渚　　帝子 北渚に降る
目眇眇兮愁予　　目眇眇として 予を愁えしむ
嫋嫋兮秋風　　嫋嫋たる秋風
洞庭波兮木葉下　　洞庭波だって 木葉下る
登白薠兮騁望　　白薠に登りて 望みを騁せ
与佳期兮夕張　　佳期を与にせんとして 夕べに張る
鳥何萃兮蘋中　　鳥は何ぞ蘋の中に萃まれる

罾何為兮木上　罾は何ぞ木の上に為せる

—天帝の御子湘君が北の岸べに降りられたという。遥か彼方を見渡すと、私の心は愁いに沈む。そよそよと吹く秋風の中、洞庭湖の水面は波立ち、木の葉が舞い散る。白はますげの上に立ち、目のとどく限り眺めやり、かの湘君との今宵の逢瀬のための準備をする。しかしなぜか（木に止まるはずの）鳥が水草に集まり、（水の中にあるはずの）魚の網が木の上にかけてある（あるいは待ち人は来ないのかもしれない）。—

湘君と湘夫人は、男女の二神でともに湘水の神であるとされ、ここには男神である湘君を慕う心情を、哀切な調べの中に歌い上げている。一方、湘君・湘夫人伝説を、先に挙げた『水経注』の中に見える舜の二妃と結びつける説がある。湘夫人を舜帝の二妃とするもの、また、湘君を二妃の姉、湘夫人を妹とするものなどである。二妃は、夫の舜帝が南方を巡幸中、蒼梧（九疑山）で死亡したことを聞き、その後を追って湘水に身を投げて死に、その水神になったというものである。中唐・劉禹錫の詞「瀟湘神二首」其一の中には、二妃の伝説を次のように歌う。

湘水流　湘水流る
湘水流　湘水流る
九疑雲物至今愁　九疑の雲物　今に至るも愁う
君問二妃何処所　君　二妃は何れの処所と問わば
零陵香草露中秋　零陵の香草　露中の秋

—湘水は流れゆく。湘水は流れゆく。（舜帝が葬られた）九疑山付近の風物は、今日に至るもなお愁いを帯びている。あなたが舜の二妃はどこにいるのかと問うならば、それは（九疑山のある）零陵郡の、秋の露にぬれそぼる香草の中。—

やがて屈原も、この二妃の悲話を我が身に重ね合わせるようにして、祖国・楚の前途に絶望して汨羅江（湘江の一支流）に身を投げて自殺したとされる。二妃の伝説、屈原の死によって、詩跡としての湘江は深い悲しみに彩られたものとなった。そして屈原に続く当地ゆかりの文学者として前漢の賈誼が挙げられる。

賈誼は前漢の文帝の時代に、その才能を認められて博士、そして太中大夫となったが、重臣たちに憎まれ、二四歳のとき、長沙王の太傅（守り役）に左遷された。その途中、湘水を渡る時、「屈原を弔う賦」を作り、我が身の不遇を嘆いたという。隋の孫万寿は、彼らを「遠戍江南、寄京邑親友」（遠く江南を戍りて、京邑［都］の親友に寄す）詩の冒頭で、次のように歌った。

賈誼長沙国　賈誼は長沙の国
屈平湘水浜　屈平は湘水の浜
江南瘴癘地　江南は瘴癘の地
従来多逐臣　従来　逐臣多し

—賈誼は長沙王の国に太傅として左遷され、屈原は湘水のほとりをさまよった。ここ江南の地は、高温多湿の地特有の伝染病（瘴癘）が多く、これまで多くの士人たちがこの地へと放逐された。—

広義の江南の地に含まれる瀟湘には、瘴癘の地、貶謫者の地というイメージも付け加えられた。この言葉を裏付けるかのように、唐代に入ると、長江の中下流域は、知識人たちの左遷地としても認識されるようになる。初唐の神龍元年（七〇五）、峰州（ベトナム北部）に左遷される途中、杜審言は七絶「渡湘江」（湘江を渡る）を作って、次のように詠む。

遅日園林悲昔遊
今春花鳥作辺愁
独憐京国人南竄
不似湘江水北流

遅日 園林 昔遊を悲しむ
今春 花鳥 辺愁を作す
独り憐れむ 京国の人の南竄せられ
湘江の水の 北流するに似ざるを

―うららかな春の日、かつて都の園林で遊んだ日を悲しく思い出す。今年の春は、花や鳥を眺めても、辺地に向かう我が身の愁いを起こさせる。都の人間であった私が南方に流され、湘江の水がかえって北方へ流れゆくのとは異なる境遇を、一人情けなく思うのだ。―

中国の主な河川が東流する中で、湘江は北流する。それを、都を遠く離れて南方へ流されゆく自分と対比させ、羨望をこめたその悲しみを、機知に富んだ表現に昇華させている。

舜の二妃や屈原の悲劇、そして多くの知識人たちの貶謫の地としての瀟湘のイメージは、盛唐・杜甫の「湖南は清絶の地、万古一えに長く嗟く」（「祠南の夕望」詩）、晩唐・張泌の「湘南は古え自り離怨多し」（「晩に湘源県に次る」詩）などに継承される。

しかし唐代の半ば以降、この陰鬱な憂愁のイメージに囚われない、瀟湘の風景美に力点を置いた詩が登場し始める。もともと「瀟は、水清く深きなり」「湘川は清照なること五六丈」と記されたように、湘水の流れ自体は清らかで美しいものであった。中唐の元稹は、五律「湘南にて（長沙の）臨湘楼に登る」の前半で、次のように歌う。

高処望瀟湘
花時万井香
雨余憐日嫩
歳閏覚春長

高処にて 瀟湘を望めば
花の時 万井香る
雨余 日の嫩らかなるを憐れみ
歳閏 春の長きを覚ゆ

―高いところから瀟湘を眺めやれば、折しも花の季節、数知れぬ家々は香りに包まれる。雨があがって、柔らかな日ざしを愛おしみ、閏年にあたる今年は、春が長いように感じられる。―

また晩唐の杜荀鶴は、七律「冬末 友人と同に瀟湘に泛ぶ」詩で、

残臘泛舟何処好
最多吟興是瀟湘
就船買得魚偏美
踏雪沽来酒倍香

残臘に舟を泛ぶるは 何れの処か好き
最も吟興多きは 是れ瀟湘
船に就いて買い得れば 魚は偏えに美に
雪を踏んで沽い来れば 酒は倍ます香ばし

―歳末に船を浮かべるとしたら、どこが好いであろうか。それは、最も詩情豊かな瀟湘に勝るところはない。漁師の舟に赴いて買いつけると、魚は特においしく、雪を踏んで買ってくると、酒はますます芳しい。―

と歌い、「君と与に剰く江山の景を採り、新詩を裁取して（作って）帝郷（都城）に入らん」と結ぶ。

唐代の後半、こうした風景賛美の作が生まれるようになったのは、多くの文人が左遷や旅行で訪れるようになったためであるが、同時にまた、この頃から瀟湘の地が生産・文化の面で徐々に成長し始めたためでもあろう。すなわち、風景美には富むが、文化の後進地域であった瀟湘の地が、やがて文化面での評価も高まり、地域全体の再評価へとつながっていったことが考えられる。冒頭に述べた「瀟湘八景図」の誕生なども、そうした一例として捉えられよう。

（渡部）

【沅江（五渓）】

沅江は、貴州省東南部の雲霧山に源を発し、東北に流れて湖南省に入り、洪江市（黔陽）以下、始めて沅江と称する。そして辰渓・沅陵等、湖南省西部の都市を経由して東北に流れ、常徳市付近で洞庭湖に注ぐ大河の名。全長一〇二二キロメートル、沅水ともいい、古来、湖南省最大の大河・湘江（湘水）とともに「沅湘」と並称された。

戦国時代、楚の屈原は讒言にあって放逐された後、この沅湘付近をさすらい、汨羅江（湘江の支流の一つ）に身を投げて死んだとされる。その投身の直前、屈原は「懐沙」（『楚辞』「九章」の一。沙を懐いて沈む意）を作って、「浩浩たる（広大な）沅湘は、分流して汩たり（速やかに流れる）」と詠み、「昔往日」（「九章」の一）の中でも、こう歌った。

臨沅湘之玄淵兮　沅湘の玄淵に臨み
遂自忍而沈流　遂に自ら忍びて　流れに沈む

—沅・湘江の深い淵へ行き、そのまま堪え忍んで流れに沈もう。—

これ以来、「沅湘」の語は、屈原が長く放浪し、祖国の前途に絶望して身を沈めた悲劇の地、並びに懐才不遇の文人ゆかりの地として意識されるようになった。ちなみに、戦国期の洞庭湖は小さな湖水であったため、沅・湘の二水は近くを流れ、かくして沅湘と並称されたのである（【洞庭湖】の項参照）。

この憂愁のイメージを継承した有名な作品が、中唐・戴叔倫の七絶「湘南即事」詩である。

盧橘花開楓葉衰　盧橘　花開いて　楓葉衰う
出門何処望京師　門を出でて　何れの処にか京師を望まん
沅湘日夜東流去　沅湘　日夜　東に流れ去り
不為愁人住少時　愁人の為に住まること　少時もせず

—盧橘（金橘、一説に枇杷）の花が開いて、楓樹の紅葉は色あせて散りゆく。門を出てどちらの方角に都長安を望めばよいのだろう。沅江・湘江の流れは、昼も夜も東へと流れ去り、旅の空で愁いに沈む私のために、しばしの間も止まってはくれないのだ。—

憂愁の詩跡「沅湘」をさすらう詩人のイメージは、そのまま屈原へのそれと重なりあう。戴叔倫には「三閭廟に過る」詩もあり（【屈原廟】の項参照）、そこでも沅湘は屈原の「怨み」と絡めて歌われている。湖南転運留後に在任中、潭州（長沙市）での作らしい。

五渓とは、沅江の中上流、沅陵以西の五つの渓水（酉渓・辰渓・巫渓・武渓［無渓］・沅渓［沅江の上流］。『通典』一八三、黔州の条）を指す。李白の詩「王昌齢の龍標に左遷せらるるを聞き、遥かに此の寄有り」にいう。

楊花落尽子規啼　楊花落ち尽くして　子規啼く
聞道龍標過五渓　聞道く　龍標　五渓を過ぐと

—柳絮もすっかり散って、ほととぎすの啼く季節。聞けば、君は龍標（の県尉）に左遷され、五渓のあたりを過ぎたとのこと。—

五渓の先に王昌齢の流謫地・巫州龍標県（洪江市）があった。この辺りは、五渓蛮と総称される少数民族の住む未開の地である。そうした中で、王昌齢は七絶「龍標野宴」（龍標の野宴）を作って歌う。

沅渓夏晩足涼風　沅渓（沅江）は　夏の晩れ　涼風足く
春酒相携就竹叢　春酒相い携えて　竹叢に就く
莫道絃歌愁遠謫　道う莫かれ　絃歌　遠謫を愁うと
青山明月不曾空　青山　明月　曾て空しからず

（渡部）

【長沙（潭州）・賈誼宅】

長沙は、湖南省の東北部に位置する省都の名。湘江が市内を北流する、湘江流域最大の都市である。春秋戦国以来の長い歴史を持ち、湖南の政治・文化・軍事の中心となる。漢代以後は臨湘県、隋以後は長沙県と呼ばれ、漢代の長沙国の都、六朝期の長沙郡・湘州、隋唐期の潭州・長沙郡の治所となる。唐代には、湖南観察使の重鎮として繁栄した。五代の時、馬殷が建てた楚国の都となる。宋代以後も、潭州・潭州路・長沙府の治所として存続・繁栄した。

明の李東陽が、七絶の連作「長沙竹枝歌十首」其四に、

馬殷宮前江水流　馬殷の宮前　江水流れ
定王台下暮雲収　定王の台下　暮雲収まる
有井猶名賈太傅　井有りて　猶お名づく　賈太傅と
無人不祭李潭州　人の　李潭州を祭らざる無し

と歌うように、馬殷の宮殿、定王台（前漢の長沙定王・劉発が築いた展望台。【定王台・橘洲（橘子洲）】の項参照）、賈太傅井（後述）など、多くの古跡を伝える。結句の「李潭州」とは南宋末、元軍の激しい潭州城攻撃に抵抗して戦死した潭州知事・李芾をいう。

転句の「賈太傅」とは前漢の文人・賈誼をいう。若くして才能を認められ、二二歳の時、文帝劉恒に召されて博士となり、続いて太中大夫に抜擢されて制度の改革に着手したが、重臣たちに弾劾され、文帝三年（前一七七）、二四歳の時、長沙王の太傅（もり役）に左遷された。その途中、名作「屈原を弔う賦」を作る。

長沙に赴任して三年たった文帝六年（前一七四）の初夏、不吉な鵩鳥（みみずく）―止まると、その家の主人は死ぬとされた―が、宿舎に飛んできて、彼の側らに止まった。長沙は卑湿の地、賈誼は自らの短命を予感して、漢賦の名作「鵩鳥の賦」（『文選』一三）を作った。翌年、賈誼は都長安に召還されて、梁の懐王（文帝の太子）の太傅となったが、懐王の急死を悲しんで、三三歳の若さで没した（『史記』八四、屈原賈生列伝、王洲明・徐超『賈誼集校注』など）。

かくして賈誼は、後世、夭逝した懐才不遇の文人として追慕され、長沙の旧宅跡も、賈誼廟・賈太傅祠などとなって長く伝わった。

北魏の酈道元『水経注』三八、湘水の条には、長沙の賈誼の旧宅に関して、「城（湘州城（長沙城））の内、郡廨（郡の官署）の西に陶侃（晋の武将）廟有り、旧と是れ賈誼の宅地と云う。中に一井有り、是れ誼の鑿つ所、極めて小にして深く、上は斂まりて下は大きく、其の状は壺に似たり。傍らに一脚の石牀（石の腰かけ）有り、纔かに一人の坐するを容れ、形制甚だ古し。流俗（民間）相い承けて、誼の宿より（平素）坐する所の牀と云う」云々と記す。

唐代、賈誼の旧宅は「（潭州長沙）県の南四十歩に在」り（『元和郡県図志』二九）、長沙を訪れた詩人に詠まれて詩跡化した。中唐・劉長卿の七律「長沙過賈誼宅」（長沙にて賈誼の宅に過る）は、その代表作であろう。詩の前半には、賈誼の宅と訪問を歌う。

三年謫宦此棲遅　三年　謫宦　此に棲遅し
万古惟留楚客悲　万古　惟だ留む　楚客の悲しみを
秋草独尋人去後　秋草　独り尋ぬ　人去りし後
寒林空見日斜時　寒林　空しく見る　日の斜めなる時

―賈誼は三年間、左遷された身を、この長沙の住まいでひっそりと過ごし、楚の地に流された者の悲しみを永遠にとどめた。その賈誼を秋草の中に独り訪ねてきても、もはやこの世を去った後。わびし

い林に夕日が沈みゆくのを、いたずらに目にするばかり。―

中唐の戴叔倫「賈誼の旧居に過る」詩には、「楚郷は卑湿にして殊方（遠い異域）を嘆き、鵩賦の人は非にして（死没して）宅は已に荒る」とあり、晩唐の李商隠「潭州」詩にも賈誼廟が詠まれる。

賈誼が掘った井戸は、杜甫の「清明二首」其二に、

不見定王城旧処　見ず　定王城の旧処を
長懐賈傅井依然　長く懐う　賈傅井の依然たるを

―前漢の定王（劉発）の長沙古城の旧跡は今は無いが、賈誼宅の井戸が昔のままに残るのを長くなつかしむ。―

と詠まれて以後、この井戸は、「長懐井」とも呼ばれるようになった。そして韓愈の「井」詩（「張十一の旅舎に題す三詠」其二）や戴叔倫の前掲詩（「雨余の古井　秋草生ず」句）にも詠まれた。

賈誼の宅（祠）は、宋以後も詠まれた。明の杭淮「賈太傅の宅」詩には、「千年の故宅　形影空しく（跡形もなく失われ）、古井の荒苔只自だ深し」とあり、明・張吉「賈太傅祠」詩には、「万古　長沙の廟、遊人　頗自る憐れむ」という。賈誼の故居遺址は、現在、長沙市天心区太平街（太傅里）に保存され、賈誼井も伝わる。

杜甫は、最晩年の二年間、湖南で過ごした。大暦四年（七六九）、五八歳の春、湘江を溯って洞庭湖の南へ漂泊の舟旅を続け、潭州（長沙）を出発して衡州（現・衡陽市）に赴く。この時、長沙に左遷された賈誼と初唐の褚遂良（高宗が武照〔後の則天武后〕を皇后に立てることを直諫して潭州都督に左遷された。書家としても有名）を回想しながら、五律「発潭州」（潭州を発す）詩を作った。

夜酔長沙酒　夜に酔う　長沙の酒
暁行湘水春　暁に行く　湘水の春
岸花飛送客　岸花　飛んで客を送り
檣燕語留人　檣燕　語って人を留む
賈傅才未有　賈傅は　才　未だ有らず
褚公書絶倫　褚公は　書　倫を絶つ
名高前後事　名は高し　前後の事
回首一傷神　首を回らして　一に神を傷ましむ

―夜、長沙の酒に酔い、夜明け（舟に乗って）湘水の春景色の中を進みゆく。岸辺の花が飛び交って、旅する私を見送り、帆柱の燕が囀って、私を引き留める。賈誼ほどの才能を持った人はおらず、褚遂良の書も素晴らしいものだ。二公は、漢代・唐代の営みで名高いが、その不運な左遷を思い起こして、深く心を痛めるのだ。―

翌年の晩春、杜甫は潭州の宴席で、かつて玄宗の寵愛を受けた名歌手・李亀年に出逢い、七絶の絶唱「江南逢李亀年」（江南にて李亀年に逢う）を作って、潭州を詩跡化した（杜甫は同年の冬、死没）。

岐王宅裏尋常見　岐王の宅裏　尋常に見
崔九堂前幾度聞　崔九の堂前　幾度か聞く
正是江南好風景　正に是れ　江南の好風景
落花時節又逢君　落花の時節　又た君に逢う

―かつて岐王（李範）の邸宅で、しばしばあなたのお姿を見かけ、崔九（崔滌）の広間の前で、何度あなたの歌声を聞いたことだろう。折しも今、江南の地は、風と日ざしにあふれた、素晴らしい景色。花が舞い散るこの時、またもあなたにめぐり会おうとは。―

李亀年が玄宗に寵愛された開元年間は、唐朝が繁栄を謳歌した時代である。互いにすでに老境にあって、都から遠い僻地で数十年ぶりに再会しえた深い感慨が、結句の「又」字に込められている。

（矢田）

【岳麓山・麓山寺・道林寺】

岳麓山は、長沙市内を北流する湘江の西岸にあり、江を隔てて長沙の市街地と向き合う山の名。約一五〇キロメートルに及ぶ長大な山なみ—南岳衡山の七二峰のうち、最も北に位置し、回雁峰（【回雁峰】の項参照）を南岳衡山の首（頭部）に見立てると、岳麓山はその足（麓）にあたることから、その名がある。最高海抜は二九六メートル、単に「麓山」ともいう。

南宋の陳与義は、岳麓山の古刹を訪ねて作った「道林・岳麓に遊ぶ」詩の冒頭で、岳麓山に満ちる、古今不変の緑の山気を歌う。

耽耽衡山麓　　耽耽たり（樹木の茂るさま）　衡山の麓
翠気横古今　　翠気　古今に横たわる

岳麓山は名勝古跡に富む。山麓には宋代の四大書院の一つ「岳麓書院」（【岳麓書院】の項参照）があり、山を少し登れば、楓樹に囲まれた清風峡が現れ、その中に紅葉の名所「愛晩亭」が建つ。さらに、そこから石段を登った山の中腹に、「麓山寺」がある。

麓山寺は、西晋の泰始四年（二六八）の創建とされる、湖南省最古の名刹の名。岳麓山寺・岳麓寺ともいう。山麓の岳麓書院内に、唐の書家・李邕が、開元一八年（七三〇）に記した「麓山寺碑」が現存する。また、寺の境内には名水「白鶴泉」が湧く。

道林寺は、岳麓山下（岳麓書院付近）にあった寺院の名。寺は明代に失われたが、六朝期の創建とされ、唐代には麓山寺と並ぶ名刹としてよく詠まれた。晩唐の詩僧・斉己が長く住した寺院でもある。

大暦四年（七六九）、当地を訪れた盛唐の杜甫は、「岳麓山道林二寺行」（岳麓山・道林の二寺の行）の中で、両寺の勝景を、

玉泉之南麓山殊　　玉泉の南　麓山は殊なり
道林林壑争盤紆　　道林は　林壑　争いて盤紆す
寺門高開洞庭野　　寺門は高く開く　洞庭の野
殿脚挿入赤沙湖　　殿脚は挿み入る　赤沙の湖

—（荊州）玉泉寺の南では岳麓山寺が特に優れ、（山麓の）道林寺は林や谷が競ってめぐる。寺の門は高々と洞庭湖の原野に向かって開かれ、仏殿の下部は（洞庭湖の西の）赤沙湖に入りこむ。—

と詠み、晩唐・韋蟾の「岳麓・道林寺」詩にも、広大な境内を「広殿は崔嵬たり（高くそびえる）　万壑（無数の深い谷）の間、長廊（長い回廊）は詰曲たり　千巌（多くの険しい峰）の下」と歌う。

また、晩唐・斉己も七律「道林寺居寄岳麓禅師」（道林寺の居より岳麓の禅師に寄す）詩二首其一の首聯で、

門前石路徹中峰　　門前の石路　中峰に徹り
樹影泉声在半空　　樹影　泉声　半空に在り

と歌う。上句は、道林寺門前の石畳の道が、峰の中腹にある岳麓寺まで続くことをいう。斉己には、「道林寺の四絶亭に遊び、宋（之問）・杜（甫）の詩版（詩を書きつける板）を観る」詩も伝わる。

岳麓山のこの二寺は、以後も歌い継がれる。例えば、北宋の華鎮は「道林寺」詩の中で、「疏鐘（間遠な鐘の音）　城市に到り、台殿（寺殿）　修林（高く伸びた林）に隠る」と歌い、南宋の曾幾は「岳麓寺」詩の中で、「林深くして　日を見ず、山静かにして　只だ泉（白鶴泉の水音）を聞くのみ」と歌う。

明の李東陽も「銭大守諸公と岳麓寺に遊ぶ四首…」其三の中で、「万樹の松杉　双径合し、四山の風雨　一僧寒し。平沙の浅草　天に連なりて在り、落日の孤城（長沙）　水を隔てて看る」と歌う。

（矢田）

【岳麓書院】

湖南省長沙市を北流する湘江の西岸、岳麓山の東麓に置かれた学府の名。書院とは、宋代以降、地方各地に設置されるようになった私営の教育施設をいう。北宋初めの開宝九年（九七六）、潭州（長沙）太守の朱洞が創建し、大中祥符八年（一〇一五）、真宗自らが「岳麓書院」と書した門額を下賜したことから、その名が世に知られるようになった。後に金の侵攻により、廃校となったが、南宋の乾道元年（一一六五）に再建され、乾道三年には、著名な学者・張栻や朱熹が講義を行い、二人は後にも講学して、隆盛を極めた。

岳麓書院は、元・呉澄の「岳麓書院重修記」に、「天下の四大書院、二は北に在り、二は南に在り。北に在る者は嵩陽・睢陽なり。南に在る者は岳麓・白鹿洞なり」とあるように、嵩陽書院（河南省登封市）・睢陽書院（河南省商丘市、「応天書院」ともいう）・白鹿洞書院（江西省九江市）とともに、宋代四大書院に数えられる。

その後も岳麓書院は、興廃を繰り返して存続し、今もなお、湖南大学の研究教育施設として、その役割を担っている。

北宋の趙抃「麓山十詠」其三「書院」詩（五絶）は、岳麓書院を歌った最も早期の作である。真宗から門額を下賜されたとはいえ、麓山寺（岳麓寺）や道林寺など、六朝以来の歴史をもつ豪華な近隣の古刹に比べて、質素で閑散とした北宋当時の書院の様子を歌う。

雨久蔵書蠹　　雨久しくして　蔵書は蠹まれ
風高老屋斜　　風高くして　老屋は斜めなり
隣居尽金碧　　隣居　尽く金碧なるは
一一梵王家　　一一　梵王の家なり

—雨が長々と降り続いて、書院の蔵書は虫に食われ、風が激しく吹きつけて、古びた学舎は斜めに傾きそうだ。近隣の黄金・碧玉で飾られた華麗な建物は、その一つ一つが仏教の寺院なのだ。—

前述した南宋の張栻は、三首の「岳麓書院」詩を作り、その中の一首には、長沙の住居から舟に乗り、湘江を渡って赴いた遊覧を、「新晴　宿潦（連日の水たまり）浄く、群山　政に洗うが如し。上方危欄（高欄）に凭れば、万象　根柢を見わす。寒泉は自ずから斟む可く、況んや復た肴醴（酒肴）を雑うるをや」云々と歌う。

明・顧璘は「岳麓書院に謁す」詩の冒頭で、書院周辺の情景を、「彼の衡岳の麓（南岳衡山の麓—岳麓山）を瞻れば、松柏　何ぞ青青たる。蒼雲は曾阜（重なる丘）を被い、石室は空冥（天空）に延ぶ」と歌った後、「朱張は命世の儒（世に名高い儒者）、茲に潜みて遺経を考う」と詠んで、朱熹と張栻の功績を偲ぶ。

清初の呉綺「岳麓書院に遊び…」詩には「千秋の正席　朱元晦（熹）、一片の残碑　李泰和（「麓山寺碑」を記した唐の李邕）」という。清の姚鼐「岳麓書院に詣りて述ぶる有り」詩は、冒頭で「夙に宋賢の説を秉り、太息して斯文を懐う。矧んや講席（朱熹と張栻の講席）の前に近づき、遺趾　余芬（尽きぬ誉れ）を播くをや」と詠んで、彼らの学説に思いを馳せた後、書院の佇まいを歌う。

築室倚岞崿　　室を築くに　岞崿に倚り
開宇面巌垠　　宇を開くに　巌垠に面す
当門古澗響　　門に当たりて　古澗響き
環墉高樹曛　　墉を環りて　高樹曛し

—居室が険山に寄り添って築かれ、屋舎が断崖に面して建つ。門前には古い谷川が水音をたて、垣根の周囲は高い樹が茂って暗い。—

湖南省

（矢田）

【定王台・橘洲（橘子洲）】

　定王台は、前漢の長沙定王・劉発が土を盛って築いたとされる展望台の名。その旧址は、現在の長沙市芙蓉区定王台街道（長沙市図書館付近）にある。劉発は景帝の第十子で、劉徹（後の武帝）の異母弟にあたる。景帝の二年（前一五五）、劉発は、母・唐姫の出自が微賤で寵愛されなかったため、長沙国（都は臨湘［現・長沙市］）という卑湿の貧国に封ぜられた（『漢書』五三）。しかし、劉発の母親に対する思いは深く、毎年、長沙から都の長安へ米を運んでは、長安の土を持ち帰らせ、その土で高台を築いて、母・唐姫の墓を遠望したと伝え、「（南宋の）張安国（孝祥）、名づけて定王台と曰い、自ら為に扁（額）に書す」（『方輿勝覧』二三）という。

　定王台は長沙の名勝の一つとして、南宋の頃から詠まれ始める。戴復古は七絶「定王台」詩の前半で、定王台の故事を踏まえて、「長沙の米は換う　長安の土に、此の崔嵬たる（高台）を築き　遠観（遠望）を寄す」と歌い、続く後半で「客子（旅人）　台に登る　千載の後、欄（手すり）に倚りて　亦た長安を望まんと欲す」と結んで、今は金の支配下にあるかつての都を偲ぶ。

　また、南宋の朱熹は、五律「登定王台」（定王台に登る）詩の中央二聯で、人事の儚さに思いを馳せつつ、遥かな眺望を歌う。

　　千年余故国　　千年　故国を余すも
　　万事只空台　　万事　只だ空台あるのみ
　　日月東西見　　日月　東西に見え
　　湖山表裏開　　湖山　表裏に開く

—長沙国の古都は千年後も伝わっているが、定王のあらゆる事跡の中で、ただ主のいない高台が残るばかり。太陽と月が（高台の）東と西に見え、洞庭湖と衡山が（高台の）前と後に姿を見せる。—

　明・杭淮の「定王台」詩は、土を運ぶ民の労苦に同情を寄せて、「昔聞く　土を運ぶは　関隴（長安地方）自りすと、沿辺に飛輓すれば（急いでこの辺地まで土嚢を運べば）　応に力窮まるべし」と歌い、明・楊士奇も「定王台」詩（長沙三詠の一）を作る。

　橘洲は、長沙市内を北流する湘江中の、大きな細長い中洲の名。橘子洲ともいう。四面を水に囲まれ、東西の横幅は、一〇〇メートル前後、南北の全長は約五キロメートルにも及び、東には長沙の市街地、西には岳麓山が望める。『太平寰宇記』一一四によれば、橘洲は西晋の永興二年（三〇五）に誕生し、「時に大水有りて、諸洲皆な没するも、此の洲のみ独り浮かぶ。上に美橘（おいしい蜜柑）多し。故に以て名と為す」という。沙洲は時代が降るにつれて長大化した。

　初唐の杜易簡は、「湘川新曲二首」其一の中で、最も深い湘水の淵とされる昭潭（湘潭市の北）と対にして、こう歌う。

　　昭潭深無底　　昭潭　深くして底無く
　　橘洲浅而浮　　橘洲　浅くして浮かぶ

　盛唐・杜甫の「岳麓山・道林の二寺の行」には、「桃源の人家は制度に易く（桃花源は村の規則も簡易で住みやすく）、橘洲の田土は仍お膏腴（肥沃）たり」という。晩唐・斉己の「橘洲に遊ぶ」詩には、「春日　芳洲に上れば、春を経て蘭・杜（香草）幽し。…鷺は青楓（青い楓樹）の杪に立ち、沙は白浪の頭に沈む」と歌う。

　さらに、五代の李珣は詞「漁歌子」の中で、秋の夜景の美を「荻花の秋、瀟湘の夜、橘洲の佳景は屏画（屏風絵）の如し」と歌う。毛沢東の詞「沁園春（長沙）」は、橘洲から見た秋景の美を詠む。

（植木）

【衡山（南岳・祝融峰）】

湖南省の中部、北流する湘江の西側に位置し、南の回雁峰（衡陽市内の小山）から北の岳麓山（長沙市の西郊）に到る、約一五〇キロメートルの長大な山なみの名。大小七二峰から成るとされ、なかでも祝融・天柱・芙蓉（あるいは雲密）・紫蓋・石廩の高峻な五峰が有名である。この五峰は、いずれも衡陽市の北約四五キロメートルの南岳区（衡陽市衡山県の西）にあって、衡山の中心部を形成する。

　盛唐の杜甫は最晩年の大暦四年（七六九）、湘江の舟中から遠望して、「祝融　五峰尊く、峰峰次して（順序だって）低昂す」（「岳を望む」詩）と詠む。中唐の韓愈は永貞元年（八〇五）、転任の途中、南岳の神を祀る衡岳廟（南岳鎮の南岳廟）を訪れ、「衡岳廟に謁し、遂に岳寺に宿して、門楼に題す」詩を作って歌う。

須臾静掃衆峰出　須臾にして静かに掃われて　衆峰出で
仰見突兀撐青空　仰ぎ見る　突兀として青空を撐うるを
紫蓋連延接天柱　紫蓋は連延して　天柱に接し
石廩騰擲堆祝融　石廩は騰擲して　祝融堆し

—ほどなく雲霧が静かに払われて、多くの峰々が一斉に姿を現した。仰ぎ見ると、高くそそりたって、青空を支えている。（眺めやれば）紫蓋峰は連なり伸びて天柱峰に接し、石廩峰は勢いよく跳びはね、祝融峰は高々と盛りあがる。—

　このうち、祝融峰が衡山の最高峰かつ主峰であり、海抜は一三〇〇メートル。南宋の范成大「南岳に謁す」詩にも、「天柱は已に峻極、祝融は更に高寒」と詠まれる。峰の名は、古代神話に見える火と南方を司る神・祝融にちなむらしい。

　衡山は、隋唐以降、国家を鎮護する山として祀られる「五岳」中の南岳に確定した（六朝以前の南岳は、この南方の僻遠の地にある衡山と中原地区により近い天柱山［安徽省安慶市潜山県の西北、【天柱山（皖公山）】の項参照］を指した）。清の魏源は、雑言古詩「衡岳吟」のなかで、他の五岳の山容とくらべつつ、その飛翔する山の雄姿を、朱鳥（衡山は南方上空の朱鳥［中国南方の七つの星座の総称。互いに連なって鳥形を成す］に配属される）のイメージを借りて、こう讃えた。

恒山如行　恒山（北岳）は行くがごとく
岱山如坐　岱山（＝泰山、東岳）は坐するがごとし
華山如立　華山（西岳）は立つがごとく
嵩山如臥　嵩山は臥するがごとし
惟有南岳独如飛　惟だ南岳のみ　独り飛ぶがごとき有り
朱鳥展翅垂雲大　朱鳥　翅を展げて　垂雲のごとく大なり
四旁各展百十里　四旁（四方）に　各の展ぐること百十里
環侍主峰如輔佐　主峰を環侍して　輔佐するがごとし

垂雲の語は、『荘子』逍遥遊篇の「其の（鵬の）翼は垂天の雲の若し」を踏まえて、天空一面にかかる雲をいう。また「主峰を環侍して」とは、祝融峰を囲んでつき従うことを意味する。

　衡山は、南朝陳の時、天台宗の高僧慧思が住し、唐代には禅宗の傑僧懐譲・希遷らが教法を広めた処として、仏教の聖地となった。慧思が建立し、後に懐譲が禅宗道場にした福厳寺（般若寺）、南朝梁の時に建立され、希遷が禅宗道場にした南台寺のほか、方広寺・蔵経殿・上封寺などの古刹が現存する。

　衡山はまた、道教の方では、三六小洞天第三の朱陵洞天、七二

福地中の青玉壇・光天壇などのある、洞天福地（神仙の住む別天地）とされたが、現在は黄庭観のみである。

　衡山を詠む初期の詩は、東晋の咸康五年（三三九）、庾闡が零陵（永州市零陵区）太守に赴任する途中に作った「衡山に遊ぶ」詩であろう。その一節に、「寂坐して　虚恬（清浄・静謐）を挹み、目を運らせて　情四もに豁し」という。南朝梁の呉均「湘州（郡）に至りて南岳を望む」詩が、これに続く。

　衡山は湖南の主要な交通路―湘江ぞいに位置し、唐代、南岳としての地歩を固めて衡岳廟が作られ、仏教の聖地ともなって広く知られていく。盛唐の李白は、直接訪れてはいないものの、「諸公と陳郎将の衡陽に帰るを送る」詩の中で、衡山の高峻さを壮大なスケールで歌う。

衡山蒼蒼入紫冥　　衡山は蒼蒼として紫冥に入り
下看南極老人星　　下に看る　南極老人星
廻飇吹散五峰雪　　廻飇吹き散ず　五峰の雪
往往飛花落洞庭　　往往　飛花　洞庭に落つ

―衡山は青々と高くそびえて天空に入り、（頂きから）南極老人星（人の寿命と天下の安寧を掌る星）を見下ろせる。つむじ風は衡山の五峰に降り積もる雪を吹き飛ばし、しばしば花びらのようにひらひらと舞いつつ、（遠く離れた）洞庭湖の中に落ちていく。―

　中唐の劉禹錫「衡山を望む」、晩唐の張喬「南岳に遊ぶ」詩などが伝わるが、長沙出身の晩唐の詩僧斉己は、とりわけ衡山を愛し、五律「舟中晩望祝融峰」（舟中にて晩に祝融峰を望む）詩を作る。

天際卓寒青　　天際に　寒青卓く
舟中望晩晴　　舟中　晩晴を望む
十年関夢寐　　十年　夢寐に関し
此日向崢嶸　　此の日　崢嶸に向かう
巨石凌空黒　　巨石　空を凌いで黒く
飛泉照夜明　　飛泉　夜を照らして明らかなり
終当躡孤頂　　終に当に孤頂を躡み
坐看白雲生　　坐ろに白雲の生ずるを看るべし

―天空の果てに、寒々と青い姿が高く抜き出ており、舟の中から晴れた夕暮れの景色を遠く眺めやる。この十年間、夢の中で思い続け、今日こうして高峻な峰に対面できたのだ。巨大な岩が大空に黒々とそびえ立ち、飛ぶように落下する瀑布が黄昏の中で明るく光る。ああ、いつかきっと、わが足で群を抜いてそばだつ頂きを踏みしめ、白い雲が湧き起こるのをじっと見つめたいものだ。―

　そしてその夢を実現して詠んだ五律「祝融峰に登る」詩の前半には、登頂の感想をこう歌う。

猿鳥共不到　　猿鳥　共に到らず
我来身欲浮　　我来りて　身　浮かんと欲す
四辺空碧落　　四辺　空だ碧落（青空）のみ
絶頂正清秋　　絶頂　正に清秋

斉己は、おそらく衡岳廟（南岳廟）の背後から登って、半山亭・南天門を通るルートを利用したのであろう。

　最高峰の祝融峰に登ることは、衡山を訪れる人々の願いであり、宋代、王元「祝融峰に登る」、劉摯「祝融峰に登りて上封寺に題す」、陶弼「祝融峰」、陳与義「衡岳」詩などが作られた。陶弼の七絶詩は、祝融峰の高峻さを、「高」字を用いずに巧みに表現する。

曾到祝融峰頂上　　曾て祝融峰の頂上に到る

歩随明月宿禅関　歩みは明月に随い　禅関（仏寺）に宿る
夜深一陣打窓雨　夜深けて　一陣　窓を打つの雨
臥聴風雷在半山　臥して聴く　風雷　半山（中腹）に在り

なかでも広く知られるのは、南宋の乾道三年（一一六七）の冬一月、有名な儒学者朱熹が、張栻や門人林用中と連れだって遊覧した際に作った、ユーモアにあふれる豪放な七絶「酔下祝融峰」（酔いて祝融峰を下る）詩であろう（時に三八歳、『南岳唱酬集』所収）。

我来万里駕長風　我来りて　万里　長風に駕す
絶壑層雲許盪胸　絶壑の層雲　許く胸を盪かす
濁酒三杯豪気発　濁酒三杯　豪気発し
朗吟飛下祝融峰　朗吟　飛び下る　祝融峰

—私は万里の遥かな道を、遠く吹き寄せる風に駕って、軽々と山頂に登ってきた。（見下ろせば）、底知れぬ深い谷間から、白雲が幾重にも重なりあって湧きあがり、私の胸はかくも大きくとどろく。濁り酒を三杯飲むと、ようやく勇ましい元気が湧き起こり、朗々と詩を吟じながら、一気に祝融峰を駆け下りた。—

第二句は、若き杜甫の名句「胸を盪かす　曾雲（＝層雲）の生ずるに」（「岳を望む」）を転用して、あまりにも高く険しい絶景に肝を冷やしたことをいう。

宋代、衡山の名勝を詠む詩が現れた。北宋の畢田「朱陵洞口水簾」（朱陵洞口の水簾）詩は、南岳鎮の東北四キロメートル、紫蓋峰下にあった朱陵洞（道教の聖地・朱陵洞天［赤みを帯びた岩の大丘陵］、後世、水簾洞ともいう）の、急峻な石壁を水簾（水の簾）のように落下する瀑布を、奇想をまじえて歌い結ぶ。

洞門千尺挂飛流　洞門　千尺　飛流を挂く
玉砕珠聯冷噴秋　玉砕　珠聯して　冷やかに秋に噴く
今古不知誰巻得　今古　知らず　誰か巻き得たるを
緑蘿為帯月為鉤　緑の蘿を帯と為し　月を鉤と為して

—高さ千尺の洞口から、水流が飛ぶように落下する。白玉が砕け散り真珠が聯なって、秋、冷たい飛沫を噴き出している。古来、（この水の簾を）巻きあげた人がいるのだろうか。緑の蘿を帯にして（簾を結び）、（天空の三日）月を（簾を留める）鉤にして。—

北宋末の李先輔「朱陵洞の水簾に題す」詩は、飛沫をあげて落ちる瀑布の姿を、「蹙みて珠顆（真珠の粒）を成して白く、垂れて水簾を下し来る」と詠み、以後も歌われていく。

衡山は長く詠まれ、元の掲傒斯・陳孚、明の湛若水・楊基・王夫之、清の施閏章・袁枚・譚嗣同ら、多くの詩が伝わる。その中の一首、湛若水の「祝融峰」詩は、憧憬し続けた登覧の宿願を達成できた喜びを生き生きと歌う。

我年躋八十　我が年　八十に躋り
強半懐衡山　強半（大半）　衡山を懐う
於茲愜所願　茲に於いて　願う所に愜えば
誰能不為歓　誰か能く歓びを為さざらん
霧行衣袂湿　霧（の中）に行けば　衣袂湿い
雲臥衾枕寒　雲（の中）に臥せば　衾枕寒し
清高万籟寂　清高　万籟寂たり（あらゆる物音がひそまる）
神明中夜存　神明　中夜（真夜中）に存す
一声聞天鶏　一声　天鶏を聞き
紅日躍海門　紅日（紅い太陽）　海門（海湾）に躍る

天鶏とは、最初に日の出を察知して鳴き始めるという鶏である。

湖南省

（植木）

【回雁峰】

衡陽市内南部の雁峰区（雁峰公園内）にある、海抜約九七メートルの小山の名。長大な山なみ―衡山（南岳、【衡山（南岳・祝融峰）】の項参照）七二峰の中で最も南に位置し、回雁峰の回は、廻・迴の字でも表記される。南朝宋の徐霊期「南岳記」（『輿地紀勝』五五所引）に、「南岳は周廻八百里、回雁を首と為し、岳麓を足と為す」とあり、南岳第一峰とも称される。

回雁峰は、後漢以来、秋に飛来して春、北に帰る渡り鳥―雁の越冬地とされてきた衡陽（衡山の陽の地名）にあった。このため、峰名は「雁　此に至れば過ぎず、春に遇いて回る」ためとも、「峰勢雁の回るが如き」ためともいう（『方輿勝覧』二四）。

衡陽で越冬する雁については、後漢の張衡「西京の賦」に見え始め、後漢末の応瑒「五官中郎将（曹丕）の建章台の集いに侍する詩」以下、南朝梁の劉孝綽、北周の庾信、隋の王冑などの詩にも見える。劉孝綽の詩「始めて帰る雁を賦し得たり」には、「洞庭　春水緑にして、衡陽　旅雁帰る」という。

衡陽の雁に関する伝承は、唐代、一種の故実となり、李嶠・沈佺期・杜甫・高適・柳宗元・杜荀鶴などの詩に見える。李嶠の「雁」詩には、「春の暉　朔方に満ち、帰雁　衡陽を発す」という。

衡陽（唐代では衡州［衡陽郡］の治所―衡陽県城の南）にある回雁峰は、湖南の主要な交通路―湘江の西側にあったが、広く認知されて詠まれ始めたのは、中唐の耿湋・呂温・盧仝・元稹・李紳以降である。盧仝の「蕭二十二　歙州の婚期に赴く二首」其一には、雁は手紙を届ける鳥とされたため、「相い思いて　道う莫かれ　来使無しと、廻雁峰前　書を寄するに好し」という。また、衡州刺史在任中に没した呂温の死を悼む元稹の「呂衡州を哭す六首」其五には、「迴雁峰前の雁、春迴りて尽く却迴す（引き返す）」という。

長沙出身の晩唐の詩僧・斉己が詠んだ「廻雁峰」詩が、峰名を詩題とした最初の作例である（五律）。

瘴雨過孱顔　　瘴雨　孱顔を過ぎ
危辺有径盤　　危辺に　径の盤する有り
壮堪扶寿岳　　壮にして寿岳を扶くるに堪え
霊合置仙壇　　霊なれば　合に仙壇を置くべし
影北鴻声乱　　影北に　鴻声乱れ
青南客道難　　青南に　客道難し
他年思隠遁　　他年　隠遁せんと思う
何処凭闌干　　何れの処にか　闌干に凭らん

―毒熱の気を含んだ雨が高く険しい峰を通り過ぎ、高くそそりたつあたりに、小道が曲がって続く。（回雁峰の）壮大さは寿岳（南岳衡山の別名）を充分支えることができ、霊妙さは神仙の壇を築くのにふさわしい。峰影の北では雁が乱れ鳴き、青峰の南には通行の困難な山道がある。いつかここに隠棲したく思うのだ。どこに（庵を建て）手すりにもたれて眺めたらよかろうか。―

回雁峰は以後も詠まれた。元の傅若金は、南方の安南への使節の帰途、七絶「回雁峰」を作り、雁書の故事を用いて、

登高欲訪平安字　　高きに登りて平安の字を訪わんと欲す
二月衡陽雁已回　　二月の衡陽　雁已に回る

と歌う。「平安の字」とは、家族からの無事を伝える手紙を指す。

現在、回雁峰には、唐代以来の古刹―雁峰寺が再建されている。

（植木）

【黄陵廟（湘妃廟）】

古代の聖天子堯帝の娘で、その後継者舜帝の二妃となった、娥皇（姉）と女英（妹）の霊を祀る祠廟の名。古い伝説によれば、南巡（南征）した舜帝が蒼梧（九疑山）のほとりで病没すると、夫の後を追ってきた二妃は、悲嘆して湘水（北流して洞庭湖にそそぐ大河）に身を投げて死に、水神（湘君・湘夫人・湘霊・湘妃）となって、洞庭湖の淵に遊び、湘水の水辺を出入りしたという。黄陵廟は、洞庭湖・（その南に連なる）青草湖から湘水に入って少し南に溯った、湘陰県の東岸（現・岳陽市湘陰県の北部—三塘鎮の、二妃が埋葬された黄陵［山］付近。『通典』一八三）にあり、二妃を祀る古廟であった（『水経注』三八、韓愈「黄陵廟碑」）。廟名は地名に由来し、二妃廟・湘妃廟・湘夫人祠などともいう。

黄陵廟を詠む詩は、南朝梁の呉均「二妃廟に登る」詩に始まるが、具象性に乏しく、初唐の宋之問「二妃廟に謁す」詩（残篇）がこれに続く。杜甫が大暦四年（七六九）に作った五律「湘夫人祠」は、

粛粛湘妃廟　　粛粛たり　湘妃の廟
空牆碧水春　　空牆　碧水春なり
虫書玉佩蘚　　虫は書く　玉佩の蘚
燕舞翠帷塵　　燕は舞う　翠帷の塵

—厳かに静まる湘妃廟。人気のない土塀のほとり、碧い水が春の色をたたえる。苔むした神像の玉飾りには虫が（這い回って）文字を書き残し、ほこりのたまる翠の帷の中、燕がかすめ飛ぶ。—

と廟の荒涼を歌い、「蒼梧（二妃の）恨みは尽きず、染涙　叢筠に在り（叢生する竹の表皮に、涙の染みついた痕が残る）」と結ぶ。

この約二年後、劉長卿が「湘妃廟」詩（「湘中紀行十首」其一）を作り、「荒祠　古木暗く、寂寂たり　此の江濆（江辺）」と詠む。

中晩唐期、『楚辞』を源泉とする湘君伝説や戦国・楚の詩人屈原などの哀話で彩られた瀟湘の風土が広く認識されるなかで、黄陵廟（湘妃廟）は詩跡として確立した。中唐の李渉、および晩唐の高駢・羅隠・斉己・李群玉の「湘妃廟」詩、許渾「湘妃廟に過る」などがあり、李群玉の七律「黄陵廟」詩には、こう詠まれる。

小孤洲北浦雲辺　　小孤洲の北　浦雲の辺
二女明粧共儼然　　二女の明粧　共に儼然たり
野廟向江春寂寂　　野廟　江に向かいて　春寂寂たり
古碑無字草芊芊　　古碑　字無くして　草芊芊たり
東風近墓吹芳芷　　東風　近墓　芳芷を吹き
落日深山哭杜鵑　　落日　深山　杜鵑哭す
猶似含嚬望巡狩　　猶お似たり　嚬を含んで　巡狩を望むに
九疑如黛隔湘川　　九疑は黛のごとく　湘川を隔つ

—（黄陵廟は）小孤洲の北、水辺にたなびく雲のあたり。二女（二妃）の鮮やかな化粧姿は、いずれも生きているかのよう。郊野の祠廟は大江にのぞんで春の気配はひそやかに、古い石碑は文字が消え失せて草が生い茂る。近くの二妃の墓では春風が芳しい芷草を吹き、日が沈む深山では杜鵑が悲しげに鳴く。今もなお二妃が眉をひそめて憂いながら、夫・舜帝の巡幸を眺めやるかのように、湘水を隔てて望める、（舜帝の眠る）九疑山は、さながらその眉のよう。—

黄陵廟は、以後も長く詠まれ続けた。宋の楊傑・李綱・華鎮・張孝祥・蔡戡、元の許有壬・胡天游・李材、明の楊基・史謹・王偁・詹同、清の呉綺・湯右曾らの作が伝わっている。

（矢田）

【杜甫墓・杜工部祠】

後世、詩聖と評される盛唐・杜甫の墓は、主要なものだけでも四つ現存する。すなわち、①湖南省耒陽市、②湖南省岳陽市平江県、③河南省偃師市、④河南省鞏義市（旧・鞏県）にある墓である。

杜甫は大暦五年（七七〇）の冬、洞庭湖にそそぐ湘水（もしくはその支流の耒水）の舟中で、十年を超す長い漂泊の末に病没した。中唐・元稹の「唐の検校工部員外郎・杜君の墓係銘」によれば、杜甫の亡骸は、いったん岳陽（湖南省岳陽市）に仮埋葬された後、元和八年（八一三）、ようやく孫の杜嗣業によって、先祖の眠る河南府偃師県（河南省偃師市）の墓地に改葬された。元稹の「墓係銘」によれば、③説が、杜甫の真正の墳墓として最も信憑性が高い。

しかし、詩中に詠まれる杜甫墓は、主に①湖南省耒陽市にある墳墓を指し、『太平寰宇記』一一五、衡州耒陽県の条に「杜甫墓は県の北二里に在り」と見える。耒陽は唐代の後期より、杜甫終焉の地と伝えられていた。杜甫が耒水の洪水のために飢えに苦しんでいた折り、耒陽の聶県令が「牛炙（牛肉）と白酒」を贈り届けてくれたが、それらを過食・過飲したために死んだという終焉説話は、特に名高い（唐・鄭処誨『明皇雑録』補遺。新旧『唐書』杜甫伝など）。

なお、現存する耒陽の杜甫墓は、南宋の景定四年（一二六三）に重修されたもので、耒陽市の北郊約一キロメートルの「耒陽市第一中学」の校内にあり、杜甫を祀る「杜工部祠」（杜公祠）が付随する。

晩唐・羅隠の七律「耒陽の杜工部の墓を経」は、杜甫の墓を詠んだ最も早い時期の作で、首聯に「紫菊の馨香（芳香）　楚醪（墓前に供える楚の地の濁酒）を覆い、君を江畔（耒水のほとり）に奠れば雨は蕭騒たり（わびしい音をたてて降る）」と歌う。

また、同時期の詩僧・斉己も「耒陽に次りて作る」詩の中で、「杜公の墓を経るに因りて、惆悵として（悲しみに暮れて）文章（詩）を学ぶ」と歌い、さらに五律「杜工部の墳を弔う」詩では、詩名の高さに比べて、墳墓が粗末であることを詠む。

域中詩価大　　域中（天下）　詩価は大なるも
荒外土墳卑　　荒外　土墳（塚の盛り土）は卑し

耒陽の墓は、前述した聶県令が捏造した空の墳墓とする伝承があった（宋・李観「遺補伝」『分門集註杜工部詩』）。南宋・徐照の七絶「杜甫の墳」にいう、「耒陽の知県は知己に非ず、厄（飢餓）を救うも蹤無く（行方知れず）豈に聞くに忍びんや。若し更に（杜甫の）声名　埋没す可くんば、行人　定めて空墳を弔わざらん」と。

耒陽の墓の傍らには、五代頃、「杜工部祠」（杜公祠）が造られ、南唐・孟賓于「耒陽の杜公祠」（『杜詩詳注』附編、諸家詠杜）、北宋・徐介「耒陽の杜工部祠堂」詩が作られた。「耒陽に杜甫祠有り。過客の題詩多し」（北宋末『詩話総亀』前集一六）と伝える。明・銭子正の七律「題杜工部祠」（杜工部の祠に題す）の前半にいう。

耒陽江路草紛紛　　耒陽の江路　草は紛紛たり
工部荒祠跡尚存　　工部の荒祠　跡は尚お存す
牛酒一時伝謗口　　牛酒　一時　謗口を伝うるも
蔾羹千古拝空墳　　蔾羹　千古　空墳を拝す

―耒陽の江辺の道には草が生い茂り、杜甫の荒廃した祠堂の跡が今もなおのこる。一時期、牛肉と濁酒のために死んだという、杜甫の名声を傷つける終焉伝説が広まったが、人々は将来長くアカザの吸い物（質素なお供え）を手に、空の墳墓を拝みに来るだろう。―

（渡部）

【永州・柳宗元廟】

永州（現在の永州市零陵区）は、湖南省の最南部に位置し、南北交通の要衝を占めた都市の名。瀟水が城南から城西をめぐって北流し、北郊で湖南省第一の大河・湘水（湘江）に注ぎこむ。漢以後、泉陵県、隋以後は零陵県という。この間、漢以後の零陵郡、隋・唐・宋の永州、元の永州路、明・清の永州府の治所となる。二〇〇〇年、永州市の政府は、当地の北約二〇キロメートルの冷水灘区に移された（現・永州市区は北の冷水灘区と南の零陵区から成る）。

永州（零陵区）は、中唐の柳宗元が十年間流謫されて、「名　天下に聞こゆ」（南宋初・汪藻「永州柳先生祠堂記」）るようになった。

柳宗元は貞元一九年（八〇三）、監察御史裏行になると、皇太子李誦（順宗）の下で政治改革をめざす、王叔文を中心とする一党に加わった。貞元二一年（＝永貞元年）正月、順宗が即位したが、病気のため、八月、憲宗李純に位を譲ると、この永貞改革は頓挫し、王叔文は死刑となり、その一党に属する柳宗元も同年、永州司馬（員外置同正員）に左遷され、歳末、永州に到着した（三三歳）。

永州は、当時、南方の未開・野蛮な地とされた。「永州は楚に於いて最南為り。…　野を渉れば蝮虺（毒蛇）・大蜂有り。空を仰ぎ地を視て、寸歩に労倦す（疲れる）。水に近づけば即ち射工（いさごむし）・沙蝨（すなしらみ）を畏る」（「李翰林建に与うるの書」）という、危険に満ちた環境下にあった。

着任当初、柳宗元は永州城内の西南部（瀟水の東岸）にあった龍興寺の西序（西側の部屋）に寄寓し、三年間あまり軟禁状態が続いた。柳宗元自ら、当時の様子を「余、僇人（罪人）と為りて、是の州（永州）に居りて自り、恒に惴慄す（恐れおののく）」（「始めて西山を得て宴游するの記」）と述べる。

元和四年（八〇九）、三七歳の時、城外に遊ぶ自由を得て、「始めて西山（永州城の西郊、瀟水の西岸）を得て宴游するの記」を始めとする、自らの精神世界を投影させた、八篇の山水遊記の名作「永州八記」を作った（後半の四篇は元和七年の作）。

この第一作には、西山の山頂に立って眺望し、「悠悠乎として顥気と倶にして（澄明な白い大気と一つになって）、其の涯を得る莫し。洋洋乎として造物者と遊んで（宇宙の創造主と遊泳して）、其の窮まる所を知らず。…　心凝り形釈けて、万化と冥合す（心は働きを停止し、体は解き放たれて、いつしか天地万物と一体化した）」とあり、広大な世界に遊び得た、のびやかな解放感を表現する。

翌元和五年、永州城の対岸、冉渓（瀟水の小支流。西山の北部を東に流れて瀟水に注ぐ。染渓）のほとりに土地を購入し、龍興寺から居を移して、畑を耕し蔬菜を作る新生活を始めて、永州の民となる決意を懐く。そして自ら「余は愚なるを以て罪に触れ、瀟水の上に謫せらる。是の渓を愛し、入ること二三里、其の尤絶（絶佳）なる者を得て家す。…　之を更めて愚渓と為す」（「愚渓詩の序」）と述べ、冉渓を「愚渓」と改めた（この名称は今日まで用いられる）。愚渓東南の住居周辺にある丘・泉・池・堂・亭などにも、「愚」の一字を冠し、「八愚」と総称して詩を作る。

愚渓移住後に成る「渓居」（谷川の住まい）詩には、「久しく簪組に累せ為るる（官途に縛られてきた）も、此の南夷の謫（南方の永州への左遷）を幸いとす。…　暁に耕して露草を翻し、夜に（舟を）榜いで渓石に響く。来往　人に逢わず、長歌　楚天碧なり」と歌い、日常の閑適な生活を喜びつつ、深い寂寥感を漂わせる。

五律「秋暁行南谷経荒村」（秋の暁に南谷を行きて荒村を経）も、移居後の作である。詩は、「杪秋（晩秋）　霜露重く、晨に起きて幽谷を行く。黄葉　渓橋（谷川に架かる橋）を覆い、荒村　唯だ古木のみ」と詠んだ後、こう続ける。

寒花疏寂歴　寒花は　疏らにして寂歴たり
幽泉微断続　幽泉は　微かにして断続す
機心久已忘　機心　久しく已に忘る
何事驚麋鹿　何事ぞ　麋鹿驚く

―寒気の中に咲く花は、まばらでひっそりとわびしく、山中の奥から湧き出る水は少なくて、途切れつつ流れゆく。世俗的なたくらみの心など、とっくに忘れはてているのに、どうして鹿は、（私を見て）驚きあわてるのであろう。―

詩は、晩秋の静謐な情景を描き、「機心」（『荘子』外篇「天地篇」の語）を忘れたはずの、自己の在り方を思索する。

詩跡・永州を確立した絶唱は、五絶「江雪」である。

千山鳥飛絶　千山　鳥飛ぶこと絶え
万径人蹤滅　万径　人蹤滅す
孤舟蓑笠翁　孤舟　蓑笠の翁
独釣寒江雪　独り釣る　寒江の雪

―どの山にも空を飛ぶ鳥の姿は見えず、どの路からも人の足跡が消えている。一艘の小舟に蓑と笠をつけた老人が乗り、雪の降る寒々とした川の中で、独り釣り糸を垂れる。―

詩は、短くつまる入声の韻字（絶・滅・雪）を用いて、厳冬の緊張感と無限の静寂・孤独感を際立たせ、孤寂の厳しさを表出する。

永州の柳宗元を祀る「柳子廟」は、愚渓の北側（永州市零陵区朝陽街道柳子街）にある。現在の柳子廟は、清・光緒三年（一八七七）の重修とされ、柳宗元紀念館を兼ねる。

この愚渓の祠廟―柳先生祠堂・柳子祠は、柳宗元の旧居の地から遠くなく、創建年代は不明ながら、遅くとも南宋初めには存在した（汪藻「永州柳先生祠堂記」）。南宋の『輿地紀勝』五六は、「（愚渓に在る）愚亭の内に在」ったとするが、この愚亭は柳宗元命名の八愚の一つそのものではなく、その名を借りた南宋期の建物らしい。

南宋の楊万里は、隆興元年（一一六三）、零陵県丞在任中に作った「百家渡（永州城南門外の渡し場）を過ぐ（渡る）四絶句」其三で、

柳子祠前春已残　柳子の祠前　春已に残し
新晴特地却春寒　新晴　特地に　春寒を却く

―柳宗元を祀る祠廟のほとり、春はもう尽きようとし、雨あがりの日ざしが、わざわざ春の寒さを追い払ってくれた。―

と歌い、「疎籬（疎らな垣根）　花の与に護りを為さず、只だ蛛糸の為に網竿と作る（蜘蛛が巣を張るのに役立つばかり）」と結ぶ。

この十年後（一一七三年）、范成大は赴任の途中、愚渓に遊び、「渓上の愚亭、以て子厚（柳宗元の字）を祠る」（『驂鸞録』）という。元の傅若金「柳先生祠」二首其一に「古人は水の如く去り、祠樹は天と参わる」、明の厳嵩「愚渓を尋ねて柳子廟に謁す」詩に「柳侯の祠堂　渓水（愚渓）の上、渓樹　荒煙　昔時に非ず」という。清の劉作霖「愚渓」詩にいう、「永州に愚渓有り、柳子　遺跡多し。当年　遊覧を縦にせしも、豈に遷謫（の悲哀）を感じざらんや。誰か知らん　千載の下、憑弔（慰霊）英傑多きを」と。柳宗元に対する歴代の懐古と共感が、詩跡・永州の存在感を高めたのである。

（許山）

【浯渓・朝陽巌】

浯渓は、北流して永州市祁陽県城（浯渓鎮）の西南郊外二キロメートルの地で、湘水に注ぐ谷川の名。中唐の元結「浯渓の銘」の序に、「浯渓は湘水の南に在り。北のかた湘に匯す（合流する）。其の勝異（類いまれな素晴らしさ）を愛し、遂に渓の畔に家す。渓は世よ名称無き者なり。自ら之を愛する為に、故に命づけて浯渓と曰う」とある。「浯渓」は元結の命名で、「吾の（独り有する）渓流」を意味する。大暦二年（七六七）に成る元結の「欸乃曲五首」其四にいう。

零陵郡北湘水東　零陵郡（永州）の北　湘水の東
浯渓形勝満湘南　浯渓の形勝（山水美）　湘南に満つ

元結は浯渓を愛し、大暦四年、その渓口付近に居を構えて、母の喪に服した。大暦六年には、顔真卿が楷書の大字で揮毫した元結自作の「大唐中興頌」（安史の乱を平定して唐朝を再興した粛宗の功徳を讃える韻文）が、浯渓の岩壁に刻された。崖・文・字の三者が優れていることから、「摩崖三絶」として知られる。その後、浯渓を訪れ、題詠して石に刻する者が絶えず、現在、元結の「浯渓銘」ほか、五〇〇前後の摩崖石刻が伝存し、「浯渓摩崖碑林」と呼ばれる。

元結の命名で有名になった「水清く石峻き」（『方輿勝覧』二五）浯渓は、以後、遊覧者の訪れを誘い、中唐の皇甫湜「浯渓の石に題す」詩、晩唐の鄭谷「浯渓」詩を生み、元結撰・顔真卿書の磨崖碑で知られる名所となる。北宋・黄庭堅の七言古詩「磨崖碑の後に書す」は、

春風吹船著浯渓　春風　船を吹いて　浯渓に著く
扶藜上読中興碑　藜（の杖）を扶き　上りて読む　中興の碑

で始まり、元結の頌に対する感懐を詠み、明・王偁の五言古詩「浯渓に遊び、陳司馬及び同に登る諸公に録呈す」には、「顔公（顔真卿）英烈の姿、元叟（元結）士林の仗（士人の中の衛士）。文辞は金石（鐘磬）のごとく奏で、字画は蛟龍のごとく壮んなり」と歌う。北宋の張耒・米芾・潘大臨の詩、南宋の楊万里の賦なども伝わる。

朝陽巌は、永州市零陵区（旧・永州城）の西南郊、街を囲んで北流する瀟水の西岸にある岩の名。元結が永泰二年（七六六）に作った「朝陽岩（＝巌）の銘」の序に、「零陵（永州）に至り、其の郭中に水石の異（奇観）有るを愛す。舟を泊めて之を尋ぬるに、岩と洞（洞窟）とを得たり。此の邦の形勝なり。古より之を荒し（放置し）て名称無し。其の東に向くを以て、遂に朝陽を以て命づく」とあり、これも元結の命名である。その「朝陽巌下の歌」にいう（詩中の湘水は瀟水を指す）。

朝陽巌下湘水深　朝陽の巌下　湘水深く
朝陽洞口寒泉清　朝陽の洞口　寒泉清し
零陵城郭夾湘岸　零陵の城郭（永州城）　湘岸に夾まれ
巌洞幽奇帯郡城　巌洞の幽奇　郡城を帯ぶ（囲む）

永州に左遷された中唐の柳宗元は、「朝陽巌に遊び、遂に西亭に登る二十韻」詩の中で、朝陽巌付近をこう描写する。

高巌瞰清江　高巌　清江を瞰（俯瞰し）
幽窟潜神蛟　幽窟（深い洞窟）　神蛟（神秘な蛟龍）　潜む

北宋の蔣之奇は、元・柳の二詩を意識して、「朝陽巌に遊び、遂に西亭に登る」詩を詠む。序に「柳子厚、（元結を）継いで之が詩を為りて、朝陽の名、始めて大いに著わる」と述べ、詩中に「寒江　浄くして鏡（のような水面）に瀉ぎ、怪石　森として屏を開く（屏風のように並ぶ）。幽鳥は馴れて羅す可く、潜蛟は深くして罾する莫し」と歌う。朝陽巌は黄庭堅、南宋の胡寅、明の顧璘、清の施閏章らが詠み継ぐ。

【九疑山・橘井（蘇仙公故宅）】

（許山）

九疑山は、永州市寧遠県の南四〇キロメートルに連なる山なみ。『元和郡県図志』二九に、「九山相い似て、行者疑惑す。故に名と為す」という。九嶷山とも表記され、蒼梧山とも呼ぶ。『史記』一、五帝本紀に、「（舜）帝位を践むこと三十九年、南のかた巡狩して蒼梧の野に崩じ、江南の九疑に葬らる。是れ零陵為り」とある。このため、九疑山は名君舜帝の埋葬地として、古来、多くの詩に詠まれた。舜廟は秦代以前、すでにあったとされるが、明代の初期、現在地（舜源峰の麓）に建てられ、近年、改修された。この後ろの舜源峰が舜陵とされる。

文学作品では『楚辞』「九歌・湘夫人」の、「九疑（の神々は）繽として（大勢で）並び迎え、霊の来ること雲の如し」が早期の例である。晩唐・胡曾の詠史詩「蒼梧」にいう。

有虞龍駕不西還　有虞の龍駕（舜帝の乗る車）　西還せず
空委簫韶洞壑間　空しく簫韶（舜帝の音楽）を委つ　洞壑の間
無計得知陵寝処　陵寝（陵墓）の処を知るを得る計無し
愁雲長満九疑山　愁雲　長えに満つ　九疑山

無情の雲も舜帝の死を悲しんでか、山を覆って陵墓を隠すのである。

また、舜帝の二妃が夫の死を悲しんで流した涙の痕が付着して、斑模様をなす「斑竹」ができたという（張華『博物志』八）。この伝説を踏まえた詩も多い。中唐・張謂の「邵陵（湖南省邵陽市）にて作る」詩は、旅の途中、舜帝の葬地の方角を遠望して懐古する。

斑竹年来筍自生　斑竹　年来　筍（たけのこ）自から生じ
白蘋春尽花空落　白蘋（水草）　春尽きて　花空しく落つ
遥望零陵見旧丘　遥かに零陵を望んで　旧丘（旧墓）を見るも
蒼梧雲起至今愁　蒼梧（山）　雲起こりて　今に至るまで愁う

橘井は、蘇仙公（蘇耽）の故居にあったとされる井戸の名。蘇耽井ともいい、現在の郴州市内の第一中学付近にある。所在は河南省信陽市の説もある（明・嘉靖『商城県志』八、雑述志・仙釈）が、一般的にはこの湖南省郴州のものを指す。『太平広記』一三所引『神仙伝』などでは、蘇仙公は前漢の文帝のころの、桂陽（郴州）出身の仙人である。「明年、天下に疾疫あらん。庭中の井水、簷辺の橘樹、以て（私に）代りて養う可し。井水一升、橘葉一枚もて、一人を療す可し。…」と母に言い残して、雲中に飛んでいった。翌年、果たして疫病が流行し、母は井泉と橘の葉を用いて患者を治してあげたという。

盛唐・杜甫「二十三舅録事の　摂に郴州に之くを送り奉る」詩の「郴州は頗る涼冷、橘井は尚お凄清」は、この伝説を踏まえ、盛唐の王昌齢の詩「郴山口を出でて…」にも「蘇耽の井」を詠みこむ。中唐・元結の七律「橘井」の後半は、蘇仙公の故居の荒廃と追慕の情を詠む。

風冷露壇人悄悄　風冷やかにして　露壇　人悄悄
地閑荒径草綿綿　地閑かにして　荒径　草綿綿
如何躡得蘇君跡　如何ぞ　蘇君の跡を躡い得て
白日霓旌擁上天　白日　霓旌もて　擁せられて天に上らん

―風が冷たく吹いて、露天の台には人声もなく、あたりはひっそりして、荒れた小道に草が連なる。どうしたら蘇仙公の跡を追いかけて、日中、虹の旗（の儀仗）に守られながら昇天できるのだろうか。―

唐末の沈彬「蘇仙山（蘇耽が仙道を修めた、郴州市東北郊の蘇仙嶺）に題す」詩にも、「蘇仙の宅は古りて煙霞老い、義帝（秦末、項羽に殺された西楚の王）の墳は荒れて草木愁う」とあり、懐古の情を歌う。橘井は以後も、宋の陳与義・阮閲、明の胡圭・趙迪らが詠み継いだ。

（許山）

【桃花源（桃源）】

洞庭湖の西に位置する常徳市から西南へ四〇キロメートル、桃源県桃花源鎮にある名勝の名。東晋・陶淵明の「桃花源記」で広く知られ、武陵桃源ともいう。清・光緒『桃源県志』一「桃源洞・桃花源紀勝碑」に、「沅（江）南の名勝は、桃源洞を以て最も奇と為す。靖節先生（陶淵明）之を寓言に託すと雖も、而れども其の地は、山川盤錯（交錯）し、林壑幽深にして、信に仙霊の窟宅なり。唐宋以来、遊覧吟詠し、石に勒み碑に紀す者は、今に至るまで絶えず」という。湖北省十堰市・安徽省黄山市黟県なども、「桃花源」を主張するが、湖南省のこの地が古来、陶淵明の作品の舞台とされてきた。作品にちなみ、纜船洲・水源亭・遇仙橋・問津亭などが作られている。この地—朗州（武陵郡）の司馬となり、「桃源の行」「桃源に遊ぶ一百韻」などを詠じた、中唐・劉禹錫の作と伝える「桃源佳致碑」も作られた（現碑は清代）。

陶淵明の「桃花源記」には、戦乱のない理想郷が語られている。東晋の太元年間（四世紀後半）、武陵（常徳市付近）の漁師が谷川に沿って遡っていくと、桃の林に行き着いた。水源そばの穴の中に入っていくと、美しい風景が広がり、村人すべてが楽しげに暮らしていた。秦代（前三世紀）、戦乱から逃げてきたという村人たちは、酒食を出して漁師を歓待した。ここで数日過ごした後、漁師は目印をつけながら帰ったが、道がわからなくなって再訪できなかったという。

「桃花源記」の後に附された、陶淵明の五言詩（桃花源詩）にいう。

荒路曖交通　荒路　曖として交わり通じ
鶏犬互鳴吠　鶏犬　互いに鳴き吠ゆ
俎豆猶古法　俎豆　猶お古法にして
衣裳無新製　衣裳　新製無し
童孺縦行歌　童孺は　縦ままに行く歌い
斑白歓遊詣　斑白は　歓んで遊び詣る

—草深い道が遠くゆきかい、鶏や犬が互いに鳴きあっている。祭礼用の礼器は今も昔のしきたりに従い、着る服も新しい様式のものを取り入れない。子供は気ままに歩きながら歌い、白髪交じりの老人は楽しげに遊びに出かける。—

陶淵明が描いたのは、戦乱も徴税もない平和な隠れ里であったが、後世、不老長寿の神仙境と捉えられるようになった。盛唐の王維は一九歳の時、「桃源の行」の中で桃花源を想像して、「峡裏（谷あい）誰か知らん　人事（人の暮らし）有るを、世中　遥かに望めば　空だ雲山のみ」と歌い、こう結ぶ（仙源は桃源の仙境、弁は識別する意）。

春来遍是桃花水　春来れば　遍く是れ　桃花の水
不弁仙源何処尋　仙源を弁ぜざれば　何れの処にか尋ねん

神仙境としての桃花源は、絵にも描かれた。中唐の韓愈は、朗州刺史竇常から送られてきた桃花源の絵図を見て、七言古詩「桃源図」を作ってそれを批判する。その冒頭にいう。

神仙有無何渺茫　神仙の有無　何ぞ渺茫たる
桃源之説誠荒唐　桃源の説は　誠に荒唐
流水盤廻山百転　流水盤廻し　山百転す
生綃数幅垂中堂　生綃数幅　中堂に垂る

—神仙の存在は漠然として定かでなく、桃源の伝説もまったく根拠がない。流れる川がめぐり曲がって、山が幾度も向きを変える。そうした絵柄が数幅の絹に描かれて、この広間に掛けられている。—

南宋の王十朋は、韓愈の説を支持して、「桃源の図に和す」詩を作った。その序に、漁師が遇ったのは秦の戦乱を逃れた人の子孫だと述べ、「後来の図画は　了らかに真に非ず、（桃花源）誌を作りし淵明は乃ち（秦の数世紀後の）晋の人」と詩を結ぶ。「桃花源記」から膨らんだ空想的詩とそれを批判する理知的な詩が、それぞれ作られていった。

唐代の前期、武陵の桃花源には、道教の寺院「桃源観」が建立された。唐の狄中立「桃源観山界記」には、「桃源洞は祠堂の北、大江（沅江）の南岸に在り。（武陵の）漁人黄道真、桃花を見し処」という。

実際に武陵を訪れての作詩は、盛唐以降に見える。孟浩然の五律「武陵にて舟を泛かぶ」詩は、清澄な風景と感応した心境を、「水廻りて　青嶂（青々とそびえる峰）合し、雲渡りて　緑渓陰る。坐ろに閑猿の嘯くを聴けば、弥よ塵外（世外）の心を清くす」と詠む。

また、盛唐・張旭の七絶「桃花渓」詩も、現地での作と推測される（本詩は北宋の蔡襄「度南澗」［南澗を度る］詩と同じであるが、ここでは通説に従う）。桃花渓とは、桃源山と桃花山に源を発して、沅江にそそぐ谷川の名。詩は神仙の住む桃源郷に対する憧憬をこめて歌う。

桃花源

隠隠飛橋隔野烟　　隠隠たる飛橋　野烟を隔つ
石磯西畔問漁船　　石磯の西畔　漁船に問う
桃花尽日随流水　　桃花　尽日　流水に随う
洞在清渓何処辺　　洞は　清渓の何れの処の辺にか在ると

―野辺にたつ春霞のかなたに、美しい橋がおぼろげに空高くかかる。水中に突き出た岩場の西側に立ち、漁をする船に問いかけた、「桃の紅い花びらが、一日中、川面を流れてきます。仙境に通じる洞穴（桃源洞）は、この清らかな谷川のどのあたりにあるのでしょう」と。―

中唐・皎然の七律「晩春　桃源観を尋ぬ」詩の頷聯・頸聯は、桃源の静謐な風景を歌って深い印象を与える（擁は覆う意）。

細草擁壇人跡絶　　細草　壇（祭壇）を擁して　人跡絶え
落花沈澗水流香　　落花　澗（谷川）に沈みて　水流香る
山深有雨寒猶在　　山深く　雨有りて　寒さ猶お在り
松老無風韻亦長　　松老い　風無くして　韻き亦た長し

桃源（桃花源）はまた、「桃花源記」に描かれたような平穏な場所も指す。劉禹錫の「寿安（洛陽市宜陽県）の甘棠館に題す」二首其二に、「門前は洛陽の道、門裏は桃源の路。塵土と烟霞と、其の間は十余歩」（五絶）という。「桃源」は喧噪に満ちた「塵土・洛陽」と対比されている。桃花源（桃源）は一地名としての存在を超えて、心に安寧をもたらす理想郷の象徴として描かれるようになったのである。

桃花源（桃源）は、長く人々の心を魅了し続けた。陶淵明の作品に注釈を施した清・陶澍に五絶「桃花渓に過る」詩があり、「澗は曲がる　小橋の横、屋角（家屋のかど）　雲中に現わる。見えず　武陵の人、但だ見る　桃花の片」と余情豊かに歌う。

（紺野）

【三峡】

長江の中流、重慶市奉節県の東の白帝城から、湖北省宜昌市南津関に至る、全長一九三キロメートルに及ぶ峡谷の名。かつては両岸から絶壁が迫り、岩礁が波浪を起こす長江最大の船の難所であった。

三峡の語は、西晋・左思「蜀都の賦」（『文選』四）などにあり、詩では南朝宋・何承天の「巫山高篇」に見える。しかし、三峡が指す具体的名称には異同が多い（高歩瀛『文選李注義疏』四。清・王琦『李太白全集』八「峨眉山月の歌」の注も参照）。六朝後期から初唐にかけて、一般に広渓峡・巫峡・西陵峡を三峡と呼び、盛唐以降は広渓峡にかわって瞿塘（唐）峡の名が用いられて現在に至る。

北魏・酈道元『水経注』三四には、山々の連なる三峡の様子を、「自し停午（正午）・夜分に非ずんば、曦月（太陽と月）を見ず。…時有りて、朝に白帝（城）を発すれば、暮れに江陵（湖北省荊州市）に到る。…晴るる初め、霜の旦、林寒く、澗粛かなるに至る毎に、常に高猿の長嘯有りて、属引凄異なり（いつまでもすさまじい）。空谷に響きを伝え、哀転して久しくして絶ゆ。故に漁者歌いて曰く、『巴東（郡名。今の重慶市雲陽・奉節・巫山県一帯）の三峡、巫峡長し、猿鳴くこと三声　涙　裳を沾す』と」という。三峡は唐代以降、詩人たちが実際に訪れることで詩跡化されるにあたり、この記事はそのイメージの形成に大きく影響した。

その一つが、峡谷に響く悲しい猿の鳴き声である。盛唐・孟浩然「峡に入りて弟に寄す」詩に、「我来りて　凡そ幾宿ぞ、夕べとして猿を聞かざる無し」という。晩唐の詩僧・貫休「三峡にて猿を聞く」詩も、「歴歴たる（キーキーと鳴く）　数声の猿、寥寥として白煙に渡る（白いもやの中をひそやかに移動する）」と歌う。

一方、乾元二年（七五九）の春、流刑から解放された李白の絶唱「早発白帝城」（早に白帝城を発す）は、猿声の悲しげなイメージをひきあいに出し、自由を得た喜びをこめて、軽快な舟下りを描く。

両岸猿声啼不尽　　両岸の猿声　啼いて尽きざるに
軽舟已過万重山　　軽舟　已に過ぐ　万重の山

三峡の激流は多くの遭難者を生んだ。中唐の李肇『唐国史補』下に「五月（増水期の真夏）峡を下れば、死すとも弔わず」と記すほどである。中唐の孟郊「峡哀十首」は、人々を呑み込んできた三峡そのものを、人を食らう蛟龍にたとえる。また、晩唐の李頻「八月峡を上る」詩は、増水した三峡を舟で上る恐ろしさをこう歌う。

洶洶灘声急　　洶洶として　灘声急に
冥冥樹色愁　　冥冥として　樹色愁う
免為三不弔　　三不弔と為るを免るるも
已白一生頭　　已に白し　一生の頭

—早瀬の波の音はざわざわとせわしく、（断崖の）樹々の色はくらぐらともの悲しい。幸い、死んでも弔わない三つの変死（『礼記』檀弓上）の一つ、溺死を免れたが、頭髪は生涯、真っ白となった。—

三峡は、以後も「勃勃として（勢いよく）　駭浪（大波）騰がり、復た蟄鼇（水底に潜む大亀）の抃つを恐る」（南宋・范成大「濆淖（大きな渦）を刺る」）、「巑峰（高俊な峰）　開いて復た合し、青天　細きこと　掌の如し」（明・王紳「峡に入る」）などと歌われていく。類いまれな美しい山水の奇観と恐ろしい激流の詩跡であった三峡も、二〇〇九年、三峡ダムが完成して水位が上昇し、川幅も広がって、周辺の景観が一変した。

（紺野）

【瞿塘峡・灩澦堆】

瞿塘峡（瞿唐峡）は、長江三峡の最も上流に位置する峡谷の名。広渓峡・夔峡・西陵峡（三峡最下流のそれとは別）などともいう。現在の重慶市奉節県東の白帝城（付近にある北岸の赤甲山［赤岬山］と南岸の白塩山が垂直に対峙して「夔門」を形成）から、同市巫山県大渓郷に至る、約八キロメートルの峡谷を指す。

瞿塘峡は三峡中で最も短いが、かつては狭い所が数十メートルの幅しかなく、舟行の難所であった。北魏・酈道元『水経注』三三に、「（広渓）峡中に瞿塘・黄龍の二灘有り。夏には水迴復して（渦巻いて）、沿泝（舟の上り下り）は忌む所なり」とあり、瞿塘は峡谷の早瀬の名として見える。瞿塘峡は、これに基づく呼称であろう。古歌にも「灩澦 大きさ馬の如くんば、瞿塘は下る可からず」（『唐国史補』下。「淫豫の歌」ともいう）などとあり、灩澦堆と対になる。初唐の楊炯「広渓峡」詩は、個別に瞿塘峡を歌った現存最古の詩であり、その激流を「驚浪（湧き立つ波） 高天に廻り、盤渦（激しいうず） 深谷に転ず」と描く。以後、瞿塘峡は徐々に詩跡化した。

盛唐・李白「荊州の歌」は、増水した盛夏の急流を、「白帝の城辺風波足し、瞿塘 五月 誰か敢えて過ぎん」と詠み、杜甫「瞿塘の両崖」詩は、高く深い両岸の岩壁を、「天に入るも猶お石色、水を穿ちて忽ち雲根（石の別名）」と歌う。中唐の白居易は、上流の忠州の刺史に赴任する途上、五律「夜 瞿唐峡に入る」詩を作った。「瞿唐は天下の険、夜に上るは信に難い哉」と詠んだ後、こう歌う。

岸似双屏合　岸は双屏の合するに似て
天如匹帛開　天は匹帛の開くがごとし

―両岸の断崖は（身に迫りきて）二枚の屏風が重ね合わさるかのよう、それに挟まれる天空は、長い白絹の布が伸びゆくかのよう。―

この難所のために、長江を往来する商人は大きな利益を得た。中唐・李益「江南曲」の、「瞿塘の賈（商人）に嫁し得たるも、朝朝妾が期を誤る（待ちぼうけを食う）」は、商人の妻の怨情を詠む。南宋の陸游「瞿唐の行」、清の張問陶「瞿塘峡」詩などに詠み継がれた瞿塘峡も、三峡ダムの完成によって、現在、大きく姿を変えた。

灩澦堆（淫預石）は、瞿塘峡の入口、白帝城下の長江中にあった巨大な岩礁（長さ三〇メートル、幅二〇メートル）の名。『水経注』三三に、「江中に孤石有り、淫預石と為す。冬は水を出づること二十余丈、夏は則ち没す」とある。また、『方輿勝覧』五七に、「舟子 途を取るに決せず、名づけて猶豫と曰う」とあり、灩澦・淫預・猶豫などの名称は、舟人が通過を逡巡する様子を表す双声のオノマトペ「猶豫」に由来するのであろう。

灩澦堆の詩跡化は、唐代に始まる。杜甫の五律「灩澦堆」は古歌を踏まえて、「牛を沈めて雲雨に答え（舟人は牛を沈めて雲雨をおこした神に感謝し）、（水上の露出部が）馬の如くんば 舟航を戒しむ」と歌う。また、白居易の詩「初めて峡に入りて感有り」にもいう。

瞿唐呀直瀉　瞿唐は 呀として直ちに瀉ぎ
灩澦屹中峙　灩澦は 屹として（高々と） 中に峙つ

上句は、瞿唐峡は口を大きく開けて、どっと水を吐き出す意。灩澦堆は、後に南宋・王十朋「灩澦」詩などにも詠まれていく。「城西（白帝城の西）の門前 灩澦堆、年年の波浪も 摧く能わず」（劉禹錫「竹枝詞九首」其六）と歌われた灩澦堆も、一九五九年の冬、航路の安全を図るために爆破された。

（紺野）

【巫山・巫峡】

巫山は、重慶市巫山県城の東、巫峡（三峡の一つ）のほとりに連なる山なみの名。浸食された石灰岩の奇峰からなり、巫山十二峰と総称される。古くは長江北岸の十二峰を指したらしい（南宋・范成大『呉船録』下）が、清代以降、長江の南北各六峰をいう（清・乾隆『夔州府志』一）。特に巫山県城の東南約一五キロメートルの神女峰（望霞峰。海抜九四〇メートル）は、名峰として知られる。ちなみに、明清期の地方志などでは、巫山県城の対岸、長江南岸の山を巫山と呼び、いわゆる巫山十二峰を十二峰・巫峰と呼んで区別する。

戦国楚の宋玉「高唐の賦」（『文選』一九）の序にいう、―楚の先王（懐王）が離宮・高唐観に遊び、昼寝の夢で巫山の神女と契った。彼女は別れ際、「旦には朝雲と為り、暮れには行雨と為り、朝朝暮暮、陽台の下にあり」と告げ、翌朝、王が見ると、その言葉通りであった、と。この「巫山の雲雨」伝説は、懐王の長子で宋玉が語った相手・頃襄王（襄王）と神女との物語とされることが多く、男女の情愛を示す典故として多用される（【巫山神女廟・陽雲台】の項も参照）。

巫山は、早くも漢代の鼓吹鐃歌（軍楽）「巫山高」（巫山高し）の中で高大な山として言及され、南朝斉・梁の擬古楽府になると、神女の伝説が加わった。たとえば梁の范雲「巫山高」詩に、「靄靄として朝雲去り、溟溟として暮雨帰る」という。唐代以降も、「巫山高」詩は、初唐の沈佺期、北宋の王安石、南宋の范成大など、盛んに詠み継がれた。中唐・李賀の「巫山高」詩は歌う。

楚魂尋夢風颸然　　楚魂　夢を尋ねて　風颸然
暁嵐飛雨生苔銭　　暁嵐　飛雨　苔銭を生ず

―楚王の魂は夢で契った神女を捜し求めるのか、さやさやと涼風が吹きよせ、明け方の山気、激しい雨に、丸い銭苔が生え広がる。―

長江に臨む巫山は、唐代以降、舟旅の途中、山下を通る詩人に歌われ始めた。盛唐の李白「巫山の下に宿す」詩に、「高丘　宋玉を懐い、古（の跡）を訪いて　一えに裳を霑す」という。北宋の蘇軾「巫山」詩は、ひときわ秀麗な神女峰を、「遥かに観る　神女の石（峰上の人の形の石）、綽約として（たおやかで）誠に以有り」と詠む。

巫峡は、長江三峡の中間、現在の巫山県城の東、大寧河との合流地点から、湖北省恩施土家族苗族自治州巴東県官渡口鎮に至る、約四五キロメートルの峡谷の名。巫山にちなむ命名である。民歌にも「巴東（郡）の三峡　巫峡長し、猿鳴くこと三声　涙　裳を沾す」（『水経注』三四）とあり、三峡「七百里」のうち、「一百六十里」を占める最長の峡谷とされた（現在は下流の西陵峡よりも短い）。

巫峡は、まず擬古楽府「巫山高」の中に見える。梁の王泰「巫山高」詩には、「谷深くして流響咽び、峡近くして猿声悲し」とある。初唐の楊炯が「巫峡」と題して、猿声が悲しくこだまする巫峡を、

山空夜猿嘯　　山空しくして　夜猿嘯き
征客涙沾裳　　征客（旅人）　涙　裳を沾す

と歌って以降、巫峡は個別に歌われて詩跡化した。晩唐の李頻「巫峡を過ぐ」詩は、峡谷にそばだつ巫山を、「削り成すこと　水底従りし、聳え出でて　雲端に在り」と描く。一方、晩唐・曹松や北宋・王安石の「巫峡」詩は、前述の神女伝説を踏まえて詠む。

ちなみに、巫峡は、しばしば広く三峡一帯を代表させた。夔州（今の奉節県の東）で作られた杜甫「秋興八首」其一や、晩唐の陸亀蒙「巫峡」詩の「巫峡七百里、巫山十二重」は、その例である。

【巫山神女廟・陽雲台】

（紺野）

巫山の神女廟は、現在の重慶市巫山県にあった、巫山の神女を祀る廟の名。神女館・巫女廟・巫山廟などともいう。彼女の名は瑶姫（姚姫）、北魏・酈道元『水経注』三四には、天帝（赤帝）の娘で、嫁ぐ前に没して巫山の南に葬られたという。南宋・范成大『呉船録』下には、西王母の娘で、雲華夫人と称し、禹の治水を助けたとする。

神女廟は、戦国楚の懐王（詩歌では、しばしばその長子・頃襄王［襄王］のこととする）が、夢の中で契った彼女のために建てた「朝雲」という廟に由来する（【巫山・巫峡】の項も参照）。その位置について、東晋・習鑿之『襄陽耆旧伝』（宋玉「高唐の賦」序の李善注［『文選』一九］所引）は、巫山の南にあったとする。しかしこの朝雲廟は、後に遺跡さえも失われた（『方輿勝覧』五七）。

神女廟は、唐の儀鳳元年（六七六）に置かれ、北宋の宣和四年（一一二二）、凝真観と改称した（趙万里校輯『元一統志』五）。この廟は、『呉船録』によれば、巫山県東の神女峰の対岸、長江南岸の岡の上にあった。一方、『方輿勝覧』は長江の北岸、巫山県の西北二百五十歩、陽雲台の近辺にあったとする。また、清の王士禛は、長江の北岸、大寧河東岸の箜篌山に近い、小山上に移された神女廟を訪ねて（『蜀道駅程記』下）、「神女廟」詩を作る。今はいずれも現存しないが、最後の廟は巫山神女廟遺址として伝わる（巫峡鎮江東村）。

唐代以降、神女廟は詩に詠まれた。晩唐の范攄『雲渓友議』上によれば、中唐期、題壁の詩が千余首に上ったという。特に、初唐の沈佺期・王無競、中唐の李端・皇甫冉の詩が「古今の絶唱」と評された。王無競「巫山」詩の「朝雲　処所無く（どこと所定めなく立ちこめ）、台館　暁に蒼蒼たり」、皇甫冉「巫山峡」詩の「雲は蔵す　神女の館、雨は到る　楚王の宮（離宮・高唐館）」は、神女の「朝雲暮雨」の伝説を踏まえた表現である。他に中唐の劉禹錫や晩唐の温庭筠などに、「巫山の神女廟」詩がある。

晩唐の韋荘「巫山廟に謁す」詩は、「高唐の賦」序をほぼ引用して、神女の美しさに心を奪われて、都を失った楚の頃襄王を歌う。

朝朝暮暮陽台下　　朝朝　暮暮　陽台の下
為雨為雲楚国亡　　雨と為り　雲と為って　楚国亡ぶ

その後も、北宋の蘇軾や清の王士禛の「神女廟」詩などがある。

韋荘詩にも見える陽雲台（陽台）は、巫山の神女が別れ際、朝夕に雲雨となって「陽台の下」にいると告げた場所（宋玉「高唐の賦」序）で、巫山の南、長江の北岸にあった楼台の名。『太平寰宇記』一四八、巫山県の条に、「高さ一百二十丈、南のかた長江に枕む」といい、明の正徳『夔州府志』三には、巫山県の北の陽台山にあるという。『方輿勝覧』には、巫山県の西北五十歩にあるという。

陽台は、すでに南朝斉・王融の擬古楽府「巫山高」に、「想像す　巫山の高きを、薄暮　陽台の曲」と見え、唐代には、巫山県の陽雲台を訪れて歌うようになる。李白「古風五十九首」其五八は、「我は巫山の渚を行き、古を尋ねて陽台に登る」で始まり、その荒廃を詠む。晩唐・唐求の七絶「巫山下作」（巫山の下にて作る）詩にもいう。

細腰宮尽旧城摧　　細腰宮（楚の離宮の俗称）尽きて旧城摧け
神女帰山更不来　　神女　山に帰りて　更に来らず
唯有楚江斜日裏　　唯だ有り　楚江（長江）　斜日の裏
至今猶自繞陽台　　今に至るまで　猶自　陽台を繞る

陽雲台は、范成大「巫山自り陸に遵い、…」詩などにも詠まれた。

（紺野）

【白帝城・夔州】

白帝城は、現在の重慶市奉節県白帝鎮白帝村（奉節県城の北東約一一キロメートル）に位置し、三峡の最上流・瞿塘峡入口の、長江北岸にある城塞の名。後漢の初期、巴蜀に割拠した公孫述が築き、「初め、公孫述の殿前の井に、白龍の出づる有り。因りて白帝城と号す」（南宋・王応麟『通鑑地理通釈』一一に引く『元和郡県図志』の逸文）という。他方、『太平寰宇記』一四八には、「（公孫述）自ら以えらく、漢の土運を承ぐ、と。故に号して白帝城と曰う」とあり、五行説による命名とする。近年、白帝天王信仰に基づく名ともされる（向柏松『土家族民間信仰与文化』民族出版社、二〇〇一年）。

夔州は、初唐の武徳二年（六一九）に設置された。先述の『元和郡県図志』の逸文には、「白帝山は、即ち州城の拠る所なり」とあり、唐代の夔州城は白帝城を中心に北西の傾斜地へと広がっていたらしい。そのため、唐代、白帝城は夔州の雅称ともなった。杜甫は大暦元年（七六六）の春、「居を夔州に移さんとして作る」詩を詠み、「枕に伏す　雲安県、居を遷す　白帝城」と歌う。なお、北宋の景徳二年（一〇〇五）以降、夔州および奉節県の治所（役所）は、基本的に現在の奉節県永安鎮に移転した（旧奉節県城。三峡ダム建設により、県城はさらに西の現在地に移動した）。

白帝城の詩跡化は、初唐・陳子昂の五言排律「白帝城懐古」に始まる。詩は、舟で長江を下る途中の作、当地の歴史をしのぶ。

城臨巴子国　　城は臨む　巴子の国
台没漢王宮　　台は没す　漢王の宮

――白帝城は、周代、子爵を与えられた巴国の地を見おろし、三国蜀漢の先主・劉備の宮殿は、その基台の跡さえ見えない。――

義弟関羽の仇を討とうとした劉備は、かえって呉に大敗して白帝城に退却し、章武三年（二二三）、遺児を諸葛亮に託して永安宮（白帝城の西約五キロメートル、現・永安鎮）で病没した。南宋・王十朋は、十二首の七絶の連作「連日、瞿唐に至り、白帝祠に謁し、…」を作り、その中の「白帝城」詩も、三国蜀の興亡を歌う。

唐代の白帝城には、公孫述を祀る白帝廟があった。杜甫「白帝城に上る二首」其二には、白帝廟の荒廃を歌う。

白帝空祠廟　　白帝（と自称した公孫述）　祠廟空しく
孤雲自往来　　孤雲　自から往来す

晩唐・胡曾の詠史詩「白帝城」は、公孫述の滅亡を、「古より山河は聖主に帰す、子陽（公孫述の字）虚しく漢家と争う」と評する。

宋代以降、白帝城は荒廃し、白帝廟のみが残ったらしい。北宋の蘇軾「白帝廟」詩は「荒城　秋草満ち、古樹　野藤垂る」と歌い、南宋の范成大「夔州竹枝歌九首」其七にも、「白帝廟前　旧城無く、荒山　野草　古今の情」という。現在の白帝城も白帝廟を基礎とし、劉備や諸葛亮らを祀る明良殿（公孫述の像は明の正徳七年〔一五一二〕に壊される）を中心に明清の建物からなり、清の王士禛「白帝城に登る」、張問陶「白帝城」などの詩が歌う。なお、白帝城は現在、三峡ダムの完成によって長江中の島のようになっている。

范成大の詩に見える「竹枝詞（歌）」は、夔州を含む巴渝（現・重慶市）の民歌に由来し、唐以降、流行した。夔州の刺史となった中唐の劉禹錫「竹枝詞九首」其二は、男女の情愛を民謡風に歌う。

花紅易衰似郎意　　花の紅の衰え易きは　郎の意に似て
水流無限似儂愁　　水の流れの限り無きは　儂が愁に似たり

白帝城・夔州を一流の詩跡としたのは、李白と杜甫の絶唱である。永王李璘の反乱に加担して夜郎（現・貴州省）への流刑の途上にあった李白は、乾元二年（七五九）の春、この付近で恩赦に遇い、長江を下った。次の「早に白帝城を発す」詩は、その時の作とされる。

　朝辞白帝彩雲間　　朝に辞す　白帝　彩雲の間
　千里江陵一日還　　千里の江陵　一日にして還る

―朝早く、美しい朝焼け雲の中、白帝城に別れを告げ、千里のかなた、江陵（現・湖北省荊州市）へ、わずか一日でかえりつく。―

早朝の彩雲の中、高く聳える白帝城は、囚われの身から解放された李白にとって、輝かしくも美しい風景であった。そして自由を得た歓びとともに、舟で一気に三峡を下っていく。

　杜甫は、大暦元年春から大暦三年正月に到る二年足らずの間に白帝城の西閣・瀼西（今の永安鎮とも白帝鎮八陣村ともいう）・東屯（今の白帝鎮浣花村附近とされる）等に住み、四三〇余首（現存の杜詩の約三分の一）の詩を作った。当時、彼は肺病・糖尿・瘧癘などを療養する老残の身であった。加えて、長安に帰朝し「検校尚書工部員外郎」への就任を願いつつも、多病ゆえに実現できぬ焦燥の中にあった。夔州の詩はそれらが密接に交錯し、鋭敏な詩語とリズムによって綴られる。大暦元年秋の七律の連作「秋興八首」其一にいう。

　玉露凋傷楓樹林　　玉露凋傷す　楓樹の林
　巫山巫峡気蕭森　　巫山　巫峡　気蕭森たり
　江間波浪兼天湧　　江間の波浪は　天を兼ねて湧き
　塞上風雲接地陰　　塞上の風雲は　地に接して陰る
　叢菊両開他日涙　　叢菊　両び開く　他日の涙
　孤舟一繋故園心　　孤舟　一えに繋ぐ　故園の心
　寒衣処処催刀尺　　寒衣　処処　刀尺を催し
　白帝城高急暮砧　　白帝　城高くして　暮砧急なり

―白玉のような冷たい露が、紅く染まった楓（モミジの一種）の林を無惨にも枯らしていく。ここ巫山・巫峡一帯（広く三峡を指す）では、厳しい秋の気配がしんしんと立ちこめる。峡谷を流れる長江の波は、天へも届かんばかりに逆巻き、城塞（夔州城）あたりの風や雲は、大地に触れるほどに低くて暗い。（成都を離れてより）、群がる菊の花が二度目に咲くのを見ると、過ぎし日を思って涙を流す。ただ一艘の小舟だけが繋がれたまま、故郷への思いはつのってゆく。冬着の用意のため、あちこちで裁縫に忙しそうだ。白帝城の高いところまで、暮れ方、砧を打つ音がせわしなく聞こえてくる。―

　杜甫は「返照」詩でも、「衰年　肺を病んで　惟だ枕を高くし、絶塞（夔州）　時を愁いて　早く門を閉ざす」と詠む。また全対からなる「登高」詩は、格調の高いリズムで夔州の悲秋を歌う。

　無辺落木蕭蕭下　　無辺の落木　蕭蕭として下り
　不尽長江滾滾来　　不尽の長江　滾滾として来る

白帝城・夔州の地は、杜甫晩年の憂愁・沈鬱の詩を想起させた。晩唐・鄭谷の五律「峡中」には、「独吟　誰か会解せん、多病　自から淹留す。往事は今日の如し、聊か子美（杜甫の字）の愁を同じくせん」とある。南宋の陸游も、七律「夜、白帝の城楼に登りて少陵先生（杜甫）を懐う」詩の中で、「拾遺（左拾遺の官についた杜甫）の白髪　誰有りてか憐れまん、零落の（落魄した生活の中で生まれた）歌詩　両川（現・四川省と重慶市）に遍し」と歌う。

　このように、白帝城・夔州の地は、二大古典詩人・李杜の詩を愛する者にとって、忘れがたい詩跡なのである。

（紺野）

【蜀先主廟・武侯廟・八陣磧】

蜀先主廟は、三国蜀の先主・劉備を祀る廟の名。呉に敗れた劉備は章武三年（二二三）の夏、永安宮（現・奉節県永安鎮の旧県城。三峡ダムの建設に伴い、県城は西に移転）で病没した。彼の廟は四川省成都市武侯祠内など各地にあり、奉節県の廟もその一つである。

唐代の夔州（白帝城を中心とする現・白帝鎮）には、先主廟がすでにあり、杜甫「先主廟に謁す」詩などによって詩跡化した。大暦元年（七六六）の作とされる杜甫「古跡に詠懐す五首」其四には、「古廟の杉松に水鶴巣くい、歳時の伏臘（毎年の夏冬の祭り）に村翁走る」と歌う。詩の原注「廟は（永安）宮の東に在り」や晩唐・李貽孫「夔州都督府記」によれば、先主廟は当時、夔州城西郊の瞿塘駅の西、永安宮の東にあった。中唐の劉禹錫「蜀先主廟」詩には、

天下英雄気　天下　英雄の気（気概）
千秋尚凜然　千秋　尚お凜然たり（畏敬の念を抱かせる）

と歌う。後に、南宋・王十朋の十二首連作「連日、瞿唐に至り、…」詩中の、「昭烈廟」（昭烈帝劉備の廟）詩などがある。

明の嘉靖一一年（一五三二）、白帝城内の三功祠が義正祠に改められ、劉備とその丞相・諸葛亮を祀るようになった。同三六年（一五五七）、明良殿となり、関羽・張飛らの像も置かれて現在に至る。

武侯廟は、三国蜀の丞相・諸葛亮（字は孔明）を祀る廟の名。前述の李貽孫「夔州都督府記」によれば、唐代の夔州武侯廟は、瀼西（梅渓河［大瀼水］の西）に位置する、今の永安鎮にあった。

夔州の武侯廟も、杜甫によって詩跡化した。たとえば五絶「武侯廟」は、廟の荒廃を「遺廟　丹青（彩色）落ち、空山　草木長し」と歌う。また、「古跡に詠懐す五首」其五の首聯は、特に有名である。

諸葛大名垂宇宙　諸葛の大名　宇宙に垂れ
宗臣遺像粛清高　宗臣の遺像　粛として清高

―孔明の偉大な名声は天地・古今の間に伝わり、国の名臣と仰がれる彼の塑像が、（廟内に）厳粛に気高くそそりたつ。―

南宋期の夔州には、奉節県城のあった今の永安鎮の南「八陣台」の下とその県城東北の臥龍山の二箇所に、武侯祠があった（『方輿勝覧』五七、南宋・王十朋「夔州新修諸葛武侯祠堂記」）。王十朋の詩「臥龍山に武侯の新祠有り、…」などがある。清代、瀼東に楊世英再建の武侯祠があり、現在、白帝城内に武侯祠が造られている。

八陣磧は、今の永安鎮の東南、梅渓河との合流地点付近の、長江北岸（魚復浦）にあった磧の名。その名称は、『三国志』三五、諸葛亮伝に「兵法を推演し、八陣図を作る」とあり、諸葛亮が作った石積みの八種の陣形とされる「八陣図」に由来する。遺址は陝西省漢中市勉県や成都市青白江区弥牟鎮などに伝わり、この永安鎮のそれは俗に水八陣と称したが、現在は三峡ダムのために水没した。

永安鎮の八陣図は、『太平寰宇記』一四八に引く『荊州図副』に「細石を聚めて之を為り、…凡て六十四聚」とあり、夏の大水で水没しても、冬の渇水期にはもとの形で現れたという。

詩跡化は、孔明の功名を讃えた杜甫の五絶「八陣図」に始まる。

功蓋三分国　功は蓋う　三分の国
名成八陣図　名は成る　八陣の図

中唐の劉禹錫も「八陣図を観る」詩を作り、北宋の蘇軾「八陣磧」詩は、「縦横　江上（江辺）に満ち、歳歳　沙水齧む」と歌う。清の王士禛も「晩に夔府の東城楼に登り、八陣図を望む」詩を詠む。

（紺野）

【成都・錦官城】

成都は四川盆地の西部、成都平原のなかに位置し、現在四川省の省都として中国の西南地方の最も重要な都市の一つである。

「成都」の名の由来には諸説あるが、一般には「一年にして居る所、聚を成し、二年にして邑を成し、三年にして都を成す」（『史記』一、五帝本紀）という、人々が舜の徳を慕う様子を表現した言葉に基づくとされる。そして東晋の常璩『華陽国志』三などの記述によれば、この地が「都」となったのは、戦国時代、秦の恵王が古代の蜀国を滅ぼす紀元前三一六年以前、蜀国の開明王が成都に遷都したときのことである。これは一種の伝承であろうが、成都西郊の金沙遺跡の発見など、近年の考古学の成果を踏まえれば、秦による蜀国併合以前に、成都がすでにこの地方の重要な都市であったことは確かなようである。

蜀を滅ぼした秦は成都に蜀郡を置き、張儀と張若に命じて成都城を築かせた。『華陽国志』三に周囲十二里（五キロメートル強）、高さ七丈（一七メートル）という「成都秦城」は、東側の太城と西側の少城に分かれていた。強固な城壁であり、少城は東晋、太城は南宋後期まで使われ続けた。その後、成都は幾度も改修や拡張が行われたが、位置を変えなかった。この意味で、張儀等による成都城の建設は、成都の歴史を語る上で最も重要な出来事の一つであるといえよう。

このことを象徴的に表す建築が、少城の西南に位置する宣明門上にあった張儀楼である。張儀を記念して命名され、高さは百余尺（三〇メートル強）、「山に臨み江を瞰（俯瞰し）、蜀中近望の佳処なり」（『元和郡県図志』三一）という。盛唐の岑参は「張儀楼」詩のなかで、

伝是秦時楼　　伝う是れ　秦時の楼と
巍巍至今在　　巍巍（高々）として　今に至るまで在り
楼南両江水　　楼の南は　両江（郫江と流江［錦江］）の水
千古長不改　　千古　長えに改まらず

と詠み、「常に愛す　張儀楼、西山　正に相い当たる」（「狄員外に陪して、早秋　府の西楼に登る。…」詩）とも歌う。しかし、この岑参詩の張儀楼は、東晋の桓温によって破壊された後、隋の蜀王・楊秀が修復したものを指す。また、晩唐の高駢が成都城を南に拡張し、「大玄城」（羅城・外郭）を建設した際には、その城壁の上に改めて張儀楼が建築され、宋末まで残っていたという。このように成都の張儀楼は、張儀の名とともに長く人々の記憶に残っていた。

張儀が成都の城郭を築くことで歴史に名を残したとすれば、成都周辺を実り豊かな大地に変え、経済的繁栄をもたらしたのが、やはり秦の頃の蜀郡太守・李冰である。彼は万里橋をはじめとする成都七橋を築き、都市の整備にも成果をあげたが、彼の最大の功績は都江堰の整備であろう。彼に代表される歴代の水利事業によって、益州と呼ばれる成都平原は、肥沃な田地となった。「三顧の礼」の故事で有名な「隆中対」のなかで、諸葛亮は「益州は険塞、沃野千里、天府の土」と讃えている（『三国志』三五、諸葛亮伝）。益州、そしてその中心・成都を「天府」「天府の国」と称するのは、これに由来する。また『華陽国志』三の「陸海」の語も、蜀錦をはじめとする物資の豊富さを表現する際に頻用される。こうした成都の繁栄は、杜甫の詩「成都府」に、

喧然名都会　　喧然（賑やか）たり　名都会
吹簫間笙簧　　吹簫　笙簧を間う

と詠まれ、唐代の後期、揚州（現在の江蘇省揚州市）に次ぐ繁華な大都市として、「揚一益二」（『資治通鑑』二五九）と呼ばれた。

経済的な繁栄と周囲を高い山々に囲まれた地形上の利点によって、成都には歴代、いくつもの地方政権が樹立され、多くの人物が帝号を称した。前漢の公孫述、西晋末の李徳、五代十国の前蜀の王建、後蜀の孟知祥、明末の張献忠などである。なかでも最も有名なのはやはり、三国・蜀漢の劉備・劉禅父子である。また、白居易の「長恨歌」に歌われるように、唐の玄宗も安史の乱の際に長安を脱出して、成都に「蒙塵」（都から乱を避けて逃亡）し、至徳二載（七五七）から三年間、成都は南京と称された。唐代では僖宗も黄巣の乱を避けて成都に蒙塵した。ことは君王ばかりでなく、杜甫のように流浪の途上で、あるいは范成大・陸游のように役人として成都を訪れた詩人が、多数存在したのである。

成都は複数の別名・雅称を持つ。「亀城」（亀化城）は、張儀が大亀の這った跡に沿って城壁を建設したという伝説に基づく。晩唐・戎昱の詩「成都暮雨の秋」の、「九月　亀城の暮れ、愁人　草堂を閉づ」は、その一例。また「芙蓉城」（蓉城）は、後蜀の孟昶が成都の城壁上に木芙蓉を植えたことによる（北宋・張唐英『蜀檮杌』下）。

なかでも最も著名な呼称が「錦官城」（錦城）であろう。もともと錦官城とは、三国・蜀漢（一説に前漢）のとき、蜀錦を管理するための「錦官」（官は官署の意）を設置し、絹を織る工房を一つに集めて周囲を城壁によって保護した場所をいう。これは蜀錦が政権の貴重な財源であったからである。現在の成都市西南の、錦江（南河）の南岸、武侯祠の東北にあったらしい。この錦官城内に置かれた役所「錦官」は西晋以降廃止されたが、その城壁は長く残り、蜀錦も成都の名産となった。かくして錦官城・錦城は成都の雅称となる。

杜甫が成都西郊の草堂で作った「春夜喜雨」（春夜　雨を喜ぶ）は、錦官城の持つ錦のイメージと春の早朝の雨に濡れる紅い花とを美しく結びつけて詠んだ詩である。

好雨知時節　　好雨　時節を知り
当春乃発生　　春に当たりて　乃ち発生す
随風潜入夜　　風に随って　潜かに夜に入り
潤物細無声　　物を潤して　細やかにして声無し
野径雲倶黒　　野径　雲は倶に黒く
江船火独明　　江船　火は独り明らかなり
暁看紅湿処　　暁に紅の湿う処を看れば
花重錦官城　　花は錦官城に重からん

—よい雨は降るべき時節を心得ており、だからこそ春になると降り出して万物を芽吹かせる。夜、雨は風に乗って人知れず訪れ、音もなく物をぬらす。野の小道は雲とともに黒く、川に浮かぶ船のいさり火だけが明るい。一夜明けて、紅くにじむ東のほうを眺めやれば、それは雨に導かれて咲き出した木々の花が、しっとりと重たげに錦官城に映える姿であろう。—

このように「錦官城」は単なる美称を超えて、色鮮やかな花に包まれた「錦の城」を連想させることになった。かくして「江山明麗にして、錯雑すること錦の如きを以て」錦官城（錦城）と呼ぶのだとする俗説（『九家集注杜詩』二二、「蜀相」詩に見える宋・郭知達の注。『分類補註李太白詩』二一、宋・楊斉賢の注によれば、『成都記』［唐・盧求撰？］の引用である）さえも生じた。春の花の紅く咲き乱れる成都こそ、「錦官城」の名に似つかわしいのである。

【杜甫草堂】

（紺野）

杜甫が乾元三年（七六〇）、四九歳の春から、前後あわせて四年弱住んだ茅葺きの住居。成都市の中心から西へ約五キロメートル、青羊区草堂路の浣花渓畔にあり、浣花草堂ともいう。現在はすでに市街地の中に組み込まれているが、杜甫の「江村」詩に、「清江　一曲　村を抱いて流る、長夏　江村　事事幽かなり」（澄んだ川が一まがりして村を抱きかかえるように流れる。日長の夏、この川沿いの村は万事ひっそりと静まりかえる）と詠まれるように、当地は長い間、浣花渓沿いの村であった。

杜甫は、みずから草堂の位置を「浣花渓水　水の西頭」（「居を卜す」）、「万里橋西の宅、百花潭北の荘」（「錦水の居止を懐う二首」其二）などと詠む。（百花潭は今の百花潭公園ではなく、草堂付近、おそらく草堂西南の、現在の龍爪埝のあたりとされる）

杜甫草堂

七律「卜居」（居を卜す）は、この草堂を建築した経緯を詠む。

浣花渓水水西頭　浣花渓水　水の西頭
主人為卜林塘幽　主人　為に卜す　林塘の幽かなるを
已知出郭少塵事　已に郭を出でて塵事の少なきを知り
更有澄江銷客愁　更に澄江の　客愁を銷す有り
無数蜻蜓斉上下　無数の蜻蜓　斉しく上下し
一双鸂鶒対沈浮　一双の鸂鶒　対いて沈浮す
東行万里堪乗興　東行万里　興に乗ずるに堪えたり
須向山陰上小舟　須らく山陰に向かって小舟に上るべし

―浣花渓の西のほとり、新居の主人となる私は、ことさらに林の中の土手付近の、静かで奥深い場所を占って住まいを定めた。ここは成都の街の外にあって俗事の煩わしさがほとんどないことを知っており、さらに漂泊の愁いを慰める清らかな川もある。無数のとんぼが水の上をそろって上ったり下ったりし、一対のおしどりが向き合って水の中に沈んだり浮かんだりしている。（この地からは）ふと興にまかせて、万里かなたの東に旅立てる。機を見て必ず小舟に乗りこんで、山陰（浙江省紹興市）の地へ赴くことにしよう。―

「居を卜す」とは、家を建てる際に地相の吉凶を占って新居を定めること。草堂での生活は、―貧苦に満ち、多くを放浪に過ごした杜甫の生涯においては―、剣南節度使・厳武などの友人や親類の援助も受けて、比較的幸福なものであった。そのなかで生まれた成都時代の約二五〇首の詩は、戦乱と飢餓を経た後に、ようやく獲得した心身の平安を感じさせる作品が多い。その意味で「卜居」詩は、杜甫の文学にとっても、詩跡「杜甫草堂」にとっても記念碑的作品なのである。

杜甫は草堂で平和な日常を送る家族の姿を描く。「江村」詩では、

老妻画紙為棊局　老妻は紙に画いて　棊局（碁盤）を為り
稚子敲針作釣鉤　稚子は針を敲いて　釣鉤（釣り針）を作る

と詠み、「艇に進む」（小舟に乗りこむ）詩では、自身の姿も歌う。

昼引老妻乗小艇　昼には引く　老妻の　小艇に乗るを
晴看稚子浴清江　晴れては看る　稚子の　清江に浴するを

―日中には老妻の手を取って小舟に乗せてやり、晴れれば子供たちが清らかな浣花渓で水浴びするのをじっと見まもる。―

また、「卜居」詩の頸聯のように、穏やかな自然を熟視して詩情をこめて詠む。「水檻（水辺の手すり）にて心を遣る二首」其一にいう。

細雨魚児出　細雨に　魚児出で
微風燕子斜　微風に　燕子斜めなり

―小雨の降るなか、魚が水面に姿を現し、そよ風を受けて、燕が斜めに飛びゆく。―

さらに「茅屋　秋風の破る所と為るの歌」では、激しい秋風のために草堂の茅葺きの屋根が吹き飛ばされるなかで、風雨にも耐えうる大きな家に貧しい人々とともに住むことを切に願うのである。

しかし永泰元年（七六五）の春、杜甫は厳武の奏上によって検校尚書工部員外郎（郎官）を授けられ、都長安でその官に就くために草堂を離れた。草堂はその後、剣南西川節度使崔寧の妾・任氏が住み、後に大半が寄進されて寺院となった（梵安寺）。残った部分も荒れ果てたが、杜詩を愛する者にとっては憧れの場所となった。杜甫を尊崇した中唐の張籍は、「客の蜀に遊ぶを送る」詩の中で、自分の代わりに訪問してくれと頼む。

杜家曾向此中住　杜家（杜甫一家）　曾て此中に向いて住む
為到浣花渓水頭　為に到れ　浣花渓水の頭に

実際に草堂跡を見た晩唐・雍陶の詩「杜甫の旧宅を経」には、「万古　只だ応に旧宅を留むべし、千金　復た新詩に換うる無し（もはや千金を出しても新たな彼の詩を入手できないのだから）」と詠む。そして韋荘も唐末の天復二年（九〇二）、ここを尋ねあて、「蕪没すること已に久しと雖も、柱砥（柱の受け石）猶お存す」（韋藹「浣花集序」）る草堂跡の雑草を刈り取らせ、一室を再建して住んだ。その詩集も、弟の韋藹が草堂跡にちなんで『浣花集』と名づけた。

北宋の趙抃「杜子美の書室に題す」詩にも、「茅屋一間　遺像在り」とあるように、草堂の規模はその後もささやかなものであったが、杜甫とその詩の評価が確立する過程で、その図像を描いて杜甫を祀るようになったらしい。そして北宋の後期（元豊年間）、呂大防が改めて草堂を再建して杜甫の図像を描き、ついで胡宗愈が草堂の壁に杜甫の詩碑を設置（胡宗愈「成都新刻草堂詩碑序」）した後は、歴代、整備・拡張されていく。現在の規模は明の弘治一三年（一五〇〇）、および清の嘉慶一六年（一八一一）の改修に基づく。なお、草堂の変遷については、郭世欣「成都草堂遺址考」（『草堂』創刊号、一九八一年）に詳細な考察がある。

杜甫草堂は現在、成都杜甫草堂博物館として、東隣の草堂寺（前述の梵安寺。杜甫一家が成都に来た当初、仮寓した草堂寺ではない）と、杜甫を祀る「工部祠」を合併した形で公開されている。そのなかでも「詩史堂」付近が本来の杜甫草堂の跡とされる。また工部祠には宋の黄庭堅と陸游の像が杜甫の像とともに置かれ、三賢祠とも呼ばれる。他には再建された水檻、清の果親王（愛新覚羅允礼）筆の「少陵草堂」の石碑が著名である。

（紺野）

【錦江・浣花渓・相如琴台】

錦江は岷江の支流の一つである。都江堰で岷江から分かれ、現在の成都市中心部の南を流れて府河と合流した後、眉山市彭山県で再び岷江に注ぐ。流江・外江・検江・粉江などとも呼ばれ、かつての成都城の南を流れることから、南河とも称される。

錦江の名は、成都が錦（蜀錦）の一大産地だったことに基づく。三国の蜀漢（蜀）は、川の南岸に錦の生産を管理する役所、「錦官」を置いた。蜀の譙周『益州志』にも、「成都は錦を織りて、既に成れば江水に濯ぐ。其の文は分明にして、初めて成るに勝れり。他水にて之を濯げば、江水に如かざるなり」（西晋・左思「蜀都の賦」〔『文選』四〕劉逵注所引）とあり、この川で蜀錦を洗って鮮やかな色を出したことから、濯錦江・錦江と呼ばれるようになった。ただし、南北朝末期・庾信の詩「益州の上柱国・趙王（宇文招）に上る二首」其一に「両江　錦を漬すが如く、双峰（蛾眉山）　眉を画くに似たり」とあるように、外江のすぐ北を並行して流れ、両江と総称された内江（現在の府河。晩唐の高駢によって成都の北を流れる現在の河道に改められた）等の川も、かつては錦江といったようである。

唐代以降、錦江は美しい蜀錦のイメージで成都や蜀地を飾る詩跡となった。初唐・駱賓王の詩「艶情、郭氏に代りて盧照鄰に答う」の、「峨眉山上　月は眉の如く、濯錦江中　霞は錦に似たり」は、最も初期の用例である。特に盛唐・杜甫の七律「楼に登る」の頷聯、

錦江春色来天地　　錦江の春色　天地に来り
玉塁浮雲変古今　　玉塁の浮雲　古今に変ず

は、名対として知られる（解釈は【玉塁山・離堆】の項参照）。

浣花渓は錦江の上流部であり、現在の杜甫草堂付近を流れる。名の由来は定かではないが、この浣花渓を一流の詩跡としたのは、ほとりに草堂を構え、しばしばこの川を歌った杜甫である（【杜甫草堂】の項も参照）。広徳二年（七六四）、成都に戻る途中に作った詩「将に成都の草堂に赴かんとする途中……五首」其三にも、「竹寒く沙碧なり　浣花渓」とある。その後、中唐の張籍など、杜甫を尊崇する詩人にとって、草堂の位置した場所として歌われていった。

浣花渓はまた、中唐の女流詩人・薛濤が発案したともいう浣花箋でも知られ、李商隠・韋荘ら、晩唐以降の詩人に詠まれている。

相如の琴台は、前漢の賦の大家・司馬相如が、彼の得意とした琴を弾いた場所で、彼の旧宅跡だという。その位置には諸説あり、浣花渓の畔とする説（『方輿勝覧』五一所引『成都志』。現在の青羊宮の北東、文化公園からその東の西較場一帯。袁庭棟『成都街巷志』〔四川教育出版社、二〇一〇年〕参照）と、司馬相如の妻となる卓文君の故郷、かつての臨邛（現在の邛崍市。成都の南西六五キロメートル）の「文君井」（駆け落ちした司馬相如夫妻が酒場を営んだ「文君当壚」故事の舞台）の側とする説が、主要なものである。

相如の琴台は唐代以降に詩に詠まれ、多くは成都の琴台であったようである。初唐の盧照鄰に五律「相如の琴台」がある。また、近くに住んだ杜甫の五律「琴台」の頸聯には、次のように歌う。

野花留宝靨　　野花　宝靨を留め
蔓草見羅裙　　蔓草　羅裙を見る

—（台辺の）野の花は卓文君の美しい花靨（頬飾り）を今に留めるかのごとく、はびこる草の色は彼女の薄絹のスカートを想わせる。—

岑参「司馬相如の琴台」詩以下、北宋の宋祁・田況らの詩もある。

【嘉州（楽山）・凌雲山・凌雲寺（大仏）】

（紺野）

嘉州は現在の楽山市。北周の宣政二年（五七九）、青州から嘉州に改められた。唐代の嘉州（犍為郡）、南宋の嘉定府、元の嘉定路、清の嘉定府の治所となり、嘉定とも呼ばれる。治所は唐代以降、岷江西岸の龍遊県（今の市中区）にあった。楽山の名称は、清の雍正一二年（一七三四）の楽山県の設置に始まり、城南の至楽山に基づく。

嘉州は、街の西郊で青衣江と合流した大渡河が、街の東南で岷江に注ぎ、西に蜀の名峰・峨眉山を望む地にあり、「西南の州の最も清曠の処たり」（『輿地紀勝』一四六所引北宋・鮮于絵「府学議道堂記」）といわれる、風光明媚の地である。

嘉州の詩跡化は、唐の大暦二年（七六七）、嘉州刺史として赴任した岑参の詩に始まった。その詩「郡斎（刺史の官宅）にて江山を平望す」に、山々と三江をめぐらす嘉州の形勢を、

山光囲一郡　山光（山の輝き）　一郡を囲み
江月照千家　江月　千家を照らす

と歌う。晩唐の薛能も、嘉州刺史代行を離任する直前に作った七言絶句「犍為に監郡し、…」に、去りがたい心情を、「江楼に一望して西のかた帰去せんとす、嘉州に負かざるも　只だ身に負く」と詠む。南宋の陸游も乾道九年（一一七三）、嘉州知事代行となり、「夜　岑嘉州（参）の詩集を読む」詩の中で、「漢嘉（嘉州）は水山の邦、岑公昔　寓せし所」と歌い、「荔枝楼に登る」詩では、薛能詩を踏まえて詠む。また范成大や清の王士禛も詩を残している。

嘉州（楽山）随一の景勝地は、岷江の東岸、州城の南東（現在、楽山市市中区）に位置する凌雲山と、その地に建立された凌雲寺である。北宋の邵博「清音亭の記」にいう、「天下の山水の観（景色）は蜀に在り。蜀の勝を嘉州と曰い、州の勝を凌雲寺と曰う」と。

凌雲山は海抜四四八メートル、九峰を持つため、本来、九頂山と呼ばれた。この凌雲山とその南の烏尤山は、岷江と大渡河の合流地点の東にあり、青衣江も加えた三江の水が集まる船の難所であった。

凌雲山の西、岷江に臨んで聳える凌雲寺（現在の伽藍は清初の再建）の大仏（楽山大仏）も、治水と深く関係する。中唐の剣南西川節度使・韋皐の「嘉州凌雲寺大弥勒石像記」によれば、玄宗の開元初年（七一三）、僧の海通が、「此の山　淙流（急流）激湍にして、峭壁（絶壁）万仞なるを以て、石改めて下す可くんば（岩を削って江中に落とすことができれば）、江は或いは積みて平らかならんと謂い」、石仏の建立を発願し、韋皐が貞元一九年（八〇三）に完成させた。大仏は本来、木造の天寧閣（大像閣）に覆われていた。

凌雲山・凌雲寺も、岑参によって詩跡となった。「嘉州の凌雲寺に登りて作る」詩に、寺からの眺望を「始めて宇宙（天地）の闊きを知り、下に三江の流るるを看る」とあり、中唐・薛濤の「凌雲寺を賦す」詩二首が続く。大仏はやや遅れて、中唐頃に詩跡化した。韋皐の幕僚となった司空曙の七言律詩「凌雲寺に題す」にいう。

百丈金身開翠壁　百丈の金身　翠壁に開き
万龕灯焔隔煙蘿　万龕の灯焔　煙蘿を隔つ

—高さ百丈の光り輝く大仏が、山の緑の断崖に開鑿され、無数の仏龕の中にともる灯が、深く茂りあう草木越しに見える。—

北宋の蘇軾「張嘉州を送る」詩は、「頗る願う　身は漢嘉の守と為り、酒を載せて時に凌雲の遊びを作さんことを」と歌い、南宋の范成大「凌雲の九頂」詩、陸游「凌雲の大像に謁す」詩が詠み継ぐ。

（紺野）

【平羌江・嘉陵江（閬水）】

平羌江とは、「平羌地方」を流れる長江（岷江）、またはその支流の名。李白の絶唱「峨眉山月の歌」によって広く知られる（詩の解釈は【峨眉山】の項参照）。

峨眉山月半輪秋　峨眉山月　半輪の秋
影入平羌江水流　影は平羌江水に入りて流る

峨眉山上にかかる秋の月光をうつす平羌江の、具体的位置については、両説ある。従来、平羌江とは、嘉州（現在の楽山市）の西郊で大渡河と合流した後、すぐに岷江に注ぐ現在の青衣江の別称とされた（『元和郡県図志』三二、眉州洪雅県の条など）。

一方、近年の有力な新説では、楽山市の北約二三キロメートルの嘉州小三峡の最南に位置する平羌峡より楽山市までの岷江を指すとする。民国二三年（一九三四）『楽山県志』二には、「平羌江は平羌峡より（楽山県）城東に至る四十五里、統て平羌江と名づく」とあり、李詩の転句「夜　清渓を発して三峡に向う」の水駅「清渓」も、「板橋渓は（平羌の）峡口を出づること五里、……蓋し唐時の青渓駅は、即ち宋の平羌駅なり」という。さらに北周の保定元年（五六一）、現在の楽山市に平羌郡および平羌県が置かれ、隋代、嘉州の北に改めて平羌県が設置されていた。したがって、成都地区から岷江を下ってきた李白にとって、「平羌江水」とは現在の楽山市の北の地域（「平羌地方」）を流れる岷江の水と見るべきであろう（詳細は松浦友久編訳『李白詩選』［岩波書店・文庫、一九九七年］補注（14）参照）。

宋代以降、平羌江は蘇軾「張嘉州を送る」、晁公遡「正月十四日凌雲寺に遊ぶ」、陸游「凌雲より酔いて帰りて作る」詩など、李白の「峨眉山月の歌」を想起させる、嘉州を代表する詩跡として歌われた。

嘉陵江は、主に四川省東部と重慶市、すなわち古来、巴と呼ばれた地域を流れる長江の支流の名。西漢水・閬水・巴水・渝水などともいう。陝西省宝鶏市鳳県の秦嶺山脈の代王山に源を発し、鳳県の東北の嘉陵谷から四川省広元市・南充市などを経て、重慶市の朝天門外で長江に注ぐ。全長一一一九キロメートル、蛇行の多さで知られる。

嘉陵江（閬水）の詩跡化は、唐の広徳二年（七六四）、閬州（現在の閬中市）で作られた杜甫の七律「閬水の歌」に始まる。閬州城は街の西・南・東の三方を嘉陵江に囲まれていた。杜詩の前半にいう。

嘉陵江色何所似　嘉陵の江色　何の似たる所ぞ
石黛碧玉相因依　石黛　碧玉　相い因依す
正憐日破浪花出　正に憐れむ　日の　浪花を破って出で
更復春従沙際帰　更に復た　春　沙際より帰るを

—嘉陵江の水の色は、何に似ているのか。（その潭と浅瀬の色は）黒ずむ黛と明るい碧玉とが寄り添うかのよう。太陽が波間から昇り、さらに春の気配が水際から現れるのを深く愛するのだ。—

中唐の元稹は、元和四年（八〇九）三月の二二首の連作「東川（剣南東川節度使の治所・梓州［現在の綿陽市三台県］）に使いす」の中で、「嘉陵江二首」を作るほか、七絶「江花落つ」では、

日暮嘉陵江水東　日暮　嘉陵　江水は東し
梨花万片逐江風　梨花　万片　江風に逐う

と歌う。晩唐の李商隠「望喜駅（広元市の西南）にて嘉陵江水に別るる二絶」其二も、清らかな嘉陵江の流れをたたえて歌う。

千里嘉陵江水色　千里の嘉陵　江水の色
含煙帯月碧於藍　煙を含み　月を帯びて　藍よりも碧し

（紺野）

【武侯祠】

三国・蜀漢の丞相（宰相）、諸葛亮（字は孔明、一八一—二三四）を祀る「武侯廟」の別名。名称は孔明が生前、武郷侯に封ぜられ、死後、忠武侯と諡されたことに由来し、蜀漢末の景耀六年（二六三）、沔陽（現在の陝西省漢中市勉県）にある定軍山の彼の墓のそばに建てられたのを嚆矢とする。

成都に初めて武侯祠を建設したのは、五胡十六国時代（四世紀の初め）に成（成漢）を建国した李雄である。それは成都の少城（成都城の西半分）にあり、後に東晋の桓温が少城を破壊した際にも、孔明の廟は残ったという（『方輿勝覧』五一）。唐宋期には現在地の武侯祠の他に、成都府の西北二里、諸葛孔明の娘を記念した道観・乗煙観（後の朝真観）の西にも武侯祠があった（南宋・魏了翁「成都府朝真観記」）。この地は孔明の居宅の跡とされる。

各地にある武侯祠のなかで最大の規模を誇り、現在、成都市中心部のやや西南（武侯祠大街）に位置する武侯祠は、遅くとも唐代には存在していた。ここは本来、蜀漢の章武三年（二二三）、白帝城で知られる重慶市奉節県にあった永安宮で病没した蜀漢の先主・劉備（昭烈帝）の墓（恵陵・東陵）とそれを祀る廟宇（漢昭烈廟）の所在地である。そして武侯祠（諸葛武侯祠）は、成都府の南八里にあったその恵陵の東、先主廟の西に位置した（『太平寰宇記』七二）。

唐・岑参の「先主武侯廟」詩や、杜甫「古柏行」詩の「憶う昨　路は繞る　錦亭の東、先主　武侯　閟宮を同じくす」（かつて錦江亭をめぐって東へ進み、先主劉備と武侯孔明の二人の祠廟が同じ場所にあったことを思い出す）の表現も、唐代の武侯祠がほぼ現在の場所（錦江の南岸）にあったことを示している。晩唐・李商隠も大中五年（八五一）に成る「武侯廟の古柏」詩の中で、武侯祠の位置を、

陰成外江畔　　陰は成す　外江の畔り
老向恵陵東　　老は恵陵の東に向り

—柏樹は錦江の辺りに木陰をつくり、老木は恵陵の東にある。—と歌い、孔明の徳業の偉大さと劉備への忠節を象徴的に表現する。こうして水魚の交わりで著名な君臣の廟宇が並列することとなった。

この武侯祠を著名な詩跡にしたのは杜甫である。乾元二年（七五九）、成都にたどり着いた彼は翌春、ここを訪れて七律「蜀相」を詠んだ。

丞相祠堂何処尋　　丞相の祠堂　何れの処にか尋ねん
錦官城外柏森森　　錦官城外　柏森森
映階碧草自春色　　階を映う碧草は　自から春色
隔葉黄鸝空好音　　葉を隔つる黄鸝は　空しく好音
三顧頻繁天下計　　三顧頻繁なり　天下の計
両朝開済老臣心　　両朝開済す　老臣の心
出師未捷身先死　　師を出だして未だ捷たざるに身先ず死し
長使英雄涙満襟　　長えに英雄をして　涙　襟に満たしむ

—蜀漢の丞相・諸葛孔明の祠廟は、どこへ尋ねていけばよいのだろうか。それは錦官城（成都）の郊外、柏樹（ヒノキの一種。コノテガシワ）が鬱蒼と茂るところ。廟の階段をおおう緑の草は人の世と関わりなく春の気配にあふれ、葉かげの黄鸝（コウライウグイス）は聞く人もないのに美しくさえずる。かつて劉備は孔明の草庵を三たび訪ねて天下平定の策を問い、孔明はそれに応えて劉備と劉禅の二代に仕え、長く臣下として蜀漢の建国と興隆に心を砕いた。だが

魏国を討つために出陣しながら勝利をあげないうちに、孔明は陣中に没してしまい、後世の優れた男児たちに、いつまでも無念の涙で胸襟をしとどにぬれさせるのだ。—

詩は中原回復の志を果たせず、五丈原で病没した悲運の天才、諸葛孔明に対する杜甫の敬慕の情を歌う。戦乱のなかの人々、そして杜甫にとって、孔明のような忠臣は待望の人物であった。特に最後の二句は名句として後世ひろく愛唱された。杜甫の孔明への思いは、同じ成都での作「登楼」詩の、「憐れむ可し　後主も還た廟に祀らる、日暮　聊か為す　梁甫吟」（ああ、孔明のおかげで亡国の君主たる後主劉禅もまた、祠廟に祀られている。夕方、ともかくも孔明の愛唱した「梁甫吟」を口ずさんでみる）にも表れている。後主廟は先主廟を挟んだ東側にあったが、蜀を保つことができなかったとして宋代に撤去された（南宋・呉曾『能改斎漫録』一二、両王難当二堂）。「蜀相」詩にも見える柏樹は、武侯祠の象徴である。元和四年（八〇九）に成る「蜀丞相諸葛武侯祠堂碑銘」（裴度撰、柳公綽書、魯建刻）にも、「古柏森森として遺廟沈沈たり」とある（武侯祠内に「三絶碑」として現存）。前述の李商隠詩にも、「大樹は馮異を思わしめ、甘棠は召公を憶わしむ」（大きな柏樹は、後漢の大樹将軍と呼ばれた謙虚な名将・馮異を思わせ、甘棠の木の下で民の訴えを聞いた周の名君・召公を思い出させる）とあり、武勲と文治の双方にすぐれた孔明とこの柏樹を重ね合わせている。また晩唐・雍陶の「武侯廟の古柏」詩には、「此中に　疑うらくは精霊の在る有らん。為に見る　盤根の　臥龍に似たるを」（ここにおそらく孔明の魂が宿るのであろう。それで臥龍［寝ている龍］を思わせる、曲がりくねった柏樹の根を見る）とあり、根の形状を孔明に対する呼称「臥龍」（『三国志』三五、諸葛亮伝）に擬える。この柏樹は孔明の手植えとされ、宋代には枝や幹も龍のごとく見えたという（北宋・田況『儒林公議』）。

武侯祠

明初、蜀王の朱椿は君主劉備と臣下孔明の廟祠が並列するのは礼制に合わないとして、ついに武侯廟を廃し、先主廟のなかに孔明像を置くようにした。その廟も明末の戦火で失われたが、清の康熙一一年（一六七二）、蔡毓栄らが再建して現在に至る。これは先主廟に孔明を合祀する明代の形態を踏襲し、正殿・劉備殿を前に、諸葛亮殿を後ろに置き、それらの西に恵陵がある。そのため「漢昭烈廟」の額を掛けるが、孔明を敬慕する人々によって「武侯祠」と呼ばれてきた。清の後期、何紹基の「武侯祠」詩にも、「陵墓は永く尊ぶ　昭烈帝、祠堂は偏えに属す　武郷侯」（昭烈帝の陵墓も永く尊崇されてきたが、祠堂はもっぱら武郷侯孔明の名に属する）という。

現在の成都の武侯祠も、主に恵陵（劉備の墓）・漢昭烈廟（劉備殿）・武侯祠（諸葛亮殿）の三大部分から成っている。

（紺野）

【万里橋・石鏡】

都江堰の建設で有名な、戦国末・秦の蜀郡太守李冰は、北斗七星に対応させて、成都七橋を建設したという。万里橋はその一つで、現在、成都市中心部の南を流れる錦江（大江・汶江・流江・外江ともいい、今の南河）に架かっていた橋の名である。

歴代、この橋のそばから、旅人が万里のかなた、長江の下流へ下っていった。南宋・范成大『呉船録』上に、「蜀人の呉に入る者は、皆な此（成都市東南、内江［今の府河］と外江の合流点にあった合江亭。亭はここでは宿場の意）より舟に登る。其の西は則ち万里橋」と記す。同時に、ここは彼らを見送る送別の場でもあった。

橋名の由来も、三国時代、諸葛孔明が蜀の使者として呉に赴く費禕のために送別の宴を開いたとき、費禕が嘆息して言った、「万里の路、此の橋より始まる」（『元和郡県図志』三一）に基づくという。他方、南宋・劉光祖「万里橋の記」（『方輿勝覧』五一所引）は、孔明がここで呉の使者張温を見送り、「此の水は下りて揚州（三国呉の揚州は都の建業。今の江蘇省南京市）に至ること万里」と言ったためだという。

橋の位置は一般に浜江公園の近く、今の老南門大橋に当たるとされる（劉琳『華陽国志校注』［巴蜀書社、一九八四年］等）。ここには康熙五〇年（一七一一）に再建された万里橋が、一九九五年まで架けられていた。袁国棟『成都城坊考』（四川教育出版社、二〇一〇年）は、万里橋は当初よりこの地に存在したとする。他方、任乃強『華陽国志校補図注』（上海古籍出版社、一九八七年）に付す「成都七橋考」は、唐宋期の万里橋の位置を望江楼公園の少し北、府河にかかる「九眼橋」付近とするが、王文才『成都城坊考』（巴蜀書社、一九八六年）はそれを否定する。したがって現時点では、宋代以前の万里橋は、上流（西）は老南門大橋、下流（東）は九眼橋の間の錦江にかかっていた、と考えておくべきであろう。

唐代には橋の南に「南市」（北宋・張君房『雲笈七籤』一二一）が置かれた。中唐の張籍「成都曲」は、その賑わいぶりを、「万里橋辺酒家多し、遊人　誰が家に向いて宿するを愛する（ここに遊ぶものは、どの店に泊まるのだろうか）」と詠む。

近くに成都を代表する繁華街を控えた万里橋は、街のシンボルであった。上流の浣花渓に住んだ杜甫は、自らの草堂を「万里橋西一草堂」（「狂夫」）などと歌う。やはり浣花渓に住んだ女流詩人薛濤について、中唐の王建は「万里橋辺の女校書」（「蜀中の薛濤校書に寄す」）と詠む。

万里橋はまた、行楽の地でもあった。元・費著『歳華紀麗譜』は、「乃ち是の日（旧暦二月二日の踏青節）を以て万里橋を出で綵舫（あや絹で飾った舟）数十艘を為り、賓僚と之に分乗す。歌吹は前に導き、小遊江と号す。蓋し浣花を指して大遊江と為すなり。士女の駢集して観る者は堵（垣根）の如し」と記す。淳熙三年（一一七六）に成る陸游「暁に万里橋を過ぐ」詩にも、

暁出錦江辺　　暁に出づ　錦江の辺
長橋柳帯煙　　長橋　柳は煙を帯ぶ
豪華行楽地　　豪華なり　行楽の地
芳潤養花天　　芳潤たり　養花の天

——早朝、錦江のほとりに出てみると、万里橋のそばの柳はもやにかすむ。とても華やかなのはこの行楽の地、香りただようのは花を咲

かせるこの暖かい空。―

とあり、万里橋辺の晩春の朝を美しく描写する。

　何より、万里橋は錦江―岷江（大江）―長江を通して成都と万里かなたの土地を結びつける詩跡であった。大暦元年（七六六）ごろ成都に着任した岑参は、五言六句「万里橋」詩を作る。

　成都与維揚　　成都と維揚と
　相去万里地　　相い去ること　万里の地
　滄江東流疾　　滄江　東に流れて疾く
　帆去如鳥翅　　帆去りて　鳥の翅のごとし
　楚客過此橋　　楚客　此の橋を過ぐれば
　東看尽垂涙　　東のかた看て　尽く涙を垂る

―成都と揚州は、万里ほども遠く離れている。滄い大江（錦江）は東の方に速く流れ、船の帆は鳥の翼のように開いて飛び去る。長江中流の旅人がこの橋を渡ると、みな東を看て涙を流すのだ。―

　そして、蜀の地に漂泊した杜甫は、この万里橋を全対からなる「絶句四首」其三によって印象深い詩跡とした。その「門には泊す東呉　万里の船」、その船は広徳二年（七六四）、五〇歳の彼にとって、故郷や帝都への帰還の夢を載せるものだったのである。

　石鏡は成都市中心部の北、新華西路成都軍区大院内の東南角に残る武担山（現在は高さ約二〇メートルの丘）にあったという。武担山は晩唐期、羅城（外郭）が造られて以降、成都城内の北部となる。

　武担山には古代蜀国の開明王（鼈霊）に関する伝説がある。―成都の北の武都（今の綿竹市武都山）に美女がいた。もとは男で山の精だという彼女は蜀王の妃となったが、成都の風土があわず、故郷に帰ろうとした。王は「東平の歌」を作って彼女を楽しませたが、ほどなく死んでしまう。嘆き悲しむ蜀王は、五人の力士に武都から土を運ばせて妃の墓を作り、石鏡を置いた―と（東晋・常璩『華陽国志』三）。石鏡は古代蜀族の墓前の標識らしい。石鏡の大きさは諸説あるが、直径二丈、高さ五尺（『初学記』に引く漢・揚雄『蜀王本紀』）だという。武担山は、武都から土を担いで来たための呼称であり、武都山・石鏡山ともいい、五担山とも記される。

　ここには南北朝から唐宋期にかけて兜土寺（武担山寺・石鏡寺）が建立され、突き出た土の丘、東台と西台があった（明・曹学佺『蜀中名勝記』三）。

　石鏡・武担山・武担山寺の詩跡化は初唐期である。王勃は「晩秋に武担山寺に遊ぶの序」を記し（詩は散逸）、蘇頲は「武担山寺」詩を作る。初唐の盧照隣「石鏡寺」詩は、蜀王妃の墓を述べた後、

　鉢衣千古仏　　鉢衣　千古の仏
　宝月両重懸　　宝月　両重懸る

―仏の教えは永く伝わって絶えず、輝く真珠が天空に明月、地上に石鏡として二つかかる。―

と詠む。石鏡を月に見立てる発想は、杜甫「石鏡」詩にも、「独り傷心の石有り、輪（石鏡の円形）を月宇の間（月光の中）に埋む」と見える。その後、成都城内北部の行楽地となっていく。中唐の段文昌は、剣南西川節度使のとき、「武担寺の西台に題す」詩を作り、「今日　登臨の意、多に語笑（談笑）の同じきを歓ぶ」と詠み、部下の姚向・李敬伯らの唱和詩が伝わる。薛濤も「段相国（文昌）武担寺に遊ぶ、病みて従う能わず、題して寄す」詩を作り、「飛蓬（乱れた髪）を石鏡の中に看るを羞づ」と歌う。このように武担山・寺・石鏡は、この山に遊ぶ詩人たちの詩興を誘ったのである。

【摩訶池・青羊宮】

（紺野）

摩訶池は、隋の開皇元年（五八一）、蜀王に封ぜられた楊秀が、秦漢以来の古くて狭い成都城の南と西の二隅を拡張するために、城壁用の土を取った穴を池としたものであり、成都城内の西南部にあった。面積は時代によって異なるが、最大の規模を擁した前蜀期には、今の正府街から四川科技館のあたりに位置した。宋代以降は徐々に小さくなり、一九一四年、軍の演習場となって失われた。

池の名は、胡僧がこの池を見て、「摩訶宮毗羅」といったことによる。摩訶は大、宮毗羅は龍を意味し、池が広大で龍が住むことをいう（『資治通鑑』二五二、胡三省注所引『成都記』）。前蜀の先主王建は龍躍池に改め、後主王衍は宮苑に組み入れて宣華苑とした。

摩訶池は唐代、詩跡化する。杜甫は広徳二年（七六四）、剣南西川節度使厳武に随って訪れ、「晩秋に厳鄭公の摩訶池に舟を泛ぶるに陪す」詩を詠む。中唐の武元衡も「摩訶池の宴」詩を作り、晩唐・高駢も「残春遣興」詩に、「画舸軽橈し（彩り豊かな船が軽やかにこがれて進み）柳色新たなり、摩訶池上　青春に酔う」と歌って、節度使たちの泛舟遊覧の地となった。王建の妃、花蕊夫人徐氏の「宮詞」其三には、華やかに「長えに似たり　江南の好風景に、画船来去す　碧波の中（龍池［龍躍池］の碧の波の中）」と歌う。

しかし、摩訶池は宋代、すっかり荒廃してしまう。北宋・宋祁「摩訶池に過る」二首や、「摩訶の古き池苑、一たび過れば　一たび消魂す（胸つぶれる）」で始まる、南宋・陸游「摩訶池」は、唐五代時期の華やかなりし摩訶池を想う懐古詩である。

青羊宮は成都中心部のやや西、現在の百花潭公園の北に位置する成都最大かつ最古の道観である。青羊について、『太平寰宇記』七二に引く前漢・揚雄『蜀王本紀』には、老子が函谷関で尹喜に別れる際、「子、道を行くこと千日の後、成都郡の青羊肆（青羊観の前身）に于いて吾を尋ねよ」と言ったことを記し、唐の楽朋亀「西川青羊宮碑銘」には、その際に青帝の青童が羊に身を変えたという（『蜀中広記』二に引く北宋・趙抃『成都古今集記』には、「老子、青羊に乗り此の地に降る」というなど、諸説ある）。もと青羊観といい、晩唐の中和年間（九世紀後半）、僖宗の詔によって「宮」に昇格した後は、一般に青羊宮と呼ばれる。

青羊宮の詩跡化は宋代以後である。南宋初の何耕「青羊宮」詩に、

信哉神仙宅　　信なるかな　神仙の宅
不受塵垢蒙　　塵垢の蒙いを受けず
稽首五千言　　稽首（拝礼）す　五千言（『老子道徳経』）
衆妙一以通　　衆妙（老子の説く道）　一に以て通ず

と歌われる。陸游は何度か訪れ、淳熙四年（一一七七）、五三歳のとき、「野歩して青羊宮に至り、偶ま前年此に嘗て劇飲（痛飲）せしを懐う」「青羊宮にて小飲して道士に贈る」詩などを作る。陸游にとって青羊宮から浣花渓に到る成都西郊の早春の散策は忘れがたく、二十数年後の七八歳のときの作、「梅花絶句」其二には、「二十里中香り絶えず、青羊宮より浣花渓に到る」と詠む。

現存する青羊宮の建築は、主に清代以降の再建である。その一つ、玉皇宮の前には双角羊と独角羊の二体の銅製の羊が置かれ、前者は清の道光九年（一八二九）に造られた。後者は雍正元年（一七二三）、張鵬翮が北京から将来したもので宋代の遺物といわれ、子の張問陶（船山）が七言絶句「青羊宮」其一に詠む。

（紺野）

【大慈寺・昭覚寺】

大慈寺は成都市中心部のやや東、錦江区東風路二三号に位置する。安史の乱を逃れて成都にいた玄宗が、府治の東（東門付近）に創建し、自ら「大聖慈寺」の額を記し、田地を賜った（南宋・志磐『仏祖統記』四〇、至徳元載［七五六］の条）。それで大聖慈寺ともいう。至徳二載（七五七）に落成し（北宋・黄休復『益州名画録』上、盧楞伽）、御書の寺額があるため、唐末の「会昌の廃仏」を免れ（明・何宇度『益部談資』中）、宋代には多くの唐画が残された（宋・李之純「大聖慈寺画記」）。現在の建物は清代以降の再建であり、二〇〇四年、寺院として再び開放された。

現存作品でこの寺を最も早く詠んだ詩僧貫休の、天復三年（九〇三）に成る「蜀王　大慈寺に入りて講を聴く」詩は、王建（後の前蜀皇帝）が爵位を蜀王に進めた後、説法（俗講か？）を聴きに訪れたことを、祝意をこめて詠む。前蜀の後主王衍は、大慈寺に遊んだとき、壁面の「牆頭の細雨　纎草に垂れ、水面の回風　落花を聚む」を見て愛賞し、作者の張蠙を愛顧したという（『唐才子伝』一〇）。

成都城内の名刹大慈寺は、貴顕のみならず、多くの参詣人を集めた。南宋・陸游の詩題に、「天中節（端午節の別称）の前三日　大聖慈寺の華厳閣の燃灯、甚だ盛んなり。遊人は元夕［燈籠祭りの上元節の夜］に過ぐ」とある。

人の集まる大慈寺の門前では市が開かれた。春には蚕市（蜀は絹、とくに錦の産地）、秋には薬市、冬には七宝市が門前で開かれたという（『蜀中名勝記』二に引く『方輿勝覧』）。成都の長官になった北宋・田況の「成都遨楽詩二十一首」の一つ、旧暦二月八日（蜀では釈迦が悟りを開いた成道の日）の「八日　大慈寺の前の蚕市」詩には、「野氓　広鄽に集まり、衆賈　宝坊に趨く」（農民や商人たちが門前の広い市場にやってくる）とある。

昭覚寺は成都市の東北約五キロメートル、成華区青龍街道の西北四〇〇メートルにある名刹であり、「川西（四川盆地の西部）第一の禅林」と評される。初唐の貞観年間（七世紀前半）に創建され、初め建元寺といったが、晩唐の乾符四年（八七七）、僖宗によって昭覚寺に改名された（清・光緒二一年刊の釈中恂編『重修昭覚寺志』等）。明末の兵火でほとんど焼失し、清初以降、再建される（現在の主な建物は、一九八四年以降の再建）。

禅の教本『碧巌録』で有名な北宋晩期の圜悟克勤も一時期ここで説法し、その墓は寺の西にある威鳳山（現在の成都動物園内）にある。清の李調元の詩「七月十三日、昭覚寺に遊ぶ。是の日、甚だ熱し」には、「圜悟禅師　今見ず、誰か六祖を将て中堂に塑せん」（誰が五祖法演を継ぐ六祖として本堂に像を置くのだろうか）とある。

北宋の范鎮が「昭覚寺に遊ぶ」詩に、境内のありさまを「鴛鴦　秋沼漲り、蝙蝠　晩庭寛し」と詠んで以降、昭覚寺は詩跡化された。淳熙三年（一一七六）仲春二月に成る陸游の「昭覚寺に飯し暮れに抵りて乃ち帰る」詩は、清の李崇階・黄雲鵠らによって和詩が作られた、詩跡昭覚寺を代表する作品である。その頸聯は春の夕方、禅院の静寂を次のように描きだす。

静院春風伝浴鼓　　静院　春風　浴鼓を伝え
画廊晩雨湿茶煙　　画廊　晩雨　茶煙を湿す

―静かな禅寺では、春風が沐浴の時間を告げる太鼓の音を伝え、色鮮やかな廊下では、夕暮れの雨が茶の煙を湿らせている。―

（紺野）

【薛濤井】

薛濤（字は洪度、七七〇？—八三二）は、「春望詞」四首や「柳絮」などの名作を持つ中唐の女流詩人である。彼女は成都の楽妓で、剣南西川節度使の韋皐に寵愛された。後に楽籍を離れ、成都の西郊、浣花渓（錦江の上流）の百花潭のほとりに移り（元・費著『箋紙譜』）、晩年は成都城内西北の碧鶏坊に吟詩楼を建てて住んだという。

薛濤は白居易や元稹など当時一流の文人たちと交流して、詩を贈答しあった。王建「蜀中の薛濤校書に寄す」詩には、「万里橋辺の女校書、枇杷の花の裏に　門を閉ざして居る」（錦江にかかる万里橋のほとりに住む女校書のあなたは、枇杷［正しくは琵琶。ツツジに似た花］の咲く中、門を閉ざして住む）という。女校書とは、西川節度使武元衡が詩才豊かな彼女を校書郎（秘書省の蔵書の校正官。官品は低いが、詩賦を重んじる科挙「進士科」の上位及第者が任命される名誉ある官）に推薦した、との伝承にちなむ呼称である。

「小詩」（絶句）の創作を好んだ薛濤は、従来の詩箋が大きすぎて自らの詩に合わないとして、小さな深紅の詩箋を発案して作らせた（一説に自ら漉いて生業としたともいうが、薛濤の資料を多く集める張篷舟『薛濤詩箋』［人民文学出版社、一九八三年］は否定する）。彼女の「旧詩を寄せ　元微之（稹）に与う」詩に、「総て紅箋に向いて自ら随うを写す（気ままな思いを書きつける）」と見える紅箋が、その「薛濤箋」（浣花箋）だという。宋代には成都の名物として朝廷に献上された十色の薛濤箋（『太平寰宇記』七二）なども現れた。

現在、薛濤井は、彼女がその詩箋を漉く際に使う水を汲んだ井戸として、成都市の東南、武侯区望江路の、錦江に臨む望江楼公園内にある。本来、薛濤箋は浣花箋の別名があるように、箋紙の生産地である成都の西、浣花渓（五代・景渙『牧豎閑談』）で造られていた。しかし明代の蜀王府が、清冽な水を出す現在の薛濤井（玉女津泉）で薛濤箋を作り、薛濤井の名で呼ばれた。かくして薛濤ゆかりの井戸と考えられるようになり、清の康熙三年（一六六四）には成都知府の冀応熊が「薛濤井」碑を井戸のそばに建てた。実は近くの四川大学の校内にあった、いわゆる「薛濤墓」（晩唐の鄭谷「蜀中」詩其三の「薛濤墳」か否かは未詳。望江楼公園の現在の薛濤墓は、一九九四年の再建であり、場所も異なる）を除くと、この薛濤井は彼女とはほとんど無関係な場所なのである。

しかし、明後期から戴璟、楊一鵬、王士性らが詩に詠みはじめて、薛濤井は薛濤墓とともに詩跡化した。戴璟の「薛濤井」詩には、

不見玉顔窺照影　見ず　玉顔の　照影を窺うを
空余金井轆轤声　空しく余す　金井　轆轤の声

—彼女の美しい顔が井戸水に照る自らの姿を窺いみることはもはやなく、紙漉のために水を汲み上げる轆轤の音だけが空しく響く。—

とあり、王士性の「薛濤井」詩は、「嬋娟（清楚な美女薛濤）は　今寂寞たり、涙落ちて　欄杆に満つ」と結ぶ。清代にはこの井戸水で酒を醸造して「薛濤酒」と呼んだ。薛濤の事跡と全く関わりはないが、張問陶（船山）や陶澍らが詩に詠み、詩跡「薛濤井」に名酒の香りを添えたのである。

薛濤井のそばには清代の中期、吟詩楼と浣箋亭、清末に崇麗閣（望江楼）が建てられ、一九五三年には望江楼公園となる。この薛濤井は明らかに誤伝ではあるが、明清以降、女流詩人薛濤をしのぶ詩跡となり、現在は竹林の美しい公園としても親しまれている。

【青城山（丈人山）】

（紺野）

都江堰市の西南約一〇キロメートルの地に連なる山の名（現在は前山とその西の後山に分ける）。「山の形　城に似たる」（『太平御覧』六七四所引『名山記』）ための命名という。『旧唐書』地理志四によれば、開元一八年（七三〇）、清城山を青城山に改めたという。

山はかつて赤城山・丈人山などとも呼ばれた。丈人山の名は、ここに隠棲した唐末・前蜀の道士杜光庭の「青城山記」に、「『玉匱経』に云う、黄帝（この山を）封じて五岳の丈人（家長）と為す。乃ち岳瀆の上司、尊仙の崇秩（高官）なり」とあり、ここが五岳四瀆の山河を統べる山とされたことに基づく。大暦元年（七六六）に成る盛唐の岑参「青城龍渓の奐道人に寄す」詩の冒頭にも、「五岳の丈人、西望すれば　青く瞢瞢たり」（五岳の上に位置する青城山を西に望めば、青黒くはっきりとは見えない）とある。

青城山は主に道教の聖地として発展し、第五洞天とされる。後漢末、五斗米道を興し、教団としての道教を打ち立てた張陵（張道陵・張天師）がこの地で修行したという。その修行の場が、隋代の創建で、延慶観・常道観などと呼ばれた、通称「天師洞」である。

岑参より少し早く青城山を詠んだ詩人は杜甫である。上元二年（七六一）の秋、青城県を訪れた杜甫は、雑言古詩「丈人山」の前半で、この神仙の霊山に対して敬意を示して、次のように歌う。

自為青城客　青城の客と為りしより
不唾青城地　青城の地に唾せず
為愛丈人山　丈人山の
丹梯近幽意　丹梯　幽意に近きを愛するが為なり

——自分は青城の旅人となってから、青城の地には唾を吐かない。それは丈人山の昇仙の道が奥深い境地に近いのを愛するからだ。——

続く後半部には頂上に住み、仙界に遊びたい思いを詠む。

中唐・銭起の詩「青城山の歌を賦し得たり…」に、「蜀山の西南千万重、仙経（道教の経典）は最も青城の峰を説く。青城は嶔岑として空碧に倚り（高峻で碧空にそそり立ち）、遠く峨眉（山）を圧して剣壁（剣門の断崖）を呑む」と詠む。

天師洞より上、山頂近くに晋代、老君像を祀る上清宮が創建された。南宋の淳熙元年（一一七四）の初冬十月、青城山に遊んだ陸游は、「上清宮に宿す」詩に歌う、「永夜寥寥（ひっそり）として上清（宮）に憩えば、下に聴く　万壑　松を度る声。星辰頓に覚ゆ　人を去ること近きを、風雨何ぞ曾て月明を敗らん」と。続いて范成大も淳熙四年（一一七七）、病を理由に成都制置使を離任した年の晩夏六月、青城山を訪れた（『呉船録』上）。「最高峰にて雪山を望む」詩は、成都平原の西に聳える岷山のなかの「第一峰」（杜光庭「青城山記」）、青城山の最高頂（にある上清宮）からながめた「天下の偉観」（『呉船録』）を、「空に浮かんで忽ち湧く　三銀闕、云う是れ　西天の雪嶺の山」（空中に突然、三つの白銀の仙宮が湧き出した。それは西域の空に聳える雪山［の三峰］だという）と歌う。

中唐の劉禹錫は、詩「江陵の厳司空（綬）成都の武相公（元衡）と唱和せしを示され、因りて同作を命ず」で、「（巫山の）彩雲は朝に青城を望んで起こり、錦浪（錦江の波）は　秋に白帝（城）を経て来る」と、蜀の青城山と巴の白帝城を色対に仕立てて歌う。このように道教を中心とした宗教的雰囲気の濃い青城山は、蜀の代名詞とさえなりえたのである。

（紺野）

【丈人観・儲福宮・上清宮】

都江堰市の西南に位置する青城山には、多くの道観が造営された。

青城山の入口、丈人峰の麓にある丈人観（丈人祠。現在の建福宮）もその一つで、「五岳丈人」の寧封と晩唐の道士・杜光庭を祀る。『崇慶府図経』所引杜光庭「青城山記」（『輿地紀勝』一五一）によれば、丈人観は魏晋以来、天国山（都江堰市の西南約四五キロメートル）にあった。唐の開元一八年（七三〇）、青城山中の鬼城山（丈人観の西北）の下に新たに丈人観が造られ、寧君像も移されたという。

最初にこの丈人観を詠んだ詩人は杜甫である。上元二年（七六一）の秋に成る雑言古詩「丈人山」にいう。

丈人祠西佳気濃　丈人祠の西　佳気濃かなり
縁雲擬住最高峰　雲に縁りて住まんと擬す　最高の峰

その後、北宋の趙抃や文同、南宋の陸游らに詩に詠まれた。さらに成都制置使・范成大の上奏によって「会慶建福宮」の名が下賜された。その名は「帝は以て昌（慶と同意）を会め、神は以て福を建つ」（『河図括地象』）に基づき、会慶（＝会昌）が皇帝孝宗の誕生日、会慶節と同名であることに由来する（『呉船録』上）。淳熙四年（一一七七）六月、その勅書が范成大の入山数日前に届いた。彼の「青城山の会慶建福宮」は、建福宮の名を用いた最初の詩である。

儲福宮（儲福観）は、寧封（丈人）が、唐代以来、五岳丈人儲福定命真君と呼ばれた（『呉船録』上）ことによろう。青城山中の天倉峰下にあった（『輿地紀勝』一五一）。晁公遡や李壁ら宋代の詩人によって詩跡化した。天倉峰（天倉山）は延慶観（現在の天師洞）の南に位置して、三十六峰からなり、儲福宮内の天峰閣からは、背後に列なる屏風のように見えた。陸游の「儲福観」詩にいう。

路転屏風畳　路は転ず　屏風畳
雲蔵帝子家　雲は蔵す　帝子の家

帝子とは唐の睿宗の娘である女道士・玉真公主を指す。玉真公主は当地で羽化（昇仙。薨去の婉曲表現）し、山の側に葬られた（『輿地紀勝』一五一）。陸游の題下自注にも「唐の玉真公主修真の地」とある。当時、儲福宮には彼女と兄・玄宗の銅像が置かれていた。

上清宮は青城山の山頂に近い、高台山上にあった。晋代の創建で、太上老君（老子）を祀る（【青城山】の項も参照）。「板閣を以て石に挿して堂殿を作」（『呉船録』上）り、唐末以降、詩に詠まれた。杜光庭「上清宮」詩（『輿地紀勝』一五一所引）には、「十年重ねて到る上清宮、石磴（石の階段）・泉梯（谷川にかかる梯橋）屈曲して通ず」とある。宋代には多くの詩人が訪れて、詩を残している。

宋代、上清宮から、無数の炎「神灯」（聖灯）が夜、四方の山々に現れるのが見えた。その原因については、古人の隠した丹薬などの諸説がある（『呉船録』上）。淳熙元年（一一七四）の初冬十月、この光を見た陸游は、「上清宮に宿す」詩のなかで、こう歌う。

金丹定解幽人意　金丹　定めて解す　幽人の意
散作山椒百炬紅　散じて作る　山椒　百炬の紅

―丹薬はきっと隠者の思いを理解したのであろう。四散して、山の頂で多くの赤いたいまつの炎となっているのだ。―

現在の建福宮・上清宮は、それぞれ清の光緒一四年（一八八八）・同治七年（一八六八）以降に再建されていった。儲福宮については、青城後山にある八卦台がその地だという（王純五主編『青城山志（修訂版）』［四川人民出版社、一九九三年］参照）。

（紺野）

【老人村・牡丹平・致爽軒】

老人村は都江堰市の西南に連なる青城山の諸峰の最高峰、趙公山（大面山）の北の長寿の村。光緒一二年（一八八六）刊『増修灌県志』二によれば、灌県（現在の都江堰市）の西七十里（約三五キロメートル）、岷山の南に位置し、一説に現在の汶川県水磨鎮だとされる。村は俗に獠沢と呼ばれたが、南宋の淳熙四年（一一七七）、青城山を訪れた范成大は、名称が雅馴でないとして、老宅と改め（『呉船録』上）、老沢ともいった（南宋・洪邁『夷堅志』丙志四「青城老沢」など）。

老人村は桃花源と同様、戦乱を避けた人々の村とされた。五胡十六国の頃の道士・范賢（范長生）は、宰相として仕えた成漢・李雄の政権が長くは続かないことを悟り、一族を当地に連れてきたことに始まるともいう（『輿地紀勝』一五一）。五代後の子孫を目にすることもある長寿の理由は、村への道が険しく遠いため、塩や醯（酢）を知らず、また枸杞が多い谷川の水を飲んでいるためであったが、道が通じて味覚が豊かになると、寿命も次第に短くなったという（蘇軾「陶（淵明）の桃花源に和す、引を并す」）。

この村が詩に詠まれるのも宋代以降である。北宋・張方平の七律「青城山の威儀観の李錬師に贈る」の尾聯には、「道友（道士の仲間）相い邀えて異薬を尋ね、笻を携えて幾たびか老人村に到らん」とある。また南宋の王灝「老人村」詩には、「山前の老沢に行路を経れば、百歳の翁翁　猶お健歩す」とあり、矍鑠とした老人が描かれる。

牡丹平（牡丹坪）も青城山付近にあった。「青城より長平山に之き、蘿（ツタ）を捫りて上り、鳥道（険しい山道）に由ること三十里許り」で、平地が現れる。高い樹は、花の形が芙蕖（ハス）のようであり、香りは牡丹に似て、人々は「枯枝牡丹」と呼んでいた（『輿地紀勝』一五一）。一説に、牡丹坪は老人村にあるともいい（明の曹学佺『蜀中広記』六所引『古今記』）、洪邁『夷堅志』丙志四「青城老沢」にも、「満山、皆な牡丹なり」とある。

范成大は淳熙一四年（一一八七）の「樊子南の西山に遊ぶの二記の後に書す」詩其一「牡丹瓶」で次のように歌う。

十丈牡丹如錦蓋　十丈の牡丹　錦蓋のごとし
人間姚魏却争春　人間の姚魏　却って春を争う

—牡丹平の十丈（約三〇メートル）の高さもある牡丹は、錦の車蓋のように見事である。それなのに、世間に咲く姚黄・魏紫などの牡丹は、何とまあ、春の華麗さを競いあっているのだ。—

陸游も嘉泰元年（一二〇一）、故郷の山陰（浙江省紹興市）で詠んだ「予、蜀に出づるの日…」詩其五に、「且つ言う　牡丹平、茅（茅屋）三間を卜すべしと」と詠んで、青城山の上官道士から牡丹平に隠棲することを勧められたことを回想する。

致爽軒は青城山の麓にあった園林。范成大は青城山から下山した後、「范氏の荘園」に宿泊した（『呉船録』上）。彼の七絶「范氏の荘園」には、竹の美しい荘園とそこに蓄えられた蔵書を、「竹色　人を喚びて来りて馬より下りしめ、乱蝉深き処　図書有り」と歌う。

後に致爽軒は、陸游・趙汝愚らにより詩跡化した。南宋・孫応時「范氏の致爽園、石湖（范成大の号）の韻を用う」詩其二にもいう。

山光突兀初寒外　山光　突兀たり　初寒の外
竹色連娟細雨余　竹色　連娟たり　細雨の余

—初冬の景色の向こう、青城山が高く突き出るようにそびえ、細やかな雨がやむと、竹が弱々しく曲がっている。—

（紺野）

【峨眉山】

四川盆地の南西端、峨眉山市の西南七キロメートルに位置する蜀（四川省）随一の名山の名。楽山市（かつての嘉州）の西方にあり、最高峰の万仏頂は海抜三〇九九メートルに達する。峨眉は峨嵋・蛾眉などとも書く。古くは前漢末の揚雄「蜀都の賦」に、「蜀都の地は、…南には則ち犍牂（犍為郡・牂柯郡）・潜夷（潜水流域の夷人）、昆明・峨眉…有り」と見え、西晋・左思「蜀都の賦」（『文選』四所収）にも、「峨眉の重阻（険阻）に抗う（面する）」とある。

北魏・酈道元『水経注』三六「青衣水」に引く南朝宋？の任豫『益州記』には、「秋日清澄のとき、両山相い峙ちて峨眉の如きを望見す」とある。両山とは、峨眉大山（大峨。一般に峨眉山と呼ばれる山）と中峨眉山（中峨・二峨）を指す。つまり、峨眉山の名は、蛾の眉、また、それに由来した美女の細くなだらかに曲がる長い眉を形容する「蛾眉」（娥眉）と通用させた呼称らしい。さらに小峨眉山とあわせて「三峨」（『輿地紀勝』一四六）と呼ばれた。

峨眉山は道教・仏教の二教の霊山であった。前漢末の劉向？『列仙伝』上には、陸通（孔子を諷刺した楚狂［楚の狂士］接輿）がここに住んだとあり、峨眉山は古くから神仙思想における重要な山であった。その後、道教の三十六小洞天の第七とされた。一方、仏教においても普賢菩薩示現の霊場とされ、遅くとも東晋以降、信仰の対象となった。唐宋期には仏教が優勢となり、明清期に最も隆盛を誇った。現在は中国四大仏教聖地の一つに数えられ、報国寺、伏虎寺、万年寺（北宋初の銅製の普賢騎象像が有名）などが残る。

南朝梁の簡文帝蕭綱「臨海太守の劉孝儀・蜀郡太守の劉孝勝に餞す」詩の、「碣石（河北省の名山）東海に臨み、峨嵋 西傾（西の駅亭）と距つ」が、峨眉山に言及する最も早い例である。初唐では蜀出身の陳子昂「感遇」詩其三六にも、「浩然として坐ろに何をか慕う、吾が蜀に峨眉有り。念うらくは楚の狂子（接輿）と、悠悠として白雲（仙郷）に期するを」と見える。

しかし、峨眉山を第一級の詩跡としたのは、やはり同じく蜀の地に育った李白である。道教や神仙思想への志向を持ち続けた彼は、二十代前半には、すでに「峨眉山に登る」詩を作り、「蜀国 仙山（神仙の山）多きも、峨眉は邈かにして匹（匹敵）し難し」と歌う。

そして開元一三年（七二五）、二五歳のころ、当時、長江の本流とされていた岷江を下って、初めて蜀を離れる際に詠んだ詩が、有名な七言絶句「峨眉山月歌」（峨眉山月の歌）である。

峨眉山月半輪秋　峨眉山月 半輪の秋
影入平羌江水流　影は平羌江水に入りて流る
夜発清渓向三峡　夜 清渓を発して 三峡に向う
思君不見下渝州　君を思えども見えず 渝州に下る

—峨眉山の上にかかる半輪（上弦）の秋の月。そのさやけき月光は、平羌地方（楽山市の上流約二〇キロメートル区間）の岷江の水面に映り、江水とともに輝きを放って流れてゆく。今宵、私は舟で清渓の水駅（楽山市の上流一五キロメートルの「板橋渓」のそれ？）を出て、遠く三峡へ向かうのだ。君を思いながら見ることもかなわず、渝州（重慶市）へと下っていく。—

詩は五つの地名を巧みに活用しているが、平羌江・清渓・三峡に対する地名考証は一定しない。ここでは近年、有力となりつつある新説によって解釈した。松浦友久編訳『李白詩選』（岩波書店・文庫、一九九七年）の注および補注〔14〕参照。なお平羌江は、【平羌江・嘉陵江（閬水）】の項に詳説した。

結句の「君」も、月を指すという通説のほか、意中の友人、峨眉山の美人などを指すという説もある。ただ李白晩年の「峨眉山月の歌、蜀の僧晏の中京（長安）に入るを送る」詩には、「我　巴東の三峡に在りし時、西のかた明月を看て峨眉を憶う。月は峨眉に出でて滄海を照らし、人と万里　長く相い随う」と歌う。したがって、「君」は第一義的には月を指し、そこに李白の慕う人を重ねることも可能であろう。いずれにせよ、秋月が山上に美しく輝く景色を歌う本詩は、李白の、そして詩跡「峨眉山」の絶唱となったのである。

同じ蜀出身の蘇軾は、元祐五年（一〇九〇）に成る「張嘉州を送る」詩の中で、「峨眉山月　半輪の秋、影は平羌江水に入りて流る」と李詩をそのまま取り、さらに次のように歌う。

謫仙此語誰解道　　謫仙の此の語　誰か解く道わん
請君見月時登楼　　請う君　月を見て　時に楼に登らんことを

—謫仙人李白のこの絶妙な表現は、いったい誰が言い得るであろうか。君もどうか月を見に、時々は嘉州の楼閣に登りたまえ。—

また南宋の乾道九年（一一七三）、嘉州知事代行に任ぜられた陸游の「凌雲（山）より酔い帰りて作る」詩も、岷江に浮かぶ峨眉山上の月から、酒を愛した李白に思いを馳せる。

三千メートルを超す山頂付近は、一年中寒冷である（年間平均気温は約三度という）。晩唐の鄭谷「峨嵋の雪」詩には、「万仞（高峻な山容）白雲の端（上端）、春を経て　雪は未だ残われず」と詠む。

南宋の淳熙四年（一一七七）の晩夏六月、范成大が入山する数日前には雪が降った。山頂の寺院を歌う七言律詩「光相寺」には、「苔痕新たに晞く　六月の雪、木勢旧より偃す　千年の風。雲物は人の為に世界に布き、日輪は我と同に虚空を行く」とある。

「雲物（雲海）」と「日輪（仏光）」は、いずれも峨眉山の奇観として知られる。後者は実際にはブロッケン現象であるが、普賢菩薩信仰の霊場である峨眉山では、仏光として信仰された。明の方孝孺「峰頂に宿し、済定の韻に次す」詩の頷聯にも、こう詠まれる。

元気昆侖磅礴外　　元気は昆侖　磅礴の外
祥光隠見有無中　　祥光は隠見　有無の中

—天地自然の生気がどこまでも果てしなく満ちて広がり、仏の姿を現すめでたい光は消えたり、現れたりしている。—

宋代以降、山中の他の寺院や景勝地も詩に歌われた。しかし、峨眉山はやはり、李白の「峨眉山月の歌」によって強く印象づけられた詩跡といえよう。峨眉山上の秋月は、李白とともに、今もなお彼の詩を愛する人々の心を捉えてやまないのである。

峨眉山（万年寺）

（紺野）

【剣門蜀道】

関中（陝西省）から蜀（四川省）に入る山越えの道を「蜀道」という。李白の楽府詩「蜀道難」（相和歌辞・瑟調曲）に、「噫吁戯危いかな　高いかな、蜀道の難きこと　青天に上るよりも難し」と歌われた難所である。

李白は「四万八千歳」という数字を用いて、長い間、古代蜀国の開国より秦（関中）と蜀との往来がなかったことを表現する。『芸文類聚』九四に引く前漢・揚雄の『蜀王本紀』に、この道の由来に関する伝説を載せる。—戦国時代、秦の恵王が蜀を伐とうとして、五頭の石牛を作り、金の糞をすると偽った。それを得るために蜀王の派遣した五人の力士が、石牛を引きずってきたために道ができた、と。—秦はこの道を通って蜀を滅ぼし、かくしてこの道は、石牛道（または金牛道）と呼ばれ、蜀道の主要なルートであった。

李白の「蜀道難」は、蜀道の険しさを、さらに「連峰　天を去ること　尺に盈たず、枯松倒しまに挂かって　絶壁に倚る。飛湍暴流　喧豗を争い、崖を砯ち石を転じて　万壑雷く」（連なる峰々は、天空から一尺も離れぬ高さに聳え、枯れた松の木が、逆さにかかるように絶壁に生える。しぶきを上げる激流や瀑布は、水音の大きさを競いあい、断崖にぶつかり岩石を押し流して、四方の谷は雷鳴のように轟く）と歌う。自由なリズムと奔放な詩想を持つ本詩を、李白から示された長安詩壇の重鎮・賀知章は、彼のことを「謫仙」（天から地上に流された仙人）と激賞した（晩唐・孟棨『本事詩』高逸篇）。こうして最も著名な李白評「謫仙人」を産み出し、詩人李白の名声を高めた「蜀道難」は、同時にまた、天下の険たる蜀道を第一級の詩跡にしたのである。

蜀道（石牛道）のうち、金牛（陝西省漢中市寧強県）—利州（四川省広元市）—剣州（同広元市剣閣県）の約二五〇キロメートルの区間は、険しい山岳の中にあり、嘉陵江やその支流の峡谷に臨む桟道を通った。桟道とは、岩壁に穴を開けて木を差し込み、その上に板をならべて造った道を指す（他に、岩を直接削った道、渓谷に橋を架けて覆いを施した道も桟道という）。杜甫は、こうした桟道（閣道・桟閣）の様子を、「龍門閣」詩の一節で次のように歌う。

滑石欹誰鑿　　滑石　欹いて誰か鑿てる
浮梁裊相拄　　浮梁　裊として相い拄う
目眩隕雑花　　目眩みて　雑花隕ち
頭風吹過雨　　頭風ふきて　過雨吹く

—滑らかに傾斜した石壁は、誰が削り開けたのか。空中に浮かぶ桟道はゆらゆら揺れながら何とか支えあう。目はくらんで種々の花々が乱れ落ち、頭はふらついて、通り雨が吹きつけるかのよう。—

この龍門閣は、広元市の北約五〇キロメートルにあった。『方輿勝覧』六六に引く馮鈴幹田の言に、「独り惟だ此の閣のみ、石壁は斗立し、虚しく石竅を鑿ちて木を其の上に架し、他処に比して極めて険なり」とあり、蜀道の中でもとりわけ険しい難所の一つであった。

そして最も有名な難所が、剣門山（大剣山）の閣道、すなわち剣閣である。現在の剣閣県の北約三〇キロメートルに位置する剣閣は、大剣山とその西北の小剣山の間の約一五キロメートル、剣を天に向けて並べたかのように鋭くそそりたつ峰々が左右から迫りきて、門形をなす谷間に、わずかに道が通じていた。『元和郡県図志』三三によれば、三国時代、蜀漢の丞相・諸葛孔明が、「石を鑿ち空に駕して、飛梁・閣道（断崖に設けた橋梁や通路）を為り」、道を通したという。その後、唐代には関所「剣門関」も設けられた要害の地であった（明代再建の剣門関は、一九三五年、川陝公路建設のために撤去された。後に道が移設され、現在の楼閣は二〇一〇年に再建される）。三国時代の他、南北朝、五代十国、宋・金など、関中と蜀の勢力が互いに争奪しあった軍事的要衝であった。

唐・玄宗（李隆基）の「蜀に幸して、西のかた剣門に至る」詩の「剣閣　雲に横たわりて峻し」（剣閣は雲の中に横たわって高く険しい）、中唐・李徳裕の「剣門に題す」詩の「高きこと剣　天に倚るかと疑う」（高峻さは、剣が天空に向かってそそりたつかと思われるほど）のような「剣の閣」「剣の門（の山）」の特異なイメージは、―彼らが実際に目睹した風景もさることながら―、西晋の張載「剣閣の銘」（『文選』五六）に基づく。

剣門関

「剣閣の銘」は、父の張収が蜀郡（成都）太守となった時、蜀に赴いて作ったもので、結局滅ぼされた前漢末の公孫述や蜀漢の劉禅を例にあげて、剣閣などの要害によって叛乱を起こしがちな蜀の人々を誡める韻文である。天険の恃みがたさを主張するために、剣閣の険しさを強調する。「巌巌たる梁山、積石峨峨たり」（ごつごつとした梁山［剣門山の別名］は、岩を積み重ねて高く聳える）の句で始まり、「惟れ蜀の門（入口）にして、固めを作し鎮めを作す。是れを剣閣と曰い、壁のごとく立つこと千仞なり。地の険しさを窮め、路の峻しさを極む」という。

特に「一人　戟を荷えば、万夫も趑趄たらん。形勝の地、親に匪ざれば居らしむる勿れ」（一人の兵士がほこを持って守れば、一万人の兵士も突破できない。この要害の地は身内でなければ留め置いてはならぬ）の語は、同じ西晋・左思の「蜀都賦」（『文選』四）の「一人　隘（狭く険しい道）を守れば、万夫も向かう莫し」とともに、剣閣の難攻不落を詠む際の源泉的表現となる。李白の「蜀道難」にも、「剣閣　崢嶸として崔嵬たり。一夫　関に当たれば、万夫も開く莫し。守る所　或いは親に匪ざれば、化して為らん　狼と豺とに」（剣門山の桟道は高く険しい。一人の男が関所を守れば、万人の兵士が攻めても開くことはできない。守る男が身内でなければ、オオカミやヤマイヌのような反逆者にならないとも限らぬ）とある。

杜甫は、乾元二年（七五九）、四八歳のとき、秦州（甘粛省天水市）から同谷（同隴南市成県）を経て、冬の十二月、この剣閣を越えて成都へ向かった。家族を連れたこの漂泊の旅の途上、彼は十二首の紀行詩を遺している。その一つ「剣門」詩の冒頭にいう。

惟天有設険　惟れ天　険を設くる有り
剣門天下壮　剣門は　天下に壮たり
連山抱西南　連山　西南を抱き
石角皆北向　石角　皆な北に向かう
両崖崇墉倚　両崖　崇墉のごとく倚り
刻画城郭状　刻画す　城郭の状
一夫怒臨関　一夫　怒りて関に臨めば

百万未可傍　　百万　未だ傍うべからず

—天（造物主）は険阻な場所をつくり出したが、なかでも剣門は天下に名高い壮観である。連なる山々は西南（の蜀の地）を抱きまもり、岩の角はみな北に向かって突き出ている。両側の断崖は高い城壁のようにそびえ、城郭の形状を刻みつける。一人の兵士が怒って関所を守れば、百万の敵も近づくことはできない。—

そして本詩の最後にいう、「吾れ将に真宰を罪せんとし、意は畳嶂を鏟らんと欲す。恐る　此れ　復た偶ま然らんことを、風に臨んで黙して惆悵す」（私は天を罰して、この群峰を削り取ってしまいたい。険所に拠って叛乱を起こす憂慮が、ふと当たりはせぬかと心配し、風に向かって黙したまま心を痛めるのだ）と結ぶ。戦乱や飢饉を体験した杜甫にとって、群雄を割拠させうる難所は、深い憂いを抱かせるのに充分だったのである。

北宋の趙抃は、治平二年（一〇六五）、三たび剣閣を越えたとき、「乙巳歳度関」（乙巳の歳、関を度る）詩を作って、

誰云蜀道上天難　　誰か云う　蜀道　天に上るより難しと
険桟排雲徹万山　　険桟　雲を排して　万山を徹す

—蜀道は天空に登るよりも困難とは、誰が言ったのか。険しい桟道が雲を分けて山々を貫く。—と李白の詩をふまえて歌う。

こうして著名な詩跡となった「剣門の蜀道」をいっそう忘れがたい存在にした名作が、南宋・陸游の七絶「剣門道中遇微雨」（剣門道中にて微雨に遇う）である。

衣上征塵雑酒痕　　衣上の征塵　酒痕を雑う
遠遊無処不消魂　　遠遊　処として消魂せざるは無し
此身合是詩人未　　此の身　合に是れ詩人なるべきや未や
細雨騎驢入剣門　　細雨　驢に騎って　剣門に入る

—ほこりにまみれた旅衣の上に、酒のしみが点々とまじる。遥かな旅路のあいだ、難所がうち続いて、魂は消えてしまいそう。この身は詩人として生きていくべきものなのか。冷たい小雨のなか、ロバにまたがって剣門山へと入っていく。—

詩は乾道八年（一一七二）の冬、作者が北中国を奪った金との最前線「南鄭」（陝西省漢中市）から後方の成都に転任する途中の作。金への徹底抗戦を主張する主戦派の彼にとって、この転任は失地回復の希望を打ち砕くものであった。「経世済民」の夢が破れ、もはや詩人としてしか生きていけないのではないか、という自らの問いに、ロバの背に跨がって詩を作った唐代詩人の貧窮した様子が答えとして浮かび上がる。自らの運命に対する自問自答とそれに伴う嘆息。それは、この詩跡・剣門に深い陰翳を与えることとなった。

後世、剣門を通る人々は、陸游の名詩を思い起こすこととなる。「神韻説」を唱えた清の王士禛は、康熙三五年（一六九六）、再び剣閣を訪れ、「入剣門」（剣門に入る）詩を作っていう。

此身未了詩中画　　此の身　未だ了らず　詩中に画あるを
細雨騎驢又剣門　　細雨　驢に騎って　又た剣門

—私には「詩中に画あり」という境地もまだわからない。にもかかわらず、小雨の中、またもロバに乗って剣門山へ入っていく。—

【漢州西湖・上亭駅】

（紺野）

漢州西湖は漢州、現在の広漢市（雒城鎮）にあった人工の湖。唐の上元元年（七六〇）、漢州刺史として赴任した晩年の房琯が開鑿したとされる。ただし、杜甫「舟前の小鵝児」詩の題下原注に「漢州城の西北角の官池にて作る」とあり、宋の趙次公は房琯の赴任以前は官池と呼ばれ、彼はそれを改修した、という（南宋・郭知達『九家集注杜詩』二二）。また湖の位置も、前述の杜詩の原注が「漢州城の西北角」と記し、『大明一統志』六七は「漢州の治（役所）の南に在り」、『大清一統志』三八四は「漢州の治の西南に在り」とする。

房琯の現存する唯一の詩「漢州の西湖に題す」はその改修を描く。

決渠信浩蕩　　渠を決すれば　信に浩蕩
潭島成江湖　　潭島　江湖を成す

―水路を切り開くと、まことに水面は広々とし、深い潭ができ、島が浮かんで、大きな江や湖のようだ。―

房琯が漢州を離れた直後から、彼を記念して房公湖・房湖などと呼ばれた。房琯を弁護して左拾遺を逐われた杜甫は、広徳元年（七六三）の春、この湖を訪れた。彼の詩「房公池の鵝を得たり」は、のどかな鵞鳥の姿を、「房相の西亭　鵝一群、沙に眠り浦に泛んで雲よりも白し」と歌う。後には中唐・李徳裕の「漢州の月の夕べに房太尉の西湖に遊ぶ」等二首と、劉禹錫・鄭澣の唱和詩もある。

北宋の熙寧年間（一〇六八―一〇七七）、「奏して墾して田と為す。今、廃塞す」（清・顧祖禹『読史方輿紀要』六七）とあり、北宋以降、湖は農地に開墾されて縮小したが、北宋の文同「房公湖」詩以下、司馬光、南宋の陸游、清の王士禛らの詩も伝わる。

現在の房湖公園は、一九二七年、広漢公園として建設されたものであり、かつての漢州の西湖と直接に関係するものではない。しかしその遺址に近いため、一九八五年、現在の名称に改められた。

上亭駅（琅璫駅・郎当駅）は、現在の綿陽市梓潼県演武郷上亭舗にあった宿駅の名。唐代、かつての武連県（広元市剣閣県の南西）と梓潼県との境界付近の、蜀道上に設置された。

安史の乱の際、蜀へと逃れた玄宗は、桟道で雨の中、鈴の音を聞き、楊貴妃を偲んで「雨霖（淋）鈴」の曲を作った（唐・鄭処誨『明皇雑録』補遺）。白居易「長恨歌」の「夜雨に鈴を聞けば　腸断の声」の典故（陳寅恪『元白詩箋証稿』など）ともされる、この鈴を聞いた場所には諸説あるが、南宋の王灼『碧鶏漫志』五にいう、「世に伝うるに、明皇（玄宗）上亭に宿り、雨中に牛鐸の声を聞く。悵然として起き、黄幡綽に問う、『鈴は何の語を作すか』と。曰く、『陛下は特郎当なりと謂う』と。特郎当は、俗に整治せざる（威儀を失ってだらしない）を称するなり。明皇一笑し、遂に此の曲を作る」と。南宋の魏了翁「上亭駅に題す」詩の自注にも、「三郎琅当は、即ち上亭駅の故事なり」云々と記す。この三郎とは玄宗の幼名であり、琅璫（郎当）駅という別名は、玄宗が雨の中で聞いた鈴の音と彼の落ちぶれたさまの両意を表す、畳韻の双関語に由来する。

上亭駅が詩に詠まれるのは、現存する作品では晩唐・羅隠の七律「上亭駅」（『碧鶏漫志』五所引）からである。その首聯にいう。

細雨霏微宿上亭　　細雨霏微として　上亭に宿る
雨中因感雨淋鈴　　雨中因りて感ず　雨淋鈴

その後、北宋の張方平や韋驤、清の王士禛や張問陶らが詩を残す。現在、光緒二〇年（一八九四）の「唐明皇幸蜀聞鈴処」碑がある。

【李白故里・三蘇祠】

詩仙李白は少数民族の子として七〇一年、西域のオアシス都市に生まれ、五歳ごろ、父（李客）とともに蜀の綿州昌隆県清廉郷（今の四川省江油市西南約一五キロメートルの青蓮鎮［青蓮郷］）に移り住んだ。そして二五歳ごろ、蜀を旅立つまで、彼はこの地を中心に活動した（清廉郷は明清以降、青蓮郷と記された）。

李白は自ら青蓮居士と号した。この「青蓮」と地名の「清廉」は、字音・字義の両面にわたる双関語となり、青蓮居士は「清廉郷出身の脱俗的な青蓮居士」を意味する（後引の松浦説）。したがって彼が「静夜思」のなかで、

挙頭望山月　　頭を挙げて山月を望み
低頭思故郷　　頭を低れて故郷を思う

と歌う故郷とは、まさにこの清廉郷なのである。そして彼がもっぱら蜀を故郷として歌ったことにより、この青蓮郷は李白故里として「詩跡」の地位を獲得した。詳細は、松浦友久『李白伝記論―客寓の詩想』（研文出版、一九九四年）第二、三章を参照。

李白は若い頃、この清廉郷の北の戴天山に道士を尋ねて、「戴天山の道士を訪ぬるも遇わず」詩を詠む。この詩は、李白が蜀を出る前の現存する数少ない詩の一つであり、すでに彼の道教への関心が窺える。また近くの匡山（大匡山・大康山。江油市の西北一五キロメートル。一説に戴天山の別名という）は、彼が読書した場所だという。杜甫は上元二年（七六一）、消息の絶えた李白の身を案じて、「見ず」詩を作る。「匡山は読書の処、頭は白し　好しく帰り来るべし（白髪の今、お帰りになるのがよろしかろう）」と。

（紺野）

青蓮鎮には現在、李白の住居跡という隴西院、妹と伝える李月円の墓と住居跡の粉竹楼、太白祠や李白衣冠塚があり、観光施設「李白故里」が作られている。また江油市街地には李白紀念館がある。

三蘇祠は北宋の蘇洵とその子の蘇軾・蘇轍兄弟を祀る。三人とも唐宋八大家に数えられる文章家で、特に蘇軾は宋代最大の詩人であり、詞・画・書でも天才的才能を発揮した。蘇軾自身、かつて両親と眉州眉山県の「紗縠行」に住んでいたと記す（『東坡志林』三）。絹織物業者の集まる地にあった蘇洵の住居こそ、蘇軾兄弟の生家である。その地名は、現在も眉山市市街地の西南、東坡区に紗縠街として残り、彼らの住居、すなわち今の三蘇祠もそこに位置する。

眉州を「鬱然として千載　詩書の城」と讃える、南宋・陸游「眉州の披風榭に東坡先生の遺像を拝す」詩は、淳熙五年（一一七八）に成り、すでに蘇軾が祀られていた。当初は今の眉山市環湖路一帯（北部）にあった披風榭に彼の肖像があっただけらしいが、元代には三蘇の住居跡が三蘇祠となる（現在地）。明代の興廃を経て、清の康熙四年（一六六五）に再建され、以後、整備・拡張されてゆく。

早い時期に三蘇祠を詠んだのが明の楊慎である。嘉靖一九年（一五四〇）に成る「蘇祠懐古」詩には、

眉山学士百代豪　　眉山の学士　百代の豪
夜郎謫仙両争高　　夜郎の謫仙と　両つながら高きを争う

とあり、謫仙人李白と拮抗する文学の高邁さを讃える。清の王士禛（漁洋）も訪れて「眉州にて三蘇公の祠に謁す」詩を詠み、異郷で没した蘇軾兄弟に深い同情を寄せる。

現在、三蘇祠には、三蘇像や蘇洵の文章にちなむ木仮山堂、披風榭、洗硯池、古井等があり、門外には三蘇紀念館が建つ。

【玉塁山・離堆】

（紺野）

玉塁山は成都の西北約六〇キロメートルにある都江堰市（旧灌県）の北、岷江の東岸に連なる山なみ（茶坪山の一部）の名。西晋・左思「蜀都の賦」は、「玉塁を包ねて宇と為す（玉塁山を成都の背後を囲む牆壁とする）」と詠む。また隋・盧思道の詩「蜀国弦」には、「雲は浮かぶ　玉塁の夕べ、日は映す　錦城（成都の街）の朝」とあり、美しく輝く玉と錦の対比によって、玉塁山は成都を彩る詩跡となった。

李白は安史の乱中、蜀へ避難した玄宗を詠む「上皇　西のかた南京（成都）を巡るの歌」其四に、次のように歌う（至徳二載［七五三］の作）。

地転錦江成渭水　　地転じて　錦江は渭水と成り
天廻玉塁作長安　　天廻りて　玉塁は長安と作る

―陛下が成都に移られるにしたがい、大地が動いて錦江（成都の南を東流する川、岷江の支流、今の南河）は長安の北の渭水となり、天も移動して玉塁山の麓にある成都が長安となった。―

杜甫の広徳二年（七六四）の作「楼に登る」詩の頷聯にも、

錦江春色来天地　　錦江の春色　天地に来り
玉塁浮雲変古今　　玉塁の浮雲　古今に変ず

―錦江に流れる春の気配は天地に広く満ちて、玉塁山の浮き雲は人の世のように絶えまなく変動する。―

とある。当時、玉塁山の西側は、続く詩句に「西山の寇盗」と名指しする吐蕃（チベット）の支配地であった。彼は名こそ美しい玉塁山の上に浮かぶ雲に、安史の乱以降うち続く戦乱と社会の不安定を投影する。この名対によって玉塁山は第一級の詩跡となった。

ところで後に蜀王となる開明（鼈霊）は、水害除去のために玉塁山（現在の都江堰付近。玉塁山の南端）を切り開いたという（『華陽国志』三）。開明王の伝説は、太古から都江堰で水利事業が行われたことを示唆する。しかし、一般的には戦国末期、秦の蜀郡（成都）太守となった李冰が前二五六年ごろ、都江堰の基礎を建設したとする。彼は岷江の中に中洲（魚嘴）を作って内江と外江に分け、後者に堰堤を設けて内江に流す水量を調整した。そして内江を成都方面へ流すための障害となる岩山「離堆」を開削した。都江堰の下流では多くの支流に分け、洪水対策、舟の通行とともに成都平原一帯の灌漑を行って、「天府の土」（『三国志』三五、諸葛亮伝）をつくり出した。この水利事業の改修は以後、歴代続けられて現在に至る。

都江堰は、古くは都安堰などと呼ばれた。「江を都める」意を持つ都江堰の名は、宋代以降に確認され（『呉船録』上）、その頃から詩跡化する。淳熙元年（一一七四）に訪れた陸游は、「離堆の伏龍祠にて孫太古（北宋の画家、孫知微）の画きし英恵王（李冰のこと。宋以降、子の李二郎とともに王号を追贈された）の像を観る」詩を作り、「嗚呼　秦守（秦の太守李冰）は　信に豪傑、千年の遺跡　人は猶お誦す。江を決して（流れを疏通させ）　一支（流）は数州に漑ぎ、今に至るも　禾黍は雲に連なって種う」と讃えた。伏龍祠は北宋以降、李冰を祀ることになった伏龍観を指し、離堆（現在の離堆公園）にあった。李冰が悪龍を離堆の下に封じこめて洪水を治めた伝承に基づく命名である。都江堰には、さらに崇徳廟（南朝斉以降、李冰を祀る。現在の二王廟の名は、後に李冰父子の像を置いて祀ったことによる。玉塁山麓）もあり、「雪山の南風　雪汁を融かし、化して岷江の江水と作って来る」の句で始まる、范成大「崇徳廟」詩も伝わっている。

（紺野）

【利州・籌筆駅】

利州は現在の四川省北部の広元市。北朝・西魏の廃帝三年（五五四）、西益州から利州に改められ、州治（役所）は今の広元市利州区に置かれた。利州は蜀道（石牛道）の中間にあって、南に剣閣を控え、嘉陵江の上流に位置している。北は長安や漢中、南は成都や渝州（重慶）に通じ、「最も是れ咽喉の地」（『宋史』二六四、北宋・宋琪の上奏文）とも称された、水陸の交通の要衝であった。

交通の整備に伴って、利州は詩に詠まれはじめた。唐の大暦元年（七六六）に成る、岑参の詩「鮮于庶子の……利州に至る道中の作」に、「前日　七盤を登り、曠然として三巴を見る」（一昨日、七盤嶺［広安市の北、陝西省との省境の急峻な嶺］を登ると、広々とした三巴の地［四川省東部］が見えた）と歌う。晩唐・温庭筠の七律「利州の南渡」も、嘉陵江の渡し場での作であろう。その頷聯にいう。

波上馬嘶看棹去　　波上　馬は嘶きて　棹の去るを看
柳辺人歇待船帰　　柳辺　人は歇いて　船の帰るを待つ

―波の寄せる水辺で、馬は嘶きながら船が遠ざかるのを見ており、柳のもとで、旅人は休みながら船が帰り着くのを待っている。―

利州は中国唯一の女帝、武則天（則天武后）の出生地とされる（『輿地紀勝』一八四所引『九域志』）。事実、父の武士彠は利州都督として赴任している。李商隠「利州の江潭にて作る」詩の題下自注に「感じて金輪を孕む所」とあり、この金輪とは、彼女の尊号「金輪聖神皇帝」を指す（黄永年「評郭沫若同志的武則天研究」（『陝西師範大学学報（哲学社会科学版）』一九八〇年第三期）は、武后広元誕生説を否定し、李商隠の詩は当時の伝説に基づくと推測する）。

その彼女を祀るのが街の西、嘉陵江の対岸の烏龍山の麓にある皇沢寺（告成寺）である。『輿地紀勝』一八四に「唐の高宗・則天の真容有り」と見え、今も武后の真容とされる尼僧の石像がある（一九九三年、金箔が施された）。清・王士禛の詩「利州皇沢寺の則天后像二首、像は是れ一比丘尼なり」其二は、李商隠の詩を踏まえて歌う。

籌筆駅は広元市の北約四五キロメートル、朝天区朝天鎮の嘉陵江の東岸にあった宿駅。利州の北、九十九里（『輿地紀勝』一八四）にある、この駅名について、「蜀漢の諸葛武侯、師を出だし、嘗て軍を駐めて此に籌画す（はかりごとをめぐらす）」（『唐詩鼓吹』七、李商隠「籌筆駅」詩の元・郝天挺注）とあり、三国・蜀の諸葛亮（字は孔明）が、ここで魏を討つ計略を建てたことに由来するらしい。

駅の創建は中唐頃と推測され（厳耕望『唐代交通図考』「金牛成都駅道」参照）、晩唐の杜牧「野人殷潜之の『籌筆駅に題す』に和す十四韻」や羅隠「籌筆駅」詩などによって詩跡化した。特に大きな役割を果たしたのが李商隠の七律「籌筆駅」である。その首聯にいう。

猿鳥猶疑畏簡書　　猿鳥　猶お疑う　簡書を畏るるかと
風雲長為護儲胥　　風雲　長えに為に　儲胥を護る

―猿や鳥は今も孔明の軍令の厳しさを恐れて（近づかない）かのよう。風と雲はいつまでも陣営の柵を守り（とどまって）いる。―

詩は続けて、才能を持ちながらも中原回復を果たせなかった孔明とその無念さに同情する詩人自身の姿を描写する。後に北宋の石延年、南宋の陸游らにも、籌筆駅は歌われている。

なお明清期、付近の神宣駅（東北約七キロメートル、現在の朝天区宣河郷）が、古の籌筆駅とされていた（明・曹学佺『蜀中広記』二四、清・王士禛『秦蜀駅程後記』上）。

（紺野）

【岷山・岷江・瀘水・金沙江】

岷山（瀆山・汶山・岐山）は、四川省北部から甘粛省に広がる山脈の名。四川省阿壩蔵族羌族自治州松潘県の東にある主峰・雪宝頂は、海抜五五八八メートルに達する。古く『書経』禹貢篇に「岷山は江を導く」と見え、長江の水源と認識されてきた。『元和郡県図志』三二には、「天色晴明なれば、成都を望見す。山嶺　雪を停め、常に深さ百丈、夏月に融泮し、江川　之が為に洪溢す」という。

岷山の名は、すでに『楚辞』「九章・悲回風」に「崑崙に馮りて以て霧を瞰し、岐山に隠りて以て江を清ます」とあり、後漢末の王粲「文叔良に贈る」詩には、蜀を代表する名山として登場する。また南朝陳・陰鏗の擬古楽府「蜀道難」には、雪を頂く岷山が歌われる。杜甫の広徳元年（七六三）の作、「西山三首」其一の首聯にいう、「夷界　荒山の頂、蕃州　積雪の辺」と。詩題の西山は岷山を指し、漢民族と異民族の境界の山なのである（銭謙益『銭注杜詩』一二）。

岷江（汶江・大江・流江・導江・温江）は、岷山の南麓に発する、長江の支流の名。成都の西北、都江堰市の都江堰で内江と外江に分流した岷江は、眉山市彭山県で再び合し、宜賓市で長江本流の金沙江と合流する。しかし、古来、岷江が長江の本流とされたため、しばしば「江」「江水」の名で岷江を含む長江全体を指した。

「岷江」の名で詩跡化するのは唐代以降であり、その場合も現在の岷江及びその下流（巴蜀）の長江をも指すことが多い。杜甫が夔州（現在の重慶市奉節県）で作った「李義に別る」詩にいう。

重問子何之　重ねて子は何くにか之くと問えば
西上岷江源　西のかた　岷江の　源　に上ると（いう）

岷江はその後、中唐の武元衡「古意」詩や晩唐の張祜「蜀客を送る」詩などにも詠まれる。北宋・黄庭堅の「次韻して邢惇夫に答う」詩には、「岷江　初め濫觴なるも、楚に入りて　乃ち底無し」とあり、邢惇夫の豊かな才能を、雄大な流れとなる長江に喩える。

瀘水は、金沙江の支流の雅礱江の下流及び攀枝花市東北より下流の金沙江を指し、金沙江の古称でもある。蜀漢の建興三年（二二五）、諸葛亮が南征の際に渡った川であり、彼の「前出師の表」には「五月　瀘を渡り、深く不毛に入る」という。『水経注』三六所引『益州記』にも、「両峰（瀘水両岸の峰）に殺気有り、暑月は旧より行かず、故に武侯（諸葛亮）、夏に渡るを以て艱しと為す」とあり、南方の異民族が住む、瘴気（毒霧）たちこめる川としてイメージされた。

瀘水の名は、南朝宋・鮑照の楽府「代苦熱行」に見える。唐代には、李白「古風」其三四など、天宝十載（七五一）、同十三載に、楊国忠が軍を興して全滅した南詔蛮討伐も意識された。白居易の新楽府「新豊の臂を折りし翁」にいう、「聞道らく　雲南（現在の四川省南部も含む）に瀘水有りと、椒花落つる時　瘴煙起こる。大軍徒渉するに水は湯の如く、未だ過ぎざるに　十人に二三は死す」と。

金沙江は、青海省玉樹蔵族自治州玉樹県の巴塘河口から、宜賓市で岷江と合流するまでの、長江上流域の本流を指す。旧名は瀘水・縄水・麗水。水中から砂金を産出したため（趙万里校輯『元一統志』七）、元代以降、金沙江と呼ばれ、李京「金沙江」、呂誠「漫興」其三など、元詩にその名が見える。明の楊慎は嘉靖三年（一五二四）、雲南に左遷された。その途中の作「金沙江に宿す」詩にいう。

江声月色那堪説　江声　月色　那ぞ説うに堪えん
腸断金沙万里楼　腸断す　金沙（江辺の）　万里の楼に

（紺野）

【賈島墓・金泉山】

賈島墓は中唐の苦吟派の詩人、賈島（字は浪仙）の墓。唐代の普州、現在の資陽市安岳県城（岳陽鎮）の西南郊外、賈島村の安泉山（岳陽山）にある。唐の会昌四年（八四四）に成る蘇絳撰「唐の故の司倉参軍賈公墓銘」（『唐詩百名家全集』本）にいう、前年の会昌三年七月、賈島は六五歳で普州の官舎で没し、本年の三月、「安岳県移風郷の南の岡の権安里」を選んで埋葬した、と（『全唐文』七六三所収の同文には、「普（州）南の安泉山に葬る」とする）。

後に、「賈浪仙祠」も墓所に設けられた（『輿地紀勝』一五八）。清の乾隆四一年（一七七六）、安岳県令の徐観海は、墓前の祠の後に賈島を記念する痩詩亭を造った（「郊寒島痩」の評語にちなむ）。現在、墓所には徐観海の建てた石碑と一九五四年造営の祠がある。

賈島の墓は、房山（北京市房山区）のほか、遂州長江県（現・遂寧市大英県回馬鎮鄒梨園村の東）にもあった（晩唐の鄭谷「進士李洞を哭す二首」の題下原注、『輿地紀勝』一五八）。いずれも衣冠墓であろうが、特に長江県は、普州に赴任する以前、賈島はここに左遷され、賈島の詩集が『長江集』と呼ばれる所以となった地であり、北宋期、祠廟も造られている（北宋の龔鼎撰「賈浪仙祠堂記」）。

賈島の詩は、晩唐から北宋初期に愛読され、墓参の詩人たちもいた。晩唐の普州従事・崔錡（安錡なども）の詩「賈島の墓に題す」は、安岳県の墓を詠んで、「誉れを馳すること　先輩を超え、官に居ること　我儂を下る」と歌い、詩の評価の高さと官の低さを述べる。

他方、晩唐・鄭谷の「長江県にて賈島の墓を経」詩は、

水繞荒墳県路斜　　水　荒墳を繞って　県路斜めなり
耕人訝我久咨嗟　　耕人　我が久しく咨嗟するを訝る

と、長江県の墓を歌う。二県の異なる拝墓詩が晩唐期に誕生しているため、杜荀鶴の五律「賈島の墓を経」、李洞の詩「賈島の墓」が、そのいずれの作であるかは定かでない。

なお清代には、呉省欽「安岳の賈島墓」、袖東（徐観海の字）の痩詩亭を前に作りて寄題す」二首などに、安岳県の賈島墓や痩詩亭が歌われている。

金泉山は、唐代の果州（南充県）の西郊、現在の南充市順慶区新建鎮牌坊湾村にあり、中唐の女道士・謝自然が昇仙したところとされる。『太平広記』六六所引『集仙録』（杜光庭撰）によれば、彼女は従事・謝寰の娘で、七歳のとき「常に言う所、道家の事多」く、貞元一〇年（七九四）一一月二〇日の辰時（午前八時頃）、「士女数千人、咸な共に瞻仰」する白昼に昇天したという。

果州刺史・李堅がこれを上奏し、彼女を褒賞する詔があったため、彼女の昇仙は広く知られた。韓愈は、これを都長安で伝え聞いて、五言古詩「謝自然の詩」を作り、その様子を歌う。

須臾自軽挙　　須臾にして　自ら軽挙（軽やかに飛昇）し
飄若風中煙　　飄ること　風中の煙のごとし

詩は儒家の立場から神仙や道教を批判するが、韓愈の知名度のために、かえって謝自然昇仙の地として金泉山の詩跡化に貢献した。

宋代、金泉山には謝真人祠（『太平寰宇記』八六）や青霞観が造られ、南宋の李宏・王儔らに詠まれている（『輿地紀勝』一五六）。李宏の「金泉観に遊ぶ」詩にいう、「昔時　謝女　昇天の処、此の日遺蹤　尚お宛然（そのまま）たり」と。陸游も、七絶「紫霄（観）の女道士たる四明の謝君を送る」などで、金泉山と謝自然に言及する。

【甲秀楼・黔霊山】

（丸井）

甲秀楼は、貴州省の省都・貴陽市の市街南部（旧府城の南門外）を流れる南明河のほとりにある。明の万暦年間、貴州巡撫・江東之が、伝説上の鰲の姿に似た河中の大きな岩・鰲磯（鰲頭磯）に橋を築いて南岸とつなぎ、その磯上に三層の高楼を建てた。磯の一名「鰲頭」は、科挙の主席合格者（状元）をも意味するため、「科甲挺秀」（科挙の成績が抜群）の語から「甲秀」の二文字を取って命名し、文化水準の向上を期したものらしい。江東之が自ら作った七律「甲秀楼」詩の前半は、楼の立地や、その装飾物を細やかに描く。

明河表浅水悠悠　明河は浅きを表して　水は悠悠たり
新築沙堤接遠洲　新たに沙堤を築いて　遠洲に接す
秀出三獅連鳳翼　秀出せる三獅は　鳳翼に連なり
雄駆双駿踞鰲頭　雄駆せる双駿は　鰲頭に踞る

—南明河は浅く見えながら、水はゆったりと遠くに流れゆく。近ごろ沙石の橋を築いて、遠く離れた南岸の地とつないだ。（三層の瓦屋根に彫られた）三頭の獅子は、颯爽と飛び出して、鳳凰の翼に似た（各層の）楼の庇に乗り移り、（石造の）二頭の駿馬は、雄々しく駆け出して、鰲頭磯の上にうずくまる。—

甲秀楼は後に焼失したが、清の康熙二八年（一六八九）、巡撫・田雯が再建した。清の鄂爾泰は雍正年間、雲貴総督に任ぜられ、叛乱平定の勲功をあげた。彼の七絶「甲秀楼」二首其一にいう。

鰲磯湾下柳毿毿　鰲磯湾下　柳毿毿たり
芳杜洲前小駐驂　芳杜洲前　小しく驂を駐む
更上層楼瞰流水　更に層楼に上りて　流水を瞰れば
虹橋風景似江南　虹橋の風景は　江南に似たり

—鰲磯の曲のほとり、細長い柳の糸が柔らかくしだれ、（楼前の）芳杜洲のあたりに、しばらく馬を駐める。高楼をさらに上へ登って、流れる河水を見下ろすと、虹橋（アーチ型の橋）のある景色は、まるで（水郷の）江南地方を彷彿させる。—

本詩の詩碑が楼前に立てられ、乾隆年間の雲貴総督・馮光熊の「鄂太傅が甲秀楼の原韻に和す」詩など、多くの次韻詩が作られた。

黔霊山は、貴陽市街の西北に接し、象王嶺・大羅嶺などの諸峰からなる。山名は「黔（貴州）の霊山」の意。「黔南第一山」と称され、宏福寺（康熙一一年［一六七二］の創建）・麒麟洞などの名勝がある。しかし詩跡としての歴史は浅く、清代にようやく詩に詠まれ始めた。

清初の査慎行「九日　赤松上人（宏福寺の開基）と同に黔霊山の最高頂に登る四首」其一の冒頭では、険しい山道をこう詠む。

絶磴扳躋望已窮　絶磴扳躋して　望み已に窮まり
忽穿鳥道入禅宮　忽ち鳥道を穿ちて　禅宮に入る

—遥かな石段を引かれて登ると、眺めはすでにふさがり、鳥しか通えないような険阻な山道をふいにすり抜けると、寺院に入った。—

許秀貞の「黔霊山の絶頂に登る」詩の後半は、幽邃な自然を描く。

樹黒疑蔵虎　樹黒くして　虎を蔵するかと疑い
潭腥欲起龍　潭腥くして　龍を起こさんと欲す
一声清唄響　一声　清唄響き
蒼翠鎖冥濛　蒼翠　冥濛に鎖さる

—木々が黒々と茂って、虎が潜み隠れているかのよう。潭の水は生臭くて、龍が水底から飛び出してきそうだ。梵唄（読経）の声がひと節、清らかに響き、山の深い緑は濃い靄のなかに閉ざされる。—

（丸井）

【武夷山】

福建省北部の武夷山市（旧・崇安県）の西南郊外一五キロメートルにある山。『太平寰宇記』一〇一、武夷山の条に引く蕭子開『建安記』には、「武夷山は、其の高さ五百仞、崖石悉く紅・紫の二色にして、之を望めば朝霞（朝焼け）の若し」とあり、岩肌の鮮やかな色が古くから人目を引いてきたらしい。またある伝説では、その昔、神人の武夷君がここに住んだので、この名があるという（前掲書同条）。古来、「三三六六」の愛称でも親しまれ、うち「三三」は山麓を流れる九曲渓（【九曲渓・武夷精舎】の項参照）を指し、「六六」は武夷山中に三十六の峰があることをいう。

この武夷山は、中唐の徐凝「武夷山の仙城」、晩唐の李商隠「武夷に題す」詩あたりから詩に詠まれ始めたが、実際にこの山が閩中（福建）の名勝として広く認知され、詩跡として定着するのは、宋代以降に下る。北宋末の李綱は武夷山の景観をしばしば詩に詠み、「棲真館に題す三十六韻」詩の冒頭には、「武夷は古き洞天（神仙の居所）、奇峰は三十六。一渓　群山を貫き、清浅　九曲縈る」と歌う。南宋の陸游にも「遊武夷山」（武夷山に遊ぶ）詩があり、その前半では、山の威容を神仙的な筆致で描く。

　少読封禅書　　少くして封禅の書を読み
　始知武夷君　　始めて武夷君を知る
　晩乃遊斯山　　晩に乃ち斯の山に遊べば
　秀傑非昔聞　　秀傑たること　昔聞きしに非ず
　三十六奇峰　　三十六の奇峰
　秋晴無繊雲　　秋晴れて　繊雲無し
　空巌鶏晨号　　空巌　鶏　晨に号き
　峭壁丹夜暾　　峭壁　丹　夜に暾らかなり

—若い頃に『史記』封禅書を読んで、はじめて武夷君のことを知った。年老いてやっとこの山を訪れたが、聞きしに勝る山容の秀麗さに驚いた。三十六の奇峰が、秋晴れの空に、一すじの雲すらまとわずに聳えたつ。ひそやかな洞穴で、朝には鶏が鳴き、切り立った崖は、夜でも紅い色がきわだつ。—

南宋の王象之『輿地紀勝』一二九には、「武夷山詩」の項目が設けられている。元の王士熙「武夷の思学斎に寄す」詩には、「武夷の山色　水よりも青し、君　高斎を築くは　第幾峰ぞ」とあり、明の藍仁「武夷の魏士達に贈る」詩にも、たたなわる群峰の美をたたえる。

　武夷山水天下無　　武夷の山水　天下に無し
　層巒畳嶂皆画図　　層巒　畳嶂　皆な画図

現在、武夷山内には景区が設けられ、名峰がある。東部の「武夷宮景区」には大王峰・幔亭峰、中部の「天遊峰景区」には天遊峰が聳えて、古くから詩に詠まれてきた。たとえば、南宋・辛棄疾の「武夷に遊び、棹歌を作りて、晦翁（朱熹）に呈す十首」其三にいう。

　蓬萊枉覓瑤池路　　蓬萊　枉しく覓む　瑤池の路
　不道人間有幔亭　　道わざりき　人間に幔亭有るを

—蓬萊や瑤池の仙界に到る路を空しく探し続けてきたが、何とこの俗界の中に、幔亭峰のような仙境があろうとは。—

また清・施閏章の五絶「夜　天游峰に坐して月を得たり」は、

　微雨仍留月　　微雨　仍お月を留め
　千峰洗更明　　千峰　洗われて更に明らかなり

で始まり、「仙雲　真に数う可し、片片　掌中に生ず」と結ぶ。

（丸井）

【九曲渓・武夷精舎】

九曲渓は、福建省武夷山市の西南郊外、武夷山（【武夷山】の項参照）の南麓を発して東へ流れ、最後は武夷山市を南下してきた崇陽渓に合流する。川が九回蛇行することからこの名があり、蛇行する箇所には、下流から順に「一曲」、「二曲」……「九曲」と命名されている。また武夷山一帯の愛称である「三三六六」のうち、「三三」はこの九曲渓を指している。

この渓流の詩跡化は、南宋の大儒・朱熹の詩に負うところが大きい。淳熙三年（一一七六）、朱熹は九曲渓の河口付近にあった道教寺院・沖佑観（武夷宮）の祠官を拝命し、同十年（一一八三）には九曲渓のほとりに武夷精舎（後述）を築造した。翌淳熙十一年（一一八四）、朱熹が「九曲櫂歌」（通称、七絶十首）を詠むと、九曲渓は一躍有名になった。この連作の正式な詩題は、「淳熙甲辰中春、閑居精舎、戯作武夷櫂歌十首、呈諸同遊、相与一笑」（淳熙甲辰の中春（二月）、精舎に閑居して、戯れに武夷櫂歌十首を作り、諸同遊に呈し、相い与に一笑す）といい、其一は次のように歌う。

武夷山上有仙霊　　武夷の山上　仙霊有り
山下寒流曲曲清　　山下の寒流　曲曲として清し
欲識箇中奇絶処　　箇中の奇絶の処を識らんと欲せば
櫂歌閑聴両三声　　櫂歌　閑かに聴け　両三声

—ここ武夷山の頂には仙霊（神人）武夷君が住み、麓には冷たい渓流が曲がりつつ清らかに流れる。ここの見どころをもし知りたければ、これから歌う舟歌の幾節かを、どうか静かにお聞き下され。—

そして一曲ごとに変化する風光の美しさを歌う九首が続く。其三の前半に、「二曲に亭亭たり　玉女峰、花を挿し水に臨みて　誰が為にか容づくる」（二曲の西側に聳える玉女峰は、花で髪を飾った容姿を川面に映すが、いったい誰のために装いを凝らすのであろう）と歌う。ここに詠まれた優美な玉女峰は、九曲渓中、屈指の景観として名高い。また其十（九曲）の後半では「漁郎　覓めんと欲す　桃源の路、是れ人間を除きて　別に天有り」（この川こそ漁師が探し求めた桃源郷への路、この世の外の別天地に通じているのだ）と歌い、九曲渓の上流を桃花源への入口になぞらえる。

なお、朱熹と交遊した辛棄疾の「武夷の玉女峰」詩も、玉女峰を美しい神女に見立てて歌う。

玉女峰前一櫂歌　　玉女峰前　一たび櫂歌すれば
雲鬟霧髻動清波　　雲鬟　霧髻　清波に動く

武夷精舎は、朱熹が九曲渓の五曲の北、隠屏峰の南麓に建てた講学の場。彼はここで数年間、理学を講じ、弟子の育成に当たった。彼の「武夷精舎雑詠」十二首其一「精舎」（五絶）詩には、

琴書四十年　　琴書　四十年
幾作山中客　　幾んど山中の客と作る
一日茅棟成　　一日　茅棟成り
居然我泉石　　我が泉石に居然たり

—音楽や学問に親しんで、はや四十年。ほとんど山中に籠もる隠者同然の身の上となった。この日、茅ぶきの学舎がようやく落成したが、ここ武夷の山水にもしっくりと溶け込んでいる。—

と詠まれている。清の査慎行「武夷精舎」詩にも、「風雨　一精舎、渓山　双画図」の詩句があり、詩跡の一つとして定着している。残址のみを留めていた武夷精舎は、二〇〇一年に再建された。

（丸井）

【福州・鼓山】

福建省の東部、閩江の下流に位置する福州市は、同省の省都を兼ねる。古く周代に「七閩の地」と呼ばれて以来、閩中郡・閩州などの呼称を経て、唐の開元一三年（七二五）、始めて福州の名が用いられた（『太平寰宇記』一〇〇）。中国有数の貿易都市として知られるが、北宋の頃には榕樹（ガジュマル）が街中に植えられ、以来「榕城」の愛称で親しまれる。南宋の陸游は「白髪なるも　未だ豪気の在るを除かず、酔うて横笛を吹き　榕陰に坐す」（七律「浮橋を度りて南台［福州を流れる閩江の名―南台江］に至る」の尾聯）と歌う。

福州市街の北西部には、「西湖」という名の湖がある。西晋の時、郡守・厳高が農地灌漑のために開鑿し、五代・閩の王氏の時代には、湖辺に楼台が建てられた。その後、一時さびれかけたが、北宋の蔡襄が当地の知事の時に浚渫して、遊覧の地として栄えた。蔡襄自身、「寒食西湖」（寒食［節］の西湖）詩の中でこう歌う。

山前雨気暁纔収　　山前の雨気　暁に纔かに収まり
水際風光翠欲流　　水際の風光　翠　流れんと欲す

―山前に立ちこめていた雨の気配も、明け方にはようやく消え、湖辺の景色は、澄明な翠が（今にも滴り落ちて）流れ出しそうだ。―

南宋の紹熙三年（一一九二）、辛棄疾は、福建提刑に在任中、詞「賀新郎」（三山［福州］の雨中に西湖に遊び、…）を作り、その中で杭州の西湖を春秋時代の越の美女・西施になぞらえた蘇軾の名詩「水光瀲灩として晴れて方に好く、山色空濛として雨も亦た奇なり、西湖を把りて西子に比せんと欲すれば、淡粧　濃抹　総べて相い宜し」（「湖上に飲す、初め晴れ後に雨ふる二首」其二）を踏まえて詠じた。

煙雨偏宜晴更好　　煙雨偏えに宜しく　晴れて更に好し
約略西施未嫁　　西施の　未だ嫁がざるに約略たり

―雨にかすむ景色はとてもよいが、晴れた景色はさらに好いものだ。それはまるで嫁ぐ前の若々しい西施のようだ。―

鼓山は福州市の東郊、閩江の北岸にある山で、「石鼓」ともいう。『大清一統志』四二五、鼓山の条にいう、「山巓に巨石有りて鼓の如し。或るもの云う、『風雨の大いに作る毎に、其の中、簸蕩して（揺れ動いて）声有り』と。故に名づく」と。最高峰を「大頂峰」（一名、屴崱峰）という。東方に海が望まれるため、南宋の淳熙年間、山上に「天風海濤亭」が建てられた。ここに遊んだ朱熹が、亭からの眺望を愛し、「天風海濤」の四字を石に刻んだことにちなむ命名である。

南宋・趙汝愚の七律「同林択之姚宏甫游鼓山」（林択之・姚宏甫と同に鼓山に游ぶ）詩の前半には、

幾年奔走厭塵埃　　幾年奔走して　塵埃に厭く
此日登臨亦快哉　　此の日　登臨　亦た快きかな
江月不随流水去　　江月は　流水に随って去らず
天風直送海濤来　　天風は　直ちに海濤を送り来る

―何年も奔走するうち、俗世間に嫌気がさしてしまった。この日、この鼓山に登って四方を眺めやれば、実に心地よい気分だ。閩江に映った月影は、川の流れを追わずに留まり続け、天空を行く風は、海の波濤を（この峰に）じかに運んでくる。―

云々とあり、これが詩跡化の端緒となった。清の施閏章も「屴崱峰」詩の中で歌う、「危峰矗立す　鼓山の頂に、目は尽くす　閩天　万山の影」（鼓山の頂には高い峰がそそり立ち、ここからは閩中［福建］に広がる数知れぬ山々の姿を一望できる）と。

（丸井）

【泉州・東湖・開元寺双塔】

泉州は閩南（福建省南部）に位置し、隋代、ここに南安県が置かれてから徐々にひらけ始めた。初唐期、武栄州が置かれ、景雲二年（七一一）始めて泉州となり、天宝元年には清源郡、乾元元年（七五八）、再び泉州となった（『太平寰宇記』一〇二。なお泉州の名は、隋代の一時期、現在の福州を指していた）。南宋末から元代を通じ、泉州は広州を凌ぐ中国最大の対外貿易港として繁栄し、マルコ・ポーロも「世界最大の貿易港の一つだ」と讃えたという。

晩春・初夏、深紅の花を咲かせる刺桐樹（デイゴ）が周囲に植えられて、刺桐城・桐城の愛称を持つ。宋末・元のころ、アラビア人などが泉州を「ザイトン」と呼んだのは、「刺桐城」の発音の転訛だという。晩唐の陳陶は、「泉州刺桐花詠、兼呈趙使君」（泉州の刺桐花の詠、兼ねて趙使君に呈す）詩六首其二の中でこう歌う。

海曲春深満郡霞　海曲　春深し　郡に満つる霞
越人多種刺桐花　越人　多く種う　刺桐の花

—東海の入り江に臨んだ郡城（泉州）は、春が深まると、城じゅうが紅いもやに包まれる。閩越（福建）の人たちが、多くのデイゴを植えているのだ。—

東湖は、泉州市街東部にある湖の名。唐の貞元九年（七九三）、泉州出身の欧陽詹ら、八人の秀才たちが科挙の受験で長安に赴く際、当時の泉州刺史・席相は、ここ東湖で壮行の宴を張った。当時、東湖中の小島には「二公亭」があった。これはこの席相と、泉州別駕に左遷されていた前宰相・姜公輔の二人が建て、当地の人々が二人を記念して命名したのだという（『方輿勝覧』一二）。欧陽詹の「二公亭の記」は、亭を取り巻く景観の美を、「之を含むに澄湖万頃を以てし、之に揖する（会釈する）に危峰千嶺を以てす」と描写する。以来、この亭は東湖のシンボルの一つとして詩に詠まれ続けた。

東湖は蓮の花の名所である。南宋の王十朋「東湖」詩には、蓮の緑の葉と紅い花が周囲をめぐる二公亭の美しい情景をこう詠む。

二公亭挿芰荷間　二公亭は　芰荷の間に挿され
緑蓋紅粧四面環　緑蓋　紅粧　四面を環る

—二公亭は菱や蓮の茂るなかに割り込んで建ち、緑の車蓋と紅い頬紅の粧いが周りを取り巻いている。—

また、彼の「東湖小飲」詩には、「湖光　我が眼を照らし、荷香（蓮の花の香り）我が襟（胸懐）を清らかにす」という。

南宋・黄公度の詩「陳晋公　壬戌四月上澣（初夏上旬の休息日）を以て、同僚を二公亭に宴す」には、由来久しい亭を思いやる。

百年遺址俯郊坰　百年の遺址　郊坰（郊外）に俯し
十里蒼波帯古亭　十里の蒼波　古亭を帯ぶ（囲む）

開元寺は泉州市街中心部にある古刹の名。唐・則天武后の垂拱二年（六八六）、黄守恭の家の桑の樹に、ある日、白蓮の花が咲いたので、彼は自宅を喜捨して寺にした（『方輿勝覧』一二）。初めは蓮花寺といい、開元二六年（七三八）、開元寺と改められた。閩南（福建南部）を代表する仏寺である。境内の東西に二つの古塔があり、東西塔・紫雲双塔などと呼ぶ。明の詹仰庇「双塔を詠ず」詩にいう。

石塔双飛縹渺間　石塔　縹渺の間に双び飛び
凌虚頂上結金団　虚を凌ぐ頂上　金団を結ぶ

—二つの石塔が、ぼんやりかすむ遥かな高みに並んで飛び、天を衝くその塔頂には、青銅製の相輪が付いている。—

（丸井）

【洛陽橋・清源山】

洛陽橋は、泉州市とその東北に隣接する恵安県との境を流れる洛陽江が、海にそそぐ河口付近にかかる石橋の名。古くは「万安橋」とも呼ばれ、北宋の蔡襄（字は君謨。著名な書家でもある）が泉州太守であったとき、住民に勧めて建造させ、嘉祐四年（一〇五九）に完成した。橋の南にある蔡公祠には、蔡襄の手になる「万安橋記」の宋碑が伝存する。元来の橋の長さは一一〇〇メートル、花崗岩の大きな橋であり、建造以来、当地の交通・輸送の要衝となってきた。

北宋・華鎮の七絶「洛陽橋」は、壮大な橋に対する賛歌である。

壮年已熟洛陽名　　壮年　已に熟す　洛陽の名
今日親来橋上行　　今日　親ら来りて　橋上を行く
畳石根盤連厚地　　石を畳ね　根は盤りて　厚地に連なり
凌雲気勢圧滄瀛　　雲を凌ぐ気勢　滄瀛を圧す

―壮年の頃、すでに洛陽橋の名を熟知していたが、今日、実際に訪れて橋の上を歩く。（橋は）石を積み重ね、（橋脚の）根は張りめぐらされて大地に連なり、雲をも凌ぐ気概は、大海原を圧倒する。―

また、同じく北宋の劉子翬の「万安橋」詩は、橋の偉容を、

跨海飛梁畳石成　　海を跨ぐ飛梁（高い橋）　石を畳ねて成り
暁風十里度瑤瓊　　暁風十里　瑤瓊（美玉の石橋）を度る

と詠み、南宋・王十朋の七律「洛陽橋」詩の前半にもこう歌う。

北望中原万里遥　　北のかた中原を望めば　万里遥かなり
南来喜見洛陽橋　　南来して喜び見る　洛陽橋
人行跨海金鼇背　　人は行く　海を跨ぐ　金鼇の背を
亭圧横空玉蝀腰　　亭は圧す　空に横たわる　玉蝀の腰を

―（洛陽のある）中原の地を北に望めば、遥か万里の彼方。いま南国で洛陽橋を見るのは嬉しい。人は金色の大海亀に背負われた、海上を跨ぐ橋の上を進み行き、（橋辺の）亭は、天空にかかる白い虹（アーチ型の石橋）の腰部をしっかり押さえつける。―

清源山は、泉州市街の北郊にあり、旧名を「泉山」といった。『方輿勝覧』一二、泉山・清源洞の両条によれば、山中に石乳泉があったことから泉山と呼ばれた。泉州の名もこの泉山にちなむ。また北山・斉雲山ともいう。山頂には名勝・清源洞があり、清源の二字は当初、郡名に用いられたが、徐々に山名として定着していったらしい（『大清一統志』四二八、清源山）。

清源山は泉州市を代表する山であり、海抜は四九八メートル。現在、泉州十景の一つにも挙げられ、清源山国家重点風景名勝区となる。

北宋・銭熙の七絶「清源山」詩には、泉州城北の天然の屏障にも擬せられるこの山並みを、光彩豊かに描いている。

巍峨堆圧郡城陰　　巍峨たる堆は　郡城の陰を圧し
秀出天涯幾万尋　　天涯に秀出すること　幾万尋
翠影倒時呑半郭　　翠影　倒るる時　半郭を呑み
嵐光凝処滴疏林　　嵐光　凝る処　疏林に滴る

―高く険しい清源山が、郡城（泉州）の北側を押しつぶし、天空の果てへそそり立つこと、さて何万尋（の長さ）に及ぶのだろうか。翠の山影が倒れふすと、街の半ばを呑みこみ、きらめく山のもやが凝集するとき、疎らな木々の林に雫となって滴り落ちる。―

また、南宋の釈円悟「清源洞に遊ぶ」詩は、「清旦　幽洞（深い洞穴）を尋ね、攀躋（よじ登る）　同遊有り。霧雨　諸峰を蔵し、万竅（無数の穴）　響いて颼飀たり」云々と歌い起こす。

（丸井）

【九日山・南安巌】

九日山は、泉州市の西に隣接する南安市東部の豊州鎮にあり、晋江の北岸に位置する。命名の由来については、「旧俗、常に重陽の日を以て此に登高す。故に名づく」（『方輿勝覧』一二）とも、ある道士が「戴雲山からここに来るのに九日かかった」と言ったのにちなむともいう（『大清一統志』四二八に引く『〔泉州〕府志』）。

中唐の詩人・秦系は、天宝末の乱を避けて江南地方を転々とした後、九日山の西峰（高士峰）に庵を結んで、長く下山しなかった（『新唐書』一九六、隠逸伝等）。彼の「春日閑居」詩三首其一には、ついに安住の地を得た喜びをこう歌う。

一似桃源隠　一に桃源の隠に似たり
将令過客迷　将に過客をして迷わしめんとす
礙冠門柳長　冠を礙げて　門柳長じ
驚夢院鶯啼　夢を驚かせて　院鶯啼く

—ここはまさしく桃源郷のような隠棲地であり、訪れた旅人たる私の心をとりこにしようとする。門前には柳の樹が伸びて、冠を引っかけ、鶯が庭でさえずって、夢から私を呼びさます。—

唐の貞元八年（七九二）、泉州別駕に左遷された宰相・姜公輔も、九日山の東峰（姜相峰）に室を築いて終の棲家とし、秦系と深い交わりを結んだという（『方輿勝覧』一二、姜公輔等）。

秦系が亡くなると、当地（南安）の人々は「秦君亭」を建てた。秦君亭は詩跡となり、南宋・王十朋の「秦君亭」詩には、「山中の高隠（秦系）　名を逃れんと欲せしも、謂わざりき　名　隠処に随って成る（ここに隠棲したことで有名になる）とは」と詠まれる。現在、秦君亭は西峰に再建されている。

また、南宋の大儒・朱熹の詩「寄題九日山廓然亭」（九日山の廓然亭に寄題す）にいう。

昨遊九日山　昨て九日山に遊び
散髪巌上石　髪を巌上の石に散ず
仰看天宇近　仰いで天宇の近きを看
俯歎塵境窄　俯して塵境の窄きを歎く

—以前、九日山に遊んだ折には、結った髪の毛を峰の上の岩で解きほぐしたものだった。ふり仰げば天空がすぐ近くに見えるが、俯けば下界はごみごみと狭苦しくて嘆かわしい。—

詩題の廓然亭とは、北宋の元豊年間（一〇七八～八五）に建てられ、やはり詩跡となった。廓然亭も現在、東峰に再建されている。

南安巌は、福建省西部の龍岩市武平県岩前鎮にあり、石灰岩の鍾乳洞の地形に属する。現在は「獅岩」と呼ばれ、『大清一統志』四三四、南安巌の条には「形は獅子の如く、中に二巌有り」とあり、なかでも東巌は種々の泉石に富む奇勝で、俗に「龍穿洞」と呼ぶとする。北宋の郭祥正は元豊四年（一〇八一）、汀州（龍岩市長汀県）の通判（副知事）となり、公務の余暇には知事の陳軒とともに山水に遊んで詩を応酬した。その「南安巌」詩にいう。

汀梅之間山万重　汀・梅の間　山万重
南安巌竇何玲瓏　南安の巌竇　何ぞ玲瓏たる

—汀州と梅州（広東省東北端の州）の間には、万重の山々が横たわるが、なかでもここ南安の岩穴は、なんと輝いて美しいことか。—

また方開之の詩には、「天下の名山　洞穴饒きも、南安の最も奇絶なるに似かず」（『輿地紀勝』一三二、定光南安巌詩所収）という。

（丸井）

【広州】

古来「百越の地」といわれ、瘴気ただよう未開の地であった華南地域において、広州一帯が中国史上に現れるのは、秦代に南海郡が置かれた時に始まる。秦末には南海郡の尉であった趙佗が自立して南越国の王を称し、都を「番禺」（現在の広州市中心部）に置いた。この王国が百年足らずで漢の武帝に滅ぼされると、武帝はこの一帯に再び南海郡を置き、交趾（現在のハノイ）刺史部に帰属させた。同刺史部は後漢になると交州と改称され、呉の孫権の時には番禺に州治が遷された。呉の末には南海郡など十の郡が西南の交州から分離され、番禺に新たに広州府が置かれた。

広州は、六朝から隋代にかけ、南中国随一の対外貿易港として栄え始め、犀角・象牙・玳瑁・真珠などの珍奇な物資を載せた外国商船が多数往来するようになっていた。東晋の呉隠之は、広州の刺史を務め、清廉の士として知られていた。彼はある日、広州府の西北郊外の石門に赴き、「貪泉」という名の泉水を飲んで、詩にこう詠んだ。「古人云う　此の水を、一たび歃れば　千金を懐うと。試みに夷・斉をして飲ましめば、終に当に心を易えざるべし」（昔の人は、「この泉水をひとたび啜れば、財貨を貪る気持ちが起こる」と言っているが、試しに伯夷と叔斉［殷末の節操の士。自らに比する］に飲ませてみたまえ。きっと彼らの廉潔な心は、変わることなどないであろう）。この詩からも、広州の繁栄ぶりが逆説的に窺われよう。

唐・宋の頃になると、広州には市舶司という役所が置かれ、対外貿易を管理し、関税も徴収した。このため、中原から遠く、流罪の地ですらあった華南にあって、嶺南節度使の置かれた広州は、中央政府の高官が進んで赴任するほどの都市になっていった。中唐の韓愈の「送鄭尚書赴南海」（鄭尚書の南海に赴くを送る）詩は、「番禺軍府盛んなり。説かんと欲して暫く盃を停む」と歌い出し、

衙時龍戸集　　衙時　龍戸集まり
上日馬人来　　上日　馬人来る
風静鶢鶋去　　風静かにして　鶢鶋去り
官廉蚌蛤廻　　官廉にして　蚌蛤廻る
貨通師子国　　貨は師子国に通じ
楽奏武王台　　楽は武王台に奏す

—役所の執務時間になると、真珠を採る者たちが続々と集まり、毎月の一日には馬留人（後漢の将軍・馬援に随ってハノイを征伐し、そのまま彼の地に留まって馬姓を名のった者たちの子孫）たちがやってくる。鄭どのが節度使として着任される広州の海は、きっと凪いでいて、海鳥たちは悠々と飛び交うことだろう。鄭どのは廉潔だから、いっとき離れていった真珠貝も、ふたたび戻ってくることだろう。宝貨を載せたスリランカの商船と交易し、趙佗ゆかりの武王台（越王台。別項参照）では軍楽の演奏を聴くことだろう。—

と詠んで、広州の賑々しさを様々に想像・描写する。

なお、広州は「五羊城」「羊城」「穂城」などとも呼ばれる。その昔、五人の仙人が羊に跨り、穀物の穂を持ってこの町に現れた、との言い伝えにもとづく。また、広州は荔枝の産地としても有名で、明末清初の文人・屈大均の「広州荔枝詞」其二には、「五色の仙禽餐し尽くさず、紛紛として銜えて過ぐ　粤王台」（五色の仙鳥たちも荔枝を食べつくせず、それをくわえたまま、越王台の上空を群れ飛んでゆく）と歌われている。

【菖蒲澗・蒲澗寺】

（丸井）

広州城の北に近接した越秀山のさらに北東側には、白雲山と呼ばれる丘陵地帯が広がっている。北宋の淳化元年（九九〇）、白雲山の東麓に蒲澗寺という寺が建立された。特に宋・元の頃には文人墨客のしばしば訪れるところとなり、「羊城八景」（広州の八大景勝地）の一つにまで取り上げられたほどの名所であったが、現在はその跡を留めていない。

ここはもと、菖蒲澗という谷川の流れる場所であった。『方輿勝覧』三四、広州の条には、「州の東北二十里に在り。澗には旧と菖蒲有り、一寸九節なり。昔、咸平（「咸安」の誤り。東晋の年号。三七一―三七二）中、姚成甫（番禺の隠士）、菊を菖蒲澗の側に採るに、一丈夫に遇う。曰く『此の澗の菖蒲は、昔、安期生の餌う所にして、以て老いを忘るべし』と」とある。すなわちここは、生薬である石菖蒲の根茎一寸九節の上品「九節菖蒲」が採れる所で、秦・漢時代に活躍したとされる仙人の安期生も、かつてここへきてこれを食らい、不老長寿を得たというのである。

以来この地は、神仙的な含意やイメージとは切り離せなくなった。それはまた、五人の仙人が五色の羊に跨り、穀物の穂を携えてやってきたという広州市発祥の伝説ともしばしば結びつき、詩に詠まれていく。たとえば、唐の李群玉の詩「登蒲澗寺後二巌三首」（蒲澗寺〔「寺」は衍字〕の後の二巌に登る三首）其一にこう歌う。

五仙騎五羊　　五仙　五羊に騎り
何代降茲郷　　何れの代にか茲の郷に降りし
澗有堯年韮　　澗には堯年の韮有り
山餘禹日糧　　山には禹日の糧を餘す
楼台籠海色　　楼台　海色　籠り
草樹発天香　　草樹　天香を発す
浩嘯波光裏　　浩嘯す　波光の裏
浮溟興甚長　　溟に浮かべば　興　甚だ長からん

―五人の仙人たちは五頭の羊に跨って、いつの世にこの土地に降りてきたのだろう。谷川には堯の時代の韮（石菖蒲）が生えており、山には禹の時代の糧（漢方薬の禹余糧）が残っている。楼台は海のけはいに包まれ、草木は妙なる天上の香りを発している。きらきらと耀く波頭を遠く眺めながら、大声で詩を吟じる。このまま海に浮かんで沖へ出てみたら、さぞ愉しいことだろうに。―

また北宋の蘇軾は、紹聖元年（一〇九四）、中央の政争に敗れて嶺南に流された際、この菖蒲澗にも立ち寄り、七言律詩「広州蒲澗寺」（広州の蒲澗寺）を作っている。その後半にいう。

昔日菖蒲方士宅　　昔日　菖蒲　方士の宅
後来薝蔔祖師禅　　後来　薝蔔　祖師の禅
而今只有花含笑　　而今　只だ花の笑いを含む有るのみ
笑道秦皇欲学仙　　笑いて道う　秦皇　仙を学ばんと欲すと

―その昔、方術の士であった安期生がここに庵を結んで菖蒲の根を食したというが、その後ここは薝蔔（西域の名花、一説に梔子）の花咲く禅の名刹となった。今はただ、含笑花の花がほほえんで咲くばかり。ほほえみながら、「かつては秦の始皇帝が仙術を学ぼうと訪れたのですよ」と語りかけてくる。―

この詩からも窺われるように、菖蒲澗は寺院が建てられたのちも、神仙的なイメージをまとい続けていたようである。

（丸井）

【越王台・鎮海楼】

秦末漢初に興った南越国の王・趙佗が国都の番禺に築いた越王台は、現在の広州市北側の越秀山（観音山）上にあったとされる。『大清一統志』四四二、広州府、番禺故城の条には、趙佗が南越国を建てた経緯をこう記す。「史記に、秦の二世の時、南海の尉・任囂、兵を起こさんと欲せしも、会ま病む。龍川の令・趙佗を召して謂いて曰く、『番禺は山の険阻を負い、以て国と為すべし』と。遂に佗をして尉事を行わしむ（趙佗に南海郡の尉の役職を継がせた）。漢初、佗遂に王を称す」。北に五嶺の険しきを望み、南は南海の汪洋たるに臨んだここ南越は、確かに天険の地であって、秦・漢の郡県制の威圧を脱し、独立国を建てるのにふさわしい地勢を具えていた。趙佗は番禺に都城を築いて善政を布き、北の越秀山上に壮麗な楼台「越王台」を造営して、城内や珠江を一望できるようにしたのであろう。古来、広州市内第一の詩跡として定着し、「諸名賢の題詠甚だ富む」（『大明一統志』七九）場所となった。

初唐の宋之問は嶺南に左遷された最晩年の先天元年（七一二）ごろ、広州に至り、「粤王（＝越王）台に登る」詩を作って、「江上の粤王台、高きに登りて望むこと幾回ぞ。南溟　天外に合し（南の海は空の果てまで続き）、北戸　日辺に開く（北回帰線のやや南に位置するので、北側に窓を切って陽光を入れる）」などと歌った。玄宗のとき宰相を務めた張九齢は、嶺南の韶州曲江県（広東省韶関市）の人。広州は自分の故郷からそう遠くなかった。開元一四年（七二六）、中書舎人在任中、玄宗の命を受けて広州にきたとき、「使至広州」（使いして広州に至る）詩を作った。その末尾にいう。

人非漢使橐　　人は漢使の橐に非ず
郡是越王台　　郡は是れ越王台
去去雖殊事　　去り去るは　殊事と雖も
山川長在哉　　山川　長えに在らんかな

—私は漢の高祖劉邦の命を受け、趙佗に帰順を説きに来た使者・陸賈のように、千金入りの袋ほしさにきたわけではないが、来てみると、ここはまさしく越王の楼台がある南海郡なのだ。英雄たちが次々と姿を消しゆくのはただ事ではないが、南越の山河は今もこうして変わらずにあることよ。—

このほか、中唐の崔子向「越王台に題す」詩、晩唐の李群玉「中秋　越台にて月を看る」詩、許渾「冬日　越王台に登りて帰るを懐う」詩、南宋末の文天祥「越王台」詩などにも詠まれ、その後も長く広州を代表する詩跡として歌い継がれた。

明初の洪武一三年（一三八〇）には、越秀山上にまで拡張された広州城の城壁の上に、五層（高さ二八メートル）からなる「鎮海楼」（望海楼）が建てられた。これはもともと、倭寇の侵入を見張るために建造されたものであったが、城内を一望できる「嶺南第一の勝概（景勝）」として有名になり、現在は広州博物館として利用されている。清の沈元滄は「登鎮海楼」（鎮海楼に登る）詩の中で、

半壁玉山依檻峙　　半壁の玉山　檻に依りて峙ち
一泓珠海抱城流　　一泓の珠海　城を抱きて流る

—眼下に秀麗な越秀山の山腹が、欄干に寄り添うようにそそり立ち、その先には、一筋の珠江が広州城を取り巻くように蛇行する。—

と歌って、山と水に恵まれた広州の美しい景観を如実に描き出している。

（丸井）

【南海王廟・浴日亭】

広州市街の東に位置する黄埔区は、もと黄埔軍校があった区域である。その軍校旧趾のある長洲島のさらに東、珠江の北岸に「南海神廟」という名の建物がある。『方輿勝覧』三四、広州、南海廟の条には、「東廟は州の東に在り、即ち南海王廟なり」とあり、古くは「南海王廟」と呼ばれていた。

廟の由来は、唐の元和一五年（八二〇）に成る韓愈の「南海神廟碑」に詳しい。これによれば、海は天地の間で最も大いなるものであり、過去の記録を調べると、この南海の神の位が最も高く、祝融と呼ばれる。唐の天宝年間（七四二―七五六）、天子（玄宗）はこう思われた。海や五岳を祀るのに、昔の最高の爵位、公や侯に依ってきた。しかし今では、王が最も高い爵位となっており、王位を授けなければ、最上の敬意を表したことにはならない、と。「是れに由りて、南海の神を冊尊（勅命で格上げ）して広利王と為し、祝号祭式（祠官の称号や祭祀の儀式）は、次（位階）と倶に昇る。其の故廟に因りて（もとの廟の位置に因りながら）、易えて之を新たにす（改築して、廟を新しくした）」という。韓愈は続けて所在地を「今の広州治の東南、海道八十里、扶胥の口、黄木の湾に在り」と記すが、これはほぼ現在の南海神廟がある地点に当たっている。

浴日亭は、南海王廟の西側に隣接した丘の上にあったらしい。『輿地紀勝』八九に、「浴日亭は、扶胥鎮の南海王廟の右（西）に在り。小邱屹立し、亭は其の巓に冠す。前に大海を瞰れば、茫然として際まり無し」という。しばしば南海王廟と共に詩に詠み込まれて詩跡化し、特に宋代の人に好まれたらしい。北宋・蘇軾の七律「浴日亭」の前半には、日の出に至る光景がこう詠まれる。

剣気峥嶸夜挿天　剣気峥嶸として　夜　天を挿し
瑞光明滅到黄湾　瑞光明滅して　黄湾に到る
坐看暘谷浮金暈　坐ろに看る　暘谷に金暈浮かぶを
遥想銭塘涌雪山　遥かに想う　銭塘に雪山涌くを

―宝剣の鋭い精気かと見まがう紅気が夜間、天空を衝き、やがてめでたい日の光が明滅しながら、黄木湾を照らしだす。太陽が生まれ出る暘谷に、黄金色の陽光の輪が浮かび上がるのをじっと見ていると、銭塘江上に雪の山が湧きたつ（潮が押し寄せ、白波を立てながら逆流する）さまが、はるかに連想されてくる。―

また南宋・楊万里の七律「南海東廟の浴日亭」は、「南海　端に四海の魁たり。扶胥の絶境　信に奇なるかな」と歌い始め、続く中間二聯で壮大かつ幻想的な光景を描き出す。

日従若木梢頭転　日は若木の梢頭より転じ
潮到占城国裏回　潮は占城の国裏に到りて回る
最愛五更紅浪沸　最も愛す　五更に紅浪沸き
忽吹万里紫霞開　忽ち万里の紫霞を吹き開くを

―太陽は、若木（日が沈む所に生える神樹）の梢の先で向きを換え、南海の潮は占城国（今のベトナム）のあたりまで行っては戻ってくる。最も愛すべきは、夜明け前、海上に紅い波が沸き立って、四方に拡がる朝もやを、たちまち吹きとばす情景である。―

さらに南宋の劉克荘にも七絶の組詩「扶胥三首」があり、其一の上二句に、「一陣の東風　曀霾（薄暗い雲霧）を掃い、天容　海色　豁然として開く」と歌う。以上の詩境に共通するのは、壮大な情景描写であり、詩人らの高揚感も伝わってくる。

（丸井）

【潮州】

現在の潮州市は広東省の東端に位置し、福建省と境を接する。秦末には南越国の領土であったが、前漢の武帝のとき南海郡に帰属した。東晋の成帝のとき東官郡に属し、安帝のとき東官郡から分かれて義安郡と海陽県が設けられた。梁代ここに置かれた東揚州は、瀛州とも呼ばれたが、陳代になると州を廃して義安郡が置かれ、隋代には郡を廃して、初めて潮州となる。煬帝のとき一時、義安郡となったが、唐代ふたたび潮州と改められ、以後この呼称が定着する。

中唐の韓愈が潮州の刺史に左遷されたのは、元和一四年（八一九）正月に起こった仏舎利事件が原因であった。時の皇帝・憲宗は篤い仏教信者であり、法門寺から仏舎利（釈迦の指骨）を宮中に迎えて供養しようとしたが、儒学を信奉していた韓愈は、「仏骨を論ずる表」を上奏して憲宗を強く諫めた。「伏して以えらく、仏なる者は夷狄の一法（野蛮人の一つの教え）のみ」で始まるこの表中で、韓愈は、仏法が後漢の明帝のころ中国に入ってきたが、明帝の在位はわずか一八年、以後、国運も傾いたなどと、徹底的な仏教批判を展開した。その結果、憲宗の逆鱗に触れ、あやうく死罪となるところを、宰相らのとりなしで辛うじて命を取り留め、潮州への流罪ということに落ち着いた。このとき韓愈は、「左遷せられて藍関に至り、姪孫湘（兄弟の孫の韓湘）に示す」という詩を作り、「一封　朝に奏す　九重の天、夕べに潮州に貶せらる　路八千」（一通の意見書を、早朝、天子さまに上奏すると、その日の夕方には、八千里のかなたにある潮州へ流されることとなった）と慷慨した。

韓愈は、嶺南の韶州楽昌県（現在の広東省韶関市の北にある楽昌市）に至ると、七言絶句「題臨瀧寺」（臨瀧寺に題す）を作り、道中の苦しみと、これから向かう潮州の風土を、次のように表現した。

不覚離家已五千　覚えず　家を離るること　已に五千
仍将衰病入瀧船　仍お衰病を将て　瀧船に入る
潮陽未到吾能説　潮陽　未だ到らざるに　吾能く説く
海気昏昏水拍天　海気は昏昏として　水　天を拍つと

—みやこの我が家をあとにして、いつしかすでに五千里もの道のりを旅してきたが、それでもなお老いた病身をたすけて、ここ韶州で早瀬を下る船に乗り込んだ。潮陽（潮州の郡名）にはまだ到着していないが、私にはもうはっきり言える。潮州とは、世界の果てを思わせる陰鬱なもやが暗くたちこめ、大波が天空を打って逆巻くところなのだと。—

潮州に着任後の韓愈は、在任約七ヶ月という短い期間にもかかわらず、善政を布いた。州内を流れる川に住み、民の畜産を食い荒らすという鱷魚（ワニ）の害を除くため、「鱷魚の文」を作り、これに羊と豚を添え、流れに投じて祈ったり（以後、この川は、韓愈の行為を記念して「韓江」と呼ばれる）、潮州出身の秀才（進士科の受験有資格者）・趙徳に勧めて、郷土に学校を設置させ、民の教化に当たらせたり（韓愈「潮州にて郷校を置かんことを請う牒」に詳しい）した。『方輿勝覧』三六、潮州の条に引かれた『（潮州）図経』には、「州人の書を知るは文公より始まる」（潮州の人が学問を知ったのは、韓愈どのの施政に始まる）と記されている。事実、土地の人々は長く韓愈を敬愛し、北宋時代、役所の裏手（の金山）に「韓文公廟」を建てたが、庶民の出入りが不便であったことから、北宋の中期、城南に新たな廟を造った。

北宋の元祐七年（一〇九二）、蘇軾は依頼を受けて、有名な「潮州の韓文公廟の碑」を作る。彼は韓愈を、「匹夫にして百世の師と為り、一言にして天下の法と為る」（身分のない男でありながら百代の師表となり、ほんの一言であろうと、それが天下の法則となる）と高く評価し、「文は八代の衰を起こして、道は天下の溺を済い、忠は人主の怒りを犯して、勇は三軍の帥を奪う」（その文学は後漢から隋代に到る衰微を振い起こし、道徳は天下にはびこる邪教から民を救い、忠誠心は君主の逆鱗に触れたほどであり、勇気は軍の司令官をたじろがせた）と述べ、その多才さと偉大な功績を最大級に讃える。さらに碑文は「始め、潮の人は、未だ学を知らず。公は、進士趙徳に命じて之が師と為らしむ。是れより潮の士は皆な文行（文学と徳行）に篤し」と続けて、韓愈の文教上の功労にも言及している。

韓愈の廟はその後、南宋の淳熙六年（一一八九）、現在の「韓文公祠」がある韓江の東岸、筆架山（東山）の西麓に移された。筆架山は、韓愈が在任中しばしば遊覧し、手ずから橡（クヌギ・トチノキ）を植えたところとされる。このため筆架山は「韓山」とも呼ばれ、手植えの橡は「韓木」ともいう。ここの橡がたくさん花を著ける年は、科挙の合格者が多く出る、と言い伝える（『大明一統志』八〇）。

北宋の劉允は、「韓山」詩のなかで、「惆悵す　昌黎去りて還らざるを、小亭牢落たり　古松の間に」（韓愈どのがこの世を去られたことを嘆き悲しむ。彼ゆかりの韓亭が、松の古木の間に荒れ果てている）と歌って追慕する。また南宋の楊万里も、「韓亭韓木に題す」二首其一の中で、「今に至るまで　南斗は精彩無きも、只だ放つ　文星一点の光のみを」（南斗星は現在でもあまり精彩がないが、文昌星〔文運を司る星、韓愈に喩える〕の放つ光が一点、夜空にひときわ映えている）と詠んで、その功績を讃える。

なお、もと僧侶であった賈島は、韓愈の勧めで還俗し、官吏の道を歩むべく、長安で科挙の勉強に励んだが、なかなか及第できなかった。そうした彼を物心両面で支えていたのが韓愈であった。仏舎利事件から潮州左遷に到る沙汰は、賈島にとっても驚きと不安の連続であった。賈島は韓愈が左遷された年の秋、「寄韓潮州愈」（韓潮州愈に寄す）と題する七言律詩を作った。

此心曾与木蘭舟　　此の心　曾ち木蘭の舟に与え
直到天南潮水頭　　直ちに天南　潮水の頭に到る
隔嶺篇章来華嶽　　嶺を隔つる篇章　華嶽に来り
出関書信過瀧流　　関を出づる書信　瀧流を過ぐ
峰懸駅路残雲断　　峰は駅路を懸けて　残雲断え
海浸城根老樹秋　　海は城根を浸して　老樹秋なり
一夕瘴煙風巻尽　　一夕　瘴煙　風巻き尽くし
月明初上浪西楼　　月明　初めて上らん　浪西の楼

―私の心は、かぐわしい木蘭の舟に乗って、そのまままっすぐ嶺南は潮州の川のほとりに到ります。先生から寄せられた詩文は五嶺を越えて、華山（のほとりの長安）に届き、私の書状も関中を出て、（先生がかつて通った韶州の）瀧水を渡っていきます。街道の通る峰は高峻で、たなびく雲も途絶え、海水は潮州城下を浸して、老いた木々が葉を落とす秋になったことでしょう。ある夜にわかに、風が立ちこめる瘴気をすっかり巻きあげ、皓々と輝く月が、大海の西岸にある潮州の高楼に昇りはじめるでしょう。―

尾聯には、韓愈の罪がいずれ許され、晴れて帰京がかなうであろうとの、賈島の願望がこめられている。

（丸井）

【羅浮山】

羅浮山は、広東省恵州市博羅県を中心に、西の増城市および北の龍門県に跨る山系であり、四三二の峰々からなり、七二の石室があるという。広東省肇慶市の西樵山とよく並称されるが、詩跡としての歴史は、羅浮山のほうが古いであろう。『元和郡県図志』三五、循州博羅県の条には、「羅浮山は県の西北二十八里に在り。羅山の西に浮山有り。蓋し蓬萊の一阜、海に浮かびて至り、羅山と体を並ぶ。故に羅浮と曰う」とある。恵州にもともとあった羅山に、海を渡ってきた東海の仙島・蓬萊山の一つの阜―浮山がくっ付いて羅浮山と呼ばれるようになったのだという。この伝承もあって、羅浮山は、爾来、神話的色彩に富んでいる。東晋の著名な道士・葛洪は、煉丹術を研究し、『抱朴子』などの著作で知られるが、彼はベトナムに丹砂（仙薬の材料）が出ると聞いて、勾漏県（現在の広西チワン族自治区内）の県令を志願したが、当時の広州刺史・鄭嶽に引き留められ、羅浮山中にこもって研究を続けたという。中国道教の十大名山の一つにも数えられ、つとに唐の李白が「当塗の趙炎少府の粉図（白壁に画いた色彩画）山水の歌」の中で、

蛾眉高出西極天　　蛾眉は高く西極の天に出で
羅浮直与南溟連　　羅浮は直ちに南溟と連なる

―峨眉山（四川省の名山）は西の果ての天空にそびえ立ち、羅浮山はじかにその裾野を南海に連ねる。―

と歌い、一時は本気で隠棲を考えた場所でもあった。

南朝・陳の陰鏗の詩「賦詠得神仙」（賦詠して神仙を得たり）は、神仙の生活を題材にした作品であり、羅浮山を東海中の仙山・瀛洲と並べて神仙の山の代表として詠んでいる。

羅浮銀是殿　　羅浮は　銀　是れ殿にして
瀛洲玉作堂　　瀛洲は　玉もて堂を作る
朝遊雲暫起　　朝に遊べば　雲暫く起こり
夕餌菊恒香　　夕べに餌えば　菊恒に香る
聊持履成燕　　聊か履を持て燕と成し
戯以石為羊　　戯れに石を以て羊と為す
洪崖与松子　　洪崖と松子と
乗羽就周王　　羽に乗りて　周王に就かん

―羅浮山では白銀で殿閣が造られ、瀛洲では白玉で殿堂ができている。早朝、出遊しようとすれば、（それに乗って空を飛ぶ）雲がにわかに湧き起こり、夕方、食事を取ろうとすれば、（不老長生の効能を持つ食材の）菊がいつも芳しく匂い立つ。とりあえず（後漢の王喬のごとく）履いていた靴を燕（本来は鳧。声律上の改変）に変えて飛んでいき、戯れに（羊飼いの仙人・黄初平のごとく）白い石を叱って羊の姿に戻してみる。洪崖（上古の仙人）や赤松子（神農のころの仙人）らとともに鶴に跨って、道術を好んだ周の穆王のもとに馳せ参じよう。―

『大清一統志』四四五、恵州府、羅浮山の条には、「道書に第七洞を朱明耀真の天と名づけ、東を羅山と曰う。絶頂を飛雲峰と曰い、夜半に日を見る。飛雲の西を上界三峰と曰い、峭絶として鼎立し、人能く至る無し」（道教の書物では、［三十六洞天（神仙の居所）の］第七洞を「朱明耀真の天」と命名し、東側を羅山と呼ぶ。絶頂は飛雲峰［海抜一二八一メートル］といい、夜間に日を拝める。飛雲峰の西を上界三峰［上界峰、上界中峰、上界川峰］といい、三峰が険しく鼎

立して、人の登攀を許さない）と描写する。

羅浮山の洞が地中の洞天三十六所の一つ、第七洞に数えられる道教の聖地と見なされていたことは、すでに南朝・宋の謝霊運が、自分の見た夢に感じて作った「羅浮山の賦」のなかに言及されている（『芸文類聚』七「羅浮山」）。曰く「洞天四有九、此は惟れ其の七なり。潜夜に輝きを引き、幽境　日に朗らかなり。故に曰う、『朱明の陽宮、耀真の陰室』と」（天下には四九、三十六の洞天がある。ここ羅浮山はその七番目にあたる。真夜中に光芒を発し、奥深いところは、明るい太陽に照らされたように明るい。だから「朱明の陽宮、耀真の陰室」と呼ぶ）。

夜中に太陽が見えるという言い伝えは、後世、詩の題材としてしばしば使われた。例えば、北宋の蘇軾は紹聖元年（一〇九四）、恵州へ左遷される途中に作った「遊羅浮山一首　示児子過」（羅浮山に遊ぶ一首　児子の過［息子の蘇過］に示す）詩に、

人間有此白玉京　　人間に此の白玉の京有り
羅浮見日雞一鳴　　羅浮に日を見る　雞一鳴

—この人の世（の羅浮山）に、（本来、天上の天帝の住まいである）白玉の都がある。（羅浮山では）鶏が夜半にひとたび鳴くとき、早くも太陽が見える。—などである。

また、羅浮山の主峰・飛雲峰一帯の雲海を描いた作品に、清・趙翼の「羅浮紀遊」詩の連作がある。その中の一首に、「飛雲は　五千仞、雲聚まり　族がりて衆し。我が行　迷茫に入り、目力　縦にするを得ず。蓬蓬として　石に触れて出で、鬱勃として　誰か能く控（制御）せん。一東又た一西、迎うるが如く　復た送るが如し」と。

また羅浮山は、梅の花の名所としても知られる。隋の趙師雄は、羅浮山中で一人の淡粧・白衣の娘と出会い、彼女と語らうと、あたりに芳香がただよった。趙は彼女とともに酒を飲み、酔ったまま寝入ってしまうが、夜明け目覚めてみると、大きな梅の樹の下におり、樹上には翠羽（緑色の羽）の鳥が鳴いていた。彼女は梅の花の精（仙女）だったのである（柳宗元の作と伝える『龍城録』上に基づく）。以後、「羅浮の夢」は梅花を詠む典故の一つとなる。中唐の殷尭藩の作といわれる「友人の山中の梅花」詩に、「好風　吹き醒ます　羅浮の夢、聴く莫かれ　空林（ひとけのない林）　翠羽の声を」とあるごとくである。ちなみに、我が国の画家・横山大観は、この「羅浮の夢」を題材に「羅浮仙」という絵を描いており（横山大観記念館所蔵）、日本人にもなじみ深い故事である。

なお、羅浮山の詩跡化に大きな役割を果たしたのは、蘇軾が恵州流罪中の紹聖二年（一〇九五）、六一歳のときに作った「食茘支二首」（茘支を食らう二首）其二であろう。

羅浮山下四時春　　羅浮山下　四時春なり
盧橘楊梅次第新　　盧橘　楊梅　次第に新たなり
日啖茘支三百顆　　日び茘支を啖らうこと　三百顆
不辞長作嶺南人　　辞せず　長く嶺南の人と作るを

—ここ羅浮山のふもと（恵州）は、一年中、穏やかな春の陽気に恵まれている。盧橘（びわ。一説に、きんかん）や楊梅など、次々と新しい果物が採れる。毎日、こんなにおいしい茘支（＝茘枝）を三百個も食べられるなら、嶺南に永住してもかまわないのだ。—

茘枝は「南中（南国）の珍果」といわれ、楊貴妃の大好物でもあった。右の詩は、逆境にあっても生を楽しみ、機知に富んでいた蘇軾の、面目躍如たるものがある。

（丸井）

【恵州西湖・西樵山】

広東省の中部に位置する恵州市は、秦漢以降、南海郡に属し、梁化郡・循州・禎州等を経て、北宋の天禧五年（一〇二一）、恵州と改められ、今日に至る。

恵州第一の名勝は、豊湖、別名西湖であろう。『大明一統志』八〇、恵州府、豊湖の条にいう、「府城の西に在り。広袤（広さ）一十里。…宋の陳偁、州の事を領し、堤防を築き亭館を創りて、一郡の最（第一の景勝地）と為る」と。これは北宋の治平三年（一〇六六）のことである。当時の豊湖は恵州の西湖の総称であり、五湖（豊湖・平湖・南湖・菱湖・鰐湖）を形成した後の豊湖ではない。湖の西山上に建つ泗洲塔（北宋時の大聖塔・玉塔、明代再建）からは、西湖一帯を見渡せる。豊湖（西湖）の詩跡化は、北宋の蘇軾に始まる。彼は紹聖元年（一〇九四）、恵州へ流され、三年間ここに謫居したが、その間、湖に堤（蘇堤）や橋（西新橋・東新橋）を造り、妾の朝雲が当地で亡くなると、その墓を湖の孤山上に建てた。蘇軾の「江月五首」其一の前半には、晩秋の夜、客と豊湖に遊んで見た光景を、

　一更山吐月　　一更　山　月を吐き
　玉塔臥微瀾　　玉塔　微瀾に臥す
　正似西湖上　　正に西湖の上
　湧金門外看　　湧金門外に看るに似たり

―夜に入ると、山の端から月が出て、湖心に建つ玉塔は、たゆたう湖面にその影を落としている。この風景はさながら、杭州（浙江省）の名勝、西湖のほとりで、湧金門（杭州の西城門）外に眺めたそれによく似ているのだ。―

と歌い、恵州の豊湖も西湖と呼ばれるようになっていく。

南宋の劉克荘は「豊湖三首」其一で、

　岷峨一老古来少　　岷峨の一老　古来少なり
　杭潁二湖天下無　　杭・潁の二湖　天下に無し
　帝恐先生晩牢落　　帝は恐る　先生　晩に牢落たるを
　南遷猶得管豊湖　　南遷　猶お豊湖を管するを得しむ

―蘇軾先生のようなお方は古来、滅多におられず、杭州でも潁州（安徽省）でも、天下に名だたる「西湖」の造営に尽力された。天帝は、先生が晩年、南方に流されて寂しがるのを恐れてか、ここ恵州でも豊湖を管理できるようにされたのであろう。―

と詠む。蘇軾は生涯、三つの西湖の整備と関わったのである。南宋の楊万里も「恵州の豊湖は亦た西湖と名づく二首」のなかで、「峰頭の寺寺　楼楼の月、東坡（蘇軾の号）の錦繡の腸（美しい詩心）を清殺す」（其一）、「三処の西湖　一色の秋、銭塘（杭州）潁水（潁州）更に羅浮（恵州）」（其二）と歌って、蘇軾のことを追想する。

西樵山は、広東省広州市の西南、仏山市南海区の西南部に位置し、主峰は海抜三四六メートルである。明の孫蕡は「西樵」詩の中で、「西樵の山勢　飛龍捲き、万里の扶桑　海色通ず」と歌い、『大清一統志』四四一、広州府、西樵山の条には、その山容を「高く聳ゆること千仞、周四十里、勢い遊龍の若し。七十二峰有り」と描写する。

山中の名勝は、白雲洞である。清・袁枚の五言古詩「西樵山に遊び、左（東）に行くこと二里、逍遥石の下に至る」は、「暑を冒して西樵に遊びしは、白雲洞を訪うが為なり」と歌い起こし、「摩厓には字紛紛、前明（前の明代）遊ぶ者衆し。左に転ずれば　尤も奇絶、逍遥の　石は弄づ可し」云々と詠んでいる。

（丸井）

【大庾嶺】

現在の江西・湖南両省と、両広（広東省・広西チワン族自治区）とを隔てる南嶺山脈は、東から順に大庾嶺・騎田嶺・萌渚嶺・都龐嶺・越城嶺の五つの嶺からなり、五嶺山脈とも呼ばれる。このうち、最東部に位置する大庾嶺は古来、長江流域から嶺南（嶺外あるいは嶺表ともいう。主に両広地域を指し、時代によってはベトナム北部を含む）へ抜ける、数少ない主要ルートの一つであり、江西省を南から北へ流れる贛江と、広東省を北から南へ流れる北江の上流・湞江との分水嶺をなしている。秦・漢以来の旧道が通るのは、現在の江西省大余（＝大庾）県の南、広東省南雄市の北であり、前漢の武帝が南越国を討ったとき、指揮官・庾勝が当地に城塞を築いたので、「大庾嶺」と呼ばれるようになったという（『元和郡県図志』三四）。大庾嶺はまた、「塞上」あるいは「台嶺」ともいい、五嶺の東端にあるため、「東嶠」（嶠は高峻な山の意）とも呼ばれた。「梅嶺」「梅関」の呼称もある（後述）。

大庾嶺を通る旧道は、『太平寰宇記』一〇八に引く『太康地志』（西晋、作者不詳）に、「嶺の路は峻阻にして、螺（巻き貝）のごとく転りて上る。九蹬（多くの石段）を踰ゆること二里にして、頂に至る」とあり、通行はかなり大変であった。唐の先天二年（七一三）、当地に近い韶州曲江県出身の張九齢は、「嶺東の廃路（旧道）、人は峻極に苦しむ」（張九齢「大庾嶺路を開鑿する序」）ことを玄宗に訴え、開元四年（七一六）、玄宗の命を受けて、新たに新道を開き、中原と嶺南間の通行や通商を容易にした。この新道開鑿の功績は後世長く讃えられ、元の至正年間（一三四一―一三七〇）、嶺上にある雲封寺の前に、「張文献（張九齢の謚）祠」が建てられた（『大清一統志』四五四、南雄直隷州、祠廟）。清の杭世駿は「梅嶺」詩のなかで、黄河治水の禹の功績にまさるものとして歌う。

荒祠一拝張丞相　　荒祠　一たび拝む　張丞相
疏鑿真能邁禹功　　疏鑿は　真に能く禹の功を邁ぐ

大庾嶺が梅嶺とも呼ばれるのは、もともと梅の樹が多かったことに由るのであろう。唐の白居易『白氏六帖事類集』二九・三〇、梅の条の「南枝」には、「大庾嶺上の梅は、南枝落ちて、北枝開く」とある。これは、嶺の南側は亜熱帯性気候であるため、嶺の南側から咲き始め、それが散ったころ、ようやく嶺の北側の梅が咲き出すことをいう。同じ白居易が「雪中即事、微之に答う」詩の中で、雪の降り積もる一面の銀世界を、「梅嶺の花は排く　一万株」と形容したことからも、大庾嶺の梅は古くから有名であった。

北宋の嘉祐年間（一〇五六―一〇六三）、嶺の最高処に「梅関」が設けられ（関所自体は秦代から存在した）、この関城（城壁で囲まれた関所）の北面には「南粤の雄関」、南面には「嶺南第一関」と書かれたが、それらの文字は現在の関所跡にも見ることができる。ちなみに梅嶺の名は、一説に、漢初、嶺南を目指した越人たちの首領・梅鋗の姓にちなむともいう（『読史方輿紀要』八三の原注）。

大庾嶺は、張九齢の新道が開通したのちも、人々の意識では依然として、文明の光の射さない「蛮夷の地」、あるいは中原での政争に敗れた者たちが送りこまれる「流罪の地」への入り口に過ぎなかったであろう。とりわけ唐宋の詩人には、嶺南への配流を詠んだ作品が数多くあり、おのずから一つのジャンルをなしている。

沈佺期・宋之問・杜審言といった初唐の宮廷詩人たちは、則天武后の寵臣・張易之兄弟と関係が深かったため、中宗の世になると直ちに弾劾されて嶺南に左遷された。沈佺期はまず収賄のかどで長安四年（七〇四）に投獄され、翌神龍元年（七〇五）には驩州（現在のベトナム域内）に流された。彼は湖南から五嶺を越え、広東・広西を通って、ベトナムに向かった。沈佺期には七言律詩「遥かに杜員外審言の、嶺（五嶺）を過ぐるに同ず（唱和する）」があり、同じころに杜審言も五嶺を越えて嶺南に入ったことがわかる。宋之問は江西の贛江を遡り、大庾嶺を越え、端州（現在の広東省肇慶市）を経て、配所の瀧州（現在の広東省羅定市）に至っている。神龍元年、左遷途上の宋之問が作った五言律詩「題大庾嶺北駅」（大庾嶺の北駅に題す）にいう。

陽月南飛雁　　陽月　南飛の雁
伝聞至此迴　　伝え聞く　此に至りて迴ると
我行殊未已　　我が行　殊に未だ已まず
何日復帰来　　何れの日か　復た帰来せん
江静潮初落　　江静かにして　潮初めて落ち
林昏瘴不開　　林昏くして　瘴開かず
明朝望郷処　　明朝　郷を望む処
応見隴頭梅　　応に隴頭の梅を見るべし

—聞くところによれば、初冬の十月、南方に飛来する雁でさえ、ここ（大庾嶺）まで来ると、もはや山越えせず、翌春、北へ引き返すという。だが、私の左遷の旅は、その雁たちとは異なり、いっこうにまだ終わろうとしない。一体いつになったら、再び北へ帰れるのであろうか。折しも水かさが引いて、舟旅を続けた贛江の水面は静まりかえり、たちこめる毒熱の気は、いつまでも晴れず、密林の中は常に薄暗い。明朝、大庾嶺の高みに登って故郷を眺めやるとき（肝心の故郷は見えず）、きっと名高い隴の頭（嶺上）の梅の花を目にすることであろう。—

宋之問には、この詩以外にも大庾嶺を詠んだ作品がある。たとえば五言律詩「大庾嶺を度る」の前半には、「嶺を度りて　方に国を辞し、軺を停めて　一たび家を望む。魂は南翥の鳥に随い、涙は北枝の花に尽く」（ここ大庾嶺を越えれば、都のある内地ともいよいよお別れ。車を停めていま一度、故郷のほうを眺めやる。私の心は、南に飛びゆく雁に随ってさまよい、涙は嶺の北側に咲く梅の花にこぼれつくす）とある。また五言古詩「早に大庾嶺を発す」では、朝になっても霧や露が晴れず、長い道のりへの不安を詠んだ後、

嵥起華夷界　　華夷の界に嵥起するは
信為造化力　　信に造化の力たり

—大庾嶺が中華と夷狄との境に屹立するのは、まさしく造化の力による。—と歌う。

なお宋之問はその後、端州の宿場で杜審言や沈佺期らが宿舎の壁に書いた詩を見て、深い感慨を覚え、七言律詩「端州駅に至りて、杜五審言・沈三佺期・閻五朝隠・王二無競の、壁に題せるを見て、慨然として詠を成す」を作った。その尾聯にいう、「処処の山川　同じく瘴癘、自ら憐れむ　能く幾人か帰るを得ん」と。瘴気のたちこめる嶺南の地で、我々はみな死んでしまうのかと、不安を表白する。

このほか、中唐の韓愈、北宋の蘇軾、明の湯顕祖らも、この大庾嶺を越えて流罪地へと赴いた。蘇軾は海南島への流罪から許され、建中靖国元年（一一〇一）、大庾嶺を北へ越える際に、「過嶺二首」（嶺を過ぐ二首）を作っている。其二の後半を次に掲げる。

波生濯足鳴空澗
霧繞征衣滴翠嵐
誰遣山鶏忽驚起
半巌花雨落毿毿

波は濯足に生じて　空澗に鳴り
霧は征衣を繞りて　翠嵐を滴らす
誰か山鶏をして忽ち驚起せしむる
半巌の花雨　落ちて毿毿たり

—渓流の波は、旅に疲れた足を洗う、私の足もとから生じて、人けのない谷間に音を響かせ、霧は私の旅ごろもにまとわりついて、青嵐の気を滴らせる。山鶏が突然、何かに驚いてぱっと飛び立つと、断崖の中ほどから、花の雨がはらはらと降り注いだ。—

北宋までの詩人たちが大庾嶺に抱いていた「化外の地」への入り口、という凄まじいイメージは、南宋のころになると、やや薄らいでいく。朱熹もかつてここに遊び、五言律詩「登梅嶺」(梅嶺に登る)を作る。探梅の名所としてのイメージが定着しつつあった。

去路霜威勁
帰程雪意深

去路　霜威勁く
帰程　雪意深し

梅　関

往還無幾日
景物変千林
暁蹬初移屐
密雲欲満襟
玉梅疎半落
猶足慰幽尋

往還　幾日も無きに
景物　千林に変ず
暁蹬　初めて屐を移し
密雲　襟に満たんと欲す
玉梅　疎にして半ば落つるも
猶お幽尋を慰むるに足れり

—ここまで来る路上は一面、霜に覆われ、これから帰る旅路も、降雪に見舞われることだろう。行き帰りに何日も要したわけではないのに、林間の景色は実に変化に富んでいる。朝まだきの石段に、今しも足を踏みだしたばかりなのに、深くたちこめた雲が、襟もとに満ちあふれようとする。白梅の花はすでに疎らで、半ば散りかけていたが、それでも幽邃な自然を尋ね歩くわたしの心を、十分慰めてくれた。—

南宋の江湖派詩人・戴復古も、「題梅嶺雲封四絶」(梅嶺の雲封[寺]に題す四絶)という組詩で、梅嶺の梅の花の美しさを愛でている。其一にいう。

東海辺来南海辺
長亭三百路三千
飄零到此成何事
結得梅花一笑縁

東海の辺より　南海の辺に来る
長亭は三百　路は三千
飄零して此に到りて　何事をか成す
結び得たり　梅花　一笑の縁を

—東海のほとりから南海のほとりにやってきた。通った宿場の数は三百、路のりは三千里。落ちぶれて、ここ(梅嶺)までやってきたが、いったい何を成しとげたのか。咲き誇る梅の花と出会って、得難い縁を結べたのだ。—

詩跡、大庾嶺の持つイメージの変遷を見てとることができよう。

広東省

（丸井）

【韶石・南華寺】

広東省の最北部、大庾嶺（別項参照）の西南麓、韶関市仁化県の有名な風致区、丹霞山の東南約一〇キロメートル、湞江の北側に韶石山がある。ここには、宮城の門闕のようにそばだつ、一対の奇怪な山岩「韶石」があった。『水経注』三八に、「其の高さは百仞、広円五里、両石対峙して、相い去ること一里、小大（大きさ）は略ぼ均しく、双闕に似たり。名づけて韶石と曰う」とある。また『太平寰宇記』一五九に、「昔、舜遊びて此の石に登りて韶楽（舜が作成した音楽）を奏す。因りて以て之に名づく」とあって、韶石の名は、舜帝の南巡に由来するという。

韶石のある韶石山は、嶺北と嶺南を結ぶルート沿いにあった。詩跡化の端緒は、中唐・韓愈の七律「袁州に量移せられ、張韶州端公、詩を以て相い賀す。因りて之に酬ゆ」の尾聯、「暫く船を韶石の下に繋ぎ、虞舜に上賓して（舜帝に拝謁するため）冠裾（衣冠）を整えんと欲す」であろう。北宋の蔣之奇は広州の知事のとき、湞江（湞水）や韶石を訪ねて七絶「望韶石」（韶石を望む）を作った。

当日昌黎繫纜初　　当日　昌黎　纜を繫ぎし初め
曾瞻双闕整冠裾　　曾て双闕を瞻て　冠裾を整う
致君堯舜今誰是　　君を堯舜に致す　今誰か是れなる
想像聞韶更起予　　韶を聞くを想像すれば　更に予を起たしむ

―ここは当時、韓愈が船を停めたところ。宮闕のような韶石のさまを目の当たりにして、衣冠を整えたという。君主を古代の聖天子、堯・舜のレベルにまで高めたいと、今考えているのは誰であろうか。孔子が韶楽を聞いて、三月のあいだ肉の味が分からなくなったのを想像すると、自分の心がますます昂揚してくるのを覚える。―

このほか、北宋・余靖の「韶石に遊ぶ」詩の「韶山は南国の鎮、霊蹤は曩より伝う。双闕　天に倚りて秀で、一径　雲を尋ねて上る」、蘇軾の「建封寺に宿し、暁に尽善亭に登りて、韶石を望む三首」其一の「双闕　光を浮かべて　短亭を照らし、今に至るも　猿鳥青熒に嘯く」、南宋・楊万里の詩「望韶亭に題す」の「新隆寺の後に韶石を看れば、三三両両　略ぼ依稀たり」など、宋代の題詠が多く、清・王士禛「韶石」詩も伝わる。

南華寺は、現在の韶関市区の南二〇キロメートル強、曲江区の南部にあり、唐初、禅宗六祖の慧能が住した寺として有名である。『方輿勝覧』三五によれば、南朝・梁の天監元年（五〇二）、天竺の僧智薬が船で中国に来て、遡って韶州の曹渓水の河口まで至り、「此の水の上流に勝地有り」と言って、ここに宝林寺を建立したのに始まるという。慧能は黄梅山の弘忍の下で修行し、その衣鉢を継いで、ここ曹渓の住持となった。宋之問は左遷途中の景雲二年（七一一）、慧能に拝謁するとともに、「韶州の広果寺に遊ぶ」詩を作り、「影殿（仏殿）は丹壑に臨み、香台は翠霞に隠る」と歌う。広果寺は当時の寺の名であり、南華寺の名は北宋の初め、南華禅寺の名を賜って以降であり、「嶺外禅林の冠」として南宗禅の聖地となった。

北宋の蘇軾は紹聖元年（一〇九四）、左遷の途中、「南華寺」詩を作り、「衣を摳げて真相（慧能の遺骸を収めた霊照塔）に礼し、感動して涙は雨霰。師の錫端の泉（錫杖の先で突くと湧き出た泉）を借りて、我が綺語の硯を洗わん」と歌う。南宋末の愛国詩人・文天祥の「南華山」詩には、「笑いて曹渓の水を看、門前　松風に坐す」という磊落な詩句が見える。

【張相国祠】　（丸井）

盛唐の名宰相・張九齢は、「開元の治」のころの玄宗をよく補佐した清廉・直諫の士であり、当時の詩壇の領袖でもあった。彼は韶州曲江県の人であり、墓と祠廟は現在、広東省韶関市の西北郊外、西河鎮田心村にあるが、その祠廟は二〇世紀の再建である。祠廟の所在地も移動してきた。『輿地紀勝』九〇、韶州、張相国廟の条には、「州城内の東二十歩に在り。太守の許申、水の西より廟を遷して城に入らしむ」とあって、北宋の天禧年間（一〇一七―一〇二一）、知事の許申が韶州城外から城内に移したらしい（『大清一統志』四四四参照）。ちなみに『大明一統志』七九には、「（韶州）府城の南に在り。…玄宗、蜀に幸し、使いを遣わして韶（州）に至りて弔祭す。因りて祠を州東の故第（旧宅）に立て、鉄像を鋳して祀る」という。

中唐の劉禹錫が弔意をこめた「張曲江集を読みて作る」詩に、「寂寞たり　韶陽（韶州）の廟、魂帰るも　人を見ず」とあるのが、張九齢の廟に言及した最初であろう。北宋・呂夏卿の詩「張相公の祠に謁す」には、「一たび漁陽の鼙鼓起こりしより、九重　方めて老臣の存せしを憶う」とあり、張九齢の諫めを聞かず安禄山を許したことを、玄宗は後悔しているだろうと歌う。また郭祥正「韶州の唐の張文献（張九齢の諡）公の祠堂」詩には、「当年　主を致して金鏡を陳べ、後世　祠空しくして　鉄胎を見る」（かつて玄宗の誕生日・千秋節のとき、宝鏡の代わりに鏡「教訓」を書き連ねた文を献上して君主を導いたが、現在、ひっそりした廟のなかには、玄宗が後悔して鋳造させた彼の鉄像を眼にするばかり）とある。この詩跡の場合、その土地を詠むよりも、むしろ張九齢自身の事跡が作詩の対象になり、明・李昌祺「曲江にて張文献公祠を拝す」、邱濬「曲江に過りて張文献公祠に謁す」など、長く詠み継がれていく。

他方、張九齢は玄宗の命を受けて、嶺北と嶺南を結ぶ大庾嶺越えの新道を切り開いた。これを記念して、遅くとも元の時代、嶺上の梅関の近く（広東省東北端の南雄市）に、張文献公祠が造られた（元・劉鶚「張文献公祠堂記」）。明・欧大任「嶺上にて張文献公祠に謁す」詩は、ここで作られ、清の王士禛「張文献公祠」も同じである。

峡寺重雲裏　峡寺　重雲の裏
人瞻丞相祠　人は瞻る　丞相の祠
開元如夙昔　開元　夙昔のごとく
風度想当時　風度　当時を想う
羽扇三秋恨　羽扇　三秋の恨み
淋鈴万古悲　淋鈴　万古の悲しみ
何来双海燕　何くよりか来れる　双海燕の
猶自入簾帷　猶自　簾帷に入る

―峡谷の寺院（挂角寺）はたたなわる雲のうちにあり、私はここで名宰相の祠堂を拝謁できた。唐の開元時代は遠い昔のようだが、当時の鷹揚たる風格は、こうして偲ぶことができる。玄宗から賜った白羽扇を詠んだ「白羽扇の賦」には、玄宗から日々疎まれていく無念さが籠められ、玄宗自身も後年、「雨霖鈴」の曲を作って、（諫言を聞かず、安禄山の謀反を招いて楊貴妃を失ったことを）いつまでも悔やんだという。李林甫の復讐を怖れて、詩中に詠んだ海燕が二羽、どこからともなく飛んできて、祠堂の簾の中に入っていく。―

詩は、張九齢の種々の話をまじえて詠み、深い感慨に満ちている。

（丸井）

【端州・七星巌】

端州、現在の広東省肇慶市は、唐代以降、有名な硯石（端渓硯・端硯）の産地、端渓（肇慶市の東郊）で知られ、中唐・劉禹錫の詩「唐秀才、端州の紫石硯を贈り、詩を以て之に答う」には、「端州の石硯は　人間（世の中）に重んぜらる」という。同時期の書道家・柳公権は、端渓硯の産地とその美しさについて、「硯を論ず」のなかで、「端州に渓有りて端渓と曰う。其の硯の　水を貯うる処に、赤・白・黄色の点有る者、之を鴝鵒眼と謂う。或いは脈理の黄なる者、之を金線紋と謂う。山は斧柯山と曰い、碁を観る所なり」（『輿地紀勝』九六所引）と述べている。

中唐・李賀の「楊生の青花（硯の青い眼）紫石硯の歌」には、

端州石工巧如神　　端州の石工は　巧みなること神のごとし
踏天磨刀割紫雲　　天を踏み刀を磨いて　紫雲を割く

とあって、斧柯山の高所から紫雲（紫色の硯石）を切りとる、石工たちの妙技に感じ入る。北宋・王安石の詩「元珍（端州の知事・丁宝臣）、詩と以に緑石硯を送らる…」には、端硯の美しさを、「久しく瘴霧（毒気）に埋もれて　看れば猶お湿い、一たび春波を取りて洗えば更に鮮やかなり」と賞賛する。

端州はまた、西江（珠江の本流）の流れる交通の要所であり、唐代、嶺南の地に流謫されたとき、しばしば通るところであった。張説は則天武后のとき嶺南の欽州（広西）に流され、その途中で、五言律詩「端州別高六戩」（端州にて高六戩に別る）を作った。その後半にいう。

南海風潮壮　　南海　風潮壮んに
西江瘴癘多　　西江　瘴癘多し
於焉復分手　　焉に於いて　復た手を分かつ
此別傷如何　　此の別れ　傷ましきこと如何せん

—南海の波風は大きく、西江一帯は瘴癘の気に満ちている。同道してきた（同じく左遷の）君と、ここ端州で別れることになった。この離別のつらさを、どうしたらよいだろうか。—

果たしてこの別れは高戩との永別になった。張説は罪を許されて都へ帰る途上、再び端州を通ったが、高戩はすでに帰らぬ人となっていた。「昔記ゆ　山川の是なるを、今傷む　人代の非なる（人の世の変化）を。往来　皆な此の路なるも、生死　同に帰らず」（張説「還りて端州駅に至る、前に高六と別れし処なり」詩の後半）。

七星巌は、肇慶市街の北郊にあり、カルスト地形特有の、点在する切り立つ峰とそれを取り囲む湖からなり、星湖ともいう。七星巌とは、七つの峰が曲折して連なり、北斗七星に似るための命名である。石室巌はその代表であり、唐の李邕が「端州石室記」を著したことで知られ、巌下の洞内には無数の歴代の詩刻がある。北宋の郭祥正は「運判・呉翼道の、石室に留題せるに和し奉る」詩のなかで、「誰か北斗を傾け明河（銀河）を酌みて、化して七山と作して平地に起こせる」と歌い、南宋・黄公度の詩「石室巌に題す」には、

天上何時落斗星　　天上　何れの時にか　斗星落ち
化為巨石羅翠屏　　化して巨石と為りて　翠屏を羅ねし

—一体いつごろ、天空から北斗七星が落ちてきて、巨石と化して翠の屏風を列ねる奇観をなしたのだろうか。—と詠む。以後も詠み継がれ、清・査慎行「七星巌を望む」詩には、「（北斗七星は）形を寓せて　忽ち地に隕ち、幻じて巌壑の姿と作る」と歌っている。

【清遠峡・峡山（飛来峡・飛来寺）】

（丸井）

広東省北部を流れる湞江と武江は、韶関市街で合流して北江となり、南下して清遠市に入ると西に向きを変え、飛来峡を経て清遠市街を横断し、再び南下して仏山市（広州市の西南）へと注ぐ。両岸に群峰の連なる長さ九キロメートルの峡谷、飛来峡は古来、中宿峡・清遠峡・峡山の名で親しまれ、江岸の山中には飛来寺（古くは広慶寺あるいは峡山寺）があった。『方輿勝覧』三四、広州、峡山の条には、「清遠県の東三十里に在り。崇山峻峙し（高い山々が険しくそびえ）、太華を擘きしが如く（陝西省の名山・華山を引き裂いたような姿であり）、中に江流を通ず。広慶寺は峡山の中に居り。殿有りて甚だ古し。（南朝）梁の武帝の時の物なり」とある。

飛来峡のある北江は、嶺南の水上交通の重要なルートであった。峡山を詠じた早期の詩人に、初盛唐期の張説と宋之問がいる。張説は則天武后の長安三年（七〇三）、欽州（広西）に左遷されたとき、「清遠江（清遠県を流れる北江）の峡山寺」詩を作り、「流落して荒外（僻遠の地）を経、此の梵宮（仏寺）に逍遥す。雲峰 吐月白く、石壁 淡煙紅なり」云々と歌う。宋之問の五言律詩「宿清遠峡山寺」（清遠［県］の峡山寺に宿す）は、それより後の左遷途上（もしくは左遷時）の作である。

香岫懸金刹　香岫 金刹懸かり
飛泉屆石門　飛泉 石門に屆る
空山唯習静　空山 唯だ静を習い
中夜寂無喧　中夜 寂として喧しき無し
説法初聞鳥　説法 初めて鳥を聞き
看心欲定猿　看心 猿を定めんと欲す
寥寥隔塵事　寥寥として塵事を隔つ
何異武陵源　何ぞ武陵源に異ならん

――うるわしき峰の上に、立派なお寺が乗っかり、滝の水が岩の門に降りかかる。人けのない山中でひたすら坐禅して静寂な心を養い、夜中はひそやかで物音一つしない。私はようやく菩提に導き入れる鸚鵡の説法を耳にし、心を見つめて、わめき騒ぐ猿のような煩悩を鎮めようとする。寺の中は空虚で俗事と遥かに隔たり、桃源郷と少しも変わるところがない。――

このほか李翺「広慶寺」詩の、「一水 遠く海に赴き、両山 高く雲に入る」は峡谷の絶景を捉え、李群玉の詩「峡山寺の上方」の、「満院の泉声 水殿涼しく、疏簾の微雨 野松香し」は、境内の清涼さを軽妙に詠む。

ちなみに同名の峡山寺は、端州（広東省肇慶市）の西江のほとりにもあった。沈佺期の「峡山寺の賦」や許渾の「歳暮、広江より新興（県）に至り、往復の道中、峡山寺に留題す四首」などは、端州のそれであり、細心の注意が必要である。

峡山寺は、以後も長く歌い継がれた。北宋の向敏中「峡山の飛来寺」、章得象の同題詩のほか、「天は開く清遠峡、地は転ず凝碧湾」で始まる蘇軾の「峡山寺」詩、南宋・楊万里の「清遠峡の峡山寺に題す」、明末・王夫之の「湞峡謡五首」中の「飛来寺」、清・王士禛「峡山の飛来寺」、査慎行「清遠峡の飛来寺」などが伝わる。楊万里の「清遠峡四首」其三には、峡谷の連峰と清冽な川をこう詠む。

並馳両蒼龍　並び馳す 両蒼龍
中夾一玉水　中に夾む 一玉水

（丸井）

【珠江・零丁洋・崖門】

珠江は貿易都市・広州市のシンボルであり、美しい夜景でも知られるが、その水系は複雑である。広義の珠江は、雲南省に源を発する西江、湞江と武江とが合流して南下する北江、および河源市から西流する東江の三つの水系を含む。狭義の珠江は、広州市街南部の海珠区で一旦分岐して東流し、再び合流して南下し、虎門（珠江の河口の一つ）へと注ぐ。このほか、広州市南部には、まるで網の目のように水路が錯綜する。かくしてこの地には昔から、漁労を主たる生業とする土着の民、蜑が住んでいた。清の査慎行は七言絶句の連作「珠江櫂歌詞四首」（珠江の櫂歌詞四首）を作って、彼らの生き様を活写した。其一にいう。

一生活計水辺多　　一生の活計　水辺に多く
不唱樵歌唱櫂歌　　樵歌を唱わず　櫂歌を唱う
蜑子裹頭長泛宅　　蜑子　頭を裹みて　長に宅を泛べ
珠娘赤脚自凌波　　珠娘　脚を赤わにして　自ら波を凌ぐ

―蜑族たちの一生のなりわいは多く水辺で営まれ、きこり歌など歌わず、舟歌ばかりを歌う。蜑族の男たちは頭に布を巻き、いつも舟の中で暮らし、娘たちは跣足のまま、平気で波間に戯れる。―

珠江付近は、歴史の悲劇の舞台にもなった。南宋末期の宰相で愛国詩人の文天祥は、当地で陸秀夫や張世傑らとともに、モンゴル軍に対する最後の抵抗を続けていたが、祥興元年（一二七八）、ついにモンゴル軍の俘虜となった。北京へ送られる船中で、文天祥は七言律詩「過零丁洋」（零丁洋を過ぐ）を作った。零丁洋とは、珠江の河口湾の名である（伶仃洋とも書く）。詩は、日本でも幕末の志士らに愛唱された作品であり、その後半を掲げる。

皇恐灘頭説皇恐　　皇恐灘の頭に　皇恐を説き
零丁洋裏嘆零丁　　零丁洋の裏に　零丁を嘆く
人生自古誰無死　　人生　古えより　誰か死無からん
留取丹心照汗青　　丹心を留取して　汗青を照らさん

―江西省の贛江上流の難所・皇恐灘のあたりでは、敵軍と戦って敗走し、恐れあわてたことを語り、ここ零丁洋にあっては、ひとり敵軍に囚われた我が身をかこつ。古来、なんぴとも死を免れ得ない人生なのだ。それならば祖国に対する真心を留め置いて、歴史の記録を輝かしたいものだ。―

一方、陸秀夫・張世傑らは崖門（現在の広東省江門市新会区。本来、海上の島）において防戦したが、決死の抵抗もむなしく、陸秀夫はついに宋室の幼帝・趙昺を抱えて、海に身を投じた。張世傑もモンゴル軍との海戦に敗れ、船を連ねて交趾（現在のハノイ）に向かい、宋室の再興を期そうとしたが、自ら乗った船が転覆、溺死したという。時に一二七九年、宋朝はここに完全に滅亡した。

船中で崖門の悲劇を知らされた文天祥は、悲壮な「南海」詩を作っていう、「一山　還た一水、国無く　又た家無し。男子　千年の志、吾が生　未だ涯有らず」と。文天祥はその後、北京でフビライから元朝への帰順や仕官を勧められたが、拒絶して獄中で「正気の歌」などを作って刑死した（一二八三年）。

明代、文天祥・陸秀夫・張世傑を祀った「大忠祠」が崖門に建てられて詩跡化する。明代の儒者・陳白沙「重ねて大忠祠に過る」詩の一節にいう、「月到りて　厓門（＝崖門）白く、神遊んで　海霧深し。興亡　誰か復た道わん、猿鳥　愛吟する莫かれ」と。

【桂林（静江）・独秀山】

（丸井）

桂林は、広西チワン族自治区の東北部に位置し、歴代、広西の政治・文化の中心、軍事の重鎮となってきた。カルスト地形特有の秀抜な景観で知られ、南宋以降、「桂林の山水　天下に甲（第一）たり」と讃えられた。「桂林」の名は、秦代における桂林郡の設置に始まるが、当時の治所は桂林市の西南約二〇〇キロメートル（来賓市武宣県）にあった。漢代には零陵郡始安県が置かれ、後に始安郡、南朝梁の頃から唐代にかけて桂州ないしは始安郡、南宋では静江府、元では静江路、明代以降は桂林府の治所が置かれた（『大清一統志』四六一）。

桂林の名は、当地に群生する肉桂（クスノキ科の常緑樹）に由来するらしい。ただ現在では、仲秋を迎えた市内が桂花樹の馥郁たる香りにつつまれることから、桂花樹に基づくとも考えられている。

桂　林

嶺南に位置する広西は、広東と同様に、古くは流謫の地であった。たとえば初唐の宋之問が晩年、欽州（広西西南端）に流された際、ここ桂州（桂林）に滞在し、「始安の秋日」詩や「逍遥楼に登る」詩などを作っている。盛唐以降になると、温和な気候が詩人たちの関心を引き始め、杜甫の「楊五桂州譚に寄す」詩には、「五嶺は皆　炎熱なるも、人に宜しきは　独り桂林のみ。梅花　万里の外、雪片　一冬深し」という。実際、南宋の周去非『嶺外代答』四、広右風気の条には、「桂林の気候は江（江蘇）・浙（浙江）と頗る相い類す。…一日にして四時（四季）の気備わる」などとあり、桂林の気候はさながら温帯のようである。

桂林の特異な景観は中唐以降、関心を引き始める。韓愈は、長慶二年（八二二）、桂管観察使として桂林に赴く厳謨を見送る五律「送桂州厳大夫」（桂州の厳大夫を送る）のなかで名句を作った。

蒼蒼森八桂　　蒼蒼として　八桂森たり
茲地在湘南　　茲の地　湘南に在り
江作青羅帯　　江は青羅の帯を作し
山如碧玉簪　　山は碧玉の簪のごとし
戸多輸翠羽　　戸は多く翠羽を輸し
家自種黄甘　　家は自から黄甘を種う
遠勝登仙去　　遠く勝る　登仙し去るに
飛鸞不仮驂　　飛鸞　驂するを仮りざらん

—あなたの行く桂州は、八株の桂樹が鬱蒼と生い茂るところ、湘江の南に位置している。そこは澄んだ川（灕江）がまるで青いうす絹の帯のようにゆったりと蛇行し、緑の山々があたかも碧玉の簪のごとくそそりたつ。家々は翡翠の羽を賦税として上納し、どの家でも黄色いみかんを植えている。（桂州の地は）仙境に遊ぶよりもはるかにまさっており、鸞鳥に乗って昇天する必要はないであろう。—

頷聯の対句は、桂林の山水を描写する際、源泉的地位を持つ。南宋の朱晞顔「伏波巌」詩の「江波は蕩漾す（たゆたう）　青羅の帯、崖石は虚明（うつろで透明）なり　碧玉の環」、清の金武祥「遍く桂林の山岩に遊ぶ」詩の「玉簪　羅帯　路は縈紆（曲がりくねる）」、清の兪廷挙「桂林山水の歌」詩の「桂林の山水は天下に無し、青羅碧玉　色色殊なる（どれもこれも異なる）」など、青羅・碧玉は桂林の山水をなぞらえる恰好の比喩として定着してゆく。

晩唐の李商隠は、大中元年（八四七）、桂管観察使・鄭亜に従って桂林に至り、五律「桂林」詩を作った。その首聯には、狭い城を押しつぶさんばかりにそそり立つ四方の群峰と、大地のすべてを浮かべて流れゆく灕江を、簡潔な筆致で描いている。

城窄山将圧　　城窄くして　山　将に圧せんとし
江寛地共浮　　江寛くして　地　共に浮かぶ

北宋の黄庭堅は最晩年、宜州（桂林市の西南）に左遷される途中、桂林に立ち寄り、その奇観を七絶「到桂州」（桂州に到る）に詠む。

桂嶺環城如雁蕩　　桂嶺　城を環りて　雁蕩のごとし
平地蒼玉忽嶒峨　　平地の蒼玉　忽として嶒峨たり
李成不在郭熙死　　李成は在らず　郭熙も死す
奈此百嶂千峰何　　此の百嶂千峰を奈何せん

―桂州の峰々は城を取り巻いて、まるで（浙江省東南の名勝）雁蕩山のよう。峰々は、みな平地から突兀とそそりたつ蒼い玉そのもの。ただ残念なことに、このたたなわる奇峰の数々を見事に描きうる山水画家の名手、李成・郭熙は、もうこの世にはいないのだ。―

南宋の范成大は、知静江府・広西経略安撫使として桂林に赴任した経歴を持つ。彼の『桂海虞衡志』「巌洞を志す」の条にいう、「余嘗て評すらく、桂山の奇は、宜しく天下第一と為すべしと」と。さらに七絶「雪を喜びて桂人に示す」詩の後半に、

従今老杜詩猶信　　今より　老杜（杜甫）が詩猶お信ず
梅片飛時雪也飛　　梅片（梅花）飛ぶ時　雪も也た飛ぶ

と歌うのは、前掲の杜甫の詩「楊五桂州譚に寄す」を踏まえる。

特筆すべき名勝は、桂林市の中心部にそそり立つ「独秀山」（独秀峰）であろう。この名は、南朝宋の顔延之が始安郡の太守に左遷されていたころ、山下にあった石洞の中で読書し、かつ「未だ若かず　独り秀づる者の、郭邑（城壁で囲まれた街）の間に嵯峨たるを」と詠んだ詩句にちなむらしい（『太平寰宇記』一六二）。

大中九年（八五五）、桂管観察使として着任した張固は、七絶「独秀峰」を作り、その威容を次のように描写する。

孤峰不与衆山儔　　孤峰は　衆山と儔わず
直入青雲勢未休　　直ちに青雲に入りて　勢い未だ休まず
会得乾坤融結意　　会し得たり　乾坤　融結の意
擎天一柱在南州　　擎天の一柱　南州に在り

―この独立峰は周りの山々とは趣を異にし、まっすぐ青雲に突き刺さり、その勢いは止まるところを知らない。天と地を一つにつなぐ仕組みがようやく了解できた。天を擎える（八本の）柱の一つが、実はここ南の州に在ったのだ。―

後世、独秀山を「南天の一柱」と呼ぶのは、本詩に基づく。

清の袁枚「独秀峰」詩の一節にいう、「桂林の山形　奇なるもの八九、独秀峰は　尤も其の首に冠す。三百六級（の石段）其の　巓に登れば、一城の烟火（街中の炊煙）眼前に来る」と。

（丸井）

【伏波山・畳彩山・象鼻山・七星山】

桂林市は純度の高い石灰岩に広くおおわれ、その市街区だけでも、岩山が処々に点在し、カルスト地形特有の奇観を呈する。桂林の「四絶」（山青、水秀、洞奇、石美）のうち、洞奇と石美の二絶については、市街区でも十分堪能できる。

桂林市街を南下する灕江の西岸には、伏波山・畳彩山・象鼻山などがあり、東岸の七星公園内にも、駱駝山・普陀山などがある。いずれも、すっくと平地からそばだつ形状をなし、名だたる鍾乳洞を持つ。これらの岩山と鍾乳洞は、南宋の頃から詩に詠まれ始め、明清期、桂林を訪れる文人たちの好個の詩跡群となった。

市街の東部、灕江の西岸に臨む伏波山は、後漢の伏波将軍・馬援の祠廟が唐代、この山上に築かれたための命名とされ、麓には唐宋期の題刻に富む還珠洞（伏波巌）がある。南宋・朱晞顔の七律「伏波巌」の首聯には、神仙の開鑿と思える形状を歌う。

天斲神剜不記年　天斲り神剜りしも　年を記さず
洞中風景異塵寰　洞中の風景　塵寰（俗世間）に異なる

明・宗璽の七律「還珠洞に遊ぶ」にも、「軽舟　斜日　環珠（洞）を看るに、天より落ちし蓬・瀛（東海の仙島―蓬莱・瀛洲）世と殊なる」とあり、この世ならぬ仙界を連想する。

この伏波山から灕江の西岸を少し北へ遡ると、畳彩山（桂山）があり、風洞・木龍洞という有名な洞穴がある。風洞に刻まれた明の劉台の七絶「登畳彩山」（畳彩山に登る）の前半には、この岩山と洞穴の奇怪さを、やはりこの世ならぬもののごとく描く。

嵯峨怪石倚雲間　嵯峨たる怪石　雲間に倚り
洞鎖煙霞六月寒　洞は煙霞に鎖されて　六月寒し

―奇怪な岩山が高々と雲に迫り、鍾乳洞（風洞）には、靄や霧がたちこめて、六月（晩夏）というのに肌寒い。―

象鼻山（象山）と、南宋の范成大らの題刻がある麓の水月洞も、桂林に不可欠の景勝であろう。象鼻山は、前述の伏波山から灕江の西岸に沿ってやや南に下ったところにある。古くは灕山・沈水山といい、象が鼻を伸ばして灕江の水を吸っているように見えるため、象鼻山の名がついた。明・孔鏞の七絶「象鼻山」にいう。

象鼻分明飲玉河　象鼻　分明に玉河を飲む
西風一吸水応波　西風　一たび吸えば　水　応に波だつべし
青山自是饒奇骨　青山　自から是れ　奇骨饒し
白日相看不厭多　白日　相い看るも　多きを厭わず

―象の鼻は、明らかに碧玉のように澄んだ川の水を飲んでいる。西風のなかで吸い始めるや、水面はきっと波立つことだろう。この青き象鼻山は、もとより奇岩に富むので、（月夜ではなく）白日の下で何度眺めようとも、見飽きることはないのだ。―

また明末の瞿式耜の詩「密之（方以智）の『還珠・水月の諸洞に遊ぶ』に同ず〔唱和する〕」には、「古洞を尋ぬるが為に舟を牽いて去り、又た流光（ふりそそぐ月光下の灕江）を遡り　棹を撥して（船を雇って渡って）帰る」と歌う。

象鼻山の対岸にも岩山が並ぶ。普陀山の四峰と月牙山の三峰の点在するさまが北斗七星に似ているため、七星山と総称され、古くは弾丸山ともいう。月牙山の東南麓にある龍隠岩と龍隠洞は、摩崖石刻に富む。清・黄東昀の五言古詩「七星山に遊ぶ」の冒頭にいう、「北斗　列宿（連なる星々）懸かり、南天　七峰標し」と。

（丸井）

【灕江（桂江）・画山】

桂林の旅は、灕江（漓江）の舟下りを圧巻とする。『方輿勝覧』三八、灕水（灕江）の条によれば、「灕水・湘水の二水は皆、海陽山（海洋山。桂林市興安県内）に出でて源を分かち、南流すれば灕と為り、北流すれば湘と為る」という。灕江は西南方向に流れ、桂林市街を縦断して南下する。桂林市街から陽朔（【陽朔・碧蓮峰】の項参照）に至る八三キロメートルの行程を舟で下れば、桂林の「四絶」（山青、水秀、洞奇、石美）のうち、山青・水秀の景勝美を存分に味わえる。

灕江はまた、桂江・桂水ともいう。晩唐の曹松は、「桂江」詩の中で、めまぐるしく変化する両岸の奇峰の風景をこう歌う。

如飛似堕皆青壁　飛ぶがごとく堕つるに似たるは　皆青壁
画手不強元化強　画手も強らず　元化の強に

―飛ぶようでもあり、落ちるようでもあるのは、いずれも青い壁のごとき峰々、造物主が創った大自然の素晴らしさには、優れた画家でさえも敵わない。―

北宋末の李綱は、海南島に流される途中、桂林にもしばし足を止め、「桂林の道中」詩二首を詠んだ。其一にいう。

桂林山水久聞風　桂林の山水　久しく風に聞く
身世茫然堕此中　身世茫然として　此の中に堕つ

―桂林の山水の美しさについては、昔からその噂を聞いていた。人の運命とは分からぬもの。自分自身がこの地に流れ落ちてきたことに、ただ茫然とするばかりだ。―

明・兪安期は、七絶「初出灕江」（初めて灕江に出づ）詩の中で、灕江の舟下りを楽しむ心境を表白する。

桂楫軽舟下粤関　桂楫の軽舟もて　粤関を下る
誰言嶺外客行艱　誰か言う　嶺外　客行艱しと
高眠翻愛灕江路　高眠　翻って愛す　灕江の路
枕底濤声枕上山　枕底は濤声　枕上は山

―桂のかじで軽やかな小舟を操り、粤の地（広西）への門戸をくだりゆく。いったい誰が、嶺南の旅は辛いなどと言ったのだろう。舟の中にゆったり身を横たえながら、私は灕江の旅路をむしろ心ゆくまで楽しんでいる。枕の下には波の音、枕の上には美しい山。―

灕江沿いの数ある奇峰の中でも、画山はひときわ名高い。灕江の東岸、陽朔に至る途中にあり、『大清一統志』四六一、画山の条には、「陽朔県の北五十里に在り。江浜に九峰屹立し、丹崖蒼壁、之を望めば絵の如し」という。北宋の鄒浩は、徽宗の時に広西に流された。彼の七絶「画山三首」其三にいう。

掃成屏障幾千春　屏障を掃き成して　幾千の春ぞ
洗雨吹風転更明　雨に洗われ風に吹かれて　転た更に明らかなり
応是天工酔時筆　応に是れ　天工　酔時の筆なるべし
重重粉墨尚縦横　重重たる粉墨　尚お縦横たり

―絵屏風になって以来、どれほどの年月が過ぎたのであろう。雨風に曝されて、（多彩な模様は）更にくっきりとしてきた。（その瀟洒な趣は）きっと天帝が酔いに任せて描かれたものだろう。幾重にも白と黒の絵の具が施されて、今もなお雄々しく奔放である。―

画山の山肌には、九頭の馬が描かれているようだとされ、「九馬画山」とも呼ぶ。実際に九頭の馬を見当てることができれば、「状元」（科挙の首席合格者）になれる［能く九匹を看れば　状元の郎］、という民謡（看馬郎）が伝わっていた。

（丸井）

【陽朔・碧蓮峰】

桂林市陽朔県は、桂林市街から灕江（漓江）を舟で八三キロメートル南下したところにあり、単なる灕江下りの終着駅としてではなく、独立した有数の景勝地として知られてきた。「陽朔の山水は桂林に甲（第一）たり」という表現もあるほどである。碧蓮峰をはじめとする数々の奇峰がこの小さな町を取り囲み、旅人をして水墨画の中に迷い込んだような印象を覚えさせる。

桂州陽朔県出身の詩人に晩唐の曹鄴がいる。長い苦労の末、大中四年（八五〇）に進士科に及第した。登科のことを「桂を折る」ともいう。桂林に転居した後に作った七絶「陽朔の友人に寄す」詩には、都長安に赴いて自ら及第し、故郷のために月桂の種をまいて自分の後に続かせようとの思いをこめて、「我　月中に到りて　種を収め得て、君が為に　移して故園に向いて栽えん」と歌う。

曹鄴は正直な性格で、鋭い社会批判の詩を多く残した。その故居（陽朔県東北の龍頭山下）には、彼を慕う詩人が数多く訪れたようである。清・呉徳徴の七律「陽朔の形勝」の頸聯には、「曹公（鄴）の故宅に詩侶来り、神女の霊祠に祝巫（神官・巫女）走る」という。

陽朔の美しい景観は歴代、詩家の耳目を引きつけた。嶺南に流された北宋末の李綱は、「道陽朔山水尤奇絶、旧伝為天下第一、非虚語也、賦二絶句」（陽朔の山水　尤も奇絶なりと道い、旧と伝えて天下第一と為すは、虚語に非ざるなり、二絶句を賦す）詩其一には、麗しの地・陽朔を匆々に立ち去らねばならぬ身の上を嘆く。

渓山此地藹佳名　　渓山　此の地　佳名藹んなり
雨洗煙嵐分外青　　雨は煙嵐を洗って　分外に青し
却恨征鞍太匆遽　　却って恨む　征鞍　太だ匆遽たるを
無因一上万雲亭　　一たび万雲亭に上るに因無し

―山川の秀麗さは天下に名高く、雨が靄や霧を洗い流して、ことのほか青い。ただ残念なことに、私の旅程があまりにも慌ただしくて、万雲亭（灕江に望む展望の亭）に登ってみる手立てがないのだ。―

明の兪安期も「舟行して桂林自り昭州に至る　雑述六首」其五で、「怪姿　更に万端、異形　尽く群変す。紛紛たり　最も好き山、多く陽朔県に隷す」（奇怪な山容は一層変化に富み、群がる峰ごとに形態を異にする。素晴らしい名山は数多いが、その大半が陽朔県に属する）と、陽朔の秀逸な景観を讃える。

碧蓮峰は陽朔県城の東南部にあり、鑑山・芙蓉峰ともいい、東に灕江を俯瞰できる。峰の形が水面から出た蓮のつぼみに似ているための呼称らしい。ただしこれは明代の後期以降のことであり、碧蓮峰は本来、陽朔県城を取りまく諸山の総称であったようである。晩唐・五代の沈彬は、七絶「陽朔碧蓮峰」（陽朔の碧蓮峰）詩を作り、峰と県城とが一体となったその麗しさを歌う。

陶潜彭沢五株柳　　陶潜　彭沢　五株の柳
潘岳河陽一県花　　潘岳　河陽　一県の花
両処争如陽朔好　　両処　争でか陽朔の好きに如かんや
碧蓮峰裏住人家　　碧蓮峰裏　人家住む

―かつて彭沢県の令（知事）となった陶淵明は、自宅のそばに五株の柳を植え、潘岳は河陽県の令になると、県内にあまねく桃や李の樹を植えたという。その二つの美しい場所も、どうしてこの陽朔の素晴らしさに敵うだろうか。碧蓮の峰々に囲まれたなかに、人々の住まいがあるのだ。―

（丸井）

【霊渠・鬼門関】

霊渠は、桂林市街の東北約五〇キロメートルの、桂林市興安県内にある古代運河。全長約三四キロメートル、その所在地にちなんで興安渠・興安運河などとも呼ばれる。霊渠とは、霊河（灕江の水源）の渠（水路）の意。秦の始皇帝の時に開鑿されたため、秦鑿渠・秦渠ともいう。

南嶺（五嶺）の西端、越城嶺の南にある、興安県城付近の分水嶺の東西には、北流して洞庭湖へ注ぐ湘江の上流と、南流して桂林を縦断する灕江の上流があった。始皇帝は嶺南の異民族を討伐する軍隊および物資の輸送を目的に、この両河川をつなぐ運河の建設を御史監の史禄に命じ、紀元前二一五年ごろに完成した。湘江の上流（海洋江［河］）の豊かな水を、興安県城東南の分水塘でせきとめて、北と南の水路に分流させ、北渠は湘江へ、南渠は灕江へとそそがせた。唐の宝暦元年（八二五）、桂管観察使・李渤は、新たに十八の斗門（水量を調節する門）を新設して舟を通し、咸通九年（八六八）には、桂管観察使・魚孟威が、分流点と十八の斗門を補強して、大船の通行を可能にした。かくして長江—洞庭湖—湘江—霊渠（北渠・南渠）—灕江—西江（珠江）というルートが発達し、嶺南の経済と文化の発展に大きく寄与したのである。

しかし霊渠の詩跡化は、かなり遅れたらしい。明初の楊基は、興安県の分水嶺付近を通過した際に、「路は猺洞（ヤオ族の居住地）を経て　諸峰直く、泉は灕江に入りて　両派分かる」（「興安の道中」詩）と詠んだ。明・魯鐸の七絶「分水嶺」の前半にもこう歌う。

一道原泉却両支　一道（一筋の）の原泉　却って両支
右為湘水左為灕　右は湘水と為り　左は灕（水）と為る

霊渠そのものを詠み込んだ詩も、近世以降に多く現れた。明初・解縉の「興安渠」詩には、次のように歌う。

石渠南北引湘灕　石渠は　南北に湘・灕を引き
分水塘深下作堤　分水塘は深くして　下　堤を作す
若是秦人多二紀　若し是れ秦人　二紀多ければ
錦帆直是到天涯　錦帆　直ちに是れ天涯に到らん

—石造りの運河は、北は湘江へ、南は灕江へと水を導き、（北渠と南渠に分水する直前の）分水塘の水深は深く、下方には（分水の）堤防（大天平・小天平）が造られている。もし秦の時代がさらに二十四年ほど長ければ、秦の皇帝が乗る豪華な錦の帆船は、（この運河を利用して）まっすぐ天の果ての地に及んだであろう。—

同じ明の兪安期の七絶「舟経秦渠即景作」（舟にて秦渠を経　即景の作）にも、当時の霊渠付近の情景、特に山間を曲折する運河と通過時間の長さを、次のように描写する。

秦渠曲曲学三巴　秦渠は曲曲として　三巴を学び
離立千峰挿地斜　離立せる千峰　地を挿して斜めなり
宛転中間穿水去　宛転たる中間に　水を穿ち去り
孤舟長繞碧蓮花　孤舟　長く繞る　碧蓮花

—秦渠（霊渠）は、巴の江（嘉陵江）のようにくねくねと曲がり、連なりそびえる多くの峰々は、斜めに傾きながら地面につき刺さっているかのよう。ゆるやかに曲がりくねる峰の間の水路を縫うように進めば、（私の乗る）一艘の小舟は、いつまでも碧の蓮の花のような山々の中をめぐり続ける。—

霊渠は「陡河」（斗門のある運河の意。「陡」は「斗」に通じる）とも呼ばれる。この名称は、永福県（桂林市西部）出身の李熙垣の

「幾日 飛帆（船足の速い帆船） 陸河に滞り、一重の水は 尽く一重の波なり」（「陡河」詩）など、清代の人の詩句によく現れる。広西布政使・張祥河も「陡河」詩の中でこう描写する。

極望陡門三十六　望を極むれば　陡門は三十六
海洋山引一源清　海洋山は一源の清きを引く

―遠く眺め渡せば、三十六の斗門が並ぶ。海洋山（興安県城の南）から涌き出た清らかな水が（運河用水として）引かれている。―

斗門は、すでに唐代の十八から（宋以降の）三十六に増えていた。清の文豪・袁枚は、七絶「興安」詩の中で、灕江を遡って、流れがゆるやかで清冽な霊渠に入りゆく船旅を、次のように詠む。

江到興安水最清　江は興安に到りて　水最も清く
青山簇簇水中生　青山簇簇として　水中に生ず
分明看見青山頂　分明に看見す　青山の頂を
船在青山頂上行　船は青山の頂上に在りて行く

―川は興安県付近に到ると水が最も澄み、青い山並みが簇がるように水中に生まれてくる。くっきりと水面に映る青山の頂、その頂の上を、（私を乗せた）船はゆるゆると進みゆく。―

鬼門関は、唐代の容州北流県（現・広西チワン族自治区玉林市東北部の北流市）の南にあった関所。鬼門とは元来、冥界に通じて「鬼」（亡霊）の出入りする「門」（入口）の意。鬼門関とは二度と帰れぬ地獄への門を示唆した。『太平寰宇記』一六七、鬼門関の条には、「北流県の南三十里に在り。両石有りて相い対し、其の間 闊さ三十余歩、俗に『鬼門関』と号す」とあり、後漢の馬援が林邑（現・ベトナム域内にあった国）を討つ時ここを通り、また晋の頃も人々が交趾（現・ハノイ）へ赴く時にはみなこの関所を通ったという。記載は、さらに「其の南は尤も瘴癘多く、去く者は生還を得ること罕なり。諺に曰く『鬼門関は、十人去きて、九還らず』」と続く。

初唐の宮廷詩人・沈佺期は、武后の寵臣・張兄弟におもねったかど等で、中宗が復位した神龍元年（七〇五）、驩州（現・ベトナム域内）へ左遷された。その途次、「鬼門関に入る」詩を作る。その前半に、「昔伝う 瘴江の路、今到る 鬼門の関。土地に人の老いる無く、流移せられて幾客か還る。京洛に別れし自従り、頽鬢と衰顔と」（昔から伝え聞く、瘴気［毒熱の気］のみなぎる水路を通って、恐ろしい名の「鬼門関」に着いた。土地には［みな夭折して］老人がおらず、ここを通って流された者のうち、はたして幾人が生還できるのだろうか。洛陽を離れて以降、鬢の毛は白くなり、容貌もやつれてしまった）と歌う。

また、中唐の徳宗の時の宰相・楊炎は、両税法の施行でも知られるが、建中二年（七八一）崖州（現・海南省）司馬に左遷される途中で死を賜った。配流の途上で詠んだ五絶「流崖州、至鬼門関作」（崖州に流され、鬼門関に至りて作る）にいう。

一去一万里　一たび去ること　一万里
千知千不還　千たび知る　千たび還らざるを
崖州何処在　崖州は　何れの処にか在る
生度鬼門関　生きて度る　鬼門関

―ひとたび都から万里のかなたへ流されることになり、二度と生還できないことは百も承知だ。配所の崖州は一体どこにあるのだろう。鬼門という名の恐ろしい関所をいま、生きながら通り過ぎる。―

本詩は一説に好事家の擬託ともされ、前掲の『太平寰宇記』には同じく崖州に流された宰相・李徳裕の作として見える。

（丸井）

【柳州・羅池廟（柳侯祠）】

柳州は、広西チワン族自治区の中部北寄り、桂林市の西南に隣接する。柳州市の街中を柳江が蛇行しながら東流する。当地は、南朝梁・陳の間に桂林郡から分かれ、馬平郡が置かれたが、隋代には一度廃された。唐初の武徳五年に昆州が置かれ、貞観八年（六三四）には柳州と改められた。以後、この呼称が歴代ほぼ踏襲される（『大清一統志』四六二）。

柳州は種々の異民族が雑居する土地であり、流罪地としてのイメージは桂林よりも強かったであろう。こうした僻遠の地が詩跡化するためには、かつてこの地に流されて没した中唐の文豪・柳宗元の存在が、重要な役割を果たしている。

柳宗元は二一歳の若さで進士科に及第したのち、永貞元年（八〇五）、順宗が即位すると、宰相の王叔文らが主導した政治改革に参画したが、宦官らの反発に遭い、順宗は半年あまりで退位した。続く憲宗の即位とともに、王叔文は失脚し、改革派は流罪となり、柳宗元も永州（現・湖南省）の司馬に貶され、そこで約十年の歳月を過ごした。元和十年（八一五）、四三歳のとき、ようやく長安に呼びもどされたが、一月後にはさらに遠い柳州の刺史（州知事）に転出し、四年後の元和十四年、四七歳で当地で病没した。

柳宗元が柳州に着任してまもない頃、七律「登柳州城楼、寄漳汀封連四州」（柳州の城楼［城壁上の高楼］に登りて、漳・汀・封・連の四州に寄す）詩を作る。「漳・汀・封・連の四州」とは、柳宗元と同じく、王叔文派として連座した漳州刺史の韓泰、汀州刺史の韓曄、封州刺史の陳諫、そして連州刺史の劉禹錫を指し、漳州と汀州は現在の福建省に、封州と連州は現在の広東省に位置した。

城上高楼接大荒　　城上の高楼　大荒に接し
海天愁思正茫茫　　海天　愁思　正に茫茫たり
驚風乱颭芙蓉水　　驚風　乱りに颭かす　芙蓉の水
密雨斜侵薜荔牆　　密雨　斜めに侵す　薜荔の牆
嶺樹重遮千里目　　嶺樹は重なりて　千里の目を遮り
江流曲似九迴腸　　江流は曲がりて　九迴の腸に似たり
共来百粤文身地　　共に来る　百粤　文身の地
猶自音書滞一郷　　猶自　音書　一郷に滞る

―城壁の上にそびえる高楼の眺めは、遠く世界の果てまで連なり、ここ辺境の大空のもと、我が心の愁いは茫々とはてしなく広がる。ふいに起こった強風は、蓮の花咲く堀の水をざわざわと波立たせ、降りしきる驟雨が、つたに蔽われた城壁に横なぐりに注ぎかかる。峰々に茂る樹々は重なり合って、はるか遠くを眺めやる私の視界を遮り、城下を流れる柳江は曲がりくねって、（深い悲しみのために一日に）何度もねじれる私の腸のようだ。我々は一緒に、刺青の風習をもつ南方の異民族たちが住む未開の地に来ていながら、安否を気遣う手紙も、それぞれの土地に差し止められて通じないのだ。―

亜熱帯特有の荒々しい風土もまた、柳宗元の心を苛んだ。七言古詩「寄韋珩」（韋珩に寄す）の前半は、友人に見送られながら都をあとにし、ひとり柳州に到るまでの道中の様子を描く。次のくだりは嶺南独特の不気味な風物を活写してあますところがない。

桂州西南又千里　　桂州の西南　又た千里
灕水闘石麻蘭高　　灕水　石と闘い　麻蘭高し
陰森野葛交蔽日　　陰森たる野葛　交ごも日を蔽い

懸蛇結虺如葡萄　　蛇懸かり虺結びて　葡萄のごとし

—柳州は桂州（桂林）の西南をさらに千里行ったところ、灘水が岩を噛んで激しく流れ、麻蘭山が高く聳える。鬱蒼と生い茂る野生の蔓草が絡みあって南国の強い日差しを遮り、蛇やまむしがまるで葡萄の房のようにぶらさがっている。—

また七律「柳州の峒氓」詩は、峒氓（山間で穴居生活を営む原住民）を詠むが、その尾聯には、彼らとの意思の疎通に苦しむ柳宗元自身の投げやりな心境を、「公庭に向いて問うに訳を重ぬるを愁い、章甫を投じて文身と作らんと欲す」（役所で彼らと問答するには、複数の通訳を介さねばならないのが面倒だ。いっそ長官の冠など投げ捨てて、刺青をして彼らの中にとびこみたい）と表白する。五律「種柳戯題」（柳を種えて戯れに題す［作詩する］）にも、州知事としての自責の念を吐露している。

柳州柳刺史　　柳州の　柳刺史
種柳柳江辺　　柳を種う　柳江の辺
談笑為故事　　談笑　故事と為り
推移成昔年　　推移　昔年と成る
垂陰当覆地　　陰を垂れて　当に地を覆うべく
聳幹会参天　　幹を聳やかして　会ず天に参るべし
好作思人樹　　好しく人を思うの樹と作るべし
慚無恵化伝　　慚づらくは　恵化の伝うる無きを

—柳州の柳知事が、柳の苗木を柳江のほとりに植える。このことはやがて人々の談笑の昔話となり、時間が推移するにつれて往時の史跡となろう。この柳の木は、いずれ地面をおおうほどに濃い陰を落とし、高々と幹を聳やかして、きっと天に届くであろう。（善政を布いた西周の召伯ゆかりの甘棠のように）、それを見てゆかりの人を偲ぶ樹に育ってほしい。ただ私自身が（州知事となりながら）後世に伝えるべき、仁愛に満ちた徳政と教化のないことが悔やまれてならないのだ。—

しかし柳宗元は、柳州刺史に着任後、民政に尽力し、柳州の人々からも慕われていた。このことは、友人・韓愈の「柳州羅池廟の碑」などからも窺われる。

柳宗元の死後三年目の長慶二年（八二二）、当地の人々は、彼が好んで散策した池「羅池」のほとりに、彼の魂を祀る廟を建てた。韓愈の前掲の碑文によれば、柳宗元は晩年、部下たちと飲みながら、「吾　時に棄てられて、此に寄り、若等と好し。明年　吾将に死せんとす。死して神と為らん。後三年に、廟を為りて我を祀れ」と言った。この予言どおりに没し、三年後には、再びかつての部下の夢枕に立ち、「我を羅池に館まわせよ」と告げたという。

羅池廟は現・柳州市の柳侯公園内にある「柳侯祠」の前身にあたる。明・解縉の七絶「羅池廟」には、蕭条たる廟のありさまを悲しみながら、非運の柳宗元（字は子厚）を偲ぶ。

子厚文章邁漢唐　　子厚の文章　漢・唐に邁ぐるも
可憐祠宇半荒涼　　憐れむべし　祠宇は　半ば荒涼たり
羅池水涸荷応敗　　羅池の水は涸れ　荷は応に敗るべし
惟有穹碑照夕陽　　惟だ穹碑の　夕陽に照らさるる有るのみ

—柳宗元の文学は漢代や唐代のそれを凌ぐが、残念なことに祠廟は半ば荒れた状態になっている。羅池の水も涸れているので、蓮の葉も朽ちてしまうだろう。ただ韓愈の文が記された大きな石碑だけが、夕日に紅く照らされている。—

（丸井）

【昆明・滇池】

昆明市は、中国西南端に位置する雲南省の省都。標高約一九〇〇メートルの高原にあり、一年を通じて春のような気候であるため、「春城」の愛称を持つ。また滇池とは、昆明市の西南郊外に広がる大きな淡水湖で、昆明池・昆明湖ともいう。遠く戦国・楚の将軍だった荘蹻が当地一帯に滇国を建て、漢代には益州郡が置かれ、滇池県を治所とした。隋初と唐初に「昆州」の名が一時用いられたが、唐の天宝年間の末以降、南詔の蒙氏が割拠し、宋代には段氏の大理国に属した。元朝が雲南一帯を征服すると、昆明県を治所とし、明・清二代もこれを襲い、雲南府の首府となる（『大清一統志』四七六等）。

古来、雲南は多くの少数民族が雑居する土地であり、昆明も滇も元来、当地に住む部族（西南夷）の名であった。明・清の頃になると、漢族が多く移住もしくは謫居して、急速に漢化が進んだ。かくして明代以降、昆明や滇池を詠んだ詩が多くなる。

明の楊慎は、嘉靖三年（一五二四）、三七歳のとき、世宗の逆鱗に触れて雲南に左遷された。以後赦されることなく、約三五年に及ぶ後半生を当地で過ごして没した。雲南の山水・風物を詩跡として定着させた楊慎の役割は、まことに大きい。たとえば彼の「滇海曲」（滇海［滇池］の曲）十二首は、昆明を中心とする雲南の歴史や伝説、風土や人情をさまざまに歌う七言絶句の組詩。其十は、「春城」昆明の穏やかな風光を歌う作として知られる。

蘋香波暖泛雲津　　蘋香しく　波暖かにして　雲津に泛べば
漁枻樵歌曲水浜　　漁枻樵歌す　曲水の浜
天気常如二三月　　天気は　常に二三月のごとく
花枝不断四時春　　花枝断えずして　四時春なり

―雲津橋から船に乗って滇池に浮かべば、浮き草が芳しくにおい、水面は暖かく波立つ。入り組んだ水辺には、梶を鳴らしてこぎゆく漁師の歌や、木こりの歌声が響きわたる。天候はいつも二月（仲春）か三月（晩春）のようであり、木の枝には断えず花が咲いて、年じゅう春の陽気である。―

楊慎は、自ら「昆明池水　三百里、汀花　海藻　十洲連なる」（「滇海曲」其八）と歌った滇池の、西北岸に臨む高嶢山の麓に別荘を営み（『大清一統志』四七六、高嶢山）、ここで著述や講学にも励んだ。

楊慎と交遊した李元陽の七律「高嶢にて舟を泛ぶ」詩には、三十年ぶりに昆明を訪れたときに見た滇池の美景を、「山色　湖（滇池）に満ちて　能く酔わざらんや、荷香（蓮の花の香り）十里　登仙せんと欲す（天にも昇るような気分）」と詠む。

楊慎にはまた、昆明市の市花「雲南山茶」を歌った七絶「山茶花」（山茶の花）詩もある。山茶はツバキの一種で、寒椿の類いである。

緑葉紅英闘雪開　　緑葉　紅英（紅い花）　雪と闘いて開き
黄蜂粉蝶不曾来　　黄蜂　粉蝶（白い蝶）　曾て来らず
海辺珠樹無顔色　　海辺の珠樹（玉樹）　顔色無く
羞把瓊枝照玉台　　瓊枝を把って　玉台を照らすを羞づ

後半は花の美しさを讃える。雪化粧した木々（玉樹）も、美しい鏡台の鏡（滇池）に自分の姿を映すのを羞じ入らせるほどだ、と。

明末清初の担当（釈普荷）の詩「山茶の花」にもいう、「冷艶　春を争い　爛然たるを喜ぶ、山茶　譜を按ずるに　滇に甲たり」（清らかで艶やかな花が、春に先駆けて燦然と輝くのが好もしい。山茶は、四季の花々を記す花譜を見てみるに、滇［雲南］第一である）と。

（丸井）

【玉案山・太華寺】

玉案山は、昆明市の西北郊外に位置する。『大清一統志』四七六、玉案山の条に「山上に石棋盤有り。又た棋盤山と名づく」とあり、現在では「棋盤山」のほうが正規の呼称とされる。山上の石の碁盤は、仙人が碁を打った処と伝える。唐の僧・道南が玉案山を詠んだ詩中の、「一局の仙碁に蒼石爛たり（一局の囲碁に、蒼い岩も風化した）、数声長嘯す（天へ登る仙人の長く嘯く声が数声こだました）白雲の間」（明・謝肇淛『滇略』二）は、この伝説を踏まえる。

玉案山中には、元代の創建とされる筇竹寺があり、雲南では最も古い仏寺の一つとされる。元・郭松年の七律「筇竹寺の壁に題す」詩の前半には、初めて目にした昆明の風光を、驚きをこめて描く。

南来作使駐征鞍　南来して使いと作り　征鞍を駐む
風景還驚入画看　風景　還た驚く　画に入りて看るに
梵宇雲埋筇竹老　梵宇の雲は　筇竹を埋めて老いしめ
滇池霜浸碧鶏寒　滇池の霜は　碧鶏を浸して寒からしむ

—使者として南の昆明に来て馬を繋げば、景色が思いがけず絵の中のように美しいのに驚く。寺院に漂う雲は、筇竹の茂る（筇竹）寺をおおって衰微させ、滇池にみなぎる霜の気は、（滇池の西畔にある）碧鶏（山）の足〔麓〕を浸してこごえさせている。—

明の楊慎は、嘉靖三年（一五二四）、雲南の地に流され、そのまま当地で一生を終えた。召還されないまま、三年を経たある日、玉案山を訪れて「筇竹寺」詩を作り、自らの不遇をかこった、「自ら憐れむ　遷播の客（配流の客）の、一たび往きて已に三年なるを」と。

太華寺は、滇池の西岸に臨む連峰（碧鶏山〔西山〕）の一つ、太華山の山上にあり、「西山風景名勝区」の北部に位置する。『大清一統志』四七六、太華寺の条には、「滇池を俯瞰す。其の内に碧蓮方丈及び一碧万頃楼有り」という。明の郭文は、地元昆明の処士で、楊慎からその詩才を讃えられた。彼の五律「登太華蘭若」（太華〔山〕の蘭若〔寺院〕に登る）詩の中央二聯には、滇池の岸辺で舟から降り、夕陽に染まる秋の山寺に向かう情景をこう詠む。

捨舟事幽探　舟を捨てて　幽探を事とし
路入泉声裏　路は　泉声の裏に入る
風伝隔樹鐘　風は伝う　樹を隔つる鐘
葉響登山屐　葉は響く　山に登る屐

—舟を降りて奥深い自然を探訪しようと思い、進みゆく路は、せせらぎの音の中に入りゆく。寺の鐘の音が風に乗って木立越しに聞こえ、乾いた落葉が山を登りゆく私の足もとで音を立てる。—

楊慎の詩友・張含は、「太華寺の一碧万頃楼」詩の前半でこう歌う（楼の名は、広大な碧の滇池〔滇海〕を俯瞰できるための命名）。

滇国地形惟此最　滇国の地形　惟だ此のみ最たり
青霄楼閣迥招提　青霄の楼閣　招提に迥し
山囲雉堞籠金馬　山は雉堞を囲らせて　金馬を籠め
海撼龍宮浴碧鶏　海は龍宮を撼がせて　碧鶏を浴せしむ

—雲南の地勢のなかで、ここ太華山だけは最もよく、青天を摩する楼閣が、高々と仏寺の上に立つ。山は城廓を繞らせて金馬（滇池東畔の山名にかける）を閉じ込め、海（湖水）は龍宮を揺らせて、碧鶏（滇池西畔の山名にかける）に水浴びをさせる。—

太華寺は以後、詩跡として詠まれ続け、清の銭灃「太華寺に宿る」詩などが伝わる。

【洱海・点蒼山】

（丸井）

洱海は、雲南省の西北部、大理市の北郊に横たわる大きな淡水湖。古来、西洱河・洱水とも呼ばれ、「中に三島・四洲・九曲の勝（景勝）有り」（『大清一統志』四七八）という（洱海は明代以後の呼称）。その「形　人の耳の如き」（『大明一統志』八六）汪洋たる湖水は、巍峨たる蒼山（後述）の威容とともに、大理の景観を決定づけている。

大理は唐宋期、南詔国・大理国の都城となったが、元朝による征服後は中国の版図に帰した。元の述律杰は、雲南方面を統括する元帥で文才にも恵まれ、「西洱河」詩を残している。その詩の前半は、洱海の名勝を織り込んで歌われる。

洱水何雄壮　　洱水　何ぞ雄壮たる
源流自鄧川　　源流は　鄧川よりす
両関龍首尾　　両関は　龍の首尾にして
九曲勢蜿蜒　　九曲は　勢い蜿蜒たり
大理城池固　　大理　城池固く
金湯鉄石堅　　金湯　鉄石堅し
四洲従古号　　四洲　古えより号し
三島至今伝　　三島　今に至りて伝う

―洱海は何と雄大な湖であろう。北岸の鄧川（州）から流れくる。上関（洱海北岸の地名）と下関（洱海南岸の地名）は、さながら龍の頭と尾にあたり、名にし負う九つの曲は、うねうねと岸辺をはうように連なる。大理（路）は堅固な城壁と濠を持ち、まさしく「金城湯池」「鉄壁の守り」の名にふさわしい。四洲・三島の景勝地も、昔から今にその名を伝えている。―

また明の李元陽「洱水に泛ぶ」詩にいう、「澄明　万象麗しく、照耀す　金銀の宮。中流に棹謳発り、心は境と与に融く」（澄みわたる湖面に森羅万象が美しく映り、金銀の仙島（三島）が照り輝く。湖中に舟歌が起こって、心は景色と融けあって一体になる）と。

点蒼山は、大理市の西北部を南北に縦断する山の名。海抜四一二二、十九の峰からなり、「蒼翠たること玉の如し」（『大清一統志』四七八）と讃えられた。蒼山ともいう。

明の楊士雲は大理出身で、給事中などを務めたのち帰郷した。その詩「仰斎が『趙州（現・大理市鳳儀鎮）の道中にて点蒼山を望む』の韻に奉和す」は、仙山を思わせる険峻な風貌から歌い起こす。

蒼蒼十九峰　　蒼蒼たり　十九の峰
壁立接天路　　壁立して　天路に接す

また明末清初の担当（釈普荷）は、五絶「点蒼吟」（点蒼の吟）を作り、山名の連想を生かして、白から蒼へと移ろいゆく山容を描く。

十九尽撑天　　十九　尽く天を撑え
峰峰皆可憐　　峰峰　皆な憐れむべし
雪消多古意　　雪消えて　古意多し
一点一蒼然　　一点　一に蒼然たり

―十九の峰々が力を合わせて天空を支え、みなそれぞれに美しい。雪が消えて、本来の風情があふれだし、一点一点（一峰一峰）が、みな蒼々とした姿に立ち返るのだ。―

山中には十八渓があり、洱海へと注いだ。明・張含の五律「点蒼山」の尾聯には、滄浪水を思わせる清澄な十八の渓水を讃えて歌う。

十八渓中水　　十八　渓中の水
寒流可濯纓　　寒流　纓（冠のひも）を濯うべし

（丸井）

【海南島】

海南島は広東省の南の海上にあり、もと黎族・苗族（少数民族）の自治州として広東省に属していたが、一九八八年、海南省に昇格した。檳榔の木などに象徴される亜熱帯的風光は、今でこそ「東洋のハワイ」と呼ばれ、リゾート地としての開発も進むが、この島は古来、文字どおり「島流しの地」として知られ、中央の政争に敗れた文人政治家たちが、しばしばこの地に流された。

中唐の宰相であった李徳裕は、憲宗期の宰相・李吉甫の子で、貴族派高官の代表格であったが、科挙の出身者・牛僧孺の党派に属する白敏中との政争（牛李の党争）に敗れ、宣宗の大中元年（八四七）、潮州（現・広東省潮州市）司馬に左遷され、さらに翌年、崖州（現・海南省海口市瓊山区）司戸参軍へと貶された。

彼の七律「嶺南に謫遷せらるる道中にて作る」詩の前半には、流謫の途中で眼にした嶺南の異様な風物に対する恐れと左遷の憂いとが、こう歌われる、「嶺水争い分かれて　路転た迷い、桄榔　椰葉蛮渓に暗し。毒霧を衝かんことを愁えて　蛇草に逢い、沙虫の落ちしを畏れて　燕泥を避く」（嶺から流れ下る川は争うようにさまざまに分かれて、ますます道に迷ってしまう。南方の渓谷にはクロツグや椰子の葉が鬱蒼と生い茂って暗い。毒霧［瘴気］にあたることを心配して、かえって蛇の噛んだ毒草に逢い、沙虫（毒蛇の鱗の中に入り込む虫。人を刺せば三ヶ月で死に到らしめる）が落ちていることを恐れて、燕が落とした泥さえも避けて通る）と。

大中三年（八四九）正月、海南島の崖州に到った李徳裕は、七絶「登崖州城作」（崖州城に登りて作る）を作り、都長安に寄せる彼の激しい望郷の念を吐露している。同年の作（同年病没）。

独上高楼望帝京　独り高楼に上りて　帝京を望む
鳥飛猶是半年程　鳥飛ぶも　猶お是れ半年の程
青山似欲留人住　青山は人を留めて住せんと欲するに似たり
百匝千遭遶郡城　百匝千遭　郡城を遶る

—ただ一人、崖州城の高楼に登って、都の方を眺めやる。飛ぶ鳥でさえ半年もかかる、遠い彼方である。青い山並みは、まるで私をこの地に留め置きたいかのように、幾重にもぐるぐるとこの崖州城を取り巻いている。—

北宋の銭易撰『南部新書』己の条には、「李太尉（李徳裕）の崖州に在るや、郡に北亭子有り。これを望闕亭と謂う。太尉は登臨するごとに、未だ嘗て北睇して悲咽せずんばあらず」と述べた後に、本詩を引く。「望闕亭」とは、長安の城闕を望む亭の意であろう。ちなみに、海口市瓊山区には、李徳裕のほか、宋代の趙鼎・李光・胡詮・李綱ら、この地に流された五人を祀った「五公祠」がある。

また、北宋の蘇軾も最晩年、ここ海南島へ流されている。紹聖元年（一〇九四）、新法党を支持する哲宗が親政すると、同党の政治家が復活し、旧法党の首領の一人・蘇軾は、まず恵州（広東省）へ、ついで三年後の紹聖四年（一〇九七）には、海南島の儋州（＝昌化軍［軍は州と同格の行政区画］。現・儋州市中和鎮）に流罪となった。

蘇軾が瓊州（＝唐の崖州）から儋州へ移動する途中で詠んだ五言古詩「瓊・儋の間を行き、肩輿に坐睡す。夢中に句を得て云う、『千山　鱗甲を動かし、万谷　笙鐘酣なり』と。覚めて清風・急雨に遇い、戯れに此の数句を作る」には、地上の最果ての地理環境と引き起こされた絶望感をこう綴る、「四州　一島を環り、百洞　其の中に蟠る。我　西北の隅に行けば、月の半弓を度るが如し。高きに登りて中原を望めば、但だ積水の空しきを見るのみ。此の生　当に安くにか帰すべき、四顧すれば　真に途窮まる」（瓊州・儋州・崖州・万安州の四州が島の周囲をとりまき、多くの洞穴［のある五指山］がこの島［の中央］にとぐろを巻く。瓊州から島の西北隅にある儋州へは、［西に行き、南に折れて］半月の形に進み行く。高所に登って［大陸の］中原を眺めても、見えるのはただ大海原ばかり。我が一生はついにどこへと帰着するのだろう。四方を見渡しても、前途は全くふさがれている）と。

　しかし終生、楽観的な人生態度を保持し続けた蘇軾は、海南島にあっても、長く悲嘆に暮れることはなかった。七絶の組詩「被酒独行、偏至子雲威徽先覚四黎之舎三首」（酒を被りて独り行き、偏く子雲・威・徽・先覚の四黎［四人の黎族］の舎に至る　三首）は、原住民の友人たちとの交歓を描いた軽妙な作品であり、儋州での生活をむしろ楽しむ様子が描かれている。其一と其二を以下にあげる。

半醒半酔問諸黎　半ば醒め半ば酔うて　諸黎を問う
竹刺藤梢歩歩迷　竹刺　藤梢　歩歩に迷う
但尋牛矢覓帰路　但だ牛矢を尋ねて　帰路を覓めん
家在牛欄西復西　家は牛欄の　西復た西に在り

―ほろ酔い加減で黎族の友人たちの家を訪ねてまわる。鋭い竹の枝、長く伸びた藤づるに邪魔されて、一歩あるくごとに道に迷ってしまう。ただ、牛の糞をたどってゆけば、帰り道は分かるのだ。我が家は牛小屋の西隣りの、さらに西のほうにあるのだから。―

総角黎家三四童　総角　黎家の　三四童
口吹葱葉送迎翁　口に葱葉を吹いて　翁を送迎す
莫作天涯万里意　作す莫かれ　天涯　万里の意
渓辺自有舞雩風　渓辺　自から舞雩の風有り

―総角を結った黎族の子ども三、四人、葱の葉を鳴らして、私を送り迎えしてくれる。都から遠く万里、天の果てにある境涯を、もはや嘆くまい。谷川のほとりには、ほら、雨乞い祭りのとき舞いを踊る高台に、風が吹いているではないか。そこで涼んで歌いながら帰ろう（『論語』先進篇に見える曾点の抱負の語に基づく）。―

　北宋の元符三年（一一〇〇）、哲宗が没して徽宗が即位すると、蘇軾はようやく内地への帰還が許された。瓊州から対岸の雷州半島を遠望して作った七律「澄邁駅通潮閣二首」（澄邁駅［海口市の西南、澄邁県の宿駅］の通潮閣　二首）其二には、内地召還の知らせを受けた蘇軾の感慨が、淡々とした筆致で綴られている。

余生欲老海南村　余生　海南の村に老いんと欲せしに
帝遣巫陽招我魂　帝は　巫陽をして我が魂を招かしむ
杳杳天低鶻没処　杳杳として天低れ　鶻の没する処
青山一髪是中原　青山一髪　是れ中原

―余生をここ海南島の村里で送ることになろうと思っていたとき、天子さまが巫女に命じて、私の魂を呼びもどされて（内地に帰れることになった）。（通潮閣上から見渡せば）、遥か彼方、大空が低れこめ、はやぶさの姿が消え入るあたり、髪の毛一筋ほどに見えるあの青い山並みこそ、なつかしい中原につながる大地なのだ。―

　さらに瓊州と雷州とを隔てる瓊州海峡で詠まれた七律「六月二十日、夜　海を渡る」詩の尾聯にもいう、「南荒に九死するも［南の辺地での辛酸の日々を］吾は恨まず。茲の遊［今回の旅］の奇絶なること　平生に冠たり」と。詩人の達観ぶりが見て取られよう。

詩人小伝（時代順）

—曹操・陶淵明・謝霊運・謝朓・王勃・孟浩然・王昌齢・王維・
李白・杜甫・岑参・韓愈・白居易・柳宗元・杜牧・欧陽脩・
王安石・蘇軾・黄庭堅・陸游・元好問・高啓・李夢陽・王士禛—

丸井　憲　編

【曹操（一五五—二二〇）】

後漢末の軍人・政治家・文学者。字は孟徳、幼名は阿瞞。沛国譙（安徽省亳州市）の人。光和七年（一八四）、黄巾の乱が起こると、その討伐で名を挙げた。初平元年（一九〇）には袁紹を盟主とする反董卓連合軍に参加。翌年、董卓が呂布に暗殺されると、黄巾軍を討伐。建安元年（一九六）、後漢最後の天子・献帝を許昌に迎え入れ、同五年（二〇〇）には「官渡の戦い」で袁紹を破って華北に勢力を拡大した。同一三年（二〇八）には「赤壁の戦い」で呉・蜀の連合軍に敗れたが、同二一年（二一六）には魏王となった。同二五年（二二〇）、病のために洛陽で死去。魏の建国後、武帝を追謚された。

華北を平定し、鄴（河北省邯鄲市臨漳県）に都した曹操は、宮廷に多くの文人を集めた。その代表七名（孔融・陳琳・王粲・徐幹・阮瑀・応瑒・劉楨）を「鄴下の七子」または「建安の七子」と呼ぶ。彼の息子二人、曹丕・曹植も文才に恵まれ、父子三人を「三曹」と呼ぶ。曹操は音楽・書・囲碁など多方面に才能を発揮したが、文学を最も好み、戦陣にあっても経書を読み詩作を続けたという。

曹操の詩は二〇余首が現存するが、すべて五言・四言の楽府詩であり、時事を反映した作品の多いのが特徴である。董卓の乱を取り上げた「薤露行」、出征兵士の望郷の念を詠む「却東西門行」、乱世に生きる民衆の苦難を描く「蒿里行」などがその例。また「苦寒行」は反乱討伐の帰途、冬の山中で道に迷った兵士たちの苦難を詠じて悲愴深刻である。その他、「短歌行」や「亀雖寿」も、人生の短さを嘆きつつ、楽観的な態度を豪快に詠じて印象深い。

【陶淵明（三六五—四二七）】

東晋から南朝・宋にかけての文学者。字は元亮。一説に名は潜、字が淵明。江州尋陽郡柴桑県（江西省九江市九江県）の人。東晋の大司馬・陶侃の曾孫にあたり、母方の祖父は風流な「龍山落帽」の故事で知られる孟嘉であるが、門閥が重視される当時にあっては、父方・母方の双方が「寒門」と呼ばれる下級士族であった。

二九歳のころ、江州の祭酒（教育長）となり、三五歳ごろ江州刺史・桓玄幕下の属吏となったが、二年後には母の喪に服するために辞職。元興三年（四〇四）には鎮軍将軍・劉裕の参軍（幕僚）となったが、帝位簒奪をたくらむ劉裕の野心に気づいて、翌義熙元年（四〇五）に辞任。この年、四一歳の淵明は、彭沢（江西省九江市彭沢県）の令（長官）となったが、程氏に嫁いでいた妹が亡くなったのを理由に辞職し、郷里の農村に帰った。着任後八〇日余りのことである。一説には、このとき勤務先に訪れることになった視察官が同郷の若者であったため、「我れ五斗米の為に腰を折って郷里の小児に向かう能わず」と言って辞職したという（『宋書』隠逸伝など）。この時に作られたのが、有名な「帰去来の辞」である。東晋が滅びると、彼は節を守って次の宋王朝に仕えず、元嘉四年（四二七）、郷里で病没した。死後、「靖節」と謚された。また自伝の名から「五柳先生」とも呼ばれる。『陶淵明集』（『陶靖節集』）がある。

「飲酒二十首」や「園田の居に帰る五首」など、故郷の田園での自適の境地を歌った詩が特に有名。鍾嶸の『詩品』では「中品」とされたが、蕭統編『文選』に多くの作品が採られて、唐宋期の高い評価につながった。また、「桃花源記」の作者としても知られる。

【謝霊運】（三八五—四三三）

南朝・宋の詩人で、会稽郡始寧（浙江省上虞市付近）の人。原籍は陳郡陽夏（河南省）。祖父は東晋の名将・謝玄であり、霊運は、その父祖以来の爵位である康楽公を継いだため、後世、「謝康楽」とも呼ばれる。幼時は銭塘（杭州市）の杜明師の道観で養われ、その後、都・建康（南京市）の烏衣巷に移り住んだ。宋の武帝・劉裕のときに散騎常侍となったが、永初三年（四二二）、永嘉郡（浙江省温州市）の太守に左遷された。文帝・劉義隆は霊運の文才をこよなく愛し、秘書監、臨川内史などに任じたほか、晋史の編纂をも命じた。しかし政府の要職に就くことを強く希望していた霊運は、こうした処遇に不満を抱き、二度にわたって故郷・始寧に隠棲する。その傲慢な性格が災いし、のち広州に左遷され、元嘉十年（四三三）、ついに広州で「棄市」（公開処刑）された。『謝康楽集』がある。

謝霊運は、六朝随一の大貴族の家系に生まれて、自負心が甚だ強かった。また政治権力への野望を強く抱いていたが、結局志を得ぬまま、族弟の謝恵連らとともに始寧の荘園で豪遊して、憤懣を紛らわせた。下駄の前後の歯を自在に脱着できる「謝公屐」を発明し、登山の際にはそれを愛用したと伝える。この間に作られた詩は、随所に雕琢を施し、対句や典故を巧みに駆使して、山水の美を歌い上げた華麗なものが多く、後世、「山水詩の鼻祖」と仰がれる。ただ、詩の前半で写景の佳句を連ねた後、末尾にしばしばその美の背後にある自然の「理」に言及するなど、玄言詩の跡が依然として残る。

霊運はまた、みずから『金剛般若経』に注し、『弁宗論』を著すなど、仏教にも造詣が深かった。

【謝朓】（四六四—四九九）

南朝・斉の詩人で、字は玄暉、原籍は陳郡陽夏（河南省）。謝霊運と同族であり、霊運を「大謝」、朓を「小謝」と呼ぶ。永明年間（四八三—四九三）、竟陵王蕭子良の西邸での文会に参加し、沈約や王融・蕭衍らとともに「竟陵の八友」と呼ばれた。

建武二年（四九五）には宣城郡の太守に任ぜられた。現存する二百首あまりの多くが、宣城（安徽省）で作られたため、後世、「謝宣城」とも称された。官は尚書吏部郎にまで至ったが、始安王蕭遥光の擁立に同意しなかったため、遥光の怒りを買って獄死した。享年は三六。『謝宣城集』がある。

謝朓の山水詩に佳作が多いことは、同族の謝霊運と同様であるが、霊運詩のような玄言詩からの影響はほとんど見られず、みずみずしい思想感情の表出が細密な自然描写と一体化した、清新な詩風を確立した。また、声律を運用した新体詩「永明体」の開発にも貢献し、彼の作中、最も有名な「玉階怨」は、唐代絶句の先駆とも評される。五言詩にすぐれ、沈約は「二百年来、此の詩無し」と絶賛し（『南斉書』四七）、また南朝・梁の武帝（蕭衍）は、常々「謝（朓）の詩を読まざること三日なれば、即ち口の臭きを覚ゆ」（『太平広記』一九八所引『談藪』）と傾倒した。唐代の詩人への影響は大きく、とりわけ李白は謝朓を賞賛して、しばしばその詩中で言及する。

有名な詩句に「余霞散じて綺を成し、澄江静かにして練の如し」（「晩に三山に登り、還りて京邑を望む」）、「魚戯れて新荷動き、鳥散じて余花落つ」（「東田に遊ぶ」）、「夕殿　珠簾を下ろし、流螢飛んで復た息う」（「玉階怨」）などがある。

【王勃（六五〇？―六七六？）】

初唐の詩人で、字は子安。絳州龍門（山西省河津市）の人。隋の大儒・王通（文中子）の孫で、王通の弟・王績はその大叔父にあたる。六歳ごろから優れた文章を綴って神童の名をほしいままにし、未成年で科挙に及第、沛王李賢府の修撰（侍読）となった。しかし諸王間の闘鶏熱をあおる軽薄な檄文を書いて、高宗李治の逆鱗に触れ、免職となる。その後、蜀（四川省）を放浪し、しばらくして虢州（河南省霊宝市）の参軍となったが、罪を犯した官奴をかくまった後、露見を恐れてこれを殺害。この件が発覚して官位を剥奪され、これに連座した父の王福時も、交趾（ベトナムのハノイ付近）に左遷された。その父を見舞うため、王勃も交趾へと向かったが、南海を航行する船から落ちて溺死した。『王子安集』がある。

楊炯・盧照隣・駱賓王らとともに「初唐の四傑」と称され、斉梁以来の綺靡な詩風に異を唱え、詩文を宮廷から市井へ、台閣から江山へと開放し、唐詩の新風を打ち立てるうえで重要な役割を演じた。王勃の代表作に「杜少府の任に蜀川に之くを送る」（五律）、「蜀中の九日」（七絶）などがあり、前詩中の「海内に知己存すれば、天涯も比隣の若し」の対句は、ことに有名である。

また、交趾に左遷された父を訪ねる途中に作った「滕王閣」詩（七古）と「秋日　洪府の滕王閣に登りて餞別する序」は古来、絶唱とされてきた。滕王閣は、高祖・李淵の末子である滕王・李元嬰が、洪州（江西省南昌市）都督に在職中に建てた楼閣の名。その修復が済んだ上元二年（六七五）、洪州都督閻公の祝宴に招かれた王勃が、その席上で詠んだものという。

【孟浩然（六八九―七四〇）】

盛唐の詩人で、字も浩然。一説に名が浩、字が浩然ともいう。襄陽（湖北省襄陽市）の人。若い頃から郷里に近い鹿門山に隠棲し、時に長江流域を漫遊しながら、当時の士人らと広く交遊した。のち東都・洛陽へ出て仕官を求め、四十歳になると、長安に遊んで進士科を受けたが及第しなかった。しかしこの上京で、詩人としての名声が公卿らの間でとみに高まり、とりわけ張九齢・王維・王昌齢・李白らとの親交を深めた。

こんな逸話がある。ある日、孟浩然が、王維を金鑾殿に訪ねて文学を論じていたところへ、不意に玄宗がお出ましになった。寝台の下に隠れていた孟に向かって、玄宗が作詩を命じると、孟は「歳暮南山に帰る」詩を詠んだが、詩中の「不才にして明主に棄てられ」の句が、玄宗の不興を買ったという（『唐摭言』一一）。

開元二五年（七三七）、張九齢が荊州都督府の長史に左遷されると、孟も招かれてその幕僚となったが、張の引退を機に、まもなく郷里・襄陽へと帰った。開元二八年（七四〇）、王昌齢が左遷地から北に帰る途中、襄陽に立ち寄った。孟は背中の悪性のできものがなおりかけていたが、再会したうれしさに羽目を外してさわぎ、生ものに中ったため、容態が悪化して没した。『孟浩然集』がある。

その詩は特に自然描写に秀で、「春暁」（五絶）や「故人の荘に過る」（五律）などが有名。古来「沖澹の中にも壮逸の気有り」（明・胡震亨『唐音癸籤』五に引く「吟譜」）と評される。王維とともに「王孟」と呼ばれ、また中唐の韋応物・柳宗元を加えて「王孟韋柳」とも称される。

【王昌齢（六九〇？—七五六？）】

盛唐の詩人で、字は少伯。京兆（陝西省西安市）の人。原籍は太原（山西省）。開元一五年（七二七）の進士で、秘書省校書郎を授けられ、同二二年（七三四）には博学宏詞科に及第して、汜水（河南省）の県尉となった。素行が好くなかったため、のち江寧（江蘇省南京市）の丞に左遷され、最後は龍標（湖南省）の県尉に貶された。

天宝一四載（七五五）、安禄山の乱が勃発すると、昌齢は官を辞して故郷へ帰る途次、亳州（安徽省）に立ち寄り、当地の刺史・閭丘暁に憎まれて殺された。至徳二載（七五七）、宰相の張鎬が軍律を犯した閭丘暁を死刑に処する際、老親のために命乞いをする閭丘暁に対して、「では、王昌齢の親は誰が養えばよいのか」と怒ったという（『新唐書』二〇三、文芸伝下）。

昌齢は綿密で清新な詩を作って、「詩家の夫子、王江寧」と呼ばれ（『唐才子伝』二）、李白と並ぶ七言絶句の名手である。辺塞詩や閨怨詩、離別詩に佳作が多く、代表作に七絶の組詩「従軍行三首」、「閨怨」（七絶）、「芙蓉楼にて辛漸を送る」（七絶）があるほか、優れた五言古詩「田家即事」詩も残している。また詩論家としても知られ、『詩格』などの詩論書を著したが、早くに散佚。その一部が空海の『文鏡秘府論』に引かれている。『王昌齢集』がある。

昌齢は生前、多くの著名な盛唐詩人らと交遊した。開元二八年（七四〇）には襄陽（湖北省）に孟浩然を訪ね、同年、江寧に左遷される際には、岑参から詩を贈られた。また龍標に貶されたときには李白から詩を寄せられている。このほか高適・綦毋潜・李頎・王之渙・王維・儲光羲・常建らとも親交があった。

【王維（七〇一？—七六一）】

盛唐の詩人で、字は摩詰。蒲州（山西省永済市）の人。原籍は太原。李白の「詩仙」、杜甫の「詩聖」に対して、王維は「詩仏」と呼ばれる。これは彼が生前、仏教を篤く信奉したことにちなむ。字の摩詰も、名の維と合わせて「維摩詰」となるように意図したものである。仏教への帰依は母・崔氏の影響と妻の早逝によるという。

二一歳で進士に及第、太楽丞に任ぜられたが、一時、済州の司倉参軍に左遷された。開元二三年（七三五）、張九齢の抜擢で右拾遺となり、以後、中央でほぼ順調に出世する。天宝三載（七四四）、四四歳のころ、長安の東南郊外にあった宋之問の藍田別荘を購入して輞川荘を営み始め、「半官半隠」の生活に入った。同一四載に勃発した安禄山の乱の時には、反乱軍から偽官を授かったため、乱の平定後、その罪を問われたが、弟・王縉の嘆願により降職されただけで事なきを得た。のち官位は給事中から尚書右丞にまで至り、晩年はもっぱら仏道の修行に励んだという。『王右丞集』がある。

早熟の天才であり、詩文のみならず、水墨画を開拓して、後世「南宗画」の祖と仰がれ、また奏楽図を熟視しただけで「霓裳羽衣曲」の一節だと言いあてるなど、才能は書画・音楽など多方面に及んだ。詩の方面では十代から名を馳せ、南朝以来の写景詩を、立体的な構図の中に昇華させ、唐代山水詩の新境地を現出した。北宋の蘇軾はこうした境地を「詩中に画有り、画中に詩有り」と称える。友人の裴迪と詠んだ「輞川二十景」の五絶の連作は特に有名。辺塞詩や送別詩にも名作が多く、「使いして塞上に至る」（五律）や「元二の安西に使いするを送る」（七絶）などは、盛唐詩の精華とされる。

【李白】（七〇一―七六二）

盛唐の詩人で、字は太白。青蓮居士と号した。西域のオアシス都市（一説に砕葉〔キルギス共和国トクマク〕）に生まれ、五歳ごろ、家族ともども蜀の清廉郷（四川省江油市青蓮鎮）に移り住んだとされる。また、非漢族であった可能性が高いともいう。母が長庚星（金星〔宵の明星〕・太白星）を夢みて懐妊したため、その名を「白」とし、字を「太白」とした（李陽冰「草堂集序」）。十代に早くも詩才を発揮、司馬相如をも凌ぐと自負した。その一方で、任侠の徒と交わったり、隠者とともに峨眉山などに籠もったりした。

二五歳前後、蜀を離れて長江を下り、安陸（湖北省）に到ると、元宰相の許圉師の孫娘と結婚し、しばらくそこを拠点に各地を歴訪した。その後、山東の兗州に寓居し、孔巣父ら五人とともに徂徠山に隠棲して「竹渓の六逸」と号した。天宝元年（七四二）、四二歳のとき、李白は友人元丹丘の尽力で持盈法師（玄宗の妹）の推薦を得て上京し、翰林供奉となって玄宗に近侍した。賀知章から「謫仙人」と呼ばれたが、豪放な言動がたたって高力士や張垍らの讒言に遭い、二年ほどで長安を追われた。四四歳のとき、東都・洛陽付近で杜甫と初めて会い、その後、高適を加えた三人で梁・宋の地（河南省）を歴遊した。天宝一四載（七五五）、安禄山の乱が起こると、李白は翌年、永王・李璘の幕僚となる。しかし粛宗との仲違いから永王の軍は反乱軍と見なされ、永王は敗死。連座した李白も夜郎（貴州省）に流されることになったが、途中で恩赦に遭う。その後は金陵（南京）・宣城などを往来し、最後は当塗（安徽省）の県令・李陽冰の家で病没した。古体詩と七言絶句に傑作が多い。

【杜甫】（七一二―七七〇）

盛唐の詩人で、字は子美。東都・洛陽に近い鞏県（河南省）に生まれたが、原籍は襄陽（湖北省）。西晋の将軍で『春秋左氏伝』の注を著した杜預は遠祖にあたり、初唐の宮廷詩人・杜審言は祖父にあたる。「少陵の野老」などと号した。李白と共に、中国を代表する詩人。特に律詩や歌行体に傑作が多く、その現実を直視した詩風は、中唐の白居易らの「新楽府運動」の先駆けとなった。

玄宗の開元期、杜甫は呉越（江蘇・浙江）、斉趙（山東・河北）一帯を遊歴し、李白や高適らと親交を持った。その後、長安に出て、仕官を求めたがかなわず、天宝一四載（七五五）、ようやく右衛率府兵曹参軍に任ぜられたが、同年の冬、安禄山の乱が勃発。杜甫は新帝・粛宗のもとに参じようとして、反乱軍に捕らえられ、長安に軟禁された。至徳二載（七五七）、長安を脱出し、鳳翔にあった粛宗の行在所に赴いて左拾遺の官を授けられたが、罷免された前宰相・房琯を弁護して粛宗の怒りを買い、乾元元年（七五八）、華州の司功参軍に貶された。同二年（七五九）には免官となり、家族を連れ、安住の地を求めて秦州（甘粛省）に旅立ち、同年末に蜀の成都にたどり着く。上元年間（七六〇―七六一）、成都における生活は、親友・高適らの援助もあって、比較的平和であった。その後、蜀の内乱を避けて転居を繰り返す。剣南節度使・厳武の幕下では節度参謀・検校工部員外郎を拝命したが、厳武の急死などもあり、永泰元年（七六五）、成都を去って長江を下り始める。大暦年間（七六六―七七〇）、夔州（重慶市奉節県）、江陵（湖北省）、岳州（湖南省）を経て、同五年（七七〇）、潭州から岳州に向かう舟中で病没した。

【岑参】（七一五？―七七〇）

盛唐の詩人で、字は未詳。江陵（湖北省）の人。原籍は南陽（河南省）。太宗の時、宰相を務めた岑文本は曾祖父であり、また従祖父（祖父のいとこ）、伯父にも宰相経験者がいた。父の岑植は晋州の刺史となったが、岑参が一五歳以前に世を去った。以来、岑参は苦学し、天宝三載（七四四）、進士に及第。同八載（七四九）、安西節度使・高仙芝幕下の掌書記となる。同十載（七五一）、長安に戻ると、杜甫や高適らと親交を結んだ。同一三載（七五四）、安西・北庭節度使・封常清の判官となり、再び西域に従軍して見聞を深めた。二度にわたる西域体験は、王之渙・王昌齢・高適らと並ぶ辺塞詩人として名を馳せる契機を彼に与えた。

安禄山の乱が起こると帰京し、至徳二載（七五七）、杜甫らの推薦によって右補闕となる。その後、起居舎人、太子中允などを経て、永泰元年（七六五）、嘉州（四川省楽山市）の刺史となったが、蜀中の混乱のため、二年後の赴任となる。大暦三年（七六八）、官をやめて帰京しようとしたが、群盗に阻まれて果たせず、同五年（七七〇）、成都で客死した。『岑嘉州集』がある。

早年、南朝・梁の何遜を思わせる清麗な山水詩を作っていたが、中には「暮秋山行」（五古）などのように、後年「奇」をもって鳴る詩人の片鱗をのぞかせた作品もある。そして前後六年間に及ぶ西域生活の見聞は、彼を屈指の辺塞詩人へと成長させた。代表作に「白雪歌、送武判官帰京」、「走馬川行、奉送封大夫出師西征」、「輪台歌、奉送封大夫出師西征」などがあり、いずれも七言歌行の名作。なお、入蜀後は、再び山水詩に見るべきものが現れた。

【韓愈】（七六八―八二四）

中唐の文人で、字は退之。河陽（河南省孟州市）の人。原籍は昌黎（河北省）。三歳で父を失い、長兄の韓会の世話になる。韓会が左遷されると、これに従って嶺南の韶州（広東省）に下った。貞元八年（七九二）、二五歳で進士に及第したが、吏部試（採用試験）に落第。十年後、ようやく四門博士となる。貞元一九年（八〇三）の冬、監察御史へと進み、干ばつの惨状を上疏すると、かえって讒言に遭い、陽山（広東省）の令に左遷された。

のち中央政界に復帰して、河南の藩鎮・呉元済の征伐で功を立て、刑部侍郎に昇格。しかし元和一四年（八一九）、憲宗が仏舎利を宮中に迎え入れようとすると、「仏骨を論ずる表」を上奏して憲宗の怒りに触れ、潮州（広東省）の刺史に左遷された。憲宗の崩御後、国子祭酒へと進み、さらに京兆尹、兵部侍郎、吏部侍郎を歴任。没後に礼部尚書を追贈され、文と諡された。『昌黎先生集』がある。

韓愈は六朝以来の技巧本位、形式重視の四六駢儷文に反対し、秦漢までの自由で達意の文体、「古文」に復帰することを主張した。これに柳宗元が共鳴し、「古文復興運動」が起こった。「原道」「師説」「十二郎を祭る文」などは、韓愈の代表作であり、「唐宋八大家」の一人に数えられる。詩作においては、同時代の白居易に代表される平易・通俗の詩風に対して、硬質で散文的な語句を多く導入し、晦渋で難解な詩を作った。五古の組詩「秋懐詩十一首」や七古の「山石」「石鼓歌」などの名作のほか、晩年の近体詩にも見るべきものがある。また後進をよく導き、孟郊・賈島・張籍・王建・李賀ら、多くの詩人たちがその門下から輩出した。

【白居易（七七二―八四六）】

中唐の詩人で、字は楽天。香山居士・酔吟先生と号した。下邽（陝西省渭南市）の人。原籍は太原（山西省）。新鄭県（河南省鄭州市）で生まれる。少年の頃から刻苦して勉学し、二九歳で進士科に及第、三二歳で書判抜萃科に合格し、元稹とともに校書郎を授けられた。その後、翰林学士、左拾遺、太子左賛善大夫を歴任。元和十年（八一五）、四四歳のとき、宰相・武元衡を暗殺した犯人を捕らえるよう上奏したことが越権行為とされ、江州（江西省九江市）の司馬に左遷された。以後、中央の政争に巻き込まれぬように努め、自ら願い出て杭州や蘇州の刺史を歴任。一旦は長安に呼び戻されたが、二年後には洛陽に移り住み、太子賓客、太子少傅など、東都分司の閑職に就いた。この頃から仏教への帰依を深め、洛陽南郊の香山寺の僧らと親交を結んだ。七一歳のとき、刑部尚書で致仕（退官）し、七五歳で没した。自撰の『白氏文集』があり、現存する詩はおよそ二八〇〇首、唐代の詩人の中では最も多い。

楽天の詩は、大きく諷諭・閑適・感傷・律詩の四種に分けられ、江州左遷以前は専ら時世を鋭く批判した「新楽府」などの諷諭詩が多く、安史の乱に取材した「長恨歌」は、発表当時から人気を博した。左遷以後は、香炉峰の雪を詠じた閑適詩や、「琵琶行」などの感傷詩を多作した。彼の詩は平易・暢達を重んじ、文字の読めない老婆に読んで聞かせ、分からないところは平易な表現に改めたという（『冷斎夜話』一）。同志の元稹とともに「元白」と並称され、同時期の韓愈・孟郊らの詰屈・険怪な詩風と好対照を成した。生前から楽天の詩は日本に伝わり、平安朝文学に多大な影響を与えた。

【柳宗元（七七三―八一九）】

中唐の詩人で、字は子厚。原籍は河東（山西省永済市）、長安に生まれ育った。年少のころから神童の誉れ高く、二一歳で進士に及第。五年後には博学宏詞科にも合格して、集賢殿正字となる。藍田県の尉を経た後、長安に戻って監察御史裏行となり、韓愈や劉禹錫らと机を並べた。

永貞元年（八〇五）、三三歳のとき、病身の順宗を担いで政治改革をめざす王叔文・王伾らの一党に、劉禹錫らとともに加わったが、順宗が数か月で退位したため、王叔文らは失脚。これに連坐して、柳宗元も永州（湖南省）の司馬に左遷された。いわゆる「二王八司馬事件」である。十年後、一旦長安に召還されたが、再び柳州（広西チワン族自治区）の刺史に左遷され、地方行政の改革に尽力しながら、当地で没した。『柳河東集』がある。

宗元の詩は、おおむね左遷以後の作であり、不遇感を紛らわすため、特に永州では山川を訪ね歩いて詩を作り、自然詩人として名を高めた。盛唐の王維・孟浩然、中唐の韋応物とともに「王孟韋柳」と称される。代表作に「南澗中に題す」（五古）、「江雪」（五絶）、「漁翁」（七古）などがあるが、柳州時代の律詩にも見るべきものが多い。また「憫生賦」など、屈原の影響を受けた辞賦にも佳作がある。

散文では、ともに古文復興運動を展開した韓愈と併せて「韓柳」と称され、唐宋八大家の一人に数えられる。ただ思想面では禅宗をも包容し、韓愈とはやや立場を異にした。「封建論」などの政論のほか、「永州八記」などの山水遊記、「黔之驢」などの寓言故事にも優れる。

【杜牧（八〇三―八五二）】

晩唐の詩人で、字は牧之。京兆万年（陝西省西安市）の人。盛唐の「老杜」杜甫に対して「小杜」と呼ばれ、晩唐の李商隠と併せて「小李杜」とも呼ばれる。祖父の杜佑は、徳宗・順宗・憲宗の三代にわたって宰相を務め、『通典』の名著でも知られる。

大和二年（八二八）、二六歳で進士に及第し、有能な官僚として嘱望された。五年後の大和七年には、淮南節度使・牛僧孺の招きを受け、幕僚（節度推官・掌書記）として揚州（江蘇省）に赴く。揚州では、妓楼にしばしば入り浸り、夜ごと酒色に明け暮れたため、その身を心配した牛僧孺は、ひそかに兵士に命じて護衛させたという。

大和九年（八三五）、三三歳の若さで監察御史に抜擢され、長安に赴く。しかし開成二年（八三七）、弟・杜顗の眼病の悪化を見舞いに赴き、休暇の期限を超えたため、一旦免職となる。会昌年間（八四一―八四六）には、黄州（湖北省黄岡市）・池州（安徽省）・睦州（浙江省建徳市の東）の刺史（長官）を歴任した。この間、内政・軍事・外交に関する意見を上奏し、大いに採択された。

大中四年（八五〇）、弟一家などを養うため、収入の多い地方官を自ら願い出て、湖州（浙江省）の刺史となる。その後、長安で考功郎中・知制誥、中書舎人へと進んだが、晩年は長安南郊の樊川の別墅を修復して訪れ、同六年の歳末に没した。『樊川文集』がある。

杜牧には「感懐詩」などの長篇の古詩や「阿房宮の賦」などの賦作品もある。なかでも七言絶句は完成度が高く、「江南の春　絶句」「懐いを遣る」「山行」「清明」「烏江亭に題す」「赤壁」など、印象鮮明な描写に富み、懐古・詠史の名作が多い。

【欧陽脩（一〇〇七―一〇七二）】

北宋の政治家・文学者で、字は永叔。酔翁・六一居士と号した。吉州永豊（江西省）の人。四歳で父を失い、窮乏を極めたため、母が荻の枝で地面に字を書いて、読み書きを教えたという。仁宗の天聖八年（一〇三〇）、二四歳で進士に及第。翌年、西京（洛陽）留守推官となり、詩人の梅堯臣らと交わる。その後、入朝して館閣校勘に任ぜられるが、景祐三年（一〇三六）、范仲淹の左遷に抗議して、夷陵（湖北省宜昌市）の県令に貶された。康定元年（一〇四〇）、前職に復し、慶暦三年（一〇四三）には諫院に入り、知制誥などに進んで、范仲淹らとともに政治改革（慶暦の新政）を推し進めた。ところが二年後、范仲淹らの失脚に抗議して上書したため、再び中央政界を追われ、滁州（安徽省）の刺史に左遷された。

至和元年（一〇五四）、中央に戻ると、翰林学士・史館修撰などとなり、宋祁とともに『新唐書』を編んだ。嘉祐二年（一〇五七）には進士科の試験を主宰して、蘇軾・蘇轍兄弟や曾鞏らを抜擢。三年後には枢密副使となり、以後、参知政事、刑部尚書、兵部尚書などを歴任した。しかし神宗の煕寧二年（一〇六九）、王安石が新法を施行すると、その青苗法を批判。同四年には政界を引退し、潁州（安徽省）に住んだ。『欧陽文忠公集』などがある。

欧陽脩は、叙述・描写を重視する、質実剛健な宋詩の風を起こした。散文では、唐の韓愈の文集に触発され、古文復興運動を展開した。貶謫期に佳作が多く、詩では夷陵時代に詠んだ「戯れに元珍に答う」（七律）や、滁州時代の「豊楽亭遊春三首」（七絶組詩）、散文では「酔翁亭の記」や「豊楽亭の記」などが有名。

【王安石】（一〇二一―一〇八六）

北宋の政治家・文学者で、字は介甫、半山と号した。撫州臨川（江西省）の人。晩年、荊国公に封ぜられたため、王荊公とも呼ばれた。二二歳で進士に及第。地方官を歴任して、民衆の困苦を目の当たりにした。仁宗の嘉祐三年（一〇五八）、政治上の意見書（「仁宗皇帝に上りて事を言う書」）を上呈し、政治の刷新を訴えた。治平四年（一〇六七）、神宗が即位すると、江寧（南京市）の知府となり、ついで翰林学士へと進んだ。熙寧二年（一〇六九）には参知政事（副宰相）に抜擢され、制置三司条例司を設立して、「新法」と呼ばれる一連の急進的な政治改革に着手。翌年には同中書門下平章事（宰相）となって、この「新法」を全国的に推し進めた。これにより国家の財政は改善されたが、新法で利益を失う政商や大地主、保守派の官僚「旧法」党が激しく反対し、熙寧七年（一〇七四）、神宗はやむなく王安石を江寧知府に降職した。翌年、再び宰相になったが、同九年（一〇七六）、一人息子の夭折を機に宰相をやめて政界を引退し、江寧の鍾山の麓に隠棲して、詩文の制作や古典の研究に勤しみ、哲宗の元祐元年（一〇八六）に没した。『臨川先生文集』がある。

文章家としては前述の意見書のほか、「孟嘗君伝を読む」などの作品があり、唐宋八大家の一人に数えられる。

王安石の詩は、用語・構成ともに綿密に考えられており、巧みな典故を用いた、知的で端正な作風と評される。「船を瓜洲に泊す」（七絶）の転句「春風は自から江南の岸を緑にす」に見える「緑」の字は、初め「到」であったが、これを「過」に改め、ついで「入」「満」などに改めたのち、「緑」字に決定したという（『容斎続筆』八）。

【蘇軾】（一〇三六―一一〇一）

北宋の文学者で、字は子瞻。東坡居士と号した。眉州眉山（四川省）の人。蘇洵の子、蘇轍の兄であり、三人とも散文の大家として唐宋八大家に数えられる。なかでも蘇軾は、文・賦・詩・詞・書・画のいずれにも豊かな才能を発揮し、宋代で最も偉大な文人と仰がれる。仁宗の嘉祐二年（一〇五七）、欧陽脩が知貢挙（試験総監督官）のとき、弟の蘇轍とともに進士に及第。同六年（一〇六一）には鳳翔府（陝西省）の判官となる。

神宗が即位して王安石の「新法」が施行されると、蘇軾は「旧法」党の一味と見なされ、元豊二年（一〇七九）、朝廷を誹謗した詩が多いとして投獄され（烏台詩案）、厳しい審問の末、黄州（湖北省黄岡市）へ流罪となる。これが彼の文学の転換期となる。神宗が崩じ、「旧法」党の司馬光が宰相になると、蘇軾も中書舎人、翰林学士などの要職に就くが、哲宗の親政によって「新法」党が復活すると、恵州（広東省）、さらに儋州（海南省）へと左遷された。哲宗が崩じて三たび政局が変化し、許されて都へ向かう途中、常州（江蘇省）で六六歳の生涯を閉じた。『東坡七集』『東坡詞』などがある。

彼の詩は逆境にめげない明るさを持ち、ユーモアや警句にも富む。黄州時代に作られた「赤壁の賦」は辞賦文学の傑作。また儋州における詩文は「東坡海外の文章」と呼ばれ、その澄明な心情をいまに伝える。擬人法や比喩表現に優れるほか、日常の平凡な事柄をも題材とし、そこに人生の意味を探った。北宋詩壇の中心的存在であり、門下には黄庭堅・張耒・秦観・晁補之の「蘇門四学士」や陳師道など、多くの人材が集まった。

【黄庭堅（一〇四五—一一〇五）】

北宋の文学者・書家で、字は魯直。山谷道人・涪翁と号した。洪州分寧（江西省）の人。治平四年（一〇六七）の進士。初めは汝州葉県（河南省）の尉や大名府（河北省）の国士監教授など、地方回りが多かった。元豊元年（一〇七八）、三四歳の時、蘇軾に詩を贈って知遇を得る。同八年（一〇八五）、神宗が崩じて、「旧法」党が復活。これに属した黄庭堅も、都・汴京（開封市）で秘書省校書郎、著作佐郎などを歴任し、蘇軾兄弟ら多くの文人墨客と交遊した。しかし紹聖元年（一〇九四）、哲宗の親政が始まると、「新法」党が再び実権を掌握し、黄庭堅は涪州別駕に貶されて、黔州（重慶市）・戎州（四川省）安置となった。その後、荊州や鄂州（ともに湖北省）などに居住し、崇寧二年（一一〇三）、五九歳の時、辺境の宜州（広西チワン族自治区）に流罪となり、二年後、当地で病没した。『豫章黄先生文集』『山谷詩集』（内集・外集・別集）がある。

黄庭堅は、蘇軾を師と仰ぐ張耒・晁補之・秦観とともに「蘇門四学士」と呼ばれた。杜甫の詩と韓愈の文を模範とし、詩では近体・古体ともに優れ、代表作に「黄幾復に寄す」（七律）などがある。

また、古人の詩句や典故を重層的に活用する技法を重視して、「点鉄成金」「換骨奪胎」などの語を用いてこれを主張した。この主張に同調する者が多く現れ、彼らは黄庭堅の出身地にちなんで「江西詩派」と総称されるようになる。

書の方面では、独特の丸みを帯びた草書や行書を得意とし、蘇軾・米芾・蔡襄とともに宋代の四大家に数えられる。蘇軾快心の書といわれる「黄州寒食詩巻」に跋した彼の書も傑作と評される。

【陸游（一一二五—一二〇九）】

南宋の文学者で、字は務観。放翁と号した。越州山陰（浙江省）の人。誕生の翌年、北宋の都・汴京は金に占領され、陸游一家は逃避行のすえ、故郷の山陰（紹興市）にたどり着く。二九歳で科挙の地方試験に首席で及第したが、時の宰相・秦檜の妨害に遭い、中央試験は落第。紹興二八年（一一五八）、陸游は福州寧徳県（福建省）の主簿となり、同三二年、進士出身の資格を得た。乾道六年（一一七〇）、夔州（重慶市奉節県）の通判（副知事）に着任し、翌々年には四川宣撫使・王炎の幕下に招かれ、のち四川制置使・范成大の幕下に入ったが、淳熙三年（一一七六）、一旦退官する。二年後、孝宗に召された後、提挙常平茶塩公事となり、福州や撫州（江西省）を転々とする。撫州では洪水の際に官有米を農民に分け与え、その責任を問われた。淳熙一三年（一一八六）には厳州（浙江省建徳市）の知事代理となり、三年の任期を終えて故郷の山陰に帰る。嘉泰三年（一二〇三）、宝謨閣待制となる（この称号は後に剥奪された）。

晩年の二〇年間は、約一年間の出仕を除いて、故郷で農耕・著作の生活を送り、八五歳でその生涯を閉じた。『剣南詩稿』『老学庵筆記』『渭南文集』のほかに、歴史書『南唐書』がある。

陸游は尤袤・范成大・楊万里とともに南宋四大家と称され、思想家・朱熹とも親交があった。現存する詩は約九二〇〇首、その多くは帰隠後の作である。幼時の体験から愛国思想を強く抱き、その激情を訴える詩篇のほか、田園の日常を静かに見つめて、人生の意味を追い求めた作品も数多い。また、先妻・唐琬との再会を詠じた詞「釵頭鳳」のほか、紀行文『入蜀記』も傑作として名高い。

【元好問（一一九〇―一二五七）】

金の文学者で、字は裕之。遺山と号した。忻州秀容（山西省）の人。北魏の鮮卑拓跋氏を遠祖とし、唐の詩人・元結の後裔に当たる。生後まもなく叔父・元格の養子となり、七歳で詩を作り、神童と目された。一四歳で郝天挺に従って学び、興定五年（一二二一）、進士に及第。正大元年（一二二四）には博学宏詞科に及第し、国史院編修に充てられた。その後は鎮平・内郷・南陽の各県（いずれも河南省）の令を歴任し、同八年（一二三一）、中央に召喚され、尚書都省掾、左司都事へと昇任した。

天興二年（一二三三）、蒙古軍が金の都・汴京（河南省開封市）を包囲すると、哀宗は逃亡。金の将軍・崔立が反乱を起こして汴京を制圧し、元好問は不本意ながらその幕下に入った。金が蒙古に滅ぼされると、元好問は捕虜となり、聊城（山東省）に三年間軟禁される。元の太宗七年（一二三五）、冠氏県（聊城市冠県）の令・趙天錫の援助で当地に移住。蒙古には仕官せず、金史の編纂や金の文学保存のために各地を遍歴した。元の憲宗七年（一二五七）、真定路獲鹿県（河北省鹿泉市）の寓舎で没した。『遺山先生文集』がある。

元好問は、「論詩絶句三十首」などで、若くして詩名が高く、のち「岐陽三首」（七律）や「癸巳五月三日北渡三首」（七絶）などを作って、金国滅亡前後の悲惨な状況を克明に綴り、杜甫の「詩史」精神を継ぐ者と見なされる。自分の書斎を「野史亭」と呼び、金一代の詩の総集『中州集』や小説集『続夷堅志』を編纂し、金都落城の見聞を記した『壬辰雑篇』（散佚）などは、のちの正史『金史』の編纂に多く利用された。

【高啓（一三三六―一三七四）】

元末明初の詩人で、字は季迪。長洲（江蘇省蘇州市）の人。幼少より豊かな詩才を発揮し、楊基・張羽・徐賁とともに「呉中の四傑」と呼ばれる。元末、蘇州で王を称した張士誠の部下・饒介のサロンに招かれたが、至正一八年（一三五八）、二三歳の時、蘇州の郊外、呉淞江近くの青邱の南に転居して、青邱子と号した。

明の洪武二年（一三六九）、三四歳の時、太祖・朱元璋の招きで南京に出仕し、翰林院国史編修に任ぜられ、『元史』の編纂に当たった。翌年には戸部侍郎を授けられたが、固辞して青邱に帰った。

洪武七年（一三七四）、蘇州府の知事・魏観が、張士誠の宮址に府庁舎を新築移転したことから、謀反の嫌疑を受けて誅殺された。この時、高啓も魏観のために「上梁文」（棟上げを祝う文）を書いていたため、連座して腰斬（胴体を切断する）の刑に処せられた。詩二千余首を含む『高太史大全集』のほか、詞集『扣舷集』や文集『鳧藻集』がある。

高啓は、七言古詩に最も長じた。二三歳の時に成る「青邱子の歌」や、「金陵の雨花台に登りて大江を望む」詩などが名高く、前者には森鷗外の文語調の邦訳がある。また絶句にも佳作が多く、「呂卿を送る」（七絶）、「春日　江上を懐う二首」（七絶）、「胡隠君を尋ぬ」（五絶）などは、いずれも朗唱に堪える。

高啓の詩は、総じて述懐・写景・贈答の詩が多く、詩形もさまざまであり、明代を通じて最大の詩人とされる。三九歳で夭折したため、独自の風格を確立できずに終わったとも評されるが、その平明で淡泊な詩は、江戸期以降の日本で、多くの愛好者に恵まれた。

【李夢陽（一四七二―一五三〇）】

明代中期の文学者で、字は献吉。空同子と号した。慶陽（甘粛省）の人。少年期、父に随って開封（河南省）に移る。弘治六年（一四九三）、陝西の郷試で首席及第し、翌年、進士に合格。両親が相継いで亡くなり喪に服したため、仕官は同一一年（一四九八）の戸部主事への就任に始まる。剛直で粗暴な性格のため、権勢家らとたびたび衝突する。仕官後まもなく、孝宗の外戚・張鶴齢の専横を弾劾し、同一四年（一五〇一）、下獄の憂き目に遭う。

武宗の正徳元年（一五〇六）、李夢陽は、戸部郎中に在任中、戸部尚書・韓文に代わって、劉謹ら「八虎」と呼ばれる宦官を弾劾する「代劾宦官状疏」を奏上。かえって韓文は罷免され、李夢陽も山西布政司に左遷された後、投獄され、友人の尽力で危うく助かった。

正徳五年（一五一〇）、劉謹が誅せられ、翌年、江西提学副使となる。しかし当地の総督・陳金らとの間でしばしば摩擦を引き起こし、停職処分を受けた。開封の家に帰り、ますます意気盛んで、詩酒の会を催し、狩猟も行った。同一四年（一五一九）には、三たび獄に下ったが釈放され、帰隠する。『空同集』がある。

文学的には何景明とともに、古文辞派の領袖と目され、「文は必ず秦漢、詩は必ず盛唐」と唱えた（『明史』二八六）。何景明・徐禎卿・辺貢・康海らと「前七子」に数えられる。その古体詩は魏晋に学び、近体詩は盛唐に学んだもので、当時の詩壇への影響は甚だ大きかった。しかし格調や法度を過度に強調したため、かえって古典の模擬・剽窃の弊習を招いた面もあった。晩年、それを後悔し、「真の詩は乃ち民間に在り」（「詩集自序」）と認めたという。

【王士禛（一六三四―一七一一）】

清初の文学者で、字は貽上。阮亭・漁洋山人と号した。新城（山東省）の人。自ら済南（山東省）の人と称したという。本名は「士禛」。没後、雍正帝の諱（胤禛）を避けて「士正」と改名され、乾隆三〇年（一七六五）には、詔勅により「士禎」の名を贈られた。

順治一五年（一六五八）、二五歳で進士に及第。翌年から五年間、揚州府（江蘇省）の推官となる。康熙三年（一六六四）、都へ戻って、礼部主客主事となり、以降、中央官を歴任する。同一七年（一六七八）、康熙帝に召見され、翰林侍読となる。同四三年（一七〇四）、七一歳の時、刑部尚書となったが、ある疑獄事件に連座して免官、帰郷する。この間、公務で四川・広東省などに出張して、途上の詩跡を多く詠む。死後、文簡と諡された。詩文集『帯経堂集』、詩論集『帯経堂詩話』のほか、自撰の詩集『漁洋山人精華録』がある。

清初を代表する詩人で、同時代の文学者・朱彝尊とともに「南朱北王」と並称される。進士に及第する前年―二四歳の秋、済南の大明湖に遊び、名士たちと会飲したとき、七律の連作「秋柳四首」を作って大いに詩名を挙げ、全国から唱和者が相継いだという。

明末の大家・銭謙益の後を受けて、康熙朝の詩壇の領袖となり、「神韻説」を提唱した。この説は、晩唐の司空図や南宋の厳羽の詩論を受け継いで、淡泊・清遠で、含蓄・余韻に富む詩風を推賞した。この主張に基づいて『唐賢三昧集』を編纂し、王維・孟浩然・高適らの詩を多く選び、李白と杜甫の詩は一首も収めない。

漁洋自身の詩風は、初め唐詩の濃密な味わいから、清新な宋詩に近づき、晩年は唐詩の古淡に回帰したという。

詩跡参考地図・年表

西安付近古跡

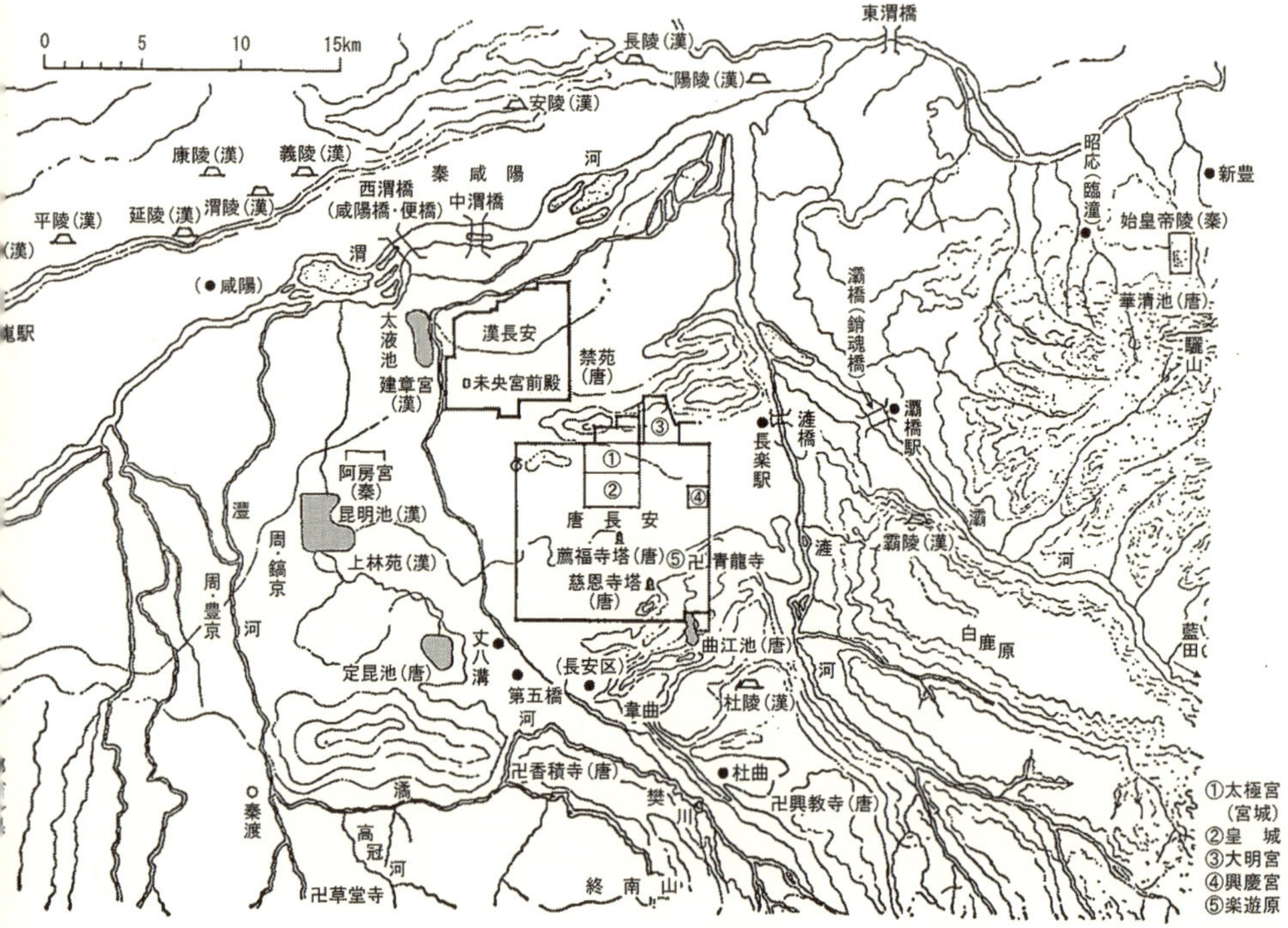

西安付近古跡図

中国東部（北）
哈爾浜（ハルビン）
黒竜江省
松原
長春
吉林省
松
花
江
長白
内モンゴル自治区
寧夏回族自治区
遼寧省
瀋陽
医巫閭山
北鎮
鞍山
千山
丹東
鴨
緑
江
陰
山
呼和浩特（フフホト）
古北口
八達嶺
盤山
碣石山
山海関
秦皇島
西
山
薊県
北京市
大連
雲
崗
大同
渾源
応
県
恒山
恒山
易県
天津市
破訥沙
代県
五台山
河北省
楡林
忻州
賀蘭山
武威
正定
蓬莱
焉支山
銀川
無定河
太原
石家荘
陽泉
山西省
済南
山東省
嶗山
青島
汾
河
綿山
太
行
山
邯鄲
黄
泰山
泰安
徂徠山
固原
甘
粛
省
霍山
臨漳
兗州
曲阜
西寧
蕭
関
黄陵
龍
門
河
津
新絳
梁
山
済寧
河
崆峒山
韓
城
永済
中
条
山
王屋山
広
武
山
単県
微山湖
蘭州
隴山
天水
咸
陽
首陽山
邙山
偃
師
開封
商
丘
沛
県
徐州
江蘇省
宝鶏
興平
西
安
澠池
洛
陽
鄭
州
許昌
宿州
霊璧
淮安
麦積山
五
丈
原
太白山
周至
華山
潼関
水
龍
門
嵩
山
江
都
岷県
終南山
商山
洛
伊水
河南省
安徽省
揚州
渭水
勉県
漢中
陝西省
平頂山
滁州
琅琊山
定
軍
山
淮
河
合肥
南
京
鎮江
上海市

中国東部（北

中国東部(南)
江蘇省
安徽省
南京
合肥
上海市
杭州
浙江省
湖北省
武漢
湖南省
長沙
江西省
南昌
福建省
福州
広東省
広州
香港
貴州省
貴陽
重慶市
成都
四川省
雲南省
昆明
滇池
広西チワン族自治区
南寧
海南省
海南島
海口
台湾
台北
岷山
岷江
玉塁山
都江堰
青城山
眉山
楽山
青衣江
峨眉山
綿陽
江油
梓潼
広漢
安岳
剣閣
広元
嘉陵江
南充
長江
三峡
奉節
巫山
興山
帰州
宜昌
当陽
荊門
荊州
松滋
武当山
丹江口
襄陽
漢江
黄岡
鄂州
九宮山
西塞山
岳陽
汨羅江
洞庭湖
常徳
桃花源
湘陰
岳麓山
湘江
衡山
回雁峰
衡陽
祁陽
耒陽
零陵区
郴州
寧遠
九嶷山
瀟水
興安
霊渠
桂林
陽朔
灕江
柳州
西江
肇慶
清遠
北江
韶関
大庾嶺
珠江
零丁洋
羅浮山
恵州
潮州
沅江
黔霊山
瀘水
穆陵関
天柱山
九江
廬山
鄱陽湖
撫州
玉笥山
麻姑山
武夷山
吉安
泰和
贛江
贛州
武平
龍岩
九日山
清源山
泉州
洛陽橋
鼓山
当塗
和県
馬鞍山
蕪湖
巣湖
青弋江
銅陵
安慶
池州
九華山
黄山
宣城
涇県
桐廬
富春江
衢州
江山
上饒
爛柯山
縉雲山
金華
諸曁
紹興
上虞
寧波
曹娥江
普陀山
天台山
台州
楽清
雁蕩山
温州
茅山
恵山
無錫
太湖
蘇州
常熟
松江区
澱山湖

中国東部（南）図

キルギス
熱海
（イシク湖）
伊寧
（イーニン）
烏魯木斉
（ウルムチ）
天　山
火焔山
哈密
（ハミ）
吐魯番
（トルファン）
庫車
（クチャ）
居延沢
甘粛省
敦煌
嘉峪関
酒泉
張掖
新疆ウイグル自治区
祁　連　山
和田
（ホータン）
崑　崙　山
青海
西寧
青海省
黄　河
チベット自治区
金
沙
江
四川省
拉薩
（ラサ）
洱海
大理
点蒼山
雲南省
中 国 西 部

中国西部図

時代															
殷	西周	東周 春秋	東周 戦国	秦	前漢	新	後漢	三国	西晋	東晋	五胡十六国	宋	北魏	南斉	

西暦	中国	世界
前一七世紀	〈湯王、夏を滅ぼし商朝（殷）を建てる〉	
前一一世紀	〈武王、殷の紂王を討ち周を建て、鎬京（西安）に都を置く（西周の成立）〉	
前七七一	〈幽王、殺され、西周滅ぶ〉	ローマ建国（前七五三）
前七七〇	〈平王、都を洛邑（洛陽）へ遷し、周を再興する（東周の成立）〉	ペルシャ戦争（前四九二－前四四九）
	『詩経』成る（前六世紀中頃）。孔子（前五五一－前四七九）	釈迦（前四六三頃－前三八三）
	屈原（前三三九?－前二七八?）孟子（前三七二－前二八九）荘子（前三六九?－前二八六?）	
前二二一	〈始皇帝、全土を統一（秦の成立）〉韓非（前二八〇?－前二三三）	
前二〇二	〈劉邦（高祖 前二五六?－前一九五）、垓下の戦いで項羽（前二三二－前二〇二）を破る（漢の成立）〉	『旧約聖書』（前一六五頃）
前一一二	〈武帝（前一五六－前八七）、このころ楽府を設置〉司馬相如（前一七九－前一一七）	
前九三	司馬遷（前一四五?－前八七?）、『史記』を完成。蘇武（前一四二?－前六〇）李陵（?－前七四）	キリスト（前四頃－三〇頃）
八	〈王莽、漢を滅ぼし新を建てる〉揚雄（前五三－一八）	
二五	〈光武帝、漢を再興〉張衡（七八－一三九）	倭奴国、漢倭奴国王印を受ける（五七）
一一七	王逸、このころ『楚辞章句』を完成。	
	「古詩十九首」、後漢の中頃に成る。	
二〇八	〈赤壁の戦い。天下三分の形勢固まる〉建安七子（孔融・陳琳・徐幹・王粲・応瑒・劉楨・阮瑀）	
二二〇	〈曹丕（文帝 一八七－二二六）、帝位に就く（魏の成立）〉曹操（一五五－二二〇）曹植（一九二－二三二）	ササン朝ペルシャ成立（二二六）
二二一	〈劉備、帝位に就く（蜀漢の成立）〉諸葛亮（一八一－二三四）	邪馬台国の卑弥呼、魏に使者を送る
二二二	〈孫権、帝位に就く（呉の成立）〉竹林の七賢（阮籍・嵆康・山濤・劉伶・王戎・阮咸・向秀）	（二三九）
二六五	〈司馬炎（武帝）、魏を滅ぼす（西晋の成立）〉	
二九一	〈八王の乱（～三〇六）〉潘岳（二四七－三〇〇）陸機（二六一－三〇三）左思（二五二?－三〇六?）	
三一一	〈永嘉の乱。漢族政権、江南へ亡命。華北は諸国が分立興亡する〉	
三一七	〈司馬睿（元帝）、建康（南京）に晋を再興（東晋の成立）〉郭璞（二七六－三二四）	
三五三	王羲之（三〇三－三六一）、蘭亭の会を催す。	大和朝廷成立（三五〇頃）
三八三	〈淝水の戦い〉劉義慶（四〇三－四四四）	ゲルマン民族大移動（三七五）
四二〇	〈東晋滅ぶ。劉裕（武帝）、即位（宋の成立）〉陶淵明（三六五－四二七）謝霊運（三八五－四三三）	ローマ帝国、東西に分裂（三九五）
四三九	〈北魏、華北を統一する〉顔延之（三八四－四五六）鮑照（四一四?－四六六）	
四七九	〈宋、滅ぶ。蕭道成（高帝）、斉を建てる（南斉の成立）〉	フランク王国、成立（四八一）
四八三	永明年間（～四九三）、竟陵八友（蕭衍・沈約・謝朓・王融・蕭琛・范雲・任昉・陸倕）を中心とした文壇が盛んとなる。「四声八病」説おこる。沈約（四四一－五一三）謝朓（四六四－四九九）	

梁 陳 東魏 北斉 西魏 北周 隋 唐

五〇二 〈南斉滅ぶ。蕭衍（武帝）、即位（梁の成立）〉 江淹（四四四―五〇五） 何遜（四六六？―五一九？）

劉勰（四六六？―五三七？）『文心雕龍』、鍾嶸（四六八？―五一八？）『詩品』、このころ以降成る。

蕭統（昭明太子）・劉孝綽ら、『文選』を編む。徐陵（五〇七―五八三）、『玉台新詠』を編む。（五三〇年前後）

蕭綱（簡文帝、五〇三―五五一）

五三五 〈北魏、東西に分裂する〉 斛律金（四八八―五六七）

五五〇 〈東魏、滅ぶ。北斉の成立〉 庾信（五一三―五八一）

五五七 〈梁、滅ぶ。陳覇先、陳を建てる〉〈宇文覚、北周を建てる〉

五七七 〈北周、北斉を滅ぼし、北方を統一〉

五八一 〈北周滅ぶ。楊堅（文帝）、隋を建てる。首都は大興（西安）（隋の成立）〉

五八九 〈隋、陳を滅ぼし、全土を統一する〉 江総（五一九―五九四）

五九八 〈科挙制度を施行する〉

六〇一 陸法言ら、『切韻』を編む。 煬帝（五六九―六一八）

六一八 〈隋、滅ぶ。李淵（高祖）、帝位に就く。首都は長安（西安）、副都が洛陽（唐の成立）〉

六二六 〈玄武門の変。李世民（太宗）、即位、貞観の治はじまる〉『芸文類聚』（六二四）

六五八 李善（？―六八九）、『文選注』を高宗に献上する。

六九〇 〈則天武后、帝位に就き、周を建てる〉 初唐の四傑（王勃・楊炯・盧照隣・駱賓王）

七〇五 〈李顕（中宗）、帝位に復し、国号を唐に戻す。武后、死去〉 陳子昂（六六一？―七〇二）

七一二 〈李隆基（玄宗）、即位。開元の治はじまる（～七四一）〉 宋之問（？―七一二？） 沈佺期（？―七一四？）

張説（六六七―七三〇） 孟浩然（六八九―七四〇） 王之渙（六八八―七四二） 賀知章（六五九―七四四）

七五五 〈安禄山の乱（～七六三）〉 王昌齢（六九〇？―七五六？） 王維（七〇一？―七六一） 李白（七〇一―七六二） 高適（七〇一？―七六五） 杜甫（七一二―七七〇） 岑参（七一五？―七七〇？） 銭起（七二三？―七八〇？） 元結（七一九―七七二） 劉長卿（七一八？―七九〇？） 韋応物（七三五？―七九〇？）

八〇五 〈永貞の革新おこり、王叔文ら失脚〉 孟郊（七五一―八一四） 李賀（七九一？―八一七？） 柳宗元（七七三―八一九）

韓愈（七六八―八二四） 劉禹錫（七七二―八四二） 賈島（七七九―八四三）

八二一 〈牛李の党争はじまる（～八四七）〉 白居易（七七二―八四六） 元稹（七七九―八三一） 牛僧孺（七八〇―八四八） 李徳裕（七八七―八四九）

八三五 〈甘露の変〉 杜牧（八〇三―八五二） 李商隠（八一三？―八五八） 温庭筠（八一二？―八六六）

八四五 〈会昌の廃仏。武宗、道教以外の宗教を禁止する〉 魚玄機（八四三？―八六八）

八七五 〈黄巣の乱おこる（～八八四）〉 陳陶（？―八七九？） 陸亀蒙（？―八八一？） 皮日休（八四一？―九〇二？）

百済から五経博士、来日（五一三）

百済から仏教伝来（五三八）

ムハンマド（五七〇頃―六三二）

遣隋使開始（六〇〇）

聖徳太子、十七条憲法を制定（六〇四）

遣唐使開始（六三〇）

平城京に遷都。奈良時代はじまる（七一〇）

『古事記』（七一二）『日本書紀』（七二〇）

『懐風藻』（七五一）『万葉集』（七五九）

阿倍仲麻呂（六九八―七七〇）

淡海三船（七二二―七八五）

平安京に遷都（七九四）

『文華秀麗集』（八一八）『経国集』（八二七）

空海（七七四―八三五）

嵯峨天皇（七八六―八四二）

時代	五代十国	北宋	南宋	金	元

西暦	中国	世界
九〇七	〈朱全忠（朱温）、唐を滅ぼす。以下、華北で五代の王朝（後梁・後唐・後晋・後漢・後周）が交替し、他の地域でも諸国が乱立する。社会の変動期「五代十国」時代を迎える〉 司空図（八三七-九〇八）	菅原道真（八四五-九〇三）
九四〇	趙崇祚、詞集『花間集』を編む。 韋荘（八三六？-九一〇） 韓偓（八四二？-九二三？）	
九六〇	〈趙匡胤（太祖）、後周を滅ぼし宋を建て、汴（開封）に都を置く（北宋の成立）〉	高麗、朝鮮半島を統一（九三六）
九七三	〈殿試はじまる〉 李煜（九三七-九七八）	神聖ローマ帝国成立（九六二）
九七九	〈宋、北漢を滅ぼし、全土を統一〉 楊億（九七四-一〇二〇） 林逋（九六七-一〇二八） 柳永（九八七？-一〇五三） 范仲淹（九八九-一〇五二） 梅堯臣（一〇〇二-六〇） 蘇洵（一〇〇九-六六）	
一〇〇八	陳彭年ら、『大宋重修広韻』を編む。	『枕草子』（九九六頃）『源氏物語』（一〇一〇
一〇一三	宋四大書（『太平広記』（九七八）・『文苑英華』（九八六）・『太平御覧』（九八三）・『冊府元亀』）揃う。	頃）『本朝麗藻』（一〇一〇頃）『和漢朗
一〇三七	丁度ら、『集韻』を編む。	詠集』（一〇一三頃）
一〇五七	〈欧陽脩（一〇〇七-七二）、権知貢挙（科挙の試験委員長）に就き、古文による答案を及第とする〉	
一〇六九	〈王安石（一〇二一-八六）、新法を発布。新法・旧法両党の抗争が始まる〉 曾鞏（一〇一九-八三）	『本朝文粋』（一〇五八頃）
一〇七九	蘇軾（一〇三六-一一〇一）、詩で政府批判をした罪に問われ、投獄される（烏台詩案）。	
一〇八四	司馬光（一〇一九-八六）、『資治通鑑』を完成。	
一〇八六	〈司馬光、宰相に就き、新法を廃止する〉 黄庭堅（一〇四五-一一〇五） 秦観（一〇四九-一一〇〇）	白河上皇の院政（一〇八六）
一〇九四	〈新法党が復活、旧法党を排斥する〉 蘇轍（一〇三九-一一一二） 陳師道（一〇五三-一一〇一）	十字軍の遠征（一〇九六-一二七〇）
一一一一	呂本中（一〇八四-一一四五）、『江西詩社宗派図』を作り、「江西詩派」あらわる。	
一一一五	〈女真の完顔阿骨打（太祖）、金を建てる（金の成立）。翌年、北宋の都汴京（開封）を陥れる〉	
一一二七	〈徽宗・欽宗、金軍に捕らえられ（靖康の変）、北宋滅ぶも、趙構（高宗）が南京で宋を再建（南宋）〉	
一一二九	〈南宋、臨安（杭州）を都に定める。江南が、さらに発展する契機となる〉	
	李清照（一〇八四-一一五六？） 陳与義（一〇九〇-一一三八）	保元・平治の乱（一一五六・一一五九）
	范成大（一一二六-九三）・陸游（一一二五-一二〇九）・楊万里（一一二七-一二〇六）「南宋三大家」	平家滅亡（一一八五）
一一七七	朱熹（一一三〇-一二〇〇）、『論語』『孟子』の集注を完成。 辛棄疾（一一四〇-一二〇七）	源頼朝、鎌倉幕府を開く（一一九二）
	永嘉の四霊（徐照・徐璣・翁巻・趙師秀） 耶律楚材（一一九〇-一二四四）	マグナカルタ制定（一二一五）
一二二五	陳起、『江湖集』を刊行。姜夔（一一五五？-一二二一？）・劉克荘（一一八七-一二六九）・戴復古（一一六七-？）らが「江湖派」として活躍。	承久の乱（一二二一）
一二三四	〈モンゴル、金を滅ぼす〉	
一二五〇	元好問、『中州集』を編む。このころ周弼、『三体詩』を編む。 文天祥（一二三六-八三？）	虎関師錬（一二七八-一三四六）
一二七一	〈モンゴルのフビライ（世祖）、国号を元に改め、大都（北京）に都を置く（元の成立）〉	義堂周信（一三二五-一三八八）
	元詩四大家（楊載・范梈・虞集・掲傒斯） 趙孟頫（一二五四-一三二二）	オスマントルコ帝国成立（一二九九）

明　後金　清　中華民国　中華人民共和国

一三五一	〈紅巾の乱（〜六六）〉　薩都剌（?-一三五五?）　楊維楨（一二九六-一三七〇）　劉基（一三一一-七五）
一三六八	〈元、滅ぶ。朱元璋（太祖洪武帝）、明を建てる〉　宋濂（一三一〇-八一）　高啓（一三三六-七四）
一三九九	〈靖難の変おこる。四年の内紛の末、永楽帝が即位。都を南京から北京に遷す〉
一四〇八	『永楽大典』、完成する。
	李東陽（一四四七-一五一六）ら「茶陵詩派」隆盛。
	唐寅（一四七〇-一五二三）　王守仁（一四七二-一五二八）　楊慎（一四八八-一五五九）
	李夢陽（一四七二-一五三〇）・何景明（一四八三-一五二一）ら、復古運動の「前七子」（一五〇〇頃）
	李攀龍（一五一四-七〇）・王世貞（一五二六-九〇）ら、復古運動の「後七子」（一五五〇頃）
	袁宏道（一五六八-一六一〇）ら「公安派」、性霊説を主張（一五九〇頃）
	馮夢龍（一五七四-一六四六）、「四大奇書（『三国志演義』『水滸伝』『西遊記』『金瓶梅』）」を唱える
一六一六	〈女真のヌルハチ（太祖）、後金を建てる〉　鍾惺（一五七四-一六二四）ら、「竟陵派」
一六三六	〈後金のホンタイジ（太宗）、国号を清に改める〉
一六四四	〈李自成の反乱軍、北京を占領。明、滅ぶ。清、李自成軍を破り、北京に遷都〉
一六六三	〈文字の獄〉　銭謙益（一五八二-一六六四）　呉偉業（一六〇九-七一）　顧炎武（一六一三-八二）　王夫之（一六一九-九二）
一六七三	〈三藩の乱（〜八一）〉
一六七九	〈博学鴻詞科の実施。明の遺民を懐柔〉　朱彝尊（一六二九-一七〇九）　査慎行（一六五〇-一七二七）
一六八八	王士禛（一六三四-一七一一）、『唐賢三昧集』を編む。神韻説を主張。
一七〇六	康熙帝勅撰の『全唐詩』が完成。
一七一九	沈徳潜（一六七三-一七六九）、『古詩源』を編む。格調説を主張。　鄭燮（一六九三-一七六五）
	袁枚（一七一六-九七）、性霊説を主張。　趙翼（一七二七-一八一四）　翁方綱（一七三三-一八一八）
	黄景仁（一七四九-八三）　張問陶（一七六四-一八一四）
一七八一	『四庫全書』、完成する。　曹雪芹（一七一三?-六三?）　龔自珍（一七九二-一八四一）
一八四〇	〈アヘン戦争（〜四二）〉　曾国藩（一八一一-七二）
一八五一	〈太平天国の乱（〜六四）〉　黄遵憲（一八四八-一九〇五）
一八九九	〈義和団の乱おこる（〜一九〇〇）。大量の文物が国外に流出〉
一九一一	〈辛亥革命〉　王国維（一八七七-一九二七）
一九一二	〈孫文、中華民国の成立を宣言。清、滅ぶ〉
一九一九	〈五・四運動おこる〉　魯迅（一八八一-一九三六）
一九四九	〈毛沢東、中華人民共和国の成立を宣言〉
一九七八	〈日中平和友好条約を締結〉

鎌倉幕府、滅亡（一三三三）
室町幕府、開く（一三三八）
英仏百年戦争（一三三九-一四五三）
足利学校、再興（一四三九）
応仁の乱（一四六七-一四七七）
一休宗純（一三九四-一四八一）
ルター、宗教改革（一五一七）
コペルニクス、地動説を確信（一五三〇）
江戸幕府、開く（一六〇三）
林羅山（一五八三-一六五七）
鎖国令（一六三九）
伊藤仁斎（一六二七-一七〇五）
松尾芭蕉（一六四四-九四）
ニュートン、万有引力を発見（一六六五頃）
荻生徂徠（一六六六-一七二八）
服部南郭（一六八三-一七五九）
市河寛斎（一七四九-一八二〇）
菅茶山（一七四八-一八二七）
アメリカ、独立宣言（一七七六）
頼山陽（一七八〇-一八三二）
フランス革命（一七八九）
明治維新（一八六八）
森鷗外（一八六二-一九二二）
森槐南（一八六三-一九一一）
夏目漱石（一八六七-一九一六）
大正時代はじまる（一九一二）
昭和時代はじまる（一九二六）

あとがき

本書の企画は、二〇一〇年二月、専修大学の松原朗、創価大学の水谷誠両氏の、『漢詩の歌枕事典』編纂の提案と、研文出版・山本實社長の刊行ご快諾によって始まった。当初の書名は、一般読者に受け入れやすいことを意識したものであったが、日本文学の歌枕・俳枕と中国文学の詩跡は、文芸機能は類似するが、当然異なる側面を持つため、あえて『中国詩跡事典』と名づけた。詩跡の言葉自体も、徐々に広く認知されはじめたためでもある。

松原・水谷両氏は、故・早稲田大学文学部、松浦友久教授の高弟である。松浦先生は、『校注唐詩解釈辞典』『続校注唐詩解釈辞典〔付〕歴代詩』（大修館書店、一九八七・二〇〇一年）を編纂なされたが、平素から、これに参加できなかった若手のことを気にかけておられた。このことを熟知する二人は、大型プロジェクトを立案して、中国詩文研究会（松浦先生が長く主宰）に所属する、未参加の若手の有志に執筆機会を与えて、先生の願いを果たそう、と計画したのである。

この企画の編纂を依頼されたのが、同じく中国詩文研究会に属する筆者である。すでに松浦友久編著『漢詩の事典』に収める「Ⅲ名詩のふるさと（詩跡）」を執筆し、以後も科研費を受けて研究を続行していたからである。筆者自身も恩師・松浦先生の願いを耳にしており、すぐさま承諾して、詩跡約三六〇項目を選び出し、参考資料のメモを準備した。

二〇一〇年三月八日、専修大学七号館（大学院棟）で、事典編纂の会議が開催され、執筆希望者だけでなく、山本實社長も参加なされて、執筆項目の分担、執筆要領などが確認され、本格的な執筆活動が開始した。この間、松原朗氏からは、絶えず貴重な編集アドバイスを受けた（それは終了時まで続く）。

この編集会議から四年間が過ぎた二〇一四年の春、ようやく脱稿した。当初は一、二年間で完成する予定であったが、倍以上の時間を要した。期待した分担執筆者の急逝、その担当項目の再分配に始まり、大幅な執筆遅延者が発生して、執筆者リストからはずす事態も生じた。こうした状況下で、矢田博士氏が率先して他者の項目を執筆し、許山秀樹・住谷孝之・紺野達也の諸氏もこれに続いた。筆者自身も項目の一部を執筆し、紆余曲折しながら、ここに完成した。付録の詩人小伝の作成は、丸井憲氏に依頼した。

詩跡項目は、基本的に署名原稿であるが、編者の筆者が逐一、原稿をチェックして補訂を加えた。従って文中に誤りがあるとすれば、筆者自身の誤りでもある。この四年間は、多くの時間を原稿のチェックに割いた。これを達成した現在、静かな喜びにひたっている。

本書内に収める多くの写真の整理等に関しては、紺野達也氏、地図の作成・校正作業等に関しては、住谷孝之氏の助力を得た。共著者間で用意した写真以外に、水谷誠・内山精也・高橋幸吉の三氏からも、貴重な写真のご提供を得た。そのご厚意に深く感謝したい。

最後に研文出版・山本實社長と、煩雑な組版に尽力されたモリモト印刷に、深くお礼申しあげる。そして、中国詩文研究会から多大な出版助成金を受けたことに対しても、心から感謝したい。

二〇一四年一〇月

植木　久行

索　　引

○　詩跡関連総合索引

○　作者別詩題索引

詩跡関連総合索引

中国の各地に誕生した具体的な名所（名どころ）である詩跡、及びその詩跡と関連する具体的な地名（場所）を集め、五十音順に配列した。ただし、詩跡関連の語が当該詩跡項目以外の文中に見えても、それが当該詩跡を理解する上で必ずしも有用でない場合は、煩雑を恐れて、ページの記載を省略した。

《あ》

阿育王山（あいくおうざん） 337
阿育王寺（あいくおうじ） 337
亜聖廟（あせいびょう） 68
亜峰（あほう） 333
阿房宮（あぼうきゅう） 175, 185
安楽窩（あんらくか） 89

《い》

遺愛寺（いあいじ） 384
圯橋（いきょう） 298
韋曲（いきょく） 153, 154, 157
育王寺（いくおうじ） 337
貽渓（いけい） 57
伊闕（いけつ） 94
伊闕山（いけつざん） 94
黟山（いさん） 366
伊州（いしゅう） 227
渭城（いじょう） 185, 186
伊水（いすい） 86
渭水（いすい） 184
葦沢関（いたくかん） 47
医巫閭山（いふりょざん） 30
伊犂（イリ） 228
伊婁河（いろうが） 291
頤和園（いわえん） 16
陰山（いんざん） 61
陰山山脈（いんざんさんみゃく） 61
飲鳳池（いんほうち） 158

《う》

烏衣巷（ういこう） 239, 240
雨花台（うかだい） 247
烏江亭（うこうてい） 343
烏江廟（うこうびょう） 343
于忠粛墓（うちゅうしゅくぼ） 308
鬱孤台（うつこだい） 396
禹廟（うびょう） 334
禹門（うもん） 54
禹陵（うりょう） 334
烏魯木斉（ウルムチ） 228
雲間（うんかん） 231
雲崗石窟（うんこうせっくつ） 44
雲州（うんしゅう） 44
雲台観（うんだいかん） 182
雲台峰（うんだいほう） 181
雲夢沢（うんぼうたく） 428
雲門寺（うんもんじ） 318
雲林禅寺（うんりんぜんじ） 309

《え》

永安宮（えいあんきゅう） 468, 470
永安寺（えいあんじ） 17, 357
瘞鶴銘（えいかくめい） 281
永州（えいしゅう） 458, 459
営水（えいすい） 443
永定河（えいていが） 20
嶧山（えきざん） 79
易水（えきすい） 33, 34
越王台（えつおうだい） 506, 508
越州（えつしゅう） 317
越秀山（えつしゅうざん） 508
越城嶺（えつじょうれい） 515
宛渓（えんけい） 354
燕京（えんけい） 14
袁山（えんざん） 398
燕子磯（えんしき） 249
燕支山（えんしざん） 208
焉支山（えんしざん） 208
胭脂井（えんじせい） 236
兗州（えんしゅう） 75
燕子楼（えんしろう） 296
燕台（えんだい） 27
灩澦堆（えんよたい） 465

《お》

王屋山（おうおくさん） 111
王官谷（おうかんこく） 57
王羲之故居（おうぎしこきょ） 317
応県木塔（おうけんもくとう） 53
翁湖（おうこ） 437
横江（おうこう） 347
横江浦（おうこうほ） 344, 347
黄金台（おうごんだい） 28
王子晋祠（おうししんし） 126
王昭君墓（おうしょうくんぼ） 59, 60
横塘（おうとう） 264

鸚鵡洲　402
鴨緑江　30
温泉宮　172

《か》

快閣　396
開化寺　364
回雁峰　455
会稽　317
会慶建福宮　486
会稽山　334
檜軒　371
開元寺　357
開元寺双塔　503
外江　475
介山　47
海子　15
崖児城　224
戒珠寺　317
開善寺　244
開先瀑布　380
海南島　535, 536
海寧潮　313
開封　107
外方山　119
海宝塔　218
海宝塔寺　218
崖門　522
開利寺　151
華陰山　181
火焰山　223
華岳　181
瓦官閣　248
瓦官寺　248
賈誼井　448
賈誼宅　447, 448
賈誼廟　447
霍山　48
霍山廟　48
鄂州　398
霍泉　48
廓然亭　505
霍太山　48
岳飛墓　308
岳廟　48
岳墳　308
霍峰　48
赫宝塔　218
岳陽楼　431, 432, 433, 436
鶴林寺　282
岳麓山　449
岳麓山寺　449
岳麓寺　449
岳麓書院　450
河源　219
河湟　217
花港観魚　304
火山　223
華山　71, 181, 182, 183, 268
画山　526
華山精舎　268
瓜洲　291
嘉州　476
華清宮　172, 173, 174
河西九曲　219, 230
河西走廊　202, 215
華清池　172, 173
火石山　223
賈太傅祠　447
鵞池　317
河中府城　55
華頂峰　329
夏鎮　80
華亭　231
華亭谷　231
賈島墓　498
峨眉山　488, 489
蛾眉山　365
峨眉大山　488
蛾眉亭　346
歌風台　298
嘉福寺　18
華不注山　71
臥仏寺　18
蝦蟇碚　410
河陽関　110
河陽三城　110
華陽洞　250
嘉峪関　209
賀蘭山　218
臥龍城　202
嘉陵江　477
賈浪仙祠　498
館娃宮　251, 252
干越亭　394
浣花渓　475, 480
浣花草堂　473
寒巌　330
漢魏洛陽故城　100
乾湖　437
鑑湖　322
漢江　411, 412
贛江　390, 395
皖公山　368
韓侯祠　294
函谷関　129, 130
雁湖崗　338
浣紗石　326, 335
浣紗廟　335
寒山　330
鑑山　527
韓山　511
皖山　368
雁山　338
寒山寺　256, 257, 258
簡寂観　384
鸛雀楼　55, 56
漢州西湖　493
還珠洞　525
韓信廟　294
漢水　411
贛水　395
贛石　395
寒石山　330
檻泉　74

甘棗山　57
邯鄲　32
官池　493
関中四関　216
漢長安城　134
雁蕩山　338
観音閣　29
観音寺　145
韓文公祠　511
韓文公廟　169, 510
玩鞭亭　375
韓木　511
雁門　40
雁門関　40, 41
雁門塞　40
雁門山　40
雁門阻険　40
漢陽　404
咸陽　185, 186
咸陽橋　184
漢陽峰　378
諫猟墓　428
甘露寺　17, 278, 279

《き》

魏王池　86
魏王堤　86
祇園寺　360
夔峡　465
帰去来館　386
麴院風荷　304
亀山　403
箕山　127
夔州　468, 469
帰州　426
宜春苑　107
亀城　472
鬼城山　486
橘子洲　451
橘洲　451
橘井　461
騎田嶺　515
戯馬台　297
棋盤山　533
鬼門関　528, 529
九華山　360, 361
九疑山　461
九宮山　423
九曲渓　500, 501
九渓十八澗　311
九江　376
鳩茲　371
亀茲故城　224
九子山　360
九日山　505
牛渚磯　344
九成宮　158
九頂山　476
九里松　309
九里塚　428
九龍山　268
九龍潭　124
九隴山　268
鄴　35, 36
杏花村　356
嶢関　168
蟂磯　371
鏡湖　322, 323
匡山　494
峡山　521
橋山　198
響山　348
峡山寺　521
響屧廊　251, 252, 253
凝真観　467
響潭　348
杏壇　66
筇竹寺　533
教弩台　374
居延（城）　62
居延沢　62
玉案山　533
玉関　210
曲江　137, 138
曲江池　137, 138
玉皇峰　63
玉笥山　397
玉女洞　160
玉女峰　181
玉泉山　19
曲阜　66
玉門　210
玉門関　210, 211, 212
玉龍瀑　78
玉壘山　495
許由廟　127
許由墓　127
居庸関　24, 25
祁連山　208, 220, 221, 222
錦官城　471, 472
錦江　475, 480, 481
金口壩　75
金谷園　101, 102
金谷澗　101
金沙江　497
金山　275, 276, 277
金山寺　275, 276, 277
金山沢心寺　275
金純山　333
金城　207
金水　101
金泉山　498
琴台　82, 475
斤竹嶺　165
金明池　107
金龍峡　53
金陵　233
金陵渡　292

《く》

空舲峡　425
虞姫墓　342
具区　266
屈原祠　426, 442

屈原廟　440, 441, 442
屈子祠　440
屈子廟　440
瞿塘峡　464, 465
狗頭山　57
功徳寺　125
群玉山　397
君山　438, 439
軍都関　24
軍都山　24

《け》

瓊華島　15
薊丘　27, 28
薊丘楼　27
挂月峰　29
京口　273
桂江　526
恵山　268
景山　15
恵山寺　268
恵山泉　268
荊州　418
恵州西湖　514
京城　273
京城四面関　178
薊城西北楼　27
恵泉　417
敬亭山　353
景徳寺　357
景徳霊隠禅寺　309
薊北楼　27
啓母石　125
鶏鳴寺　236
荊門　421
薊門　27, 28
薊門関　24
荊門山　421
景陽井　236
桂林　523, 524, 525, 526
華厳寺　44
化城寺　360
月観　274
潏水　153, 157
碣石館　28
碣石山　37
月台　274
懸甕山　46
剣閣　490, 491, 492
玄岳　39
建業　233
懸空寺　53
玄元皇帝廟　106
建元寺　483
建康　233
検江　475
沅江　446
建国寺　109
峴山　414
峴首山　414
沅湘　446
厳子陵釣台　315
沅水　446
硯石山　251
懸泉　47
剣池　259
硯池　252
玄暢楼　340
顕通寺　43
玄都観　147
建徳江　316
玄武湖　235
剣門　492
剣門関　491
剣門山　490
剣門蜀道　490, 492
乾陵　190, 191
厳陵釣壇　315
厳陵瀬　315
黔霊山　499

《こ》

興安運河　528
興安渠　528
項羽廟　343
項王祠　343
項王亭　343
黄河　110
洪崖山　393
黄鶴磯　399
衡岳廟　452, 453
黄鶴楼　399, 400, 401, 403
交河故城　224
広果寺　518
黄巌瀑布　380
鰲磯　499
黄牛峡　425
黄牛灘　425
紅橋　289
広教寺　362
惶恐灘　395
句渓　354
興慶宮　132, 133
広渓峡　464, 465
広慶寺　521
鴻溝　118
興国禅寺　71
広済寺　371
江山　333
黄山　366, 367
恒山　39
衡山　452, 453, 455
香山　17, 19
崤山　128, 129
緱山　126
鰲山　78
香山寺　17, 96
緱山廟　126
緱氏山　126
黄子陂　157
皇子陂　154, 157

孔子廟　66
香積寺　151
黄州　408
広州　506, 508
杭州　299, 300
江州　376
洪州　393
黄州赤壁　407
甲秀楼　499
絳守居園池　51
高昌故城　224
広勝寺　48
広勝寺泉　48
江心孤嶼　339
江心嶼　339
興善寺　147
句注塞　40
句注山　40, 41
江亭　16
項亭　343
黄帝陵　198
江天寺　275
崆峒山　206
后土祠　49, 50
鴻坡　177
皇陂　157
孔廟　66
広武澗　118
興福寺　271
広武山　118
黄木湾　509
鴻門　177
鴻門坂　177
紅薬橋　285
高陽池　413
広利橋　20
蒿里山　64
興隆塔　75
広陵　283
江陵　418
黄梁祠　32
黄陵廟　456
黄粱夢　32
孔林　66, 67
緱嶺　126
崆舲灘　425
黄楼　296
江郎山　333
香炉峰　17, 378, 380, 383, 422
五雲渓　325
伍員廟　313
呉家磚橋　285
虎丘　259, 260, 261
虎丘寺　259, 260
午橋荘　92
黒虎泉　69, 74
国清寺　330
黒宝塔　218
黒窰廠　16
虎渓　381
五渓　446
浯渓　460
庫結沙　61
五湖　266
伍公廟　314
護国寺　125, 146
ココノール　219
孤山　307
鼓山　502
呉山　57
呉山伍員廟　314
孤嶼　339
五丈原　195, 196
五松山　375
伍相廟　314
孤嶼山　339
姑臧　202
姑臧七城　202
姑蘇台　254, 255
五台山　42, 43
五大夫松　63, 65
五担山　481
顧亭林　231
古天童　336
古北口　26
虎北口　26
古北口城　26
五羊城　506
五里湖　267
古隆中　416
五陵　187, 188
鼓楼崗　274
五老峰　378, 383, 384, 422
葫蘆山　348
崑山　231
狠石　279, 280
混同江　31
昆明　532
昆明湖　16
昆明池　155, 156, 235
崑崙山　219, 229

《さ》

採香径　253
采石磯　344, 345, 346, 349
采石太白楼　347
ザイトン　503
朔水　199
嵯虞墩　342
査山　353
沙州　215
三峨　488
山海関　37
三休台　369
三峡　464
三皇山　118
三国赤壁　405, 406
三山　322, 323
三蘇祠　494
三祖寺　368
三蘇墳　127
三潭印月　304
三潭映月　304
刪丹山　208
三茅峰　268

三遊洞（さんゆうどう）　409
三良墓（さんりようぼ）　198
三閭大夫祠（さんりよたいふし）　426, 442
三閭廟（さんりよびよう）　440

《し》

紫雲双塔（しうんそうとう）　503
慈恩寺（じおんじ）　139, 140, 141
慈恩寺の浮図（じおんじのふと）　140
洱海（じかい）　534
紫蓋峰（しがいほう）　452
獅岩（しがん）　505
秭帰（しき）　426
思賢亭（しけんてい）　394
子貢手植楷（しこうてうえのかい）　67
四皓廟（しこうびよう）　170, 171
四皓墓（しこうぼ）　170
始皇墓（しこうぼ）　176
始皇陵（しこうりよう）　176
獅子林（ししりん）　263
洱水（じすい）　534
滋水駅（じすいえき）　162, 163
資聖閣（しせいかく）　109
四正山（しせいざん）　29
至聖林（しせいりん）　67
四祖山（しそざん）　423
四祖寺（しそじ）　423
七星巌（しちせいがん）　520
七星山（しちせいざん）　525
砥柱（しちゆう）　110
砥柱山（しちゆうざん）　110
四頂山（しちようざん）　370
七里灘（しちりたん）　316
七里瀬（しちりらい）　315, 316
七里瀧（しちりろう）　316
十方普覚寺（じつぽうふかくじ）　18
刺桐城（しとうじよう）　503
至徳廟（しとくびよう）　271
四望湖（しぼうこ）　70, 72
謝安山（しやあんざん）　324
謝安墩（しやあんとん）　243
奢延水（しやえんすい）　199
謝家山（しやかざん）　349
謝家青山（しやかせいざん）　349
射貴湖（しやきこ）　267
鵲山（じやくさん）　71
鵲山湖（じやくさんこ）　71
鵲山亭（じやくさんてい）　71
若耶渓（じやくやけい）　322, 325
謝公山（しやこうざん）　349
謝公亭（しやこうてい）　355
謝公墩（しやこうとん）　243
謝公楼（しやこうろう）　355
赭山（しやざん）　371
謝朓楼（しやちようろう）　355
謝亭（しやてい）　355
舎利寺（しやりじ）　125
寿安寺（じゆあんじ）　18
岫雲寺（しゆううんじ）　18
十王峰（じゆうおうほう）　360
習家池（しゆうかち）　413
州橋（しゆうきよう）　107, 108
戢山（しゆうざん）　317
修竹院（しゆうちくいん）　115
修竹園（しゆうちくえん）　115
終南山（しゆうなんざん）　148, 149, 150
十二峰（じゆうにほう）　466
十八灘（じゆうはちたん）　395
秋風辞亭（しゆうふうじてい）　50
秋風亭（しゆうふうてい）　50
秋風楼（しゆうふうろう）　49, 50
秋浦（しゆうほ）　350
聚宝山（しゆうほうざん）　247
秀峰寺（しゆうほうじ）　251
秋浦河（しゆうほが）　350
衆楽亭（しゆうらくてい）　341
粛州（しゆくしゆう）　209
祝融峰（しゆくゆうほう）　452, 453, 454
珠江（しゆこう）　522
朱雀橋（しゆじやくきよう）　239, 240
朱雀航（しゆじやくこう）　239
酒泉（しゆせん）　209
咒土寺（じゆとじ）　481
朱方邑（しゆほうゆう）　273
首陽山（しゆようざん）　57, 58
朱陵洞（しゆりようどう）　454
須郎山（しゆろうざん）　333
舜王坪（しゆんおうへい）　57
峻極峰（しゆんきよくほう）　119, 120
舜耕山（しゆんこうざん）　71
潤州（じゆんしゆう）　273, 274
春城（しゆんじよう）　532
舜廟（しゆんびよう）　461
舜陵（しゆんりよう）　461
昌安寺（しようあんじ）　317
招隠寺（しよういんじ）　282
定慧寺（じようえじ）　281
章華宮（しようかきゆう）　369
昭覚寺（しようかくじ）　483
正覚寺（しようがくじ）　423
松花江（しようかこう）　31
章華台（しようかだい）　369
小峨眉山（しようがびさん）　488
蕭関（しようかん）　216, 217
小雁塔（しようがんとう）　135, 136
昭君村（しようくんそん）　426, 427
昭君墓（しようくんぼ）　59
昇元閣（しようげんかく）　248
小剣山（しようけんざん）　490
焦湖（しようこ）　370
上湖（じようこ）　267
湘江（しようこう）　443, 445
紹興（しようこう）　317
昭孝寺（しようこうじ）　18
紹興塔（しようこうとう）　357
相国寺（しようこくじ）　109
小五湖（しようごこ）　267
小姑山（しようこざん）　372
小孤山（しようこざん）　372, 373, 389
小姑廟（しようこびよう）　389
畳彩山（じようさいざん）　525
種山（しようざん）　317
商山（しようざん）　170, 171
焦山（しようざん）　281
鍾山（しようざん）　244

摂山　249
常山　39
嚢山　57
焦山寺　281
松滋　424
娘子関　47
邵子祠　89
少室山　119
松滋渡　424
瀟湘　443, 444, 445
少城　471
蕭丞相楼　351
畳嶂楼　355
相如琴台　475
丈人観　486
丈人山　485
賞心亭　248
丈人峰　486
湘水　444
縄水　497
瀼西　469
上清宮　106, 485, 486
韶石　518
醸泉　363
昇仙太子廟　126
上亭駅　493
昭亭山　353
承天軍城　47
上東門　85
城南荘　92
商坂　170
湘妃廟　456
菖蒲澗　507
湘夫人祠　456
小方盤城　210
襄陽　413
上陽宮　87, 88
邵雍祠　89
商洛山　170
昭陵　190, 191
鍾陵　393
少陵原　152
少陵台　75
少林寺　122, 123
樟楼　312, 313
小隴山　200
渚宮　418
蜀先主廟　470
蜀道　490
庶子泉　364
舒州　368
滁州西澗　362
徐孺子祠　394
徐孺子墓　394
徐孺亭　394
初祖庵　122
徐無山　29
新安江　316
縉雲山　339
沈園　321
晋王祠　46
神岳　119
秦渠　528
秦君亭　505
秦鑿渠　528
秦山　148
晋祠　45, 46
沈氏園　321
秦始皇墓　175
秦州　204
仁寿宮　158
秦松　65
神霄玉清万寿宮　275
真娘墓　259, 261
神仙山　39
震沢　266
秦趙会盟台　117
神女館　467
神女峰　466
尋陽　376
秦淮河　241, 242

《す》

瑞応院　205
酔翁亭　363
隋宮　290
垂虹橋　265
垂虹亭　265
穂城　506
水西寺　357
酔石　385, 386
吹台　117
隋堤　112
翠微亭　352
翠屏山　330
水簾洞　454
鄒嶧山　79
嵩岳寺　125
嵩高山　119
嵩山　119, 120
鄒山　79
崇道観　331
崇徳廟　495
嵩陽観　121
嵩陽宮　121
嵩陽寺　121
嵩陽書院　119, 120

《せ》

斉安　408
西域南路　215, 220, 227
西渭橋　184
斉雲寺　99
清遠峡　521
青海　219
青海湖　219
西閣　469
西岳　181
西岳廟　181
棲霞山　249
棲霞寺　249

棲巌寺（せいがんじ）　58
西漢水（せいかんすい）　477
静宜園（せいぎえん）　17
井陘（せいけい）　52
清渓（せいけい）　350, 477
西陘（せいけい）　40
清渓河（せいけいが）　350
清源山（せいげんざん）　504
清源寺（せいげんじ）　167
清源洞（せいげんどう）　504
西湖（せいこ）　16, 72, 301, 302, 303, 502, 514
西江（せいこう）　522
静江（せいこう）　523
西湖景（せいこけい）　16
西湖十景（せいこじっけい）　304
西塞山（せいさいざん）　424
西山（せいざん）　19, 393, 398, 423
青山（せいざん）　349
斉山（せいざん）　352
西山八大処（せいざんはちだいしょ）　19
西洱河（せいじが）　534
西子湖（せいしこ）　303
西子祠（せいしし）　335
西施石（せいしせき）　326, 335
西施廟（せいしびょう）　335
斉州（せいしゅう）　69
醒酒石（せいしゅせき）　93
西樵山（せいしょうざん）　514
青城山（せいじょうざん）　485, 486, 487
西神山（せいしんざん）　268
西津渡（せいしんと）　292
晴川閣（せいせんかく）　402, 403
済川橋（せいせんきょう）　354
青草湖（せいそうこ）　434, 435, 437
西楚覇王廟（せいそはおうびょう）　343
西台（せいだい）　42, 481
旌忠薦福寺（せいちゅうせんぷくじ）　269
青塚（せいちょう）　59, 60
青泥関（せいでいかん）　168
成都（せいと）　471
青藤書屋（せいとうしょおく）　318
成都城（せいとじょう）　471
済南（せいなん）　69, 70
済寧太白楼（せいねいたいはくろう）　76
西瀑（せいばく）　380
清風峡（せいふうきょう）　449
西武丘寺（せいぶきゅうじ）　260
青羊観（せいようかん）　482
青羊宮（せいようきゅう）　482
清弋江（せいよくこう）　369
青弋江（せいよくこう）　369
青龍寺（せいりゅうじ）　145, 146
西陵峡（せいりょうきょう）　425, 464, 465
西陵橋（せいりょうきょう）　306
清涼台（せいりょうだい）　99
聖林（せいりん）　67
西林橋（せいりんきょう）　306
西林寺（せいりんじ）　381, 382
西泠橋（せいれいきょう）　305, 306
棲霊寺塔（せいれいじとう）　286
棲霊塔（せいれいとう）　286
西霊塔（せいれいとう）　286
清烈公祠（せいれつこうし）　442
清烈廟（せいれつびょう）　426
清廉郷（せいれんきょう）　494
青蓮郷（せいれんきょう）　494
石牛道（せきぎゅうどう）　490
石橋（せききょう）　329
石鏡（せききょう）　480
石橋山（せききょうざん）　332
石鏡山（せききょうざん）　481
石湖（せきこ）　264
石鼓（せきこ）　502
石子崗（せきしこう）　247
石室巌（せきしつがん）　520
石室山（せきしつざん）　332
石鐘山（せきしょうざん）　389
赤城山（せきじょうさん）　329, 485
石泉水（せきせんすい）　269
石淙（せきそう）　124
石淙河（せきそうが）　124
石頭城（せきとうじょう）　238
赤鼻山（せきびさん）　406
赤壁（せきへき）　405, 406, 407
石門（せきもん）　75
石門澗（せきもんかん）　309
石邑山（せきゆうざん）　38
石廩峰（せきりんほう）　452
石楼（せきろう）　96
説経台（せっきょうだい）　161
雪渓（せつけい）　328
石景山（せつけいざん）　19
浙江（せっこう）　312, 313
浙江秋濤（せっこうしゅうとう）　312
浙江潮（せっこうちょう）　312, 313, 314
拙政園（せつせいえん）　263
雪竇寺（せっちょうじ）　336
薛澱湖（せつでんこ）　232
雪竇山（せっとうざん）　336
薛濤井（せっとうせい）　484
薛濤墓（せっとうぼ）　484
雪宝頂（せっぽうちょう）　497
仙霞嶺（せんかれい）　332, 333
善巻洞（ぜんかんどう）　293
剡渓（せんけい）　327, 328
善権寺（ぜんけんじ）　293
善権洞（ぜんけんどう）　293
銭湖（せんこ）　341
千山（せんざん）　30
泉山（せんざん）　504
潜山（せんざん）　368
泉州（せんしゅう）　503
先主廟（せんしゅびょう）　470, 478, 479
宣城（せんじょう）　350
千丈巌瀑布（せんじょうがんばくふ）　336
仙都（せんと）　339
銭塘湖（せんとうこ）　301
銭塘江（せんとうこう）　312, 314
銭塘潮（せんとうちょう）　312, 314
仙都山（せんとざん）　339
仙都石（せんとせき）　339
仙人掌（せんにんしょう）　181
千人石（せんにんせき）　260
仙人台（せんにんだい）　30
薦福寺（せんぷくじ）　135, 136

薦福寺塔（せんぷくじとう）　135, 136
千仏山（せんぶつざん）　71
千仏洞（せんぶつどう）　215
単父台（ぜんぼだい）　82
宣明門（せんめいもん）　471
仙遊寺（せんゆうじ）　159, 160
仙遊潭（せんゆうたん）　159, 160

《そ》

宋瓦江（そうがこう）　31
曹娥江（そうがこう）　324, 327
曹娥廟（そうがびょう）　324
双橋（そうきょう）　354
宋玉故宅（そうぎょくこたく）　420
双剣峰（そうけんほう）　383
巣湖（そうこ）　370
蒼梧山（そうごさん）　461
蒼山（そうざん）　534
宗聖観（そうせいかん）　161
痩西湖（そうせいこ）　289
曹操点将台（そうそうてんしょうだい）　374
叢台（そうだい）　32
草堂（そうどう）　474
双塔寺（そうとうじ）　362
象鼻山（ぞうびさん）　525
双峰山（そうほうざん）　423
滄浪亭（そうろうてい）　262
速末水（そくまつすい）　31
粟末水（ぞくまつすい）　31
楚塞楼（そさいろう）　410
蘇州（そしゅう）　254
蘇小小墓（そしょうしょうぼ）　305, 306
蘇仙公故宅（そせんこうこたく）　461
蘇耽井（そたんせい）　461
蘇堤春暁（そていしゅんぎょう）　304
蘇墳（そふん）　127
徂来山（そらいざん）　79
徂徠山（そらいざん）　79
蘇嶺山（それいざん）　415

《た》

大愛敬寺（だいあいぎょうじ）　244
太乙書院（たいいつしょいん）　121
大禹廟（だいうびょう）　54, 334
太液池（たいえきち）　15
大王峰（だいおうほう）　500
台外（だいがい）　43
太岳山（たいがくざん）　48
太華山（たいかざん）　181
太華寺（たいかじ）　533
大雁塔（だいがんとう）　139, 141
太虚観（たいきょかん）　384
戴渓（たいけい）　328
大華厳寺（だいけごんじ）　42, 43
太原（たいげん）　45
大剣山（だいけんざん）　490
大玄城（だいげんじょう）　471
大献福寺（だいけんぷくじ）　135
太原府城（たいげんふじょう）　49
太湖（たいこ）　266
大湖（だいこ）　322
太行山（たいこうさん）　52
大興善寺（だいこうぜんじ）　147
太行八陘（たいこうはつけい）　52
大孤山（だいこざん）　372, 389
大姑廟（だいこびょう）　389
太山（たいざん）　63
岱山（たいざん）　63
泰山（たいざん）　63, 64, 65
大慈恩寺（だいじおんじ）　139
太史公墓（たいしこうぼ）　199
大字寺（だいじじ）　91
大慈寺（だいじじ）　271, 483
太室山（たいしつざん）　119, 120
太室祠（たいしつし）　120
太室書院（たいしつしょいん）　121
代州（だいしゅう）　40
太城（たいじょう）　471
台城（だいじょう）　234
大相国寺（だいしょうこくじ）　109
大聖慈寺（だいせいじじ）　483
大薦福寺（だいせんぷくじ）　135
岱宗（たいそう）　63
大頂峰（だいちょうほう）　502
大堤（だいてい）　413
戴天山（たいてんざん）　494
大都（だいと）　14
大同（だいどう）　44
台内（だいない）　42
大泊湖（たいはくこ）　16
太白山（たいはくざん）　161, 336
太白祠（たいはくし）　347, 375
太伯廟（たいはくびょう）　271
泰伯廟（たいはくびょう）　271
太白峰（たいはくほう）　161
太白楼（たいはくろう）　76, 347
大悲閣（だいひかく）　38
大茂山（だいぼうざん）　39
太白山（たいはくざん）　31
太姥廟（たいぼびょう）　370
大明宮（たいめいきゅう）　132
大明湖（たいめいこ）　69, 70, 72, 73
大明寺（たいめいじ）　286
大明泉（たいめいせん）　288
大庾嶺（だいゆれい）　515, 516, 517, 519
大龍崗（だいりゅうこう）　333
大龍湫（だいりゅうしゅう）　338
大林寺（だいりんじ）　381, 382
大労山小労山（だいろうざんしょうろうざん）　78
太和山（たいわさん）　422
濯纓亭（たくえいてい）　57
濯錦江（たくきんこう）　475
卓錫泉（たくしゃくせん）　18
沢心寺（たくしんじ）　275
謫仙楼（たくせんろう）　347
多景楼（たけいろう）　278, 280
堕涙碑（だるいひ）　414
達摩洞（だるまどう）　122
弾丸山（だんがんざん）　525
断橋残雪（だんきょうざんせつ）　304
潭柘寺（たんしゃじ）　18
端州（たんしゅう）　520

潭州　447, 448
丹徒　273

《ち》

竹園　115
竹里館　165, 166
竹林寺　282
致爽軒　487
地肺山　170
中海　15
中岳　119
中岳廟　119, 120
中峨眉山　488
中興寺　160
中宿峡　521
中条山　57, 58
仲宣楼　430
中台　42, 43
中潭城　55
中鎮　48
中鎮廟　48
中都　14
中南山　148
籌筆駅　496
長安城　131, 132, 133
朝雲廟　467
長懐井　448
朝霞山　370
長干　246
張儀楼　471
重湖　437
長湖　322
長江　481
張公洞　293
長沙　447
潮州　510, 511
長洲苑　267
長城　21, 22, 23, 25, 40
鳥城　202
張相国祠　519
長信宮　134
長白山　31
張文献公祠　519
張文献祠　515
長門宮　134
朝陽巌　460
朝陽峰　181
長楽駅　162, 163
長楽坡　163
長陵　187, 189
張良墓　80
長淮　295
猪山　57
儲福宮　486
苧蘿山　325, 326
鎮海楼　508
鎮江　273
沈水山　525

《つ》

通済渠　112

《て》

定王台　447, 451
定軍山　197
鼎湖　339
鼎湖峰　339
禎陵渓　57
鉄甕城　273, 274
鉄関　229
鉄門　229
鉄門関　229
天下第二泉　269, 270
天漢橋　108
天宮水西寺　357
澱湖　232
天山　208, 220, 221, 222
澱山湖　232
天山南路　215, 220, 227
天山北路　220
天竺寺　310
天竺峰　310
天津橋　83, 84, 87
点蒼山　534
天台山　329
天台寺　330
天壇山　111
滇池　532
天柱山　368
天柱峰　368, 422
天堂　205
天童山　336
天童寺　336
天風海濤亭　502
天平山　272
天峰嶺　39
天姥山　331
天姥峰　331
天門山　365
天遊峰　500

《と》

都安堰　495
陶淵明故宅　385
滕王閣　390, 391, 392, 393
桃花巌　417
東岳　63
桃花渓　463
桃花源　462, 463
桃花潭　358, 359
潼関　129, 178, 179, 180
東京　107
桃源　462, 463
桃源観　463
東湖　341, 503
東江　522
同谷　205
東西塔　503
東山　324
銅爵（雀）園　36
銅雀台　35, 36
唐叔虞祠　46

桐城（とうじよう）　503
洮水（とうすい）　204
陶靖節祠（とうせいせつし）　385
湯泉宮（とうせんきゆう）　172
東銭湖（とうせんこ）　341
陶然亭（とうぜんてい）　16
東台（とうだい）　42, 43, 481
同泰寺（どうたいじ）　236
銅駝街（どうだがい）　106
銅駝陌（どうだはく）　106
銅駝坊（どうだぼう）　106
唐長安城（とうちようあんじよう）　131
洞庭湖（どうていこ）　266, 432, 434, 435, 436, 439
洞庭山（どうていざん）　266
東田（とうでん）　244
当塗（とうと）　349
東屯（とうとん）　469
桐柏観（とうはくかん）　331
桐柏宮（とうはくきゆう）　331
東坡赤壁（とうばせきへき）　405, 406
東武丘寺（とうぶきゆうじ）　260
桃葉渡（とうようと）　246
唐洛陽城（とうらくようじよう）　83
闘龍山（とうりゆうざん）　268
東林寺（とうりんじ）　381, 382
道林寺（どうりんじ）　449
洞霊観（どうれいかん）　293
陡河（とが）　528
杜曲（ときよく）　153, 154
独秀山（どくしゆうざん）　523, 524
独秀峰（どくしゆうほう）　524
独楽園（どくらくえん）　89, 90
独楽寺（どくらくじ）　29
都江堰（とこうえん）　495
杜公祠（とこうし）　152, 457
杜工部祠（とこうぶし）　152, 457
杜工部祠堂（とこうぶしどう）　205
杜子祠（としし）　152
杜城郊居（とじようこうきよ）　153
兜率寺（とそつじ）　18
徒太山（とたいざん）　31
都龐嶺（とほうれい）　515
杜甫草堂（とほそうどう）　473, 474, 475
杜甫墓（とほぼ）　457
呑海亭（どんかいてい）　276
敦煌（とんこう）　215

《な》

南安巌（なんあんがん）　505
南河（なんが）　475
南海（なんかい）　15
南海王廟（なんかいおうびよう）　509
南海神廟（なんかいしんびよう）　509
南岳（なんがく）　368, 452
南岳衡山（なんがくこうざん）　449
南華寺（なんかじ）　518
南京（なんけい）　472
南湖（なんこ）　322, 341, 404
南山（なんざん）　148
南市（なんし）　480
南四湖（なんしこ）　80
南昌（なんしよう）　393
南城（なんじよう）　14
南昌山（なんしようざん）　393
南津大航橋（なんしんだいこうきよう）　239
南禅寺（なんぜんじ）　43
南荘（なんそう）　92
南台（なんだい）　42
南屏晩鐘（なんぺいばんしよう）　304
南浦（なんぽ）　393
南浦亭（なんぽてい）　393
南楼（なんろう）　398
難老泉（なんろうせん）　46
南淮大橋（なんわいだいきよう）　239

《に》

二公亭（にこうてい）　503
二十四橋（にじゆうしきよう）　284, 285
二十里松（にじゆうりしよう）　336
二祖庵（にそあん）　122
二蘇墳（にそふん）　127
日観峰（につかんほう）　63, 65
二妃廟（にひびよう）　456
二霊山（にれいざん）　341

《ね》

熱海（ねつかい）　229
燃（ねん）（然）犀亭（さいてい）　344

《は》

排雲宝閣（はいうんほうかく）　109
梅関（ばいかん）　515, 519
梅崗（ばいこう）　247
煤山（ばいさん）　15
梅嶺（ばいれい）　515, 517
覇王祠（はおうし）　343
馬嵬（ばかい）　193
馬嵬坡（ばかいは）　192, 194
破額山（はがくさん）　423
巴丘湖（はきゆうこ）　437
灞橋（はきよう）　162, 163, 164
白雲山（はくうんざん）　272
白雲泉（はくうんせん）　272
白雲洞（はくうんどう）　514
莫賀延磧（ばくがえんせき）　226
白居易草堂（はくきよいそうどう）　379, 384
白居易墓（はくきよいぼ）　96, 97
莫高窟（ばくこうくつ）　215
白沙堤（はくさてい）　301
白山（はくさん）　208
薄山（はくざん）　57
莫愁湖（ばくしゆうこ）　245
麦積山（ばくせきざん）　205
白兆山（はくちようざん）　417
白兆山桃花巌（はくちようざんとうかがん）　417
白堤（はくてい）　301
白帝城（はくていじよう）　468, 469
白頭山（はくとうざん）　31
白馬寺（はくばじ）　98, 99
瀑布（ばくふ）　378, 379, 380
瀑流水（ばくりゆうすい）　74

白龍堆（はくりゅうたい）　226
白龍堆沙（はくりゅうたいさ）　226
白鹿洞（はくろくどう）　384
白鹿洞書院（はくろくどうしょいん）　384
白鷺洲（はくろしゅう）　245
破山寺（はざんじ）　271
馬訾水（ばしすい）　30
巴水（はすい）　477
灞水（はすい）　162, 164
繁台（はだい）　117
八詠楼（はちえいろう）　340
八陣磧（はちじんせき）　470
八嶺山（はちれいざん）　419
撥雲尖（はつうんせん）　331
八達嶺（はったつれい）　24, 25
八達嶺長城（はったつれいちょうじょう）　25
灞亭（はてい）　163
破訥沙（はとつさ）　61
哈密（ハミ）　227
哈密力（ハミリ）　227
鄱陽湖（はようこ）　387
灞陵橋（はりょうきょう）　164
覇陵亭（はりょうてい）　162
灞陵亭（はりょうてい）　163
万安橋（ばんあんきょう）　504
樊姫墓（はんきぼ）　428
万金湖（ばんきんこ）　341
盤谷（ばんこく）　111
盤谷寺（ばんこくじ）　111
万歳山（ばんざいさん）　15
万歳楼（ばんざいろう）　273, 274
樊山（はんざん）　398
盤山（ばんざん）　29
半山園（はんざんえん）　243
万寿山（ばんじゅさん）　15
樊川（はんせん）　153, 154
万年宮（ばんねんきゅう）　158
樊妃塚（はんひちょう）　428
万仏頂（ばんぶつちょう）　488
万里橋（ばんりきょう）　480, 481
万里の長城（ばんりのちょうじょう）　21

《ひ》

飛雲峰（ひうんほう）　512, 513
飛玉泉（ひぎょくせん）　380
微山湖（びざんこ）　80
渼陂（びひ）　157
辟支塔（びゃくしとう）　82
飛来峡（ひらいきょう）　521
飛来寺（ひらいじ）　521
飛来峰（ひらいほう）　310
琵琶亭（びわてい）　376, 377
岷江（びんこう）　475, 481, 497
岷山（びんざん）　485, 497

《ふ》

武威（ぶい）　202
武夷山（ぶいさん）　500
武夷精舎（ぶいせいしゃ）　501
楓橋（ふうきょう）　256, 257, 258
普縁禅寺（ふえんぜんじ）　160
府河（ふが）　475
不其山（ふきさん）　78
武丘寺（ぶきゅうじ）　260, 261
巫峡（ふきょう）　464, 466
浮玉山（ふぎょくざん）　275
福州（ふくしゅう）　502
覆舟山（ふくしゅうざん）　235
伏波山（ふくはざん）　525
伏龍観（ふくりゅうかん）　495
伏龍祠（ふくりゅうし）　495
蕪湖（ぶこ）　371
武侯祠（ぶこうし）　197, 478, 479
武侯廟（ぶこうびょう）　196, 470, 478, 479
武侯墓（ぶこうぼ）　197
武侯墓祠（ぶこうぼし）　197
巫山（ふざん）　466, 467
巫山十二峰（ふざんじゅうにほう）　466
巫山神女廟（ふざんしんにょびょう）　467
巫山廟（ふざんびょう）　467
武周山石窟寺（ぶしゅうざんせっくつじ）　44
武周川水（ぶしゅうせんすい）　44
富春江（ふしゅんこう）　315, 316
富春山（ふしゅんざん）　315
扶胥（ふしょ）　509
武昌（ぶしょう）　398
巫女廟（ふじょびょう）　467
普陀（補陀）山（ふだ（ふだ）さん）　337
普陀洛迦山（ふだらくかざん）　337
補陀洛山寺（ふだらくさんじ）　337
武担山（ぶたんざん）　481
武担山寺（ぶたんさんじ）　481
仏宮寺釈迦塔（ぶつきゅうじしゃかとう）　53
仏光寺（ぶつこうじ）　42
普納沙（ふどうさ）　61
武当山（ぶとうざん）　422
武都山（ぶとざん）　481
巫峰（ふほう）　466
普明禅院（ふみょうぜんいん）　91
芙蓉園（ふようえん）　137
芙蓉湖（ふようこ）　267
芙蓉城（ふようじょう）　472
芙蓉池（ふようち）　137
芙蓉峰（ふようほう）　527
芙蓉楼（ふようろう）　273, 274
普楽寺（ふらくじ）　75
普利院（ふりいん）　269
武陵桃源（ぶりょうとうげん）　462
武霊叢台（ぶれいそうだい）　32
汾河（ふんが）　49
文君井（ぶんくんせい）　475
粉江（ふんこう）　475
汾水（ふんすい）　49
分水嶺（ぶんすいれい）　200
分贓台（ぶんぞうだい）　81

《へ》

平羌峡（へいきょうきょう）　477
平羌江（へいきょうこう）　477
聘君亭（へいくんてい）　394
平江（へいこう）　254
平湖秋月（へいこしゅうげつ）　304

平山堂　286, 287, 288
并州　45
平城　44
平水江　325
平泉山居　92
平泉荘　92, 93
平泉林居　92
平台　115
平楽澗　124
碧雲寺　18
碧山　417
汨水　440
汨羅江　440, 441, 442, 444
汨羅廟　440
碧蓮峰　527
北京　14
汴河　112
汴渠　107, 112
便橋　184
汴京　107, 108
汴水　112
汴堤　112
便門橋　184

《ほ》

法雲寺　268
望遠亭　247
鳳凰橋　354
宝応寺　364
法王寺　125
鳳凰台　237
望海山　30
望海峰　43
放鶴亭　307
望闕台　396
望闕亭　535
豊湖　514
房湖　493
房公湖　493
包公孝粛祠　374
包公祠　374
方山　82
茅山　250
芒山　103
邙山　103, 104, 105
法浄寺　286
鳳翔東湖　158
宝所塔　311
萌渚嶺　515
奉先寺　94
宝帯橋　265
龐徳公　415
趵突泉　69, 74
報寧寺　243
邙坂　103
望夫山　348
望夫石　348
蓬莱閣　77
豊楽亭　363
彭蠡湖　387
彭蠡沢　387
澎浪（彭郎）磯　372
澎浪磯　373, 389
蒲澗寺　507
北岳　39
北岳廟　39
北雁蕩山　338
北湖　72
北山　103
北寺　160
北台　42
墨池　317
北鎮廟　30
北庭故城　225
北平　14
北芒　103, 104
北邙　104
北邙山　103, 104, 105
穆陵関　429
木陵関　429
北楼　355
慕才亭　306
蒲山　57
蒲州　55, 56
保叔塔　311
保俶塔　311
保障河　289
保障湖　289
牡丹坪　487
牡丹平　487
北海　15
北江　522
北固山　278, 279, 280
北固亭　278, 279
北固楼　278
北顧楼　278
輔唐山　78
ポペーダ峰　220
湓城　376
湓浦口　377

《ま》

摩訶池　482
麻姑山　397
秣陵　233
幔亭峰　500

《み》

明教寺　374
妙高台　336

《む》

無錫湖　267
無定河　199

《め》

明湖　72
鳴沙山　215, 226
鳴屧廊　252
明聖湖　301
迷楼　290

瑪瑙崗（めのうこう）　247
綿山（めんざん）　47
澠池（めんち）　117

《も》

孟浩然故居（もうこうねんこきょ）　415
孟子廟（もうしびょう）　68
孟津（もうしん）　110
輞水（もうすい）　165
蒙泉（もうせん）　417
輞川荘（もうせんそう）　165, 166, 167
輞川別業（もうせんべつぎょう）　165
孟廟（もうびょう）　68
茂陵（もりょう）　187, 188, 189

《や》

野史亭（やしてい）　47
冶城（やじょう）　243

《ゆ》

幽居寺（ゆうきょじ）　423
幽州城（ゆうしゅうじょう）　27
幽州台（ゆうしゅうだい）　27
庾公楼（ゆこうろう）　376
渝水（ゆすい）　477
庾亮楼（ゆりょうろう）　377, 398
庾楼（ゆろう）　376

《よ》

陽雲台（よううんだい）　467
瑶華島（ようかとう）　15
陽関（ようかん）　213, 214
楊貴妃墓（ようきひぼ）　192, 194
灉湖（ようこ）　437
陽朔（ようさく）　527
揚子津（ようししん）　291
揚子渡（ようしと）　291
揚州（ようしゅう）　283
瑶嶼（ようしょ）　15
羊城（ようじょう）　506
榕城（ようじょう）　502
揚子江（ようすこう）　292
陽台（ようだい）　467
煬帝行宮（ようだいあんぐう）　290
煬帝陵（ようだいりょう）　290
羊腸坂（ようちょうはん）　52
楊無敵廟（ようむてきびょう）　26
浴日亭（よくじつてい）　509

《ら》

雷首山（らいしゅざん）　57, 58
来青軒（らいせいけん）　17
雷峰夕照（らいほうせきしょう）　304
雷峰落照（らいほうらくしょう）　304
耒陽（らいよう）　457
濼（らく）　74
落雁峰（らくがんほう）　181
洛橋（らくきょう）　83
楽山（らくざん）　476
洛水（らくすい）　83, 84, 85, 86
落帽台（らくぼうだい）　419
濼邑（らくゆう）　69
楽遊園（らくゆうえん）　142
楽遊苑（らくゆうえん）　235
楽遊原（らくゆうげん）　142, 143, 144
洛陽（らくよう）　83, 84, 85
洛陽橋（らくようきょう）　504
邏些（らさ）　230
邏逤（らさ）　230
羅池廟（らちびょう）　530, 531
羅浮山（らふざん）　512, 513
爛柯山（らんかさん）　332
藍関（らんかん）　168, 169
蘭州（らんしゅう）　207
蘭亭（らんてい）　319
藍田関（らんでんかん）　168, 169
藍田山荘（らんでんさんそう）　165

《り》

驪宮（りきゅう）　172
陸機宅（りくきたく）　231
陸子泉（りくしせん）　269
灕江（りこう）　524, 525, 526
灕山（りざん）　525
驪山（りざん）　172
驪山宮（りざんきゅう）　172
驪山湯（りざんとう）　172
酈（麗）山陵（り ざんりょう）　175
利州（りしゅう）　496
離堆（りたい）　495
李太白酒楼（りたいはくしゅろう）　76
栗里（りつり）　385, 386
履道里白居易故宅（りどうりはくきょいこたく）　91
李白故里（りはくこり）　494
李白酒楼（りはくしゅろう）　76
李白書堂（りはくしょどう）　360
李白墓（りはくぼ）　349
留斡峰（りゅうあつほう）　26
龍淵（りゅうえん）　124
榴花書屋（りゅうかしょおく）　318
流江（りゅうこう）　475
龍泓（りゅうこう）　311
柳侯祠（りゅうこうし）　530, 531
隆興寺（りゅうこうじ）　38
龍興寺（りゅうこうじ）　38
隆興府（りゅうこうふ）　393
留侯墓（りゅうこうぼ）　80
龍山（りゅうざん）　419
龍山落帽台（りゅうざんらくぼうだい）　419
柳子祠（りゅうしし）　459
柳子廟（りゅうしびょう）　459
柳州（りゅうしゅう）　530, 531
龍湫（りゅうしゅう）　311
龍井（りゅうせい）　311
龍井泉（りゅうせいせん）　311
龍泉（りゅうせん）　311
龍泉寺（りゅうせんじ）　18
柳先生祠堂（りゅうせんせいしどう）　459

柳宗元廟　458
龍蔵寺　38
龍堆　226
龍潭　124
龍潭穴　159
龍潭寺　124
隆中　416
龍盤山　29
龍門　54, 94
龍門閣　490
龍門山　94
龍躍池　482
龍游寺　275
柳浪聞鶯　304
凌雲山　476
凌雲寺　476
梁園　115, 116
梁王吹台　117
霊感寺　145
凌巌寺　357
凌歊台　375
梁山　81
良山　81
梁山泊　81
涼州　202, 203
霊鷲峰　310
両峰挿雲　304
梁父山　63
呂翁祠　32
緑野堂　92
閭山　30
呂仙祠　32
臨江亭　280
臨滄観　247
輪台　225
輪台故城　225
臨洮　204
林和靖墓　307
臨楡関　37

《れ》

霊隠寺　309, 310
霊隠天竺寺門　309
霊巌山　251, 252, 253
霊巌山寺　251
霊巌寺　82, 251, 252, 253
霊渠　528, 529
蠡湖　267
麗水　497
冷泉　309
霊泉観　174
冷泉亭　309
伶仃洋　522
零丁洋　522
霊峰　333
歴下　69
歴下亭　69, 70
歴山　57, 71, 268
歴城　69
歴水陂　70, 72
蓮花峰　366
蓮華峰　181
練湖　235

《ろ》

楼観　161
郎官湖　404
楼観台　161
弄玉祠　159
老君廟　106
嶗山　78
労山　78
牢山　78
隴山　200, 201
隴首　200
老人村　487
閬水　477
隴水　200, 201
弄水亭　351
労盛山　78
獠沢　487
老宅　487
老沢　487
隴坻　200
隴頭　200
琅瑠駅　493
隴頭水　200
隴坂　200
郎峰　333
琅琊山　364
琅琊山寺　364
老爺頂　48
楼蘭　227
労労亭　247
露筋祠　297
露筋廟　297
鹿柴　165
麓山　449
麓山寺　449
六盤山　200
六盤山脈　216
鹿門山　415
六和塔　314
魯郡　75
盧溝河　20
盧溝橋　20
廬山　378, 379, 380, 381, 382
瀘水　497

《わ》

淮陰侯廟　294
淮陰廟　294
淮河　295
淮水　241, 295

作者別詩題索引

1．作者の配列は五十音順とした。
2．収録する詩題は、文中に１句以上の詩句を収めるものを対象とし、詩題は訓読（書き下し文）を用いた。長い詩題の場合は、適宜、後ろの部分を省略し、五十音順に配列した。
3．詩題索引という名称ではあるが、広く賦や詞も含めて収めた。
4．作者不明の作品は、一括して「作者不明」の条に収めた。また、『詩経』に収める作者未詳の詩は、ひとまず『詩経』を作者名と見なして収めた。

《あ》

晏璧
黒虎泉　74

《い》

韋応物
鞏洛より舟行して黄河に入る、　110
郡斎にて雨中に諸文士と燕集す　254
滁州の西澗　362
西塞山　424
高きに登り洛城を望みて作る　86
龍門遊眺　94
琅琊山寺に遊ぶ　364
淮上即事、広陵の親故に寄す　295
韋驤
弄水亭　351
韋蟾
岳麓・道林寺　449
韋荘
潤州の顕済閣にて暁望す　273
楚行吟　369
台城　234
長安の春　132
鄱陽湖に泛ぶ　388
巫山廟に謁す　467
北原にて閑眺す　86
揚州に過る　285
維則
獅子林即景　263
殷堯藩
友人の山中の梅花　513
陰鏗
青草湖を渡る　434
賦詠して神仙を得たり　512
尹廷高
六和の絶頂に登る　314
盧溝の暁月　20
尹夢璧
西澗の春潮　362

《う》

于謙
晋祠の風景を憶い、　46
于慎行
都門にて諸丈に留別す　359
于濆
隴頭吟　201

《え》

衛涇
澱山湖に遊ぶ　232

慧遠
盧山東林雑詩　378
袁桷
黄河　219
袁瓘
鴻門の行　177
袁啓旭
清弋江に次りて　369
袁宏道
鄴城の道　36
鄒金吾の白下に遊ぶを送る　247
盤山に入る　29
蘭亭　320
袁淑
曹子建の楽府「白馬篇」に効う　187
袁燮
東湖を望む　341
袁珍
桃花潭懐古　358
袁枚
嶧山に登る　79
興安　529
黄鶴楼　401
西樵山に遊び、左に行く　514
独秀峰　524
馬嵬　194
李松雲太守の、莫愁湖を重修　245
琵琶亭　377

《お》

王安石
烏江亭　343
王微之の秋浦にて斉山を望み　352
宜春苑　107
元珍、詩と以に緑石硯を送らる　520
顧亭林　231
若耶渓帰興　326
謝公墩　243
州橋　108
衆楽亭に寄題す　341
鍾山に遊ぶ　244
鍾山即事　244
辱井　236
垂虹亭　265
大茅山に登る　250
天童山の渓上　336
半山の春晩即事　243
船を瓜洲に泊す　291
平山堂　287
平甫の『舟中にて九華山　361
明妃曲　60
雷国輔に別る　368
王維
韋評事を送る　62, 217
燕支行　208, 222
漢江臨汎　412
斤竹嶺　166
元二の安西に使いするを送る　186, 214
香積寺に過る　151
康太守を送る　399
雑詩　110
山居秋瞑　166
始皇墓に過る　176
終南山　149
青龍寺の曇壁上人兄の院集　145
積雨輞川荘の作　166
竹里館　166
使いして塞上に至る　62
田園楽　166
桃源の行　462
塞を出でて作る　62
百舌鳥を聴く　134
平澹然判官を送る　214
方尊師の嵩山に帰るを送る　124
劉司直の安西に赴くを送る　214
涼州郊外の遊望　203
老将の行　218
隴西の行　209
鹿柴　165
王洧
蘇堤春暁　304
平湖秋月　304

王毓徳
仙霞嶺を度る　333
王禹偁
鴻溝を過ぐ　118
庶子泉　364
中条山　57
琅琊山　364
王惲
金山寺に游ぶ　275
虞姫墓　342
虞郷道中　57
瓊華島に游ぶ　15
元遺山先生を追挽す　47
香山寺の画巻に題す　17
棲巌寺に遊ぶ　58
又た石橋山に題す　332
霊巌寺に遊ぶ　82
汪琬
西湖の歌　友を送る　306
王炎
赤壁図　406
王応麟
天童寺　336
王漑
老人村　487
王廓
小孤山　373
王翰
飲馬長城窟行　22
洪洞の劉允中の入関するを送る　157
涼州詞　203
王琪
招隠寺に題す　282
王沂
陸友仁の尺五城南の詩に和す　14
王羲之
蘭亭　319
王丘
詠史　324
王建
飲馬長城窟　22
羽林行　188
江陵即事　418
上陽宮　87
蜀中の薛濤校書に寄す　480, 484
北邙行　104
夜、揚州の市を看る　283
涼州の行　203
王阮
禹廟　334
王献之
桃葉の歌　246
汪玄錫
黄山の歌　367
王元節
青塚　60
汪元量
易水　34
焦山　281
汪沆
紅橋秋禊の詞、　289
王宏
従軍行　204
王鏊
香山　17
茅山　250
汪広洋
両梁山　365
王粲
詠史詩　33, 198
公讌　35
七哀詩　162
王之渙
鸛雀楼に登る　55
涼州詞　211
王爾鑑
雨後の夜　泗水に泛びて兗州に赴く　75
王之誥
鴨緑江を瞰う　30
王士禛
雨に酔翁亭に過る　363
韋曲　154
雨中　太白楼に登る　76
開先瀑布　380

霍太山　48
河中の感懐、諸兄に寄す　56
九日、黒窰厰に登高し、　16
暁雨　復た燕子磯の絶頂に登る　249
剣門に入る　492
江行して識舟亭を望む　371
七夕　獲鹿県に宿り、　38
秋柳　73
首陽山　58
秦淮雑詩　242
西澗　362
石鐘山　389
徂徠懐古　79
徂徠山下の田家　79
大孤山　389
戯れに元遺山の論詩絶句に倣う　425
張文献公祠　519
杜曲　154
馬嵬懐古　194
灞橋にて内に寄す　164
再び露筋祠に過る　297
汴県にて諸葛忠武侯の祠に謁す　197
明湖を憶う　72
夜雨　寒山寺に題し、　257
冶春絶句　289
夜　燕子磯に登る　249
歴下亭　70
廬山に入る口号　378

王思誠

砥柱峰　110

王士性

薛濤井　484

王十朋

九華山　360
屈原の廟に題す　426
七月三日、鄱陽に至る　394
昭君村　427
秦君亭　505
剡渓　328
楚塞楼　410
天台の国清寺に題す　330
桃源の図に和す　462
東湖　503
東湖小飲　503
東坡に游ぶ　406
銅陵に風に阻まる　375
洛陽橋　504

王守仁

蟂磯に登り　371
謫仙楼　347
李白祠　360

王樹枏

昭陵　191

汪遵

杞梁の墓　23
李太尉の平泉荘に題す　93

王偁

浯渓に遊び、　460

汪承爵

恒山に登る　39

王昌齢

王維と同に青龍寺の曇壁上人兄の院に集う　145
香積寺にて万廻・平等の二聖僧　151
従軍行　211, 227
出塞　61
薛大の安陸に赴くを送る　429
太湖の秋夕　266
長信秋詞　134
東京府県の諸公　綦毋潜　85, 98
万歳楼　274
芙蓉楼にて辛漸を送る　274, 429
龍標の野宴　446
梁苑　116

王汝浹

懸空寺に過る、　53

王紳

峡に入る　464

汪忱

爛柯山　332

王任相

易水の秋風　34

王仁裕

麦積山の天堂に題す　205

王崇簡
重ねて潭柘寺に遊ぶ　18
王世貞
横江詞　347
夏鎮　80
五老峰　422
娘子関にて偶ま成る　47
滁陽に抵りて　363
真定の陳使君、大悲閣に邀え飲む　38
太和より絶頂に登る　422
陳体乾太僕、酔翁亭に邀え飲む　363
莫愁湖の徐氏荘に游ぶ　245
碧雲寺の泉　18
王世懋
蓬莱閣に寄せて訊う　77
王籍
若邪渓に入る　244, 325
王錚
嘉靖辛酉、使いを河東に奉じ　99
王操
塞上　199
王泰
巫山高　466
王銍
古漁父詞　54
剡渓の王秀才、画ける『子猷　328
王直
西湖　16
王廷相
帝京篇　14
王貞白
暁に蕭関を発す　217
王陶
仏光寺　42
王伯稠
美人詠・上官昭容　156
王夫之
瀟湘大八景詞　436
王無競
北のかた長城に使いす　22
巫山　467
王紱
金台夕照　28
西山霽雪　19
翁方綱
千仏山　71
王勃
春日　楽遊園に宴して、　142
滕王閣　390, 393
王野
征夫の怨み　212
王融
巫山高　467
欧陽脩
黄河八韻、寄せて聖兪に呈す　110
黄牛峡の祠　425
絳守居園池　51
庶子泉　364
滁州の酔翁亭に題す　363
晋祠　46
聖兪に寄す　425
滄浪亭　262
朝中措　287
白傅の墳　97
琵琶亭　377
豊楽亭遊春　363
菩提より月に歩みて　広化寺に帰る　95
廬山高し、同年の劉中允の　378
王鑨
商山を望みて古えを懐う　171
王湾
北固山下に次る　273, 278
鄂爾泰
甲秀楼　499
温子昇
涼州楽歌　202
温庭筠
咸陽にて雨に値う　184
湖陰詞　371
江南曲　239
五丈原に過る　195
謝公墅の歌　240
商山早行　171

箏を弾く人　227
蘇小小の歌　306
潼関に過る　180
利州の南渡　266, 496

《か》

解縉
興安渠　528
小孤山　373
羅池廟　531
夏維藩
単父の琴台に登る　82
夏完淳
宝帯橋　265
郭奎
涇県　358
郭祥正
運判・呉翼道の、石室に留題せる　520
金陵の賞心亭　248
采石渡　345
韶州の唐の張文献公の祠堂　519
天竺峰　310
天門山　365
南安巌　505
蕪陰北寺の檜軒　371
郭松年
筇竹寺の壁に題す　533
郭震
塞上　209
岳正
燕台懐古　34
盤谷に遊びて感有り　111
郭正域
香山寺　17
郭璞
江の賦　421
岳飛
池州の翠微亭　352
郭文
太華の蘭若に登る　533
夏倪
漢陽の郎官湖に題す　404
何景明
易水行　34
五丈原に登りて武侯廟に謁す　196
蘇子　赤壁に遊ぶの図　407
呂公祠　32
何耕
青羊宮　482
柯芝
横江　347
賈至
早に大明宮に朝して、　132
夏竦
国清寺　330
何紹基
武侯祠　479
花蕊夫人徐氏
宮詞　482
何遜
新月を望みて同羈に示す　295
征人の分別するを見る　216
日夕に江を望み、魚司馬に贈る　376
賀知章
郷に回りて偶ま書す　323
賀鋳
采石磯　345
青玉案　264
天門謡　365
賀朝
従軍行　222
華鎮
崇寧元年五月十六日、天漢橋　108
道林寺　449
洛陽橋　504
葛天民
元夕西陵橋にて月を観る　306
賈島
易水懐古　33
韓潮州愈に寄す　511
黄鶴楼　401
呉処士を憶う　328

朱可久の越中に帰るを送る　113
北岳廟　39
山を望む　132
夜に坐す　423
賈登
上陽宮の賦　87
賈篤本
天柱峰の頂きに登り、　422
韓偓
早に藍関を発す　169
洞庭にて月を玩づ　436
顔延之
詩　524
始安郡より都に還るとき、　431
韓琦
虎北口を過ぐ　26
梁山泊を過ぐ　81
貫休
杞梁の妻　23
古塞下曲　230
三峡にて猿を聞く　464
韓元吉
霜天曉角（蛾眉亭）　346
韓翃
客の江寧に之くを送る　240
石邑山中に宿す　38
薦福寺の衡岳禅師の房に題す　136
寒山
詩　330
顔真卿
清遠道士の詩を刻して、　260
管正伝
西泠橋　306
韓琮
楊柳枝詞　164
韓滮
広教寺に宿す　362
簡文帝蕭綱
雁門太守の行　40
湘東王の横吹曲に和す　100
臨海太守の劉孝儀・蜀郡太守の　488
韓邦奇
再び霍州に過る　48
韓愈
嗟哉董生の行　295
袁州に量移せられ、　518
寒食の日出遊す　420
桂州の厳大夫を送る　523
衡岳廟に謁し、遂に岳寺に宿して、　452
鴻溝を過ぐ　118
左遷せられて藍関に至り、　168, 510
謝自然の詩　498
条山蒼し　57
湘中　441
水部張員外籍と同に、曲江に春遊　138
青龍寺に遊び、崔大補闕に贈る　145
鄭尚書の南海に赴くを送る　506
桃源図　462
東都にて春に遇う　86
南山の詩　150
門を出づ　132
李花　85
臨瀧寺に題す　510
盧郎中雲夫、盤谷子を送る詩両章　111

《き》

紀昀
烏魯木斉雑詩　228
揚州二絶句　283
魏允貞
岳陽楼　433
紀映淮
桃葉渡　246
魏源
衡岳吟　452
太史公の墓　199
魏徴ら
豫和　131
魏万
金陵にて李翰林謫仙子に酬ゆ　233
綦毋潜
鶴林寺に題す　282

天竺寺に登る　310
春　若耶渓に泛ぶ　325
霊隠寺の山頂の禅院に題す　309

邱起鳳

平泉朝に遊ぶ　93

丘 処機

労山　78

丘 丹

湛 長 史の旧居に題す　269

許安仁

少林寺　123

喬宇

応県の木塔に題す　53
秋 風亭下に舟を泛ぶ　50

姜夔

垂虹を過ぐ　265
昔遊詩　436
揚州慢　285

龔 景瀚

鴻門阪　177

龔 自珍

己亥雑詩　281

姜 時棠

九 宮即事　423

喬 世寧

始皇墓を経たり　176

皎 然

塞下曲　247
晩春　桃源観を尋ぬ　463

許堯佐

石季倫の金谷園　102

魚玄機

浣紗廟　335
江行　403
重 陽　雨に阻まる　419
劉 尚 書に寄す　49

許彦国

虞美人草の行　342

許衡

西山に別る　19

許渾

咸陽城の東楼　184, 185
金陵懐古　233
晩に龍門の駅楼に登る　54
呉門にて振武の李 従 事を送る　227
謝亭送別　355
秋 日　闕に赴かんとして、 180
途に李翰林の墓を経たり　349
凌 歊 台　375

許 秀 貞

黔霊山の絶頂に登る　499

許 尚

澱山　232

許如蘭

四 頂 山に登りて　370

許棠

雁門関にて野望す　41
穆 陵 関を過ぐ　429

靳学顔

青龍寺を望む　146

金農

平山堂　289

金武祥

遍く桂林の山岩に遊ぶ　523

金幼孜

郊に出で猟を観んとして　218

《く》

空海

青龍寺の義操阿闍梨に留別す　146

瞿式耜

密之の『還珠・水月の諸洞に　525

虞集

小姑及び彭浪廟に遊び　372
滕王閣　392

屈原

九歌「河伯」　393
九歌「湘君」　442
九歌「湘夫人」　434, 442, 443, 461
九 章「懐沙」　446
九 章「昔往日」　446
九 章「悲回風」　497
漁父　262, 441

屈大均
于忠粛の墓　308
広州茘枝詞　506
早に大同を発して作る　44
杜曲にて杜子美先生の祠に謁す　152
瞿佑
汴梁懐古　108
虞［盧？］羽客
結客少年場行　208

《け》

邢雲路
夕陽巌　39
倪謙
金人の五馬　毬を撃つの図　31
倪瓚
竹枝歌を聞き、因りて其の声に効う　232
荊叔
慈恩の塔に題す　141
厳維
人の金華に入るを送る　340
阮瑀
詠史詩　33
元結
欸乃曲　460
橘井　461
朝陽巌下の歌　460
元好問
雁門関を過ぐ　41
承天の懸泉に遊ぶ　47
済南雑詩　69, 71, 73
赤壁図　407
太原にて張彦遠に贈る　45
台山雑詠　43
南楼を発して雁門関を度る　41
北岳　39
都を出づ　14
元稹
姨兄胡霊之の　寄せらるる　419
岳陽楼　432
厳司空　重陽の日に　419
憲宗章武孝皇帝挽歌詞　230
江花落つ　477
四皓廟　171
州宅を以て楽天に夸る　317
湘南にて臨湘楼に登る　445
上陽の白髪人　88
襄陽楼に過りて　418
水上にて楽天に寄す　376
浙西の大夫李徳裕の『述夢　147
孫勝を送る　420
八駿図詩　229
楽天の『楽遊園に登り　144
呂衡州を哭す　455
厳嵩
愚渓を尋ねて柳子廟に謁す　459
阮籍
詠懐　115, 117
玄宗李隆基
蜀に幸して、西のかた剣門に至る　491
晋陽宮に過る　45
潼関口号　178
二相已下の群官と同に、楽遊園　142
途に華岳を経たり　181
元帝蕭繹
江陵県を出でて還る詩　430
蕪湖に泛かぶ　371
権徳輿
広陵詩　283
棲霞寺の雲居室　249
蘇小小の墓　305
乾隆帝
液池の東岸より、　15
岳廟に謁す　120
蹕を吉林の境に駐め　31
香山寺に題す　97
嵩陽書院　121
千山を望む　30
独楽寺に過りて戯れに題す　29
蘭亭即事　320
龍井の上に坐して茶を烹　311
盧溝の暁月　20

《こ》

呉偉業
拙政園の山茶花を詠む　263
耿湋
春日　洪州即事　393
清源寺に題す　167
太原にて許侍御の幕を出でて　45
南康を発して　夜　贛石の中　395
項羽
垓下の歌　342
江淹
冠軍の建平王に従いて　383
古離別　41
康海
薦福寺に至る　136
洪适
赤城　329
康熙帝
顕通寺　43
広寧に過りて医巫閭山を望む　30
松花江にて船を放つ歌　31
昭君墓　60
清晨　盤山に入る　29
長白山を望み祀る　31
高啓
館娃閣　251
剣池　259
伍子胥を弔う　314
天平山　272
湯氏の江楼に宿し　313
白雲泉　272
楓橋　257
問梅閣　263
霊巌に遊ぶ　253
黄景仁
華不注　71
青弋江を渡る　369
冬日　西湖に過る　303
高元貞
微子墓に謁す　80
江皐
包孝粛先生の祠に謁し、感有り　374
黄洪憲
山海関に過る　37
康弘祥
渼陂にて古えを弔う　157
黄公度
石室巌に題す　520
陳晋公　壬戌四月上澣を以て、　503
項斯
爛柯山に遊ぶ　332
李白の墓を経たり　349
貢師泰
王維の輞川図に題す　167
黄之璧
補陀に題す　337
寇準
華山　183
高翥
育王寺　337
仙霞嶺を度る　333
黄汝良
孟夫子の廟に過りて瞻謁す　68
杭世駿
梅嶺　515
高適
邯鄲少年行　32
九曲詞　230
金城の北楼　207
群公と同に秋　琴台に登る　82
薊門　28
薊門にて王之渙・郭密之に遇わず　27
広陵の棲霊寺の塔に登る　286
子賤の琴堂に登りて詩を賦す　82
青夷軍に使いして居庸に入る　24
宋中　116
東平にて前衛県の李寀少府に別る　81
裴員外に酬ゆるに　192
隴に登る　201
江総
摂山の棲霞寺に入る　249
并州の羊腸坂　52

黄宗羲
小孤山　373
青藤の歌　318
高宗李治
五言、棲巌寺に過る　58
慈恩寺に謁して奘法師の　139
高祖劉邦
大風の歌　298
黄庭堅
雨中　岳陽楼に登りて　439
往歳、広陵に過り、　283
快閣に登る　396
鄂州の南楼にて事を書す　398
桂州に到る　524
次韻して邢惇夫に答う　497
蕭家峡を上る　397
庭堅　去歳の九月を以て　398
洞庭・青草湖を過ぐ　437
人の茶を恵むに謝す　288
磨崖碑の後に書す　460
黄滔
東林寺に遊ぶ　381
黄東昀
七星山に遊ぶ　525
江東之
甲秀楼　499
黄道周
思いは華山の頂に在り　183
黄道年
四頂山に登る　370
高攀龍
水居　267
高駢
残春遣興　482
湘妃廟　438
皇甫涍
桐柏観に憩う　331
皇甫冉
秋夜　厳維の宅に宿る　258
巫山峡　467
康有為
万里の長城に登る　25
高有隣
馬嵬　194
孔鏞
象鼻山　525
洪亮吉
伊犂紀事詩　228
嘉峪関に入る　209
杭淮
賈太傅の宅　448
定王台　451
呉栄光
輞川に過る　167
顧炎武
京師の作　14
古北口　26
少林寺　123
龍門　54
胡応麟
山麓に臥仏寺に遊ぶ、　18
胡介
杜湘草の呉門に遊ぶを送る　186
胡介祉
州橋の明月　108
呉学洙
晩に弋江に抵る　369
呉寛
鄒県にて孟子廟に謁す　68
豊楽亭を分題して　363
呉綺
岳麓書院に遊び　450
呉希孟
大安に宿りて懐い有り　30
顧況
黄鵠楼の歌　独孤助を送る　401
湖中　437
小孤山　372, 389
青弋江　369
裴観察の「東湖にて山を望む歌」　394
本部の韋左司に酬ゆ　254
李秀才の嵩山に遊ぶを送る　119
琅邪の上方に題す　364

呉均
王謙に別る　324
蕭洗馬子顕の古意に和す　211
呉敬梓
金陵景物図詩　240
胡皓
峡を出づ　421
呉国倫
蘆溝橋　20
胡纘宗
杏壇　66
呉三楽
九日の晩、上清宮に登る　106
呉資
合肥懐古　374
呉孜
春閨怨　211
胡宿
桃葉渡　246
顧嗣立
少林寺に宿る　123
呉節
蘇墳に謁す　127
呉全節
中岳廟にて龍簡を投ず　120
胡曾
烏江　343
易水　34
漢江　411
函谷関　130
牛渚　344
金陵　236
交河塞下曲　224
鴻門　177
五丈原　196
章華台　369
赤壁　405
蒼梧　461
長城　22
白帝城　468
汨羅　441
澠池　117
孟津　110
呉徳徴
陽朔の形勝　527
顧非熊
月夜、王屋の仙壇に登る　111
出塞即事　218
呉雯
王官谷　57
呉文英
満江紅　澱山湖　232
呉融
兗州の泗河中の石牀に題す　75
首陽山　58
嵩山を望む　120
宋玉の宅　420
富春　316
澠池に過りて事を書す　117
顧璘
岳麓書院に謁す　450

《さ》

崔鶠
姑蘇台の賦　255
蔡雲
呉の歈　264
崔錡
賈島の墓に題す　498
蔡珪
医巫閭山　30
崔顥
渭城少年行　188
黄鶴楼　237, 400, 402, 403, 404
若耶渓に入る　325
舟行して剡に入る　327
沈隠侯の八詠楼に題す　340
長干曲　246
行きて華陰を経たり　182
蔡襄
寒食の西湖　502
恵山に即いて茶を煮る　270

蔡松年
混同江を渡る　31
崔湜
大漠の行　226
崔塗
秋、鶴林寺に宿す　282
鸚鵡洲の眺望　403
牛渚に夜泊す　344
崔道融
雪竇の禅師　336
隆中に過る　416
柴望
戒珠寺は右軍の宅　317
崔融
古えに擬う　219
東陽の沈隠侯の八詠楼に登る　340
作者不詳
孔雀東南飛　247
屈原祠に題す　442
胡笳の曲　61
古詩十九首　103
雑詩　199
州橋の明月　108
襄陽楽　413
銭唐の蘇小の歌　305
長干曲　246
勅勒の歌　61
莫高窟の詠　215
陽関の戍の詠　214
豫章行　393
隴頭歌辞　200
左思
呉都の賦　246, 251
査慎行
雨中に玉笥山を望む　397
漢陽の晴川閣　403
九日　赤松上人と同に黔霊山の　499
惶恐灘　395
七星巌を望む　520
珠江の櫂歌詞　522
上巳に平山堂下に過る　288
清弋江を渡る　369
石鐘山　389
天長県の北郭の外、垂柳　堤を夾み、　114
白鹿洞紀事　384
初めて城南の陶然亭に遊ぶ　16
武夷精舎　501
楊既明の廬州に倅たる　374
六月初四日、駕に扈いて　26
薩都剌
居庸関を過ぐ　24
清明に鶴林寺に遊ぶ　282
鳳凰台に登る　237
余は観志能と倶に公事を以て北に　81
淮東の王廉訪の清涼亭に題す　285
淮を渡る　即事　295

《し》

『詩経』衛風
河広　110
『詩経』魏風
汾沮洳　49
『詩経』周南
漢広　411
『詩経』小雅
采薇　164
天保　148
『詩経』唐風
采苓　58
『詩経』邶風
谷風　184
『詩経』魯頌
閟宮　63, 79
司空曙
苗員外と同に薦福の常師の房　136
凌雲寺に題す　476
司空図
王官　57
河湟に感有り　217
松滋渡　424
丁未の歳、王官谷に帰りて作有り　57
施肩吾
雲中の道上にて作る　41

史浩
東銭湖　341
施閏章
燕子磯　249
郝元公学博、母の艱を以て　355
九日に法王寺に登る　125
子貢植えし楷　67
春日陌頭の歌　105
青藤の引　318
銭塘観潮　313
双塔寺　362
太白祠　347
唐寓庵使君に陪して　348
孟廟　68
夜　天游峰に坐して月を得たり　500
労崱峰　502
司馬光
夏日西斎にて事を書す　90
緱山の引　126
公達の『潘楼に過りて　107
康定中、予、洛橋の南に過りて　106
邵尭夫に贈る　89
晋陽は三月　未だ春色有らず　45
銭君倚明州の衆楽亭を重修する　341
天馬の歌　219
独楽園の新春　90
李学士の北に使いするを送る　34
司馬札
河中の鸛雀楼に登る　55
司馬相如
子虚の賦　428
二世を哀れむ賦　137
謝観
上陽宮にて幸を望むの賦　87
謝勮
仙人棋　332
釈慧恭
鶴林寺　282
釈円悟
清源洞に遊ぶ　504
釈元肇
雪竇　336
天姥　331
釈斯植
門柳　164
釈超慧
滕王閣　392
釈如琇
清涼台　99
謝恵連
雪の賦　115
謝榛
居庸関　24
達摩洞　123
盤山の絶頂に登りて　29
謝瞻
張子房の詩　177
謝鐸
瓊島の春雲　15
天台山　329
謝朓
金谷の聚い　101
郡内の高斎にて閑望　350, 355
敬亭山に遊ぶ　353
敬亭山廟を祀る　353
後斎迴望　350
高斎にて事を視る　355
銅爵悲　36
東田に遊ぶ　244
入朝曲　233
伏武昌の　孫権の故城に　398
将に湘水に遊ばんとして　354
謝枋得
小孤山　373
謝霊運
華子岡に入る、是れ麻源の第三谷　397
九日に宋公の戯馬台の集い　297
京口の北固に従游して　詔に応ず　49, 278
江中の孤嶼に登る　339
七里瀬　315, 316
従弟の恵連に酬ゆ　324
彭蠡湖口に入る　387
羅浮山の賦　513
臨海の嶠に登らんとし　327, 331

朱彝尊
雨に仙霞嶺を度る　333
臥仏寺　18
采石　347
十八澗　311
再び雁門関を度る　41
彭城道中にて古を詠む　298
戎 昱
成都暮雨の秋　472
周 鶴立
包孝粛公祠　374
周 権
長城　22
周 敦頤
宋復古と同に大林寺に遊ぶ　382
周 弼
黄鶴楼の歌　401
春濃曲　369
周 文璞
再び九渓に遊ぶ　311
周 邦彦
玉楼春（惆悵）　285
西河（金陵懐古）　233
周 朴
甘露寺に題す　279
桐柏観　331
朱熹
簡寂観　384
九日山の廓然亭に寄題す　505
淳熙甲辰の中春、精舎に閑居して、　501
精舎　501
定王台に登る　451
陶公の酔石・帰去来館　386
東湖より列岫に至りて　394
梅嶺に登る　517
酔いて祝融峰を下る　454
廬山の双剣峰　383
朱晞顔
伏波巌　523, 525
祝其岱
江郎山に登る　333
祝 顥
野史の遺亭　47
朱慶余
青龍寺に題す　145
朱 純
赭山に登る　371
朱藻
鼎湖　339
述 律杰
西洱河　534
朱服
廬州に過る　374
朱無瑕
秋閨の曲　212
徐渭
燕京より馬水に至る、竹枝詞、　20
上谷の歌　25
青藤道士七十の小象に題す　318
来青亭　17
徐賁
薦福寺の南院を憶う　136
上 官儀
薛舎人の『万年宮の晩景』に酬い　158
常 建
塞下曲　60, 226
塞上曲　44
太白の西峰を夢む　161
破山寺の後の禅院に題す　271
蔣之奇
化城寺に遊ぶ　361
山堂を愛す　423
韶石を望む　518
朝陽巌に遊び、　460
蔣士銓
沈氏園に放翁を弔う　321
滕王閣　392
蕭 詮
『往往孤山映ゆ』を賦し得たり　397
章 八元
慈恩寺の塔に題す　140
邵 宝
少林寺に遊ぶ　122

昭明太子蕭統
武帝の『鍾山の大愛敬寺に遊ぶ』に 49, 244
邵雍
安楽窩中の吟 89
安楽窩中の四長吟 89
起くるに懶しの吟 89
閑適の吟 89
首尾吟 106
龍門に遊ぶ 95
鍾輅
緱山の月夜 126
徐応元
蓬莱閣に登る 77
徐開禧
桃花洲 358
徐璣
雁山 338
徐凝
嘉興の寒食 306
金谷覧古 102
香炉峰 383
伍員廟に題す 314
上陽の紅葉 88
縉雲山の鼎池に題す 339
揚州を憶う 283
廬山独夜 378
廬山の瀑布 380
徐鍵
賀蘭山を望む 218
徐堅
金城公主の 西蕃に適くを 219
徐鉉
玉笥山留題 397
九月十一日 陳郎中に寄す 419
池州の陳使君、斉山に遊ぶ 351
舒元輿
橋山懐古 198
徐照
雁蕩山に游ぶ 338
大龍湫瀑布 338
杜甫の墳 457
霊巌 338
徐崧
八月十八日 介公と同に 265
舒亶
楼試可の育王に遊ぶに和す 337
徐疇
桃花潭 358
舒頔
平山堂 288
徐熥
北邙行 105
揚州の城楼に登る 283
徐賁
滁州の西澗 362
徐有貞
秋七月望日、友人と潭柘山の 18
子蘭
乾陵の楊侍郎に寄す 191
沈応時
馬寺の鐘声 99
邙山の晩眺 105
沈括
蛾眉亭 365
夜 金山に登る 275
秦観
禹廟に謁す 334
鑑湖に遊ぶ 323
採蓮 326
子由の『平山堂に題す』に次韻す 287
白鶴観 380
辛棄疾
賀新郎（三山 502
江郎山和韻 333
南郷子 京口の北固亭に登りて 278
武夷に遊び、棹歌を作りて、晦翁に呈す 500
武夷の玉女峰 501
菩薩蛮 江西の造口の壁に題す 396
沈季友
燕京の春詠 14
秦系
春日閑居 505
沈元滄
鎮海楼に登る 508

沈詩
邙山の晩眺　105
沈周
北邙行　105
沈昌
杏花村　356
岑参
安西の館中にて長安を思う　224
宇文判官に寄す　213, 224
燕支を過ぎて杜位に寄す　208
懐州の呉別駕を送る　129
虢州の後亭にて李判官の使いして　50
火山の雲の歌、送別　223
火山を経　223
嘉州の凌雲寺に登りて作る　476
河西にて春暮　秦中を憶う　202
函谷関の歌、128, 129, 130
祁楽の　河東に帰るを送る　163
玉関にて長安の李主簿に寄す　212
玉門関の蓋将軍の歌　211
銀山磧の西館　229
金城の臨河駅楼に題す　207
郡斎にて江山を平望す　476
交河郡に使いす、224
緱山の西峰草堂にて作る　126
高適・薛拠と同に慈恩寺の　139
胡笳の歌、顔真卿の使いして　217
古鄴城に登る　36
鄠県の群官と渼陂に泛ぶ　157
歳暮　磧外より元撝に寄す　213
山房春事　116
秋夜、仙遊寺の南涼堂に宿す…　159
秋夜　笛を聞く　132
酒泉の韓太守に贈る　209
酒泉に過りて杜陵の別業を憶う　208, 209
青城龍渓の奐道人に寄す　485
鮮于庶子と漢江に泛ぶ　412
鮮于庶子の……利州に至る道中の作　496
張儀楼　471
狄員外に陪して、471
鉄門関楼に題す　229
天山の雪の歌　222
東帰して晩に潼関に次りて　179
独孤漸と別れを道う長句、225
燉煌太守後庭歌　215
日没　賀延磧にて作る　226
熱海の行　229
初めて隴山を過ぎ、201
万里橋　481
秘省の虞校書の虞郷の丞に赴く　57
武威にて劉単判官の　224
武威にて劉判官の磧西行軍に　223
北庭に赴かんとして、201
北庭にて宗学士に貽りて別れを道う　222
北庭にて作る　225
北庭の北楼に登りて、225, 226
涼州の館中にて、諸判官と夜集す　202
輪台即事　225
楼観に題す　161
隴頭の分水を経　201
沈荃
正定天寧寺の大悲閣に登る　38
沈佺期
鬼門関に入る　529
少林寺に遊ぶ　122
辛丑の歳の十月、181
邙山　104
仁宗
梅摯の杭州に知たるに賜う　300
沈伝師
詩　417
秦韜玉
辺将　199
沈徳潜
晩に夏鎮の康阜楼下に泊す　80
西湖の隄に散歩し、16
沈彬
蘇仙山に題す　461
陽朔の碧蓮峰　527
沈夢麟
普陀山に遊ぶ　337
沈明臣
浣紗石　335

沈約
玄暢楼に登る　340
鍾山の詩、西陽王の教に応ず　148
新安の江水至って清く　316
洛陽道　100

《す》

鄒浩
画山　526

《せ》

斉己
廻雁峰　455
橘洲に遊ぶ　451
舟中にて晩に祝融峰を望む　453
祝融峰に登る　453
僧の　龍門の香山寺に遊ぶを送る　97
体休上人を懐う　430
東林にて雨後　香炉峰を望む　383
道林寺の居より岳麓の禅師に寄す　449
杜工部の墳を弔う　457
耒陽に次りて作る　457
石崇
王明君の詞　59
薛季宣
竹陵の善巻洞に遊ぶ　293
薛拠
太湖に泛ぶ　266
薛瑄
禹門　54
資聖閣に登る　109
諸葛武侯の塚　197
霊巌寺に宿す　82
薛濤
旧詩を寄せ　元微之に与う　484
段相国　武担寺に遊ぶ、　481
薛能
犍為に監郡し、…　476
龍門八韻　54
銭惟善
保叔塔　311
銭起
許由の廟に謁す　127
青城山の歌を賦し得たり…　485
包何の東遊するを送る　339
銭熙
清源山　504
銭顗
爛柯山に遊ぶ　332
詹仰庇
双塔を詠ず　503
銭珝
江行無題　392
銭謙益
十一日、天都峰趾繇り　367
徐州雑題　296
丙申の春、医に秦淮に就き　242
銭公輔
衆楽亭　341
銭国珩
五里湖にて作る　267
銭昆
淮陰侯廟に題す　294
銭子義
采石　346
銭子正
杜工部の祠に題す　457

《そ》

宋昱
石窟寺に題す　44
宋琬
癸丑上元　赤壁に游びて作る　407
九日、…同に西山に遊び、　17
曾幾
岳麓寺　449
宋祁
畳嶂楼　355
石学士の　舎に直して　219

曾鞏
鶴林寺　282
甘露寺の多景楼　280
虞美人草の行　342
招隠寺　282
西湖納涼　72
千丈巌瀑布　336
趵突泉　74
霊巌寺、兼ねて重元長老　82
曹鄴
謝豫章の宋公に従いて　297
進士の下第して南海に帰るを送る　169
陽朔の友人に寄す　527
曾極
青松の路　84
桃葉渡　246
宋玉
招魂　442
宋褧
都城雑詠　14
曹瓚
広教寺に遊ぶ　362
宗璽
還珠洞に遊ぶ　525
宋子侯
董嬌饒　100
宋之問
雲門寺に宿る　318
粤王台に登る　508
『晦日　昆明池に幸す』に和し　156
函谷関に過る　128
韶州の広果寺に遊ぶ　518
少林寺に幸す　応制　122
清遠の峡山寺に宿す　521
宋公の宅にて寧諫議を送る　420
『大薦福寺に幸す』に和し奉る　135
大庾嶺の北駅に題す　516
大庾嶺を度る　516
端州駅に至りて、杜五審言　516
早に大庾嶺を発す　516
白鷴を放つ篇　79
初めて淮口に宿る　113
明河篇　83
山を下るの歌　119
龍門応制　94, 96
霊隠寺　309, 312
曹松
桂江　526
北邙を弔う　105
宋庠
大明寺の塔に登る　286
曹植
応氏を送る　103
公讌　35
三良の詩　198
又た丁儀・王粲に贈る　129
宋処仁
杏園　141
宗臣
涇県にて桃花潭を望む　358
曹操
寒さに苦しむ行　52
滄海を観る　37
宗楚客
上陽宮に幸して宴に侍す　87
曹唐
漢の武帝　将に西王母の　229
宋訥
壬子の秋　故宮に過る　14
宋犖
独楽寺　29
則天武后
九龍潭に遊ぶ　124
蘇洞
報寧寺　243
蘇洵
三遊洞の石壁に題す　409
蘇舜欽
淮中　晩に犢頭に泊す　295
滄浪亭　262
天平山　272
初めて晴れ滄浪亭に遊ぶ　262
豊楽亭に寄せ題す　363

蘇頌
仲巽の古北口の楊無敵廟に過る　26
蘇軾
永遇楽　296
潁口を出でて初めて淮山を見る、　295
蝦蟇培　410
完夫の再贈の什に次韻す、…　270
甘露寺　279
九日　黄楼にて作る　296
峡山寺　521
許遵に次韻す　292
金山寺に遊ぶ　276
恵山にて銭道人に謁して　268, 269
荊州　418
瓊・儋の間を行き、肩輿に坐睡す　535
虔州八境図　396
建封寺に宿し、暁に尽善亭に登りて、　518
江月　514
広州の蒲澗寺　507
虎丘寺　260
湖上に飲す、初め晴れ後に雨ふる　300, 302, 502
是の日　下馬磧に至り、　196
酒を被りて独り行き、　536
三游洞に遊ぶ　409
司馬君実の独楽園　90
述古の『冬日の牡丹』に和す　169
焦千之　恵山泉の詩を求む　270
壬寅二月　詔有りて…　161
西林の壁に題す　382
前韻を用いて、再び許朝奉に和す　430
前赤壁の賦　406
仙遊潭の中興寺に留題す。　160
張嘉州を送る　476, 489
澄邁駅の通潮閣　536
東湖　158
東林の総長老に贈る　381
頓起を送る　214
南華寺　518
南寺　160
念奴嬌　赤壁懐古　406
白帝廟　468
初めて黄州に到る　408
初めて廬山に入る　378
八月十五日、潮を看る　312
八月七日、初めて贛に入り　395
八陣磧　470
巫山　466
武昌の西山　398
浴日亭　509
世に伝う徐凝の瀑布の詩に云う　380
羅浮山に遊ぶ　513
驪山　174
李思訓の画ける長江絶島の図　372, 389
隆中　416
茘支を食らう　513
嶺を過ぐ　516
六月二十七日　望湖楼にて酔いて　302
六月二十日、夜　海を渡る　536
蘇迨
汾上にて秋に驚く　50
蘇轍
屈原塔　426
荊門の恵泉　417
黄州自り江州に還る　377
古北口道中、同事に呈す　26
嵩山に登る　125
池州の蕭丞相楼　351
白鶴観　383
鳳凰台　237
李公麟の陽関図　214
梁山泊にて荷花を見て　81
霊巌寺　82
蘇味道
遊びに侍る　応制　124
蘇綰
姚令公の『温湯に駕幸して　172
孫一元
龍井を飲む　311
孫応時
范氏の致爽園、石湖の韻を用う　487
孫元晏
烏衣巷　240
孫綽
蘭亭　319

孫晋
始信峰に登り　367
孫逖
雲門寺の閣に宿る　318
孫覿
楓橋寺に過りて遷老に示す　256
孫登第
桃花洲　358
孫蕡
翰林典籍張敏行の官に之きて　215
西樵　514
孫魴
甘露寺　279
金山寺に題す　277
孫万寿
遠く江南を戍りて、 231, 444

《た》

戴璟
薛濤井　484
戴王命
難老泉　46
廼賢
居庸関　25
京城雑言　14
戴叔倫
賈誼の旧居に過る　448
三閭廟に過る　442
湘南即事　446
少林寺に遊ぶ　122
太宗李世民
三台に登りて志を言う　185
中書侍郎来済を餞す　163
潼関に入る　178
戴復古
釣台　315
定王台　451
梅嶺の雲封に題す　517
段君彦
故鄴に過る　35
段克己
戊申四月、禹門に遊びて感有り　54
譚嗣同
隴山の道中　207
湛若水
祝融峰　454
段成己
汾水の秋風　50
担当
山茶の花　532
点蒼の吟　534
段文昌
武担寺の西台に題す　481
湛方生
帆して南湖に入る　387
廬山の神仙　378

《ち》

仲宏道
興隆塔影　75
中主李璟
後湖に遊んで蓮花を賞づ　235
中宗李顕
秦の始皇陵に幸す　175, 185
張謂
邵陵にて作る　461
張英
十月初二日、景山にて宴に侍す　15
張説
還りて端州駅に至る、 520
九里台に登る　428
鄴都の引　36
清遠江の峡山寺　521
聖製の『晋陽宮に過る』に和し奉る　45
聖製「途に華岳を経たり」に和し奉る　181
端州にて高六戩に別る　520
庾信の宅に過る　420
灉湖の山寺　437
梁六の洞庭山自りするを　439
張応薇
歩雲路　53

趙嘏
開元寺の水閣に題す　357
四祖寺　423
曹娥廟に題す　324
重陽の日　韋舎人に寄す　419
藍関に入る　169
霊巌寺　252
張開東
応州の木塔の歌　53
張佳胤
函関の城楼に登る　130
張拡
天台山の石橋に遊ぶ　329
張侃
十八澗　311
張含
太華寺の一碧万頃楼　533
点蒼山　534
張吉
賈太傅祠　448
張九齢
郢城の西北に大なる古冢　428
郡城の南楼に登る　393
荊州城に登りて　418
江寧を経、旧迹を覧て玄武湖に至る　235
黄門盧監の『秦の始皇陵を望む』　176
湖口にて廬山の瀑布の水を望む　380
襄陽の峴山に登る　414
城楼に登りて西山を望んで作る　393
聖製『潼関を度る口号』に　179
使いして広州に至る　508
天津橋の東にて旬宴し、　83
張喬
九華山の費徴君の故居を経たり　361
台城　234
張旭
桃花渓　463
張継
華清宮　173
白馬寺に宿す　99
楓橋夜泊　256
張憲
子夜呉声四時の歌　240
張彦修
四頂山　370
張祜
瓜洲にて暁角を聞く　291
雁門太守の行　40
金陵渡に題す　291, 292
恵山寺に題す　269
杭州の孤山寺に題す　307
杭州の霊隠寺に題す　309
潤州の金山寺に題す　276
招隠寺に題す　282
真娘の墓に題す　261
石頭城に過る　238
善権寺に題す　293
蘇小小の歌　305
蘇小小の墓に題す　305
天台山に遊ぶ　329
杜牧之の斉山登高に和す　352
李謨の笛　87
淮南に縦遊す　283
張固
独秀峰　524
張衡
温泉の賦　172
張亢
崆峒に登る　206
張擴
澱山湖を過ぐ　232
趙鴻
杜甫の同谷の茅茨　205
栗亭　205
張煌言
武林に入る　308
張孝祥
黄州　406
赭山、分韻して　371
寧淵観　371
満江紅（于湖懐古）　371
趙公豫
采石磯にて懐古す　346

張載
七哀詩 104
張三丰
橋陵 198
趙師秀
孤山の寒食 307
大龍湫 338
桐柏観 331
林逋の墓下 307
趙執信
微山湖の舟中にて作る 80
張舜民
叢台 32
暢諸
観鵲（鸛雀）楼に登る 55, 56
張翥
金山の呑海亭に登りて、 276
趙湘
国清寺に題す 330
張商英
中台 43
東台 43
張祥河
華清池 174
陡河 529
張栻
岳麓書院 450
章華台に遊ぶ 369
趙汝愚
林択之・姚宏甫と同に鼓山に游ぶ 502
張信
育王の舎利を観る 337
張正見
永陽王に従いて虎丘山に遊ぶ 259
隴頭水 201
張斉賢
午橋の新居 92
張籍
客の蜀に遊ぶを送る 474
賈島に贈る 144
虎丘寺 259
成都曲 480
僧の五台に遊び、 42
北邙行 104
李渤に寄す 120
趙善括
平山堂 288
張仲素
緱山の鶴 126
秋閨の思い 62
張登
上巳に舟を泛ぶ 246
暢当
蒲中道中 57
趙冬曦
燕公の『澭湖に別る』 437
張寧
三潭印月 304
張伯玉
禹廟に題す 334
張泌
晩に湘源県に次る 445
張蠙
黄牛峡を過ぐ 425
蕭関を過ぐ 217
張傅
広勝寺 48
趙秉文
鸛雀楼 56
乾陵に過る 191
広武山を過ぐ 118
酔翁亭に遊ぶ 363
西澗に和す 362
盧溝 20
趙抃
戒珠寺に遊び、右軍の故宅を悼む 317
乙巳の歳、関を度る 492
鬱孤台 396
書院 450
程給事書院の浣紗石に次韻す 335
杜子美の書室に題す 474
趙汸
黄山の煉丹峰に登り 366

張 方平
歌風台 298
青城山の威儀観の李錬師に贈る 487
晁 補之
銅陵を過ぎて南望すれば 361
趙 孟頫
岳鄂王の墓 308
蛾眉亭 346
恵山に留題す 270
赤壁 407
東陽の八詠楼 340
趵突泉 74
李太白の酒楼 76
張 又新
孤嶼 339
張 用瀚
蘇墳の夜雨 127
張 養浩
香山に遊ぶ 17
趵突泉 74
趙 翼
陳縄武司馬、 285
羅浮紀遊 513
儲光羲
戯馬台に登りて作る 297
茅山の華陽洞に題す 250
洛陽道 84
儲嗣宗
辺使に随いて五原を過ぐ 213
褚 翔
雁門太守の行 40
儲良材
中廟 370
陳羽
呉城覧古 253
襄陽にて孟浩然の旧居に過る 415
友人の嵩山に遊ぶを送る 124
陳可耕
九宮山に登る 423
陳基
法王寺 125
陳沂
労山 78
陳景鍾
六和塔 314
陳沆
揚州の城楼 283
陳の後主
玉樹後庭花 236
陳潤
西霊塔に登る 286
陳 淳
仙霞嶺の歌 333
陳舜俞
弄水亭 351
陳子昂
燕の昭王 27
感遇 488
空舲峡の青樹村の浦に宿る 425
薊城の西北楼に登り、 27
荊門を度りて楚を望む 421
峴山にて古えを懐う 414
白帝城懐古 468
幽州の台に登る歌 27
陳誠
崖児城 224
火焔山 223
陳廷敬
招隠寺 282
生公の講堂 261
陳陶
泉州の刺桐花の詠、兼ねて趙使君に呈す 503
隴西行 199
陳培脈
慈恩寺の浮図に登る 141
陳白沙
重ねて大忠祠に過る 522
陳孚
薊門飛雨 28
西山晴雪 19
大相国寺の資聖閣に登る 109
平山堂 288
留侯廟 80

陳諆
峨嵋亭に登りて太白の墓を弔う　346
陳与義
大龍湫に題す　338
道林・岳麓に遊ぶ　449
再び岳陽楼に登り、　433, 436
陳翼飛
横江館　347
陳琳
飲馬長城窟行　21

《て》

鄭愔
『大薦福寺に幸す』に和し奉る　135
程賀
君山に題す　439
鄭岳
会盟台　117
程鉅夫
昆明池　156
程啓元
祖越由り龍泉に過る　30
鄭谷
峨嵋の雪　489
貴侯の城南の林墅に遊ぶ　154
峡中　469
郊墅　157
興善寺に題す　147
長江県にて賈島の墓を経　498
人の九江に之きて　376
淮上にて友人と別る　292
程師孟
酔石　386
鄭燮
鄴城　36
鄭真
揺揺花　342
鄭世翼
北邙に登りて京洛を還望す　105
丁仙芝
江南曲　274
揚子江を渡る　292
鄭善夫
歳暮　江郎山に入りて　333
天姥峰　331
鄭大同
琅琊山に登る　漫興　363
程必昇
太史公の墓　199
程敏政
黄山に遊ぶ巻の引　366
黄山にて湯泉及び龍池を観て　367
鳳陽の南二十里　363
劉舎人に与う　359
程明徳
望嵩楼に登る　127
鄭洛
懸空寺に過る　53
狄仁傑
遊びに侍る　応制　124
田況
八日　大慈寺の前の蚕市　483
田雯
蒙・恵の二泉　417

《と》

杜易簡
湘川新曲　451
陶易
娘子関　47
唐寅
江南四季の歌　264
陶淵明
飲酒　385
園田の居に帰る　385
擬古　104
荊軻を詠ず　33
食を乞う　294
桃花源詩　462
党懐英
孔林に謁す　66

陶翰
蕭関を出でて古えを懐う　217
天竺寺に宿す　310
董其昌
孟廟の古檜に題す　68
唐求
巫山の下にて作る　467
竇鞏
洛中即事　88
驪山に過る　173
唐彦謙
曲江の春望　138
金陵の九日　247
長陵　189
陶弘景
『山中に何の有る所ぞ』と詔問せられ　250
鄧克劭
懸空寺に遊ぶ　53
唐之淳
独楽寺の観音閣に登る、　29
陶澍
桃花渓に過る　463
唐詢
顧亭林　231
唐順之
太行を望む　52
竇庠
金山寺　275
竇常
項亭懐古　343
任に武陵に之き、寒食の日、　424
唐正
黄山に遊ぶ　367
陶宗儀
張宗武を送る　232
鄧廷楨
天山にて壁に題す　222
道南
詩　533
陶弼
祝融峰　453
董文驥
始皇の墓処を問う　176
豆盧回
楽遊原に登りて古えを懐う　143
杜瑛
古鄴城に登る　36
杜衍
霍岳　48
独孤及
皇甫侍御の天灊山を望みて　368
杜光庭
上清宮　486
杜叔元
黄山にて作る　366
杜荀鶴
蜀客の維揚に遊ぶを送る　284
青山を経て李翰林を弔う　349
鄭員外に辞して関に入る　169
冬末　友人と同に瀟湘に泛ぶ　445
茅山に遊ぶ　250
杜審言
湘江を渡る　444
襄陽城に登る　412
蓬萊の三殿にて宴に侍し、　148
屠生
西子祠の壁に題す　335
杜甫
行在所に達するを喜ぶ　161
飲中八仙歌　209
兗州の城楼に登る　75, 79
灩澦堆　465
岳を望む　63, 452, 454
岳陽楼に登る　432
岳麓山・道林の二寺の行　449, 451
重ねて昭陵を経たり　190
夏日　李公訪わる　152
九成宮　158
狂夫　480
居を夔州に移さんとして作る　468
曲江　137, 138
曲江三章　章五句　137, 152
許八拾遺の江寧に帰りて　248

居を卜す　473
錦水の居止を懐う　473
琴台　475
寓目　204
瞿塘の両崖　465
京より奉先県に赴くとき、　206
遣懐　117
乾元中、同谷県に寓居して作れる歌　205
剣門　491
江村　473, 474
江南にて李亀年に逢う　448
江陵　幸を望む　418
古跡に詠懐す　59, 427, 470
古柏行　478
山寺　205
祠南の夕望　445
暫く臨邑に如きて㟙山の湖亭に　71
舎弟の観、藍田に帰りて　430
秋興　156, 469
春望　133, 141
春夜　雨を喜ぶ　472
丈人山　485, 486
湘夫人祠　456
蜀相　195, 197, 478
諸公の『慈恩寺の塔に登る』に同ず　140
秦州雑詩　204
秦州を発す　205
水檻にて心を遣る　474
西山　497
青草湖に宿す　437
成都府　471
青陽峡　206
石鏡　481
昔遊　82
絶句　481
壮遊　32, 152, 259, 267, 322, 328
薪を負う行　427
潭州を発す　448
鄭十八著作丈の故居に題す　157
鄭駙馬に韋曲に陪し奉る　154
潼関の吏　179
登高　469
冬日、洛城の北にて　106
盗賊総べて退くを聞くを喜ぶ口号　216
二十三舅録事の　摂に郴州に　461
裴二虬の永嘉に尉たるを送る　339
白帝城に上る　468
八陣図　470
春　左省に宿す　133
渼陂の行　157, 168
渼陂の西南の台　157
武侯廟　470
艇に進む　474
兵車の行　219
兵車行　184
返照　469
房公池の鵝を得たり　493
奉先の劉少府の　新たに画ける　318
北征　179
将に荊南に赴かんとして　430
将に成都の草堂に赴かんとする　475
見ず　494
行きて昭陵に次る　190
楊五桂州譚に寄す　523
楽遊園の歌　143
李義に別る　497
李北海に陪して歴下亭に宴す　69
龍門　95
龍門閣　490
龍門の奉先寺に遊ぶ　94
麗人の行　137
閬水の歌　477
楼に登る　475, 479, 495

杜牧

秋の晩、沈十七舎人と期して、　153
阿房宮の賦　185
烏江亭に題す　343
往年、故府呉興公に随い　371
懐いを遣る　283
華清宮に過る　絶句　173
感有り　354
漢江　412
九日　斉山に登高す　352
金谷園　102

呉中の馮秀才を懐う　258
潤州　273
春末、池州の弄水亭に題す　351
商山の四皓廟に題す一絶　171
鍾陵の旧遊を懐う　393
秦淮に泊す　241
隋宮の春　290
水西寺に題す　357
斉安郡の後池　絶句　408
斉安郡中にて偶ま題す　428
斉安郡の晩秋　406
斉安の城楼に題す　408
青塚　60
清明　356
赤壁　405
昔遊を念う　357
宣州開元寺の水閣に題す　354, 357
宣州の開元寺に題す　357
宣州より官に赴き　350, 353
宣州にて裴坦判官の　369
贈別　283
池州の清渓　350
池州の弄水亭に題す　351
張好好の詩　354, 393
張祜処士の寄せらるる長句　132
并州の道中　45
将に呉興に赴かんとして、　191
故の洛陽城に感有り　100
揚州　290
揚州の韓綽判官に寄す　284
洛陽の秋夕　88

屠隆

五大夫の松　65

《の》

納延

巣湖にて懐いを述ぶ　370

《は》

梅堯臣

華亭に過る　231
響山に遊ぶ　348
啓母石　125
絳守園池に寄題す　51
江隣幾…吹台に登りて　117
采石懐古　345
採石の月　郭功甫に贈る　345
少林寺　123
諸友と普明院の亭にて納涼　91
正仲・屯田と広教寺に遊ぶ　362
宣州の環波亭　354
宣州雑詩　348
蘇子美の滄浪亭に寄せ題す　262
二弟と渓を過ぎて広教の蘭若　362
劉原甫、相国寺浄土の楊恵之の塑像　109

裴景福

哈密　227

枚乗

梁王の菟園の賦　115

裴潾

白牡丹　140

伯夷・叔斉

采薇の歌　58

白居易

遺愛草堂に題別し　384
燕子楼　296
王子晋廟　126
王十八の山に帰るを送り、　160
岳陽楼に題す　428
重ねて題して東楼に別る　313
簡寂観に宿る　384
観音台に登りて城を望む　131
旧遊を憶う　267
狂吟七言十四韻　97, 102
橋亭の卯飲　91
草茫茫たり　175
元微之　浙東観察使に除せられ、　322
香山に暑を避く二絶　96

杭州迴舫　302
杭州春望　306, 314
江南を憶う　299
香爐峰下、新たに山居を卜し　384
香炉峰に上る　383
湖亭にて水を望む　387
五鳳楼の晩望　95
昆明の春　156
斉雲楼晩望、　254
三月三十日　慈恩寺に題す　140
三月三日　洛浜に祓禊す　86
山中独吟　379
『四皓廟』に答う　171
四皓廟に題す　171
正月三日閑行　254
昭君村に過る　427
上陽の白髪人　88
鍾陵にて餞送す　391
書に代うる詩一百韻、　157
真娘墓　261
新豊の臂を折りし翁　497
隋堤の柳　112
清源寺に宿す　167
西湖より晩に帰り　301
西湖にて留別す　302
青冢　60
雪中即事、微之に答う　515
銭塘湖春行　301
仙遊寺に独宿す　159
早春　張賓客を招く　91
窓中に　遠岫を列ぬ　350
早冬、王屋に遊び、　111
太湖に泛んで事を書し　266
大林寺の桃花　382
池上篇　91
池上に涼を逐う　91
長恨歌　159, 173, 192, 493
長洲苑　267
天竺・霊隠の両寺に留題す　309
陶公の旧宅を訪う　385
韜光禅師に寄す　310
東城の桂　310
東南行一百韻、…　389
杜曲の花下に宿る　154
南湖の早春　388
売炭翁　150
裴令公の「新たに午橋荘の緑野堂を成す　92
白雲泉　272
初めて峡に入りて感有り　465
初めて香山院に入りて月に対う　96
初めて江州に到る　376
初めて太行の路に入る　52
八月十五日の夜、　120
八月十五日の夜、禁中に直し　418
春　湖上に題す　301
板橋路　116
晩春　酒を携えて　214
微之の寄せらるるに答う　299
琵琶行　377
夢得と酒を沽いて閑飲し、　16
夢得と同に棲霊塔に登る　286
彭蠡湖より晩に帰る　388
菩提寺の上方にて晩に眺む　119
故の洛城に過る　100
諸ろの道者と同に二室に遊び、　124
友人の洛中　春に感ずるに和す　84
余杭の形勝　299
夜　瞿唐峡に入る　465
夜　法王寺より下りて岳寺に帰る　125
洛下卜居　91
洛川晴望の賦　87
洛陽の春、劉・李二賓客に贈る　85
履道の西門　91
李白の墓　349
龍潭寺より少林寺に至り、　124
龍潭寺に宿る　124
霊巌寺に題す　252
廬山の草堂の夜雨に独り宿し　384

馬汝驥

碧雲寺の行　18

馬祖常

河湟にて事を書す　219

馬戴

易水懐古　34

馬文昇
崆峒に遊ぶ　206
范雲
巫山高　466
潘岳
閑居の賦　263
金谷の集いに作れる詩　101
西征の賦　178
班固
西都の賦　148, 187
潘興嗣
滕王閣の春日晩眺　392
范師道
天平山　272
范純仁
張伯常と同に君実の南園に会す　90
范成大
横塘　264
夔州竹枝歌　468
虞姫墓　342
光相寺　489
最高峰にて雪山を望む　485
市街　107
州橋　108
秋日田園雑興　264, 266
相国寺　109
崇徳廟　495
早に周平駅を発して　426
南岳に謁す　452
范氏の荘園　487
晩春田園雑興　264
濆淖を刺る　464
汴河　114
牡丹瓶　487
雪を喜びて桂人に示す　524
豫章の南浦亭にて舟を泊す　393
冷泉亭にて水を放つ　309
范宗尹
雁蕩山に題す　338
范仲淹
絳州の園池　51
晋祠の泉　46
天平山の白雲泉　272
范鎮
昭覚寺に遊ぶ　483
范雍
白兆山　417
潘閬
酒泉子　313

《ひ》

費冠卿
蕭建の九華山を問うに答う　361
費軒
夢香詞　289
皮日休
館娃宮懐古　252
館娃宮懐古、五絶　253
恵山泉に題す　270
江南道中　茅山の広文南陽博士を　250
習池にて晨に起く　413
栖霞寺に遊ぶ　249
泰伯廟　271
天竺寺の八月十五日の夜の桂子　310
天台の国清寺に寄題す　330
汴河懐古　113
畢田
朱陵洞口の水簾　454

《ふ》

馮雲驤
華厳寺に遊ぶ　44
馮著
洛陽道　84
傅咸
詩　39
傅玄
惟漢行　177
武元衡
緱山道中に口号す　86
緱山の道中　口号　126
春、龍門の香山寺に題す　96

傅若金
回雁峰　455
柳先生祠　459
武帝蕭衍
鍾山の大愛敬寺に遊ぶ　244
武帝劉徹
秋風の辞　49
文彦博
盤谷にて作る　111
少林寺に宿る　123
平泉に遊んで作る　93
文洪
易水に過る　34
文徴明
金山の詩　追賦す　277
若墅堂　263
滄浪池の上り　262
碧雲寺　18
揚州に過りて平山堂に登る　288
文帝曹丕
孟津の詩　110
文天祥
燕子楼　296
事を紀す　31
泰和　396
南海　522
南華山　518
零丁洋を過ぐ　395, 522

《へ》

米芾
呉江の垂虹亭にて作る　265
棲霊塔に登る　286
辺貢
九日　千仏山寺に登る　71

《ほ》

方海
清弋の波光　369
方岳
詩を尋ぬ　164
方干
鏡中の別業　323
暮に七里灘を発して　316
房琯
漢州の西湖に題す　493
方孝孺
峰頂に宿し、済定の韻に次す　489
鮑照
擬古　129
代出自薊北門行　28
彭汝礪
古北口の楊太尉廟　26
鮑防
蘭亭の故池を経　聯句　319
繆襲
平関中　178
卜世臣
浣紗石　335
蒲松齢
古歴亭を重建す　70

《ま》

麻秉彝
広勝寺に題す　48

《も》

毛奇齢
若耶渓　326
西施廟　335
孟彦深
元次山　武昌の樊山に居す、　398
孟郊
華山の雲台観に遊ぶ　182
黄河に泛ぶ　219
終南山に遊ぶ　150
爛柯石　332
令狐侍郎・郭郎中の項羽廟に　343

孟浩然
永嘉の上浦館にて張八子容に逢う　339
鸚鵡洲にて王九の江左に之く　402
贛石を下る　395
顔銭塘と樟楼に登りて　312
峡に入りて弟に寄す　464
晩に潯陽に泊して香炉峰を望む　381
建徳江に宿る　316
江上にて流人に別る　399
高陽池にて朱二を送る　413
崔二十一と鏡湖に遊び　322
七里灘を経　315
舟中にて暁に望む　329
諸子と峴山に登る　414
大堤の行　万七に贈る　413
天台山を尋ぬ　329
天台の桐柏観に宿る　331
洞庭湖を望みて張丞相に贈る　428, 435
万歳楼に登る　274
万山潭　411
武陵にて舟を泛かぶ　463
彭蠡湖中にて廬山を望む　380
耶渓に舟を泛ぶ　326
揚子津にて京口を望む　291
夜　鹿門に帰る歌　415
鹿門山に登り古えを懐う　415
孟霦
黒宝塔に遊ぶ　218

《や》

耶律楚材
青塚に過りて、賈搏霄の韻に次す　60

《ゆ》

兪安期
舟行して桂林自り昭州に至る　527
青草湖　437
初めて灕江に出づ　526
舟にて秦渠を経　即景の作　528
游師雄
崆峒山　206
庾肩吾
石崇の金谷の妓　101
乱後　夏禹廟を経　334
兪充
瑩心亭　57
兪汝言
井陘の道中　47
庾信
哀江南の賦　420
益州の上柱国・趙王に上る　475
重ねて周尚書に別る　214
雁を詠ず　41
周尚書弘正に別る　130
『春日の晩景、昆明池に宴す』　155
趙王の妓を看るに和す　335
『同泰寺の浮図』に和し奉る　236
庾闡
衡山に遊ぶ　453
兪廷挙
桂林山水の歌　524
喩良能
禹帝祠　334

《よ》

楊維楨
多景楼　280
麗人行　144
廬山の瀑布の謡　380
楊栄
居庸畳翠　25
薊門烟樹　28
太液の晴波　15
楊炎
崖州に流され、鬼門関に至りて作る　529
楊基
暁に雁門を度る　41
興安の道中　528
洪都城に登りて滕王閣の故基　392
雪中　黄鶴楼に登る　401

天平山中　272
楊凝
従軍の行　62
楊巨源
賦して「灞岸の柳」を得たり、　163
楊炯
広渓峡　465
西陵峡　425
巫峡　466
楊傑
玩鞭亭　375
鴻溝を過ぐ　118
太白の桃花潭　358
姚合
賈島浪仙に寄す　144
杭州にて潮を観る　312
天津橋に過りて晴望す　83
姚鵠
『賀知章の入道するを送る』に擬す　134
楊士雲
仰斎が『趙州の道中にて点蒼山　534
羊士諤
王起居、独り青龍寺に遊んで　145
楽遊原に登りて、　144
楊士奇
風雨に采石に滞りて　347
楊思聖
始皇墓　176
楊師道
隴頭の水　221
楊慎
筇竹寺　533
金沙江に宿す　497
山茶の花　532
蘇祠懐古　494
滇海の曲　532
唐守之の朝鮮に使いするを送る　30
楊斉哲
函谷関に過る　129
楊正倫
華清宮絶句　174
姚鼐
岳麓書院に詣りて述ぶる有り　450
煬帝楊広
飲馬長城窟行　23
早に淮を渡る　295
方山の霊巌寺に謁す　82
雍陶
君山に題す　439
天津橋にて春を望む　87
杜甫の旧宅を経　474
武侯廟の古柏　479
楊万里
暁に浄慈を出でて林子方を送る　303
韓亭韓木に題す　511
恵山を回望す　268
恵州の豊湖は亦た西湖と名づく　514
湖口県の上下石鐘山に過る　389
人日　湖上に出遊す　309
清遠峡　521
皂口を過ぐ　395
池州の斉山の寺に宿す　352
東西の二梁山に題す　365
南海東廟の浴日亭　509
初めて淮河に入る　295
范至能参政に従いて　264
百家渡を過ぐ　459
船を百花洲に泊して、姑蘇台に　255
鳳凰台に登る　237
望韶亭に題す　518
揚子江を過ぐ　276
楊備
天平山　272
陽枋
六和塔に登る　314
余翔
江郎山を望む　口占　333
余靖
韶石に遊ぶ　518

《ら》

来梓
子猷　戴を訪う　328
来済
玉関を出づ　212
来鵬
盧山の双剣峰に題す　383
羅隠
漢江の上にて作る　412
皇陂　157
始皇陵　176
四頂山　370
潤州の妙善前の石羊に題す　279
上亭駅　493
舒州宿松県の傅少府を送る　368
帝　蜀に幸す　193
姥山　370
煬帝陵　290
耒陽の杜工部の墓を経　457
羅鄴
長城　22
羅欽順
西城に登りて広武山を望む　118
駱賓王
易水送別　33
艶情、郭氏に代わりて　85, 86, 106, 475
秋日山行、梁大官に寄す　170
潤州の薛司空・丹徒の桂明府に　282
美人の天津橋に在るを詠む　86
羅荘
潜山古風　368
藍仁
武夷の魏士達に贈る　500
藍田
観海行　78

《り》

李昱
采石　345
李為稷
曲江亭に登りて慈恩寺の　141
李郢
重ねて天台に遊ぶ　329
洞霊観の流泉　293
李益
軍に従いて北征す　222
江南曲　465
崔邠の鸛鵲楼に登るに同ず　56
棲岩寺に遊ぶ　58
破訥沙を度る　61
汴河の曲　114
李遠
叢台を話るを聴く　32
李応徴
横江　347
李華
仙遊寺　159
李賀
雁門太守の行　40
昌谷の北園の新筍　189
蘇小小の墓　305
巫山高　466
平城の下　44
楊生の青花紫石硯の歌　520
李諧
雲崗寺　44
李乂
『九月九日、慈恩寺の浮図に登る』に和し奉る　139
李学沆
春日、杏花村に飲み　356
李嘉祐
呉中を傷む　252
張公洞に題す　293
李頎
王昌齢を送る　98
鏡湖の朱処士に寄す　322
香山寺の石楼に宿す　96
古従軍行　224
首陽山に登り、夷斉廟に謁す　58

李煕垣
陡河 529
李嶠
王屋の山第の側らに 111
河 229
雁 455
『九月九日、慈恩寺の浮図に登る』に和し奉る 139
『長安故城の未央宮に幸す』に 134
汾陰の行 50
陸機
従兄の車騎に贈る 231
泰山吟 65
陸亀蒙
宛陵の旧遊を懐う 350, 353
襲美の酒中十詠に和し奉る 209
襲美の『泰伯廟』に和す 271
巫峡 466
陸贄
禁中の春松 65
陸深
五台に遊ぶ 43
陸暢
藍田関を出でて董使君に寄す 168
陸游
暁に万里橋を過ぐ 480
憤りを書す 291
蝦蟇碚 410
帰州の重五 426
鏡中の故廬を懐う 323
金山にて日の出づるを観る 276
剣門道中にて微雨に遇う 492
釵頭鳳 321
山西の村に遊ぶ 323
十二月二日の夜、夢に沈氏の 321
出塞曲 30, 208
春遊 321
昭覚寺に飯し暮れに抵りて 483
小孤山の図を観る 373
賞心亭に登る 245, 248
上清宮に宿す 485, 486
諸葛武侯の書台に遊ぶ 197
沈園 321
西村 323
仙霞嶺の下に宿る 333
儲福観 486
梅花絶句 482
眉州の披風榭に東坡先生の遺像を 494
武夷山に遊ぶ 500
楓橋に宿る 256
浮橋を度りて南台に至る 502
摩訶池 482
毛平仲を訪ねて疾を問い 332
夢を記す 180
予、蜀に出づるの日… 487
夜 岑嘉州の詩集を読む 476
夜、白帝の城楼に登りて 469
蘭亭 320
離堆の伏龍祠にて孫太古の画きし 495
涼州の行 203
霊石三峰に過る 333
隴頭水 201
陸友仁
宋江三十六人の画賛に題す 81
李群玉
尹錬師に別る 397
漢陽の春の晩 404
峡山寺の上方 521
金山寺の石堂に題す 275
黄陵廟 456
章華楼に登る 369
重陽の日、渚宮の楊尚書に上る 419
洞庭の風雨 436
蒲澗寺の後の二岩に登る 507
李夐
晩秋 恒岳に登り 39
李敬方
黄山の湯院に題す 366
李峴
剣池 259
李元陽
高嶢にて舟を泛ぶ 532
洱水に泛ぶ 534

李洪
歩みて仙霞嶺を過ぐ　333
李宏
金泉観に遊ぶ　498
李綱
桂林の道中　526
五松山に遊び、李太白の祠堂　375
棲真館に題す三十六韻　500
陽朔の山水　尤も奇絶なりと道い、　527
李翶
広慶寺　521
李昂
従軍の行　208
李庚
天柱山に登る　368
李山甫
懐いを遣る　105
李之儀
采石　345
捉月亭　346
李樹穀
蓬莱閣に登る　77
李珣
漁歌子　451
李渉
鶴林寺の僧舎に題す　282
重ねて滕王閣に登る　392
竹枝詞　425
李拯
朝より退いて終南山を望む　150
李商隠
霍山の駅楼に登る　48
寒食に、行きて冷泉駅に次る　47
咸陽　185
景陽井　236
桂林　524
隋宮　290
潭州　448
籌筆駅　496
蝶　335
馬嵬　193
武侯廟の古柏　478, 479
望喜駅にて嘉陵江水に別る二絶　477
茂陵　188
行きて西郊に次りて作る一百韻　180
楽遊原　144
令狐郎中に寄す　189
李紳
禹廟　334
却りて淮陰に過り韓信廟を弔う　294
家山に上る　268
滁陽に守たる深秋に　364
農を憫む　268
却び無錫に到り、芙蓉湖を望む　267
揚州に宿す　283
劉二十八　汝より左馮に赴く　92
李清
石季倫を詠ず　102
李栖筠
張公洞　293
李清照
八詠楼に題す　340
李適
許州の宋司馬の任に赴くを餞す　127
李先輔
朱陵洞の水簾に題す　454
李廌
雨中　法王寺に遊ぶ　125
嵩陽書院の詩　121
龐徳公の宅　415
李調元
七月十三日、昭覚寺に遊ぶ。　483
李通儒
桃花巌　417
李東陽
金台夕照　28
孔林に謁す　67
采石にて謫仙楼に登る　347
西山　19
西山霽雪　19
銭大守諸公と岳麓寺に遊ぶ　449
長沙竹枝歌　447
張侍郎大経の宣城に還るを送る　353

李徳裕
崖州城に登りて作る　535
剣門に題す　491
詩　417
西園　93
泰山の石　65
平泉の山居を憶い、沈吏部に贈る　93
嶺南に謫遷せらるる道中にて作る　535
李徳林
駕に従いて京に還る　216
李白
秋　荊門を下る　327, 421
秋　宣城の謝朓の北楼に登る　354, 355
安陸の白兆山の桃花巌にて　417
韋少府に別る　354
烏棲曲　255
越女の詞　322, 326
越中覧古　317
宛渓館に題す　354
王屋山人魏万の王屋に還るを送る　312, 340
王屋山人の孟大融に寄す　78, 111
横江詞　248, 347, 365
王昭君　59
王昌齢の龍標に左遷せらるる　446
鸚鵡洲　402
鸚鵡洲を望みて禰衡を懐う　403
汪倫に贈る　358
温処士の黄山白鵞峰の旧居　366
瓦官閣に登る　248
賈至舎人と…滛湖を望む　437
夏十二と岳陽楼に登る　431
下邳の圯橋を経て、張子房を懐う　298
峨眉山月の歌　477, 488
峨眉山月の歌、蜀の僧晏の　489
峨眉山に登る　488
賀賓客の越に帰るを送る　323
浣紗石上の女　326, 335
九華を望み、青陽の　360
九子山を改めて九華山と為す　360
九日登山　348
九日　龍山に飲む　419
旧遊を憶い、譙郡の元参軍に寄す　46
金陵　235
金陵の歌、范宣を送別す　236
金陵の鳳凰台に登る　237, 245
金陵の冶城の西北の謝安墩に登る　243, 245
荊州の歌　465
敬亭に遊び崔侍御に寄す　353
荊門にて舟を浮かべて蜀江を望む　418
荊門を渡りて送別す　421
元丹丘の歌　119
江夏にて韋南陵冰に贈る　401
黄鶴楼にて孟浩然の広陵に　400
江上　皖公山を望む　368
広武の古戦場に登りて古えを懐う　118
古風　71, 128, 201, 315, 467
塞下曲　227
塞上曲　184, 208
採蓮曲　326
三峡を上る　425
山中にて俗人に答う　417
四皓の墓に過る　170
謝公亭　355
子夜呉歌　204, 212, 322
謝良輔と涇川の陵巌寺に遊ぶ　318
周剛と清渓の玉鏡潭にて宴別す　339
秋日　揚州の西霊塔に登る　286
従祖済南の太守に陪して鵲山湖に　71
従姪の杭州刺史良と天竺寺に遊ぶ　312
秋浦の歌　201, 350, 351
秋夜、龍門の香山寺に宿す　96
祝八の江東に之くを送り　335
上皇　西のかた南京を巡るの歌　495
商山の四皓　170
焦山にて松寥山を望む　281
常侍御に贈る　324
城南に戦う　221
少年行　133, 187
襄陽の歌　412
襄陽曲　413, 414
蜀道難　490, 491
諸公と陳郎将の衡陽に帰るを送る　453
史郎中欽と黄鶴楼上に笛を吹く　400
尋陽にて弟昌峒の　394

尋陽城を下りて彭蠡に汎び　387
水西に遊び鄭明府に簡す　357
西岳の雲台の歌　丹丘子を送る　182
清渓の行　350
清平調詞　133
静夜思　494
赤壁の歌　送別　405
洗脚亭　245
宣州にて九日、崔四侍御　348
宣州の謝朓楼にて校書叔雲　355
宣城の宇文太守に贈り　354
宋中丞に陪して武昌に夜飲し　398
族叔刑部侍郎曄及び中書賈舎人至　435, 439
蘇台覧古　255
太原の早秋　45, 49
太山に遊ぶ　63
太白峰に登る　161
長干行　246
儲邕に別れて剡中に之く　327
早に海霞の辺りを望む　329
早に白帝城を発す　464, 469
天台にて暁に望む　329
天門山　365
天門山を望む　347, 365
東山を憶う　324
当塗の趙炎少府の粉図山水の歌　512
東林寺の僧に別る　381
東魯の二稚子に寄す　79
東魯門にて舟を泛ぶ　328
南陵の常賛府と五松山に遊ぶ　375
梅崗に登りて金陵を望み　244
白馬篇　204
灞陵の行　送別　163
独り敬亭山に坐す　353
巫山の下に宿す　466
普照寺　330
沔州城南の郎官湖に泛ぶ　404
望夫山　348
北上の行　52
夢に天姥に遊ぶの吟　留別　331
夜　牛渚に泊して懐古す　344
乱離を経し後、天恩もて夜郎に流され、　129
梁園の吟　115
梁園より敬亭山に至り　353
凌歊台　375
労労亭　247
労労亭の歌　247
魯郡の東の石門にて杜二甫を送る　75, 79
廬山の謡、盧侍御虚舟に寄す　378, 379
廬山の五老峰を望む　383
廬山の東林寺にて夜懐う　381
廬山の瀑布を望む　379

李曼

広勝寺に題す　48

李攀龍

崆峒　206
子与と保叔塔に遊び同に賦す　311
真定の大悲閣　38
杪秋太華山の絶頂に登る　183

李頻

八月　峡を上る　464
巫峡を過ぐ　466

李復

蝦蟇碚の水　410
青龍寺に登る　146

李壁

赤壁　407

李夢陽

漳津夕眺　36
乾陵の歌　191
香山寺　17
従軍　40
出塞　218
少林寺　123
吹台春日古懐　117
平坂寺　19
麻姑山　397

李裕

明教の松陰　374

劉允

韓山　511

劉禹錫

烏衣巷　240
詠史　110

汪道士を尋ぬるも遇わず　206
館娃宮は郡の西南の硯石山上に　252, 253
韓信廟　294
紀南の歌　428
九華山の歌　353, 361
金陵懐古　242
元和十年、朗州より召を承けて　147
江陵の厳司空　成都の武相公と唱和　485
寿安の甘棠館に題す　463
瀟湘神　438, 444
蜀先主廟　470
西塞山にて古えを懐う　424
石頭城　238
浙東の李侍郎の「越州の春晩即事　317
台城　234
台城懐古　234
竹枝詞　465, 468
張曲江集を読みて作る　519
唐秀才、端州の紫石硯を贈り、　520
洞庭を望む　436, 439
裴令公の「新たに緑野堂を成す　92
馬嵬の行　193
再び玄都観に遊ぶ絶句　147
望夫石　348
麻姑山　397
楊柳枝詞　106, 113
楽天の『棲霊寺の塔に登る』　286

劉駕

釣台懐古　184

劉絵

咸陽橋懐古　184

劉翰

石頭城　238

柳貫

長城を過ぐ　22

劉基

済州の太白楼　76
分贓台　81

劉希夷

公子の行　83
白頭を悲しむ翁に代わる　85, 100

劉義恭

温泉　172

劉季孫

広武山にて古えを懐う　118

劉迥

爛柯山　332

劉迎

晩に八達嶺下に到り、　25

劉兼

咸陽懐古　186

劉言史

右軍の墨池　317
夜、潤州の江口に泊す　273

劉誥

天章に題す　320

劉孝威

覆舟山に登りて湖北を望む　235
隴頭水　200

柳公権

底柱山に遊ぶ　110

劉孝綽

始めて帰る雁を賦し得たり　455

劉克荘

雨華台　247
扶胥　509
豊湖　514

劉叉

碣石山を愛す　37

劉細君

悲愁の歌　229

劉作霖

愚渓　459

劉子翬

鄴中に過る　36
万安橋　504
汴京紀事　107

劉子壮

黄鶴楼　403

劉鑠

寿陽楽　295
歴山の湛長史の草堂に過る　268

劉洙
緑野堂　92
劉敞
春日の作　107
章華台　369
雪中　相国寺に詣る　109
蒲萄　203
劉商
相国寺の閣に登る　109
劉昌
蘇墳に謁す　127
劉辰翁
介山　47
劉仁本
中秋に東湖に遊んで霞嶼寺に登る　341
天童寺に遊ぶ　336
劉清藜
上清宮に遊ぶ　106
劉滄
及第の後、曲江に宴す　138
鄴都懐古　35
柳宗元
秋の暁に南谷を行きて荒村を経　459
韋珩に寄す　530
荊軻を詠ず　34
渓居　458
江雪　459
曹侍御の、象県を過りて　423
朝陽巌に遊び、　460
汨羅にて風に遇う　441
柳を種えて戯れに題す　531
柳州の城楼に登りて、　530
柳州の峒氓　531
劉台
畳彩山に登る　525
劉大櫆
西山　19
柳中庸
涼州曲　219
劉長卿
湘妃廟　456
棲霞寺の東峰に南斉の明徴君の　249
石楼　94
台州の李使君を送り　330
謫を負いて後、干越亭に登りて　394
長沙にて賈誼の宅に過る　447
使いを新安に奉じて、桐廬県自り　315
銅雀台　36
南楚懐古　369
穆陵関の北にて、　429
無錫の東郭にて、友人の越に遊ぶを送る　324
揚州の西霊寺の塔に登る　286
劉澄甫
北岳に登る　39
劉楨
公讌　35
劉庭（廷）琦
銅雀台　36
劉廷桂
霍泉　48
劉攽
秋雪　相国寺に過る　109
巣湖　370
平山堂　287
劉炳
露筋祠を経　297
龍膺
再び元易先生に簡す　56
劉伶
北邙の客舎詩　103
呂夷簡
僧の護国寺に帰るを送る　329
李幼卿
琅琊山寺　364
梁洽
漢水を観る　411
梁清標
包孝粛祠　374
梁曾
岳陽楼に登る　433
呂夏卿
張相公の祠に謁す　519
呂定
戯馬台　297

呂本中
将に嵩少に遊ばんとして　124
李濂
汴州懐古　108
林寛
歌風台　298
林元鳳
鸛雀楼　56
林古度
杏花村　356
林升
臨安の邸に題す　300
林則徐
嘉峪関を出でて感じて賦す　209
六和塔　314
林中猷
広勝寺　48
林逋
山園の小梅　307
山谷寺　368
蕪城県に過る　371

《れ》

霊一
皇甫冉の将に無錫に赴かんとして、　318
厲鶚
帰舟江行、燕子磯を望みて作る　249
下天竺寺の後に三生石を尋ぬ　310
焦山にて月を看る、　281
冷泉亭　309
黎浩
安楽窩に遊ぶ　90
令狐楚
晋祠に遊び、李逢吉相公に上る　46
黎廷瑞
巣湖に風に阻まれ　370
霊澈
天姥岑にて天台山を望む　329

《ろ》

楼异
育王寺に遊ぶ　337
楼穎
西施石　335
郎士元
送別　429
楼鑰
国清寺　330
大龍湫　338
魯交
華山の張超谷に遊ぶ　183
盧思道
春夕　留侯墓を経行す　80
蜀国弦　495
盧象昇
黄梁祠に過る　32
盧照隣
石鏡寺　481
隴頭水　201
盧汝弼
李秀才の「辺庭四時の怨み」に和す　218, 226
盧諶
覧古　117
魯鐸
分水嶺　528
盧肇
甘露寺に題す　279
盧仝
蕭二十三　歙州の婚期に赴く　455
盧綸
秋の晩　山中の別業　189
曲江の春望　138
興善寺の後池に題す　147
伯夷廟に題す　58

〔**編著者**〕
植木　久行（うえき　ひさゆき）
弘前大学名誉教授
単著に『唐詩の風土』『詩人たちの生と死―唐詩人伝叢考』（研文出版）、『唐詩の風景』『唐詩歳時記』（講談社）、『唐詩物語―名詩誕生の虚と実と』（大修館書店）、『福士巌峰漢詩選』（鷹城吟社）、共著に『杜牧詩選』（岩波書店）、『校注唐詩解釈辞典』『続校注唐詩解釈辞典〔付〕歴代詩』『漢詩の事典』（大修館書店）、『長安・洛陽物語』（集英社）、『人生の哀歓〈心象紀行　漢詩の情景２〉』（東方書店）等がある。

〔**共著者**〕（五十音順）
大立智砂子（おおだち　ちさこ）　明治薬科大学非常勤講師
紺野　達也（こんの　たつや）　神戸市外国語大学外国語学部准教授
佐藤　浩一（さとう　こういち）　東海大学国際教育センター准教授
住谷　孝之（すみたに　たかゆき）　愛知淑徳大学文学部国文学科助教
土谷　彰男（つちや　あきお）　早稲田大学法学学術院准教授
許山　秀樹（のみやま　ひでき）　静岡大学情報学部教授
長谷部　剛（はせべ　つよし）　関西大学文学部教授
松浦　史子（まつうら　ふみこ）　二松学舎大学文学部准教授
丸井　憲（まるい　けん）　早稲田大学文学学術院非常勤講師
矢田　博士（やた　ひろし）　愛知大学経営学部教授
渡部れい子（わたべ　れいこ）　専修大学非常勤講師

中国詩跡事典―漢詩の歌枕
2015年 3月10日初版第1刷発行
2017年10月20日初版第2刷発行
定価［本体8000円＋税］

編著者　植木　久行
発行者　山本　實
発行所　研文出版（山本書店出版部）
東京都千代田区神田神保町2-7
〒101-0051　TEL 03-3261-9337
FAX 03-3261-6276
印　刷　モリモト印刷／カバー　ライトラボ
製　本　塙製本

ISBN978-4-87636-393-3